普通高等院校汉语言文学专业规划教材

中国现代文学史

黄曼君　朱寿桐　主编

WUHAN UNIVERSITY PRESS
武汉大学出版社

图书在版编目(CIP)数据

中国现代文学史/黄曼君,朱寿桐主编.—武汉：武汉大学出版社，2012.1(2023.7 重印)
普通高等院校汉语言文学专业规划教材
ISBN 978-7-307-09380-5

Ⅰ.中…　Ⅱ.①黄…　②朱…　Ⅲ.中国文学—现代文学史—高等学校—教材　Ⅳ.I209.6

中国版本图书馆 CIP 数据核字(2011)第 275070 号

责任编辑:胡国民　　责任校对:黄添生　　版式设计:马　佳

出版发行：**武汉大学出版社**　(430072　武昌　珞珈山)
(电子邮箱：cbs22@whu.edu.cn　网址：www.wdp.com.cn)
印刷：武汉邮科印务有限公司
开本:720×1000　1/16　印张:44.25　字数:794 千字　插页:1
版次:2012 年 1 月第 1 版　2023 年 7 月第 5 次印刷
ISBN 978-7-307-09380-5/I · 476　定价:90.00 元

目　录

第三编　抗战文学运动与国统区文学的繁荣

第四编 抗日民主根据地及解放区文学的开拓

绪论：中国现代文学史的学术可能性

当汉语新文学通史出版发行、汉语新文学的提法引起学术关注以后，中国现代文学史是否还有足够的学术发展空间和学术可能性？回答是肯定的。“汉语新文学”的倡导者一直坚持认为，汉语新文学史仅仅是一个文学历史范围的界定，只是它的界定较为明确，较少有歧义，也较为简洁方便，它在概念上不具有排他性的能力和要求，包括现代文学在内的其他文学史概念在约定俗成的意义上完全可以继续成立。

更重要的是，中国现代文学的命意的丰富性和复杂性远远超出人们的意料，可能成为这个学科长期保持学术青春的一种理由和一个动力。作为成熟、稳定的重要学科，中国现代文学的研究已经很深入，但它仍然存在着许多有待开发的学术内涵，有待深入的学术课题，有待拓展的学术领域，这些就成了学术界今后相当一段时间的学术目标。我们的《中国现代文学史》意识到了这些学术目标，但也只是在通往这些目标的途中。

中国现代文学可以分解“中国”、“现代”、“文学”这三个关键词，每一个关键词几乎都寓含着有待深入和开拓的内容。有些内容我们在文学史编撰中已经注意加以解决，但更多的内容还只能概其大要，立此存证，必要时可视为专题研究的切入点。

一、“中国”

我们探讨的是“中国”的现代文学，只有进入现代历史时期，“中国”的概念才那么清晰、明朗，准确无误而且毫无争议。而在现代以前，“中国”概念常常是在比喻意义上或在不完全意义上使用，甚至于进入当代文学历史时期，“中国”概念所引起的政治的和文化的曲解和歧解也多过现代历史时期。

面对着“中国”概念最明确最清朗的这一段历史时期，也就是通常所说的“五四”新文化运动兴起至中华人民共和国成立的这一阶段，我们的文学史研究当然最有条件打出“中国现代文学史”的学术品牌。事实上许多人都这样做了，中国现当代文学在一种习惯性的模糊表达上就可以被称为“中国现代文学”，这至少说明“中国现代文学”作为学术概念具有相当的普及性和约定俗成性，具有相当的文化认可度和学术认同性。

中国现代文学史作为学术概念，至少反映和强化了“中国”这一历史文化概念的学术事实和文化事实。自从中国走出清王朝的历史，进入民国时期，学术界和知识界就非常乐于运用“中国”概念进行学术和文化表述。如果说“中国文学史”等学科概念得自于日本“支那文学史”之类的借鉴，则民国以后各种以“中国”名目出现的学术表述和相应话题，主要出自于对现代国体的敏感与认同。本来应该用汉语限定或修饰的关键词都改用“中国”，连胡适的《白话文学史》这一纯粹从语言角度撰述的名著，也在引论中明确“要人知道白话文学史就是中国文学史”这样一个前提。于是，汉语新文学被明确指称为中国新文学，其他如中国哲学史、中国小说史、中国文学批评史、中国文艺论战等概念，完全占据了现代中国学术的主流位置。自清末以来致力于语言革命的学术努力，在这种国家认同的时代情感中演化成了以“中国”一统天下的学术格局和文化话语形态，由“中国新文学”到“中国现代文学”的学术概念就此奠定了深固的历史基础。

但是，无论是学术表述还是文化话语表达，“中国”这一概念更多地体现着历史命意和文化命意，作为多民族意义上的国家概念“中国”，甚至意义上的“中国”概念，却很少被关注。当我们讨论中国新文学史或中国现代文学史的时候，很少将中国版图里的其他民族语言文学纳入其中作通盘考察：一方面由于我们学力的限制，即研究中国新文学或中国现代文学的人很少有能力研究少数民族语言文学；另一方面也是观念的盲区，以为“中国”概念代表的只是纵向的文化历史，而忽略了横向的空间意义。特别是在文化话题上，人们习惯于从纵向的历史层面谈论和使用“中国”概念，只有到了民族和边境等特定的话题上，才很自然地想起“中国”概念的空间内涵。当我们言说“中国现代文学”的话题时，“中国”所指较为明确的内容便是历史意义上的，在地域的空间意义上和在民族的涵盖意义上的“中国”往往不属于自然联想的基本内容。

关于“中国”概念如此理解，昭示着一个非常现实的缺憾，我们还没有能力把握“中国”现代文学，因此我们也没有习惯于把握“中国”现代文学。

既然坚持研究“中国”现代文学，就必须超越历史地理解“中国”的习惯，而需要从空间意义上完整地、准确地、全面地理解“中国”。当从历史和文化的角度理解现代“中国”的时候，我们的视点习惯于聚焦在北京、上海这些新文学和新文化的中心地带，对于其他地域的文化和文学只有在特定的话题上才被间或提及，如东北作家群、四川作家群、浙东作家群、华南作家群等，对于台港澳文学则常常忽略。我们付出了努力，虽然我们的努力还不能达到理想的效果，不能完全将台港澳文学与中国现代文学作一种整体性的融合。在我们的中国现代文学史学术框架中，台湾、香港和澳门的文学既是不可或缺的，又是相对独立的政治文化和文学空域。另两个相对独立的政治文化和文学空域，非常明显也非常复杂：其一是抗日民主根据地和解放区文学，其二是孤岛文学和国统区文学。中国现代文学历史的复杂性更主要的是体现在这种空间结构上。尽管关于中国现代文学的历史认知存在着各种各样的歧异之论，但中国现代文学空间架构及其复杂性的认识却长期处于懵懂状态。五四新文化和新文学建设经由左翼文学、抗战文学的发展，在20世纪40年代演化为不同时段上述三个政治空域的复合并存状态。这三个政治空域的文学都直接继承了五四新文学的传统，都直接沿袭了20世纪30年代的文学成就，但又在不同的政治气候和文化氛围中显示着各自延展的路径。

其实，在空域意义上把握“中国”的现代文化与现代文学，我们的学术认知还存在着许多有待开垦的余地。例如，除了北京、上海，中国新文学和新文化是否还存在着某个第三中心地域？如果存在，第三个中心会在哪里？著名作家李劼人，在论述五四时期的《川报》及成都这个城市的时候，阐发了一个相当特别的“第三个中心”的观点：“那时，成都真是全中国新文化运动的三个重点之一。”他认为其余两个中心自然是北京和上海：“北京比如是中枢神经，上海与成都恰像两只最能起反映作用的眼睛。”① “五四”新文化运动以北京和上海为中心，这是不容置疑的事实，而且在新文学的意义上，上海的中心地位可能还更为突出②。但除了这两个新文化中心而外，人们可能会想到作为政治中心的南京，作为现代化和开放化程度同样鲜明的天津，作为民主革命策源地的广州，乃至作为民主革命首义之地的武

① 李劼人：《“五四”追忆王光祈》，载《李劼人选集》第5卷，四川文艺出版社1986年版，第89页。

② 朱寿桐：《论作为中国现代文学中心的上海》，载《学术月刊》2004年第6期。

汉，分别在一定意义上阐释为第三个新文化中心，一般很难想到将“老远的”成都定位为或联想成中国新文化运动的“第三个中心”，更何况将成都理解为与上海几乎处在起同等“反映作用”的重要位置。李劼人作为成都新文化运动的参与者，对这个川中都市在整个中国新文化史上的重要性的价值评估有可能会有所偏重，然而作为新文化运动的过来人，作为一个长期以来对社会文化运动有着深刻体认和理论建树的文学家，他的观察和定义远远不只是情感的表达。特别是他对于成都及周边社会生活有过长期的体验，同时还拥有巨大深广度的描写经验，李劼人所定义的成都，以及发生在这片土地上的新文化运动，没有理由不得到足够的重视。事实上，从巴金的《激流》三部曲中都能明确感受到，成都的新文化和新文学气氛非常浓厚，李劼人将成都视为中国新文化运动的一个中心，并且与上海相提并论，他并非没有根据。更重要的是，类似问题的讨论令人联想到“中国”不单单是一个历史的概念，也应该是一个空域概念，须充分考虑中国现代文学与文化的空间布局。

在空间感上把握“中国”现代文学的努力，无疑需将中国版图上广大的少数民族地区都纳入其范畴，这是中国现代文学不同于汉语新文学的地方。汉语新文学面对的是汉语世界的新文学成就，而中国现代文学必须在空间上覆盖整个“中国”，而且是现代历史时期的中国。现代历史时期的中国不仅包括新疆、西藏、内蒙古和广西、宁夏等少数民族自治区，还包括没有分裂出去的外蒙古。余光中在《乡愁四韵》中歌唱道：“给我一张海棠红啊海棠红/血一样的海棠红/沸血的烧痛/是乡愁的烧痛/给我一张海棠红啊海棠红。”这里“海棠红”的“海棠”叶是现代历史上的中国版图的形状，是当时历史情形下包括蒙古在内的中国国土的形象化比喻。17 世纪，与康熙皇帝私交甚好的蒙古宗教领袖库伦活佛做出了归附大清的决定，蒙古一直属于中国，及至 1945 年 2 月 11 日美、苏、英三国签订涉及外蒙古主权的雅尔塔协议之后，经当时的国民政府于 1946 年承认，外蒙古才独立出去，因此，中国现代文学应该对此前的蒙古现代文学负起研究的责任，如纳楚克道尔基的小说《浩沁夫》和诗歌《我的祖国》，特别是他影响巨大的剧作《三座山》，还有达木丁苏伦的小说《被抛弃的姑娘》等，都有理由成为中国现代文学学术关注的对象。在完成“中国”“现代”文学的学术努力中，应该包含对这个海棠叶所寓含的所有区域文学的学术覆盖。

在涉及国体、国境等重大问题时，我们必须保持审慎的态度，必须承认经过国际公法所确认的现实，但对于历史，我们更应该保持尊重。在中国文学版图的认识上，我们应该显豁地分辨出“现代”与“当代”中国文学的原则区别。“海棠红”的版图属于中国现代文学的应有范围，而“金鸡啼晓”则是中国当代文学的版图形象。

相当一段时间以来，有学者倡导重绘中国文学地图①，这虽然是在中国传统文学研究范畴内的运作，但对中国现代文学的研究有相当的启发作用。如果在中国现代文学研究基础上绘制“中国”的文学地图，会发现我们的研究目前只能抵达“中国”版图的非常小块的角落。需要我们付出努力，将我们的学术视角伸向“海棠叶”所借喻的广大腹地。

因此，最稳妥的办法是将我们的研究老老实实地限定在我们的学术能力范围之内，限定在我们的学术正常抵达的范围之内，进一步提倡汉语新文学，这样将非汉语的文学写作和文学运作列入另外的门类，吁请有特别学术背景的专家去研究。

二、“现代”

中国现代文学作为学术概念，其核心词语是“现代”。“现代”是文学性质的标示，当然也可以仅仅时间性的概念。中国现代文学的学术研究必须同时对“现代”一词的这两方面的概念内涵负责。

越来越多的中国现代文学研究成果会关注并突出现代文学的现代品质，也就是文学的现代性。文学的现代性是一个讨论了很长时间，甚至引起诸多学术争论的概念。这种讨论很难说取得了多少有价值的成果，因为在这方面论证的几乎所有中心论点，都必须而且应该在社会学、政治学和历史学、文化学意义上作出解释，而文学批评家和文学理论家的阐解每每显得绵软乏力，不得要领甚至幼稚可笑。偏偏又只有文学研究者特别是中国现代文学研究者对现代性的概念饶有兴趣，津津乐道，于是这种讨论的结果可想而知。

对于中国现代文学和文化的现代性，有学者总结出九大命题，分别是科技现代性、政体现代性、思维现代性、道德现代性、教育现代性、法律现代性、学术现代性、审美现代性、语言现代性②。这种关于中国现代社会现代性的总结也许是最全面的，然而再全面也无法覆盖文学的现代性所要求的方方面面：难道行为方式和礼仪风俗的现代性不是文学的现代性所要表现的当然内容？难道经济现代性在文学现代性的题材展现方面是可以缺失的内容？

① 杨义：《重绘中国文学地图的方法论问题》，载《社会科学战线》2007 年第 1 期。

② 王一川：《现代性文学：中国现代文学的新传统》，载《文学评论》1998 年第 2 期。

其实，孕育中国现代文学的现代社会在什么时候才在怎样的程度上达到上述现代性的指标？当这样的现代性指标在何种程度上实现时文学的现代性才得到显现或才能得到承认？这些问题都非常复杂，复杂到文学理论家自身其实都难以回答。

正因为如此，有的现代文学研究者完全否认中国现代文学所存在的现代性品质，认为“20世纪中国文学并没有获得现代性，它不属于现代文学史范畴，而只是有古典向现代过渡的阶段”①。这样的论述在展开时相当精辟，因为它将文学相对于意识形态的独立性和文学的现代主义品质视为现代性的必然要求，这是相当具有学术分量的现代性判断。然而文学事实毕竟不能仅为精辟的理论力度喝彩，它还须对文学历史乃至社会历史负责。当中国社会进入现代文化运作的历史语境之后，文学建设连同它的理论建构和创作调整，都不可避免地走上了某种程度的现代性之路；无论这种现代性获得了怎样的成色和怎样的程度，现代性的步步逼近乃是事实而不是雄辩。本着这样的历史认知，论者倾向于将现代性简化，即认为那只是“一股营建新传统的时代气息”：“强调‘自主’的主体意识与强调世界性的开放意识”的融合②。

这种对于文学现代性的理解虽然略显粗疏，但庶几能够辨清现代性与近代性的某种关系。我们的文学史揭示了这样的事实：走向开放，向西方和世界敞开大门，是近代以来的中国社会文化的基本特征，从外观上可以理解为一种近代化的姿态与状貌。然而它是被动的开放和世界化，是在处处不如人、时时受制于人的严酷的情势下被迫敞开国门，被动地接受世界先进的器物、制度与精神的近代文明的体现。到了现代性建设的历史阶段，知识精英们开始以主动的姿态呼吁开放，以主动的精神走向世界，并积极地接受外国文学和文化思潮的洗礼与冲击。陈独秀在《青年杂志》创刊之际这样“敬告青年”：“自主的而非奴隶的”；“进步的而非保守的”；“进取的而非退隐的”；“世界的而非锁国的”；“实利的而非虚文的”；“科学的而非想象的”③。在主体精神高扬的情感状态下，启蒙者们以前所未有的气度选择西方的民主、科学两大旗帜，主动“拥护那德谟克拉西（Democracy）和赛因斯（Science）两位先生”，并认定，“只有这两位先生，可以救治中国政治

① 杨春时：《文学的现代性与中国现代文学》，载《学术月刊》1998年第5期。

② 朱寿桐：《论中国新文学的现代性品格》，载《学术月刊》1997年第3期。

③ 陈独秀：《敬告青年》，载《青年杂志》1915年第1卷第1号。

上、道德上、学术上、思想上一切的黑暗”①。

对于开放和世界化的态度是主动选择还是被动接受，这是判别近代性心态还是现代性心态的基本标尺。中国现代文学以前无古人的开放姿态和无比的积极主动性表达着学习世界文学，建设世界文学和融入世界文学的愿望，这是其现代性的基本心态，也是中国现代文学现代性品质的基本保障。

中国现代文学的研究需要在一定意义上对文学的现代性这一复杂的理论问题作出回答，而有关这一问题注定是见仁见智的讨论，可能很容易提出答案，因而提出的几乎所有答案都不可能获得基本认同。这似乎构成了一个学术性的悖论。当人们避开“现代文学”，而是用“新文学”的概念之后，研究者对这样一个复杂繁难问题操控的主动权就更为明显，因为新文学的研究可以绕开文学的现代性的考量，而只是讨论文学内容与文学形式的新与旧，并由此轻而易举地划定其间的界限。

要完成中国现代文学这一概念所命定的学术任务，即使弹性地处理了文学现代性的讨论，也还必须对“现代”概念的内涵和外延作较为清晰的界定和把握。事实上这样的界定要达到一定的清晰度也并非易事，有人愿意将五四运动的爆发视为中国现代历史的起点，更多的人则坚持将五四新文化运动的发生视为中国现代文化的起步，有人愿意回溯到辛亥革命，还有不少人干脆将现代的起点算到世纪的起点，有人甚至想推到戊戌维新乃至鸦片战争。至于现代的下限，虽然一般认为至中华人民共和国成立，不过将其推延至今，消弭现代与当代区隔的论点亦有相当的市场。关于“现代”历史起讫点的理解体现着社会历史观、政治观和文学观念的纠结，不同的现代历史起讫点的把握与认同，体现在中国现代文学研究方面，必然会呈现出完全不同的学术面貌。

面对中国现代文学这样一个相当普通乃至约定俗成的学术表述，研究者所面临的任务却不仅仅是“现代文学”；凡是在现代历史时期发生的所有文学现象都必须纳入学术研究的范畴之中。于是，现代时期的传统文学写作，便理所当然地成了中国现代文学史研究的必然对象。在中国现代文学的学术框架内，我们不仅要研究新文学，还必须研究有影响有价值的旧体文学写作。例如旧体诗词，产生了毛泽东、鲁迅、郁达夫、柳亚子等一代诗人和词人，他们的旧体诗词写作作为现代的文学记录，应该予以高度的重视和到位的评价。在特定的历史时期，如抗战文学运动的高潮中，传统诗词的写作在现代文人那里不仅是表达情怀、借以宣传的方便手段，而且还是表达民族情

① 陈独秀：《本志罪案之答辩书》，载《新青年》1919 年第 6 卷第 1 号。

怀，体现民族传统文化皈依气节的特殊方式。正是在这种现代文学的意义上，旧体章回小说，特别是俗称“鸳鸯蝴蝶派”的民国旧派小说，以及抗战热潮中兴起的章回体小说，当然也包括与“鸳鸯蝴蝶”的南派小说相对的武侠北派代表，在市民社会大有影响的《蜀山剑侠传》的作者还珠楼主等，都应该纳入现代文学研究的基本范畴。另外，在现代文学时期出现的传统戏曲的创作，还有在抗战时期涌现的许多民间文学的写作，都值得文学史家去搜集并展开分析。总之，传统文学写作文体非常繁富，何以只有旧体诗词和章回体小说能够在现代文坛登堂入室，饶有成就？这倒又是一个复杂的学术问题。

由此可见，如果我们暂且搁置中国现代文学这一习惯概念所包含的种种学术争议，运用汉语新文学这一概念，不仅可以有效地避免上述复杂学术问题的探讨和实际纠结，而且能够集中学术思考，循着比较单纯的线索寻找新文学发生发展的历史规律，在内涵和外延都相当明确的学术条件下进行文学史和文学内在规律的研究。

三、“文学”

中国现代文学研究必须以文学为基本对象。然而，在我们面对的文学史范畴内，“文学”包括哪些内容仍然值得探讨。

不言而喻，文学研究的对象主要是文学创作，是那种依托于、承载于各种被我们承认了的现代文体之上的作品。中国现代文学在创作上确实拥有巨大的丰收，以鲁迅的《呐喊》、《彷徨》，郁达夫的《沉沦》为代表的短篇小说，无论在思想内容还是在艺术技巧方面，都达到了开创性与经典性的统一；巴金的《激流》三部曲、茅盾的《子夜》、老舍的《四世同堂》、路翎的《财主底儿女们》，开创并实践了中国现代长篇小说大河风格叙事的可能性；郭沫若的《女神》使得胡适尝试的作诗如作文的创作经验得到了成功的颠覆，开辟了现代情感诉诸新诗表现的崭新路径；徐志摩、戴望舒、艾青和穆旦的诗歌则以丰富而灵动的意象作诗性的底蕴，从而把准了汉语新诗的诗性本质；田汉的戏剧将汉语话剧的诗剧形态引向成熟，曹禺的戏剧则在学习西方话剧的基础上探索并建立了汉语话剧的至高规范。当然还有朱自清、周作人和林语堂的散文，分别建立了情愫、灵性和幽默趣味表现的散文风格。这一时期出现的新媒体文学，主要是电影文学创作，也对当代中国文学格局产生了深刻的影响。

在充分总结现代文学创作的重要成就的基础上，在审美人格学意义上的重要作家研究，以及在文学风格学意义上创作流派研究，便成为中国现代文学史研究的应有之义。作家研究和流派研究实际上是文学创作研究的延伸和发展的结果，文学创作研究始终是中国现代文学研究的主体和核心内容。

但文学创作绝不意味着文学史的全部，甚至不是文学作品的全部。文学作品通常是文学创作品的简称，其实它还应该包括文学的一般写作品。文学写作并非全是文学创作。文学创作有严格的定义，是指文学家依据生活中的审美体验以及头脑中的审美想象，以语言为材料创造艺术形象的写作活动。并非所有文学家在其所有的写作中都负有创造艺术形象的任务，文学家的有些写作品，如文学理论研究、文学批评、文学家的学术性写作、文学家的社会批评和文明批评写作等，都不是创作品，但却是文学的一般写作品，不应该排斥在文学之外。因此，文学史的研究应该既关注文学创作，也照顾到文学理论、文学批评、文学研究写作。于是，胡适等人的文学进化理论，鲁迅对《苦闷的象征》的译介，朱光潜的文艺心理学理论，袁可嘉的新诗现代化理论，李健吾、阿英的文学批评，鲁迅的《中国小说史略》，还有《中国新文学大系》等，都是中国现代文学史应该包含的有机内容。正因为如此，本书将《中国新文学大系》列为重要内容加以阐述。

不仅如此，现代文学家关于非文学话题的批评性写作，也同样是中国现代文学史研究的内容。文学事业是一项综合性很强的事业，其中包括创作本体、学术本体和批评本体等基本的本体形态。“创作本体基于主体的生命体验，在经验层次上表现对于世界的审美感受，并以文学的经典性、规范性为价值目标，踏踏实实地创作，力图拿出在文学史上有影响，在一定的时代有一定社会审美效应的文学作品。学术本体是指对于文学理论和文学历史进行学术研究的相关建树，这种学术研究不仅服务于文明的积累，而且贡献出不同时代的文学观念。批评本体的文学家以社会、文化、文明批评作为自己的主要目标，作为自己从事文学活动的主要内容，通过文学视角进行社会批评、文化批评和文明批评，以这种批评方式参与社会和时代。”① 在中国现代文学历史时期，创作本体是基本的文学形态，由于特殊的政治气候和文化环境，决定了批评本体同样是这一时期主要的文学形态。《新青年》和《新潮》等启蒙文化期刊固然以倡导新文学为重要使命，同时更重要的任务却是以猛烈的态度批判传统文化，旧有道德和社会百态，所进行的是非文学性的思想文化批判工作。鲁迅从《新青年》时期就热衷于写作文化批判和思想批判的文字，包括“随感录”在内的战斗檄文构成了他早期写作的重要内容。后来参与组建语丝社，专门从事社会批评和文明批评，为营构卓有影

① 朱寿桐：《论中国现代文学的批评本体形态》，载《文艺研究》2006 年第 9 期。

响和力量的“语丝文体”起到了导引和示范的作用，而“语丝文体”便是典型的非文学性的批评写作。鲁迅后期的写作主要集中在杂文方面，这些杂文用以批评文学的只占少数，绝大多数是批评时事，批判历史，揭露种种社会现象的文字，是典型的批评本体的写作。

批评本体的写作并不是文学批评，而是文学家的社会和文化批评，是文学家履行批评职责的写作。这样的写作同样应该算是文学文本，只不过不是文学创作文本而已。

因此，面对中国现代文学，必须进一步明确文学内涵的宽阔性。文学不仅仅是创作，也不仅仅是文学批评以及文学学术，还应包括文学家的社会批评和文明批评的批评本体写作。随着社会的发展，随着知识社会民主意识的提升，文学家局限于文学创作和文学批评的“纯文学”写作的时代早已过去，文学家在从事文学写作的时候必须同时负起社会批评、文明批评、文化批评乃至政治批评的责任，这同样是一种文学写作，同样是一种文学文本的营构，同样是文学史必须面对和研究的对象。

当代文学理论家已经清楚地意识到，现代文学家的文学行为早已是一种复合的整体行为，而不仅仅是创作。德里达的所谓“文学行动”包含着这样的意思，但未能充分展开。其实，文学家所从事的批评本体的写作，既然内容可能是非文学的，那么怎么可以认定为文学文本？当然须考虑到写作者的文学家身份。文学家以自己的身份从事社会批评和文明批评，这种批评的风格、样态，观点甚至立场都相当独特，它可能而且应该被当做一种“文学的批评”，尽管“文学的这种批评”其作用也许与政治有关①。这里，又一个复杂的学术问题出现了，如何确定写作者的文学身份？文学身份与其他身份相比较，其批评的特性到底有哪些？身份研究是中国现代文学史研究面临的一个巨大的潜在问题，这种研究的理想结果可以彻底疏解批评本体写作的文学理论定性和文学史定位问题。

中国现代文学的批评本体写作已经形成了非常厚重的传统，在更为广大的汉语新文学地区，文学身份者从事社会批评和文明批评已经成为一种非常引人入胜的文学景观。例如，柏杨、李敖甚至就以这样的写作立定自己的身价。通过文学身份者的批评本体写作这样的文学定性，才能够对他们的写作做出精确公允的历史评价和学术定位。其他区域的华人写作也是如此，他们一面试练自己的文学创作，一面以文学者的身份进行政治的、社会的和文化

① ［法］雅克·德里达：《文学行动》，赵兴国等译，中国社会科学出版社1998年版，第5页。

的批评，以此发表自己的主张，以此表明族群的态度，而所有这些写作品都可以纳入文学研究的范畴。

文学的学术范畴将在理论探寻中进一步扩大，文学史研究的操作实践也将面临着更为丰富的对象。除了批评本体的文本而外，还需要对文学倡导、文学运动和文学论争作更加清晰的学术界定。中国现代文学是在与旧文学传统抗争，与传统文化习惯抗争，与现实的种种既定秩序和政治限制抗争的环境中发生发展的，因而其形成过程中充满着文学倡导、文学运动和文学论争。以前的中国现代文学史研究并没有忽略这些内容，但都将这种文学运作当做文学创作的必要前提，当做影响文学创作的基本要素加以看待。其实，一个特定时代的文学，特别是中国现代文学，文学倡导、文学运动和文学论争，远不是文学创作的服务手段或者是文学创作的附属品，而是与文学创作密切相关但却独立于文学创作的文学运作。特别是在文学和文化势力对垒比较突出的时代，在一种文学新质浑然崛起的时代，也就是中国现代文学这个典型时代，文学运作往往比文学创作更具有深刻的历史痕迹，更具有深远的时代影响力，因而对这一段文学史的成色、特征起到更加明显的影响作用。这样的学术认知也许不能改变中国现代文学史写作的基本结构，但却有助于更加全面地、科学地、系统地认识中国现代文学史的基本价值构成，为中国现代文学史学术水平的进一步提高，为中国现代文学史研究理论含量的进一步加大提供学术可能性。

第一编

“五四”文学革命运动与中国新文学的发生、发展

第一章　新文学的前奏

作为中国新文学的前奏，中国近代文学原本包括近代时期仍然持续了传统的“古典”形态和内容的文学，以及经过改良而有近代化意识和形态的“近代文学”。其中，近代形态的文学在晚清以来的曲折发展中，探索了传统文学在形式和内容上可值改良的边界，也以其丰富的理论建设和文学实践涵养了新文学，为新文学的发展做了准备。首先是晚清以降的文学改良运动，主要是倡导白话文，进行诗界革命、文界革命和小说界革命，其次是严复、林纾等人的翻译文学，为中国文学带来了新的词汇和思想文化内容，也带来了新的思维方式和写作手法。继起的革命派文学则参与并继续拓展了文学改良运动，在更大规模上进行了文学改良实践，并在此基础上促进了改良文学的职业化和商业化。除了外在形式上的改良，革命派文学对文学内质的解放更为重要，因而与新文学建立了更加紧密的精神联系。改良文学和革命文学对俗文学的推动，使得通俗文学的地位亦得以提高，并在思想内容和体裁形态上都一度受到改良和革命等主题的先锋性影响，成为新文学的先声。但随着辛亥革命的结束，通俗文学失去了有限的先锋性而向原有属性回归，因而遭到新文学界的强烈批判。

第一节　改良派文学：梁启超等人的努力

成为中国新文学前奏和准备的中国近代文学，原本包含着传统的“古典”形态，并含有近代化的思想意识和艺术样式，因此成为中国新文学与中国传统文学联系的中间纽带。

所谓近代形态的中国文学，始于政治维新运动。寻求政治改良的维新派思想家发现原有的古典文学一方面无法满足他们表达近代思想及认知的需要，一方面又无法承担对民众的思想文化启蒙也即所谓“新民”的重任，于是顺理成章地倡导白话文，诗界革命、文界革命和小说界革命等文学改良运作便就从此开始。

这场文学改良运动的核心人物是梁启超。钱玄同说：“梁任公实为创造新文学界之一人。虽其政论诸作，因时变迁，不能得国人全体之赞同，即其文章，亦未能尽脱帖括蹊径，然输入日本新体文学，以新名词及俗语入文，视戏曲小说与论记之文平等（梁君之作《新民说》，《新罗马传奇》，《新中国未来记》，皆用全力为之，未尝分轻重于其间也），此皆其识力过人处，鄙意论现代文学之革新，必数梁君。”① 这是对梁启超的解放文体的方法、观念的功绩的颂扬，也可以作为这一代人文学改良努力的总结，更可以说明近代文学改良与新文学发生之间的密切关系。

一、白话文的倡导

白话文相对文言文来说是一种语体文，在古代中国书面的白话文主要存在于话本小说等通俗文学之中。至清末，黄遵宪、梁启超和裘廷梁等为代表的一批维新派思想家，为了开发民智，开始旗帜鲜明地提倡白话文。他们在论述中主要以欧西与日本成功的文字改革为典范，以语言文字的进化观、上古时代原本言文一致论等观点作为白话文的理论支持。

在倡导白话文的过程中，白话文的价值也得到逐步深入的认识。在文学改良的初期，白话被称为流俗语或俗语。1868 年，黄遵宪提出俗语入诗，并指出文言原本也是流俗语，“我手写吾口，古岂能拘牵。即今流俗语，我若登简编，五千年后人，惊为古斓斑”②。在 1887 年的《日本国志·学术志》中，他又以日本的文字改革为范例，指出了言文合一对民智的影响：“欲令天下之农工商贾妇女幼稚，能通文字之用，其不得不于此求一简易之法哉！”③ 1897 年，裘廷梁发表《论白话为维新之本》，不称俗语而称“白话”，全面分析了白话和文言的利弊，提出“愚天下之具，莫文言若；智天

① 钱玄同：《寄陈独秀》，载《新青年》1917 年第 3 卷第 1 期。

② 黄遵宪：《杂感》，载钟贤培、管林、谢华、汪松涛：《黄遵宪诗选》，广东人民出版社 1985 年版，第 304 页。

③ 黄遵宪：《日本国志》卷三十三，载王宝平：《晚清东游日记汇编》之影印本《日本国志》，上海古籍出版社 2001 年版，第 347 页。

下之具莫白话若”，应该“崇白话而废文言”①，在新文化运动之前首次将白话放在了全面否定文言的位置。

到1906年，《竞业旬报》第一期发表了署名大武的《论学官话的好处》，主张“要救中国，先要联合中国的人心，要联合中国的人心，先要统一中国的语言。……中国全国通行官话，只须摹仿北京官话，自成一种普通国语哩”②。此文最早由倡白话而至倡“国语”，并为后来的胡适所注意。

自此，由“俗语”到“白话文”再到“国语”，从流俗之语到官方的民族共同语，白话文的地位和功能完成了一个三级式的跳跃。

除了理论上的倡导，在19世纪末20世纪初的晚清也出现了一个创办白话刊物及使用白话写作的热潮。上海创刊最早的白话报是1897年11月7日的《演义白话报》，接下来便是裘廷梁1898年5月创办的《无锡白话报》，随后白话报刊风行全国。有人统计，从1897年至1918年，全国有各种白话报刊170余种③。革命派中的刘师培、林白水等很多人也办过白话报。

当然，晚清时期的白话文运动，与新文化运动的语言革命还是有区别的。晚清白话文运动为白话文争地位，大多数并不从根本上排斥文言文，只是强调白话文的辅助功能：“态度则是二元的，不是凡文字都有用白话写，只是为一般没有学识的平民和工人才写白话的。”④“专为通俗易解，可以普及常识，并非取文言而代之。”⑤这与新文学倡导者独尊白话而欲以之取代文言的诉求相距甚远。

为了全方位地服务于政治维新和社会改良，除了在语言改革上张目而外，改良派文人还分别从文体革命的角度改良文学的内涵与功能，于是陆续开展了诗界革命、文界革命和小说界革命的运作。

---

① 裘廷梁：《论白话为维新之本》，载李春雨、杨志：《中国现代文学资料与研究上》，北京师范大学出版社2008年版，第11页。

② 大武：《论学官话的好处》，转引自胡适：《四十自述》，载姚鹏、范桥：《胡适散文·第4集》，中国广播电视出版社1992年版，第370页。

③ 蔡乐芬：《清末民初的一百七十余种白话报刊》，载丁守和：《辛亥革命时期期刊介绍》第5集，人民出版社1987年版，第493页。

④ 周作人：《中国新文学大系散文一集·导言》，转引自王家生：《中国现代文论选》(第一册)，贵州人民出版社1982年版，第576页。

⑤ 蔡元培：《中国的新文学运动》，载《中国新文学大系·导论集》，上海书店1996年版，第9页。

二、诗界革命

1899年，梁启超在《夏威夷游记》中提出了“诗界革命”的主张。他说，诗的境界已被“千百年来鹦鹉名士占尽”，认为“非有诗界革命，则诗运殆将绝”。所以诗界急需革新，“故今日不作诗则已，若作诗，必为诗界之哥仑布、玛赛郎然后可”。他认为革新的方向，是新意境、新语句、古风格。“欲为诗界之哥仑布、玛赛郎，不可不备三长。第一要新意境，第二要新语句，而又须以古人之风格入之，然后成其为诗。”他指出所谓的新意境新语句，是欧洲之意境和语句：“欧洲之意境、语句，其繁富而玮异。得之可以陵轹千古，涵盖一切。”①

作为一个名词，诗界革命虽然是在1899年提出，但它其实是对这之前早已出现的诗歌革新现象的总结。被包容在诗界革命中的诗歌，实际上有新学诗、新派诗以及新体诗等不同的类型。

其中，新学诗是诗界革命的最早形式，始于1985年的秋天梁启超、夏曾佑和谭嗣同在北京的一次关于诗歌革新的讨论。所谓新学诗，就是大量使用新名词入诗，“挦扯新名词以自表异”②，因而颇不同于传统的某种诗歌。当时维新派倡导改良的思想资源，包括来自西方的近代思想文化，也有以维新观念对传统文化中的今文经学、陆王心学和佛学等的重新解读。这些内容都成为新学诗挦扯的新名词，所谓“亚欧裨国谋空壮，耶佛评论语更鲜”③。谭嗣同的《金陵听说法诗》就是典型一例：“而为上首普观察，承佛威神说偈言。一任法田卖人子，独从性海救灵魂。纲伦惨以喀私德，法会盛于巴力门。大地山河今领取，庵摩罗果掌中论。”④ 诗中即可见“佛、孔、耶”三教内容的大杂烩，还有喀私德（印度种姓制度）、巴力门（议会）等外来的音译词。夏曾佑的诗写圣经故事，“冰期世界太清凉。洪水芒

① 梁启超：《夏威夷游记》，载《梁启超选集》上卷，中国文联出版社2006年版，第325页。

② 梁启超：《夏威夷游记》，载《梁启超选集》上卷，中国文联出版社2006年版，第327页。

③ 蒋观云：《旅居日本怀钱塘碎佛居士》，转引自张永芳：《诗界革命与文学转型》，中国社会科学出版社2005年版，第80页。

④ 谭嗣同：《金陵听说法诗》，载北京大学中文系1955级：《近代诗选》，人民文学出版社1963年版，第350页。

芒下上方。巴别塔前一挥手，人天从此感参商”①，也是一时代表之作。

新学诗不无生硬地塞入新名词，“苟非当时同学者，断无从索解”，历来文学史都有批评。但这并不是新学诗作者们的过错。其时西方书籍翻译很少，又只有少数的先行者在一知半解地学习，一如梁启超所说，“当时在祖国无一哲理政法之书可读，合党二三子号称得风气之先，其思想之程度若此”②。再则即使翻译了的书籍译词也还没有统一、规范和普及，异译很多，因而梁启超所说无从索解就是不可避免的现象。无论如何，新学诗在思想和形式上的开拓之功，是值得称颂的。陈子展说：“他们是生在外来学术输入中国不过一点半滴的时候，尽其最善之力，只能做到如此。同时我们还得佩服他们革新的精神，向诗国冒险的精神。”③

诗界革命中的新派诗始于 1897 年。黄遵宪在《酬曾重伯编修》中说，“费君一月官书力，读我连篇新派诗”④，开始把自己的一些诗歌称为“新派诗”。这种新派诗以黄遵宪的《今别离》为代表，描写火车、电线等新事物，但尽量保持了传统的风格和主题，保持了诗歌的文学美感。1899 年，梁启超在《夏威夷游记》中提出诗界革命时，也批评了夏曾佑、谭嗣同写的新学诗，而认为黄遵宪才是进行了诗歌革新又保持了审美特质(“诗人之诗”）的典范：“时彦中能为诗人之诗而锐意欲造新国者，莫如黄公度。”⑤

不过，通过新派诗，梁启超也认识到了“新语句”与“古风格”之间有不可调和的矛盾。黄遵宪的诗之所以成功，是对新语句用得不多，“其集中有《今别离》四首，又《吴太夫人寿诗》(即《拜曾祖李太夫人墓》)等，皆纯以欧洲意境行之，然新语句尚少。盖由新语句与古风格，常相背驰。公度重风格者，故勉避之也”。而新学诗因为新语句用得多，才使诗歌失去了文学性，“其语句则经子生涩语、佛典语、欧洲语杂用，颇错落可喜，然已不备诗家之资格”。因此，依靠少用新语句，而且所用也多是火车等器物而非观念方面的新语句来获得艺术上的优势的黄遵宪式新派诗，仍然不能让梁

① 梁启超：《亡友夏穗卿先生》，载《欧游心影录》，四川文艺出版社 1998 年版，第 366 页。

② 梁启超：《饮冰室诗话》，载方志钦、刘斯奋：《梁启超诗文选》，广东人民出版社 1983 年版，第 486 页。

③ 陈子展：《中国近代文学之变迁》，上海古籍出版社 2000 年版，第 9 页。

④ 黄遵宪：《酬曾重伯编修》，载《人境庐诗草笺注》(中)，上海古籍出版社 1981 年版，第 762 页。

⑤ 梁启超：《夏威夷游记》，载《梁启超选集》上卷，中国文联出版社 2006 年版，第 325 页。

启超满意。所以无论是黄遵宪还是夏曾佑等人，“皆片鳞只甲，未能确然成一家言；且其所谓欧洲意境语句，多物质上琐碎粗疏者，于精神思想上未有之也”①。

于是，梁启超最终认可的诗界革命，是郑西乡的《奉题星洲寓公风月琴尊图》一诗中，能有精神思想上的新语句新意境的诗风：“全首皆用日本译西书之语句，如共和、代表、自由、平权、团体、归纳、无机诸语皆是也。吾近好以日本语句入文，见者已诧赞其新异，而西乡乃更以入诗，如天衣无缝。”② 郑西乡的这种成绩是通过戊戌之后西学日益传播，以及日式译词的成系统输入与日渐普及做到的（关于日译词在下一节翻译部分会有继续的论述）。正因为共和、代表、自由等词，此时已经和其含义一起为国人所接受和普及，在梁启超此后《清议报》和《新民丛报》主持的《诗文辞随录》和《诗界潮音集》两个专栏上所刊登的诗歌中，此类新词语被广泛使用并用得自然贴切，连后来的读者也不觉得生涩。

1902 年，黄遵宪又试做了歌谣体的《军歌》、《幼稚园上学歌》、《小学校学生相和歌》多篇寄给梁启超，自称其为“新体”，“虽然，愿公等拓充之，光大之”③。这种“新体诗”，就是吸收民歌和古诗歌行体形式，以突破近体诗律的格式，扩大诗歌表现力：“当斟酌于弹词、粤讴之间，句或三或九，或七或五，或长或短，或壮如《陇上陈安》，或丽如《河中莫愁》，或浓如《焦仲卿妻》，或古如《成相篇》，或徘如徘伎辞，易乐府之名而曰‘杂歌谣’，弃史籍而采近事。”④

虽然在此之前也有改良派诗人写过类似歌行体诗歌，但“新体诗”自黄遵宪始得以命名并激发了一个普遍创作热潮。这种新体诗除了可以以通俗方式表达改良思想，还有更强的叙事功能。黄遵宪创作了很多歌体长篇叙事诗，如《琉球歌》、《悲平壤》、《台湾行》、《降将军歌》、《度辽将军歌》、《冯将军歌》、《聂将军歌》、《锡兰岛卧佛》、《赤穗四十七义士歌》，因为记录了当时重大事件，被陈子展称为诗史。梁启超将新体诗看做诗界革命的最

---

① 梁启超：《夏威夷游记》，载《梁启超选集》上卷，中国文联出版社 2006 年版，第 326 页。

② 梁启超：《夏威夷游记》，载《梁启超选集》上卷，中国文联出版社 2006 年版，第 325 页。

③ 黄遵宪：《致梁启超函》，载陈铮：《黄遵宪全集》上册，中华书局 2005 年版，第 432 页。

④ 黄遵宪：《致梁启超函》，载陈铮：《黄遵宪全集》上册，中华书局 2005 年版，第 438 页。

大极限，评黄遵宪的《军歌》说：“诗界革命之能事，至斯而极矣。”①

诗界革命不仅允许俚俗语言入诗，而且倡导新语汇、新词藻新概念入诗，并试图建立新的诗歌体制，这都为新文学运动中拔得头筹的新诗倡导做了理论上的准备和实践上的示范。

三、文界革命

文界革命是1899年梁启超在《夏威夷游记》中与诗界革命一起提出来的。他通过称赞日本政论家德富苏峰之文，提出了这一概念：“其文雄放隽快，善以欧西文思入日本文，实为文界别开一生面者，余甚爱之。中国若有文界革命，当亦不可不起点于是也。”② 1902年，梁启超于《新民丛报》上介绍严复所译《原富》时又说：“夫文界之宜革命久矣，欧美、日本诸国文体之变化，常与其文明程度成比例。况此等学理邃赜之书（按指严复的翻译），非以流畅锐达之笔行之，安能使学僮受其益乎。”③ 因此文界革命，总的来说就是令文章内容上要有欧西文思，风格上要雄放隽快以感人，又要流畅易懂以利传播。到1920年，在《清代学术概论》中，梁启超又以“新文体”一词，给了文界革命一个更好的总结：“至是自解放，务为平易畅达，时杂以俚语、韵语及外国语法，纵笔所至不检束。学者竞效之，号新文体，老辈则痛恨，诋为野狐；然其文条理明晰，笔锋常带情感，对于读者，别有一种魔力焉。”④

与诗界革命一样，文界革命也是在已有的文学革新实践上的一个总结，是基于维新派的对报刊文体不断改良实践的产物。梁启超和麦孟华主编维新派最早的刊物《中外纪闻》时，就已形成了一种平易畅达的“报章体”文学。1896年8月《时务报》创刊，梁启超作为《时务报》的主笔，这种文风又被称为“时务文体”。百日维新后梁启超流亡日本，主持《清议报》（1898）、《新民报》（1902），又将这种报章体进一步发展，借用更多现成的日本译词，因而被称为“新民体”。

平易畅达的新文体也受到一些批评，坚持以典雅的古文言形式翻译西学

---

① 梁启超：《饮冰室诗话》，人民文学出版社1959年版，第43页。

② 梁启超：《夏威夷游记》，载《梁启超选集》上卷，中国文联出版社2006年版，第325页。

③ 梁启超：《绍介新著〈原富〉》，载《新民丛报》1902年第1期。

④ 梁启超：《清代学术概论》，载夏晓虹：《中国现代学术经典·梁启超卷》，河北教育出版社1996年版，第195页。

的严复就反对文界革命，认为降低了文学品质："文界复何革命之与有？""若徒为近俗之辞，以取便市井乡僻之不学，此于文界，乃所谓凌迟，非革命也。"① 对此，梁启超则认为，作为觉世之文，为了启蒙大众，必须词达为上。"传世之文，或务渊雅古茂，或务沉博绝丽，或务瑰奇奥诡，无之不可。觉世之文，则辞达而已矣。当以条理备细，词笔锐达为上，不必求工也。"②

作为文界革命核心思想的"觉世之文"说，直接启发了新文学家的文学思维，并成为后来文学革命运动的思想基础和理论原则。

四、小说界革命及戏剧改良

1902 年，梁启超在《论小说与群治之关系》一文中提出了"小说界革命"。在文中，他将历来被视为小道而摒弃于文学之外的小说赞之为"文学之最上乘"，极大地提高了俗文学的地位。他还以"熏"、"浸"、"刺"、"提"概括了小说作为一种文学形式的艺术感染力，"有不可思议之力支配人道故"。但他亦指出，中国原有的小说思想陈腐落后，带来的是不良影响："吾中国人状元宰相之思想何自来乎？小说也。吾中国人佳人才子之思想何自来乎？小说也。吾中国人江湖盗贼之思想何自来乎？小说也。吾中国人妖巫狐鬼之思想何自来乎？小说也。"因此，梁启超提出要进行小说界革命，以革命后的新小说来完成新民使命。"欲新一国之民，不可不先新一国之小说。故欲新道德，必新小说；欲新宗教，必新小说；欲新政治，必新小说；欲新风俗，必新小说；欲新学艺，必新小说；乃至欲新人心，欲新人格，必新小说。""今日欲改良群治，必自小说界革命始，欲新民，必自新小说始。"③

在提出小说界革命理论的同时，梁启超还在日本创办了自认为是"中国唯一之文学报"的刊物《新小说》，发刊词称，"本报宗旨，专在借小说家言，以发起国民政治思想，激励其爱国精神。一切淫狠鄙野之言，有伤德育者，在所必摒"，"著、译各半"，"文言、俗语参用；其俗语之中，官话

① 严复：《严复致梁启超》，载《严复集》第 3 册，中华书局 1986 年版，第 516 页。

② 梁启超：《湖南长沙时务学堂学约》，载《时务报》，1897 年 12 月，第 49 册。

③ 梁启超：《论小说与群治之关系》，载《梁启超选集》上卷，中国文联出版社 2006 年版，第 316~320 页。

与粤语参用”①。按照这种宗旨，《新小说》刊发了大量创作小说和翻译小说，比较著名的有《新中国未来记》、《二十年目睹之怪现状》、《九命奇冤》、《痛史》等。梁启超的《论小说与群治之关系》和他亲自创作的未完结政治小说《新中国未来记》，也登载在《新小说》上。《新小说》登载的作品和期刊的模式大都被而后涌现的小说杂志模仿借鉴。其中较有影响的《绣像小说》(1903)、《月月小说》(1906)，《小说林》(1907) 和《新小说》合称为“晚清四大小说杂志”。

小说界革命提高了俗文学地位，促进了近代小说的繁荣。但它亦有明显的局限，关键是其出发点乃在出于工具性目的来借用小说的影响力，而不是真正认识到小说的审美价值。小说的作用被夸大成一个全能神话，但对小说本身的文学特质认识不够。梁启超认为包括许多优秀作品的“中土小说”诲淫诲盗，与传统的道学家的看法并无太大不同。面对中国原有小说的缺憾，他引进日本的政治小说形式来实现他的政治意图，但结果又往往图解概念而缺乏艺术价值，一如他自己创作的《新中国未来记》，编中往往多载法律、章程、演说、论文等，连篇累牍，毫无趣味。

“传奇，小说之一种也。”② 近代文学时期小说和戏剧的分界尚不明晰，改良派所论的小说界革命其实也包括戏剧在内。在《小说丛话》中，梁启超曾将戏剧家汤显祖、孔尚任、蒋士铨与拜伦、弥尔顿等著名西方诗人相比。在《饮冰室诗话》中还说，“欧美学生，常有于休学时合演杂剧者。戏曲为优美文学之一种，上流社会喜为之，不以为贱也”③。梁启超还亲自创作有《劫灰梦传奇》、《新罗马传奇》、《班定远平西域记》等剧本，不仅鼓吹维新思想，在形式和语言上对僵化的传统戏曲形制也有所突破，而且前两部戏还破天荒地写的是西方题材的故事。他创作的目的，也是希望能借戏剧进行社会变革和民众启蒙，“借雕虫之小技，寓遒铎之微言”④。在他的《劫灰梦传奇》里借人物之口说：“你看从前法国路易十四的时候，那人心风俗不是和中国今日一样吗？幸亏有一个文人叫做福禄特尔（今译伏尔泰）

---

① 新小说报社：《中国唯一之文学报新小说》，载黄霖、韩同文：《中国历代小说论著选》(下)，江西人民出版社 1985 年版，第 31 页。

② 浴血生：《小说丛话》，载阿英：《晚清文学丛钞・小说戏曲研究卷》，中华书局 1960 年版，第 335 页。

③ 梁启超：《饮冰室诗话》，载《新民丛报》，1905 年 1 月，第 61 号。

④ 梁启超：《新罗马传奇・楔子一出》，载阿英：《晚清文学丛钞・传奇杂剧卷》，中华书局 1962 年版，第 325~326 页。

的，做了许多小说戏本，竟把一国的人从睡梦中唤起来了。”① 梁启超创办的《新小说》杂志也刊登了许多改良戏剧作品，例如寄愤生的《警黄钟传奇》、川南筱波山人的《爱国魂传奇》、蒋鹿山的《冥闹》、南荃外史的《叹老》等。

小说界革命和戏剧改良并未在创作上给新文学起到有效的示范作用，但对于新文学观念的形成产生了积极而深刻的影响，文学能够“新民”，通俗文学的价值需要重估甚至值得推崇，这些都成为文学革命运动和新文学建设的重要言论基础和思想资源。

第二节　严复和林纾：翻译创造的文学史

中国新文学的建立既继承了中国文学的传统，也接受了外国文学的营养，因而，近代以来对外来文学的翻译，全面而持久地影响了新文学的发生发展，翻译几乎创造了新文学的崭新历史。

中国近代文学翻译始于 1864 年，时任清廷总理各国事务衙门大臣的董恂翻译了美国诗人朗费罗的《人生颂》。不过国人最初主要翻译的是介绍声、光、化、电的科学书籍。到甲午战争前后，随着日渐认识到“泰西所以治平者，固不专在格致也”②，对西学中的社会科学以及文学艺术的翻译才开始蔚为大观。

这一时期的翻译有非常鲜明的近代特色，例如用文言翻译，译文的体裁风格尽量迎合中国原有的文学形式和认知水平，对原文常常随意进行增删和修改，等等。不过大量的翻译作品在文学的观念、体裁、内容和主题上仍然对近现代文学产生了巨大影响。

在这个翻译大潮中，最有影响力的有两位译者，那便是翻译社会科学名著的严复和翻译通俗小说的林纾。王佐良在《严复的用心》一文，给了他们极高的评价，把他们的翻译视为近代文化变革的前驱：

“在历史上，一个大的文化运动往往有一个翻译运动伴随或作为前驱。中国在 19、20 世纪之交酝酿着一个文化上的巨变，也有一个翻译运动应运而生。只不过，这个运动虽然造成一时声势，影响更为深远，却只是两个人

① 梁启超：《劫灰梦 · 楔子一出 · 独啸》，载阿英：《晚清文学丛钞 · 传奇杂剧卷》，中华书局 1962 年版，第 688 页。

② 高凤谦：《翻译泰西有用书籍议》，载《中国近代文学大系 · 文学理论集二》，上海书店 1995 年版，第 732 页。

的努力结果。1896年林纾译了法国小仲马的小说《巴黎茶花女遗事》，使中国读书界了解到西方大都市中青年男女的感情生活。1897年严复在天津创办《国闻报》，开始在上面连载他自己所译的赫胥黎的《天演论》，让中国高级知识界接触到当时最新的西方思想。”①

社会科学类的严氏译著进入了文学史，和小说类的林译成为并列的双子星座。这是因为在“文化巨变”时代，严译带来的新思想和新语汇对包括文学在内的每个领域都有指导性的影响，而且严译本身也具有文学价值。而另一方面，也是因为此时纯文学观念尚未建立，“文章”的概念仍混沌一体地囊括了文学和非文学。于是采用桐城派文风的严译，也常被视之为桐城派“文学”。

一、严复翻译的西学名著

由于认为“欲开民智，非讲西学不可”②，严复有目的地翻译了大量西方学术著作，为国人第一次系统解说了西方的民主、平等、自由思想和社会制度，推动了维新思想的发展和传播。正如王佐良所说，严译每一本都是资本主义思想的奠基之作，涉及经济、政治、哲学、社会学、科学等重要方面，合起来构成了近代西方的主导的意识形态系统。其中最重要的八本译作：赫胥黎的《天演论》、亚当·斯密的《原富》、斯宾塞的《群学肄言》、约翰穆勒的《群己权界论》与《名学》、甄克斯的《社会通诠》、孟德斯鸠的《法意》以及耶芳斯的《名学浅说》，被称为“严译八大名著”。

在《天演论》例言中，严复提出了他的翻译理论：“译事三难”，“信、达、雅”。所谓信，是要忠实于原文。但他也说，如果“不达，虽译，犹不译”。达是要向读者传达出意义。为了在当时的国人认知水准下，能有“达”的最好效果，严复只能求其大意上的“信”而不拘字词的小节。于是他的翻译是在领会全文意义后再按中国人的思维方式和语言习惯进行“重写”和增删改动，他亦因此认为自己的翻译只能称为“达旨”，而不能称“笔译”：“译文取明深义，故词句之间，时有所颠倒附益，不斤斤于字比句次，而意义则不倍本文。题曰达旨，不云笔译，取便发挥，实非正法。”当然他也认为这只是权宜之策，并不希望后来者继续他这种译法：“什法师有

---

① 王佐良：《严复的用心》，载牛仰山、孙鸿霓：《严复研究资料》，海峡文艺出版社1990年版，第307页。

② 严复：《原强》，载《严复集》第3卷，中华书局1986年版，第780页。

云：'学我者病'。来者方多，幸勿以是书为口实也！"①

信、达而外，严复亦"求其尔雅"，也就是选择比较典雅的文言来进行翻译。这使他的译文受到了梁启超的批评，认为"此等学理邃赜之书，非以流畅锐达之笔行之，安能使学僮受其益乎"②。而严复认为这是因为他的读者对象是较高层次的知识分子："非以饷学童而望其受益也，吾译正以待多读中国古书之人。"③ 此外，他选择文言还有个原因，就是他认为古汉语比近世的俗语更为精微准确，更有利于表达复杂精密的西学理论："此不仅期以远已耳，实则精理微言，用汉以前字法句法则为达易，用近世利俗文字则求达难，往往抑义就词，毫厘千里。审择于斯二者之间，夫固有所不得已也。"④

典雅的文言确实使严译名著及其带来的意识形态被士大夫阶层接纳，这是严复对思想史的伟大贡献。鲁迅说《天演论》，"桐城气息十足，连字的平仄也留心。摇头晃脑的读起来，真是音调铿锵，使人不自觉其晕，这一点竟感动了桐城派老头子吴汝纶，不禁说是'足与周秦诸子相上下'了"⑤。然而严复也为他的翻译形式付出了代价。王国维就批评过严复翻译创造之语难解，且过分拘泥于单音节的构词方式，以致译词不如日译多音节词表意精密："日本人多用双字，其不能通者，则更用四字以表之。中国则习用单字，精密不精密之分，全在于此。"⑥ 对此，王国维是建议用日语译词的。鲁迅也批评了严复古雅的译词方法并不合适："从前严几道从甚么古书里——大概也是《庄子》罢——找着了'幺匿'两个字来译Unit，又古雅，又音义双关的。但是后来通行的却是'单位'。严老先生的这类'字汇'很多，大抵无法复活转来。"⑦ 因此严复的翻译中虽然也有一些比较成功的新

---

① 严复：《〈天演论〉译例言》，载牛仰山、孙鸿霓：《严复研究资料》，海峡文艺出版社1990年版，第117页。

② 梁启超：《绍介新著〈原富〉》，载《新民丛报》1902年第1期。

③ 严复：《与梁任公论所译〈原富〉书》，载牛仰山、孙鸿霓：《严复研究资料》，海峡文艺出版社1990年版，第124页。

④ 转引自罗新璋：《翻译论集》，商务印书馆1984年版，第136页。

⑤ 转引自牛仰山、孙鸿霓：《严复研究资料》，海峡文艺出版社1990年版，第284页。

⑥ 王国维：《论新学语的输入》，载吴无忌：《王国维文集》，北京燕山出版社1997年版，第337页。

⑦ 鲁迅：《难得糊涂》，载《准风月谈》，人民文学出版社1980年版，第182页。

词成了社会流行语，“物竞、天择、储能、效实诸名皆由我始”①，但中国近代西学多从日本转道舶来，19 世纪初在留学潮和办新学的过程中形成的新知识阶层，习用日语名词者占多。再加上严复译词本身的缺限，终致严复的译词“在与日本新词的对决中，初显优势，但终于失败”②，是日语译词而非严复译词最终成为中国学术界的大多数标准翻译并沿用至今。

不过即使如此，严译对近现代文学仍有他巨大的影响。“物竞天择，适者生存”的进化论思想作为他引进的最负盛名的观念，推动了中国各方面的变革欲求，也为改良文学以及日后的新文学运动提供了理论基石。此外，他的译文还有一个重要贡献，就是对近现代中文的逻辑思辨能力的拓展，经由章士钊的逻辑文，亦影响了新文化与新文学。

二、林纾的翻译小说

1896 年，林纾在游石鼓山的船上和朋友王寿昌开始翻译法国作家小仲马的小说《茶花女》，最初是为了排遣丧偶的忧伤。作为一个译者，林纾并不懂外文，但他能写一手很好的古文。他们的翻译是懂外语的王寿昌根据原文口述小说内容，由林纾用古文记录下来。这种特殊的翻译方式，其实在佛教初传中国之时就曾经出现过，彼时西来胡僧尚不娴汉语，于是口述大意，请中国人担任“笔受”写成文字③。在仍然必须采用繁难的古汉语而外语人才很难兼通的近代中国，这种翻译形式又一次出现。

1898 年，林纾译的《巴黎茶花女遗事》(以下皆称《茶花女》）出版并获得了巨大的成功，被誉为外国的《红楼梦》，“不胫走万本”。林纾受此鼓励，开始大量翻译西方小说，一共译了 183 种作品，成为“介绍西洋近世文学的第一人”④，“欧洲作家史各德、狄更司、华盛顿·欧文、大仲马、小仲马诸人的姓名也因林先生而始为中国人所认识”⑤。就新文学来说，林译小说也为近现代文学提供了来自异域的典范之作，从思想内涵到语体和文

① 严复：《〈天演论〉译例言》，载牛仰山、孙鸿霓：《严复研究资料》，海峡文艺出版社 1990 年版，第 118 页。

② 张法：《严复哲学译词：特征与命运——“中国现代哲学语汇的缘起与定型”研究之二》，载《中国政法大学学报》2009 年第 2 期。

③ 孙昌武：《佛教与中国文学》，上海人民出版社 1988 年版，第 31 页。

④ 胡适：《五十年来之中国文学》，载牛仰山、孙鸿霓：《严复研究资料》，海峡文艺出版社 1990 年版，第 273 页。

⑤ 郑振铎：《林琴南先生》，载薛绥之、张俊才：《中国文学史资料全编·现代卷 28 林纾研究资料》，知识产权出版社 2010 年版，第 135 页。

体上带来了巨大影响。

例如，林译小说在近代小说（也包括戏剧）的主要主题和题材上提供了基本范型（社会小说、言情小说等）。林纾曾表示他翻译的目的就是“日为叫旦之鸡，冀我同胞警醒”①。他翻译的美国斯托夫人的《黑奴吁天录》（今译《汤姆叔叔的小屋》）因为与中国民族危机现实相呼应，就有读者呼吁“我愿书场、茶肆、演小说以谋生者，亦奉此《吁天录》，竭其平生之长，以摹绘其酸楚之情状、残酷之手段，以唤醒我国民”②。此外他翻译的《茶花女》等言情小说、哈葛德的探险小说等作品，对反对封建礼教，促进个性解放和个人主义发展也有巨大意义。林译小说因此体现了维新运动以来的文化启蒙理想，亦成为“五四”新文化精神资源之一。

其次，林译小说也为近代文学带来了写作方法和艺术上的新范型。林纾曾试图用古文义法来概括西方小说精巧的布局方法，在《黑奴吁天录》“例言”中指出：“是书开场、伏脉、接笋、结穴，处处均得古文家义法。可知中西文法，有不同而同者。”③ 这种比附不仅探索了小说的创作艺术，也将小说提高到了传统文学中古文才有的崇高地位。再如，他赞扬狄更斯的小说有与中国传统小说完全不同的现实主义题材和细节表现力，“扫荡名士美人之局，专为下等社会写照”，“从未有刻画市井卑污龌龊之事，至于二三十万言之多，不重复，不支厉，如张明镜于空际，收纳五虫万怪，物物皆涵涤清光而出，见者如凭阑之观鱼鳖虾蟹焉”④。林译小说因此为近代小说在改良派生硬说教的政治小说之外，为中国新小说提供了另一种更接近文学审美本质的创作范型。

再次，林纾通过他的优美译文，促进了近代语言的变革，对新文学的文学语言形成也有深远影响。林纾翻译用的是一种较为清通的改良古文。钱钟书说，林纾译书所用文体是他心目中认为较通俗、较随便、富于弹性的文言。它虽然保留若干‘古文’成分，但比‘古文’自由得多”。因此“古文”里绝不容许的“隽语”、“佻巧语”、口语以及流行的外来新名词——像“普通”、“程度”、“热度”、“幸福”、“社会”、“个人”、“团体”、“脑筋”、

① 郑振铎：《林琴南先生》，载薛绥之、张俊才：《林纾研究资料》，福建人民出版社 1983 年版，第 150 页。

② 灵石：《读〈黑奴吁天录〉》，载阿英：《晚清文学丛钞·小说戏曲研究卷》，中华书局 1960 年版，第 282 页。

③ 林纾：《黑奴吁天录·例言》，商务印书馆 1981 年版，第 2 页。

④ 林纾：《〈孝女耐儿传〉序》，载许桂亭：《铁笔金针：林纾文选》，百花文艺出版社 2002 年版，第 63 页。

“脑球”、“脑气”、“反动之力”、“梦境甜蜜”、“活泼之精神”等——都应有尽有”①。此外，林纾文字还典雅细腻，文风优美。苏雪林说：“‘五四’前的十几年，他译品的势力极其伟大，当时人下笔为文几乎都要受他几分影响。青年作家之极力揣摩他的口吻，更不必说。近代史料有关系的文献如《革命先烈林觉民遗妻书》，岑春萱《遗蜀父老书》，笔调都逼肖林译。”②苏曼殊和鸳鸯蝴蝶派作家都有与之类似的文风，并一直影响到了“五四”新文学中的美文风格。

林译小说不可避免地也带有某种时代局限：一是林纾无法忠实于原作，常常随意增删、改译，有时还把戏剧改成小说，这为国人准确认知外国文学作品的原貌设置了障碍。二是因为不懂外语，林纾选择的作品，受制于口译者的水准。口译者大多对西方文学并没有专业的研究，导致翻译作品大多是一些二三流小说，“不免可惜他的劳力之大半归于虚耗”③。不过尽管如此，林译作品仍然成为许多新文学家的“启蒙”读物。周作人曾记述鲁迅和他对林译小说的喜爱，“我们对于林译小说有那么热心，只要他印出一部，来到东京，便一定跑到神田的中国书林，去把它买来，看过之后鲁迅还拿到订书店去，改装硬纸板封面，背脊用的是青灰洋布。”④ 郭沫若、茅盾也回忆过林译小说给他们的影响，而开创中国话剧的春柳社最早演出的剧目如《茶花女》和《黑奴吁天录》，都来自林译。

第三节 革命派文学之于新文学的影响

与近代民族民主革命伴生的革命派文学，包括章太炎、秋瑾、金松岑、陈天华、邹容、章士钊等革命家，南社等革命社团以及一些倾向革命的文人的文学创作。辛亥革命并不算是一场成功的革命，在辛亥革命之后还有反袁的二次革命，因而革命派文学的结束时间大致可以划到1917年，以革命团体南社内讧并解体为结束的标志。

---

① 钱钟书：《林纾的翻译》，载薛绥之、张俊才：《林纾研究资料》，福建人民出版社1983年版，第311页。

② 苏雪林：《林琴南先生》，载张昌华：《苏雪林散文》，浙江文艺出版社2001年版，第172页。

③ 郑振铎：《林琴南先生》，载薛绥之、张俊才：《林纾研究资料》，福建人民出版社1983年版，第159页。

④ 周作人：《鲁迅与清末文坛》，载薛绥之、张俊才：《林纾研究资料》，福建人民出版社1983年版，第239~240页。

晚清国粹思潮是资产阶级革命思潮的一部分，以章太炎和国学保存会为代表的一些革命派学者，以国学、国粹来言说革命和排满，培育爱国主义和民族精神。这导致了革命派的文学观念有时比改良派文学显得更为“笃古”，在新文化运动时期他们的大多数人也反对新文学并为新文化所批判。但另一方面，革命派也希望用文学完成政治理想的宣传和思想文化的启蒙，如柳亚子说“思想界中初革命，欲凭文字播风潮”①。他们事实上也主张突破某些传统文学程式，进行有时代特色的文学形式革新，如马君武所说：“唐宋元明都不管，自成模范铸诗才。须从旧锦翻新样，勿以今魂托古胎。”② 因此革命派文学仍然参与并拓展了文学改良运动，在诗歌、散文、小说和戏剧各个方面，革命派都有更为丰富更为成功的文学实践，为新文学文体革新奠定了基础。而且除了外在文体的革新，革命文学还用更多个性的激情和体悟，在文学内质上也带来解放。

南社 1909 年 11 月 13 日由陈去病、高旭和柳亚子发起创建于苏州虎丘张国维祠，是中国近代最大的一个文学社团，在辛亥革命前已有二百余成员，辛亥革命后更是发展到一千一百余人。而且南社骨干成员多数是同盟会员，怀抱共同革命理念，“固以文字革命为职志，而意实不在文字间也”③。整体的南社在文学上虽以诗名，但众多南社成员各自在政治、经济、教育、学术、文化艺术等不同的文化领域以及文学的小说戏剧等各种文学体裁上亦皆卓有建树。南社成员中又有很多职业文人，是近代文学的职业化和商业化的早期实践者，是近代通俗小说和文明戏的重要作者群。

一、革命派诗歌

作为近代知识分子的普遍修养和习惯表达方式，晚清革命者大多有诗歌创作，影响也很大，如章太炎的《狱中赠邹容》、秋瑾的《宝刀歌》等。萃集了众多革命文人的前期南社，是革命派诗歌的重要创作群体，代表人物如陈去病、高旭、柳亚子、苏曼殊、马君武等。革命派诗歌深受诗界革命的影响，参与并拓展了诗界革命，但很多诗人在风格方面仍有各自的不同拟古追

---

① 柳亚子：《岁暮述怀》，载杨天石：《南社史长编》，中国人民大学出版社 1995 年版，第 8 页。

② 马君武：《寄南社同人》，载张旭：《南社诗选》，作家出版社 1991 年版，第 76 页。

③ 高旭：《无尽庵遗集序》，载杨天石：《南社史长编》，中国人民大学出版社 1995 年版，第 100 页。

求。因此直至1917年，新文学运动已经起步，南社中却还在为诗歌应该宗唐还是宗宋发生剧烈冲突，并使因此南社在纷争中走向了分裂和衰落。

革命派诗歌参与并拓展了诗界革命，表现在他们的诗歌中具足诗界革命的各个阶段的各种类型。他们也曾热衷于堆积新名词的新派诗，如柳亚子在诗中使用了“灵感”一词的音译：“一点烟士披里纯，愿为同胞流血矣。”①他们后来也逐渐将自由平等新语句、新意境更为和谐的融入旧风格，如柳亚子的“右手弹丸左《民约》，聆君撞起自由钟”②，高旭的“脑筋发达人难阻，法律精神我自由”③。而在格式更自由的歌谣体诗歌上，革命派成就更为斐然，如马君武的《从军行》、《华族祖国歌》，于右任的《从军乐》，金松岑的《招国魂》，秋瑾的《宝刀歌》、《勉女权歌》等诗歌都曾传诵一时。高旭是革命文学中歌行体新体诗成就最大的作家，代表作有《大汉纪念歌》、《逐满歌》、《光复歌》、《爱祖国歌》、《路亡国亡歌》、《海上大风潮起作歌》、《女子唱歌》、《军国民歌》等，气势奔放雄浑，富于鼓动性和感染力。

与改良派相比，革命派文学不仅局限于形式的改良，而且更为重视创作主体的激情和个性。苏曼殊将诗人分成了“国家诗人”与“灵界诗翁”两大类，国家诗人就是莎士比亚这样的作家，就是以批判性地反映社会现实、民生疾苦为文学内容的现实主义文学家。而灵界诗翁则是以拜伦、雪莱为代表的浪漫主义诗人，代表了重视表现个人性情和感触的诗学追求：“衲常谓拜轮足以贯灵均、太白，师梨（雪莱）足以合义山、长吉。而沙士比、弥尔顿、田尼孙以及美之郎弗劳诸子，只可与杜甫争高下，此其所以为国家诗人，非所语于灵界诗翁也。”④苏曼殊诗歌写个人身世的感伤和情爱挣扎，缠绵悱恻又清新灵动，正是“灵界诗翁”型的革命派诗人代表。

二、革命派散文

革命派散文，包括学术文和政论、宣传读物等。

学术文主要是指国粹思潮中的研究国学的文章，以章太炎及国学保存会

---

① 柳亚子：《读〈史界兔尘录〉感赋》，载《江苏》1903年第8期。

② 柳亚子：《怀人诗》，载杨天石：《南社史长编》，中国人民大学出版社1995年版，第66页。

③ 高旭：《伤时事》，郭长海、金菊贞：《高旭集》，社会科学文献出版社2003年版，第336页。

④ 苏曼殊：《与高天梅论文学书》，邬国平、黄霖：《中国文论选·近代卷》(下)，江苏文艺出版社1996年版，第625页。

成员为代表。国学保存会是 1905 年邓实、黄节等人在上海成立的一个以“研究国学，保存国粹”为宗旨的学术团体，发行有《政艺通报》、《国粹学报》等刊物；主要成员大多是同盟会或南社的成员。

与改良派附会今文经学的维新理论相比，革命国粹思潮的国学学术文对传统文化有更多史学的立场、严谨的研究和批判的精神，他们的学术成果在破除旧文学迷信、梳理文学史和文字史、发展近现代中国文字的思辨和表达能力等方面都贡献良多，因而也是新文化运动的重要文化准备。因此，事实上近代国粹思潮以复古的方式间接促进了新文化运动。章太炎的部分弟子如钱玄同、鲁迅等正是日后新文化运动的主将。对“五四”文学来说，这种学术文虽然是文言，但它促进了近现代中国语言的逻辑思维和理性分析能力，是章士钊逻辑文以及新文化运动中的理论文字的先声，对新文学中的一种散文类型学者散文也有影响。

正是在章太炎式的国学学术文以及严复的西学名著译文的基础上，民国初年出现了章士钊为代表的一种称为逻辑文的文言政论。胡适说：“章士钊一派是从严复、章炳麟两派变化出来的，他们注重论理，注重文法，既能谨严，又颇能委婉，颇可以补救梁派的缺点。”① 这种文章虽然仍然是古文的形式，但有传统古文所没有的缜密的逻辑思维和分析能力，胡适称之为欧化的古文。逻辑文“传输的现代民主思想和西方逻辑思维方式对国人，包括文学家们产生了广泛的影响”②。钱基博说：“士钊始为《甲寅杂志》于日本，以文会友，获二子焉：一直隶李大钊，一安徽高一涵也。皆摩士钊所为文。”③ 1914 年章士钊创办《甲寅》，使这种逻辑文成为一时流行文风，以甲寅为中心聚集的一批作者，“大家不知不觉地造成一种修饰的、谨严的、逻辑的有时不免掉书袋的政论文学”④。甲寅派作家群，包括陈独秀、吴稚晖、杨昌济、李大钊、高一涵、胡适、易白沙、李寅恭、刘叔雅等人，后来成为《新青年》的作者群，是新文化运动的理论贡献者。

革命派文学中的宣传读物，文字浅显，情感充沛，格调激昂。或采用改良派的新文体风格，或者使用白话或浅近文言，采用演讲、鼓词等通俗文学

---

① 胡适：《五十年来中国之文学》，载中国现代文学馆：《胡适文集》，华夏出版社 2000 年版，第 153 页。

② 徐鹏绪、周逢琴：《论章士钊的逻辑文》，载《东方论坛》2002 年第 5 期。

③ 钱基博：《现代中国文学史》，中国人民大学出版社 2004 年版，第 426 页。

④ 胡适：《五十年来中国之文学》，载中国现代文学馆：《胡适文集》，华夏出版社 2000 年版，第 171 页。

的形式。陈天华写的《警世钟》，标为"最新新闻白话演说"，是演说形式的白话文；另一篇《猛回头》则采用了说唱文学中的弹词形式。这类革命通俗文学在革命运动中获得了大范围的普及。冯自由就指出，陈天华"所著咸用白话文或通俗文，务使舆夫走卒皆能读之了解，故其文字小册散播于长江沿岸各省，最为盛行"①，其影响甚至还深入新军和学校，成为传唱的歌本。杨源浚《陈天华殉国记》中也说，"三户之市，稍识字之人，无不喜朗诵之。湘中学堂，更聚资为之翻印，备作课本传习"②。以往人们往往只重视这些文字在革命宣传方面的意义，未意识到革命派的这类文字的这种广泛的传播和普及，尤其是深入到社会民众和学堂，对这一时代人们的文体习惯产生了潜移默化的转移。

三、革命派的小说与戏剧

在新文学之前，革命派的诗歌和散文文体较多地保持了传统面貌，但在小说和戏剧文体方面的革新相对较大，不仅有部分白话小说和文明戏，已与新文学文体模式相去不远，而且小说和戏剧既是一种宣传工具，也是他们切实的生存方式和表达形式。大量革命派文人投身报刊，在鼓吹革命的同时也成为通俗文学的主力军。

革命派小说，主要可以分为以黄世仲为代表的政治小说和以苏曼殊为代表的浪漫抒情小说。黄世仲的小说有十几部，为鼓吹"排满革命"，"推翻专制，实现共和"，大量以近代政治时事为内容，"其中除涉及外国历史题材的两部小说外，其余十几部近事小说，可以说构成了一部自鸦片战争到辛亥革命形象的中国近代史系列画卷"。代表作为《洪秀全演义》，从排满革命主旨出发，以"洪氏一朝之实录"，"传汉族之荣光"，"风行海内外，南洋美洲华侨几于家喻户晓，且有编作戏剧者，其发挥种族观念之影响，可谓至深且巨"③。除此之外，其他革命派作家也写有大量类似或写政治近事或借古喻今的革命政治小说，例如陈天华的《狮子吼》、秋瑾的《精卫石》，以秋瑾牺牲为题材的《六月霜》(静观子)，写妇女解放的《黄绣球》、(颐琐)、《海上魂》(文天祥传奇，陈墨涛)、《海外扶余》(郑成功传奇，陈墨峰)。南社作家作品中，还有王无生的《孤臣碧血记》、《郑成功》，叶楚伧的《古戍寒笳记》，黄人的《轰天雷》，胡朴安《明史演义》等。

---

① 冯自由：《革命逸史》第2集，中华书局1981年版，第119页。
② 杨源濬述，张篁溪记：《陈天华殉国记》，载《湖南历史资料》1959年第1期。
③ 冯自由：《革命逸史》第2集，中华书局1981年版，第42页。

苏曼殊创作完整的小说有五篇：《断鸿零雁记》、《绛纱记》、《焚剑记》、《碎簪记》和《非梦记》，另外还有一篇译著兼而有之的《惨世界》和一篇未写完的《天涯红泪记》。他的小说大多是缠绵悱恻的爱情悲剧，写相爱的青年因为种种原因不能结合的痛苦，结局往往是人物的死亡或出家。这一类爱情小说也是革命文学的一个组成，故事的主人公都是思想正直倾向进步的青年，故事时代背景的表述和品评也是有排满和革命话语的，又合乎革命青年的自我期许和时代感伤，很受欢迎。苏曼殊小说的故事模式和悲剧格调后来成为了鸳鸯蝴蝶派言情小说的常见套路，以至于周作人认为苏曼殊也是鸳蝴派的大师。

除了苏曼殊，辛亥革命前后资产阶级革命派文人创作的言情小说还有很多，并以徐枕亚《玉梨魂》为起点，形成了鸳鸯蝴蝶派小说创作群。“鸳蝴派三足鼎立的大家徐枕亚、吴双热、李定夷都是清末民初革命报刊《民权报》的编辑，反袁革命的积极参与者；另一位重要作家何海鸣更是充满激情的共和革命者，参加过武昌首义并曾在二次革命中，亲任都督，坚守南京，从而青史留名。革命与言情对他们来说并不矛盾，只是一体两面而已。”① 但和一般的鸳蝴派小说不同，苏曼殊小说还有他的“真气和风致”②，因此在“五四”新文学批判鸳鸯蝴蝶派之时，他的文言小说却成为青年们的经典。在文体形式上，苏式小说以个人为主线，大量的自述心理描写以及古典抒情小品文风格，使小说突破了传统章回小说的故事结构，形成浪漫抒情小说。这一种文体直接影响了“五四”新文学中郁达夫等人的抒情小说。

在革命戏剧方面，1904 年陈去病和柳亚子就创刊了《二十世纪大舞台》，倡导“梨园革命军”③，“或编明季稗史，而演汉族灭亡记，或采欧美近事”④，以期这些革命题材能实现“他日民智大开，河山还我，建独立之

---

① 耿传明：《“鸳鸯蝴蝶派”小说的历史定位与文化心理分析》，载《广东社会科学》2008 年第 2 期。

② 周作人：《答云深先生》，载柳亚子：《苏曼殊全集》第 5 册，北新书局 1933 年版，第 127 页。

③ 柳亚子：《二十世纪大舞台发刊辞》，载《二十世纪大舞台》第 1 期，转引自徐中玉：《中国近代文学大系·文学理论集二》，上海书店 1995 年版，第 559 页。

④ 陈佩忍：《论戏剧之有益》，载《二十世纪大舞台》第 1 期，转引自徐中玉：《中国近代文学大系·文学理论集二》，上海书店 1995 年版，第 560 页。

阁，撞自由之钟”① 的理想。上承改良派的戏剧改良，革命文学也新编了许多革命戏曲，其中比较常见的主题，一是写邹容、徐锡麟、秋瑾等烈士事迹的，如《革命军》、《开国奇冤》(华伟生)、《六月霜》(嬴宗季女)、《轩亭血》(啸庐)、《碧血碑》(龙祥居士)、《鉴湖女侠》(肖山湘灵子) 等；二是以南宋南明末年历史借古喻今的，如幽并子的《黄龙府》、洪楝园的《悬岙猿》、吴梅的《风洞山》、无名氏的《陆沈痛》等；三是取材外国的革命故事，如玉瑟斋主人的《血海花》传奇一出。

除了改良传统戏曲，革命派文学还把话剧形式引入中国，是清末民初文明戏（也称新剧）热潮的重要力量。被视为中国话剧之始的日本留学生话剧团春柳社的成员大多是同盟会员或南社成员，他们不仅演出过《茶花女》、《黑奴吁天录》，1909 年初夏他们还以“申酉会”名义公演了 4 幕革命话剧《热血》(演出时名《热泪》)，“黄兴等同盟会员认为此剧对革命青年是一很大的鼓舞”②。1907 年在国内成立的第一个话剧团“春阳社”，创建者王钟声本身就是革命者，1911 年因为进行起义活动被清廷逮捕杀害。正如陈大悲所说，“当那真专制绝命、假共和开始之时，投身新剧界的人，大半是冒了大不韪的”，“所以民国元年以前，社会对新剧的心理中，终有革命党三个字的色彩在里面”③。而当时在民众方面，也需要这种革命情感的文明戏：“当时清廷腐败，国势日亟，中国国民外面受到帝国主义的压迫，内面又受政府的统治，内心都非常苦闷。大都倾向革命。那时民众所需要的，不论声色娱乐，都喜欢能够挑拨起革命情绪的东西……（文明戏）在艺术上多少是有缺憾的。当时之所以并没影响它的存在，而是因为内容容易刺激观众的缘故。它在舞台上的表演只有简单的戏剧形式，完全是以情感激动观众而获得演出的效果。”④

此外，梁启超等改良派的戏剧往往只是案头剧本，并未真正演出。而一些热爱戏剧的革命者和倾向革命的文人、戏曲演员，却组织剧团，投身戏剧表演，在宣传革命启蒙大众的同时，也实际上促成了中国传统戏剧的近代形式的建立和早期话剧的成型并实现了它们的市场化。在长江中下游，革命剧团的巡回演出将文明戏深入普及到了二三线城镇，扩大了文明戏的社会基

① 柳亚子：《二十世纪大舞台发刊辞》，载《二十世纪大舞台》第 1 期，转引自徐中玉：《中国近代文学大系·文学理论集二》，上海书店 1995 年版，第 560 页。

② 桑咸之：《晚清政治与文化》，中国社会科学出版社 1996 年版，第 289 页。

③ 陈大悲：《十年来中国新剧之经过》，载《晨报副刊》1919 年 11 月 15 日。

④ 上官蓉：《文明戏与话剧》，载《作家》1941 年第 1 卷第 3 期。

础，也培养了观众市场和从业者群体，促进了文明戏的市场化和职业化。虽然文明戏也因此受商业因素侵扰，但另一方面却也为革命结束后文明戏继续生存，在政治之外获得更多文学独立性成为可能。任天知主持的“进化团”带着《黄金赤血》、《共和万岁》、《黄鹤楼》等革命剧目，不仅在上海演出反响强烈，在南京、九江、芜湖等长江沿江城镇的巡演也相当成功。近年汪凤霞还发现了南社文人联合春柳社及张堰地方剧团，在张堰镇组织文明戏演出的记录，亦可见出文明戏通过革命派文人在地方上的影响和发展程度。

四、革命派文学的新文学意义

作为新文学之前的前文学革命，革命派的变革仍然是前现代色彩的。例如，文学主张上依然“笃古”，坚持以文言为正宗。再则，他们的价值观人生观大多仍然囿于旧道德旧伦理，而且政治先行而影响了文学审美价值，也是这一时期革命文学的常见问题。

但即便如此，革命派文学之于“五四”新文学仍有重要意义。与革命派文学在这些文体形式外在的有限改良相比，他们对文学内质的解放更加重要，并因此与新文学有不可割裂的血脉联系。

其一，革命派文学带来了更多个性解放精神。革命文学要求个性抒发，要求体现真性情，并有源于民主革命思想的对个人权利的初步觉醒，因此是“五四”新文化的先声。即使在近代革命作家大多因为坚持形式笃古为被新文学批判之时，苏曼殊也获得了新文学的认可，其浪漫气质和感伤基调也为“五四”新青年追捧和模仿。1916 年，陈独秀还将苏曼殊的《碎簪记》发表在《新青年》上，认为它表现了社会恶习对个人意志之自由的压迫。

其二，革命派文学继续强化了文学的现实关怀。正如周实认为，“诗歌非特以见人心，且于以觇世变焉”，诗歌“尤贵因时”①。革命派文学中有大量可以称为诗史的创作，保路运动、黄花岗起义、辛亥革命、二次革命等，都有记述。陈独秀在新文学运动中提出文学应该写国民文学、写实文学、社会文学的三大主义，亦可见出与革命派文学的关联。

其三，是革命政论和学术文对近现代中文思维方式和表达能力的丰富和提升。虽然章太炎的学术文、章士钊的逻辑文仍然是文言，但受到提升的文字逻辑思维力和表现力，后来成为现代白话理论性文字的内核，新文化运动的理论也受益于此。

---

① 周实：《无尽庵诗话序》，载杨天石：《南社史长编》，中国人民大学出版社 1995 年版，第 56 页。

其四，革命派文学在通俗文学上的贡献，也使在主张文学笃古的同时，仍然为新文学在体裁上的革命迈出了重要一步。

此外，革命文学社团南社及其周边各种文化社团，上承中国几复结社传统，外承西方社团风习，开创了有组织有纲领有固定出版物的近代文学和文化社团形式，“略似前辈诗文雅集，而含欧美茶会之风”(陈去病《神交社例言》)；虽然南社的雅集等行为仍有相当浓重传统色彩，但社员入社有入社书，定期集会，社团有自己的文学理想和价值观，有共同的纲领，有坚持了相当长久的社刊，社内组织管理也大体上遵循了民主选举制度，于新文化运动后的新文学社团不无影响。

第四节 近代通俗文学的兴起

所谓通俗文学，作为一个与纯文学相对的概念，广义的应该包括通俗小说和通俗戏剧，狭义的专指通俗小说。借助改良和革命对俗文学形式的推崇以及近现代都市娱乐业的发展，近代通俗文学创作和出版都呈繁荣景象，并因思想内容和体裁形态上都受改良派和革命派的思想和主题的先锋性影响，也一度具有部分先锋性，并承担了部分原本纯文学承担的社会功能。但随着辛亥革命与二次革命的结束，通俗文学在内容和形式上回归了作为通俗文学的原本属性。于是批判通俗文学，重新建立具有新思想内质的现代体裁，就成为新文学的开始和近代文学的终结。

一、近代通俗文学气候

作为一个特殊的历史阶段，近代以来的通俗文学作者并不仅限于职业小说家，很多是改良派和革命派文人。自改良文学始至“五四”新文学前的近代通俗文学，主要类型是言情小说和社会小说。此外比例较大的还有侦探小说、武侠小说、历史演义等。

中国近代言情小说始于晚清的“写情小说”，后来发展成民国初年的鸳鸯蝴蝶派。1903 年《新小说》最早以“写情小说”栏目刊载吴研人从日文改写演绎的《电术奇谈》。1906 年，吴研人创作的《恨海》由广智书局刊行，开始标榜“写情小说”之名，拉开了清末言情小说的开端。此后出现了一批言情小说，影响较大的作品有《恨海》、《劫余灰》、《禽海石》、《瑶瑟夫人》、《恨海花》、《情天劫》等。辛亥革命前后，又由徐枕亚的《玉梨魂》始，言情小说兴起又一次创作高潮。代表作有徐枕亚《玉梨魂》、《雪鸿泪史》，吴双热的《兰娘哀史》、《孽冤镜》，李定夷的《賈玉怨》等。周作人于1918年4月19日在题为《日本近三十年小说之发达》的讲演中，提到“此外还有《玉梨魂》派的鸳鸯蝴蝶体，《聊斋》派的某生者体，那可更古旧得厉害，好像跳出在现代空气之外的”①。这种小说因而又被后来的学界称为鸳鸯蝴蝶派。1914年6月，由周瘦鹃和王钝根任编辑创刊的《礼拜六》杂志，是鸳鸯蝴蝶派的代表杂志，影响很大，所以鸳鸯蝴蝶派也称为“礼拜六派”。但《礼拜六》的定位其实是都市休闲杂志，内容不仅限于言情小说。其发刊词称，“买笑耗金钱，觅醉碍卫生，顾曲苦喧嚣，不若读小说之省俭而安乐也”②。

社会小说始于清末的谴责小说。谴责小说反映改良政治主张，谴责社会和官场黑暗现实，主要作品有李伯元的《官场现形记》、吴研人的《二十年目睹之怪现状》、刘鹗的《老残游记》、曾朴的《孽海花》，合称四大谴责小说。不过李伯元同时又办有休闲市民小报《游戏报》，“为诽谐嘲骂之文”，“记述倡优起居”③，“有谐文，有花史，足以倾靡社会，于是冠裳之辈，货殖者流，莫不以披阅一纸《游戏报》为无上时髦”④，代表了社会小说在谴责小说之外的另一个发展方向，也就是一种服务于娱乐休闲目的，展示八卦、丑闻、世相百态的通俗文学。此后李涵秋的《广陵潮》(写于1909年至1919年) 长达一百万字，“囊括了从戊戌变法到‘五四’前夕抵制日货的学生运动这一段时间的重大历史事件，罗列社会丑闻、街谈巷议、遗闻轶事，进行暴露”⑤，开时代长卷式记录社会世相的社会小说的先河，并因为影响很大而产生许多以“潮”命名的类似小说，如海上说梦人（朱瘦菊）的《歇浦潮》、网蛛生（平襟亚）的《人海潮》。这类小说从保存社会史角度有其历史价值与民俗学价值。但到新文化运动之前，1916年10月，《时事新报》开辟了“上海黑幕”专栏，说明部分这类小说已经渐劣质化，成为溢恶猎奇，以诽谤诬蔑来吸引八卦读者，靠揭人阴私来诈取贿赂的“黑幕小说”。又因为“黑幕小说”强化了曝光揭秘的性质，所以阿英也认为其

---

① 周作人：《日本近三十年小说之发达》，载王永生：《中国现代文论选》第2册，贵州人民出版社1984年版，第25页。

② 王钝根：《〈礼拜六〉出版赘言》，载《礼拜六》1914年第1期。

③ 鲁迅：《中国小说史略》，载《鲁迅全集》第9卷，人民文学出版社1980年版，第288页。

④ 郑逸梅：《南亭亭长》，载魏绍昌：《李伯元研究资料》，上海古籍出版社1980年版，第22页。

⑤ 钱理群、温儒敏、吴福辉：《中国现代文学三十年》(修订本)，北京大学出版社1998年版，第92页。

中也汇合有侦探小说的元素①。

在近代通俗文学中，武侠小说、侦探小说和历史演义小说也是重要组成部分，并且逐步进行从古典形态向其现代形态转化的过渡。因此近代武侠、侦探和历史小说的代表作家和成熟之作都出现于近代文学后期或现代文学初期，与新文学并行发展并慰为大观。例如平江不肖生写作长篇武侠小说是在1920年以后，程小青创办《侦探世界》杂志在1917年，仿福尔摩斯探案故事的《霍桑探案》系列故事创作始于1914年，蔡东藩写《历朝通俗演义》始于1916年。

而在这之前的过渡阶段，因为大量引入西方各种探案小说，改变了传统公案小说模式而成就了以现代科学知识和思维方式探案的侦探小说热潮。侦探小说成为很受欢迎的通俗文学，阿英说“当时的译家，与侦探小说不发生关系的，到后来简直可以说是没有”，1916年中华书局还出版了周瘦鹃、严独鹤、陈小蝶、天虚我生和程小青等多个通俗文学作家合作译出的《福尔摩斯侦探案全集》(共12册)。周桂笙不仅翻译了大量侦探小说，包括《毒蛇圈》、《歇洛克复生侦探案》以及一些《福尔摩斯再生案》中的作品，还首先提出了“侦探小说”的概念，1907年又仿写了《上海侦探案》，“探索了侦探小说本土化之路”②。

在这之前的过渡阶段的武侠小说和历史演义小说缺乏有分量的作品，或只是在言情与社会小说中兼有武侠或历史演义因素，但数量也很多。这些作品相对传统的侠义小说和演义小说，已有某些现代特色，例如对人性人情的关怀，例如采用时事现实题材或外国题材等。其中武侠小说如林纾的《傅眉史》，钱基博的《老镖客》、《甘凤池》，许指岩的《南阳女侠》，赵苕狂的《江湖怪侠》、《太湖女侠》等，其中林纾的《傅眉史》被编者标为“武侠小说”，是这个词第一次被应用。历史演义方面，则有如沈惟贤辑著的《万国演义》(60卷)，洗红庵主的《泰西历史演义》，1908年上海点石斋出版的《掌故演义》，吴研人的《痛史》、《两晋演义》等。

二、近代通俗文学之通俗性

近代通俗文学是一个复杂的存在，若要更进行深层次的认识，还需要将它放在与纯文学（或精英文学）的关系中来看。

通俗文学和纯文学很难有截然的分野，但又确实各有范畴。从通俗文学

① 阿英：《晚清小说史》，人民文学出版社1980年版，第186页。

② 杨绪容：《周桂笙与清末侦探小说的本土化》，载《文学评论》2009年第5期。

的内在特质来看，通俗文学应该是满足大众白日梦需求的类型化的文学作品。也就是说，通俗文学在思想层面上处于满足大众白日梦想象，以获得心理快感的浅层次。正如周作人说，通俗文学是“受了纯文学的影响，由低级的文人写出来的”，“里边羼杂了很多官僚和士大夫的升官发财的思想进去的”①。夏志清也认为这一类小说是“白日梦”：“这一派的小说，虽然不一定有什么文学价值，但却可以提供一些宝贵的社会性资料。那就是：民国时期的中国读者喜欢做的究竟是哪几种白日梦？”②

正因为如此，虽然被批评为趣味和游戏之作，部分通俗文学其实也可以体现出社会关怀或社会批判，而并非全是游戏态度。鸳鸯蝴蝶派作家周瘦鹃曾为通俗文学刊物《礼拜六》辩护说：“现在让我来说说当年《礼拜六》的内容，前后共出版二百期中所刊登的创作小说和杂文等，大抵是暴露社会的黑暗、军阀的横蛮、家庭的专制、婚姻的不自由等，不一定都是些鸳鸯蝴蝶派的才子佳人小说。”③ 只是关键在于，对于社会问题，通俗文学通常缺乏深入的探索和思考，而只限于通过溢恶式抨击或者猎奇式展现得到情绪的宣泄与心理满足。例如鲁迅评《二十年目睹之怪现状》时就说，“惜描写失之张皇，时或伤于溢恶，言违真实，则感人之力顿微，终不过连篇‘话柄’，仅足供闲者谈笑之资而已”④。而且，类似鲁镇的老女人们喜欢来祥林嫂这里听不幸故事，通俗小说还因此常有意设置或刻意夸张主人公的不幸，形成悲情、惨情类型故事。对于社会问题和主人公的不幸，通俗小说也只能选择白日梦式的想象来假想式地解决，因此常出现英雄侠客清官侦探等异能之士或者种种机缘巧合。虽然不同于通俗小说常见的大团圆结局，近代鸳鸯蝴蝶派小说常常以死亡悲剧而不是大团圆作为结局，“柳荫花下，像一对蝴蝶，一双鸳鸯一样，但有时因为严亲，或者因为薄命，也竟至于偶见悲剧的结局，不再都成神仙了，——这实在不能不说是一个大进步”⑤。但这种大范围出现的被美化的轻率的死亡也并不是敢于直面现实悲剧的表现，而是对无法解决的矛盾一种意淫化的简单廉价的解决路径，一种轻率的情绪表达。

---

① 周作人：《中国新文学的源流》，载钟叔河：《周作人散文全集》第6册，广西师范大学出版社2009年版，第53页。

② ［美］夏志清：《文学的前途》，陈子善译，生活·读书·新知三联书店2002年版，第29页。

③ 周瘦鹃：《闲话〈礼拜六〉》，载殷爱荪、海牧：《百年薪火：苏州大学文科学报论文选萃》，苏州大学出版社2006年版，第43页。

④ 鲁迅：《中国小说史略》，广西师范大学出版社2010年版，第194页。

⑤ 鲁迅：《上海文艺之一瞥》，载《二心集》，人民文学出版社1973年版，第86页。

亦因为其本质是满足白日梦想象获得心理快感，通俗文学通常一方面可能“在内容上以传统心理机制为核心”，“‘寓教于乐’的惩恶劝善”①；但另一方面通俗文学也存在以感官刺激为追求而偏离社会主流观念、求新求异而偏离传统心理、哗众取宠离经叛道的部分。借用弗洛伊德的概念，通俗文学满足的是大众在本我和超我两方面的白日梦想象。

相比之下，纯文学则是某种程度上对大众白日梦想象的突破，不是满足于心理快感而是追求严肃深入的思考和认知。正如专家所分析，“鲁迅在《〈呐喊〉自序》中提到，他既没有让《药》中夏瑜的母亲看到乌鸦飞上坟头，也没有让《明天》里单四嫂子做到梦见孩子的梦，其实正是出于这样的导致挫折的心理。通俗文学有时候也对读者的期盼心理进行某种挫折性的处理，但那多半不是为了抑制他们的趣味，相反，往往是为了以更出奇的内容在更大程度上满足这样的趣味”②。

此外，通俗文学满足大众而非个人的白日梦需求，在内容和艺术形式上呈现为类型化模式化，是可以按照范型批量生产的，这也是大多数通俗文学价值不高的一个原因。而纯文学以及某些优秀的通俗小说，也许也可能符合大众白日梦指向或有某些类型化特征，但一定会有所超越，具有思想上和艺术上的不可复制性。

通俗文学类型化的特色在近代通俗文学中也表现非常突出。根据作品特点和读者需求，通俗文学的作者和报刊编辑给小说进行了繁复的细化分类，方便读者迅速找到自己最需要最喜爱的类型。《礼拜六》在前100期的目录上，每篇都标明小说的品种，“有伦理、寓意、游戏、家庭、滑稽、社会、历史、探奇、蔓秘、奇侠、奇情、探险、冒险、神怪、折狱、侦探、事实、教育、理想教育、寓言、拾遗、侠义、记事、警世、醒世、动世、军事、札记、幻想、说奇等各类小说30余种。在言情小说里，就有艳情小说、苦情小说、哀情小说、奇情小说、侠情小说、痴情小说、忏情小说、丑情小说、喜情小说等等分类”③。小说作者也会有目的地根据某畅销类型的小说范型来进行创作，以达到批量化生产的高效性。对作者和读者来说，作为满足白日梦需求的速食文学，小说写得如何远不如类型对口来得重要。

通俗文学对白日梦欲求的满足，包括内容上的，也包括形式上的。品位

---

① 范伯群：《〈中国近现代通俗作家评传丛书〉总序》，载范伯群：《中国近现代通俗作家评传丛书》(1~12)，南京出版社1994年版，第1~2页。

② 朱寿桐：《文学与人生十五讲》，北京大学出版社2005年版，第294页。

③ 李炎瑁：《礼拜六杂论》，载《齐鲁学刊》1995年第2期。

与格调也是大众白日梦的一种方向，所以通俗文学在形式和内容上都往往有炫才式的求丽求雅，但也可能迎合大众心理而求时尚、求前卫、求特色。因此与认为通俗文学的形式是“通俗的”、“传统的”的观念不同，事实上通俗文学因为对大众时代欲求的天然敏感，也可能“无论从情节的构造、环境的设置还是从人物的塑造及其关系的设计，其所享有的自由度和创造性”都远远大过同时代一些所谓的“纯文学”①（因为我们所谈到的纯文学，是一种理论上的精英文学，而现实中的纯文学，往往是由主流意识形态或主流文学观念挑选和确定的，与其说是纯文学，不如说是“正统文学”或“主流文学”更合适）。

于是在近代通俗文学中，一方面词藻华美，“骈四骊六刻翠雕红”，但另一方面，近代通俗文学作为近代社会大众对现代文明渴慕欲求的表达，也并不排斥对西方文化的借鉴和对新形式的尝试。改良运动以来对外国文学的大量译介、改编和仿写，也给通俗文学带来了新的表现手法、创作模式和创作内容。例如，“以翻译西洋小说而驰名的林纾，他写的《京华碧血录》、《金陵秋》、《官场新现形记》，苏曼殊《断鸿零雁纪》都已开始打破中国传统的章回小说的程式，而学习西洋小说分若干章的格局。近代小说中已开始注意自然景色的描写（如《老残游记》），人物心理描写(《断鸿零雁纪》)，倒叙手法(《九命奇冤》，和结构艺术〈孽海花〉，也显系外国文学的影响”②。《九命奇冤》用倒装的叙述，有谨严的布局，统一的结构，胡适之说它“一定受了西洋小说的影响，可算是中国近代的一部全德小说”③。批评通俗小说依然是旧章回体的茅盾也承认说：“他们也知废去旧章回体小说开卷即叙‘话说某省某县有个某某人家……’的老调，也知用倒叙手法，先把吃紧的场面提前叙述，然后补明各位人物的身世；他们也知收束全书的时候，不必定要把书中提及的人物都有个‘交代’，竟可以‘神龙见首不见尾’，戛然的收住；他们描写一个人物初次上场，也知废去‘怎见得，有诗为证’这样的描写法；这种种对于旧章回体小说布局法的革命的方法，都是从译本西洋小说里看出来的；只就这一点说，我们原也可以承认此派小说

---

① 朱寿桐：《文学与人生十五讲》，北京大学出版社 2005 年版，第 288 页。

② 郭延礼：《中国文学的变革——由古典走向现代》，齐鲁书社 2007 年版，第 50 页。

③ 胡适：《五十年来之中国文学》，载中国现代文学馆：《胡适文集》，华夏出版社 2000 年版，第 182 页。

差强人意。”① 在表现技巧上，近代通俗文学中日记、书信、心理分析以及半知型视角、第一人称以及倒叙、插叙等方式形式都已出现。虽然章回体、文言体仍是主要形式，但也有非章回体白话小说，形式上和新文学已类似。如果算上文明戏，在新文学之前，近代通俗文学已初步建立了现代白话小说和现代话剧的体裁。

三、近代通俗文学的近代性

通俗文学通过满足大众白日梦，反映了大众在文学内容和文学形式上的欲求，原本也有其不可替代的生存空间、社会价值和文学价值，是文学的多元化存在的一个必然组成部分。大众共同的欲望和情绪，也有权并可以得到表达，有权通过夸张的、庸俗的、不切实际的白日梦来想象获得假想的廉价的满足和释放。而且，通俗文学相对于近代比较僵化和保守的“正统”文学，在内容和形式两方面，都有更多的先锋性。

除此之外，改良与革命思潮又给通俗文学输入了社会政治变革和个人权利的欲求，带来了新的内容和表现形式，同时也赋予了它们更多的社会责任和思想追求。近代通俗文学在思想内容和体裁形态上都受改良派和革命派的思想和主题的先锋性影响，并且部分承担了时代对思想性和先锋性文学的功能需求。

改良和革命对通俗文学的先锋性影响，体现在很多方面。例如通俗小说甚至相应地提高了文化品质和道德追求，阿英在《晚清小说史》中回顾晚清小说的特色时就曾指出：“两性私生活描写的小说，在此时期不为社会所重，甚至出版商人，也不肯印行。杂志《新小说》、《绣像小说》，所刊载作品，几乎无不与社会有关。”② 通俗文学亦因此扩大了的文学内容和题材，有更多的现实关怀、更多的社会批判主题。“举阿英《晚清小说史》中的分类来说明，该书对近代小说内容粗略分之，就有晚清社会概观，庚子事变的反映，反美华工禁约运动，工商界的生活，立宪运动，种族革命，妇女解放，反迷信运动，官僚生活的揭露，讲史与公案，言情小说，妓女生活等十余类，每一类中，又可分为若干方面。”③

不过，在特殊的阶段，近代通俗文学以其部分的先锋性满足了文学的这

① 茅盾：《自然主义与中国现代小说》，载王永生：《中国现代文论选》第 2 册，贵州人民出版社 1984 年版，第 40 页。

② 阿英：《晚清小说史》，人民文学出版社 1980 年版，第 5 页。

③ 郭延礼：《中国文学的变革由古典走向现代》，齐鲁书社 2007 年版，第 54 页。

一部分社会性需要。但到《礼拜六》创刊之时，随着革命主题的退隐，近代通俗文学通过市场化回归通俗本位而逐渐失去了先锋性。例如辛亥革命前后的鸳鸯蝴蝶派创作中，代表性的有堆砌词藻过于煽情的《玉梨魂》，也有苏曼殊清新而有风致的身世小说。但对于近代通俗文学来说，是《玉梨魂》而不是苏曼殊小说代表了发展的方向。

因此，继起的新文学运动就需要建立这一时代缺失的，真正纯文学范畴的新文学，还要与通俗文学争夺生存空间。虽然事实上新文学作家中颇有出身于鸳鸯蝴蝶派者，但从1917年开始，新文学对通俗文学进行激烈的批评，批判通俗文学思想上的陈腐落后，文体形式、表现技巧的陈旧粗陋，以及“游戏的消遣的金钱主义的文学观念”①。这种批判划开了通俗文学和纯文学的界限，也使近代通俗文学在新文学之后更加强化了某些相对立特性而向更“俗”发展，“经过一番自我选择和调整，演变成以章回小说形式（夹入不少西洋小说表现手法）为主的通俗小说潮流，与以（五四）小说为起点的严肃小说形成雅俗并存的局面”②。

第五节　文明戏运动及其影响

文明戏，又称“新剧”、“文明新剧”或“文明新戏”。虽然后世文学史通常只将“五四”前早期话剧称为文明戏，然而文明戏的内涵曾因时而变。最早改良戏曲中的时装戏和早期话剧都称为文明戏，后来才专指早期话剧。在新文化运动之前，又曾专指堕落了的低俗性质话剧式文明戏。与通俗小说一直稳定的发展并与新文学并行不同，文明戏的发展经历了萌生、发展和衰落的过程，其衰落除了通常认为的有政治和商业的原因，也还有更复杂的源于体裁本身的原因。

一、文明戏内涵的演变

最早的“文明戏”一词，是指改良戏曲中的时装京戏。1906年5月的《顺天时报》发文题为《请再看重演〈惠兴女士传〉文明新戏》，讲的就是时装京剧。这比春柳社话剧《黑奴吁天录》的演出节目单中言“演艺一事，

① 茅盾：《自然主义与中国现代小说》，载王永生：《中国现代文论选》第2册，贵州人民出版社1984年版，第43页。

② 陈平原：《二十世纪中国文学纪事》，载《随笔系列茱萸集》，春风文艺出版社2001年版，第135页。

关系于文明至巨”要早①。这一时期戏曲时装戏和早期话剧也往往杂糅彼此的表现形式，戏曲增加了说白和写实性表演，加入长篇演讲，早期话剧也大量搀杂戏曲的手法。这是因为中国传统戏剧原本缺乏写实性散体文形式，西方话剧形式引入中国后，中国戏剧在“戏剧表演”的大体裁观念下吸收了新的表演形式，并没有区分二者为不同体裁。不过，传统的象征性程式化韵体文的戏曲，与西式的写实性生活化散体文的话剧毕竟是两种形式。钱玄同所谓之“中国之旧戏如骈文，外国之新戏如白话小说”②。清末新式学堂出现学生演剧活动之时，“改良京戏”的广告词多使用“文明新戏”，而学生演剧则多使用“文明新剧”，“表明学生演剧已经在很大程度上弱化了中国戏曲的伎艺、游戏的性质，而强化了带有西方特点的故事性或剧情性”③，也表明两种文体也有自身的分野欲求。于是当春柳社、春阳社建立起了较正规的早期话剧形式；同时，戏曲界以梅兰芳为代表的戏曲从业者在表演和风格上向戏曲体裁回归，基本放弃了杂糅话剧手法而转向建设戏曲体裁的现代形态，“文明戏”或“新剧”就渐渐成为了早期话剧的专指。

然而，同是表示早期话剧的“文明戏”和“新剧”两个词语之间，也有一层微妙的意义差别。当时“由学生出身的新式知识分子演剧发展而来的早期话剧，在大多数情况下并不自称文明新剧或文明戏”，而是自称“新剧”，这说明“新剧”更具有思想的前卫性和艺术精神的严肃性的含义。根据王凤霞对申报的统计，至1914年甲寅中兴为止早期话剧都大多自称新剧，文明戏则多指不太正规的或较低俗的娱乐性演剧，“在当时，新民社、民鸣社和春柳剧场都称自己的戏剧为新剧，不称文明戏，当时大多数正规剧团都不称文明戏，一系列报纸杂志也不称文明戏而称新剧。但也偶有剧团自称文明戏或文明新剧、文明新戏。初期商业化新剧中，把新剧称为文明戏的主要是一些小社团和女子演剧，尤其是进入游乐场的新剧”④。

这是因为文明戏一词，得名于市俗观念中时髦新鲜之物的含义。“彼时的风尚，凡从东西洋学来的事物，大都冠以文明两字的头衔，例如皮鞋称为

① 王凤霞：《作为“共名”的文明——文明戏的类型和形态》，载《江汉论坛》2008年7月。

② 钱玄同：《寄陈独秀》，载《新青年》1917年第3卷第1号。

③ 王凤霞：《作为“共名”的文明——文明戏的类型和形态》，载《江汉论坛》2008年7月。

④ 王凤霞：《从《申报》广告看“文明戏”称谓的变化（1906—1949）》，载《文艺争鸣》2010年12月。

文明鞋，手杖称为文明杖之类，不一而足，因此新戏遂也未能免掉这个封号。”① 因而，“文明戏”更多体现的是早期话剧式文明戏存在的娱乐性、市俗性和商业性的一面，“新剧”体现的是思想性、艺术性和先锋性一面。在1914年甲寅中兴之后，作为通俗文学一部分的文明戏与前述的通俗小说一样，失去先锋部分的属性而回归原本属性，也就是失去了“新剧”的部分，因此就专指某种迎合市民趣味的综艺性、小品性的通俗话剧的称呼了。“五四”新文化运动对文明戏进行了批判，以提倡业余性的爱美剧的方式重新开始了对现代西式话剧的探索，其时所批判的就是这一种“文明戏”。但新文化运动之后这种文明戏并没有消失，仍继续在上海各式娱乐场所演出，作为一种综艺性、小品式表演一直持续到20世纪40年代，并成为滑稽戏的前身。

作为现代话剧前身的早期话剧形式的文明戏，其特征是以写实性表演和散体对话为主要表现形式。不过近代戏曲式文明戏对现代话剧亦并非没有贡献。在形式上，戏曲式文明戏也积极吸取早期话剧的表现形式和剧本故事，部分采用生活化表演，在舞台装置和布景方面也积极改革。京剧改良的代表人物潘月樵、夏月润在上海办新舞台，“造了一所比较新式的剧场。那戏台可以转的，布景等一切，有了相当的便利，那戏的性质……他们最初所演的《新茶花》、《黑籍冤魂》、稍后所演的《明末遗恨》、《穷花富叶》等‘新戏’，不但多少含着些民族思想，社会思想，尤其是那编剧表演的结果，能使得妇孺皆晓”②。这些戏曲式文明戏在思想内容、表演形式和舞台装置上的改革，也是中国早期话剧发展的资源。而且与“五四”新文学强烈批判传统戏曲不同，文明戏时期的早期话剧与戏曲界改良派有良好的合作互助和共生关系。上海的新舞台等演出戏曲的剧团和场所，常常和早期话剧团体有合作演出，也会为之提供表演场地。早期新剧的演员如欧阳予倩、汪优游等人也成功演出过旧剧。

二、文明戏的发展历程

单论早期话剧型文明戏的发展，大致可分为准备期、发展期、中兴期和没落期。

---

① 剑啸：《中国的话剧》，载梁淑安：《中国近代文学论文集（1919—1949）·戏剧卷》，中国社会科学出版社1988年版，第260页。

② 洪深：《从中国的新戏说到话剧》，载洪钤：《洪深文抄》，人民文学出版社2005年版，第91页。

文明戏的准备期大致是1850年至1906年春柳社成立之前，主要包括清末外侨的演剧和上海西式学校学生的自娱性演剧。之所以起始划至1850年，是因为西式话剧最早出现在中国，是1850年12月有外侨于英租界借旧货栈搭舞台，演出了《势均力敌》和《梁上君子》。1866年，上海外侨成立“上海西人爱美剧社”(Amateur Dramatic Club of Shanghai)，简称A. D. C. 剧团，并于上圆明园路（今香港路圆明园路）建立了中国第一个正规西式剧院——上海兰心剧院，以英语演出，每年公演三至四次。后来上海又出现了称为“东京席”的小剧场，专供日本一些新派剧剧团来华旅行演出。这些演出主要服务于外侨，但有些中国知识分子亦曾前往观剧；文明戏的重要开创性人物徐半梅和郑正秋都曾看过兰心剧院的演出。

由中国人演出的话剧，始于上海的各教会学校每年圣诞或夏季结业时的学生演剧，其中最早的记载见于《圣约翰大学五十年史略》，“1896年学生曾演威尼斯商人一剧。此后亦时演莎士比亚诸剧”，并有剧照一帧①。中国人自办的新式学校仿效教会学校学生演剧，最早的则是南洋公学在1900年年末演出的《六君子》、《经国美谈》和一个关于义和团的戏。此后育材学校、民立中学校都开始演剧，“因是素人演剧之风，遂日盛行”②。这些热心演剧的青年学生如汪优游、朱双云等人，后来都成为文明戏的重要职业演员。只是上海的学生演剧毕竟是业余性自娱，不足以称为中国现代话剧的起点，只能算是准备。

文明戏的发展期是春柳社成立至辛亥革命前后，这一时期出现了专业的早期话剧团体，并由学生演剧逐步向商业化演出的转变，主要剧团有春柳社、春阳社和进化团。这一时期文明戏的主要参与者和表演剧目都有革命色彩，辛亥革命对这一时期的文明戏有深刻的关联和影响。

1906年冬，“鉴于中国旧戏应当改良而西洋话剧应该介绍和研究”，留日学生李叔同、曾孝谷发起成立春柳社，陆续加入者有欧阳予倩、吴我尊、马绛士、谢抗白、陆镜若等。1907年2月，春柳社公演《茶花女》赈灾，“这一次可以说在中国戏曲史上开了一个新纪元”③，被视为中国话剧的开

① 张军：《子虚乌有的早期话剧开山之作：〈官场丑史〉——兼论以南洋公学为中心的上海初期学生剧活动》，载《戏剧》2008年第3期。

② 鸿年：《二十年来之新剧变迁史》，载梁淑安：《中国近代文学论文集（1919—1949）·戏剧卷》，中国社会科学出版社1988年版，第229页。

③ 剑啸：《中国的话剧》，载梁淑安：《中国近代文学论文集(1919—1949)·戏剧卷》，中国社会科学出版社1988年版，第256页。

端。这是因为春柳在话剧艺术上，通过对日本新剧的学习，相对完整地移植了西式话剧形式："至于艺术方面，如春柳这个团体，是很有根底的。欧阳予倩，受了河合武雄，及木下吉之助不少的影响。马绛士是学习喜多村绿郎的。陆镜若竟拜藤泽浅二郎为师，并且自甘到日本的剧场里，扮演小角，以求获得实地的经验。他又在东京帝大及早稻田受过许多大名家的陶融。他们初在上海谋得利出演的时候，布景是请一位日本技师画的。综合以上的种种原因，那文明戏才能在民国初年，有空前的成功。"① 春柳社后来在日本陆续又进行了多次演出。其中较重要的两次演出，是 1907 年演出《黑奴吁天录》和 1909 年演出《热血》。《黑奴吁天录》是曾孝谷据《汤姆叔叔的小屋》改编而成，欧阳予倩说，它"可以看做中国话剧第一个创作的剧本，因为在这以前我国还没有过自己写的这样整整齐齐几幕的话剧本"②。

春柳社是在日本的学生剧团，中国国内第一个话剧式文明戏剧团，是受春柳社影响而成立的春阳社。其时春柳成员任天知欲邀春柳社成员回国演出没有成功，便和热心戏剧的革命者王钟声一起于 1907 年成立春阳社，后任天知退出，由王钟声主持。1907 年 11 月 4 日，春阳社于上海兰心戏院演出《黑奴吁天录》，"所得看资，悉数充振（赈）"，被视为"话剧在中国的开场"③。春阳社主要演出剧目，"大半是春柳的剧本"，但作为中国国内演剧的开端，正是春阳社使新戏、文明戏等称呼，得以从一个包括改良戏曲和早期话剧的泛称，成为早期话剧的专门名词。洪深说："王（钟声）的艺术，虽始终未曾成熟……一切艺术的方法，与北剧昆曲，或已有的'新戏'，完全两样。所有演北剧的动作、调子、道具，全不用了。所有北剧的代表与简捷的作法，全都改为模仿与写实的了。歌唱完全废除，全剧只用对话了。没有上下场，而用幕布与布景了。所以当时国内人士，看了耳目一新，觉得这才是真正的名副其实的'新戏'了。自此以后，'新戏'渐渐的由一个普通名词（即任何新编的戏），变为一专门名词（即某种特别方法作成的戏）了。"④ 可惜 1911 年 12 月王钟声因于天津从事起义活动，被清政府逮捕杀

---

① 洪深：《从中国的新戏说到话剧》，载洪钤：《洪深文抄》，人民文学出版社 2005 年版，第 95 页。

② 欧阳予倩：《回忆春柳》，载葛聪敏：《欧阳予倩文集》，华夏出版社 2000 年版，第 387 页。

③ 欧阳予倩：《谈文明戏》，载葛聪敏：《欧阳予倩文集》，华夏出版社 2000 年版，第 416 页。

④ 洪深：《从中国的新戏说到话剧》，载洪钤：《洪深文抄》，人民文学出版社 2005 年版，第 93 页。

害，春阳社活动也停止了。

进化团是任天知于1910年组织的新剧团，培养了汪优游、王幻身、顾无为、陈大悲等一批优秀文明戏演员，“当时有所谓‘天知派’，‘进化团’三字遂名震大江南北矣。‘进化团’之新剧，风头之健，无以复加”。辛亥革命前后，进化团曾在上海、南京，以及芜湖、扬州、宁波、汉口等地巡回演出宣传革命，代表作有《黄金赤血》、《共和万岁》、《黄鹤楼》、《新加官》等。但进化团演剧常采用演讲或活报剧的形式，“在舞台上的表演只有简单的戏剧形式，完全是以情感激动观众而获得演出的效果”①。进化团又多采用幕表制创作即兴表演方式，对人物角色模式化处理，后来这些表演方式被继承下来并成为文明戏的弊病之一。

文明戏中兴期大约是1913年至1915年，主要剧团有后期春柳（1912年春柳社的一个重要成员陆镜若邀集欧阳予倩、马绛士、吴我尊等春柳旧友，在上海成立了新剧同志会，史称后期春柳。陆镜若于1915年早逝，新剧同志会也就解散了）、新民社、民鸣社等剧团。这一时期文明戏的特点是一方面大量文明戏剧团涌现，另一方面革命主题退潮，文明戏回归通俗文学本质并且全面商业化和市场化，因而只能寻找符合市民趣味的新题材和顺应市场化需要的经营机制。

这一阶段文明戏最重要的题材由革命转向社会家庭剧，始于1913年郑正秋在上海组织的新民新剧社演出的连台本新剧《恶家庭》。徐半梅评论说：“都是描写些家庭琐事演出来，不但浅显而妇孺皆知，且颇多兴味，演的人也容易讨好，于是男女老幼，个个欢迎。”② 各种家庭戏成为文明戏剧团的主要剧目，扭转了文明戏的低迷状态。除了家庭戏，文明戏还尝试了其他常见通俗题材，例如笔记小说《聊斋志异》，弹词《珍珠塔》、《三笑》，以及如《恨海》之类著名的通俗小说等都被改编成文明戏，还新编了各种古装戏和清代宫廷戏；相反，影响较大的文明戏也会相应改编成小说刊行。

在发展仍然很不完善，缺乏剧本和优秀演员，而又承受着巨大商业压力情况下，为了适应职业化常态化的演出，降低时间和经济上的成本，这一时期的文明戏继承了进化团的表演方式，普遍性地没有固定的剧本和严格的排练制度，采用故事大纲和幕表加上演员的即兴表演来演出。与这种幕表戏相应的，他们一方面重视生动人物形象的塑造，“把新剧从只注重言论的类似

---

① 上官蓉：《文明戏与话剧》，载《作家》1941年第1卷第3期。

② 徐半梅：《中国话剧诞生史》，载《杂志》1945年5月。

活报式、化妆演讲式的表演，引到了反映日常生活，刻画人物”①，但另一方面仿照传统戏曲脸谱化人物，将人物模式化、类型化，使即兴表演有固定的套路，更简便容易。

为了生存和发展，辛亥革命结束后的 1912 年下半年到 1913 年上半年，大部分上海文明戏剧团都在外地演出。“后来由于反袁世凯的‘二次革命’失败、各地政府加强了对革命势力的镇压，1913 年秋至 1914 年春，戏剧界人士陆续回到上海。”② 由此，1914 年上海得以集中了一批优秀演员和剧团，包括新民、民鸣、春柳、启民、开明、文明的六大剧团，联合在上海公演，形成了文明戏演出的高潮，史称为“甲寅中兴”。

1917 年左右文明戏进入衰落期。文明戏幕表制、模式化的表演无法保证艺术质量，回归通俗文学定位又只能迎合市民娱乐性需求，而文明戏在演员发展上又还不成熟，而使文明戏在这次短暂的中兴之后在艺术和思想水准上都向劣质化低俗化发展，既为失去新鲜感的普通观众所抛弃，也为需要先锋性文艺的新文化运动所批判。“所以到了民国六七年，文明戏已经是失败了：所谓文明戏，是整个地倒坍了。戏与演员，同时退化，同时失败的。”③“1916 年，春柳和民鸣社相继解散，1918 年郑正秋在亦舞台演出失败之后，上海新剧的活动地盘只剩了笑舞台一家，而新剧的演出越来越糟，直到不可收拾。及至笑舞台的房东把那块地翻造成弄堂房子出租，新剧在上海的演出地盘就没有了。剩下来一些演员，只能走向游艺场勉强维持生活，有些就到小城市里演出糊口，文明新剧就没再有什么发展。”④

从新文学的角度，在这一时期的文明戏中，值得注意的是南开的学生演剧，这种演剧采用了较纯粹西方写实主义话剧形式，有较固定的剧本、较认真的排练制度，在业余的演剧中保持了社会理想和艺术精神。在新文化运动批判文明戏之时，南开学生剧团与春柳社被认为是现代话剧的前驱。

---

① 欧阳予倩：《谈文明戏》，载葛聪敏：《欧阳予倩文集》，华夏出版社 2000 年版，第 445 页。

② ［日］濑户宏：《论新民、民鸣社》，载田本相、董健：《中国话剧研究》第十一辑，中国传媒大学出版社 2008 年版，第 36 页。

③ 洪深：《从中国的新戏说到话剧》，载洪钤：《洪深文抄》，人民文学出版社 2005 年版，第 21 页。

④ 欧阳予倩：《谈文明戏》，载葛聪敏：《欧阳予倩文集》，华夏出版社 2000 年版，第 422 页。

三、文明戏衰落的原因

在短暂的甲寅中兴之后，文明戏很快衰落。欧阳予倩则在《谈文明戏》中也分析了其中原因，认为辛亥革命导致创作主体失去理想以及受众流失是主要原因，此外还有资本家的唯利是图，以及从业者本身的品德缺陷和职业精神的欠缺，“初期话剧……之所以趋于衰败，最主要的原因，就是在辛亥革命失败……找不出发展的方向，也没有正确的有力的领导，演员品类不齐，剧场都抓在流氓买办和唯利是图的商人手里……因此即使有有志之士，也感觉一筹莫展”①。

这些分析确实切中文明戏的时弊，但文明戏的衰落也还有自身的一些原因。商业压力并不是文明戏衰落的必然原因，在文明戏衰落之时，通俗小说仍然保持了稳定的生存和发展态势。通俗文艺商业化是正常现象，有时也未必没有有益的影响，例如也会促使从业者钻研表演技艺，提高演出水准，还促使上海产生的剧团努力到外地演出拓宽市场。苏石痴的“民兴社”正是为了招揽观众才开始了男女合演。虽然“这种合演制度，并不是他们鉴到了艺术上的需要，仅仅是一种投机，借女演员作招牌而已，所以不久即失败了”，但在戏剧表演史上仍具不可抹杀的开创意义。

因此，除了政治和商业上的原因，文明戏的衰落也与它自身的发展尚不完善，而因为体裁特点又必须承受了更大经济压力有关。因为是新兴体裁，文明戏缺乏成熟的市场和受众群，而其创作和经营成本却又很高，远超过通俗小说。这使文明戏更容易屈服于流俗或为节约成本忽略艺术上的准备和要求。又如，与需要基本阅读能力的通俗小说相比，文明戏的受众层次又更低，“我们知道文明戏是拥有多量的观众的，但是这批观众说起来是非常可怜的，他们都是姨太太、少奶奶之流，知识水准太低，只够迷恋于私订终身后花园，公子落难中状元的传奇。内容比较高深一点的戏剧，她们便无法接受”②。当文明戏不得不迎合观众之时，受众的层次就必然影响文明戏的水准。再如，文明戏演出采用幕表制是源于剧本荒，而剧本荒的原因，一方面是话剧式文明戏作为新兴体裁，本身刚开始发展，没有经典剧本积累；另一方面，它们通常只能一次性消费，不利反复观看。“大抵观新剧者，既无歌曲可听，则专以情节为尚，每每一览之后，即不愿再观，于是每星期中，必

---

① 欧阳予倩：《谈文明戏》，载《欧阳予倩戏剧论文集》，上海文艺出版社 1984 年版，第 219 页。

② 上官蓉：《文明戏与话剧》，载《作家》1941 年第 1 卷第 3 期。

须有一两本新编之剧。"① 所以剧本要常新，创作队伍又跟不上，就只能以幕表制维持。最后，早期演员缺乏职业训练，业界也尚未培养起足够的职业精神，演员容易沾染社会不良习气。再加上电影业开始发展，一批优秀演员转向电影界，对文明戏而言也是一个损失。

在"五四"新文化运动中，"文学革命"阵营强烈批判堕落的文明戏。但与通俗小说作家往往为通俗小说辩护不同，曾为"新剧家"的欧阳予倩、陈大悲、汪仲贤、徐半梅、沈冰血甚至比新文化阵营批判文明戏来得更加激烈，指责那些后期的"假新戏"与"旧戏""虽然面目不同，骨子里实在一样，都是代表中国这野蛮、龌龊、愚蠢、荒谬……一部不进化的大历史"②。而倡导爱美剧取代没落的文明戏的人里面，如陈大悲、欧阳予倩等，也很多正是原来文明戏的重要成员。

文明戏虽然衰落了，但它并没有就此消失，即便是文明戏遭到批判的新文学建设时期，文明戏的演出团体也未绝迹，甚至在 20 世纪 30 年代还有文明戏演出的信息。富有生命力的文明戏给中国社会带来了西方价值观和近代思想，为在近代中国文艺领域普及白话作出了卓越的贡献。文明戏对新文化和新文学产生了积极的影响，后来新文学的建立和普及与其在青年学生中的被接受和被演绎有直接关系，这样的运作传统同样与文明戏运动相关。

◎ 思考题

1. 改良派文学有哪些文学改良主张？
2. 严复和林纾的翻译给中国现代文学带来了哪些影响？
3. 试述革命派文学和通俗文学与新文学的关系。
4. 试分析文明戏衰落的原因。

---

① 冯叔鸾：《啸虹轩剧话》，载《游戏杂志》1915 年第 18 期。

② 陈大悲：《爱美的戏剧概论》，载韩日新：《陈大悲研究资料》，中国戏剧出版社 1985 年版，第 58 页。

第二章 新文化运动、文学革命与新文学的发生

“五四”新文化运动肇始于《新青年》的创刊，以该杂志为中心聚合北京大学师生形成了新文化阵营。文化先驱们高举“民主”、“科学”两大旗帜，发动了一场规模巨大、影响深远的思想启蒙运动。《新青年》阵营的裂变表明了中国现代知识分子在价值取向和建立民族国家路向上的分歧。以“白话文运动”为标志的文学革命是新文化运动的重要组成部分。胡适的白话文理论和早期的白话文体实验，构建了中国现代文学的理论话语基础，促使文学的外在形式和载体发生了根本性变革。现代文学话语模式的生成和嬗变，带来了中国文学思维方式和审美方式的现代性转变。胡适和陈独秀的文学革命主张，本质上是借文学革命推行社会变革，具有明显的功利性色彩。而周作人《人的文学》、《平民的文学》是新文学建设的重要理论纲领之一。社团蜂起和现代传媒的发展，为中国现代文学培植了创作队伍，开拓了广阔的言说空间，推动了新文化运动的深入发展，在中西文学交融汇通中探索着现代文学演进路数。文学研究会、创造社、新月社等的重要文学社团在价值观念、文学理念以及表现手法上的分野，为现代文学派别的形成创造了条件。新文化运动者片面强调传统文化和现代文明之间的尖锐冲突，阻隔了二者之间的相互补充融会。学衡派、甲寅派以及鸳鸯蝴蝶派与之论战交锋，在对峙抗衡中规约着中国现代文学的发展方向。

第一节 《新青年》与新文化运动

直接孕育中国新文学的是“五四”新文化运动，而这场运动是《新青年》发起的。《新青年》作为辛亥革命以后知识界进行思想启蒙的中心出版

物，直接催生甚至缔造了中国新文学。通过《新青年》，可以更直观地观察到新文化运动与中国新文学的关系。

一、新文化运动的背景与《新青年》

晚清以降，国势衰微，西方列强瓜分中国的图景强烈地震撼了中国知识分子，也大大激发了他们引进新知、开启民智建立现代性国家的热情。随着中国留洋学生的陆续归国，以及严复、林纾等对外文书籍的译介，英、美、法、俄等西方国家的现代文化理念和科学、民主等新思想因子渐渐渗入传统中国社会，改变着中国文化的精神面貌。同时，科举制度被废除，教育改革的推行，中国知识分子的传统生态环境发生了巨大的变动；而现代大众传媒的兴起，为知识分子群落另辟蹊径，他们与媒体联姻，将报刊作为重要的言说空间和活动场域，宣扬民族救亡意识，表达自由、民主等政治诉求，以此推动现代化国家的建设。

然而“二次革命”失败后，封建势力与帝国主义勾结，政治上妄图复辟帝制，文化上鼓吹复古尊孔。中国政治思想界陷入令人窒息的沉闷局面。1915年9月，陈独秀在上海创立了《青年杂志》，标志着“五四”新文化运动拉开了大幕。这场运动从深层结构上改造和重建了中国社会的意识范畴和思维格局。

《青年杂志》因战事停刊半年，1916年9月更名为《新青年》复刊。陈独秀作为《新青年》杂志的创始人和核心人物，成为新文化启蒙运动的精神领袖之一。在创刊号上，陈独秀发表了具有发刊词性质的纲领性政论《敬告青年》。他“谨陈六义”，概括出《新青年》的基本基调和精义：“自主的而非奴隶的”；“进步的而非保守的”；“进取的而非退隐的”；“世界的而非锁国的”；“实利的而非虚文的”；“科学的而非想象的”。《新青年》高举科学、民主两大旗帜，“拥护那德谟克拉西（Democracy）和赛因斯（Science）两位先生”，认定“只有这两位先生，可以救治中国政治上、道德上、学术上、思想上一切的黑暗”①，以思想革命为主旨，致力于造就一代新青年、改造国民性。

《新青年》第2卷被视为《新青年》成长的重要转折点，胡适、鲁迅、周作人、钱玄同等人加盟，扩大了它的编撰群体。《新青年》的编辑部同人和作者群体摒弃了知识结构、思想谱系以及文化、政治取向方面的差异，勇开风气之先，聚拢了大批知识精英和有识青年一道推动新文化运动的深入发

① 陈独秀：《本志罪案之答辩书》，载《新青年》1919年第6卷第1号。

展。其时，《新青年》开办的“通信”和“随感录”栏目，最广泛地吸引了社会各阶层人士参与到思想启蒙的对话中来。除了鲁迅等少数人外，《新青年》的作者大多是北京大学的师生。《新青年》成为北京大学革新力量发表言论的阵地，自由又广泛地表述他们的人文思想理念、价值判断。新文化运动发展的统一战线形成了以《新青年》为舆论阵地、以北京大学为依托的双合动力。

一般认为1919年“五四”政治运动时期，是新文化运动的高潮。以此为界，新文化运动分为前后两期。陈独秀、胡适、蔡元培、周作人、鲁迅、吴虞及邵力子都是“五四”前期新文化运动的主要干将。早期倡导者的学术理路大体是寄望于文化教育来改造国家民族。作为新文化运动核心刊物的《新青年》，这一时期发表的文章，如胡适的《文学改良刍议》、《历史的文学观念论》、《建设的文学革命论》等，陈独秀的《东西民族根本思想之差异》、《吾人最后之觉悟》、《文学革命论》、《孔子之道与现代生活》、《旧思想与国体》等，鲁迅的《狂人日记》、《我之节烈观》等，高一涵的《民约与邦本》、《自治与自由》等，李大钊的《青春》，易白沙的《孔子评议》，吴虞的《吃人的礼教》等涉及国民性改造、宗教信仰、伦理道德、风俗习惯、人格修养、文化教育等各个社会生活领域。

二、新文化运动的基本内容

众所周知，新文化运动掀起了一场波澜壮阔的启蒙运动。激进的知识分子以西方文化价值观为“新”、为“标准”，系统地审视了中国传统社会和文明，重新衡量和估值传统文化的方方面面。1919年年底，胡适发表《新思潮的意义》，认为诸如孔教、旧文学、贞节、旧戏、女子问题等，都必须“重新估定一切价值”，认为这是“评判的态度的最好解释”。新文化先觉者们首先将矛头指向在日常生活层面束缚他们的旧伦理旧道德，希望彻底解构代表着中国传统社会伦理和政治体制正统和权威的儒家思想：“要拥护那德先生，便不得不反对孔教、礼法、贞节、旧伦理，旧政治。要拥护那赛先生，便不得不反对旧艺术、旧宗教。要拥护德先生，又要拥护赛先生，便不得不反对国粹和旧文学。”① 新文化运动者激进地运用“偶像破坏”的手段来冲击以“儒者三纲”为核心的封建意识。陈独秀发表了一系列文章，如《宪法与孔教》、《孔子之道与现代生活》、《再论孔教问题》、《复辟与尊孔》等驳斥孔教：“记者非谓孔教一无可取，惟以其根本的伦理道德，适与欧化

① 陈独秀：《本志罪案之答辩书》，载《新青年》1919年第6卷第1号。

背道而驰，势难并行不悖。吾人倘以新输入之欧化为是，则不得不以旧有之孔教为非。倘以旧有之孔教为是，则不得不以新输入之欧化为非。新旧之间，绝无调和两存之余地。吾人只得任取其一。”① 以决绝的口吻宣称跟孔教之间的不可调和性。吴虞、李大钊、易白沙以及胡适、鲁迅都是“五四”时期反传统的健将，他们纷纷撰文或揭露封建礼教的暴虐，或抨击孔教的专制，或攻击“陈腐”的“死文字”，从政治、道德、文化、文学各个层面对传统文化发起猛烈的批判和清算，最终撼动了儒教在思想文化领域的统治地位。

而与此同时，新文化运动以开放、宽容的态度积极接纳西方文化，追求思想自由。“五四”新文化运动广泛关注、引进世界多个国家的各种思潮和学说，从一开始就呈现出驳杂多元的底色。倡导者们对西方理论的输入投入了极大的热情，热诚地讨论进化、平等、民主、科学、自由、竞争、个性主义、实用等各种观念，《新青年》以及各地文学社团、各式报刊把提供西方政治、历史等诸方面资料给中国读者作为基本目标之一，争相译介西方各种思潮理论，其中进化论、人权说，以及社会主义思潮倍受知识分子青睐，得到大力倡导。新文化运动的倡导者自觉地用西方文明作为构建改造中国的参照系。

提倡个性解放，是“五四”新文化启蒙运动的重要话语策略之一。“五四”倡导者在追赶西方、寻求世界大同的过程中，充分认识到“人”的重要性，意识到只有切实通过实现对个人自由、尊严和权利的保障，才能促进建立强盛的现代民族国家。陈独秀指出，“欲建设西洋式之新国家，组织西洋式之新社会，以求适应今世之生存，则根本问题，不可不首先输入西洋式社会国家之基础，所谓平等人权之新信仰”②。新文化运动倡导者反对愚昧，倡导理性，追求思想自由和人格独立、平等，努力建构以“个体”、“自我”为核心的现代公民意识。郁达夫认为“五四”运动的最大成功，第一要算“个人”的发现，“从前的人，是为君而存在，为道而存在，为父母而存在，现在的人才晓得为自我而存在了”③。《新青年》专门刊行《易卜生专号》，胡适、鲁迅、周作人等发表了《贞操问题》、《我们现在怎样做父亲》、《人的文学》等文章，将妇女解放和儿童问题也被纳入个性解放的范畴中来。

---

① 陈独秀：《答佩剑青年》，载《新青年》1917年第3卷第1号。

② 陈独秀：《宪法与孔教》，载《新青年》，1916年第2卷3号。

③ 郁达夫：《导言·中国新文学大系·散文二集》，上海良友图书印刷公司1935年版，第5页。

不但以“人的文学”去实现人的发现，还对如何建立以“个人主义”为核心的现代文化进行了具体的设计构思。

“五四”新文化启蒙运动的另一重要话语策略就是提倡文学革命。新文化运动倡导者不仅推动文学语言的转型、文体选择的嬗变，而且积极重建新的文学理念、文学内容，甚至在文学情感、题材选取上，都自觉地用启蒙思想去改造文学，大力提倡新文学的大众化，让新文学承载启蒙思想以完成新文化建设的重大使命，汲汲以求启蒙思想和文学的会通融合。1917 年 1 月，《新青年》杂志刊登了胡适的《文学改良刍议》“改良八事”，紧接着陈独秀在《文学革命论》中提出了文学革命的“三大主义”，钱玄同直斥“选学妖孽，桐城谬种”。刘半农以《我之文学改良观》，周作人以《思想革命》、《人的文学》、《平民文学》等，同甲寅、学衡等学派屡次交锋，使得文学革命的观念渐入人心。新文化运动经过文学革命的激荡，在文学表现形式和文学载体的变革方面取得了重大成功，促使科学和民主成为整体文化前进方向。

《新青年》杂志历时 7 年出版 54 期，至 1922 年 7 月第 9 卷第 6 号休刊，社址几次变更，刊物从带有地缘性的个人主编刊物到北大同仁的舆论阵地，再到“五四”后期的倾向马克思主义思潮的刊物，始终是新文化运动的策源地和中心。

但是在“五四”政治运动后期，《新青年》群体的思想分歧日益扩大。究其原因，客观上是国内外客观政治环境的风云激变。但主观上更为复杂：一方面张扬个性的新文化运动，其个体本身差异就十分丰富，如陈独秀的激烈、鲁迅的深刻峻急和忧愤深广、胡适的和缓稳健等。他们各自的文化观念也不尽相同，教育背景和文化层次上也存在着差异，这些都为新文化战线的分裂埋下伏笔。另一方面驳杂的西方思想文化资源，诸如实验主义、基尔特社会主义、无政府主义、工团主义、社会民主主义等，虽然给古老的中国传统文化注入了新质，但启蒙思想并没有形成一个有力的思想体系，各种外来思潮之间内在矛盾性更加速了新文化阵线的分裂。原本统一在思想启蒙之下的《新青年》群体，终因价值取向、建立民主国家路径及手段等的不同，差异性加大，统一战线发生了裂变。到 1919 年秋天，《新青年》的编委会实际上解散，由陈独秀一人主持编务。

五四运动后，陈独秀、李大钊等从思想启蒙转向政治改造，坚持以更积极的态度参与到现实政治活动中去，成为早期的马克思主义者。后期《新青年》开办马克思专号、俄罗斯研究专栏、社会主义专栏，介绍马克思的唯物史观和阶级斗争学说，介绍俄国“十月革命”后确立的社会主义制度，明显成为倡导唯物主义和社会主义的刊物。而胡适从他一贯的实证主义方法和改良主义出发，坚持“学理性的批判”，保持纯粹的思想改造。在1919年新文化运动达到顶峰的时候，就提出“整理国故”的号召，始终坚持英美自由主义立场进行政治文化批判。鲁迅“荷戟独彷徨”，以文学创作的方式，坚守对文化和国民性的剖析。另外也有些知识分子退守书斋，隐入学术的“象牙塔”中。

“五四”新文化运动对中国现代化进程有着重大贡献，“五四”政治运动退潮后，浓郁的“五四”情结却深深地植入中国知识分子的心中。在认识到“五四”启蒙思潮对时代革新、推动中国文化发展的重大功绩的同时，也有不少学者认识到囿于历史语境和主体的原因，这场新文化运动的历史局限性也需要慎重考量。尤其是“五四”学人面对传统文化时，心态急躁。有时因之功利而过分追求震撼性效果，措辞激烈，甚至不惜走极端，造成“现代”与“传统”之间产生了割裂。虽说这种偏激有着当时历史情境严峻的因素，但也对后来的历史进程产生了负面效应。

总的来说，“五四”新文化运动开启了中国思想、文化、学术的新纪元，对中国现代民族国家的进程产生了巨大的推动作用。

第二节　胡适的白话文倡导及新文体理论

近代中国新的文化思潮总是伴随着新的政治思潮而涌现。黄遵宪、梁启超等诗界革命、小说界革命以及新文体的提倡，严复、林纾等对西方哲学和文学作品的翻译，其主旨往往在于配合思想启蒙，传播新思想，开启民智。同时，创作领域积极革新，在文学观念、文学语言、文学体式等方面进行了有益的改良创新，动摇了旧文学的根基。但时代所囿，他们的改良革新并不彻底，有限度地在文言体系内被动地接纳欧化语。时值清末，国内的白话报刊竞相而生，白话文虽尚未全面取代文言，但白话文运动蓄势待发。胡适倡导的白话文运动超越了晚清先驱的文学改良，得到更为广泛的响应，从此中国文学走向新的开端。

一、胡适对白话文学的倡导

胡适（1891—1962），现代诗人、著名学者。安徽绩溪人，原名嗣糜，学名洪骍，字适之，笔名天风、藏晖等。他在文学、哲学、历史、考据和伦理学领域都颇有建树。1910年赴美国留学，在美国获文学士学位后，改读哲学，师从杜威，深受其实验主义哲学的影响。1917年回国，任北京大学教授。

早在美国留学期间，胡适就注意到中国传统文学的弊端，曾跟梅光迪、任叔永反复讨论辩争白话写诗的问题。在论争中，他的白话文理论渐渐明朗充实起来。1917 年 1 月胡适在《新青年》上发表文学革命的发难之作——《文学改良刍议》，提出文学改良要从“八事”入手，从语言形式的角度提倡白话文。这篇文章虽仍有文言文的习惯，但它正式宣称反对文言文、提倡白话文，在全国引起很大反响。这八项主张如下：

> “一曰，须言之有物；二曰，不摹仿古人；三曰，须讲求文法；四曰，不作无病之呻吟；五曰，务去滥调套语；六曰，不用典；七曰，不讲对仗；八曰，不避俗字俗语。”①

胡适的白话文理论，实质上是以语言形式革新和现代思想观念传播为核心的。他从实用主义出发，选取语言工具的改革作为文学革命的突破口。“文学的生命全靠能用一个时代的活的工具来表现一个时代的情感与思想。工具僵化了，必须另换新的，活的，这就是‘文学革命’。”②“文学革命的程序须有先后的程序：先要做到文字体裁大解放，方才可以用来做新思想新精神的运输品。我们认定白话实在有文学的可能，实在是新文学的唯一利器。”③

胡适认为，文言是死的语言，白话是活的语言。古人使用文言文表达思想感情，已不适应现代人表达感情的需要。文言只能是对现代人的感情做翻译的表达，而白话却能将现代民众的思想感情表达的生动、丰富、真实。中国传统的文言文在漫长历史发展中逐步跟口语脱离，失去了口头交流作用，单纯作为传统文学的主流书写工具而存在着，成为传统知识分子的身份标识、地位象征。提倡“文白合一”，意味着知识分子需要自我改造，主动将话语权转交于平民。而且随着西方新思想新事物的大量输入，原有的文言文表意系统无法与之适应，新的事物、新的思想需要新的语言符号来表意，而白话系统比较容易接受西方新思想的术语、概念和表达方式。

---

① 胡适：《文学改良刍议》，载《新青年》1917 年第 2 卷第 5 号。

② 胡适：《中国新文学运动小史》，载《胡适文集》第 1 卷，北京大学出版社 1998 年版，第 146 页。

③ 胡适：《〈尝试集〉自序》，载《胡适文集》第 9 卷，北京大学出版社 1998 年版，第 82 页。

具体来说，胡适认为“白话”的含义可以从以下三个方面理解：“(一)白话‘白’，是戏台上的‘说白’的白，是俗语‘土白’的白。故白话即是俗话。(二)白话的‘白’，是‘清白’的白，是‘明白’的白。白话但须要‘明白如话’，不妨夹几个文言的字眼。(三)白话的‘白’，是‘黑白’的白。白话便是干干净净没有堆砌涂饰的话，也不妨夹入几个明白易晓的文言字眼。”①

到1918年，《新青年》全面使用白话文和新式标点，彰显了白话文的充分自信。随后《新潮》、《星期评论》等白话杂志也紧随其上，使用白话蔚然成风。

达尔文的进化论是影响19世纪最重要的思想潮流，进入中国后，成为推动中国现代化进程的重要理论资源之一。胡适的文学观念也正是建立在历史进化论的基础上，用历史进化的态度来看待文学演变。胡适发表的《历史的文学观念论》、《建设的文学革命论》等一系列论文，参照西方各民族语言确立的历史进程，一改晚清只把白话当做新民工具的观念，突破性地指出必须将“白话文学”提升为“文学之正宗”，提出了十字宗旨——“国语的文学，文学的国语”，从而创造出一种“活的文学”。他阐述了时代演化对文学的作用：“文学者，随时代而变迁者也。一时代有一时代之文学。”认识到，“然以今历史进化的眼光观之，则白话文学之为中国文学之正宗，又为将来文学必用之利器，可断言也”。他的《白话文学史》仔细梳理了中国白话文学发展史，历时性地介绍了白话文的演进过程，论证了白话文在我国文学史发展上的合理、合法性。

胡适不仅从理论上倡导建立白话文学，而且他将实验主义精神贯穿于文学改良之中，主张“言文一致”，在文体理论建设和创作实践上也对白话文学的建设做出了可贵的摸索。胡适认识到“中国旧文学在文体诸方面都不完备”，而新的时代内容变化呼唤新的文学形式和风格来反映，希冀建构科学规范的现代文体类型。

胡适选取古代文学发展最为完善、稳固的文言诗进行白话文改革实验。他认为旧体诗的形式过于拘谨，束缚了现代人的感情，所以主张“诗体大解放”，“不但打破五言七言的诗体，并且推翻词调曲谱的种种束缚；不拘格律，不拘平仄，不拘长短；有什么题目；做什么诗；诗该怎样做，就怎样

---

① 胡适：《答钱玄同书》，载《新青年》1918年第4卷第1号，原题为《论小说及白话韵文》。

做”①，完全打破了音韵、格律、对仗等旧诗形式，提倡“作诗如作文”，不讲平仄、押韵，强调自然的音节，用语自然朴素，多白描手法，善于将抽象的道理具体化。胡适积极投入新诗理论建设，他的诗论《谈新诗》被朱自清尊为早期白话体新诗的“金科玉律”。

1917年2月《新青年》发表了胡适的《白话诗八首》，1918年《新青年》第4卷第1号，推出胡适、刘半农、沈尹默三人的白话新诗，1920年3月胡适出版了现代文学第一本白话新诗集《尝试集》。从思想内容上看，胡适的《尝试集》反对封建专制，宣扬民主科学，积极关心民生疾苦，思考社会问题。如《礼》用对比手法写出新旧两代对“礼”的不同态度；《人力车夫》描述了社会底层人民生活的艰辛以及社会问题解决的两难处境；《威权》表达了作者反抗压迫者的决心……而《鸽子》、《老鸦》、《一颗星儿》这类篇章显示了胡适在诗歌的艺术形式和表现手法上的追求，用鲜明生动的意象，含蓄地表达自己的思想情感和见解。

胡适引领的白话新诗创作，得到了同一时期的周作人、康白情、鲁迅、刘半农、沈尹默、俞平伯等的积极响应，他们纷纷发表诗作来充实早期白话新诗的创作实绩。其中刘半农名篇的《相隔一层纸》传诵一时。到20世纪20年代中期，新格律诗、新民谣体、象征派、意象派等诗歌流派先后出现于文坛，中国新诗的“诗体解放”成就斐然。

虽然“胡适之体”对白话新诗的创造和流变影响深远，但早期白话诗的内容肤浅，不重形式，散文化倾向，也给当时的白话文运动带来了一定的困惑。1922年胡适就曾反思说，“我现在回头看我这五年来的诗，很像一个缠过脚后来放大了的妇女回头看她一年一年的放脚鞋样，虽然一年放大一年，年年的鞋样上总还带着缠脚时代的血腥气”②。

二、胡适的新文体理论

在小说文体理论建设中，胡适首先整理、考证、研究了古典白话小说，奠立了白话小说的历史地位，将《水浒》、《西游记》、《红楼梦》、《儒林外史》确立为白话小说典范；其次胡适将新文化运动思想启蒙的任务置之于小说批评中，借小说批评对各种具体的社会问题发表自己的思想见解。胡适提倡写实主义的创作方法，主张借鉴西方小说的艺术技巧。他对外国短篇小说的文体研究非常重视，认为“短篇小说是用最经济的文学手段，描写事

① 胡适：《谈新诗》，载《星期评论》，1919年10月10日。

② 胡适：《尝试集》，安徽教育出版社1999年版，第46页。

实中最精彩的一段，或一方面，而能使人充分满意的文章”①。不过胡适在小说创作方面数量少，成就并不突出。

胡适还积极倡导、推动文学翻译和文学创作之间的互动。他热衷于翻译外国诗歌、短篇小说、戏剧等。早期译诗的经历，对他构建新诗理论和新诗创作意义重大，曾宣称英译诗《关不住了》是他“新诗”成立的纪元。他翻译的外国短篇小说约20篇，其中白话译文《最后一课》(都德) 取得了巨大的成功。他还与人合译了易卜生的社会问题剧《娜拉》，并译介了杜威的哲学思想。

当白话诗歌和白话小说蹒跚起步时，胡适开始致力于此时步履维艰的中国戏剧改革事业。他十分欣赏“社会问题剧”，在轮值《新青年》时专门推出“易卜生专号”。胡适的《易卜生主义》与《文学进化观念与戏剧改良》是中国戏剧理论早期建设的突出成果，也是其戏剧文体理论系统的阐述。他明确提出戏剧要进行“比较的文学研究”，采用西洋最近百年来继续发达的新观念、新方法、新形式，如此方才可使中国戏剧有改良进步的希望②。批判了传统文学的“大团圆”模式，将悲剧观念引入中国戏剧创作。述及戏剧文学创作方法和文体特征时，他认为，“戏剧在各类文学中，最不可不讲经济”③。1919年3月，胡适在《新青年》第6卷第3期上发表的独幕话剧《终身大事》，被认为中国现代文学史上第一部公开发表的话剧剧本。它选用了爱情、婚姻问题来表现了追求个人解放的时代主题，具有强烈的反封建意义。虽然这部作品艺术上略嫌粗疏，情节松散，矛盾冲突不够典型，呈现出公式化、概念化倾向，但其历史魅力非同凡响。

胡适在《什么是文学》中说：“文学有三个要件，第一要明白清楚，第二要有力能动人，第三要美。”他的散文创作实绩最为充分地体现了这一文学思想。胡适细致地研究了近代散文文体演变规律，科学地归纳总结了散文文体的类型种类。其散文创作除了游记、杂文外，尤为重视传记散文创作。他的杂文晓畅犀利，文字优美，战斗性强。他的传记散文不仅为名家大师立传，如《许怡荪传》、《吴敬梓传》等；也为普通平凡的小人物作传，如《李超传》写得质朴真挚，感人至深，主要通过李超生前的书信往来还原一个普通小人物遭受封建家族和封建礼教双重压迫的悲惨命运。他的自传《四十自述》自然流畅，寓言体传记《差不多先生传》曾入选国文课本，影

① 胡适：《论短篇小说》，载《新青年》1918年第4卷第5号。

② 胡适：《文学进化论与戏剧改良》，载《新青年》1918年第5卷第4号。

③ 胡适：《文学进化论与戏剧改良》，载《新青年》1918年第5卷第4号。

响深远。

“五四”其他文学先驱也积极投入新文体建设的理论讨论中来，刘半农的《诗与小说精神上之革新》，俞平伯的《社会上对于新诗的各种心理观》，宗白华的《新诗略谈》，周作人的《日本近三十年小说之发达》、《美文》等文章都对中国文体现代化提出了建设性的意见，丰富了现代文体的理论体系。

1920 年春，随着教育部下令，从当年秋季开始国民学校一、二年级的教科书采用白话文，这一行政命令确立了白话文的胜势，自此“文白之争”尘埃落定，“白话”全面取代了“文言”。

胡适倡导的“白话文学”和“历史的进化文学观”推动了白话文运动的发展。这场运动的历史价值和意义不仅仅在于推动了语言工具的改革，同时也在于它带来了中国文学思维方式和审美方式的改变。胡适的现代文体理论为中国现代文学的成熟发展奠定了坚实的理论基础，其文体创作实践成为现代文学宝库中珍贵的财富。

第三节 文学革命的主张

胡适于 1917 年 1 月在《新青年》发表《文学改良刍议》后，很快就得到蔡元培、陈独秀、李大钊、鲁迅、周作人等人的热烈响应和积极支持，新文化运动的干将们很快意识到“文学革命”势在必行。以语言运动为标志的文学革命是新文化运动的重要组成部分，是中国现代文学建设的基本前提。

一、陈独秀的“文学革命论”

1917 年 2 月，陈独秀在《新青年》上发表《文学革命论》，高举起“文学革命”的大纛“为吾友之声援”，推崇胡适为“首举义旗的急先锋”。在这篇文章中，陈提出三大主张：“推倒雕琢的阿谀的贵族文学，建设平易的抒情的国民文学”；“推倒陈腐的铺张的古典文学，建设新鲜的立诚的写实文学”；“推倒迂晦的艰涩的山林文学，建设明了的通俗的社会文学”。“际兹文学革新之时代，凡属贵族文学，古典文学，山林文学，均在排斥之列。”①

这三大主张，讨伐和批判了封建旧文学，提出了建设新文学的构想，从社会思想变革的角度论述了文学革命的意义。相比较而言，胡适的《文学改良刍议》有着学者的审慎，追求实效，偏重从形式角度来改良文学，确

---

① 陈独秀：《文学革命论》，载《新青年》1917 年第 2 卷第 6 号。

立白话文学的优势。而陈独秀这篇富有革命家激情的雄文，语言气势高亢，大力提倡“国民文学”、“写实文学”和“社会文学”，用文学革命的方式推动了政治革命和思想的变革。

以陈独秀、胡适为主导的《新青年》团体积极推进“文学革命”。刘半农、钱玄同等群起响应，纷纷著文参与文学革命话语的建构，大力批判旧文学，建设新文学理论。刘半农在《我之文学改良观》一文中不仅赞同胡适的文学改良观，而且主张文章分段和采用新式标点。钱玄同写信给《新青年》，从进化论的角度，痛斥旧文学。

旧文化阵线对胡适、陈独秀新文化团体轰轰烈烈拉开的“文学革命”战线漠然视之。在对手“缺席”的寂寞中，刘半农与钱玄同合演了一出“双簧戏”。刘半农化名为王敬轩给《新青年》投稿，发表《文学革命之反响》，集合了旧文学的种种观点，向新文学猛烈开火；而钱玄同则托名为刘复，在《复王敬轩书》中一一予以反驳，尤其指名道姓地批评了守旧派大师林纾。这一出双簧戏震动了“五四”时期的文学界和思想界，一方面招来了封建文化的卫道士的责难，另一方面得到了更多的进步人士的赞同，壮大了文学革命的声威。

由于陈独秀、钱玄同、鲁迅、周作人等文学革命先驱者的共同努力，以及《新青年》、《新潮》、《每周评论》等刊物的合力推动，文学革命在不到几年的短暂时间里便初见成效，其实质内容也一步步深化和丰富。

二、关于文学革命的讨论

白话文学的确立是“五四”文学革命的首要功绩，也是胡适文学革命的中心内容。胡适的目光始终注视着语言工具的改革，在《建设的文学革命论》中大力提倡“文学的国语，国语的文学”，将语言形式的变革和文学革命相提并置，认为“国语的文学”就是“要有话说，方才说话”、“有什么话，说什么话；话怎么说，就怎么说”、“要说我自己的话，别说别人的话”、“是什么时代的人，说什么时代的话”①，将语言形式的革新推到了一个新的高度。正是在胡适的倡导和推动下，白话文学走上了文学舞台的中心。这种文学形式的变革为新文学的内容变革奠定了基础。

然而，周作人等新文学主将们认为文学革命不能只限于语言工具的革新，旧文学要从本质上真正蜕变成新文学的话，还必须从思想内容层面继续

① 胡适：《建设的文学革命论》，载《胡适文集》第2卷，北京大学出版社1998年版，第45页。

深入推动文学革命。早在文学革命前，鲁迅就从“立人”层面对文学改造“国民性”的问题进行了系统的思考。1918 年 12 月周作人发表了《人的文学》，明确提出和阐释了“人的文学”。正如胡适后来所言文学革命的纲领和目标：“简单说来，我们的中心理论只有两个：一个是我们要建立一种‘活的文学’，一个是我们要建立一种‘人的文学’。前一个理论是文字工具的革新，后一种是文学内容的革新。”① “人的文学”的提出具有划时代的意义，纵深掘进了文学革命前进的空间。

具体来说，周作人的《人的文学》认为“用人道主义为本，对于人生诸问题，加以记录研究的文学，便谓之人的文学”。至于人道主义，周作人特别指出是“个人主义的人间本位主义”，其本质首先是个体自身价值的实现，“先知自爱”，然后“爱人类”。提倡“人的文学”的同时，周作人反对非人的文学，两者之间的区别在于创作态度不同：“一个严肃，一个游戏”，文学应该排斥“妨碍人性的生长，破坏人类的平和的东西”②。1920 年《新文学的要求》一文承续了《人的文学》的思想，指出“这文学是人性的；不是兽性的，也不是神性的”，“这文学是人类的，也是个人的；却不是种族的，国家的，乡土及家族的”③。所谓的人道主义文学，“就是个人以人类之一的资格，用艺术的方法表现个人的感情”④。周作人的“人的文学”的主张顺应了“五四”时代潮流，用“人的发现”、“个性主义”等启蒙思想对文学主张做出的时代性解读，是“五四”文学革命中新文学建设的重要理论纲领。

从人的文学出发，周作人主张建设平民文学。他的《平民的文学》⑤从理论上界定了平民文学的形式，借重平民文学摧毁旧文化秩序，认为平民文学与贵族文学相反的地方是“内容充实”，就是“普遍与真挚的两件事”，即以“普通”、“真挚”的“文体”，去记录“普遍”的、“真挚”的思想与事实，“以真为主，美即在其中”，“世间普通男女的悲欢成败”也就得以艺术地表现。他还特别厘清了平民文学与通俗文学之间的关系，指出平民文学

---

① 胡适：《导言》，载《中国新文学大系·建设理论集》，上海良友图书公司 1935 年版，第 18 页。

② 周作人：《人的文学》，载《新青年》1918 年第 5 卷第 6 号。

③ 周作人：《新文学的要求》，载贾植芳等：《文学研究会资料》，河南人民出版社 1985 年版，第 50 页。

④ 周作人：《新文学的要求》，载贾植芳等：《文学研究会资料》，河南人民出版社 1985 年版，第 53 页。

⑤ 周作人：《平民的文学》，载《每周评论》1919 年 1 月第 5 号。

应承担思想启蒙的时代重任，而且作家应具有“平民文学的精神”，而不是采取“悲天悯人”或“博施济众”的“慈善主义”态度。周作人提出的平民文学，实质上是“人的文学”主张的进一步具体化。

随后胡适、鲁迅、傅斯年、沈雁冰等新文学建设者或以理论建设，或以创作实践，不同侧面、不同程度地延伸、实践着这种“人的文学”、“平民文学”观念；而且经过文学研究会等社团的大力推动，现代文学领域涌现出强劲的“为人生”、“人的文学”思潮。1918 年以后，文学革命突破了理论倡导阶段，文学创作实践真正开展起来。中国现代文学以崭新的姿态出现在人们面前，白话诗歌、白话小说、白话散文、戏剧创作蓬勃发展，成为 20 世纪文学的主导形式。

文学革命先驱者们明确反对旧文学的“文以载道”传统，反对传统文学的“游戏消遣”观，强调文学的独立性。但事实上以白话文运动为核心的文学革命，并不是单纯革新文学自身诸要素如语言、文体、文学观念等。新文学诞生之初就承载着饱含个人体验性的政治文化变革任务；到 20 年代后期，创造社随着时代主题的转换而疾呼“革命文学”，文学和革命、政治、阶级的现实功利性目标联系越来越密切，体现出文学异化政治工具的一面。

任何革新，都将面临对传统的继承与革新的问题。在继承与发展文学传统方面，文学革命先驱者们态度确实有偏激和片面之处。历史的复杂性在于，尽管文学革命者激烈的讨伐和破坏传统文学，可他们与民族传统文学有着割舍不断的内在联系，传统文化成为“五四”新文学作家的一种文化潜质，影响规约着他们参与构筑现代文学发展方向和前进道路的进程。此外，从 1917 年胡适、陈独秀等首倡文学革命到 1920 年教育部明令中小学采用国语教材，讨伐、破坏旧文学和提倡白话文是这一时期新文学运动的重要任务。在这期间，文化先觉者也不时流露出一些困惑和迷茫：他们在很多学术问题上纠缠不清、观点不一，如旧文学和俗文学的交汇，旧小说、旧戏等的艺术价值，文言文和民族语言的区分，等等。这些困惑，一方面是由于传统文化自身的复杂性和博大精深造成的；另一方面，“五四”文学革命先驱者们虽然对文学革命的总目标高度一致，但个人学识、才力、胆气等的差异也必然使他们在一些具体问题上产生了分歧。

文学革命的倡导者大多有过留洋经历，往往兼具作家和翻译家的双重身份。他们跟西方文学文化接触密切，西方的文艺运动和创作经验给予了新文学直观的启发和思想资源；西方的文化性格、人文素养、文学品性等成为隐性因素，不自觉地渗入他们的文学观念、审美情趣和艺术思维中，影响了新文学的价值取向和表现形式。文学革命先驱者们积极吸收、融合西方文艺资源，形形色色的思潮、主义、流派、纷沓涌入。就文艺思潮来看，现代文学开拓性的引入了西方文艺以来的各种文艺思潮，如现实主义、自然主义、浪漫主义、唯美主义、现代主义、象征主义、印象主义、心理分析派、意象派、立体派、未来派等，丰富了文学的内在表现。同时，一起涌入中国的还有影响这些文学思潮的哲学思想如：人道主义、进化论、实证哲学、尼采超人哲学、叔本华悲观哲学、弗洛伊德主义、托尔斯泰主义、基尔特社会主义、无政府主义、国家主义、马克思主义等。其中，从根本上最符合近现代中国文化和历史时代内在需求的当属启蒙主义文学思潮。在创作方法上，胡适、陈独秀、鲁迅等文学革命倡导者都力推适合表达启蒙主义诉求的现实主义创作方法。陈独秀早在1915年发表的《现代欧洲文艺史谭》，就以文艺进化观考察西方文学思潮的发展史，推崇写实主义和自然主义，以此作为中国现代文学演进路向的参照系。而早期创造社大力提倡浪漫主义，形成了浪漫主义与现实主义并峙的格局。在艺术创作手法上，新文学建设者们更以一种多元性开放眼光，积极尝试，大胆探索叙述手法和创作技巧的多样化。未来派、象征主义、现代主义等的创作方法和技巧在早期新文学创作实践中可以找到痕迹。力图跟传统文化形式上割裂的“五四”新文学在世界文学的丰富资源滋养下的逐渐生长起来。

“五四”文学革命奠定了中国现代文学发展的理论依据和现实基础，推动了中国文学实现从古典向现代性的转型。白话文运动和现代文学互动共生，语言和文体的不断解放，逐步确立了中国现代文学的正宗地位。新一代作家如鲁迅、郁达夫、叶绍钧、周作人、郭沫若、康白情、沈尹默、冰心、田汉等开始登陆中国文坛。从1921年起，不同创作倾向的文学社团相继成立，文学期刊纷纷出版，拓宽了现代文学的言说空间。新文学建设者们多姿多彩的创作实践充分彰显了文学革命的实绩。他们的创作弘扬人性和人道主义精神，以开放、兼容、驳杂、多样的文化性格探索反映社会现实和表现自我的谐和统一，努力在输入和移植西方文化资源过程中实现本土化改造，构建出中国文学多元互补的现代化形态。

风云激荡的文学革命为中国文学带来了思想观念、内容形式、表现方法等诸方面的巨大改变，希冀建立起具有丰富内涵的现代文学品格，从而实现与世界文学文化的同步性。它对中国现代文学的基本走向产生了深广影响。

第四节　新文化团体与新文化媒体的文学实践

文学革命的倡导直接催生了新文学，同时，文学革命的倡导者也充任了新文学第一代作家的角色，为中国现代文学奠定了基础。中国新文学最初的写作总体上体现出明显的实验性和团体性的特征，倡导新文化的媒体在这一意义上建立了不可磨灭的历史功勋。

一、《新青年》、《新潮》的文学实践

就“新青年”团体来看，他们的贡献主要在于从理论上倡导“文学革命”，重视文学的社会功能，强调文学的思想启蒙作用。但在创作实践的转化上相对来说较为单薄。随着“文学革命”的进展，1918—1920年，《新青年》上的文学作品数量增多。胡适的白话诗“尝试”、鲁迅的小说、新文化运动者们的“随感录”都表明了《新青年》在“文学革命”倡导期的文学特质。

《新青年》杂志发表了沈尹默、刘半农、鲁迅、周作人、康白情、俞平伯、李大钊等人的早期白话诗作，虽然思想内涵、艺术境界并不成熟，感情抒发略显平直，也未能完全摆脱传统诗歌的束缚，但也不乏优秀篇章。如沈尹默的《月夜》、《三弦》，以及刘半农的一些作品，在新诗的形式和音节、音韵上作过多样的探索和尝试。值得一提的是，《新青年》杂志对外国作品的翻译，尤其是对外国诗歌的翻译，对中国文学创作和社会思潮产生了积极而深远的影响。

《新青年》上发表了鲁迅的《狂人日记》、《孔乙己》、《药》、《风波》，充分彰显了文学革命的实绩。除鲁迅外，陈衡哲、央庵也在《新青年》上发表小说。女作家陈衡哲的《小雨点》采用清新流利的白话语言，以童话的方式，描写出小雨点的经历和纯真的心，寄托了对弱者的人道主义关怀；她的《波儿》刻画出家庭成员之间的亲情关爱。央庵的《一个贞烈的女孩》深刻地揭露出封建礼教对女子的摧残。

《新青年》杂志第8卷第4期开辟出“随感录”专栏，推动了早期现代散文建设。李大钊、陈独秀、钱玄同、刘半农的杂文各有特色。在《新青年》同人中，周氏兄弟的散文成就最大，代表了《新青年》团体的散文创作成就。

1920年第8卷第1号后，《新青年》杂志中的文学创作所占份额日趋减少，渐变为宣传马克思主义的政治刊物。1920年，《新青年》刊登启事：“本志自八卷一号起，由编辑部同人自行组织‘新青年社’。”这个设立在上海租界的“新青年社”，实际成为上海共产主义的机关，《新青年》杂志也成为马克思主义的刊物。

1918年10月，“五四”第二代知识分子，北大学生罗家伦、傅斯年、

徐彦之在北京组建新潮社。顾颉刚、叶绍钧、杨振声、朱自清、康白情、潘家绚、周作人、孙伏园等先后参加该社。除学生外也有少数教员和校外人士参加。受到老师们和《新青年》的大力感召，新潮社自觉地承担起新文化建设者的任务，壮大了新文化运动的力量。

《新潮》聘请胡适担任顾问。受胡适对政治的疏离态度影响，新潮社欲求“文化救国”。主要会刊《新潮》月刊在1919年1月发行，发刊词声明旨在“唤起国人对本国学术之自觉心”。《新潮》英文译名为The Renaissance（文艺复兴），基本理念就是“人本主义”，主张杂志要具备“批评的精神”、“科学的主义”、“革新的文词”三个要素，提倡人格独立与个性解放，尤其反对封建家庭伦理制度，提倡婚姻自由和男女平等，响应文学革命，提倡白话文，反对旧文学，积极进行新文学创作，大力介绍外国文化。

相比较而言，《新潮》更重视文学创作，新潮社的文学创作展示了“五四”文学革命初期的重要成果。新潮社的成员们创作出一批白话文学，并翻译了大量的外国文学作品，在新文学理论和创作实践建设方面功不可没。

作为团体的实践，《新潮》杂志首先推行白话小说的创作尝试。在三年多的时间里，《新潮》刊出20多篇小说，涌现了一批最早的现代小说家，如汪敬熙、罗家伦、叶绍钧、杨振声、欧阳予倩等。他们的小说带有明显的新旧过渡的痕迹，略嫌“幼稚”，但他们积极进行现实主义创作实践，为后来的文学研究会“为人生”的写实小说创作做了铺垫和准备。俞平伯的《花匠》表达了人性自然的观点；罗家伦的《是爱情还是苦痛》反映了婚姻不自主的痛苦；汪敬熙的《雪夜》描写了城市平民的贫苦生活，《一个勤学的学生》讽刺了传统教育体制对青年的毒害；杨振声的《渔家》、《一个兵的家》、《贞女》、《磨面的老王》揭示了下层劳动人民的悲苦生活；叶绍钧也是从《新潮》的创作平台走向了文学研究会，他的《这也是一个人》描写了农村妇女的悲惨一生，对女性的悲剧寄予了深切的同情。《新潮》月刊还发表了鲁迅的《明天》。“新潮”作家有意识地运用心理描写、象征等艺术手法来丰满小说人物形象，叙事角度多样，努力丰富着初期的白话小说创作。

《新潮》月刊上发表新诗数量最多的诗人当属康白情和俞平伯，胡适、顾颉刚、罗家伦、周作人、刘半农、朱自清、汪静之等也经常在该刊发表诗作。康白情的《牛》形象鲜明地揭示出人世的不公平现象，俞平伯的《冬夜之公园》、傅斯年的《深秋永定门城上晚景》写景细腻，意境优美。就爱情诗而言，康白情的《窗外》含蓄委婉，汪静之的《星》单纯清新。可以看出，他们对新诗的特质有了一定的认识，力图追求白话新诗的美。不过

《新潮》上的白话诗也存在直白浅露、散文化倾向严重的缺陷，诗歌的审美性特性不突出。

《新潮》的散文创作成就并不突出，具有鲜明的“五四”时代特点，侧重文章思想性，富于批判性，而文学性较弱。孙福熙的《赴法途中漫画》是新潮社游记散文的代表作。

1923年3月《新潮》第3卷第2号出版后，刊物停刊，新潮社的活动也随之停止。

二、《少年中国》与“四大副刊”

1919年7月，由李大钊、王光祈等在北京成立少年中国学会，宗旨为：本着科学的精神，为社会的活动，以创造少年中国。它是“五四”期间历史长、分布广、成员复杂、分化最为明显的社团。南京、成都等地均设有分会，全国各地，甚至国外都有其成员。文艺界如田汉、宗白华、康白情、李初梨、许德珩、朱自清、郑伯奇等均曾参加其会。它以《少年中国》月刊为机关刊物，南京分会由黄仲苏、方东美等主办《少年世界》月刊，成都分会办由李劼人主办《星期日》周刊等，恽代英负责编译出版了少年中国学会丛书，先后出版了30多种专著。

少年中国会是个综合性团体，《少年中国》月刊出版的专号涉及妇女、宗教、诗学研究、新唯实主义、法兰西、相对论等问题，致力于传播各种思想学说和科学知识，在新文化运动中产生了重大影响。

少年中国会虽非纯粹的文学团体，但它登载发表了大量的小说、戏剧、诗歌以及翻译等作品。《少年中国》月刊最突出的是关注新诗的发展。除了诗学研究专号外，他们还用了不少篇幅来发表新诗，从创作实践层面对中国新诗审美形式的开拓和确立做出了积极的尝试。田汉的《梅雨》、《黄昏》，宗白华的《光》、《晨兴》，黄仲苏的《问心》等新诗或尝试使用具体意象、或运用含蓄、暗示、象征等手法表达内心微妙的情绪；周无有意识地借鉴泰戈尔的小诗、郑伯奇的浪漫主义诗风等，都有力地冲击了早期白话新诗的沉闷创作局面。此外，其新诗成员李大钊、康白情、杨仲健、杨效春、易家钺、应修人、王独清、朱自清等也贡献了不少新诗佳作。少年中国会中的共产党员如邓中夏、黄日葵、沈泽民等视文学为革命的工具，鼓吹和提倡“革命诗歌”。

此外，《少年中国》重视对外国诗歌的译介，尤其对法国诗歌和法国象征主义进行了广泛而集中的译介。田汉、周无、李思纯、黄仲苏等发表论作大力推介法国象征主义，注重格律的自由解放，凸显出现代主义取向。少年中国会还注重新诗研究，田汉的《诗人与劳动问题》、周无的《诗的将来》、宗白华的《新诗略谈》、李思纯的《诗体革新之形式及我的意见》等文述及了诗的本质和新诗的艺术形式问题。他们融汇中外诗歌传统，强调诗的“情绪”和“音律”。他们对诗歌艺术自觉的努力纠正了新诗初创阶段“非诗化”的偏向，为中国白话新诗是理论架构作出了有益的贡献，也对后来的新月诗派、象征派诗歌的发展成熟起到了先锋作用。

《晨报副刊》、《时事新报·学灯》、《民国日报·觉悟》、《京报副刊》合称为“五四”新文化运动中的四大副刊。

1919 年 2 月《晨报》改良文学副刊，1920 年 7 月孙伏园出任《晨报副刊》主编，不仅为自由撰稿人提供发表作品的场域，而且也成为文学研究会等社团的重要创作阵地。《晨报副刊》设立的“小说”、“杂感”、“浪漫谈”、“诗”、“歌谣”、“游记”、“文艺谈”、“儿童世界”、“剧本”、“戏剧研究”等栏目，成为新文学理论建设和创作实践的重要空间。不同主张和流派的作家都积极为《晨报》副刊撰稿，组成了一支数量可观的创作队伍。对现代文学史产生深远影响的“五四”初期作家几乎全在《晨报副刊》上发表过作品，如鲁迅的《阿 Q 正传》、《肥皂》、《故乡》、《兔和猫》、《估学衡》和《苦闷的象征》等，周作人的《自己的园地》、《绿洲》、《雨天的书》等，胡适的《双十节的鬼歌》，庐隐、蹇先艾、黎锦明的小说，郁达夫、孙伏园、朱自清、川岛，江绍原、钱玄同和瞿秋白、冯文炳等人的散文，康白情、徐玉诺、俞平伯、周作人、王统照、刘大白、焦菊隐、蹇先艾、徐志摩等人的新诗均在《晨报副刊》上刊载。此外，刘半农、杨振声、叶圣陶也是《晨报副刊》的撰稿人。

冰心和许钦文可谓《晨报副刊》所成就的新文学作家。《晨报副刊》发表了冰心的“问题小说”《斯人独憔悴》、《去国》、《庄鸿的姊姊》等，并以《繁星》、《春水》为代表小诗，专门为冰心开辟“儿童世界”栏目。许钦文在《晨报副刊》陆续发表了《这一次的离故乡》、《传染病》、《孔大有的吊死》、《一张包花生米的字纸》、《希望》、《叔父》、《“原来就是你!”》等大量小说和杂文。

在徐志摩主编时期，《晨报副刊》成为宣扬新月社的诗歌理论主张的主阵地。刊登了徐志摩、闻一多、胡适、饶梦侃、朱自清等人的诗歌佳作，培养了如沈从文、胡也频等一批现代文学家。

话剧可以算是《晨报》对新文学最有特色的贡献。20 世纪 20 年代初，《晨报副刊》成为中国早期话剧发展基地。陈大悲发表的剧作如《幽兰女士》、《英雄与美人》和剧谈《爱美的戏剧》等，引起了爱美剧的热潮，推动了中国新剧的发展。蒲伯英的《戏剧为什么不要写实》、《中国戏天然革命的趋势》等文倡导传统戏剧向现代戏剧的改革。1926年6月17日《晨报副刊》还专门创办《剧刊》，余上沅、赵太侔、徐志摩、闻一多、陈西滢、梁实秋、熊佛西、顾一樵等掀起了关于“国剧运动”的大讨论。余上沅、赵太侔等人在改造旧戏的基础上，借鉴西方戏剧艺术手段，寻求中国戏剧走上现代化、民族化的途径。徐志摩的《“我们看戏看的是什么”》、闻一多的《戏剧的歧途》、梁实秋的《戏剧艺术辨正》、冰心的《中西戏剧之比较》等文开始深入剖析戏剧艺术的独立审美价值。

《晨报》社还先后结集出版了冰心、止水（蒲伯英）、大悲（陈大悲）和鲁迅等人的作品。冰心的《繁星》和《春水》也由《晨报》社发行单行本。

《晨报副刊》曾刊载一些文学问题的争论，及时地为期刊、社团、著作以及各种文学活动造势宣传，传递文学信息和文坛动态。如文学研究会的纲领性文件——《文学研究会宣言》及其会刊的宣言《小说月报改革宣言》曾在《晨报副刊》上发表。1923年，文学研究会刊物《文学旬刊》附在《晨报副刊》上出版。

《晨报副刊》致力于西方文化思潮的引进，大量翻译、推介外国著名作家的作品，1919年2月起专设了《译丛》栏目，翻译了如屠格涅夫的散文诗，莫泊桑、契诃夫、托尔斯泰的小说等世界名著。

1918年3月4日，上海《时事新报》副刊《学灯》创刊。初期以评论学校教育和青年修养为主，旨在“促进教育，灌输文化”，“屏门户之见”，“为社会学子立说之地”。《学灯》注重对西方文化和科学的宣传，因学术气氛浓厚、思想新颖而倍受学界的赞赏。“五四”运动以后，《学灯》在上海的青年读者中市场尤为广泛，受到当时的文学青年王统照、朱光潜、茅盾等的大力追捧。

《学灯》经常连载外国长篇小说，也多次刊载外国学者、诗人的作品与讲演录。如英国哲学家罗素的《到自由之路》以及泰戈尔、爱罗先珂的讲演录均在《学灯》上发表。

《学灯》还开辟专栏刊登诗歌、散文、小说、戏剧等新文学作品，郁达夫、郭沫若是在《学灯》上展露文学才华最为有名的现代文学家。郁达夫《银灰色的死》于1921年7月7日起在《学灯》连载，引起巨大反响。郭沫若最早的文学作品《抱和儿浴博多湾中》、《鹭鸶》也是寄往《学灯》发表。随后，又在《学灯》上接连发表了著名诗作《女神》、《凤凰涅槃》、《天狗》、《炉中煤》等。1920年9月29日《学灯》发表了鲁迅的小说《头发的故事》，田汉、成仿吾、沈雁冰、叶圣陶、陈道望、恽代英也曾为《学灯》撰写过文章。

《学灯》对白话新诗的建设作用尤其令人瞩目：除了系统地推出郭沫若的新诗外，还大规模、高频率地刊载其他新诗作家，如黄仲苏、康白情、王志瑞的作品。与此同时，新诗评论也是《学灯》的重要内容。宗白华、郭沫若、郭虞裳等新诗理论，启示了中国新诗的理论建设和发展。

1919年6月，《民国日报》副刊《觉悟》创刊，至1925年"五卅"运动终刊，邵力子担任主编，陈望道协助。它以激进的姿态投入新文化运动，刊载了许多倡导新文化运动的文章。从1920年5月起，《觉悟》成为上海共产主义小组的宣传阵地，政治色彩较为浓厚，曾长期连载过马克思主义著作的译文，积极介绍马克思主义的经典著作。

《觉悟》也非常重视作为新文化目标的文学建设，设置了评论、通讯、译述、随感、讲演、新诗、小说等栏目来提倡新文学。鲁迅、周作人、蒋光慈、曹聚仁、吴组襄（组缃）、沈雁冰、方志敏等先后有作品发表在该刊上，《觉悟》还刊载过一些重要的文学理论性文章，如反映文学研究会"为人生"的文学主张的作品——沈泽民的《文学革命和革命的文学》等。但总体说来，《觉悟》略重于对马克思主义的宣传。

1924年10月孙伏园辞去《晨报副刊》主编一职，同年12月创办《京报副刊》。《京报副刊》坚持为"为人生"的文艺准则，以新的面貌继续宣扬新文学，大量刊登小说、诗歌、散文、小品、学术批判、杂文等。鲁迅、孙伏园、周作人、许钦文、向培良、荆有麟、朱湘等都是它的重要撰稿人。《京报副刊》促进了现代杂文的繁荣，它发表的杂文，思想性和艺术性都比较突出。鲁迅的重要杂文，如《未有天才之前》、《忽然想到》、《青年必读书》、《我还不能"带住"》和40多篇译文都曾发表于此。《京报副刊》曾积极批判"甲寅"派和"现代评论派"，支持群众爱国行动，针砭时政，抨击军阀专制和帝国主义的侵略。1926年4月24日主编邵飘萍被害，《京报》因此停刊。

《新青年》、《新潮》、《少年中国》以及"四大副刊"，一道担负起新思想、新文化的传播之职，引进和提倡新思潮，大力翻译外国文学作品，推广应用白话文，开创各种文学体裁，扩大和巩固了文学革命的成果。它们在当时读者尤其是青年读者中影响巨大，为新文学的传播和发展作出了卓越贡献。

第五节 文学社团的蜂起

在文学革命运动的鼓舞下，20世纪20年代新文学社团和刊物如雨后春笋般在全国各地涌现。他们积极推进现代文学理论建设，构建理论体系引导新文学的发展方向；大力培植新文学力量，以丰富的创作实践促进了新文学的繁荣。他们为现代文学流派的形成积聚实力，营造氛围，创造了基础性条件。

一、文学研究会

1920年11月在北京成立的文学研究会，是成立较早、活动最久、影响最为广泛的现代文学代表性社团。最初的发起人包括周作人、沈雁冰、郑振铎、郭绍虞、朱希祖、瞿世英、蒋百里、孙伏园、耿济之、王统照、叶圣陶、许地山12人。

沈雁冰接任原鸳鸯蝴蝶派的刊物《小说月报》的主编，成为文学研究会的发展契机，上海也因此成为文学研究会另一活动中心。随着规模的不断扩大，广州、宁波、郑州等地还设立了分会。除了《小说月报》外，《文学旬刊》(后改为《文学周报》)、《诗》月刊等也是其重要的出版刊物，而且编辑出版了中国出版最早、规模较大的《文学研究会丛书》。1932年战事发生，《小说月报》因炮火而停刊，文学研究会也随之无形解散。

文学研究会在成立之初，由周作人起草发表了一篇宣言，阐明成立文学研究会的目的在于："联络感情"、"增进知识"、"建立著作公会的基础"。这份宣言明确表示："将文艺当做高兴时的游戏，或者失意时的消遣的时候，现在已经过去了。我们相信文学是一种工作，而且又是于人生很切要的工作。"在文学研究会的简章里，进一步声明他们以"研究介绍世界文学，整理中国文学，创造新文学为宗旨"。

文学研究会始终提倡"为人生而艺术"，"为人生而艺术"是文学研究会的核心文学观念，主张文学应该反映、表现现实社会和人生并指导人生。文学研究会成员撰写了不少文学理论文章，批判"无病呻吟"、"游戏消遣"的古代文学，科学地阐释现实主义理论，建构出中国现实主义的理论和创作方法的最初形态。总体来看，他们的现实主义文学观一方面提倡"为人生"，另一方面强调文学的"真"。郑振铎的《文学的使命》、《血和泪的文学》，茅盾的《文学与人生》、《文学与政治社会》、《社会背景与创作》等文章强调文学与人生和时代社会的关系，指出文学应该反映人生、反映作家所处的时代背景和社会生活；另外，茅盾还努力引进自然主义，大量介绍了自然主义的作品。

在推介和引进西方文学上，文学研究会着重翻译了法国、俄国及北欧的文学作品，借助《小说月报》推出《俄国文学研究》、《法国文学研究》、《被损害民族的文学》、《拜伦号》、《安徒生号》、《泰戈尔号》等专号，积极译介莫泊桑、屠格涅夫、托尔斯泰、易卜生的作品。虽没限定于一种文艺思潮，但主要致力于输入现实主义文学思潮和创作方法。

文学研究会成立后自觉承担捍卫新文学方向的任务。在《文学旬刊》与学衡派关于新旧诗进行论战；联合《学灯》、《觉悟》、《晨报副刊》等新文学刊物，有组织地开展了大规模的探讨“鸳鸯蝴蝶派”的“游戏、消遣”的文学观和创作实践，通过批评当时文坛的文学倾向和文学现象，扩大了新文学的影响。在新文学阵营内部，文学研究会与创造社之间除了个人意气之争外，在文学翻译、文学观念、文艺目的等问题上也有过激烈地对抗。这些大大小小的冲突和论战，对中国新文学的发展、走向以及新文学格局的形成意义重大。

文学研究会团结了“五四”前后的大批作家，培养和扶植了一批文坛新秀。在“为人生”的观念指导下，“问题小说”、“乡土文学”创作成果丰硕。《微笑》(王统照)、《超人》(冰心)、《海滨故人》(庐隐)、《命命鸟》(许地山)、《潘先生在难中》(叶圣陶)、《柚子》(王鲁彦)、《谈虎集》(周作人)、《背影》(朱自清)等都是文学研究会成员的力作。丁玲、巴金、老舍的早期作品也是发表在文学研究会的《小说月报》上。

鲁迅虽未加入文学研究会，但他无疑是支持文学研究会发展的。鲁迅将近30余篇原创或译作发表在文学研究会的刊物上，《爱罗先珂童话集》、《一个青年的梦》还被文学研究会编入丛书出版。

二、创造社

成立于1921年7月的创造社，在相对于文学研究会的意义上被称为中国现代文学史上“异军突起”的社团。该社团最初是由郭沫若、郁达夫、张资平、成仿吾这四个留日学生发起的；后来王独清、郑伯奇、穆木天、张凤举、徐祖正、倪贻德、敬隐渔、周全平和淦女士（冯沅君）陆续加入。先后出版了《创造季刊》、《创造周报》、《创造日》、《洪水》、《创造月刊》、《文化批判》等刊物。

早期创造社推崇艺术天才，认为文学属于作家灵感的产物，赞同“文艺是天才的创造物”① 的观念。他们曾主张“为艺术而艺术”，认为文艺不

① 郁达夫：《艺文私见》，载《创造》季刊1922年第1卷第1期。

是人生和社会的反映，而是作家内心活动的表现，把文学的本质定为“自我表现”，强调艺术表现自我的内心情感，“专求文学的‘全’与‘美’”①。创造社在诗歌创作上遵从“情绪的自然消长”和“内在节奏”的原则。他们在创作方法上，倾向于浪漫主义。创造社对浪漫主义的提倡，客观上弥补了新文学初期出于功利性目的而过于倚重现实主义的缺陷，为浪漫主义在中国现代文学争得了一席之地。

创造社成员的审美情趣、个性气质、教育背景跟文学研究会、新月社成员不同。他们对艺术的先锋性有着特殊的敏锐性，文学观念与时俱进、不断变换，为中国文学理论的生长提供了多种可能性，同时也造成了从建社之初起就跟其他社团相抵牾，纷争不断。

创造社早期跟文学研究会、胡适、新月社等在翻译问题上的纷争，实质上根源于各自文学主张的差异。1925 年《洪水》的复刊，标志着创造社进入第二阶段。随后，创造社新旧成员之间出现裂痕，最终郁达夫退出创造社。随着创造社意识形态上的左移，李初黎、朱镜我、冯乃超等一批留日归国思想激进青年分子加入，以成仿吾为主的后期创造社开始架构马克思主义意识形态文学，1928 年《文化批判》的出版，表明创造社第三个阶段已开始。成仿吾的《从文学革命到革命文学》、冯乃超的《艺术与社会生活》、李初梨的《怎样地建设革命文学》等文章开始鼓吹和提倡“革命文学”，并据此对“五四”新文学、鲁迅等进行批判。围绕着“革命文学”的主张，创造社尤其是创造社年轻成员跟鲁迅、新月派、语丝派等之间的纷争异常激烈。“革命文学”的主张，对现代文学的创作道路走向影响重大。

创造社也重视对西方文学的介绍和引进，他们集中翻译和介绍了德国浪漫主义，输入了歌德、拜伦、雪莱、惠特曼、泰戈尔等倾向于浪漫主义作品，同时还译介了一些象征派、未来派、表现派等现代主义作品，反映出他们对西方文艺思潮接受的驳杂性。

1929 年 2 月，创造社被国民党当局关闭。

三、沉钟社、新月社等其他文学社团

1925 年秋，沉钟社成立于北京。从渊源上看，一般认为其前身是 1922 年创立的浅草社。实质上，这两个文学团体间有联系同时又各自独立。他们对传统文化的态度要比上一代人平和宽容，能兼收并蓄地接受中西方文化影响，对中西文化交汇起到了调和作用。

---

① 成仿吾：《新文学之使命》，载《创造周报》1923 年第 2 号。

1925年10月出版《沉钟》周刊。主要成员包括杨晦、陈翔鹤、陈炜谟、冯至，林如稷等。杨晦的剧作带有散文诗的特色，还发表了不少文艺杂论。陈翔鹤和陈炜谟以小说创作为主，更注重刻画人物心理和深入剖析生活现象。被鲁迅称为“中国最为杰出的抒情诗人”① 的冯至，创作出抒情诗《我是一条小河》、《蛇》、《南方的夜》、《暮春的花园》，叙事诗《帷幔》、《蚕马》等早期诗歌名篇。沉钟社还曾出版《沉钟丛书》七种，包括冯至诗集《昨日之歌》等、陈翔鹤小说集《不安定的灵魂》、陈炜谟小说集《炉边》、杨晦译作和戏剧集等。除了创作外，沉钟社在文学翻译方面用力甚殷，他们翻译了罗曼·罗兰、弥尔顿、契诃夫、裴多菲、莱辛、歌德、霍夫曼、里尔克、爱伦·坡、列昂诺夫等人的作品，有意识地引进西方文艺作品，为现代文学的发展提供养分。

《沉钟》虽中间时有断续，但是一直坚持到1934年2月才停止出版。

语丝社并不是严密的文学组织，因1924年11月在北京出刊的《语丝》周刊而得名。孙伏园是《语丝》杂志的中心联络人，钱玄同、周作人、林语堂、鲁迅、顾颉刚都长期为《语丝》杂志撰稿。《语丝》也是鲁迅发表文章最多的刊物，堪称为语丝社的灵魂人物。

承接《新青年》的思想启蒙传统，《语丝》主要从事“社会批评”和“文明批评”，内容广泛，以简短的感想和批评为主，兼有介绍和研究文艺、思想和美术等其他形式的文章。《语丝》杂志以散文创作为主，开始自觉地梳理散文文体。《语丝》创造出别具风格的“语丝文体”，“任意而谈，无所顾忌”，促新排旧，强调讽刺和幽默，形成“嬉笑怒骂，婉而多讽”的总体特点。《语丝》开创了以鲁迅为代表的犀利泼辣和以周作人、林语堂为代表的平和闲适两种不同走向的现代散文艺术，对现代散文的发展起了重要的推进作用。

1927年语丝社迁往上海，鲁迅接任编务；1930年3月，《语丝》停刊。

1922年，弥洒社成立于上海。时年，创造社和文学研究会论战正酣。不满于文坛此状的胡山源、钱江春、赵祖康三人经过商讨，决定专事创作，创办刊物以创作实绩来推动新文学的前进，刊物名称来源于拉丁文“Musai”即英文“Muse”(文艺女神）的音译，定名为“弥洒”，推重“顺应灵感”和无目的、无艺术观的创作。主要成员还有陈德征、唐鸣时、赵景沄等。鲁迅称他们是“为文学而崛起的一群”。

《弥洒》月刊第一期出版于1923年3月。胡山源的作品《睡》是最能

① 鲁迅：《〈中国新文学大系小说二集〉序》，载《鲁迅全集》第6卷，人民文学出版社1981年版，第243页。

代表该社团风格的篇章，他们在诗歌、戏剧创作领域也进行了纯文学的探索。《弥洒》到第6期终刊，1927年春，弥洒社的全部活动停止。

新月社并不是纯粹的文学团体，主要是由英美留学生组成的一个交际性的俱乐部，成员极为复杂，文人、政客、银行家、仕女等都曾积极参与其中。新月社的文学活动，主要从1925年徐志摩接管《晨报》副刊开始。1926年3月《晨报》副刊连续刊载梁实秋《现代中国文学之浪漫的趋势》一文，被认为新月社的新格律化运动的理论基石。它批判了新文学中浪漫主义情感的泛滥，主张文学创作讲求理性、秩序。《晨报》副刊于同年4月创办《诗刊》，成为新月派重要的文化阵地。徐志摩在发刊词中宣称其目的“就是诗文与各种美术的新格式与新音节的表现；我们信完美的形体是完美的精神惟一的表现”①，表明了新月社对诗歌艺术走向的积极探索。

新月派提出“新诗格律化”的主张，提倡新格律诗，主张理性节制情感。闻一多于1926年5月发表了《诗的格律》② 一文，构建了新月诗派经典的格律理论。他认为诗歌应注重格律，“越是戴着脚镣跳舞才跳得痛快”，提出了著名的诗歌“三美”主张：音乐的美（音节）、绘画的美（词藻）、建筑的美（节的匀称和句的整齐），而“建筑美的可能性是新诗的特点之一”，建筑美是以“音尺”为基础来构筑“节的匀称”、“句的整齐”，诗的格律化是实现诗歌“三美”的有效途径。闻一多的《死水》、徐志摩的《梅雪争春》、朱湘的《采莲曲》等是新格律诗的代表作。继早期自由体诗歌后，新诗格律化运动成为诗歌发展史上的重大里程碑。

同《诗刊》一样，1926年6月17日《晨报》副刊推出的《剧刊》，为新月社搭建了新的媒体平台，拓宽了他们的言说空间。徐志摩、闻一多等积极参与“国剧大讨论”，对中国戏剧理论的建构提出了建设性的意见。

1927年新月书店在上海创办，1928年3月出版《新月》月刊，后期新月社的活动由此展开。

现代评论派得名于1924年12月在北京创刊综合性刊物《现代评论》，主要成员为一批留学欧美的自由主义知识分子。《现代评论》内容广泛，涵括政治、经济、教育、文化、军事等领域，主要通过杂文关注政治、文化生活以及新文学的生长和发展。胡适、王世杰、陈西滢、高一涵、陶孟和、燕树棠、周鲠生、钱瑞升、丁西林等是《现代评论》的重要撰稿人。

现代评论派提倡“独立的，不主附和”的批判精神，坚守人道主义思

---

① 徐志摩：《诗刊弁言》，载《晨报·诗镌》1926年第1号。

② 闻一多：《诗的格律》，载《晨报·诗镌》1926年第7号。

想和自由主义文学观，注重文化批判和建设。在文艺上，他们主张文艺独立，提倡兼容并包的原则。

由于新月社的主力也大都是欧美留学背景的自由知识分子，所以现代评论派跟新月社颇有渊源。不光是思想上都倾向于自由主义，而且人事上也有一定重叠：胡适被认为是新月社和现代评论派共同的精神领袖，徐志摩、陈西滢既是新月的重要成员，也是现代评论的主要撰稿人。当然如梁实秋、罗隆基等只属于新月社，并未参与现代评论派。新月社徐志摩主编期的《晨报副刊》，还一度被迫成为语丝派和现代评论派论争的战场。

尽管《现代评论》以政治为主，而新月社以谈文学为主，但这两个松散的文学团体的文学活动在新文学现代性的探索和建构中，相互提携、相互促进。《现代评论》经常发表新月社作家的作品，如徐志摩的诗歌《雪花的快乐》等以及部分散文，闻一多的《七子之歌》、《我是中国人》等。徐志摩还曾向《现代评论》大力推介凌叔华的作品；得到徐志摩欣赏和提携的新进作家沈从文，作品也常在《新月》或《现代评论》上发表。现代评论社将诗集《志摩的诗》作为"现代文艺丛书"之一出版，而《西滢闲话》和陈西滢的译作则由新月书店出版。这些作品既可以看做是新月社的成果，也可以视为现代评论派的佳作。

现代评论派对新文学的贡献还在于其《闲话》栏目的"闲话"杂文的写作。"闲话"杂文，看似轻松随便，漫无边际地侃侃而谈，实则"草蛇灰线"，不离总题，且时有机智幽默之语。现代评论派以这样闲谈话语方式跟鲁迅及语丝派的文学论争，客观上反而促进了杂文的繁荣。无论是从历史意义还是从艺术价值上来看，陈西滢的《西滢闲话》都成为现代文学史有着特殊意义的作品。

现代评论派于1928年结束活动，而后期新月社一直到1932年才解散。

第六节 学衡派、甲寅派与新文学的制衡力量

随着"五四"运动的深入展开，新文学运动也逐步成为主流，不但掌握了社会文化的中心话语权，取得了社会文化的主导权和支配权，更有甚者，在一定程度上遮蔽和压抑其他流派的学术理念。陈独秀提出"文学革命"口号后，认为"必不容反对者有讨论之余地；必以吾辈所主张者为绝对之是而不容他人之匡正也"①。绝不容许思想观有异，价值取向不同的声

① 陈独秀：《答胡适之信》，载《新青年》1917年第3卷第3号。

音发表意见。新文学运动的迅猛发展，令旧派文化人物感到不安；同时新文化激进分子对传统文化偏激的态度，也引起了一些知识群体的隐忧，他们看出对新文学必须加以制衡，才能促进中国文化、文学平稳、健康地发展。

一、四面八方的反对白话声

林纾是最早激烈反对新文学运动的一个。他的文言小说《妖梦》、《荆生》采用影射、丑化的手法攻击蔡元培、陈独秀、胡适等，并将镇压新文学运动的希望，寄托在小说中虚构出来的“伟丈夫”身上。其《论古文白话之消长》认为“古文者白话之根柢，无古文安有白话”。《致蔡鹤卿太史书》则认为新文学运动是覆孔孟、铲伦常的，认为古文和科学可以并行不悖；指责“引车卖浆之徒所操之土语”，“鄙俚浅陋”，不能用来写文章。1919年4月1日，蔡元培的《答林琴南书》发表在北京《公言报》上，不卑不亢地对林纾的攻讦进行了反驳。

林纾等以个人姿态反对新文化运动，与声势日盛的新文化团体之间无法抗衡，所以林纾只有哀叹“吾辈已老，不能为正其非，悠悠百年，自有能辩之者”，怀着对新文化的怨愤之情无可奈何地面对势不可挡的新文化运动。

新文化运动的另一主要反对力量是1925年章士钊创办新的《甲寅周刊》。章士钊一生三次创办《甲寅》，1914年5月在日本东京首次创刊，李大钊、陈独秀、高一涵、张东荪都是该刊的主要撰稿人，以思想激进，反对封建专制，主张革新，阐发民主主义而著称。《甲寅》于1915年10月停刊，影响巨大。1917年1月18日在北京第二次创办，当年6月19日停刊。致力于反对封建帝制复辟，主张实行民主共和；反对封建专制，提倡民主自由；反帝国主义侵略，倡导民族独立。这一时期的《甲寅》与《新青年》一道宣扬新文化运动。

1925年，章士钊出任段祺瑞政府的教育总长兼司法总长。7月18日在北京发行《甲寅》(周刊)，明确宣称“文字须求雅驯，白话恕不刊布”，从审美价值角度批评白话低俗，认为文言高雅。章士钊在多篇文章里，干脆直接攻击白话文为“俚语”、“俚言”、“鄙俗之词”。他们从理论上系统地论证了文言文的优势，认为文言文历史悠久，已经形成完备的表意系统，有着广泛的社会应用基础，而且文言的“雅、洁、美”具有极高的审美价值。甲寅派推崇文言文，更在于维护文言所承载的传统文化精神，“吾之国性群德，悉存文言，国苟不亡，理不可弃”①，推崇旧文学“文以载道”的传

---

① 章士钊：《评新文学运动》，载《甲寅》周刊1925年第1卷第14号。

统，奉为文学的最高境界。

章士钊在《评新文化运动》① 中表明了自己反对新文化运动的理由：首先在于文化的特殊性，认为中西方文化在人、时、地“诸缘尽异”，所以不必去向西方学习，学好传统文化即能融会贯通，因而反对新文化运动强求中西一轨的做法。其次，他认同历史循环论，“所谓思想之流转于字与文间，恒相间而迭见”；抹杀新旧之间的差别，“新者早已孕育于旧者之中，而绝非无因突出于旧者之外”，否认新文化运动的意义；他还坚持文化精英论，对抗新文化提倡的大众化运动。自然，也反对新文学“不模仿古人”的主张，从理论根基上否认新文学存在的必要性。

由于《甲寅》(周刊) 在某种程度上受政治权力的摆布，自身亦呈现出固步自封、因循守旧的现实政治取向，成为章士钊以及甲寅派反对新文化运动的“半官报”，同样招致了来自新文化阵营的强烈抨击。鲁迅的《答 KS君》、郁达夫的《咒〈甲寅〉十四号〈评新文学运动〉》、成仿吾的《读章氏〈评新文学运动〉》、唐钺的《告恐怖白话文的人们》、徐志摩的《守旧与“玩”旧》等都针对性地批判了甲寅派的观点。

虽然从总体上看，新文化运动方向无疑代表着中国文化的未来走向。但是这场文化激进主义和文化保守主义的纷争，对于激进的新文化运动来说是个反拨。甲寅派的观点蕴含着合理因子，也可被视为文化多元性的具体表现。甲寅注重文化的延续性，忽视文化自身变革性，虽然有失偏颇，但是对遏制新文化运动偏激的言行发挥了积极的效用。

如果说学衡和甲寅试图从学理层面与新文化运动分庭抗礼，那么鸳鸯蝴蝶派的主要在具体艺术创作实践上对新文学形成补充。

在民国初年政治小说退潮后，出于商业角度迎合市民趣味鸳鸯蝴蝶派小说应时而生，因其早期代表杂志《礼拜六》颇具影响，所以又称为“礼拜六派”。一般公认徐枕亚的《玉梨魂》(1912) 是鸳鸯蝴蝶派的开山之作，作品以男女感情纠葛为线索，细致地展示了男女情爱的内在情绪及心理感受，颂扬个人的高尚品德，富有感伤色彩。此外，包天笑、周瘦鹃、张恨水也是这一派别的重要作家，代表作有《补过》、《恨不相逢未嫁时》、《啼笑姻缘》、《金粉世家》等。鸳鸯蝴蝶派创作数量众多，除了言情外，黑幕、武侠、社会、侦探等都是他们涉猎的重要题材。抗战爆发后，这一派别渐渐衰落。

单从读者数量来看，鸳鸯蝴蝶派即使在“五四”期间也读者良多，堪

① 孤桐（章士钊）：《评新文化运动》，载《甲寅》周刊 1925 年第 1 卷第 9 号。

称独步文坛。文学研究会成立后，以鲁迅为核心的新文学家痛击了鸳鸯蝴蝶派“娱乐、“消遣”的文学观和创作内容，甚至否定了他们的艺术手法、人格品位。客观上，鸳鸯蝴蝶派小说家们在现代文学发展进程中也作过一定的贡献。他们一方面继承了传统小说的观念，保持了中国传统小说的民族形式和生动性、趣味性传统；另一方面接受了西方文化的浸润，尤其注重吸收外国文艺形式技巧。在作品中通过日常生活市民人生的书写，努力展现了人的意识觉醒，注入了具有时代色彩的反封建精神和民主意识。在艺术表现上大量运用倒叙、插叙、补叙等，大胆使用开放式的叙事结构，重视心理描写，积极地进行小说文体实验，在一定意义上显现出现代审美意识。

二、学衡派与新文化界的论争

在“五四”时期，以团体方式从学理层面系统地与新文化运动论争的派别，最有挑战性的当属学衡派。

学衡派因 1922 年梅光迪、吴宓、胡先骕、刘伯明、柳诒徵等七人在东南大学推出的《学衡》杂志而得名。至 1933 年 7 月《学衡》终刊，前后供稿者不下百人，而编务吴宓始终是《学衡》最坚定的核心。

《学衡》在创刊之初，阐明以“论究学术，阐求真理，昌明国粹，融化新知”为宗旨。学衡派的主要成员如梅光迪、胡先骕、吴宓等，虽曾留学西洋，但《学衡》杂志的主要重要思想特征却是批评新文化运动的。学衡派信奉白璧德的新人文主义，采取“西学为体，中学为用”的方式，原则上不反对新文化运动，并不否认新文化运动和文学改良的必要性，但是反对其否定传统文化的偏激态度，强调新旧文化之间的传承性，维护传统文化的整体性。

双方交锋的火力主要集中在对待传统文化和西方文化的态度上，在文言与白话、文学进化论、浪漫主义、现实主义、平民文学等问题上也时有交手。

在《学衡》简章里，学衡派就表明他们对中国传统和西方文化的态度：“于国学则主以切实之工夫，为精确之研究，然后整理而条析之，明其源流，著其旨要。以见吾国之文化，有可与日月争光之价值。”“于西学则主博极群书，深窥底奥，然后明白辨析，审慎取择”，不至于“道听途说”，“陷于一偏而昧于大体也”。他们坚守传统文化，反对新文化运动者们盲目过激的破坏传统的行为，但也并非简单地回归传统文化，而是主张应该采用科学、现代的观念介入传统，发现其永恒价值；他们认为新文化运动大量引进西方文化，不加甄别，以致粗陋不堪、谬误百出。学衡力求做到“无偏无党，不激不随”，对东西方文化传统不能不加甄别地全盘照收，而是要有所选择地吸收。他们心目中的新文化运动蓝图应该是“兼取中西，融贯古今”，在此基础上融合成新的中国文化。

早在《学衡》创刊之前，胡先骕就曾以《中国文学改良论》(1919) 一文反对白话全面取代文言文，认为言文不应该合一。学衡派反对全面废除文言文，他们认为文言和白话的差异，“非古今之别，而雅俗之别也”；同时认为文言简洁优美，反对独尊白话，认为白话会“摧残”中国文学的“优美形质”。胡先骕曾对《尝试集》从形式到内容都进行了批评，认为“形式精神皆无可取”：“模仿西欧颓废派”，“复拾一般欧美所谓新诗人之余唾”；“新诗之精神”　“不过枯燥无味只教训主义”，体现的是“肤浅之象征主义”、“纤巧之浪漫主义”和“肉体之印象主义”① 等，断定胡适的《尝试集》是失败的，其“价值与效用是负性的”。反对白话新诗的《学衡》杂志，将旧体诗词文赋的文章纳入刊物内容之一。

学衡派一贯坚持“文学改良”的观点，而否认“文学革命”。新文化运动者们以“新”、以“西”为标准，主张“弃旧图新”或“破旧立新”；学衡派则明确反对仅以进化论为评判的标准，强调继承传统，推陈出新。1922年，梅光迪《评提倡新文化运动者》、《评今人提倡学术之方法》等文章，反对“历史进化的文学观”。吴宓的《论新文化运动》则直接主张模仿古人，“何者为新，何者为旧。此至难判定”②。学衡派认为文学无新旧之分，文学创作都是建立对前代文学的借鉴、吸收和传承的基础上的。整个民族文化、文学发展是一个不可分割的整体，不能把中国文化、文学当做断代史。“文言白话之递兴，乃文学体裁之增加”③，否认文学工具的改革只属于“文学革命”。他们指责新文化运动和文学革命的倡导者采取功利实用的标准评判文学作品，忽视文学自身的艺术性。他们认为中国传统文学包含着不同质感的文学作品，现代西方流行的许多派别如浪漫主义、自然主义、写实主义，在中国传统文学中早已有之，也就没有提倡的必要了。

学衡派也以不同的方式反对新文化运动大力倡导的平民文学：或否认旧文化在客观上的不平等，或认为文化的传承和发展有赖于少数知识精英，认为学术平民化只能导致学术的倒退。

---

① 胡先骕：《评尝试集》，载《中国新文学大系·文学论争集》(影印本)，上海文艺出版社 2003 年版，第 268 页。

② 吴宓：《论新文化运动》，载《学衡》1922 年第 4 期。

③ 梅光迪：《评提倡新文化者》，载《学衡》1922 年第 1 期。

学衡派提倡诸子研究，尤其主张恢复孔子的历史地位，梅光迪的《孔子的风度》、柳诒徵的《中国文化史》都给予孔子非常高的历史评价："孔子者，中国文化之中心也。"① 反对一味诋毁谩骂孔子的行为，认定儒家文化有超越历史的普遍价值，从而维护儒家文化。在与新文化运动者们争辩中，学衡派在维护孔子和儒家地位上，时有放弃学习科学的过激言行。

虽然《学衡》创办的时候，新文化阵营内部已经出现了裂痕，但是面对学衡的责难，新文化者们却纷纷撰文加以反击，其中鲁迅的《估〈学衡〉》、《"一是之学说"》，周作人的《〈评尝试集〉匡谬》、《思想界的倾向》与《恶趣味的毒害》，沈雁冰的《评梅光迪之所评》、《近代文明与近代文学》和《驳反对白话诗者》都颇有分量。

以往研究，把学衡当做新文化运动的对立面，从政治功利角度将他们归进"反动"、"复古"的行列，作为时代逆流来批判。20 世纪 90 年代以来，研究者们认识到他们自觉守护和传承传统文化，追求文化普遍永恒的价值，希冀重构出理想的民族文化，无疑对纠正新文化运动的偏失有着积极的意义，是新文学运动的重要制衡力量。

新文学营垒出于建立理想的文学模式考虑，力求确立新文学的主流地位，发起了对国故派、学衡派、甲寅派和鸳鸯蝴蝶派的批判、清理，客观上造成了两种营垒之间的长期对峙。不过就历史价值来看，无论是国故派和甲寅派对白话文的攻击，还是鸳鸯蝴蝶派通俗文学与新文学的龃龉，甚或是学衡派对新文化倾向的批判，都构成了对这一时期"启蒙"文学观念的修正、纠偏作用，成为新文学和新文化发展必要的制衡力量。

◎ 思考题

1. 如何认识《新青年》在新文化运动中的作用？
2. 如何评价"五四"文学革命的历史功过？
3. 如何认识新潮社和《晨报副刊》的文学实践？
4. 试述文学研究会和创造社的文学主张。
5. 怎样理解甲寅派、学衡派对新文学的制衡意义？

---

① 柳诒徵：《中国文化史》(上)，中国大百科全书出版社 1988 年版，第 231 页。

第三章　现代文学的奠基者——鲁迅

鲁迅是中国现代文学的奠基者。他早年留学日本，接受了西方近现代新思想的影响，开始从事文学活动，并树立了以文学为武器、唤醒民众的人生理想。鲁迅早期撰写的《摩罗诗力说》、《文化偏至论》等呼唤彰显个性、重视主观心灵的“精神界战士”，显示出独特而深刻的思想视角。1918 年后，鲁迅主要以小说、杂文创作投身新文化运动，抨击封建专制对人性与个人价值的戕害，批判中国人在长期思想禁锢下精神、灵魂的扭曲，贯穿了改造国民性的主题；在 20 世纪 20 年代新文化运动高潮过后的“彷徨期”，鲁迅的小说更是深刻表现了先进知识分子的复杂心态和人性深处的自我扭曲。鲁迅的小说具有“表现的深刻”的巨大现实主义魅力，同时在小说形式上也多有创新，于继承传统的同时，融会西方现代小说技巧，显现出“格式的特别”，对中国新文学的创作产生了深远的影响。《阿 Q 正传》是鲁迅，乃至于整个中国现代文学创作中具有里程碑意义的伟大作品，成为 20 世纪世界文学的经典小说之一，被广泛赞誉为批判中国人“国民性”的教科书。它既有特定时代特有所指的针对性，同时还超越时代，显现出对人类所处境遇及普遍命运的深刻洞察与关怀。《野草》、《朝花夕拾》是鲁迅自我心灵与情感最为丰富和细腻的呈现。特别是《野草》，具有特别的绚丽色彩和极高的审美价值。这两部集子自问世以来受到读者的广泛喜爱，更是探寻鲁迅精神世界最好的钥匙。

第一节　生平与思想发展

作为现代中国杰出的批判者、新文学杰出的缔造者，鲁迅的社会思想深刻而独特，人生观念和文学观念高卓而非同时代人所能企及，这一切都与他特定的人生经验和人格修养联系在一起。

一、早期思想基础

鲁迅原名周樟寿，字豫山，后改名周树人，字豫才，1881 年 9 月 25 日诞生于浙江绍兴城内东昌坊口的新台门。“鲁迅”是他 1918 年为《新青年》写稿时开始使用的笔名。鲁迅从小除接受当时的常规教育学习经史外，对野史笔记和民间艺术尤为爱好。这种自幼的亲近民间亲近自然的倾向与成年鲁迅反思知识分子弱点、揭破一切华丽伪装、反感任何空洞形式的思想倾向具有某种内在的联系。1893 年，鲁迅祖父周福清卷入浙江乡试舞弊案，随后父亲又生了重病，于是童年鲁迅的生活发生了翻天覆地的变化，不但物质生活由小康而陷入困顿，精神情感方面更是早早品尝了世态炎凉：“有谁从小康人家而坠入困顿的么，我以为在这途路中，大概可以看见世人的真面目。”① 这一次童年生活的变故对鲁迅的个性产生了深远的影响，成年鲁迅性格中敏感、尖锐甚至多疑的一方面皆从此而来。

19 世纪晚期的中国，已经出现了许多教授西洋科学技术的新式学堂，但一般读书人仍然以科举为正途，民间舆论也视读洋学堂为卖身投靠洋鬼子。于是这些学堂往往在学费及生活待遇上给予相当优惠的补助，由此吸引了许多寒门才俊。1898 年，一方面渴望继续求学，一方面又受困于家境贫寒的鲁迅进入了免收学费的南京江南水师学堂学习，开始走上了一条与传统科举完全不同的知识分子的新道路。第二年，鲁迅又改入江南陆师学堂附设的矿务铁路学堂。这两所学校都是洋务派为了富国强兵而兴办的，其中开设了数学、物理、化学等课程。期间，鲁迅还阅读了时政及外国社会科学方面的著作、报刊，开拓了视野，全面接触了西方近代以来的自然科学知识和人文哲学思潮，接受了维新派的思想，初步形成了从世界的视角看待、认识中国社会的眼光。特别是严复翻译的英国人赫胥黎所著的《天演论》，其所阐发的达尔文进化论思想，更给予鲁迅以深刻的影响。

1902 年 4 月，鲁迅因成绩优异，被官费派往日本留学，先入东京弘文学院学习日语，两年后又进入仙台医学专门学校学习医学。1906 年 3、4 月间，鲁迅离开仙台到东京，参加了反清革命团体光复会，并开始了自己的文学活动，包括筹办文学杂志《新生》，出版翻译小说《域外小说集》，在

---

① 鲁迅：《〈呐喊〉自序》，载《鲁迅全集》第 1 卷，人民文学出版社 1981 年版，第 415 页。

《河南》杂志上发表《摩罗诗力说》等论文，直到1909年8月回国。

在日本的7年，鲁迅立下了“我以我血荐轩辕”的报国志向，确立了自己一生改造中国人“国民性”的理想，其思想、视野、知识水平都获得了飞跃。特别需要说明的是，此时的鲁迅，已经不仅是一个一般意义上的热血革命青年，更具备了一种常人所难有的特别冷静、深刻的审视问题的眼光。他一方面热情支持并参与先进的革命分子的活动，提倡“立意在反抗，指归在动作”① 的“摩罗文学”，同时又看到那些革命活动之“热闹”背后缺乏韧性的冲动、缺乏尊重个性的专制、缺乏脚踏实地的空疏。据鲁迅夫人许广平的回忆，鲁迅谈及这段经历时曾对她说过：“革命者叫你去做，你只得遵命，不许问的。我却要问，要估量这事的价值，所以我不能够做革命者。”②

1907—1908年间，鲁迅在《河南》杂志上发表的数篇论文表明了他思想的深度与新锐，已超过并超前于同时代的绝大多数革命者和思想者。这几篇文章尽管在当时几乎没有引起什么反响，但是随着时间的流逝，越来越显示出其不可磨灭的价值。如《科学史教篇》一方面肯定了现代科学的价值和规律，另一方面又提出：“盖使举世惟知识之崇，人生必大归于枯寂，如是既久，则美上之感情漓，明敏之思想失，所谓科学，亦同趣于无有矣。”③在《文化偏至论》、《摩罗诗力说》、《破恶声论》等文章中，鲁迅抨击了19世纪的欧洲文明有两大流弊，其一是“凡社会政治经济上一切权利，义必悉公诸众人……同是者是，独是者非，以多数临天下而暴独特者”④，也就是说，个性被“多数”所抹杀；其二是，“诸凡事物，无不质化，灵明日以亏蚀，旨趣流于平庸，人惟客观之物质世界是趋，而主观之内面精神，乃舍置不之一省”⑤，也就是说，主观精神被物质生活遮蔽了。鲁迅由此赞扬尼佉（尼采）、契开迦尔（克尔凯郭尔）等为代表的“新神思宗”有别于19

① 鲁迅：《摩罗诗力说》，载《鲁迅全集》第1卷，人民文学出版社1981年版，第66页。

② 景宋：《民元前的鲁迅先生》，载《文艺阵地》（半月刊，重庆）1940年第5卷第2期。

③ 鲁迅：《科学史教篇》，载《鲁迅全集》第1卷，人民文学出版社1981年版，第35页。

④ 鲁迅：《文化偏至论》，载《鲁迅全集》第1卷，人民文学出版社1981年版，第48页。

⑤ 鲁迅：《文化偏至论》，载《鲁迅全集》第1卷，人民文学出版社1981年版，第53页。

世纪文明的重主观心灵、重个性自由的精神思想倾向，提出“二十世纪之文明，当必沉邃庄严，至与十九世纪之文明异趣”①，将“立人”的目标置于相较于民族国家解放的目标更为根本持久的位置上：“若为今立计，所当稽求既往，相度方来，掊物质而张灵明，任个人而排众数。人既发扬踔厉矣，则邦国亦以兴起。”② 在鲁迅看来，当时中国的问题在于“故病中国今日之扰攘者，则患志士英雄之多而患人之少”③，而包括裴多菲在内的所谓“摩罗诗人”，其最根本的价值则在于“不取媚于群”④。他大声质问：“今索诸中国，为精神界之战士者安在?”⑤ 显示出有别于当时主流革命思潮的独特而深刻的思想视角。

1909 年 8 月，鲁迅回国，先后在浙江两级师范学堂和绍兴府中学堂任教。辛亥革命后他出任山会初级师范学校校长，并应邀参与创办了《越铎日报》。1912 年，鲁迅应蔡元培之邀，到教育部工作，并随中华民国临时政府迁往北京。1912—1917 年，鲁迅度过了一段精神上的苦闷期。此时的他，已过而立之年，所追求的理想，在当时袁世凯称帝、军阀混战的混乱、庸碌的现实面前日益渺茫。且看鲁迅自己回忆这段生活的情形：“许多年，我便寓在这屋里钞古碑。客中少有人来，古碑中也遇不到什么问题和主义，而我的生命却居然暗暗的消去了。”⑥ 然而，也正是通过这段时间的沉潜，鲁迅对中国传统文化、典籍有了更为全面深入的理解和剖析，为他成为以新的眼光重新审视、研究、整理中国古典文化的卓越学者，为他将来批判旧文化、建设新文化的种种努力和成就奠定了坚实的基础。

---

① 鲁迅：《文化偏至论》，载《鲁迅全集》第 1 卷，人民文学出版社 1981 年版，第 55 页。

② 鲁迅：《文化偏至论》，载《鲁迅全集》第 1 卷，人民文学出版社 1981 年版，第 46 页。

③ 鲁迅：《破恶声论》，载《鲁迅全集》第 8 卷，人民文学出版社 1981 年版，第 27 页。

④ 鲁迅：《摩罗诗力说》，载《鲁迅全集》第 1 卷，人民文学出版社 1981 年版，第 99 页。

⑤ 鲁迅：《摩罗诗力说》，载《鲁迅全集》第 1 卷，人民文学出版社 1981 年版，第 100 页。

⑥ 鲁迅：《〈呐喊〉自序》，载《鲁迅全集》第 1 卷，人民文学出版社 1981 年版，第 418 页。

二、文学求索之路

在文学革命与新文化运动的激发下，鲁迅接受钱玄同的邀请，于1917年、1918年之交开始参加新文化运动的核心阵地《新青年》杂志的编辑工作。1918年，鲁迅在《新青年》上发表了他的第一篇白话小说《狂人日记》，这是他第一次用“鲁迅”这个笔名发表文章，《狂人日记》也是中国最早的现代白话小说。其后，鲁迅接连在《新青年》上发表了《孔乙己》、《药》等白话小说，在年轻人中产生了巨大的反响，奠定了现代中国小说的基础。这些小说后结集为《呐喊》。同时，鲁迅还为《新青年》撰写了一系列有关社会文化批判的杂感。其中的《我之节烈观》、《我们现在怎样做父亲》及“随感录”三十八、四十等均为其中的代表。

在这些小说和杂感中，鲁迅对中国几千年来的传统文化、旧道德、旧习俗进行了猛烈的抨击。这种抨击的特殊之处在于它不仅是从外在的社会文化进步的视角来论说那些所谓“国粹”的不合理，更是从中国人的精神人格层面深入揭示旧文化旧道德旧习俗对中国人心灵世界的扭曲和阉割，如剜疮般剜出中国人的种种劣根性。因此这种批判所激发的，除了对封建文化的“怒”之外，更多的是对自我无情解剖和严厉审视所带来的“痛”。如鲁迅的《我之节烈观》，并非一般地从男女平等、人性解放的意义上论说单论女子贞操的不公，而是由此生发出中国读书人和中国男人的懦弱与虚伪，女子之贞操不过是这种懦弱与虚伪的挡箭牌。在文章的结尾，鲁迅热切地呼吁：“要自己和别人，都纯洁聪明勇猛向上。要除去虚伪的脸谱。要除去世上害人害己的昏迷和强暴。”① 又如《我们现在怎样做父亲》，也并非一般地论说破除家长对子女的专制、破除封建孝道的问题，而是提出一个非常尖锐的观点：为人父母者，对子女的这种专制和孝道的要求，是自私，更将导致虚伪。因为“一个村妇哺乳婴儿的时候，决不想到自己正在施恩；一个农夫娶妻的时候，也决不以为将要放债”。鲁迅强调“恩”与“爱”的区别，认为“倘如旧说，抹煞了‘爱’，一味说‘恩’，又因此责望报偿，那便不但败坏了父子间的道德，而且也大反于做父母的实际的真情，播下了乖剌的种子”②。鲁迅的这些思想，直到今天，对于我们如何建设社会道德仍然具有

---

① 鲁迅：《我之节烈观》，载《鲁迅全集》第1卷，人民文学出版社1981年版，第125页。

② 鲁迅：《我们现在怎样做父母》，载《鲁迅全集》第1卷，人民文学出版社1981年版，第133页。

重要的、毫不过时的价值。也正是在此意义上，鲁迅的小说和杂感便成为他改造中国人国民性的特殊武器。

自1920年秋开始，鲁迅到北京大学、北京高等师范学校、北京女子师范大学任兼职讲师，讲授中国小说史，在从事文学写作的同时兼及学术研究。其讲义后结为《中国小说史略》出版。这部著作在中国小说研究中具有奠基性的意义。鲁迅除运用中国传统的辑轶、校勘和考证等方法以外，还大量吸收了西方近代社会学、心理学和比较文学的方法，得出了一系列深刻的结论。这部著作在史料辨析、作品评论、流派梳理、规律概括等方面等都具有明显的经典性。尽管今天对小说史研究的深度和广度都远远超出了当时，但鲁迅的许多基本观点仍然立于不败之地，时时为学者们所称引。

1924—1926年是鲁迅思想创作中的又一个高峰。此时的新文化运动高潮已过，先进知识者的探索由初始的激情转向持久深入之后的彷徨与困惑。鲁迅鲜明独特的思想以及当时所获得的声望使他周围聚集了一批同样渴望改造中国社会与中国人精神世界的年轻知识分子。鲁迅在这一时期从事了一系列的文学组织和社会政治活动。他发起、支持语丝社、莽原社、未名社等新文学社团，组织编辑《莽原》杂志和“乌合丛书”、“未名丛刊”；支持、支援北京女子师范大学学生反对北洋政府腐朽教育的学潮；支持、声援1926年北京学生的爱国运动，谴责段祺瑞政府屠杀爱国学生的暴行。在这一系列的文学、社会、政治活动中，鲁迅深刻体验了改造中国社会、改造中国人的艰难。他看到腐朽的保守势力的强大，更品尝、目睹了同一阵营战友间的误解、背叛、放冷箭、消沉，而深深感到孤独甚至绝望。但即便在这样的痛苦中，鲁迅并没有消沉，他依然要同旧社会进行“绝望的抗战”①。他的小说集《彷徨》、散文诗集《野草》正是这一时期最有代表性的创作。也正是在这一时期，鲁迅结识了他后来的终身伴侣许广平，两人确定了恋爱关系。

1926年8月，鲁迅离开北京南下，先后到厦门大学、中山大学任教。在国民革命的风暴中，鲁迅一方面热情支持伟大的北伐战争，同时又以自己经历辛亥革命的经验写下了《庆祝沪宁克复的那一边》，提醒革命者：随着革命的不断胜利与革命势力的不断增长，“革命的精神反而会从浮滑，稀

① 鲁迅：《两地书》，载《鲁迅全集》第11卷，人民文学出版社1981年版，第21页。

薄，以至于消亡，再下去是复旧”①。在蒋介石等发动反共政变后，鲁迅积极营救中山大学被捕学生。在惨烈的政治斗争中，鲁迅对人性的险恶，尤其是经历了新文化运动与西方现代思潮洗礼的年轻人所表现出的人性的失落感到深深的失望：“我一向是相信进化论的，总以为将来必胜于现在，青年必胜于老人……我在广东，就目睹了同是青年，而分成两大阵营，或则投书告密，或则助官捕人的事实！我的思路因此轰毁。”②

1927年9月，鲁迅和许广平离开广州，来到上海，从此在上海度过了生命中的最后9年。在这9年中，鲁迅先后参与了多场思想文艺论战。这些论战包括1928年与太阳社、创造社的论战，1928年后与新月派、梁实秋等人的论战，1930年与国民党“民族主义”文学的论战，1931年以后与“第三种人”的论战，1932年以后与林语堂的论战，1936年关于“两个口号”的论战等。这些论战既包括共产党领导的左翼文化阵营与自由主义文化阵营、国民党文化阵营等不同文化阵营之间的论战，也包括左翼文化阵营内部的论战。正是在这些论战中，晚年鲁迅的思想有了新的飞跃，他接受了完整的马克思主义唯物史观的思想，并准确运用其分析当时中国的社会现实，阐发文艺的性质与发展方向，提出了真正有效的斗争策略。

一系列的文艺论战与思想的新飞跃同时激发了鲁迅的创作热情。在这9年中，鲁迅创作了《而已集》、《三闲集》、《准风月谈》、《花边文学》、《且介亭杂文》等10部杂文集以及《理水》、《采薇》等历史小说（后与1926年创作的《铸剑》、《奔月》等合集为《故事新编》出版），并翻译了许多文艺论著和作品。

1930年3月2日，中国左翼作家联盟在上海成立，鲁迅被选为7位常务委员之一，并在成立大会上发表了题为《对于左翼联盟意见》的著名演讲。他领导左翼文艺运动，先后编辑或参与编辑了《萌芽》、《文艺研究》、《巴尔底山》、《十字街头》等左翼刊物，出版《奴隶丛书》等。他热情、积极扶持左翼青年作家。这些得到过鲁迅热情帮助的著名左翼青年作家包括柔石、殷夫、萧红、萧军、胡风、沙汀、唐弢等。同时，他与瞿秋白、冯雪峰等共产党内的杰出文艺理论家结下了深厚的友谊。1932年，鲁迅参加了宋庆龄、蔡元培等组织的中国民权保障同盟，任上海分会执行委员，不顾危

① 鲁迅：《庆祝沪宁克复的那一边》，载《鲁迅全集》第8卷，人民文学出版社1981年版，第163页。

② 鲁迅：《〈三闲集〉序言》，载《鲁迅全集》第4卷，人民文学出版社1981年版，第5页。

险，积极投身反对国民党政权专制独裁的斗争。

1936年10月19日，鲁迅逝世。鲁迅的葬礼异常隆重，没有人特别的号召，在送葬的路上，沿途不断有人参加，最后成为一条没有止尽的长龙。其中不仅包括作家，更有许多学生、工人、市民。在万国公墓的门口，悬挂着“丧我导师”的巨大横幅。最后下葬的时候，在一阵哀乐声中，有人献上一面白绸为底，用黑丝绒绣着“民族魂”三个字的长方形旗子。宋庆龄、沈钧儒等将这面旗子，覆盖在鲁迅的楠木灵柩上。鲁迅过早地离开了他的国家，去世时年仅55岁。

第二节　《呐喊》与《彷徨》

《呐喊》、《彷徨》既是奠定鲁迅中国现代文学大家地位的经典之作，也是整个中国现代文学小说创作的奠基之作。它还同时开辟了现代文学中农民与知识分子两大题材的创作，并为之提供了杰出的典范。《呐喊》收录了1918—1922年间创作的14篇小说，于1923年出版。《彷徨》收录了1924—1925年间创作的11篇小说，于1926年出版。

一、《呐喊》：控诉践踏生命的封建传统

鲁迅在《〈呐喊〉自序》中清楚表明了写作这组小说的用意，那就是以大声的呐喊惊起被密闭在“铁屋子”里熟睡而不知死亡将至的民众，呼唤大家齐心合力毁坏这“铁屋子”，以争取新的生命。为达此目的，鲁迅自觉地接受在写作中“须听将令”的要求，更多地表现出热血的愤怒与激情、畅快的讽刺和揶揄，尽量在阴暗的色调中给前进的人留有一线希望。

《呐喊》的题材主要是针对“铁屋子”式的一直苟延到现代世界的古老中国。《狂人日记》对这个古老中国做出了全景式的描绘，得出了“传统吃人”的惊人结论。这篇小说的特别深刻之处在于它是从价值理性而非工具理性的角度来否定吃人的。在《狂人日记》中出现的几次“吃人”，其目的都是为了治病或是救命。特别是关于人肉可入药的问题，鲁迅并没有批判其“愚昧”。为什么没有呢？因为鲁迅认为即便它是有效的，就好像即便吃人、吃死人可以实实在在地救一时之疾病与饥饿，也绝不能这样做——因为它是对人性的永久败坏，是对人的尊严的永久践踏。在一个人可以吃人的社会里，“难见真的人！”① 也正是在这个意义上，鲁迅将传统中国的罪恶上升

① 鲁迅：《狂人日记》，载《鲁迅全集》第1卷，人民文学出版社1981年版，第432页。

到了戕害人类根本价值的高度而给予了最严厉的批判。新文化运动的两大主题——启蒙和救亡之间既有内在联系，又有彼此的矛盾和冲突。显然，《狂人日记》的重心在价值理性所连接的启蒙。

在《药》、《明天》、《风波》、《故乡》、《阿Q正传》等作品中，鲁迅对古老中国中那些没有知识、处于社会底层的平民的精神状态进行了异常细腻的刻画，含蓄而深刻地揭示了底层人民悲剧的根源。如《明天》，其故事梗概是讲单四嫂子的儿子宝儿因病不治、办丧事的经过，但真正让人感到彻骨寒意与悲凉的却并非一个母亲的丧子之痛本身，而是一个母亲在努力救助自己孩子的过程中，所遭遇的欺骗、敲诈、伪善。为了治好儿子的病，单四嫂子使尽浑身解数：求神、许愿、吃单方，到最后一个“压轴法子”——寄望于何医生。求医过程中最令人绝望之处并不在于医生的冷漠，甚或于庸医的无能。因为前者出于一种职业的麻木，而后者则实在是能力所限，都还情有可原。最绝望之处是何医生开的方子：“这第一味保婴活命丸，须是贾家济世老店才有！”连单四嫂子这样一个粗女人也模糊地想到，何医生、贾家药店和自己，正是一个三角点关系。何医生开的药材，非要在贾家的济世老店才有，这说明何贾两家存在着共同的经济利益关系。单四嫂子的求医问药实际上使自己必然地落入了一个陷阱，成为替有权势的人聚敛财富的工具，“自救”变成了“自残”。待到儿子死后，办丧事的事宜更成为周围人狂欢的盛宴：“凡是动过手开过口的人都吃了饭。”① 这恰是鲁迅所说的“所谓中国的文明者，其实不过是安排给阔人享用的人肉的筵宴”② 的真实写照。在鲁迅笔下，这样的残酷并非那种鲜明的一看便知的压迫，而是已经渗透到被压迫者生活的方方面面。那些被压迫者身处其中而不自知，在接连的悲惨命运面前只能感到茫然、无助而终于麻木。他们的人格在此过程中逐渐被奴化，习惯了压迫而毫无自觉反抗之心。华老栓、闰土、阿Q的生命历程大抵如是。甚而如《风波》这样带有喜剧色彩的小说，主人公七斤一家逃过一劫的快乐让人感到其实也不过是蝼蚁的一次成功偷生而已，反倒更显出其生命的卑微。

而在《孔乙己》、《端午节》、《白光》等作品中，鲁迅的笔触则集中到古老中国所培育出的知识分子身上，描绘了他们被封建专制文化所扭曲、戕

① 鲁迅：《明天》，载《鲁迅全集》第1卷，人民文学出版社1981年版，第455页。

② 鲁迅：《灯下漫笔》，载《鲁迅全集》第1卷，人民文学出版社1981年版，第216页。

害的精神人格。即如孔乙己，尽管他身上有着一种可贵的温情，但是他缺乏人格的独立精神。他聊以自慰、努力维持的“穿长衫”的读书人身份不过是一种本能的自尊，与现代意义上的自由人的尊严相去甚远，而且还使其不断受到戏弄和侮辱。《白光》中的陈士成与孔乙己相仿，缺乏独立自主的个人追求，在封建文化价值观与科举制度的压迫下不堪重负而发疯自尽。《端午节》中的方玄绰，尽管表面上已经算是一个新式知识分子，但是内心深处委琐、平庸、虚伪而不自知：“只是每到这些时，他又常常喜欢拉上中国将来的命运之类的问题，一不小心，便连自己也以为是一个忧国的志士：人们是苦于没有‘自知之明’的。”① 这正是中国封建文化一面教人学孔孟修身养性，一面又以学习孔孟之道为仕途晋身敲门砖所必然导致的虚伪文化生态长期熏染的结果。

《呐喊》中还有几篇小说，如《一件小事》、《鸭的喜剧》、《兔和猫》、《社戏》等，矛盾冲突不那么激烈，内容也相对轻松，似乎与“呐喊”关系不大，风格、题材皆和集子中的其他小说有相当距离。但是仔细品味，却可感到其中贯穿的共同点，也即对人的尊严、生命尊严、生命价值的呼唤。《一件小事》歌颂了一个世俗眼光中的渺小者的灵魂同样可以高大；《兔和猫》等作品充满了童趣，借儿童天真烂漫的天性和特殊的体验事物的视角，抒发了热爱生命、热爱自然、友善待人、同情扶助弱小者和为了被扼杀的生命除暴复仇的情怀。和前面介绍的作品不同，这几篇作品更多的是从正面抒写生命的可贵，为奋斗的人树立前进的希望和目标。

总之，《呐喊》喊出了新文化运动反封建的最强音，站在人道主义、个性解放、思想启蒙的立场上对压制人、扭曲人、奴化人、摧残人的中国封建文化传统进行了最深刻的批判。

二、《彷徨》：直面人性深处的自我扭曲

如果说《呐喊》主要揭露了生命之外的力量对生命的摧残和践踏，那么《彷徨》则表现了生命自身存在的弱点，直面人性深处的自我扭曲。与《呐喊》取材相对多样不同，《彷徨》的内容主要集中在知识分子题材。这些知识分子不是《呐喊》中深受封建文化熏染、桎梏的旧知识分子，而是在很大程度上摆脱了旧文化的束缚、接受了新文化熏陶和影响，渴望改变现实的新知识分子。然而令人费解的是，在这样一种新的精神状态之中，他们

---

① 鲁迅：《端午节》，载《鲁迅全集》第1卷，人民文学出版社1981年版，第536页。

所真切感受到的，却并非解放的快感，而是内心深处更加沉重的压抑，他们发现觉醒的自己在一个仍然古旧的社会里总是处于无能为力、事与愿违的状态中。而鲁迅的深刻就在于他没有将这种状态之形成简单地归于旧势力的强大，而是更多地归于知识者自身太懦弱、力量太有限，从而深刻、细腻地呈现出社会转型期一批堪称社会先锋的新知识分子微妙曲折的心路历程。鲁迅从来不是一个浅薄的乐观主义者。别人以为问题已经解决的时候，在他看来，问题才刚刚开始。这样的描绘使读者最真切地体会到人性本身的复杂，体会到伴随着社会转型的“人”的转型是一个多么艰难的过程。

《伤逝》是《彷徨》中的主要代表作之一。这篇小说的男女主人公涓生和子君冲破了封建礼教的束缚而自由地结合了，并且他们的结合有着共同的追求新生活新文化的思想基础。通常的爱情故事都以这样的“王子和公主幸福地结合在一起”作为故事的结束。但是在《伤逝》这篇小说中，他们的结合正是故事的开始。同居后的子君和涓生渐渐产生隔膜：“不过三星期，我似乎于她已经更加了解，揭去许多先前以为了解而现在看来却是隔膜，即所谓真的隔膜了。”① 尽管涓生与子君都知晓“爱情必须时时更新、生长、创造”② 的道理，但是他们却无力应对日常生存压力及性别性格差异所带来的琐碎的冲突，无力彼此磨合、相互引导。在这里，鲁迅的批判锋芒主要针对涓生。作为一个完全意义上的新知识分子，他自我、自私、软弱，还有些许虚伪，他有争取爱的勇气，却无延续爱的力量：包容、宽厚、耐心与坚韧。这篇小说的真正动人处并非是对造成两人爱情悲剧的外在压力做过多控诉，而是对他们自身的内在原因进行了细腻传神地描摹。《在酒楼上》中的吕纬甫、《孤独者》中的魏连殳，尽管外在性格上有较大差异，但是却不约而同，当怀抱单纯的理想遭遇复杂的社会时，选择了逃避式的玩世不恭。他们能够清醒地意识到自己颓唐的状态，但是却无力自拔。《幸福的家庭》可算是《伤逝》的喜剧版。这里的主人公同样缺乏将单纯的理想与复杂的现实结合在一起的能力与韧性。《祝福》中，摆在显眼处的一层故事是祥林嫂的不幸命运，而暗藏的一层故事则是“我”这样一个同样受新思想洗礼的知识分子面对祥林嫂悲剧的无能为力——不能改变她的命运，甚至连给她一点温暖和力量都做不到，面对祥林嫂“一个人死了之后，究竟有没

① 鲁迅：《伤逝》，载《鲁迅全集》第2卷，人民文学出版社1981年版，第114~115页。

② 鲁迅：《伤逝》，载《鲁迅全集》第2卷，人民文学出版社1981年版，第115页。

有魂灵的"问题，既"踌躇"，复又"吞吞吐吐"，最后只能以"说不清"结束，"匆匆地逃回四叔的家中"①。至于《离婚》中的爱姑，她并非知识分子，虽然在新风气的影响下勇于主动提出离婚，一副天不怕地不怕的泼辣样，但是面对"威严"七大人的一句"来～～～兮"，竟"觉得心脏一停，接着便突突地乱跳，似乎大势已去，局面都变了"②。其心灵深处的软弱、怯懦和前面的知识分子如出一辙。

《彷徨》的时代，正是"五四"新文化运动高潮过去，新的社会政治革命风暴正在酝酿，整个社会文化氛围显得沉闷压抑的时期。一般社会文化心理、经济政治形势、伦理道德观念并未如"五四"先驱们所希望的那样发生根本改变，比如上海，20 年代初随着《礼拜六》杂志的复刊，在新文化界人士看来，陈腐的封建文化与庸俗的都市商业文学结合在一起，一时还颇具声势。新文化运动熏陶下的新青年们也普遍感到日常生活的一切照旧，在繁重的生存压力下难以有新的突破。这正是鲁迅所说的"梦醒了无路可以走"③ 的困境。

《彷徨》的情绪是复杂的。其中的"彷徨"、消沉和感伤无可否认，在一定程度上其实也是作者自己情绪的真实写照。但另一方面，《彷徨》又并非简单地情绪宣泄，鲁迅以一种特有的叙述风格与笔下的人物拉开了距离，对他们（实际上也包括了鲁迅自己）既怀同情、理解，又暗含讽刺和批判。"梦醒了无路可走"这种困境的形成一方面当然有着深厚复杂的客观原因，但是鲁迅认为作为社会前进之先锋的知识分子，乃至于所有人，必须首先勇于自我解剖，反思自我人性深处的种种怯弱与阴暗。因此《彷徨》又可以说是从反面提出了他一贯的看法："世间有一种无赖精神，那要义就是韧性"、"正无需乎震骇一时的牺牲，不如深沉的韧性的战斗"④。

三、《呐喊》、《彷徨》的艺术成就

《呐喊》、《彷徨》的艺术成最主要的有以下三个方面：其一，体现在塑造了一系列具有丰富意味，并在现代中国文学与文化中产生深远影响的典型

① 鲁迅：《祝福》，载《鲁迅全集》第 2 卷，人民文学出版社 1981 年版，第 7 页。

② 鲁迅：《离婚》，载《鲁迅全集》第 2 卷，人民文学出版社 1981 年版，第 151、152 页。

③ 鲁迅：《娜拉走后怎样》，载《鲁迅全集》第 1 卷，人民文学出版社 1981 年版，第 159 页。

④ 鲁迅：《娜拉走后怎样》，载《鲁迅全集》第 1 卷，人民文学出版社 1981 年版，第 162、164 页。

形象，如“狂人”、孔乙己、蓝皮阿五、九斤老太、祥林嫂、魏连殳、吕纬甫、涓生等。特别是阿Q，已经成为世界小说之林最伟大的典型形象之一。鲁迅采用“杂取种种人，合成一个”① 的典型化方法，人物形象具有深广的社会历史内涵，同时又非常个性化。鲁迅主要是以人物的语言和动作来刻画性格，没有冗长静止的人物心理分析，多采用白描手法，用极精练的笔墨写景状物，勾勒形象；又吸取中外艺术家的经验，采取画眼睛、勾灵魂的方法，深入挖掘和表现人物复杂的内心世界，运用各种手法，包括写幻觉、潜意识等，深入揭示人物的灵魂。如《药》中华老栓去刑场取人血馒头时，“却只见一堆人的后背；颈项都伸得很长，仿佛许多鸭，被无形的手捏住了的，向上提着”②，既是他眼睛之所见，也是心中那种无法把握自己命运、只能被人捏在手里的无助感的折射。《肥皂》中四铭脑子里挥之不去的“咯吱咯吱”声早已成为表面正经内心龌龊的伪君子的绝佳写照。《呐喊》、《彷徨》中的人物语言简洁传神，高度个性化，达到闻其声如见其人的境界，具有丰富的潜台词，耐人寻味。如《在酒楼上》“我”的自述：“觉得北方固不是我的旧乡，但南来又只能算是一个客子，无论那边的干雪又怎样纷飞，这里的柔雪又怎样的依恋，于我都没有什么关系了。”③ 表面上说得是离乡日久归乡陌生的一点感慨，而其潜台词却是极度的孤独彷徨无处归依的落寞情怀，表达得既含蓄又凝练。

其二，《呐喊》、《彷徨》风格独特，喜剧与悲剧相交织，层次丰厚，令人回味无穷。比如《伤逝》，整个故事是悲剧，整体叙述语调舒缓而沉重。但是其中写到油鸡、官太太、“雪花膏”等的部分又充满讽刺幽默的喜剧色彩。涓生对婚后生活的感叹“自觉了我在这里的位置：不过是叭儿狗和油鸡之间”④，这一句话便浓缩了悲剧性和喜剧性——初看是调侃，是喜剧；再品是悲凉，是悲剧；读完整个作品是悲剧；回首不少细节，随手拈来，却又感到好笑。《孔乙己》、《阿Q正传》更是悲剧与喜剧交融的典范。这样的悲喜剧交融实际上体现了生活人的情感、情绪本身的丰富性。《呐喊》、《彷

① 鲁迅：《〈出关〉的“关”》，载《鲁迅全集》第6卷，人民文学出版社1981年版，第519页。

② 鲁迅：《药》，载《鲁迅全集》第1卷，人民文学出版社1981年版，第441页。

③ 鲁迅：《在酒楼上》，载《鲁迅全集》第2卷，人民文学出版社1981年版，第25页。

④ 鲁迅：《伤逝》，载《鲁迅全集》第2卷，人民文学出版社1981年版，第119页。

徨》尽管包含着重大的写作主题，却完全没有为了观念而抽空生活，而是真正做到了以生活为本，以活生生的人为本，自然地呈现出观念，如大海自然地呈现出波涛。俄国小说家契诃夫所创造的“含泪的微笑”、美国文学中的“黑色幽默”等，都是世界文学史上悲喜剧风格交融的经典。鲁迅在《呐喊》、《彷徨》中所创造的悲喜剧风格交融与之相比毫不逊色，既为民族文学开辟了新的独特的风格境界，又融合了民族传统文学水乳交融、不着痕迹、含蓄蕴藉的特点。

其三，《呐喊》、《彷徨》的结构形式丰富多样，具有强烈的创新性。沈雁冰在 1923 年写的《读〈呐喊〉》一文中说：“中国新文坛上，鲁迅君常常是创造‘新形式’的先锋；《呐喊》里的十多篇小说，几乎一篇有一篇新的形式，而且这些新形式又莫不给青年作者以极大的影响，必然有多数人跟上去试验。”① 这种创新首先体现在鲁迅小说所特有的那种形式与内容相交融的“有意味的形式”。如《狂人日记》中文言小序与白话正文之间的张力所形成的反讽结构，这一结构使人感到只有一个疯子才能说出事件的真相，而一旦当他病愈正常，就回到了那个罪恶的秩序中“赴某地候补矣”②。这种感觉在很大程度上消解了狂人形象的革命性，加深了一种绝望之情，对传统封建秩序之强大的揭露也更为深刻。再如鲁迅研究专家钱理群等总结出的鲁迅小说“看/被看”的独特形式结构，“凝结着鲁迅对中国‘人’的生存方式、人际关系及人生价值、命运……最深刻的观察与把握：在中国这个一切都‘戏剧化’、‘游戏化’的国度里，‘人’不是充当‘看客’，就是‘被人看’。”③ 其次，鲁迅糅合中国传统小说的白描技巧和西方现代小说，特别是象征主义小说的结构方式，将具有象征色彩的细节、动作、事件、场景化为小说的核心意象，统率全篇。这样的小说写法在当时具有显著的开拓创新意义。比如《狂人日记》、《药》、《明天》所共有的“治病”，《祝福》中的地方民俗“祝福”，《故乡》与《在酒楼上》的怀乡梦等。这些核心意象赋予了小说以一种特别的情绪、特别的诗化色彩，丰富了小说的内涵，使读者可以从不同角度读出不同的味道，对于其后的中国新文学小说创作产生了深远的影响。

① 雁冰：《读〈呐喊〉》，载《时事新报》副刊《文学》1923 年 10 月 8 日。

② 鲁迅：《狂人日记》，载《鲁迅全集》第 1 卷，人民文学出版社 1981 年版，第 422 页。

③ 钱理群：《走进当代的鲁迅》，北京大学出版社 1999 年版，第 5 页。

第三节　《阿Q正传》

《阿Q正传》创作于1921年、1922年之交，最初于1921年12月至1922年2月间分九次连载于北京《晨报副刊》，每周或隔周刊载一次，署名“巴人”，明显取“下里巴人”之意。连载当时，此作实际上是以一部通俗的滑稽小说或文学漫画的方式亮相的，在体裁和写作手法上，更接近白话章回体小说，写作随意轻松，结构也较为松散，似乎并没有经过精心的谋篇布局。然而，正是这样一篇小说，却成为鲁迅，乃至于整个中国现代文学创作中具有里程碑意义的伟大作品，成为20世纪世界文学的经典小说之一，被广泛赞誉为批判中国人“国民性”的教科书。小说主人公阿Q所特有的“精神胜利法”更是超越了文学的界限，而成为一个具有普遍意义的社会文化批判符号。

一、“精神胜利法”与国民性批判

阿Q表层上的生活原型来自于鲁迅的故乡绍兴，或是同乡，或是远亲，在深层上则是作者对中国人精神特征，乃至于人类精神现象的理性探索，伴随着个别的生活原型一起升华、熔铸而成的具有深刻普遍性的不朽艺术典型。正如鲁迅自己所说，《阿Q正传》是要“写出一个现代的我们国人的魂灵来”、“要画出这样沉默的国民的魂灵来”①，因而这篇小说首先体现出鲜明的“国民性”批判主题。

阿Q是一个赤贫的雇农，无房无地，以帮人打短工为生，社会地位低下，受压迫受剥削，被侮辱被损害，生活十分悲惨。阿Q性格的最主要的特征就是其赖以自慰、赖以生存的精神胜利法：即在现实中无法获得满足，便在精神上、幻想中寻求虚假的自我安慰。比如，被人打了，就用“儿子打老子”来自我安慰；别人说他混得差，他就用“祖先比你阔”来搪塞；凭借惊人的健忘本领，前面被人打了，转身之间忘得一干二净；转嫁痛苦，畏强凌弱，刚刚被强者假洋鬼子用“哭丧棒”打得鼻青脸肿，转眼之间就去欺辱小尼姑，强行摸小尼姑的头，还说“为什么和尚摸得，我摸不得”。小说中的“优胜记略”和“续优胜记略”都是这种精神胜利法的表现“行状”。阿Q在现实中总是处于失败者的地位，但是他毫无痛苦、压抑之感，

---

① 鲁迅：《俄文译本〈阿Q正传〉序及著者自叙传略》，载《鲁迅全集》第7卷，人民文学出版社1981年版，第81、82页。

反而成天快活，偶有不平也转瞬即逝。或许从保持良好心态的纯粹心理保健的角度来说，精神胜利法不无合理之处。但是将其作为根本的人生态度却意味着人的主体性的彻底沦丧，意味着完全不知疼痛的彻底麻木。对个人来讲，它泯灭了一个人的羞耻之感、奋进之心；对民族来讲，它泯灭了一个民族生存、发展的活力与动力。阿 Q 的精神胜利法是长期封建专制统治与奴化教育所造成的中国人的集体无意识的一种反映，是普遍存在于中华民族各阶层的一种国民性弱点。支撑精神胜利法的，是深重的奴才意识：对于压迫不能也不敢正面反抗、正面质疑，而只能用一些私下的小花招做一些“腹诽”，在可能的情形下欺负比自己更弱小者，替代性地、虚假地化解一些痛苦，从而有可能长期地持续地忍受压迫，并不自觉地参与到压迫的制造中。鲁迅精辟地指出了这样的“奴才”与我们通常所谓的“奴隶”的根本区别：“然而自己明知道是奴隶，打熬着，并且不平着，挣扎着，一面‘意图’挣脱以至实行挣脱的，即使暂时失败，还是套上了镣铐罢，他却不过是单单的奴隶。如果从奴隶生活中寻出‘美’来，赞叹，抚摩，陶醉，那可简直是万劫不复的奴才了，他使自己和别人永远安住于这生活。”阿 Q 的精神胜利法，正是他由一个人异化为奴才的标志。过去从阶级的观点出发，认为阿 Q 做的那个有关造反与革命的梦体现出自发朴素的反抗意识，其实这仅仅反映出他对统治者之权力与享受的羡慕，属于“奴才”的梦想，而非渴望解放的人（奴隶）的理想。

同时，精神胜利法还有着深刻的文化社会根源。它与中国历史，特别是近代中国屡遭外国侵略的屈辱历史相联系，是那种虽然破落，但还自认为是天朝上国的鸵鸟精神的折射。鸦片战争以后，中国传统文化在西方文化的挑战之下，不断溃败。一些清醒的知识分子开始面向现实，面向西方寻求真理，以解决民族危机。但是，由于长期以来的大中华主义情结，更多的人不是直面残酷的现实，发奋图强，而是渴望回到过去，回到传统，在辉煌的传统中获得精神上的满足，甚至牵强附会出所谓“西学中源”论这样的伪学问。这种文化复古主义背后的精神情结，与精神胜利法是完全一致的。同时它也是中国小农经济社会的文化产物，体现出小生产者的保守落后、目光短浅、自私自利和自以为是。整个未庄，就是中华民族真实社会存在的缩影。鲁迅不仅塑造了阿 Q 的形象，而且用简练的笔墨勾勒出另一类“国民性”的人物群像。这些人，全部都是自我感觉良好，在面对更弱者时，显现出自己的优越感。同时，他们作为看客，对别人的痛苦只报以隔膜和冷漠。他们都是阿 Q 悲剧的制造者，张着嘴去看杀人，用眼睛去咬阿 Q 的灵魂，议论枪毙并无杀头好看。在他们身上，其实同样凝结了浓厚的精神胜利法的泥垢。精神胜利法更包含了对中国传统文化的反思。阿 Q 并非一个完全无知的人，他的思想言论其实颇合圣贤之道。他想女人时知道以“不孝有三无后为大”作为理由；他打不过王胡时知道以“君子动口不动手”来为自己解脱；他受假洋鬼子的气时更是以文化正统的捍卫者自命而颇觉高大。中国传统文化，到了近代，实际上已经丧失了活力，而沦为自我麻痹的麻醉剂。

正如周作人所说，“阿 Q 却是一个民族的类型。他像神话里的‘众赐’（Pandroa）一样，承受了恶梦似的四千年来的经验所造成的一切‘谱’上的规则，包含对于生命幸福名誉道德的意见，提取精粹，凝为固体，所以实在是一幅中国人坏品性的‘混合照相’，其中写中国人的缺乏求生意志，不尊重生命，尤为痛切，因为我相信这是中国人最大的病根”①。鲁迅对阿 Q 性格的揭露，是对中国社会现状整体的批判，是对整个旧的封建专制意识形态的批判，更是对中华民族文化社会存在中所包含的“文化惰性”与温情伦理背后隐藏残忍事实的“文化虚伪”的批判，体现了鲁迅勇于自省、彻底直面现实的伟大勇气。

二、阿 Q 的命运与现代人类境遇

结合当下后工业化时代人们普遍感受到的那种没有归属的“漂浮感”，以及由主流意识形态所制定的社会经济法则所带来的生活的压力与压抑，《阿 Q 正传》这部表面看上去描写前工业社会的小说获得了新的价值，得到了新的解读，显现出超越时空、关怀人类普遍命运的巨大穿透力。

这篇小说在艺术手法上具有强烈的寓言色彩。小说在体例选择上就颇有匠心而具有明显的象征意义。小说以“传”名，显然是模仿中国史传文学的传统。但这种模仿却并非学习、继承，而是戏仿和颠覆。鲁迅将一个没有姓名而仅仅剩代码的农民流浪汉入“传”，显然是“有乖史法的”。故鲁迅自谓其所做“正传”的意义都在“不入三教九流的小说家所谓‘闲话休题言归正传’这一句套话里”②，创作姿态也很“不恭”，打破了过去中国史传，特别是家传，每叙述到传主必语带恭敬的史传崇拜传统。根据海德格尔“语言是存在的家园”的思想，这样的写法实际上是对传统社会历史叙述的颠覆，对历史进行了重构。

这经过了重构的历史，和传统历史相比，其最大的不同就是中心人物、

① 仲密：《〈阿 Q 正传〉》，载《晨报》副刊《自己的园地》，1922 年 3 月 19 日。

② 鲁迅：《阿 Q 正传》，载《鲁迅全集》第 1 卷，人民文学出版社 1981 年版，第 487～488 页。

传主阿Q实际上是一个没有任何来由的漂浮的人物。他没有姓名，没有籍贯，其实也不属于“未庄”，而是寄居在土谷祠，出没在未庄这个“共同体”的边缘。他没有家，没有固定的职业，以替未庄人家打短工为生，在未庄人眼里，不过是工具性的存在。关于是否姓赵的风波，一般认为体现的是等级制度，其实不然。因为在农村，一个大姓经过数代繁衍，同是本家，地位相差悬殊的情况比比皆是。之所以拒绝阿Q姓赵，其根本原因还在于对阿Q这个外来者的拒绝。当然，有三个时刻，阿Q似乎被接纳了。第一次是一天傍晚阿Q为赵太爷家舂米，中间吃完晚饭休息时，吴妈和他“谈闲天”——那不无温馨的场面诱发、刺激了阿Q的幻想，其结果自然是当头棒喝。第二次是阿Q在外面发了财回来，人们对他换上笑脸，个个希望从他那里分得一点便宜，然而这归根到底还是属于一种利用，而且对阿Q之财来路怀疑后就迅速“远避”了。第三次则是革命的消息传到未庄，阿Q率先“响应”，使未庄众人敬畏，然而不久这样的敬畏也就烟消云散。这正是阿Q暗示现代人类境遇的第一个方面：个人与社会处于异己的关系当中，个人为社会拒绝，单枪匹马地面对整个社会，没有归属感，总是在漂泊之中，渴望被接纳而始终不得其法。这种无家可归的惶惑与几乎同时代的卡夫卡《城堡》不无异曲同工处。阿Q整天游走在“城”与“乡”、“人”与“鬼”、“安分”和“造反”之间，他始终无法清楚地明白自己究竟是什么、要什么、做什么，他始终无法为自己确立一个价值的基点。这正是阿Q暗示现代人类境遇的第二个方面：永远处在相对的漩涡中，永远无法抓住任何具有绝对性的东西，除了最后的死亡。而这也正是阿Q未曾料到、最不想要的结局。

《阿Q正传》寓真实于荒诞，笔调幽默，让人忍俊不禁。然而笑过之后，人们又无不从荒诞中看见严肃和真实。从现代主义思潮的角度来看，阿Q不是个体的、典型的，而是普遍的、本质的，具有现代人身上的一切特征和本质属性。这些形象不仅是民族的、时代的，同时也是世界的、共时性的。将以上两个方面结合起来，阿Q身上便显现出了现代人最为内在的孤独感。在这种情形下，精神胜利法实际上成为人类反抗自己绝望处境的无奈之举。当一个人在现实世界中无法获得认可、无法找到归属、无法确认自我，他便只能退返自身，在想象的精神世界中获得替代性的满足。然而这种为摆脱绝望而做的努力实际上丝毫不能改变人自身的处境，反而使人堕入更为绝望的深渊，造成了更深一层的绝望。

现代主义文学在思想上的一个重要特征，就是对现代人在荒诞的世界中异化处境的描写，具体包括人与人、人与物、人与社会，人与自然的关系。

鲁迅的思想复杂而丰富。他早年在日本留学时就接受了尼采、克尔凯郭尔等西方现代主义思想先驱的影响，以其特有的眼光，不满足于对病态社会和荒诞世界的呈现与描写，不仅从特定的历史时空和现实需要出发评判当下中国社会，更以一种形而上的视角，挖掘隐藏在纷繁世相之后的神秘异化力量，以作为人的普遍命运的角度从更深处揭示中国传统社会反人性的荒诞和虚无，进而对传统文化与社会的权力结构进行彻底颠覆和批判。这样一种批判的锋芒超越了具体的历史时空而具有永恒的价值，在批判的同时包含了对普通人、弱者生命的巨大关怀和同情。

直到今天，我们甚至可以在网络上看见许多年轻人借着阿 Q 的形象，抒发自己对生活与工作的感受、类比自己的精神与灵魂——这便是对《阿 Q 正传》的最好褒扬。

第四节 《野草》与《朝花夕拾》

《野草》最初是鲁迅在《语丝》杂志上连续发表的一组散文诗。第一篇《秋夜》，作于 1924 年 9 月；最后一篇《一觉》，作于 1926 年 4 月。1927 年 4 月，鲁迅为这组散文诗写了篇首《题辞》，将其结集，于 1927 年 7 月由北新书局出版，收入 1924—1926 年所作的 23 篇散文诗。《朝花夕拾》是鲁迅所写的唯一一部回忆散文集，原名《旧事重提》，为鲁迅 1926 年所作回忆散文的结集，共 10 篇。前 5 篇写于北京，后 5 篇写于厦门。最初以《旧事重提》为总题，陆续发表于《莽原》半月刊。1927 年 7 月，鲁迅在广州重新加以编订，并添写《小引》和《后记》，1928 年 9 月结集时改名为《朝花夕拾》，由北京未名社出版，列为作者所编的《未名新集》之一。如果说鲁迅的小说、杂文是他贡献给社会的呐喊与呼唤，是写给“公众”看的，那么《野草》与《朝花夕拾》则是鲁迅低声的自语，是写给“自己”看的，是鲁迅自我心灵与情感最为丰富和细腻的呈现。这两部集子自问世以来受到读者的广泛喜爱，更是探询鲁迅精神世界最好的钥匙。

一、《野草》：鲁迅的爱与恨、绝望与反抗

《野草》是鲁迅所有创作中最绚丽的奇葩：其风格、色彩奇异瑰丽；其内涵、蕴意博大深沉；它具有极强的思想情感冲击力，同时也充满了晦涩、歧义，而引发人们的持续争论。

《野草》中的抒情主人公是一个孤独者。他有孩子般的天真、温情与想象，想象着“极细小的粉红花”会在“冷的夜气中，瑟缩地做梦，梦见春

的到来”①，想象着“孤独的雪，是死掉的雨，是雨的精魂”②。他同时又有阅世者的忧伤和玩世不恭，在知道“小粉红花的梦，秋后要有春”的同时，“也知道落叶的梦，春后还是秋”③，知道做人立论若要“既不谎人，也不遭打”④，那么最好一切打哈哈。他“彷徨于明暗之间”，对于有关未来的预期，不论是“黄金世界”与“天堂”，还是“地狱”，都持怀疑态度，“不愿去”、“不想跟随”，在对绝望与希望的同时排斥中实现人格的独立：“只有我被黑暗沉没，那世界全属于我自己。”⑤ 他的情绪、心理总是处于一种剧烈的流动、动荡之中，时而热情，时而冷漠，一面对人间怀着深沉的大爱，一面又蔑视着人间的种种无聊与渺小：“我不布施，我无布施心，我但居布施者之上，给与烦腻、疑心、憎恶。”⑥ 他的情绪总是在两极之间迅速转换、摇曳：“……于浩歌狂热之际中寒；于天上看见深渊。于一切眼中看见无所有；于无所希望中得救。……”⑦

《野草》中的抒情主人公又是一位战士。他的孤独之源正在于他追求彻底的人格独立的精神。“他只有自己”，他有着最丰富的内在的心灵世界，他时刻保持着一种彻底的清醒和冷峻，他看透了消磨战士意志的“无物之阵”，“所遇见的都对他一式点头”，令他无从抗争，令他无法瞄准，“但他举起了投枪”⑧。面对着人生或者“烧完”、或者“冻灭”的残酷选择，他宁肯“烧完”，也一定要跃出“冰谷”：“他忽而跃起，如红彗星，并我都出冰谷口外。”⑨ 他正视最残酷的人生，在“可惨的人生”中以生命的意志“终于对了暗夜止步，回顾着茫茫的东方”，发出“我只得由我来肉薄这空虚中的暗夜了，纵使寻不到身外的青春，也总得自己来一掷我身中的迟

① 鲁迅：《秋夜》，载《鲁迅全集》第2卷，人民文学出版社1981年版，第161~162页。

② 鲁迅：《雪》，载《鲁迅全集》第2卷，人民文学出版社1981年版，第181页。

③ 鲁迅：《秋夜》，载《鲁迅全集》第2卷，人民文学出版社1981年版，第162页。

④ 鲁迅：《立论》，载《鲁迅全集》第2卷，人民文学出版社1981年版，第207页。

⑤ 鲁迅：《影的告别》，载《鲁迅全集》第2卷，人民文学出版社1981年版，第165、166页。

⑥ 鲁迅：《求乞者》，载《鲁迅全集》第2卷，人民文学出版社1981年版，第167页。

⑦ 鲁迅：《墓碣文》，载《鲁迅全集》第2卷，人民文学出版社1981年版，第202页。

⑧ 鲁迅：《这样的战士》，载《鲁迅全集》第2卷，人民文学出版社1981年版，第214页。

⑨ 鲁迅：《死火》，载《鲁迅全集》第2卷，人民文学出版社1981年版，第195~196页。

暮”① 的誓言。他永远在路上，尽管前面“是坟”，身体“这么劳顿”，而且前方的路“料不定可能走完”，但他仍然要走下去，绝不回头，因为“况且还有声音常在前面催促我，叫唤我，使我息不下”②；甚至死了，他也“梦见自己死在道路上”，警觉着自己任何时候都不可身不由己地任人摆布，哪怕是“死后”，而保持着人格的彻底独立③。

以上两者结合起来，就形成了《野草》抒情主人公独特的人格魅力。他在很大程度上带有愤世者、憎恨者的色彩。他的性格、思想中包含着一种针对庸常社会、世俗市侩以及种种虚伪矫饰的巨大冲击和批判，他时刻警惕自己被这样的庸俗同化，被无聊、腐朽的庸众利用。在《复仇》中，鲁迅特意消解了传统的复仇英雄形象：两位勇士手持利刃相向而站，却始终不动手，“也不拥抱，也不杀戮。而且也不见有拥抱或杀戮之意”，令围观者深感无聊；而这两位战士，则始终这样“捏着利刃，干枯地立着；以死人的眼光，赏鉴这路人们的干枯无血的大戮”——这是出人意料的特别的战斗。但是无论如何，必须看到，在《野草》中，强烈的恨与深沉的爱始终是一个统一体。在恨当中包含了对生命的至爱，因为恨体现了对生命价值的毫不妥协的维护；而正是因为有了对生命的至爱，才会迸发出如此强烈的恨，因为这样的至爱要求彻底地直面现实，批判现实，以实现生命的超越。鲁迅始终警醒那种“以能微醉为度”的人生，以之为“人类中的怯弱者”。他歌颂的新人是“叛逆的勇士”，“洞见一切已改和现有的废墟和荒坟，记得一切深广和久远的苦痛，正视一切重叠淤积的凝血”，“将要起来使人类苏生，或者使人类灭尽，这些造物主的良民们”④。

在《野草》中，鲁迅完成了对自我灵魂的深度解剖。《野草》中的抒情主人公形象正是鲁迅灵魂的真实写照。《野草》的创作时期，正是鲁迅思想最为苦闷的时期。《野草》的创作年代正是新文化运动高潮过去、新的社会革命尚在酝酿的“彷徨”时期，此时中国的文化社会现实一时间看来仍没有明显的改观，社会气氛沉闷压抑。加之日常的生存渐渐磨去了昔日的激情，生活让许多新知识分子感到苦闷。鲁迅曾这样说明《野草》的创作心

---

① 鲁迅：《希望》，载《鲁迅全集》第2卷，人民文学出版社1981年版，第178页。

② 鲁迅：《过客》，载《鲁迅全集》第2卷，人民文学出版社1981年版，第190、191页。

③ 鲁迅：《死后》，载《鲁迅全集》第2卷，人民文学出版社1981年版，第212页。

④ 鲁迅：《淡淡的血痕中——记念几个死者和生者和未生者》，载《鲁迅全集》第2卷，人民文学出版社1981年版，第221~222页。

态："后来《新青年》的团体散掉了，有的高升，有的退隐，有的前进，我又经验了一回同一战阵中的伙伴还是会这么变化，并且落得一个'作家'的头衔，依然在沙漠中走来走去……"① 而鲁迅的个人生活也在此时发生了兄弟失和的重大风波。所有这一切都令他感到了深深的寂寞和痛苦："这以前，我的心也曾充满过血腥的歌声：血和铁，火焰和毒，恢复和报仇。而忽而这些都空虚了，但有时故意地填以没奈何的自欺的希望。"② 面对如此的生命存在状态，鲁迅没有选择逃避，没有选择粉饰，没有选择作秀式地呐喊，而是直面自我灵魂，探索生命存在的价值和意义，在这部被认为是"最个人化"的散文诗集中，将自己的个人体验上升到哲学的高度。正如鲁迅挚友许寿裳所说，"《野草》不是别的"，"可以说是鲁迅的哲学"③。

《野草》中的鲁迅哲学，简而言之，就是在绝望中抗战。它包含这样几层含义：首先，正视现实的残酷。现实的残酷性不在于它的有形的压迫，而在于它无形的消磨。"无物之阵"、"看客"，以及那些易满足、爱逃避、多粉饰的庸人不断消解着生命的革新精神，将一切意义化为无聊。其二，抛弃对未来的幻想。未来的"黄金世界"的预约并不可靠，前方只是坟，而坟的前方是什么，没有走过，不知道。"美丽，幽雅，有趣，而且分明"的"好的故事"，其实只是"昏沉的夜"中梦的"碎影"④。其三，保持绝对的独立品格。在痛苦和彷徨中，无论如何不能沦为"被看"的笑话，不能陷于庸俗的生存，而要珍视生命自身的纯洁和美。其四，反抗绝望，努力挣扎。"绝望之为虚妄，正与希望相同！"面对"无物之阵"，"这样的战士"仍然一次次"举起了投枪"；冰火仍然要追求燃烧；过客仍然要向着未知的未来前进；人必须在绝望中抗战，永远保持生命的自我超越。《野草》中所体现出的鲁迅哲学，是他面对中国社会与文化的特殊现实，由个人的战斗、生存体验、独特敏锐的视角以及特殊的个性心理特征所萌生，同时也受到尼采等西方现代思想家的重要影响。尼采《查拉图斯特拉》中"人是一座桥梁，一种过渡，一种毁灭"的"超人"思想，在《野草》中表现得非常突出。

《野草》在艺术上达到极高的境界，既散发着浓郁的诗意，又蕴含着深

---

① 鲁迅：《〈自选集〉自序》，载《鲁迅全集》第 4 卷，人民文学出版社 1981 年版，第 456 页。

② 鲁迅：《希望》，载《鲁迅全集》第 2 卷，人民文学出版社 1981 年版，第 177 页。

③ 许寿裳：《我所认识的鲁迅》，人民文学出版社 1952 年版，第 52 页。

④ 鲁迅：《好的故事》，载《鲁迅全集》第 2 卷，人民文学出版社 1981 年版，第 186 页。

刻的哲理。鲁迅把二者紧密结合在一起，高度统一，创造了大量独特、美丽、深刻的意象，如《死火》中冰谷包围的“死火”、《这样的战士》中的“无物之阵”、《影的告别》中“彷徨于明暗之间”的“影”等。《野草》中还多次出现过梦境，这些梦都是现实与心灵相互缠绕映衬的产物，浓缩着作者内心最独特的个人体验，具有高度的象征意义。《野草》具有诗的语言美，文字简洁、凝练，蕴涵深广，委婉深致，或渲染、或复沓、或精描，极富表现力。如《题辞》中“我自爱我的野草，但我憎恶这以野草作装饰的地面”，以非常简洁的语言表达出丰富、曲折的哲思。《野草》还具有一种特殊的现代的扭曲美、变形美、含混美，晦暗的色彩、犹疑的情绪与充满动感、力度的场景彼此绞缠，极富张力，可以说为中国文学树立了新的风格典范。

二、《朝花夕拾》：童年与成年视角的融合

《朝花夕拾》与野草形成鲜明对比。如果说《野草》是独白，是写给自己的独特的个人体验与心灵解剖，是“生活”的高度艺术化与哲理化的“变形”与“重构”，那么《朝花夕拾》则是讲述，是平白如实地叙说自己的生活经历，保持着生活的原汁原味。在《朝花夕拾》中，鲁迅以亲切、平和、不乏轻松的笔调叙说了自己的童年、少年、青年经历，具有一定的“闲话”风格：“我常想在纷扰中寻出一点闲静来。”① 但同时，这组回忆性的散文又与一般以闲话来寻求解脱的散文随笔不同，在轻松中仍然包含了鲁迅对社会、对文化、对时政的深刻体察，对现实人生的关注和关怀，于温情中又透现出些许的伤感。

《朝花夕拾》包括10篇散文。其中《阿长与〈山海经〉》、《从百草园到三味书屋》、《父亲的病》等7篇回忆作者童年在故乡绍兴的生活。《琐记》、《藤野先生》、《范爱农》等3篇回忆了作者青年时代在南京、日本求学及回国后绍兴教书的生活。

回忆童年生活的一组散文充满了对生活的眷恋和热爱。尽管从某种角度来看，鲁迅的童年是枯燥的，其儿童的天性不时被压制，但是所有这些外在的压抑都不能遏止生命本身所焕发出的活力与趣味，哪怕是一点点额外的趣味、哪怕是管束中漏出的一点点空隙，都是作者儿童天性驰骋纵横的大天地，而给作者留下了美好的回忆。甚至于那些在鲁迅小说杂文中可能会加以

① 鲁迅：《〈朝花夕拾〉小引》，载《鲁迅全集》第2卷，人民文学出版社1981年版，第229页。

讽刺、抨击或是“哀其不幸怒其不争”的人物形象，在《朝花夕拾》中也变得温情而可爱。如《阿长与〈山海经〉》中的长妈妈，尽管懂得许多“我所不耐烦”的规矩，时常灌输一些“烦琐之至”的道理，而且晚上睡觉还占去了大半个床铺，甚至“谋死我那隐鼠”，但是却对童年鲁迅怀着质朴的爱，给他讲故事，帮他寻找绘图的《山海经》。鲁迅对她同样怀着深深的眷恋，祈祷“仁厚黑暗的地母呵，原在你怀里永安她的魂灵!”① 同样，《从百草园到三味书屋》里的老先生，尽管拘束着孩子的天性，但是那大声朗读“铁如意，指挥倜傥”的陶醉神态，可爱、质朴，也深深印在了作者的记忆中。而充满了迷信色彩的一些民俗，也脱去了《祝福》中的冷漠和阴郁，那索命的“无常”，在孩子的眼中竟是“理而情，可怖而可爱”②。

这些散文同时具有文化批判的内涵，对封建文化阻碍孩子自由成长、压抑人性的罪恶进行了抨击。但是这种批判的视角有别于鲁迅的小说和杂文，并非单纯地从成年人的理性与感情出发，而同时包含着孩子的视角，以孩子的自然天性与纯真感受来反衬封建文化的虚伪以及对人性的扭曲。如《二十四孝图》中的“我”看了郭巨埋儿的故事后“不但自己不敢再想做孝子，并且怕我父亲去做孝子了……倘使我的父亲竟学了郭巨，那么，该埋的不正是我么”③？封建礼教的教科书竟在孩子心中引起如此的感想，恐怕是那些卫道士始料未及的。而童年视角与成人视角的混杂，使得《朝花夕拾》的风格呈现出多色调，而意蕴也更为深厚。如《无常》中对无常的评价：“但是，和无常开玩笑，是大家都有此意的，因为他爽直，爱发议论，有人情，——要寻真实的朋友，倒还是他妥当。”④ 其中就包含着成年人对社会上复杂人心的体验、揶揄。而《狗·猫·鼠》在书写孩子本能珍视生命的情感、行为的同时，又不失时机地信手拈来几句对当下社会世相的讽刺。类似的讽刺笔调掺杂在回忆的娓语中，彼此间水乳交融，使文章读来自有一种跌宕的韵致。这正是《朝花夕拾》的魅力所在。

回忆青年时代的几篇散文风格则更趋深沉，特别是《藤野先生》和

---

① 鲁迅：《阿长与〈山海经〉》，载《鲁迅全集》第 2 卷，人民文学出版社 1981 年版，第 248 页。

② 鲁迅：《无常》，载《鲁迅全集》第 2 卷，人民文学出版社 1981 年版，第 272 页。

③ 鲁迅：《二十四孝图》，载《鲁迅全集》第 2 卷，人民文学出版社 1981 年版，第 256 页。

④ 鲁迅：《无常》，载《鲁迅全集》第 2 卷，人民文学出版社 1981 年版，第 273 页。

《范爱农》两篇，将个人的回忆与时代的大背景有机地融合在一起，既有浓厚的感情色彩，又有深广的社会历史内涵。作者选取生活的细节，从小事入手，写出了人物的神韵，感人至深。

《朝花夕拾》在中国现代散文中具有崇高地位。它在艺术上以朴实无华、行云流水的文笔达到了一种既单纯又丰厚的境界，同时对于了解、研究鲁迅生平及思想具有不可替代的文献价值。

◎ 思考题

1. 鲁迅的思想历程在现代中国具有怎样的典型意义？
2. 如何理解《呐喊》、《彷徨》的联系与区别？
3. 《野草》体现出了怎样的“鲁迅哲学”？
4. 如何理解阿Q的革命性？

第四章　新诗的开拓者——郭沫若

郭沫若在“五四”时期，以浪漫主义诗人著称。他以开一代诗风的新诗登上文坛，为我国新诗创作起了重大的开拓作用。从“五四”到大革命失败前后，他写有《女神》、《星空》、《前茅》、《瓶》和《恢复》等诗集。其中，《女神》是我国新诗最杰出的代表作。此外，在小说、戏剧、散文和文艺论文的写作上，也各有相当的建树。他的诗歌“由内而外”，通过表现“自我”和主观精神的发扬，去概括、表现时代、社会、人生，以“火山爆发式”的内发激情和雄浑奔放的独特风格集中地反映了“五四”反抗破坏、自由创造的时代精神，因而具有鲜明的积极浪漫主义特色。他是新诗中自由诗派的开创者，在打碎旧诗格律的镣铐，实现诗体大解放上作出了重大贡献。他的诗还在内容和形式上呈现出崇高美的特征，这在充溢着深沉的悲剧感的“五四”新文学创作中，也是独树一帜的。郭沫若本时期的主导思想是个性主义和革命民主主义思想。经过马克思主义理论的学习和参与群众政治斗争的实践，他在大革命失败时转变成为一个共产主义者；在创作上也开始了一个新的局面。

第一节　生平和思想发展

作为中国新文学的开拓者之一，郭沫若的成就是多方面的。无论是诗歌、戏剧，还是散文、小说、文学理论和批评等领域，他都取得了独特而卓著的成就。其中，尤以诗歌方面的建树最为突出。他开一代诗风，是中国新诗的奠基人。

一、早期思想基础与文学起步

郭沫若（1892—1978），原名开贞，沫若是他留学日本后所取的名字。他于1892年11月10日诞生在四川省乐山县沙湾镇一个地主兼商人的家庭里。他的童年时代，帝国主义用炮舰政策打开了中国封建帝国的大门，使中国沦于半封建半殖民地的社会，此后中国人民掀起了反帝反封建的民主主义革命的浪潮。他不仅在年幼时诵读《诗经》、《唐诗三百首》等的基础上，对《庄子》、《楚辞》、《史记》、《西厢记》等古典文学作品作了广泛的涉猎，而且还有机会阅读梁启超、章太炎等人的政治论文、译著，以及林纾译的《迦茵小传》、《巴黎茶花女遗事》(《茶花女》）等小说。在传统文化的熏陶和现代民主主义思潮的启迪和影响下，他以“极浓重的民族感情、极葱茏的富国强兵的祈愿”迎接了辛亥革命的到来。他亲身参加过四川“保路运动”，目睹了“反正前后”作为四川首府的成都的社会现实，体味到军阀官僚统治的腐朽、荒淫、残暴，但因为他的家庭仍然是一个勃兴发展的地主家庭，所以不可能有像鲁迅那种破落地主子弟的恨世之感。富裕顺利的生活环境使他不可能深入接触社会的底层生活，从外部深刻地把握和解剖现实，而主要是在时代重大事件的触发和爱国主义思想支配下，从内部发展他的愤世的激情。而他在学校生活中，无论是反抗学校当局还是日常的人事冲突他也总是胜利者，这也培养了他的进攻型的性格。因此，他于1913年离开四川，走出夔门，固然也有对家庭包办自己婚姻的不满，但主要是为了实现自己雄心勃勃“奋飞”的志愿。

1913年，郭沫若赴日本留学。他选择了医学，原来是想拿它“来作为对于国家社会的切实贡献”，但是，一方面，在日本的生活，使他感受到军国主义的欺凌，“读的是西洋书，受的是东洋气”①；另一方面，国内北洋军阀政府对外屈膝卖国，对内连年混战，荼毒人民的政治局面，都促使他产生利用自幼所热爱和熟悉的文学“鼓动起热情来改革社会”② 的愿望。经过在日本前四年的学习，他受到泰戈尔、歌德、海涅、惠特曼的作品的影响，开始了新诗的写作。更重要的是，19世纪欧美浪漫主义的文学传统使他受到了激进的民主主义和个性解放思想的影响，受到了敢于大胆勇猛地冲决封建樊篱的浪漫主义精神的影响。

---

① 郭沫若、宗白华、田汉：《三叶集》，上海亚东图书馆1923年版，第165页。

② 郭沫若：《〈郭沫若选集〉自序》，载《郭沫若论创作》，上海文艺出版社1983年版，第189页。

正在这时候，十月革命和“五四”运动发生了。郭沫若当时虽然远在日本博多湾，却强烈地感受到时代浪潮的冲击。从1919年下半年至1920年上半年，他的诗歌便出现了一个创作的“爆发期”。1921年，郭沫若的著名诗集《女神》出版，其中大部分诗都写于这个时期。《女神》是中国现代第一部从内容到形式开拓了诗歌新天地的诗集。诗集中对“五四”狂飙突进的时代精神的反映、积极浪漫主义创作方法的运用和实现诗体大解放所取得的独创性成就，都使它真正成为中国新诗运动的光辉起点，奠定了郭沫若作为中国现代新诗开拓者和奠基者的地位。

郭沫若前期的思想，具有多种复杂矛盾的内容。在社会政治思想上，基于反帝反封建的民族民主革命立场的个性解放和革命民主主义思想是主导思想。在日本留学时期，郭沫若因为接近泰戈尔、歌德的作品以及荷兰哲学家斯宾诺莎的著作而与泛神论接近起来。这种流行于17、18世纪欧洲资产阶级革命时期的哲学观点，否认神是自然界的创造主，认为自然界本身就是神，因此，它是唯物主义自然观的先导，起过反对中世纪神权和冲决封建罗网的进步作用。郭沫若作为一个受过近代科学教育的人，不可能真正相信世界上有什么“神”，他自己就明白地表示过：“泛神便是无神。”他是从“五四”时代青年们追求个性解放的要求出发，从蔑视偶像权威、表现自我、张扬个性的角度来接受泛神论的影响的；同时，泛神论所提供的“物我无间”的境界，正适于诗人驰骋自己丰富的艺术想象力，把宇宙万物拟人化、诗化，视为有生命的抒情对象，因此，他的诗情在更为广阔的幅度上展示、迸发出来。自然，这里，泛神论的“一切和谐”、“物我无间”、陶醉于大自然的观点也妨碍了诗人用具体的现实观点来看待社会现象；诗人对个性解放的追求，也未认识到它必须以人民大众和社会的解放为前提。在文艺思想上，则主张艺术的无目的性和非功利主义，崇尚天才，强调直觉的作用，主张“自我表现”和感情的“自然流泄”。这些观点出于个性主义和浪漫主义对诗歌创作的要求，出于对文艺特征的强调，在当时既具有反对封建传统和封建载道文学的积极作用，又具有揭示文艺本身的特殊规律的长远意义。

二、文学之路与转换之途

1921年，创造社成立，郭沫若是它的发起人和最主要的成员。这个与文学研究会同年成立，同样产生了广泛影响的文学团体，它对中国新文学运动的重大贡献，与郭沫若的卓越的文学活动有着密不可分的关系。1921—1922年，郭沫若曾三次回国，祖国的现实黑暗使他在日本时期对“五四”中国的美丽憧憬和企图以个人反抗达到社会进取的愿望归于破灭。1923年，出版了诗集《星空》，所收诗多为1922年的作品。诗集中，《女神》那种火炽的内发情感消退了，诗人怀着“深沉的苦闷”，向闪耀着寒星的幽光的太空寻求安慰，过去为诗人所赞美的大自然一变而为寄托抑郁、孤寂情绪的所在。

1922年，郭沫若从日本帝国大学医科毕业后回国。继《创造季刊》之后，他与郁达夫、成仿吾等创造社成员创办了《创造周报》和《创造日》两个刊物，前期创造社活动至此达到最盛时期。由于受到“二七”运动以后革命形势发展的影响，又尝到了“五四”退潮时期“人生的苦味之杯”，就使郭沫若从忧伤和痛苦中抬起头来，世界观开始酝酿着新的变化。他开始突破个性主义的局限，高呼“反抗资本主义的毒龙”①，确认推翻现存制度的重要性。认识到不合理的社会制度改革之前，“一切什么梦的现实，我的尊严，爱的福音，只可以作为有闲阶级的吗啡、椰子酒”②。这种对个性主义的批判也包含着与泛神论消极影响的决裂：面对着布满“荒坟”、“粪臭”的现实和“人世间难疗的怆恼”，他否定了过去常用以寄托“爱的福音”的大自然，激烈地认为自然“只在谄媚富豪”，因而声称不再迷恋“矛盾万端的自然”的“冷脸”③。郭沫若思想上的这种变化在斗志昂扬、闪耀着阶级意识光辉的诗集《前茅》中得到了鲜明的反映。

但是，此后郭沫若的创作仍然呈现出复杂的面貌，创作道路仍然是曲折的。1924年，郭沫若写了一些表现“生的苦闷”（如《漂流三部曲》）和“性的苦闷”（如《叶罗提之墓》、《喀尔美萝姑娘》）的小说和一些抒写“牧歌情绪”的散文（如《小品六章》）。1925年2、3月间，又写了爱情诗集《瓶》。上述作品或者揭露了使进步知识分子理想遭到破灭的不合理的经济制度和恶劣的社会环境，或者暴露了造成青少年病态心理的畸形社会和封建礼教，但是也流露出比较浓厚的感伤、颓废的情调，色彩比较黯淡，甚至带有个人主义的病态特征。这是作者把文学当做“苦闷的象征”，因而偏重于个人内心生活的抒发的结果。在艺术表现上，他初次写爱情组诗和抒情散文，并进行了“自我小说”（又称“身边小说”）和“心理小说”的尝试。

---

① 郭沫若：《我们的文学新运动》，载《沫若文集》第10卷，人民文学出版社1959年版，第285页。

② 郭沫若：《泰戈尔来华之我见》，载《沫若文集》第10卷，人民文学出版社1959年版，第146页。

③ 郭沫若：《前茅·怆恼的葡萄》，载《沫若文集》第1卷，人民文学出版社1957年版，第311页。

这些作品作为艺术上多方面地探索和多种风格的表现仍然具有不可忽视的意义。

郭沫若在革命深入发展的形势下，世界观的矛盾日益突出。他日益关心政治，逐步摆脱纯文学的活动，迫切感到学习社会科学著作和进行自我解剖的必要性。1924 年，他翻译了日本进步经济学家河上肇博士的介绍马克思主义的著作——《社会组织与社会革命》一书，较多地接触和认识了马克思主义。由过去单纯憎恨资本主义社会，到认识了“资本主义之内在的矛盾和它必然的历史蜕变”，他“深信社会生活向共产制度之进行，如百川之朝宗于海，这是必然的路径”。加之这一年，郭沫若曾赴宜兴调查卢、齐之战的战迹，军阀混战的罪恶、人民生活的苦难，使他对充满阶级矛盾的现实有了更深切的认识。这样，在 1925 年以“五卅”运动为标志的革命高潮到来时，他便在革命形势的鼓舞和教育下，世界观发生了更大的变化，进一步批判了个性主义。及至 1926 年他赴广州任广东大学文学院院长时，文艺思想又发生了巨大变化。他不再强调天才和灵感，他运用阶级观点从文学和革命的关系，从文学的社会作用上，具体地批判了文艺的无目的论和非功利主义的观点。而且还以“表同情于无产阶级的社会主义写实主义的文学”①的定义，初步提出了革命文学的实际内容。虽然他这时关于文艺问题的论述还带有早期革命文学理论所难以避免的不适当地夸大文艺的作用的缺点，但它代表了一部分作家在大革命浪潮推涌下的觉醒和进步，是我国从“五四”以来就具有社会主义因素的新文学的一个重大发展。从“文学革命”到“革命文学”，这不仅标志着郭沫若文艺思想的重大变化，而且也标志着文学运动在第一个十年的前进方向和发展道路。

三、革命与文学

1926 年 7 月，郭沫若投笔请缨参加了北伐战争。1927 年，当国共两党分裂并发生激烈冲突时，郭沫若便于 3 月 31 日奋笔疾书，写了《请看今日之蒋介石》的讨蒋檄文，以见证人的身份和铁的事实揭开了蒋介石制造一系列流血事件的内幕。文章明确指出：“蒋介石已经不是我们国民革命军的总司令，蒋介石是流氓地痞、土豪劣绅、贪官污吏、卖国军阀、所有一切反动派——反革命势力的中心力量了。他自己已经变成一个比吴佩孚、孙传芳、张作霖、张宗昌还要凶顽、还要狠毒、还要狡猾的刽子手。”他还号

① 郭沫若：《革命与文学》，载《沫若文集》第 10 卷，人民文学出版社 1959 年版，第 323 页。

召：“我们尤须急于地打倒他、消灭他、宣布他的死罪!”这篇文章在革命失败的严重关头，鲜明地划清了敌我界限，表现了作者坚定的无产阶级立场和用马克思主义阶级分析方法分析复杂事务的能力。它表明作者已经成为比较成熟的无产阶级革命家，一个马克思主义者了。接着郭沫若参加了“八一”南昌起义，由周恩来、李一氓介绍加入了中国共产党。这次起义虽然失败了，但郭沫若坚信“中国革命的火，依然要燃起来”，“种子进了农村！这应该是深入，是进展；而不是失败”①。严峻的考验、激烈的征战，激发了他深沉炽烈的诗情。在他经由香港返回上海所写的诗集《恢复》(1928 年 1 月）中便充满了这种无产阶级的英雄气概和革命乐观主义精神。这部诗集是作者“保持态度的彻底，意志的通红”的诗的宣言。其主调雄浑沉洪，是革命深入进展的“鞺鞑的鼙鼓”，也不乏抒情色彩浓郁的革命诗章。

从 1928 年起，郭沫若旅居日本。他运用历史唯物主义观点对中国的古文字和古代社会历史进行了深入系统的研究，特别是论证了中国奴隶制社会的存在，使托派的所谓“唯物史观不适合中国国情”的理论遭到破产。在此期间，他还积极支持留日青年和国内文艺界的革命文化活动。在文学作品方面，写了长篇自传《我的童年》、《反正前后》、《创造十年》(1946 年又写了续篇)、《北伐途次》等。还写了历史小说七篇，大部分编入小说集《豕蹄》(1936 年 10 月出版）中。

从“五四”时期到抗战爆发之前，郭沫若在创作方法上经历了由浪漫主义到现实主义的转变。作为转变的标志，在诗歌方面是诗集《恢复》，小说方面是历史小说集《豕蹄》。郭沫若创作方法的这种转变与当时的文学潮流有关，既是“五卅”后政治动乱把文学引向残酷现实的结果，又与作者以及许多作家对创作方法的认识分不开。郭沫若在实现自己的世界观的转变时，曾经简单地把浪漫主义与个人主义等同起来，又把浪漫主义与现实主义对立起来，这样便全盘否定了浪漫主义，并决心转向现实主义的创作方法。他这样做的结果，从消极方面看，放弃了自己惯用的浪漫主义创作方法，忽略了艺术个性的一贯性和连续性，而对于现实主义创作方法，又不能很快地、熟练地把握，于是便降低了对自己的创作的美学要求，这是《恢复》等作品艺术魅力不如《女神》的一个重要原因；从积极方面看，作品的历史的、现实的内容较前充实，增强了客观性，内心活动的抒发建立在更加深厚的现实基础上，这些新特点为郭沫若抗战时期历史剧的革命浪漫主义的新

① 郭沫若：《革命春秋》，载《沫若文集》第 8 卷，人民文学出版社 1958 年版，第 253 页。

发展增添了可贵的因素。

抗日战争爆发后，郭沫若的爱国热情高涨，他离开在日本的妻子儿女，又一次投笔请缨，回到烽火连天的祖国。他是全国文艺界抗敌协会的主要领导人之一，并在抗日统一战线中担任军事委员会政治部第三厅厅长，在中国共产党和周恩来的领导下广泛地从事抗日救亡活动。他这个时期的创作，除了《战声集》、《蜩螗集》等诗集、长篇自传体作品《洪波曲》和一些单篇散文以外，标志着他一生另一个创作高峰的，是他从 1941 年至 1943 年所写的许多大型历史剧。郭沫若以他对历史的独特理解和革命浪漫主义的大手笔所写的《屈原》、《虎符》、《南冠草》等作品，忠于历史事实，又有强烈的现实感和鲜明的现实针对性。反抗暴虐政治，反抗外来侵略者的压迫，要求被压迫者的自由生存权和强烈的爱国主义，是这些作品共同的思想特色；同时，这些历史剧和《女神》一样，具有“火山爆发式的内心情感”，还以独特的浪漫主义手法——大波大澜的情节，独特而强烈的戏剧冲突和浓郁激越的诗情，着力突出人物壮美的情怀，渲染出雄浑悲壮的艺术气氛，从而有力地表达了富于现实战斗意义的主题，发挥了历史剧古为今用的作用。

抗战胜利后，郭沫若坚持了反内战、争民主的斗争，勇敢地站在运动的前列。他于 1948 年到解放区，在这里迎来了新的生活。

第二节　《女神》及其他前期诗作

《女神》出版于 1921 年，其中大部分诗篇作于 1919 年下半年至 1920 年上半年“五四”运动高潮时期。在郭沫若之前，我国新诗坛已经出现了一些写新诗的诗人，甚至已有新诗集出版，但真正以开放、热烈的心灵和雄伟的气魄对“五四”时代作了高度概括和反映的是郭沫若，真正从内容到形式开一代诗风，成为新诗奠基作的诗集是《女神》。

一、《女神》的思想情感与艺术风格

《女神》分为三辑：第一辑包括《女神之再生》、《湘累》和《棠棣之花》三个诗剧。这种诗剧形式虽有戏剧的特点，但诗的特征更为鲜明。第二辑中的诗最能体现作者雄浑奔放的风格特征，是《女神》中最重要的部分，如《凤凰涅槃》、《天狗》、《炉中煤》、《地球，我的母亲》等；第三辑大多为一些清新冲淡风格的小诗，其中一些写于“五四”运动发生之前。通观整部《女神》，反抗破坏、自由创造是贯穿诗集的基本思想内容。在现

代中国认识世界、走向世界的历史进程中，在十月革命和“五四”运动发生之后的历史环境里，一方面是对现实政治黑暗和陈腐封建传统的猛烈反抗和破坏，另一方面更有对中华民族的光明未来和理想世界的自觉追求和创造。郭沫若立足于“五四”时代现实，面向世界潮流，在《女神》的诗歌中，灌注着冲决封建樊篱、改造社会的强烈要求和追求美好理想的无比热力。这正反映了“五四”革命运动的特征，传达出20世纪黎明期中华民族伟大觉醒的时代精神。

“五四”时期主编《学灯》、《时事新报》副刊的宗白华与郭沫若关系密切。《女神》中许多主要诗篇在这个副刊上发表。宗白华曾说过，郭沫若“宜于做雄浑的大诗”①，他认为《凤凰涅槃》就是一首代表作。这首长诗通过凤凰“集香木自焚，复从死灰中更生，鲜美异常，不再死”的传说，预告了旧世界、旧中国的灭亡和新世界、新中国的诞生。“涅槃”在这里不是佛教的寂灭，而是充满了辩证哲理的新生。在彻底破坏腐朽事物的基础上与旧世界决裂，在毁弃旧我的剧痛中追求新生和未来。“五四”时代的特征在这里得到了诗意的概括和哲理的升华。这“凤凰”虽然融合了西方“菲尼克司”（Phoenix）的传说，但主角的名称仍采用了符合中国人欣赏习惯的称谓；同时，故事发生在被中国人看做送旧迎新、一元复始的旧历除夕将近的时刻，地点也是中国传说中衰败、荒凉的丹穴山上。正是在“寒风凛冽”的“冰天”的背景上，为自己安排火葬的凤凰，临死前回旋低昂起舞，它们天上地下，忽古忽今，翱翔在神异的领域和宏大的境界中，哀哀的歌声响彻寰宇，凤鸟“即即”而鸣，凰鸟“足足”相应。它们对整个旧世界发出强烈的咒骂和控诉，把旧世界比作“屠场”、“囚牢”、“坟墓”、“地狱”；它们对宇宙万物发出“天问”式的质问，这种对宇宙“为什么存在”的根本性怀疑，对宇宙奥秘的寻根究底的探索，正是诗人对现实失望和愤慨情绪的曲折反映；它们还在滔滔泪水中倾诉悲愤，诅咒了五百年来中华民族沉睡、衰朽、死尸似的生活。它们的走投无路的处境和对黑暗势力的痛恨促成了它们对旧世界的决绝态度和在火中自焚的动机，强烈地激发起它们同旧中国连同旧我一道彻底决裂的无比的英雄气概。

啊啊！
火光熊熊了。
香气蓬蓬了。

① 郭沫若、宗白华、田汉：《三叶集》，上海亚东图书馆1923年版，第27页。

时期已到了。
死期已到了。
身外的一切！
身内的一切！
一切的一切！
请了！请了！

这里，凤凰从容、自觉而又坚决有力的举火自焚的行动，鲜明地揭示了在彻底破坏的基础上追求新生和创造光明的题旨。下面的“群鸟歌”则将美和丑造成了强烈、尖锐的对照，所谓“丑就在美的旁边，畸形靠近着优美，粗俗藏在崇高的背后，恶与善并存，黑暗与光明相共”①。种种凡鸟的浅薄和猥琐的表演，不仅鞭挞了现实中的丑恶和庸俗，更重要的是进一步衬托出凤凰自焚行为的崇高和壮美。最后，在“凤凰更生歌”中，凤凰更生了。凤凰复沓回旋、急骤酣畅的歌唱，将大和谐、大欢乐的景象渲染得声情并茂、色彩富丽。这是经过斗争冶炼后的真正的创造和新生，它表达了诗人对“五四”运动新机运的歌颂，也是祖国和诗人自己开始觉醒的象征。

《女神之再生》虽以诗剧的形式出现，而实质上仍然是一首“雄浑的大诗”。剧诗中展示了一个乌云蔽日、愁云惨雾的世界，那“倦了太阳只在空中睡眠，全也不吐放些炽烈的光波”。以此为背景，诗剧通过象征着南北军阀混战的共工、颛顼相互屠戮和农叟、牧童的出场，揭露了“乌烟瘴气”的旧中国的黑暗，为人民生活的苦难提出了血泪的控诉；而失败了的共工怒触不周山，天柱拆裂之后，那些以往在痛苦的经历之中认识到“新造的葡萄酒浆，不能盛在那旧了的皮囊”的女神们，经过这一番浩劫，更不屑于去做那些修补残局的工作。她们不仅预言自己创造的“新鲜太阳”将“照彻天内的世界，天外的世界”，而且，为了不致使光明和黑暗永远循环往复地继续下去，还要“时常创造新的光明、新的温热”，去供给这象征着“美的中国”的“新造的太阳”。

《女神》中其他一些歌颂祖国、怀念祖国的“恋歌”和“颂词”，也鲜明地体现着“五四”时代精神。当时，郭沫若既与一些狭隘民族主义和国粹主义者不同，又与主张全盘西化甚至美化资本主义制度的人迥异，他一方面坚持向西方寻求救国真理，重视吸取西方资产阶级的民主、平等、个性解

① ［法］维克多·雨果：《雨果论文学》，柳鸣九译，上海译文出版社1980年版，第30页。

放思想，主张学习西方的科学技术和物质文明；另一方面又不满于资本主义制度的腐朽、反动，反对帝国主义的侵略，具有明确的反帝爱国的立场。《晨安》一诗以雄浑的笔力抒写出20世纪黎明期的世界潮流给诗人带来的历史性狂喜。在这“千载一时的晨光”里，诗人面对“年青的祖国”、“新生的同胞”，面对着“敬畏的俄罗斯”、“敬畏的先驱者”，面对着古今中外许多伟人伟绩，壮丽河山，一口气喊出了27个“晨安”。《炉中煤》则将眷念祖国的热情熔铸到凝练的艺术形象和比较严整的诗行中。诗人把祖国比作“年青的女郎”，把自己比作因思念祖国而炽烈燃烧着的炉中之煤。这里有着深刻的寓意：火红的炉中煤恰切地表达了诗人对祖国的赤诚，而它的必须燃烧自己、将自己化为灰烬才能生出光和热的特点，更揭示出诗人为祖国不惜赴汤蹈火的耿耿忠心。

对自我的歌颂，对劳动人民和革命者、叛逆者的歌颂，在《女神》的思想内容中占有重要地位。“诗人是感情的宠儿”，“真理要探讨，梦境也要追寻。理智要扩充，直觉也不忍放弃”①，郭沫若创作《女神》时说的这些话表明了一个浪漫主义者是把情感和想象提到了首要地位的。在《女神》中，诗人追求自我的真诚袒露和主观意力的发扬。无论是反抗破坏或者自由创造，都有诗人自我在意气昂扬地呼啸着。如《天狗》一诗，“天狗”，就是诗人“自我”的化身。它突入宇宙，吞噬月、日、一切星球以至整个宇宙，与本体合一，具有“全宇宙的能的总量”。这天狗不仅在宇宙中像天体、万物一样运动不息、奔驰不已，而且也在自身的物质的、精神的微观世界中奔跑起来，它自噬其身，对于“皮”、“肉”、“血”、“心肝”等自己肉体上的东西，无情地“剥”、“食”、“吸”、“啮”，而毁掉旧的形骸的结果，“天狗”——“自我”便进一步发现了自己：“我便是我了，我的我要爆了！”这里，既是对自我意识的更敏锐、更自觉的发现和把握，又是自我的极富冲击力和爆炸力的极度扩张。由于这个自我与本体的合一，便彻底否定了宇宙间绝对创造主的存在。这个自我俨然是“可与神祇比伍”的“雄伟的巨制”，“便是天上的太阳也在向我低头(《金字塔》)；这个自我与“全宇宙的本体”融合起来的结果，引起诗人高唱“我赞美这自我表现的全宇宙的本体”(《梅花树下醉歌》)。

《女神》诗中在崇拜、赞美自我的同时，也袒露自我，对自我进行了批评和谴责。天狗自噬其身，进一步获得精神上的解放(《天狗》)；凤凰自己

① 郭沫若、宗白华、田汉：《三叶集》，上海亚东图书馆1923年版，第16、44页。

燃起一场熊熊大火，要将“身内的一切、身外的一切”毁掉(《凤凰涅槃》)；“地之子”认为“一切的人类”连同自我一起都是地球这位母亲的“不肖的儿孙”，他歌唱着“要强健我的灵魂”来报答地球——母亲的“深恩”(《地球，我的母亲》)；诗人还认为自己的灵魂已“陷入泥涂”，因而要努力地将它拔出，“快登上山顶”(《登临》)。《女神》歌颂“自我”并非返回内心，拘囚于个人主义狭小的天地里。它“由内而外”，通过自我去感应和反映时代、社会、人生。相反，其中一个重要内容就是对劳动人民、对革命者、叛逆者的歌颂。在《地球，我的母亲》中，诗人认为“一切的人类”连同自我一起都是地球这位母亲的“不肖的儿孙”，唯有那“田地里的农人”和“炭坑里的工人”是地球的“孝子”、“宠儿”，是全人类的保姆和普罗米修斯。《匪徒颂》在赞美世界上一切叛逆者、革命者的同时，也热烈赞美了“实现布尔什维克”的列宁。而在《巨炮之教训》中，更是列宁的“最终的胜利总在吾曹，至高的理想只在农劳”的霹雳般的声音，把他“从梦中惊醒了”。这种抒写与贯穿《女神》的反抗、破坏和创造的基调形成一个整体，成为“五四”时期“社会改造”、“劳工神圣”声浪中响亮的音符。但是，也应该看到，《女神》中在歌颂列宁这“社会革命的匪徒”的同时，对于资产阶级革命者如华盛顿、克伦威尔等也给予了同样的赞美和倾慕(《匪徒颂》)；在歌颂工人农民的同时，也将寄寓在他们身上的“至高的理想”和“为自由而战、为人道而战、为正义而战”的资产阶级革命口号混淆在一起。由此可见，他还不能用无产阶级阶级论的观点来考察社会革命的性质和工农群众在社会斗争中的地位，他只是同等看待和急迫吸取一切反抗陈规的革命和一切外来的思想。在这一点上，作为“五四”时期一般具有民主主义思想、要求进步和改革的青年们的共同特点，《女神》也鲜明地反映了“五四”的时代特点。

《女神》中还有许多抒写自然的诗篇。和我国过去写自然的诗篇不同，在《女神》中，由于诗人受到泛神论的影响，认为“自然是神体之庄严相”，“以自然为慈母，以自然为友朋，以自然为爱人，以自然为师傅”①。因此，诗中对自然的抒写，不只是欣赏自然，而是强烈到人和自然合而为一。对于立足于“五四”革命现实并具有革命民主主义思想的郭沫若来说，这些诗篇往往通过物我无间的境界揭示出他的充实、美好和洋溢着战斗激情的内心。在《立在地球边上放号》一诗中，那立在地球边上的抒情主人公

① 郭沫若：《〈少年维特之烦恼〉序引》，载《沫若文集》第10卷，人民文学出版社1959年版，第179页。

的形象，是一个目光遍及寰宇、激情奔腾澎湃的巨人，他将自我、人生融入怒涌的白云、无限的太平洋、滚滚的洪涛等壮阔的空间意象，以及不断地毁坏、不断地创造、不断地努力的永恒流逝的时间意象之中。于是，一幅绚烂壮阔的宇宙时空图景便与反抗破坏、自由创造的“五四”时代精神，与诗人激励奋发、积极进取的精神交融在一起了。在《太阳礼赞》、《日出》等诗中，诗人既以雄浑的笔力、瑰丽的色彩着意渲染大自然气象万千的景象；又借自然物的形象，用华美的语言、宏朗的调子向人们预告着光明的即将到来：“青沉沉的大海，波涛汹涌着，朝向东方。光芒万丈地，将要出现了哟——新生的太阳！”同是抒写自然，郭沫若显然不同于对着“小河”、“细雨”、“草儿”低吟浅唱以抒发个人哀怨、寄寓闲情逸致的诗人；他的思想意境和艺术魅力远远超过了同时代的诗人。骄阳皓月、雷霆雨雪、江河海洋、高山大川以至整个宇宙都成为他抒发奔放感情的对象。那些具有“冲淡”风格特色的诗篇如《夜步十里松原》、《春之胎动》、《霁月》等，在将恬静悠远的情思表达得自然而有情趣这一方面，同古典诗歌的“冲淡”风格一脉相承，但它们在冲淡中没有隐逸遁世的情味，宁静中避弃了不忮不求的淡漠态度。诗人的主观感情色彩渗透在这些诗的意境中，呈现出清新、开阔而又宁静、幽深的诗境，显示出一种新的“冲淡”诗的风格特色来。

从所抒写的内容和艺术表现上看，《女神》有着鲜明的积极浪漫主义的特色。“五四”时期社会主义的理想和中国人民的气势磅礴的反帝反封建的革命运动，是产生《女神》的积极浪漫主义的现实基础。诗集中对于新中国的预言和歌颂，对于光明的渴望和追求，以及热爱生活和自然的感情，强烈地表达了中国人民，特别是青年知识分子的革命愿望、要求和理想，洋溢着理想主义和乐观主义的激越情调；而对于现实黑暗的诅咒和控诉，特别是与旧世界、旧中国和诗人旧我彻底决裂的坚决态度，更表现出诗人在革命理想的鼓舞下一往无前的英雄气概。与这种积极浪漫主义精神相适应，诗中喷发式、一泻千里的情感表达方式，在广大的甚至虚幻的境界纵横驰骋的想象方式，以及浪漫主义的独特手法，如奇特的想象、极度的夸张、瑰丽的语言和神话的色彩等，因为恰切地表达了“火山爆发式的内发情感”而化为诗的力量，开放出绚丽多彩的艺术花朵。在艺术风格的审美特征上，《女神》属于崇高美。它和中外古代文艺作品中所表现的崇高美不同，很少掺杂悲愤和痛苦，更不渲染不幸、悲惨、恐怖、死亡，而是主要呈现出一种正面的崇高，一种富于乐观进取精神的壮美。凤凰在火中自焚、更生的壮举，女神们再造崭新世界的努力，屈原对于自由创造的呼唤和爱国激情的抒发，聂嫈、聂政愿自由之花开遍中华的理想和行动……这一切所引起的美感特点不是宁静平和、赏心悦目的快感，而是一种对伟大事物的惊叹，一种点燃智光、拨动心弦的奋发情绪，是对自己的力量和人的尊严的自豪感。那些抒写自然的诗篇，不仅以其异乎寻常的规模、体积、威力使人感到惊异或惊奇而引起崇高美的感受，而且，人和自然强烈交织到合而为一，也因为人的本质对象化而使人感到震惊和自豪。泛神论思想的影响使《女神》的崇高美呈现出一种特异的色彩。

关于诗的形式，《女神》在旧诗格律严重地束缚人们思想的情况下，敢于革新，进行了多方面的创造。当时，郭沫若在诗歌理论上主张感情的“自然流露”，说“诗的本职专在抒情”。“抒情文字，便不采诗形，也决不失其为诗。”① 因此他在诗歌形式上主张“绝端的自由，绝端的自主”。《女神》中最具特色、最能激动人心的就是那些突破了传统诗歌的樊篱和束缚的、气势磅礴的自由体诗。但是在自由体之中，也有某种统一的格律，这主要表现在诗行富于变化，参差中可寻出某种规律，节奏顿数于和谐中有规律的变化和大体押韵这几个重要方面。诗集中也有一部分形式、格律相当严谨的格律体诗。郭沫若很重视诗歌创作要有丰富的真情实感，加以他有深厚的中外诗歌艺术的修养，所以革命激情一旦倾泻出来，虽然似乎不经过对诗的形式的推敲和加工，也便“于自然流露之中，自有它自然的谐乐，自然的画意在”②。《女神》不讲求诗歌形式的匀称、调和、精细、隽秀，着重表现出强悍、粗犷、巨大、单纯的风格，显示出强烈的动荡和力的痕迹，呈现出中国诗歌从未有过的粗粝雄强的形态，这也是在形式上崇高美的突出表现。

总之，《女神》由于内容和创作方法、风格和形式的独创性，使它真正成为中国新诗运动的光辉的起点，奠定了郭沫若作为中国现代诗开拓者和奠基者的地位。

二、后《女神》时代的创作

1923年10月，郭沫若出版了另一部诗集《星空》。诗集包括《献诗》在内的31首诗均为1921年至1922年在日本和上海两地所作。这时候，已是“五四”退潮时期，郭沫若几次返国，更多地接触到了国内现实政治的

① 郭沫若：《论诗三札》，载《沫若文集》第10卷，人民文学出版社1959年版，第211页。

② 郭沫若：《论诗三札》，载《沫若文集》第10卷，人民文学出版社1959年版，第211页。

黑暗，使他的思想处于矛盾苦闷之中。与《女神》一脉相承的是，诗集仍然着重从自我的精神主体出发去表现特定时期的时代内容。诗人没有更多地直接表现现实社会的丑恶和黑暗，而是着力抒发自我内心的苦闷、矛盾的情感、人生的哲理思考以及对前途的探索精神。在《人生的苦味之杯》中，以“呱呱坠地的新生儿”“来在这空漠的、冷酷的世界”作为象征，表现了在“天光……破晓”的晨光中，人们“日日朝朝新尝着诞生的苦闷”，这种苦闷是“新思潮”困惑了头脑，感到梦醒了无路可走的苦闷，是觉醒了的灵魂在挣扎中前进的苦闷。那些歌唱返回大自然的诗篇，如《南风》、《孤竹君之二子》等，则从自然以及接近自然的原始人的生活、小儿的生活中探寻自然的人性美。另一些诗篇，如《星空》、《洪水时代》，与《凤凰涅槃》、《女神之再生》相似，有着俯瞰历史、极目宇宙人生的历史感和空间感，以及从纵横交织的时空经纬中凸现出来的强烈的现实感。在美的类型和艺术风格的总体上，这个诗集与《女神》的偏于崇高不同，它偏于优美、感伤的美。雄浑奔放的格调虽仍然时时可见，但更多的是呈现出幽静、淡远、清新、明丽的冲淡风格的特色，如《天上的市街》、《白云》、《江湾即景》、《夕暮》等诗都是以精粹隽永的诗句谱成的“韵和音雅”的浅吟低唱，并渗透着诗人特有的真率赤诚的诗情。

诗集《前茅》中的诗大多作于 1923 年，出版则在 1928 年。写作《前茅》的前后几年间，共产党所领导的群众运动日益高涨，马克思主义的思想影响日益扩大。1923 年 4 月携家眷归国定居上海的郭沫若感受到新的革命浪潮的冲击。他告别了《星空》中的“深沉的苦闷”和“低回的情趣”，也不再对人生作开阔的哲理思索，在艺术上则开始减弱了对诗歌美的追求，他把自己对现实政治黑暗的揭露和对革命的预言和歌唱称作粗犷的“革命时代的前茅”。在《我们在赤光之中相见》和《太阳没了》两诗中，诗人将磅礴的气势和浓郁的诗情熔铸于艺术形象中，有着较强的艺术感染力。前一首诗通过多种象征性形象的叠加组合和意象的延伸、推移，有力地揭示出诗人对革命前途的坚定乐观的信念；在后一首诗中，诗人借助宏阔的境界、巨大的形象、瑰丽的色彩和低昂反复的音调，表达了广大革命人民悼念列宁逝世的深沉悲痛和激越的情怀。从诗集内涵的总体看，许多诗篇由于诗人讴歌革命而缺乏生活实感，又不太注意艺术表现形式的锤炼，所以明显地给人以空泛粗放的感觉。

写于 1925 年 1 月至 2 月的《瓶》，是一组包括《献诗》在内共 43 首的抒情短诗集。这个诗集表现和讴歌爱情，内容彼此连贯，抒发和记叙了一个进入中年的男子追求一位少女由初恋、热恋到失败的心灵的历程。这个诗集还呈现出“郭沫若式的爱情、郭沫若式的情歌、郭沫若式的锦心绣口”①的特殊面貌：爱情表白的露骨的直率，如醉如痴的激情，自然流畅的内心独白，新颖奇谲的想象、幻想方式，都确是郭沫若式的。诗集中缠绵悱恻的情调和某种人生如梦的感慨的流露，充分揭示了爱情这种人的精神主体内容的独特性和复杂性。

诗集《恢复》是在1928年1月5日至16日仅10天的时间内写成的，出版也在同一年。当时，正处于大革命失败后国民党当局施行白色恐怖的严重政治形势下。这部包括24首诗的诗集是一个革命家在严重的白色恐怖的日子里“保持态度的彻底，意志的通红”的诗的宣言。《我想起了陈涉吴广》、《黄河与扬子江对话（第二）》、《如火如荼的恐怖》等诗篇，揭露了现实社会的黑暗与残酷，歌颂了工农群众新的阶级觉醒与革命力量，表现了作者鲜明的无产阶级的爱憎感情。作者通过诗的形象，无情地撕毁了“新军阀”蒋介石夸称着“全民”的虚伪面纱，号召要以“如火如荼”的革命暴力粉碎国民党当局的白色恐怖。他赞扬推翻暴秦的陈涉、吴广起义，把这场农民起义与现实斗争联系起来，认定“在工人阶级领导之下的农民暴动”，是“战取那新生的太阳”，“改造全世界的力量”。《诗的宣言》、《对月》、《巫峡的回忆》、《血的幻影》等则是抒情色彩浓郁的革命诗章。这些诗篇通过诗人独特的情感体验，抒发了革命人民在失败、悲痛中崛起、奋进的强烈感情，悲剧性的崇高感使诗的主调雄浑沉郁，是诗人思想深化的自白，又是革命深入进展的“鞺鞑的鼙鼓”。虽然这个诗集中的一些诗缺乏如《女神》、《星空》中那种基于浪漫主义美学追求的哲理意蕴和奇诡阔大的诗意诗境，但却另有一种革命诗歌所特有的理性精神和情感力量。因此，仍不失为一部优秀的无产阶级革命诗集。

第三节　前期小说和历史剧

郭沫若是一个杰出的诗人，同时也是一个出色的剧作家，在小说创作方面也用力甚勤，并且形成了自己这一流派的风格。这些都是他进入新文学领域以后所作出的重要贡献。

一、“寄托小说”和“身边小说”

郭沫若前期发表了近30篇短篇小说，分别收在《塔》、《橄榄》、《水平

① 张光年：《论郭沫若早期的诗》，载《诗刊》1957年创刊号。

线下》、《山中杂记及其他》等集子里，还写有中篇小说《落叶》。这些小说表现和揭示出了他的世界观实现根本转变前夕，矛盾复杂的精神世界和探索前进的心灵历程，记录了他在艺术上多方面的探索和追求，同时也反映了“五四”退潮时期和大革命前夕知识分子的心理状态和现实的某些本质方面。

郑伯奇在《中国新文学大系·小说三集·导言》中说，郭沫若前期小说“寄托古人或异域的事情来抒发自己的情感的，可称寄托小说”。他列举的这种“寄托小说”的代表作品有《牧羊哀话》、《Lobenicht 的塔》、《鵷鶵》(后改名《漆园吏游梁》)和《函谷关》(后改名《柱下史入关》)等篇。

《牧羊哀话》是郭沫若的第一篇小说，写于 1919 年 2—3 月，是我国小说中较早地表现反帝意识的作品。它“借朝鲜为舞台，把排日的感情移到了朝鲜人的心里”①。牧羊小姐佩荑的父亲闵朝华是李朝子爵，因反对日本与奸臣勾结无效而隐居，他写的《怨日行》中以“炎日”、“炎阳”比喻日本帝国主义，唱出了“安得后羿弓，射汝落海涛？安得鲁阳戈，挥汝下山椒”的反抗歌声，但他的后妻却与家人石虎有私，把他的《怨日行》当做“反诗”向当局告密，并指使石虎谋杀崇华父女，却不意错杀了石虎之子尹子英。而尹子英的恋人正好是佩荑小姐，于是被弄得家破人亡的牧羊小姐的哀婉歌声，便日日回响在金刚山间。这篇小说情节离奇曲折，大自然的风光被描绘得绚丽多彩，充满浪漫情调。但因为作者并未经历过朝鲜人民反帝爱国的实际生活，因此“概念的描写，科白式的对话”② 的缺点相当突出。

《Lobenicht 的塔》选取了康德写完第一批判书——《纯粹理性批判》之后七年，第二批判书——《实践理性批判》的写作正在进行，第三批判书——《判断力批判》开始孕育时的一段思想和生活。“位我上者灿烂的星空，道德律令在我心中。”康德受牛顿和卢梭的影响本来是将“外界自然”和“人的内在宇宙”截然分开，从而强调了人的主体性的。但他在第二批判书正在写作，孜孜于探索人的伦理学主体性的时候，感到了有将人的内外两个宇宙，即“头上的星空”和“心中的道德律”加以沟通的必要。但是怎样将二者联系在一起呢？康德在探索中感到烦恼，作者在康德漫长学术生涯的时间跨度中寻取了这个酝酿着重大突破的重要时刻。小说写道：“撤去

① 郭沫若：《创造十年》，载《沫若文集》第 7 卷，人民文学出版社 1958 年版，第 54 页。

② 郭沫若：《〈牧羊哀话〉·跋语》，载《郭沫若论创作》，上海文艺出版社 1983 年版，第 529 页。

了内外藩篱的美，无关心的美，美的洪流超荡了时空境界；康德教授虔敬地立在窗前，连他自己的身心都融化在白光里了。《第三批判书》的受胎便在这个时候。”由此可见，这篇小说正是在回答人天关系是什么的总体构架中，使人领略到以人为中心的意义，强调以“冲破内外樊篱”的美（即康德《第三批判书》中所提出的关于审美的“反思判断力”）来沟通自然和社会、认识与伦理的关系，郭沫若曾经借用“灰色是一切的理论，只有人生的金树常青”① 的话来点明这篇作品的主题，便说明了作者的突出人和社会性的意图。

《函谷关》、《鹓雏》两篇小说，前者所写的是老子出关而又入关的故事。这位企图返回自然去过避世生活的老子在出关时，骑着青牛，闯入沙漠，入关时却只剩下了手中的牛尾巴。因为他进入沙漠后不到三天，坐骑青牛就饿倒了，他是靠着吸牛血，用牺牲青牛换来了自己的生命的。因此，他拿着这作为珍贵的教训的牛尾巴说：“人间终是离不得的，离去了人间，便会没有生命。与其高谈道德跑到沙漠里来，倒不如走向民间去种一茎一穗。”后者以庄子游梁的历史素材作为中心线索，以高洁的“鹓雏”鄙视鸱鸮口中的死鼠的寓言故事作为象征依托，通过庄子打草鞋、向河堤监督贷粟被拒和游梁说惠施被捕等三个生活小故事，让庄周在贪欲野心、政治权势中四处碰壁，饱尝了世态炎凉。庄周由嚼麻屑到饥渴着肉的鲜味，再到碰壁后发出了“人的滋味就是这么样”的浩叹，这一历程一方面表明了“独与天地精神往来”的庄子无法摆脱人际关系来寻求精神的独立和自由，另一方面也表明庄子本身作为血肉之躯的存在，在主观上仍然是珍惜生命和生活的。这两篇小说通过对历史人物的独特创造所揭示的老庄思想“出世”而又“入世”的精神实质，既显示出郭沫若“五四”时期对老庄思想的独特理解（当时，许多文学革命的参加者都只是批判老庄思想），又充分揭示出郭沫若在“五四”退潮后革命深入发展的形势下关注社会现实、追求人生真理的积极进取的态度。

郭沫若作品中那些写“自己身边的随笔式的小说”，被郑伯奇称为“身边小说”。这种小说从内容上看又可分为两类。

一类是抒写爱情或情欲，表现灵和肉的冲突。在这类作品中，短篇小说有《残春》、《叶罗提之墓》、《喀尔美萝姑娘》等，中篇小说有《落叶》。《残春》写留日学生爱牟与看护妇S姑娘产生了恋情，但他已经结了婚，于

① 郭沫若：《创造十年续篇》，载《沫若文集》第7卷，人民文学出版社1958年版，第187页。

是，只有在梦中与S姑娘相会，正当他快要接触S姑娘的肉体时，忽有人来报，他的夫人杀死了他的两个孩子，使他的好梦惊破。郭沫若说：“我那篇《残春》的着力点并不是注重在事实的进行，我是注重在心理的描写。我描写的心理是潜在意识的一种流动。”① 《叶罗提之墓》写少年和青年时代的叶罗提与他的堂嫂之间的变态的性爱关系。小说从叶罗提对嫂嫂的手的爱慕开始，发展到牵手、吻手；最后吞下嫂嫂手上戴的顶针而死。作品以上述典型细节作为中心线索，着力于人物内象的心态描写，结构也是如电影镜头组接的跳跃式。作者大胆的爱情描写和性心理揭示，明显地是以封建宗法制度和旧礼教作为抨击对象的。《喀尔美萝姑娘》写一个留学日本的已婚的大学生对一个卖糖饼的美貌少女的热恋和追求，结果以失恋和美的幻影的破灭而告终。因此，也是属于对“幻美的追寻”的作品，艺术上既具有浪漫主义的充满激情的抒写，又运用了较多的表现梦境之类的现代派的手法。《落叶》以郭沫若自己和安娜的恋爱作为素材，着力表现了一个争取人格独立、个性解放和婚姻自主的日本少女——菊子的形象，男女主人公爱情破灭的悲剧结局使作品的内容有了更普遍的意义。

另一类“身边小说”属于袒露心境，带着“自叙传”的性质并强烈地控诉了旧社会的罪恶。如包括《歧路》、《炼狱》和《十字架》三个带有连续性的短篇在内的《漂流三部曲》，以及分为上、中、下三篇的《行路难》就是这方面的代表作。这些作品中的主人公爱牟是作者自己的化身。前一部“三部曲”写爱牟从日本回国后，理想的破灭和心灵上所受到的伤害。后一部“三部曲”则是写爱牟在日本的贫困生活。在这些小说中，作者以自己的生活经历为基础，毫不隐晦事实的真相，借助日常生活的自叙传式的手法和单纯的抒情风格，痛切地诉说出来，从而把自己的心灵披露在作品中。郭沫若说：“读了我那《三部曲》的人听说有些人为我流了眼泪。”② 这些小说与郁达夫的《茑萝行》、《行路难》等作品一样，发挥了重要的现实作用。

二、《三个叛逆的女性》与前期剧作

郭沫若前期除了写过如《湘累》、《棠棣之花》、《孤竹君之二子》、《广寒宫》等历史题材的诗剧以外，还写了三个独幕历史剧，即出版于1926年

① 郭沫若：《批评与梦》，载《沫若文集》第10卷，人民文学出版社1958年版，第113页。

② 郭沫若：《创造十年》，载《沫若文集》第7卷，人民文学出版社1958年版，第166页。

的《王昭君》、《卓文君》、《聂嫈》，合称《三个叛逆的女性》。郭沫若在自己最早的这三个历史剧中就表现出他的浪漫主义史剧创作的原则。这就是，一方面把自己立足于新时代的主观感情灌注在历史人物之中，即他所说的“借古人的骸骨来，另行吹嘘些生命进去”①；另一方面又不违背重大的历史事实，要有对历史事实的正确认识，这也正如他说：“我自己的态度，对于古人的心理是想力求正当的解释；于我所解释得的古人的心理中，我能寻出深厚的同情的内部的一致时，我受着一种不能遏止的动机，便造出一种不能自已的表现。”②《三个叛逆的女性》就是既闪耀着“五四”时期个性解放，反对强权的时代精神的光芒，又对历史作出了作者自己独到解释的剧作。

《卓文君》写于 1923 年 2 月，它取材于卓文君守寡后不从父命后与司马相如私奔的历史故事。这种历史事实本来就是对于“从一而终”的封建礼教的背叛。但是历来的封建卫道者却视之为“有伤风化”的“淫奔”，在一些文人笔下则被当做风流韵事来表现。郭沫若对卓文君私奔行为的态度则是“严正地替她辩护”，从正面来表现“她的行为是道德的”。他的意图“完全是在做翻案文章”③。这样，他便一方面发掘出卓文君“不从父命”的叛逆性格和反抗精神；另一方面则尖锐地嘲讽了卓文君的父亲卓王孙、她的公公程郑这些披着“道德家”外衣的封建卫道士。在文君反对父辈的斗争中，程郑问文君：“你做儿女的责任呢?”文君断然回答说：“便是我自己做人的责任！盲从你们老人！绝不是什么孝道!”又说：“……你们男子们制下的旧礼制，你们老人们维持着的旧礼制，是范围我们觉悟了的青年不得，范围我们觉悟了的女子不得!”这种敢于主宰自己命运的觉醒了的人的声音，强烈地冲击了封建礼教罗网的反抗精神，明显地从“五四”新思潮中吸取了力量，从妇女解放的角度表现了强烈的个性解放的思想和人道主义精神。

如果说《卓文君》是伦理思想范围内反抗封建旧道德、旧礼教，那么，《王昭君》的思想锋芒则指向了封建王权和现实暴政。这个剧本写于 1923

---

① 郭沫若：《〈孤竹君之二子〉幕前序话》，载《郭沫若全集》第 1 卷，人民文学出版社 1982 年版，第 238 页。

② 郭沫若：《〈孤竹君之二子〉幕前序话》，载《郭沫若全集》第 1 卷，人民文学出版社 1982 年版，第 238 页。

③ 郭沫若：《写在〈三个叛逆的女性〉后面》，载《郭沫若论创作》，上海文艺出版社 1982 年版，第 357 页。

年7月。在历来的戏曲和诗词中，都把昭君出塞写成由于画师的卑劣和君王的误选而造成的悲剧。郭沫若则把王昭君遭遇的“命运悲剧的解释”改成“性格的悲剧”，从而一反历来文人笔下王昭君充满哀怨情怀的形象，着力突出了她作为封建王权叛逆者的倔强性格。她不仅不为入选进宫而感到荣幸，不仅不像其他宫人那样去向画师行贿以争宠于皇帝，而且对于画师毛延寿的威逼和敲诈，也坚决拒绝。特别是当汉元帝知道了事情的真相杀了毛延寿要册封昭君为皇后时，她更对荣华富贵全不放在眼里，并敢于直面天子，愤怒控诉元帝的罪恶，公然对抗皇上意旨，自愿到“高荒极北”去受苦。这种保持人格独立和个性尊严的人道主义精神，不仅是对封建王权的揭露和反抗，也必然对“五四”时期现实政治的黑暗有强大的冲击力。

在三个历史剧中，最鲜明地体现了郭沫若前期思想的发展的是写于1925年“五卅”惨案高潮中的《聂嫈》。郭沫若曾经亲自到过“五卅”惨案的现场，目睹了那血淋淋的残酷场面。帝国主义者的凶残，民族耻辱的深重以及中国人民“空前的民气”，“希望的光辉”①，在这一事件中集中强烈地表现出来。正是这一重大事件促使郭沫若更加关注现实的政治斗争。剧本突破了历史材料中聂嫈、聂政“重然诺，轻生死”，“士为知己者死”的局限，通过重点塑造聂嫈的形象以表现姐弟俩的勇于献身的英雄主义精神。当聂政刺杀了韩哀侯和韩相侠累而毁面剖腹自杀后，聂嫈立即赶赴韩城不惜牺牲自己，以宣扬弟弟反暴锄奸的业绩，鼓舞人们以英雄主义的精神唤起民族的觉醒。贯穿整个作品的“均贫富，茹强权”的思想表明作者已将个性解放的要求与反对强权政治的斗争结合了起来，这正表现了郭沫若当时思想发展的趋势。

这些历史剧有着强烈的戏剧冲突，注重以情感浪头的推涌来推动剧情的发展。浓烈的诗的意趣在规定的戏剧情境中迸发、流露出来，感人肺腑。与这种浪漫主义的激情倾吐交融在一起的，是作者所受到的德国表现主义的影响：剧本不重视“第四堵墙”的作用，人物间的对话常表现出向观众直接袒露情怀和抒发议论的特点。但又基本上不离开特定的戏剧情境，这就使剧本具有强烈的干预现实生活的作用。三个历史剧在剧本写成后都很快上演，不仅成为“中国妇女大众高歌着的奋斗之曲”②，而且充分发挥了历史剧为

① 郭沫若：《为“五卅”惨案怒吼》，载《沫若文集》第10卷，人民文学出版社1958年版，第407页。

② 邓颖超：《为郭沫若先生创作二十五周年纪念与五秩之庆致祝》，载《新华日报》，1941年11月16日。

现实革命斗争服务的战斗作用。

◎ 思考题

1. 《女神》是怎样在思想内容上反映了“五四”时代精神的？
2. 试述《女神》崇高美的特征。
3. 从《女神》到《恢复》，试简述郭沫若前期创作的历程。
4. 试比较郭沫若的“寄托小说”和“身边小说”的不同特征。
5. 从《三个叛逆的女性》看郭沫若早期史剧创作的艺术特征。

第五章　周作人与郁达夫

在中国现代文学的发轫期，周作人与郁达夫是其中影响卓著的两位大家。周作人作为现代文学史上有巨大影响的散文家，他最早从西方引入“美文”的概念，提倡一种“记述的”、“艺术的”叙事抒情散文。他还通过大量的文学批评和理论实践，形成了一整套成熟的现代散文理论。他提倡“言志”的散文，认为这种散文是个人的文学的尖端。他的散文创作也是集合了叙事、抒情与说理的成分，用自己的个性与趣味加以调和，形成了他平和冲淡、又丰腴醇厚的风格，成为中国现代散文创作的高峰之一，对后世散文创作也影响巨大。郁达夫的创作成就则集中在小说与散文两个方面。他的小说《沉沦》被认为是中国现代“自叙传”抒情小说创作潮流的开端。他写于20世纪20年代的小说和散文都是用率真、坦诚的自剖式文字，无所掩饰地暴露自己，努力写出作者真实的情绪流动和心理变化，从而使读者产生深深的共鸣，在文坛上掀起一股“郁达夫热”。这种十足个性化的文字，虽然有很多缺陷，却非常受读者的喜爱，其文学影响也非常深远。

第一节　周作人的生平与作品

作为“五四”新文化运动的主将之一，周作人在文学上的成就是多方面的。他既是“五四”时期文学革命与思想革命的主要倡导者，也是一位成绩卓著、影响巨大的散文大家，还在现代新诗创作、日本文学与古希腊文学的介绍与翻译等方面取得了很大成绩。其中，尤以在散文方面的成就最为突出。他引入西方的“美文”概念，提倡一种“记述的”、“艺术的”[①] 的

---

① 周作人：《美文》，载《谈虎集》，河北教育出版社2002年版，第29页。

散文，为现代散文开辟了一块新的园地。

一、前期人生与文学革命

周作人（1885—1967），浙江绍兴人，曾用笔名启明、岂明、知堂等。1885 年 1 月 16 日，周作人出生于绍兴东昌坊口新台门周家。周作人是鲁迅的二弟，比鲁迅小 4 岁。当时的清王朝已经显出颓败之势，统治中国几千年的封建制度正处在整体崩溃的前夕，但在周作人童年时期的绍兴城里却还维持着最后的末世“太平景象”。据周家家谱记载，周家的始祖大约在明朝正德年间定居于会稽，到周作人出生时已有近 400 年的历史。虽然当时的周氏家族已经由盛转衰，往日的繁华逐渐消失殆尽，但还是可以基本维持不愁吃穿，稍有余裕的“小康”生活，而这正是周作人成长的最适宜的土壤。周作人曾经说过：“我觉得很是运气的是，在故乡过了我的儿童时代。”而给他留下最深印象的是“故旧的乡风还是存在，逢时逢节的行事仍旧不少”①，这些都给周作人的童年留下了斑斓炫目、难以磨灭的美好印象。晚年的周作人还饶有兴味地回忆了童年时故乡各个时节的风俗趣事，写有《儿童杂事诗》共 72 首，如：“新年拜岁换新衣，白袜花鞋样样齐。小辫朝天红线扎，分明一只小荸荠。”“扫墓归来日未迟，南门门外雨如丝。烧鹅吃罢闲无事，绕遍坟头数百狮。”② 童年记忆中这些艺术化的节日生活，对周作人的影响是长远的，这些“对于鬼神与人的接待，节候之变换，风物之欣赏，人事与自然各方面之了解，都由此得到启示”③，并奠定了周作人对于文学与艺术之审美情趣的基础。

作为家中次子，童年生活中的不愉快记忆对于周作人的影响远比身为长子的鲁迅要少很多。祖父的犯案与被羁押，父亲的患病与离世，大家族的瓦解和小家庭的败落，都没有在周作人心中留下太多的阴影。对于周作人来说，有大哥鲁迅在前面开路，是非常幸运的。1898 年，鲁迅去南京求学。1902 年获得官费留学日本的机会。其间，鲁迅和周作人之间一直通信不断，互相鼓励和鞭策。鲁迅的来信给周作人打开了新的视野，也激起了周作人对于外面新世界的向往。1901 年 7 月，周作人也怀着“乘长风破万里浪”的梦想，离开了家门，来到南京鲁迅曾经就学的江南水师学堂求学。虽然学校条件简陋，管理混乱，但还是让刚刚从绍兴走出的周作人打开了眼界，增长

① 周作人：《立春以前》，河北教育出版社 2002 年版，第 167 页。
② 周作人：《老虎桥杂诗》，河北教育出版社 2002 年版，第 55 页。
③ 周作人：《立春以前》，河北教育出版社 2002 年版，第 167 页。

了见识，学习英语，还得以阅读《天演论》等译作，接受到新思想新学说的洗礼。

1906年，他考取了公费留学，得到了留学日本的机会。留学日本，对于周作人来说，是人生的重大经历。到达日本后，他先入语言学校，后入东京立教大学选修，主要学的是希腊文，研读《远征记》等古希腊文学经典，课后也到神学院学福音书的希腊原文。除了学习语言外，周作人还和鲁迅合作翻译，出版了著名的《域外小说集》，这部译作选了王尔德等许多名家的名作，只卖出20多本。但《域外小说集》无论是翻译的古文的文采还是译者对外文的理解，都很杰出。周作人还和鲁迅一起师从国学家章太炎学习《说文解字》，还一起学过俄文。周作人在日本留学期间，和日本人羽太信子结婚。1911年，在鲁迅的催促下，周作人带着家眷一起回国，先后任浙江省教育司视学和绍兴教育会会长、浙江第五中学英语教员等职。

周作人是"五四"新文化运动的先驱之一。1917年3月，周作人应鲁迅之邀赴北京。9月，被聘为北京大学文科教授兼国史编译处纂辑员，担任欧洲文学史和罗马文学史的课程。与此同时，他还成为《新青年》、《每周评论》等刊物的主要撰稿人，先后发表了《人的文学》、《平民文学》、《思想革命》等新文学运动理论建设上的重要文章，还创作有新诗和翻译作品，他的理论主张和创作实践在当时的思想文化界产生了很大影响。关于周作人在新文化运动中的多方面贡献，阿英曾经有过一个概括性的评价：中国新文学运动的干将之一的周作人，在初期，是作为文艺理论家、批评家，以至于介绍世界文学的译家而存在的。他的论文《平民的文学》(1918)、《人的文学》(1918)、《新文学的要求》(1920)，不仅表明了他个人的文学上的主张，对于当时的运动，也发生了很广大的影响。在文艺批评方面，《自己的园地》(1922) 一辑，确立了中国新文艺批评的基石，同时也横扫了当时文坛上的反动势力的"学衡派"批评家的封建思想。《沉沦》、《情诗》二评，在中国新文学运动史上，可说是很重要的文献。说到介绍，从最初的《域外小说集》，到《点滴》、《现代小说译丛》、《现代日本小说集》、《玛加尔的梦》、《陀螺》等成册的作品的翻译，是更足以证明他对于中国的新文学运动，曾经贡献了怎样巨大的力量。但是，到了1924年以后，他的努力与发展，却移向另一方面——小品文的写作，这以后周作人的名字，是和"小品文"不可分离地被记忆在读者们的心里的，他的前期的诸多姿态，遂为他的小品文的盛名所掩。应该说，这样的概况和评价是很符合周作人在新文化运动中的历史功绩的。1923年，周作人的第一部文学论集《自己的园地》出版。也就在这一年，鲁迅和周作人因各种原因兄弟失和，从此再也没有走到一起，这是现代文坛非常令人惋惜的损失。

二、成熟的文学与隐遁、败落的人生

1924 年 11 月，周作人发起组织语丝社，并成为《语丝》的实际主编和主要撰稿人，创作了大量散文，其风格平和冲淡，清新优雅。这时期出版的小品散文集有《雨天的书》、《泽泻集》、《谈虎集》、《谈龙集》等。在他的影响下，形成了一个包括俞平伯、废名等作家在内的散文创作流派。周作人小品文的美，被认为最美在平淡自然。他的文字清冷苦涩，对当时及后世的散文影响极大，成为中国现代散文史上一座很难逾越的高峰。

1928 年以后，周作人的思想逐渐远离时代主流，主张“闭户读书”。1930 年与冯文炳等合办文艺周刊《骆驼草》，同时大力主张“言志”的文学，提倡闲适幽默的小品文，沉溺于“草木虫鱼”的狭小天地，并宣称“我现在没有什么要宣传，我只要听要知道”①。此时直至 40 年代所写的散文，格调“一变而为枯涩苍老，炉火纯青，归入古雅遒劲的一途”②，影响渐小。此时结集出版的散文集有《永日集》、《看云集》、《苦条随笔》、《夜读抄》、《瓜豆集》等。

1937 年抗日战争爆发，北京大学南迁，周作人选择留在北平，初为北京大学的“留平教授”之一。1938 年 4 月，周作人在北平出席了日本文化特务召开的“更生中国文化建设座谈会”，跨出了附敌堕落的第一步。信息传出，全国震惊，抗战文艺界严词声讨，同时还发表告周作人的公开信，希望能使他幡然悔悟，但最终还是没能阻止周作人一步一步沉沦下去。1941 年 1 月，周作人出任伪“华北政务委员会教育总署督办”，这成为他正式附敌叛国的标志。沦陷时期，他结集出版的散文集有《药堂语录》、《甘口苦口》、《立春以前》等。

1945 年 8 月，抗战胜利。12 月，周作人因汉奸罪被国民党政府逮捕，被押往南京受审。后经法院判决，以“共同通谋敌国图谋反抗本国”的罪名被判处 10 年有期徒刑，关进南京的老虎桥监狱。1949 年 1 月被保释出狱；8 月，回到阔别已久的北京。中华人民共和国成立后的周作人被剥夺了政治权利，在家里专事翻译和写作。他翻译有大量希腊古典文学和日本古典

① 周作人：《〈艺术与生活〉序二》，载《苦雨斋序跋文》，河北教育出版社 2002 年版，第 46 页。

② 郁达夫：《〈中国新文学大系·散文二集〉导言》（影印本），上海文艺出版社 2003 年版，第 14 页。

文学的著作，包括古希腊喜剧《财神》、古希腊悲剧《欧里庇得斯悲剧集》(与罗念生合作翻译)；还译介了大量日本古典文学经典，包括日本现存最古的史书《古事记》、滑稽短剧《狂言选》、随笔《枕草子》、滑稽小说《浮世澡堂》和《浮世理发馆》等。周作人曾经在日记中多次写到，他觉得毕生最重要、也最有成就感的就是翻译古希腊文哲学家路吉阿诺斯的《路吉阿诺斯对话集》。晚年的周作人还曾经在上海的《亦报》、《中国青年报》、《人民日报》等海内外报刊发表散文数百篇，结集出版有《鲁迅的故家》、《鲁迅的青年时代》、《鲁迅小说里的人物》等回忆鲁迅的散文集。周作人的晚年对社会、对人民还是有很大贡献的，但在中国文学史上，作为文学家的周作人只到他叛国附敌为止，这既是他个人的悲剧，也是中国现代文学史上的悲剧。

第二节　“人的文学”观及前期文学思想

周作人作为一个文艺思想家，在中国新文学史和新文化运动史中的地位是令人瞩目的。他的文艺思想独特、执著而富有现代意味。在“五四”新文学运动中，周作人由《人的文学》开端，接连发表《平民文学》、《思想革命》等文论，以进化论为哲学基础，以个人主义的人间本位主义为根本出发点与依归，在思想文化领域提出了一个相当完备的文学“人学”理论体系。

一、“人的文学”与“平民文学”

“人的文学”是周作人在“五四”时期高举的一面旗帜，他指出，在文学革命上，文字改革是第一步，思想改革是第二步，却比第一步更重要。“人的文学”要实现的就是内容、思想上的双重革命。周作人关于“人的文学”的解释是，“用这人道主义为本，对于人生诸问题，加以记录研究的文学，便谓之人的文学”①。他的这一文学思想，在思想文化界引起了强烈反响。“人的文学”直接缘于周作人的“人学”理论。他认为，人是“从动物进化的人类”，这包含两层意思：一是人是从动物进化而来的，是以生理欲求为生存基础的，肯定自然属性存在的合理性，“所以我们相信人的一切生

① 周作人：《人的文学》，载《艺术与生活》，河北教育出版社2002年版，第12页。

存本能，都是美的善的，应该得到满足”①。二是“人是一种进化的生物，他的内面生活，比动物更为高深，而且逐渐向上，有能改造生活的力量”②，人是灵肉一致的统一体，人脱离动物界而进化到高尚平和的境地，逐渐发展其社会属性。

周作人认为，在文学上提倡人道主义思想可以从两方面进行。一是作家可以写人的正面生活或者说人的理想生活，也就是写人不断进化的过程。周作人“五四”时期的新文学批评，就是立足这一高度来进行的。二是作家可以侧面地表现人的生活，作家可以描写人生活中光明的一面，也可以描写黑暗的一面，即“非人”的生活，可以由此明白人生实在的情状与理想生活之间的差异以及进行改善的方法。为此，周作人提出了“非人的文学”这一概念。“人的文学”与“非人的文学”不在于材料的使用、创作方法的不同，其根本差异在于作者的态度。同是写人欲的文学，莫泊桑的《人生》是“人的文学”，中国的《肉蒲团》则是“非人的文学”，区别在于一个严肃，一个游戏；一个对于非人生活怀着悲哀或愤怒，一个则是满足、玩弄与挑拨。周作人精辟地阐述了作品主题与作家倾向的关系，突出了作家思想倾向对于创作的重要指导作用，显露了周作人作为现代启蒙思想家的时代特色。周作人的这种以“人”为本的文化观，其主要矛头是指向封建礼教对人及个性的压抑，在当时起到了积极的社会作用。

周作人在“人的文学”基础上又具体提出“平民文学”与“贵族文学”的概念，这种划分不是着眼于阶级差别的，而是有它特定的文学内涵。周作人认为，“平民的文学正与贵族的文学相反。但这两样名词，也不可十分拘泥。我们说贵族的平民的，并非说这种是专做给贵族或平民看，专讲贵族或平民看的，或是贵族或平民自己做的，不过说文学的精神的区别，指它普遍与否，真挚与否的区别”③。周作人提倡的平民文学并非局限于某一阶段，他着眼于普遍与真挚这两个特点。其根本要求是从一个平民出发，进而把平民提升到人的高度。实际上，“平民文学”是“人的文学”的一种别称，是体现人的精神的具有某些特殊性的文学创作模式。

在讨论平民文学时，周作人认为，“平民文学应以普通的文体，写普遍的思想与事实。我们不必记英雄豪杰的事业，才子佳人的幸福，只应记载世

① 周作人：《人的文学》，载《艺术与生活》，河北教育出版社 2002 年版，第 9 页。

② 周作人：《人的文学》，载《艺术与生活》，河北教育出版社 2002 年版，第 10 页。

③ 周作人：《平民的文学》，载《艺术与生活》，河北教育出版社 2002 年版，第 3 页。

间普通男女的悲欢成败。因为英雄豪杰才子佳人，是世上不常见的人。普通男女是大多数，我们也便是其中一人，所以其事更为普遍，也更为切己”①。周作人从写人生的角度揭示了“只须以真为主，美即在其中”的现实主义文学特质。他认为，“艺术派”的主张是说艺术有独立的价值，不必与实用有关，不必顾及人世的种种问题，可以超越一切功利而存在，只重技工不重情思有明显的局限性。而“人生派”认为艺术要与人生有关，不承认艺术作品可以超越人生，丧失了艺术的独有品质。周作人调和了这两派的观点，在兼有艺术性与人生性的双重前提下，他提出：“正当的解说，是仍以文艺为究极的目的，但这文艺应当通过了著者的情思，与人生的接触。换一句话说，便是著者应当用艺术的手法，表现他对于人生的情思，使读者能得艺术的享乐与人生的解释。”② 周作人在以后的文论中更谈到了“人生的艺术”问题，他认为艺术是独立的，但也是是人性的，所以既不必使艺术隔离人生，又不必使艺术服侍人生，只任其成为“浑然的人生的艺术”。由讨论文学的人性而转到艺术性上，是周作人自身观念不断完善深化的一种表现。

周作人所说的“人的文学”——“平民文学”又是一个超越阶级性的文学概念。他将人的精神分作两种表现，他认为，贵族精神与平民精神，都是人的精神，没有孰是孰非，虽似相反而实并存，它们各自代表一个精神层面，它们互补互利，共同填充精神空间。周作人从人的求生意志与求胜意志出发进一步解释了平民精神与贵族精神。他认为，前者作为人的求生意志的体现，要求有限的平凡的存在；后者作为人的求胜意志的体现，要求无限的超越的发展。前者完全是入世的，后者却含有出世的味道，二者是基础与升华的关系。“求生意志固然是生活的根据，但如没有求胜意志叫人努力的去求‘全而善美’的生活，则适应的生存容易是退化的而非进化的了。”③ 从艺术上来说，最高境界是平民的贵族化，即凡人的超人化。周作人没有断然否定文学与阶级的关系，但他把文学当做超越阶级的意识形态，认为文学是一个包含了阶级性但又超越了阶级性的人类活动，贵族与平民只是他的内容区分而非性质界说。因此，“文学当以平民的精神为基调，再加以贵族的洗

① 周作人：《平民的文学》，载《艺术与生活》，河北教育出版社 2002 年版，第 4 页。

② 周作人：《新文学的要求》，载《艺术与生活》，河北教育出版社 2002 年版，第 19 页。

③ 周作人：《自己的园地》，河北教育出版社 2002 年版，第 16 页。

礼，这才能够造成真正的人的文学”①。在周作人的“人的文学”观中，将人的价值看得高于一切。论及文学，他提出应以真为主，真即包含美的主张，确立了新文学的最初价值趋向应以人的文学为主导的新文学观。

二、“个性的文学”及其他

1922年，周作人在《晨报副刊》上开设“自己的园地”专栏，1923年，他的第一部文学论集《自己的园地》出版。从此，周作人就以“个性的文学”代替了“人的文学”。两个看似不同的思想观念之间其实存在着内在的必然联系。“个性的文学”是“人的文学”理论的具化和深化。周作人以“个性的表现”即“自己的表现”为核心对文学本质问题展开了多方面的论述。“文艺以自己表现为主体，以感染他人为作用，是个人的而亦为人类的，所以文艺的条件是自己表现，其余思想与技术上的派别都在其次。”②他对文学的基本看法是：“文学是用美妙的形式，将作者独特的思想和感情传达出来，使看的人能因而得到愉快的一种东西。”③ 周作人认为，个性是艺术的生命，作家的个性只要能够加以自然而然地表现，它就构成了作品的基础，成为作品的有机部分，使作品具有了它应有的价值。周作人认为，作家从个性出发应当独立自由地发表看法，不能听命于他人、社会或民众，应声应命皆不能创作好的作品，“文艺本身是著者感情生活的表现，感人乃其自然的效用，现在倘若舍己从人，去求大多数的了解，结果最好也只是‘通俗文学’的标本，不是他真的自己表现了”④。他的深刻之处在于：其一，他将个人与人类相通，将个性与共性相融。早在“人的文学”中，他就指出个人与人类犹如树与森林的关系，森林盛了，各树也都茂盛；但要森林盛，却非靠各树各自茂盛不可。那时他只将“个性”作为“人性”的有机组成部分。而在“个性”中，“个性”是一个独立的理论命题，人类与“人性”隐于其中，从而突出了他的个性主义文艺观。“文艺是人生的，不是为人生的，是个人的，因此也是人类的。”⑤ 个人既然是人类的一分子，个人的生活即是人生长河流中的一滴水，个人的感情与人类情感具有共同之处。个人的感情只要是纯真迫切的，便具有了普遍性。其二，他把文学的个

---

① 周作人：《自己的园地》，河北教育出版社2002年版，第16页。
② 周作人：《自己的园地》，河北教育出版社2002年版，第8页。
③ 周作人：《中国新文学的源流》，河北教育出版社2002年版，第5页。
④ 周作人：《自己的园地》，河北教育出版社2002年版，第18页。
⑤ 周作人：《自己的园地》，河北教育出版社2002年版，第26页。

性与文学的独创性紧密联系起来，肯定了个性的文学才是值得保护的文学。他对此提出了四项说明：创作不宜完全抹杀自己去模仿别人；个性的表现是自然的；个性是个人唯一的所有，而又与人类有共通点；个性就是在可以保存范围内的国粹，有个性的新文学便是这国民所有的真的国粹的文学。他认为文学题材的单调来自作家个性的缺失，执著于一个普遍要求，却没有真实地表现个性，结果当然是单调。因此，他呼吁以“任情的歌唱”去获得艺术的真谛。

周作人还主张文学的无形功利性。首先，文学是自己的表现，以满足趣味为主，周作人在谈及文学创作目的时说：“我并不想这些文章会于别人有什么用处，或者给予多少怡悦；我只想表现凡庸的自己的一部分，此外并无别的目的。”① 周作人的“自我”是具有独立的完全意义和价值的“自我”，他用“自己表现”的理论区别于那些特别重视文学功用的人。周作人的“自我”已经充分融入社会性而与社会紧密联系，于是他的“自己表现”也就成了一种不必与文学的社会性联系在一起才能论述的题目。文学创作不再是一种工具、手段，而是生存本身，他满足了自己，也就满足了生存。其次，文学不再是“赋得的”。所谓“赋得的文学”是指那些先有题目然后再按题目作文的创作，周作人也称之为“试帖诗”。周作人认为，我们现在做文章犹如走路，以前作八股文犹如“走索子”。走路时可以随便，而“走索子”则非按照先生教的方法不可，否则定要摔下来。

周作人主张“言志”，也即“即兴的文学”，认为古今中外的名作皆是“言志”的产物，原因在于自己想出的题目，写起来得心应手。他十分推崇袁宏道的“信腕信口，皆成律度”的创作主张，认为这八个字是言志派一贯的准则。由此观之，他否定的其实是带有载道目的的文学。实际上，周作人并非真的认为文学没有功利性，他肯定的是不同于革命文学的独特的文学功用。他曾说：“文学是无用的东西，因为我们所说的文学，只是以表达出作者的思想感情为满足的，此外更无目的可言。里面没有多大的鼓动的力量，也没有教训，只能令人聊以快意。不过，即这使人聊以快意一点，也可以算作一种用处的：他能使作者胸怀中的不平因写出而得以平息，读者虽得不到什么教训，却也不是没有益处。”② 他人接触艺术产生共鸣与感兴，使其精神生活充实而丰富，这是文学无形的功利。周作人把文学看做人的一种精神上的体现，能使人恢复内心的平静，偏于从心理的性情的角度来肯定文

① 周作人：《苦雨斋序跋文》，河北教育出版社 2002 年版，第 20 页。

② 周作人：《新文学的源流》，河北教育出版社 2002 年版，第 15 页。

学功用，这是受了亚里士多德“净化说”的影响。

周作人的文学无用论，其实是对文学的特殊功用的承认，亦是对文学的独特性的一种回护，文学无用之中暗寓的正是对文学有用的特殊理解。“个性的文学”既是对新文学发展中日益膨胀的政治功利主义的牵制，又对西方表现主义的泛滥起到了一定的抵制作用，在探求文学规律时不失为一种认真的追求与探索。但由于他过分注重“独立的艺术美和无形的功利”，而使他偏离了时代文艺的主流。周作人的文学之路注定是孤寂的。

第三节 《自己的园地》与其他散文

学术界普遍认为，“五四”时期周作人的散文兼有“浮躁凌厉”和“冲淡平和”两体，前者多为杂文作品，后者则多为记叙和抒情兼顾的散文小品。无论哪一类，都为中国现代文学准备了优良的范本。

一、平和冲淡的美文

周作人在“五四”时期的创作主要是社会性的杂感。如《碰伤》、《前门遇马队记》中，抗议反对军阀政府的黑暗统治和屠杀政策，虽出诸反语，却不减战斗意气。《吃烈士》、《人力车夫与斩决》等文则直接痛陈专制政府迫害革命党人的野蛮行径。这些文章触及现实，针砭时政，有时还及时反映了重大的社会事件或思想斗争，虽然大多写得并不激昂慷慨，却显示了作者为民主主义、人道主义、个性主义张扬的战斗精神，是周作人散文中最富战斗力的成分，也是周作人散文风貌中不可忽视的组成部分。

但是，真正代表了周作人散文艺术风格因而影响更大、艺术成就更高的，还是那些以“平和冲淡”见称于世的美文小品。周作人在谈到自己的创作心态时说：“我近来作文极慕平淡自然的境地。但是看古代或外国文学才有此种作品，自己还梦想不到有能做的一天，因为这有气质境地与年龄的关系，不可勉强……生在中国这个时代，实在难望能够从容镇静地做出平和冲淡的文章来。”① 正因为倾慕“平淡自然”的文风，使得周作人的散文小品透出一种鲜明的浑朴天成之美。他在《本色》一文中说道：“写文章没有别的诀窍，只有一字曰简单……若本色反是难，为什么呢？本色可以拿得出来，必须本来的质地形色站得住脚。”本色即真性灵的自然流露，是作者自身艺术修养和功力的坦然表白，是没有任何有损自然性灵的艺术修饰的浑朴

① 周作人：《雨天的书》，河北教育出版社 2002 年版，第 4 页。

天成之美。如果散文作者不具备相当的艺术功力，想要做到“本色”也是很难的。周作人的散文则在平和冲淡的思想表达和艺术风貌的展示过程中，表现出高超的本色之美的美学境界。

周作人的散文小品取材看似十分随意，想写什么就写什么，而且写法上也是不拘一格，不矫揉，不造作，没有感情与笔墨的夸张。《乌篷船》以致友人书的形式，介绍故乡风物，态度亲切随意，粗看似乎枝蔓很多，随意穿插，其实却是在不知不觉中洋溢乡情和雅趣，信笔所至，毫无匆忙之感，读之令人感到亲切自在，可触可感。周作人在文章中极力淡化感情，在回忆自己的初恋时，则只说“自己的情绪大约只是淡淡的一种恋慕”，结尾说到听说那个姑娘死于霍乱时，“仿佛心里有一块大石头已经放下了”①。即使是写到死亡，周作人也往往都是发于真情，止乎平淡。刘半农是周作人十多年的老朋友，对于半农的突然病逝，周作人感到很惋惜，但他表现仍是那样的平静：“世事虽然本来是不可测的，但这实在来得太突然，只觉得出乎意外，惘然若失而外，别无什么话可说。”② 交情深厚的好友的突然离世，这种悲哀之情往往是很难用文字表达得恰好的，周作人这看似淡淡的文字和情感，以虚避实，读之让人不胜怅惘。

周作人的散文特别注重知识之美。他反对把文学当做政治宣传的传声筒或道德教训的工具，但却主张文章要体现“人情物理”的表达与获得。物理是指“正确的智识”，而人情就是“健全的道德”。周作人的散文小品不仅是对他本人自由、随意、自然心性的畅达抒写，还将大千世界中与人生密切相关的科学理性内涵，也化入他的文字之中。周作人的思想通达，不仅表现为思想的兼容并包，而且还表现为对于“人情物理”的独到的体察与理解。周作人不信鬼，但喜欢谈论鬼。他依据平常从杂书中看来的一些知识，撰写了《水里的东西》、《鬼的生长》、《说鬼》、《谈鬼论》、《读〈鬼神论〉》等系列文章。与此相类，周作人也喜欢撰写一些草木虫鱼类的随笔。为什么会取材这些呢？他在《〈草木虫鱼〉小引》中说：“第一，这是我所喜欢，第二，他们也是生物，与我们很有关系，但又到底是异类，由我们说话。”因为这样的原因，周作人的随笔便从神鬼巫术和草木虫鱼里，窥知人类之事，以特别的角度描述出人情事理的意趣。

① 周作人：《雨天的书》，河北教育出版社2002年版，第45页。

② 周作人：《苦茶随笔》，河北教育出版社2002年版，第97页。

二、周作人散文表现的艺术性

周作人的许多小品散文往往都是在中外古今广征博引中完成的，而他的记述与征引又都十分熨帖自如，或转述大意，或录原文，或详引，或略引，参差相间，全如信手拈来，而所引用的知识，又不同于教科书，读来兴趣盎然。如有名的《苍蝇》一文，他引用希腊路吉阿诺思的《苍蝇颂》，说明两千多年前就有小孩捉苍蝇玩了；接着转述希腊的传说，苍蝇原是很美丽的处女，因为太喜欢说话，月神一怒之下把她变成苍蝇的。他还以诃美洛思的史诗中曾比勇士于苍蝇，法布尔的《昆虫记》中以对一种剽悍敏捷的苍蝇的描写来说明苍蝇的固执与大胆，还引用中国的诗经、日本小林一茶的俳句和绍兴小儿谜语歌谣，说明古来人们对苍蝇并没有什么反感。全文引用了 7 种材料，而这些材料又是以轻松笔触信手写来，生动有趣。从周作人的散文中，可以看出作者丰厚广博的知识结构，他能够从古书中找寻许多关涉现实人生的典故和文字记载，并结合自己的真切生活感受和时下的民情，从草木鱼虫到鬼巫之术，书写不一样的人生趣味，以表达作者体悟的“物理人情”，使读者从中体会到了精妙的人生趣味和艺术魅力。

周作人对散文语言的要求是颇高的。他充分发挥口语、方言、古语、欧化语等语言的文学表现功能，将它们充分杂糅，形成以口语化和谈话风为基调、简单与涩味统一、复杂但不冲突的散文语体特色。周作人主张散文语言要有涩味和简单味，其实就是要含蓄和质朴。他重视行文中文词的变化，因为这是文气灵动所不可缺少的，这体现着周作人对散文语言审美功能的独特领悟。他立足于自由、平和、本色的创作心境和“中庸”、“冲淡”的审美创造旨趣，将中外古今的语言表达作了大胆、巧妙的调和，使其散文的语言表现功能既复杂多样，又各具特色。当时关于如何创建中国现代散文的文体特性，许多散文家都持全盘西化的态度，但周作人坚持继承中国散文的传统，包括中国散文的语言审美功能。他在 1928 年写的《〈燕知草〉跋》中，借助评价俞平伯的散文，谈到了自己的散文创作一贯坚持的对现代散文语体风格的构建：“我平常称平伯为近来的一派新散文的代表，是最有文学意味的一种，这类文章在《燕知草》中特别地多。我也看见有些纯粹口语体的文章，在受过新式中学教育的学生手里写得很细腻流丽，觉得有造成新文体的可能，使小说戏剧有一种新发展，但是在论文——不，或者不如说小品文，不专说理叙事而以抒情分子为主的，有人称他为‘絮语’式的那种散文上，我想必须有涩味与简单味，这才耐读，所以他的文词还得变化一点，以口语为基本，再加上欧化语、古文、方言等分子，杂糅调和，适宜地吝啬地安排起来，有知识与趣味的两重的统制，才可以造出有雅致的俗语文来。我说雅，这只是说自然，大方的风度，并不要禁忌什么字句，或者装出乡绅的架子。平伯的文章便多有这些雅致，这又就是他近于明朝人的地方。”显然，这不仅是周作人对俞平伯散文语体特色的评价，更体现了他本人对现代散文，特别是抒情性散文小品语言和文体特点的看法。

周作人散文强调“简单”和“涩味”，并不意味着周作人的散文缺乏情趣和美的意味，恰恰相反，这时期周作人的散文除了充满“知识”外，还在人生内涵的呈现及语言表达等方面，具有特别的“趣味”和“美感”。他不仅将趣味写成了一种情调和美感，还以此表达善的意味，周作人把“趣味”当做“美”和“善”，这就决定了他审美趣味的价值取向。周作人用“赏鉴”而非“实用”的审美眼光来把握社会人生，因而他创作的散文小品，形式活泼，内容多样，谈天说地，言近旨远，充满情趣。周作人将“趣味”作为散文艺术品性的基质，他的“趣味”观以中国传统文学的趣味性为底色，还将日本近现代文学对趣味的审美追求及西方美学的人文精神融于其中，使他的散文的趣味性具有了丰富复杂的内涵和品格，呈现出独具况味的艺术魅力。

第四节 郁达夫的生平与创作道路

郁达夫是“五四”新文化运动的先驱人物之一，也是新文学运动的重要实践者之一。他在留学日本期间就与郭沫若、田汉、成仿吾、郑伯奇等发起成立创造社，积极投身新文学的创作。他高举浪漫主义的旗帜，后来还积极倡导无产阶级革命文学，迅速在海内外产生了广泛的影响，为新文学的发展作出了不可磨灭的贡献。他的小说集《沉沦》是新文学史上第一部小说集，还率先在作品中塑造了产业工人的形象。他的许多小说情节淡化，情绪浓烈，近似散文，甚至有诗化的风格。他的散文则情真意挚，文笔优美酣畅，有的悲愤激越，感人肺腑；有的峻切激烈，锋芒逼人，还有的幽默迭出，妙趣横生。在创作新文学之余，郁达夫还创作了大量的旧体诗，无论数量还是质量，在新文学家中，都名列前茅。

一、前期的人生与文学之路

郁达夫（1896—1945），名文，字达夫，浙江富阳人。他出生于一个衰败的书香之家，1 岁时曾得重病，险些死去；3 岁丧父，由母亲抚养成人；8 岁入私塾学习，少有才气。郁达夫曾在《自述诗》中写道：“九岁题诗四座惊，阿连少年便聪明，谁知早慧终非福，碌碌瑚琏器不成。”1909年1月小学毕业后，考入杭州府中学，与徐志摩同学。其间阅读了不少的我国古典文学的名著，如《石头记》、《西厢记》、《牡丹亭》、《花月痕》、《西游记》、《水浒传》、《西湖佳话》和传奇杂剧等。此外，还认真阅读过《沧浪诗话》和《白香词谱》。在这些书籍的熏陶下，进一步激发了郁达夫写诗的欲望，因而大胆向报馆投稿。第一次投稿被采用的是一首五言古诗，登在《全浙公报》上。此后，他创作了更多的旧体诗。这期间的诗作，固然还不是很成熟的，但无疑使他在写作旧体诗方面得到了很好的锻炼，并为他日后走上文学创作道路奠定了基础。

1910年，郁达夫转入之江大学预科学习，两个月后因参与学潮被开除，又转入慧兰中学就读，后退学在家自修长达两年。在家自修期间，颇受乡人的议论与指责，这对郁达夫性格中敏感孤傲自怜倾向的形成有极大影响。1913年9月下旬，郁达夫跟随长兄郁华赴日。经过一年的学习，于次年7月考入东京第一高等学校预科，入医学部学习，与郭沫若、张资平同学，并建立了较深厚的友谊，这为他们以后一起组织创造社打下了基础。

在东京第一高等学校预科学习期间，郁达夫在认真学好功课的同时，对文学表现出浓郁的兴趣。他不仅经常写作旧体诗，而且喜欢读欧美的文学书，尤其爱读小说。可是，在这期间，郁达夫也因为自己受到日本民族的歧视而深为苦恼。这些遭遇极大地刺激了郁达夫的情感，一方面使他产生了深沉的忧国忧民之情，激发了强烈的爱国主义精神；另一方面，也使他性格更加敏感，为他以后的小说创作奠定了心理基础。

这时的郁达夫由于长期受歧视带来的精神压抑，加之青春期的性苦闷问题，使郁达夫产生了严重的忧郁症，后发展成为严重的神经衰弱症，经过一段时间的修养后才得以继续求学。后他弃医从文，转到名古屋第八高等学校文科入读。在名古屋读书期间，郁达夫较熟练地掌握了英语、德语和日语，阅读了大约1000部俄、德、英、日、法的小说。进东京帝国大学学习后，郁达夫几乎全身心地沉浸在书海之中，阅读了大量的西方小说，尤其以俄罗斯的小说为多，这对他后来走上小说创作的道路产生了重大影响。

1921年，他和郭沫若、成仿吾等在东京发起成立创造社，并出版了新文学最早的白话短篇小说集《沉沦》。1922年从东京帝国大学毕业后归国定居，参加了《创造》季刊、《创造周刊》、《创造日》的编辑工作，1923年出版了第二部小说集《茑萝集》。两部小说的出版，震惊了国内文坛。《沉沦》集收三篇小说，主人公都是留日学生，在弱国子民的悲哀与性爱苦闷的双重压抑下苦苦挣扎，虽然充满感伤情调和变态性心理的描写，当时被认为有“颓废派”的倾向，引起了极大的争议。但作品极其大胆率真地表达出青年对爱情及性的渴望和追求，打破了传统道德的禁锢，使整个社会受到强烈的震撼，深受青年的喜爱。《茑萝集》所收的作品，则是郁达夫回国以后的作品，主人公多是知识青年，他们不受重视，经济上处于破产的边缘，政治上看不到出路，由此带来家庭的动荡和悲剧——作者由此塑造了“零余者”的形象。但郁达夫笔下的“零余者”们，已经开始思考他们命运的原因，小说《茑萝行》中的主人公对妻子说：“我们的国家社会，不能用我去作他们的工，使我有了气力不能卖钱养活我自家和你，所以现代的社会，就应该负这责任。”这也使他开始摆脱日本“私小说”的束缚，在作品中加入了社会批判意识。

这一时期，郁达夫在思想上、创作上受到卢梭、赫尔岑、屠格涅夫、陀思妥耶夫斯基以及日本作家佐藤春夫等人的影响，主张文学作品都是作家的“自叙传”，在他的作品主人公身上，或多或少可以看到他自己的影子。他侧重从主观内心世界出发，表现自我的感情。在反映青春期的苦闷心理方面，充满大胆的自我暴露手法和浓厚的抒情色彩，使他在小说创作上成为前期创造社浪漫主义倾向的突出代表，和鲁迅的现实主义小说一起，开创了新文学小说两个不同路径和传统。

二、在方向转换的途中

20年代中期的郁达夫曾先后在安庆政法学校、北京大学、武昌师范大学、中山大学任教。还编辑过《洪水》半月刊和《创造月刊》，并主持创造社出版部事务。这一时期郁达夫的思想比较激进，开始摆脱个人的苦闷情绪，转而关注社会现实，也是他创作最为旺盛的时期。作品《春风沉醉的晚上》、《薄奠》、《微雪的早晨》等小说把目光投向最底层的民众，如工厂女工，人力车夫等，是新文学最早表现底层民众的作品。这些作品描写了下层民众的疾苦，表现了对劳动者的同情。1923年郁达夫发表《文学上的阶级斗争》一文，提出“二十世纪的文学上的阶级斗争，几乎要同社会实际的阶级斗争，取一致的行动”。1927年又发表《无产阶级专政和无产阶级的文学》，指“真正无产阶级的文学，必须由无产者自己来创造”。这也是新文学文艺界第一次提出“无产阶级的文学”。但郁达夫的性格决定了他更多的是一个自由主义的革命论者，而不是一个信仰坚定的革命家。因此尽管他在新文学史上最早描写产业工人，最早提出阶级斗争，但在一般人看来，他更多的还是一个有旧名士气的自由主义新文人。他的立场，主要是从朴素的自然感情出发，而不是出于坚定的政治立场。

1927年1月，郁达夫在《洪水》半月刊上发表《广州事情》一文，公开揭露和抨击广州政府的黑暗，引起了创造社内部的不同意见。1927年8月，郁达夫脱离创造社。同年秋，参加发起并主编革命政论性刊物《民众》，同时开始编辑出版《郁达夫全集》。1928年6月，郁达夫与鲁迅合编《奔流》月刊，又主编《大众文艺》，并与钱杏邨一起为中国革命济难会编辑文艺性半月刊《白华》；后由钱杏邨介绍，秘密加入太阳社。1930年2月，中国自由运动大同盟成立，郁达夫是发起人之一；3月，由鲁迅提名为中国左翼作家联盟发起人之一；1933年初又加入宋庆龄、蔡元培主持的民权保障同盟。

这段时间，郁达夫主要精力在编辑刊物、参加各类社会活动、政治活动上，作品的数量不及以前。同时，郁达夫的创作也发生了转变，一是散文、译作的数量明显增加；二是1932年连续发表了小说《她是一个弱女子》、《东梓关》和《迟桂花》，笔调清新，表现出对于纷乱现实的逃避以及对于宁静自然生活的向往。

1933年4月他举家由上海移居杭州，过着流连山水的隐居生活。除1935年发表反映大革命的最后一篇小说《出奔》外，主要创作山水游记、随笔等散文小品，如《钓台的春昼》、《移家琐记》及《寂寞的春潮》等，以闲适的笔调寄托自己感时忧国的心情。和小说一样，他的散文表现出直抒胸臆的率真，行文跌宕多姿，宛如行云流水，很有艺术魅力，在新文学中独树一帜。

随着抗日救亡运动的高涨，郁达夫又重新振作起来。1936年2月，就任福建省参议兼公报室主任。1936年冬，郁达夫应日本各社团及学校之聘去东京讲学，并专程探望亡命日本已近10年的郭沫若。1937年抗日战争爆发后，郁达夫应郭沫若之邀参加第三厅的抗日宣传工作。1938年末，由于国内政治气氛的逐渐逆转及家庭发生变故，郁达夫客居南洋，在新加坡任《星州日报》副刊编辑，并任《华侨周报》主编，在海外坚持进行抗战宣传工作。1941年12月太平洋战争爆发后，参加华侨文化界的抗日工作。日军逼近新加坡后，又辗转到苏门答腊的巴爷公务，在该地以办酒厂为掩护，化名赵廉隐居下来。不久为占领印尼的日军胁迫，到武吉丁宜日本宪兵部当翻译。在此期间，他暗中帮助和营救了不少印尼人民和华侨，获悉了日本宪兵部的许多秘密罪行。1945年8月，日本宣告投降。9月17日，郁达夫被日本宪兵部秘密杀害于武吉丁宜近郊荒野中。1952年，郁达夫被中央人民政府追认为烈士。

第五节 《沉沦》、《春风沉醉的晚上》等小说

郁达夫最早是以小说登上新文学的舞台的。1921 年 10 月，上海泰东图书局出版了他的第一本小说集《沉沦》，为创造社丛书第三种，被认为是新文学第一部小说集，收有《沉沦》、《南迁》、《银灰色的死》三篇小说，另有《自序》及译作《迷娘的歌》，其中影响最大的是小说《沉沦》。

一、《沉沦》与《沉沦》热

小说《沉沦》描写了一个性格敏感的青年，东渡日本求学在异国所受的挫折、压抑、歧视、屈辱和苦闷。这个留日青年在乡村以诵读诗歌自娱，但田园景色和诗词，只能给予他精神上短暂的慰藉。他渴望爱情和友情，然而身为弱国子民的他得到的多是白眼与不屑，在苦闷之下，他从自渎、窥浴到嫖妓，不断沉沦，而内心又不断挣扎，陷入堕落的恶性循环之中。最终他认为是积贫积弱的祖国导致了自己的悲剧，而他又无力改变这一现实，在发出“祖国呀，祖国！我的死是你害我的！你快富起来！强起来吧！”的绝望呼声之后，投海自尽。

《沉沦》中最引人注目的是作品中有很多赤裸裸的“猥亵”情节的描写，这些描写都是前所未有、惊世骇俗的。正如郭沫若所说：“他那大胆的自我暴露，对于深藏在千万年的背甲里面的士大夫的虚伪，完全是一种暴风雨式的闪电，把一些假道学、假才子们震惊得至于狂怒了。为什么？就因为有这样露骨的真率，使他们感受着作假的困难。”① 所以作品一问世，就遭到了极大的指责和非议。这些指责和非议大多是指斥作品充满色情描写、感情颓废。周作人在《晨报副刊》上发表了《沉沦》一文为其辩解，文章肯定了小说《沉沦》的特殊的艺术价值和社会价值，认为“他是‘受戒者的文学’，而非一般人的读物”②。

虽然当时批评的声音很多，但小说在当时的青年读者中还是产生了很大的影响。小说主人公的苦闷具有那个时代的特征，代表了“五四”时期那些受着压迫、开始觉醒而自身又带点病态的知识青年的共同心理，郁达夫通过大胆真率的描写，呼喊出了他们所共有的内心要求，引起了当时许多知识

---

① 郭沫若：《论郁达夫》，载王自立、陈子善：《郁达夫研究资料》，知识产权出版社 2010 年版，第 76 页。

② 周作人：《自己的园地》，河北教育出版社 2002 年版，第 60 页。

青年的共鸣，一时争相购读，那盛况曾被郁达夫兴奋而又自豪地称为“《沉沦》-ism”。如陈西滢所说：“他的小说的主人翁可以说是现代的青年的一个代表，同时又是一个自有他生命的个性极强的青年。我们谁都认识他。”①这样的“我们谁都认识”的青年的形象也就是郁达夫小说中创造出的独特的“零余者”形象：敏感多疑、愤世嫉俗，而又神经脆弱、自怜自艾。这些“零余者”的形象，在郁达夫此后创作的小说如《茑萝行》、《杨梅烧酒》等作品中多次出现。这些“零余者”同社会现实格格不入，不愿与黑暗势力同流合污，可是无力改造社会，只能以种种病态的行为来表达内心的不满。这事实上是作者精神困境的自我描述，也是“五四”青年一代知识分子精神世界的生动描述。郁达夫笔下所描写的主人公的感伤无疑是真实的，也是成功的，但在郁达夫前期的小说中，这种感伤往往缺乏节制，在一定程度上影响了作品的主题表现和艺术魅力。

《沉沦》的文字凄婉动人，对于青年病态心理的描写细致入微、丝丝入扣。但作品从结构上说，就显得相当的散漫，“严格的说起来，简直是生活的片段，并没有多少短篇小说的格式”②。《沉沦》整部小说共分八节，由“性渴望——窥浴——偷看野合——逛妓院——投海”几个片断，借助贯穿全篇的主人公“他”的感伤情调串联而成。全文以抒情为中轴，主人公的孤独感、苦闷感渗透在字里行间，形成了作品内在的凝聚力量，而构成小说情节的生活片断只不过是小说借以抒情的载体而已。可以说，郁达夫的《沉沦》开创了中国散文体小说的新天地。

二、自叙传的转变

1924年，郁达夫陆续发表了《春风沉醉的晚上》、《薄奠》等小说，这些是我国现代文学史最早表现产业工人生活的作品。1932年郁达夫在《自选集序》中说：“《春风沉醉的晚上》、《薄奠》……多少也带一点社会主义色彩。”但从其本质来看，还是一个知识青年的“自叙传”，只是这个青年将目光从顾影自怜转向了底层民众，并对底层民众抱有充分的同情甚至是情感上的共鸣。

《春风沉醉的晚上》的主人公不再是单一的，它写了两个人物：“我”

① 陈西滢：《闲话》(1926)，载王自立、陈子善：《郁达夫研究资料》，知识产权出版社2010年版，第278页。

② 陈西滢：《闲话》(1926)，载王自立、陈子善：《郁达夫研究资料》，知识产权出版社2010年版，第278页。

和陈二妹。"我"是一个穷困潦倒的知识分子，谋食无门，以卖文为生，生活极端贫困，因失眠和营养不良，已有了严重的病态。陈二妹是一个孤苦、善良、诚实的烟厂女工。她每天早出晚归工作在10个小时以上，收入极为微薄，不仅经济上受剥削，同时人格上受污辱，因此她非常恨她所在的工厂，并且表现出一种反抗情绪。"我"和陈二妹在上海最底层的贫民窟同租一处，渐渐熟悉，并有了些交往。《春风沉醉的晚上》布局结构与《沉沦》相比，显得严谨许多。"我"与陈二妹相识相交的四个过程：彼此戒备——初次相交——误会——相知，在小说中展现得相当完整。小说的情节结构层层推进，前后勾连，十分自然。通过这一完整的情节结构，既刻画了陈二妹的美好形象，也歌颂了下层劳动者之间同病相怜、相互关怀的友谊。

《薄奠》的故事则很简单："我"看戏出来，雇了一辆人力车，路上方知，车主的住处离我家很近。又一次出门，我走到车夫家门口，听见里面在大声喊叫，原来是车夫在训斥妻子，他好不容易积攒下三块多钱，想等积攒得多了买一辆旧洋车，而妻子却将这些钱买了过夏的白布。我很想帮他的忙，可身上没带钱，便将自己的一块银表拿出来，悄悄地放在他的桌上。多日以后，我又路过他家门口，听见里面有哭声，进去一看，原来车夫淹死了。我要给他妻子一些钱，但女人不要，求我为她的丈夫买一辆纸糊的车，在坟上烧掉。《薄奠》和《春风沉醉的晚上》一样，描写了底层民众的生活以及"我"与他们的交往。它们同样是自叙体小说，但它们又都有一定的发展，特别是在题材上突破了他以往创作的范围，开辟了一个新的方面。小说中的主人公都是穷困潦倒，内心苦闷的知识分子，他们的内心充满了孤独落寞的情绪，同时他们又能关心底层人民被剥削、被压迫的命运，对他们表示了诚挚的同情，同时也坦率地表白了自己在生活方式上、思想感情上与劳动人民之间所存在的距离。在艺术上，这些短篇抒情气氛浓重，文笔圆熟，结构都较为完整，已经克服了早年自叙体小说中松散拖沓的毛病。它们都是新文学初期的优秀小说作品。

20世纪20年代后期以来，郁达夫的小说创作从数量上来说，明显减少，但是风格更加突出，特别是1932年发表的《迟桂花》。郁达夫一改一贯裸露的写法，着力塑造一种天真、健全的美的人格与纯洁、无邪的美的感情，它们和清新、自由的美的自然相得益彰，使作品充满着和谐的诗意。作品不仅完美地传达了"人性返归自然"、心灵得到净化的主旨，而且也标志着作者的小说从感伤美向宁静美的转变。《迟桂花》以自然景物衬托人物的感情变化，创造了一个个情景交融的意境。小说中精湛的景物描写不仅俯拾皆是，而且这种情景交融，互相映衬的写作技巧几乎达到了炉火纯青的地步。那种清远幽澈的境界，完全和抒情主人公当时情欲净化了心境契合无间。这篇一万多字的小说，似乎不讲究章法，也没有扣人心弦的情节，但整体气势连贯，其原因就在于作者紧紧把握了“我”的情绪起伏变化这个主线，完成了全篇各部分间的内在联系。可以说，《迟桂花》是新文学这一时期抒情小说的典范之作。

第六节　游记与旧体诗

在中国现代文学史上，郁达夫除创作小说外，还写有大量的散文与旧体诗。他的散文创作时间比他的小说创作时间还长，从20世纪20年代初开始一直写到40年代，郁达夫的散文之笔从未停过。而他的旧体诗创作，则贯穿了他的一生。

一、郁达夫的游记散文

郁达夫的散文创作数量很多，而且各体皆备，传记、游记、日记、政论杂文等各种散文样式都有，都取得了相当的成就。郁达夫的散文走的是“言志”的个人主义和趣味主义的路子，注重在文章中表现自己的个性。郁达夫特别强调散文创作的个性，他用一种不拘形式的闲话似的体裁，写自己的思想，发自己的声音。他的散文还常常打破散文文体的界限，是介于诗与散文之间的新型文体。郁达夫认为散文应带有强烈的自叙传色彩，“这一种自叙传的色彩是什么呢，就是文学里所最可宝贵的个性的表现”①。无论是记叙个人经历遭遇的抒情文，还是描绘山水风光的游记，更不用说他的日记文学，都可以看到作者的经历、思想、情感。他的散文就是他的情绪史，他的全部散文合起来，就构成了他生命的历史。在这些散文里，我们可以清楚地看到郁达夫的经历、思想、感情，看到他毫不掩饰的痛苦和欢欣、忧伤和愤懑。

郁达夫早期的散文以汪洋恣肆的姿态喷发激情，在20世纪20年代中期以后转为凝重，到30年代又转为清丽、疏朗和隽永；1938年赴南洋后他的作品以政论为主，艺术水准有所降低。他的散文创作，靠才情动人，但其驾驭文字的功力很深，这得益于深厚的古典文学修养。他的散文有时不讲究章法，缺少节制，总体上看质量也不平衡，成就最高、最受后世推崇的，主要

① 郁达夫：《〈中国新文学大系·散文二集〉导言》(影印本)，上海文艺出版社2003年版，第5页。

是他的游记。

郁达夫短短一生中到过很多地方，留下了大量旅游文学作品。仅专集就有《屐痕处处》、《郁达夫游记》两种。此外在他的日记、诗词、小说中也保留下了不少他旅游所得的美好篇章。据不完全统计，他一生写下了33篇游记散文游记，约17万字，此外，他还以诗词、韵文的形式，写下了大量的游记之作。

郁达夫的游记别具一格，令人寻味。他的游记散文的特点：一是描写细致。《屐痕处处》里长短文仅10篇，却已经将江南美景写得透透。一天游玩下来，什么山、树、石、溪、碑、亭，一概都记得清清楚楚，甚至有的碑石上的铭文，还能按着记忆背上一段。二是文笔优美。郁达夫有一枝生花妙笔，什么东西被他写过，就像是有了仙气，无论从高山俯瞰村镇，还是山间溪水巨石，他的笔触就像是古代的山水画家，处处都有着一种蕴藉的味道。三是真情实感。同他的其他文字一样，郁达夫的游记也是少矫饰，事情如何，就照直说来，很少有什么故意玩花样和避讳的地方。虽然是游记，但无论当时的政局，民众的疾苦，知识分子的郁闷和忧伤，朋友间的真情欢悦，都在字里行间渗发出来，让读者感到可亲可感。

郁达夫的游记散文，如行云流水，颇有古代优秀游记散文的神髓。写到山水，他把诗人的灵感赋予了每一朵浪花、每一片绿叶、每一块巉岩、每一株小草，让大自然的一切具有性格和情味，再把风俗人情穿插其间，浓淡疏密，无笔不美，灵动浑成，功力惊人。郁达夫游记中还大量采取对偶、排比、反复等修辞手法，讲究平仄声调的配合，较多应用四字句，又注意长短句式的交替使用，从中我们可以看出，他借鉴了汉魏赋体文字遣词造句的手法，读起来整齐匀称、音调铿锵、节奏明快，具有非常鲜明的音乐美。如《花坞》中的描写：“花坞的好处，是在它的三面环山，一谷直下的地理位置，石人坞不及它的深，龙归坞没有它的秀。而竹木萧疏，清溪蜿绕，庵堂错落，尼媪翩翩，更是花坞独有的迷人的风韵。将人来比花坞，就像海阳商妇，老抱琵琶；将花来比花坞，更象碧桃开谢，未死春心；将菜来比花坞，只好说冬菇烧豆腐，汤清而味隽了。”这些文字整散结合，语势跌宕起伏，三起三落。随着比较烘托、描绘形容、排比渲染的连续铺展，读来气势充足，神韵激荡而节律有致，充分显露出花坞清新隽永的迷人风韵。

语言文字的美是郁达夫散文一直孜孜以求的。他在《清新的小品文字》中就说：“原来小品文字的所以可爱的地方，就在它的细、清、真的三点。”为了追求这样的艺术效果，在游记散文创作中，郁达夫剔除了过露的情感、过长的句子以及过多的赘语，行文落墨从容、稳定，纯净而又绚丽畅达。郁达夫还经常将古人诗句引入散文创作，有时更是自己创作旧体诗入文，如《钓台的春昼》中就引用了他自己的《钓台题壁》一诗：“不是尊前爱惜身，佯狂难免假成真，曾因酒醉鞭名马，生怕情多累美人。劫数东南天作孽，鸡鸣风雨海扬尘，悲歌痛哭终何补，义士纷纷说帝秦。”这些旧体诗的引入，使他的游记散文具有浓郁的诗意，增强了他的游记散文的个性和感染力。

二、郁达夫的旧体诗词

郁达夫的旧体诗功底深厚，蜚声文坛。在新文学作家中，他是以擅长写作旧体诗著称的。郭沫若说：“在他生前，我曾对他说过，他的旧诗词比他的新小说更好。”① 艺术大师刘海粟也说过：“达夫无意作诗人，但讲到他的文学成就，我认为诗词第一，散文第二，小说第三，评论文章第四。”② 浙江文艺出版社出版有《郁达夫诗词集》一书，其中收旧体诗 587 首、词 11 阕，此外还有断句、对联、题词、集句等，郁达夫旧体诗中散佚不见的也很多。

郁达夫的诗材广泛，有咏史、怀古、自述、离乱、恋情、纪游、写景、赠别、题画、题壁、唱酬、以诗代函等。郁达夫小说有散文化小说之称，他的散文又有诗化散文之称。他的诗歌也以抒发个人的情感见长。郁达夫旧体诗词的基调是主观感情色彩浓重的浪漫主义。他敢于坦诚率真地抒写内心感受，吐露自己的真实性情，表达他的爱和恨、喜和忧、怨和悲。总之，凡属他个人独有的思想感情，都在诗词中得到了自然的反映。他认为人的感情可以分为“自我的情绪”和“社会的情绪”，主张无论哪一种感情，都可以入诗，都有一定的价值。

1919 年，郁达夫曾经短期回国应试外交官，落第后在离开北京前经过陶然亭，触景生情，吟成一首遣怀诗《题陶然亭壁》：“泥落危巢燕子哀，荒亭欲去更徘徊。明年月白风清夜，应有编跃道士来。”可见当时他的心情已失意到了极点，泥落巢危，徘徊荒亭，顿生出世之想。1936 年在福州，当地一个有钱人以重金请求郁达夫为其作传，郁达夫断然回绝，并写有一诗：“万劫艰难病废身，姓名虽在已非真。多惭鲍叔能怜我，只怕灌夫要骂人。泥马纵骄终少骨，坑灰未死待扬尘。国门吕览应传世，何必臣雄再剧秦。”这首诗写得骨气铮铮，最能表现诗人的个性。

---

① 郭沫若：《望远镜中看故人——序〈郁达夫诗词钞〉》(1959)，载王自立、陈子善：《郁达夫研究资料》，知识产权出版社 2010 年版，第 455 页。

② 刘海粟：《漫论郁达夫》，载《文汇月刊》1985 年第 8 期。

重视旋律和节调，追求韵味和神趣，是郁达夫旧体诗词的一大特色。郁达夫的旧体诗严格遵守声调韵律，在对称中求变化，讲究神韵意境，擅长运用各种艺术手法，风格多样。郁达夫有深厚的诗词修养，他诗中的韵调和节奏不单单体现在诗的平仄和韵脚上，读者从他那特有的节调里，感受到诗中美妙的音乐成分。

◎ 思考题

1. 试比较周作人与鲁迅思想发展道路的异同。
2. 试论述周作人“五四”时期的文学观。
3. 试述周作人对现代散文理论的贡献。
4. 论述郁达夫小说《沉沦》在思想和艺术上的价值。
5. 试述郁达夫散文的艺术特色。

第六章　新文学的开拓与积累

文学革命爆发后，很快形成了规模和声势，新文学在短时间内就取得了很多成绩。这些成绩离不开新文学家的开拓创新和辛勤耕耘。他们日益丰富和不断成熟的文学作品正是这一时期新文学成果的体现。这一时期涌现了一批杰出的新文学家，他们的创作洋溢着个性解放、反传统束缚的精神，他们积极地表现人生，反映时代的文学思想，追求文学的现代品格。新文学经过不断的努力与成长，彰显了理性精神，走过了感伤情怀，表现了个性化的追求，尝试了多样的创作方法，在小说、散文、诗歌、戏剧等领域都取得了卓越的成就。

第一节　徐志摩与闻一多的诗歌

徐志摩与闻一多同为新月派的早期成员，他们从小深受中国传统文化的影响，对传统文学有着较为深厚的认知和修养，他们也都经历过英美的正统教育，对西洋文化熟悉而精通，是学贯中西的学者。在中国新诗的发展史上他们又同样是功不可没，有着不可替代的地位。早期的白话诗并不讲究诗的格律，只主张“自由”与“自然”。虽然早期的白话诗冲破了中国传统诗歌的形式，却没有固定新诗的发展形式和内容，一定程度上也破坏了诗歌的“美”。为了确立新诗的艺术形式和美学原则，使新诗走向规范，徐志摩、闻一多等人提出了新诗格律化，提倡新格律诗，主张“理性节制情感”，反对滥情主义和诗的散文化倾向，从理论和实践两部分对新诗的格律化进行了认真严谨的探索。闻一多可称是新格律诗派的理论奠基者，他提出了诗的“三美”原则：音乐美、绘画美、建筑美。其代表诗集《死水》是他全面实践其新格律诗理论的重要成果。《死水》的诗歌作品大多结构谨严，形式整齐，音节和谐，节奏感强，能很好地将绘画美的色彩和诗的感情色彩融为一体。徐志摩一生都在追求“爱”、“自由”和“美”，他是新格律诗的推崇者和实践者。在新诗格律化的过程中，他既能够对闻一多的“三美”理论有效地融会贯通，同时对于“三美”理论又有自己的独到见解和运用。他根据自己对于“爱”、“自由”和“美”的理解和追求，发现和创造了与众不同的诗意和诗境，其贡献是同时期其他诗人所不可能取代的。

一、徐志摩的诗歌创作及其影响

徐志摩（1896—1931），浙江海宁人，出生于富商家庭。他生性活泼，天资聪慧，兴趣广泛，喜爱交游，早年就读于北京大学，1918 年赴美国留学，两年后转入英国剑桥大学，1921 年在英国开始诗歌创作。留学期间，徐志摩一方面大量接受了欧美浪漫主义和唯美派诗人的影响，另一方面又倾心于英国式的资产阶级民主政治，这对于徐志摩的生活、思想和创作都产生了重大的影响。1922 年回国后徐志摩主要致力于新月社的活动和新诗创作，曾先后在北京大学等校任教，1931 年 11 月因飞机失事遇难。

徐志摩的诗集共有四部：《志摩的诗》(1925)、《翡冷翠的一夜》(1927)、《猛虎集》(1931) 和他死后出版的《云游》(1932)。这些作品既显示了徐志摩较高的艺术才华，也表明了他的思想倾向的驳杂多变。他对西方资产阶级民主政治的幻想以及这种理想的破灭，他信仰个性绝对自由的理想主义以及这种理想的难以实现，始终矛盾地贯穿在他短暂的一生中，同时也浸透在他诗歌创作的过程中。茅盾称他是“中国布尔乔亚‘开山’的同时又是‘末代’的诗人”①。徐志摩一生对英国、康桥充满倾慕、感激之情，他曾说：“我不敢说受了康桥的洗礼。一个人就会变气息，脱凡胎。我敢说的只是——就我个人说，我的眼是康桥教我睁的，我的求知欲是康桥给我拨动的，我的自我意识是康桥给我胚胎的。”② 从某种意义上说，徐志摩的思想正是英国剑（康）桥文化的产物。同时，徐志摩是一个天真的理想主义

① 茅盾：《徐志摩论》，载《茅盾论中国现代作家作品》，北京大学出版社 1980 年版，第 84 页。

② 徐志摩：《巴黎的麟爪·吸烟与文化》，载《徐志摩文集》(4)，商务印书馆 1983 年版，第 132 页。

者。他热烈地追求“爱”、“自由”与“美”①，他憧憬英国式的政治民主和充满“爱”、“美”与“自由”的理想人生。不过，在他驳杂的思想中，“爱祖国、反封建、讲‘人道’”，被认为是“三条积极的主线”②。

第一部诗集《志摩的诗》，较多地反映了自由知识分子在冲破封建传统禁锢之后表现出的进步的人道主义和积极进取的人生态度。如《太平景象》描写军阀混战造成的人间惨象，《先生！先生》写一个小女孩向坐在洋车上的乘客乞讨的情景，揭露了现实社会贫富之间的鲜明对立，表现了对下层穷苦人民的同情。《古怪的世界》、《灰色的人生》等也是饱含悲愤情绪的诗篇。《为要寻一颗明星》、《婴儿》等诗抒写了对一种理想的追求，体现了诗人对现实的关注，洋溢着积极的乐观情调。从第二部诗集《翡冷翠的一夜》起，尽管诗人还没有完全忘却人间的疾苦，如在《大帅》里描写了军阀混战带来的灾难，《庐山石工歌》表达了对劳动者的同情，但诗人的视野已经从时代、社会逐渐收缩到个人的情爱之中，许多诗篇充满了迷惘颓唐的情绪。这种情调到了《猛虎集》和《云游》就更加浓重。正如他在那首著名的《我不知道风——》里独自低吟的：

我不知道风
是在哪一个方向吹——
我是在梦中，
在梦的轻波里依洄。

诗人在回环往复的旋律中诉说着理想幻灭之后的哀伤和无所归依的迷惘。显然，徐志摩诗歌的思想情调经历了一个从有较多的现实内容转向更多的个人情怀，从揭露社会黑暗转向陶醉于“自我”隐秘的衰退过程，正如他在《猛虎集·序》中所说，是从早期的“单纯信仰”转向后期“怀疑的颓废”。

最能显示徐志摩诗歌艺术特点和风格的是他的爱情诗和抒发个人情怀的诗作。徐志摩的爱情诗大多写得真挚、热烈、温馨、清丽、浪漫、优美，手法多样。《落叶小唱》写失恋，将梦与现实相交织，梦醒后，只余窗外秋声，留下一缕惆怅。《山中》写深夜月下“我”思念远在山中的爱人，诗人

① 参见胡适《追忆志摩》，载《中国现代作家选集》，人民文学出版社 1993 年版，第 105~106 页。

② 卞之琳：《〈徐志摩诗集〉序》，四川人民出版社 1981 年版，第 4 页。

将浓烈的思念，化为奇妙的想象，在凝练的诗句中，细腻地表达出爱人之间梦一般美丽的情感。《雪花的快乐》表达了对纯洁的理想爱情的追求。诗里的“她”不一定是生活中所实有，而是诗人想象中的情人。诗里表达的是徐志摩式的浓郁、真挚、清丽的爱情遐想。不过，正如茅盾所指出的，徐志摩的许多披着恋爱外衣的诗不能把它当做单纯情诗看的；透过那恋爱的外衣，有他的那个对于人生的单纯信仰①。《雪花的快乐》也不仅是表达徐志摩式的理想爱情，同时也表达了他对美好理想信念的渴求。抒情主人公以“雪花”自喻，“她”则是一种精神力量、理想境界的人格化。全诗构思精巧，形式工整，想象新奇，风格飘逸。朱自清说，“他让你觉得世上一切都是活泼的，鲜明的”，“他是跳着溅着不舍昼夜的一道生命水”②。徐志摩活泼好动、潇洒不羁的个性与他柔美轻快、跳跃空灵的诗风已融为一体。

《沙扬娜拉——赠日本女郎》和《再别康桥》都是抒写离情别绪的佳作。前者全诗只有五行，可谓“新月”诗作中脍炙人口的名篇。

最是那一低头的温柔，
像一朵水莲花不胜凉风的娇羞，
道一声珍重，道一声珍重，
那一声珍重里有蜜甜的忧愁——
沙扬娜拉！

起首二句，以风中水莲的姿态比喻日本女郎那一低头的深情、温柔与娇羞，“道一声珍重”的重复，更使轻盈柔美的诗行呈现出缠绵委婉的音乐旋律，也加浓了诗作的感伤色彩。“那一声珍重里有蜜甜的忧愁”，细腻、微妙、复杂的离情别绪尽在其中，耐人寻味。最后一句东洋风的告别，使境界转向开阔和悠远，更倾注着希望、寄托和期待。《再别康桥》是 1928 年 11 月诗人重访英伦归国途中所作，是诗人的代表作。康桥即“Cambridge”，通译剑桥，徐志摩音译、意译结合，这才有了康桥这一剑桥的别称。徐志摩曾在这里留学两年，他的思想、生活在这里发生了重大的转折，其创作亦从这里起步。他对康桥一往情深，充满无限倾慕、依恋之情，康桥是他的精神故

① 茅盾：《徐志摩论》，载《茅盾论中国现代作家作品》，北京大学出版社 1980 年版，第 97 页。

② 朱自清：《〈中国新文学大系·诗集〉导言》，上海良友图书公司 1935 年版，第 7 页。

乡。《再别康桥》一诗就是用诗人与康桥挥手作别时的绵绵情思编织而成的。诗人把自己对康桥的深情，融化进了悄然离别时的那些富有特色的形象和想象之中：夕阳金柳、波光艳影、潭映彩虹，恰似旧时，以至于诗人情不自禁地写道："在康河的柔波里，/我甘做一条水草。"这样可以永远承受康河柔波的爱抚，可是，诗人的"康桥理想"，早已如梦幻般地破灭了。因此，诗人故地重游的时候，既有重温旧梦的欣喜，又有好梦难圆的感伤，于是，恋恋不舍的柔情和若有所失的怅惘相交织，使诗作在柔美的旋律中流露出一种淡淡的哀愁。

轻轻的我走了，
正如我轻轻的来，
我轻轻的招手，
作别西天的云彩。

全诗风格清新飘逸，节奏轻盈柔美，是一首音乐美的杰作。其音乐美的形成，一靠音步的整齐，二靠押韵产生的回环之感，三靠首尾两节诗的前后呼应和双声联绵词、叠词的运用，开篇三个"轻轻的"和结尾三个"悄悄的"，使全诗都给人一种空灵飘逸之感。

在新月诗人之中，闻一多、徐志摩都是具有浪漫气质的诗人，都是现代格律诗的实践者，但闻一多的诗具有阳刚之气，徐志摩的诗具有阴柔之美。闻诗凝重、沉郁、精练、谨严，徐诗清丽、温馨、空灵、飘逸。而将人生诗化与性灵诗化；善于捕捉意象，精心于意象的表现；致力于新诗的音节艺术，讲究音乐美，则是徐志摩诗歌艺术的主要特色。

二、闻一多的文学活动与诗歌贡献

闻一多（1899—1946），原名家骅，湖北浠水人。出生于世家望族，书香门第，幼年即深受中国古典诗词的熏陶并酷爱戏曲、美术。他于 1913 年考入清华学校，读书期间受到"五四"新思潮的影响，1922 年清华毕业后赴美留学。在清华所受的 9 年美式教育和在美国三年研习绘画、文学、戏剧的生活，使他深受唯美主义文艺思想的影响，也孕育了他浓厚的爱国主义情感。1925 年回国后，他积极参与《诗刊》的活动，成为新格律诗的主要倡导者。1928 年后，他潜心研究中国古典文学和古代文化，先后任教于武汉大学、青岛大学、清华大学，抗战时期任教于西南联大。30 年代后期至 40 年代，闻一多走出书斋，积极投身爱国运动。抗战胜利后任民盟中央执行委员，积极参加反内战、争自由的民主斗争。1946年7月11日，民盟负责人李公朴遭国民党暗杀，闻一多在7月15日云南大学举行的李公朴追悼大会上发表了著名的《最后一次的讲演》，当晚即被国民党特务暗杀。闻一多的一生，经历了由爱国主义诗人、学者、到民主斗士的思想发展过程。

闻一多的诗歌有《红烛》(1923年9月初版）和《死水》(1928年1月初版）两部集子。在闻一多的诗歌创作中，爱国主义诗篇最有光彩，艺术上也最为成熟，爱国主义感情是贯穿他诗歌的主旋律和灵魂。朱自清甚至评价他在当时“几乎可以说是惟一的爱国诗人”①。冰心评价说，“与其说是诗如其人，还不如说他自己就是一首诗——一首爱自由、爱正义、爱理想的诗；一首伟大的爱国诗篇。”②

《红烛》中的不少诗作写于留美时期，诗人流落异国，备受民族歧视，感到如失群的孤雁，因而在诗里较多地抒写了对故土的深切思念和对祖国历史文化的由衷赞美。《太阳吟》、《忆菊》就是其中有代表性的名篇。《太阳吟》抒写游子怀乡和思念祖国的无限深情，在诗里，诗人把太阳比作来自家乡的亲人，从而把思乡之情寄语太阳：

太阳啊——神速的金乌——太阳！
让我骑着你每日绕地球一周，
也便能天天望见一次家乡！

全诗构思巧妙，想象奇特，感情炽热，读来荡气回肠，感人至深。诗人在异国备受凌辱，感到：“这里的风云另带一般颜色，/这里的鸟儿唱的调子格外凄凉！”帝国主义者的民族歧视，更加激发起诗人强烈的民族自尊心、自豪感。闻一多对中华古国光荣过去的苦苦追寻，反复吟唱祖国“五千年的历史与文化”，正是他的爱国主义情感的另一种表达方式。在《忆菊》里，诗人从菊花想到重阳节，又想到“东方底诗魂陶元亮”。他以菊花象征“庄严灿烂的祖国”，他赞美菊花是四千年的华胄的名花，有高超的历史，逸雅的风俗，热情高歌：“我要赞美我祖国的花，/我要赞美我如花的祖国。”激越的诗篇袒露着诗人的一片赤子之情。闻一多心目中的祖国则是

① 朱自清：《〈中国新文学大系·诗集〉导言》，上海良友图书出版公司1935年版，第7页。

② 冰心：《追念闻一多先生》，载《闻一多纪念文集》，生活·读书·新知三联书店1980年版，第208页。

有悠久历史、灿烂文化的五千年文明古国。祖国的象征是“骚人逸士”的东方的“菊花”(《忆菊》)，是“尧舜的心”、“荆轲聂政的血”，是“庄周，淳于髡东方朔的笑”，是“孔子吊唁死麟的伤悲”(《祈祷》)。闻一多诗中的爱国主义以其丰厚的历史文化内涵和反帝的时代精神激发读者强烈的民族自尊心和自豪感，因而具有长久的艺术生命力，同时带有明显的怀古倾向。

闻一多把自己强烈的爱国主义感情比喻为一座“没爆发的火山”①，实际上，这股火早已在他不少诗歌中迸射而出，而在《死水》集中，燃烧得更加旺盛。在艺术风格上，较之热情奔放的《红烛》，诗集《死水》则显得更加稳健、含蓄、冷静，显示了诗人风格的成熟。

《死水》一诗是诗人享有盛誉的代表作，是实践现代格律理论的典范。它将诗人由捻而引发的愤懑之情表现得异常深切。诗人由一沟腐臭的死水引发了诗的灵感，把半殖民地半封建的旧中国比作“一沟绝望的死水”，然后运用以美写丑的手法，造成强烈的审美反差，表达了诗人对黑暗现实的彻底否定和心底和悲愤之情。诗人理想的破灭、追求的艰辛和由此而转化成的对民族命运的深切忧虑，都在诗里表现得异常冷峻和深沉。《死水》是闻一多按照建筑美、音乐美、绘画美进行艺术尝试的代表作。它比喻新奇，意蕴深远，“三美”俱备。全诗五节，每节四行，每行都由两个“三字尺”和两个“二字尺”组成，收尾都是双音词，通篇押韵，读起来音调铿锵，节奏鲜明，具有音乐美。诗中以浓丽繁密的意象，创造了富有诗情画意的意境，同时选用富丽华美、色彩鲜明的词藻，构成对比鲜明而富有暗示性的画面，增强了艺术效果，具有绘画美。全诗做到了“节的匀称和句的均齐”，又具有建筑美。

《静夜》表现出诗人对祖国和人民命运的深情关切。诗人反对只歌唱“个人的休戚”，他不稀罕“这墙内尺方的和平”，他宣称“我的世界还有更辽阔的边境”。由这首诗我们可以感受到诗人后来毅然走上民主战士的道路的必然性。诗人“发现”了现实的黑暗和人民生活的愁苦，但他并未绝望，长期以来民族的屈辱和悲愤，使他预感到沉默中正在积蓄变革现实的伟大力量。

闻一多写诗不多，但别是一家。他态度严谨，刻意求工，艺术个性鲜明。首先，他的诗具有浓厚的浪漫主义色彩。《红烛》的基本格调是浪漫主义，《死水》虽然具有了更多的现实主义成分，但其中许多作品所表达的火

---

① 闻一多：《〈女神〉之地方色彩》，载《闻一多选集》，上海开明书店1951年版，第98页。

一般的激情，充溢着鲜明的浪漫主义精神。其次，闻一多对新诗艺术的贡献主要表现在对现代格律诗的探索上，并因此开一代诗风。他卓有成效地实践了他所倡导的“三美”理论，把对新诗艺术的探索发展到了一个新的水平。诗集《死水》是全面实践其新格律诗理论的重要成果，诗作大多结构谨严，形式整齐，音节和谐，节奏感强。他善于将绘画美的色彩和诗的感情色彩融为一体，以精巧的构思凸显诗的神韵，用鲜明的对比和通过戏剧性处境加强诗的力量。最后，凝重、含蓄、精练、谨严，是闻一多诗歌的基本风格。他的诗很讲究炼字、炼句、炼意。朱自清说“他作诗有点像李贺的雕镂而出”①；陈梦家认为，“苦练是闻一多写诗的精神，他的诗是不断地锻炼、不断地雕琢后成就的结晶”②。

第二节 李金发与徐玉诺的诗歌

“五四”时期胡适倡导的白话新诗运动与郭沫若代表的现代浪漫主义诗潮，凭借着强劲的“五四”思想文化解放运动，迅捷地夺取了古典诗词垄断了几千年的中国诗坛霸主地位。20世纪20年代上半期中国诗坛面临的是旧诗的大厦已经倾颓，而新诗的殿堂又尚未建立的一种失范状态。“五四”新诗人在实施着自由体形式对古典格律形式的取代中，形式的自由化与散文化成为普遍倾向。在诗歌观念与审美价值取向上，服从启蒙主义时代精神的需要，在求得文学与平民大众意识的接近中，“说理”与“浅露”成为一种普遍现象。在新诗的这一散漫失落时期，新格律诗派与象征诗派应运而生。

新格律诗派从“五四”诗潮对传统诗歌的极端化对抗的诊断入手，开出了疗救的“药方”，这就是强调从传统诗歌中汲取有益营养，试图建立一个以“节制”与“和谐”原则为核心的新格律诗规范体系。而象征诗派面对“文学革新后，诗界成为无治状态”③ 的现实，没有去辩证地审视传统，而是把眼光投向了西方象征主义诗潮，把中国新诗的兴盛直接寄托在象征派这个“中国诗坛的独生子”身上，希望中国新诗与西方现代主义诗潮直接接轨同步。从20年代上半期开始，新诗结束了新旧蜕变期的尝试，开始了向新格律诗派追求的唯美方向与象征诗派提倡的“纯诗化”方向发展。西

① 朱自清：《〈中国新文学大系·诗集〉导言》，上海良友图书公司1935年版，第7页。

② 陈梦家：《〈新月诗选〉·序言》，解放军文艺出版社2000年版，第5页。

③ 李金发：《微雨·导言》，北京北新书局1925年版。

方象征主义诗潮对20世纪20年代上半期中国诗歌的影响正顺应了中国新诗自身发展的演变趋势。

一、李金发的象征主义诗歌

中国象征派诗形成气候并真正影响中国诗坛，是从李金发的出现开始的。李金发（1900—1976），原名遇安，广东梅县人。高小毕业后即去香港接受英国式的教育，1919年赴法国学习雕塑。19世纪末、20世纪初的法国艺术界，正值美术领域印象派勃兴，诗坛象征主义风行之际。李金发刚刚步入艺术大门，就为时髦的新异怪诞的气象所吸引。象征主义诗歌的感伤忧郁、凄婉迷蒙情调在他孤独寂寞的心灵上激起了共鸣，从而促使他的诗歌创作从一开始就走向了“象征的森林”。

李金发于1920年开始写诗，1925年后相继出版了《微雨》(1925)、《食客与凶年》(1926)、《为幸福而歌》(1927)等诗集。李金发的诗歌创作明显地受到了法国象征主义派诗人波特莱尔、马拉美、魏尔伦、兰波的影响，表现出以下较为突出的特征：

李金发的诗歌，自觉地以忧郁感伤为美，把一系列灰色意象引入诗歌领域，形成了新奇怪异的独特诗风。李金发不像“五四”时期白话诗人那样歌咏汩汩的小河、美丽的湖畔，他的诗中也很少出现春水、流云一类色泽明亮充满生机的意象，他一心在巴黎街头捡拾那些残、缺、丑、病的意象：如死尸、枯骨、荒野、落叶、夕阳、残月、泥泞、污血等。当时有人评价他的《微雨》时说：“在白话诗流行了七八年的当儿，忽然有一个唯丑的少年李金发先生，做了一本《微雨》给我们看，并在我们的心坎里，种下了对于生命欲揶揄的神秘，及悲哀的美丽。”① 李金发率先把西文象征主义表现丑恶、死亡、梦幻、恐怖的主题引入新诗坛，将西文的“恶之花”移植到以“风雅”传世的古老的东方诗坛。他的诗歌像一株奇花异草，不仅与中国传统诗歌格格不入，也与“五四”以来的新诗大相径庭。李金发诗歌的新奇怪异的诗风正是象征派诗人一种自觉的审美追求。他认为“世上任何美丑善恶都是诗的对象”。他说：“在做诗的时候，忘却自己是搅泥凿石之武夫，而是一个工悉善病的骚人。”② 因此，他可以把生命的悲哀化为“死神唇边的笑”(《有感》)，形容痛苦的灵魂“是荒野的钟声”(《X》)，将日落前的黄昏写成“正预备死之后遗嘱”(《夜之来》)。梦中碰到“骷髅之手，长抓

① 黄参岛：《〈微雨〉及其作者》，载《美育》1928年第2期。

② 杜格灵、李金发：《诗问答》，载《文艺画报》1935年第1卷第3期。

住我的大有”（《我背负了》），时而在幻觉中产生“恶魔收拾我脑汁/如取乳之村妇”（《晨间不定的想象》）。李金发的诗歌，特别是他的《微雨》充满了孤独、忧郁而颓伤的情调，其中包含了诗人受西方象征主义诗潮影响表现出的对生命存在意义的某种体验。同时，这种以丑为美、以忧郁为美的审美追求，又构成了对中国传统道德价值观念与传统审美理想的冲突与挑战，表现出与现代社会生活中现代人的现代情绪、现代审美观念相认同的现代意识，是中国诗歌一次具有审美革新意义的尝试。

李金发的诗歌注重用象征性的意象来表现诗人内心潜在的主观意识或感觉。象征主义诗人认为，诗“是内生活的真实的象征”，强调“诗的世界是潜在意识的世界”①。象征与暗示是象征主义诗歌最主要的方法。象征派诗中象征的喻体与本体之间存在着某种契合关系，意象就内涵来讲，常常既是它本身，又不是它自身的意义。《微雨》的开卷篇《弃妇》是李金发的代表作。诗中的弃妇不是一般意义上的写实性形象，而是一个包含了隐喻意义的象征体，其中凝聚着诗人的主观感受。全诗将弃妇的隐忧、哀戚、烦闷化入具有同类情感色调的一系列意象之中：鲜血、枯骨、蚊虫、游蜂、山泉、夕阳、灰烬、游鸦、丘墓等，在这些意象的流动与组合中完成了对弃妇情感历程的表现，在对弃妇情感历程的表现中象征性地传达出一种被弃冷落后的孤独忧伤，企求超脱而又不可得的人生悲叹与不平。在更深层的意义上，弃妇形象成了现代人一种生存隐忧的表现，一种被上帝抛弃后无家可归的灵魂流浪的象征。李金发诗歌大量运用暗示手法，营造了一种扑朔迷离、隐晦含蓄的艺术效果。然而，由于过度追求暗示的神秘性，使他的有些作品过于晦涩，成了猜不透的“谜”，失去了鉴赏意义。

想象、比喻的新奇性与章法的怪异性是李金发诗歌的又一特征。朱自清说，象征派诗不把自己艺术想象中的比喻和意象“放在明白的间架里”，多采用“远取譬”，而不用“近取譬”，即“在普通人以为不同的事物中间看出同来”②。李金发用“希望成为朝雾，来往在我心头的小窗里”（《希望与怜悯》）来抒写对情人期待的心境；形容山间小羊的叫声“多么像湿腻的轻纱”；慨叹我们的生命太枯萎，“如牲口践踏的稻里”（《时之表现》）；咏叹死亡之神“如同明春般美丽，/季候之来般忠实”（《死》）。他有意打破常规逻辑，改变习惯思维的轨迹，并强调联想脉络的经济与省略。因此，他

① 穆木天：《谭诗——寄沫若的一封信》，载《创造月刊》1926年第1卷第1期。

② 朱自清：《新诗的进步》，载《朱自清全集》第2卷，江苏教育出版社1996年版，第320页。

的诗句是跳跃流动的，句与句、节也节之间的联络时常中断、省略，意象之间通常是无外在逻辑关联的组合。朱自清说：象征诗派能用“最经济的”方法组织诗歌，“将一些联络的字句省掉，让读者用自己的想象力搭起桥来。没有看惯的只觉得一盘散沙，但实在不是沙，是有机体”①。读李金发的诗，的确要用想象搭起桥来，才能见出其有机性的联系。李金发的诗歌在章法结构上较为注重内在的情绪脉络的关联，主张用奇特的观念联络方法，有意破坏严整和谐的审美观念，用感观的交错、非逻辑关系的语义联系，构成一种艺术的“浑成的感觉”。然而，他的诗歌有意省略了联想的脉络，过度地放纵想象与意欲，又导致了不少诗歌章法的零乱与散漫。他的诗歌的语言也过于驳杂，语言感觉上又缺少天分，常常出现欧化句子与文言句子的纽结，造成了语言表达的迟滞与表意的障碍。

二、徐玉诺的诗歌

徐玉诺（1894—1958）又名言信，笔名红蠖，河南鲁山县人。1915 年考入开封省立第一师范就读，求学期间深受“五四”新文化影响，开始进行文学创作。1921 年起徐玉诺先后在《晨报副刊》、《文学周报》、《小说月报》等全国有影响的新文学刊物上发表小说、诗歌等作品，并经郭绍虞、郑振铎介绍加入进步文学团体——文学研究会。1922 年 6 月，他的 48 首诗作与朱自清、周作人、俞平伯的作品一起收入“文学研究会丛书”之一的诗集《雪朝》，8 月商务印书馆又单独发行了他的诗集《将来之花园》，共收入 105 首诗，在当时的文学界产生了相当大的影响。1921 年至 1925 年是徐玉诺创作的高峰期，短短五年间他陆续在全国各种刊物上发表了 400 多篇作品，其中大部分是新诗，约 340 篇；小说次之，近 30 篇；杂感随笔和学术文章等 35 篇；另有短剧剧本两篇。1947 年鲁山解放，他积极参加家乡建设，先后担任中学教员、校长等；1956 年加入中国作协，继续从事创作；1958 年 4 月 9 日因积劳成疾病逝于开封，归葬故里鲁山徐营凤凰山下。

徐玉诺的新诗创作主要集中在 1920 年至 1924 年，他的新诗在当时的报章上一出现，便引起了读者和评论者的广泛注意和重视。叶圣陶、王任叔、茅盾等人都给予了高度的评价，甚至到了 1982 年王瑶仍评价徐玉诺是一位

① 朱自清：《新诗的进步》，载《朱自清全集》第 2 卷，江苏教育出版社 1996 年版，第 320 页。

“不该被忘记的诗人”①。

初登文坛的徐玉诺深受当时文坛流行的抽象的“人生”大讨论影响，收集在《雪朝》的诗歌也参与到“五四”的“希望”、“青春”、“爱情”等哲理问题的讨论，参与了社会、人生、命运等社会伦理讨论。这些诗带着温婉、清新、欢欣的情调，洋溢着饱满的喜悦，带着清新的泥土的芳香、健康质朴的气息。

1922年以后随着徐玉诺接触现实日渐深入，早期诗作中那种欢欣喜悦的情调逐渐被一种失落、怅惘的情绪所代替。1922年8月诗集《将来之花园》出版，郑振铎在《卷首语》中写道：“在《将来之花园》里，玉诺曾闪耀着美丽的将来之梦，他也细细心心的把他心中更美丽、更新鲜、更适合于我们的花纹织在上边；预备着小孩子的花园，但是挽歌般的歌声，却较之这朦胧梦境之希望来得响亮多了。玉诺总之是中国新诗人里第一个高唱‘他自己的挽歌’的人。”②

作为文学研究会的重要诗人，徐玉诺积极实践“为人生而艺术”的宗旨，创作了不少流淌着“血与泪”的诗篇。他始终关注黑暗的社会现实，真实地描绘和表现兵、匪、地主残害盘剥下中原人民的苦难生存状态。他笔下兵匪横行的故乡“只有弥漫天空的黑烟红火”(《火灾》)；到处是山陵似的白骨，河流似的红血；黄金般的麦子被践踏枯死在地。在寂寞黑暗的夜里，只听见“杀杀杀——时代吃着生命的声响”(《夜声》)。诗人满腔愤怒地谴责和控诉罪恶的战争：“假若我不是一个弱者，/我要提支手枪走进故乡去；/在那血烟飞溅，尸身满地/丘八，/匪将，/或者村长手下持枪的人们中间/不分彼此的战场上/我毁灭了他们；/或者/他们毁灭了我！——自己；/那也总是有意义的！”(《假如我不是一个弱者》) 在这些诗里，徐玉诺不仅仅满足于一般性地描写农民的悲苦生活，展示他们的血泪人生，而是用他那严酷冷峻的笔触直刺黑暗社会的心脏，有力地鞭挞了反动军阀的血腥统治。

苦难和烦恼并不是徐玉诺诗歌表现的全部，在丑陋的现实面前，他选择营造美丽的世外桃源来缓解净化人世间的百般苦难。面对险恶的现实，他赞美故乡“最亲密最讲友谊的鸟儿”、“最表同情的山谷”和“温柔而且仁爱的土壤”；置身纷乱的社会，他歌咏那自由幸福的小鸟与宇宙的亲密无间；

① 王瑶：《徐玉诺诗选·序》，载《王瑶文集》，北岳文艺出版社1995年版，第544页。

② 郑振铎：《将来之花园·卷头语》，商务印书馆1922年版。

感受世态炎凉，他投向故乡山水间寻求精神的慰藉。《爱的表象》、《甜蜜的睡》、《美人的微笑》等诗则高歌他心目中理想的爱情。他编织了一个纯真理想的、自由自在的、平等民主的乌托邦：这里有清风、树林、小鸟歌唱、绿草地、白云等，色泽、情态是温存平和的、素雅的，这里是艺术的伊甸园、自由的王国。

但在编织梦幻花园的同时，他发现了人生存的各种真实状态：焦虑、无奈、恐惧、迷惘，无力把握主体命运。《路上》一诗清晰地勾勒出人本真的生存状态。全诗采用蒙太奇手法，把形形色色的人汇集到"路上"这个高度隐喻的意象之中，政客、土匪、受难者、教师、学生……是现实生活的"浮世绘"。在"路上"这个隐喻的场景中意象并置，构成了一个巨大的隐喻，构成了诗人与存在的密切关联。诗人面对这样一个"尘埃漫天"的乌烟瘴气的地方，发出了"吾与汝曷亡"的毁灭的怒吼，表达否定与颠覆现实的愿望。在《黑色的斑点》中，徐玉诺用"黑色的斑点"象征现实中的各种黑恶势力对人世间一切生命的摧残和对人的心灵的异化。他的《枯草》、《杂诗·四》、《路上》、《船》、《一点墨》、《诗》等诗都是超越自己的实际生活遭遇之后，用象征手法传达出独特人生体验和生命感悟。这部分诗作虚无成分加重，现代主义色彩浓厚。河南学者刘增杰曾高度评价徐玉诺诗作："徐玉诺在现代诗歌发展初期的最大贡献，应是他诗作思想的深刻性，以及他的诗在现实主义与现代派诗艺融合上所表现出的先锋姿态。"①

对黑暗现实的揭露和控诉、对未来朦胧的理想和追求、试图以唯美的态度来摆脱人本困境的枷锁等三个方面的内容相互交织，构成了徐玉诺艰难、浪漫的短暂诗旅。现实触目惊心的苦难、故乡田园醉人的美丽与对人生意义这一根本问题的苦苦思索和探究，使玉诺的诗在凄梦中散发着温情②。

第三节　冰心、朱自清的散文

冰心、朱自清和鲁迅、周作人、郁达夫等一道，在中国新文学的发展进程中，为20世纪的中国新散文奠定了不同的风格基调。

① 刘增杰：《中原诗坛的开创人——序〈徐玉诺诗文辑存〉》，载《平顶山学院学报》2007年第22卷第6期。

② 武新军：《枷锁下的寻路者——重读徐玉诺的诗与小说》，载《焦作大学学报》2000年第4期。

一、冰心的散文

冰心（1900—1999），原籍福建长乐，生于福州。原名谢婉莹，曾用笔名冰心、冰心女士等。童年时期，全家随任职于海军的父亲在山东烟台生活，后迁往北京，其间短暂回过福州。1914 年就读北京贝满女子中学，1918 年在后并入燕京大学的协和女子大学学医，随后改读文学。“五四”期间，积极参加学生运动，任学生会文书，并广泛阅读中国古典文学名著、林纾的译作和泰戈尔的作品等。受新文学影响，开始为《晨报》写作笔记散文之类的文章。1919 年相继发表《两个家庭》、《斯人独憔悴》、《去国》等所谓“问题小说”，引起文坛瞩目。1920 年发表散文《小鸟》，1921 年发表散文《笑》，开始了散文“爱的哲学”之追寻。此一时期又写作了数百首泰戈尔《飞鸟集》式的小诗，1923 年结集为《繁星》与《春水》出版，成为新文坛升起的一颗新星，更是当时携散文、小说和诗歌三种新文体，驰骋“五四”新文学界的唯一女性作家。但此时的她，不过还是个涉世不深的大学生。1921 年加入文学研究会。1923 年从燕京大学文科毕业，同年 7 月即启程赴美国威尔斯利女子大学留学，专攻英国文学，1926 年 7 月底回到上海，8 月抵北京。

“五四”时期至 1927 年近 10 年间，冰心创新了多种文体，最先尝试的是散文，成就最大的也是散文。她创作了她那个时代最成功的儿童文学，也是她一生最重要的代表作品《寄小读者》共 29 篇，也留下了《往事》系列，《一只小鸟》、《画——诗》、《笑》、《宇宙的爱》、《山中杂感》和《问答词》等至今读来仍诗意盎然、哲理深邃的单篇佳构。

冰心写于 20 世纪二三十年代的散文作品，尤其是《寄小读者》，影响了几代中国人的心灵，也一直争论不休。指责她的意见主要有如下几点：蒋光慈于 1925 年批评冰心“所代表的是市侩性的女性，只是贵族性的女性。什么国家，社会，政治，……与伊没有关系”①；阿英于 1930 年指责冰心“只是一个资产阶级的唯心论者”②；贺玉波在 1931 年说“她对于社会太盲

① 蒋光慈：《现代中国社会与革命文学》，载范伯群：《冰心研究资料》，北京出版社 1984 年版，第 193 页。

② 阿英：《谢冰心》，载范伯群：《冰心研究资料》，北京出版社 1984 年版，第 205 页。

目了……在她的作品里只充满了耶教式的博爱和空虚的同情”①；茅盾在1934年则说“她的所谓‘爱的哲学’的立脚点不是科学的——生物学的，而是玄学的，神秘主义的”②。以上分别从阶级论的、唯物论的、非基督教的和科学主义的角度对冰心散文进行了褊狭性批判，也为后来数十年的非冰心论奠定了基调。20世纪60年代早中期范伯群、曾华鹏称冰心“思想上为资产阶级唯心史观所支配，同时又严重脱离当时的现实斗争和广大人民”③；80年代初期林非称“她鼓吹要爱世界上所有的母亲和儿女，不分阶级去爱一切的人，把这种超阶级的‘爱的哲学’，当做社会前进的力量，这自然是不正确的”④，都是“五四”以来文化、文学上“左”倾思潮的回流而已。

但20世纪中国文学的冰心散文批评，从作家的情思出发，从文体的审美出发，从20世纪初中国的思想状况甚至文艺复兴以来整个人类的精神状况出发，肯定冰心《寄小读者》等散文作品艺术贡献的文章，还是占据了近一个世纪的文坛主流。综合起来主要有如下几种看法：20年代末期沈从文说：“冰心女士所写的爱，乃离去情欲的爱，一种母性的怜悯，一种儿童的纯洁，在作者作品中，是一个道德的基本，一个和平的欲求。”⑤这显然是对冰心作品中没有任何限制的一类人人性的颂扬，对超越任何阶级的“道德”与“和平”欲求的肯定。30年代初期李素伯激情地赞扬《寄小读者》的“文字是那样的清新隽丽，笔调是那样的轻倩灵活，充满着画意和诗情，真如镶嵌在夜空里的一颗颗晶莹的星珠。又如一池春水，风过处，漾起锦似的涟漪”⑥。阿英在作了上述指责的五年后很快就转舵了，1935年他承认了李素伯所说文体上的“清新隽丽”与“画意和诗情”等，甚至干脆抛弃了资产阶级唯心论的大棒，认识到“广大的青年读者对于她的‘爱的哲学’的共鸣，特别是母爱，儿童爱，自然爱，这是蕴藏在每个人心胸里

---

① 贺玉波：《歌颂母爱的冰心女士》，载范伯群：《冰心研究资料》，北京出版社1984年版，第218页。

② 茅盾：《冰心论》，载范伯群：《冰心研究资料》，北京出版社1984年版，第246页。

③ 范伯群、曾华鹏：《论冰心的创作》，载《文学评论》1964年第1期。

④ 林非：《现代散文六十家札记》，百花文艺出版社1985年版，第16页。

⑤ 沈从文：《论冰心的创作》，载范伯群：《冰心研究资料》，北京出版社1984年版，第196页。

⑥ 李素伯：《小品文研究·中国现代小品文作家与作品上》，上海新中国书局1932年版，第145页。

的，谁都具有着的爱的心情”①，这是对沈从文的呼应。郁达夫最具慧眼，说冰心少写性爱和两性间的苦闷，“一半原是因为中国传统的思想在那里束缚她，但一半也因为她的思想纯洁，把她的爱宇宙化了秘密化了的缘故。我以为读了冰心女士的作品，就能够了解中国一切历史上的才女的心情；意在言外，文必己出，哀而不伤，动中法度，是女士的生平，亦即是女士的文章之极致”②。这是从思想、哲学、方法到缺点都兼顾到了的洞明之评。50年代之后，冰心散文研究朝向更细密和多层次发展。夏志清认为：“冰心的优点并不在于感伤的说教，也不在于对自然的泛神崇拜态度，而在于她对狭小范围内的情感有具体的认识。”③ 这不但是对写亲情的肯定，也是对蒋光慈所谓“贵族性”的反批评。90年代傅光明、许正林发表《冰心散文：一个独特的艺术世界》，将冰心一生的散文做了综合分析：深层“有三个层次，其一是对现实人生世界的总体理解；其二是对自我人格的思索；其三是对于人情世界的态度。在它的表层，多样的题材与表现手法呈现出纯真、清丽、典雅、蕴藉”的基本风格④。这个评论既是集近80年批评之大成，也有两位学者的新见。

对于冰心前期散文的探索虽近一个世纪，不少批评都有值得珍视的地方。但从思想内涵到艺术传达的系统研究仍嫌不够。以《寄小读者》为代表的冰心前期散文，可从三个层次进行阐发。

一是“梵”中合一的哲学观。冰心当时虽然年轻，但她天生聪慧，思想澄澈，耽于中国古典，又受新世纪西潮冲击和印度哲学等影响，进入大学两年左右就建立起了“‘梵’中合一”世界性思维态度。她在《遥寄印度哲人泰戈尔》中说：“你的极端信仰——你的‘宇宙和个人的灵中间有一大调和’的信仰……渗入我的脑海中，和我原来的‘不能言说’的思想，一缕缕的合成琴弦，奏出缥缈神奇无调无声的音乐。”泰戈尔的话乃属“梵”音；“不能言说”则是典型的民族诗性思维，二者构成主观中融化客观，人天合一（与客观中融化主观的天人合一不同）且神秘难言的中印合璧之大

① 阿英：《现代十六家小品》，载范伯群：《冰心研究资料》，北京出版社1984年版，第402页。

② 郁达夫：《中国新文学大系·散文二集·导言》，转引自俞元桂：《中国现代散文理论》，广西人民出版社1983年版，第459页。

③ ［美］夏志清：《中国现代小说史》，刘绍铭等译，香港友联出版社有限公司1985年版，第62页。

④ 傅光明、许正林：《冰心散文：一个独特的艺术世界》，载《文学评论》1994年第2期。

音稀声，亦即她所说的"'梵'中合一"①。这合一既是中印哲学美学的，也是她多次谈到的"可爱的天籁人籁"② 的。于是，年轻的冰心的散文才表现得那样主观而又包罗万象，那样孩子气而又无所不能，那样一水映天而又万天一星！正是这个哲学根基，才培植了冰心的伦理信念与超卓的艺术表现力。

二是在"天籁人籁"的大调和之间，冰心建立了"爱的哲学"的伦理观。冰心并不是对她的时代没有忧患，1923 年她曾痛心感慨："中国人是太腐败了!"③ 但她是一个天生的理想主义者，她的着力点不在批判，而是带着母性的敏感与包容，着力于哲学与伦理秩序的建构，她远远地走在了同时代的文学家前面，而与第一代新儒学家们站在了一起。她爱儿童、爱兄弟、爱父母，尤其将超民族、超阶级、超时空的母爱推到了一切大爱的极致："这时宇宙已经没有了，只母亲和我，最后我也没有了，只有母亲；因为我本是她的一部分!"④ 她把万物化成人("自然母亲"⑤)；又把母亲化成宇宙（郁达夫所谓"把她的爱宇宙化了"），将她的爱的伦理学推衍成爱的哲学，也没有什么不妥，但这也仍是从"'梵'中合一"那里来的。她用散文创造了"完全的爱"、"一个透彻晶莹的世界!"⑥

三是儿童本位的叙述方法。"冰心体"散文之所以能感动几代人，当然有它特有的方法与风格，但是什么导致了上述李素伯等人所说的审美效果呢？是冰心从基督教那儿学来了圣洁与慈怜，从泰戈尔那儿学来了欣赏与崇拜，从家庭生活体验了关切与幸福，从离家去国备尝了孤儿般的乡愁与别恨，又从"五四"新文化新文学的土壤里树立了人人平等的对话理性与能力，她前期的很多话都泄露了不少天机："我知道我的笔力，宜散文而不宜

① 冰心：《遥寄印度哲人泰戈尔》，载傅光明、许正林：《冰心散文全编》上编，浙江文艺出版社 1995 年版，第 16 页。

② 冰心：《文学家的造就》，载傅光明、许正林：《冰心散文全编》上编，浙江文艺出版社 1995 年版，第 55 页。

③ 冰心：《介绍一本书》，载傅光明、许正林：《冰心散文全编》上编，浙江文艺出版社 1995 年版，第 169 页。

④ 冰心：《寄小读者·通讯十》，载傅光明、许正林：《冰心散文全编》上编，浙江文艺出版社 1995 年版，第 152 页。

⑤ 冰心：《寄小读者·通讯十》，载傅光明、许正林：《冰心散文全编》上编，浙江文艺出版社 1995 年版，第 154 页。

⑥ 冰心：《寄小读者·通讯十一》，载傅光明、许正林：《冰心散文全编》上编，浙江文艺出版社 1995 年版，第 157 页。

诗，又知道我认识孩子烂漫的天真，过于大人复杂的心理，将来的创作，仍要多在描写孩子上努力。"① 她一开始与小朋友通讯就采取了以童眼看人世，以童真写天真，以童心叙童事的策略，拉近与儿童读者的距离，让他们以想象、关切、同情、伤感、牵挂甚至怜悯的心态进行零界别交流。非但如此，她甚至放低身位，承认："我是你们天真队里的一个落伍者"②，"我这受了社会的熏染的人，怎能站在你们天真纯洁的国里"③？从而歌颂儿童、母亲、耶稣基督的和一切美的自然物的纯爱与伟大。她的散文里所有记忆中的人物、故事、病痛与风景等，所有的节奏、音响、诗意与风格等，都与儿童本位的叙述方法有关。这也可以说是她作为一个小说家和诗人，在散文上所得到的艺术补偿。

二、朱自清的散文

朱自清（1898—1948），原名朱自华，号秋实，后更名自清，号佩弦。曾用笔名白水、白晖、知白、余捷等。祖籍浙江绍兴，青少年时代在扬州度过。1916 年毕业于江苏省立第八中学，随后入读北京大学哲学系，在校期间曾加入新潮社和文学研究会。1920 年大学毕业后到江浙等到地多所中学任教，1925 年从春晖中学任上被直接聘为清华大学国文系教授。最先写诗，也尝试过小说。到清华后除授课外，以创作散文和研究古今文学为主。1922 年至 1928 年间，出版有诗文集《踪迹》(1924)、散文集《背影》(1928)、诗集《雪朝》(1922) 和《毁灭》(1924) 等。朱自清一生的文学创作成就，散文远胜于诗歌。虽然 30 至 40 年代的散文如《欧游杂记》(1934)、《你我》(1936)、《伦敦杂记》(1943)、《标准与尺度》(1948)、《论雅俗共赏》(1948) 等，无论广度、深度与艺术表达要高于 20 年代的散文，但他第一个 10 年独特的散文创作及其在文学史上的影响，是不可轻易抹杀的。

朱自清前期的几个散文名篇如《匆匆》、《桨声灯影里的秦淮河》、《"月朦胧，鸟朦胧，帘卷海棠红"》、《背影》和《荷塘月色》等，有的很早就被选入国文课本，他的新散文与现代教育史连在一起，因此，近 90 年

① 冰心：《〈冰心全集〉自序——我的文学生活》，载傅光明、许正林：《冰心散文全编》上编，浙江文艺出版社 1995 年版，第 327 页。

② 冰心：《寄小读者·通讯一》，载傅光明、许正林：《冰心散文全编》上编，浙江文艺出版社 1995 年版，第 126 页。

③ 冰心：《法律以外的自由》，载傅光明、许正林：《冰心散文全编》上编，浙江文艺出版社 1995 年版，第 42 页。

来得到了学界和教育界的许多褒奖。这些赞扬式的评论主要集中在三个方面：一是风格上平易、亲切、自然、细腻、有“情致”，以王瑶、朱德熙、唐弢（晦庵）、季镇淮等为代表；二是“文中有画”，形象感强；以何以聪、马焯荣、秦亢宗、吴周文等为代表；三是语言上善用口语，通俗且富有活力与表现力，以李广田、杨振声、朱德熙、叶圣陶、王瑶①等为代表。而杨振声所谓“他文如其人，风华是从朴素出来，幽默是从忠厚邮来，腴厚是从平淡出来。他的散文，确实给我们开出一条平坦大道，这条道将永久领导我们自迩以至远，自卑以升高”②，从人品到文品，为朱自清做了很好的概括和预言，这其中当然也涵盖了朱氏早期的散文。

也有论者持不同看法。1977 年 6 月，余光中发表长文《论朱自清的散文》，对朱自清的散文进行否定性批判，认为《荷塘月色》是“浪得盛名”；《桨声灯影里的秦淮河》“庸俗而肤浅”；《背影》则“失之伤感”，朱自清前期散文在含蓄、比喻、女性意象、自我形象、用情甚至于语言上，毛病多多，“朱自清能称为散文大家吗？我的评断是否定的”③。朱自清前期散文或许存在某些不足，但其“所作抒情散文艺术成就尤高，写景抒情，委婉细致，意境清新优雅，语言简朴亲切”④，这是不容否定的文学史实。

朱自清 1925 年写成，收在《背影》里的第一篇散文《女人》，极少有人提到并作正面评价，就是一个明证。其实，《女人》是那个时代人的解放、个性解放、妇女解放甚至女性人体解放的一篇艺术美的宣言书。它从人体美的角度，对“艺术的女人”进行理想的、浪漫的、纵情的歌颂，是“五四”精神在落潮时期最美丽的阐扬，是一个真诚的文学家对人自身的歌唱，也对冰心从亲缘、心灵等角度进行母性美的神圣崇拜作了弥补。

第四节　叶绍钧、许地山、废名的小说

在新文学的创作初期已经成长出一批独具特色的为人生派的写实作家。他们因为自己的成长背景和生活环境不同，在解放个性，追求文学革命的时

---

① 所列作者言论均见朱金顺编：《朱自清研究资料》，北京师范大学出版社 1981 年版。

② 杨振声：《朱自清先生与现代散文》，载朱金顺：《朱自清研究资料》，北京师范大学出版社 1981 年版，第 10 页。

③ 余光中：《余光中散文选集 · 青青边愁 · 论朱自清的散文》，时代文艺出版社 1997 年版，第 140~160 页。

④ 张秀亚：《中国现代文学辞典 · 朱自清》，上海辞书出版社 1990 年版，第 93 页。

代，选择了自己特有的写作视角和写作风格，用别致的笔调表现着不同的人生和色彩。叶绍钧、许地山、废名就是其中表现比较突出的三位作家。叶绍钧长期从事教育工作，对于他所熟悉的普通知识分子的描绘在现代小说史上具有独特的地位。叶绍钧的小说作品主要反映了普通知识分子的灰色人生。他塑造人物时注重对人物精神世界的描写和揭示，将大时代的风云际会化入小的个人生活历程，以个人遭遇自然折射出时代的变迁。与叶绍钧不同，许地山的小说作品多以闽、台、粤和东南亚、印度为背景，故事多描写现实的男女之情，在叙事上喜欢采用超现实的境界描写，具有浪漫色彩和传奇性，充满了神秘的宗教情怀。废名的小说以“散文化”闻名，其小说的格调透着一股清新的田园风。废名的童年生活在湖北乡下，难忘的乡村生活经历深深影响着废名的文学创作。在废名的小说中可以时刻感受到乡村淳朴的人性和静寂悠然的自然之美。这种写作风格对沈从文、汪曾祺等作家产生过一定的影响，开辟了现代小说田园风格的创作。

一、叶绍钧的小说

叶绍钧，原字秉臣，1911年改字为圣陶，江苏苏州市人。作为小说家，他是五四时期“问题小说”和“为人生”的现实主义创作潮流的重要代表，并创作出中国现代文学第一部长篇小说《倪焕之》，对后来茅盾等人的长篇小说创作产生了重大影响。

叶绍钧的小说创作，开始于“五四”前夕。他早期曾为《礼拜六》、《小说丛报》这样的通俗文学刊物撰写文言小说，但很快就在“五四”新文化运动与文学革命的影响下转向了新文学创作。《这也是一个人?》是“五四”时期“问题小说”的代表作之一，用白描手法写了一个农村妇女结婚、被丈夫殴打而出走、丈夫病死后又被婆家人卖掉的人生经历。他用平静的语调叙述这个在当时的农村中经常发生的故事，只是通过“这也是一个人”的标题暗示我们反思：这样的生活，能不能成为一个人所应该享有的生活，能不能给我们带来人的生活应有的尊严、幸福？这篇小说的女主人公生活经历其实和鲁迅笔下的祥林嫂有几分相似，但是小说没有《祝福》那么尖锐。这正是叶绍钧行文风格的特点所在：平和、含蓄，于内敛中深藏锋芒。

他践行文学研究会“为人生”的现实主义创作理念，将传统儒家兼济天下的入世情怀和现代西方的人道主义思想、现实主义创作思潮结合起来，关注社会中寻常小人物的寻常人生。在这些小说中，他特别注重对人物精神世界的揭示，以细腻的心理刻画赋予作品强烈的人道主义感染力。《隔膜》以近乎意识流的独白手法展示出这样一个人的精神空间：他渴望与别的心灵交流而不得，总是面对着一种说不清道不明的人与人之间的隔膜，而永远无法将它打破。《孤独》更是这类小说的杰作，其对一个老年人孤独寒寂而又渴望关怀的心理的描写达到了炉火纯青的境界。特别是老人为了让孩子叫他一声而特意买橘子给孩子吃的细节，读来催人泪下。但小说并不仅限于渲染一种悲惨的人生景况，它的主要意义在于揭示一个完整的、年轻人很难理解的老年人的精神世界。在这样的精神世界中，并没有呈现出激烈的冲突与尖锐的矛盾，侧重的是日常心境。叶绍钧正是于这样的日常平淡中，深入发掘其中的种种微妙意味。

叶绍钧长期从事教育工作，对于自己所熟悉的普通知识分子的描绘在现代小说史上具有独特地位。《潘先生在难中》便是叶绍钧短篇小说中最负盛名的代表作。它写出了一个小人物在动荡的时局中为保住谋生的饭碗、保住自己和家人性命的种种与知识分子应有操守大相径庭的卑微行为。小说当中有一段写潘先生一家逃难到了上海，在火车站被挤散的场景："忽然觉得长衫后幅上的小手没有了，不知什么时候放了的；心头怅惘到不可言说，只是无意识地把身子乱转。转了几回，一丝踪影也没有。家破人亡之感立时袭进他的心，禁不住渗出两滴眼泪来，望出去电灯人形都有点模糊了。"① 固然，潘先生作为一个知识分子，在情操修养上有欠缺，太过委琐，但是在那样的社会日常生活状态下，对于大多数人来说，除了苟活，又能如何呢？因此这篇小说的讽刺对象，除了知识分子外，更针对那个把"大写的人"变成小写的苟活者的动荡的社会。叶绍钧不是通过呼天抢地的人生大悲剧来批判社会，而是通过普通人，包括知识分子的委琐生存状态和精神心理，通过一般的日常生活来揭示不合理，在潜移默化中促成我们长久的思索。此外，如《搭班子》、《某城纪事》等，也是以知识分子为题材。正是在这类小说中，叶绍钧表现出了他的讽刺天赋，而其最大的特点也仍然是平淡。他写的都是寻常人的寻常弱点，如他笔下的知识分子，也和平常的饮食男女没什么太大区别。这种有别于辛辣嘲讽的平淡讽刺别有风味，甚至从某种程度上更具深厚的感染力。

正是通过对人生常态的抒写，叶绍钧的创作产生了一种特别的魅力：亲切。他特别善于将大时代的风云际会化入小的个人生活历程，以个人遭遇自然折射出时代变迁。这方面的代表作就是长篇小说《倪焕之》。这部作品是一个普通知识分子的心灵史，但是读来并无任何高深之感。即使在今天，许

① 叶绍钧：《潘先生在难中》，载《叶圣陶作品精选》，长江文艺出版社 2005 年版，第 61~62 页。

多怀抱着先进知识与文化，却身处落后封闭之地的中小学教师如果读读这部小说，仍会产生许多感慨。郁达夫的作品中也有类似的教师，他们都是归国的留学生，对周围落后的一切都看不惯，与身边的环境格格不入，最后要么是逃离，要么是发狂。而倪焕之却要平和亲切得多。作为一个本地师范的毕业生，他并没有任何不切实际的幻想，只想做一些踏实的事情。但他发现自己总是不能完全把握自己所做的一切，许多事情适得其反，令他感到总有一种无形的力量让他身不由己。与郁达夫笔下那种极端痛苦的情绪相比，倪焕之这种于日常生活中既有所希望追求，又有所不满压抑的心绪更接近追求进步的普通知识分子的常态。

叶绍钧的小说质朴无华、平淡淳朴，显现出深厚的生活与艺术积淀。诚如茅盾在《中国新文学大系·小说一集·导言》中所说：“冷静的谛视人生，客观的、写实的描写着灰色卑琐人生的，是叶绍钧。”

二、许地山的小说

许地山，名赞堃，字地山，曾用笔名落华生，1893年生于台湾台南一个爱国志士的家庭，甲午海战后全家迁回大陆，落籍福建龙溪。1917年考入燕京大学文学院，毕业后留校任教。1921年1月，参与发起成立文学研究会及编辑《小说月报》。1922年赴美国、英国留学，研究宗教学、人类学等，回国后长期从事教育工作；1941年因积劳成疾逝世。

许地山的小说创作具有浓厚的宗教情结，主要创作包括20年代出版的小说集《缀网劳蛛》及作于30年代的小说《春桃》、散文集《空山灵雨》等。和当时新文学小说主潮一样，许地山小说所描绘的，也是残缺不全的人生。但许地山并未由此生发出社会的批判、文化的反思，而是让读者感到现世生命的残缺乃是生命的题中应有之意，并由此转向了以自我生命的救赎为支撑的宗教情怀。《命命鸟》的情节与当时一般的青年男女反抗父母干涉婚姻的情形类似。小说中的男女主人公敏明和加陵最终双双携手自杀。然而，他们的自杀却并非出于对爱情之不自由的抗议（依当地风俗，父母对子女婚姻并无绝对权威），而是出于对世俗情感的“参透”和怀疑。自杀，对于他们来说，恰恰意味着实现感情的纯粹、纯洁与升华，意味着爱情的救赎。于是，他们像新婚的男女携手入洞房一样，走向了湖水的深处。《缀网劳蛛》中的女主人公尚洁出于佛陀的慈悲精神搭救了受伤的盗贼，结果导致丈夫猜忌并被刺伤，接着又被休弃。在一系列的打击面前，她既非奋起反抗，也非逆来顺受，而是安之若素，放弃了本可分得的财产，去了另一个地方自食其力。她的恬淡持正，甚至感化了周围男子的邪念。终于，夫妻间的误会得以解除，她得此消息，同样表现恬静，谅解了丈夫的鲁莽，重返原来的家庭。尚洁的一番话道出了小说标题的象征含义：“我像蜘蛛，命运就是我的网……他不晓得网什么时候会破……一旦破了，他还暂时安安然然地藏起来，等有机会再结一个好的。”①《商人妇》中的惜官在面对被丈夫欺骗、复被出卖为人妾、受到大老婆刁难等种种人生磨难时，更是融坚韧与达观与一身，且以达观支撑其坚韧，显现出与“五四”个性解放主潮有所区别的另一种生命价值观。需要说明的是，许地山的小说中，并没有宣扬任何特定宗教的教义。许地山有着将各种宗教“杂糅”的倾向，以艺术审美透视和过滤宗教，将宗教与宗教、宗教与人生融会贯通而形成其小说的宗教色彩，其底色乃是一种人生的态度。其后期小说《春桃》，虽然表面的宗教色彩已经非常淡薄，但是主人公应对人生所体现出来的内在精神气质，却没有丝毫变化。

许地山的小说多以闽、台、粤和东南亚、印度为背景，充满南国风光、异域色彩，加之动人曲折的情节，构成了许地山小说问世之初最吸引人之处。同时，他的小说在浪漫传奇的外衣下有着深切的生命关怀，表达他对于社会、人生复杂而深刻的感悟，既有虚幻悲观的一面，又有坚韧达观的另一面，体现了他作为文学研究会人生派作家研究人生诸问题的探索精神，更显现出“五四”时期精神探索的多样性、复杂性，具有别具一格的启发价值。1921 年 7 月，许地山曾写作《创作底三宝和鉴赏底四依》来阐发自己的文艺创作观：“创作底三宝不是佛、法、僧，乃是与佛、法、僧同一范畴底智慧、人生和美丽。”② 许地山的小说，真可称得上是这“三宝”的结晶。

三、废名的小说

废名，生于 1901 年，原名冯文炳，字蕴仲，1926 年 8 月开始用笔名废名，湖北黄梅人。他于 1922 年考入北京大学预科，后入英文系，1929 年毕业后留校任教。1924 年，废名加入语丝社。1925 年 10 月出版第 1 部小说集《竹林的故事》。1928 年后创作长篇小说《莫须有先生传》、《桥》、短篇小说集《桃园》及《枣》等，参与创办杂志《骆驼草》，成为京派的重要作家。

废名的小说少有扑朔迷离的故事情节，甚至没有完整的故事，多以日常

---

① 转引自落华生：《缀网劳蛛》，人民文学出版社 1998 年版，第 89 页。

② 许地山：《创作底三宝和鉴赏底四依》，载《小说月报》1921 年第 12 卷第 7 号。

琐事来展现生活的情趣和奥妙，体现对人生的体悟。如小说《竹林的故事》，初看不过是有关三姑娘的童年回忆。但细细品味，便可发现伴随着三姑娘的生活场景总是一悲一喜、一动一静彼此交错，由此所形成的淡淡的呼吸般的生命韵律，或许才是这篇作品的精华所在。再如小说《柚子》，也不能说就是一篇有关柚子遭遇的小说，它更是生活流，更是情绪的诗，在童年生活的无忧无虑和成年生活的操劳生计这样两大生活场景的对照中，发出怅惘的感慨。同时，废名的小说也不对人物作专门的刻画，其笔下人物从场面、风景、氛围、情调中自然出场，幽僻清新的自然、乡村与人物浑然一体，水乳交融。如其长篇小说《桥》，以“落日”、“猫”、“松树脚下”、“碑”、“杨柳”等一系列的生活场景连缀成篇，同时这些场景也构成小说主人公小林的生活天地。作者及读者与小说主人公之间是自然相遇、恍如共同生活的关系，而非刻意的观察、描写、渲染、依某种观念对小说主人公生活进行重组、提炼并给予价值判断。

废名的小说有一种平淡，将生活中所发生的一切波澜视做生命的题中应有之义，不值得大惊小怪、大做渲染。如《竹林的故事》中对三姑娘丧父情形的描写：“春天来了，林里的竹子，园里的菜，都一天一天地绿得可爱。老程的死却正相反，一天比一天淡漠起来，只有鹞鹰在屋头上打圈子，妈妈呼喊女儿道，‘去，去看坦里放的鸡娃’，三姑娘才走到竹林那边，知道这里睡的是爸爸了。到后来，青草铺平了一切，连曾经有个爸爸这件事实几乎也没有了。”① 这样的恬淡自守，显然影响了沈从文的小说格调。包括同时代作家所倾心关注、着力表现的人生、社会的种种痛苦、挫折、压抑、彷徨，在废名的笔下也都化作了“生活的欢乐和苦涩，静温和忧郁，寂寞和无奈……咀嚼并表现着身边的悲欢，间或发出声声叹息”，尽管废名涉及了这些社会与人生的内容，但是“作者未必具有反礼教的意图，真正看重的乃是诗情和意趣”②。如《小五放牛》，题材上涉及富户霸占农民妻子的恶行，一般作家写来必然充满深切同情，或满怀愤怒的激情。但是废名却以一个孩子的童年视角写来，表现的重心是一个荒诞世界在童心中的映射，而显出更为独特蕴藉的意味。

废名的小说在当时具有超前的现代派小说的特征，充满暗示，含蓄而跳跃，很难流行一时，却具有超越时空的耐读的魅力。其部分小说有意识流的

① 废名：《竹林的故事》，载中国现代文学馆：《初恋》，华夏出版社 1998 年版，第 37 页。

② 严家炎：《废名小说选集·序》，载《中国文化》1996 年第 6 期。

成分。如《桃园》中阿毛“坐在门槛上玩”一段：“阿毛用了她的小手摸过这许多的树，不，这一棵一棵的树是阿毛一手抱大的！——是爸爸拿水浇得这么大吗？她记起城外山上满山的坟，她的妈妈也有一个，——妈妈的坟就在这园里不好吗？爸爸为什么同妈妈打架呢？有一回一箩桃子都踢翻了，阿毛一个一个的朝箩里拣！天狗真个把日头吃了怎么办呢……”① 此外，如场景的跳跃、文字的极简约、包含丰富意味的特殊意象的营造等现代派小说技法，在他的作品中均可发现端倪。然而，废名小说中这些超前的技法，却并非导向西方式的荒诞与空虚，而是与中国古典文化中重自然、生命的一脉传统相联系，昭示着他对生命的独到见解。废名小说中的生活世界永远是宁静的，低声的倾诉与絮语，不时的喧嚷与纷纭更给人“蝉噪林愈静，鸟鸣山更幽”之感。但这并非意味着废名对真实世界的喧嚣充耳不闻，而意味着一种生活的态度，唯其如此，才能坚守自己本真的心灵，体认世间万物的真相，而不为表面的浮华光影所迷惑。

第五节　田汉、洪深的戏剧

田汉和洪深既是中国现代话剧运动的重要奠基人，也是中国现代话剧的著名剧作家。田汉早期剧作的代表有《咖啡店之一夜》、《获虎之夜》以及《名优之死》等，这些作品有着非常鲜明的“诗人写剧”的特点，传奇色彩浓厚，写的多是非日常的奇异事件，这成就了他早期剧作独具特色的浪漫主义风格。他开创、领导的“南国戏剧运动”，给中国现代话剧的发展带来了广泛而深远的影响。洪深是第一个系统学习西方戏剧艺术的中国人，他不仅用剧本创作，更重要的是，他用舞台实践，通过排演《少奶奶的扇子》等剧作，为中国话剧建立起专职的导演和正规的排演制度，从而极大地推动了中国话剧舞台演出艺术的发展；其戏剧创作也有较大的影响。

一、田汉的诗性戏剧

田汉是中国现代戏剧运动的奠基人之一，也是“五四”时期最具代表性的浪漫主义剧作家之一。他用自己的努力勤奋和聪明才智，在戏剧创作、戏剧理论和戏剧实践方面，为中国现代话剧的萌芽和发展作出了巨大的、别人不能取代的突出贡献，并最终成为中国现代话剧的四大名家（按时间顺

① 废名：《桃园》，载中国现代文学馆：《初恋》，华夏出版社 1998 年版，第 46 页。

序排列为洪深、田汉、曹禺、夏衍）之一①。

田汉（1898—1968），原名寿昌，湖南长沙人，出身于贫苦农民家庭。他在家是长子，9岁时，父亲病逝，遗下他们孤儿寡母，生活十分艰难。辛亥革命前夕，13岁的寿昌与三位学友改名报考中学预科，四人之名联为“英、雄、怀、汉”，是为启用田汉一名之始。1912年，田汉考入长沙师范学校，1916年又随舅父东渡日本求学。在日本，先习海军，后学教育，终因自幼酷爱文学、戏剧，而投身于文学艺术事业。

从幼年时代起，田汉就与戏剧结下了不解之缘。他的家乡盛行各类戏剧，家人和亲属都是戏迷。良好的戏剧文化土壤，给他以很大的影响。对于家乡的“影子戏”(皮影戏)、“木脑壳戏”(木偶戏) 和“大戏”(湘戏)，他常去观看，“非常地惊异与羡慕”②，以致“把衣角展动着，巧妙地学舞台上演员的动作”。后来，在长沙又看到了京戏和“新剧”(文明新戏)，也非常地喜欢、欣赏和爱慕。在强烈的兴趣和爱好之下，他在中学读书时期即开始动笔练习剧作，写下了歌颂辛亥革命的改良新戏《新教子》和鼓吹反帝爱国思想的《新桃花扇》。留日期间，田汉通过日本剧坛，广泛接触了西方现代戏剧。他发奋读书，埋头写作，出入剧场，几乎是贪婪地吸收他所能得到的文学、戏剧知识。他博采众收，不拘于任何一家，这极大地丰富了他的知识，拓展了他的眼界，为后来的戏剧活动奠定了异常丰厚的基础。他翻译了诸如莎士比亚的《哈姆雷特》、王尔德的《莎乐美》等多部世界名剧，并于1920年开始，写成了他的处女作《梵峨琳与蔷薇》。这是一部四幕剧，登载于《少年中国》第二卷第五、第六期，它描写了一个唱大鼓的女艺人和她的琴师恋爱的故事。通过主人公的苦难身世和遭遇，致力于“把人生的黑暗面暴露出来，排斥世间的一切虚伪”③；另一面，这个戏剧也追求王尔德式的所谓“永恒的美境”的唯美主义的境界，把罪恶推向幕后，以浪漫主义的态度表现出对自由、光明的热切向往。剧作虽显稚嫩，但也反映出田汉早期剧作的基本特征：追求一种浪漫主义的抒情。

在日本，田汉经宗白华介绍，他与郭沫若通信，他们就各种文艺问题开

① 此说法见黄会林著：《中国现代话剧文学史略》，安徽教育出版社1990年版，第88页。同时，黄会林先生还称田汉是中国话剧运动的三位创始人（欧阳予倩、洪深、田汉）之一。

② 田汉：《在戏剧上我的过去、现在及未来》，载《田汉文集》(1)，中国戏剧出版社1983年版，第435页。

③ 郭沫若、宗白华、田汉：《三叶集》，安徽教育出版社2000年版，第67页。

展了广泛的讨论，深入地交换意见（后来三人的通信集编为《三叶集》，于1920年6月出版）。在1921年2月给郭沫若的一封长信中，田汉集中讨论了现代剧问题，并热诚地表示了要做一个戏剧家的理想与志向，以“A Badding Ibsen in China”(中国未来之易卜生）自许。1921年6月，他与郭沫若、郁达夫等人在东京发起组织了创造社，并在《创造》季刊创刊号上发表了独幕剧《咖啡店之一夜》。1922年秋，抱着“改造中国”宏愿的田汉返回祖国，他一面在上海中华书局当编辑，一面在大夏大学、上海大学兼课并从事戏剧创作。1923年，他与妻子易漱渝创办《南国》半月刊，“欲在沉闷的中国新文坛鼓动一种清新芳烈的艺术空气”①，这是中国剧坛著名的“南国运动”的开始。接着，1924年在《醒狮周报》编副刊《南国特刊》。1926年，与唐槐秋主持成立“南国电影剧社”。1927年，被推选为上海艺术大学校长；同年秋与欧阳予倩、徐悲鸿修改南国电影剧社章程，定名为南国社。1928年初，创办南国艺术学院；1929年，南国社开始出版《南国》月刊。此时的南国社进行了大量的演出活动，在社会上名声大振，为演出而创作也使1928年至1929年成为田汉话剧创作的丰产期。1930年，左翼文艺运动在上海兴起，南国社加入了这一运动，同年5月因上演田汉改编的舞剧《卡门》，南国社被国民党政府查封。自1923年创办《南国》半月刊算起，南国社历时8年，为推进现代话剧在中国的发展，作出了杰出的贡献。

以1930年参加“左联”为界，田汉的话剧创作非常鲜明地呈现出不同的特点，因此可以把1930年以前的剧作称为田汉的早期创作，1930年以后的可以称为后期创作。田汉的早期创作与中国新文学发展的第一个十年大体相一致，因此包括1928年、1929年的作品都归入本时期来进行论述。

田汉是20年代剧本创作最为丰富的剧作家，除5部多幕剧外，还有15部以上的独幕剧。在这一时期，田汉剧作中比较有代表性的剧作有：《咖啡店之一夜》、《获虎之夜》、《南归》、《古潭的声音》、《名优之死》等。这些剧作的主导艺术倾向是浪漫主义的，偶尔也显示出一些唯美主义的因素，至《名优之死》则现实主义的内容大大增加。

田汉的处女作《梵峨琳与蔷薇》即显示出他对“真艺术”、“真爱情”的追求(“梵峨琳”象征着艺术，“蔷薇”象征着爱情)，这可以说是田汉早期剧作的总主题。1920年问世的《咖啡店之一夜》是他第一部具有代表性的独幕剧。剧本写的是一个穷秀才的女儿白秋英被盐商家的少爷李乾卿抛弃的故事。白秋英原与李乾卿相爱，而李乾卿后因白秋英不能升学，便喜新厌

① 田汉：《南国宣言》，载《南国》(半月刊）1924年第1期。

旧与另一女子订婚。白秋英父母双亡贫苦无靠，只好流落到省城某咖啡店做侍女。一天晚上当李乾卿在咖啡店与白秋英相遇时，想以钱赎回以前给她写的情书，白秋英悲愤地把钱和情书统统烧掉。这个剧本以纯真少女之痴心与富家子弟的薄情相对比，揭露了剥削阶级的丑恶灵魂，抨击了社会的黑暗。但田汉在表现这个故事时，采取的是非现实的浪漫手法：突出的是人物主观的印象，淡化的是外在的客观现实，并用咖啡店黯淡的灯光来烘托出一种朦胧、忧郁的氛围。剧中人物的语言是诗性的，抒情色彩浓郁，加上感伤、孤寂情调的渲染，作品的浪漫主义色彩非常鲜明。

发表于《南国》半月刊上的《获虎之夜》是田汉早期剧作的优秀代表，也是作者自己很满意的一个作品。它描写了辛亥革命后湖南山村猎户魏福生包办女儿莲姑婚事造成的一场悲剧。莲姑与寄养在家中的表兄黄大傻深深相爱，不料其父因黄家败落而逼女嫁与富户。魏福生为了给女儿结婚增添嫁妆，就到山上安装抬枪打虎，不料枪声一响，老虎没有打着，却击中了被他轰出家门的内侄黄大傻，致使他身负重伤。痴情的莲姑守候、照料黄大傻，不忍分离。魏福生却毒打女儿、强拆婚姻。黄大傻在绝望与气愤中持刀自杀，莲姑则痛断肝肠。这个悲剧是从生活中概括出来的，但又充满田汉独有的浪漫主义意境。剧中的物质生活只是人物的情感生活的一个铺垫，戏剧冲突也基本上是情感的而不是情节的。莲姑温柔而不懦弱，委婉而不屈从，朴实而又胆识；黄大傻则为爱而生为爱而死，体现了田汉早期所追求的“人性之真”的戏剧观。作品结构严谨匀称，人物语言诗意抒情，地方风味浓郁，传奇色彩强烈，是中国早期浪漫主义话剧的一大收获。洪深在评点此剧时说：“在题材的选择、材料的处理、个性的描写，在对话，在预期的舞台空气与效果，没有一样不是令人满意的。”①

对于田汉来说，三幕话剧《名优之死》无论在思想上还是在艺术上都具有某种转折意义。该剧描写名伶刘振声忠于艺术、忠于生活，倾其心血培养女弟子刘凤仙成才，刘凤仙却被流氓士绅杨大爷所腐蚀而日渐堕落。刘振声与杨奋力抗争，却在杨不择手段地打击下气绝于舞台。剧本通过刘振声以身殉志的悲壮结局，控诉了旧社会旧制度的腐朽和金钱对于艺术的腐蚀，歌颂了艺术对于金钱的抗争——“一个忠于艺术的演员怎样不能不与邪恶势力作斗争”的精神。比之其他早期剧作，《名优之死》超越了个性解放、个人抗争的爱情主题，转而反映了更为广阔的社会矛盾和更为尖锐的阶级冲

① 洪深：《中国新文学大系（1917—1927）·戏剧集·导言》(影印本)，上海文艺出版社 2003 年版，第 51 页。

突，而其他剧本中的感伤和神秘色彩也为坚定、客观的现实描写所代替。在人物性格的刻画、戏剧冲突的组织以及戏剧语言的表达等方面，也比以往的作品更细腻、生动和紧凑，显示出田汉剧作向现实主义靠拢的趋势。

田汉早期剧作具有非常鲜明的“诗人写剧”的特色，他赋予剧中人物以强烈的主观感情，并让人物做情感浓郁的诗性表达，语言的抒情性被发挥到了很高的境界。田汉早期的浪漫剧传奇色彩浓厚，写的多是非日常的奇异事件，并在奇异中完成了一种现实的主观主义投射。主观性、抒情性、传奇性，被田汉巧妙地融入了自己的剧作中，并成就了他早期剧作鲜明的浪漫主义风格。

二、洪深的戏剧贡献

洪深（1894—1955），江苏武进人，学名洪达，号伯骏，字潜斋，又称浅斋，中国现代话剧的又一杰出奠基人。他出身于书香门第，早年就读于上海的教会学校，经常参加学校的学生演剧活动，这培养了他对戏剧的最初兴趣。1912 年，洪深考入北京的清华学校，学理科。但他对戏剧极感兴趣，是清华园中引人注目的戏剧活跃分子。他不仅参加演出，并开始写作剧本，是学生演剧的骨干分子。他说：“记得我从前在清华读书的时候，凡是学校里演戏，除了是特别团体如某年级的级会不容外人参加的以外，差不多每次有我的份；我又很是高兴编剧，在清华四年，校中所演的戏，十有八九出于我手，虽然所编的只是一张没有对话的幕表。”① 1915 年写出第一个剧本《卖梨人》，参加每学期一次的戏剧比赛，得了锦标。1916 年，洪深从清华学校毕业后，怀着实业救国的愿望赴美留学，先在俄亥俄州立大学攻读陶瓷工程专业，后由于始终不能忘怀于戏剧艺术，于 1919 年考入哈佛大学师从著名戏剧教育家培克教授学习戏剧艺术——他是第一个系统学习西方戏剧艺术的中国人。在哈佛的三年期间，他不仅系统地学习戏剧理论，而且亲身参加戏剧表演的全过程，由此，他不仅掌握了丰富的戏剧理论知识、舞台技术知识，也熟悉了话剧舞台艺术生产的全部复杂过程，并不断创作出新的作品。

1922 年春，洪深学成回国。为了生计，他在上海南洋兄弟烟草公司任职，但他真正钟爱的仍是戏剧，并以“做一个中国的易卜生”自许。1922 年冬天，他完成了回国后创作的第一部多幕话剧《赵阎王》。士兵赵大本是

---

① 洪深：《戏剧的人生》，载孙青纹：《洪深研究专集》，浙江文艺出版社 1986 年版，第 11 页。

农民出身，本性忠厚老实、善良质朴，却由于黑暗社会特别是旧军队的浸染，他变成了一个偷窃、诈骗、杀人……几乎无恶不作的人，被称为“赵阎王”。但他并未完全泯灭良心，所以他内心经常充满矛盾与痛苦。剧本第一幕，写作为营长勤务兵的赵大，在知道了营长克扣军饷以后，经过激烈的思想斗争，决心携款潜逃，没想到被突然回来的营长发现，于是他枪击营长，逃出兵营。从第二幕开始，一直演赵大在森林中奔逃。在黑森林中，他左奔右突就是逃不出去，在紧张、恐惧加上忏悔的心理作用下，他的心理状态变得极度矛盾、混乱、跳跃，他的眼前也出现了很多幻象：他杀人放火、奸淫掳掠的往日场景，他父亲、妹妹的面容，还有阎王小鬼……耳边还有令人心慌意乱的鼓声。最终，他陷入精神错乱和迷狂的状态之中，并在第九幕被追兵赶上打死。在他死后，剧中另一人物——士兵老李沉痛地说：“营里这么些人，就是你心眼儿真实，就是你傻！……你啊！做好人心太坏，做坏人心太好，好人坏人，都做不到家……”洪深想通过赵阎王的悲剧命运说明一点，即旧社会逼人为恶，社会对于个人的罪恶应负有责任，这一主题显然是有着深刻的社会认识意义的。从艺术技巧方面来说，《赵阎王》明显借鉴了美国剧作家奥尼尔的《琼斯皇》刻画人物内心世界的表现主义手法，这种手法，对当时上海的普通观众来说，当然是陌生而难以接受的，因此，《赵阎王》的剧场演出并不成功。但洪深在舞台演出上的许多革新，开阔了人们的眼界，洪深也因此引起了上海戏剧界的广泛注意。

洪深给中国现代话剧带来的另一大贡献是极大地推动了舞台演出艺术的发展。他先后参与、领导了上海戏剧协社、复旦剧社和南国社，他为这些戏剧组织立下了非常正规的排演制度，并通过亲身实践摸索出了一套新的导演制度和方法。最充分地发挥和显示了洪深的导演才能，并给当时戏剧界带来全局影响的，是他在 1924 年 4 月为戏剧协社编导的《少奶奶的扇子》的演出。该剧改编自王尔德的名作《温德米尔夫人的扇子》，洪深沿用了原来的故事，但将之全部中国化了。洪深坚持严格排练，布景、服装、道具和演员的表演都力求真实，第一次在中国舞台上实现了真实的立体布景，灯光、音响也要求尽量与生活化的表演一致。演出获得了极大的成功，连演连满，轰动了整个上海，开创了中国现代话剧前所未有的新局面，这标志着中国话剧在舞台实践上真正摆脱了早期文明戏的羁绊和困扰，终于创造出比较完整的现代话剧的艺术形态。正如洪深自己所总结的，无论是“表演的动作和发音的技术，处理布景、光影、大小道具的技术，化妆与服装的技术，甚至广告宣传的技术，到表演《少奶奶的扇子》的时候，都获得了相当满意的实践了"①。这次演出的成功，还使人们意识到建立统一的舞台艺术的重要性，从而确立了导演艺术在舞台创作中的重要地位。也正是从这一次演出之后，中国话剧才开始建立起专职的导演和正规的排演制度。

1928 年 4 月，在纪念易卜生诞辰 100 周年纪念会上，洪深提议采用"话剧"一词来统一对这种舶来的现代剧的混乱称谓，话剧的名称就此确定下来了。洪深还在戏剧理论方面提出了许多重要的见解，这与他的戏剧创作、舞台实践一起，都极大地促进了中国话剧艺术的进步，他不愧为中国话剧的优秀代表和奠基人之一。

第六节　欧阳予倩、丁西林的戏剧

欧阳予倩和丁西林是中国现代话剧发展早期出现的两个优秀的喜剧家，前者奉献的是一种"轻松的喜剧"，后者呈现的是"幽默的喜剧"。欧阳予倩 20 年代的剧作在题材上多为爱情、婚姻问题，他把正义的一方置于一种智慧和道义的制高点上，而被否定的事物则被置于失败和被嘲弄的境地，这样，人物之间的冲突就以一种"轻松"的喜剧形式得到解决。丁西林的喜剧是以机智和幽默为基础的，他在平凡的日常生活中挖掘人的喜剧性格和事件的喜剧因素，并用充满喜剧色彩的语言来进行一种机智、幽默地展现。他的代表作有《一只马蜂》、《压迫》等，多为独幕喜剧，因此他被誉为"独幕剧圣手"。

一、欧阳予倩的现代戏剧

在中国现代话剧发展的初期，为之作出了卓越贡献的还有被外国研究者誉为"中国现代戏剧之父"的戏剧家欧阳予倩。

欧阳予倩（1889—1962），原名欧阳立袁，号南杰，湖南浏阳人。他 15 岁赴日留学，1907 年加入春柳社，在《黑奴吁天录》等剧中扮演角色。1911 年回国后又与陆镜若先后组织新剧同志会、春柳剧场，演出鼓吹革命反对封建的新剧。春柳剧场解散后，他投身京剧事业，编、导、演了大量剧目，如《鸳鸯剑》、《馒头庵》、《潘金莲》、《哀鸿泪》等，获"北梅（梅兰芳）南欧"之誉。1918 年在南通组建伶工学社和更俗剧场，培养戏曲人才。1921 年参与筹备民众戏剧社，倡导"爱美剧运动"。1922 年参加上海戏剧

---

① 洪深：《中国新文学大系（1917—1927）·戏剧集·导言》(影印本)，上海文艺出版社 2003 年版，第 63~64 页。

协社，写出具有代表性的独幕话剧《泼妇》、《回家以后》。1926 年进入电影界，编写了《玉洁冰清》、《三年以后》、《天涯歌女》三部影片，并在后两片中扮演角色。1927 年以后，他参加南国社，担任南国艺术学校戏剧系主任。有人总结他在中国话剧史上的作用时，说他是春柳社的台柱、民众剧社的主干、戏剧协社的灵魂、南国社的导师。1929 年 2 月赴广州创办广东戏剧研究所，出版大型刊物《戏剧》及报纸副刊《戏剧周刊》，还创作了话剧《屏风后》、《车夫之家》等。抗战时期，他与田汉一起主持声势浩大的“西南剧展”，并创作有《桃花扇》、《忠王李秀成》等剧作。中华人民共和国成立后，他担任中央戏剧学院院长，直至逝世。除了话剧之外，欧阳予倩对传统戏剧改革和电影事业的发展都作出了突出的贡献。

欧阳予倩在 20 世纪 20 年代的剧作，在题材和思想意义上属于“问题剧”，多为爱情婚姻问题。这样普通的题材，很容易被处理成要么沉重、阴暗的悲剧模式，要么皆大欢喜的大团圆模式，欧阳予倩却独具慧眼地在人物冲突中挖掘喜剧因素，用轻松的喜剧形式来表达曾被视为悲剧的东西，达到了一种“举重若轻”的戏剧效果。《泼妇》描写了一个娜拉式的人物素心与丈夫及夫家的矛盾纠葛。她与丈夫陈慎之自由恋爱结婚，但结婚之后陈慎之及家人又要依旧例纳妾，她坚决反对，以独立自主的精神处理了此事，最终逼迫丈夫退掉新买来做妾的王氏，并且在离婚书上签字，然后宣布离家出走，带走儿子和王氏。夫家全家惊呆，面面相觑，在素心离去之后，才长叹一口气，齐声叹道：“真好泼妇啊!”作者的用意在于刻画一个反叛者，剧名叫“泼妇”，是因为按当时社会的伦理道德观念，她是属于礼法之外的人，作者就是要通过这个被传统社会指责为泼妇的新女性，来揭露和抨击旧道德。剧本不仅刻画了素心这个机智果敢、处处主动、义正词严、大获全胜的新女性形象，而且还把一种严肃的新旧思想观念的斗争用一种非常轻松的、喜剧的方式——旧的、落后的东西处处遭到嘲弄和失败，新的、正义的一方处处胜利——展现出来。

在剧本《回家以后》中，欧阳予倩刻画了另一个类似素心这样具有精神和道义优越性的女性形象——吴自芳。吴自芳的丈夫陆治平在国外留学时另娶刘玛丽，回到家乡后欲与之离婚。回到乡下之后却发现，他离家几年，妻子的“学问思想”有了很大的进步，因此举棋不定。新旧妻子都发现了他的重婚，但两人的态度完全相反。西洋妻子刘玛丽非常凶悍，威逼他离婚，见他犹豫不决就拂袖而去。自芳尽管内心十分痛苦，但始终保持人格的独立与自尊，待夫宽容、厚道，愿意成人之美。自芳与玛丽实际上是东西方两种文化的符号，陆治平感受到的正是处在两种文化夹缝中的痛苦。但最终，在祖母、父亲、岳父和长工等人共同构成的无所不在、挥之不去的传统文化氛围中，他决心重新考虑自己的婚事。剧本表现的表面是一个现实的爱情婚恋问题，实际上也是“五四”时期的一个文化问题，这就见出了这个剧本的思想深度。从艺术技巧来说，欧阳予倩选择的题材是非常常见而普通的，具有很大的危险性，诚如洪深所评：“这出戏，演得轻重稍有不合，就会弄成一个崇扬旧道德讥骂留学生的浅薄的东西。”① 一般的处理，也容易变成揭露不负责任的恋爱行为的平庸之作。欧阳予倩却独具慧眼地从吴自芳的视角去描写事态、揭示矛盾，并让她在超人的智慧、独立和自尊中去从容裕如地处理生活中的难题，因此她最终的胜利也是必然的，这就把过去一般被处理为悲剧、也极易被处理成闹剧的题材处理成一出别有风味的喜剧。喜剧意味的形成，在于剧作家肯定的思想观念被置于一种道义和智慧的制高点上，而被否定的事物则被置于失败和被嘲弄的境地，在前者的胜利和后者失败的对比中，自然产生轻松的笑声。

欧阳予倩从20世纪初就开始戏剧运动，既有丰富的实践经验，又有很高的文化素养。他深刻理解戏剧的特性——高度的综合性，包括舞台艺术综合性，及作者、演员、观众之间互通心曲的综合性。因此，他的戏剧很注重艺术技巧，注重演出效果，艺术结构完整严谨，语言摒弃说教，具有引人入胜的艺术力量。

二、丁西林的幽默喜剧

如果说欧阳予倩在20世纪20年代创作的是一种轻松喜剧的话，那么，另一位喜剧家丁西林创作的就是一种“幽默的喜剧”了。

丁西林（1893—1974），原名燮林，字巽甫，江苏泰兴人。1914年就读于英国伯明翰大学的物理学和数学系，获理科硕士学位。在留学期间，为了提高英语水平，他在业余大量阅读西方戏剧作品，对英国世态喜剧和法国机智喜剧产生了浓厚的兴趣。1920年，应蔡元培之邀，丁西林回国执教于北京大学，任物理系主任，后来成为知名的物理学家。在业余，他对戏剧仍然有很深的爱好，经常参观和参加学生的演剧活动，也去观摩京剧名角的演出。从1923年开始，他情不自禁地走上了业余戏剧创作的道路。至1927年他连续创作和发表了独幕剧《一只马蜂》、《亲爱的丈夫》、《酒后》、《压迫》、《瞎了一只眼睛》等，皆为幽默喜剧。其中《一只马蜂》、《压迫》二

---

① 洪深：《中国新文学大系（1917—1927）·戏剧集·导言》（影印本），上海文艺出版社2003年版，第70页。

剧尤为精彩，在各地广泛上演，风靡一时。丁西林迅即闻名于剧坛，被誉为“独幕剧圣手”，是“五四”时期喜剧创作的一个高峰。

丁西林的剧作，多取材于中上层知识分子和小市民的日常生活，在日常生活的涓涓细流中建构起一种轻松亲切而又幽默机智的戏剧风格。他不注重表达一种重大或深刻的人生主题，也不着意于形成人物之间尖锐的对立和冲突，而是在人与人的对比（而不是对立）互补中创造出一种可以调解的温和的冲突，并在这种温和的冲突中揭示社会的某些矛盾。在温和的矛盾、冲突过程中，丁西林用巧妙的、精致的戏剧结构和俏皮的、独具个性的人物语言，营造出了一种机智、幽默的喜剧。

丁西林喜剧的人物很少，独幕剧是3~5人，多幕剧 10 人左右，而且线索单纯，多数为单线，少数为双线，场次也不繁复。有论者认为，丁西林的喜剧“通常采用‘二元三人’模式，即将剧中人物压缩到最低限度，通常由三人构成，但不是三足鼎立，而是二元对衬对峙格局，第三者则起着结构性的作用，或引发矛盾，或提供解决矛盾的某种契机”①。因此，丁西林喜剧的结构尽管简单，但简单中却自有一种巧妙和精致。《一只马蜂》的戏剧冲突发生在吉先生、余小姐和吉老太太之间，前者代表的是追求婚姻自由的新思想，后者代表的是主张包办婚姻的封建思想。但剧本并没有像一般的作品那样展开一种尖锐的对立冲突，而是在对旧思想的善意嘲弄和新思想的含蓄肯定中慢慢显出彼此的差异。吉老太太尽管一心一意想让侄儿和余小姐这一对无情人结成眷属，但在表面上，她又不得不宣称要让子女婚姻自主，于是早有情意的吉先生、余小姐就“顺水推舟”，采取说反话和谎话的方式来蒙住自以为在指挥一切、以为一切都在指向自己理想目标的吉老太太，造成了一种强烈的喜剧效果。两个年轻人靠着自己的机智，在表面遵从吉老太太意愿的行为中，暗暗地、含蓄地加快了恋爱进程。最后，当吉先生突然双手拥抱余小姐，第一次打破谎言的遮掩、公开表示爱情时，余小姐失声大喊，却引来了吉老太太和仆人，吉先生立刻作“戏”，问余小姐：“什么地方？刺了你没有？”余小姐随即答以“喔，一只马蜂！”机智地应对简直让人忍俊不禁。这个剧本里只有三个主要人物，他们在同一场景中，围绕同一个事件展开了饶有兴味的智慧较量，而反话、谎言、伪装、欺骗等，则使这个简单的故事显出结构上的精巧性和语言的机智性。

丁西林在 1925 年创作的《压迫》，是他早期的代表性作品，被洪深视

① 钱理群、温儒敏、吴福辉：《中国现代文学三十年》（修订本），北京大学出版社 1998 年版，第 180 页。

为那一时期“创作喜剧中的唯一杰作”①。这个剧作写一个单身男房客要租房子，房东太太以女儿未婚不便将房子租给单身汉为由拒绝租房，而女儿却希望只将房子租给单身客人。在母亲不在的情况下，女儿自作主张收下了男房客的租房定金，结果男房客搬来的那天却碰到了房东太太。于是，房东太太拒绝租房定要退回租金，而男房客执意不从，双方针锋相对，各讲各的道理，冲突一开始就显得紧张，似乎难以解决。在相持不下的情况下，房东太太打发老妈子去叫巡警以赶走男房客，气氛更加紧张。而在观众看来，随着巡警的到来，男房客必败无疑。不料作者笔锋一转，引进了一位女房客，并且让男房客机智地与女房客沟通，于是二人在房东太太和巡警面前共同演出一场假扮夫妻的戏，剧情因而“反转”——房东太太不得不遵守自己的约定，将房子租给这对“夫妻”，遭受“压迫”的房客取得了胜利。结局是皆大欢喜的：男、女房客都租到了房子，房东太太将房子租给了“有家眷的房客”，女儿也因房客均是“单身”而满意。在这个剧中，女房客就是解决矛盾的结构性“第三人”。剧中每个人都坚持自己的意见，似乎难以调和，但在人物的机智处理之下，却又以一种极为轻松、幽默的方式解决彼此的冲突，在奇妙的、抑扬正反的变化之间渲染出强烈的喜剧气氛。

与这种看似简单实则精致、巧妙的戏剧结构相一致，丁西林喜剧的语言也是一种充满喜剧性的语言。他善于从喜剧人物的性格及特定的喜剧环境出发，创造性地吸收西方尤其是英国世态喜剧语言的一些常用手法，如反语、俏皮话、夸张、对比、重复等，摒除其过多的华丽的藻饰的短处，发展其机智和幽默的长处，形成了一种质朴、明净、谐趣、机智、含蓄的喜剧语言。丁西林自己曾这样说：“……喜剧语言一般地说，不是那么激昂慷慨，不那么抒情，不那么严肃，不那么诗意盎然。它的特征是：轻松、俏皮、幽默、夸张……”②《一只马蜂》中的吉先生，既要维护自己的爱情，又不能与自称开明实则守旧的母亲起正面冲突，于是，他的嘴里蹦出的尽是俏皮话、双关语、反话、假话等。如吉老太太一面撮合两个毫无感情的人（余小姐与她的内侄）的婚事，一面自诩“愿天下有情人都成眷属”，吉先生就借花生果说她是“愿天下有情人无情人都成眷属”，既击中要害又饶有风趣。吉老太太看了余小姐的照片说：“你已经长得很好看，这张照片更好看。”他听

---

① 洪深：《中国新文学大系（1917—1927）·戏剧集·导言》(影印本)，上海文艺出版社2003年版，第70页。

② 丁西林：《戏剧语言与日常讲话有别》，载孙庆升：《丁西林研究资料》，中国戏剧出版社1986年版，第79页。

后取笑说：“你平常最讲究说笑话的，怎么今天自己把话说差了？你应该说，这张照片固然好看，但是总不及图片的主人好看。”这是对吉老太太说的笑话，透露出来的却是对余小姐的深情。再看吉先生和余小姐的一席对话：

吉先生 我不在这里的时候，老太太同你讲了很多的话，是不是？
余小姐 是的。
吉先生 她说到我不想结婚的话没有？
余小姐 说很多。
吉先生 你知道，我不想结婚。
余小姐 为什么不想结婚？
吉先生 因为一个人最宝贵的是美神经，一个人结了婚，他的美神经就迟钝了。
余小姐 这样说，还是不结婚的好。
吉先生 是的，你可不可以陪我？
余小姐 陪你做什么？
吉先生 陪我不结婚。（走至余前，伸出两手）陪我不要结婚！
余小姐 （为他两目的诚意与爱情所动）可以。（以手与之）

吉先生在这里是正话反说，传达出的正是情真意切而又不敢实话实说、轻举妄动的一种爱情心理。这些充满喜剧色彩的语言，都蕴含丰富的潜台词，凸显了生活中的喜剧因素，更是作者的睿智、才能的结晶。

丁西林的喜剧是以机智和幽默为基础的，无论是戏剧冲突的建构，人物性格的设定，还是人物语言的表达，都建构在此基础之上。从技巧上来说，丁西林的喜剧贵在真实、自然，他不故弄玄虚、肆意夸张和制造偶然的巧合，而是在平凡的日常生活中去挖掘人的喜剧性格和事件的喜剧因素，观众接受的也不是一种闹剧式的外在的笑，而是一种细细品味后的含蓄的、会心的微笑。他曾说：“闹剧是一种感性的感受，喜剧是一种理性的感受；感性的感受可以不假思考，理性的感受必须经过思考……闹剧只要有声有色，而喜剧必须有味……闹剧的笑是哄堂、捧腹，喜剧的笑是会心的微笑。”他特地提醒不要将他的剧“演成一个闹剧”①。他是从学习西方喜剧起步的，但他又能够把西方喜剧的特点与中国特有的文化环境很好地结合起来，把中国

① 丁西林：《丁西林剧作全集》上册，中国戏剧出版社1985年版，第308页。

的喜剧艺术推进到了一个很高的位置。抗日战争期间，丁西林又创作了《三块钱国币》、《等太太回来的时候》和《妙峰山》等喜剧作品，在喜剧艺术上它们也达到了很高的水准。在以悲剧为主体的20世纪中国话剧史上，别树一帜地建立起自己独特的"幽默喜剧"——这就是同时是物理学家和戏剧家的丁西林对中国话剧所作的独到探索和贡献。

◎ 思考题

1. 简述徐志摩和闻一多的创作及影响。
2. 田汉主导的南国戏剧运动的历史意义。
3. 洪深对中国现代话剧发展作出了怎样的贡献？
4. 丁西林的喜剧风格是"幽默和机智"，请结合作品谈谈这一风格在作品中的具体表现。

第二编

新文学的全面成熟与左翼文学

第一章　左翼文学传统的开辟

20 世纪 30 年代的左翼文学运动，秉承“革命文学”的星火，开辟了左翼文学传统。左翼文学传统从对“五四”文学传统的批判中走出来，使文学形成了不断政治理念化的趋势。从文学的语言上，左翼文学建设无产阶级大众化的语言；从内容上，左翼文学要求不写“个人”写“集体”，不写“穷苦”写“斗争”；从指导思想上，左翼文学更进一步要求不能写一般的“斗争”，要写有马克思主义信仰的、有组织的政治性斗争。在特殊的历史情况下，左翼文学家都不仅仅是文学家，面对民族危亡，他们都自觉肩负起了救亡图存的使命。他们拿起文学当做武器，成为了革命的“战士”。在当时，左翼文学家对文学的要求都是合理的，但政治化的目的使得文学慢慢离开了人生，把人生的丰富性都抽象为政治。这就造成了越是处在左翼文学传统核心的人物越是写不出好的作品。从这方面来说，“五四”文学传统不管有多少缺陷，但是它把脚跟立定在人生方面应该是没有问题的。左翼文学传统使文学成为政治的工具，使文学远离艺术和人生，在汉语新文学史上产生了较为深远的影响。

第一节　左联的成立与左翼文学传统的开辟

一、左翼文学联盟的成立

从狭义上来说，左翼文学运动是指 1930 年 3 月左翼作家联盟成立后，在中共直接领导下的无产阶级文学运动。但是，左翼文学运动不是一蹴而就的，早在20世纪20年代中期，中国现代文坛就发生了比较普遍的“方向转换”的现象，新文学家纷纷进行自我批判，在思想倾向和创作方面向左转，掀起了“革命文学”运动。其中心点乃是以郭沫若等人为代表的创造社和以蒋光慈、钱杏村等人为代表的太阳社发起的革命文学论争，在这场论争中他们提出了无产阶级革命文学的基本理论主张，这是左翼文学运动的先期运作。

1930年3月2日，中国左翼作家联盟（简称“左联”）在上海成立，鲁迅、冯乃超、李初梨、冯雪峰、田汉、郑伯奇、蒋光慈、钱杏村、柔石等四十余人出席了中国左翼作家联盟成立大会。会议上通过了“左联”的理论纲领和行动纲领，宣告以“站在无产阶级解放斗争的战线上”，“我们的艺术是反封建阶级的，反资产阶级的，又反对‘失掉社会地位’的小资产阶级的倾向，我们不能不援助而且从事无产阶级艺术的产生”① 为左联的奋斗目标。

二、左翼文学传统的开辟

左翼文学家的一系列主张、创作和活动开辟了左翼文学传统。左翼文学传统的建设一方面是通过对以往的“五四”新文学传统的批判，一方面是通过在马克思主义文学观指导下对无产阶级文学的建设。随着大革命的失败，在文学上产生了对“五四”新文学传统的怀疑和不满。左翼文学家首先批判“五四”新文学是资产阶级的文学，从文学作品的语言上、内容上以及创作的指导思想上都对“五四”新文学传统进行了清算。

（一）“大众化”语言传统的建立

左翼文学家首先意识到从文学的语言上推翻旧传统、建立新传统。左翼文艺理论家对白话文非常不满，批判白话文知识分子气太重、是一种“新文艺腔”、“新文言”，是脱离大众的，批评白话文是“一种非驴非马的‘中间的’语体，发挥小资产阶级的恶劣的根性”②。从左翼的角度看，白话文的不通俗不仅仅是一个审美的问题，更是一个政治问题，是文学的阶级性的问题，“一篇文章中满纸都是新式的‘子曰诗云’，一篇文章中，满纸都是新式的‘咬文嚼字’。柏拉特特拉柏的，你不知道他在那彩云头里究竟唱的

① 《中国左翼作家联盟》，载《萌芽月刊》1930年第1卷第4期。

② 成仿吾：《从文学革命到革命文学》，载北京大学、北京师范大学、北京师范学院中文系中国现代文学教研室：《文学运动史料选》(2)，上海教育出版社1979年版，第21页。

是什么高调，而那高调是唱给甚么人在听！"① 针对这一问题，1930 年开展了第一次关于"文艺大众化"问题的讨论，其中就涉及了语言的大众化问题。虽然这次讨论没有提出具体的怎样使语言文字大众化的方案，但是明确了文艺只有通过语言"大众化"的途径才能起到宣传革命思想的作用，才能促进无产阶级革命取得胜利。

1931 年至 1932 年，左联内部爆发了一场关于"现代中国普通话"的论争。在这场论争中，瞿秋白更为明确地指出了什么是大众化的语言，他一再强调"至于革命的大众文艺，尤其应当从运用最浅近的新兴阶级的普通话开始"②。即运用"活人的俗话"、现在人的"普通话"，甚至用"方言"来创作大众化的文艺。瞿秋白所说的新兴阶级是指无产阶级，是工农群众。瞿秋白对大众化的语言即"现代中国普通话"的定义并非从语言本身出发，而是从语言所属阶级的角度下的定义。他认为："中国人的文艺生活显然划分着两个等级，中间隔着一堵万里长城，无论如何都不相混杂的。第一个等级是'五四式'的白话文学和诗古文词——学士大夫和欧化青年的文艺生活。第二个等级是章回体的白话文学——市侩小百姓的文艺生活。"③ 瞿秋白认为五四式的白话文和章回体的白话文学都不是无产阶级的文学，他认为现在正在产生一种"现代中国的普通话"，这才是新兴的无产阶级的语言，这种"普通话已经在产生着，但是还没有完全形成"，但是"先要根据现在这种不完备的没有完全形成的中国的普通话（可是真正是活人能够说得出来的话），造成一种比文言更优美的文字"④。瞿秋白是倡导文艺大众化的灵魂人物，他对语言大众化的认识具有先驱性，他虽然没有直接提出"大众语"这个概念，但语言的大众化问题到了瞿秋白这里，在理论上建设得

---

① 郭沫若：《新兴大众文艺的认识》，载北京大学、北京师范大学、北京师范学院中文系中国现代文学教研室：《文学运动史料选》(2)，上海教育出版社 1979 年版，第 365 页。

② 宋阳：《大众文艺的问题》，载北京大学、北京师范大学、北京师范学院中文系中国现代文学教研室：《文学运动史料选》(2)，上海教育出版社 1979 年版，第 396 页。

③ 史铁儿：《普洛大众文艺的现实问题》，北京大学、北京师范大学、北京师范学院中文系中国现代文学教研室：《文学运动史料选》(2)，上海教育出版社 1979 年版，第 372 页。

④ 宋阳：《再论大众文艺答止敬》，载北京大学、北京师范大学、北京师范学院中文系中国现代文学教研室：《文学运动史料选》(2)，上海教育出版社 1979 年版，第 429 页。

已经完全成熟了，只是碍于确实没有大众化语言文学创作的实绩，所以还只能是一种理论。但是他从阶级的角度，将白话文与文言并列，将二者与大众语言对立的理论，直接通向 1934 年的大众语运动。

1934 年展开了“大众语文学”的专门论争。陈子展等人在前两次论争的基础之上提炼出了“大众语”这一概念。这次论争的导火索是汪懋祖于 1934 年 5 月在《时代公论》周刊第 110 号发表的《禁习文言与强令读经》一文，他从学校教育的角度提出了当下白话文的弊病，提倡适当恢复文言教育。陈望道、陈子展等人立即撰文反驳这种“文言复兴”的思想。在论争的过程中，他们进一步探讨了白话文的不足。陈子展提出：“现在我以为要提出的是比白话更进一步，提倡大众语文学。……十多年来的白话文虽然比较文言的东西是要和大众接近些，可是事实上告诉我们，这个显然还不够。目前的白话文学知识知识分子一个阶层的东西，还不是普遍的大众所需要的。……只因这种白话还不是大众的语言。”① 他们提出白话文是比文言文更贴近大众的，但是这显然还不够，因此需要有比白话文更进一步的语言，即大众语。遗憾的是，这次讨论持续了几个月便沉寂了，“大众语”虽然在理论上被建设出来，却并没产生大量的“大众语”文学作品。

由于语言本身的进化需要一个过程，左翼文学运动对语言大众化的呼吁在当时并没有起到立竿见影的功效，但是左翼文学运动对大众语言的理论建设却对之后中国文学的创作产生了深刻的影响，它开辟了一条通向民间的语言传统，建立了大众语言的审美取向。同时使语言本身体现阶级的立场，用什么语言创作文学成为一个政治性的问题。这种语言传统对汉语新文学产生了巨大的影响。

（二）对个性主义、人道主义的否定与左翼文学思想内容的建设

“五四”时代所倡导的“民主”、“科学”的现代精神，使得新文学产生了一批体现“个性主义”和“人道主义”的文学作品。一批掌握马克思主义理论的文艺家，非常不满新文学的传统，因为从“个性主义”角度发展为个人主义，离开了集体主义；而“人道主义”从资产阶级的角度出发对劳苦大众表示同情和怜悯，与马克思主义倡导的阶级观点不相吻合。

首先遭到批判的是“个性主义”。“上海新文学运动者底讨论会”就对个性主义进行了重点批判：“对于过去的运动”，“认为有重要的四点应当指

① 陈子展：《文言——白话——大众语》，载北京大学、北京师范大学、北京师范学院中文系中国现代文学教研室：《文学运动史料选》(2)，上海教育出版社 1979 年版，第 436 页。

摘”，首先第一点就是“小集团主义乃至个人主义”①。左翼文学家提出：“我们的社会生活之中心，渐由个人主义趋向到集体主义。个人主义到了资本主义社会的现代，算是已经发展到了极度，然而同时集体主义也就开始了萌芽。……现代的革命的倾向，就是要打破以个人主义为中心的社会制度，而创造一个比较光明的、平等的、以集体主义为中心的社会制度，革命的倾向是如此，同时在思想界方面，个人主义的理论也就显然地消沉了。……现代革命的潮流，很显然地指示了我们，就是群众已登了政治的舞台，集体的生活已经将个人的生活送到了不重要的地位了。”② “个性主义”被左翼定性为资产阶级革命的产物，“个性主义”不适应无产阶级革命，是必须要被扬弃的。个性主义遭到批判不仅仅是一个文学的问题，而是一个时代的问题，是革命的需要、政治的需要。

鲁迅作为“五四”新文学的精神领袖，在“个性主义”问题上首先遭到了批判，因为“他的出发点，不是集体，而是个人，他的反抗，只是为他个人的反抗。……他始终是一个个人主义者”③。对于鲁迅作品的“个人主义”倾向的批判不单是从文学的角度对一个文学家的批判，更多的是一场政治批判，关于鲁迅有没有政治觉悟、关于他的政治立场的批判。“我们真想不到被读者成为大作家的鲁迅的政治思想是这样的骇人！他完全变成一个落伍者，没有阶级的认识，也没有革命的情绪。……我们实在找不出鲁迅的政治思想……文学在过去的形式上，似乎与政治不发生关系，所以文艺作家与政治思想常常的隔绝，这一点完全是忽略文学时代性的结果。”④ 对于鲁迅的批判显然不是个例，这次批判也并非针对鲁迅个人，而是以鲁迅作为突破口，对“五四”文学所张扬的“个性主义”精神进行的一次猛烈的攻击。

---

① 北京大学、北京师范大学、北京师范学院中文系中国现代文学教研室：《文学运动史料选》(2)，上海教育出版社 1979 年版，第 184 页。

② 蒋光慈：《关于革命文学》，载北京大学、北京师范大学、北京师范学院中文系中国现代文学教研室：《文学运动史料选》(2)，上海教育出版社 1979 年版，第 27~28 页。

③ 钱杏邨：《死去了的阿 Q 时代》，载北京大学、北京师范大学、北京师范学院中文系中国现代文学教研室：《文学运动史料选》(2)，上海教育出版社 1979 年版，第 62 页。

④ 钱杏邨：《死去了的阿 Q 时代》，载北京大学、北京师范大学、北京师范学院中文系中国现代文学教研室：《文学运动史料选》(2)，上海教育出版社 1979 年版，第 57~58 页。

左翼文学家们一方面批判“五四”时期最有代表性的作家，另一方面，从“五四”时代走过来的作家们也展开了自我批判。最有代表性的是创造社的集体“方向转换”，从20世纪20年代到30年代，创造社的成员经历了从自我颓废被边缘化到主动反抗跻身主流中心的变化。创造社的主要成员郭沫若，20世纪30年代成为“方向转换”的先锋。在翻译过《社会组织与社会革命》后，郭沫若接受了马克思主义，郭沫若在《英雄树》一文中提出：“个人主义的文艺老早过去了，然而最丑猥的个人主义者，最丑猥的个人主义者的呻吟，依然还是在文艺市场上跋扈。……你们不要乱吹你们的破喇叭，暂时当一个留声机器罢！”① 郭沫若对“五四”时期所提倡的“个性主义”彻底地否定了，他本人也从“个性主义”的倡导者转变为马克思主义指导下的无产阶级文学的先锋。

田汉于1929年写了《我们自己的批判》，作为一名接受了马克思主义思想洗礼的文艺创作者，田汉对自我的批判首先是从阶级斗争的角度开始，他总结过去犯的“个性主义”错误是因为：“我们彼此都不曾十分弄清我们艺术运动的立场和对象，自己走入歧途是必然的……”② 田汉所谓的歧途就是指艺术创作中的“小资产阶级的枝枝节节、自相矛盾的改良主义”，田汉提倡艺术是“民众”的，即是对“无政府主义的个性主义”的彻底批判。

郁达夫在“五四”时代也是一位“个性主义”者，但1927年他写了《在方向转换的途中》一文，也彻底否定了“个性主义”，他也觉察到“这一回的革命运动，和往日的情形不同”。不同就在于这次是“无产阶级或被压迫阶级……全都站在同一战线上”。这次革命不是“个人”的，不是哪个英雄的，而是“全民众”③ 的。

郭沫若、田汉是马克思主义者，郁达夫是感觉到时代气氛的变幻而转变，在时代的巨变面前对落伍的恐惧。他们都对自己过去的“个性主义”进行了否定，对“个性主义”的否定通向了集体主义和阶级意识。

“五四”文学的“人道主义”传统写血和泪，对穷苦人表示一种怜惜和同情。1928年革命文学运动中所批判的就是这样一种“浅薄”的“人道主

---

① 麦克昂：《英雄树》，载北京大学、北京师范大学、北京师范学院中文系中国现代文学教研室：《文学运动史料选》(2)，上海教育出版社1979年版，第76页。

② 田汉：《我们自己的批判》，载《田汉全集》第15卷，花山文艺出版社2000年版，第158页。

③ 郁达夫：《在方向转换的途中》，载《郁达夫全集》第8卷（上），浙江大学出版社2007年版，第25~27页。

义”。瞿秋白指出：“从‘五四’以来，所谓‘民众’文学曾经在各种形式里表现过。洋车夫文学和老妈子文学，大约就是这十几年的成绩了。站在统治阶级剥削阶级的地位来可怜洋车夫老妈子，以至于工人，农民，这也会冒充革命文学。这种创作里的浅薄的人道主义，是普洛文艺所不需要的。文艺复兴初期的感情主义居然和世纪末的颓废主义碰了头，混合在一起作为‘革命文学’，甚至于‘普洛文学’的先锋！普洛文学要克服一种倾向，在普洛大众文艺里，尤其要防止这种感情主义的诉苦、怜惜、悲天悯人的名士气。”① 瞿秋白从阶级斗争的角度将“人道主义”文学与“普洛（罗）文学”（无产阶级文学）做了根本的区分，“人道主义”是资产阶级对无产阶级的同情，所以“人道主义”肯定是虚伪的、具有迷惑性的，所以必须被真正的无产阶级文学所取代。

（三）马克思主义指导思想的建立

左翼文学家认为，无产阶级的革命文学写下层劳动人民不是不对，但是不能像“人道主义”传统一样，只停留在写他们苦、穷，停留在一种浅薄的同情和怜悯。无产阶级革命文学写革命斗争要跟马克思主义阶级斗争理论相吻合。周扬提出要肃清这种“肤浅的人道主义”，就要到“大众中去”，“提高文学的斗争性、阶级性”②。从阶级性的角度来看，资产阶级和无产阶级都可以写下层的人民的穷苦，但是不同的是资产阶级写下层人民的穷是从一种人道的怜悯和关照的角度，而无产阶级文学不同，因为无产阶级的文学家“应该同时是一个革命家。他不仅是在关照地‘表现社会生活’，而是实践地再变革‘社会生活’。……所以我们的作品，不是像甘人君所说的：是什么血，什么泪，而是机关枪，迫击炮。”③ 左翼文学传统抛弃了“人道主义”，提倡无产阶级文学要写无产阶级的斗争，这也使得无产阶级文学本身成为斗争的武器。

如何写反抗和斗争是无产阶级左翼文艺思潮又一个重要问题，蒋光慈的《野祭》、《菊愤》，是受到批判的，因为他写的是没有信仰的斗争，是麻木

① 史铁儿：《普洛大众文艺的现实问题》，载北京大学、北京师范大学、北京师范学院中文系中国现代文学教研室：《文学运动史料选》（2），上海教育出版社1979年版，第385~386页。

② 起应：《关于文学大众化》，载北京大学、北京师范大学、北京师范学院中文系中国现代文学教研室：《文学运动史料选》（2），上海教育出版社1979年版，第412页。

③ 李初梨：《怎样地建设革命文学》，载北京大学、北京师范大学、北京师范学院中文系中国现代文学教研室：《文学运动史料选》（2），上海教育出版社1979年版，第42页。

的斗争。巴金的小说《灭亡》写无政府主义者的斗争和刺杀，也是受到批判的。左翼文学赞成的斗争要有先进的指导思想，要有坚定的马克思主义的信仰，是离开所谓的小资产阶级情调的斗争，是马克思主义政党领导的斗争，这种斗争从左翼文学角度是最高的境界。“譬如写一个农家的没落，我们可以详细描写出来帝国主义在半殖民地的农村怎样榨取，买办乃至土豪怎样和帝国主义勾结以剥削贫民。这样，我想，或可成功一部很好的革命文学作品。譬如歌咏一个工人的痛苦，我们要把民众对于工人的同情高涨到反帝国主义的公愤上来。这才可以成一篇有力的诗歌。”① 斗争必须是在马克思主义思想的指导之下的斗争，且是反映马克思主义先进思想的斗争。左翼在政治上信奉马克思主义，也用马克思主义思想指导文学创作，马克思主义文艺理论被写进左翼作家联盟的行动纲领之中。

左翼文学运动在文学的语言、内容和指导思想的几个层面一步步地规定了一条无产阶级的文学路线，规定了无产阶级的革命文学用什么语言写、写什么、怎么写的问题，否定了五四文学“个性主义”、“人道主义”的传统，开辟了无产阶级革命文学的传统。

第二节　瞿秋白、鲁迅与马克思主义文艺理论的翻译和传播

在左翼文学运动之前，马克思主义作为西方的一种理论派别在中国已经有零星的译介，但这种译介不仅不成体系，甚至还存在许多的曲解。马克思主义文艺理论真正的介绍到中国来，并进行广泛的传播是伴随左翼文学运动而萌发的。

一、鲁迅对马克思主义文艺理论的译介

“革命文学”论争前期，左翼文学家们对于马克思主义文艺理论的认识还较为朦胧、不成体系。鲁迅不满创造社的成员“胡乱”运用马克思主义文艺理论的新名词术语盲目的进行论争，却不做系统的介绍的现象。他在《文学的阶级性》一文中写道：“有马克斯学识的人来为唯物史观打仗，在此刻，我是不赞成的。我只希望有切实的人，肯译几部世界上已有定评的关于唯物史观的书——至少，是一部简单浅显的，两部精密的——还要一两本

① 何大白：《文坛的五月》，载《创造月刊》1928年第2卷第1期。

反对的著作。那么，论争起来，可以省说许多话。”① 介于对苏联文艺理论认识含混的现实情况不满，鲁迅开始集中翻译马克思主义文艺理论著作。正如他在《三闲集·序一》中说的：“我有一件事要感谢创造社的，是他们‘挤’我看了几种科学底文艺论，明白了先前的文学史家们说了一大堆，还是纠缠不清的疑问。并且因此译了一本蒲力汗诺夫的《艺术论》，以救正我——还因我而及于别人——的只信进化论的偏颇。”②

1929年，鲁迅翻译并出版了卢纳察尔斯基的《艺术论》和《文艺与批评》；1930年出版了关于俄共中央和第一次无产阶级作家大会的一些会议记录和决议的《文艺政策》，以及普列汉诺夫的艺术论文集《艺术论》(即《没有地址的信》)、片上伸的《现代新兴文学的诸问题》、安多·盖博的《无产阶级革命文学说》等。同时也译介了许多苏联的文艺作品，这些在当时都产生了很大的影响。

马克思、恩格斯、列宁并没有马克思主义文艺理论的专著，他们对马克思主义文艺理论的阐发散见于书信、讲话，杂糅于哲学、政治经济学的著作中。但由于刚刚接触马克思主义，以及在翻译对象选择上的局限，鲁迅翻译的大多不是马克思主义奠基者的原著、马克思主义的经典文本。这种局限性在当时是一种普遍的现象，包括冯雪峰等人最早也没有重视马克思、恩格斯、列宁的经典原著，而是把目光放在阐释马克思主义的论著上，这些论著包含论述者对马克思主义的个人化的解读，其中不乏曲解和误读。

鲁迅不懂俄文，他翻译的马克思主义文艺理论著作是通过日文译本进行转译。鲁迅意识到，经过日文的翻译，马克思主义经典文本的含义一定会产生某种程度的变化。因此他不希望自己的翻译跟日文译本产生太大的差异，所以他在翻译的过程中难免采取了“硬译”的方式，这使他的译文未免艰涩难懂。关于“硬译”鲁迅解释道：“但我自信并无故意的曲译，打着我所不佩服的批评家的伤处了的时候我就一笑，打着我的伤处了的时候我就忍疼，却决不肯有所增减，这也是始终‘硬译’的一个原因。”③

即使鲁迅对马克思主义文艺理论的译介存在着一些问题和缺陷，他对马

---

① 鲁迅：《文学的阶级性》，载《鲁迅全集》第4卷，人民文学出版社1981年版，第126~127页。

② 鲁迅：《三闲集（序言）》，载《鲁迅全集》第4卷，人民文学出版社1981年版，第6页。

③ 鲁迅：《“硬译”与“文学的阶级性”》，载《鲁迅全集》第4卷，人民文学出版社1981年版，第210页。

克思主义文艺理论在中国的传播仍然起着重大的作用。这个作用并不局限于鲁迅翻译的作品中，更在于通过翻译，鲁迅对马克思主义形成了独立的认识，这种认识影响了鲁迅的创作和思想，从而产生了更大的连锁反应。在翻译的过程中，鲁迅本身就是对马克思主义文艺理论进行学习的过程，可以说，这也是他翻译马克思主义文艺理论的初衷。“左翼”文学时期，鲁迅热爱翻译苏联文学和文学理论的事业，并大力推广和号召这一事业。鲁迅的号召对于马克思主义文艺理论在中国的翻译和介绍起到了一定的推动作用，当时也有很多青年作家，在鲁迅的号召下，投身到翻译事业中去。并且因为对于马克思主义文艺理论翻译的共同爱好，鲁迅同瞿秋白结下了深厚的革命友谊，据冯雪峰回忆：“最初我把秋白同志口头上谈到的关于鲁迅先生从日文译本转译的几种马克思主义文艺理论著作的译文的意见，转达给鲁迅先生的时候，鲁迅先生并不先回答和解释，而是怕错过机会似的急忙说：‘我们抓住他！要他从原文多翻译这类作品！以他的俄文和中文，确是最适宜的了。’鲁迅先生说这话时的情态，我实在无法形容，……接着，又平静地说：‘马克思主义的文艺理论，能够译得精确流畅，现在是最要紧的了。’”①

二、瞿秋白对马克思主义文艺理论的译介

20世纪30年代，对于马克思主义文艺理论的翻译和传播起到更大推动作用的是瞿秋白。瞿秋白（1899—1937），出生于江苏省常州市，自幼热爱文学，有深厚的古典文学功底，也是“五四”新文学的倡导者，精通俄语。1917年考入北京俄文专修馆，开始研习苏俄文学、西欧文学及马克思主义哲学、政治学。1920年9月赴俄考察，苏俄无产阶级革命取得的胜利深深触动了瞿秋白，使得他从追求科学民主转变到信仰马克思主义，在莫斯科期间他写下了大量的通讯，向国内真实介绍十月革命后苏俄的情况，后来又写出《饿乡纪程》和《赤都心史》这两部散文集。瞿秋白的文学生涯跟政治生涯是分不开的，他是中国共产党早期主要领导人之一，一生主要从事无产阶级革命活动，是中国共产党早期最重要的马克思主义理论家之一；他翻译马克思、列宁的生平及其理论著作，最早把《国际歌》译成中文，并系统介绍共产国际的党纲。从1919年起，瞿秋白开始大量翻译苏联的文学作品，他直接从俄文翻译托尔斯泰、果戈理的作品，他的译文流畅通达、文采飞扬。“左翼”文学运动期间，他集中翻译了大量的马克思主义文艺理论作品，为马克思主义文艺理论在中国的传播作出了重要的贡献。

---

① 冯雪峰：《回忆鲁迅》，人民文学出版社1952年版，第129~130页。

1931 年到 1932 年，瞿秋白编译了马克思主义经典文艺理论论文集《“现实”——马克思主义文艺论文集》(简称《现实》)，这部论文集包括 13 篇文章，其中大部分是马克思主义经典作家的论著，如《马克思、恩格斯和文学上的现实主义》、《恩格斯论巴勒扎克》(即巴尔扎克)、《论易朴生的信》等。《现实》的译介对于中国的马克思主义文艺理论的建设起到了至关重要的作用。首先，《现实》全面阐述了马克思主义文艺理论，涵盖了无产阶级文学观念、马克思主义文学创作观、马克思主义批评方法等。其次，这本论文集明确了“现实主义”文学的观念，对中国“现实主义”文学起到了推进作用，使“现实主义”文学成为汉语新文学的主流。瞿秋白以马克思、恩格斯有关现实主义的论述为理论基础，发起了对“五四”新文学以及“革命文学”的批判，树立现实主义的旗帜，推鲁迅为现实主义文学的典范。他的批判和倡导都引起了很大的响应，树立了左翼文学的前进方向。再次，《现实》用马克思主义文艺理论对许多世界著名作家及作品进行了批评，促进了中国马克思主义文艺批评理论的建设。

1932 年至 1933 年，瞿秋白从《列宁选集》俄文版第六卷中选择翻译了列宁论述托尔斯泰的两篇文章：《列甫·托尔斯泰象一面俄国革命的镜子》、《L. N. 托尔斯泰和他的时代》，这两篇文章中列宁肯定了托尔斯泰现实主义创作的艺术成就，批判了托尔斯泰主义的思想错误，这两篇文章为左翼理论家进行文艺批评起到了示范作用。瞿秋白还将《列宁选集》编选者 V. 亚陀拉茨基等所写的注解——《关于列宁论托尔斯泰的两篇文章的注解（V. 亚陀拉茨基等）》译出，作为上述两篇译文的附录。在这篇注解性的文章中征引了列宁的著名文章《党的组织和党的出版物》一文的大部分内容，引述了列宁提出的“党的文学”原则。瞿秋白对列宁的“党的文学”原则的译介，不仅在当时对我国左翼文艺理论的建设发挥了巨大的作用，而且成为后来中国共产党制定文艺路线的一个重要的理论依据，成为文艺创作和文艺批评的标杆。以上三篇文章几乎涵盖了列宁文艺思想的各个方面，是中国研究马列文艺理论的基石。

20 世纪 30 年代，瞿秋白还亲自撰写了许多介绍苏联文艺理论的论文，如《马克思文艺论底断篇后记》、《斯大林与文学》、《苏联文学的新阶段》、《论弗里契》等。还编译了《高尔基论文选集》。1935 年瞿秋白牺牲后，鲁迅将《“现实”——马克思主义文艺论文集》、瞿秋白所译的列宁论托尔斯泰的两篇文章及其附录、《高尔基论文选集》和其他文章，一并收入《海上述林》上卷《辨林》，于 1936 年 10 月出版。

从瞿秋白开始，马克思主义文艺理论在中国的传播，进入了一个全面、系统的阶段。从20世纪20年代起，瞿秋白的马克思主义理论素养已经很深厚，瞿秋白直接把目光投向了马克思主义文艺理论的源头，对马克思主义经典文论地位的确立起到了重要作用。他的翻译纠正了以往二次转译所必然存在的问题，建立了马克思主义文艺理论的体系。值得注意的是，瞿秋白不仅将最新的马克思主义文艺理论翻译成中文，而且他在翻译的过程中融会了自己的观点，同时也将马克思主义文艺理论融入自己对文学的阐释。他阐述了马克思、恩格斯、列宁的文艺观，又运用这些观点和马克思主义的辩证方法进行文艺批评。

鲁迅、瞿秋白等人对马克思主义文艺论著的翻译和介绍，为左翼作家提供了理论的武器，从整体上提高了作家队伍的文艺理论水平。为左翼文学的发展，为左翼文学传统的形成，起到了理论建设方面的促进作用。

第三节　民主主义与自由主义文学思潮

20世纪二三十年代是左翼文学兴起和发展的大时代，与此同时，民主主义文学与自由主义文学思潮也在不断发展壮大。左翼文学在30年代发展成为主流文学，而民主主义文学和自由主义文学则成为当时中国新文学的重要组成部分，对左翼文学起到了一定补充和纠正的作用。

一、民主主义文学思潮的代表人物

“民主”一词是1840年鸦片战争后作为一个政治概念由西方传入中国的。民主主义思想可以简单概括为：“民主主义的政治观、进化论的历史观、人道主义的伦理观、个性主义的人生观。”① 中国的民主主义文学思潮是指以冰心、叶圣陶、王统照、许地山、巴金、老舍、曹禺等为代表，以“以民主主义、人道主义为文学创作指导思想，坚持为人生、为平民的文学观念，注重文学启蒙效用的一种文学形态”②。民主主义文学虽然不强调文学的阶级性，但却主张为平民的文学观念，作品中也不时地表示出对现实社会的不满以及对革命的憧憬与向往，所以在文学创作方面与左翼文学有着相近性。虽然很多民主主义作家并未直接投身现实革命，但却在文学创作上成

---

① 季桂起：《近代文学对中西文化资源的选择与融合——以民主主义思想与国民意识为例》，载《东岳论丛》2010年第31卷第6期。

② 王吉鹏，王琮：《鲁迅与二三十年代民主主义文学》，载《徐州教育学院学报》2007年第22卷第2期。

为左翼文学的朋友。

20 世纪二三十年代的民主主义文学思潮经历了“五四”文学运动的成长，已经进入相对成熟繁荣的阶段。这一时期民主主义文学以老舍、巴金、曹禺的创作成就最高。

老舍（1899—1966），原名舒庆春，字舍予，北京人，满族，出身贫苦。深受“五四”新文学运动的影响，1924 年开始正是从事写作。20 世纪二三十年代老舍先后创作了《老张的哲学》、《赵子曰》、《二马》、《猫城记》、《离婚》、《小坡的生日》、《骆驼祥子》等多部成熟的小说作品。老舍的作品大多取材于市民生活，他善于描绘城市底层贫民的生活和命运，喜欢通过日常生活的书写，反映普遍的社会矛盾，表达对黑暗社会现实的控诉。

巴金（1904—2005），原名李芾甘。在“五四”新文化运动的影响下，他开始逐渐接受民主主义的思想。从 1927 年开始写作，1930 年代创作了《爱情三部曲》(《雾》、《雨》、《电》)、《激流三部曲》(《家》、《春》、《秋》)、《海的梦》、《春天里的秋天》、《砂丁》、《萌芽》、《新生》等多部中长篇小说。巴金的作品风格热情奔放，歌颂青春，批判黑暗的社会、控诉封建制度和封建伦理的罪恶，具有强烈的反抗和斗争精神。他的作品对于当时的进步青年而言具有很强的思想启蒙作用。

曹禺（1910—1996），原名万家宝，字小石，祖籍湖北潜江，生于天津一个没落的封建官僚家庭。1930 年代创作了《雷雨》、《日出》、《原野》、《北京人》等作品。曹禺受西方戏剧观念和创作方法的影响，用戏剧形式书写了 20 年代中国畸形的社会生活。曹禺的作品反映了中国半封建半殖民地社会的黑暗与罪恶，对于走向没落的旧阶级给予了无情地揭露和批判。

除了老舍、巴金、曹禺以外，王统照、王鲁彦、叶圣陶等人在 20 世纪二三十年代的民主主义文学思潮中也有比较突出的表现。

王统照（1897—1957），字剑三，笔名息庐、容庐，山东诸城人。曾受康德、叔本华、哈特曼等影响，也很欣赏泰戈尔、叶芝等人的泛爱主义思想，把“爱”和“美”看做改造社会与人心的途径。1930 年代出版了短篇小说集《霜痕》，代表作长篇小说《山雨》等。王统照的作品常常反映下层人民的痛苦生活，描写帝国主义、封建势力下中国社会生活的挣扎与黑暗。

王鲁彦（1901—1944），原名王衡，浙江镇海人。王鲁彦的小说主要是短篇，代表作有短篇小说集《柚子》、《黄金》等，30 年代写有小说《野火》(《愤怒的乡村》)、《童年的悲哀》、《小小的心》、《屋顶下》、《河边》、《伤兵旅馆》等。王鲁彦一生坚持文艺为人生、文艺为社会的文艺主张，他以朴实的笔触描绘了军阀混战带给社会的阴郁，写出了底层社会愤懑的爆发与民族意识的觉醒，他同情底层人民生活的苦痛，痛斥社会的黑暗与腐朽。

叶圣陶（1894—1988），江苏苏州人，原名叶绍钧，辛亥革命后改字圣陶，文学研究会发起人之一。早在1914年就开始在一些通俗杂志上发表文言小说和旧体诗词，1919年开始白话文学创作。代表作有《火灾》、《线下》、《稻草人》、《倪焕之》等。叶圣陶的小说聚焦于社会底层人民的痛苦生活，表达了他的民主主义追求和社会思想。叶圣陶的小说擅长暴露旧中国教育界黑暗的内幕，通过教育界把批判的方向延伸到整个社会，反映了下层知识分子贫穷悲苦的生活状况。对于小市民知识分子，叶圣陶既同情又批判，他看不惯小市民知识分子的怯弱、空虚、玩忽职守、自私自利，期望他们有所改变，但又深知他们的苦痛与不幸。在同情、愤怒等复杂矛盾的情绪中批判了黑暗不公的社会现实。

20世纪二三十年代的民主主义文学带有明显的文学功利主义色彩。这一时期的民主主义文学主张文学依然坚持关注社会民生。这一创作倾向源于早期文学研究会“文学为人生”的创作宗旨，这一时期的民主主义文学家大都是文学研究会未曾转化仍坚持“人生派”的成员，或者是深受“文学为人生”观念影响的现实主义文学家。他们秉承文学研究会“文学要指导人生、改造社会”的宗旨，从事现实主义文学创作活动，其作品必然带有明显的功力主义色彩。但这种功力色彩又有别于当时的左翼文学，民主主义文学的创作并非有意指向政治，只是有良知的知识分子凭借自己的民主精神和人道情怀单纯地表达个体对于社会的观察和思考。

20世纪二三十年代的民主主义文学继承和发扬了“五四”启蒙主义和个性主义的文学传统。这一时期的作品集中表现了作者对于平民不幸生活的深切同情，进一步批判了黑暗的社会现实以及束缚人的封建伦理。这一时期的民主主义文学作品更为关注人物的内心，追求个性与自由，期待制度和思想的变革，向往社会革命，如巴金的《家》、曹禺的《雷雨》、叶圣陶的《倪焕之》等。民主主义文学家并非革命者，他们大多数人并不追求政治理想或者没有找到确认的政治道路，因此民主主义文学的作品较少直接大声呼吁革命，这是有别于左翼文学的。虽然没有大声疾呼革命时代的到来，但民主主义作家也表现出对黑暗社会现状和混乱政治局面的不满，这又是与左翼文学相近的地方。甚至在一些民主主义文学作品中，表现出了赞同和期待革命出现的姿态，这又有别于自由主义文学。

20世纪二三十年代的民主主义文学作品具有浓重的悲剧意识。民主主义文学在“五四”时期的创作主要是受到了民主主义和人道主义的影响，创作主要集中在“问题小说”。这一时期的民主主义文学依然以人生和社会

“问题”为创造导向，但这一时期的民主主义文学家已经深刻地认识到人道主义情怀只能让他们看到人生和社会的苦难，并不能解决人生和社会中出现的实际“问题”。所以这一时期的民主主义作家都渐渐走向了现实主义写作，而这一时期作品的悲剧意识也愈来愈强。如巴金《家》中的觉新就是中国现代文学史上一个具有悲剧性的痛苦灵魂的典型形象。觉新对于封建势力的妥协，恰恰加速了自己同身边所爱的人的悲剧命运。觉新越是逃避，越是闪躲，他所面对的生活结局就越是悲惨无助的。曹禺的《雷雨》同样也是一部不朽的悲剧巨作。曹禺曾在《雷雨·序》中提到宇宙人生的残酷性："宇宙正像一口残酷的井，落在里面，怎样呼号也难逃脱这黑暗的坑。"《雷雨》所表达的正是“宇宙里斗争的‘残忍’和‘冷酷’”，是“一种情感的憧憬，一种无名的恐惧的表征”①。疯狂的蘩漪、与后母和妹妹乱伦的周萍、无辜的四凤、充满青春气息而又早逝的周冲、冷漠的周朴园、无力的侍萍都是这部悲剧中不可或缺的悲剧音符，每一个人物都充满了悲剧性的张力，给人以悲剧的震撼。

二、自由主义文学思潮的基本特征

自由主义文学思潮兴起于20世纪20年代末、30年代初，是与左翼文学、民主主义文学、大众通俗文学等并列的一种文学现象。自由主义文学既反对当时国民政府倡导的“民族主义”文学，也不支持中国共产党领导的左翼文学。与左翼文学不同，倡导自由主义文学的作家们并没有一个统一的文学组织，他们只是在对待文学本体的理论观点上取得了某种契合。总的来说，自由主义文学思潮主张文学的独立与自由，强调文学的个体意识，反对文学的功利倾向，主张文学同政治保持距离，否认文学与阶级和政治的联系。

自由主义文学的产生来源于“五四”新文学启蒙主义的土壤，但其成为一种思潮则与左翼文学的发展壮大密不可分。“五四”新文化运动时期，以新月派的胡适、梁实秋、徐志摩等为代表的一批留美回国的知识分子通过宣扬和践行自由主义思想来追求个性解放和思想自由。新月派率先确立了自由主义文学思潮的传统，20世纪20年代末左翼文学的兴起和壮大又极大地刺激了自由主义文学思潮的发展。面对左翼文学的政治斗争和只有“无产阶级革命文学才是真正的文学”的文学理念，新月派等自由主义文学家“采取贵族式的不介入的清高态度（事实上却不可能不介入），绝对不能容

① 曹禺：载《雷雨·序》，香港宏智书店1959年版，第45页。

忍文艺成为政治斗争的一翼。他们一再申说文艺的超功利性与独立性，正是这种抗拒心理的反映”①，也正是这种“抗拒心理”不断促进、壮大、发展了自由主义文学思潮的队伍和理论。

自由主义文学思潮的构成比较复杂，主要可以分为以下四个方面：一是“新月派”，二是“京派”，三是“自由人”和“第三种人”，四是“论语派”。

“以西方自由主义思潮为理论基础和价值依据的新月派，是新文化运动和汉语新文学建设之初影响最大的自由主义社团流派。”② 新月派的自由主义文学代表人物主要是胡适、徐志摩、梁实秋等人。新月派没有统一的文学主张，有的只是相同的文学志趣。他们大多受过英美文化的正统教育，对于西方的自由主义观念较为了解和欣赏。新月派的核心人物胡适是美国实用主义大师杜威的学生，其深受美国实用主义思想的影响。新月派的灵魂人物徐志摩是英国实在论哲学领袖罗素的信奉者，同时他又非常崇拜自由主义人权论的始祖卢梭。新月派的主要成员、理论上的重要代表梁实秋自称是美国新人文主义思想家白璧德的学生，倡导传统自由主义，讲求理性和秩序。总的来说，新月派的知识分子“偏向于从价值理性方面接受自由主义，而不愿意从工具理性方面把握自由主义进而付诸实际行动”③。他们的主张具有精英文化的特点，崇尚英美式的民主政治和自由生活，提倡“天才论”，倡导贵族化的文学趣味。

“京派”的自由主义文学理论代表人物主要是沈从文和朱光潜等。“京派”文学也是一个没有固定文学组织的松散的文学流派，是20年代末开始活跃在北京的一批具有学院派背景的倡导纯文学精神的知识分子集合。在左翼文学的浪潮下，沈从文对左翼文学和“海派”文学都表现出不满，曾公开批评文学创作中的“差不多”④ 现象，强调经典不能媚俗于时代之风，同时坚持远离政治亲近人性的文学主张。朱光潜曾在《中学生》杂志上发表《“曲终人不见，江上数峰青”》一文，提出“和平静穆”的美是“诗的极境”与美的最高境界，同时也是人生哲理的最高理想，认为艺术应该和

① 钱理群、温儒敏、吴福辉：《中国现代文学三十年》（修定本），北京大学出版社2006年版，第156页。

② 朱寿桐：《汉语新文学通史》上卷，广东人民出版社2010年版，第153页。

③ 朱寿桐：《汉语新文学通史》上卷，广东人民出版社2010年版，第151页。

④ 沈从文：《作家间需要一种新的运动》，载张兆和：《沈从文全集》（17），北岳文艺出版社2002年版，第101页。

生活保持一定的距离，艺术虽然来源于生活，又不能完全等同于生活。这是一种极端非功利的美学理念。由此可以看出，“京派”文学推崇人的自然生存状态和精神状态，主张超然与纯正的文学——提倡文学要表现自然的人性和人心灵的本真，文学要为个人寻求一块精神圣地。

“自由人”和“第三种人”也曾受过马克思主义的影响，他们的主要思想来源是俄国的民主主义和自由主义。“自由人”是指胡秋原，他曾以“自由人”的名义写文章提出：“将艺术堕落到一种政治的留声机，那是艺术的叛徒。艺术家虽然不是神圣，然而也决不是叭儿狗，以不三不四的理论，来强奸文学，是对艺术尊严不可恕的冒渎。”① 胡秋原强调“勿侵略文艺”，显然是不能够认同左翼文学从政治出发要求文学创作的主张，“自由人”重视文艺自身发展的规律，反对一种文学理论排斥其他文学形式存在的权利，主张文艺自由发展。“第三种人”是在左翼文学同“自由人”论争中出现的。苏汶写了《关于〈新文〉与胡秋原的文艺论辩》一文，对左翼文学提出了批评，他明确反对文艺大众化运动，指出文学界还有存在“第三种人”的可能，其目的也是让文学远离政治，独立发展。无论是“自由人”还是“第三种人”他们都认识到除了左翼文学之外还应该允许有其他的文学现象的存在，文学不能只向单一的模式发展，所以他们从为文学争取自由和权利的要求出发，主张思想自由和文学自由。

“论语派”以《论语》杂志的创办而得名。“论语派”的自由主义文学理论代表人物是周作人和林语堂。周作人在“五四”文学退潮后，开始一心追求平淡、隐逸，在文学上开始主张性灵文学，他“不相信某一时代的某一倾向可以做文艺上永久的模范……相信真正的文学发达的时代必须多少含有贵族的精神”，认为“从文艺上来说，最好的事是平民的贵族化”②。在周作人的倡导下，一时间小品文开始盛行，林语堂正是在这样的背景下开始创办《论语》和《人世间》杂志的。林语堂提倡幽默文学和性灵小品文，认为“十四年来中国现代文学唯一之成功，小品文之成功也”，主张文章要以“以自我为中心，以闲适为格调”，可写“宇宙之大，苍蝇之微”③，提

① 胡秋原：《阿狗文艺论》，载北京大学、北京师范大学、北京师范学院中文系中国现代文学教研室：《文学运动史料选》(3)，上海教育出版社 1979 年版，第 67 页。

② 周作人：《贵族的与平民的》，载中国现代文学馆：《中国现代文学百家——周作人代表作》，华夏出版社 1997 年版，第 274~275 页。

③ 林语堂，《〈人间世〉发刊词》，载北京大学、北京师范大学、北京师范学院中文系中国现代文学教研室：《文学运动史料选》(3)，上海教育出版社 1979 年版，第 232 页。

倡文学应表现崇尚冲淡的心境和超然的态度。

第四节　与文学自由论的理论论争

左翼文学界曾与自由主义文人派别的文学自由论展开过激烈的理论论争，这些理论论争虽然不足以纠正左翼文学运动中“文学就是宣传”、“无产阶级文学是真正的文学”这样偏激的理论观念，但至少在左翼文学跻身主流话语权的时代，还能看到另一种文学现象——就文学理论本体的问题进行思考和讨论。文学自由论的存在本身已经说明这是对左翼文学运动的一种对抗和制衡。

一、文学的阶级性问题

左翼文学的一切文学观点都是建立在阶级理论的基础之上的。左翼文学主张只有无产阶级的文学才是真正的文学，文学同革命有着密不可分的联系。郭沫若在《革命与文学》中指出：“真正的文学永远是革命的前驱，而革命的时期中总会有一个文学的黄金时代出现。”① 左翼文学家们呼唤无产阶级革命文学的产生，也期待革命文学时代的到来，背后实际上期待真正革命的到来。无产阶级革命是建立在马克思阶级理论的基础之上的，无产阶级文学理所当然也是符合阶级理论的。所以左翼作家承认文学具有阶级性。冯乃超就曾明确地提出“艺术是有阶级性的”、“文学是有阶级性的”②，但自由主义作家却不能认同这一观点。“文学作品之产生，更与阶级观念无关”，“文学一概都是以人性为本，绝无阶级的分别”，“文学是没有阶级性的”③，是一部分自由主义作家普遍认同的一种观点。梁实秋在《文学是有阶级性的吗?》一文中就曾批评左翼作家的这一文学主张：“把文学的题材限于一个阶级的生活现象的范围之内，实在是把文学看得太肤浅太狭隘了。”④ 梁

---

① 郭沫若：《革命与文学》，载中国社会科学院文学研究所现代文学研究室：《“革命文学”论争资料选编》，人民文学出版社 1981 年版，第 6 页。

② 冯乃超：《冷静的头脑——评驳梁实秋的〈文学与革命〉》，载北京大学、北京师范大学、北京师范学院中文系中国现代文学教研室：《文学运动史料选》(3)，上海教育出版社 1979 年版，第 37~38 页。

③ 梁实秋：《文学与革命》，载《梁实秋散文集》，香港益群文化公司 1956 年版，第 87 页。

④ 梁实秋：《文学与革命》，载《梁实秋散文集》，香港益群文化公司 1956 年版，第 96 页。

实秋从超阶级的人性普遍存在论的观点出发，否认了资产者和无产者“他们的人性并没有两样，他们都感到生老病死的无常，他们都有爱的要求，他们都有怜惜与恐怖的情绪，他们都有伦常的观念，他们都祈求身心的愉快，文学就是表现这最基本地人性的艺术”①。

梁实秋将“人性”的普遍性和共通性意在完全否定左翼文学的“阶级论”，从而否定整个左翼文学。这当然引起了左翼文学的不满和反击。冯乃超就曾直接指出梁实秋的“人性”体系不过是“拒绝革命文学的存在，这个态度就是他穷途的办法”②。之后鲁迅又发表了《“硬译”与“文学阶级性”》一文批评梁实秋所提出的“人性普遍存在论”是“矛盾而空虚的”③。鲁迅并不反对文学应该反映人性，但反对文学只去表现最普遍的人性。鲁迅认为“倘以表现最普遍的人性的文学为至高，则表现最普遍的动物性——营养，呼吸，运动，生殖的文学，或者除去‘运动’，表现生物性的文学，必当更在其上”④。这段话深刻地暴露了梁实秋用“人性论”否定“阶级论”的空洞之处。之后鲁迅又从阶级社会中谁也不可能摆脱其阶级性的角度论述了“在阶级社会中，文学家虽自以为‘自由’，自以为超了阶级，而无意识底地，也终受本阶级的阶级意识所支配，那些创作，并非别阶级的文化罢了。例如梁先生的这篇文章，原意是在取消文学上的阶级性，张扬真理的。但以资产为文明的祖宗，指穷人为劣败的渣滓，只要一瞥，就知道是资产家的斗争的“武器”，——不，‘文章’了。无产文学理论家以主张‘全人类’‘超阶级’的文学理论为帮助有产阶级的东西，这里就给了一个极分明的例证”⑤，鲁迅对梁实秋“文学没有阶级性”的观点给予了有力

① 梁实秋：《文学与革命》，载《梁实秋散文集》，香港益群文化公司1956年版，第95页。

② 冯乃超：《冷静的头脑——评驳梁实秋的〈文学与革命〉》，载北京大学、北京师范大学、北京师范学院中文系中国现代文学教研室：《文学运动史料选》(3)，上海教育出版社1979年版，第34页。

③ 鲁迅：《“硬译”与“文学阶级性”》，载北京大学、北京师范大学、北京师范学院中文系中国现代文学教研室：《文学运动史料选》(3)，上海教育出版社1979年版，第67页。

④ 鲁迅：《“硬译”与“文学阶级性”》，载北京大学、北京师范大学、北京师范学院中文系中国现代文学教研室：《文学运动史料选》(3)，上海教育出版社1979年版，第68页。

⑤ 鲁迅：《“硬译”与“文学阶级性”》，载北京大学、北京师范大学、北京师范学院中文系中国现代文学教研室：《文学运动史料选》(3)，上海教育出版社1979年版，第69页。

的回击。

二、文学武器论

左翼文学界积极倡导的文学是阶级斗争的工具。左翼作家联盟的理论纲领中也曾明确提到："社会变革期中的艺术，不是极端凝结为保守的要素。变成拥护统治之工具，便向进步的方向勇敢迈进，作为解放斗争的武器。"①

左翼作家们把文艺当做武器和宣传工具是受了辛克莱思想的影响。美国作家辛克莱认为：一切文艺有意无意都在起宣传作用。左翼文学把这一文学观点推向极致，只强调"文学工具论"却完全忽视了文学的审美性。梁实秋曾针对左翼文学这一观点批评无产阶级文学的错误就在于"把阶级的束缚加在文学上面……把文学当做阶级斗争的工具而否认其本身的价值"②。自称"自由人"的胡秋原在《阿狗文艺论》一文也曾批评左翼文学"将艺术堕落到一种政治的留声机，那是艺术的叛徒"③，并且一再强调"艺术不是宣传，描写不是议论"④。苏汶以"死抱住文艺"的"第三种人"的身份批评左翼作家"霸占文坛"，但在创作方面作品只是艺术上拙劣的"连环画"。无论是"自由人"、"第三种人"，还是"新月派"他们都认为不能把文学当做斗争的工具，因为文学一旦成为工具就失去了它的审美特性，也就失去了文学自身的价值。正如梁实秋所说："凡是宣传任何主义的作品，我都不以为有多少价值的。文艺的价值，不在做某项工具，文艺本身就是目的……"⑤

针对自由派文学家的这一论断，鲁迅进一步展开了论战和反击，为无产阶级文学作了有力的辩驳。"据我所看过的那些理论，都不过说凡文艺必有所宣传，并没有谁主张只要宣传式的文字便是文学。诚然，前年以来，中国确曾有许多诗歌小说，填进口号和标语去，自以为就是无产文学。但那是因为内容和形式，都没有无产气，不用口号和标语，便无从表示其'新兴'

① 《中国左翼作家联盟的理论纲领》，载《纪念与研究》1980年第2辑。

② 梁实秋：《文学与革命》，载《梁实秋散文集》，香港益群文化公司1956年版，第95页。

③ 胡秋原：《阿狗文艺论》，载北京大学、北京师范大学、北京师范学院中文系中国现代文学教研室：《文学运动史料选》(3)，上海教育出版社1979年版，第118页。

④ 胡秋原：《勿侵略文艺》，载北京大学、北京师范大学、北京师范学院中文系中国现代文学教研室：《文学运动史料选》(3)，上海教育出版社1979年版，第121页。

⑤ 梁实秋：《论思想统一》，载《新月》1929年第2卷第3号。

的缘故，实际上也并非无产文学。”① 对文学能否当做斗争武器的探讨实际上是关于“文学审美性”问题的探讨。对于这个问题自由主义作家的态度和观点基本上是一致的。在自由主义作家看来，文学的审美特性是不可或缺的，但部分左翼文学家认为作为与反动阶级斗争的武器，文学有时是可以以牺牲审美特性为代价的。

三、关于文学与政治

自由派文学家不满于左翼作家把文学和政治联系得过于紧密。在他们看来，文学应该是一个独立的纯净世界，应该自由发展。特别是面对如火如荼的左翼文学运动，自由主义文学的作家们更加认为坚持文学的独立性，反对政治介入文学是他们不可推卸的使命和责任。小品文论争就是很典型的一次论争。林语堂主张小品文可以写“宇宙之大，苍蝇之微”②，提倡作家要关注社会人生，书写性灵，但要远离政治的纷扰和影响。他在《人间世》的投稿注意中特意强调涉及党派政治者不登其文章，而稿件的内容除了政治以外并没有其他的限制。由此可见，《人间世》的创办目的就是要让文学远离政治，而林语堂的这种文学主张显然不能为左翼作家们所接受。鲁迅就曾发表《小品文危机》，批评林语堂的小品文只是“小摆设”，是“麻醉性的作品”，其命运终将“与麻醉者和被麻醉者同归于尽”。左翼文学也可以写小品文，但左翼文学欣赏的只是具有战斗精神的小品文。鲁迅认为“生存的小品文，必须是匕首，是投枪，能和读者一同杀出一条生存的血路的东西”③，而林语堂的“‘小摆设’当然不会有大发展”④。

至于文学与生活和时代的关系问题，左翼作家认为文学不应该脱离时代

---

① 鲁迅：《“硬译”与“文学阶级性”》，载北京大学、北京师范大学、北京师范学院中文系中国现代文学教研室：《文学运动史料选》(3)，上海教育出版社1979年版，第70页。

② 林语堂：《〈人间世〉发刊词》，载北京大学、北京师范大学、北京师范学院中文系中国现代文学教研室：《文学运动史料选》(3)，上海教育出版社1979年版，第232页。

③ 鲁迅：《小品文的危机》，载北京大学、北京师范大学、北京师范学院中文系中国现代文学教研室：《文学运动史料选》(3)，上海教育出版社1979年版，第230页。

④ 鲁迅：《小品文的危机》，载北京大学、北京师范大学、北京师范学院中文系中国现代文学教研室：《文学运动史料选》(3)，上海教育出版社1979年版，第230页。

而发展，文学应该反映时代的需要。茅盾在《我们必须创造的文艺作品》一文中就曾提出："立在时代阵头地作家应该负荷其时代放在他们肩头的使命。"① 左翼文学的创作正是紧紧围绕着无产阶级革命斗争开展的，其创作主题和内容不可避免地为了呼应革命时代而走向模式化和类型化，而自由派文学家则坚决反对文学的模式化和类型化。沈从文就曾在《作家间需要一个新运动》中批评过左翼文学创作的"差不多"现象，"缺少独立识见，只知追求时髦，所以在作品上把自己完全失去了"②，指出这种创作现象是源于"记着'时代'，忘了'艺术'"③，把文艺同时代分裂开来，并在《再谈差不多》一文中再次申明"要中国新文学有更好地成绩，在民主式的自由发展下，少受凝固的观念和变动天时风气所控制，成就也许会更大些。并且党朝野都有人只想利用作家来争夺政权的情势中，作家若免去帮忙帮闲之讥，想选一条路，必选条限制最少自由最多的路"④。茅盾在《关于"差不多"》中反击了沈从文的论点，批评沈从文的文章"充满了盲目的夸大"，认为沈从文将时代与文学对立起来，"抹煞了新文艺发展之过程，幸灾乐祸似的一口咬住了新文艺发展一步时所不可避免的暂时的幼稚病，作为大多数应社会要求而写作的作家们的弥天大罪"，文中茅盾坚持肯定了"作家们应客观的社会需要而写他们的作品——这一倾向，也是正确的"⑤。之后论争没有继续展开，这样的文学论争很难得到一个让人满意的结果，最后只能使左翼作家和自由主义文学家在文学理念上渐行渐远。

至于文学与人民的关系，新月派的主张文学是少数人的专利。梁实秋认为"一切的文明，都是极少数天才的创造"⑥，"好的作品永远是少数人的

① 茅盾：《我们必须创造的文艺作品》，载《北斗季刊》1932年第2卷第2期。

② 沈从文：《作家间需要一个新运动》，载张兆和：《沈从文全集》(17)，北岳文艺出版社2002年版，第101页。

③ 沈从文：《作家间需要一个新运动》，载张兆和：《沈从文全集》(17)，北岳文艺出版社2002年版，第102页。

④ 沈从文：《再谈差不多》，载张兆和：《沈从文全集》(17)，北岳文艺出版社2002年版，第150页。

⑤ 茅盾：《关于"差不多"》，载《茅盾文艺杂论集》上集，上海文艺出版社1981年版，第661~662页。

⑥ 梁实秋：《文学与革命》，载《梁实秋散文集》，香港益群文化公司1956年版，第79页。

专利品，大多数永远是蠢的，永远是和文学无缘"① 的，梁实秋的天才论代表了新月派自由主义文学家思想的贵族色彩倾向。"天才论" 把 "文学" 放到了高不可攀的位置，否认了文学同普通群众的联系，从而指出文学创作的核心不能是普通的劳苦大众，而劳苦大众也不可能理解和欣赏到文学真正的艺术价值。冯乃超就曾以 "人类的意志是不自由的" 的观点批评梁实秋的天才论，从唯物主义的角度指出天才的 "天赋即使很厚，也不能在空洞的 '无' 中生出 '有' 来"②，任何人即使是杰出的天才式的人物也不能脱离社会对于个人的重要影响。鲁迅也进一步指出："我们是人，所以以表现人性为限，那么，无产者就因为是无产阶级，所以要做无产文学。"③ 从而否定了 "天才论"，肯定了阶级文学论。

第五节 文艺界抗日民族统一战线的初步形成

随着日本侵略步伐的加快，民族矛盾迅速上升，文学界与全国各界一样面临着搁置内部冲突、一致抗敌御侮的现实。为此，左翼文学界也迅速作出了调整；但在调整中出现了龃龉，引发了新的内部论争。

一、"国防文学" 的提出

"两个口号" 的论争发生于 1936 年，当时，分别以鲁迅和周扬为代表的左翼作家，围绕 "民族革命战争的大众文学" 和 "国防文学" 的口号展开的激烈论争。

1931 年 "九・一八" 事变后，日本进一步扩大了对中国的侵略。1935 年华北事变后，中国的民族危机更是日益加重。但国民政府对日本的侵略一直实行不抵抗政策，提出 "攘外必先安内"。为了抵抗日军的侵略，中共中央在 1935 年 8 月 1 日发表了《为抗日救国告全体同胞书》，号召停止内战，一致抗日。8 月共产国际第七次代表大会在莫斯科召开，第三国际负责人季

---

① 梁实秋：《文学是有阶级性的吗?》，载《梁实秋散文集》，香港益群文化公司 1956 年版，第 96 页。

② 冯乃超：《冷静的头脑——评驳梁实秋的〈文学与革命〉》，载北京大学、北京师范大学、北京师范学院中文系中国现代文学教研室：《文学运动史料选》(3)，上海教育出版社 1979 年版，第 33 页。

③ 鲁迅：《"硬译" 与 "文学阶级性"》，载北京大学、北京师范大学、北京师范学院中文系中国现代文学教研室：《文学运动史料选》(3)，上海教育出版社 1979 年版，第 68 页。

米特洛夫提出要建立全世界反法西斯统一战线。8 月底左联驻莫斯科国际革命作家联盟代表肖三给左翼的同志信中也提出："我们的工作要有一个大转变。我们认为：在组织方面——取消左联，发宣言解散它，另外发起，组织一个广大的文学团体，极力夺取公开的可能……吸引大批作家加入反帝反封建的联合战线上来，'凡是不愿意作亡国奴的作家，文学家，知识分子，联合起来!'——这，就是我们进行的方针。"① 作为上海文艺界党组织负责人的周扬因与中共中央失去了联系，只能从外国报刊的有关报道来了解国内外的形式。季米特洛夫的讲话和《肖三给左翼同志信》让周扬等人认识到必须要建立反帝的民族统一战线，而建立全面的反帝民族统一战线就首先要解散现有的中国左翼作家联盟。1936 年年初，为适应抗日形势发展的需要，"中国左翼作家联盟" 自动解散。1936 年 2 月周杨等人在《生活知识》杂志第 1 卷第 11 期刊出"国防文学"特辑，发表了一系列关于"国防文学"的文章，正式把"国防文学"作为中国文艺界的抗日民族统一战线的口号提了出来，并开展讨论。

"国防文学"的口号最早是 1934 年 10 月 27 日在周扬《"国防文学"》一文中提出来的，之后周立波、何家槐、张尚斌、王梦野、郭沫若等人发表文章表示赞同这一口号。但也有人对此口号提出了质疑：徐行先后发表了《评"国防文学"》、《再评"国防文学"》、《我们现在需要什么文学》等文反对提倡"国防文学"，指出"国防文学"的倡导者们"把敌人化为'兄弟'，他们没有理论照着前途，而在诉诸'同胞热情'"②。周扬则在《关于国防文学》、《现阶段的文学》等文中对徐行的观点加以驳斥，认为徐行错误的根源是"对于统一战线的理论和中国目前形势之完全的无理解"，认为徐行"根本否认，或者是简直不知道，反帝联合战线是现阶段殖民地或半殖民地国家的民族革命的主要策略"③。经过讨论之后，"国防文学"这一口号产生了广泛的影响，得到了一些作家的认可，之后又相继出现了"国防音乐"、"国防诗歌"、"国防戏剧"和"国防电影"等口号。

---

① 肖三：《肖三给左翼同志信——一九三五年八月十一日》，载《纪念与研究》1983 年第 2 辑。

② 徐行：《我们现在需要什么文学》，载北京大学、北京师范大学、北京师范学院中文系中国现代文学教研室：《文学运动史料选》(3)，上海教育出版社 1979 年版，第 278 页。

③ 周扬：《关于国防文学——略评徐行先生的国防文学反对论》，载北京大学、北京师范大学、北京师范学院中文系中国现代文学教研室：《文学运动史料选》(3)，上海教育出版社 1979 年版，第 286 页。

二、"民族革命战争的大众文学"

1936年4月，冯雪峰以党中央特派员身份到上海工作。他和鲁迅、胡风、茅盾等决定提出"民族革命战争的大众文学"的口号，胡风为此专门写了《人民大众向文学要求什么?》一文以提出这一口号。"民族革命战争的大众文学"口号的提出让文坛又掀起了轩然大波。"国防文学"的倡导者和捍卫者们认为这是对"国防文学"口号的否定和挑衅，不利于文艺界抗日统一战线的形成。于是周扬、徐懋庸等人纷纷发表文章，批判胡风和"民族革命战争的大众文学"这一口号，由此形成了"两个口号"激烈的论证。

徐懋庸首先于1936年6月10日在《光明》第1卷第1号上发表了《"人民群众向文学要求什么"》一文，批评胡风提出的"民族革命战争的大众文学"口号是"笼统，空洞"① 的，认为其目的是要"混淆大众的视听，分化整个新文艺运动的路线"②，指出只有"'国防文学'运动"才是"现阶段的中国民族革命战争文学运动"③。之后周扬在6月25日的《光明》第1卷第2号上发表了《现阶段的文学》一文，批评胡风对于"'统一战线'和'国防文学'一字不提"，指出胡风"如果不是一种有意的抹杀，就不能不说是一个严重的基本认识的错误"④，在文中周扬又进步阐述了"国防文学"口号的理论基础和基本内容，意在彻底地消灭"民族革命战争的大众文学"口号的生存空间。在"民族革命战争的大众文学"这一口号遭到非难之后，耳耶、鲁迅、茅盾等人对"民族革命战争的大众文学"口号的提出表示了支持和肯定，把"两个口号"的论争推向了高潮。为了补

① 徐懋庸：《"人民大众向文学要求什么?"》，载北京大学、北京师范大学、北京师范学院中文系中国现代文学教研室：《文学运动史料选》(3)，上海教育出版社1979年版，第307页。

② 徐懋庸：《"人民大众向文学要求什么?"》，载北京大学、北京师范大学、北京师范学院中文系中国现代文学教研室：《文学运动史料选》(3)，上海教育出版社1979年版，第308页。

③ 徐懋庸：《"人民大众向文学要求什么?"》，载北京大学、北京师范大学、北京师范学院中文系中国现代文学教研室：《文学运动史料选》(3)，上海教育出版社1979年版，第310页。

④ 周扬：《现阶段的文学》，载北京大学、北京师范大学、北京师范学院中文系中国现代文学教研室：《文学运动史料选》(3)，上海教育出版社1979年版，第313页。

救胡风文章的不足之处，消除分歧，鲁迅发表了《答托洛斯基派的信》（1936年7月1日《文学丛报》第四期）和《论现在我们的文学运动》（1936年7月1日的《现实文学》第1期）两文。文中鲁迅对“民族革命战争的大众文学”这一口号的认识及“两个口号”的关系问题作了较为精辟的论述：“民族革命战争的大众文学，是无产阶级革命文学的一发展，是无产革命文学在现在时候的真实的更广大的内容……新口号的提出，不能看做革命文学运动的停止，或者说‘此路不通’了。所以，绝非停止了历来的反对法西斯主义，反对一切反动者的血的斗争，而是将这战斗更深入，更扩大，更实际，更细微曲折，将斗争具体化到抗日反汉奸的斗争，将一切斗争汇合到抗日反奸斗争这总流里去。决非革命文学要放弃它的阶级的领导的责任，而是将它的责任更加重，更放大，重到和大到要使全民族，不分阶级和党派，一致去对外。这个民族的立场，才真是阶级的立场。……民族革命战争的大众文学，正如无产革命文学的口号一样，大概是一个总的口号罢。在总口号之下，再提些随时应变的具体的口号，例如‘国防文学’、‘救亡文学’、‘抗日文艺’……我以为是无碍的。不但无碍，并且是有益的、需要的。自然，太多了也使人头昏，浑乱。”①

鲁迅的态度很明确，“民族革命战争的大众文学”口号的提出并非是要代替“国防文学”的口号，而是希望通过一个比“国防文学”更加科学、准确、范围更广、更易于理解的口号来进一步加强统一战线的形成，而“国防文学”的口号也可以同时在这个口号之下发挥其作用。这一观点首先得到了茅盾的肯定和支持，认为鲁迅的文章“但虽然简，却是明确而且扼要，而且触及的现文坛的重要的问题，已经很多……我个人很赞成鲁迅先生此文中的各项意见”②，然而鲁迅和茅盾先生的意见并不能为“国防文学”论者所接受。

三、论争的深化与统一战线的形成

《文学界》在发表了鲁迅和茅盾文章的同时，也刊发了一篇《附记》。

---

① 鲁迅：《论现在我们的文学运动》，载北京大学、北京师范大学、北京师范学院中文系中国现代文学教研室：《文学运动史料选》(3)，上海教育出版社1979年版，第336~337页。

② 茅盾：《关于〈论现在我们的文学运动〉》，载北京大学、北京师范大学、北京师范学院中文系中国现代文学教研室：《文学运动史料选》(3)，上海教育出版社1979年版，第344页。

《附记》名义上是《文学界》编辑所撰，但因为周扬是《文学界》的主编，所以字字句句都对新口号的提出表示了批评和不满。文中强调了新口号的倡导者无视“国防文学”，“理论基础又显然犯了错误，因此，在读者间起了不良影响，以为同一运动而竟有对立的两派，大背‘统一战线’的原则”①。8 月 10 日的《文艺界》第 1 卷第 3 号出版了“国防文学”特辑，其中有 17 篇文章讨论了“两个口号”的问题，只有一篇茅盾的《关于引起纠纷的两个口号》一文，肯定了两个口号可以同时存在，其他都对“民族革命战争的大众文学”口号表示反对。

1936 年 8 月徐懋庸贸然给鲁迅写信，指责鲁迅“无意地助长着恶的倾向”，包庇胡风，“不看事而只看人”，“看人又看得不准”，认为鲁迅不了解统一战线政策。鲁迅看到此信非常生气，抱病写下了《答徐懋庸并关于抗日统一战线问题》(8 月 15 日《作家》第 1 卷第 5 号)，文中又进一步全面地阐述了鲁迅本人对抗日民族统一战线政策和对文艺界统一战线的态度，说明他“赞成一切文学家，任何派别的文学家在抗日的口号之下统一起来的主张”②，也表明了他和“民族革命战争的大众文学”口号的关系，指出这一口号并非个人的标新立异，“是几个人大家经过一番商议的……但问题不在这口号是由谁提出，只是它有没有错误。如果它是为了推动一向囿于普洛革命文学的左翼作家们跑到抗日的民族革命战争的前线上去，它是为了补救‘国防文学’这名词本身的在文学思想的意义上的不明了性，以及纠正一些注进‘国防文学’这名词里去的不正确的意见，为了这些理由而被提出，那么它是正当的、正确的”③。鲁迅这篇文章以其深刻的见解，在文坛产生了巨大的影响。“民族革命战争的大众文学”口号也渐渐开始为更多的人所接受，“两个口号”的论争从此开始进入尾声。事后，远在日本的郭沫若在读了鲁迅的文章后，虽然公开表示不赞成“民族革命战争的文学”这一口

---

① 编者：《关于〈论现在我们的文学运动〉附记》，载北京大学、北京师范大学、北京师范学院中文系中国现代文学教研室：《文学运动史料选》(3)，上海教育出版社 1979 年版，第 346 页。

② 鲁迅：《答徐懋庸并关于抗日统一战线问题》，载北京大学、北京师范大学、北京师范学院中文系中国现代文学教研室：《文学运动史料选》(3)，上海教育出版社 1979 年版，第 382 页。

③ 鲁迅：《答徐懋庸并关于抗日统一战线问题》，载北京大学、北京师范大学、北京师范学院中文系中国现代文学教研室：《文学运动史料选》(3)，上海教育出版社 1979 年版，第 385 页。

号，建议鲁迅“最好是撤回”这一口号①，但并未在文坛掀起“两个口号”新一轮的论争。

冯雪峰的《对于文学运动几个问题的意见》、刘少奇的《我观这次文艺论战的意义》，对“两个口号”的论争作了较为客观的评述和反思，而陈伯达的《文学界两个口号问题应该休战》、狄恩的《当前的文艺论争》也都表明两个口号应该停止争论的态度。1936 年 10 月 19 日鲁迅去世，两个口号的论争也随之停止。

“两个口号”的论争不仅仅是一个文学论争事件，其产生和发展与左翼文学内部的政治矛盾密不可分，与左翼内部对文艺界抗日统一战线的认识不同密不可分。在论争中我们可以发现，“两个口号”并不是没有统一，在建立广泛的文艺统一战线，让文艺为抗日服务的愿望上双方是一致的，甚至连“国防文学”口号和“民族革命战争的大众文学”口号的基本内容也是差不多的。双方之所以要争个胜负，其背后隐藏的是政治方向问题。周扬一派主张解散左联，提倡“国防文学”，成立“中国文艺作家协会”，是为了遵从国际共产主义的领导，为建立抗日民族统一战线，淡化政治和阶级色彩以便和更多的非无产阶级作家联合起来，强大抗日力量。而这样做无疑是彻底放弃了在左翼文学之前已经形成的阵线和立场。鲁迅反对解散左联，拒绝参加“中国文艺家协会”，提倡“民族革命战争的大众文学”口号，并不是反对建立文艺界的统一战线，而是反对轻易放弃已经建立来的左翼文学传统和话语权。显然这“两个口号”的背后代表了左翼内部两种不同的政治立场，表面上是“两个口号”的文学论争，实际上是不同政治观点的政治较量。周扬等人主张“国防文学”，是为淡化阶级性，只看重统一战线的形成，强调民族矛盾而回避阶级矛盾，因而忽略了统一战线的领导权问题；而鲁迅主张“民族革命战争的大众文学”，是为了坚持左翼文学的传统，既要寻求统一战线的建立和扩大，又不想轻易放弃无产阶级革命运动，既强调了民族性和阶级性，又强调了领导权的问题。“两个口号”的论争实际是左翼内部政治斗争的一个缩影。尽管左翼的内部矛盾并没有随着“两个口号”的论争而结束，但“两个口号”的论争的确讨论了文学运动中的一些重大问题，促进了抗日救亡形势下文学创作，使得作家们认识到迅速建立统一战线的必要性。既然“两个口号”的基本精神没有分歧，那么有效地以实际行动参

① 郭沫若：《蒐苗的检阅》，载北京大学、北京师范大学、北京师范学院中文系中国现代文学教研室：《文学运动史料选》(3)，上海教育出版社 1979 年版，第 405 页。

加到统一战线中来，为抗日增加力量才是最重要的。

1936年10月1日，鲁迅、巴金、洪深、王统照、张天翼、叶绍钧、包天笑、周瘦鹃、林语堂、谢冰心等21名作家联名在《文学》第7卷第4号上发表了《文艺界同人团结御辱与言论自由宣言》，“从事实上表示了团结御辱之决心”，并呼吁“加紧一切救国运动”，“团结一致以求行动之更有力”①。这一宣言的发表，标志着“两个口号”论争的基本结束和文艺界抗日统一战线的初步形成。

第六节　《中国新文学大系》的编纂及其历史意义

经过10多年的创作和运作积累，中国现代文学已经得到了长足的发展，并积累了相当的艺术经验和文化经验。至20世纪30年代，文学界兴起了回顾中国现代文学历史，总结中国现代文学经验的学术热潮。在这一热潮中，《中国新文学大系》编纂工程脱颖而出，成为这一时代文学学术成就的一大亮点。

一、编纂背景

《中国新文学大系》(以下简称《大系》)，1935年由上海良友图书印刷公司出版，主编者为赵家璧。《大系》是中国现代文学史上一部经典著作，成功地实现了对中国新文学走过的十年辉煌历程进行历史性和学术性总结的目的。对于五四新文学的批判和反思激起了一种“反弹”的力量，“反弹”即是要准确地、历史地、科学地评价五四新文学，而不是偏激地否定，这是《大系》产生的重要历史背景；对于五四新文学进行历史性学术总结的内在要求构成了《大系》产生的学术前提；而对于五四新文学进行理论阐释的愿望为《大系》的产生做好了理论准备。

从革命文学运动到左翼文学运动，文学界一直习惯于对五四新文学采取批判和反思的态度。五四新文学倡导的个人主义和人道主义，与强调无产阶级和劳动人民的文学显然有较大差距，于是不少新文学的主力们都在革命文学和左翼文学思潮中展开了自我反思，纷纷提出“方向转换”和“自己批判”。这种批判和反思的态度，不仅来自五四新文学的初创者和辛勤的建设者，还来自于一批“新锐的人物”，主要是在日本接受了左翼思潮影响的后

① 鲁迅等：《文艺界同人为团结御辱与言论自由宣言》，载北京大学、北京师范大学、北京师范学院中文系中国现代文学教研室：《文学运动史料选》(3)，上海教育出版社1979年版，第430页。

期创造社成员，还有受俄罗斯左翼文学影响的太阳社成员。这就势必会引起众多亲历五四新文学运动的创造者们的“反弹”。这种“反弹”的力量一直持续酝酿着，《大系》的编纂便成为这种“反弹”力量“爆发”的契机。因此，无论在《大系》的“导言”部分还是在《大系》作品的选编篇目，无论是左翼的还是非左翼的文学家，都充分肯定了五四新文学的发展方向，肯定了五四新文学创作的主要成就。虽然《大系》编选者中有一大半是左翼文学家，但他们都不约而同地肯定了五四新文学的功绩，这正体现了对于革命文学与左翼文学运动针对五四新文学过激批判和反思的“反弹”。左翼文学家和蔡元培、胡适等都站在相近的文化立场上，共同在《大系》中“维护”了五四新文学的历史存在。

进入30年代，五四新文学已经发展了十余年，积累了丰富的文学创作经验，涌现了一大批有影响力的代表作家，留下了众多堪称经典的文学作品，非常有必要适时地进行学术上的总结，这是文学运作内部规律的体现。无论左翼文学运动的影响多大，都没能阻挡住文学史内部运作的这一规律，《大系》便是在这样的学术背景下应运而生。

对于五四新文学十年历史进行学术总结的学术要求，当时出现了两个“盛况”。第一个“盛况”是出现了一系列的“作家论”著作，包括单本的专门作家论，以及多个作家联合评论的评论集，像阿英的《现代中国文学作家》。“作家论”的专写和出版热潮表明当时有条件、有必要、有理由进行对五四新文学的全面学术总结。当文学创作活动运行到一定的程度时，必然有这种“作家论”的需求，所以这一文学规律的要求并没有因为左翼文学运动对于五四新文学的否定而停止出现。第二个“盛况”是大量的文学史专著的涌现。在这一时期，人们注意到了新文学史可以进入“文学史”的文化现象，文学史的写作更应该担负起对五四新文学进行学术总结的任务。这一时期出现的较为有影响力的文学史著作包括：1930年由上海太平洋书店出版的陈子展所著《中国近代文学之变迁　最近三十年中国文学史》，将20世纪头30年的文学进行了总结。1935年由光明书局出版的谭正壁所著《新编中国文学史》，其主要部分就是五四新文学。1932年由无锡国学专门学校诸生集资刊印200部，同年由世界书局正式出版的钱基博的《现代中国文学史》；杰成书局1933年9月出版的王哲甫的《中国新文学运动史》，也是其中的代表作。其中王哲甫的这部“文学史”具有重要的学术开拓价值。以“文学运动”入史，编撰成专门史，在王哲甫之前很少有人设想过。王哲甫推出了“文学运动史”，极具学术开创性。其一是把准了中国新文学的主脉。中国新文学确实是“运动”出来的，没有新文学运动，就无从产生新文学，更不说新文学的发展壮大。其二，让文学史家认识到文学活动除了作家与文学作品之外，还有一个重要的方面是“文学运作”，文学史不能忽略对“文学运作”的书写，《中国新文学运动史》这本著作开创了把“文学运作”纳入“文学史”的先河，使得中国现代历史时期文学史的撰著在学术层面有了很大的突破。

另外还有两部文学史著作非常重要。一为朱自清于30年代在清华大学开设“中国新文学”课程的讲义，这部讲义当时没有出版，直至1982年才被王瑶整理为《中国新文学研究纲要》，发表于上海文艺出版社的《文艺论丛》；二为周作人在辅仁大学所开课程的讲稿，于1932年结集成《中国新文学的源流》。这两部著作的主要内容就是五四新文学史。

在短短四、五年的时间内，在左翼文学运动热火朝天的时期，涌现出如此之多的五四新文学史，这表明文学界和学术界达成了一定的共识，五四新文学经过了十多年运作和积累，现在需要并且也有条件对其进行学术总结。在这种“文学史”学术总结的时代要求驱使下，催生了专题性的，对于五四新文学进行全面总结的学术专书，这便成了《大系》产生的重要学术前提。

对于五四新文学所走过的历程，不仅需要适时地进行历史的总结，也需要理论的阐释。五四新文学是在与传统文学进行理论斗争的过程中产生的，紧张的斗争形势，以及急于拿出“货色”证明自己的创作心理，决定了新文学产生之际来不及拿出对新的文学作品进行理论阐释的著作，直至20世纪30年代才开始出现作家专论和作品论的大量涌现。对新文学运动的理论阐解则催生出了一批马克思主义文艺论的应用著作，如吴文祺的《新文学概要》、李何林的《近二十年中国文学思潮论》、王丰园的《中国新文学运动述评》等，这些著作运用马克思主义的“科学文艺论”阐释五四新文学，表明了五四新文学的发展，迫切需要理论阐释。《大系》一方面是历史的总结，另一方面也是各个“导言”的撰稿人对五四新文学进行理论阐述的平台。因此，对新文学作理论阐释的时代要求，同样是《大系》得以产生的重要背景。

二、体例特征

《大系》编纂的一个重要特征，就是尊重历史，保持新文学发轫时期文化记忆的原真性，正如鲁迅所说的把时代记在心里。主持人将新文学史料的整理提升到非常高的地位，于是便有阿英主持的一卷专门是“史料”的编辑，这是具有开创性的编纂方式。把史料的编辑和作品的编选并列在一起，从编辑体例上来说，显得“参差不齐”，却非常必要，这赋予了《大系》史料保存的学术价值。

从聘请的作品编选者和“导言”撰稿人来看,《大系》强调五四新文学的亲历性,他们基本上在写自己亲历的这段历史,有着不同寻常的“事业心”与“成就感”。因此这样的编纂原则上保证了《大系》所具有的历史原真性。《大系》“导言”的撰稿人几乎都在不同的文学团体或者文类体裁中作出过巨大贡献,这使得他们比别的作者更加熟悉自己所编撰的对象。以鲁迅为例,他负责编纂的“小说二集”是文学研究会与创造社之外的文学社团的小说创作,这是充分考虑到历史原真性的选择。鲁迅由于各种原因未能参加文学研究会,对创造社持有一定的成见,但对浅草-沉钟社,对未名社、弥洒社乃至狂飙社等青年人组成的文学团体,却一直给予有力的支持,至少保持着紧密的联系。正因为如此,鲁迅对这些社团的创作情形以及他们的文化心理才有非常准确和深透的把握。事实上,鲁迅对这些年轻一辈人运作的社团把握非常准确而且到位。

《大系》的编纂者不仅是20世纪20年代文学创作的中坚力量,同时又是30年代文坛的领袖人物,这体现了《大系》具有明确的创建“时代高峰”的文化立意。当然编选者选择的“错位”现象也是存在的,或许郁达夫编纂“小说三集”可能更为合适,因为他才是创造社小说及其风格的真正开创者,倒是朱自清最合适编辑“散文二集”。这样的错位为后人留下了另一种复杂的“历史现场”。但即便如此,这套书努力体现出那个文化时代的“时代高峰”的学术诉求是相当明显的。

30年代初期是左翼文学运动如火如荼的时期,但在《大系》中左翼的色彩并不是十分强烈,即便是鲁迅,在撰写《大系》相关导言时也并没有强化他的左翼文学观点。其他左翼文学家如茅盾、郑伯奇、郁达夫、洪深、阿英等,在参与《大系》编纂时都离开了左翼文学的激烈态度,与非左翼的蔡元培、胡适、周作人、朱自清等新文学家和谐相处,共同客观地回顾五四新文学,理性地总结中国新文学的发展历程。这就保证了这部书超越了当时的政治气氛,历史地理性地进行新文学的“正本清源”。

三、出版意义

《大系》是以尊重历史、强调科学性真实性这样一种态度编纂的大型出版工程。编纂者大多能搁置政治化的思想观念,以历史主义的思想方法和实事求是的态度,回顾与评判新文学发生发展的十年历史,从而使得各卷的文学判断和时代判断都能经得起历史的考验。即便是左翼文学家,在评价胡适等人的历史功绩的时候,仍然本着历史主义的态度,偏激性的批判极少。这是《大系》具有长久的文学魅力和学术价值的重要保证，也为后人研究文学历史提供了值得推崇的学术方法论。

在历史主义的理性态度基础上，《大系》编选者所撰“导言”又呈现出各具特色的理论风貌，使得这套书一定意义上呈现出和而不同的理论风范。由于编纂者各自的理论视角的差异，各自的文学修养的不同，尽管所面对的都是五四新文学的基本事实，但运用的评判理论确有很大差别，因而这套书的导言就成了充满着理论个性的学术展示。如“小说一集”导言——茅盾运用了现实主义的批评方法，以对于人生的近切程度作为判断作品价值的基本依据；“小说二集”导言——鲁迅表现出对于象征主义和表现主义理论的激赏，故而能潜入作者的心灵深处描述他们创作的最初律动；“建设理论集”导言——胡适用文学进化论的观点来阐释白话文运动，如此等等，这些极具个性色彩的论述建构了《大系》相当可贵的理论与学术价值。

《大系》为中国现代文学学科提供了高水平的学术研究基础。编选者对于新文学发展第一个十年文学的基本事实、创作结构、社团与作家风格，以及新文学运作的成就与不足等，提供了相当清晰、准确而且详备的描述和论述，为后来的文学史书写提供了极具价值的参照。《大系》不是“文学史”，却成功实现了对之前几乎所有“新文学史”的全面超越，因而成为30年代对新文学进行学术总结的最高水平的标志，也为后来中国现代文学史的编纂提供了高水平的样板，它的辉煌的学术贡献和文学贡献永难磨灭。

对于一段历史时期的文学有几种方式去把握：文学史、文学思潮、作家作品论等。而《大系》建构的是全景检视式的方法，就是将历史的层面铺开，让每一位阅读者都能透过编撰者的眼光，对第一个十年的文学现象进行全景扫描。后来的“文学史”和“作家作品选”以及各种文学“大系”的编纂都未曾达到过《大系》的眼光和高度，《大系》的编撰者们以总揽全局的视野建立了一个不可逾越的学术典范。

◎ 思考题

1. 左翼文学传统是如何开辟的？
2. 试论述瞿秋白对马克思主义文艺理论的译介的意义。
3. 请简述民主主义文学和自由主义文学思潮的代表作家及作品。
4. 请简述左翼文学与自由主义文学论争的根本原因。
5. “两个口号”论争中的两个“两个口号”分别指什么？
6. 阐述《中国新文学大系》产生的背景。

第二章　左翼文学的旗手——鲁迅

20 世纪 20 年代后期，鲁迅开始接受马克思主义文艺思想，在革命文学和左翼文艺运动期间。主要致力于杂文写作，抨击、讽刺国民党独裁政权的反动统治；展开文艺论战，要求文学体现时代、人民的要求和愿望；批评左翼文学内部的不良习气，反对将文学庸俗化为政治的纯粹工具。另一方面，又具有超越时代内涵的深邃思想，揭示出中国社会与精神文化长远发展中许多普遍与深层的问题，坚持早期就确立的“立人”思想，从人的解放与健全发展来看待革命的必要性与合理性，对于将来中国革命所发生的曲折表现出惊人的洞察和预见。鲁迅奠定了杂文这一文体在现代文学诸文体中的地位，达到了炉火纯青的艺术境界，是思想性、文学性和诗性的高度统一。《故事新编》在鲁迅创作中具有独特地位，于借用“拟旧小说”的游戏笔墨中进行创新，化腐朽为神奇，体现出鲁迅潜在的、尚在酝酿中的心理的某种折射，具有一种“含混”特质，是鲁迅在小说艺术上的探索和尝试；其新颖的古今杂糅的手法，使得《故事新编》成为中国现代文学中具有独特地位的先锋性、实验性文本，并为后来的小说创作开启了新的艺术天地。鲁迅既创作了许多优秀的文学作品，同时也对 20 世纪中国文学理论批评作出了杰出的贡献，产生了深远的影响。他不仅是现代文学的作家，同时还创作了相当数量的旧体诗，是 20 世纪旧体诗写作的杰出诗人之一，其中的一些诗句可以说是脍炙人口、家喻户晓。

第一节　后期杂文

杂文是鲁迅后期文学写作的主要成绩。自 1918 年在《新青年》上写随感录起，鲁迅的杂文写作历时 18 年，几乎贯穿了他的整个文学创作历程。而在 1927—1936 年的后 9 年间，鲁迅杂文创作数量和前期相比大大增加，“后九年中的所写，比前九年多两倍；而这后九年中，近三年所写的字数，等于前六年”①。鲁迅后期杂文具有鲜明的时代特征，对于 20 世纪二三十年代中国社会的政治、思想、文艺产生了重大而深刻的影响，其思想和艺术也达到了高度成熟的境界，奠定了杂文作为现代文学主要体裁之一的不可替代的重要地位。甚至可以说：“杂文这个文学形式，是鲁迅的独创……人们能够从中接受重要的、丰富的思想资源，体验到多方面的、高度的审美愉悦。”② 由此，鲁迅杂文与鲁迅小说成为整个鲁迅文学创作中并峙的两座高峰，正如郁达夫在应日本《改造》杂志之约撰写的《鲁迅的伟大》中所说：“如问中国自有新文学运动以来，谁最伟大？谁最能代表这个时代？我将毫不犹豫地回答：是鲁迅。鲁迅的小说，比之中国几千年来所有这方面的杰作，更高一筹。至于他的随笔杂感，更提供了前不见古人，而后人又绝不能追随的风格。当我们见到局部时，他见到的却是全面。当我们热衷去掌握现实时，他已把握了古今与未来。”③

一、后期杂文的时代内涵

1927—1936 年的中国，国内阶级矛盾与中日民族矛盾日趋激化。国民党和共产党两大政治力量自 1927 年分道扬镳后，在军事、政治、文化等各个领域展开了激烈的斗争。国民党政权实行“训政”，压制、屠杀异己力量，进行独裁统治。日本军国主义集团加紧了对中国的侵略，先后制造了济南惨案、“九・一八”事变、“一・二八”事变，并进一步向绥远、华北地区逼进，而国民党政权则忙于内战，压制人民的抗日要求，使得外部的民族矛盾又激化了内部的阶级、政治矛盾。同时，国民党内部不同派系之间为争权夺利也发生了多次大规模混战，给国家和人民造成了极大的伤害。中国到底向何处去，在当时不再是一个可以坐而论道的长远的文化命题，而是一个紧迫的现实的政治命题。此时的鲁迅，有别于一些和政治保持距离的自由主义知识分子，选择了以杂文为武器，积极投身社会现实斗争，投身有组织的左翼文学运动，以一个“听将令”的战斗者的姿态成为中国左翼文学的光

---

① 鲁迅：《〈且介亭杂文二集〉后记》，载《鲁迅全集》第 6 卷，人民文学出版社 1981 年版，第 451 页。

② 彭定安：《鲁迅学导论》，中国社会科学出版社 2001 年版，第 200 页。

③ 郁达夫：《鲁迅的伟大》，载《鲁迅研究月刊》2000 年第 7 期。

辉旗帜。而鲁迅之所以能做出这样的选择，之所以能在一定程度上调整自己“任个人而排众数”的人生姿态，正如他的知己瞿秋白所说：“正是期间鲁迅的思想反映着一般被蹂躏被侮辱被欺骗的人们的彷徨和愤激，他才从进化论最终的走到了阶级论，从进取的争求解放的个性主义进到了战斗的改造世界的集体主义。”①

鲁迅后期杂文的时代内涵主要体现在以下几个方面：

其一，抨击、讽刺国民党政权的独裁统治与对日妥协政策，批判阶级压迫的社会制度。在《铲共大观》中，鲁迅揭露了国民党对革命者的血腥屠杀，颂扬烈士们的高尚气节：“但不是正因为黑暗，正因为没有出路，所以要革命的么？倘必须前面贴着‘光明’和‘出路’的包票，这才雄赳赳地去革命，那就不但不是革命者，简直连投机家都不如了。”②《为了忘却的纪念》更是谴责敌人、缅怀战友的感人至深的佳作。《论秦理斋夫人事》针对上海一公司职员秦理斋自杀后，其夫人生活无着，杀死五个子女后自杀所引发的种种诸如珍爱生命、自杀是逃避责任、是“偷安”的种种议论，一针见血地指出：“倘使对于黑暗的主力，不置一辞，不发一矢，而但向‘弱者’唠叨不已，则纵使他如何义形于色，我也不能不说——我真也忍不住了——他其实乃是杀人者的帮凶而已。”③ 这正是透过现象看本质的对不公平的社会制度的最严厉控诉，振聋发聩。1932年年底，黎烈文接编并改革《申报》副刊《自由谈》，邀请鲁迅等左翼作家写稿。鲁迅从1933年1月起用“何家干”、“丁萌”、“干”、“游光”等许多笔名在《自由谈》上发表了大量简短而精彩的杂文。《伪自由书》、《准风月谈》集中的全部杂文和《花边文学》中的大部分杂文都是在《自由谈》上发表的。在《伪自由书》中，鲁迅集中讽刺、批判了国民党的对日不抵抗政策，极尽嬉笑怒骂之能事，如《逃的辩护》、《航空救国三愿》、《止哭文学》、《推背图》等。

其二，展开文艺论战，阐发文艺的性质与功用。1928年、1929年，太阳社、创造社等革命文学组织发起对鲁迅的攻击，称他是“资本主义以前的一个封建余孽”、“二重的反革命人物”、“是一位不得志的法西斯谛”④。

① 瞿秋白：《〈鲁迅杂感选集〉序言》，载《瞿秋白论文学》，人民文学出版社1959年版，第19页。

② 鲁迅：《铲共大观》，载《鲁迅全集》第4卷，人民文学出版社1981年版，第106页。

③ 鲁迅：《论秦理斋夫人事》，载《鲁迅全集》第5卷，人民文学出版社1981年版，第482页。

④ 杜荃：《文艺战线上的封建余孽》，载《创造月刊》1928年第2卷第1期。

为反驳的需要，鲁迅有意识地研读马克思主义的文艺理论，“我有一件事要感谢创造社的，是他们‘挤’我看了几种科学底文艺论……并且因此译了一本蒲力汗诺夫的《艺术论》，以救正我”①。鲁迅从此开始接受历史唯物主义和马克思主义文艺理论，以之为进行文学批评的武器。他主张文艺的阶级性，在《新月社批评家的任务》、《“硬译”与文学的阶级性》等文章中，他批评了新月派作家有关文艺“超阶级”的主张，认为“文学……一用人，而且还在阶级社会里，即断不能免掉所属的阶级性，无需加以‘束缚’，实乃出于必然”、“无产者就因为是无产阶级，所以要做无产文学”②。他与国民党扶植的“民族主义文学”进行斗争，揭下其虚伪的面纱，指斥“他们所谓‘文艺家’的许多人，是一向在尽‘宠犬’的职分的”③。针对“第三种人”关于摆脱左翼右翼政治纷争，使文艺超然于艺术的主张，鲁迅断言：“生在有阶级的社会里而要做超阶级的作家，生在战斗的时代而要离开战斗而独立，生在现在而要做给与将来的作品，这样的人，实在也是一个心造的幻影，在现实世界上是没有的。”④ 针对林语堂提倡“性灵”文学、讲幽默、重小品文，鲁迅在《小品文的危机》中针锋相对提出了“挣扎和战斗”的小品文，要求小品文“必须是匕首，是投枪，能和读者一同杀出一条生存的血路的东西”，因为这是一个“风沙扑面，狼虎成群的时候”⑤。

其三，批评左翼文学内部的不良倾向和习气。鲁迅主张文艺要为当前的现实与政治服务，但是反对将文艺等同于政治和宣传，强调尊重文艺的内在规律。他认为：“一切文艺固是宣传，但一切宣传却并非全是文艺……革命之所以……要用文艺者，就因为它是文艺。”⑥ 他要求革命的文艺家必须时刻自我警醒，不要一时狂热，“激烈得快的，也平和得快，甚至于也颓废得

① 鲁迅：《〈三闲集〉序言》，载《鲁迅全集》第4卷，人民文学出版社1981年版，第6页。

② 鲁迅：《“硬译”与“文学的阶级性”》，载《鲁迅全集》第4卷，人民文学出版社1981年版，第204页。

③ 鲁迅：《“民族主义文学”的任务和运命》，载《鲁迅全集》第4卷，人民文学出版社1981年版，第311页。

④ 鲁迅：《论“第三种人”》，载《鲁迅全集》第4卷，人民文学出版社1981年版，第440页。

⑤ 鲁迅：《小品文的危机》，载《鲁迅全集》第4卷，人民文学出版社1981年版，第575、576页。

⑥ 鲁迅：《文艺与革命》，载《鲁迅全集》第4卷，人民文学出版社1981年版，第84页。

快”，而必须脚踏实地，不问名利，“至少是必须和革命共同着生命，或深切地感受着革命的脉搏的”；同时还需有开放的眼光，“惟有明白旧的，看到新的，了解过去，推断将来，我们的文学的发展才有希望”①。1936年，病中的鲁迅写作长文《答徐懋庸并抗日统一战线问题》，阐述了“民族革命战争的大众文学”的口号相对于周扬等人提出的“国防文学”口号，对于文学思想的意义“更明确，更深刻，更有内容”②。这些批评，对于左翼革命文学的健康发展起到了至关重要的作用。

二、后期杂文的深邃思想

鲁迅的后期写作主要以杂文为主，不断地“批判”，并非如某些人所认为的，是文学创作力的衰退，其中既包含了鲁迅对民族性格的思索，也包含了对知识分子使命的深刻体悟。鲁迅认为，一个民族，必须保持对现状的不满和批判，才能获得发展而不断前进：“不满是向上的车轮……多有不自满的种族，永远前进，永远有希望。多有不知责人不知反省的人的种族，祸哉祸哉。”③ 同时，“真的知识阶级”，“他们对于社会永不会满意的，所感受到的永远是痛苦，所看到的永远是缺点”，“要是发表意见，就要想到什么就说什么。真的知识阶级是不顾利害的”④。

鲁迅后期杂文在体现时代精神的同时，也具有超越具体时代的品格。这两个方面紧密结合、融会贯通。他的批判从来不是就事论事，只及表面，止于口号，而是鞭辟入里，由此及彼，在嬉笑怒骂的同时更旁征博引，从而使他的文章不仅针对那个具体的时代、具体的事件，更揭示出中国社会与精神文化长远发展中许多普遍与深层的问题，直到今天，仍然具有强烈的现实意义。鲁迅认为，对于类似“小摆设”这样的小趣味，虽不必一概排斥，但绝不可过分看重：“在方寸的象牙版上刻一篇《兰亭序》，至今还有‘艺术品’之称，但倘将这挂在万里长城的墙头，或供在云岗的丈八佛像的足下，

① 鲁迅：《上海文艺之一瞥》，载《鲁迅全集》第4卷，人民文学出版社1981年版，第300、301页。

② 鲁迅：《答徐懋庸并抗日统一战线问题》，载《鲁迅全集》第6卷，人民文学出版社1981年版，第533页。

③ 鲁迅：《不满》，载《鲁迅全集》第1卷，人民文学出版社1981年版，第359页。

④ 鲁迅：《关于知识阶级——十月二十五日在上海劳动大学的演讲》，载《鲁迅全集》第8卷，人民文学出版社1981年版，第191、190页。

它就渺小得看不见了，即使热心者竭力指点，也不过令观者生出一种滑稽之感。”① 鲁迅后期杂文写作的时代政治环境与社会文化环境与其前期相比发生了很大变化。他身处中国现代化的最前沿上海，亲历了古老中国与中国人在转型过程中，所受西方强势文化与新兴都市消费文化的不同影响及所表现出的各种不同姿态；透过现代新闻与文化传媒发表文章，对其进行分析、揭露、批判，讽刺，从小事入手，以小见大，寓深意于趣味。在鲁迅看来，所谓的摩登物质时代，其实包含着与旧时代共同的毒素，旧的东西改头换面一样会消磨人的意志，因此人必须始终怀有崇高的追求与大气的审美取向，以实现个体与社会的不断前进和自我超越。再如《上海的少女》，表面看上去好像是谈时髦少女的软性文字，实际却在轻松的笔调中点出这些“精神已是成人，肢体却还是孩子”② 的少女们其实正面临着在消费文化环境中沦为各色人等的消费品的危险，而在不知不觉中迷失自我的主体性。这其实正是奴性的新表现。同时，在东西方文化比较的氛围中，鲁迅的国民性批判主题和早期相比也有新的拓展。他更加注重我们民族性格中深层文化心理层面上的痼疾。在全民抗日的大的舆论环境下，鲁迅一方面批判国民党的不抵抗政策，同时也以极大的勇气和深刻的观察为抗日舆论的虚热泼了冷水，批评中华民族自身存在的虚浮之气，赞扬日本民族性格中的认真劲：“日本军里是没有女将的。然而确已经动手了。这是因为日本人是做事是做事，做戏是做戏，决不混合起来的缘故。”③

他坚持早期就确立的“立人”思想，从人的解放与健全发展来看待革命的必要性与合理性，在服从革命需要的同时，又时刻警惕打着革命的名义实施对个性的新的戕害，对于将来中国革命所发生的曲折表现出惊人的洞察和预见。在作于 1927 年下半年的《小杂感》中，鲁迅写下这样一段惊人的文字：“革命的被杀于反革命的。反革命的被杀于革命的。不革命的或当作革命的而被杀于反革命的，或当作反革命的而被杀于革命的，或并不当作什么而被杀于革命的或反革命的。”“革命，革革命，革革革命，革革……”④

① 鲁迅：《小品文的危机》，载《鲁迅全集》第 4 卷，人民文学出版社 1981 年版，第 575 页。

② 鲁迅：《上海的少女》，载《鲁迅全集》第 4 卷，人民文学出版社 1981 年版，第 564 页。

③ 鲁迅：《新的“女将”》，载《鲁迅全集》第 4 卷，北京：人民文学出版社 1981 年版，第 336 页。

④ 鲁迅：《小杂感》，载《鲁迅全集》第 3 卷，人民文学出版社 1981 年版，第 532 页。

在写给党的文艺工作领导人周扬的信中，鲁迅指出，即便对于敌人，也不能使用那些下三滥的手段，“自然，中国历来的文坛上，常见的是诬陷，造谣，恐吓，辱骂，翻一翻大部的历史，就往往可以遇见这样的文章……我们的作者倘不竭力的抛弃了它，是会和他们成为‘一丘之貉’的”①。这实际上是说，作为一个革命者，不仅要有革命的信仰，更要有基本的道德前提，否则就和自己要打倒的敌人没什么两样——这个观点非常深刻、尖锐。由此，他非常警惕在革命与反抗中，本来是为着解放的目的，却形成新的思想专制和奴隶意识：“用笔和舌，将沦为异族的奴隶之苦告诉大家，自然是不错的，但要十分小心，不可使大家得着这样的结论：‘那么，到底还不如我们似的做自己人的奴隶好。’”② 他对左翼文学内部那种唯我独尊、不容独立思考的专制倾向进行了严厉批评：“否则，抓到一面旗帜，就自以为出人头地，摆出奴隶总管的架子，以鸣鞭为唯一的业绩——是无药可医，于中国也不但毫无用处，而且还有害处的。”③

三、后期杂文的艺术成就

鲁迅的杂文，一方面继承了中国历代议论性散文的精神、文学气质，同时也广泛吸收了西方各国及日本各具特色的散文、随笔、小品文的文化资源，所涉内容包括社会批评、政治批评、文化批评、思想评论、生活随笔，堪称20世纪上半叶中国社会的百科全书。

鲁迅后期杂文具有更加深厚的历史感。其旁征博引、古今纵横的才情恣肆汪洋，其强大而曲折的思想流，给读者的思想和心灵以有力的引导和冲击，形成了后期杂文所特有的审美价值。“这种‘历史’与‘现实’的高度融合和意义的彼此发现、触动、对比、观照，就成为鲁迅杂文美学构成的重要成分。”④ 如《由中国女人的脚，推定中国人之非中庸，又由此推定孔夫子有胃病——“学匪”派考古学之一》一文，抨击当时政治之专制及虚伪，却是从古道来，在戏说中严肃地考证，既有知识性趣味性，又发人深省；而其讽刺之尖锐，更是要让被讽刺对象大骂“刻毒”。

---

① 鲁迅：《辱骂和恐吓决不是战斗》，载《鲁迅全集》第4卷，人民文学出版社1981年版，第452~453页。

② 鲁迅：《半夏小集》，载《鲁迅全集》第6卷，人民文学出版社1981年版，第595页。

③ 鲁迅：《答徐懋庸并抗日统一战线问题》，载《鲁迅全集》第6卷，人民文学出版社1981年版，第538页。

④ 彭定安：《鲁迅学导论》，中国社会科学出版社2001年版，第216页。

鲁迅后期杂文形象、意象、隐喻、象征丰富，且意象隐喻之间相互类比，在形象的连绵、跳跃中拓展意味，信手拈来，点染几笔，遂赋其神韵，如“革命咖啡店”，由上海滩上本来常见的买一送一之类商业促销开始：“小如买多少钱书籍，即赠送真丝光袜或请吃冰淇淋——虽然我至今还猜不透那些惠顾的人们，究竟是意在看书呢，还是要穿丝光袜。”① 然后再论说、演绎“革命咖啡店”既能喝咖啡，又能谈思想、见名人之一店多能的广告，于不言中，将一类“玩”革命者的浮浪姿态揭露得淋漓尽致。

鲁迅后期杂文在幽默与讽刺艺术上达到炉火纯青的艺术境界。他善于从细节处勾勒各种社会世相最核心最本质的神韵，再加以演绎、类比、发挥，使本来平常的社会现象产生了极大的讽刺幽默的效果。如上文所举《革命咖啡店》即是一个例子。在这样的讽刺幽默中，鲁迅充分显现出他作为思想家的机智、敏锐，这正是鲁迅杂文产生巨大审美效应的牢固基础。

鲁迅后期杂文是思想性、文学性和诗性的高度统一：“‘生活’如何酝酿、提炼、转化、生成思想，思想又如何熔铸、转换、‘提升’、变幻为‘形象’，现象、人物、事项、叙事、语言、幽默、讽刺再转换为‘艺术的形式’——杂文。这就是鲁迅杂文的构造过程与构造状况。”②

第二节　《故事新编》

《故事新编》在鲁迅创作中具有独特的地位。这部小说集取材历史及传说，通过古今杂烩的笔法，形成了一种荒诞的效果与讽刺的趣味。但这种手法却不能说是鲁迅独创，早在19、20世纪之交，上海通俗杂志上所盛行的“新小说”中便专有这类文字，如《新西游记》、《新封神传》等，被阿英称为“拟旧小说”：“大都是袭用旧的书名与人物名，而写新的事。”③ 就当时而言，严肃作家对此类在商业利益驱使下一时间大量制造形成热点的游戏笔墨评价并不高，认为这是“晚清谴责小说的没落”④。也正因为此，即便是鲁迅本人，其实对这个小说集的艺术创造性有一定保留：“油滑是创作的

① 鲁迅：《革命咖啡店》，载《鲁迅全集》第4卷，人民文学出版社1981年版，第116页。

② 彭定安：《鲁迅学导论》，中国社会科学出版社2001年版，第215页。

③ 阿英：《晚清小说史》，人民文学出版社1980年版，第176页。

④ 阿英：《晚清小说史》，人民文学出版社1980年版，第177页。

大敌”、“仍不免时有油滑之处”①。那么，鲁迅又为什么要选择这样一种创作手法进行写作呢？

《故事新编》的创作历程断断续续经历了13年，在1922年创作了《补天》(原名《不周山》）后相隔4年，才于1926年创作了《奔月》和《铸剑》；然后又相隔8年，才于1934年创作了《非攻》；1935年底，集中创作了《理水》、《采薇》、《出关》、《起死》4篇，并将整个8篇小说结集为《故事新编》。从中似乎可以推断，《故事新编》的创作，并非为了显在的、成熟的创作目标，而是鲁迅潜在的、尚在酝酿中的心理的某种折射，具有一种“含混”特质，是鲁迅在小说艺术上的探索和尝试。正如鲁迅自己所说：“那时的意见，是想从古代和现代都采取题材，来做短篇小说，《不周山》便是……动手试做的第一篇。”② 但也正因为此，《故事新编》中也就包含了更多的意义阐释空间，而成为鲁迅研究中争议最大的焦点之一。

一、《故事新编》的艺术成就

尽管《故事新编》从基本的写法来看，属于“拟旧小说”，颇多“油滑”的游戏笔墨，但是在艺术上却有出色的创造。鲁迅具有强烈的创新意识，敢于、善于借用“拟旧小说”的笔法，化腐朽为神奇：既不同于传统拟旧小说仅有古今拼贴、以古写今之形，也不同于当时新文学中历史小说的严肃、“正说”；而是古今杂糅、以古写今之神，同时更以现代的眼光对古代文化传统价值进行了调整，戏说、正说并置，既有歌颂，也有消解。

《故事新编》对拟旧小说的借用，使得整个小说文本读来具有强烈的趣味性，并且在古今沟通中形成鲜明的现实针对性与讽刺性，这正是拟旧小说的长处所在。如小说《非攻》是根据墨子阻止公输般帮助楚国攻打宋国的历史典故演绎而成。且看墨子赴楚游说，来回经过宋国的两段：“当墨子走得临近时，只见那人的手在空中一挥，大叫道：‘我们给他们看看宋国的民气！我们都去死。’”“墨子在归途上……然而比来时更晦气：一进宋国界，就被搜检了两回；走近都城，又遇到募捐救国队，募去了破包袱；到得南关外，又遭着大雨，到城门下想避避雨，被两个执戈的巡兵赶开了，淋得一身湿，从此鼻子塞了十多天。”这是暗讽抗日风潮下形式主义的、虚浮做戏式

---

① 鲁迅：《〈故事新编〉序言》，载《鲁迅全集》第2卷，人民文学出版社1981年版，第342页。

② 鲁迅：《〈故事新编〉序言》，载《鲁迅全集》第2卷，人民文学出版社1981年版，第341页。

的爱国，融趣味、荒诞、讽刺于一体，耐人寻味。

《故事新编》超越拟旧小说之处在两个方面。其一，其笔下的历史时空，并非如拟旧小说那样，简单地让旧人物来到新时代而形成一种表面的新旧拼贴和戏剧性效果。从显在的层面看，《故事新编》的叙事时空就是古代，并未出现现代。小说中的现代因素是以一种潜在的方式贯注于文本之中，从而使文本充满了现代神韵与意味，如小说《铸剑》中“眉间尺遇到了这样的敌人，真是怒不得，笑不得，只觉得无聊，却又脱身不得”① 一段，其实正是鲁迅自己被人做无聊的攻击的感受，充满了当下意味，却并没有现代社会的表面的符号标签。这样的古今杂糅的境界和拟旧小说中的古今拼贴相比，更富于艺术内在的张力，其中的现代因子并非一种纯粹的趣味的展示，而是形成了文本内在的复调性，形成了历史与现实、讴歌与批判、理解与困惑的对话，使得小说形成多维多层次的丰富内涵。其二，《故事新编》中的主人公，也并非如拟旧小说那样以古代文化的漫画式的符号面目出现，而是有着丰满的性格、精神、思想内涵，是交融了种种矛盾与困惑的活生生的人，其崇高与平庸、可敬与可笑并存。再如《非攻》，作者尽管赞扬了墨子的思想和行为，但绝非正说历史，其中有许多调侃；尽管结尾将墨子写得那样狼狈，但是又绝非对这次“非攻”进行解构。而墨子本人的形象，也是融圣人、智者、普通人、弱者于一体，既让人尊敬，又让人嫌其唠叨，还让人笑其狼狈，复让人觉其可怜、可贵。

自然，《故事新编》也不同于“五四”以来以现代观念重新演绎历史故事的新的历史小说。那些历史小说中均已包含了一个既定的现代的逻辑，并按照这样的逻辑重新组织了历史叙述，而使之成为一个逻辑整体。而《故事新编》却是在历史叙述中“夹杂”现代感性，其信手拈来的文风与鲁迅的杂文一脉相承。这样的现代感性并非既定的观念，也不能成为一种新的叙述逻辑，它与本来的历史叙述形成冲突和张力，消解了文本的内在统一性，使之形成复调性。也就是说，《故事新编》并非单纯用现代精神重新阐释古代事件，而是一种质疑、调侃、消解，从而显现出鲁迅的探索性和开放性。由此，鲁迅的《故事新编》遂呈现出一种异常复杂的意味，不同人可以从不同的角度和视野对其做出不同的解读。

《故事新编》是鲁迅在小说艺术上的新探索。“将杂文笔法、戏剧形式

---

① 鲁迅：《铸剑》，载《鲁迅全集》第2卷，人民文学出版社1981年版，第424页。

运用于小说中”、“‘翻转’式的结构（小说结尾或后半部对前文的颠覆）”①，特别是新颖的古今杂糅的手法，使得《故事新编》成为中国现代文学中具有独特地位的先锋性、实验性文本，并给后来的小说创作开启了新的艺术天地。正如茅盾所说：“用历史事实为题材的文学作品，自‘五四’以来，已有了新的发展。鲁迅先生是这一方面的伟大的开拓者和成功者。他的《故事新编》，在形式上展示了多种多样的变化，给我们树立了可贵的楷式；但尤其重要的，是内容的深刻，——在《故事新编》中，鲁迅先生以他特有的锐利的观察，战斗的热情，和创作的艺术，非但‘没有将古人写得更死’，而且将古代和现代错综交融，成为一而二，二而一。”②

二、《故事新编》解读

从题材上看，《故事新编》中的小说大体上可分为两类。《补天》、《铸剑》、《奔月》、《理水》取材于古代传说中的英雄；《非攻》、《采薇》、《出关》、《起死》则取材于文化典籍中的圣贤。

《铸剑》可以说是《故事新编》中最“严肃”的小说，但是结尾眉间尺复仇成功后，却是眉间尺、黑衣人、国王的头无法分辨，最后只能合葬在一起。“几个义民很忠愤，咽着泪，怕那两个大逆不道的逆贼的魂灵，此时也和王一同享受祭礼，然而也无法可施。”③ 这固然令国王在死后依然受到了嘲讽，可是对于英雄来说，也同样充满了荒诞——他们的复仇最终使得他们与仇人之间毫无分别了；并且小说结尾也没有正义战胜邪恶后群众的欢呼，而是在人群为国王送葬，或者说看热闹的乱哄哄的场面中结束。那么这场复仇究竟有没有意义？它是一出崇高的悲剧还是一出荒诞的喜剧？小说并没有给我们一种确定感，而是在或显或隐的困惑中引发我们更深的思索。

同样，《故事新编》的开篇《补天》以女娲造人、补天的传说为基本题材，鲁迅曾说写作此篇的意图是借助弗洛伊德的精神分析学说：“解释创造——人和文学的——的缘起。”④ 然而此作却未被写成单纯歌颂的史诗性

---

① 钱理群：《〈故事新编〉解说》，载《走进当代的鲁迅》，北京大学出版社 1999 年版，第 136 页。

② 茅盾：《〈玄武门之变〉序》，载《茅盾论鲁迅》，山东人民出版社 1982 年版，第 40 页。

③ 鲁迅：《铸剑》，载《鲁迅全集》第 2 卷，人民文学出版社 1981 年版，第 435～436 页。

④ 鲁迅：《〈故事新编〉序言》，载《鲁迅全集》第 2 卷，人民文学出版社 1981 年版，第 341 页。

的宏大叙事作品。作者所关注的重点，一方面固然在造人、补天这样的英雄行为本身，特别是以饱含浪漫激情的笔触描绘了女娲补天的悲壮场景："风和火势卷得伊的头发都四散而且旋转，汗水如瀑布一般奔流，大火焰烘托了伊的身躯，使宇宙间现出最后的肉红色。"① 但同时，又不断穿插了女娲于造人、补天过程中展示出的复杂流动的精神心理及身后的荒诞遭遇：由创造的精力不得发挥时的"懊恼"，到创造过程中的"从未曾有的勇往和愉快"，再到创造成为一种日常化行为的"疲乏"、"无所谓"、"不耐烦"，到最后发现和自己的创造结果"人"之间充满隔阂时的又急又气与孤独。在女娲补天牺牲之后，"他们就在死尸的肚皮上扎了寨，因为这一处最膏腴……然而他们却突然改了口风，说惟有他们是女娲的嫡派，同时也就改换了大纛旗上的科斗字，写道'女娲氏之肠'"②。由此，《补天》究竟是戏说历史？还是消解崇高？还是歌颂伟大？其精神主调是充实，还是虚无？我们无法从中获得一个确定的答案。

《奔月》、《理水》同样都是歌颂与消解并存。如《理水》中的夏禹，其艰苦卓绝的奋斗最后被故事化、神话化而娱乐化，成为群众与学者、官僚的谈资而失去了意义和价值，最后更是在被学习和表彰中——"百姓都要学禹的行为，倘不然，立刻就算是犯了罪"③ ——成为被利用的工具。这四篇以古代英雄为题材的小说，和鲁迅自己的生命体验有着更为密切的联系，更多的是是鲁迅复杂心绪和感受的自我流露。

《采薇》等四篇以古代圣贤为题材的小说，则更多地体现出鲁迅对当下社会的理性思考，对传统文化的重新审视。

《采薇》的主人公是历来作为爱国忠君气节之标榜的伯夷和叔齐。但是鲁迅却对他们的气节进行了新的诠释，于幽默的笔调中点出了他们所谓气节背后安于现状、只知逃避、寻求"超然"，而不能解决任何实际问题的生活本质。他们的行为包含了许多矫情和做作，最后在一个无文化的婢女的诘问下彻底丧失了自身信念的合理性，这一切都具有极大的喜剧性和讽刺色彩。但同时，他们又毕竟付出了生命的代价，他们最后的死毕竟说明了他们心中

① 鲁迅：《补天》，载《鲁迅全集》第2卷，人民文学出版社1981年版，第352页。

② 鲁迅：《补天》，载《鲁迅全集》第2卷，人民文学出版社1981年版，第353页。

③ 鲁迅：《理水》，载《鲁迅全集》第2卷，人民文学出版社1981年版，第386页。

所存信念对于生命的重要价值，可是不过因为他们身上一些人性欲望的自然流露，这种信念就被人取笑，因而整个故事又具有悲剧性。这正是鲁迅对中国文化传统当代命运之复杂性的深刻洞察。

《出关》与《起死》都是以老庄哲学思想为素材，将抽象的哲学与超越性的圣贤放置在现实的人生境遇中，让他们碰壁。老子主张清静无为，出关以避世；可是为了避世，在出关的过程中却被大大地打扰折腾了一番，又是讲学，又是编讲义；同时所传之学也不过是让听众拿去当摆设。在这样的喜剧性反差中，“无为”与“为”的意义被全部消解。然而，老子最后还是义无反顾地出关，消逝在茫茫沙海中的场景又不禁让人肃然起敬。《起死》是一篇戏剧体小说，是鲁迅在小说体式上的一次创造性尝试。所谓“起死”，就是让已死的人复生。庄子以死生的相对无差说服司命让一具骷髅复活，结果非但没有得到感谢，反而惹出了一堆麻烦，最后只有自己落荒而逃。庄子的哲学思想在现实人生中同样碰壁。然而，这究竟是庄子哲学的悲哀，还是贪婪的人世的悲哀？至于《非攻》，表面上墨子取得了胜利，阻止了楚国攻宋，但是在宋国闹得风生水起，引人瞩目的却是一般领着大家喊口号搞募捐的宣传家，而这位真正的英雄却是无人问津，反而受到刁难。由此推想，长久如此，宋国能够真正摆脱自身的危险吗？墨子又能够真正救宋国吗？这四篇小说都是熔喜剧与悲剧于一炉，既针砭了传统文化自身固有的弱点和不合时宜，又对信念本身之于生命的意义价值做了肯定，对失去信念所带来的意义真空和虚无表达了深沉的忧思。

第三节　文论和旧体诗

鲁迅既是伟大的作家，同时也对20世纪中国文学理论批评作出了杰出的贡献，产生了深远的影响。鲁迅不仅是现代文学的作家，同时还创作了相当数量的旧体诗，是20世纪旧体诗写作的杰出诗人之一，其中的一些诗句可以说是脍炙人口、家喻户晓。

一、鲁迅的文论

鲁迅文艺思想的发展，大体可分为三个时期。新文化运动之前为早期，此时鲁迅文艺思想的核心是浪漫主义诗学观。新文化运动，以20世纪20年代中为中期，此时鲁迅文艺思想的核心是现实主义文艺思想。20年代末以后为后期，此时鲁迅文艺思想的核心是运用马克思主义文艺观的方法、观点说明当时中国文艺的性质、功能及相关的一系列关系。

鲁迅早期文论主要有1907年写的《摩罗诗力说》、《文化偏至论》，1908年写的《破恶声论》及1913年写的《拟播布美术意见书》。鲁迅在《文化偏至论》中提出的“掊物质而张灵明，任个人而排众数”是鲁迅这一时期浪漫诗学的核心精神。中国近代以来启蒙思潮与文艺革新的主流，尽管主张人权、人性的解放，但是在人的理论上并不看重作为精神个体的人，而是更看重作为国家、民族群体而存在的“国民”。由此在文艺方面也是过分追求文艺的功利性——晚清新小说中的人物形象基本就是概念和思想的传声筒——而对于作为个体的人的复杂情感精神世界则并未有多少涉猎。而鲁迅的浪漫诗学思想在思想来源上除吸收西方近代以来的启蒙思想外，同时汲取了西方19世纪以来重个性、心灵、自我的浪漫主义“摩罗”诗派，特别是近代以来尼采等人要求摆脱对人性的任何外在压抑，以实现人的不断自我超越的“新神思宗”的养分，反对仅仅将个人看做某个“类”的一分子，而是将人的自我存在提升到本体论的高度。鲁迅反对“托平等之名”扼杀“个性之尊严”①，认为只有以“人各有己”为前提和根本，才可能做到“群之大觉”②。

鲁迅早期文论分析了“摩罗”诗派和“新神思宗”的相通处与区别处，指出“摩罗”诗派更多的是显示精神主体的复杂性、多样性，真实地呈现矛盾的分裂的人，具有美丑对照的美学品格；而“新神思宗”则“示主观倾向之极端”、“渊思冥想之风作，自省抒情之意苏，去现实物质与自然之樊，以就其本有心灵之域”③。鲁迅注意到了“新神思宗”在艺术创造上力图摆脱外部世界，善于借助内心的错觉、幻觉、联想、潜意识心理活动等，通过扭曲、变形等方式重构形象表现主体、暗示现实本质的特征，并对19世纪后期以来的象征派等现代主义文学多有关注和介绍，如在1909年编的《域外小说集》中便介绍了俄国象征派小说家安特莱夫的几篇作品。鲁迅在论及文学的审美作用时，表现出明显的超功利的文学观，强调通过审美使文学发挥“撄人心”的作用，塑造和丰富人的精神灵魂，从而干预社会、改造世界。

---

① 鲁迅：《文化偏至论》，载《鲁迅全集》第1卷，人民文学出版社1981年版，第51页。

② 鲁迅：《破恶声论》，载《鲁迅全集》第8卷，人民文学出版社1981年版，第24页。

③ 鲁迅：《文化偏至论》，载《鲁迅全集》第1卷，人民文学出版社1981年版，第53、54页。

鲁迅的早期文论还有着许多丰富的有关文艺内部规律的论述。和同时代的文论相比，鲁迅对文艺的诸多内在规律、文艺与社会与人性的复杂内在关系的认识要更为全面和细致。

在新文化运动时期，鲁迅的文论主要是阐发现实主义文艺思想，但是和一般的“客观再现论”又有区别。鲁迅特别注重艺术的“深层”表现，注重主观表现和客观再现的融合。他与主张浪漫主义的创造社的不同在于他所说的主观表现、作家自身的主体创造精神，其目的是为了突破现实的表面而深入丰富复杂的现实内部，以实现开掘的深刻，是以现实为出发点，又以现实为归属的。而同为现实主义，鲁迅与文学研究会的区别则在于更加注重作家的主观态度，更加注重深入挖掘人物灵魂的复杂的矛盾冲突：“既主张‘由外而内’把作家‘自我’与客观现实、国民大众相交融，从中获取强大的现实战斗精神；又主张‘由内而外’，以此主观精神‘突入’和‘拥和’客观……显示出以‘表现的深切’为特征的严峻的现实主义真实性。”① 鲁迅式的现实主义文论的核心就是要真正写出人生的“血和肉”来，做到“表现的深切”，而具有“忧愤深广”② 的悲剧意识。

与这样的现实主义文学思想相对应，鲁迅在文学的审美风格上崇尚“外冷内热”的悲剧美风格。鲁迅一方面主张作家将自己内心的爱憎情感无保留地倾泻出来，认为文学的真情实感高于纯粹的技巧——这就是“内热”。如鲁迅 1919 年评价一位青年作者所写的并不成熟的《爱情》一诗时说“诗的好歹，意思的深浅。姑且勿论；但我说，这是血的蒸汽，醒过来的人的真声音”③。但同时，鲁迅并不主张情感的自然发泄，而是主张通过艺术的创造实现对真实的更准确深入的把握，也就是“外冷”：“周刊上常有极锋利肃杀的诗，其实是没有意思的，情随事迁，即味如嚼蜡。我以为感情正烈的时候，不宜做诗，否则锋芒太露，能将‘诗美’杀掉。”④

关于文学的外部功能，鲁迅主张文学为人生，反对“消闲”、“为艺术而艺术”的观点，并在《呐喊自序》中提出了著名的“遵命文学”论：

---

① 黄曼君：《中国 20 世纪文学理论批评史》上册，中国文联出版社 2001 年版，第 209 页。

② 鲁迅：《〈中国新文学大系〉小说二集序》，载《鲁迅全集》第 6 卷，人民文学出版社 1981 年版，第 238、239 页。

③ 鲁迅：《随感录四十》，载《鲁迅全集》第 1 卷，人民文学出版社 1981 年版，第 321~322 页。

④ 鲁迅：《两地书之三二》，载《鲁迅全集》第 11 卷，人民文学出版社 1981 年版，第 97 页。

“我的喊声是勇猛或是悲哀，是可憎或是可笑，那倒是不暇顾及的；但既然是呐喊，则当然须听将令的了。”① 但是人们往往容易将这个命题误解为一种单纯的功利主义的文学观。事实上，鲁迅的主张与按照政治意图或他人意志写作的极端的文艺政治化观点有根本的不同，而是文艺的真实性、艺术性与功利性倾向性的高度统一：“不过我所遵奉的，是那时革命的前驱者的命令，也是我自己所愿意遵奉的命令，决不是皇上的圣旨，也不是金元和真的指挥刀。”② 也就是说文学所要“遵奉”的“命令”，既是外部时代、社会与政治的客观要求，同时又是为自我所感受、认同并化为内心的要求与审美表达欲望的，这两者高度统一。

20 世纪 20 年代末以后，鲁迅在革命文学论争中进一步研读了马克思主义文艺论著，其文论思想获得了进一步发展，而成为 30 年代中国马克思主义文艺理论批评的卓越代表。鲁迅对文艺的基本性质此时有了更全面深入的论述：“既认定文艺具有从根本上为经济关系和社会历史运动所制约的意识形态性质，又看到文艺具有社会和文学双重观照、现实和艺术并列考察的基本特征。”③ 如关于美，鲁迅认为“在一切人类所以为美的东西，就是于他有用——于为了生存而和自然以及别的社会人生的斗争上有着意义的东西。功用由理性而被认识，但美则凭直感的能力而被认识。享乐着美的时候，虽然几乎并不想到功用，但可由科学底分析而被发见”④。也就是说，文艺与审美的本质，既非狭隘的功利性，也非纯粹的超功利的心灵直觉，而是非功利性与功利性的统一。

在有关文艺作为上层建筑之一与经济基础的关系问题上，鲁迅非常注重经济基础决定上层建筑所必须经过的“中间环节”。俄国马克思主义理论家普列汉诺夫认为一定时期普遍流行的道德观念及一定人群的意识、情绪、风俗、习惯、风尚等，是社会存在、经济基础与作为上层建筑的各种意识形态之间的“中间环节”。由此，经济基础对上层建筑的决定不是简单的对应关系，而是一种复杂的关系。鲁迅在对马克思主义文艺理论著作的研读中认识

---

① 鲁迅：《〈呐喊〉自序》，载《鲁迅全集》第 1 卷，人民文学出版社 1981 年版，第 419 页。

② 鲁迅：《〈自选集〉自序》，载《鲁迅全集》第 4 卷，人民文学出版社 1981 年版，第 456 页。

③ 黄曼君：《中国 20 世纪文学理论批评史》上册，中国文联出版社 2001 年版，第 313 页。

④ 鲁迅：《〈艺术论〉译本序》，载《鲁迅全集》第 4 卷，人民文学出版社 1981 年版，第 263 页。

到了这一观点，他呼吁："现在已不是在书斋中，捧书本高谈宗教，法律，文艺……即使要谈论这些，也必须先知道习惯和风俗，而且有正视这些的黑暗面的勇猛和毅力。"① 鲁迅反对中国左翼革命文学对文学性质的简单化理解，重视文学与国民精神、社会心理、风俗习惯等的关系，使其早前改造国民性的思想得到了新的发展。

30 年代后，鲁迅多次强调对中外文化遗产应采取批判继承的正确态度，尤其要有宏大的气魄和眼光，要有"汉唐气魄"，也即要有充分的民族自信与自主意识，以我为主，使一切文化资源为我所用。在《拿来主义》中，鲁迅既批评了文化虚无主义、文化保守主义，也批评了患有左派幼稚病的革命者对一切所谓非无产阶级的东西的盲目排斥。

此时期的鲁迅，还以极大的精力投入文艺批评工作中，以批评促创作，全力扶植优秀的新人，批判错误的文艺倾向，写下了许多脍炙人口的文艺批评文章，为文坛树立了正确开展文艺批评的典范。鲁迅十分强调文艺批评要有正确的态度和方法："批评家的职务不但是剪除恶草，还得灌溉佳花，——佳花的苗。"② 他认为文艺批评首先要实事求是，同时又要怀抱善意，注意作家所处的特殊境遇与时代背景。鲁迅通过文艺批评，培养、推荐了萧红萧军夫妇、叶紫、柔石、殷夫等一批优秀的青年作家。他热情赞美年轻作家的创作："这是东方的微光，是林中的响箭，是冬末的萌芽，是进军的第一步，是对于前驱者的爱的大纛，也是对于摧残者的憎的丰碑。一切所谓圆熟简练，静穆幽远之作，都无须来作比方，因为这诗属于别一世界。"③

鲁迅的文论在 20 世纪中国文学理论批评史中具有重要地位。他对文艺的性质、作用、作家应有的创作方法及创作态度，如何看待中外文化遗产等方面的论述对于中国现代文学的健康发展发挥了关键作用，给几代作家以持久的影响。

二、鲁迅的旧体诗

鲁迅既是中国现代文学、现代文体的开创者、奠基人之一，同时又是

① 鲁迅：《习惯与改革》，载《鲁迅全集》第 4 卷，人民文学出版社 1981 年版，第 224 页。

② 鲁迅：《并非闲话（三）》，载《鲁迅全集》第 3 卷，人民文学出版社 1981 年版，第 152 页。

③ 鲁迅：《白莽作〈孩儿塔〉序》，载《鲁迅全集》第 6 卷，人民文学出版社 1981 年版，第 494 页。

20 世纪旧体诗创作的大家之一。鲁迅有深厚的古典文学与文化修养，在日本留学时，曾拜国学大师章太炎为师。鲁迅的旧体诗与中国古典文化传统有着密切的联系，特别是和屈原、建安文学、中晚唐诗歌的关系，为研究者所重视。如其中之苍劲雄迈，和建安诗歌有风格上的继承关系；再如其诗中多精辟凝炼的警语，则取法于中唐的刘禹锡。同时，鲁迅的旧体诗创作又具有鲜明的时代特征、现代精神，与古文化的拥戴者在新时代坚持写旧体诗的情形不同，是作者自身长期积累的传统文化素养与表达习惯的自然流露，心灵、情感的真实写照，与他的小说、杂文等现代文体创作具有精神上的一致性。以思想情感及题材可将鲁迅旧体诗大体分为以下几类：

其一是言志述怀之作。鲁迅的言志诗深沉幽广，深切凝重，于严肃中又不乏诙谐，于诙谐中又蕴涵深情。

“灵台无计逃神矢，风雨如磐暗故园。寄意寒星荃不察，我以我血荐轩辕。”——这首《自题小像》作于 1903 年，熔东西方文化典故于一炉，先抑后扬，具有一种情感爆发的震撼力，既是鲁迅言志的心声，也是他毕生奋斗的标志。

“运交华盖欲何求，未敢翻身已碰头。破帽遮颜过闹市，漏船载酒泛中流。横眉冷对千夫指，俯首甘为孺子牛。躲进小楼成一统，管他冬夏与春秋。”——这首《自嘲》作于 1932 年 10 月，是鲁迅高洁人格的写照，于鲜明的对比中体现出自己坚持的人生价值取向，具有决绝、洒脱的风范，是 20 世纪中国诗歌创作中的不朽之作。

“无情未必真豪杰，怜子如何不丈夫？知否兴风狂啸者，回眸时看小於菟。”——这首《答客诮》作于 1932 年 12 月，写出一位英勇战士对孩子的一片怜爱之心与殷切希望，是鲁迅“刚”中的“柔”作，特别真挚感人。

其二是感时论世之作。这些诗歌于沉郁中自有慷慨之气，力透纸背，警语叠出，动人心魄、发人深思。

“昔闻湘水碧如染，今闻湘水胭脂痕。湘灵妆成照湘水，皎如皓月窥彤云。高丘寂寞竦中夜，芳荃零落无余春。鼓完瑶瑟人不闻，太平成象盈秋门。”——这首作于 1931 年 3 月的《湘灵歌》化用屈原创作典故，于委婉曲折的意象中包藏着对专制政权的辛辣讥评，被认为类于李贺幽僻诡激的风格。

“血沃中原肥劲草，寒凝大地发春华。英雄多故谋夫病，泪洒崇陵噪暮鸦。”——这首《无题》作于 1932 年 1 月，头两句意境廓大深沉而具千锤百炼的奇警之气，后两句则以杂文笔法暗讽时局。全诗庄谐并峙，形成了独特的审美效果。

“岂有豪情似旧时，花开花落两由之。何期泪洒江南雨，又为斯民哭健儿。”——这首《悼杨铨》作于1933年6月，以欲扬先抑的笔法将欲哭无泪的悲愤之情和深切痛悼的惋惜之意表达得淋漓尽致、慷慨顿挫，是古今悼亡诗的典范之一。

“万家墨面墨蒿莱，敢有歌吟动地哀。心事浩茫连广宇，于无声处听惊雷。”——这首《无题》作于1934年5月，诗人以深沉的笔调描绘了民不聊生的社会、困苦生活的人民，万家凋零破败，淹没在蒿草丛中。后两句警语突起，既是坚定信念的表达，也是对统治者的严厉警告。

此外，鲁迅的旧体诗中还包括一些讽刺诗，如“云封高岫护将军，霆击寒村灭下民，到底不如租界好，打牌声里又新春”(《二十二年元旦》，作于1933年1月)，是对达官贵人在国家沦亡之际依然醉生梦死的尖锐讽刺，其嬉笑怒骂，和鲁迅的杂文一脉相承。

◎ 思考题

1. 如何理解鲁迅后期杂文在具有鲜明时代性的同时又体现出超越时代的深邃思想？
2. 在《故事新编》中鲁迅如何看待中国古代的文化传统？
3. 鲁迅的现实主义文学思想有什么特点？
4. 鲁迅的文论主要涉及了哪些内容？

第三章　革命现实主义文学巨匠——茅盾

茅盾在“五四”时期以新文学现实主义理论家和评论家著称，是新文学现实主义理论的奠基者之一。大革命失败后，他正式开始文学创作活动，其创作以小说尤其是长篇小说成就最为突出。最初的长篇有《蚀》和《虹》。1932年前后，是茅盾创作力最旺盛、收获也最丰硕的时期。他完成了长篇小说《子夜》和短篇小说《林家铺子》、《春蚕》等重要作品的创作，标志着“社会剖析派”小说的崛起，成为左翼文坛最重要的收获之一，也因此确立了他在中国现代文学史上卓越的革命现实主义文学巨匠的地位。《子夜》是他的代表作，也是中国现代文学史上第一部以科学世界观为指导的社会剖析小说。它在中国现代文学史上第一次以相当宏大的规模描绘了上海这个现代化大都市，成功地塑造了民族资本家吴荪甫的典型形象，深刻地揭示了20世纪30年代中国社会半封建半殖民地的性质，也是中国现代文学史上第一部真正具有宏大而复杂的现代结构和史诗风范的现实主义长篇小说。茅盾的散文也独具风格，成就显著。而作为现代杰出的文学评论家，茅盾的作家作品论内容十分丰富，具有鲜明的个性和发人深思的真知灼见，对于促进中国现代文学创作和评论的发展发挥了重要作用。

第一节　茅盾的创作道路

茅盾是在国内外享有崇高声望的革命作家、文化活动家和社会活动家。他以多方面的艺术才能，对中国现代文学的发展作出了巨大贡献。他是新文学史上最早的影响卓著的理论家和评论家，他创作了大量优秀的小说和散文，而尤其以长篇小说创作著称，被誉为“中国现代文学巨匠”。

一、走上文学道路

茅盾（1896—1981）原名沈德鸿，字雁冰。茅盾是他发表第一部小说《幻灭》起开始使用的笔名。他于1896年7月4日出生于浙江省桐乡县的乌镇。父亲沈永锡是个秀才，通晓中医，是具有开明思想的维新派人物。母亲陈爱珠是一位通文理有远见而性格倔强的女子，对子弟管教严格，是茅盾的“第一个启蒙老师”。

茅盾在度过了一年的私塾生活后于8岁那年进乌镇立志小学读书，这所小学在大门旁刻着“先立乎其志，有志者竟成”的对联。13岁时他考入湖州的浙江省立第三中学堂，两年后转入在嘉兴的省立第二中学堂，辛亥革命后转入杭州安定中学直至毕业。中学时代，茅盾严格地接受了古代文章典籍的训练与滋养。他回忆说，中学教育给予他的就是：“书不读秦汉以下，骈文是文章之正宗；诗要学建安七子；写信拟六朝人小札；举止要风流潇洒；气度要清华疏旷。”① 但僵化的学习生活并不使茅盾满意，他说：“那样的陈腐闭塞几乎将我拖进了几千年的古坟里去。”1913年夏天，17岁的茅盾结束了中学时代的生活，考入了北京大学预科，1916年预科毕业，因家境窘迫而辍学，于同年8月进上海商务印书馆编译所工作，从此便开始了文化、文学及社会活动。

“五四”运动后，茅盾参加了新文学运动。1920年年初，他主持《小说月报·小说新潮栏》编务，发表了《小说新潮宣言》、《新旧文学平议之评议》、《现在文学家的责任是什么?》等文章，认为新文学应该是“有表现人生指导人生的能力”，初步显露出他后来努力提倡的文学为人生的见解。1921年1月文学研究会成立，茅盾是发起人和主要成员之一。而从1920年底，茅盾担任了《小说月报》的主编，他开始对这个具有十多年历史的文学刊物（1910年创刊）进行全面的革新，《小说月报》也就成了文学研究会作家发表作品与评论的主要阵地，对于促进新文学的发展发挥了重要作用。但也因此受到守旧派的反对和攻讦，两年后茅盾辞去主编职务。

茅盾早期的文学活动与社会活动是密切联系的。他在1928年回忆说：“在过去的六、七年中，人家看我自然是一个研究文学的人，而且是自然主义的信徒；但我真诚地自白：我对于文学并不是那样的忠心不二。那时候，我的职业使我接近文学，而我的内心的趣味和别的许多朋友——祝福这些朋

---

① 茅盾：《我的中学时代及其后》，载孙中田、查国华：《茅盾研究资料》（上），中国社会科学出版社1983年版，第52页。

友的灵魂——则引我接近社会运动。”① 茅盾是中国现代文学史上比较早地接受并宣传马克思主义同时也是最早参加中国共产党领导的革命活动的一位作家。1921 年他在上海参加了共产主义小组和中国共产党，作为中国共产党最早的一批党员之一，他参与了党的筹备和早期组织工作。随后又任教于党创办的上海大学，积极参加了 1925 年的“五卅”运动。1926 年年初，茅盾和恽代英等作为上海代表赴广州参加了国共合作时期国民党第二次全国代表大会。会后留广州工作，在毛泽东任代理部长的国民党中央宣传部作秘书。1926 年 3 月，“中山舰事件”后，茅盾返回上海。1926 年底，北伐军占领武汉，成立国民政府，茅盾赴大革命的中心武汉，先后任中央军事政治学校教官和《民国日报》主笔，从事革命宣传工作。1927 年 4 月，蒋介石在上海公开叛变革命，7 月，汪精卫集团在武汉举行反共会议。轰轰烈烈的大革命突然失败，引起茅盾思想上的很大震动，他离开武汉拟去南昌，在牯岭受阻，同年 8 月回上海。这时，国民党通缉革命党人，茅盾亦在通缉中，只好转入地下。从此，在文学上他由原先主要从事理论批评工作转向文学创作活动。

茅盾在正式开始文学创作之前的文学活动主要涉及三个方面：一是文学理论建设，二是文学批评，三是译介外国文学。在这三个方面，茅盾都有独到的建树，做了开创性的工作。

在文学理论建设方面，茅盾的突出成就是对现实主义文学理论的阐释，他堪称新文学现实主义理论的奠基者之一。茅盾从开始文学生涯起，就倾向于现实主义。从思想认识上看，茅盾从 1916 年一踏进社会就以改革社会为使命，他从事文学活动，也是首先注重文学改革社会的作用。作为文学研究会的重要理论家，他积极倡导为人生的文学。从个人心理素质来看，茅盾所出生的并不富裕的家庭、父母所给予的较为开明的教育以及辍学谋生的经历，一方面形成了他自我奋斗、同情弱小的情感倾向，另一方面使他具有了眼界开阔、清醒冷静的心理素质，因而能较为理智地直面人生，正视现实。

在茅盾对现实主义理论的阐释中，他强调文学是为表现人生而作，重视文学的革命功利性。在文学研究会的三位理论家中，周作人提倡人的文学，提倡以人道主义为本，对于人生诸问题加以记录、研究的文学；郑振铎主张血和泪的文学，认为文人必须是敏感着苦难的社会并为之写作；茅盾则提出应以文学唤醒民众并给他们以力量。在重视文学与社会现实的关系、坚持文学表现人生这一点上，他们是一致的。茅盾还针对传统的所谓“文以载道”

① 茅盾：《从牯岭到东京》，载《小说月报》1928 年第 19 卷第 10 号。

的观念和消遣游戏的文学观而强调文学反映生活的“客观的艺术手段”，推崇文学的真实性。在《自然主义与中国现代小说》一文中，他主张“研究社会问题”，从事“客观描写”，作家应该“经过长期的实地观察的训练”①。在“五四”时期的理论批评界，人们对写实主义和自然主义从概念到内涵并没有区分得很清楚，茅盾在阐释现实主义理论时也提倡过自然主义，曾认为不妨把自然主义看做写实主义的一部分。但从总体上看，他看重的是自然主义的两大特点：实地观察和客观描写。其目的是为了纠正当时文学创作上的向壁虚构，强调文学的真实性。在随后茅盾初期的创作中，也留有自然主义影响的某些痕迹。

二、早期文学创作

茅盾的文学评论正式开始于 1921 年，他是新文学第一个十年成就卓著的文学评论家。茅盾在文学批评上的成就突出表现在三个方面：一是以改革后的《小说月报》为阵地，团结郑振铎等理论家，第一个将自发的、零星的文学评论变为自觉的、经常性的具有较大规模的文学批评活动。二是在新文学初期的各个重要阶段，他都能放眼整个文坛，精细地考察创作状况，第一个作出鸟瞰式的综合评论，借以引导、促进文学创作。正因为他对现实主义理论的倡导和文学批评的特色，有人称他为“中国的别林斯基”。三是茅盾常常对“五四”新文学中一些独具风格的作家作出具有真知灼见的评析。当然，茅盾的文学批评并不限于早期，而是贯穿于其整个文学活动始终的。

茅盾从开始文学活动起，即致力于外国文学的翻译和介绍，是中国现代文学史上外国文学译介的先驱者之一。茅盾对外国文学的翻译和介绍有着明确的倾向和目的，他说：“介绍西洋文学之目的，一半欲介绍他们的文学艺术来，一半也为的是介绍世界的现代思想——而且这应该是更注意些的目的。”② 为此，在翻译工作中，他总是侧重选择译介欧洲被压迫民族的文学、俄罗斯文学和十月革命以后的苏联文学作品。在他主编《小说月报》时，出过《俄国文学研究》(第 12 卷号外) 和《被损害民族的文学号》(第 12 卷第 10 号)。茅盾的外国文学译介对于引导文学青年、促进新文学发展都产生过积极的影响。

茅盾的文学创作活动始于 1927 年秋，在谈到创作生涯的开始时，他

---

① 茅盾：《自然主义与中国现代小说》，载《小说月报》1922 年第 13 卷第 7 号。

② 茅盾：《新文学研究者的责任与努力》，载《小说月报》1921 年第 12 卷第 2 号。

说："我是真实地去生活，经历了动乱中国的最复杂的人生的一幕，终于感得了幻灭的悲哀，人生的矛盾，在消沉的心情下、孤寂的生活中，而尚受生活执著的支配，想要以我的生命力的余烬从别方面在这迷乱灰色的人生内发一星微光，于是我就开始创作了。我不是为的要做小说，然后去经验人生。"①

写于1927年9月至1928年6月的《蚀》三部曲（《幻灭》、《动摇》、《追求》）就是他参加了大革命前后的实践活动之后在这样特殊的心境下创作的。这组略带连续性的中篇小说主要以大革命前后一些小资产阶级知识青年的思想动态和生活经历为题材，作者的意图是要展示"现代青年在革命壮潮中所经过的三个时期：（1）革命前夕的亢昂兴奋和革命既到面前时的幻灭；（2）革命斗争剧烈时的动摇；（3）幻灭动摇后不甘寂寞尚思作最后之追求"②。幻灭、动摇、追求，正是他笔下的人物在1927年大革命中的精神状态。小说通过一群知识青年在时代洪流中的浮沉，展现了纷纭复杂的革命时代。茅盾曾说："《蚀》与《子夜》在发表时，曾引起了轰动，其原因，评论家有种种说头。但我总以为我敢涉足他人所不敢而又是人们所关注的重大题材，是原因之一。"③ 应该说，敢于描写重大题材，概括错综复杂的社会生活，展示清晰的时代风云，具有强烈的时代感和史诗性，是茅盾小说创作的一个重要特点。《蚀》作为他的第一部小说已显露这一特点，后来的《子夜》等小说则表现得更加充分。

《幻灭》写的是革命前夕的上海和革命高潮中的武汉，主人公章静女士是一位21岁的大学生，"一个耽于幻想的女孩子"。在故事开始时，她怀着在省城里学校风潮中的忧患悲哀来到上海，"只想静静儿读一点书"。她在母亲的爱抚和安静的生活环境中长大，情感脆弱而富于幻想。她既不满于上海大都市的喧嚣与拜金主义化，又讨厌乡村的固陋与闭塞。她憎恨丑恶，但缺乏斗争的勇气；追求光明，而又没有坚定不移的意志。她性格怯弱、游移、多愁善感，在生活中常常举止无定。对生活容易燃起希望之火，也易于陷入幻灭的悲哀。无论对读书、爱情还是革命，无不如此，静女士始终处于理念与现实的矛盾与幻灭之中。与静女士的未经世故、富于理想相对照，她的同学慧女士留法归来，因曾受骗失身，性格变得泼辣狷傲，对男子则采取

① 茅盾：《从牯岭到东京》，载《小说月报》1928年第19卷第10号。

② 茅盾：《从牯岭到东京》，载《小说月报》1928年第19卷第10号。

③ 《英文版〈茅盾选集〉自序》，载李岫：《茅盾研究在国外》，湖南人民出版社1984年版，第89页。

玩弄报复的态度。静女士不认同这种恋爱哲学，对男同学抱素的热烈追求，保持着少女的矜持。为了构筑“静心读书”的梦，她“对于两性关系，一向是躲在庄严、圣洁、温柔的锦幛后面，绝不曾挑开这锦幛的一角，看看里面是什么东西”。可是，这个梦很快破碎了。在慧女士“玩弄”了抱素之后，静女士对抱素生了同情之心，并且“一大半由于本能的驱使和好奇心的催迫”，轻易地委身于抱素。等到她发现抱素竟是个“轻薄的女性追逐者”，而且还是个“无耻卖身的暗探”时，她的恋爱的梦也走向了幻灭。于是她躲进医院，并在那里染上了猩红热。其后，她受北伐革命胜利的召唤，怀着“新的憧憬”来到革命中心的武汉。她开始构筑更加庄严的梦，决心“去受训练，吃苦，努力”，也曾为在南湖举行的北伐誓师典礼而受到强烈的感动。但革命并不是梦，她换了三次工作，每次都“只增加些幻灭的悲哀”。于是，她到伤兵医院当看护，爱上了少年连长强猛并一同到庐山度蜜月。但不久，强连长奉命归队，静女士感慨又如一场大梦醒来，她又要面对一段空虚岁月了。静女士是一个初步具有个性解放思想，而又未失东方女子的恬静品性的知识女性，她的人生追求的屡经幻灭，正是那一时代追求进步但却只在革命的“边缘上张望”的小资产阶级知识分子的人生经历与精神状态的写照，因而具有典型意义。

《动摇》中的故事发生在大革命时期武汉附近的一个小县城。它所写的“动摇”，既指小说的主要人物方罗兰，作为国民党县党部委员和商民部部长“遇事迟疑，举措不定”，表现了最充分的“动摇”性；也是指由胡国光伪装革命而叛变，以及方罗兰左右摇摆、姑息养奸所酿成的湖北某县政局的动摇。方罗兰自命为稳健的“左派”，担任县党部要职，在革命形势急剧变化的时候，动摇妥协，举止失措。他的动摇性格，表现在感情上，是动摇于婉丽贤淑的妻子陆梅丽和活泼浪漫的同事孙舞阳之间；表现在革命上，是对“积年的老狐狸”胡国光的两面三刀、胡作非为感到束手无策，不敢进行大胆的斗争，甚至在胡国光呼应夏斗演的叛变在城里暴动之时，他还在鼓吹“宽大中和”，最后为了个人的安全而弃城出逃。正是方罗兰的软弱、动摇给劣绅胡国光之流以可乘之机。他伪装革命，潜伏起来，以待时机。他以极“左”的面目而成为“革命的店主”，并跻于县党部执委兼常委之列。他是革命的投机分子，是醉心权势、假公济私的好色之徒，也是县城祸乱的罪魁祸首。小说以小见大，武汉附近一个县城的政治风云变化，几乎就是整个大革命形势的缩影。因此，在《蚀》三部曲中，《动摇》是最具有历史感的一部。

《追求》则意在“暴露1928年春初的知识分子的病态和迷惘”①。小说中的一群知识分子在革命高潮期间都曾一度昂奋，而在革命失败的黑暗时期，他们则欲罢不能、欲行无路，陷入愤激、苦闷、失望和颓唐之中。小说重点写了四类人物的人生选择与追求：一是对政治失望之后转而选择“教育救国”的张曼青，但选择了当中学教员的张曼青，已变得目光如豆，保守的环境已不能实现他的教育理想，他原认为理想的女性在婚后则显得庸俗不堪。二是热心新闻事业而终于只能以半步半步改革的“半步主义”著称的王仲昭。三是不甘平庸，想通过结社的形式与恶浊的社会相对抗的章秋柳，结社流产后，他感到孤独、空虚，只能在官能享受的自我麻醉中追求热烈的痛快，也是自我的毁灭。四是由怀疑、颓废而追求自杀的史循。最后章秋柳想用自己活泼泼的生命火焰去点燃陷入怀疑主义的史循的人生欲望，却因此传染了梅毒，精神也日益崩溃，而由于纵欲和酗酒，史循则在一次野餐中死去。小说通过这群知识青年求静得烦、求福得祸、求生得死的“追求”，反映了大革命失败后弥漫于都市上空的“幻灭的悲哀，向善的焦灼，和颓废的冲动”。正如小说中的人物张曼青所申诉的：“如果政治清明些，社会健全些，自然他们会纳入正轨，可是在这混乱黑暗的时代，像他们这样愤激而又脆弱的青年大概只能成为自暴自弃的颓废者了。”从这种意义上说，这群青年正是那一时代陷入迷惘和病态的小资产阶级知识分子的典型代表。

《蚀》是茅盾的第一部小说，它对大革命时期历史图景的描绘、对那一时代知识分子精神状貌的刻画和细微的心理描写，都是非常成功的。有学者甚至认为：“在中国现代的小说中，能真正反映出当代历史，洞察社会实况的，《蚀》可算是第一部。”②

1928年7月，为了避开国民党政府的“通缉”，也为了“改换一下环境”，使“精神苏醒过来”，茅盾东渡日本。他的第二部长篇小说《虹》即创作于1929年4—6月客居日本期间。这部小说的原计划是“欲为中国近十年之壮剧，留一印痕”③，但因故只写到1925年的“五卅”运动为止。

《虹》成功地塑造了梅行素这一始终对旧社会采取挑战态度的知识女性的形象，通过她从成都到泸州再到上海的人生三部曲，小说真实而细腻地展现了中国现代最初觉醒的一代知识女性心灵变迁的绚丽多姿、人生道路的艰

① 茅盾：《读〈倪焕之〉》，载《文学周报》1929年第8卷第20期。

② ［美］夏志清：《中国现代小说史》，刘绍铭等译，复旦大学出版社2005年版，第104页。

③ 茅盾：《虹·跋》，人民文学出版社1983年版，第243页。

难曲折。出生于四川成都一个守旧的中医家庭的梅女士虽与姨表兄韦玉相爱，却由于韦玉的软弱和父亲的嫌贫趋富而嫁给了姑表兄柳遇春。具有“往前冲”的性格的梅女士是“喜欢走自己所选择的道路”的，几经妥协、彷徨和挣扎，她终于效仿娜拉，离家出走。梅女士来到以新思潮相标榜的泸州师范学校任教，可是那班勾心斗角、荒唐无聊的教师以及那位以“提倡新思潮”闻名而实则妻妾成群的惠师长都令她非常失望。她不愿继续做惠师长的“家庭教师”，借机东出夔门，赶往上海。初到上海的梅女士也有过迷惘和不安，后来在革命者梁刚夫的影响下有了进一步的觉醒，参加了“五卅”运动，走向了新生。虽然与前两部分相比，小说对梅女士在上海的新生活描写要逊色一些，但梅女士的性格发展前后是一致的、完整的。小说的史诗气质、细腻的人物心理描写都是为人称道的，甚至被认为“从好多方面来说，这也是他作品中最精彩的一本”①。

20 世纪 30 年春，茅盾自日本回国。不久加入“左联”，这期间创作了中篇小说《路》、《三人行》和几篇历史题材的小说。1932 年前后，是茅盾创作力最旺盛、收获也最丰硕的时期。他完成了长篇小说《子夜》和短篇小说《林家铺子》、《春蚕》等重要作品，确立了他在中国现代文学史上卓越的革命现实主义文学巨匠的地位。

抗战初期，茅盾辗转于上海、香港、长沙、武汉、广州等地。1938 年 3 月，中华全国文艺界抗敌协会在汉口成立，茅盾被选为理事。年底，应邀赴新疆讲学，直至 1940 年 5 月离开新疆经兰州、西安到延安。《风景谈》、《白杨礼赞》等散文即抒写了他的延安印象和感受。1941 年“皖南事变”后，他在香港写成长篇小说《腐蚀》，随后又创作了长篇《霜叶红似二月花》和剧本《清明前后》。抗战胜利后，茅盾参加了反内战反迫害的民主运动，创作了长篇小说《锻炼》。1949 年 7 月，在第一次文代会上，茅盾当选为全国文联副主席，文学工作者协会（作协前身）主席。

中华人民共和国成立后，茅盾担任第一任文化部长。1964 年，当选全国政协副主席。1979 年第四次文代会上，当选为中国文联名誉主席、中国作家协会主席。

1981 年 3 月 27 日茅盾在北京逝世。临终之前，他捐献出自己积存的稿费 25 万元，中国作家协会决定以此为基金，设立“茅盾文学奖”奖励优秀的长篇小说。

---

① ［美］夏志清：《中国现代小说史》，刘绍铭等译，复旦大学出版社 2005 年版，第 104 页。

第二节　《子夜》

《子夜》是茅盾创作中最具有代表性的作品，是社会剖析派小说崛起的标志①。

以茅盾的《子夜》为代表的社会剖析派小说具有如下特点：第一，将小说艺术与社会科学结合起来，在马克思主义理论观念的指导下，从不同角度较大规模地再现社会生活，剖示现代中国社会的性质。茅盾在1932年底总结自己的创作历程时就特别强调研究社会科学对小说创作的重要性，他说："一个做小说的人不但须有广博的生活经验，亦必须有一个训练过的头脑能够分析那复杂的社会现象，尤其是我们这转变中的社会，非得认真研究过社会科学的人每每不能把它分析得正确。"② 叶圣陶曾指出，茅盾"写《子夜》是兼具文艺家写创作与科学家写论文的精神的"③。茅盾的《子夜》被人称为"中国社会现实的剖析图"④。小说通过以吴荪甫为中心的人物群的活动，显示了20世纪30年代上海这种大都市的半殖民地特质。茅盾的社会剖析小说并不是把社会科学命题形象化了的"报章小说"，他善于把理性思维渗透于艺术构思的过程中，把对生活的理性的发现化作形象与情感的血肉，出之以冷静客观的描绘。他在理性的睿智、历史的真实与艺术描绘的有机融合中创造出一个全新的小说世界。

第二，横断面的结构、客观化的描写，对"全般"社会做"缩影式"的反映。有学者指出，茅盾"文学艺术的主要支柱是那些精心构思的一个个场面，这些场面记录了这些基本社会力量的活动和不同表现，或者反映了某种社会情况。通常它们都是充满情节的场面，是社会进程的顶点，像在一场暴风雨中所有社会紧张关系发展到了爆发点，于是基本矛盾和对立面发生了公开冲突"⑤。大而言之，茅盾小说所截取的一个个横断面就是一个个大

① "社会剖析派"这一名称是严家炎先生1982年提出的。参见严家炎：《中国现代小说流派史》，人民文学出版社1989年版，第175页。

② 茅盾：《我的回顾》，载孙中田、查国华：《茅盾研究资料》(上)，中国社会科学出版社1983年版，第77~78页。

③ 叶圣陶：《略谈雁冰兄的文学工作》，载《新华日报》1945年6月24日。

④ [日] 尾坂德司：《日文版〈子夜〉译后记》，载《茅盾研究在国外》，湖南人民出版社1984年版，第147页。

⑤ [捷克] 普实克：《论茅盾》，载《茅盾研究》第2辑，文化艺术出版社1984年版，第304页。

的场面。作者企图“大规模地描写中国社会现象”的《子夜》只是截取了1930年春夏之交两个月内发生在上海的故事，《林家铺子》、《春蚕》也仅描写了林家铺子的倒闭和老通宝一家养蚕丰收成灾这两件事。但它们都能以小见大，借“一角”反映“全体”，全景式地再现了20世纪30年代中国社会政治动乱、经济破产的现实，成为中国社会的缩影。与截取横断面来呈现生活、剖析社会这一特点相联系，茅盾的小说常常将感情倾向隐蔽在生活断面描写的背后，强调客观写实。

第三，选取和开掘具有重大意义的题材，善于描写蕴含丰厚的社会历史内容的复杂化的性格和悲剧性的命运。《子夜》通过20世纪30年代初民族资产阶级命运的描写来揭示中国社会的性质，《春蚕》等“农村三部曲”通过“丰收成灾”现象，写出了农村贫困化的根源和农民觉醒的艰难过程，《林家铺子》通过小镇商人的生活和命运，概括了30年代民族矛盾和阶级矛盾激化的现实。这些作品所选取的都是具有重大现实意义的题材，塑造的人物大多具有丰富复杂的性格。野心勃勃的吴荪甫、勤劳善良的老通宝、精明能干的林老板等都是与命运抗衡而不免失败的人物，具有浓重的悲剧性，是蕴含着丰富的社会历史内容的典型环境中的典型人物。

一、《子夜》与时代

《子夜》写于1931年10月至1932年12月，原稿取名《夕阳》，副题是英文 *The Twilight*：*a Romance of China in* 1930，1933年1月由开明书店以《子夜》为名出版。“子夜”是最黑暗的时刻，也是黎明到来的前奏。现实与未来，将死与方生，都包蕴其中，这一象征性的书名包含着作者对现实的认识和对未来的信念。瞿秋白曾称赞它是“中国第一部写实主义的成功的长篇小说”，“1933年在将来的文学史上，没有疑问的要记录《子夜》的出版”①。

《子夜》的构思始于1930年春作者自日本归国之后。这年夏秋之交，由于疾病的原因，作者有半年多不能读书作文，于是每天访亲问友，在上海的一些忙人中间消磨时光。作者在上海的朋友同乡故旧是三教九流，无所不有。他们之中有企业家、商人、银行家、公务员，有的“在交易所里发狂地做空头”，“奔走拉股子，想办什么厂”，也有革命者在为大规模的革命运动而奔忙。茅盾说，《子夜》中吴荪甫的性格就“部分取之于我对卢表叔的

① 瞿秋白：《〈子夜〉和国货年》，载《申报·自由谈》1933年3月12日。

观察，部分取之于别的同乡之从事于工业者”①。茅盾也曾到交易所和工厂去实地观察，正是由于有了真切的生活感受，再加上当时学术界正在展开的“中国社会性质论战”的触发，使他产生了“大规模地描写中国社会现象的企图”。

在1930年发生的中国社会性质大讨论中，主要有三种观点：一是革命派认为中国社会依然是半封建半殖民地性质，推翻代表帝国主义、封建势力和官僚买办资产阶级利益的国民党法西斯政权，是当时革命的任务，领导这一革命的只能是无产阶级；二是认为中国已经走上了资本主义的道路，反帝、反封建的任务应由中国资产阶级来承担；三是一些自称为进步的资产阶级学者们认为中国的民族资产阶级可以在既反对共产党领导的民族、民主革命运动，也反对官僚买办资产阶级的夹缝中生存与发展，从而建立欧美式的资产阶级政权。茅盾创作《子夜》就是要回答中国社会性质问题，即回答托派：“中国没有走向资本主义发展的道路，中国在帝国主义的压迫下，是更加殖民地化了。”显然，茅盾创作《子夜》有明确的动机，他是自觉地站在无产阶级革命立场，以先进的思想和理论为指导去分析当时的社会生活，同时又从生活出发，通过生活本身引出符合历史的结论。

《子夜》以上海的工业、金融界为中心，在1930年5月至7月的历史背景下展开故事。1929年底开始的资本主义世界的经济危机波及中国，帝国主义到中国寻找自己的市场，1930年4月至9月蒋介石和阎锡山、冯玉祥之间的中原大战以及无产阶级革命运动深入，工人运动风起云涌，农民运动如火如荼等方面的情况就构成了《子夜》复杂的历史背景，这一历史背景决定着小说的主要情节内容。如吴荪甫等人企图发展民族工业的遭遇，军阀战争对上海公债市场的影响、裕华丝厂的工人罢工、双桥镇的农民暴动等就是与当时复杂的历史背景密切相联系的。正是在这样广阔的时代背景下，《子夜》气势恢弘地描写了20世纪30年代初期中国社会的整体面貌。虽然小说主要偏重于都市的描写，但作者要写一部“白色的都市和赤色的农村的交响曲”，一部“1930年的‘新儒林外史’”的意图也得到了部分实现。正是对社会生活全景式地描绘以及在真实的艺术描写中表现出的对中国社会的深刻认识，使得《子夜》具有了宏阔的体制和史诗性的风范。

茅盾在《子夜》后记中曾说，“此书在构思上，我算是用过一番心的”。在创作小说之前，他曾写下详细的故事大纲。在结构艺术上，《子夜》达到

① 茅盾：《〈子夜〉写作的前前后后》，载《我走过的道路》(中)，人民文学出版社1984年版，第98页。

了相当高的水平。

《子夜》在结构上的总体特点是布局宏伟，组织严密；线索纷繁，主线突出；张弛相间，节奏分明。

《子夜》的结构宏伟而严谨，作者巧妙地把纷繁复杂的人物事件、矛盾冲突联络成一个有机完整的艺术整体。首先，作者选择、营造了一个能充分展示人物性格、显示时代的主要特征的典型环境。1930 年 5 月至 7 月的上海就是作者选择的人物活动的具体时空背景，中国民族资本家吴荪甫的悲剧命运就是在中国社会危机严重、民族矛盾、阶级矛盾日益加深的半殖民地化的大都市上海发生的。小说以上海为中心而鸟瞰全国，以民族资本家为主要人物，而涉及军政商学工农等各界人物近百人，借生活的“一角”全景式地描写了 1930 年代初期的中国社会生活。小说在此背景下，又安排了三个展开矛盾的主要场所：吴公馆、交易所、裕华丝厂。吴公馆就是一个小社会，吴荪甫处于中心地位。交易所是展示民族资本家和与买办资本家矛盾斗争的主要场所，也是当时社会的一个窗口。裕华丝厂是吴荪甫着力经营的，小说借此展开了工人与资本家的矛盾斗争。这样，吴荪甫始终处于中心地位，小说中的各种矛盾冲突在不同场景中得到了最集中、最强烈的表现。其次，小说前三章以吴老太爷来沪、病亡、治丧作为情节的开端，匠心独运，开局不凡，成为全书结构的关键。小说开篇对吴氏父子身世的描写，把主人公吴荪甫性格的形成，引申到历史的渊源中去，使人们能更好地理解中国民族资本家的特殊性格，理解他们和封建阶级的千丝万缕的联系与矛盾。同时，小说开篇借吴老太爷的行踪，将乡村与都市联系起来，既渲染了时代气氛，又显得视野开阔，格局宏大。更重要的是，小说开篇借吴府的丧仪为各种人物出场提供了活动的舞台。茅盾说：“第二章是热闹场面。借了吴老太爷的丧事，把‘子夜’里面的重要人物都露了面。”① 同时也埋下了工厂、农村、公债市场三条线索，为后面展开主线矛盾，多角度、全景式地反映生活做好了铺垫。

贯穿《子夜》的主要线索是民族资本家吴荪甫和买办资本家赵伯韬之间的矛盾和斗争，小说同时辅之以中国民族工业的破产、城市工人运动的高涨、农村革命运动的兴起、“新儒林外史”人物的空虚与苦闷等线索，网状交叉，齐头并进。全书 19 章，第 1~2 章交代人物，提示线索。第 3 章将众多线索相对集中，写吴荪甫与孙吉人、王和甫等资本家准备合作，他们所办

① 茅盾：《〈子夜〉是怎样写成的》，载孙中田、查国华：《茅盾研究资料》(中)，中国社会科学出版社 1983 年版，第 30 页。

的益中信托公司后来成为了吴荪甫与赵伯韬对垒的大本营。前三章将情节序幕拉开之后，第 5 章开始集中展示吴赵矛盾这一主线。第 5、第 7 两章写吴赵五月“合作”，赵伯韬与尚仲礼密谋，拉吴荪甫、杜竹斋入伙，他们用 30 万银子买西北军退 30 里路，同时他们又结成大户“多头”在上海公债市场击败了冯云卿等形形色色的“空头”而赚了一笔。所以吴赵合作，小有胜利，吴荪甫又重用了一个精明强干的帮手屠维岳，家乡的农民运动、工厂的工人罢工都被他采取手段给予了压制。第 9、第 10、第 12 章写吴赵六月斗法，情况有了变化，吴赵由原来的合作转为现在的对垒厮杀，结果是赵伯韬做“多头”，吴荪甫等人的益中信托公司做“空头”，几经较量，以益中损失八万元栽了个“小跟头”而结束。第 13、第 14、第 15 章集中写裕华丝厂的工人罢工，看似离开了主线，但实际是主线矛盾发展的必然结果。因为吴荪甫在公债市场栽了跟头，他要把损失转嫁给工人，这就必然使工人与资本家的矛盾更加激化。三章之中，吴荪甫出场虽只有一次，但被他重用的工厂总管屠维岳就是吴荪甫的影子。小说最后三章写吴荪甫在背水一战前夕，与同人夜游黄浦，然后又在夜总会与赵伯韬会面，实是赵伯韬向吴荪甫逼降。最后益中公司改做“多头”，赵伯韬变成了“空头”，双方用尽心机，吴荪甫甚至把自己的丝厂、公馆都折扣抵押，以最大的冒险精神背水一战。但在这千钧一发之际，杜竹斋火线倒戈，倒向了赵伯韬一边，致使吴荪甫迅速破产。吴赵主线矛盾写得紧锣密鼓，紧张激烈。小说以威风凛凛的吴荪甫去码头接吴老太爷到上海避乱写起，又以一败涂地的吴荪甫携眷到牯岭避暑作结，首尾呼应，结构完整，意在言外，耐人寻味。吴荪甫的悲剧结局，“强烈地突出工业资本家斗不过金融买办资本家，中国民族资产阶级是没有出路的”，从而深刻地揭示出中国社会愈加殖民地化的危机。

茅盾认为：“一篇作品，不能平铺直叙，始终如一，也不能从头到尾，一味紧张，总得有错综变化，迂回曲折。”① 《子夜》在突出主线发展的同时，注意了一些与之相关的副线的有机穿插。如第 4 章写双桥镇的农民暴动，第 6 章写资产阶级少男少女的谈情说爱、幽怨伤感，第 8 章写土财主冯云卿的海上寓公生活，第 11 章写都市商品化女人刘玉英的生活，第 16 章写周仲伟火柴厂的倒闭，这些都是整章的穿插。而在各章之中亦还有许多小故事、小情节的局部穿插，如第 3 章在写吴荪甫心狠手毒计谋同行之后，又把读者带进吴少奶奶的“夏夜之梦”，第 17 章，在吴赵对垒的决战时刻，又

---

① 茅盾：《怎样阅读文艺作品》，载《茅盾散文》(3)，中国广播电视出版社 1995 年版，第 199 页。

插入吴四小姐要回乡、闭门读《太上感应篇》等情节。这样，《子夜》使人读起来就不是一味紧张，而是有虚有实，有张有弛，疏密相间，节奏分明。

二、吴荪甫的形象

吴荪甫是《子夜》中一切人物和事件联结的枢纽，是各种矛盾冲突的焦点；他是20世纪30年代初期中国民族资本家的典型。

吴荪甫是一个具有理想追求和现代气质的民族资本家的典型，是“20世纪机械工业时代的英雄骑士和‘王子’”。小说将他置于公债市场的厮拼、工人罢工、农民暴动这三条火线之中，多侧面地刻画了他丰富复杂的个性。吴荪甫曾游历欧美、考察工厂，学得了一些先进的管理方法。办实业，他有雄厚的实力，对发展民族工业充满信心和幻想。他有经验、有能力、有气魄，富于冒险精神，敢作敢为，刚愎自用，是工业界的“铁腕”人物。因此，他瞧不起一般的工业资本家。他认为，“中国官办民办的实业跑到洋商那里去了，这是因为那些人不会经营的结果”。在实业界，他往往以胜利者自居，在同行中常常是被拥戴为首领。他有着建立以他为中心的资本主义王国的梦想，憧憬有一天“高大的烟囱如林，在吐着黑烟，轮船在乘风破浪，汽车在驰过原野”，而他就是这个王国的主宰。在这种野心和意欲的支配下，他“一只眼睛瞅着政治，那另一只眼睛，却总是朝着企业上的利害关系”。他用自己的“铁腕”，组织益中信托公司，吞并小厂，同时在家乡经营双桥王国，也企图在金融界取得优势，然后使他工厂的货物走遍中国的穷乡僻壤。他既不同于“又狠又笨”的资本家朱吟秋，也不同于买办性十足的资本家周仲伟，他是一位精明强干又雄心勃勃的民族资本家，这就使他和买办资本家赵伯韬发生了矛盾冲突。虽然吴荪甫是一个富有现代气质、为了理想敢于冒险拼搏的民族资本家，但正如茅盾所说：“中国民族资产阶级中虽有些如法兰西资产阶级性格的人，但是因为30年半殖民地的中国不同于18世纪的法国，因此中国资产阶级的前途是非常暗淡的。在这样的基础上产生了中国民族资产阶级的动摇性。”①

吴荪甫的性格也是一个矛盾的统一体。中国民族资产阶级的动摇性在吴荪甫身上也得到了充分的表现。吴荪甫希望做一个正派的民族资本家，他有发展民族工业的理想，希望在发展民族工业中有所作为。因此他对外资的侵袭是抵制的，对买办金融资本家赵伯韬的要挟也充满了敌忾，甚至不失困兽

---

① 茅盾：《〈子夜〉是怎样写成的》，载孙中田、查国华：《茅盾研究资料》(中)，中国社会科学出版社1983年版，第28页。

犹斗的精神。他与赵伯韬之间存在着激烈的矛盾冲突，但金钱的力量又使他和赵伯韬走到一起。军阀混战、民不聊生，不利于他发展民族工业，可是因为公债的得失，他又盼望这讨厌的战乱不要马上停下来；他不满封建势力，但是却不能与之斩断千丝万缕的联系，为了扩大资本，他还把一只手伸向农村，在他经营的双桥王国对农民进行高利贷、钱庄、当铺之类的剥削。作为资本家，吴荪甫也有其残暴的一面，他为了实现自己的理想，不仅蚕食、排挤同行，同时也绞尽脑汁地剥削工人：延长工时，减低工资，收买工贼，开除工人。他还依赖国民党的军警、牢狱来镇压工人和农民的革命斗争。在他眼里，革命农民是“土匪”，农民革命是“匪祸”。对工人运动，他是既害怕又痛恨。在小说结尾，他破产后准备去牯岭避暑时依然说道：“我正想去看看那红军是怎样的三头六臂了不起！光景也不过是匪！”吴荪甫对工农革命的仇视，正是其阶级本质的暴露。小说还从吴荪甫的家庭生活和对他周围人物的描写烘托出他性格中由贪心和利欲所形成的冷酷无情的一面。从他面对工人、农民革命运动的表现突出了他表面镇静自若，实则惶恐、虚弱的一面。

《子夜》既从多方面的错综复杂的社会关系和各种矛盾冲突中突出吴荪甫的性格特征，也注重人物心理刻画，并通过景物描写渲染气氛、衬托人物情绪的变化，借以显示人物性格。

吴荪甫形象及其失败的道路真实地表现了20世纪30年代初期中国民族资产阶级的特点、处境和悲剧性的命运，形象地说明了资本主义道路在中国走不通，深刻地揭示了中国社会半封建半殖民地的性质。吴荪甫这个富于冒险精神而又从来不肯“妄自菲薄”的民族资本家是生不逢时的，他被夹在三条火线之中，终于感到自己过的“简直是打仗的生活！脚下全是雷，随时会爆起来，把你炸得粉碎！”最后在赵伯韬的强暴侵吞、挤压之下，全军覆没。作者在对中国社会的剖析中，揭示出吴荪甫即使有坚毅的性格，过人的智谋，也无法摆脱失败的命运。显然，决定吴荪甫命运的，不是他个人的能力、胆识和性格，而是外国资本主义的铁掌，是当时中国的社会性质。周扬评论说：“《子夜》里面的吴荪甫是一个具有刚毅果敢性格的人物，这个人在那以软弱、无能、屈从为共同特征的中国民族资产阶级者群里，不能不说是特殊的，但在他的性格的发展、矛盾和最后的悲剧里，我们却读出了中国民族资产者的共同命运。”① 这正是吴荪甫形象的意义所在。

与民族资本家吴荪甫形成对照，买办资本家赵伯韬也是半殖民地中国社

① 周扬：《典型与个性》，载《文学》1936年第6卷第4号。

会特有的产物。他是美国金融资本的买办掮客，并与反动当局有着千丝万缕的联系，因而他在经济界可以兴风作浪，为所欲为。在同吴荪甫的斗争中，他始终掌握着主动权，直至把吴荪甫逼到破产的地步。他的性格特点，一方面是骄横狂妄，老奸巨猾；另一方面是生活腐朽，荒淫无耻。他不仅扒进各种公债，而且扒进各式各样的女人，金融市场上的贪婪和精神生活上的空虚同时交织在他身上。

《子夜》的杰出成就使它在文学史上占有重要地位，它是茅盾文学创作道路上的一块里程碑，是中国现代文学史上第一部以科学世界观为指导的社会剖析小说。它深刻地揭示了 20 世纪 30 年代中国社会半封建半殖民地的性质，它的诞生标志着社会剖析派小说的崛起。它也是 30 年代初无产阶级革命文学的重大收获之一，同时它和巴金的《家》等作品一起代表了我国现代长篇小说的成熟。《子夜》在中国现代文学史上第一次以相当宏大的规模描绘了上海这个现代化大都市，成功地塑造了民族资本家吴荪甫的典型形象，代表了中国现代都市文学的新发展和新成就。

第三节　短篇小说和散文

茅盾既在长篇小说创作方面是新文学的圣手，在短篇小说和散文创作方面也有突出的建树，他的短篇小说如《春蚕》、《林家铺子》，散文如《暴风雨》、《卖豆腐的哨子》以及《白杨礼赞》等，皆有相当的文坛影响。

一、《春蚕》、《林家铺子》等短篇小说

茅盾在创作长篇《蚀》的同时便开始了短篇小说的写作。第一个短篇《创造》写于 1928 年 2 月，此后出版的短篇小说集有《野蔷薇》(1929)、《宿莽》(1931)、《春蚕》(1933)、《茅盾短篇小说集》第一集（1934)、《泡沫》(1936)、《烟云集》(1937)、《茅盾短篇小说集》第二集（1939)、《耶稣之死》(1943)、《委屈》(1945）等，发表短篇小说 50 余篇。茅盾的短篇小说取材十分丰富，时代知识女性的生活、思想与情感世界，乡村的破败与农民的抗争，城镇经济的凋敝，少年儿童的觉醒与成长以及历史题材的改编是其中较为突出的几个方面。

茅盾的第一部短篇小说集《野蔷薇》写作时间与《蚀》大致相同，格调也相仿。集中的五篇小说(《创造》、《诗与散文》、《自杀》、《一个女性》、《昙》）都“穿了恋爱的外衣”，主人公均为时代女性。“作者是想在各人的恋爱行动中透露出各人的阶级的‘意识形态’”，在“恋爱描写的背后”

显示“一些重大的问题”①。《创造》中的君实想把在他看来是守旧的妻子娴娴“创造”成资产阶级的女性，但妻子娴娴一旦觉醒就一往无前，并没有按照丈夫所预设的模式去改造自己，而是接受了社会主义，走向了革命。小说以丈夫君实怀念过去的中庸保守思想与妻子娴娴追求新思潮而陷入苦闷的心情相对照，写出了时代青年不同的思想状态与精神面貌，也暗示出：革命一旦发动、民众一旦觉醒，那是任何力量也阻挡不了的。《诗与散文》以桂奶奶敢于打破封建思想束缚的反叛精神与青年丙厌弃散文式的桂奶奶而追求诗似的表妹的庸俗思想相冲突构成小说的矛盾线索，而最后，青年丙既失去了“散文”，也未能得到“诗”。作者对君实和青年丙这两个人物进行了讽刺和揶揄，而对娴娴勇于“先走一步”的精神和桂奶奶敢于打破传统思想束缚的行为给予了充分的肯定。

茅盾在“左联”时期曾创作多篇儿童小说，为中国现代儿童文学的发展作出了重要贡献。中篇《少年印刷工》通过15岁的穷苦少年赵元生的一段人生经历展示了一幅20世纪30年代中期的社会世态图。《儿子开会去了》通过一个13岁的孩子参加示威游行的经历及其父母的反映，从侧面写出了“一二·九”学生运动以后在全国范围内掀起的抗日爱国运动的浪潮。《大鼻子的故事》则生动、真实地写出了上海滩上一个流浪儿童思想性格的发展变化，大鼻子的形象血肉丰满、个性鲜明，具有一定的典型意义。

茅盾的短篇小说中影响最大的是描写农村和小城镇生活的作品，《林家铺子》、《春蚕》是其短篇小说的代表作，都写于1932年，是作者在创作《子夜》的过程中完成的。茅盾在《子夜》的《后记》中说：“我的原定计划比现在写成的还要大许多。例如农村的经济情形，小市镇居民的意识形态……我本来都打算连锁到现在这本书的总结构之内……可是都因为今夏的酷热损害了我的健康，只好马马虎虎割弃了，因而本书就成为现在的样子——偏重于都市生活的描写。”由此可知，《林家铺子》、《春蚕》等小说所反映的生活是茅盾《子夜》原计划的组成部分，现在也就成为了茅盾大规模地描写20世纪30年代中国社会现象的重要篇章。

《林家铺子》写的是江南小城镇商人林老板所精心经营的洋广货铺子在1932年“一·二八”事变前后面临重重压迫走向倒闭的过程。小说原题《倒闭》，1932年7月《申报月刊》创刊号发表时，编者认为刊物一创刊就登出题为《倒闭》的小说未免不吉利而改为《林家铺子》。《林家铺子》以

① 茅盾：《写在〈野蔷薇〉的前面》，载孙中田、查国华：《茅盾研究资料》（中），中国社会科学出版社1983年版，第13页。

林老板的遭遇和林家铺子的命运变化为线索，作者选择了一个很好的展开情节的时机——年关。对于一个小镇商人来讲，这一时间是做生意的最佳时刻，也是了结债务的繁忙时刻。小说情节由此展开，一波未平，一波又起。林老板虽然是个谙熟生意经的勤俭的小商人，做生意认真、巴结，又善于见机行事，顺应环境。但在这“乱世年头”却难以支撑门面。首先，农村破产和农民购买力的锐减，使得他一再减价的商品仍然销路不佳；其次，上海战事风声鹤唳使他在年关迫近时不仅在金融上无法得到通融，而且钱庄和上海客人登门索债使他穷于应付；再次，市镇官僚对他一再敲诈勒索，政府局长想占他的女儿为妾；最后，还有同行的排挤倾轧，落井下石。在如此多重挤压之下，以林老板的精明和委曲求全也只能维持短暂的时日，林家铺子最终难逃倒闭的结局。朱自清曾评论这篇小说：“写一个小镇上一家洋广货店的故事，层层剖剥，不漏一点儿，而又委曲入情，真可算得‘严密的分析’，私意认为这是他最佳之作。”① 林家铺子的命运典型地表现了当时正处于风雨飘摇中的中国民族工商业的共同的前途。而林家铺子倒闭、林老板出逃之后，对朱三阿太、张寡妇那样将自己仅有的积蓄存在铺子里的贫民们则造成了更致命的打击，小说就在这些不幸者疯狂的惨叫中结束。林老板固然是破产了，但他并不是最不幸的受害者。“并不存心骗人”的林老板，终于骗了好些人，小说的结尾是意味深长的。茅盾借江南小镇一个小店铺倒闭的故事，揭示了深广的社会内容，确是大家手笔。

《春蚕》的写作时间略晚于《林家铺子》，它和1933年创作的《秋收》、《残冬》被合称为“农村三部曲”。三部曲以略带连续性的人物和故事深刻地反映了中国农村阶级矛盾的日益深化，农民迅速破产的悲惨命运以及他们最后走上反抗道路的历史必然性。其中最获好评的是《春蚕》，被认为是“无产阶级小说中出类拔萃的一本代表作”②。小说正面描写的是江南农民老通宝坚信勤劳可以发家，为了摆脱贫困辛勤养蚕，经过一个多月的紧张劳动，果然获得了多年未有的蚕茧大丰收。但是，养蚕丰收给他们带来的不是温饱、富裕和欢乐，而是更多的贫困、债务和灾难。这是小说情节发展的明线：养蚕——丰收——成灾。支配着明线发展的是20世纪30年代初期中国社会的民族矛盾与阶级矛盾的日趋激化。具体来说，就是在“一·二八”上海战争的历史背景下，由于帝国主义经济侵略，外货倾销，民族丝织工业

① 朱自清：《〈子夜〉》，载《文学季刊》1934年第1卷第2期。

② ［美］夏志清：《中国现代小说史》，刘绍铭等译，复旦大学出版社2005年版，第114页。

陷于破产的境地，因而江南农民的主要农副产品蚕茧也就没有了销路，加上丝厂主、茧商和“叶行”为苟延残喘又乘机通过压低蚕茧收购价格等途径加重了对蚕农的盘剥。这些既构成了小说的历史背景，也是与小说明线相对应的暗线。老通宝是茅盾成功塑造的一个善良勤劳而又保守蒙昧的老一代农民的典型。他热爱劳动、克勤克俭，但又愚昧迷信、盲目排洋，仅凭一己的生活经验来对待变化着的世界。与整日愁眉苦脸的老通宝形成对照的是他开朗乐观的儿子阿多，作为新一代农民，阿多的觉醒与成长也具有典型意义。到了《秋收》和《残冬》里，阿多就从自发反抗走上了武装斗争的道路。“农村三部曲”中的父子冲突以及老通宝临终前朦胧的觉醒意识和阿多的成长道路正是当时中国农村生活和农民命运的写照。

茅盾的《春蚕》之所以在大量描写农村破产、丰收成灾的作品中占有突出地位，正是在于它不是局限于反映一些现象，而是深入接触到了问题的本质。作者构思《春蚕》的过程就是对“春蚕愈熟，蚕农愈困顿”的现象作政治经济分析的理性思维过程。因而作品通过对帝国主义经济入侵、国民党政治的腐败、封建地主与资本家的加重剥削的揭露与描写，比较全面地揭示了农村经济破产的真相及其原因。

二、散文创作

茅盾的散文创作也取得了很高成就。他最早发表一组散文是在其小说问世之前的1925年。“五卅”事件发生后，他写下了《五月三十日的下午》、《“暴风雨”》等散文，以街头见闻的形式，记叙与抒情相结合，热情讴歌人民群众的斗争意志和牺牲精神。1928年，他发表了长篇散文《从牯岭到东京》，全面回顾和剖析了自己大革命时期的思想历程。1928—1929年旅居日本时期，茅盾又集中创作了一批抒情散文，如《叩门》、《卖豆腐的哨子》、《雾》、《严霜下的梦》等。大革命失败后思想的矛盾苦闷，客居异国的孤独，对新的“疾风大雨”的期待，使茅盾这时期散文创作的笔触由外部世界转向自己的内心世界。文字清丽宛转，风格细腻、纤巧，多运用象征暗示的手法，注重意境的创造，成为本时期散文的突出特点。

1930年以后，茅盾散文创作数量大增，其中叙事散文比重最大，但影响最大的则是抒情散文。30年代的《冬天》、《黄昏》、《雷雨前》、《沙滩上的脚迹》等篇章还留有作者前一时期抒情散文的思想和艺术的痕迹，但意境更为开阔和深沉，格调也变得较为热烈和明朗。如《雷雨前》先渲染暴风雨到来之前令人窒息的沉闷气氛，然后描写雷雨到来时壮观的景象，并在轰隆隆的雷声中喊出“让大雷雨冲洗出个干净清凉的世界”的理想。作品以象征手法表达了对革命风暴和胜利前景的期待。1940 年茅盾经西北到延安参观和讲学之后，创作了《风景谈》、《白杨礼赞》等抒情散文，标志着作者的散文创作已达到炉火纯青的境界，它们已成为现代散文中脍炙人口的名篇。《风景谈》描绘了六幅格调清新、诗意盎然的画面，贯穿其中的是作者对陕北解放区新气象和那里的人民崇高精神境界的热情赞美之情，其抒情结构一唱三叹，别出心裁。《白杨礼赞》写的是西北黄土高原上极普通的一种树，然而作者却赋予普通的白杨树以生命。作者以象征的手法，通过创造饱含诗意与哲理的形象，使读者在诗的情境中唤起丰富的联想。那“参天耸立，不折不挠，对抗着西北风”的白杨树就是坚韧勤劳的北方农民的象征，作者礼赞白杨，就是歌颂中国人民在民族解放斗争中的朴实、坚强和勇往直前的精神。白杨的性格，就是民族危难中傲然挺立的伟大的中国人民的精神和意志的象征。《白杨礼赞》在行文结构上凝练集中，作品从天高地阔、坦荡无垠的黄土高原开篇，曲折中引出西北极普通而又不平凡的白杨树，并正面精工雕刻，反复礼赞，然后别开新境，以树喻人，托物寄意，前后呼应，浑然一体。文字亦简练、多变化并富有诗情画意；风格明朗、雄壮、激越。

第四节　茅盾的作家论

以小说和散文创作著称的茅盾，也是中国现代杰出的文学评论家，从 20 世纪 20 年代至 40 年代的 20 多年间，茅盾发表了数十篇关于同时代著名作家和青年作家创作的评论，评论的对象包括鲁迅、叶绍钧、王鲁彦、许杰、徐志摩、庐隐、冰心、许地山、丁玲、王统照、田汉、余上沅、彭家煌、曹禺、夏衍、臧克家、沙汀、田间、萧红、阳翰笙、吴组缃、林庚、蒲风、宋之的、赵树理、马烽、西戎、黄谷柳等作家及其作品。茅盾的评论涉及面广、内容丰富，而又具有鲜明的个性，有不少发人深思的真知灼见，这些评论是茅盾文学业绩的重要组成部分，对于促进中国现代文学创作和评论的发展发挥了重要作用。

一、现实主义批评风格

茅盾的作家作品论始终坚持现实主义的批评原则，主张文学为人生，强调文学作品必须正确概括广阔的生活现象并提出重大社会问题，塑造典型人物形象，反对文学创作中的公式化、概念化倾向。茅盾是中国现代文学开创期高举现实主义旗帜的重要理论家和评论家，他一直把是否真实地反映了现实生活作为衡量一个作家的文学成就的重要标准。他对鲁迅、叶绍钧等作家的现实主义小说创作成就的评价与肯定，促进了中国现代现实主义文学创作的发展。当他树立了马克思主义文艺观之后，他根据革命现实主义的原则，对反映现实生活提出了更高的要求。在评论阳翰笙的长篇小说《地泉》时，他就强调必须用马克思主义的观点，“去从繁复的社会现象中分析出它的动律和动向；并且最后，要用形象的语言艺术的手腕来表现社会现象的各方面，从这些现象中指示出未来的途径”。同时，他对当时革命文学中的公式化、概念化倾向进行了批评和分析，因为这种倾向有损于革命现实主义的创作原则，不能反映复杂的现实生活，因而也缺少感人的艺术力量；对蒋光慈、阳翰笙小说中“脸谱主义”地描写人物和“方程式”地布置故事也提出了批评，要求作家们“更刻苦地去储备社会科学的基本知识，更刻苦地去经验复杂的多方面的人生，更刻苦地去磨炼艺术手腕的精进和圆熟”①。茅盾从深刻反映社会现实出发对公式化概念化所进行的批评，以及为克服这种倾向所提出的三个“刻苦”对现实主义文学创作是具有普遍意义的。

茅盾的作家作品论既注重放眼作家的整个创作甚至整个文坛的状况来认识其价值和意义，又坚持从分析作家的具体作品入手，从而得出符合实际的结论。如茅盾对叶绍钧的长篇小说《倪焕之》的评论，他在文中首先考察了“五四”以来文坛的创作实际，然后分析了主人公倪焕之的人生经历和思想性格，进而指出：“把一篇小说的时代安放在近十年的历史过程中的，不能不说这是第一部；而有意地要表示一个人——一个富有革命性的小资产阶级知识分子，怎样地受十年来时代的壮潮所激荡，怎样地从乡村到都市，从埋头教育到群众运动，从自由主义到集团主义，这《倪焕之》也不能不说是第一部。在这两点上，《倪焕之》是值得赞美的。”② 因此，他高度评价这是一部“扛鼎”之作。同时他也分析了小说结构上“头重足轻”的不足，以及金佩璋转变的“突兀”、情节发展不够“深厚”等缺点。他在20世纪30年代为他的同辈作家所写的《鲁迅论》、《冰心论》、《徐志摩论》、《落花生论》、《王鲁彦论》、《庐隐论》等作家论，都是紧密扣住作家的整个创作进行分析评论的，他的评论没有不着边际的溢美之词，也没有学究式的空泛议论，多的是实事求是的分析与评价，其中不少真知灼见经受住了时间的考验。

---

① 茅盾：《〈地泉〉读后感》，载《茅盾论中国现代作家作品》，北京大学出版社1980年版，第172页。

② 茅盾：《读〈倪焕之〉》，载《文学周报》1929年第8卷第20期。

二、茅盾作家论的文学影响

茅盾是最早认识鲁迅的意义并给予正确评价的评论家之一。茅盾高度肯定了鲁迅小说反映社会生活的广度和深度，指出鲁迅作品所反映的，“正是中国现在百分之九十九的人们的思想和生活”，“正是围绕在我们的‘小世界’外的大中国的人生”。作品中的许多典型人物，都是“老中国的儿女”，尤其是，“这些‘老中国的儿女’的灵魂上，负着几千年的传统的重担子”①。茅盾还提出了将鲁迅杂文和鲁迅小说结合起来进行研究的主张，认为这样才能更全面地认识鲁迅，并取得符合作家实际的研究成果。茅盾对鲁迅小说艺术上的创新也最早给予了充分的肯定，他说：“在中国新文坛上，鲁迅君常常是创造‘新形式’的先锋；《呐喊》里的十多篇小说几乎一篇有一篇新形式，而这些新形式又莫不给青年作者以极大的影响，欣然有多数人跟上去试验。”② 茅盾的“鲁迅论”对中国现代文学中“鲁迅的方向”的确立，起过积极的作用。

茅盾以著名理论批评家兼作家的身份，以强大的思想穿透力、艺术感受力和对文学创新的敏感，及时发现文学新人，通过文学评论培育和扶植了中国现代一代又一代青年作家，为壮大新文学队伍、推动现代文学发展作出了重要贡献。早在“五四”时期，在他主编《小说月报》前后就曾竭力为“人生派”文学呐喊助威。在“左联”时期，他与鲁迅配合，为“造出大群新的战士”做了卓有成效的工作。臧克家、沙汀、吴组缃、萧红、田间、姚雪垠、郁茹、赵树理、马烽、西戎、黄谷柳、碧野、欧阳山等一大批20世纪三四十年代成长起来的作家在自己的文学道路上都得到过茅盾的支持与鼓励，受到过茅盾的影响。如沙汀的第一部短篇小说集《法律外的航线》、臧克家的第一部诗集《烙印》出版时，茅盾及时发表评论，给年轻的作家和诗人以有益的指导和极大的鼓舞。就这一点而言，茅盾是中国现代文学史上继鲁迅之后对青年作家产生了最广泛影响作家兼评论家。

不过，需要指出的是，茅盾的文学评论主要是一个现实主义理论家的文学评论，其特点在于斯，其局限亦在于斯。如茅盾曾从文学为人生的现实主义理论出发评论余上沅的剧作。他认为余上沅在《兵变》里“并没有一步深一步地去搜求兵变的原因。他取了兵变这题材，一个含有非常重大的社会意义的题材，然而他没有把社会科学的知识作为解剖刀去分析这个题材”。

① 茅盾：《鲁迅论》，载《小说月报》1927年第18卷第11期。

② 茅盾：《读〈呐喊〉》，载《文学周报》1923年第91期。

"他的憎恨只止于'一钱如命'的钱老爷之类，他的讽刺的笔尖却没有碰到比钱老爷更可恨的军阀。"因此，"小百姓深恶痛恨的'兵变'经余先生那么一'翻'，就成为太太小姐解闷的玩意儿！"茅盾还对剧中一些喜剧技巧的运用、一些喜剧性穿插提出批评，他认为"严肃的表现人生说明人生的作品却不需要这等样的'穿插'"①。茅盾的评论，自然是独具视角，自成一说。不过对余上沉来说，委实有些冤枉。究其原因，一是茅盾的批评囿于一定的"圈子"（批评标准），他用"为人生"的这把尺子去衡量所有文学作品，有时就难免出现批评标准和批评对象脱节的现象，从而导致有时的评判不尽准确；二是茅盾未能从喜剧艺术的规律出发来评论剧本，他正是把《兵变》这一作品当做"兵变"而不是当做一出"恋爱的喜剧"来评论的。余上沉并不擅长社会分析，他那时也不具备茅盾所要求的对社会现象的科学分析能力。若按他最初的动机，记录他想象中"兵变"的种种景象，他可能会写出一部更有"社会意义"的揭露军阀罪行的作品，但在艺术上，恐怕只能是一部失败之作。中国现代戏剧史上也就不会存在《兵变》这样一部优秀的喜剧名篇了。文学批评实践中的这种现象告诉我们，任何评论家都会有自己的批评标准和独到的审美感觉，都不能包罗万象，茅盾亦然。他的某些评论的瑕疵，从某种意义上说，正从反面都证明了他的独到，因为他还有大量精彩的作家作品论一直仍为人称道。

◎ 思考题

1. 简述茅盾正式开始文学创作之前的文学活动及其主要贡献。

2. 试以《子夜》、《春蚕》等小说为例，谈谈社会剖析派小说的主要特点。

3. 试论《子夜》的结构艺术。

4. 试论述吴荪甫的形象及其典型意义。

5. 《林家铺子》在结构上有何特点？

6. 简述茅盾文学评论的主要成就。

① 茅盾：《读〈上沉剧本甲集〉》，载《文学》1934年第3卷第3期。

第四章　巴金与曹禺

巴金和曹禺是中国现代文学史上齐名的杰出文学家，他们继承了“五四”新文学的伟大传统，通过丰富的人生内容和娴熟的艺术表现将“五四”个性解放的人文主题推向了一个新的文学层次。他们分别在小说创作和戏剧创作方面贡献了经典作品，实现了对前辈文学家的超越和飞跃，成为中国现代文学成熟时期的杰出代表。

第一节　巴金的生平和创作道路

巴金是一位以热情和真诚著称的作家，他信仰“无政府主义”理想，反对一切束缚人性的枷锁。巴金的创作，浓缩了他真诚地将个人、社会、民族融会于一体的精神成长历程。他以火一般的激情创作《灭亡》，以启蒙的姿态实践个性解放、人类平等的理想；在《爱情三部曲》中表达将群体利益置于个人利益之上，在群体的幸福中求取个人幸福的崇高理想；在《激流三部曲》中，他把目光聚焦于生活过的大家庭，极富激情地描写了一个旧家庭的毁灭，并由一个家庭的崩溃象征传统的中国在新的时代大潮下打碎旧我，建立新世界的理想愿景；而在民族战争期间，他又忘我地投入抗战的洪流，参加救亡工作，以《火三部曲》讴歌为民族独立投身抗战、深入民间的爱国知识分子；在20世纪40年代，他又将纯熟的艺术才能与对人性、社会的深刻思考相结合，贡献了大时代的平民史诗《人间三部曲》。巴金的创作自如地穿梭于新文学最重要的启蒙、革命、救亡三大主题之间，自觉地履行着一个现代作家的责任。

一、与文学的因缘

巴金（1904—2005），原名李尧棠，字芾甘，生于四川成都一个封建官僚大家庭。巴金从母亲那里接受了“爱一切人”的教育，喜欢和“下人”们接近，愿意听仆人、轿夫们讲述生活的艰辛和困苦。在这个家里，他感受到长辈们的骄奢专横、明争暗斗，目睹了礼教重压下年轻人的血泪和挣扎，对束缚人的个性自由、毁灭美丽生命的封建大家庭和传统礼教产生了无比的憎恨。在他的心里，早就孕育了为弱者呐喊，反抗一切专制、强权的萌芽。“五四”运动后，巴金接触了《新青年》等进步书刊及一些西方民主主义作家的作品，接受了西方民主观念中以人为本、不分等级的平等意识。同时，无政府主义者克鲁泡特金的《告少年》和廖抗夫的《夜未央》等也对巴金接受无政府主义思想产生了重要影响，从此决心做一个终身为自由、平等、正义和人道奋斗的人。此后，巴金的创作和生活都遵循着这样的信仰，宣传和实践着自己的理想。

1923年春，巴金离开四川，到上海、南京等地求学，又于1927年远赴近代无政府主义的故乡法国留学。在那里，他结识了许多流亡巴黎的异国革命者，为他们献身理想、不惧牺牲的精神所折服。巴金大量阅读了关于法国资产阶级革命的书籍，将自由不羁、充满反叛精神的大革命思想先驱卢梭引为自己的“第一位老师”；把献身于法国革命、被誉为“人民之友”的马拉视为“心灵生活中的一个指导和支持”①。此外，伏尔泰主张废除封建特权，为人的自由和权利勇敢战斗的精神也对巴金的世界观产生了重要影响。法国大革命的英雄人物、俄国民粹主义运动中的女革命家形象，都以其舍身忘我、为争取民族自由而斗争的理想信念，无不感动着年轻热情、充满同情和悲悯气质的巴金。“我的敌人是什么？一切旧的传统观念，一切阻碍社会进化和人性发展的人为制度，一切摧残爱的势力，他们都是我的最大的敌人。”② 这也是巴金对人的合理生存及人的自由、人的健全发展的核心信仰。他的小说便也自然而然地将人作为关注的焦点，展现真实的人，描绘理想的人，同情可怜的人，鞭挞丑陋的人，以揭示人的本质，为自己，为他人，也为整个人类社会“找寻出路”。

---

① 巴金：《马拉、哥代和亚当·音克斯》，载《巴金全集》第3卷，人民文学出版社1986年版，第559页。

② 巴金：《写作生活的回顾》，载《巴金论创作》，上海文艺出版社1982年版，第50页。

在旧中国20多年的创作生涯中，巴金先后写下了四百多万字的作品，出版了大量译作，并主编《文学丛刊》，编过《文学季刊》、《文季月刊》等刊物，推出了不少青年作家的处女作，编选出版了许多优秀的文学作品，为中国现代文学的发展作出了重要贡献。

巴金的早期作品充满英雄主义格调、浪漫主义激情和理想主义力量。他塑造为信仰献出生命的无政府主义英雄（如《爱情的三部曲》、《灭亡》和《新生》）；描写欧洲各国革命者反抗专制与暴力的可歌可泣的英雄行为（如《复仇》、《电椅》等）；为被资本家剥削与镇压的矿工运动发出不平和叹息（如《砂丁》、《雪》等）。

他用文学活动宣泄无处施展的政治激情，为此写下了追悼无政府主义运动的系列小说，追悼那些为理想和光明不惜牺牲的同道们。目睹无政府主义运动的逐渐瓦解，巴金难掩失望与焦灼之情，现实中的幻灭，使他只能将痛苦诘问寄托于写作，以安抚自己痛苦思索的灵魂。这些零星写就的文字最终形成为1929年连载于《小说月报》的处女作《灭亡》。在这部小说中，巴金借无政府主义者杜大心这一形象，真实反映了自己参加社会活动以来的苦闷与彷徨，那是知识青年渴望寻求真理却尚未找到正确道路的亢奋、焦躁、绝望、激愤和反抗的时代情绪。杜大心带着小资产阶级革命者的狂热，面对人类苦难时产生的绝望淹没了个人爱情带来的快乐，最后决心以暴抗暴，希冀用暗杀的极端手段为被杀的工友报仇，以一死平息内心的绝望和痛苦。无政府主义者进行革命的方法和途径巴金未必认同，但他们对旧社会的怀疑和反抗，为被压迫者的苦难奔走、呼吁，甚至献出生命的精神，却是巴金敬仰和向往的："他们也许幼稚，也许常常犯错误，他们的努力也许不会有一点结果。然而他们的牺牲精神，他们的英雄气概，他们的洁白的心却使得每个有良心的人都流下感激的眼泪。"① 也因此，他笔下的英雄无一不充满着坚定的信仰、旺盛的生命力和无畏的献身精神，都决意反抗压迫，勇敢复仇，向黑暗和死亡宣战。巴金从这些人物身上汲取信仰与人格的力量，以青春热血和爱国情怀融会成沸腾的激情，为的是冲破一切束缚人性自由与个性发展的精神樊篱，让人的个性和精神得到充分的发展，体现出巴金"人类至上"的人道主义情怀。当然，由于作者当时的思考还缺乏理性的光照，《灭亡》的内容还有很多矛盾和不成熟的地方，其抒情风格的狂热、倾诉型特点，以及语言、结构上的毛病，影响了人物行为的真实性，也使人物性格欠丰满。但作者还是通过对黯淡的绝望情绪的抒发，"真实的暴露了一个想革命而又

① 巴金：《〈爱情的三部曲〉·总序》，上海良友图书公司1936年版。

没有找到正确道路的小知识分子的灵魂”①，从而曲折地呈现了作品的理想色彩。

巴金从无政府主义信仰出发，梦想改变不合理的社会现实，建立众人平等安乐的幸福社会，这正是“五四”反封建、反专制、追求个性解放和思想独立的时代命题。巴金自称是“五四运动的产儿”，他的创作经历和思想发展路程正是“五四”一代知识分子求索、彷徨、突围、成熟的典型代表。

《爱情的三部曲》可以说是《灭亡》风格的延续，分别由《雾》、《雨》、《电》三个中篇组成。作品通过一群不满现实的青年的革命与恋爱生活，反映了他们对革命，对信仰的人生态度。《雾》中的陈真与杜大心一样，身染重病，怀着绝望的心理，他拒绝与女性接触，用没日没夜的革命工作消耗自己的生命。另一人物周如水，他对生活缺乏追求的勇气，懦弱寡断，不敢违抗旧的礼教，最终也失去了自己的爱情。《雨》的主人公吴仁民则精力充沛，对现实多有激愤的批评，但当真正面对黑暗现实时，却又表现得软弱、动摇，只能以无所事事的态度面对生活，把精力和时间浪费在三角恋爱的悲喜剧中。《电》以巴金在福建晋江从事无政府主义运动的朋友为原型，表现他们同军阀的公开斗争，以及被镇压而勇敢献身的可歌可泣的事迹。值得注意的是，巴金着力塑造了一个以死报死的恐怖主义色彩的“革命”英雄——敏的形象，细腻、透彻地展现了这个由追求和平的软弱知识青年，在外界的种种刺激下，逐渐成长为坚定的、信奉恐怖主义的战斗者的心理变化过程。

巴金对这些革命者英勇献身的精神给予了热烈的赞颂，又在作品中表现出深深的悲哀。在强大的黑暗势力面前，行刺与暗杀并不能根本动摇敌人，这是弱小者的悲哀。巴金虽然并不赞同暴力暗杀，但对那些不惜牺牲自己生命的英雄充满敬佩。他流着眼泪描写这种“悲哀”，描写某些青年革命者不得不选择“憎”，以暴力毁掉“不能忍受的生活”，潜在地表达了自己在探寻革命方式与革命出路时的矛盾、苦闷与焦灼的心态。

此外，巴金还将目光投向了域外其他民族，在他的《复仇集》以及此后创作的一系列中短篇小说中，表达了对同样处于被压迫、被侮辱地位的其他民族的关切，热情赞颂他们反抗压迫的斗争精神。这些人物中，有早期创作的真实的历史人物，如法国大革命时期著名的政治家，有当时轰动世界、被美国政府囚禁多年后杀害的两个意大利工人，有复仇的犹太青年，还有

① 巴金：《关于第四病室》，载《创作回忆录》，人民文学出版社1997年版，第17~18页。

20世纪三四十年代作品中出现的虔诚的日本宗教徒，波兰、意大利、朝鲜的亡命者等，可以说，巴金是描写域外异国形象最多的作家。这既与巴金在巴黎拉丁区那段生活经历有关，也与巴金20年代参与世界语推广时接触各国无政府主义者的实际交往有关，更与巴金的精神偶像克鲁泡特金所提出的互助、正义、自我牺牲等信仰密不可分。这些作品反映出巴金可贵的人类意识。

二、走上成熟之路

尽管巴金早期的小说中几乎每篇都带着一个痛苦的回忆，都有其朋友的身影，但由于所写的内容大多是一种无政府主义式的“革命”想象，生活实感的缺乏难免造成作品内容的苍白，这让巴金备感痛苦，甚至对自己的写作能力失去信心，只能靠翻译代替创作。直到他决心以身边熟悉的大哥和从小生活其中的家庭生活为素材，巴金才找到了让激情和苦闷之火喷涌而出的最佳突破口，找到了最适合自己的创作路子，即以自己最熟悉的家族故事为背景，创作了最受读者欢迎的代表作——《激流三部曲》。

《激流三部曲》由《家》、《春》、《秋》三个连贯的长篇组成，写作时间跨越了整整10年。整部作品控诉专制家庭的罪恶，反对不合理的家庭伦理，是“无政府主义”与“新文化”思潮合流的产物。在作品中，他“为我所用”地结合中国当时的首要问题，把个人自由、个性解放，具体到反对等级制度、家族制度、传统的伦理道德和男女不平等。他把目光聚焦于自己生活过的大家庭，以封建礼教对青年人的爱情、婚姻、幸福的摧残和年轻生命的死亡，向一个垂死的制度叫出了“我控诉”的呐喊。在表现“贵族之家”倾覆的同时，也写出了青年一代在“新文化”思潮影响下的觉醒、反抗与成长。

《激流三部曲》中充满了各种对立关系，如父与子、吃人者与被吃者、出走与走后、顺从与叛逆、懦弱与无畏等。巴金把自我内心的矛盾和冲突分给了觉新、觉慧两个形象，觉新的挣扎就是巴金内心的挣扎，觉慧的叛逆也是巴金内心的期许。觉新与觉慧其实就是巴金，也是很多读者所面对的现实与理想的冲突。觉新虽然接受过“五四”新思潮的熏染，也有蠢蠢欲动的希冀，但因袭的重负，家庭的责任，性格的懦弱和顺从，使他想要奋飞的翅膀难以腾空舒展，终究牺牲在家的封建礼教制度下。觉新性格中的这些矛盾何尝不是巴金所拥有的呢？但巴金更把反抗的决绝和理想的希望投射在觉慧身上，表达了对光明未来的美好希冀。在专制权力操控一切的社会中，巴金对中国家族制度的深刻批判和对自由的热切向往与追求，给人们带来了希望，引领着他们奋然前行的步伐。

自1935年起，巴金开始担任文化生活出版社的总编辑，终于结束了漂泊流浪、为写作而写作的生活，而可以安定地沉下心来从事编辑，从容写作，实践自己的文学理想了。他发掘了很多有为的文学青年，团结了一批志同道合的文学青年在自己周围，使以鲁迅为核心的新文学传统得以迅速传播并被大众广泛接受。

巴金创作中的个性解放主题自始就与社会主题密不可分，早在1930年，他就创作了积极参与现实的中篇小说《死去的太阳》，它描写了轰轰烈烈的“五卅”反帝爱国运动，洋溢着强烈的民族主义情绪。到了抗日战争中写就的“抗战三部曲”《火》(第1部1940年，第2部1941年，第3部1943年)，则将怒火直指日本侵略者，鲜明地突出了民族主义的主题。抗战爆发后，他积极参与救亡工作，编辑、出版抗日文艺刊物，写下了不少抗日诗文和小说。由最初信仰暴力革命的浪漫化写作，到对人性自由和社会平等的人道主义、民主主义的呐喊，再到民族危亡关头投身于民族自救的文化活动，可以说，巴金的文学活动始终关注着人类的独立、自由和幸福，总是集“个人”、“社会”、“民族”于一体。当民族战争的滚滚洪流涌来之时，他笔下的民族救亡之“火”便包容和超越了前期的“激流”、“革命”和“爱情”等意象，已融入民族解放斗争的战斗者情感里了。这时，他的视线已超越某个阶级或集团的立场，甚至还超越了国族的概念，在世界反法西斯战场上，不同政党和民族的抗日组织团结在一起，为同一个目标抛洒热血。在《火》中，巴金以客观的视角描写了国民党军队的顽强战斗，还捕捉到活跃在抗日队伍里的异国朝鲜战士，他们与中国人组成联合锄奸队，共同铲除为日本人效力的民族败类。巴金站在正义、公道的人类立场上，表达了他建立在关爱人类基础上的国家民族观。《火》第2部描写冯文淑等青年抗日中坚，在曾明远的领导下，组成“战地工作团”，深入中国北方山乡宣传抗日。在这里，“无政府主义”的团体生活褪去了模仿痕迹，带上了中国气息。《火》第3部（又名《田惠世》)以林语堂的兄长林憾庐的经历为素材，塑造了田惠世这个爱国基督徒的形象。总之，《火》三部曲表现了不同身份和信仰的人，在共同的民族危机下团结抗敌的强大力量，以及作者强烈的民族自信。

社会接触面的相对广泛和阅历的逐步增加，使巴金的思想和创作发生了显著的变化，由宣泄时代情绪的热情书写转向探究人的思想，剖析人的灵魂，关照黑暗现实的冷静思考。抗战胜利前后，巴金创作了中篇小说《憩园》(1944)《第四病室》(1945) 和长篇小说《寒夜》(1944—1946)。香港的司马长风在他编写的《中国新文学史》中，将它称为“人间三部曲”，认为这三部小说“写的都是大时代的小人物，而能从小人物以见大时代，从人间的悲欢，映现族国的苦难”①。巴金深化了对于家庭的思考，着力于40年代中国社会黑暗的揭露，表现了社会批判的总主题。这个时期巴金的主要思想体现为对被侮辱者与被损害者的同情与对人类的博爱。他把耳闻目睹的“渺小的读书人的生与死写出来”，揭示贫困善良的知识分子在战时的生存困境，以揭露当权者的腐败和社会的黑暗，为“那些吐尽了血痰死去的人和那些还没有吐尽血痰的人讲话”，写出了罪恶社会里“小人物的悲哀”。

《憩园》通过前后两家主人杨梦痴和姚国栋堕落、沉沦和死亡的悲剧，痛切解剖了古老中国那种福荫后人的大家庭模式的弊端，阐明了“财富并不长宜子孙”的道理。与此前家族题材的《激流三部曲》相比，巴金原先那种对于封建家庭的尖锐对立不见了，代之而起的是温和的理解与反思，表现出前所未有的宽容。杨梦痴为大家庭的富裕和娇宠所害，放浪荒唐，导致倾家荡产、众叛亲离，但最后，他还是恢复了一点良知与爱心，对儿子深怀歉疚。作者借杨梦痴的次子寒儿的爱心和姚太太的宽容与博爱，澄清与弘扬了父子之亲情、朋友之友情，将广博而温馨的爱渗透到整个叙事结构，在对富贵之家溺爱子弟的解剖与批判中，为这哀伤的憩园平添了几分暖意，也为巴金控诉者的姿态增添了些许思想者的风采。司马长风对这部小说的谨严、优美、生动和缱绻给予了极高的评价，更对其“艺术的节制和纯粹，情节与角色，趣旨和技巧的均衡和谐，以及整个作品的晶莹浑圆”② 赞赏有加，这确实是一部探索人生和人性的精美之作。

《第四病室》以巴金在外科病房住院十几天的生活为蓝本，以一个病人的18天日记，将抗战后期国统区的污浊氛围聚合在一间病室，书写了病室里小人物的苦难和死亡。在这里，病人要自己买特效药、胶布和手纸，买不起特效药的病人只能在床上哀号等死，付不出小费的病人遭工友冷待，以致被大小便憋得呼天抢地。小说以这些平凡人物的小人小事，折射出战时大后方的病态。

《寒夜》则将“时间”由战时移到战后，赋予“胜利”以荒诞的意味。可以说，“人间三部曲”聚焦平民的眼泪和呼声，关怀饥饿贫病的生命和忍受绝望的心灵，标志着巴金创作的重大转变，即主题上，由热情歌颂转为冷峻批判；关注焦点上，由聚焦“外患”转为思考“内忧”；表达方式上，由激情议论转为客观描述。

---

① 司马长风：《中国新文学史》下卷，香港昭明出版社1978年版，第73页。

② 司马长风：《中国新文学史》下卷，香港昭明出版社1978年版，第74页。

后期代表作《寒夜》超越了作者此前所有“激流”式的思考，也一改呐喊、控诉式的激情诉说，而是让各种人物汇聚在长长的“寒夜”中，以不动声色的客观描写，构成对民族命运的冷凝思考。《寒夜》从1944年冬开始动笔，到1946年底完成，在这民族命运的大起大落中，巴金亲身体验了日本侵略与政府腐败夹击下后方生活的窘迫困苦，经受了抗战胜利后由欣喜若狂到失望迷茫的情绪落差，巴金要描画这暗夜沉沉的现实，袒露那伤痕累累的心灵。

懦弱自卑的小职员汪文宣和渴望个人幸福的新潮女子曾树生自由结合，却得不到封建守旧的汪母的理解。汪母一边不得不以曾树生在银行做“花瓶”赚来的钱维持全家生计，一边又总是以她不是明媒正娶而看不起她，视他为儿子的“姘头”。汪文宣左右为难，不断地在婆媳矛盾之间周旋，最后眼看着妻子随人他去，沉重的现实和社会的种种压迫，使他郁郁寡欢直至病重不治，带着满心的失望和伤痛，在抗战“胜利”的“号外”声中走向死亡。他的太太曾树生来不及抚平他心上的“伤痕”，以几近绝望的心理，走在“胜利”之夜的寒风中。“小人物”在企盼中的失望，让整部作品的叙事结构甚至每个细节都注满了寒意。平民百姓并没有享受到胜利带来的好处，这种心理上的无比“寒冷”，构成了对“胜利”的巨大嘲讽。巴金以一个家庭的离散，表现了20世纪40年代知识分子的生存困境与精神矛盾，替知识分子叫屈诉苦，为他们吐出心中的郁积和愤懑。其深入幽曲的心理开掘、张弛有度的情节脉络、冷静蕴藉的精神意蕴、苍凉沉郁的语调风格，足以使这部充满对小人物同情和对腐败现实强烈抗议的作品毫无愧色地列入世界文学宝库。

《寒夜》以卓绝的才能刻画了女主人公曾树生的形象，写出了她丰富复杂的人性。她健康、漂亮，怀抱着追求个人幸福和自由的梦想。她不满懦弱、多病、善良而无能的丈夫，忍受着汪母的嫉恨和压抑的家庭氛围，应付着感情与经济的双重压力，对独身上司的追求犹豫不决。作者用细腻的笔触描写了她对汪文宣的深厚感情以及她徘徊在汪文宣与陈经理之间的两难处境。对于她无法抵抗新生活的诱惑，最终离开丈夫与家庭，随他人而去的抉择，作家并没有过多地责难，而只是将她看做一个在困境中企图拯救自己的女性。《寒夜》的深刻性就在于以好人与好人间的互相伤害和谅解，制造了一个好人与好人之间的悲剧。巴金以好人对好人的残忍揭示了生活本身的残酷性和人类内在的悲剧性。

从《激流三部曲》对“家”的反叛和出走，到40年代《人间三部曲》对家的温情回归，巴金对家族家庭问题的思考和表达逐渐走向成熟，他淡化了早期作品中那种激情控诉的特点，将奔放的激情转为蕴藉的沉吟。他所关注的焦点，也从理想的“英雄”转为日常“小人物”，从家庭悲剧的诉说转为社会悲剧的剖析。情节脉络也更为真实动人，体现出作者对于人性、人情更深刻、更理性的把握。

第二节　《激流三部曲》

《激流三部曲》包括《家》、《春》、《秋》三部长篇小说，是20世纪三四十年代影响最大、受众最广的佳作，也是巴金的代表作。有人形容它当年受欢迎的程度，已经到了“家弦户诵，男女老幼，谁人不知，哪个不晓，改编成话剧，天天卖满座，改摄成电影，连映七八十天”① 的地步。它以启蒙主义为导向，继承了“国民性”批判的主题，为鲁迅在《狂人日记》里隐喻的“礼教吃人”或“制度杀人”提供了现实的版本。

一、时代激流的写照

巴金在《〈激流〉总序》中声称：“在这里我所欲展示给读者的乃是描写过去十多年的一幅图画，自然这里只有生活底一部分，但已经可以看见那一股由爱与恨，欢乐与受苦所组织成的生活之激流是如何地在动荡了。”作品所写的正是这样一股生活的激流：一方面，随着封建宗法制度的崩溃，垂死的封建统治力量疯狂地吞噬着年轻的生命；另一方面，深为革命潮流所吸引的青年一代开始了觉醒、挣扎与斗争的悲壮历程。《激流三部曲》以对“人”的激情思考和深刻的时代性，激励了一代又一代青年读者。

《激流三部曲》的故事发生在1919—1924年还很闭塞的成都。第一部《家》是三部曲中的代表，于1931年4月至1932年5月连载于上海《时报》，题为《激流》，1933年出版单行本时改名为《家》。这部小说不仅在30年代独步文坛，更具有永恒的艺术价值。

作为一种秩序的存在，“家”可以说是中国文化精神结构和价值指向的隐喻。在《家》中，巴金以震撼人心的力度，控诉旧制度、旧礼教的残酷，热情歌颂封建家族的叛逆者，在揭示封建制度的残酷性、专制性、顽固性的同时，也写到了它的麻醉性、虚伪性和毁灭的必然性。作品真实地展示了封建道德、传统观念对个体生命的戕害，指出只有起来反抗、起来为正义、为

① 王易庵：《巴金的〈家·春·秋〉及其它》，载《杂志》月刊1942年第9卷第6期。

光明的未来奋斗才是最正确的道路。由此，巴金为新文学的反封建主题贡献了一部史诗性的巨著。

《家》写出了高家三代人的不同命运，展示了20世纪初中国封建大家庭的典型形态。作为封建权威象征的高老太爷是腐朽一代的代表，在他身上集中体现了封建宗法统治的专制、残酷、顽固、虚伪等本质特征。他是这个四世同堂大家庭的最高权威者，总是以封建卫道士的面目教导子孙，反对新事物，还时常将“万恶淫为首”挂在嘴边，但自身却不改年轻时的风流荒唐，娶姨太太、玩小旦。他竭力依照旧制度旧礼教去统治这个家，直接或间接地制造了一个又一个年轻人的悲剧，最后在对儿孙的失望和重整高家的希望中走向死亡。随着高老太爷的死亡，原先隐匿着的各种矛盾、倾轧和冲突纷纷爆发出来，就如巴金在《家》的“十版代序”中所言：“旧家庭是渐渐地沉落在灭亡的命运里面了。我看见它一天一天地往崩溃的路上走。这是必然的趋势，是被经济关系和社会环境决定了的。”无疑，高老太爷的死敲响了封建制度的丧钟。

高家克字辈人物可谓分化的一代，克明继承了高老太爷的衣钵，散发着封建卫道士迂腐的气息。克定和克安则是纨绔子弟的代表，他们在外面设小公馆，养小老婆，以荒淫无耻蛀空了这个大家庭，从而加速了高家的败落。而以觉慧为主的高家新一代孙儿们则以叛逆者的姿态“走在一条新的路上”，他们在年轻生命的毁灭中觉醒，勇敢地走出家庭，参与社会革命，以坚定热情的行动摇撼这个封建旧制度的根基。高家第二代的腐败堕落和第三代的叛逆反抗构成相反的两股力量，使这个封建大家族摇摇欲坠。经过《春》里的家庭变故和觉民、琴、淑英等叛逆者队伍的扩大，到了《秋》中，封建大家庭已分崩离析，最终难免“树倒猢狲散”的结局。

二、觉新的形象

在《激流三部曲》中，高觉新可说是巴金塑造得最成功的形象，他是一个介于封建家长和叛逆青年之间的地位特殊、性格复杂的形象，也是唯一一个贯穿全书的中心人物。他聪明、能干，是家里的长房长孙，在高家受到了最大的宠爱和器重，寄托了祖父和父亲传承家业、光耀门楣的无限希望。但特殊的地位和被重视的结果，并没有带给他多少快乐，反而使他被封建伦理之网钳制得更加牢固。他有幻梦，有理想，也有光明的前途，但封建家族制度扼杀了他的追求、扭曲了他的人格、泯灭了他的个性。当他接受父母以抓阄方式为他安排的婚事，也就意味着从此步入长辈给他安排的生活轨道。他以“无抵抗主义”、“作揖主义”含泪忍受一切而不去反抗，只能把个人的梦压碎在心底，永远委曲求全，甘愿以自我牺牲维持大家庭的安稳，不仅自己成了家族制度、“孝尊”观念的牺牲品，也间接害了两个深爱他的女子：一是与他相爱却拘于礼教不能结合、最终郁郁而终的梅表妹，另一个则是待产的妻子瑞珏——家族长辈迷信“血光之灾”，逼着怕担不孝之名的觉新将瑞珏送到乡下，致使她难产而死。觉新的性格悲剧揭示了封建礼教戕害心灵的残酷性，在他身上体现了传统与现代两种观念的激烈冲突，以及理想与现实的尖锐矛盾。他一方面受“五四”新文化影响，不满封建礼教和封建规范，一方面又自觉不自觉地执行和维护这种礼教和规范。他明明身受封建礼教的压迫和伤害，又以封建礼教去麻醉和伤害比他更年轻的一代。他对封建礼教的最高主宰高老太爷百依百顺，对其他各房的长辈一律奉行“作揖主义”，又暗中同情和支持叛逆者去寻找“新的光明”、“新的路”。他目睹和经历了大家庭的勾心斗角和相互倾轧，明了母亲嫁入高家后所受的委屈。父亲临死前把继母与弟妹交托于他，让他不得不为这一房所有人在高家能安稳度日而殚精竭虑，长房长孙的地位和父亲的遗嘱让觉新背负了太多的重担，旧式的教育形成了觉新甘于牺牲的精神和苟且的做人原则，他以个性的扭曲换取传统社会的认可，既怀旧又趋新，既敏感又健忘，自卑与自信，好强与落寞矛盾地集于一身。

作品正是通过觉新性格的两重性和人格的分裂来控诉这种大家庭制度，以此揭露专制重压下懦弱苟且的国民性。这个极有文化内涵和心理深度的典型人物形象，几乎可以成为具有普遍认识意义的“觉新精神”、“觉新性格”或“觉新心态”的文化符号，带着人类某种普遍性的悲剧色彩。现代知识分子面对强大的因袭的重负，人人都可能面临两难的选择，一方面看到了传统的弊端，看到了它行将崩溃的趋势；但另一方面却会像觉新一样，无法忍痛割断与传统的血脉联系，想挣扎而不能，不得不在屈从、懦弱、动摇中获得暂时的安宁。作者极其生动真切地描写了觉新一步步走向绝路，并且内心深受煎熬的过程，他是“五四”风云中睁开了眼又随即闭上的那类人的代表。人们在觉新的身上看到了自己的影子，所以在哀其不幸的同情之余，又为他的软弱、苟安、自欺而激起批判、改革和超越之心。巴金以自己的大哥为原型，倾吐了自己灵魂的挣扎，这种犹豫、懦弱和矛盾的性格是当时处在转型期的知识分子所普遍具有的，觉新这个形象也因此具有了历史感、哲学感和立体感，具备了超越时空的经典性。

三、其他人物形象

在《激流三部曲》中，巴金还着力塑造了为“五四”时代精神唤醒的一代新人形象，通过对他们觉醒、反抗和斗争的描绘，表达自己的希望和理想。觉民、觉慧、琴表姐等都是青年一代中的叛逆者，其中高觉慧的形象最具有典型意义。他是“五四”时期新生的民主主义力量的代表，热情、大胆、倔强，充满青春的活力。他不顾祖父的责难、训斥和大哥的劝阻，积极参加各种反封建的社会活动。他看穿了老一辈的顽固、堕落，从年轻一代的痛苦生涯中，敏感到封建家庭必然没落的趋势，并以实际行动反抗专制制度和封建礼教习俗。他帮助觉民抗婚、反对家里的迷信把戏、极力劝阻觉新送瑞珏去乡下分娩，鼓励他起来反抗。鸣凤等年轻生命的毁灭促使他最先觉醒，最终冲出家的牢笼，成为高家的第一个叛逆者。在《春》、《秋》中，出走在外的他仍不断给这个家庭以巨大影响，成为从内部瓦解封建家庭的原动力和掘墓人。巴金通过觉慧的成长，塑造了20世纪初在现代新思潮冲击下被首先唤醒的中国青年人的典型，他的形象也鼓舞了众多年轻读者冲出旧家庭，走上新的、追求真理的光明道路。

巴金还真实地写出了伴随觉慧成长过程中的矛盾、幼稚和软弱，这从他与鸣凤的爱情上可窥一斑。很显然，比起鸣凤孤注一掷而又卑微的爱，觉慧对鸣凤的感情远没有那么坚定忠贞。作者借觉慧的梦境，表现了他潜意识里对鸣凤婢女身份的介怀，为鸣凤不能与他门当户对而遗憾。鸣凤不愿去给大他40岁的冯乐山做妾，鼓足勇气来找他帮助时，他却找出献身社会和个人自尊等自我安慰的理由，“把那个少女放弃了”。鸣凤投湖自尽后，觉慧才猛然醒悟，悲痛欲绝地在觉民面前自我谴责：“我是杀死她的凶手”，“我太自私了，把她牺牲了”，“我的确没有胆量……我从前责备大哥同你没有胆量，现在我才晓得我也跟你们一样，我们是一个父母生的，在一个家庭里长大的，我们都没有胆量”。正是在鸣凤的悲剧上，他看到了自己灵魂深处的软弱。作家又借高老太爷弥留之际他们祖孙的和解，真实地展示了觉慧内心的矛盾与复杂。高老太爷虽然是扼杀年轻生命的最高权威，和《红楼梦》里的贾母一样，代表着一个顽固持久的封建制度；但同时，他也不乏温情和慈祥，也有对小辈的关心和爱，为了大家族的兴旺和延续，他还做着最后的努力。高老太爷临终发善，同意了觉民的婚事，可以说是礼教异化下人伦亲情最后的真实复归。觉慧对祖父临终的悲痛和怜悯，闪烁出浓郁的人伦亲情，真实地传达了过渡时代的青年在同封建家庭决绝时，那种克服自我、战胜自我的艰难历程，体现出作家努力反映人物丰富复杂性的现实主义态度。

《激流三部曲》塑造了各种性格的女性形象，展示了她们的各自特点和不同的人生道路，尤其是《家》中的三个悲剧女性梅、瑞珏和鸣凤。如果说，梅是礼教吃人的牺牲品，瑞珏就是封建迷信的牺牲品，而婢女鸣凤则是封建等级吃人的牺牲品。巴金以她们的不幸遭遇抨击了封建制度的吃人本质。不仅如此，巴金的可贵之处，还在于揭示出造成她们悲剧的双重原因，即高老太爷、冯乐山等外部的有形的统治力量以及缘于她们自身灵魂深处的无形的传统文化枷锁，如梅的节烈观念、瑞珏的妇道观念和鸣凤的等级观念等。总之，是她们背后整体的传统文化结构。因此，作者要反抗的不是某个个人，而是整个社会、整个“不合理的制度”，“它使我更有勇气来宣告一个不合理的制度的死刑。我要向一个垂死的制度叫出我的 I accuse（我控诉）”①。

《春》也描写了两个不同的女性，即淑英抗婚的故事以及与之相对的蕙表妹的悲剧。同样是面对爱情，《春》和《家》所描写的内容已有显著不同。《家》表现的是对美好婚姻的追求以及这一追求不能实现的悲剧，而《春》则着力表现不合理的婚姻制度对妇女的摧残，以及作者对这种专制的婚姻制度的控诉与批判。巴金以淑英与蕙的性格对比，展现了两种不同的人生道路。高克明要把女儿淑英嫁给轻浮浪荡的陈公子，周伯涛要把女儿蕙嫁给品行恶劣的郑某。尽管她们都对自己的婚事不满，但生性懦弱的蕙默默地忍受、屈从了，在婆家，她也逆来顺受，最后含恨死去。而淑英受了时代新思潮的影响，在觉民、琴等人的鼓舞帮助下，勇于反抗，最终逃出了封建大家庭的囚笼，获得了个性发展的自由，迎来了美好的春天。

《秋》则通过封建家族后继者的堕落，以及觉新、淑华等懦弱者的觉醒与反抗，描绘了封建大家庭最后的衰败。封建制度和封建礼教不仅剥夺人的生命和自由权，还会腐蚀人的意志，销蚀人的生命力。巴金在展开个体生命凋零、委顿的描写时，也揭示了悲剧主体自我生命意识缺乏和失落的原因。作品把注意力放到第三代的命运上，描写了高淑贞与周枚的悲剧以及觉英、觉群的堕落。淑贞的父母因为没有儿子传宗接代，就把淑贞视作不祥之物和出气筒，对她打骂虐待，形成了她忍气吞声、无力反抗的懦弱性格。她被迫裹脚，孱弱胆怯，没有机会接受新教育，生活圈子仅限于高公馆。最后，她因不堪忍受这无望的生活，终于在绝望中投井自杀。愚昧、专制的封建家庭教育制造的是肢体扭曲、精神委顿的下一代。被封建家长摧残得如淑贞一样孱弱的还有周伯涛的儿子周枚，早婚的他总以为“我什么也不懂，我只晓得爹叫我做什么就做什么”，他的心灵被囚禁于“四书五经”之中，在礼教的重压下过着不能自主的日子。他说：“那部《礼记》，我越读越害怕。我

---

① 巴金：《关于〈家〉（十版代序）——给我的一个表哥》，载《巴金全集》第1卷，人民文学出版社1986年版，第445页。

真有点不敢做人。拘束得那么紧，动一动就是错。”总之，无论是精神、智力还是体格上，他都发育不全。在窒息的封建家庭和愚昧教育下，这棵还未长成的弱苗就那样早早地夭折了。淑贞和枚的夭亡是巴金对戕害灵魂、肆意践踏生命的封建家庭最直观的血泪控诉。

随着第二代家长克明的死亡，整个大家庭的重担已找不到后继者承担，就连觉新也起来反抗了。《秋》的主题揭示了封建专制主义精神支柱的倒塌，封建大家庭已难免“树倒猢狲散”的崩溃的结局。同时，作者也让自由恋爱的觉民和琴摘取了丰收的果实，让消沉退缩的觉新看到了生活的亮色，以此完成了规模宏大的《激流三部曲》。

第三节　巴金的创作理论

巴金创作的最大内驱力在于情感的宣泄，因此，“以情动人”就成了巴金小说最突出的审美效果。巴金认为，写作就是生活，写作是信仰生活的继续。巴金的信仰，就是始终不变的对真善爱的追求，而以现实主义方法书写最熟悉的生活，则是巴金创作成功的坚实保障。

一、“以情动人”的审美效果

巴金是中国现代文坛上最具真诚、最富激情的小说家之一，我们可以从巴金众多的创作回忆录和大量的“序”、“跋”、“题记”中感受到，他是一个非常重视情感抒发的作家。在《〈沉落集〉序》中，巴金曾说他的作品都是在“愤慨的情绪下写成的”，反复强调他并非为当作家而写小说，而是要申诉自己的悲哀，发泄自己的热情，在不自觉中走上文学道路的。可以说，巴金是中国现代最典型的情感型作家，情感是巴金文学创作的最大内驱力。抒发真挚浓郁的激情不仅是巴金的艺术追求，也是他的小说最显著的美感特征。

生活中的痛苦经历和经常目睹的惨痛画面点燃了巴金想要倾诉和控诉的激情，当最初在笔记本上写下《灭亡》的某些片断时，巴金并没有意识到这是他踏上崎岖艰难的文学创作之路的第一步，他怀着对“一个垂死的制度”的“积愤”发出了“我控诉”① 的呐喊。

他写作《电椅集》是因为：

① 巴金：《关于〈家〉》，载《巴金全集》第1卷，人民文学出版社1986年版，第442页。

“我那颗快要炸裂的心是无处安放的，我非得拿起笔写点东西不可。那时候我自己已经不存在了，许多惨痛的图画包围着我，它们使我的手颤动，它们使我的心颤动，你想我怎么能够爱惜我的精力和健康呢？我一点也不能够节制，我只有尽量地写作，即使明知道在这种情形下面写出来的东西会得到不好的命运，而且没有永久存在的价值，我也只得让它去。”①

他用这“颤动”的激情去点燃读者，顾不得冷静、节制地作艺术的经营。这种特点决定了巴金在小说中较多地运用第一人称的叙述视角，打破了传统小说用情节垄断全局的封闭框架，常常以内视角直接切入人物心灵，以主观独白和情感日记的形式为倾吐炽热的感情服务。他还善于借助幻觉和梦境表现人物的潜意识，而外部动作和事件往往只是人物情感变化的反应和节奏，所以巴金的很多小说都可称为心理结构和情绪结构小说，抒情色彩极为浓厚。

巴金多次强调艺术的美不靠技巧，而是靠作者的真情实感，靠把作者、读者带入作品的那种矛盾、苦闷、彷徨等真实的情感：“我写小说的时候，我自己的思想上、生活上都充满了矛盾。”② 巴金总是把自己放入作品，以表达自己痛苦的心灵挣扎，在读者面前呈现了一个爱恨交织、充满悲哀与渴望的精神世界。在《灭亡》中，“横贯全书的悲哀就是我自己的悲哀”③。在谈《第四病室》时，他坦言“我的生活是痛苦的挣扎，我的作品也是的”④，作者正是根据真实的自我感受创作了一系列栩栩如生的感人形象，他作品中那种诚挚的话语、浓烈的情愫、酣畅淋漓的表述、精彩的心理描写和场面刻画，无不带着强烈的感人力量。

巴金作品的表达风格属于青春激情型写作，他往往无暇顾及艺术的雕镂，舍弃了含蓄或幽默，以单纯、热情、坦白、明朗的青春激情，来沟通青年间的感情，进行心灵的交流。在《家》中，当巴金把笔触伸向青年人的

---

① 巴金：《灵魂的呼号——电椅集代序》，载《巴金全集》第9卷，人民文学出版社1989年版，第292页。

② 巴金：《关于第四病室》，载《创作回忆录》，人民文学出版社1997年版，第17~18页。

③ 巴金：《关于第四病室》，载《创作回忆录》，人民文学出版社1997年版，第17~18页。

④ 巴金：《关于第四病室》，载《创作回忆录》，人民文学出版社1997年版，第17~18页。

生活圈子时，他的笔调显得格外亲切、欢快，呈现出一片轻松融洽的氛围，表现了生命在无压抑状态下的活泼自然。他的笔调是一贯的简单，“没有含蓄，没有幽默，没有技巧，而且也没有宽容”①，这段话大致概括了巴金作品的主要特色。

当然，这种特色也同时造成了巴金作品的不足和欠缺。巴金的成就和缺点都来自于他的激情。当感情涌动的时候，作者急于倾吐和表达，无法从容地处理材料，冷静地谋篇布局。在酣畅淋漓的语言表达中，多少存在着不够凝练的问题。有时，无节制地宣泄情感使得性格刻画和主题深化缺乏深思熟虑，情绪挤压了人物形象，造成了人物性格的不够丰满，从而导致作品的粗糙和文学格调的降低。《爱情三部曲》、《秋》、《火》等作品的不尽如人意之处，与其一任情绪的宣泄不无关系。

二、写作是信仰生活的继续

巴金认为，写作就是生活，写作是信仰生活的继续。巴金的信仰，就是始终不变的对真善爱的追求，可以说，真善爱是巴金创作的最高美学价值。

巴金的艺术观以“真”为基石，这个“真”既是生活的“真”，也是艺术的“真”，是表现真实的生活，并且把自己放入其中的“忠实”记录和真诚的倾诉。我们可以在巴金作品中找到许多作家个人的生活印记，如杜大心撰写《生之忏悔》，觉慧扮演《宝岛》中的黑狗以及在成都外专读书，《憩园》中黎先生创作《小人小事》，汪文宣躲警报，等等，这些人物的生活际遇实际上都是巴金自己的亲身经历，这是巴金真实坦荡地宣泄情感，表达自我的自然结果。巴金自述：“我不止一次地把自己的经历写在小说里面，并无特别的用意，我觉得这样写更方便，更真实，也更亲切。”② 这有利于创作主体直接介入，与其中的人物一起歌哭挣扎。

巴金把自由、平等看做他艺术和人生追求中的“善”，凡是阻碍或践踏这种“善”的制度和社会，都是他要批判和诅咒的。“我想来想去的只有一个问题：怎样生活得更美好，做一个更好的人，怎样对读者有帮助，对社会，对人民有帮助。”③ 这也是巴金所追求的“善”，是与巴金的高尚人格和信念相一致的“善”。“我现在的信条是：忠实地生活，正当地奋斗，爱

① 巴金：《关于〈家〉》，载《巴金全集》第1卷，人民文学出版社1986年版，第442页。

② 巴金：《巴金全集》第20卷，人民文学出版社1993年版，第405页。

③ 巴金：《创作回忆录》，人民文学出版社1997年版，第10页。

那需要爱的，恨那摧残爱的。我的上帝只有一个，那就是人类，为了他我准备献出一切。”① 他认为真正的艺术美是集“真”与“善”为一体的结晶，只有这样的作品才能净化人们的心灵，使人们获得高贵的精神，他的“写作”也正是这信仰生活的继续。他不止一次地说道：“因为我不是一个文学家，也不想把小说当做名山盛业。我只是把写小说当做我的生活的一部分。我在写作中所走的路与我在生活中所走的路是相同的。”② 这段话充分体现了巴金“写作如同生活”的文学观。

在巴金的早期小说“革命三部曲”和“爱情的三部曲”中，充满了诸如“对世界应该爱还是恨”、“革命者能不能有爱情”等辩诘式、拷问式的问题，这些都是当时青年人最为关心的话题，正是这些贴合时代背景、探讨青年前途而非风花雪月、无病呻吟的作品，使得“五四”以后的新文学开始走向民间，获得了学生和市民大众的欢迎。

青年时代的巴金并不看重创作，而更热衷于对理想信念的追求，热衷于实践其理想的无政府主义社会活动，他的写作只是理想追求的一部分，他是因为无政府主义社会活动的失败和创作上不经意的成功，才转而以创作为主的。为了充分抒发内心的积愤和悲哀，为了自由表达自我的理想和信仰，为了深入探讨人生的价值和意义，巴金笔耕不辍，责任感驱使着他将创作当做宣传与呐喊的工具。

无政府主义作为一种社会思潮，对巴金的创作曾产生过巨大的影响。巴金将外国的革命理论“引进”中国，用法国和俄国革命家的心理塑造中国革命者的形象，无论是《灭亡》中的杜大心、李佩珠，还是《电》中的革命团体，他们都被信仰“支配着一切，拯救着一切”③。他们思想行为依据的是欧洲的暴力革命理论，如《电》塑造的那个“近于健全”的理想女性李佩珠的形象，就是以巴金最崇敬的俄国女革命家妃格念尔（1852—1942）的自传为素材的。李佩珠有着坚定的思想、火一般的热情和忘我的献身精神，巴金对她视死如归的形象的处理，又借鉴了屠格涅夫的散文诗《在门槛上》(1878) 中赞颂的那位凛然面对“牺牲”的俄罗斯姑娘的表现方式。

---

① 巴金：《海行杂记·两封信》，载《巴金全集》第12卷，人民文学出版社1989年版，第52页。

② 巴金：《灵魂的呼号——电椅集代序》，载《巴金全集》第9卷，人民文学出版社1989年版，第292页。

③ 巴金：《〈爱情的三部曲〉作者的自白》，载《巴金全集》第6卷，人民文学出版社1988年版，第469页。

巴金将“引进”的俄国女革命家冠上中国的姓氏，希望给中国青年提供一盏“指路明灯”，但由于对中国历史、文化和现实状况所知不多，巴金对于当时中国的现实背景描述极少，李佩珠的形象是由“精神”幻化的，缺少中国现实的支撑。就如夏志清所批评的：“作品中找不出一点具体的中国风气和风景”，“他笼统地描绘了一个有着爱情和革命却缺乏真实感的世界”，只能靠情绪化的激情支撑“浮夸的感情”①。同样的问题在《死去的太阳》、《雪》和《砂丁》中也存在，作者写到了现代奴隶——矿工，还写到了工人的罢工，但情感和环境的隔膜，使巴金臆想的描写缺乏说服力，自然也削弱了打动人心的艺术感染力。为此，沈从文曾劝他不要什么都写，因为硬写的小说并不真实。夏志清在他的《中国现代小说史》中，也指出了巴金情感泛滥以及随之而来的文体的稚拙，这不能不说是巴金作品，尤其是早期作品的缺陷。

巴金多次说明，他写小说从来没有思考过创作方法和艺术技巧等问题，他信奉“艺术的最高境界是无技巧”，即作品的存在主要在乎它的内容，而不是它的技巧。这集中反映了巴金对内容和形式高度一致的看法：形式、技巧必须服从内容的需要，只有“看不出的技巧”才是最高的技巧。巴金把朴素、自然地传达真和善当成自己的使命，“无技巧”本质上体现的还是他一贯追求的“真”的思想。

而这种对真和善的追求都源于巴金对人类的“爱”，可以说，爱是贯穿巴金文学生命的总主题，是其创作的原动力。早在翻译樊塞蒂的自传后，巴金就写下了如下的“编者话”：“我底心里长起了博爱的根芽，我怀着人类爱的观念。……我在众人底自由中去寻求我底自由，在众人底幸福中去寻求我底幸福。”② 正是巴金对人类的爱，支撑着他在苦闷、彷徨中的苦苦求索：“在夜深人静黯淡灯光下鼓舞我写作的并不是那悲苦的心情，而是爱，对于人类的爱，这爱是不会死的。事实上只要人类不灭亡，则对于人类的爱也不会消灭，那么我的文学生命也是不会断绝的吧。”③ 巴金始终以真诚的倾诉，以执著、认真的态度探索人生，解剖人生，寻求人生中的善与爱。

---

① ［美］夏志清：《中国现代小说史》，刘绍铭等译，复旦大学出版社2005年版，第176页。

② 巴金：《我的眼泪》，载贾植芳等：《巴金写作生涯》，百花文艺出版社1984年版，第84页。

③ 巴金：《爱情的三部曲·总序》，载《巴金全集》第6卷，人民文学出版社1988年版，第19页。

三、现实主义的创作手法

总体而言，巴金早期的作品主要表现富有浪漫色彩的英雄人物，后期则着重刻画普通的“小人小事”，他的艺术风格已从充满主观激情的浪漫主义发展为冷静朴素的现实主义。事实上，在巴金所有的作品中，那些广受好评、写得最成功、最具艺术价值的，都是以他最熟稔的生活为基础的，因为这些故事里有巴金最真切的感受，最切肤的思考。

巴金笔下的人物不少取自亲朋好友，通过亲眼观察或间接听来的故事加工，有一定的现实基础，就如巴金自己所说：“我的人物大都是从熟人身上借来的，常常东拼西凑，生活里的东西多些，拼凑的痕迹就少些，人物也比较像活人。”① 对于巴金而言，不管是他的亲历还是道听途说，只要有其自身的生活积累，就比较生动、成功。例如《家》中觉新的原型是他的“大哥”，觉慧的原型是他自己，觉民的原型是他的三哥，《火》中的冯文淑借用了他妻子萧珊的性格，《春》中淑英的原型是作家同乡的一位女生，《憩园》中杨梦痴的原型是作家的“五叔”，等等。当然，捕捉到原型还不够，还必须根据原型分析人物性格的本质特征，选择最能表现人物性格的事例，才能孕育出栩栩如生的人物形象，正因为巴金对自己家族亲人的透彻了解，才能创造出如此具有典型性的人物形象。

巴金具有敏锐的观察力和丰富的感受力，他总是深入人物的内心，和笔下的人物一起呼吸。《第四病室》写得相当顺利，因为作者记录的是经过自己心灵咀嚼过的亲眼所见、亲身感受：

> “那个烧伤工人因为公司不肯负担医药费，终于在病房里痛苦地死去；那些小公务员因为父亲患病和死亡给弄得焦头烂额；那个因车祸断了左臂的某器材库员在受尽折磨之后不知由于什么原因得了伤寒，病情恶化；还有那个给挖掉一只眼睛的病人等等，我都是按照真实写下来的，没有概括，也没有提高。”②

《寒夜》中的人物和场景也都是巴金所熟识的，“可以说我在作品中生活，汪文宣仿佛就是与我们住在同样的大楼，走过同样的街道，听着同样的

---

① 巴金：《巴金全集》第20卷，人民文学出版社1993年版，第641页。

② 巴金：《关于第四病室》，载《创作回忆录》，人民文学出版社1997年版，第17~18页。

市声，接触同样的人物。银行、咖啡店、电影院、书店……我都熟悉”；而《激流三部曲》中的人物“都是我爱过和我恨过的。许多场面都是我亲眼见过或者亲身经历过的。……我写《家》的时候，我仿佛在跟一些人一同受苦，一同在魔爪下面挣扎。我陪着那些可爱的年轻生命欢笑，也陪着他们哀哭。我一个字一个字地写下去，我好像在挖开我的记忆的坟墓，我又看见了过去使我心灵激动的一切”①。

相反，如果写不熟悉的生活，如果只看到生活的表面，如果从观念出发去描写，那么，即使发挥了最大的想象力，东拼西凑的结果仍然是真实感的缺乏，很难产生打动人心的力量。如在《激流三部曲》中，《春》和《秋》明显不如《家》来得生动，因为此时巴金已经离家在外，所描写的事件全凭听来的消息和自己的想象，人物的身姿言行都不及《家》里的生气灵动，不像《家》那样，有自己全部亲身经历的爱恨和“可怕的梦魇”，那是在巴金心灵深处经过无数次反刍消化过的可怕的阴影，带着留恋，伴着愤慨，具有深刻的心理张力和审美张力。而后者的许多情景是巴金在家信中间接得知的，其情感的冲击力和表现力自然不如《家》那么真切入骨，令人震撼。而一些牵动人心的细节，如觉新的委曲求全、隐忍苟安、淑贞缠小脚的痛苦等令人难忘的情景，依然是巴金最熟悉的古老家庭里“挣扎，受苦，没有青春，没有幸福，永远作不必要的牺牲品”② 的沉痛记忆。

巴金认为“把克定丑化和简化也是《三部曲》的一个小毛病。丑化和简化不能写活一个人物”③，而必须在真实把握人物的情感和性格特征后，在发掘和揭示人物内心世界的隐秘性和丰富性之后，这个人物才是真实的。

巴金认为《火》三部曲，全是失败之作，尽管作者想要传达的情感是真实的，宣传“祖国不会灭亡”的信念也是真实的，但由于转徙奔波，急于宣传，难得从容写作，第二部只用了一个多月就匆匆完稿，第三部也只用了四个多月。更因为作者虽有满腔激情，但对伤兵医院与下乡宣传的生活并不熟悉，缺乏实际生活的体验，所以“抗战三部曲”未能充分发挥作者所长，描写失之空疏，感情缺少足够的艺术支撑。虽然《火》第一部里冯文淑的活动轨迹以萧珊为蓝本，改编自她在“八·一三”战争爆发后参加青

① 巴金：《和读者谈谈〈家〉》，载李存光：《巴金研究资料》上卷，海峡文艺出版社 1985 年版，第 19 页。

② 《关于〈家〉（十版改定本代序——给我的一个表哥）》，载《文丛》1937 年创刊号。

③ 巴金：《巴金全集》第 20 卷，人民文学出版社 1993 年版，第 636 页。

年救亡团，到伤兵医院当护士的事实。但由于对战地工作团的生活不够了解，作者只能从侧面略略提及就结束了。而第二部的写作，缘起于1941年巴金在重庆沙坪坝暂住时，听到一位曾经参加过战地工作团的朋友谈起的很多人和事，那些火热的生活、激情的战斗让巴金萌生了写作第二部的念头。巴金描述冯文淑在战地工作团的活动，所用的素材全部来自那位朋友，但由于缺乏实际生活体验，无论是环境，还是主人公接触的那些人，对巴金来讲都是陌生的，靠第二手材料去写不熟悉的生活，即使是以熟悉的朋友和未婚妻为蓝本，也不一定写得好。可见，勉强编造出来的东西，难以产生震慑人心的力量。

在《雪》中，巴金第一次正面描写了革命知识分子在工人群众中的活动，《砂丁》写到了矿工的罢工，但这些人物带有概念化的痕迹，形象呆板，情节突兀，根本原因是作家对矿工的生活和斗争了解得十分有限，尽管作者有为被压迫、被奴役者呼喊的愿望，也充分发挥了想象力，但很显然，这种局限不是靠作家的主观愿望和想象力就能弥补的。

第四节　将话剧创作推向成熟的曹禺

曹禺是中国话剧的天才和奇迹。他的剧作使中国话剧的历史面貌焕然一新，成为中国现代民族话剧的最高典范。他继承和发扬了新文学的启蒙精神与现实主义传统，致力于表现中国大家庭的生活，反对专制与压迫，颂扬民主与个性解放，出色地再现出民族历史与文化的某些侧面。他的剧作大都具有象征性框架与潜在意蕴，显示出对诸如命运、乱伦、性爱、仇恨、理想价值等超越性问题的哲理思考，从而具有超越时代与民族的艺术魅力。

曹禺是一个悲剧诗人，善于营造悲剧气氛，抒发悲剧情怀。他塑造了一系列性格鲜明的悲剧人物形象，善于揭示人的复杂情感与深邃难测的心灵世界。他善于构思戏剧冲突，精巧地组织情节与场面，尝试过多种戏剧结构形式。他创造了纯熟的富于表现力的现代话剧语言：人物台词个性化，潜台词丰富。他广泛地吸收了古希腊悲剧和莎士比亚、易卜生、奥尼尔、契诃夫等外国剧作家的养分，并与中国古典戏剧传统相结合。曹禺剧作的经典性还对中国话剧的舞台艺术产生了促进作用，促使话剧成为真正的综合性艺术，大大推动了中国话剧的舞台艺术由幼稚走向成熟的历史步伐。

一、曹禺的生平与创作

曹禺，原名万家宝，字小石。1910年出生于天津一个封建官僚家庭。

祖籍湖北潜江。曹禺童年读的是私塾，学过“四书五经”，但后来进了新式学校。1922 年起就读南开中学，1928 年考入南开大学政治系，1930 年转入清华大学西洋文学系，1933 年秋毕业并考入清华研究院。曹禺从清华出来后，先后到保定中学、天津河北女子师范、上海复旦大学、南京国立戏剧专科学校任教。1942 年辞教到重庆，先后担任过戏剧刊物编辑、电影编导等职。1946 年应邀访美，1947 年初回国。1956 年加入中国共产党。解放后历任中央戏剧学院副院长、北京人民艺术剧院院长、全国剧协主席等职。1988 年任全国文联执行主席，1996 年病逝于北京。

曹禺的家庭对他的成长与创作产生了深刻的影响，他的取材及擅长都是中国大家庭的人伦关系与情感世界。曹禺的父亲万德尊是个武官，曾留学日本，做过师长，还担任过黎元洪总统的秘书、将军府将军，后赋闲在家。他思想进步开明，引导曹禺读了很多古典文学名著与新刊物，告诫曹禺不要做官，最好做医生。他常以落魄文人自居，总是教导曹禺要记住自己是“窭人之子”(潜江古方言，意即“穷人的儿子”)。而另一方面，他又严厉专横、刚愎自信，长子万家修吸鸦片屡教不改而被他打折了腿。曹禺印象最深的是父亲经常在饭桌上教训子女，家庭气氛很紧张。所以曹禺说，这个“沉闷的家庭”，“像座坟墓似的”，“我的父亲很喜欢我，但我不喜欢这个家”①。曹禺的亲生母亲薛氏是湖北武昌一个商人的女儿，生下曹禺三天后病逝了。曹禺在继母的抚育下长大。幼年丧母使曹禺的性格心理偏于内向忧郁。继母薛泳南原是曹禺的姨妈，一辈子没有生育，很爱曹禺。她喜欢看戏，经常带着曹禺出入各种剧院，欣赏当时名角的戏。曹禺从小就深受京戏、文明戏及各种地方戏的熏陶，由此迷上了戏剧。在中学与大学时代，曹禺一直热衷于编戏、演戏。曹禺家的保姆段妈，勤劳慈爱，身世凄苦，常给曹禺讲农民的苦难，曹禺曾说她是使自己最早懂得人生的“启蒙老师”。

曹禺的戏剧创作始于清华读书期间，但他中学时代就爱好文学并有习作发表。短篇小说有《今宵酒醒何处》(1926 年 9 月)、新诗有《林中》、《菊、酒、西风》(1926 年 10 月)、《四月梢，我送别一个美丽的行人》(1928 年 3 月)、《不久长》(1928 年 4 月)、《南风曲》(1928 年 5 月) 等，这些作品抒写感伤情怀，探索人生意义，青春浪漫，思想和艺术都不成熟。

1934 年 7 月，曹禺的四幕剧《雷雨》在北京《文学季刊》发表，这标志着中国话剧进入成熟期。《雷雨》以对现实人生的深邃思考和话剧艺术技

---

① 田本相、刘一军:《苦闷的灵魂——曹禺访谈录》，江苏教育出版社 2001 年版，第 9 页。

巧的娴熟而使曹禺一举成名。剧本描写周、鲁两家的血缘和性爱纠葛，戏剧冲突紧张激烈，人物性格鲜明复杂，悲剧风格震撼人心。曹禺的第二部剧作《日出》(1936 年 6 月）离开了作者熟悉的中国旧家庭，转而解剖 30 年代的都市社会，把下层的苦难与上层的腐朽对比展现，发表与演出后产生了较大影响。第三部剧作《原野》(1937 年 4 月）借鉴中国戏曲和西方的表现主义，描写被压迫者的复仇悲剧，探讨怨恨与伤害造成的人性扭曲。至此，曹禺剧作的悲剧风格趋于成熟：紧张热烈、焦灼郁愤。

抗战初期，曹禺的从悲剧转向正剧，贴近社会与时代中心，表达了抗战激情。《黑字二十八》(1938 年，与宋之的合写，又名《全民总动员》）的主题是抗日反汉奸，情节惊险曲折，颇有气势，但淹没了人物性格，对现实的表现不够深入。《蜕变》(1939 年）表现了大后方某伤兵医院的变化，塑造了勇于改革、除旧布新的梁专员和丁大夫两个理想人物形象。剧本对官僚机构的无情揭露和昂扬热烈的乐观主义精神深深地激动了当时的观众，曾一度遭到当局政府的审查与禁演。

抗战中期，曹禺返归自己擅长的家庭题材。《北京人》(1940 年）通过曾家的经济拮据和伦常无序，揭示了封建家庭及其文化必然衰败的历史命运，并对理想的人格精神和民族美德进行了探求与颂扬。《家》(1942 年，根据巴金同名小说改编）以觉新、瑞珏、梅三人的爱情悲剧为主线，着重控诉宗法制大家庭的腐化和旧式婚姻制度扼杀青春与爱情的罪恶。这两部剧作不同于曹禺 20 世纪 20 年代的紧张热烈，自有一种含蓄深沉、平淡悠远的韵味，标志着曹禺戏剧审美风格的大幅度转换。这正是戏剧大师创作丰富、风格多样的表现。

曹禺的戏剧才能是多方面的，除了悲剧与正剧，他还写了喜剧和笑剧。独幕剧《正在想》(1940 年，根据尼格尼《红丝绒外套》大意改写）借一个滑稽戏班的一次话剧演出，讽刺了国民党统治的腐朽。独幕剧《镀金》(1943 年，根据法国拉毕虚《迷眼的砂子》改编)，嘲讽了小市民的自私和虚荣。

此外，曹禺还进行过电影剧本的尝试，《艳阳天》(1948 年）以一个律师为主角，揭露了国统区的黑暗，歌颂了明辨是非、敢于斗争的精神。

曹禺是中国话剧的天才和奇迹。他的剧作使中国话剧的历史面貌焕然一新。

他继承和发扬了新文学的现实主义传统，致力于表现中国大家庭的生活，反对专制与压迫，颂扬民主与个性解放，出色地再现了民族历史与文化的某些侧面；而另一方面，这些文本大都具有象征性框架与潜在意蕴，显示出对诸如命运、乱伦、性爱、仇恨、理想价值等超越性问题的哲理思考，从而具有超越时代与民族的艺术魅力。

曹禺是一个悲剧诗人，善于营造悲剧气氛，抒发悲剧情怀。他塑造了一系列性格鲜明的悲剧人物形象，善于揭示人的复杂情感与深邃难测的心灵世界。他善于构思戏剧冲突，精巧地组织情节与场面，尝试过多种戏剧结构形式。他创造了纯熟的富于表现力的现代话剧语言：人物台词个性化，潜台词丰富。他广泛地吸收了希腊悲剧和莎士比亚、易卜生、奥尼尔、契诃夫等外国剧作家的养分，并与古典戏剧传统相结合，从而使他的剧作成为中国现代民族话剧的最高典范。

曹禺剧作的经典性还对中国话剧的舞台艺术产生了促进作用，促使话剧成为真正的综合性艺术，大大推动了中国话剧的舞台艺术由幼稚走向成熟的历史步伐。

二、《雷雨》与《日出》

1933 年，曹禺大学即将毕业时将《雷雨》剧本寄给北京的《文学季学刊》。不久，巴金出任编辑，在积压的旧稿中发现它，立即发表。《雷雨》是曹禺的处女作，作者中学时开始构思，酝酿期有五年。剧本发表后，开始是留日学生在日本演出，并翻译成日文出版，由郭沫若和日本朋友作序。一九三六年在南京首次演出，曹禺亲自任导演并扮演周朴园，轰动了金陵古城，成为街谈巷议的话题。此后，《雷雨》成了检验话剧团体和演员个人艺术水平的试金石，而且曾在美国、苏联、罗马尼亚等国家上演，成为国际戏剧界公认的杰作。

《雷雨》的表层结构是一个老套的通俗故事，血缘与性爱纠缠在一起。但其深层的思想意蕴却非常丰富。用社会历史批评法，可以观察到它的阶级意识：剥削家庭的罪恶与腐朽。《雷雨》写的是富人（周家）与穷人（鲁家）的 30 年恩怨情仇，传统的“痴情女子负心汉”的叙述模式，结局也是自有《红楼梦》以来的“大家庭毁灭”。周朴园代表了传统的家庭专制与新式的资本残忍。曹禺通过侍萍母女的苦难，蘩漪、周冲与大海的反抗与憧憬，显示出人道与民主的情怀。

《雷雨》的乱伦主题相当明显。所写三组两性关系，就有两组是乱伦，而周萍一人犯了两重乱伦罪恶。曹禺 30 年代构思这种人物及故事，显然受了西方文学与心理学的启发。周萍的性格几乎可以作为弗洛伊德乱伦学说的注释。他一方面原始、古怪、冲动，敢于冒险犯“灭伦”的罪，具有明显的弑父意识。另一方面又胆小怯弱、文明理性。他对乱伦感情的恐惧与主动放弃是他企图遵守伦理规范改正罪恶的表现。周萍寻找“母亲”的乱伦冲动落实到了“代母亲”四凤身上。周萍“渴”，四凤鲜活，有“充溢着的血”，使他见到了“太阳”。曹禺对周萍充满同情与原谅，母子乱伦并非血缘之母，兄妹乱伦不知情。所以最后写周萍自杀，显示他的无辜与人格的善良及承担。作者一方面揭示了人类本性中固有的乱伦冲动的强大顽固以及对人性的亵渎与捉弄；另一方面讴歌了人为战胜乱伦而优化人性所付出的巨大代价与悲壮努力。

《雷雨》吸引人以及容易引起争议的地方，还在于它对命运的感慨：“《雷雨》对我是个诱惑。与《雷雨》俱来的情绪蕴成我对宇宙间许多神秘的事物一种不可言喻的憧憬。”“我不能断定《雷雨》的推动是由于鬼神，起于命运或源于哪种显明的力量。”“这主宰，希伯来的先知们赞它为上帝，希腊的戏剧家们称它为命运，近代的人撇弃了这些迷离恍惚的观念，直截了当地叫它为自然的法则。而我始终不能给它以适当的命名。”① 其实，曹禺所追究的这种造成人的悲剧命运的力量并不神秘。它指的是决定人的生存发展的某种超越性力量，人往往对之无可奈何。这种超越性力量，理性分析起来，包括三个方面：自然的、社会的、人自身的。曹禺对此也有所认识：“我念起人类是怎样可怜的动物，带着踌躇满志的心情，仿佛是自己来主宰自己的运命，而时常不是自己来主宰着。受着自己——情感的或者理解的——作弄，一种不可知的力量的——机遇的，或者环境的——作弄。”②“情欲、理性、机遇、环境”，曹禺总结造成命运的四大元素，在《雷雨》中有多方表现：

首先，揭示前辈的浪漫与不负责任所造成下一代的苦难，形成报应，同受惩罚。冤有头，债有主，生命是一条因果链。周萍与四凤的乱伦关系的确定，是因为他们的父母曾经是夫妻而他们自己并不知情。周朴园没有对这场感情游戏负责，也没有对子女尽责。其次，个人的长期努力，逃不脱意外的偶然。个体同命运搏斗，总是毁于偶然。个体渺小愚蠢无知，永远识不破必然。最后，对人的救助力量的怀疑。《雷雨》诸人皆不能自救，劳身劳心徒劳无益。而且也不能他救：隔膜与生俱来，代沟，同床异梦，亲情失败；情爱性质变异，充斥着私欲；个人的生存与善意对他人形成枷锁、地狱。命运对人的支配如此强大，如果逆来顺受地接受了命运的安排，则没有精神的超拔。但曹禺并没与完全绝望于命运对人的作弄，知其不可奈何而安之若命，

① 曹禺：《曹禺论创作》，上海文艺出版社1986年版，第8页。

② 曹禺：《曹禺论创作》，上海文艺出版社1986年版，第9页。

而是赞颂《雷雨》诸人为逃脱命运的罗网而作的挣扎与反抗，由此形成了《雷雨》人物的悲剧性格与悲剧精神。

《雷雨》在人物塑造方面的显著特色是注重挖掘人物隐秘的内心情感，多侧面、多层次地刻画个性，尤其是善于将貌似对立的性格因素统一在一个人物身上，表现人物的复杂性。作者对人物的价值评判体现出鲜明的复调特征。

周朴园既是资本家，又是专制性的家长，他专横、残忍，发不义之财，等等。但作者着重刻画的，是他作为男性家长的感情历史与道德风貌。其性格是典型的两极组合：强硬与虚弱、专一多情与薄情寡义、道貌岸然与自私虚伪。他的性格体现为一个历史过程，从青年到老年，其心灵与情感经历了沧桑之变。30 年前，周朴园对侍萍的爱情是真实的。他年轻，热情，敢于违反现实的“门当户对”，他爱侍萍的美貌、温柔、聪明，但他不能作主正式娶侍萍。从衬衣上绣的梅花这一细节可以窥见当年的这场浪漫爱情。生有两个儿子也说明感情历史的长度。家长可能是暂时的宽容，但最终必须正式给他娶“有钱人家”的小姐。赶走侍萍或许他不知情，知情后已无力挽回。于是，他认可了旧式婚姻。他的悲剧在于屈从了家长的安排后又在内心里保留了对侍萍的感情，软弱自私而又专情。于是，自然就产生了对侍萍的怀念，并且伴随着强烈的悔罪心理。这种“良心发现”是非常真实的。只有这种情感的真实产生，他才心安理得地觉得自己仍然多情高贵，从而解脱了心理重压。纯粹假装不能解决情感问题，他精神寂寞，情感空虚，尤其到了晚年。后来怀念变成了仪式，自然就有“做戏”的成分，有利于家庭教育，有利于自己的社会形象。久而久之，理性与感情孰轻孰重，就真假难分了。“真是假来假亦真”。他在想象中把自己的爱情历史变得美好充实。但是，这种怀念是以侍萍的“定格”与“不在场”为前提的。即侍萍以美好的形象死去，不对他形成任何现实的麻烦。所以，当 30 年后侍萍出现时，周朴园立即翻脸无情。因为侍萍苍老倔强，不再年轻娇美。而且证明他自己多年来无能，不明真相，侍萍像镜子照出他自己也老了。况且，侍萍的存在有损自己的生存。总之，多年来的美梦在一瞬间被毁灭了，多年来他就活在自己编制的历史想象中。最后一幕，周朴园似乎又满怀感情地认下了侍萍。客观原因是他误以为大家已经发现了历史真情，不如自己主动认可；主观原因是他慢慢感觉到了自己的虚弱衰老，回到真实的心理年龄与现实世界中来，自然会对侍萍留有一份亲情。《雷雨》原本写周朴园在教堂医院终身服侍两个疯了的女人，以表现他的无奈与忏悔。

曹禺说蘩漪是他最先想起来的吸引他的人物，对她充满了同情和赞美。

蘩漪的性格中有许多矛盾的因素。她表面“文弱”、“哀静”，内心却有决断，有一种野性的美；她任性，却很脆弱；热情，却又孤僻。这种复杂性格是由于她特殊的生活经历铸成的，或者说是她生活的矛盾造成了她性格的矛盾。在周家，没有社交自由，没有爱情温暖，甚至没有男人！她同周萍的乱伦关系，一方面缘于周萍的冲动，另一方面也因为她自己的追求。在一片灭顶的汪洋中，她把周萍当做一根救命稻草。在蘩漪看来，她认为这不是乱伦，因为她同周朴园根本没有爱情。她用情感原则否定了现实的伦理关系，不承认是周朴园的妻子，卸掉了良心与责任，爱得真实、火热、专一、执著。可是，曹禺又在否定蘩漪的“母子乱伦”，毕竟她没有同周朴园离异，是周公馆的女主人，周冲的母亲。没有一种社会或文化认可这种关系的合理合法性。蘩漪虽然反抗，却是野性的。她还是一个旧式女性，把自己的命运拴在某个男人身上而无法独立，所以她在绝望时愿意与四凤同侍周萍。原本写蘩漪在报复后，受残酷结果的刺激而精神失常。

《雷雨》在组织戏剧冲突方面采用了“锁闭式”结构，即将时空高度集中（夏天的一个上午到半夜两点钟，周家客厅），用历史的戏剧推动现实的戏剧发展。戏一开场，演出的是 30 年前周朴园始乱终弃所带来的结果，一切都既成事实，只是剧中人不知道而已。每一个历史情节的暴露，都会推动今天生活中人物关系的大变化，决定戏剧冲突的性质。周朴园和侍萍 30 年前同居、蘩漪与周萍 3 年前“闹鬼”、周萍与四凤 1 年前产生暧昧关系都被置于后台，同属历史的戏剧。属于现实的戏剧则有：鲁妈回来要带走四凤；周萍想甩开蘩漪；周朴园想开除大海，认侍萍，辞退鲁家人；周萍与四凤幽会；蘩漪把周鲁两家人关在周家客厅里。只有历史戏剧的暴露才决定了戏剧冲突母子乱伦与兄妹乱伦的性质，从而酿成戏剧的高潮。

这种结构的高超技巧，首先体现在戏剧开头时机的选择。面临周鲁两家 30 多年的纠葛，如果从周朴园与侍萍同居开始，或者从周萍同蘩漪和四凤发生乱伦关系开始，都太远太散。从周朴园同侍萍相认开始又显得太突然，历史的戏剧无法交代。《雷雨》的选择是从鲁妈要回家看四凤还未回来开始，这一选择具有强烈的戏剧悬念，也腾出笔墨在第一幕里交代剧中人物的各种关系及性格。其次是“发现”与“陡转”的安排，“发现”与“陡转”是指决定整个戏剧冲突性质的关键性历史戏剧被发现并导致戏剧情节产生突变。《雷雨》的发现是周朴园同侍萍相认，因为只有相认，才能暴露周鲁两家的血缘关系，使兄妹乱伦成为事实而酿成悲剧。曹禺创造性地运用了“发现”的戏剧功能。《雷雨》的发现一共有三次，前两次是假发现，部分发现，第三次才是真发现。第一次在第二幕，周鲁相认。没有爆发，原因在于周朴园和侍萍都想掩盖。第二次在第三幕，周萍与四凤幽会。同样不爆发，原因是母亲想“遮丑”。这两次的压抑都合情合理合性格，聚集了足够的冲击力。第三次在第四幕，全部发现，但形式是被迫、意外，充满戏剧性。再次是历史的回顾。舞台上正在进行今天的戏剧，历史的戏剧不出现，今天的戏剧缺乏动力，就会停滞不前。历史只有靠今人追述，靠人物用台词讲出来。这交代既要符合人物性格，又是人物在那种情境下非讲不可的话，还必须让现在的戏剧在进行中。如四凤对周萍说：“总是这样偷偷摸摸的。”一句话交代了两人的感情历史和现状，又反映出四凤对周萍又爱又怨的心理。再如鲁大海同周朴园谈判，自然要吵，一吵，鲁大海这个火爆性格自然就揭周朴园的“隐私”，于是就交代了周朴园欺压工人的罪行。最精彩的是周朴园同侍萍相认那段戏，周朴园叫侍萍别提往事，侍萍闷了 30 年，受尽人世种种苦难，而今天又碰到造成自己终身苦难的罪魁祸首，焉能不说？“我要提，我要提，我闷了三十年了！”于是，这一场重要的历史戏剧就得到了交代。还有，周萍和蘩漪的历史也是靠两人自己在现在的戏剧冲突中“追述”的。

《雷雨》充溢着浓郁的悲剧风格，是借鉴西方悲剧所形成的毁灭为美的悲剧。悲剧性主要来自于人物的悲剧人生及人物为了战胜命运而作的种种努力。全剧除了鲁贵以外，每个人物都有各自的被毁灭的价值内容，显示出人生的荒诞和人性的光辉。曹禺又创造性地设置了一种剧中人尚蒙在鼓里时，而观众已经明白底细的悲剧悬念，达成“怜悯与恐惧”的效果。夏日的“雷雨”更是为全局罩上了一种紧张郁热的氛围，令人窒息与撕裂。原本的“序幕”与“尾声”，造成“欣赏的距离”，“把一件错综复杂的罪恶推到时间上非常辽远的处所”，让观众进入一种“哀静”与“沉思”的诗意境界①。

《雷雨》的人物台词都是极普通的日常生活语言，却反映了鲜明的性格特征。周朴园说话基调肯定短促，随处带着命令的口吻；周冲的语言像诗，带有梦幻特色；蘩漪的语言充满了被压抑的郁闷与狂躁；周萍说话软弱拖沓缺乏力度；四凤则单纯而略带忧伤；侍萍的语言显示出沧桑与理性。不仅如此，而且人物台词话中有话，显示出人物之间或人物自己强烈的心理冲突，潜台词丰富。如第二幕侍萍看见周萍打大海时的责问与辩解，瞬间改口，反映了她难以言明的复杂心态。又如侍萍与周朴园见面那场戏，两次说的同一句台词“老爷，没事了”，却包含了不同的情感内容。再如第一幕有一场戏

① 曹禺：《曹禺论创作》，上海文艺出版社 1986 年版，第 16 页。

是蘩漪与周萍冲突，但因为有周冲在场，不便明说，便明枪暗箭。周冲以为是母亲责问儿子，观众却听出了情人间的纠缠与攻击。

《雷雨》的舞台提示篇幅稍长，而且形象生动，像抒情体的小说一样。不仅写出了人物的肖像和动作，而且描绘出人物的性格和心理。演出时可供演员体会揣摩角色的心理内涵和性格基调，提供了再创造的基础。蘩漪出场时的舞台提示，就是一首抒情诗，渗透了作者对人物的情感；周萍出场时的舞台提示则是非常深刻的性格与心理分析。在中国话剧史上，唯曹禺的舞台提示可以做到这样。

曹禺的第二部剧作《日出》在总体审美风格上与《雷雨》基本一致，即都是一种以毁灭为美的紧张郁愤的悲剧。但作者力图在题材、结构、人物塑造等方面有所创新，而且新增了一种自然沉蕴的诗意，显示出作者向以《北京人》为代表的含蓄悠远的审美风格转变的潜在倾向。

《日出》的创作源起，一是当时著名影星阮玲玉的自杀，加上曹禺听说的天津一个著名交际花因靠山破产无法还债而服毒自杀，曹禺又亲自到三流妓院去做了调查，形成了作家控诉和推翻这个邪恶不公的社会的强烈冲动。“天之道损有余而补不足，人之道则不然，损不足以奉有余。”作家在《日出》的题记里引用了老子《道德经》中的一段话，来传达他对金钱社会人性堕落的认识。这种对社会与人性进行批判的主题虽然并不新鲜，但曹禺把上层名流的奢侈腐朽与底层小人物的苦难挣扎对比演绎得惊心动魄。一方面是金八的残忍霸道无恶不作，潘月亭的挥霍无度荒淫无耻，顾八奶奶与胡四的忸怩作态空虚无聊，张乔治的虚伪冷漠；另一方面是陈白露和黄省三全家服毒自杀，小东西恐惧度日，翠喜忍辱卖身。还有茶房王福升的势利，打手黑三的凶狠，小职员李石清的奸诈冷酷。种种人生的零碎，被曹禺戏剧性地组合在一起，形成了巨大的情感冲击力。并由此决定了剧作不同于《雷雨》“巧合锁闭”的开放式结构模式，即以陈白露的豪华休息厅展开上层的腐朽，各个人物像走马灯式地围绕着陈白露旋转。另以翠喜所在的下等妓院的卧室展开下层的苦难，又以方达生寻找小东西勾连贫富悬殊的两个社群。曹禺解释这种构思的启示来自于后期印象派画的技巧：用各种“色点”组成“光影明亮”的画面。各种人物的性格命运不再像《雷雨》集中在一个故事的同一时空里，而是趋于自然的散点般展开。

《日出》的人物塑造属于“群像展览”，但陈白露的戏最多，形象鲜明，可视作主人公。戏剧开场时，陈白露过着“舞女不是舞女，娼妓不是娼妓，姨太太不是姨太太”的高级妓女生活，她却自认为是自己个人奋斗的成果。方达生的到来与诱导，唤醒了她的“竹�时代”：曾与某诗人有过的纯情浪漫的人生阶段。但她最终并没有与方达生出走，而是选择了自杀。“太阳升起来了，黑暗留在后面，但是太阳不是我们的，我们要睡了。”因为她清醒地认识到，重复过去的失败没有意义，自己已经无法蜕旧变新，与其继续出售“美色”换一个老板寄生，不如断然“焚玉”。陈白露悲剧的价值，在于她保留了对于纯洁美好的生命与生活的留恋，以绝望自杀反抗社会的压迫与人性的邪恶。剧作透露出与《雷雨》同样的命运感慨，歌颂人对命运的斗争精神。在中外文学史上，并不缺少成功的妓女形象，陈白露形象的特色，在于作者倾心赋予的一种抒情诗格调。

《日出》明显地比《雷雨》多了一种抒情诗的戏剧氛围。四幕的时间分别安排在黎明前、黄昏、午夜、凌晨日出，结尾工人的夯声与歌唱“日出东来漫天大红”，虽然不是作者明确社会理想的象征，也不是剧情的逻辑发展，但这种驱赶黑暗、追求理想、迎接光明的情绪却很有感染力。作者有意去掉了陈白露妓女生涯的肮脏耻辱的一面，突出其形象与灵魂的美好，加上她抒情诗一样的台词，使全剧始终洋溢着一种突破丑恶腐朽的浪漫激情。

《雷雨》、《日出》演出后，社会反响强烈，一些报刊展开了激烈的评论与争议。这种成熟的多幕悲剧，使大家见识了曹禺的戏剧天才及西方话剧形态的艺术光彩，也对用汉语的白话写戏有了信心，一时戏剧界与文学界争谈曹禺与话剧。但曹禺并没有满足于此，他要一剧一创新，尝试新的戏剧路子。

三、《原野》和《北京人》

1936年开始创作、1937年8月出版和演出的《原野》，比起《雷雨》和《日出》的轰动效应，似乎是“生不逢时”，民族危亡的时代氛围并没有使《原野》对复仇主题的超越性思考及新的艺术创造得到受众的认同。历史有时会暂时掩埋金子。一直到了80年代，随着新时期的改革开放思潮，尤其是电影《原野》的走红，《原野》的深邃内涵与艺术生命力才被重新发现并得到广泛传播。

从剧情的表层结构看，《原野》是30年代时髦的阶级主题：农民向地主恶霸报仇。焦阎王霸占了仇虎家的地，活埋了仇虎的父亲，把仇虎15岁的妹妹卖到妓院折磨致死，诬陷仇虎是土匪并把他下了大狱，仇虎的恋人花金子被逼嫁给了焦阎王的儿子焦大星。仇虎在监狱中被打折了腿，八年后越狱回到家乡报仇雪恨，亲手杀了焦大星，并借焦母之手打死了大星的儿子小黑子，携金子逃走。但曹禺并没有像30年代惯见的革命文学那样注重挖掘其中的阶级内涵，也没有像中国传统的复仇文本那样歌颂英雄的正义与胜利。而是表现“父债子还”这一中国家族意识的合理性和荒谬性，并深入人类从古到今所面临的一个永恒难题：怨恨和伤害能否通过复仇而真正平复？

戏剧一开场，仇虎挥舞着复仇之斧冲进了“无物之阵”：罪魁祸首焦阎王在两年前就寿终正寝了。仇虎陷进了汉姆莱特式的“杀还是不杀”的艰难选择。按“父债子还”的观念，仇虎可以诛杀焦阎王全家，但善良软弱的大星与幼小无辜的小黑子有何罪孽？按“个人承担”的现代观念，制造伤害的恶霸已经死去，仇虎的血海深仇何以得报？曹禺正是在这种精心设置的戏剧情境中，展开了对主人公深邃隐秘的文化心理及人性的剖析。仇虎在经过了耐心的等待与短暂的犹豫之后，终于实现了“断子绝孙”、折磨焦母的复仇理想。第二幕中仇虎和金子因语言误会而形成的“他们先动了手”的心理期待，是剧作运用潜意识塑造人物、推动戏剧冲突的精彩看点。全剧的第二个亮点，是仇虎报仇以后由正义彪悍的家族英雄骤然突变为忏悔赎罪的杀人犯。曹禺显然借鉴了莎士比亚《麦克白》的构思，主人公由于良心发现，拒绝享受残忍复仇带来的胜利欢乐。由此，剧作的叙述技巧，由写实转向了象征与表现主义。仇虎在黑林子里精神迷狂，最后自杀。亲人受难、亡者幽灵、地狱景象的出现，不过是仇虎申辩与赎罪的心理幻象，仍是“杀还是不杀”两种道德律令冲突导致的心灵与人格分裂的舞台外化。牛头马面、阎王判官、申冤叫魂等，曹禺融进了中国戏曲的写意与象征，当然也有对奥尼尔《琼斯皇》的化用之功。如果仅有社会历史与写实的批评视角，就会诘难仇虎的农民身份及性格的真实性。但曹禺原本就在仇虎复仇中，寄寓和投射了比农民与地主斗争更为超越的关于复仇的道德文化问题的探究。所以现实题材与玄妙心理、写实方法与表现主义、传统戏与外来戏的神韵才会熔为一炉。

曹禺的悲剧以毁灭为美，但并不妨碍他探求理想价值。从《原野》开始，曹禺流露出对生命蛮力的崇尚。这也是曹禺剧作的一贯性主题。《雷雨》欣赏鲁大海、蘩漪野性极端的性格，《日出》神往打夯工人的力量，《原野》更是对生命蛮力的倾情展示。自然而带有原始色彩的深秋原野，是剧中主人公的活动环境，也是曹禺创造的一个经典意象。黑林子、巨树、乱草、铁轨、黑云，“大地是沉郁的，生命藏在里面”。故事及冲突，以突兀与悬疑开始，在震惊与苍莽中结束，与原野浑然一体。极端而惨烈的爱恨情仇，似乎就来自于原野的神秘。主人公的形象及性格，天生就被原野孕育。花金子妖冶风流，“黑眼睛里蓄满着魅惑”，“眉头藏着泼野”。仇虎更是丑陋粗野、凶狠狡诈，仇恨的火烧得他随时都能爆发出惊人的蛮力。男女主人公的情爱，不是温情脉脉，却是激情疯狂，带着刻骨的痛楚与生命的痉挛。男女主人公的报复，在与焦大星疲软的对照中，在与焦母阴毒邪恶的较量中，显得正大而无坚不摧，深得原野之神髓与精华。在中国现代戏剧史上，《原野》创造了一种崇尚力的怪诞之美。

但《原野》在悲剧形态上仍与《雷雨》、《日出》同属毁灭为美的西方审美，只不过新增了戏曲的手法与表现主义。到此，曹禺对西方话剧的借鉴已经达到了自足和相当成熟的境界。但曹禺仍不满足，他还要改换戏路，创造具有十足的民族风味的中国话剧。

1940年完成的《北京人》，从题材看，曹禺回到了他最擅长的封建大家庭的人伦关系、情感生活，典型的中国家族故事。从外来影响看，受契诃夫平淡悠远审美风格的影响，一反自己过去戏剧的紧张热烈，用生活琐细取代集中惊人的中心事件，剑拔弩张的人物关系变为相互的疏远、躲避，潜藏杀机，淋漓尽致的对话变得无需多言甚至沉默，悲愤惨烈的戏剧氛围化作了深沉含蓄的诗意。从审美属性看，除了惯有的悲剧意蕴之外，又增添了一些喜剧与正剧的审美因素，曹禺似乎是厌倦了西方的单纯与极端，回到了中国传统的和谐之美。

与中国文学史上所有的家庭题材一样，《北京人》的主题表现了封建大家庭的衰朽。与周朴园的强横及家庭的突然崩溃不同，曾家债台高筑、翁媳争斗、姑嫂倾轧、夫妻反目，已被“耗子”蛀空，行将就木了。为曾老爷子准备的“棺材”是一个象征，意味着封建家庭及其文化的灭亡。曾皓没有家长的力量了，除了虚伪阴狠以外，显得可怜可笑。作者给他注入了较多的批判讽刺的喜剧因素。儿媳曾思懿费尽心机当上了管家奶奶，干练泼辣、自私刁蛮，不但撑不住这个家，反而败事有余，加速了家庭的分崩离析。她的妒忌、对丈夫的控制欲，以及对情敌的折磨，是曹禺的精彩之笔，含有作家对这类精明厉害的女性的情感厌恶。这一形象的创造，显然受《红楼梦》王熙凤性格塑造的启发，也与作家当时的情感体验关系深切。从蘩漪、金子到曾思懿，曹禺的女性审美正在发生突变。从欣赏野性、强悍转换到崇拜沉稳、优雅，曹禺回到了传统。曾皓的儿子曾文清，是曹禺继周萍、焦大星之后，塑造的又一个封建大家庭无用子孙的成功形象。他虽然清俊飘逸、善良温厚，但软弱无能，只是一个“生命的空壳”。他的悲剧在于，传统文化所养育的品性人格，不能适应新的时代文化，他无法找到也没有能力开始新的生活。作为士大夫的“本事”：品茶、下棋、作画、养鸟、谈书论道等，虽然高雅却失了实际用途。于是他只剩下“懒”，懒到连倾诉与宣泄心中苦痛的兴致也没有，“懒到他不想自己还有感觉”。所以他有爱有恨也不敢实现：

他对表妹愫方的爱，迫于妻子的淫威，只能长年埋在心底，最高的表达也只是和愫方相对无言、心有灵犀。但作者对曾文清的刻画没有停留于此，而是写他奋力一搏，离家出走。这无疑是他同命运搏斗的抗争精神。可“外面的风雨真大啊”，他没有在风雨中飞翔的翅膀，只有回家一途。这正是社会转型期价值“失范”带来的人生悲剧：他在哪里都找不到自己的位置，生命脱节了。他可以像以前一样苟活，但他却悄然自杀了。自杀是无奈与绝望，也是无声的抗议与生命自主的选择。这个窝囊的废物，也有出走与自杀的决断之举。曹禺对他的惋惜与同情可见一斑。至于曾家姑爷江泰则是个喜剧人物，其生活常态就是酒足饭饱之余空发牢骚，典型的寄生虫。正像他自己为曾家总结的：“我们都是活死人，死活人，活人死。”

《北京人》的主题的另一面，是表现封建大家庭中新一代的觉醒与叛逆。这是启蒙文学与革命文学的共同点。只不过启蒙侧重于对出走的反思，革命侧重于出走的胜利。“空谷幽兰”般的愫方，是作者全身心拥抱和赞美的女性。她早年丧母，被姨父收养，多年寄人篱下。她的性格特征之一是超强的忍耐宽厚：对于表嫂曾思懿的猜忌与凌辱，她柔韧待之，从不反击；对于姨父的近于变态的人身与情感统治，她委曲生存、以礼敬之。之所以如此坚韧博大，在于她有一种真诚爱人的价值观念。这是她的性格特征之二，全剧点睛之笔。“我们活着，就是这么一大段既凄凉又甜蜜的日子啊！”在她看来，曾皓不过是一个孤独衰弱的老人，她要尽晚辈之孝，还养育之恩。她能理解曾思懿的情感空虚，原谅了她的妒忌。她还尽力关爱瑞贞等下一辈人。她对曾文清的爱，已经达到了深入骨髓、无私无欲、永恒不变的超越境界。“他走了，他的父亲我可以替他侍候，他的孩子我可以替他照料，他爱的字画我管，他爱的鸽子我喂，连他所不喜欢的人，我都觉得该体贴、该喜欢、该爱，为着他所不爱的也都还是亲近过他的。”曹禺用愫方这种近于耶稣与释迦牟尼般情怀的爱人观念来演绎人活着的意义，使愫方成为曹禺女性审美来自人生价值理想的至高无上的阐释。但曹禺还是揭示了愫方爱文清的虚幻与不值，理性地描写了愫方的觉醒与出走。愫方一旦认清她寄生的家庭已经腐朽、寄托爱情的男人不可指望，就坚决离开旧有的生活，迈进未知的新天地。这是愫方性格的特征之三。一同出走的曾皓的孙媳瑞贞，则没有这么艰难与对旧家庭的留恋，更为单纯勇敢。

《北京人》对于理想人格的神往，除了寄托于愫方以外，还塑造了一实一虚两种形象。实者袁任敢父女，无忧无虑、敢说敢笑、欢乐天真；虚者猿人“北京人”，自然原始，“要爱就爱，要恨就恨，要哭就哭，要喊就喊，不怕死，也不怕生”。这与现实中曾家的“耗子”似的“北京人”形成了鲜明的对照，表达了曹禺的社会理想与人生希望。虚拟与象征人物的塑造，是曹禺剧作一开始就有的天才创造。这种打破话剧纯粹写的“神来之笔”，使剧作诗意盎然，神秘玄妙，增添了艺术魅力。评论界虽有对《北京人》是喜剧还是悲剧的争论，但对于《北京人》属曹禺的创作高峰则没有异议。《北京人》是中国剧史上真正具有民族审美风格的经典之作。

◎ 思考题

1. 简析巴金小说《家》中觉新形象的悲剧意义和文化蕴涵。
2. 试从《寒夜》来看巴金小说叙事风格的转变。
3. 简述巴金的主要创作观。
4. 曹禺剧作对中国话剧艺术的贡献主要表现在哪些方面？
5. 曹禺是怎样通过具体的社会历史内容实现对超越性思想主题的深邃思考的？
6. 曹禺后期剧作从“大海”变为“小溪”的原因何在？

第五章　老舍与沈从文

在20世纪30年代，老舍以小说家著称。老舍的小说以对北京社会世态风俗的描摹，对传统文化的眷恋、反省和批判、对市民阶层及其文化心理的刻画而与别的作家区别开来，其鲜明的文化意识、浓郁的地域色彩、温厚婉曲的幽默、纯正的北京方言，使其成为了“京味”小说的开创者。沈从文是京派文学的代表人物。他们的文学创作以浓郁的京味和独特的乡土气息，成为中国现代文学的百花园中的奇葩。

第一节　老舍的小说创作与文学批评

老舍的小说《二马》把中国国民置于西方文化环境中来表现20世纪20年代中英的文化差异和冲突，为中国新文学开辟了一个全新的题材领域。《骆驼祥子》经由对祥子的个人奋斗历程的刻画，突出表现出了对城市底层贫民身心交困的真挚同情和对城乡文化冲突主题的深刻思想意蕴。老舍鲜明地提出了构建现代文学批评理论的主张，其学思想的基调是强调文学的自由表达和情感真实。

一、老舍的生平和创作道路

老舍（1899—1966），原名舒庆春，字舍予，笔名老舍，满族，北京市人。现代著名小说家、剧作家。

与大多数“五四”以后的新文学家出生于社会的中上层不同，老舍生于一个贫寒的旗人家庭。收入微薄的父亲是皇城的护军，在老舍不满两岁时阵亡于庚子事变八国联军的炮火中，从此，一家人“全仗母亲独立抚养了……为我们的衣食，母亲要给人家洗衣服，缝补或裁缝衣裳”①。大杂院的生活环境、自家的困顿、底层的艰难、为日后老舍小说的底层化创作准备了条件。1913 年，老舍考入免费供给膳宿的北京师范学校。1918 年毕业后担任小学校长，此时老舍的人生运行在兢兢业业地办小学挣钱养家的轨道上。1919 年爆发的“五四”运动，给了老舍“一双新眼睛”、“一个新的心灵”，是老舍人生和事业的新起点：“感谢‘五四’，它叫我变成了作家。”②“五四”的新文化力量滋养着老舍，“反封建使我体会到人的尊严，人不应该作礼教的奴隶；反帝国主义使我感到中国人的尊严，中国人不该再作洋奴。这两种认识就是我后来写作的基本思想与情感。”③ 的确，老舍真正进入写作的领域是几年以后的事，但“五四”精神的导引却是他走上创作道路的契机。另一方面，老舍为了追求把天国的理想在人间实现的愿望，还经常参加基督教福音堂举办的一些社会服务工作，并于 1922 年受洗加入基督教。1922 年他发表第一篇译作《基督教的大同主义》，1923 年 1 月第一篇短篇小说《小铃儿》发表在《南开季刊》上。

1924 年老舍赴英国，任英国伦敦大学东方学院华语讲师。教学之余，阅读了大量外国文学作品，正式开始其创作生涯。旅居英伦期间，《老张的哲学》(1926)、《赵子曰》(1926) 和《二马》(1929) 等三部长篇小说陆续在《小说月报》上连载。这些小说的发表为他赢得了声誉，奠定了其跻身文坛的基础。1930 年老舍回国，先后在济南齐鲁大学和山东青岛大学任教，并在创作上取得了丰收。在此期间，他创作了长篇《小坡的生日》、《猫城记》、《离婚》、《牛天赐传》；中篇《月牙儿》、《我这一辈子》；短篇《上任》、《柳家大院》、《断魂枪》、《微神》等，其中短篇小说比较多，这些作品大多收入了《赶集》(1934)、《樱海集》(1935) 和《蛤藻集》(1936) 中。1936 年，老舍辞去大学教职，开始专职写作生涯。同年，《骆驼祥子》在《宇宙风》上连载。这是一部现代描写北京底层市民生活的最优秀的作品，也是老舍的巅峰之作。

抗日战争爆发后，老舍的生活和创作都发生了巨大的变化。1937 年济

① 老舍：《我的母亲》，载曾光灿、吴怀斌：《老舍研究资料》(上)，北京十月文艺出版社 1985 年版，第 109 页。

② 老舍：《“五四”给了我什么》，载曾光灿、吴怀斌：《老舍研究资料》(上)，北京十月文艺出版社 1985 年版，第 119 页。

③ 老舍：《“五四”给了我什么》，载曾光灿、吴怀斌：《老舍研究资料》(上)，北京十月文艺出版社 1985 年版，第 118~119 页。

南失陷前夕，他毅然南下武汉投身于抗战救国的洪流中，任中华全国文艺界抗敌协会理事兼总务部主任，主持文协日常工作。1938 年至 1945 年，老舍在重庆坚持抗战工作，期间创作了长篇小说《四世同堂》的头两部(《惶惑》、《偷生》）和《火葬》，短篇集《火车集》、《贫血集》，另有《残雾》、《国家至上》等十几个戏剧作品和通俗文艺集《四三集》、长诗《剑北篇》等。1946 年至 1949 年赴美讲学，在美国完成了《四世同堂》第三部《饥荒》和长篇小说《鼓书艺人》。

1949 年回国后，老舍的文学创作达到另一高峰，其话剧创作引人注目，《龙须沟》、《茶馆》是此期代表作。1951 年，被授予“人民艺术家”称号。1966 年 8 月 23 日，老舍遭到批判和毒打，次日投太平湖自杀。

“北京”、“文化”、“市民”、“幽默”是老舍此期文学创作中的四个关键词。老舍的创作以对北京社会世态风俗的描摹，对传统文化的眷恋、反省和批判，对市民阶层及其文化心理的刻画而与别的作家区别开来，其鲜明的文化意识、浓郁的地域色彩、温厚婉曲的幽默、纯正的北京方言，使其成为“京味”小说的开创者。

在中国现代文学史上，老舍的独特地位与价值在于他对文化批判问题的格外关注，这既接续了“五四”国民性批判的文学传统，又有自己新的开拓。作为北京文化的一个特殊承载个体，老舍对传统文化有着深厚的眷恋，但经由五年的西方现代文明的熏染，也使他对中国文化所怀有的隐忧在切身可感的中西文化的对比中，化为对传统文化的理性反省与批判。依托于“城与人”的关系，老舍将北京市民及其生活心理的展示描述作为民族文化寄寓和反省的对象。

在小说中，他为现代文学画廊塑造了包括不同时代、职业、年龄、性别及政治立场、性情趣味等方面相去甚远的市民人物群像。其中的四类市民形象颇能代表老舍的“市民世界”的特色：

一是老派市民形象。这类人物是老舍烂熟于心、塑造得最成功的。老马(《二马》)、牛老者(《牛天赐传》)、祁老人(《四世同堂》）等是其中代表，而以张大哥(《离婚》）最引人注目。《离婚》标志着老舍的小说艺术的成熟，其中的主人公张大哥是一个北京市民社会中有好心肠、好脾气、好人缘的典型“大哥”形象。他是财政所的一名科员，心安理得地混着“没公事可办”的庸常日子，知足本分，但世事练达；中庸敷衍，但平和热心。他严守市民生活的因循保守准则，认为人生最重要的“事业”是调和矛盾，“凑合”着过日子，所以，把“作媒人和反对离婚”当做自己最神圣的使命，因为做好媒人就能使人人有满意的妻子，天下就会太平，而离婚就意味着一切既成秩序的破坏。最终，在张大哥的斡旋下，周围想离婚的人都收敛了离婚企图，而不满于灰色人生，企图追寻生活“诗意”的老李也离婚不得，逃回乡下了。透过张大哥的“事业”，我们看到老舍在《离婚》中批判了由传统文化沉积在男女、婚姻、家庭中的随遇而安、消沉慵懒的“日常生活哲学”，由此备感“老中国的儿女”那“出窝儿老”的精神病态对国民性格的毒害和侵蚀。二是新派市民形象。《老张的哲学》中的兰小山，《离婚》中的张天真、小赵，《四世同堂》中的祁瑞丰等属于这类人物，老舍把他们称为“洋派青年”，并用漫画、讽刺的笔墨来刻画他们。张天真的肖像勾勒和精神捕捉颇具代表性：“高身量，细腰，长腿，穿西服。爱‘看’跳舞，假装有理想……每天看三份小报，不知道国事，专记影戏园的广告。”他们拾西方文明之牙慧而承传统文化之粗鄙，是中国社会殖民地化和都市洋场化历史过程中的畸形产物。值得注意的是，老舍写老派市民时是反省中有眷恋，批判中有同情，而对“洋派青年”，老舍却极尽夸张地摹写他们的粗俗和丑态；这正显示出老舍复杂辩证的文化取向：对传统文化的眷恋与批判同在，对外来文化的认同与戒惧同在。而“洋派青年”则是老舍对本土文化鄙陋处的批判和对外来文化的戒惧相融合的形象阐释。三是理想市民形象。包括赵四(《老张的哲学》)、李景纯(《赵子曰》)、李子荣(《二马》)和丁二爷(《离婚》)等行侠仗义者或热情实干者。这些小说有着传统小说侠客英雄除暴安良的情节和大团圆结局，如在《离婚》中，张大哥的家庭面临危机而无可奈何时，是丁二爷杀死恶少，以侠义的形式拯救了其一家。这种旧式小说的理想人物设置和情节结构安排，一方面传达出作者实干兴国、侠义救民的美好想往；另一方面也显示出老舍政治上的天真和思想上的平庸。四是底层贫民形象。在现代文学作家群中，老舍凭借着自己的底层“头朝下”的生活经历，成为一位真正从城市底层贫民的生活经验和生命体验出发，撕破城市现代性的华丽外衣，创作出城市底层文学的穷人作家。底层贫民形象在老舍的“市民世界”中数量最多，质量最高，其中有骆驼般吃苦卖力的人力车夫，有为了糊口养活家人而“卖肉”的妓女，有像狗一样转来转去挣口饭吃的旧巡警，有苦学一身手艺而派不上用场的手工业者，有处处受欺负、社会地位极其低贱的旧艺人，更有备受磨难的最底层妇女……通过他们，老舍真正描述了城市底层形象及其真切可感的日常生活世界氛围；换言之，他在底层叙述与文学审美想象之间找到了一条从日常生活体验切入城市底层灵魂世界的审美之门，这在30年代以前的城市文学文本中是少见或没有的。更重要的是，老舍的底层贫民形象叙写不仅源于底层，还有反思底层、批判底层的精神维度，这就使其作品更见功力和深度，而其中的《骆驼祥子》则经由底层的叙事将老舍关于文化反思和文明批判的主题推向了高峰。

从广义上说，北京是老舍小说中唯一的主角。北京之于老舍，是一个作家与其创作对象之间所能结成的最自然、单纯的审美关系。“老舍经由发现‘艺术的北京’而发现自己的艺术个性，经由北京形象而完成了他自己。”①由此，“京味儿”成为老舍小说的特色所在。这种特殊的“京味儿”不仅体现在其作品展示了丰富多彩的北京风俗人情，刻画了形形色色的北京市民形象，并对北京的文化心理结构予以了真切描绘和深刻揭示，还体现在老舍小说特有的幽默和纯正的北京方言的使用上。

幽默是老舍小说的又一特色。这一风格的形成，除了受英国文学幽默因子的影响外，更得益于老舍性格的仗义洒脱、理解宽容，得益于北京市井气息的切身体验及皇城根下文化的熏染。大致而言，老舍的幽默有一个从生涩到成熟的过程。《离婚》之前的作品，有为幽默而幽默之嫌，特别是在过分迎合小市民的欣赏趣味时，其幽默就滑向了“油滑”，有点类似于北京市民的“耍贫嘴”了。《老张的哲学》就是显例，所以，“胡适先生对于老舍的作品评价不高，他以为老舍的幽默是勉强造作的”②。从《离婚》开始，其幽默走向成熟。基于对人生欠缺性甚至是悲剧性的深切了解和同情，老舍把幽默视为一种心态、一种生命的润滑剂。他追求幽默的高视点和厚底蕴：“出自事实本身的可笑，可不是旧文字里硬挤出来的。”他还强调幽默表现的温厚，与现代其他作家或激愤或冷峻的态度相比，老舍的幽默更具有理解的、同情的张力，嬉笑怒骂背后有辛酸、有苦涩，更有作者的正义感和温暖的心。凡此种种，再经由艺术表现上的节制与适度，产生了喜剧与悲剧融合、讽刺与抒情交织、欢笑与深思同在、轻松与厚重相谐的艺术魅力。

老舍是以浓郁的“京味儿”语言来叙写作品的。其小说的语言是纯正的北京话，这种语言不仅有利于再现人物的言语行动，刻画人物性格，而且在表现北京特有的文化风俗、社会心理方面，具有无与伦比的生动性。更重要的是，其语言不是书面语，而是经过提炼的北京市民的口语，朴素、平易、简洁，带有鲜明的京腔韵味。从“五四”文学语言的普遍书面化，到老舍小说语言的口语化，新文学小说打破了“曲高和寡”的尴尬处境，可以说老舍比较成功地实践了新文学的通俗化和大众化的方向。

① 赵园：《北京：城与人》，北京大学出版社2002年版，第8页。

② 梁实秋：《忆老舍》，载《看云集》，台北志文出版社1974年版，第47页。

二、《二马》和《骆驼祥子》

《二马》出版于1931年，是老舍唯一一部以英国为背景写作的域外小说，也是他早期长篇小说的代表作。在该作中，老舍调动了他在伦敦五年的时间里积累的真实生活经验和感受，第一次把中国国民置于西方文化环境中来表现20世纪20年代中英的文化差异和冲突，这在老舍的作品中是独一无二的，同时也为中国新文学开辟了一个全新的题材领域。

作为长篇小说，《二马》的情节很单纯：北京市民马则仁（老马）因为在伦敦做生意的哥哥病逝，带着儿子马威来到英国继承兄长的产业——一家中国陶瓷店。于是父子两人在不列颠这个老牌资本主义国家里，经历了诸如事业、情感、家庭伦理、人际交往等种种可悲可笑又可叹的遭遇。其中最令人感慨的两个核心事件是：情爱和事业。就情爱而言，老马爱上了房东太太温都夫人，小马则暗恋着房东太太的女儿玛力姑娘；但温都夫人最终囿于英国人的民族偏见和周围环境的压力，拒绝了老马先生的求爱；小马所挚爱的玛力姑娘更不可能看上一个中国人，二马的爱情终无着落。就事业而言，老马不懂也不喜欢伙计李子荣的经营方式，但自己又无心无力去经营店铺，小马在李子荣的鼓励与协助之下改革经营方式，却又与父亲的“礼数”、道德观念相悖，于是他们惨淡经营的中国陶瓷店也濒临倒闭。最终，小说以老马“没法子，只好去睡觉，在梦里向故去的妻子哭一场”，小马在失望之余，伤心地离开伦敦，决心发愤图强，报效祖国。

老舍创作《二马》的动机源于他对中英两国文化的感受和认识：“写这本东西的动机不是由于某人某事值得一写，而是在比较中国人与英国人的不同处。所以一切人差不多都代表着些什么；我不能完全忽略了他们的个性，可是我更注意他们所代表的民族性。”① 基于这样的写作理念，文本中的人物设置，甚至环境描写都具有强烈的文化象征意味。

其文化内涵的一个重要方面是以英国国民性为参照，审视和批判中国国民精神的弱点。这种审视和批判主要是通过马则仁（老马）这个典型的老派市民人物进行的。老舍在小说中说：“马则仁先生是一点不含糊的‘老’民族里的一个‘老’分子。”这个“老”分子是个“官迷”：老马活着的志愿便是做官，除了做官不屑于做任何事情：对妻子，他惋惜自己没有在妻子活着时当上官，给妻子弄个“皇封冠诰”荣耀一番；对儿子，他劝儿子念

① 老舍：《我怎样写二马》，载曾光灿、吴怀斌：《老舍研究资料》（上），北京十月文艺出版社1985年版，第532页。

政治，回国后做个官什么的，来头大一点；对经营古玩店的李子荣，他觉得俗气，因为“读书的君子就不讲买卖”。老马的这种“官迷”特征产生于中国封建社会特定的“官本位”的历史文化背景之中，这种只重视做官而轻视其他职业的意识致使中国的知识分子无心于所谓“杂学”，对中国的经济和科技的发展产生了严重的阻碍作用。作者对此深有感触，他借李子荣之口对这种唯官是迷的现象批评说：“中国人不把官迷打，永不会有出息!”老马的等级观念极强：他虽不是个称职的老板，却对李子荣处处以“掌柜”的身份加以呵斥；他不懂经营，却不愿向伙计请教，当李子荣提出改革的建议时，他又觉得李子荣有僭越之错。另一方面，等级观念又造成了其二重人格，老马在伙计和儿子面前倨傲，在英国人面前却又不顾及国格和人格。英国往上海送兵，明明是侵略行为，但当英国将军在大庭广众之中问老马“英国兵要老在中国，是不是中国人的福气造化”时，他竟然规规矩矩地说“欢迎英国兵”。老马把中国某些不合理的封建家庭制度当光耀，自己身为鳏夫，还对英国人夸口家中有五六个妻妾。另外，这个“老”分子懒散、不思进取。老马喜欢的是“下雨不出门，刮风不出门，下雾也不出门。叼着小烟袋，把火添得红而亮，隔着玻璃窗子，细细顺摸雨、雾、风的美”的闲适生活。但命运（其实是作者）偏偏安排他到了英国，处在一个完全异质的文化环境下，成了伦敦的“第一个闲人”，老马来伦敦是做生意的，但他并不好好经营古玩店，除了养花遛狗就是闲坐。他的悠然自得也就凸显出一种麻木不仁、不思进取的文化惰性；他的好面子重礼节讲人情，在英国这样一个讲究法制重视社会公德的文化氛围里，就显得格格不入，显得可悲可笑又可叹。值得注意的是，老舍对老马身上所饱蕴的“北京文化”的情感态度是相当纠结的：其中固然以反省批判为主，但同时还有对“北京文化”所呈现的高雅、含蓄、精致、闲适的美的不由自主的爱悦，以及因这种美在外域进取文化映照下所显示出的柔弱、无用而产生的沮丧感伤，同时也为这种文化的不能与时俱进将被淘汰而有着无限的惋叹悲哀。

小说文化内涵的另一方面是体现了老舍对关于如何重建民族理想人格的思考。小马和李子荣就是这种思考的形象再现。小马具有很强的民族自尊心，越是受到异族人的歧视，他的爱国情感越是强烈。在深切感受到异族人的歧视之后，尤其是得知自己所爱的英国姑娘玛力看不起中国人时，他决心为民族的振兴而献身。他想通了：“为老中国丧了命，比为一个美女死了，要高上千万倍！为爱情牺牲只是在诗料上增加了一朵小花，为国家死是在中国史上加上极光荣的一页!”李子荣的性格比小马更成熟，更坚韧，更能体现作者的理想。李子荣一方面继承了中国传统美德：埋头苦干、古道热肠、侠肝义胆；另一方面又汲取了西方现代人的文化品格：积极进取，有强烈的敬业精神，不羞于言商言利。他既懂得东方文明中的交情，又谙熟西方文明中的法律。他一扫老一代中国人萎靡、懒散、敷衍、虚妄的旧习气，以“中西合璧”的文化人格出现在老舍塑造的人物长廊中。李子荣和马威是老舍设计文化新人的“理想的产儿”，从艺术形象的塑造上看，存在观念先行，人物塑造不够立体饱满的不足。总的来说，经由《二马》的写作，可以看到，相比较而言，老舍对于老中国国民弱点的解剖所取得的成功，是高于他理想中国国民性格的捕捉和塑造的。

《骆驼祥子》是老舍文学思想和艺术上的代表作，也是与《子夜》、《家》齐名的30年代优秀的长篇力作。其中的主人公祥子是现代文学的城市底层劳动者形象画廊中的著名典型。小说通过农村破产青年祥子来到城市成为一个人力车夫以后，在“三起三落”的买车奋斗中失败堕落和在婚姻关系中挣扎沉沦的悲剧故事，突出表现出了对城市底层贫民身心交困的真挚同情和对城乡文化冲突主题的深刻思考的意蕴。

《骆驼祥子》的成就，主要体现在祥子这一城市底层悲剧典型的塑造上。个人的追求努力与混乱的社会的全面对立是祥子悲剧的根本原因。初到城市的祥子是个正直善良、热爱生活的劳动者。在城里凡是靠卖力气吃饭的活他都干过，最后选择了拉车这个行当。要强的祥子在一拉上租来的洋车的时候就立志要买一辆自己的车，开始了其个人奋斗的历程。买上自己的车，做一个自食其力的人力车夫，成了他奋斗向上的动力和生活的唯一目标。从祥子的主观条件来看，这希望是切实可行的：他身体强壮，有力气，有决心，有毅力，刻苦耐劳如骆驼，并且拉车本领高超，这些都是他实现买车愿望的有利条件。但是，混乱的社会环境彻底粉碎了祥子的生活目标。第一次，经过三年的努力，祥子终于用自己的血汗换来了一辆洋车。但是没有多久，由于军阀混战，乱兵抢走了他的车。第二次攒钱买车，他把自己当做铁打的，没命拉车，拼命攒钱。他仍然真诚地相信，只要有了自己的车，就有了属于自己的独立自由的生活。但攒够的钱还没来得及买车，就被政府侦探敲诈洗劫一空。第三次在虎妞的帮助下买了车，很快又为埋葬虎妞而不得不把车卖掉。“三起三落”的挫折虽然使祥子丧失了买车的最后一点信心，但那时的祥子还想像个人一样活着，还希望将来“混好了”来接他喜欢的小福子，成个家。但走投无路的小福子的自杀，毁灭了祥子心中最后一丝希望的亮光。生活将祥子完全磨砺成了截然不同的另外一个人。由此可见，造成祥子悲剧的根本原因正是把“人”变成“鬼”的社会。社会的黑暗，毁坏了维护人生存与发展的基本规则：勤劳不仅不能致富，甚至也不容许人们实现最基本的生活愿望。祥子历尽艰辛，风雨里咬牙，茶饭里节省，欲独立自主而终不可得，因为其所处的是军阀混战不断、强权与剥削并存的环境，他不可能凭借个人的能力与这样一个强大、罪恶、病态的社会抗衡，最终只能成为社会的牺牲品。总之，从反映社会现实层面看，经由祥子的悲剧，《骆驼祥子》真实反映了旧中国城市底层人民的苦难生活，揭示了 20 世纪二三十年代中国社会的混乱黑暗图景。

更值得注意的是，老舍还从乡土人性与病态的城市文明相背离的文化张力处，刻画了祥子这样一个来自乡村的淳朴的农民与现代城市文明相对立所产生的人性堕落，表达了对城市文明病与人性关系的深刻思考。祥子本生长在乡间，失去了父母与几亩薄田，18 岁的时候便跑到城里来。祥子进城之初无处不打着中国农民的烙印：他有着一副乡下人特有的强壮体魄，“像一棵树，健壮、沉默、而又有生气”；他坚守着中国农民所相信的天道酬勤，从不怨天尤人的品格，心中揣着自己的创业梦想，希望通过个人努力在偌大的城市里杀出一条生路来。在城里，祥子保有了乡村劳动者的许多美好品质。他把用力拉车挣饭吃，看成天底下最有骨气的事；他为曹宅失去了买车的全部积蓄，但当他留守曹宅时，决不拿曹宅的一针一线；他省吃俭用，却为老马祖孙买肉包子充饥。祥子对城市有着真诚的热爱：“虽然那里没有父母亲戚，没有任何财产，可是那到底是他的家，全个的城市都是他的家，一到那里他就有办法。”但与祥子的一厢情愿相反，这个贫富分化、弱肉强食的城市根本没有为祥子这样的小人物留下希望。当祥子生活于自己热切向往的城市时，城市作为现代文明的体现似乎不见了踪影，却更多地展示了自身所存在的阴暗面：罪恶、欺诈、诱骗、自私、剥削……在城市的一连串遭遇中，祥子身上原本纯洁、善良的乡村人性被摧残：被孙侦探诱骗，使祥子的勤劳变得毫无所获；和虎妞结婚，使祥子依靠个人奋斗的梦想化为泡影；意中人小福子被逼自杀，使祥子抛弃了做人的尊严……最终，要强的善良的、勤劳朴实的祥子，变得好吃懒做，又嫖又赌，又狡猾又无赖，以行尸走肉的形象融入在城市的丑恶中。

在 20 世纪的中国社会现代化进程中，人们对以城市为代表的现代生活的向往心理是非常强烈的。对现代中国人来讲，城市及城市文明是其追寻未来、摆脱现实的最终指向，是其追求现代生活的切入口。无论就个人主体还是民族国家主体而言，城市认同已经深入人心。祥子的心理其实正是这种社会心理的缩影。但不容忽视的是，城市的文明进程也往往伴随着道德的沦落、人性的扭曲等弊病，老舍就经由祥子形象的塑造，表现了一个具有健全的、淳朴的人性的农村青年如何在城市的毒害之下变成了一个“个人主义的末路鬼”的蜕变过程。

《骆驼祥子》中的虎妞也是塑造得很成功的圆形人物形象，同时她还是现代小说人物画廊中不能归类的独具特色的一个。她的独特复杂逸出了读者的阅读期望，使这一形象获得了充分的美学张力和魅力。虎妞的矛盾复杂至少可以从三个方面把握。一是，她的泼辣甚至强悍的世俗情爱追求蕴含了强劲的艺术生气。作为一个姑娘，虎妞既丑且老，因着父亲刘四爷的自私，三十七八岁还高不成低不就地守着“女儿寡”，就此而言，虎妞是值得同情的。但世俗生活的历练，使虎妞对自己的未来能凭直觉而进行可靠的安排。她喜欢上了祥子，因为祥子年轻、健壮、老实，是难得的“宝贝”。于是，她使出浑身解数——引诱、威逼、假装怀孕、与父亲闹翻、痛失父亲的财产等——终于嫁给了祥子。二是她的性格的市井性与真实多样性的融合增强了这一形象的艺术吸引力。作为车厂主的女儿，虎妞的性格中既有好逸恶劳、粗俗刁泼和市侩习气的一面，但同时又她敢于毫不顾忌“父母之命，媒妁之言”嫁给一个地位卑贱的车夫。既嫁之，虎妞却不安之，她并不想“作一辈子车夫的老婆”，而是想接替父亲经营车厂，或者靠着她的那点体己钱，“弄上两三辆车”，当个小车主；并依仗着经济上的优势，要祥子按照她的意志行事；于是祥子在外面拉车受尽了屈辱，回到家里还要应对这样一种虎妞式的近乎粗野的“疼爱”。在这桩婚姻中，虎妞的性格得到了栩栩如生的展示，她的多变与生动、有心计与真强悍、真情爱与假做戏，都让读者耳目一新。三是经由虎妞的刻画，使作品中老北京风俗画特色增色不少。虎妞形象凸显着古都社会中许多的风俗文化，如在虎妞自筹的婚事中、在她为父亲办寿中、在她难产至死中，读者可以领略到古都的婚俗之美、寿礼之全、丧葬之风。在虎妞的上街取乐中，可以随着她观赏古都的集市和庙会……

中国现代文学自诞生之日起，就带有强烈的书写底层民众的思想倾向，现代小说中描写底层劳动者的作品比比皆是，但把古都的文化景观、城市的病态文明，与来自乡间的底层劳动者璞玉浑金般的美德、蜕变而复杂的心灵、不合理的家庭及其悲剧命运融合交织在一起进行叙事，从而将作者关于文化反思和文明批判的主题推向高峰的，则是《骆驼祥子》不可替代的艺术魅力之所在。

三、老舍的文学批评与创作理念

老舍在创作文学作品的同时写作了大量创作谈以及批评理论专著《文学概论讲义》，其创作经验谈主要收入《老牛破车》一书中。一方面，他从中外文学批评经典理论著述中吸取有益的营养，用这些理论营养供自身的创作；同时又将这些理论与自己的创作体会相融合去从事文学批评，从而显示了其文学批评融会中西，融会个体独特审美经验的特点。另一方面，老舍还从作家的创作实践、独特感悟出发，总结自己的创作实践，为中国文坛提供了一些具有长久价值的关于文艺问题的精辟论述。

20世纪30年代，中国的现代文学批评理论还不系统不完整，所以老舍在《文学概论讲义》中鲜明地提出了构建现代文学批评理论的主张。这种主张主要由两个递进的论述展开。首先老舍对传统文学批评进行了剖析，他把外国文学批评理论与中国古代文论相比较，认为中国古代文论中缺少艺术论，同时也缺少真正的文学批评。以古代文论中著名的《文心雕龙》为例，老舍就认为它“不是真正的文学批评”，而是一种讲“文学源流、文学理论、修辞、作文法”的著作①。他进而指出，由于中国古老的尊经崇儒思想的影响，直至明清，文人们还不敢把“经”与“道”从文学中分出去；由于没有系统的文学批评理论来指导，文人们对纯文艺纵然能欣赏，却不敢公然倡导，即便是品评作品也多是指出文艺作品的错误与毛病，有条理、成系统的批评主张却不多见。中国的文学“很吃没有用这整个的理论来批评和指导的亏”，因此，养成公平无私的批评“尤为今日之急需”②。建立系统完整的艺术的审美的文学批评是中国文学发展的迫切需要。那么，如何建立完整的批评系统呢？老舍分别从批评的职能、分类、原则和标准、方法以及作家应具备的才能与态度诸方面，提出了许多颇有见地的见解。特别值得注意的是，在批评理论和方法上，老舍拥有相当宽阔的视界，他主张博采众家之长，反对批评中的固执一己之见。他吸纳莫尔顿的方法，把文学批评分为理论的批评、归纳的批评、判断的批评与主观的批评四大类，并逐一进行关注和分析，指出每种批评方法的特色和不足，进而总结道：只有具备了“天才、审美心、训练、知识、公平、精细、忍耐、同情、真诚……这么些个条件才能作成个批评家！”③ 这是一个创作家对批评家的要求，也是一个创作家对批评界的期待。

老舍文学思想的基调是强调文学的自由表达和情感真实。在理论上，他认为文学是个性的表现，是审美的，是创作主体对生活的感觉和认识，内在的情感越真实越好，外在的目的性越小越好。基于此，他对古代实用主义的

① 老舍：《老舍全集》第16卷，人民出版社1999年版，第21页。

② 老舍：《老舍全集》第16卷，人民出版社1999年版，第128页。

③ 老舍：《老舍全集》第16卷，人民出版社1999年版，第31页。

文学观进行了批判。在老舍看来，孔子“把礼乐与文学全做了政治思想的牺牲品”；把“诗”的所有作用都思考到位了，“始终是说怎样利用它”，即利用文学，却单单不提它的美学价值。正是由于孔子不承认文学独立的表情性质给后世的主观文学思想定下了基调，于是为政治或为道德后来就成为一种文学创作的戒律，弄得作家像中了魔咒一样不得脱身，甚至写出的作品都是虚伪的①。的确，老舍关心社会，关注底层，但对这种狭隘僵硬的载道论他是极力反对的。他在文论中一再强调：感情是文学的基本特质，也是决定艺术质量高低的关键；文学的审美功能在于感动力；没有感情的文学是僵死的文学。他倾向于从情感自由的角度看文学，他坚持文学是作家主观和内心的真诚表达：“没有一个伟大的文人不是自我表现的，也没有一个伟大的文人不是因自我而打动千万人的热情的。”② 与对情感的肯定相应，老舍强调文学的创造性和独特性，在他看来，不管是思想还是文字，都不应摹仿他人：“摹仿别人，则失去自己。同一件事，有多少不同的说法与看法。我自己如何说，即我的风格。我自己如何看，即我的见解。”③ 既然文学是独特的自由的表达，文学的质量也就由其艺术性决定了，“文艺作品的成功与否，在乎它有艺术的价值没有，它内容上的含蕴是次要的”④。“怎样的表现是艺术的问题，陈说什么是思想的问题，有高深的思想而不能艺术地表现出来便不能算作文艺作品。反之，没有什么高深的思想，而表现得好，便还算作文艺，这便附带着说明了为什么有些无理取闹的游戏文字可以算作杰作，‘幽默’之所以成为文艺的重要分子也因此决定。”⑤ 老舍特别注重艺术形式的决定作用，其文学观点是一种关于文学本体论的论述。

老舍还结合自己的创作实践对作家的创作进行了理论的概括。这些创作谈是以其文学本体论的思想为前提展开的，这样老舍的创作谈基本上是从文学本体的层面上思考问题。以此为基准，他对作家的生活体验、人物的塑造、结构的安排、语言的表达等方面都作了论述，总结出一整套批评观点，而这些观点又正好显示了其作为艺术审美型的批评家的特色。

老舍谈创作，坚持把“体验生活”的原则放在重要的位置，他强调作家丰富的社会经验和厚实的生活底子是创作出优秀文学作品的基础。创作的

① 老舍：《老舍全集》第 16 卷，人民出版社 1999 年版，第 11~13 页。
② 老舍：《老舍全集》第 16 卷，人民出版社 1999 年版，第 58 页。
③ 老舍：《老舍全集》第 17 卷，人民出版社 1999 年版，第 1 页。
④ 老舍：《老舍全集》第 16 卷，人民出版社 1999 年版，第 37 页。
⑤ 老舍：《老舍全集》第 16 卷，人民出版社 1999 年版，第 43 页。

源泉是生活，“写一件事需要一千件事作底子”，基于此，作家必须“睁眼看社会”，认识“活的世界”，才能写出好的作品；也就是说，作家生活经验丰富了，生活素材充分了，才能为艺术想象奠定基础，以达至“经验丰富想象，想象确定经验”艺术境界①。事实上，老舍自己的创作，就是这一原则的最好体现。在他的作品中，他总是从自己最熟悉的生活出发，写自己最熟悉的人和事。老舍从1924年离开北京到英国，到1949年从美国归来定居北京的20多年间，或客居异国，或流落他乡，但其作品一直热衷于表现他最熟悉的北平故乡生活。除了是北平人外，老舍还是穷人，这种刻骨铭心的生活体验，使老舍很自然地把自己熟悉的生活带到了他的创作中，所以他说：“因为我‘读’了人力车夫的生活，我才能写出《骆驼祥子》。……并没有看过另一本写人力车夫的生活的书。”② 也正是有了诸如祥子之类的杰出人物形象的刻画，老舍的“老北京底层叙述”才会在现代文学史上熠熠生辉。

在文学作品的写作中，老舍特别强调“按照创作规律塑造人物形象”，因为“人物在文艺作品里占最大的分量”③。那么，如何使人物成为成功的艺术形象呢？老舍根据自己的创作实践，总结出了一些方法。第一，创造人物形象，应摒除某种抽象概念的拘囿，重在刻画人物的个性，以使他们生动起来。老舍批评了那种奉行“用张王李赵去代表几个抽象概念”的创作方法，指出好的人物形象应该“是一个活人，并不专为代表一点什么而存在”④。基于这种标准，老舍对自己早期小说《二马》中的人物小马和李子荣的塑造进行了批评。在老舍看来，这两个人物是自己设想具有理想的国民性格的人，是“理想的产儿”，正因为只代表某种理念，犯了观念先行的错误，所以他们的塑造都是不成功的形象，都“没劲”⑤。第二，让人物按其性格逻辑自由发展，切不可依据谋划好的写作计划去限制人物在事实逻辑程序中的展开。为了很好地阐释这一观念，老舍从自己的创作实践进行论述：“当我进入创作的紧张阶段中，我是随着人物走，而不是人物随着我走，我

---

① 老舍：《我怎样写〈赵子曰〉》，载《老舍论创作》，上海文艺出版社1982年版，第9页。

② 老舍：《读与写》，载《老舍论创作》，上海文艺出版社1982年版，第217页。

③ 老舍：《老舍全集》第16卷，人民出版社1999年版，第76页。

④ 老舍：《人物的描写》，载《老舍论创作》，上海文艺出版社1982年版，第83~89页。

⑤ 老舍：《我怎样写二马》，载《老舍论创作》，上海文艺出版社1982年版，第15页。

变成他，而不是他变成我，或我的某个朋友。”① 当然，作家“随着人物走”时，必须把握好人物和事物发展的逻辑程序，不能随心所欲，胡编乱造，也不能过分丑化、神化或美化人物，这样才能达至形象塑造的客观性。

老舍被公认为现代文学的幽默作家。幽默不仅是老舍的文学风格，同时也是其文艺思想的一个部分。受英国文化的影响，老舍在为幽默做出理论界定时，强调它是一种处世和写作的心态和方法。这种心态是有层阶性递进性的，首先是基于自居心理的同情。老舍认为幽默是一视同仁的好笑的心态，承认人类的缺欠，同时懂得作为人类的一分子，“他自己也非例外”，于是在“由事事中看出可笑之点”中同情油然而生，又因着同情而对事事持和颜悦色、心宽气朗的态度就是幽默②。其次是基于同情的悲悯。老舍很欣赏萨克莱的这么一句话：“幽默的写家是要唤醒与指导你的爱心、怜悯，善意——你的恨恶不实在，假装、作伪——你的同情与弱者，穷者，被压迫者，不快乐者。”③ 穷者，命运可悲、可怜者，老舍在真实深刻地描写刻画他们的时候，幽默的笔端总是流溢着极大的悲悯感。老舍认为幽默多是披着喜剧外衣的悲剧，用笑衣裹着苦果。具体到他的创作，其幽默始终抹不掉苦涩辛酸的味道，他将喜剧和悲剧这两种似乎对立的艺术成分巧妙而有机地结合在一起，形成笑中含泪的老舍式幽默。在作品中，他根据笑的定律与逻辑，博采中西艺术技巧，指出人间的缺欠可笑；笑后思笑，使人感到现实世界的空虚、残酷、荒诞不经，于是透过荒唐可笑的事物，又使人油然产生悲感的意味，从笑中体会到一种人生的苦涩和悲悯。最后，为更好地把握幽默的实质内涵，老舍把它与讽刺作了理论上的区分。两者的区别主要有二：一是运用者的人生态度不同。“幽默者的心是热的，讽刺家的心是冷的。”④ 其美学效果是，幽默是同情宽容的，而讽刺多是破坏性的。二是在文艺形式的表现上是不一样的，讽刺作品因着其对现实的强烈不满，而必定会呈现有破有立的倾向，于是其思想意蕴往往寄寓着“道德的目的”，在形式上的表现则是“毒辣不留情”；而幽默的底子是由于看出人间的缺陷，看出包括自己在内的人人的缺陷，而同情而悲悯，于是幽默不像讽刺，它不一定矫正，

① 老舍：《人物的描写》，载《老舍论创作》，上海文艺出版社 1982 年版，第 88 页。

② 老舍：《谈幽默》，载《老舍论创作》，上海文艺出版社 1982 年版，第 69 页。

③ 转引自老舍：《谈幽默》，载《老舍论创作》，上海文艺出版社 1982 年版，第 69 页。

④ 老舍：《谈幽默》，载《老舍论创作》，上海文艺出版社 1982 年版，第 71 页。

也不一定诛伐，它比讽刺"宽泛一些，也就宽厚一些……一高兴还可以什么也不为而只求和大家笑一笑"①。当然，幽默与讽刺也有联系，讽刺必定建立在幽默基础之上，是幽默中的锐利，是幽默中的冷嘲。事实上，在老舍看来，没有幽默，讽刺会成为说教，而没有讽刺，幽默便会成为瞎胡闹与开玩笑。所以，幽默与讽刺是对立而又统一的矛盾体，它们既有区别又相互依赖和联系，只有处理好这一对矛盾，作品才可能既有浓厚的思想底蕴，又有独特幽默的艺术情调。

第二节　沈从文的创作与批评

沈从文20世纪30年代的小说从题材上看主要分为两类，一是关注都市沉沦的面影，解剖和嘲讽带有"文明枷锁"的都市人性；二是最具沈从文特性的"湘西世界"的摹写和叙事。代表作分别是《边城》和《八骏图》：前者寄托着其对理想生命形式的热切期望，在艺术上也臻于化境，代表着沈从文创作的高峰；后者是对都市扭曲人性的揭露讽刺，寄寓着沈从文对人性的现实状况和解救之路的焦虑与探求。沈从文倡导"美在生命"的美学理念，提出了"以小说代经典"的文学观念，把情感的"节制"与技巧的"恰当"当做文学创作技巧的基本准绳。

一、沈从文的生平及创作道路

沈从文（1902—1988），原名沈岳焕，笔名休芸芸、炯之、小兵、懋琳等，湖南凤凰人，有苗族血统；京派文学的代表人物，现代小说家、散文家。

沈从文的家乡凤凰是一方神奇的土地，它坐落于湘西沅水流域，是湘、川、鄂、黔四省交界，土家、苗、侗等少数民族聚居之地，地理位置偏僻，文化习俗独特。童年沈从文顽劣任性，从私塾逃学是常课，每天游荡在小小的凤凰城，具备了一切山里野孩子具有的好坏品性和技能。出身军旅之家的他，17岁上下就当兵了，有过为期5年多的从军生涯。1922年夏，受"五四"余波影响到北京，由于只有高小学历欲进大学未果，于是坚持自学，并在北大自由听课，其间练习写作。1924年首次在《晨报副刊》上发表《一封未曾付邮的信》，此后常在《现代评论》、《小说月报》、《新月》等刊物上发表作品。1929年与胡也频、丁玲在上海合编《红黑》杂志，出现沈

① 老舍：《谈幽默》，载《老舍论创作》，上海文艺出版社1982年版，第72页。

从文创作的第一个高潮，《会明》、《牛》、《夫妇》、《菜园》、《萧萧》等短篇小说已呈现出其“湘西世界”文学的特有神韵了。1931 年至 1933 年在青岛大学任教，云天海水处，寂寞孤独时，心境虚廓，人生思索民族考量渐入佳境，写成《月下小景》、《八骏图》、《从文自传》等佳作，艺术臻于成熟。30 年代是沈从文小说创作的大丰收时期，结集出版的主要有：《龙珠》、《旅店及其他》、《石子船》、《虎雏》、《月下小景》、《八骏图》、《从文小说习作选》、《新与旧》、《嘱咐集》等，而 1934 年代表作《边城》的写成，使之成为了京派小说的柱石。1934 年以后，主编《大公报》文艺副刊，使之成为北方作家云集之文学阵地，影响甚大。

40 年代，长篇小说《长河》问世；短篇小说集有《如蕤》、《春长灯》、《黑凤集》。这一时期，沈从文就职于西南联大，开始了沉思默想的生命沉潜期。“二战”的爆发更使其对民族的存亡、人类的成毁等现代文明问题进行深入的思考，同时其美学趣味也更抽象唯美，散文集《烛虚》就是这种思虑结出的珍珠，代表着沈从文后期创作的高峰和其散文的最好成就。解放后，主要从事出土文物和中国古代服饰研究。

在现代文学史上，沈从文是多产作家之一，其创作颇为宏富，留下的短篇在 150 篇以上，中长篇小说约 10 部。这些作品从题材上看主要分为两类，一是关注都市沉沦的面影，解剖和嘲讽带有“文明枷锁”的都市人性；二是最具沈从文特性的“湘西世界”的回忆和摹写。沈从文自称是“乡下人”，的确，“乡下”是其人其文的关键词，它既是沈从文对自我身份的确认，也表征着其创作的生活经验背景、美感倾向趣味和文学艺术理想。他有着丰富的“乡下”经验，从军期间随部队辗转流徙于湘、川、黔边境与长达千里的沅水之上，读了一部内容丰富充实的大书，经历过湘兵土匪的雄武善战、各种黑暗无谓的杀戮、莫名其妙的死里逃生、山村城镇的各色人等、离奇炫目的情爱故事、沅水湘黔的险滩云雾……凡此种种，使他亲身体验到人生表象与生命内涵之间的差异，经过内化沉淀和自觉的提升后，形成了他追求美好人生、善良人性的沉忧隐痛的精神特征，并对“湘西世界”的人们的生活方式和乡风民俗具有特殊的审美敏感。沈从文在政治上无党无派，一生信仰的是生命和人性：“我只想造希腊小庙。选山地作基础，用坚硬的石头堆砌它。精致，结实，匀称，形体虽小而不纤巧，是我理想的建筑。这神庙供奉的是人性。”① “一种优美，健康，自然而又不悖乎人性的

① 沈从文：《习作选代序》，载《沈从文选集》第 5 卷，四川人民出版社 1983 年版，第 228 页。

人生形式。”① 他把“神庙”建在了他的家乡湘西边地，把理想的生命形式美好的人性寄托在充盈着人情与血性的湘西儿女身上。在“湘西世界”中，他具体展示了生命形式的几种类型。一类是表现古朴雄强的原生态生命形式。《神巫之爱》、《龙珠》、《阿黑小史》、《虎雏》、《月下小景》、《媚金，豹子，与那羊》等构成了一个对生命形式作原生态考察的系列作品。这些作品在时间上是模糊的不确定的，在空间上往往是一些为人类所疏忽、历史所遗忘的残余种族聚居的处于原始状态的封闭的山寨村落，在生活方式上保留着原始的部落氏族制度和原始习俗。正是在这种原始自然形态中，沈从文择取人物的爱情、婚姻及两性关系来为古朴雄强的原生态生命形式进行阐释。《雨后》、《阿黑小史》的青年男女的爱恣肆无忌，洋溢着生命的自然之趣；《龙珠》、《神巫之爱》强调爱必须以爱为前提，甚至语言都是多余的，因为“爱能使人暗哑”；《月下小景》、《媚金，豹子，与那羊》中的男女之爱即便与死为邻也在所不惜……这类作品依托野蛮性的先人的情爱传说和激于血性的杀人事件，欲为“阉寺性”的现代人性注入强劲健旺的生命激情，显示出鲜明的原始生命强力崇拜特点。二是表现彪犷与顺良、淳朴与蒙昧等并存的自在生命形态。这类作品的时空转向了湘西的现实社会，反映的生活场景广阔，社会底层的各色人等纷纷出场，船夫水手、老板工匠、村姑妓女、村民猎人、小贩士兵、厨子仆役、强盗土匪，乃至巫师、刽子手等，都在沈从文的作品中留下了他们的影像：如水手柏子用性命换钱买欢的无所顾忌(《柏子》)，少女萧萧命运的离奇转折和其身处悲剧而不自觉的懵懂自在(《萧萧》)，信奉一切都是命的贵生终于在原始复仇情绪的冲动下放火烧了老板的店铺和自己的房子逃走了(《贵生》)，丈夫为生活计让妻子在船上卖淫而后目睹妻子的状况终于激起了男人本能的尊严(《丈夫》)……在对这些影像的勾勒描摹中，沈从文思考着人生命运的“常”与“变”，思考着必然与偶然的胶着，思考着原始蒙昧与善良纯朴的相互渗透，思考着乡野灵魂自在性的漂浮际遇，从而为我们展现了一个色彩斑斓的湘西世界。三是对理想的“神性”的生命形式的颂扬与哀婉。《边城》和《长河》就是生命的“神性”光辉在文字中的定性。《长河》是《边城》的姐妹篇，是一部没能完成的多集长篇。小说以 20 世纪 30 年代沅水流域一个古风犹存的橘柚之乡几户人家为描写对象，既写乡村人事，更写以“新生活运动”为中心的外来都市不良文化对乡间的渗透和侵蚀。老水手代表着乡村朴素的人性美和道

① 沈从文：《〈边城〉题记》，载《沈从文文集》第 6 卷，花城出版社，香港三联书店 1983 年版，第 72 页。

德美的历史延续，同时作者又赋予了他顽强的抗争不合理社会变动的生命活力。夭夭美丽、外向、活泼、机敏，当“新生活”已经扰乱者乡村的美好和平静时，她仍自在从容地过日子。虽然如此，田园牧歌式的乡村生活正逐渐逝去：保安队向乡民强摊枪款，保安队长强要橘子，并对夭夭有所企图……《边城》的牧歌与挽歌主题在《长河》中展示得更明晰有力，沈从文哀痛的是“农村社会所保有的那点正直朴素人情美，几乎快要消失无余，代替而来的却是二十年实际社会培养成功的一种唯实唯利庸俗人生观”①。

作为20岁以后就生活在都市的“乡下人”，沈从文是在都市文明与湘西世界的互文对照中，来展示都市的人性弱点和道德沦丧的。在描写都市生活的一批小说中，他为所谓的都市“高等人造一面镜子”，以映照出都市上流社会沉落的种种丑态世相：贵妇为了日后不被抛弃保住豪奢生活竟将比自己小10岁的丈夫的眼睛毒瞎(《都市一贵妇》)；“绅士淑女”们生活糜烂、精神空虚、夫妻互骗、通奸乱伦、寡廉鲜耻(《绅士的太太》)；学问高深满腹经纶者勾引妻友(《有学问的人》)；庄重体面的教授学者们或无聊压抑或虚伪怯懦或心理变态(《八骏图》)……作者以批判讽刺的笔触揭示出都市人生风雅中的庸俗、自大中的渺小、聪明中的愚蠢、文明中的肮脏、大度中的自私。沈从文对都市人生的批判讽刺与张天翼、沙汀等左翼作家是不同的，后者持有的是鲜明的社会政治视角，题材多为切中时弊的军饷、征兵、租债等社会性的尖锐问题，作品震撼性强，社会批判力度大；而前者是一种典型的社会世态讽刺，主要从爱情婚姻等日常生活及心理的角度切入都市人生，以“人性的治疗者”的态度来摹写都市人性的扭曲和病态，讽刺里带有的悲悯增加了作品的热度，批判里蕴有的同情削弱了鞭打的力度，显示出沈从文都市文化批判的独特性。

二、《边城》和《八骏图》

1934年出版的中篇小说《边城》在沈从文的整体创作中具有极其重要的意义，它最为集中地表现了沈从文的人性理想与生命理想，寄托着沈从文对理想生命形式的热切期望，在艺术上也臻于化境，代表着沈从文创作的高峰，标志着其在“湘西世界”构建的“人性神庙”的基本完成。

《边城》以地处川湘交界的“边城”茶峒为背景展开故事：小溪白塔边，翠绿篁竹中，老船工和外孙女翠翠祖孙相依为命，生活淳朴恬静。到翠

---

① 沈从文：《〈长河〉题记》，载《沈从文选集》第5卷，四川人民出版社1983年版，第235页。

翠16岁时，掌管码头的团总的两个儿子天宝和傩送同时爱上了翠翠，翠翠内心却深爱傩送；败给弟弟的天宝，负气外出时掉进水里淹死了，老二误以为老大之死是老船工的不干脆态度造成的，加之与父亲的疙瘩，也怀着复杂的情感出走了；而老船工也在一个暴风雨之夜故去，留下翠翠在渡口等待傩送归来。故事具有传奇性和悲剧性，但沈从文却在这个爱情故事中含纳了尽量多的元素：老人与少女的故事、翠翠已故父母的故事、边城的山水白塔、边城的人事人心纠结、边城的端午中秋民俗等，小说的丰厚内蕴在这些叙事中得以延伸和拓展，最终容纳了现在与过去、爱恋与死亡、恒久与变动、天意与人为、美丽与忧伤等诸种命题。

《边城》是一首东方传统和乡土人性的田园牧歌。沈从文笔下的边城既是故乡的缩影，又是他心中构想的优美的生活生态：茶峒青山环伺，绿水缠绕，弓背的溪流，弓弦的山路，河床是大片的石头，静静的水即或伸到一篙不能落底，却依然清澈透明，河中游鱼皆可计数。边地的物镜，依靠山水材料的性质及构图方式，产生出一种原始、蒙茸的效应，仿佛深藏着难以穷尽的底蕴，显示出空濛、深渊、神秘的美感，由此，乐园图式中的自然崇拜和刻意展示，在《边城》里发挥得淋漓尽致。此外，《边城》的牧歌魅力，还来源于其独特的人事风俗：河上如梭的渡船、河街上的吊脚楼、端午节的赛龙船、河中逐鸭、“走马路”的求婚……诸如此类的边地风情，无不令人神往。

茶峒的青山绿水、修竹丽桃还把茶峒人濡染得醇厚恬淡，如同茶峒的山水一样纯净赤裸，性情自然良好。沈从文解释《边城》的创作起因是：“我要表现的本是一种‘人生形式’，一种优美、健康、自然而又不悖乎人性的人生形式。”沈从文写人性的美好，尤喜对人物“善”的本性进行描写，其善各有所现，但归根结底在于内在心灵的真诚上，因此无论是茶峒乡的农民，还是那些士兵、商人、水手以及吊脚楼上的妓女，都是充满人情味和人性美的光辉的，这些人既重义轻利，又能守信自约。几个主要人物更是醇厚人性的代表：摆渡老人侠骨柔肠，船总顺顺豪爽慷慨，杨马兵宽厚善良。而傩送与翠翠身上几乎集中了边地青年男女的最优秀的品质：男的健壮、勇敢、豪爽、一往情深；女的美丽、聪明、善良、柔情似水，他们超凡脱俗的爱情是那样的美丽动人。

作者将边城的山光水色、人事风俗、情爱追求交织一体，在如诗如画、如梦如幻的纯美境界中，寄寓了其重建东方传统和乡土人性的牧歌理想。《边城》构筑的乐园牧歌图式具有强烈的文化隐喻特征，它指向的是一个诗意的中国形象。可以说，鲁迅的《阿Q正传》和沈从文的《边城》是很最有代表性的两部中国文化隐喻意义大致相反的作品：前者是启蒙话语的杰作，经由阿Q形象批判了国民劣根性；后者的文化隐喻则要放到近现代文化守成主义思潮中去理解，结合沈从文的人生经历和乡土眷恋，我们在其《边城》等小说中可以看到另一些中国人，他们非常安祥、和谐、善良，恰恰与鲁迅小说中国民劣根性的东西形成鲜明对比。就此而言，鲁迅的阿Q形象与沈从文的诗意中国形象就相互补充，合成了一个完整的中国形象。

《边城》这首田园牧歌不仅有陶渊明式的闲适冲淡，更有屈原《九歌》式的凄艳幽渺，隐含着理想幻灭的哀愁和悲痛，这种悲剧成分来自于现实的层面、命运的层面、象征的层面。这在女主人公翠翠身上体现得十分明显。翠翠是边城青山绿水的精灵，秀外慧中，性格天然自成，从不发愁，从不动气，对一切事物怀有善良的愿望和美好的向往。作品将她性情的纯真温柔及情窦初开的朦胧向往、欲说还休的情韵表现得细致含蓄、楚楚动人。但明媚的山水、美好的人性并没能成全翠翠的爱情，她和傩送最终只能各怀着极深的爱慕，永远怀思向往着对方。这思而不得的怅惘，颇似《诗经·蒹葭》的意境，二人都是对方心中那“宛在水中央”的伊人，却相会无期，美丽的爱情憧憬最终成为美丽绵长的忧伤。另外，大洪水的到来、爷爷之死、渡船的漂走，这些也都象征着诗性人格遭到重创。在小说结尾，作为小城标志的白塔也轰然倒塌，白塔不仅关系到小城的风水，更是沈从文“湘西世界”的象征，白塔之坍塌也就预示着一个田园牧歌神话的必然终结。进而言之，这种人非物非的结局，不仅是小说人物的悲剧，更是作者洞悉到“优美的人生形式”在现代社会难以为继后的深沉哀叹；这既是《边城》这个温暖牧歌式的作品背后隐伏着作者很深的悲剧感的原因，也是作者所发出的“美丽总是愁人的”感叹之文本阐释。

作为象征性的抒情作品，《边城》以情爱故事为表面框架，而着重抒写“一种人生情绪”，这种人生情绪不是采取由作者直接出面的抒情方式表达，而是用融入作品物境、或贴紧作品人物情绪的方式抒发的，这就使得作品的艺术感染力臻于化境。翠翠和老船公的内心情绪，同时也是作者欲传达的人生情绪。老船公的孤独、对未来人生命运的忧虑、被人误解的痛苦与希望，不但与沈从文内心深处的人生理解，而且与外延更广的人生情绪共振。更重要的是，沈从文在《边城》中经由翠翠所呈现的对人性和生命的神性凝目，对充满牧歌情调的乡土人生的痴迷和哀婉，传达了一代知识分子在所谓现代的价值准则和人际关系模式面前的焦虑不安，朱光潜总结道：“它表现受过长期压迫而又富于幻想和敏感的少数民族在心坎里那一股沉郁隐痛，翠翠似显示从文自己的这方面的性格。……他不仅唱出了少数民族的心声，也唱出了旧一代知识分子的心声，这就是他的深刻处。”①

如果说《边城》是一首朴实的情诗，是浪漫唯美的人类童年期的描述，寄托了沈从文心中对优美、健康、自然而又不悖乎人性的人生形式的理想讴歌。那么，《八骏图》则是一首神秘的绝句，是人类中年时期的文明与自然的冲突、理性与本能的纠结刻画，寄寓着沈从文对人性的现实状况和解救之路的焦虑与探求。

《八骏图》创作于 1933 年，是沈从文都市题材小说中颇具典范意义、很有思想价值、同样也很有神秘性的一部作品。这篇小说以摇曳多姿的文笔，描绘外地到青岛大学作暑期讲学的八位教授的人生态度和性爱心理，因他们皆是来自千里之外的著名学者，被校长称为“千里马”，故沈从文把小说取名为颇具反讽意味的“八骏图”。

《八骏图》就现代道德问题对人性提出心理学分析，是一部很有意味的具有弗洛伊德逻辑的心理小说。关于这个旨意，可以经由沈从文的自述得到证实：“我写它的用意，只是在组织一个梦境。至于用来表现‘人’在各种限制下所见出的性心理错综情感，我从中抽出式样不同的几种人，用言语、行为、联想、比喻以及其他方式来描写它。”②《八骏图》以作家达士先生为穿线人物，以他的视点发见周围的七个教授的心理状况：这些赫赫有名、知识渊博的著名学者，或尊奉独身主义，或自诩清心寡欲，或满腹社会道德，而下意识中爱欲的本能却都被压抑着、堵塞着，只有借助变态的行为流露出来：教授甲虽儿女成行，但喜读艳体诗文、床头还挂着半裸体的香烟广告美女画；教授乙对着一位妙曼女郎的足迹和足迹里遗下的贝壳仔细赏玩；教授丙表现出对一个曾经恪守精神恋爱的朋友居然要跟一个上海交际花结婚的不屑，但同时又对着一幅古希腊女神的雕像画的凹凸之处打量良久；教授丁倒是坦然承认自己的情欲，却极力制止的自己的行为，只要女人还美，他就不让她知道自己爱她，仿佛这样是对女人的一种惩罚，他认为爱会使自己迷失……精神分析学认为，人的意识有二重性，一是以原始的姿态，以冲动的倾向或攻击的倾向出现，所以需要社会的规范和道德加以约束和管制；一是对潜意识的压抑，或对冲动的禁止，这一般是通过超自我的检阅倾向使之走向社会化。但这本能的二重性常常会发生冲突。显然，沈从文在创作《八骏图》时融入了自己对精神分析学的理解，这些教授们本都具有很强的

① 朱光潜：《从沈从文先生的人格看他的文艺风格》，载朱光潜、张兆和：《我所认识的沈从文》，岳麓书社 1996 年版，第 3 页。

② 沈从文：《水云》，载《沈从文选集》，人民文学出版社 1982 年版，第 10 页。

性爱欲望，却受着社会道德和文明意识的约束；教育修正了他们的身份，却不能克服他们的本能，于是呈现出虚伪作态，无聊怯懦、卑庸无力的人生状态。文明与道德的二律背反是现代社会人类焦虑的主要问题之一，应该说《八骏图》所反映的正是人类文明进程中不可逾越的人性苦恼。

《八骏图》努力调动多种艺术手段来展示小说丰厚、多向的思想意蕴。其主旨之一是凸显受高度文明拘囿的“人”的错综复杂的情爱心理，那么，如何使其有限的表达具有普泛意义呢？沈从文对人物名称进行了符码化处理：七位教授分别用甲、乙、丙、丁、戊、庚、辛等天干地支的符码编名，海边神秘的女子干脆就没有名字，而是以“黄衣身影”来代替。小说故意放弃中国传统小说人物名号苦心经营的审美追求，突破了“五四”以来大多数现代小说人物名称外在的具体性和内在的象征性的结合的特点；其目的就在于通过人物名称的符码化处理来突破传统小说聚焦于人物性格塑造和形象刻画的套路，进而使读者由关注人物形象本身转向思考形象背后的象征与隐喻。这样，《八骏图》中的人物在保持其鲜明个性的基础上，成为作家现实文化批判、抽象哲理探求与生命本体追问的代名词与文化符号。

小说中吸引人之处，便是象征的运用。象征将难以言状之感变为微妙可感，既有含蓄的审美取向，又可“语出双关，文蕴两意”，收到意境与内涵并蓄的效果。如果说，经由上述“七俊”的描摹，沈从文意欲表现知识分子被现代文明的社会机制所制约压抑出来的“都市病”、“文明病”、“知识病”的话，那么作品的视点人物则在一定程度上承载着沈从文的某种人生追求，那就是“人的自然、和谐、健康的生命”。而这一意蕴主要是通过叙事者达士与充满象征意义的“海”之间的复杂关系暗喻出来的。

“青岛的海……很神秘，它很不易懂。”这是小说中达士先生对海的第一印象，暗示海边神秘的女教员——“黄衣身影”第一次出现在达士先生眼前时其神秘感和诱惑性。“我窗口正望着海，那东西，真有点迷惑人！可是你放心，我不会跳到海里去。假若到这里久一点，认识了它，我可不敢说了。不过我若一不小心失足掉到海里去了，我一定还将努力向岸边泅来……”象征达士先生已经意识到自己会被“黄衣身影”所吸引，但他还是希望用理智战胜爱欲，虽然理智与本能的厮杀是那么激烈与痛苦。“我想在海边多住三天，病会好的。”达士先生最终决定抛开理智的拘囿，让自己的本能在一定时间一定程度上回复到某种符合生命律动的状态。在这里，符合自然、蕴含了无尽活力的生命经由“海”的形象化表现，已变成了一种生活道德哲学，经由这种象征手法把达士先生的有些自私的抉择提高到了社会关于“自然、和谐、健康的生命”塑造的高度，肯定了他的行为所显示的健全“生命”意义，虽然这“生命”呈现着人性上的弱点。

此外，《八骏图》文本结构的张力和意蕴很大。小说的外在结构是依达士先生在青岛经历的时序变化而推进的，但沈从文却很技巧地使小说在有限的篇幅中拓展了其结构时空和内蕴：由于人物杂记和回忆的插入，达士先生与自己过去的生命有了衔接，使小说突破了现在进行时的单一时序变化，转变为过去存在时与现在进行时并置的双层结构；由于书信、电报的引入，达士先生与遥远的未婚妻对话，使小说突破了按时间流动的单线结构，而拥有了空间上的变化和联系，构成时空交错的复式结构；由于人物深层心理和潜意识的细腻呈现，达士先生与自己的内在心灵的交流，使小说突破了时空变化的表层结构，变成外在的文本语言推进和深层的心理意识流动相结合的多重结构；由于达士先生在与多位教授的联系及其与“黄衣身影”的联系中，都是处于“无言”状态，使小说突破了确定的单一的意义内涵，为小说提供了多向阐释的神秘的空白结构空间。

三、沈从文的文学批评与创作论

20 世纪三四十年代，在进行小说、散文创作的同时，沈从文还兼作文艺批评，留下了许多谈艺术、谈创作的文字，如《新的文学运动与新的文学观》、《论技巧》、《废邮存底》、《水云》、《烛虚》，以及他自己提及的几个重要题记——《边城题记》、《习作选集代序》、《长河题记》、《沈从文小说选集题记》等；另外，沈从文 30 年代的“作家论”主要收集在《沫沫集》中。这些文论及创作谈比较充分地表达了他的美学观、文学理论观念和批评个性，代表了他对中国文学批评的理论贡献。

“美在生命”的美学观念。文学艺术是一种审美的意识形态，文学艺术之所以获得自身存在的权利，就在于它能够满足人们不断变化着的审美需要。那么，美是什么？美的本质何在？美与生活与艺术的关系怎样？不同的美学家有不同的见解。对此，沈从文也旗帜鲜明地提出了自己的观念：

> 我是个对一切无信仰的人，却只信仰“生命”①。
>
> 美固无所不在，凡属造型，如用泛神情感去接近。即无不可见出其

① 沈从文：《水云集·水云》，载《沈从文文集》第 10 卷，花城出版社、香港三联书店 1984 年版，第 294 页。

精巧处和完整处。生命之最高意义，即此种“神在生命中”的认识①。

在沈从文的人生观里，“生命”是人生价值至高无上的尺度。由这种人生价值观，沈从文建立起了他的美学观：把“生命”——联系文学与人生的接点——与美直接挂钩，提出了“美在生命”的美学命题。沈从文对生活与“生命”这两个概念进行了区分。在他看来，生活代表的主要人生目的就是衣、食、男女，它是需要被超越的现实层。“生命”则不同，它是美之所在。当然，“生命”形式有一个由低到高的动态发展过程：自在生命形式，指的是人在社会中的义利取舍符合人的自然本性，不为金钱、权势所左右；自为生命形式，是经“理性”与“意志”认识并驾驭人生，此外它还须“扩大到个人生活经验之外”，“黏附到这个民族的向上努力中”，进而“对人类远景凝眸”。沈从文肯定生命的自在状态，因为这种生命“与自然为邻，亦如自然一部分”，“自然单纯庄严处，有时竟不可仿佛”，它是人性与自然的契合②。但是，他更希望个体的人对“生命”要有一种从自在状态到自为状态的自觉认识和攀升；也就是说，“生命”的最高形式，表现为“对人类远景凝眸”的“幻想或理想”。

基于上述对“美在生命”的认识，沈从文进一步指明了作家所创造的文学艺术美对“美在生命”的依存关系：作家的创作动力，“即将生命的理想从肉体分离，用一种更坚固材料和一种更完美形式保留下来。生命个体虽不免死亡，保留下来的东西却可望百年长青”；“他的不断写作，且俨然非写不可，就为的是从工作的完成中就已得到生命重造的快乐”③。这就是说，文学艺术的目的，就在于求得生命永生——美的长存。

与上述的生命形式相对应，沈从文认为文学艺术主要应从两个方面展示美的生命。一是对自然人性的表现。生命具自在性、自然性，应是人性的自然张扬，是强健生命力的健康发展，文学艺术的美，首先源于对这种自然人性的“供奉”：“我要表现的本是一种‘人生的形式’”，一种“优美、健

① 沈从文：《续废邮存底·美与爱》，载《沈从文文集》第11卷，花城出版社、香港三联书店1984年版，第377页。

② 沈从文：《非梦集·绿魇》，载《沈从文文集》第10卷，花城出版社、香港三联书店1984年版，第100页。

③ 沈从文：《烛虚》，载《沈从文文集》第11卷，花城出版社、香港三联书店1984年版，第278页。

康、自然而又不悖乎人性的人生形式”①。从这种认识出发，其创作颂扬了湘西山民原始的“单纯”、“雄强”与“热情”，即使这种“雄强”与“热情”以“野蛮”形式出现，他也对包含其中的原始生命力予以肯定。二是对生命神性的表现。生命具有神性，生命的本质是情感，生命的意义在于对美（真善美的统一）的追求。当个体自为的生命形态升华时，个体会时时刻刻把自己的一点力量，黏附到整个民族的向上的努力中，到了这个阶段，“生命”便具有了“神性”；“生命之最高意义，即此种‘神在生命中’的认识”②。而一种好的文学作品，就应描述这种“向善”的生命形式，使“读者从作品中接触了另一种人生，从这种人生景象中有所启示，对‘人生’或‘生命’能作更深一层的理解”③。

沈从文要求艺术表现“生命”之美，这种“生命”既包含着其自然人性的现实存在，又内蕴着其人类向上憧憬的升华力量。由此文学艺术创作的现实描绘与理想追求，客观呈现与主观创造这两个侧面，就经由“生命”本身所包含的丰厚内蕴而凝结起来了。

“以小说代经典”的文学观念。从文学要表现生命的最高意义出发，沈从文把文学艺术的社会作用提到极高的地位，将文学视为民族和人生改造的主要手段，并立志重构中国新文学的走向：“以小说代经典。”④ 沈从文认定，文学艺术可以作为一个国家、民族或一个人的生命“指南”与“经典”；因为，“一个伟大艺术家或思想家，若能做到无偏见、无成见地接触世界，作品的产生和存在，有时若与某种随时变动的思潮要求，表面或相异，或游离，都极其自然。他的伟大的存在，即于政治、宗教之外。极有可能更易形成一种人类思想感情进步意义和相对永久性”⑤。从而使文学艺术可以改变社会的抽象，可以根治人的愚心，从而激发生命远离动物般的人生观，把生命引导到一个崇高的理想上去。

---

① 沈从文：《〈边城〉题记》，载《沈从文文集》第6卷，花城出版社、香港三联书店1983年版，第72页。

② 沈从文：《续废邮存底·美与爱》，载《沈从文文集》第11卷，花城出版社、香港三联书店1984年版，第377页。

③ 沈从文：《短篇小说》，载《沈从文选集》第5卷，四川人民出版社1983年版，第157页。

④ 沈从文：《短篇小说》，载《沈从文选集》第5卷，四川人民出版社1983年版，第158页。

⑤ 沈从文：《非梦集·一个传奇的本事》，载《沈从文文集》第10卷，花城出版社、香港三联书店1984年版，第160页。

值得注意的是，沈从文重视文学艺术对提升民族国家及公民品质上的特殊的独立的作用，但他却反对用任何狭隘的功利主义去限制文学艺术的发展。一方面他反对文学“堕落”为政治的实用“工具”与“手段”。沈从文认定文学艺术的作用要远远高于政治运动的功效，甚至将文学对政治的能动作用看得十分神圣：“好的文学作品应当具有教育第一流政治家的能力，可是一部分作家，却只打量从第三流政客下讨生活。”① 另一方面，沈从文还反对文学的商业化倾向。在对新文学进行总结时，他指出，从1927年以后，文学与商业发生了极强的联系，上海出版业的兴起，在客观上扩大了新文学作品在全国的传播与影响；但同时也带来了消极的后果，一些新文学作品为了赚钱，迎合传播心理和读者的低级趣味，粗制滥造，破坏了新文学的品位。因此，他强烈要求作家不要把“出路”完全寄托在收入上，不要把写作当做一种赚钱的“职业”，而应当做包含一种国家重造理想的“事业”来做②。

抵制文学艺术附庸于政治的狭隘功利倾向，抵制文学商业化的低级趣味，极高地肯定文学艺术在改变社会组织、民族前景与现世人生方面的艺术功能，这就是沈从文“以经典代小说”文学观的主要内容与复杂成分。

沈从文是“文体家”，是“京派”小说家，这就使其批评具有了浓浓的“京派”批评风。“和谐”、“纯粹”、“完美”、“圆融”等理念是京派文学批评的主要尺度；作为京派的主要作家，沈从文既把这些理念作为自己创作的追求方向，同时他也把这些理念作为自己文学批评的基本标准。那么如何使创作达致“和谐”、“纯粹”、“完美”、“圆融”的境界呢？沈从文主要从两个方面进行了阐释。一是情感的节制。沈从文很重视情感在艺术创作中的作用，甚至把艺术创作视为“情感的体操”，进而强调情感对作品深刻性的重要性：“一切艺术都容许作者注入一种诗的抒情……尤其是诗人那点人生感慨，如果成为一个作者写作的动力时，作品的深刻性就必然因之增加。”③ 与此同时，他还注重情感的节制性，认为作家应把哀乐爱憎看得更透彻一些，极力逃避文学表面的热情，因为“神圣伟大的悲哀不一定有一摊血一

---

① 沈从文：《云南看云集·给一个军人》，载《沈从文选集》第5卷，四川人民出版社1983年版，第132页。

② 沈从文：《云南看云集·小说与社会》，载《沈从文选集》第5卷，四川人民出版社1983年版，第145页。

③ 沈从文：《短篇小说》，载《沈从文选集》第5卷，四川人民出版社1983年版，第156页。

把眼泪，一个聪明作家写人类痛苦或许是用微笑表现的”①。只有如此，才能使作家的情感“凝注成为渊潭，平铺成为湖泊”，形成美的情境，从而成就美的文学。二是技巧的恰当。京派文学批评注重直觉感悟，强调艺术技巧，这些都在沈从文的文学批评中有很好的体现。他认为文学艺术技巧的好的境界是“求恰当”，虽然这“恰当”会因着创作主体与批评主体的审美观念不同而发生审美错位，但沈从文却结合自己的创作，强调了这种“恰当”的具体要求。首先，作品内容的恰当在于必须遵循生活本身的内在逻辑。“我以为一个作品的恰当与否，必须以‘人性’作为准则。是用在时间和空间两方面都‘共通处多差别处少’的共通人性作为准则。”② 人生形式复杂多样，生命故事生生不息，生活的“必然”与“偶然”交织不迭，所以，艺术在对生活内容的处理上只要符合“人性”的必然性，就不存在故事内容上的“真”与“伪”之别。其次，语言文字上的恰当。文学是语言文字的艺术，因此，文字的驾驭与调遣运用，构成文学技巧的基本方面。沈从文特别重视作家的文字功夫，强调文字要在恰当的“一种组织上”才会有光有色，以为一切伟大作品处置文字的惊人处就在于异常“恰当”。那么，何谓文字的恰当呢？“这恰当意义，在使用文字的量与质上，就容许不必怕数量的浪费，也不必对于辞藻过分吝啬。……甚至于一句话一个字，也要它在可能情形下用得不多不少，妥帖恰当。文字作品上的真美善条件，便完全从这种恰当产生。”简言之，沈从文以为语言运用的多寡应视描写对象而定，所谓“有话则长，无话则短”，运用文字的关键在于“尽其德性”去呈现所绘人事的精髓，“用得其当”去揭示所述人事的本质。最后，重视技巧运用的整体审美效果。忽视技巧或滥用技巧，在沈从文看来都是不“恰当”的技巧。基于此，他既对当时文坛“多数人以为文学艺术是种不必注意的‘小技巧’”的倾向提出了批评；又指出了新月派作家“技巧过量，自然会转入邪僻”的弊病③。并进而阐明，技巧的恰当应表现为强化作品的整体审美效果，只要有利于提升作品的品质，即使在细节或小的方面留下一些瑕疵也不妨。

① 沈从文：《废邮存底·给一个写诗的》，载《沈从文选集》第5卷，四川人民出版社1983年版，第8页。

② 沈从文：《小说作者和读者》，载《沈从文全集》第12卷，北岳文艺出版社2002年版，第65页。

③ 沈从文：《论施蛰存与罗黑芷》，载《沈从文选集》第5卷，四川人民出版社1983年版，第286页。

经由上面的阐述可以看出，沈从文把情感的“节制”与技巧的“恰当”当做文学创作技巧的基本准绳，而一切技巧的运用，又都应以作品的整体审美效果的“和谐”、“纯粹”、“完美”、“圆融”的境界为转移。

◎ 思考题

1. 结合具体作品，阐释老舍的文化批判观。
2. 《骆驼祥子》的艺术魅力有哪些？
3. 论述老舍市民塑造的类型和特点。
4. 分析沈从文小说所描写的湘西世界。
5. 以《八骏图》为例分析沈从文都市题材小说的特点。
6. 分析沈从文《边城》的艺术表现特色与风格。

第六章　其他作家作品（一）

在中国新文学的第 2 个 10 年里，汉语新诗进一步繁荣发展，这一时期，诗歌创作的趋向大体呈现两种状态：一是面向现实和大众，追求意识形态化的倾向，如殷夫、臧克家的诗；一是追求“现代性”，如戴望舒的诗。第 2 个 10 年的小说呈现出一种高峰状态，这时期除了鲁迅、茅盾、巴金、老舍、沈从文等小说大家，还出现了一大批风格独特的作家和作品，它们按照不同的意识形态和问题的组成关系，形成了相互区别又相互影响的小说阵营。其中，以蒋光慈、丁玲等为代表的左翼小说家创作了一批反映实际革命斗争的作品，在将文学与社会革命进一步结合的同时，也对小说的讽刺性质、心理性质等方面进行了大胆细微的试验。以张恨水等为代表的通俗小说家在向新文学和外国文学的学习中，不断提高自身品位，完成着“引雅入俗”的工作。这一时期，我国的电影艺术有了新的发展，田汉、夏衍等对电影文学的发展进行了积极的开拓。夏衍的《狂流》、袁牧之的《马路天使》、蔡楚生的《渔光曲》等都是当时电影文学中不可多得的佳作。

第一节　殷夫、戴望舒、臧克家的诗歌

虽然殷夫、臧克家与戴望舒政治立场当时具有较大差异，创作背景也截然相异，但他们都出色地继承了“五四”新诗的传统，通过自己年轻的感性，在革命和斗争的年代将新诗艺术推向了一个时代的高点。

一、殷夫红色鼓动诗的丰富诗性

殷夫（1909—1931），浙江象山人。原名徐柏庭，学名徐祖华，笔名有

殷夫、白莽、洛夫等。1926 年在上海民立中学、浦东中学求学时走上革命道路，并加入了中国共产党。1927 年进入同济大学预科学习德文。1928 年初，给《太阳月刊》投稿并结识了钱杏邨、蒋光慈等作家，成为太阳社成员。1927 年至 1931 年，因从事革命活动曾数次被捕，出狱后仍继续投身革命工作。1929 年结识了鲁迅，并得到鲁迅的关怀和帮助。从这一年冬到 1930 年，他参加共青团中央机关刊物《列宁青年》的编辑工作，还从事青年反帝大同盟等活动。1930 年，参加中国左翼作家联盟，为《萌芽月刊》、《拓荒者》、《巴尔底山》等刊物撰稿。1931 年 1 月第四次被捕，2 月 7 日，被国民党政府秘密杀害于上海龙华警备司令部。他与同时牺牲的柔石、胡也频等人一起，被称为“左联五烈士”。主要作品有诗集《孩儿塔》等。

殷夫从 20 年代中期开始诗歌写作，早期的诗歌多写爱情、理想和对家乡故土的赞美、眷恋，也流露出探索、追求过程中的孤寂、苦闷心情，诗中对现实的愤懑和对未来的憧憬交织在一起，流露出较为浓郁的感伤情调：

只好似两粒小星，
流浪中熬够清冷，
魅的影浮舞，
叹息、哭泣、难慰心情。
孤单的时辰，
用微晌相视，我说我的，你，你的心！
怜悯的柔丝连系我们。

——《宣词》

诗中饱含着对爱情的伤悼与惆怅，同时掺合着诗人对阴冷现实的愤懑，对孤寂青春的感慨以及此情不渝的信念，写得含蓄蕴藉，耐人咀嚼。除了爱情诗外，还写了大量离别家乡特别是身陷囹圄时怀念故土、思念亲人、献给母亲的诗，如《我还在异乡》、《给母亲》、《东方的玛丽亚》等。这些诗作，无奈的怨怼中充满着深沉的挚爱，浓郁的伤感中隐忍着执著的坚韧，灰暗的黑夜中透出黎明的光亮，感情真挚，引人奋进。殷夫前期的诗更多地侧重于内心世界的抒发，如《醒》、《清晨》、《现在》、《人间》、《祝——》等多是内心情感的直接描摹，含蓄地表现了诗人摈弃旧梦渴望创造渴望战斗的激情。

成为职业革命者后，殷夫的诗歌走出了个人化的低吟，政治抒情诗成为其诗歌创作的主流。在殷夫后期的诗歌中，他真挚地赞颂无产阶级革命斗争，无情地揭露黑暗社会的罪恶，表达出鲜明的爱憎之情和对理想的执著追求，其诗歌宛如战鼓和号角一样富有强烈的鼓动性和震撼力。他的诗歌作品淳朴真挚、节奏强烈、粗犷高亢、豪迈激越，铿锵有力，有“红色鼓动诗”之称，成为无产阶级诗歌的杰出代表，为左翼文学作出了独特的贡献。鲁迅在《白莽作〈孩儿塔〉序》中评价道：殷夫的诗，“并非要和现在一般的诗人争一日之长，是有别一种意义在。这是东方的微光，是林中的响箭，是冬末的萌芽，是进军的第一步，是对于前驱者爱的大纛，也是对于摧残者的憎的丰碑。一切所谓圆熟简练，静穆幽远之作，都无须来作比方，因为这诗属于别一世界”①。《别了，哥哥》、《血字》、《一九二九年的五月一日》、《我们》、《让死的死去吧!》、《我们是青年的布尔塞维克》等是其这一时期的代表作品。

《血字》一诗是为纪念“五卅”运动四周年而作，诗人以浪漫主义的笔调，驰骋丰富奇特的想象，把“五卅”描绘成虽然鲜血淋漓但仍刚强挺立的中华民族巨人的形象：

血液写成的大字，
斜斜地躺在南京路，
这个难忘的日子——
润饰着一年一度
……
五卅哟！
立起来，在南京路走！
把你血的光芒射到天的尽头，
把你刚强的姿态投射到黄浦江口，
把你洪钟般的预言震动宇宙！

诗歌雄浑壮阔，气势磅礴，奔放洒脱，形象地表现了“五卅”运动的壮烈及其伟大意义。左翼诗歌由于突出斗争意识，所以容易被先入为主地想象为缺乏艺术性，殷夫的诗毫无疑问具有粗豪的革命气质，但是同时也十分注意剪裁意象、锤炼语言，具有象征主义和表现主义的艺术风格。殷夫的诗作宏伟而不虚泛，先锋却不做作，既具有都市气息的明快节奏，又保持了平

① 鲁迅：《且介亭杂文末编》，人民文学出版社 2006 年版，第 28 页。

民色彩的淳朴清新，这些都给以后的左翼诗歌留下了很多值得认真回味的内容。

二、戴望舒的意象诗歌

戴望舒（1905—1950），原名戴朝寀，笔名有戴梦鸥、戴望舒、信芳、江思、艾昂甫、苗秀、方仁等，浙江杭州人。1923 年考入上海大学文学系；1926 年同施蛰存、杜衡创办《璎珞》旬刊，在创刊号上发表处女诗作《凝泪出门》和魏尔伦的译诗；1928 年与施蛰存、杜衡、冯雪蜂一起创办《文学工场》；1929 年 4 月第一本诗集《我底记忆》出版；1931 年参加左翼作家联盟；1932 年赴法国留学，此间深受法国象征派诗人影响；1933 年出版了诗集《望舒草》；1935 年回国后与卞之琳、孙大雨、梁宗岱、冯至创办了《新诗》月刊，发表了大量诗作；1937 年出版诗作合集《望舒诗稿》。抗战爆发后，避居香港，主编《星岛日报》副刊《星座》和英文刊物《中国作家》等。

戴望舒早期的诗歌创作受到新月派诗歌的影响，后来，接触了法国现代派诗歌，特别是从魏尔伦等象征主义诗人的诗歌中受到启发，“完成了‘为自己制最合自己脚的鞋子’的工作”①，形成了独具风味的“现代主义”诗歌特色。《雨巷》是其早期的诗作，但已经显示出由新月派向现代派过渡的趋向。《雨巷》写于 1927 年，在当时引起了很大轰动，戴望舒因此获得了“雨巷诗人”的雅号。《雨巷》在优美的韵律和低徊的情调中展现了诗人迷惘与希冀：

撑着油纸伞，独自
彷徨在悠长、悠长
又寂寥的雨巷，
我希望逢着
一个丁香一样地
结着愁怨的姑娘。
她是有
丁香一样的颜色，
丁香一样的芬芳，

① 陈绍伟：《中国新诗集序跋选 1918—1949》，湖南文艺出版社 1986 年版，第 241 页。

丁香一样的忧愁，
在雨中哀怨，
哀怨又彷徨；
她彷徨在这寂寥的雨巷，
撑着油纸伞
像我一样，
像我一样地
默默彳亍着
冷漠、凄清，又惆怅。
……

全诗在回环往复中回响着中国传统诗词的一种题材和意境，显示了对传统的回归与继承，但这种继承同时又是在借鉴法国象征主义诗歌的同时发生的。《雨巷》里飘游着古典婉约派的影子，也晃动着象征派的气息，梦境的迷离与现实的凄清相互交织，散发出独特的气韵。全诗富有中国古典诗词的韵律美与象征诗派的音乐美，宛如夜间的雨，淅淅沥沥，淋淋漓漓，能在一瞬之间浸湿人的心。

1929年完成的《我的记忆》摆脱了格律诗的影响，注重“亲切与暗示”，而正是这种现代口语形式的自由诗体，引领了30年代现代诗派的新风。在诗中，抽象的记忆被诗人外化为“忠实的友人”，在艺术手法上显得亲切、平和、委婉、含蓄：

我的记忆是忠实于我的，
忠实甚于我最好的友人，
它生存在燃着的烟卷上，它生存在绘着百合花的笔杆上，
它生存在破旧的粉盒上，
它生存在颓垣的木莓上，它生存在喝了一半的酒瓶上，
在撕碎的往日的诗稿上，在压干的花片上，
在凄暗的灯上，在平静的水上，
在一切有灵魂没有灵魂的东西上，
它在到处生存着，像我在这世界一样。

在这里，口语化的表达、新奇的意象、朦胧的意境，给人带来无限的想象空间，让人回味无穷，意犹未尽。诗人虽然醉心于新诗技巧与形式试验，

但仍然不自觉地受制于“哀而不伤”的传统诗歌思维定式，西方象征派的新美学与中国传统诗歌恰巧在他这里得到了完美的融合，因而形成了既有民族特色也有个人特色的现代新体诗。

三、臧克家的现实诗篇

臧克家（1905—2004），生于山东诸城。从小受家庭影响，喜欢古典诗词和民歌，并目睹农民的苦难生活，对他们产生了深切的同情。1923 年夏，考入山东省立第一师范，并开始习作新诗。1926 年秋到武汉，参加北伐。大革命失败后，逃亡东北。1930 年，考入国立山东大学，得到闻一多、王统照的帮助和鼓励。1932 年开始发表新诗，以一篇《老马》成名。1933 年 9 月，诗人自费出版了第一本诗集《烙印》。1934 年大学毕业后到中学任教，发表了长诗《自己的写照》。抗战爆发后，诗人热情地奔赴抗日前线，从事进步文化工作。1936 年参加中国文艺家协会。

《烙印》是诗人的第一部诗集，也是他的成名作。闻一多对其评价为：“克家的诗，没有一首不具有极顶真的生活的意义。”面对险恶的生活，诗人提出了有别与新月派、现代派诗人的另一种态度——“个人的坚忍主义”，即不灰心，不颓丧，要能咬紧牙关，忍受困苦的磨难。这种“坚忍”显示了诗人在精神上与中国农民的深刻联系，始终在情感上与苦难中的中国大地息息相通，始终注视着生活和挣扎在死亡与饥饿线上的底层人民，始终以“苦吟”的态度来书写生活的艰难以及面对苦难的坚忍与执著。《老马》就是对这样的生活态度的注释：

总得叫大车装个够，
它横竖不说一句话，
背上的压力往肉里扣，
它把头沉重地垂下！

这刻不知道下刻的命，
它有泪只往心里咽，
眼前飘来一道鞭影，
它抬起头望望前面。

一匹瘦弱的老马，已经精疲力竭，不堪驱使了，但仍然肩扛重荷，默默地承受，即使“背上的压力往肉里扣”，也只是“把头沉重的垂下”。全诗形象地展示了老马苦不堪言的悲惨处境，揭示了他坚忍的性格特质和渺茫的希望。诗人通过老马的境遇写自己所看到的人生，那背负超重的生活重压，低头忍耐的形象，就是“坚忍主义”的表现。诗人正是本着“不肯粉饰现实，也不肯逃避现实”① 的清醒的现实主义精神，对民族精神作了一种深刻的审视。诗的语言凝练、冷静，形象鲜明，诗在诗外，笔有藏锋，显示了较高的思想性和艺术性。茅盾对《烙印》给予了极高的评价：“在自由主义诗人群中，我以为《烙印》的作者是最值得注意的一个。”②

《烙印》之后，臧克家又出版了诗集《罪恶的黑手》，继续以严肃的态度书写劳苦民众的不幸命运和压迫者的罪恶。因为臧克家希望“脱开过分的拘谨，渐渐向博大雄健处走”③，技巧上有意摆脱拘谨的章句和音节，但艺术特色反不如《烙印》鲜明。其中长诗《罪恶的黑手》描写了中国劳工修筑教堂的艰苦过程，揭露了帝国主义在宗教外衣的遮掩下麻痹人民的罪恶行径，在对受奴役的中国劳工寄予深切同情的同时，对工人阶级的反抗精神充满希望。臧克家一贯主张的现实主义精神在这里得到了继承和发展，劳苦大众带着倔强的精神沉着而有锋棱地去迎接磨难的“坚忍”仍然是诗歌的主题。臧克家在《论新诗》中说“纵不能有敏锐的眼指示着未来，也应当把眼前的惨状反映在你的诗里，不然那真愧煞是一个诗人了”，他的这种“从棘针尖上去认识人生”的创作态度正是他留给我们的宝贵精神财富。

第二节　蒋光慈、丁玲、柔石、张天翼、叶紫的小说

在左翼文学阵营中，蒋光慈属于小说的开拓者，左翼小说的成就和局限在他的创作中体现都最为具足。丁玲和柔石的创作都在一定意义上受到蒋光慈的影响，他们的创作扩大了左翼文学的影响，同时也突出了左翼小说的通病。张天翼、叶紫的小说比起前述小说家的作品，现实感大为加强，为左翼小说创作开辟了一番新的天地。

一、蒋光慈及“光赤式的陷阱”

蒋光慈（1901—1931），原名蒋如恒，又名蒋光赤，自号侠生，生于安徽霍邱（现金寨）。1921 年 5 月至莫斯科共产主义劳动大学学习，同时开始

---

① 冯光廉、刘增人：《臧克家研究资料》，甘肃人民出版社 1990 年版，第 445 页。
② 冯光廉、刘增人：《臧克家研究资料》，甘肃人民出版社 1990 年版，第 445 页。
③ 冯光廉、刘增人：《臧克家研究资料》，甘肃人民出版社 1990 年版，第 168 页。

文学创作。翌年7月成为中国共产党党员。1924年秋归国后至上海大学社会学系任教，与沈泽民等组织春雷文学社。1925年1月，参加创造社。1928年，与孟超、钱杏邨等人成立革命文学团体太阳社，主编《太阳月刊》、《时代文艺》、《海风周报》等文学刊物。1929年11月在因病赴日疗养期间，主持成立太阳社东京支部。回国后与鲁迅、柔石、冯雪峰等人组成中国左翼联盟筹备小组，是"左联"的发起人之一。

于1925年"五卅"运动后完成的《少年漂泊者》是蒋光慈的第一部中篇小说。小说以书信体的形式，以自叙生平的方式展现了当时的社会现实与斗争，倾尽全力讴歌了学生、工人反帝国主义侵略、反军阀统治的斗争。书中主人公汪中的形象感召着许许多多不满现实的年轻人走上自觉反抗旧社会的革命道路，产生了极为深广的社会影响。1927年4月，上海工人武装起义后不到半月，蒋光慈就迅速写出了反映这一革命事件的中篇小说《短裤党》，较早地描写了党的领导干部和工人阶级的英勇斗争。大革命失败以后，仍未放弃革命文学的创作，完成了《野祭》、《冲出云围的月亮》等小说，继续鼓励青年知识分子继续坚持革命的道路。1929年4月，出版长篇小说《丽莎的哀怨》，有意尝试对人物复杂心理的描写，但却因为极度渲染了流亡上海的白俄罗斯贵妇丽莎的"哀怨"，受到了左翼批评家的尖锐批评。

既受到左翼文学界批评同时又为左翼文学所热衷的，是蒋光慈创作中显示出的革命的罗曼蒂克模式，即将革命当成一种浪漫的冒险，革命过程中有血与火的考验，也有浪漫的爱情和感伤的抒情。这是新文化个性主义在革命题材中的有价值的投影，但也有着脱离现实，不够真实的缺陷，故为左翼文学家所不满，被丁玲等称为"光赤式的陷阱"。

蒋光慈于1930年11月完成了《咆哮了的土地》。这个作品最初在《拓荒者》上发表了前13章，因为当局的迫害和禁止，在作者生前未能出版单行本，直到1932年才易名《田野的风》出版。小说描写了北伐大革命时期和大革命失败后农村阶级矛盾和南方的农民运动。在大革命风暴即将到来时，革命工人张进德和革命知识分子李杰回到了家乡，在农民中撒播反抗的火种，沉寂的土地便开始咆哮了。在巨大的时代浪潮的冲击下，农民们开始觉醒。不久"马日事变"发生，反动势力卷土重来。觉醒的农民在张进德等的领导下武装反抗，冲出包围，夺回了"金刚山"。小说着力塑造了矿工党员张进德和革命知识分子李杰两个感人的艺术形象，尤其是细腻地描绘了李杰进行自我改造的过程，现实主义的性格刻画生动而细致，引人深思。小说既有浓郁的革命激情，又有精妙的客观描绘，生活实感很强。其崭新的主题和人物具有开拓意义，同时对革命的罗曼蒂克倾向又有所克服。

蒋光慈从一开始写作，就致力于无产阶级革命文学的创作，可以说，他小说创作中的优缺点，恰恰代表了我国早期无产阶级革命文学创作的优缺点。作为无产积极文学的开拓者与力行者，蒋光慈的小说有着不容忽视的历史意义。

二、丁玲和柔石的小说创作

丁玲（1904—1986），原名蒋伟，字冰之，笔名彬芷、从喧等。湖南临澧人。1922年初赴上海，曾在陈独秀、李达等创办的平民女子学校学习。1923年经瞿秋白等介绍，入上海大学中国文学系学习。后结识胡也频、沈从文等人，并与胡也频结婚。1927年开始小说创作；1931年胡也频被害，丁玲在上海加入“左联”，任“左联”组织部长和工农文学会负责人，主编“左联”机关刊物《北斗》，次年加入中国共产党。1933年被捕；1936年到达陕北。

《在黑暗中》是丁玲的第一个短篇小说集，后又连续出版了两个集子《自杀日记》、《一个女人》。从1927年的处女作《梦珂》到1929年的十几篇作品分别被收录在这三个集子里。这一时期丁玲主要描写的是叛逆、苦闷的知识女性形象，《莎菲女士日记》是其中最为成功的作品。

1928年丁玲的《莎菲女士日记》一问世就引起了文坛和读者的注目。丁玲以细腻的笔触揭示了小资产阶级知识女性在人生道路上的内心冲突，莎菲的热情、憧憬、焦躁、盲目与苦闷既反映了历史投射在知识青年身上的时代阴影，也反映出那个时代的女性所独有的内心历程。小说细致透彻的心理描写，以及郁达夫《沉沦》式的自我感伤的书写，代表了《莎菲女士日记》主要的艺术成就。但小说的价值并不仅仅在此，莎菲作为经“五四”洗礼的新女性所进行的自我审视、自我认同——无论是对凌吉士的鄙视，还是对周围庸俗、污浊环境的厌恶以及对自我的剖析，无不显示出莎菲作为现代女性的主体性的确立。在《莎菲女士日记》的创作中，丁玲恰似挥舞着一柄利剑，不仅刺痛时代的神经，同时还撕扯着自己的血肉乃至心灵。而恰恰是这些对女性自我经验、自我体验的关注宕开了20世纪现代性对人性思想精神领域的深度。

在进入“左联”以前，丁玲的创作趋势就在慢慢发生着变化，受到“方向转换”初期“革命加恋爱”写作模式的影响，丁玲创作了长篇小说《韦护》。丁玲以洞察历史进程的敏锐力和思想穿透力，精准把握人物心灵世界的深度感知，以细腻精微的笔触，写出平常人所着眼不到之处——人物复杂深邃、盘曲错综的内心世界。小说中的女主人公“丽莎”最终从“莎菲”式的苦闷中解脱出来，并最终决心和爱人一起投入革命工作中去。“莎菲”式的知识女性在《韦护》中获得了新生，而丁玲的创作也开始了“方向转换”。之后的中篇小说《一九三〇年春上海》，虽然仍然选用“革命加恋爱”题材，但书写的是知识分子从个人主义走向集体主义之路。

1931年，丁玲发表《水》，以新的开始震动了当时的文坛。小说以1931年中国16省特大水灾为背景，描绘了灾后农民的悲惨境遇，展示了他们与洪水、饥寒等“天灾”斗争的惊心动魄的场面以及与土豪劣绅等“人灾”作生死搏斗中成长起来的情景。冯雪峰在当年发表的《关于新的小说的诞生——评丁玲的〈水〉》一文中强调了“左联”现实主义小说的三条标准：“第一，作者取用了重大的巨大的现实的题材”；“第二，在现象的分析上，显示作者对阶级斗争的正确的坚定的理解”；“第三，作者有了新的描写方法；在《水》里面，不是一个或二个的主人公，而是一大群的大众，不是个人的心理的分析，而且是个人集体的行动的开展”。这种评价虽有其理论上的局限性，但却概括了当时革命小说的基本特点。此后，丁玲描写工农的笔法日趋成熟。

柔石（1902—1931），原名赵平复，浙江宁海人。早年和冯雪峰等组织文学团体晨光社。1928年因宁海农民暴动失败被迫逃离家乡到上海，与鲁迅等在上海组织朝花社，1929年受鲁迅之托接编《雨丝》。1930年，与鲁迅等一道发起成立“左联”，曾担任过“左联”执行委员，编辑部主任，同年5月加入中国共产党。1931年初被国民党杀害，是“左联”五烈士之一。代表作有中篇小说《二月》、《三姊妹》、短篇小说《为奴隶的母亲》。

其优秀中篇小说《二月》写于1929年。《二月》描写的故事发生在大革命时代，但并没有直接描写战争，而是选取了大时代的一个侧面来进行叙写。作品着重描写的主人公萧涧秋是个游离于时代激流、尚未寻找到革命方向、愤世嫉俗的小资产阶级知识分子。主人公萧涧秋来到芙蓉镇的遭遇，用鲁迅的话说是：“他极想有为，怀着热爱，而有所顾惜，过于矜持，终于连安住几年之处，也不可得。”① 他来到芙蓉镇教书，得知昔日同窗在惠州战役中牺牲，便主动承担起照顾老同学留下的孤儿寡母的义务，但却引起了人们的非议。他与女主人公陶岚因为志同道合而产生了爱情，但最终为了文嫂舍弃了这份爱情。文嫂又由于儿子的死去和想成全他与陶岚的爱情而选择了自杀，在无休止的流言和诟病中，萧涧秋愤然出走。作品通过萧涧秋不断追

① 鲁迅：《三闲集》，人民文学出版社2006年版，第151页。

求真与善，又想逃避现实，最终为社会挤轧的悲剧性格描写，揭露了大革命失败后的黑暗社会现实；同时表现了作家对小资产阶级知识分子命运和道路的思考、探求。小说情节曲折，人物形象鲜明，显示出柔石在创作上的才华，鲁迅亦称赞《二月》的艺术“工妙”和“生动”。

短篇小说《为奴隶的母亲》是柔石的代表作之一，创作于1930年。小说以浙东地区流行的“典妻”风俗为题材，在朴素的白描中塑造了穷苦妇女春宝娘的鲜明形象，控诉了封建主义的残酷与罪恶。纯朴、善良、贫苦的春宝娘被丈夫把她典给30里外的一个年过半百的老秀才。她忍着骨肉分离的痛苦充当着生孩子的机器与劳作的奴隶。她逆来顺受，忍辱负重，只有她新生的儿子秋宝，才给她带来些许的欣喜与安慰。但是典期到了，她又不得不带着骨肉分离的苦痛离开，重新去承受那无休无止的苦难的折磨。《为奴隶的母亲》的创作，表明作者正努力转换作品的内容和形式，其已臻成熟的现实主义创作方法，从一个侧面体现了左翼文学的创作要求和实绩。

三、张天翼和叶紫的小说创作

张天翼（1906—1985），原名张元定。祖籍湖南，生于南京。少年时阅读了许多中外文学作品，早年曾在《礼拜六》等杂志上发表过一些滑稽、侦探小说。中学毕业后进上海美术专科学校学过画，后考入北京大学预科。1929年，经鲁迅之手在《奔流》上发表现实主义小说《三天半的梦》。30年代是张天翼创作的一个丰收期，连续出版了《从空虚到充实》、《小彼得》、《蜜蜂》、《反攻》、《移行》、《团圆》、《追》、《春风》、《畸形人》、《速写三篇》等十多个短篇小说集以及中篇小说《清明时节》、长篇小说《鬼土日记》等。张天翼是“左联”时期出现的有着自己独特风格的作家，其创作题材非常广泛，尤其熟悉都市的中流社会和下层市民的生活，能在别具一格的喜剧世界里向我们展开形形色色的旧中国悲剧性的社会现象，小说具有十分鲜明的讽刺性和批判性。

张天翼最擅长、写得较多的是社会中下层“灰色世界”里的灰色人生，其主人公不少是性格矛盾复杂、思想苦闷颓废、可怜复可笑的小知识分子、小公务员和小市民形象。《包氏父子》是其中较为突出的一篇作品。故事中的老包是某公馆的听差，他含辛茹苦、求人告贷，把自己的儿子送进了洋学堂，幻想着有朝一日儿子做了大官，自己当老太爷，以摆脱贫困低贱的社会地位。可是他的儿子小包却一心只想挤进花花公子们的行列里，小包用自己的轻浮无用将老包执迷的梦撕得粉碎。可怜的老包不但没有如愿进入上流社会，就连自己家里的生存空间也被儿子挤掉了。张天翼惯于用严肃冷峻的态度、幽默夸张的笔调、流畅明快的语言，将当时社会的病态人物和病态现象勾勒出来，漫画似地呈现在读者面前，在让人发笑的同时引人叹息，引人深思。

1938 年，张天翼熔道德喜剧、性格喜剧、政治讽刺喜剧于一炉，创作了杰出的讽刺小说《华威先生》，为整个 40 年代国统区的讽刺文学开了先河。小说以犀利的讽刺笔法刻画了抗日统一战线内部一个挂着“抗战”招牌的文化小官僚形象。在人民抗日热情高涨之际，华威先生也非常“忙”，他忙得要“一天开几十个有关抗战的会议”，并扬言“取消睡觉制度”；而每参加一个会议，他必然要装腔作势，喋喋不休，不停鼓噪“一个领导中心”，妄图将抗日组织的领导权抓在手里。作者以敏锐的政治嗅觉和洞察力，将华威先生到处钻营的亢奋劲头、乖张滑稽的行为举止、攫取权力的狂热激情、虚伪庸俗的官僚作风被刻画得淋漓尽致。小说通过华威先生这个虽不是敌人，却又损害、阻碍抗日工作小官僚形象，揭示了民族肌体上的痈疽。

张天翼的讽刺小说有着自己独特的个性魅力。他的讽刺艺术不同于鲁迅的冷峻深邃，也有别于老舍的温婉平和，而以敏捷泼辣见长。他善于选取几个富有表现力的生活片断，运用戏剧性的夸张手法，经过巧妙的剪辑、组合，完成对现实生活的“速写”。他有意淡化故事情节，以动作、情绪作为叙述结构的内在依据，用笔活泼洒脱，形成了灵活多变、极富艺术张力的小说形式。

叶紫（1912—1939），原名余鹤林，湖南益阳人。父亲、叔父、姐姐都是共产党员。1926 年就读于武汉军事学校第三分校，“四・一二”政变后，父亲姐姐被害，只身逃离家乡。先后流落到南京、上海等地，做过苦工、拉过洋车、当过兵、讨过饭。后又任过小学教员和报馆编辑。1932 年与陈企霞共同创办《无名文艺》，同年加入“左联”。1933 年参加中国共产党，并第一次以叶紫为笔名发表短篇小说《丰收》，引起文坛注目。1935 年，在鲁迅的支持下，自费出版了短篇小说集《丰收》，收入《奴隶丛书》。同年患严重肺病，病中写作和出版了中篇小说《星》及短篇小说集《山村一夜》。

叶紫的小说大部分是真实表现大革命失败后洞庭湖畔农村的生活和斗争的。这些小说往往以农村尖锐激烈的阶级对立为主要内容，并围绕阶级矛盾和斗争来开展故事情节，饱含了他强烈鲜明的爱憎感情。《丰收》是叶紫短篇小说集的第一篇，也是作者的成名作。《丰收》和茅盾的《春蚕》、叶圣陶的《多收了三五斗》一样是写“丰收成灾”，但画面却更具质感更为逼真。小说中，佃农云普叔一家经过无昼夜地抗旱、抗洪，好不容易得来个大丰收，结果由于地主商人和反动政府的盘剥，最终沦入颗粒无收的绝境。小说中的云普叔是勤劳、守旧的农民，他相信天命，对地主阶级抱有幻想，然而无情的现实粉碎了他的幻想。在《丰收》的续篇《火》里，云普叔终于清算了自己的糊涂思想，爆发了火山般的反抗情绪。作者在云普叔的形象上，真实地概括了老一代农民的苦难与觉醒的种种特征。小说描写了在残酷的阶级斗争中农民逐渐觉醒并最终自觉参加革命斗争的历程，对30年代左翼小说创作进行了新的开拓。

中篇小说《星》把妇女解放和党领导的革命斗争紧密结合起来，成功地塑造了开始觉醒的农村妇女的形象，描绘了农村妇女争取翻身解放的现实图景。梅春姐原本是封建压迫下的弱女子，在饱受摧残后终于醒悟，投身到妇女解放的斗争中。在革命遭受挫折后，没有屈服，继续坚持反抗斗争，寻求新生活的道路。叶紫小说总是回荡着呼唤农民革命的声音，但他的小说并不是口号式与概念化的，因为有现实作为土壤和根基，他的小说总能引人入胜，较好地平衡文学的政治倾向性和艺术真实性的问题。正如鲁迅在《叶紫作〈丰收〉序》里的评价：“作者还是一个青年，但他的经历，却抵得太平天下的顺民的一世纪的经历。”与此同时，在强烈的现实主义精神的驱使下，作者表现了强烈的爱憎和斗争精神，而这正是“对压迫者的答复：文学是战斗的”。

第三节　张恨水、李劼人、靳以的小说

20世纪30年代是中国现代小说全面走向成熟的时代，不仅涌现出巴金、老舍这样的杰出的小说家，而且也出现了张恨水、李劼人、靳以等特色非常明显、艺术相当成熟的小说高手。他们的创作极大地丰富了中国现代文学的库藏，并在当时产生了相当积极的影响。

一、张恨水的通俗性小说创作

张恨水（1895—1967），原名张心远，安徽潜山县人。20世纪20年代到北京，先后在私人通讯社当书记员、编辑，在《世界日报》、《世界晚报》任记者、编辑，同时开始创作小说。张恨水可以称得上是中国现代通俗小说史上的集大成作家，一生创作了120多部中、长篇小说，在现代文学史上有“章回小说大家”和“通俗文学大师第一人”等诸多称谓。

张恨水创立了现代性的章回小说体式，他坚持雅俗融合的写作立场，让章回小说容纳不同时代的题材内容，实现了章回小说体质现代化的文学使

命。1924年，张恨水的小说《春明外史》在《世界晚报》上连载，在当时引起了极大轰动，直到1929年1月，长达100万字的连载小说才得以收尾。作者用“以社会为经，以言情为纬”的构思方法，以杨杏园与雏妓梨云、才女李冬青的爱情故事为轴心，把众多的互不关联的情节串联起来，展示了一幅北平社会生活长卷。作品对上流社会的黑幕、丑行作了淋漓尽致的披露，对社会风气中的污秽也作了形象的描绘。《春明外史》让读者认识了张恨水，也是张恨水开始一步步完成他的“引雅入俗”、逐渐走向成熟的一部标志性小说。但张恨水觉得《春明外史》并没有达到他的熔《红楼梦》与《儒林外史》于一炉的设想，虽然作者精心设计过全书的结构，但“主角的故事，前后疏落在一百万言的书里，时隐时显，究非良好办法”。所以他在创作《金粉世家》的时候“在整个小说布局之后，我列有一个人物表，不时的查阅表格，以免错误。同时，关于每个人物所发生的故事，也都极简单的注明在表格下”①，用以保证整个长篇结构的完整统一。

长达100万字左右的小说《金粉世家》是张恨水小说的惊世之作，也常被论者拿来与《红楼梦》相比，小说以巨宦之子金燕西与平民之女冷清秋的婚姻悲剧为主线，展现了一个“香消了六朝金粉”的豪门贵族的盛衰史。小说构织了一个盘根错节、枝繁叶茂的社会伦理关系网络，写出了巨宦豪门一朝崩溃，整个家族树倒猢狲散的凄凉景象。《金粉世家》虽属于社会言情小说，但无疑具有了更多的社会性，显示出作者对社会、人生的尽力开掘。女主人公冷清秋是寄寓作家人格理想的美好人物，她有着“清水出芙蓉”的美貌和东方传统式的才学、操守。更重要的是，冷清秋身上显示了人格的坚强：“我自信凭我的能耐，还可以找碗饭，纵然找不到饭吃，饿死我也愿意。”小说充溢着作者的道德理想，以及理想被摧残后的伤痛感慨。冷清秋总结自己悲剧的教训：“归根结底，还是齐大非偶那四个字。”这其实是作者用通俗小说家的眼光为一个有着深刻社会内涵的个人悲剧所做的世俗层面上的理解。

另一部代表作《啼笑因缘》连载于1930年3月至11月上海《新闻报》副刊《快活林》上，当时引起了很大的轰动，奠定了张恨水通俗小说大家的名声。小说中有主人公樊家树与沈凤喜、何丽娜、关秀姑三位女性的感情纠葛；有为了真爱反抗军阀欺压、强暴的社会线索，有武林豪杰抗压抗暴的传奇故事；更有对凤喜细致深刻的心理叙述。可以说，小说的形式和内容，都已经完全冲破了旧章回体小说的容量。张恨水自己总结道：“上海洋场章

① 张恨水：《写作生涯回顾》，北岳文艺出版社1993年版，第39页。

回小说，走着两条路子，一条是肉感的，一条是武侠而神怪的。《啼笑因缘》，完全和这两种不同。”小说将西方小说笔法融合在传统叙事当中，用通俗小说的情调表达现代都市生活与传统道德心理相互冲撞的主题，可以说已经实现了通俗小说的现代性，延续并拓展了章回小说的生命。

抗日战争时期，张恨水创作了一系列社会讽刺小说，进一步将具有意味的表现手法融入通俗小说的写作中，而且更加贴近现实、贴近生活，对社会批判的力度进一步加强。1939 年 12 月初，《八十一梦》开始在重庆《新民报》上连载，这是为躲避国民党当局的检查，运用“说梦”的形式创作的一部寓言式小说，以荒诞离奇的“梦”讽喻抗战时期国统区的种种丑恶和黑暗。作者采取古小说“寓言十九，托之于梦”的创作手法，将当政的腐败和民族劣根性暴露出来，笔锋犀利，不留情面，但运用的始终是通俗小说的套路，彰显的是民间的“侠义”精神。张恨水其实一直坚守的是自己的创作阵地，致力于将都市市民的审美情趣与现代性的审美追求相结合，走的是引雅入俗的通俗小说的创作道路。

二、李劼人的宏大叙事与靳以的浪漫小说

李劼人（1891—1962），原名李家祥，笔名有老懒、菱乐等，四川成都人。中学时代亲历保路同志会运动。1912 年后开始写作，处女作为发表于《晨钟报》上的《游园会》。以后在《四川群报》、《川报》任主笔和总编辑。1919 年参加少年中国学会，同年赴法国。1924 年回国后，翻译莫泊桑的《人心》、都德的《小物件》、福楼拜的《马丹波娃利》等名著。李劼人是新文学史上在创作中一个索群独离的作家，一直坚守在四川一隅默默耕耘，不参加任何社团。

1935 年至 1937 年，李劼人把主要精力投入写作《死水微澜》、《暴雨风前》和《大波》三部连续性长篇小说。小说以四川为背景，描写初从甲午战争到辛亥革命前后 20 年的广阔社会画面，使史诗性质与世态人情的描摹高度结合，被誉为“大河小说”。无论是思想内容还是艺术形式与手法上，李劼人的长篇历史小说三部曲都是文学的民族性与现代性融合的一次成功尝试。三部作品中，《死水微澜》最具生活和艺术的魅力。小说采用多线条的手法结构全篇，以邓幺姑（蔡大嫂）活动为始末，又以罗、顾冲突为经，其他生活片断为纬，聚散有度，连贯成有机的整体，体现了鲜明的中国气派和独特的艺术风格。小说描写了在甲午战争到辛丑条约签订期间、成都北郊的天回镇上，袍哥与教民两股力量的消长，表明帝国主义入侵中国后，一潭死水似的现实也泛起了波澜。普通农民出身的邓幺姑为挣脱穷困命运，嫁给

了镇上的蔡傻子。她富于幻想，泼辣大胆，不甘于平淡的生活。由于蔡傻子表哥罗歪嘴的关系，她被卷入了袍哥与教民的争斗中。在争斗中，她逐渐爱上了男子汉气十足的罗歪嘴。罗歪嘴在争斗中也对邓幺姑产生了感情，对邓幺姑果敢的性格肃然起敬。当袍哥败于教会和官府的两面夹击时，为了救丈夫、情人，她果断改嫁大粮户顾天成，表现出敢作敢为、不守成法又不甘心失掉浮华世界的复杂人格心理。李劼人的长篇，在结构、人物、语言等方面都得力于传统文化和地域文化修养的丰足，在小说的史诗性质与世态描写的高度结合方面也取得了突出成就。

《暴风雨前》主要反映了辛丑条约后民智渐开的社会变化，作者的笔墨开始由小乡镇转向成都。故事主要围绕中等官宦人家郝家若干人等，尤其是围绕郝又三展开。描写了红灯教的扑城、资产阶级维新派和革命派的活动、立宪党人点滴的社会改革，这一切革命风暴来临前的动荡对这个天府之城的冲击。《大波》共分三部，以 1911 年四川保路争路事件为中心，从保路同志会的成立、发展以及各地同志军的武装斗争和赵尔丰对运动的血腥镇压，一直写到清王朝的覆灭，真实生动地反映了辛亥革命这一规模巨大的民众运动。《暴风雨前》和《大波》较此前的《死水微澜》，艺术细节略显粗疏，但小说的史诗性质仍是非常突出的。李劼人的“大河小说”依照辛亥革命前夕中国社会的总情势为我们绘制了一幅四川内地社会风俗画，细致地描绘了四川的世态乡情、风俗习惯、屋宇建筑、服饰器具、饮食消遣等，具有浓郁的地方和时代特色。

靳以（1909—1959），原名章方叙，天津市人。早年入复旦大学国际贸易系读书时，即开始从事新文学活动。1934 年在北京与郑振铎合编《文学季刊》，同年 10 月，与卞之琳、巴金、沈从文、李健吾、郑振铎主编《水星》月刊；1936 年 6 月 1 日又在上海与巴金创办《文季月刊》。他生于北而学于南，在上海开始小说创作而在北平趋于成熟，在南北两个文化中心上以小说快手和编辑大家驰名，天然地充当了京派作家群和上海作家的黏合剂。靳以是一名多产的小说家，其中有多卷本长篇小说《前夕》，中篇小说《秋花》、《春草》，短篇小说集《圣型》、《群鸦》、《红烛》、《群神》、《青的花》、《远天的冰雪》、《残阳》、《黄沙》、《渡家》、《生存》、《遥远的城》、《黑影》、《靳以短篇小说集》(一集）等。

靳以早期作品大多描写爱情纠葛和家庭琐事，带有较浓的感伤忧郁情调。这类作品以悲怆颓放的调子，宣泄着一种失落了的恋爱情绪，带有浓郁的心理浪漫主义气息，从某种意义上说，是上承郁达夫的浪漫抒情遗风的。短篇小说《青的花》全然是一个失恋的男子重会昔日的情人时的长篇独白：

哀思幽怨的情怀、孤独无依的感伤、缠绵如丝的留恋、悲愤决绝的离别、腾跃着凄恻的情绪波澜，无不充溢着未加节制的酸楚。

随着涉世的深入和对“艺术与社会”“美学与生活”关系理解的转变，他远离了感伤痴缠的情调，不再沉浸于个人的情感漩涡，而是走进了社会的因子，走进普通人的生活中间，去细致地刻画各式各样人物的生活和喜怒哀乐。画家、教授、学生、农民、职员、戏子、车夫、船家、难民等生活中的普通人，成了他作品的主角。在抗战前夕、先后出版了小说集《珠落集》、《残阳》、《黄沙》、《远天的冰雪》等。部分作品依然从他熟悉的生活和人物落笔，但已尽其所能地开展了对广阔的社会生活层面的透视。比如，早年的小说《教授》写一个经济学教授夫妇之间无聊和怨恨的不协调的生活；收入《珠落集》中的《人间人》虽然还是写教授夫妇的生活，但立意则深远得多，不再停留于各人的恩怨感伤，而是立足于 1930 年代广阔的社会阶级关系来描写主人公的人生际遇和思想感情。

从早年吟咏着梦中的“青的花”，到后期关注着民族的和人类的“生存”，申诉着人民的苦痛和血泪，靳以走过了两条迥然有别的创作道路。他从不满足于自己，常常对着新出的作品集反省过去的脚印，这种不断超越自我的心理特征，最终成就了靳以的“大器晚成”。也正由于他坚持从普通民众的现实生活中汲取丰富的题材，以平凡的普通民众作为描写的对象，他所创作的“平民小说”才让我们觉得亲近、自然，又不失厚度。他以自己充满同情的笔触描绘了旧社会普通民众多难的人生，刻画了他们在黑暗统治和战乱频繁威胁下的贫穷失业、饥寒交迫和颠沛流离，反映了平民百姓的人生疾苦。靳以的小说不重于曲折起伏的情节描写，而是擅长以细致的笔触刻画人物复杂的心理活动和情感波澜，描绘他们在尴尬处境下的血与泪。其作品一般都短小精悍，构思奇巧缜密，笔法流畅细腻，语言质朴生动，显示了其知识和艺术积累的深度。

第四节　田汉等人的电影文学

左翼文艺运动的繁荣促进了电影文学的兴起，田汉、夏衍等左翼著名作家、剧作家，为中国电影文学开拓了道路。

一、田汉：银色的梦

田汉（1898—1968），本名田寿昌，湖南长沙人。在长沙师范读书时，就曾编写过《新教子》、《汉阳泪》、《新桃花扇》等小型剧本。1916 年赴日本留学；1921 年 7 月与郭沫若、郁达夫、成仿吾等发起组织创造社，并创作发表了成为其“出世作”的《咖啡店之一夜》。1922 年回国后，田汉积极参加新文学运动和戏剧运动。1925 年编写了第一个电影剧本《翠艳亲王》，但未能拍成。从此，他对电影发生了浓厚的兴趣。1926 年底，他发起组织了南回电影剧社，试图亲自摄制影片；1926 年在上海与唐槐秋等创办南国电影剧社。1928 年与徐悲鸿、欧阳予倩组建南国艺术学院，同年秋成立南国社，以狂飙精神推进新戏剧运动，多次到南京、杭州、广州等地演出，同时主编《南国月刊》。从 1929 年冬开始，他在从事文艺活动的同时，积极参加政治活动。1930 年 3 月他以发起人之一的身份参加了中国左翼作家联盟成立大会，接着参加了中国自由运动大同盟。同年 6 月南国社被查封，左翼剧团联盟改组为左翼戏剧家联盟，他是发起者与组织者之一。1932 年加入中国共产党后参与了党对文艺的领导工作，和夏衍等打入电影阵地，为艺华、联华等影片公司写了《三个摩登的女性》、《青年进行曲》、《风云儿女》等进步电影文学剧本，使电影文学从思想到艺术出现了新的面貌。

1934 年冬，田汉以青年奋起抗日救亡为题材写成了电影脚本《风云儿女》。剧本共分 15 个章节，以诗人辛白华的曲折经历为主线，描绘了革命知识分子从苦闷彷徨到奔向民族主义革命战场的历程。阿凤演的《铁蹄下的歌女》以及革命者梁质甫的牺牲让辛白华的内心受到了很大的震动，他最后终于离开了施夫人，抛弃了以享乐为主的生活，走到抗敌的最前线。对于《风云儿女》剧本，田汉只完成了故事的梗概，后来由夏衍接手进行分幕整理才投入拍摄。聂耳听说影片中有田汉写的一首诗，自告奋勇为诗歌谱曲，这就是影片的主题歌，中华人民共和国成立之后，定为中华人民共和国国歌的著名歌曲《义勇军进行曲》。《义勇军进行曲》唱出了当时民族危机的深重，唱出了团结战斗的意志，唱出了民族振奋的强音，可以说，其影响已然超过了影片本身。

继《风云儿女》之后，田汉又与史东山合作，创作了以 1939 年长沙会议为背景的影片《胜利进行曲》。编写出《丽人行》、《忆江南》、《桑园英烈》等电影脚本。田汉一生共写过 20 多部电影剧本，他的作品具有强烈感人的抒情色彩和浪漫主义精神，时代感鲜明，主观色彩浓烈，人物塑造重内心感受抒发，澎湃着激烈高昂的战斗热情。

二、夏衍及其《狂流》

夏衍（1900—1995），原名沈乃熙，字端轩，曾用笔名蔡叔声、丁一之等，出生于浙江杭县。现代著名剧作家、革命戏剧和电影运动的组织者和领导者。1920年留学日本，1927年回国，在上海加入中国共产党。1929年秋，与冯乃超、郑伯奇等人组织艺术剧社，提出无产阶级戏剧的口号，排演进步戏剧；同年与鲁迅等人筹建中国左翼作家联盟；1933年任中国电影文化协会执行委员。1933年至1936年，创作并被摄制的电影剧本有《狂流》、《春蚕》(据茅盾同名小说改编)、《上海二十四小时》、《同仇》、《自由神》、《压岁钱》等。夏衍的电影作品以反帝反封建，鼓动全民族团结抗击日本帝国主义入侵，暴露国民党反动统治下的社会黑暗为主题，反映生活广阔，主题思想鲜明，艺术表现卓越，形成了简练细致、含蓄深刻、生动凝炼的独特风格。

《狂流》是夏衍的第一个电影剧本，它以“九·一八”后长江流域的一场空前大水灾为背景，展开了一幅农村阶级斗争画卷。故事发生在离汉口不远的傅庄。某一年洪水成灾，乡民在王三爹和小学教师刘铁生的领导下奋力抢险，而鱼肉乡里的富家地主博柏仁却乘机侵吞筑堤急服公款，不顾乡民的死活。乡民在刘铁生、王三爹的领导下和博柏仁开展斗争，并最终取得了斗争的胜利。最后，堤坝崩决，博柏仁在洪水中覆没。作品通过围筑堤坝，防范洪水这个中心时间，展示了30年代农村尖锐的不可调和的阶级矛盾和斗争。以傅柏仁为代表的地主阶级，阴险狠毒，平时对农民敲骨吸髓，百般欺凌，在大水泛滥成灾的紧急关头，又侵吞堤款，致使河堤决口，并勾结地方封建势力，迫害农民。在这种情势之下，以刘铁生、王三爹为代表的农民群众忍无可忍，与之进行针锋相对的斗争，表现了广大农民群众敢于斗争的英勇精神和不甘屈辱的反抗性格。这不但形象地说明了农村严重的阶级对立和斗争的不可避免，而且生动地写出了30年代农民的觉醒和斗争。作者第一次在电影里揭示了农村生活的本质，不但写出了地主豪绅的残酷剥削和压迫，而且写出了农民的觉醒和反抗：农民不再只是受苦受难，听任命运摆布的弱者，而是开始站立起来反抗斗争的强者。这对当时的电影文学来说，无论在题材还是在人物塑造上都有了新的突破，成为我国优秀的反封建电影剧作的最初范例。《狂流》是我国当时正式发表的第一个比较完备的电影摄制台本，其开拓性贡献不可磨灭。

三、其他电影文学家的创作

袁牧之（1909—1978），原名袁家莱，出生于浙江省宁波市。幼年在家乡受启蒙教育时，即对文艺有极大的兴趣。1930年受左翼文艺运动的影响，弃学在上海进入电影界，参加了《怒吼吧！中国》等话剧的演出，获得过“舞台千面人”的美称。1934年，袁牧之进入电通公司，在夏衍等人的帮助下，写出了他的第一部电影剧作《桃李劫》，还在该片中成功地塑造了他的第一银幕形象陶建平。1925 年他又自编自导了中国第一部音乐喜剧故事片《都市风光》。1935 年冬，袁牧之进入明星影片公司二厂并与陈波儿主演了阳翰笙编剧的《生死同心》。1937 年，袁牧之编导的《马路天使》，更是脍炙人口，在艺术手法和思想内容上均取得了很高的成就，被誉为“中国影坛上的一朵奇葩”。

《马路天使》是袁牧之现实主义编导艺术的高峰，描写了一群上海下层社会的小人物命运。小云、小红姐妹因家乡沦陷而流落上海，小云被迫当了妓女，小红靠卖唱为生。她们的邻居报贩老王，为人诚实；吹鼓手陈少平，活泼聪明。当小红被流氓欺侮时，小陈和老王极力相助，但恶棍们仍然要抓小红。小云帮助小红逃走，自己却被歹徒砸死。小云的死，使这些下层民众认识到吃人社会的本质。作者通过对大都市里妓女、小歌女、吹鼓手等一群生活在社会底层的人们命运的描绘，尖锐地抨击了半封建、半殖民地社会的黑暗，热情地歌颂了他们纯真善良、互相扶持、勇于牺牲的高贵品质。作者在许多地方用喜剧手法处理悲剧性的内容，让人们从始笑怒骂中见嘲讽；在悲苦的辛酸中看欢乐。电影剧作的艺术处理明快、诙谐、隽永，悠长。由田汉作词、贺绿汀作曲的插曲《四季歌》、《天涯歌女》，蕴含着独特的江南乡土风味，感情真挚，旋律优美，让人回味。《马路天使》在 1937 年 7 月底放映时，轰动了整个影坛，受到观众和舆论界的一致好评，成为 30 年代“左联电影”的代表作品之一。

蔡楚生（1906—1968），广东省潮阳县人。1927 年开始电影艺术生涯，先后担任过演员、剧务、宣传、场记、置景、副导演和编剧；1929 年入明星影片公司，协助郑正秋拍摄过《战地小同胞》、《桃花湖》、《红泪影》等六部影片；1930 年入联华影业公司，此后开始独立拍片；1933 年加入党领导的左翼组织——中国电影文化协会，创作了《都会的早晨》；1934 年完成了轰动影坛的《渔光曲》；1936 年和欧阳予倩等共同发起成立上海电影界救国会。在这前后，导演了《新女性》、《迷途的羔羊》、《小五义》、《王老五》等影片，编写过电影文学剧本《飞花树》。抗战爆发后，转赴香港，与司徒慧敏合作编导了《血溅宝山城》、《游击进行曲》等影片，独立编导了《孤岛天堂》、《前程万里》，完成了电影剧本《南海风云》的初稿。

《渔光曲》作品把徐家祖孙三代的悲惨遭遇，放在民生凋敝动乱不安的社会背景上，以凄婉的笔调描绘了当时在经济恐慌、民生凋敝的状况下渔民的灾难，表现了作者对穷苦渔民的深切同情，深刻地揭示出造成渔民苦难的社会原因在于黑暗社会的压迫，渔业资本家的剥削，以及帝国主义的经济掠夺。剧本对船主何家与洋人合资办渔业公司致使小猫、小猴生计断绝，流浪他乡的描写，虽着墨不多，却力透纸背，有力地控诉了买办资产阶级相帝国主义互相勾结压迫渔民的罪恶。剧本还通过于英改良渔业计划的幻灭，说明改良主义在中国行不通，具有一定的批判意义。

《渔光曲》吸收了中国古典小说悠长细腻的艺术风格，通过徐福一家破产、流浪、死亡的悲惨遭遇的描写，巧妙地概括了时代的生活风貌。该文故事生动，情节曲折，扣人心弦；场景描写细腻宛转，感情深厚，徐妈生产时全家又喜又忧的复杂心情，徐福和惊涛骇浪搏斗的场面，徐妈探望病儿被训斥的情景，徐家被洗劫一空的遭遇，小猫、小猴的流浪儿生活，徐妈葬身火海的结局……都描写得生动细致，寄托着无限悲凉、哀怨、沉痛的情思。凄婉动人、悲怆怨愤的《渔光曲》多次在剧中出现，如同一根红线贯穿全剧，生动地反映了渔民沉重的劳动负担和贫困的生活境遇，控诉了“鱼儿难捕租税重，捕鱼人儿世世穷”的黑暗现实，对主题起到了很好的渲染和表达作用。《渔光曲》不仅表现了渔民的悲惨生活，还揭示了造成渔民贫困的原因，在艺术形式上注重民族特色，情节曲折，叙述流畅，写作手法娴熟自然。完成后的影片参加1935年的莫斯科国际电影展览会，获得荣誉奖，这也是中国电影在国际电影节上的第一个获奖作品。

◎ 思考题

1. 比较评析殷夫与戴望舒的诗歌和创作倾向。
2. 评述《莎菲女士的日记》中莎菲形象的复杂性和时代特征。
3. 简述张恨水小说引雅入俗的过程。
4. 略评《死水微澜》中蔡大嫂的形象与性格特征。
5. 简述电影剧本《狂流》的艺术特征。

第七章　其他作家作品（二）

在中国现代文学史的第 2 个 10 年里，除了左翼文学运动之外，还有许多活跃在文坛上而思想又相对自由的作家。例如林语堂，他从事了众多的编辑活动，大力提倡幽默闲适的小品文，并形成了以他为中心的“论语派”。刘呐鸥、穆时英、施蛰存等新感觉作家，他们的作品堪称是中国第一个运用现代派方法创作的小说，刘呐鸥的《都市风景线》、穆时英的《上海狐步舞》、施蛰存的《梅雨之夕》等都是当时名噪一时的佳作。凌淑华、林徽因、萧乾等是 30 年代活跃在北平和天津等北方城市的自由主义作家群，他们以家乡生活背景为主，创作了许多具有独特京派特色的文学，是 20 年代的“乡土文学”传统的继承者。此外，梁实秋的新人文主义、李健吾的印象主义文学批评，以及阿英“力的文艺”的文学批评思想等，也在当时产生了较大的影响。

第一节　林语堂对小品文的提倡

林语堂致力于幽默闲适小品文的创作，在 20 世纪 30 年代的中国文坛独树一帜并形成了以他为代表的“论语派”。1932 年 9 月，林语堂创办了《论语》半月刊，1932 年和 1934 年，又先后创办了《人间世》与《宇宙风》两刊，都以发表小品文为主，提倡幽默、闲适和独抒性灵的小品文创作。

一、林语堂的人生与文学

林语堂（1895—1976），1895 年出生于福建一个基督教家庭，父亲为教会牧师。1912 年林语堂入上海圣约翰大学，毕业后在清华大学任教。1919

年秋赴美哈佛大学文学系，1922年获文学硕士学位，同年转赴德国入莱比锡大学，专攻语言学；1923年获博士学位后回国，任北京大学教授、北京女子师范大学教务长和英文系主任；1924年后为《语丝》主要撰稿人之一；1926年到厦门大学任文学院院长，其间主攻杂文，也研究语言；1927年任外交部秘书；1932年主编《论语》半月刊；1934年创办《人间世》，1935年创办《宇宙风》，提倡“以自我为中心，以闲适为格调”的小品文，成为论语派主要人物；1935年后，在美国用英文写《吾国与吾民》、《风声鹤唳》，在法国写《京华烟云》等文化著作和长篇小说；1944年曾一度回国到重庆讲学；1945年赴新加坡筹建南洋大学，任校长；1947年任联合国教科文组织美术与文学主任；1952年在美国与人创办《天风》杂志；1966年定居台湾；1967年受聘为香港中文大学研究教授；1975年被推举为国际笔会副会长；1976年3月26日逝世于香港，四月移灵台北，长眠于故居后园中，享年82岁。

林语堂曾被约为《语丝》的长期撰稿人，成为“语丝派”的一员。这一时期，他在《语丝》、《莽原》和《京报》副刊上发表了不少杂文、时评，这些文章都写得辛辣犀利。1932年9月16日，由林语堂主编的中国现代第一份幽默杂志——《论语》创刊。《论语》很受读者欢迎，印数最高时曾达到三四万份之多，这在当时是非常少见的。以至于当时中央大学校长罗家伦说：“我若有事要在公告栏内公告，只需要登在你们的《论语》就可以了。”《论语》的阵容不断扩大，一时间网罗了当时文坛上新老几代作家。除了鲁迅、周作人、刘半农之外，还有胡适、郁达夫、俞平伯、废名、朱自清、丰子恺等人。另外，《论语》还培养、扶植了不少新秀。如姚颖、苏青、徐訏、沈有乾、何容、大华烈士（简又文）、老同等，都是因为在《论语》上发表作品而成名的。当时《论语》有所谓的“三老”、“三堂”。“三老”是老舍、老向、老谈（何容的笔名）；“三堂”是语堂、知堂（周作人）、鼎堂（郭沫若），他们经常为《论语》写稿，成为《论语》的中坚力量。林语堂是《论语》的主编，但老板却是时代图书公司的邵洵美。在《论语》满周年不久，邵洵美与林语堂产生了矛盾，于是自第28期起，换了主编，但林语堂仍为《论语》撰稿。

林语堂卸任《论语》主编差不多半年时间，由他主编的另一份杂志《人间世》又创刊了。它也是半月刊，主旨与风格与《论语》相差不大。林语堂在对《人间世》所作的说明中，将西方杂志与中国杂志加以比较，认为西方杂志意见比中国自由，文字比中国通俗，作者比中国普遍。西方杂志注重反映社会、批评社会、推进人生、改良人生，因此读了便可以增加知识、增加生趣；而中国杂志则多是文人在小书房里制造出来的玩意儿，是读书人互相慰藉的无聊的消遣而已，因此特别开辟了“西洋杂志文”一栏。

1935年秋天，林语堂又与他人合作创办了半月刊《宇宙风》。但不久，《宇宙风》实际上由林语堂的三哥林憾庐主编。1935年12月，《人间世》自动停刊。1936年，林语堂赴美讲学。

二、林语堂对小品文的提倡

早在1924年，林语堂在《晨报》副刊上就提倡过幽默，但还只是把它当做文艺的一种因素来提倡；而把幽默当做“人生大计”、“文学要津”来提倡的，却是从主编《论语》开始。20世纪30年代，林语堂标举幽默闲适，提倡语录体小品文，在当时的中国文坛独树一帜，并形成了以他为中心的“论语派”。

在《论语》杂志上，林语堂大力倡导幽默的小品文。《论语》每期设有“半月要闻”及“雨花”、“群言堂”、“古香斋”等专栏，刊载各种有关时政的文章。但《论语》推出3期之后，有读者给《论语》编辑提建议，认为《论语》文章以关于政治、政府或政府要人者为多。虽然这些都是很好的材料，究竟未免偏重政治的时下恶俗。而且纵然没有“反革命”的心，或者免不了“反革命”的嫌疑，编辑先生总应该留心取缔才好。林语堂随后在《论语》第6期《编辑后记》中，为《论语》确定了三个特征：(1)对于思想文化的荒谬，是毫不宽待的；对于政治，可以少谈一点，因为他们不想杀身以成仁；而对于个人，即绝对以论事不论人的原则为绳墨。(2)应该减少讽刺文字，增加无所为的幽默小品文，如游记，人物素描之类。(3)上自政治，中至社会、旁及教育交了民风民谣，不妨假定《论语》读者为知交，易长篇伟论为密室闲谈，忘其条理，断其起伏，信笔写来，意倦便搁笔，便有模范小品文出现。由此看来，林语堂便已在《论语》上明确倡导闲谈式的小品文。

后来，林语堂又以《人间世》半月刊为园地倡导小品文。他在《人间世》发刊词中说：“《人间世》之创刊，专为登载小品文而设。盖欲就其已有之成功，推波助澜，使其愈臻畅盛。”从《人间世》第2期开始，林语堂在原有的《投稿规约》中加上了三句话：“本刊地盘公开。文字华而不实者不登。涉及党派政治者不登。”而他在这期《人间世》“编辑室语”中则表示，“我们觉得清峻的议论文太少。凡一种刊物，都应反映一时代人的思感。小品文意虽闲适，却时时含有时代与人生的批评，我们谨以此供献于学思并进之人，尽量发挥其议论。”于是从第2期至第14期的《人间世》增辟了“随感录”一栏，发表“文化社会及人生批评”的文字，但“不愿涉及要人所谓政治”。在第5期《人间世》的“投稿注意”中，他又指出：“本刊向以议论文与记叙文并重，乃因初创期间，来稿未能悉依原意调剂分配，外间略有误会，投来稿件，悉多吟花弄草之文，以致外稿所用者极少，有乖本刊原旨。望此后投稿诸君，注意此点，多赐发挥己见之文。”直至第22期《人间世》的“我们的希望”（编者的话）中，他仍然强调：“本刊以小品文为号召，已经屡见声明，专重在闲散自在的笔调，取舍多半即以此笔调为标准。凡投稿诸君，务请注意此点，至于内容，除不谈政治外，并无限制。”从这些说法来看，他所倡导的小品文，是既“不谈政治”，也不“吟花弄草”，却是与社会人生有关的。

为了提倡小品文，林语堂先后撰写了《人间世》发刊词、《说小品文半月刊》、《论小品文笔调》、《论玩物不能丧志》、《说自我》、《关于本刊》、《小品文之遗绪》和《还是讲小品文遗绪》等多篇文章，论述了小品文的特色。

三、林语堂小品文的特色

林语堂不仅在自己编辑的刊物上倡导小品文，他还自己躬亲实践，创作了大量的小品文。林语堂小品文的特色，总括起来，主要体现为幽默、闲适和性灵。

幽默是林语堂小品文的突出特色。早在20世纪20年代，林语堂就曾撰文将西方的humour译为“幽默”，并加以实践。他认为，“幽默之所以异于滑稽荒唐者”，主要在于“同情于所谑之对象”，“作者说者之观点与人不同而已”，因此，幽默的特征即为“谑而不虐”①。幽默在林语堂小品文中有几种表现：或庄，或谐，或亦庄亦谐，庄谐杂出。也就是说，在他的小品文中既有严肃端庄，认真真诚的一面，又有诙谐幽默、风趣玄妙的方面。有时候这两点分布于不同的作品中，有时候“庄、谐”又很好地结合于同一篇小品文中。例如《祝土匪》一文在现实的基础上把严肃的问题同诙谐风趣结合在一起，体现了庄谐结合、寓庄于谐的幽默特色。1925年北洋军阀政府和一些官场学者辱骂支持北京女师大学生正义斗争的教员为“土匪”、“学匪”，于是林语堂写了这篇《祝土匪》，斥“学者”的文章。他用漫画化的手法为那些所谓的“正人君子”的学者们画像，让他们为了脸孔而忘记真理，因而骨头折断的模样活现于读者面前，令人忍俊不禁。通篇显示了

① 林语堂：《答青崖论幽默译名》，载《论语》1932年第9期。

作者诙谐幽默的风格，同时也颂扬了“土匪”们坚持真理，敢于讲真话的精神。除了文章外，林语堂还通过对联、插话、补白等形式，尽情发挥他的幽默才能，极尽嘲讽时政之能事。例如，在第 2 期上有他撰写的一副对联，这样写道：“自古未闻粪有税，而今只许屁无捐。”这是针对当时多如牛毛的苛捐杂税而言的。

林语堂“闲适”话语正式亮相是在 1934 年《人间世》的发刊词中，其完整的表述是小品文创作应该“以自我为中心，以闲适为格调”。闲适是一种超然、平和、安详的生命样态，是追求优雅趣味的文人作风的体现，也是一种边缘化的、独立于世的人生境界。林语堂提倡闲适，将其作为文学的表现形式，成为主体意识觉醒和自由、独立精神的载体，其小品文笔调也是个人思想情致的外化，而这种思想情致便是“闲适”。林语堂小品文的题材丰富繁杂，无所不包，体现了闲适的风格。如《我怎样刷牙》、《我的戒烟》写日常生活琐事，娓娓道来；《快乐的问题》、《看电影流泪》、《茶和交友》谈人生的享乐；《读书与看书》、《谈话的艺术》谈治学的艺术；《发现自己：庄子》、《休闲生活的崇尚》谈人生的哲学。林语堂还将谈话式的娓语笔调引入小品文创作中，读来有一种亲切感，作者像是在与读者娓娓攀谈，不管是叙事、议论、抒情或是演说，从不居高临下地进行说教，也非旁若无人地高谈阔论，而是用闲谈的方式将自己内心感受吐露出来。读者可以从字里行间感受到作者的喜怒哀乐，自由自在、无拘无束地与作者进行心灵的交流，以达到共鸣。

林语堂所说的“闲适格调”，一方面指的是“闲适的自我”所具有的那种自由、自主、“从心所欲”的精神境界，另一方面则指的是能恰当表现上述精神境界的文章笔调，或者说是与文章所欲表现的“闲适的自我”、“闲适的境界”相匹配的“闲适”的语言风格和叙述特征。简言之，林语堂“闲适”话语的丰富内涵则是指用“闲适的笔调”，表现“闲适的自我”，而这种闲适的自我，往往就体现为“性灵”。林语堂就曾说过“性灵就是自我”①。因为他认为“‘性’指一人之‘个性’，‘灵’指一人之‘灵魂’或‘精神’”②。所以林语堂继承了明末公安派的“独抒性灵，不拘格套”，以致他的小品文处处显出真诚的性灵。他追慕纯真平淡，反对虚浮夸饰，在小品文中或抒发见解，切磋学问，或记述思感，描绘人情，皆出自于自我性

① 林语堂：《论文》，载《大荒集》，上海生活书店 1934 年版，第 392 页。

② 林语堂：《写作的艺术》，载《林语堂文选》下册，中国广播电视出版社 1990 年版，第 90 页。

灵，绝无矫饰，显得朴素率真，这对当时文坛上的浮躁之气起到了一定的矫正作用。他强调语言当雅、健、达、甜、醇、美，从而使他的小品文更加“通脱”和“开朗”。例如《人生像一首诗》：“人生读来几乎像一首诗。它有自己的韵律和拍子，也有其生长和腐坏的内在周期。它的开始就是天真烂漫的童年时期，接着便是粗拙的青春时期……我们应该能够体验出这种人性的韵律之美，应该能够像欣赏大交响曲那样，欣赏人生的主要题旨，欣赏它的冲突的旋律，以及最后的决定。”林语堂用极其平实自然的语言道出了他对整个人生命运的思考，闲谈之中抒发着自己的情思，将抽象的人生哲理通俗化，如一股清泉流入读者的心中，给人以人生价值及意义的启迪。他坦率得如一位挚友一样，将对人生的热爱之情和积极乐观的心态传达给了每一位读者。

第二节　刘呐鸥、穆时英、施蛰存与现代派的小说

活动于20世纪30年代初的“新感觉派”，是运用现代派方法创作小说的文学流派。它是在日本新感觉派的影响下发展起来的，它的产生，既是世界性的现代主义思潮对中国新文学冲击的一种反馈，又是那个特定的历史时期的阶级矛盾和民族危机空前激化的结果。其代表作家有刘呐鸥、穆时英和施蛰存等。

一、刘呐鸥与《都市风景线》

刘呐鸥（1900—1939），原名刘灿波，笔名伐扬等，台湾台南人，从小生长在日本，入东京青山学院读书，后毕业于庆应大学文科，精通日语、英语。回国后，又在上海震旦大学法文特别班攻读法文。1928年创办第一线书店，被查封后，又经营水沫书店。出版过《马克思主义文艺论丛》(后改名《科学的艺术论丛书》）等进步书刊，创办《无轨列车》半月刊。1929年，与施蛰存、徐霞村、戴望舒等在上海合编《新文艺》月刊，发表过一些进步作品，后被国民党当局查封。其后，又创办《现代电影》杂志。“一·二八事变”中水沫书店被毁，后又赴日本。抗战爆发后回国，1939年奉汪伪政府命筹办《文汇报》，任社长，报未出而于是年秋被暗杀。著有短篇小说集《都市风景线》等。

《都市风景线》反映了20世纪30年代上海广阔的社会生活场景，将都市生活的现代性和都市人灵魂的骚动体现得惟妙惟肖，使作品具有了生动的画面感和可视性，突出了刘呐鸥小说的都市色彩和情调。

短篇小说集《都市风景线》共有 8 篇，它们是《游戏》、《风景》、《流》、《热情之骨》、《两个时间的不感症者》、《礼仪和卫生》、《残留》、《方程式》等，全以 20 世纪 30 年代上海都市“风景”为描写题材，且以都市性爱作为小说的描写重心。

《游戏》写的是上海摩登女郎移光，游移于浪漫伤感型情人与实用功利型“新郎”之间的三角情恋，被移光处理成为一场“游戏”：她可以一边享用着作为工厂主的新郎赠送的昂贵聘礼——1928 年新款的意大利跑车；一边与旧日情人步青交欢，让自己“贞操的破片同时也像扭碎的白纸一样”坠落。小说乍看突兀反常，但联系 20 世纪 30 年代上海的都市环境，则显出了它的真实。《两个时间的不感症者》写在赛马场买赌赢了的 H 先生，与一位放荡女性邂逅，于是两人相邀去喝冷饮，碰到了与此女事先有约的男青年 T。三人同去舞场，饮、抽、谈、舞了一个多钟头后，这位浪荡女人翩然而去应约别的男人吃饭了，丢下了订好房间准备与她过夜的 H 和 T“展着怪异的眼睛”目瞪口呆。临走，女人反倒责备这两位男子没有很好地利用她应约给他们的有效时间。小说向人们展示了大都市男女那种空虚、放荡的生活。

《风景》叙述某上海都市少妇（县长太太）到县城去陪县长度周末的途中，在开往乡间小镇的火车上偶遇一个素不相识的青年，两人竟中途相邀下车，投身于大自然的怀抱，在美妙的乡间风景中放纵野合，无拘无束地享受生活的乐趣，表现了城市人充满不安和骚动的心态。该少妇旅行的目的本是与丈夫团聚，但却在高速火车的旅途中与陌生男子燃青完成了一次疯狂的野合。旅行，在“五四”作家创作中，带有游走与叛逆的意义。上海都市少妇“她”那“自由而大胆”的性爱，完全不负载“五四”时期的反封建意义，而体现的是物质主义权威时代“消费过剩”状态下的上海都市特征：感官式欲望，消费性快感。在消费主义时代的上海都市中，性欲成为特殊类别的“商品”，它的意义已从“爱”中剥离，流变为某种纯粹的享乐性消费性的“商品”近似于服装、首饰、化妆品等物化商品之于都市女性的消费快感功能，上海都市女郎已经将消费快感的追求，延展到非物化商品的性欲层面。

作为中国第一个现代主义小说流派——新感觉派的滥觞者，刘呐鸥特别注意强调对外部世界的主观感受，刻意追求主观感觉印象，力图表现一种有主观色彩的新感觉。刘呐鸥之所以形成这种创作特色，是因为他受到了日本新感觉派作家片冈铁兵、川端康成等的影响。1928 年他从日本回国后，选译了 7 篇日本现代短篇小说。次年，他将这些小说结集出版，并以片冈铁兵的一篇《色情文化》命名。他还在《译者题记》中推崇说："文艺是时代的反映，好的作品总要把时代的彩色和空气描出来的。在这时期里能够把日本的时代色彩描给我们看的，也只有新感觉派一派的作品。这儿所选的片冈、横光、池谷三人都是这一派的健将。"① 日本新感觉派作家特别强调表现自我感受和主观情感，重视直感的作用，标榜文学创作的无功利性，这些都直接影响了刘呐鸥的小说创作。

二、穆时英的都市小说

穆时英（1912—1940），浙江慈溪人。父亲是银行家，自幼随父到上海求学。读中学时爱好文学，读大学时潜心研究外国新文学流派。1929 年开始小说创作，翌年在《新文艺》上发表第一篇小说《咱们的世界》及《黑旋风》，又有《南北极》经施蛰存推荐到《小说月报》发表，引起文坛注视，自此成名。1932 年在《现代》杂志创刊号上发表小说《公墓》，为创刊首篇作品，成为现代派健将，以其年少多产而风格独特，被人称为"鬼才"作家。同年出版第一本小说集《南北极》，反映上流社会和下层社会的两极对立。1933 年出版的第二本小说集《公墓》，转而描写光怪陆离的都市生活。此后又出版了小说集《白金的女体塑像》、《圣处女的感情》，以及《夜总会里的五个人》、《上海的狐步舞》等现代派代表性作品。这些小说也流露出明显的颓废感伤气息，但穆时英笔调却风靡一时。随着政治思想的激变，他于 1933 年前后参加国民党图书杂志审查委员会，后参加编辑《文艺画报》。抗日战争爆发后赴香港；1939 年回沪，主办汪精卫伪政权的《中华日报》副刊《文艺周刊》和《华风》，并主编《国民新闻》；1940 年被国民党特工人员暗杀。

《南北极》中的作品，多以第一人称自述口吻，叙写严酷的阶级压迫，表明社会上下层的对立就像地球的南北两极那样不可调和。小说的主人公，如"黑旋风"老牛(《黑旋风》)、海盗李二爷(《咱们的世界》)、流浪汉"小狮子"(《南北极》)，都是上海滩底层的烈性汉子甚至是黑社会人物。他们襟怀坦荡，骁勇强悍，且又嗜杀成性，满身江湖味、绿林气。他们对上层的反抗叛逆，完全出自本能的贪欲和情欲，结果必然沦为盲目地憎恨、不顾一切地破坏、自私自利地占有。当年左翼批评家曾指出穆时英具有"浓厚的流氓无产阶级的意识"、"十足的中国式的流氓意识"，小说里的人物多

---

① ［日］片冈铁兵等：《色情文化》，刘呐鸥译，上海第一线书店 1928 年版，第 1 页。

是“个人主义的英雄”，被学界认为“这类评语大抵确切”。

《南北极》之后，穆时英的眼光似乎开始转移，不再专注于社会底层，更多地流连于夜总会、酒吧、电影院、跑马厅等都市娱乐场所，追踪狐步舞、爵士乐、霓虹灯的节奏，捕捉都市人纤细复杂的感觉。充满浓郁的抒情气氛的《公墓》，使人感觉作者似乎不是在表达一个主题，而是在抒写自己的孤独和寂寞。小说描写一个男青年对一位“紫丁香”似的姑娘的爱情追求，这种隐秘的追求，使男主人公在没有止尽的等待中丧失。男青年是孤独忧郁的，与他同命相怜的天天在墓旁怀念着遥远母亲的玲姑娘，也是孤独忧郁的，当姑娘临死把两束枯萎的紫丁香作为爱的回报转交给这位爱情表达得“迟了”的青年时，这位男主人公的悔恨与忧伤更加沉重万分。

《夜总会里的五个人》里投机失败的资本家，面对青春逝去感到疲倦的交际花，偏离人生坐标的哲学家，因失恋而颓唐的大学生，失业后祈求死亡的市府秘书，这五人都具有明显的“都市病”，他们的感觉中浸淫着败落破产的痛苦和无法排遣的颓败情绪，他们在周末的晚上进了夜总会，企图在疯狂的音乐中寻求刺激，麻醉灵魂，发泄痛苦，小说正是通过描写这五颗孤独而失落的心，来反射都市人生的“心理荒原”。

《上海的狐步舞》这篇小说原来计划作为长篇《中国 1931 年》中的“一个片断”，它以强权、枪杀、乱伦、卖淫和枪声、笑声、麻将声、鸦片香、淫欲味、华尔兹旋律等，来表现 20 世纪 30 年代的“上海，造在地狱上面的天堂”的世相。小说汇集了众多令人眼花缭乱的城市意象，强烈地凸显出大都市的繁杂的节奏。火车与汽车的狂奔、树阴下的凶杀地点、豪华的刘家公馆、喧闹的夜总会、荒唐的舞场、街旁的建筑工地、藏污纳垢的华东饭店、阴暗胡同中以卖肉为生的贫贱人家、华懋饭店雪白的被褥、深夜街头奔跑的黄包车……小说借助场景的不断闪现、迅速变换，以及表现出来的异常快速的节奏，有机地借鉴了电影镜头跳跃的结构，并以人物的笑脸、身上的汗水、工人施工、车夫拉车等场面作为叙述的过渡，使之小说化，展现出目不暇接的都市场景，以显示生活在这里的人们的几近疯狂的精神状态。

20 世纪 30 年代畸形繁荣的上海，一面是高度发达的物质文明，一面又是人与人之间因生存竞争而产生的虚伪与隔膜、感情生活的拜金主义、成功与失败瞬间即变的人生无常，这类人生的孤独感和荒诞感，同现代主义文学所表现的思想情绪是相通的。处于这样的生活环境，同时由于朋友刘呐鸥对兴起于 20 年代中期的日本新感觉主义的大力译介和创作实践，穆时英很快就成了中国新感觉派的代表，被誉为“新感觉派的圣手”。

三、施蛰存与《梅雨之夕》

施蛰存（1905—2003），中国现代著名作家、文学翻译家、学者。施蛰存一生的工作可以分为四个时期：1937年以前，除进行编辑工作外，主要创作短篇小说、诗歌并翻译外国文学；抗日战争期间进行散文创作；1950年至1958年期间，翻译了200万字的外国文学作品；1958年以后，致力于古典文学和碑版文物的研究工作。相对于施蛰存一生漫长的文学活动，他的小说创作只有短短的十余年时间，如果从1928年开始算起，到发表于1937年6月的《黄心大师》止，恰好10个年头。但在这10年期间，施蛰存写了70多篇短篇小说，印刷了五本小说集，这就是《上元灯》(上海水沫书店，1929)，《将军的头》、《梅雨之夕》(上海新中国书店，1933)，《善女人行品》(上海良友图书公司，1933）和《小珍集》(上海良友图书公司，1936)。

1929年，施蛰存因在中国第一次运用心理分析创作小说《鸠摩罗什》、《将军的头》而成为中国现代小说的奠基人之一。30年代他主编的《现代》杂志，引进现代主义思潮，推崇现代意识的文学创作，在当时影响广泛。施蛰存的小说注重心理分析，着重描写人物的意识流动，成为中国“新感觉派”的主要作家。而他的代表之作，便是小说集《梅雨之夕》。《梅雨之夕》小说集收录了《梅雨之夕》、《在巴黎大戏院》、《魔道》、《薄暮的舞女》等10篇作品，其中《梅雨之夕》是施蛰存的一篇最有代表性的意识流小说。小说以“梅雨又淙淙地降下了”开头，描写了梅雨天黄昏时分一个极平常的故事：一位有伞的男士送了一位没有雨具的不相识的少女一程。但其中，小说多次描写了一种心理幻觉。先是少女柔软的苏州口音，使她在“我”的幻觉中变成了“我”的初恋情人，接着是街边倚在柜台上的女子也幻化成了“我”的妻，让“我”惊惧不已。而回家后，妻子应门的声音又成了这女孩的声音。这些幻觉的描写，正是施蛰存运用心理分析的方法，表现主人公的潜意识。在主人公的年复一年的平淡生活中，缺少了浪漫的激情，当他和少女并排走在街上时，他渴望人们分享他的幸福，唯惟恐别人窥探了他的秘密。总体来看，作者用他独特的表现方式，采用心理分析和意识流的描写手法，把这个平常的故事写得引人入胜、耐人寻味、如诗如画、入情入景、朦胧虚幻、动人心弦，把读者带入别有情韵的意境。

如果说《梅雨之夕》所写的是由性心理引起的二重人格，那么这种趋势在《在巴黎大戏院》已剧烈转向写到了令人颇不舒服的病态心理和行动。“我”分明是以绅士自居，但这种地位却并不妨碍“我”去吮吸情人手帕上的汗渍和痰涕。在《魔道》中，那位处于精神分裂边缘的“我”不但对友人陈君的妻子产生了“一重意欲”，而且居然对陵墓中身裹白绸的木乃伊王妃产生了意识，想要去吻一下“她那散发着奇冷的麝香味的嘴唇”。至于《四喜子的生意》中的车夫，现实生活的压力并没有减少他的欲望，四喜子不但对朋友的妻子，更对朋友的妹妹抱有强烈的性幻想，甚至在繁华的大街上，他竟然对橱窗中的模特也浮想联翩。《梅雨之夕》里的大部分作品无论是写变态、恐怖、幻觉的《在巴黎大戏院》、《魔道》、《旅舍》、《夜叉》、《凶宅》，还是有一定现实影子的《宵行》、《薄暮的舞女》、《四喜子的生意》等，其中的主人公无论是先生、绅士，还是舞女、洋车夫，也无论是中国人，还是外国人，他们不分地位高低，都受“力必多”驱使，不能“自己约束自己”，而以种种方式不择手段地寻求性心理的满足和性欲念的发泄。施蛰存小说的这种性心理探求，不仅体现在他的现实题材的小说里，而且在他的《将军的头》等历史题材小说之中也多有体现。

第三节 凌淑华、林徽因、萧乾与京派的文学建树

“京派”是指30年代活跃在北平和天津等北方城市的自由主义作家群。“京派”是20年代的“乡土文学”传统的继承者，与“乡土文学”作家一样，他们虽然生活在北京，但其创作内容却与生活的城市没有直接的关系，而主要以家乡生活背景为主。京派文学的代表除了前文已述的沈从文外，还有凌淑华、林徽因、萧乾等。

一、凌淑华与《花之寺》

凌淑华（1904—1990），女，小说家、画家，广东番禺人。1922年就读于燕京大学，并开始在《现代评论》发表小说。1929年任教于武汉大学，主编《武汉文艺》。1940年起在燕京大学任教，1956年后在新加坡南洋大学、加拿大等地教中国近现代文化，后寓居英国。主要作品有短篇小说集《花之寺》、散文集《爱庐梦影》等。

凌淑华的小说集《花之寺》中有30多篇小说，每一篇都是一个家庭生活的展示，然而各自并不雷同，结合成独具特色的家庭系列。但由于她的作品较少涉及重大的社会问题，而似乎只限于女人和孩子之类家庭琐事，因而她一直被视为“小”作家，甚至被许多批评家归为新闺秀派作家的代表人物，因此她作品的内容、风格都被认为浅薄而不予考虑。这些批评家们把她的性别与作品相提并论，认为凌淑华是一位漂亮的女性，她的作品体现出的

美是她自身美的一种表现①。在某种程度上说，这是对凌淑华作品的一种误解。她用女性的声音，写女性的家庭琐事，但她是用一种反模仿的方式来进行写作的。在她的反模仿中，包含着一种颠覆的意味，这些从她对传统闺怨主题的再处理手法中便可以看到。在文学史上，男性作家也写闺怨诗，但一般来说，男性作家用男性声音写作闺怨诗，是由于政治上受到排挤，他们常常用这种形式作为媒介来表达或暗示他们在政治上的遭遇和情怀，至于女诗人则用这种形式表达她们作为女性的感受和渴望。闺怨诗的抒情主人公常常是一位漂亮的女人，因种种原因被她的情人或丈夫抛弃，她深居在闺房之中，常常倚在闺房的窗口朝外张望。凌淑华虽然也把她的女性人物安排在这样的位置上，以这种心情出现，但她把这种情景精巧地交织在一起，有着强烈的破坏性内涵。例如，在她的小说中，常把闺中倦怠的女人和户外盛开的鲜花相对比，来说闺中是令人窒息的监狱。在《绣枕》这篇作品中，以“在阳光下盛开的大红石榴花”为喻嘲讽了闺房中无精打采的绣女。在《吃茶》中，“红色的玫瑰沐浴着阳光看上去格外明快”，这与衣着过时，已到出嫁年龄，而渴望结婚的女人形成了鲜明的对比。这些古典式闺房美人，她们孤芳自怜，常常望着镜中的自己，吟诵赞美女人的古典诗歌。她们用一套过时的标准来判断自己美不美，活动被限制在属于女性的闺中。这种近乎死一般的生活，暴露出家族制度的弊害。在《春天》里，凌淑华进一步突破了倚窗少妇的主题，她笔下的倚窗少妇渴求别的男人，胜于自己的丈夫，她因此而被视为违反了闺中的生活准则。

她小说中所体现出来的艺术价值，绝不亚于她在题材的选择和人物塑造上所显示出来的成就。可以说，她以女作家特有的艺术感觉和艺术悟性，在小说中运用各种艺术手段，铺排和设置了种种清新优雅的艺术氛围，来和特定的女性题材人物形成一种绝妙的和谐，而从中升华出的艺术魅力，足以令人感受到作者那特有的艺术天赋和丰厚的艺术功底。凌淑华笔下的女性形象，个个含而不露、温柔可爱。但作者对其笔下的女性多持批评态度，不过批评不是全盘否定其人，仅仅否定其人性中的某一弱点。批评态度温和，多为揶揄、调侃、怜悯、叹息、警醒、期待，甚至是亲切、温馨。她对女人弱点的了解深入细致，批评时却温婉有加。那是一种俯视的姿态，显示出她的明慧练达，字里行间站着一位淑女气质的作家形象。温婉的嘲讽成为凌淑华小说独具的美学品格，凌淑华小说在意境营造上也显示出了一种含蓄美。小说采用了传统小说的叙述方式及视角，并且秉承古典作品的“以理节情”，

① 陈敬之：《现代文学早期的女作家》，台北成文出版社1980年版，第79页。

较少有主观抒情，大多以第三人称来写，通过淡朴、冷静，淡中有韵致的叙述，平中见奇的精妙结构，给我们酝酿了一种迷离、朦胧的情绪、氛围及意境，读后余音缭绕，回味无穷。

二、林徽因的诗歌和小说

林徽因（1904—1955）是中国现代史上的作家和建筑学家。20 世纪 30 年代初，她与丈夫梁思成用现代科学方法研究中国古代建筑，成为这个学术领域的开拓者。同时，她在文学领域也取得了很高的成就，其文学作品包括散文、诗歌、小说、剧本、译文和书信等，其中代表作为《你是人间四月天》、《九十九度中》等。

林徽因的第一首诗是 1931 年 4 月以“徽音”为笔名，发表于《诗刊》第 2 期的《谁爱这不息的变幻》。以后几年，又在《诗刊》、《新月》、《北斗》、天津《大公报》、《文学杂志》等，先后发表了几十篇作品，其中大部分是诗歌。她的诗多数是以个人情绪的起伏和波澜为主题，探索生活和爱的哲理。诗句委婉柔丽，韵律自然，受到文学界和广大读者的赞赏，奠定了她作为诗人的地位。

现存的林徽因的六十余首诗作，是诗人自 1931 年至 1948 年写成的，全是新格律的抒情诗，从其审美内容来看，大致可以归为以下几类：对爱情的吟唱，对生命的体悟，对自然的歌咏，以及对芸芸众生的关注。但她写得最多的，可能还是《那一晚》、《别丢掉》、《一串疯话》等爱情诗歌。林徽因在现实生活中对爱情始终保持一种清醒理智的态度，然而理智并不总能战胜情感，外表越是平静，内心越是炽热如火。或许是作为对其人生态度的某种补偿，诗人写下了一首首或热烈率直或悱恻缠绵的爱情心曲：《一串疯话》、《别丢掉》、《情愿》、《那一晚》等。在这些诗里，有的对爱情充满了呼唤与畅想：“如果你是五月，八百里为我吹开/蓝天上霞彩，那样子来了春天，/忘掉腼腆，我定要转过身来，/把一串疯话全说在你面前！”（《一串疯话》）有的表现出爱的热切和执著：“别丢掉/这一把过往的热情，/现在流水似的，/轻轻/在幽冷的山泉底，/在黑夜在松林，/叹息似的渺茫，/你仍要保持着那真！”（《别丢掉》）更多的则是对逝去的爱的感伤和追思：“忘掉曾有这世界；有你；/哀悼谁又曾有过爱恋；/落花似的落尽，忘了去/这些泪点里的情绪。”（《情愿》）“到如今我还记着那一晚的天/星光、眼泪、白茫茫的江边！/到如今我还想念你岸上的耕种：/红花儿黄花儿朵朵的生动。”（《那一晚》）林徽因的诗歌创作深受新月派诗歌理论的影响，主张理性节制情感，遵守和谐匀齐的美学原则，向传统的民族审美情感复归。她的诗作通过对渗透和映射了主体感受与情绪的景物的描写，来整体地烘托、暗示、象征主体情感，从而构成了诗人抒情写意的整体背景与内涵。这既改变了“五四”以来新诗基本上只用浪漫主义的直抒胸臆式的表现手法来传达诗意的浅直特征，同时也改变了早期象征派诗歌意境与形象因过分个人化和西化而导致的生涩与怪诞。

作为京派小说家的林徽因，她留给读者的作品，只有6个短篇。它们是《窘》、《九十九度中》和总题为《模影零篇》中的4篇作品：《钟绿》、《吉公》、《文珍》和《绣绣》。这些作品创作于30年代，先后发表在《新月》、《学文》和《大公报·文艺副刊》等刊物上。林徽因小说虽然数量不多，却可谓篇篇珠玑，不失为京派小说中的珍品。它们负载着较丰厚的人文内涵，在艺术上作出了多方探索，既显示了京派小说的一般风貌，又体现出作者鲜明的文学个性，至今仍然以其独特的文化品格和审美价值，散发着诱人的艺术魅力。

《九十九度中》是林徽因小说的代表作，这篇小说共有7个部分，包含大约15个情节片断。在作品中，林徽因采用“人生的横切面”的写法，将社会各个层面的人物、生活一片片地呈现在读者面前。小说讲述了在北平一个格外炎热的一天40多个人物的生活故事，作者以流动的方式向前推进她的叙事。这些表面上看起来毫无关联的情节引出了许多人物以及他们的喜怒哀乐，他们一个接一个地似乎是在随意地行动着。例如，卢二爷在车上看到三个挑夫挑着“美丰楼”字号的大圆篓，由此想到自己的午饭问题，正犹疑不定，一闪眼，“一个女人骑着自行车，由他左侧冲过去，快镜似的一瞥鲜艳的颜色，脚与腿，腰与背，侧脸、眼和头发，全映进老卢的眼里”。由挑夫要赏钱，渴望喝到酸梅汤，到“就是这嘴里渴得难受，杨三把卢二爷拉到东安市场西门口，心想方才在那个‘喜什么堂’，门首，明明看到王康坐在洋车脚蹬上睡午觉。王康上月底欠了杨三十四吊钱，到现在仍不肯还，只顾着躲他”。在这里，挑夫和拉车夫之间，除了都感到口渴外，没有任何联系，他们互不相识，在故事进程中也不会遇到一起，炎热夏天口渴的主题起了过渡串线的作用。

小说一改传统纵剖式的结构形式，创造了立体的空间结构，采用了现代性的拼链式的片断镜头重组的叙事方式。现代电影、摄影等艺术手段和技巧的运用，电影语言——蒙太奇式的镜头组接方式，将北平城内一天中不同阶层的人生片断互相穿插、勾连在一起，不仅摄入了社会上不同阶层的生活景象，而且记录了不同人物的内心活动、心理情感。类似电影、电视中的一幅幅活动画面的连续展现、一个个场景和人生片断的互相对照和切换，巧妙的时空转换和过渡技巧，叙述格局的自然变化，以及“内心独白”的意识流表现手法等，将环境、气氛和人物全部有机联系在一起。在看似纷繁、杂乱的小说结构中，隐现着贯穿全篇的主题线索，显示出结构的统一与完整。而作品中不同的场景引出不同人物的心理情感，又带有中国传统文学中特有的时空感。在这篇小说里，作家既表达了对下层受苦人深刻的人道关怀与同情，也刻画了其麻木与愚昧；既对日益腐化、堕落的都市生活表示质疑，也为都市人在如流众生中掌握不住自己的命运而悲哀。一方面饭店挑夫在华氏九十九度的高温下急急忙忙为张家送饭，一方面几个人力车夫为谁与谁的几块钱欠款而打架；一方面堕落男人在不断地看女人、玩女人，一方面在热闹、阔绰的祝寿场面中，张家老太太反而被唤起了凄凉的人生记忆。小说充满着一种深刻的人文关怀，确实有平民倾向，但不像沈从文的小说那样一味回眸过去，拒绝现在，而是从现实的都市生活中寻找人性的复杂度，努力把自己对人生“特殊的看法及思想，信仰或哲学”的基础建立在现实的都市社会生活之上。

三、萧乾的诗性小说

萧乾（1910—1999），蒙古族人，1935 年毕业于燕京大学。曾任天津、上海、香港《大公报·文艺》编辑及记者、《大公报》驻英特派员、1946 年任复旦大学教授，1949 年后历任《人民中国》(英文版）副总编、《译文》副主任、《文艺报》副总编、中央文史研究馆馆长等职。1933 年开始发表作品，他的作品主要有短篇小说集《篱下集》(商务印书馆 1936 年版)，内收《篱下》、《俘虏》、《邮票》、《蚕》、《放逐》、《印子车的命运》、《花子与老黄》、《邓山东》、《雨夕》、《小蒋》、《丑事》、《道旁》；短篇小说集《栗子》，内收《栗子》、《皈依》、《矮檐》、《鹏程》、《昙》、《参商》。此外，还有兼收小说的散文集《落日》及《灰烬》。以上四集作者合编为《创作四试》于 1948 年由上海文化生活出版社出版。另外，萧乾还著有长篇小说《梦之谷》。1938 年以后，随着萧乾赴英，他在文学创作道路上便开始以记者、报告文学作家、传记作家和文学研究著译者的面貌出现，而不再从事小说创作了。

萧乾的作品中被认为最具京派特色的有早期的《蚕》和《俘虏》。它们很典型地反映了“京派”“美在生命”的文学旨趣。《蚕》以喂养、观察几条春蚕为线索，将一对青年人对生命的崇拜与激动，对初恋的试探与迷醉描绘得细致入微，而《俘虏》则着力于写绵密细致的小人物小画面，勇敢纯朴的农村少年铁柱儿为报复擒住了荔子姑娘的白猫，而这对情窦初开的少年最终在朦朦胧胧的“爱”的意识中，在盂兰灯会上言归于好。这两篇作品都注重炼章炼字，语言精活细致，浑不见人情以外的干扰，意境纯美而情感蕴藉，因此萧乾一登上文坛便得“京派”文人的肯定和接纳。

也许是童年所受的苦难以及对温暖美丽的憧憬太多太强烈，萧乾非常善于以儿童视角写作，《篱下》、《邓山东》、《雨夕》等都是这一类的作品。《篱下》中的孩子是那样固守着自然天性，不愿纳入都市炎凉。《邓山东》中的孩子们眼里，生活在社会下层却耿直仗义，不畏权势的邓山东是那样高大可亲。《雨夕》中的孩子用与成人迥异而接近人类真纯本相、不带杂质的是非观来判断和同情一个疯妇；《放逐》中的孩子为母亲迫于生计与“干爹”来往感到羞耻，倔强地要维护属于孩子的纯洁与自尊……的确，萧乾并不像另一位同样喜欢采用儿童视角的“京派”作家凌淑华一样，单采撷儿童天真无邪的稚趣以及热爱生命的赤诚，而是通过孩童天真的目光折射出人生的忧患、世态的炎凉。

在《栗子》的六篇小说中，《皈依》、《昙》、《鹏程》、《参商》四篇是对基督教的反思和批判。萧乾多次表明，这些作品是真切的生活体验的结果。就是数十年后重读旧作，萧乾依然认为这些作品最可自慰的是“自己还是忠实于亲身的观察和感受的”①。例如，《皈依》是萧乾基督教生活题材小说中最早的一篇，也是反基督教情绪表现得最直接最鲜明的一篇。小说以贫家少女妞妞鬼使神差地迷上基督教来表明基督教在当时中国社会的影响之深广，又以妞妞的哥哥坚决反对妹妹的入教来表明另一部分中国人（当然也包括作者在内）对基督教的态度。对基督教的态度，《皈依》可谓爱憎分明、直截了当，然而它所揭示的问题却有其深刻之处。小说既写出了信教人的粗浅与迷惑，也写出了那些“反”基督教者的愚昧与迷糊。《昙》在描写中国社会底层民众的生活与基督教关系的基础上，增强了作品政治色彩的强度与生活体验的深度，并扩展了构成作品故事内容的时代背景。《昙》的主人公启昌在一个教会学校读书，同时又在与母亲同一教会的牧师约翰（也是启昌读书的教会学校的校长）家里帮工；启昌在教会学校接触并参与了反帝爱国运动，这使他和母亲面临被开除学籍和解雇的生存威胁。最终，启昌坚决摆脱了教会牧师从精神到物质的摆布。

萧乾的小说具有一种诗性之美，它源于其诗性的人生体验，一种生命的忧郁感。萧乾对生命虚无的体认，首先是对人生无常、个体生命孤独无依的感受，还包括个体生命竞争的残酷与盲目。其小说中闪烁着人性的光辉，正

① 萧乾：《在十字架的阴影下》，载《新文学史料》1991年第1期。

体现着人对奴役的抗拒。另外，萧乾小说多借用意象、隐喻与象征等方法，他“不甘心单纯去写自然景物”，企图“把景色和人物糅合得更紧密一些”①，像《雨夕》、《俘虏》、《蚕》在意象的描绘中融入“宇宙的情绪”和人生命运的哲思。这些小说像一幅幅写意画，不是致力于人物性格的刻画，不以塑造人物为中心，而是为了表达某种情绪和观念，在一定程度上小说的情节淡化，社会意义相对薄弱些。意象的创造以及对诗意画境和哲理性的追求，使他的作品体现出简约、空灵的审美情趣。

第四节　阿英、梁实秋、李健吾等人的文学理论批评

20世纪30年代，文学论争以外的文学批评和文学理论建设亦呈现出兴旺发达的景象。其中，阿英的现实主义文学批评，梁实秋的新人文主义文学批评和李健吾的印象主义文学批评都独步一时，即便是在若干年以后，仍然保持着超越时代的鲜亮。

一、阿英与“力的文艺”

阿英（1900—1977），原名钱杏邨，安徽芜湖人，是中国左翼文学运动的先驱者，著名的马克思主义文艺批评家和卓有成就的文学家、文学史家。他从20世纪20年代起投身新文化运动，以自己充满激情的创作大力传播进步思想。30年代，他参与了中国左翼作家联盟的筹备、发起和领导工作，并积极组织抗日救国文化运动，而后，又奔赴苏北敌后抗日根据地，在新四军中开展文化艺术工作。1949年后，他先后在天津等地和中国文联担负文化界领导工作。

阿英的文艺思想根植于革命功利主义目的，他以革命功利主义的眼光，从革命功利主义的需要出发来看待、解释文学现象。他这段时期文学批评的主要特点是，崇尚反抗的、战斗的“力的文艺”，贬抑轻盈的、柔美的“抒情文学”。1929年，他将自己研究中外文学的论文结集为《力的文艺》。书中多次声明：“我是一个力的崇拜者，力的讴歌者。”崇尚反抗的、战斗的、力的文艺，是阿英文学批评的主导价值取向。

阿英认为，只有那些“表现时代”、“超越时代”并“创造时代”的文学作品，才是“力的文艺”。他提倡“力的文艺”，直接体现的是现实社会

---

① 萧乾：《未带地图的旅人》，载《萧乾文集》第7卷，浙江文艺出版社1998年版，第75页。

中的“强烈的反抗心思”和“伟大的意志”，是无产阶级的革命、战斗、反抗的力量。因此，在他的批评视野中，文学家只有正面描述无产阶级革命时代的斗争、反抗、复仇、罢工等活动，才能是创造了“力的文艺”。在这种尺度之下，大批“五四”新文学作家只能属于“死去了的阿Q时代”的无价值创作。他以“力的文艺”为标准，对许多作家一一作了评述：“叶绍钧所描写的，终竟是属于黑暗暴露的多，没有充实的生命的力的人物多，这就是因为他所表现的人物大都是属于小资产阶级的人物的缘故。”鲁迅小说多取材于清末民初的社会人生，对此，阿英认为“我们觉得他的思想是走到清末就停滞了；因此，他的创作……大部分是没有表现时代的”。即使如《阿Q正传》这样的作品，“是不能放在‘五四’时代的，也不能放在‘五卅’时代的，更不能放到现在的大革命的时代的”，因为“阿Q时代是早已死去了”①。

总体来看，阿英的文艺思想一直保持了那种鲜明的阶级色彩和强烈的战斗风格，坚持文艺必须反映人生、表现时代的原则，要求革命文学积极配合无产阶级革命的运动的，成为团结人民、教育人民、打击敌人、消灭敌人的有力武器。在对文学社会价值的认识上，阿英主张文学必须成为无产阶级革命斗争的鼓号，鼓舞人民的革命斗志、推动革命的进行。他明确地说：无产阶级文艺“就是要起煽动作用”②。同时，革命功利主义文学观导致了阿英较早地认定了文学的阶级性。可以说，阿英正是基于对文学阶级实质的清醒认识来要求革命文学的价值取向。他认为，阶级社会中的文学，必然要体现一定阶级的意愿，为一定阶级利益服务。就作家的修养而言，阿英十分重视作家的阶级立场、思想感情对创作的决定作用，强调作家世界观改造的重要性。阿英以蒋光慈为例，说明蒋光慈之所以能创作出无愧于时代的革命文学作品，就是因为“光慈的立足点确是工人农民阶级的革命文艺观”。故而他要求：“真正的革命文学的作家，他本身就应该是一个革命家，是与革命的势力接近的；也就是Linen（列宁）所说，劳动阶级是文学作家的思想，是应该隶属于他的社会主义的。”③

① 阿英：《死去了的阿Q时代》，载《阿英全集》第1卷，安徽教育出版社1999年版，第17页。

② 阿英：《前田何广一郎的戏剧》，载《阿英全集》第1卷，安徽教育出版社1999年版，第169页。

③ 阿英：《蒋光慈与革命文学》，载《阿英全集》第2卷，安徽教育出版社1999年版，第80页。

二、梁实秋与新人文主义

梁实秋的艺术观原本是崇尚“为艺术而艺术”的浪漫主义的，他曾写有《拜伦与浪漫主义》一文，认为浪漫主义具有三个特点，即“自我表现之自由”、“诗的体裁之自由”和“诗的题材之自由”①，而其精髓则是“解放”二字，并激情洋溢地赞美拜伦具有登峰造极的反抗精神。但是，自进入哈佛大学师从白璧德后，他告别了唯美主义和极端的浪漫主义，改为信奉稳健的古典主义，亦即新人文主义。

1927 年 8 月，梁实秋将自己撰写的 9 篇文学批评文章结集为《浪漫的与古典的》一书，由新月书店出版，这是他的第一本文学论文集。在《王尔德及其唯美主义》一文中，梁实秋从艺术与时代、艺术与人生、艺术与自然、艺术与道德、个性与普遍性、艺术与艺术批评六个方面批评了王尔德的唯美主义思想。他运用古典主义的美学观作为理论武器，否定了王尔德的唯美主义思想。在《现代中国文学之浪漫的趋势》一文中，他以古典主义和浪漫主义的批评标准来探讨中国新文学的倾向，并认为浪漫主义是它的主要趋势。通过这一批评，他隐晦地表露了中国新文学应回归古典主义的立场和态度，即希望新文学应合乎理性、节制，不能够过于浪漫。同时，在《文学批评辩》一文中，梁实秋提出了“常态的人性”观。他认为：“依里亚德在今天尚有人读，莎士比亚的戏剧，到现在还有人演，因为普遍的人性是一切伟大的作品之基础，所以文学作品的伟大，无论其属于什么时代或国土，完全可以在一个固定的标准之下衡量起来。”那么，什么是衡量的“固定的标准”呢？他说，“常态的人性与常态的经验便是文学批评的最后的标准，纯正的人性，绝不如柏格森所谓之‘不断的流动’，人性是根本不变的”，“而纯正之‘人性’乃文学批评唯一之标准”。在梁实秋看来，人性既是文学创作所要表现的根本内容，又是文学批评中衡量作品好坏的唯一标准。

1934 年 7 月，梁实秋又将他 20 世纪 20 年代末和 30 年代初的文学批评文章编为《偏见集》，由正中书局出版。在《文学的纪律》一文中，梁实秋提出了文学的五点纪律：其一，认为文学的过度的严酷的规律固然不好，但是过度的放纵的混乱也不妥，两者都不合于伦理的要求。其二，认为从事文学事业者，“其态度必须是正正的”，应认识文学的目的“不在于满足我们好奇的欲望，而在于表现出一个完美的人性”，而“纯正的人性在理性的生

① 梁实秋：《拜伦与浪漫主义》，载《创造月刊》1924 年第 1 卷第 3、4 期。

活里就可以实现”。其三，认为情感与想象对于文学创作是十分重要的，但必须用“理性”来驾驭和节制。其四，认为文学是表现人性的，但要用“理性”来加以指导。其五，认为文学的形式也很重要。这些都是对作家从事文学创作所提出的要求，体现了新月派对文学创作的基本看法和所遵守的准则，是新月派同仁所共同信仰的“稳健的合乎理性的学说”。在《现代文学论》中，梁实秋认为，新文学运动第一件要做的事不是攻打“孔家店”，不是反对骈四俪六，而是严正地批评老庄思想，要使这种思想不要全盘占据了中国文学的领域。同时，他对“五四”以来的新诗、散文、小说和戏剧创作所取得的成绩作了评价，并提出了若干建设性的意见。

梁实秋在20世纪二三十年代的文学批评中，既否认文学的阶级性，抵制左翼作家的批评，也反对国民党搞思想统一，要求思想自由和文艺自由发展。1929年，他就在《新月》上发表《论批评态度》一文，指责当时批评界有一种“不严正的”态度，“以专说俏皮话为能事”，爱写“幽默而讽刺的文章”，以致“无数粗糙叫嚣的文字出现”，使“一般青年对于现状不满”①。这些批评是针对鲁迅和左翼而发出的。同时，梁实秋也在《新月》上发表《罗素论思想自由》、《论思想统一》、《思想自由》等文章，反对国民党的专制统治。例如，国民党全国宣传会议第三次会议提出要创造三民主义的文学，取缔违反三民主义之一切文艺作品，梁实秋对此指出，“现在当局是要‘三民主义’来统一文艺作品”，用“三民主义”来统一文艺是不应该的，也是不可能的，“凡是宣传任何主义的作品，我都不以为有多少文艺价值的”。他认为：“文学这样东西，如其真有价值的文学……我看还是让它自由的发展去吧!”② 梁实秋是站在自由主义的立场上，反对国民党的“三民主义”文学，这与他和胡适、罗隆基发起的人权运动是一脉相承的。

三、李健吾的印象主义批评

李健吾（1906—1982)，山西运城人，现代著名作家、批评家、翻译家、学者。李健吾一生创作面相当宽广，小说、散文、戏剧、诗歌、翻译均有涉猎，同时他还是国内研究法国文学的一流学者。在文学批评领域，他先后出版有《咀华集》(1936年）和《咀华二集》(1942年）等。

《咀华集》共收11篇作品论，从所选取的批评对象来看，有林徽因、曹禺、沈从文、卞之琳、萧乾、李广田和何其芳等人，而他们基本上都是

---

① 梁实秋：《论批评态度》，载《新月》1929年第2卷第5号。

② 梁实秋：《论思想统一》，载《新月》1929年第2卷第2号。

“京派”文人。在对这些“京派”作家的评论中，李健吾基本上持有“京派”文学批评观，强调文学的自觉与审美性，强调作品的“和谐”与作家情感的“节制”。有学者认为：“京派批评的出现代表着中国现代文学批评的审美自觉与成熟”，“代表着文的自觉，试图回归文学本身，开辟了审美的前景”①。总体而言，“京派”批评是一种偏重于作品的“寻美的批评”。李健吾的批评则更进一步，把重点落实到关注批评本身的审美性，是一种“寻美的美的批评”。李健吾认为：“艺术的目的是美，所以我们的努力全在实现这种目的。”② 他在评论沈从文及其《边城》时，以诗一般的语句，传达出《边城》山水风物的如诗如画，展现了独特的人性美、人情美的韵味。他称《边城》“是一首诗，是一幅画”，李健吾似乎不是在做文学批评，而像一位书斋友人，与你共同咀嚼作品那甘美的“艺术元素”。在不知不觉之中，那一连串优美的文字、亲切的语境，将你带入他再次营造的一个批评家眼中的《边城》氛围，与读者倾心而谈，娓娓道出作家作品内在的奥秘：渗透在那如诗如画般山水境地里的边城人物那极不容易觉察出的忧郁与怅惘，进而直逼沈从文这位“乡下人”在重新审视故乡湘西边城时的复杂而微妙的心态。

在批评方法上，两部《咀华集》给人们的印象，突出表现在整体直观和印象的鉴赏性。李健吾在借鉴西方印象主义批评理论的基础上，形成了一套独特的批评方法。这套方法的基本特点是注重对作品的整体审美感受。李健吾进入批评的阅读行为是以主观体验为基本特征的，他力图先进入作品的艺术世界，以直观的方法获取切身的感受与“第一印象”。也就是说，从阅读作品一开始，就力图进行感性把握，努力避免先入为主的理性干扰，用他的话来说，接触一本书、一部作品，用他的话来说，“先自行缴械”，什么文法、语法、艺术法则，统统都“解除武装”，完全做到“赤手空拳”去进入作品的艺术世界。例如他在《咀华二集·自我风格》中说：“读茅盾先生的文章，我们像上山，沿路有的是瑰丽的奇景，然而脚底下也有的是绊脚的石子；读巴金先生的文章，我们像泛舟，顺流而下，有时连你收帆停驶的工夫也不给。”李健吾的文学批评是鉴赏的，也是印象的，更是审美的、创造的。他的批评文章很少对作品进行条分缕析，而是综合他的所有观察和体会，来鉴赏一部作品和作者的关系。他用自己的全部心力进入批评的世界，他的文学才情同时又使他的批评获得了描述的抒情性。对李健吾来说，他进

① 刘锋杰：《人的文学及意义》，江苏人民出版社 2005 年版，第 63 页。

② 李健吾：《福楼拜评传》，湖南人民出版社 1980 年版，第 362 页。

入批评作品时，不是靠细致的品尝、咀嚼，而主要凭直观从整体上去体验和把握作品的基本艺术氛围，然后以“快速的思考”，将整体审美感受作适当的理性收缩，也就是把印象简化，提取最突出的成分，形成对作品的评论。

从文体结构看，李健吾的批评都松散自如，没有严整的规划，也没有固定的格式，如同是给亲朋的书信，或与友人的闲聊，显得很随意和亲切。李健吾的目的主要不在于给作品下什么结论性的评判，而是想与读者沟通，向读者传达自己某些阅读印象与感悟。“他选择了比较随便的、与读者平等对话的姿态，这姿态决定了他采用的散漫的随笔体。”①

◎ 思考题

1. 林语堂是怎样提倡小品文的？他的小品文有何特色？
2. 简述施蛰存小说集《梅雨之夕》的特色。
3. 简析萧乾小说的诗性特征。
4. 如何理解梁实秋的“常态的人性观”？

① 温儒敏：《中国现代文学批评史教程》，北京大学出版社1993年版，第142页。

第三编

抗战文学运动与国统区文学的繁荣

第一章　抗战文学运动的爆发与文学的民族化

抗日战争的全面爆发，是中国现代文学史上一个重要的转折，文学从20世纪30年代的多元繁复走向了较为单一抗战救亡。抗战文艺成为这一阶段文学的绝对主潮，并表现出鲜明的政治化、民族化取向。1938年成立的中华全国文艺界抗敌协会（简称“文协”），标志着文艺界抗日民族统一战线的形成。在“文协”的统一组织和领导下，广大文艺工作者主动响应“文章下乡，文章入伍”的号召，通过一些短、平、快的通俗文艺形式积极为抗战服务。随着抗战的持续和深入，文艺界的思想交锋和论争也相继展开。抗战初期，张天翼的《华威先生》所引发的关于“暴露与讽刺”问题的论争、梁实秋等“与抗战无关论”所引发的论争等，均涉及文艺与政治、文艺与抗战等重大原则性命题，这些论争提出了问题、化解了分歧，为抗战文艺的良性发展起到了促进作用。与此同时，广大的文艺工作者积极探索文艺的“大众化”、“通俗化”之路，并形成了抗战初期的“通俗文学”热和“利用旧形式”热。抗战进入相持阶段以后，战争格局及中国社会形势的变化，使得20世纪40年代的文学走向了全面反思。在民族化思潮的影响下，在现代“民族—国家”的政治想象中，抗战文艺开始积极思考并探索文艺的“民族化”问题，即如何“由民族的本色中创造出民族自己的文艺”（老舍语）。最有代表性的有中国共产党与进步文艺界所提出的“新鲜活泼的、为中国老百姓所喜闻乐见的中国作风和中国气派”，“战国策派”所倡导的“民族文化的再造”等。这些民族文艺的构想一经提出在当时的思想文艺界均产生了较大反响，并引发了战争语境下中国文学“现代性”与“民族化”问题的思考。

第一节　文艺界抗日民族统一战线的形成及文艺论争

1937 年 7 月 7 日，抗日战争全面爆发。国共两党在“民族—国家”救亡的旗帜下实现了第二次合作，全国抗日民族统一战线正式形成。广大的文艺工作者在爱国情感的驱动下，都积极投身到抗战救亡的洪流中来。1938 年 3 月 27 日，中华全国文艺界抗敌协会在武汉成立，大会推举老舍、郭沫若、茅盾、郁达夫、施蛰存、张恨水、张道藩、朱光潜、王平陵等 45 人为理事，成员包括“五四”新文学运动以来政治立场、人生态度、文艺观念、审美情趣各不相同的众多作家。由老舍担任总务部主任，主持“文协”的日常工作。大会通过了《中华全国文艺界抗敌协会宣言》，宣言指出：“对国内，我们必须喊出民族的危机，宣布暴日的罪状，造成全民族严肃的抗战情绪生活，以求持久的抵抗，争取最后胜利。对世界，我们必须揭露日本的野心与暴行，引起全人类的正义感，以共同制裁侵略者。……为了这个，我们必须联合起来。”① “文协”的成立，标志着文艺界抗日民族统一战线的形成。

“文协”作为全国抗战文艺运动的组织和领导中心，在整个抗战文艺运动中发挥了重要作用。其会刊《抗战文艺》自 1938 年 5 月 4 日在武汉创刊至 1946 年 5 月 4 日在重庆终刊，贯穿于整个抗战时期，是抗战时期影响最大、成就最高、持续时间最长的刊物。它刊载了大量反映中国人民抗战的文艺作品以及与抗战文艺相关的理论文章，极大地推动了中华民族的抗日救亡事业。为了最大限度地动员民众，“文协”提出了“文章下乡，文章入伍”的口号，倡导和鼓励文艺的“大众化”路线。《新华日报》在庆祝“文协”成立的社论中指出，“文艺的大众化，应该是全国文艺界抗敌协会的最主要的任务”，要“发动文艺家到战场上去，到游击队中去，到伤兵医院去，到难民收容所去，到一切内地城市乡村去”②。一时间，宣传抗战的报告文学作品、街头剧演出、诗歌朗诵会等文艺形式大量涌现，受到了广大民众的热烈欢迎。抗战初期，全国的抗日文艺宣传工作在“文协”的组织领导下，呈现出前所未有的活跃局面。

随着抗战的持续和深入，“文协”及全国的抗战文艺运动全面铺开，文艺界各种思想的交锋和论争也相继出现。这些论争虽缘起和情形各不相同，

---

① 《中华全国文艺界抗敌协会宣言》，载《文艺月刊·战时特刊》1938 年第 9 期。

② 《全国文艺界抗敌协会成立大会》(社论)，载《新华日报》1938 年 3 月 27 日。

但都围绕文艺与抗战的关系问题而展开。

一、《华威先生》所引发的“暴露与讽刺”的论争

1938年4月，在茅盾主编的《文艺阵地》创刊号上，刊载了张天翼的小说《华威先生》，小说通过塑造抗战初期“包而不办”的文化官僚华威先生，揭示和讽刺了抗战阵营内部国民党官僚争夺领导权、限制普通民众积极抗日的现实，在相当程度上暗示了抗日民族统一战线可能潜伏的危机。小说所涉及的问题，很快引起了文艺界的广泛注意，并在国统区引发了一场历时两年之久的关于抗战文学是否应该“暴露黑暗”问题的论争。

引起争论的文章，还有李育中的《幽默、严肃和爱》。该文首先肯定了《华威先生》的确写得好，写得合时，切中时弊。接着，李育中提出了“在一个很奔放的时代与自由的环境里，冷嘲是不是需要”的问题，还表达了自己善意的担心，认为《华威先生》所暴露的黑暗面可能会影响抗日的“严肃与信心”，会“把一些真正若干的救亡工作者也错认作‘华威先生’，取着敬而远之的态度，甚至出言不逊，一口抹杀了组织的一切事宜”，希望作者今后“要更多些温暖”①。茅盾及时肯定了《华威先生》的创作方向以及作品对整个抗战文艺界的指导性意义。他指出，《华威先生》的描写“决不是不好的趋向”，抗战的现实是光明与黑暗的交错，我们的抗战文学“要写代表新时代的曙光的典型人物，也要写正在那里作最后挣扎的旧时代的渣滓”。为此，他批评了“抉摘丑恶，实非必要”、“太谑画化”等错误言论②，强调“现在我们仍旧需要‘暴露’与‘讽刺’”③。

1938年11月，日本的《改造》杂志译载了增田涉君翻译的《华威先生》，并加上了别有用心的编者“按语”，借以攻击、污蔑中国人民和中国的抗日工作，以鼓动日本侵略者的士气。这一事件更进一步地引起文艺界的注意和讨论，并使关于《华威先生》的论争达到了高潮。有人认为《华威先生》“出现在日本读者的面前，会使他们更把中国人瞧不起，符合着法西斯主义的宣传，而增强他们侵略的信念。一句话是‘灭自己的威风，长他人的志气’了”④。国民党的《文艺月刊》也围绕暴露与讽刺问题大做文

① 李育中：《幽默、严肃与爱》，载《救亡日报》1938年5月10日。

② 茅盾：《八月的感想——抗战文艺一年的回顾》，载《文艺阵地》1938年第9期。

③ 茅盾：《暴露与讽刺》，载《文艺阵地》1938年第12期。

④ 林林：《谈〈华威先生〉到日本》，载《救亡日报》(桂林) 1939年2月22日。

章，以“暴露了黑暗，足以引起一般人的失望，悲观，灰心，丧气，于抗战无益而反倒有害”为由，主张抗战文艺“不暴露黑暗而只表现光明”①。这样的论调出来之后，立即受到进步文艺界的批驳。冷枫认为：“‘出国’的华威先生毕竟是一具僵尸，华威先生已经在我们的抗战中给枪毙了，我们用不着担心敌人的嘲笑。”② 李育中在《〈华威先生〉的余音》一文中表现得更为清醒，认为《华威先生》“翻译到日本那不可怕”，可怕的是“华威先生确已验明正身枪毙了么？……现实上的‘华威先生’，忙于开会，忙于讲空话，专做救亡团体和救亡青年的绊脚石”，才该值得我们注意③。

经过一段时间深入的讨论，文艺界充分认识到了《华威先生》的艺术价值与现实价值，也使抗战文艺中暴露黑暗与反映光明的辩证关系更加明晰。我们之所以敢于暴露统一战线内的黑暗和问题，正是我们有力量和有信心的表现。通过这一论争，进步文艺界对抗战的复杂现实以及应持有的原则和立场有了进一步的认识，对于抗战文艺的良性发展起到了积极的促进作用。

二、梁实秋等“与抗战无关论”引发的论争

抗战初期，文坛涌现出大量反映抗战的小型文艺作品，诸如通讯、特写、报告文学、街头诗、独幕剧等。这些短、平、快的文艺形式，在当时的确起到了为抗战服务的效果。但这些作品大多是出于抗日政治宣传的急就章，缺乏精细的艺术加工和打磨，普遍存在公式化、概念化的毛病，被喻为“抗战八股”。对此，梁实秋、沈从文等一些较为注意文艺的创作个性与艺术审美的作家，先后表达出各自的不满。

1938年12月1日，梁实秋在他接编的《中央日报》副刊《平明》上，以《编者的话》的形式，表达出自己希望征求好稿件的想法：“现在抗战高于一切，所以有人一下笔就忘不了抗战。我的意见稍为不同。于抗战有关的材料，我们最为欢迎，但是与抗战无关的材料，只要真实流畅，也是好的，不必勉强把抗战截搭上去。至于空洞的‘抗战八股’，那是对谁都没有益处的。”这篇《编者的话》刊出后，立即引起了强烈的反应。罗荪率先发难，将梁实秋冠以“与抗战无关”论者而加以批判④。梁实秋当即著文为自己

① 何容：《关于暴露黑暗》，载《文艺月刊·战时特刊》1939年第7期。
② 冷枫：《枪毙了的〈华威先生〉》，载《救亡日报》（桂林）1939年2月26日。
③ 李育中：《〈华威先生〉的余音》，载《救亡日报》（桂林）1939年3月17日。
④ 罗荪：《与抗战无关》，载《大公报·战线》1938年12月5日。

辩护，并对罗荪的断章取义表示了不满①。此后，《新蜀报》、《国民公报》、《大公报》、《抗战文艺》等报刊，也发表了多篇批判梁实秋的“与抗战无关”论的文章。罗荪认为，梁实秋借攻击“抗战八股”，“抹杀了今日抗战的伟大力量的影响，抹杀了存在于今日中国的真实只有抗战，抹杀了今日全国文艺界在共同努力的一个目标：抗战的文艺”②。巴人认为梁实秋“与抗战无关论”要消灭的不是“抗战八股”而是“抗战”③。张天翼指出梁实秋那些躲在象牙之塔里的“无关抗战论”实际上是艺术至上的表现④。

与梁实秋差不多，沈从文也表达了对抗战文艺的不满。他认为“抗战八股”式的文艺宣传品包含了“虚伪”、“浮躁”、“不落实”、“无固定性”，“一会儿就成过去”等种种意义，希望人们远离“宣传”的空气，远离“文化人”的身份，同时也远离那种战争的浪漫情绪，而用一个平常人的资格，从炮火下去实实在在讨生活，或作社会服务性质，到战区前方后方，学习人生。要抱负一种雄心与大愿，向历史和科学中追究分析这个民族的过去当前种种因果，等等。其“目的只一个，对于中华民族的优劣，作更深的探讨，更亲切的体认，便于另一时用文字来说明它，保存它”⑤。在此基础上，沈从文更提出了“反对作家从政”，倡导“埋头做事”，“沉默苦干”的做法⑥。巴人认为沈从文的文章是“胡适主义的最好注脚”，并且说“生活经验是文艺作家传作的生命力……我们又何用抛开这战斗的动的现实，到坟墓里去‘埋头做事，沉默苦干’呢?”他斥责沈从文：“在今天特殊地向作家提出‘特殊’的要求，也无非要造成一批误国的文人!”⑦ 态度和语气虽颇为严肃，却也道出了沈从文论调的问题所在。

在这里，梁实秋、沈从文等的相关言论，实际上表达了对抗战初期文艺创作状况的强烈不满。在 30 年代，梁实秋、沈从文就秉持文学的自由主义立场，强调文学的独立与审美，主张文学远离政治，表现永恒之人性与独立之审美。在我们今天看来，梁实秋等人所谓“与抗战无关”的言论有其合理性，也指出了抗战文艺的问题所在。正如柯灵先生在 40 多年后为梁实秋鸣不平时所言，“抗战期间，一切服从抗战需要是天经地义，但写作只能全

---

① 梁实秋：《“与抗战无关”》，载《中央日报》1938 年 12 月 6 日。
② 罗荪：《再论“与抗战无关”》，载《国民公报》1938 年 12 月 11 日。
③ 巴人：《展开文艺领域中反个人主义斗争》，载《文艺阵地》1939 年第 1 期。
④ 张天翼：《论“无关”抗战的题材》，载《文艺月报》1940 年第 6 期。
⑤ 沈从文：《一般或特殊》，载《今日评论》1939 年第 4 期。
⑥ 沈从文：《文学运动的重造》，载《文艺先锋》1942 年第 2 期。
⑦ 巴人：《展开文艺领域中反个人主义斗争》，载《文艺阵地》1939 年第 1 期。

部与抗战有关，而不容少许与抗战无关，这样死板的规定和强求，却只能把巨大复杂、生机活泼的文化功能缩小简化为单一的宣传鼓动”①。在全中国人民奋力抗击日本法西斯侵略战争的非常时期，梁实秋、沈从文等人“与抗战无关”的言论显然是不合时宜的，遭到批判和攻击也是符合历史现实逻辑的。

以上论争和批评都是抗战的特殊产物，也是不同文艺思想碰撞的必然结果。虽说有的言论和批评有断章取义和过于武断之嫌，但所争论的问题却都是关系抗战文艺能否健康发展的重大原则性命题。所以，这些论争对于澄清文艺与抗战关系问题上的一些模糊认识，具有积极的现实意义。就实际效果看，这些论争对促进文艺为抗战服务起到了不可忽视的作用。

第二节　民族形式的讨论及民族化思潮

抗日战争激发了中国人民的民族意识和民族情感，中国社会出现了一段“民族化”思潮高涨的时期。思想文化界更多考虑的是思想文化如何突出中国的民族特色，“中国的”、“民族的”成为20世纪40年代使用频率最高的词汇之一，与此密切联系的抗战文艺也表现出前所未有的民族意识和民族情绪。这一切，对全民族普遍高涨的民族心理的激发和引导起到了至关重要的促进作用。同时，在民族化思潮的影响下，在新的“民族—国家”想象中，特别是抗战进入相持阶段以后，中国的文艺界开始思考并积极探索如何“由民族的本色中创造出民族自己的文艺”② 等问题。基于此，过去文艺路线迥异的国共双方在这一点上形成了共识，均开始思考和建设各自的民族文艺构想：中国共产党与进步文艺界倡导建构中国文艺的“民族形式”，“战国策派”倡导实现“民族文化的再造”（具体内容详见本章第四节），等等。这些民族文艺的构想一经提出，在当时的思想文艺界均产生了较大的反响，并引发了战争语境下关于中国文学的“现代性”与“民族化”问题的思考。

一、抗战初期关于“大众化”和“利用旧形式”的讨论

民族形式问题是与大众化问题联系在一起的。20世纪30年代的左联关于“大众文艺”的讨论就已涉及“旧瓶装新酒”、“旧形式的利用”，即如

① 柯灵：《现代散文访谈——借此评论梁实秋与“与抗战无关”》，载《文汇报》1986年10月13日。

② 老舍：《文章下乡，文章入伍》，载《中苏文化月刊》1941年第1期。

何在新的革命文化语境下运用传统的民族形式等问题。但由于当时历史条件的限制，左联关于“文艺大众化”的一些理论探讨并没有在创作实践中显示出实际的成绩来，因而也没有能在30年代多元繁复的文学场域中产生多大的影响。

抗日战争的爆发，要求文艺工作者与广大的人民群众建立更为广泛和紧密的联系，最大限度地动员民众参加到民族的革命战争中来。郭沫若在谈到这一点时指出：“一切文化活动都集中在抗战这一点，集中在于抗战有益的这一点，集中在能够迅速地并普遍地动员大众的这一点。这对于文化活动的要求，便是需要它充分的大众化，充分的通俗化。”① “文艺大众化”是抗战文艺的必由之路。“‘大众化’是一切文艺工作的总原则，所有的文艺工作者都必须沿着‘大众化’的路线进行。”② 1938年3月成立的“文协”，更是旗帜鲜明地提倡“大众化”，并将“文艺大众化”作为最主要的任务来抓：“我们要把整个的文艺运动，作为文艺大众化的运动，使文艺的影响突破过去的狭窄的知识分子的圈子，深入于广大的抗战大众中去！”③

在这样的倡导之下，各种大众的、通俗的文艺形式，街头剧、墙头诗、歌谣小调、大鼓词、快板、小曲、数来宝、评书、演义等，受到了文艺工作者的普遍重视。这些旧的文艺形式经过适当的改造和加工，在民众中起到了很好的宣传效果，的确为抗战作出了应有的贡献。但采用这些来自于民间的、大众的通俗文艺形式来进行文学创作的路数，也受到了一定的质疑。有作家认为，“这类作品在思想意识方面，都要相当的迁就读者”，“技巧也要降低”，只好“宁愿叫文学受点委屈，去服从抗战”（吴组缃语）。对此，林淡秋曾高屋建瓴地指出：“为着要策动、激发大众努力抗战，争取抗战的最后胜利，而且为着要彻底解决中国新文学运动应该解决而未曾解决的问题……就非实践文学大众化运动不可”，“文学的大众化就是要运用各种各样的手段，打破横在文学和大众中间的壁垒，扫除麻醉大众的文学食粮，使健康的文学食粮渐渐普及于大众，渐渐提高其思想水准和文学水准，使他们共同制造此种文学食粮的活动”④。

为了达到这个要求，许多作家自觉而切实地在“文艺的大众化”的号

---

① 郭沫若：《抗战与文化问题》，载《自由中国》1938年第3期。

② 以群：《关于抗战文艺活动》，载《自由中国》1938年第2期。

③ 《〈抗战文艺〉发刊词》，载《抗战文艺》1938年第1号。

④ 林淡秋：《抗战文学与大众化问题》，载《林淡秋选集》，浙江文艺出版社1983年版，第563~564页。

召下进行着抗战文艺的尝试。怎样在创作实践中实现文艺的大众化呢？当时的作家谈得最多的是“利用旧形式”（即“旧瓶装新酒”的创作方法）来创作通俗文学作品。“利用旧形式是现在抗战文艺运动中一个重要的课题”①，“在现阶段，把通俗文学作为抗战的武器的时候，我们却不能不要求通俗文学的作者，尽量地采用旧的形式。在现阶段工作的行进上，用旧形式所能收到的影响，是比采用新形式更为宏大”②。“利用旧形式”问题，在当时的文艺界曾引起了广泛的讨论，但一直难以取得统一的认识。

1938 年 5 月 1 日的《七月》第 3 卷第 1 期上，刊登了题为《宣传文学旧形式的利用》的座谈会记录。深受鲁迅影响的胡风等人坚持“五四”新文学的启蒙传统，对“利用旧形式”持怀疑和批评的态度，认为利用旧形式是一条“窄路”，带有功利的倾向，如此下去会引起新文艺的危机。以胡风为代表的“七月派”言论，引起了通俗读物编刊社同仁的不满，他们在 1938 年 5 月 11 日、12 日有针对性地召开了一个关于“旧瓶装新酒”的创作方法座谈会，与胡风等展开针锋相对的论争。他们反对怀疑、低估“利用旧形式”的一切意见，认为“旧瓶装新酒的创作方法，不但没有掩蔽大众启蒙运动的根本努力，而且正是推动大众启蒙运动的方法”③。

鉴于此，茅盾站在更高的高度，指出“利用旧形式”与“五四”新文学传统、“文艺大众化”其实并不矛盾。“二十年来旧形式只被新文学作者所否定，还没有被新文学所否定，更没有被大众所否定”，“要完成大众化，就不能把利用旧形式这一课题一脚踢开完全不理”，“‘文章下乡，文章入伍’要是仍旧穿了洋服，舞着手杖，不免是自欺欺人而已”④。那么，怎样利用旧形式呢？在茅盾看来，利用“旧形式”应该有两层意义：一是“翻旧出新”，就是去掉旧形式中不合现代生活的部分，“只存留其表现方法之精髓而补充了新的进去”；二是“牵新合旧”，就是在新文艺中吸收民间文艺的某些表现手法，如民歌中的比兴，小说中叙事方式等。“翻旧出新”和“牵新合旧”汇流的结果，“将是民族的新的文艺形式，这才是‘利用旧形式’的最高的目标”⑤。冯雪峰在谈到“旧形式的利用”时，认为民间文艺

---

① 茅盾：《关于大众文艺》，载《新华日报》1938 年 2 月 13 日。

② 阿英：《再论抗战的通俗文学》，载《救亡日报》1937 年 10 月 11 日。

③ 《关于“旧瓶装新酒”的创作方法座谈会记录》，载蔡仪：《中国抗日战争时期大后方文学书系》第二编（理论·论争·第一集），重庆出版社 1989 年版，第 46～60 页。

④ 茅盾：《大众化与利用旧形式》，载《文艺阵地》1938 年，第 1 卷第 4 期。

⑤ 茅盾：《利用旧形式的两个意义》，载《文艺阵地》1938 年第 1 卷第 4 期。

"一方面是充满着有毒的旧生活习惯和恶劣的低级观念，一方面又时时闪耀着民众智慧的蓄积的光辉"。因此，就必须彻底地进行研究、剖析，有选择地加以利用①。林淡秋则指出："利用旧形式的目的不是提倡旧文学，而是扬弃旧文学"，是为了"翻旧出新"，"利用旧形式的过程就是创造新形式的过程"②。应该说茅盾、冯雪峰、林淡秋等人的见解都是深刻而颇有远见的，而且触及此后文艺界即将广泛而深入讨论的"民族形式"问题。

1938年10月以后，随着文艺界关于"文艺大众化"和"利用旧形式"讨论的进一步深入，论争的中心便转移并统摄在"民族形式"问题的讨论中去了。

二、关于"民族形式"问题的论争

"民族形式"作为一个口号，是毛泽东首先提出来的。1938年10月14日，毛泽东在中国共产党六届六中全会的报告中，提出了"马克思主义必须和我国的具体特点相结合并通过一定的民族形式才能实现"的著名论断，并指出："洋八股必须废止，空洞抽象的调头必须少唱，教条主义必须休息，而代之以新鲜活泼的、为中国老百姓所喜闻乐见的中国作风和中国气派。"③ 1940年1月，毛泽东在《新民主主义论》中，谈到"新民主主义的文化"时又进一步指出，"中国文化应有自己的形式，这就是民族形式。民族形式，新民主主义的内容——这就是我们今天的新文化"④。毛泽东所强调的"民族形式"问题，对于当时文艺界正在讨论的"文艺大众化"和"利用旧形式"问题起到了巨大的启迪和引导作用，并将文艺论争的焦点转移到关于"民族形式"问题的讨论上来。

1939—1940年，解放区、国统区乃至全国的文艺工作者都围绕着毛泽东所提出的"民族形式"问题展开了热烈的讨论。

在解放区，关于"民族形式"问题的讨论，主要以正面学习毛泽东报告精神为主，讨论并没有充分展开。1939年9月，巴人根据毛泽东的关于马克思主义中国化的有关论述，在国统区的《文艺阵地》上撰文指出："新

① 冯雪峰：《关于"艺术大众化"》，载《抗战文艺》1939年第3卷第9、10期合刊。

② 林淡秋：《抗战文学与大众化问题》，载《林淡秋选集》，浙江文艺出版社1983年版，第563~564页。

③ 《毛泽东选集》第2卷，人民出版社1991年版，第534页。

④ 《毛泽东选集》第2卷，人民出版社1991年版，第707页。

文学发展到今天，我们的文学的作风与气派，显然是向‘全盘西化’方面突进了……这造成新文学与大众隔离的现象。”① 因此，在文艺领域我们也同样需要提出中国气派与中国作风。从而将“民族形式”的讨论拓展到了国统区，并引发了国统区关于“民族形式”问题的大讨论。在国统区，“民族形式”问题的讨论刚展开不久，通俗读物编刊社的向林冰就提出了“中心源泉”说，便将“民族形式”论争的焦点引到民间形式是不是“民族形式的中心源泉”这一问题上来。

向林冰认为：“在民族形式的前头，有两种文艺形式存在着：其一，‘五四’以来的新兴文艺形式，其二，大众所习见常闻的民间文艺形式。那末，民族形式的创造，究应以何者为中心源泉呢？这似乎是首先应该解决的根本大问题。”向林冰否定了“五四”以来的新兴文艺形式，认为它是“缺乏口头告白性质的‘畸形发展的都市的产物’，是大学教授，银行经理，舞女，政客以及其他‘小布尔’的适切的形式”，“在创造民族形式的起点上，只应置于副次的地位”；而“民间形式的批判的运用，是创造民族形式的起点；而民族形式的完成，则是民间形式的归宿。换言之，现实主义者应该在民间形式中发现民族形式的中心源泉”②。向林冰的这一论点立即引发了激烈的争论。葛一虹认为向林冰关于利用旧形式和对新文艺的评价是错误的，“含有侮辱的偏见”，是“新国粹主义”。他认为“旧形式虽现今犹是‘习见常闻’，实在已濒于没落文化的垂亡时的回光返照……作为封建残余的反映的，旧形式没有法子逃避其死灭的命运”，所以目前的迫切课题是“提高大众的文化水准”，不应该“降低水准”从利用旧形式重新开始。而应该“继续了‘五四’以来新文艺艰苦斗争的道路，更坚决地站在已经获得的劳绩上，来完成表现我们新思想新感情的新形式——民族形式。而这样的形式才是真正的新鲜活泼的为老百姓喜闻乐见的中国作风与中国气派”③。两者在讨论“民族形式问题”时，对待民间文学与“五四”新文学的态度上各执一端，似乎均有所偏颇。

这两种对立的观点出现后，《文学月报》社与《新华日报》社先后于1940年4月21日和6月9日举行了两次关于“民族形式”问题的座谈会。发言者都认为民族形式问题的提出具有重要的意义，同时他们又指出了向林

---

① 巴人：《中国气派与中国作风》，载《文艺阵地》1939年第3卷第10期。

② 向林冰：《论“民族形式”的中心源泉》，载《大公报》1940年3月24日。

③ 葛一虹：《民族形式的中心源泉在所谓“民间形式”吗?》，载《新蜀报》1940年4月10日。

冰的错误。郭沫若指出："民族形式的中心源泉，毫无可议的，是现实生活。今天的民族现实的反映，便自然成为今天的民族文艺的形式。"① 茅盾认为向林冰的"'中心源泉'论的错误在于：把'五四'以来的受西方文艺影响的新文艺与'民族形式'对立起来；把民族形式理解为狭隘的民族主义的口号"②。

郭沫若、茅盾等人在批驳向林冰的同时，将国统区的"民族形式问题"的探讨重点从纠结于"民族形式的中心源泉"导向了"怎样创造新的民族形式"和"新文学如何继续发展"上来。郭沫若从自身出发，认为"五四"新文艺的缺点就是"未能切实的把握时代精神，反映现实生活"，"用意遣词的过求欧化"。要祛除这些积弊，作家应"投入大众的当中，亲历大众的生活，学习大众的语言，体验大众的要求，表现大众的使命"，而且只有这样，才能创造出适合于民族今日的新形式来③。叶以群认为民族形式的创造，"应该以现今新文学所已经达成的成绩为基础，而加强吸收下列三种成分：（一）承继中国历代文学底优秀遗产……（二）接受民间文艺底优良成分……（三）吸收西洋文学底精华"④。茅盾指出了民族文学与世界文学的辩证关系，"世界性的文学艺术并不是抛弃了现有各民族文艺的成果，而凭空建立起来的，恰恰相反，这是以同一伟大理想但是不同的社会现实为内容的各民族形式的文艺各自高度发展之后，互相影响溶化而得的结果；是故民族文学之更高的发展，实为世界文学之产生奠定了基础"⑤。

1940 年 12 月，胡风出版了《论民族形式问题》一书，对民族形式问题的提出、争论焦点和实践意义进行了全面的评价，可以看做这次讨论的总结。不过，胡风在评价的基础上又提出了许多有益的见解，胡风认为，"五四"文学是世界进步文艺传统底一个新拓的支流，"'民族形式'，它本质上是'五四'的现实主义传统在新的情势下面主动地争取发展的道路"。胡风认为，"民族形式"应该以现实主义的"五四"传统为基础，一方面在对象上更深刻地通过活的面貌把握民族的现实（包括对于民间文艺和传统文艺

① 郭沫若：《"民族形式"商兑》，载《大公报》1940 年 6 月 9—10 日。

② 茅盾：《旧形式、民间形式与民族形式》，载《中国文化》1940 年第 2 卷第 1 期。

③ 郭沫若：《"民族形式"商兑》，载《大公报》1940 年 6 月 9—10 日。

④ 参见叶以群在"文艺的民族形式座谈会"上的发言，载《文学月报》1940 年第 1 卷第 5 期。

⑤ 茅盾：《旧形式、民间形式与民族形式》，载《中国文化》1940 年第 2 卷第 1 期。

的汲取)，一方面在方法上加强接受国际革命文艺的经验（包括对于新文艺的克服)。只有这样，才能够创造出反映“新民主主义的内容”的“民族形式”。

第三节　抗战与通俗文学热

“五四”之后，大众通俗文学在其现代转型和发展之中，虽也被视作中国新文学的一个重要组成部分，但因其毕竟与“五四”新文学传统存在过多的抵牾和恩怨，两者基本上处于“鸡犬之声相闻，老死不相往来”的状态。这种局面到抗战爆发之后才有所改观。在 1938 年 3 月成立的中华全国文艺界抗敌协会上，著名的通俗文学作家张恨水被推举为理事，表明此前基本处于对峙状态的新文学与通俗文学，在民族和国家的大义面前冰释前嫌，一致举起抗战救亡的文艺大旗。

一、抗战宣传与俗文学热

抗日战争进入相持阶段以后，要想取得最终的胜利，就必须依靠广大人民的力量，这就需要我们的文艺工作者深入民间，走向大众。而在 20 世纪 40 年代，中国的社会现实是：广大民众的文化水平普遍比较低下，或者干脆就大字不识，他们能够接受的是听评书、说故事、唱民歌、看戏曲等传统的通俗文艺形式。因此想要让广大的普通民众参与到抗战中来，就必须充分考虑他们现有的文化水平、接受心理和欣赏习惯，以他们喜闻乐见的民间的、通俗的文艺形式去表现当时的现实生活。基于此，作为全国抗战文艺运动的组织和领导机构的“文协”，提出了“文章下乡，文章入伍”的口号，发出过征求通俗文学一百种的号召，创办了一批诸如《抗到底》、《大众报》等通俗文学报刊，成立了一些倡导通俗文艺的社团，并将文艺的大众化、通俗化作为一项基本的任务来抓。主管战时全国文化宣传工作的郭沫若、负责“文协”日常工作的老舍，都是中国新文学的代表性作家，他们也都充分认识到通俗文艺之于抗战的重要意义。郭沫若说：“对于文化活动的要求，便是需要它充分的大众化，充分的通俗化，充分地产出多量的成果。”① 老舍在谈到这一点时也指出，“当此抗战时期，艺术必须尽责宣传，而宣传之道，首在能懂。艺术既久与民众无缘，今也欲事宣传，写新文，画新画，则

① 郭沫若：《抗战与文化问题》，载《自由中国》1938 年第 1 卷第 3 期。

老百姓不懂，故不能不求通俗”①。为此，老舍撰写了《通俗文艺散谈》、《释“通俗”》、《抗战中的通俗文艺》等近10篇关于通俗文艺的理论文章，探讨和总结了通俗文艺的内容、形式及其与新文艺的关系等问题。在加强理论建设的同时，老舍还积极参与到“文协”组织的一些诸如“怎样编制士兵通俗读物”的座谈会、为通俗文艺培养骨干和编写通俗文艺教材等具体的事务上来，用自己的切实行动推动着抗战通俗文艺的发展。

在此情势之下，各种通俗文艺形式在全国各地大量涌现，街头戏剧、山歌民谣、朗诵诗、快板、评书、通俗小说等都来为抗战服务，全国上下呈现出一派通俗文学勃然兴起并充分发展的景象。

二、作家投身于通俗文学写作

随着民族危机的加深和抗敌御侮的情绪高涨，大众化、民族化的讨论得到了深入发展，许多作家也主动放低姿态或转变写作观念，积极投身到抗战通俗文艺的宣传与创作中来，通俗文艺创作在全国范围内轰轰烈烈地开展起来。

通过抗战初期大众化、民族化问题的讨论，大批新文学作家为了宣传抗战，动员民众，他们一改过去轻视甚至是批判通俗文学的态度，主动放弃了以往的审美旨趣和艺术个性，毅然投身到抗战文艺的宣传与创作中来。他们努力发掘并积极尝试新文学，之前一直跃跃欲试却一直未曾付诸实践的通俗文学创作，直到现在才有了深入的发展。其中以老舍最为典型，抗战初期，老舍的文学创作主要表现在通俗文学上：一方面利用鼓词、京剧、相声、坠子、通俗小说、民歌等民间通俗文艺形式，创作了大量的通俗文艺作品；另一方面还撰写了大量通俗文艺的理论文章，对通俗文艺创作进行具体的指导。此外还有沙汀、艾芜、周文、舒群等合著的《华北的烽火》(1938)，磨刀人的《华北五英雄》(1938)，高鸿的《遗毒记》(1938)，谷斯范的《新水浒》(1940) 等通俗文艺作品，在当时受到了抗日民众的欢迎，其价值取向与时代作用也得到充分的肯定。但这些新文学作家的通俗文艺作品毕竟是尝试之作、应时之作，与他们过去的新文学创作相比，其缺点和不足都相当明显。究其原因，可能很大程度上在于这些新文学作家存在将“通俗”仅仅视作一种宣传手段而不是艺术，容易将大众化、通俗化理解为粗俗化、低级

① 老舍：《文章下乡，文章入伍》，载《中苏文化》1941年第9卷第1期。

化、简单化来对待①。

以张恨水为代表的大批通俗文学作家，在民族生死存亡的关头、在战争的血与火的洗礼中，亦抛弃了过去比较功利的世俗化和商业化模式，积极改变创作路数，强化了作品的现实内容和爱国情绪，严肃了作品的思想主旨，提升了作品的精神品性。“一・二八”事变后，张恨水在其《弯弓集》的自序中就曾明确表示：“今国难临头，必以语言文字唤醒国人……略尽吾一点鼓励民气之言，则亦可稍稍自慰矣。若曰作小说者，固不仅徒供人茶余酒后消遣而已。”抗战爆发后，张恨水以拳拳报国之心来到大后方，在通俗文学创作中坚持“与抗战无关的作品，我更不愿发表”的态度。抗战期间，张恨水写出了20余部长篇小说，如《风雨之夜》、《桃花港》、《潜山血》、《大江东去》、《虎贲万岁》、《水浒新传》、《八十一梦》等，大部分都与抗战和当时的社会现实有关，成为大后方销售量最大、最受民众欢迎的作家之一。

抗战初期，通俗文艺的刊物之多（如《高射炮》、《时调》、《弹花》、《抗到底》、《战潮》、《人人看》、《大众读物》等）、从事通俗文艺创作的作家之多、通俗文艺作品的种类（说唱文艺、民间歌谣、通俗戏剧、通俗小说等）及数量之多，都是空前的。但我们必须看到，宣传上的急迫需要和创作上的经验缺乏等，致使抗战之初的通俗文艺创作在整体上还显得相当幼稚。

随着抗战进入相持阶段，通俗文艺创作适应形势的发展出现了新变——在时空跨度上纵深覆盖，在满足社会现实需要的同时，又实现了艺术审美上的提升。

抗战进入相持阶段以后，国内外政治和社会形势都发生了较大的变化。通俗文艺较之于抗战初期，其热度虽有所下降，其气势也有所减弱，但其发展态势却相对稳健，创作上也出现了一些较为成熟的作品。从形式上看，通俗文学样式从抗战初期的短、平、快向长、深、厚转变，长篇小说、长篇系列小说、历史剧等大量出现；从时间上看，通俗文艺发展到抗战的中、后期，甚至是抗战结束之后，都一直保持着持续发展的势头，并受到民众的欢迎；从空间上看，沦陷区、国统区、解放区的文化地理版图和格局虽有差异，但都自觉于通俗文艺的理论建设，并都出现过通俗文学创作的高潮。

抗战时期通俗文学的勃兴，以沦陷区的表现最为明显。沦陷区原本就是通俗文学的最发达的地区，有着较为完备的生产、营销体系和良好的读者消

① 孔庆东：《超越雅俗——抗战时期的通俗小说》，北京大学出版社1998年版，第75页。

费群体。抗战爆发后，新文学作家大批地从华北、华东撤离，而转入大后方，使得新文学在沦陷区的影响力日益萎缩。另外，沦陷区的文化高压政策影响和限制的是“严肃文学”，宽容和放纵的是通俗文学，这一切，使得前者的生存比较困难，而后者则发展宽松舒畅。因而也就主客观地为通俗文学作家提供了施展拳脚、自由发挥的空间。在东北，有 1941 年 6 月创刊的《麒麟》杂志，以“最通俗的文字，含容最丰富的趣味”为办刊方针，所刊载的小说，言情居首，其次是实话秘话和侦探小说，然后是幽默、历史、武侠等作品①。在“孤岛”上海，最具代表性的是《万象》杂志，是当时最有名的通俗文化月刊。该刊由陈蝶衣主编，大众文化色彩很浓，其读者群“不仅遍于知识阶层，同时在街头的贩夫走卒们手里，也常常可以发见《万象》的踪迹，这可以证明《万象》在目下，已经成为大众化的读物”②。在沦陷区，社会、言情类通俗小说长盛不衰，张恨水转入大后方后，北方的刘云若、陈慎言，南方的顾明道、予且等，一直受到各种报刊和读者的欢迎。而在上海，1941 年秦瘦鸥创作的《秋海棠》连载于《申报》，被誉为“民国南方通俗小说的压卷之作”，当时的受欢迎和畅销程度以及戏剧电影的改编，一如当年张恨水的《啼笑姻缘》。另外，40 年代“北派武侠”也令人瞩目地崛起，还珠楼主的“蜀山”系列、白羽的“钱镖”系列、王度庐的“鹰爪”系列、郑证因的“鹤铁”系列等，在武林恩怨和江湖豪情中加进了“侠”的精神，体现了“武侠小说”的现代性品格。

在国统区和大后方，虽然不具备上海那样的通俗文学发展的条件，但政治力量的参与和文艺政策对通俗文学的大幅度倾斜，弥补了先天的不足。国统区的通俗文学与沦陷区有所不同，在题材上尤为强调与抗战有关，宣传抗战、配合抗战。张恨水抗战期间的 20 多部小说，如《秦淮世家》、《水浒新传》等均关乎时代，其中尤以《八十一梦》成就最高。另外，徐訏、无名氏为代表的后期海派作家，以新人的面目出现于 1940 年代的通俗文学创作领域。他们接受过比较系统的现代教育，有着良好的新文学背景。他们常常借鉴抗战与革命事件来营造和烘托爱情故事的传奇背景。徐訏的《鬼恋》、《吉卜赛的诱惑》、《荒谬的英吉利海峡》、《精神病者的悲歌》、《风萧萧》等，无名氏的《北极风情画》、《塔里的女人》等，作为国统区最为畅销的通俗小说，一版再版。1943 年，徐訏的《风萧萧》在重庆的《扫荡报》上

① 刘晓丽：《从〈麒麟〉杂志看东北沦陷时期的通俗文学》，载《中国现代文学研究丛刊》2005 年第 3 期。

② 陈蝶衣语，载《万象》1942 年第 10 号。

连载，重庆的江轮上几乎人手一份，当年被列为“全国畅销书之首”，该年被称为“徐訏年”。无名氏也被文学史家公认为模仿徐訏，其作品也被认为是标新立异地希望给人以刺激和陶醉，是“遣送时间的消闲书”。

而解放区的通俗文艺创作，在1942年之前大多以传统民间文艺的形式为主，与沦陷区、国统区的现代通俗文学相比则显得相当落后。1942年毛泽东的《在延安文艺座谈会上的讲话》发表以后，以赵树理为代表的解放区通俗文艺创作，将民间文艺与政治革命诉求结合起来，表现出独特的政治内涵和崭新的时代意义。赵树理的《小二黑结婚》，李季的《王贵与李香香》，阮章竞的《漳河水》，马烽、西戎的《吕梁英雄传》，柯蓝的《洋铁桶的故事》等，采用了老百姓所喜闻乐见的语言和形式（“章回体”、“信天游”、“小调”、“评书体”等），充分满足了广大农民读者的文学需求，在先进的意识形态与广大的人民群众之间架起了一座桥梁，最直接地体现了文学政治化、民族化、大众化的追求。

从总体上来看，抗战进入相持阶段以后，抗战通俗文学的确出现了新变。一方面，旷日持久的战争、紧张的政治气氛、混乱的经济状况、庸常的现实生活，迫使广大文艺工作者不得不从抗战初期的狂热、幼稚、理想的状态中冷静下来，而更多地去关注灰色的现实人生、凡俗的日常生活。从广大民众的角度看，为了摆脱现实生活的烦恼，他们寄希望于能从通俗文学的娱乐性与闲适性中找到某种精神的慰藉。另一方面，随着通俗文艺活动的持续开展和“文艺大众化”、“民族形式”等问题探讨的走向深入，以及雅俗对立的渐趋消解、雅俗文学创作的互动交融，通俗文学创作在现实深度、审美向度等方面都表现出一定的“现代性”质素。因而，我们可以这样说，通俗文学发展到20世纪40年代，在民族战争背景下，在现实文化语境中，已彻底改变了过去饱受新文学批判、忽略的尴尬局面，成功实现了蜕变，呈现出雅俗互动、蓬勃发展的局面。赵树理的新评书、李季的“民歌体”新诗、张恨水的社会言情、张爱玲的新海派、程小青的探案、南北派的武侠等，融合了传统与现代等因素，赢得了广大的读者市场。通俗文学在与新文学的竞争和较量虽稍嫌劣势，在其漫长的现代性追求中，已成为中国现代文学不容忽视的重要组成部分。

第四节 “战国策派”的文学主张及其论争

1940年4月，云南大学、西南联大的教授林同济、陈铨、雷海宗等，在昆明创办《战国策》杂志，接着又于1941年12月3日在重庆的《大公报》上开辟了《战国》副刊，宣称当今世界乃是“战国”时代的重演。“战国策派”（又称“战国派”）因此而得名。“战国策派”先后创办期刊（《战国策》、《战国》、《民族文学》等）、编辑丛书（“在创丛书”一套10种），发表大量尖锐的理论文章（230余篇），还创作了一些有影响的文学作品（其中尤以陈铨为代表）。“战国策派”的思想和理论主张，以其激进的文化姿态和理性化的学理表述而著称，尤其是他们关于民族文化重建的想法，曾在40年代的思想文化界引起过强烈的反响。

作为一个思想文化流派，“战国策派”是抗战文化语境下的特殊产物，它随着抗战的爆发而产生，随着抗战的胜利而消亡。抗战爆发后，面对日益严峻的民族危机，“战国策派”清醒地认识到，“此所以日本对我们更非全部歼灭不可，而我们的对策，舍‘抗战到底’再没有第二途”①，表明了“战国策派”坚定的抗战立场和强烈的民族自我意识。“战国策派”在其发刊词中更是申明这一点：

> “本社同人，鉴于国势危殆，非提倡及研讨战国时代之‘大政治’（High Politics），无以自存自强。……以‘大政治’为‘力母题’（Leitmotif），抱定非红非白，非左非右，民族至上，国家至上之主旨，向吾国在世界大政治角逐中取得胜利之途迈进。此中一切政论及其他文艺哲学作品，要不离此旨。”②

从这段发刊词来看，“战国策派”办刊的宗旨及基本态度与当时占绝对主流的抗战文艺思潮总体上是一致的。但“战国策派”更为激进，也更为鲜明地强调了“大政治”与“力母题”在其战时文化重构中的意义。他们寄希望于借鉴德国的“狂飙运动”与叔本华、尼采的“强力意志”来振奋民族精神，重构民族文化，以此来促进中国国力的增强，并最终达到战胜日本法西斯的目的。

一、“战国策派”的思想理论体系

“战国策派”是一个比较松散的文化群体，其代表人物大多受过较为系统的西方现代教育，有着较为开阔的思想文化视野，对民族传统文化特别是“五四”以来的新文化也曾有过省思。抗战的爆发及民族危机的日益加深，

---

① 林同济：《战国时代的重演》，载《战国策》1940年4月1日创刊号。

② 《本刊启事》（代发刊词），载《战国策》1940年第2期。

客观上诱发并推进了他们对民族的历史、民族的性格和民族的文化作系统而深入的思考。在此基础上，他们尝试着去建构新的民族文化。

“战国策派”首要的论点就是“战国时代重演”论。这是他们的核心命题及立论的依据，他们所有对历史文化问题的思考和论述，都是由这一命题引申辐射而成的。

1940年4月，林同济通过对中国及世界历史文化的重新考察分析，提出了著名的“战国时代重演”论，并突出强调了一个“战”字。在林同济看来，世界历史文化大体经历了三个大的阶段：即封建阶段、列国阶段（“是任何文化体系最活跃、最灿烂、最形势紧张最富创作的阶段”）、大一统帝国阶段。并认为当今世界已进入了群雄逐鹿的“大战国时期”。在这个战国时代，战争已经成为“最显著最重要的事实”。一个国家要谋生存，只有一条路可走，即使自己成为“战国式”的国家。在他看来，中国经历了两千多年大一统的皇权制度生活，中国文化业已“活力颓萎”。中国要在这个弱肉强食的战国时代图生存，而“须要‘倒走’二千年，再建起‘战国七雄’时代的意识与立场，一方面来重新审定我们内在外在的各种方针，一方面来仔细评量我们二千多年来的祖传文化”。将“大一统型”的文化转变为活泼健全的“战国型”文化，用最富活力的“列国酵素”来改造传统文化，克服其“活力颓萎”，重新唤起民族内在外在的活力，使民族走向强盛①。

与林同济的历史文化观相似的是雷海宗，他独特地从“兵”的角度来审视传统文化。雷海宗认为，中国古代文化，关键是一个“兵”的问题。战国以前兵的主体是贵族，文武兼备，并为传统贵族的侠义精神所支配，而自战国开始文武开始分离，秦以后中国文化是“一个完全消极的、无兵的文化”。这种文化所导致的只能是“文弱的个人与文弱的社会”，“只知使用心计；虚伪、欺诈、不彻底的空气支配一切，使一切都无办法”。因此，当务之急是恢复战国以上文武并重的文化②。也就是说，雷海宗是从“兵”的文化即“战国文化”中寻找“强力”，并将之作为重振民族精神的泉源。

林同济等从历史文化形态的考察入手，在历史的兴衰对比中，对民族文化的弱点与弊端有了清醒的认识，并强调了“强力”（“战”、“兵”等）在抗战文化中的现实意义，因而他们的分析与思考是有其独到之处的。但需要指出的是，“战国策派”所持论的历史文化形态带有历史循环论和宿命论的

① 林同济：《战国时代的重演》，载《战国策》1940年4月1日创刊号。

② 参见雷海宗：《中国文化与中国兵》，商务印书馆2001年版，第7~10页。

色彩。另外，他们在鼓吹“战国时代重演”论时，将中国的抗日战争和世界人民的反法西斯战争等同于诸侯国之间的战争，看到了国与国之间竞争的表象而忽略甚至遮蔽了战争本质的不同，混淆了两者在性质上的根本差异，这显然是错误甚至是有害的。

在“战国策派”的民族文化重建构想中，并不只是注重从传统文化中挖掘潜力，还放眼世界，从其他强国的民族文化中寻求借鉴。环顾全球，他们找到了尼采，从尼采的“强力意志”中寻得医治中国国民羸弱性的“良方”。他们反复强调并大力推崇尼采蔑视懦弱、崇尚勇敢的精神和积极进取的人生观，借此来批判中国传统文化中的消极因素，批判现实社会中悲观懦弱、否定人生的生活态度。面对民族空前的灾难，林同济曾模仿尼采的《查拉图斯如是说》，写了一篇短文，强烈抨击了中国人胆小懦弱、明哲保身、息事宁人的性格，号召青年们勇敢地投身到抗日战争中去：“你们抗战，是你们第一次明了人生的真谛。你们抗战，是你们第一次取得了‘为人’——为现代人——的资格。……我不劝你们做循良子弟。我劝你们大胆做英雄。”① “战国策派”借用尼采，不仅是一种现实的需要，更是出于文化的思考，他们是在寻找一种摒除孱弱国民性、健全民族性格的药方。“中国处在生存竞争的时代，尼采的哲学，对于我们是否还有意义，这就要看我们愿作奴隶，还是愿作主人，愿意作人类，还是愿意作猴子。因为尼采的著作，根本不是为奴隶猴子写的。”② 陈铨的语气虽略显偏激，但却如一剂猛药，对国人的确起到了警醒的作用。“战国策派”还从尼采的强力意志中推延出“英雄崇拜”。希望用这些少数人的、先知先觉的意志，来唤醒民众，改变中国过去缺乏英雄崇拜所导致的人心涣散、一盘散沙的局面，形成“一种健全的向心力，而使中国成为一个有组织有进步有冷有热的国家”③。

“战国策派”在审视历史、放眼世界的同时，还以德国“狂飙运动”为参照来反思“五四”以来的新文化。在他们看来，“狂飙运动，不仅是一个文学运动，同时也是德国思想解放的运动，和发展民族意识的运动”④。它奠定了现代德国文化的基础，也使德国民族第一次认识了自己，并使德国从

---

① 林同济：《萨拉图斯达如此说！——寄给中国青年》，载《战国策》1940 年第 5 期。

② 陈铨：《尼采的思想》，载《战国策》1940 年第 7 期。

③ 陈铨：《再论英雄崇拜》，载《大公报·战国》1942 年第 21 期。

④ 陈铨：《文学批评的新动向》，重庆正中书局 1943 年版，第 7 页。

此走上强盛之路。与之相比，中国的“五四”运动虽说也具有划时代的意义，是对传统文化的“一种极有价值的反动”，但却存在不足：一是“把战国时代，认为春秋时代”，没有积极提倡民族意识，忽略了备战；二是“把集体主义时代，认为个人主义时代”，过于标榜个性自由，而忽略了个人对于“民族——国家”的责任；三是“误认非理智主义时代，为理智主义时代”，没有认识到民族意识是一种感情的、意志的和非理智而能分析的①。因而，“战国策派”希望中国能够吸收一点德国的狂飙精神，特别是浮士德精神，“来培养我们民族的活力，进取的精神，感情的生活，理想的追求。因为没有这一些条件造成一个新的人生观，我们没有更好的办法来应付目前和今后紧张的国际局面”②。

二、“战国策派”的“民族文学运动”

“战国策派”作为一个思想文化流派，主要致力于战时民族文化的再造。与此相关，他们提出文艺创作的三道文学命题：“恐怖”、“狂欢”与“虔恪”，倡导“民族文学运动”，并视为其民族文化再造的一个十分重要的组成部分。

独及（林同济）在《寄语中国艺术人——恐怖·狂欢·虔恪》一文中，表达了“战国策派”对文学的基本看法，并提出了“恐怖”、“狂欢”与“虔恪”为文艺创作的“三道母题”。他指出“民族文学”应克服传统文学那种温柔敦厚、中庸平和的风格，呼唤富有活力和创造力的、表现原始强力的文学，即创造那种“可以撼动六根，可以迫着灵魂发抖”的文学：“我劝你们不要一味画春山，春山熙熙惹睡意。我要你们描写暴风雪”，写“暴风雪中的挣扎”③。

与林同济的“寄语”所提出的抽象理念相比，陈铨对“民族文学”的倡导与主张就要具体得多了。1941年至1942年，陈铨在《大公报·战国》副刊、《文化先锋》、《军事与政治》等刊物上发表了一系列文章，倡导“民族文学运动”。陈铨认为各国的文学都要经过“民族文学运动”的阶段，而民族文学的发达，首先有赖于民族意识的觉醒。在陈铨看来，“民族意识是民族文学的根基”，“没有民族意识，也根本没有民族文学”。他认为，中国

① 陈铨：《五四运动与狂飙运动》，载《民族文学》1943年第1期。

② 陈铨：《狂飙时代的歌德》，载《大公报·战国》1942年第31期。

③ 独及：《寄语中国艺术人——恐怖·狂欢·虔恪》，载《大公报·战国》1942年第8期。

现在的时代，是一个民族主义的时代，政治上的民族主义的高涨，正是民族文学运动最好的机会①。民族文学运动“要发扬固有精神”，“要发扬固有道德”，“要发扬民族意识”。为此，他又于1943年创办了《民族文学》杂志，作为“民族文学”的园地。回顾20多年的新文学，陈铨认为，“五四”以个人主义为主导的文学以及20世纪30年代以阶级革命为中心的文学都不能使中华民族走向光明之路。而现在的“民族文学”要超越这两种文学，要以全民族为中心，培养强烈的民族意识，要崇高严肃，要积极进取。“民族文学”应该是一种“盛世文学”②，要有一种“浪漫主义”或者说“理想主义”精神，“对于真善美有无限的追求”③。

另外，“战国策派”还通过具体、生动、形象的文学创作来阐释其“民族文学”的倡导和主张，从中我们可以看出他们关于民族文化再造的艺术想象。“战国策派”的文学创作主要体现在陈铨的文学实践上。陈铨的《野玫瑰》(1941)、《蓝蝴蝶》(1942)、《金指环》(1943)、《无情女》(1943)(以上均为剧作)，《狂飙》(1942，长篇小说）等，是典型的“战国策派”作品。这些作品大多从国家民族的利益出发，宣传抗日，表现卧底特工、爱国志士、军人等“牺牲儿女私情，尽忠国家民族”的主题，作品所宣扬的“民族主义”、“强力意志”和“英雄主义”，是“战国策派”的民族文学主张的生动体现。特别是代表作《野玫瑰》，描写了国民党女特工夏艳华，为了国家和民族的利益，接受国民党政府的派遣，做了北平伪政府主席王立民的妻子，并长期潜伏在敌人的身边。她有着过人的意志力，并克服了种种的苦难，作出了巨大的牺牲，最后机智而巧妙地除掉了王立民及其身边的汉奸。1942年《野玫瑰》被搬上戏剧舞台，在重庆城内连续演出，盛况空前。这样的作品是符合抗战需要的，在当时受到民众的欢迎也是正常的。

在抗战文化背景下，“战国策派”通过对历史文化形态的考察与分析，有针对性地提出了民族文化再造的构想。寄希望于通过对“异邦的借鉴”，用尼采的“意志论”哲学和德国文化的“狂飙精神”等，给病态的中国文化注入新的“酵素”，激活业已“活力颓萎”的民族文化。应该说，“战国策派”关于战时民族文化的构想是有其独特的历史价值和文化价值的。他们关于“民族文学运动”的倡导和实践，对于抗战文艺的丰富和发展也有着积极的探索性意义。他们在努力寻找并试图构建一种与国民党政治文化统

① 陈铨：《民族文学运动》，载《大公报·战国》1942年第24期。

② 陈铨：《盛世文学与末世文学》，载《当代评论》1941年第1卷第3期。

③ 陈铨：《青花（理想主义与浪漫主义）》，载《国风》1943年第12期。

治相适应的“民族文学”发展模式，也是无可厚非的。

针对“战国策派”的思想言论和文艺创作，抗战进步文艺界则提出了尖锐的批评。《新华日报》《文化杂志》等报刊，分别发表了李心清的《“战国”不应作法西斯主义的宣传》、汉夫的《“战国”派的法西斯主义实质》、洪钟的《“战国”派文艺的改装》、方纪的《糖衣毒药——〈野玫瑰〉观后》、谷虹的《有毒的〈野玫瑰〉》等的文章。这些批评文章显然过于尖刻，跟“战国策派”的基本政治态度和民族文化立场是不相符合的。但也的确指出了“战国策派”的错误乃至褊狭所在。直至今天，我们也不能否认“战国策派”存在着明显偏激和狭隘。诸如他们在探讨历史文化问题时，过于注重历史发展中的“文化——精神”因素的决定性作用，而陷入了历史的循环论与哲学的唯心论之中；他们在考察和分析“五四”以来新文化运动的弊端与缺失时，试图纠正其非左即右的偏激，自己却走上了另外一种偏激。另外，他们言论中所流露出的褊狭的民族主义情绪和“嗜战”的法西斯情调等，也是我们必须认清的。

◎ 思考题

1. 抗战初期的文艺大众化与20世纪30年代左联的文艺大众化讨论之间的关系。

2. 如何评价20世纪40年代关于“民族形式”问题的讨论？

3. 论述“战国策派”关于民族文化重建的意义和价值。

4. 怎样理解《华威先生》所引发的“暴露与讽刺”的论争？

第二章　艾青的诗歌创作

艾青（1910—1996）是30年代涌现出来的一位杰出的诗人，他一登上诗坛就歌吟被凌辱、被压迫的劳动者，就对“不公道的世界”不满、反叛、抗争，就追求光明和人类美好的未来。

他是抗战时期诗作影响最大、成绩最好的诗人，其《向太阳》、《火把》是抗战时期最辉煌的作品，因而誉为“太阳与火把的歌手”。艾青的“诗论”，是中西诗歌艺术发展的历史经验与其创作实践相结合的产物，提出了以真善美相统一为核心的、“人民即诗神”的诗歌创作和诗歌评论的诗美主张，提倡口语入诗，提倡诗的散文美，为自由诗的发展开拓了更为宽广的道路。

艾青此时的诗作诗论相辅相成，相得益彰，是他为中国现代诗歌史创造的辉煌的“双峰山”。

第一节　生平和创作道路

艾青是中国新诗走向成熟以后，通过自己的努力奋攀到诗歌艺术至高境界的杰出诗人，他的诗歌创作成就与他的人生体验密切联系在一起。

一、在“大堰河”的怀抱中

艾青本名蒋正涵，字养源，号海澄，艾青是他1933年发表《大堰河——我的保姆》开始用的笔名。1910年3月27日，他出生于浙江省金华县畈田蒋村的一个中等地主家庭，父亲蒋忠樽（1889—1940），字景鎏，号衡石，既具有封建地主中庸、保守、铿吝的特点，又是“维新派”的信徒。

艾青从小就生活在这样一个既吹拂着资本主义新思潮的春风，而封建主义旧道德又根深蒂固的封建家庭。因为他出世难产，算命先生说其命“克父母”，封建迷信的父亲，为了化凶为吉，便按当地风俗，将其送到贫苦农妇“大叶荷”家里寄养到五岁。这段生活，使他“感染了农民的忧郁”，并且“与中国的穷苦农民结下了不解之缘”，成为其日后诗歌创作的生活源泉和情感基础。1915 年，艾青开始在村蒙馆识字，后到村、镇小学读书，此时正是“五四”运动开始的时候，“小学课本里已有启蒙思想——要求民主和科学”①。

1925 年艾青考入金华省立七中。他拥护胡适、鲁迅等人提倡白话文、反对文言文的主张，开始阅读《申报》、《东方杂志》，如饥似渴地接受新思想。北伐战争前夕，艾青曾与同学们上街游行，支持北伐，反对封建军阀与帝国主义。这时，他阅读了《唯物史观浅说》(油印本)，书中关于阶级、阶级矛盾和阶级斗争的理论，唯物主义和唯心主义学说，把少年艾青引入了一个陌生而新奇的世界，以至于影响了他整整一生。正如他自己所说，《唯物史观浅说》“使我第一次获得了马克思主义阶级斗争观念——这个观念终于和我的命运结合起来，构成了我一生的悲欢离合”②。

不久，发生了“四·一二”事变，金华笼罩在白色恐怖之中，艾青“在看尽了恐怖与悲哀之后”，他的“心像失去布帆的船只，在不安与迷茫的海洋里飘浮……”(《我的父亲》)

艾青从小在地主家庭中得不到温暖和快乐，就在大自然和美术中寻求乐趣。艾青曾说：“奶娘家那种苦难生活带来的忧郁，常年熏染着我这颗少年的心；而地主父亲家所横加的欺辱，点起我一股反抗的怒火，在我的胸怀里熊熊燃烧。所以我自小就沉默寡言。我唯一的安慰就是从画画儿、捏泥人中寻求快乐。”③

二、火热的生活与诗歌

1928 年 9 月，艾青考入杭州国立西湖艺术院绘画系。学习不到一学期，校长林风眠便建议他赴法国学画。

---

① 艾青：《在汽笛的长鸣声中》，载《艾青全集》第 3 卷，花山文艺出版社 1991 年版，第 389 页。

② 艾青：《在汽笛的长鸣声中》，载《艾青全集》第 3 卷，花山文艺出版社 1991 年版，第 389 页。

③ 艾青：《大叶荷，我的母亲》，载《当代少年》1980 年第 4 期。

1929年初春，本着“取法西方”、“向世界寻求意境”的热望，艾青远涉重洋，到了巴黎，“度过了精神上自由，物质上贫困的三年”，上午做工，下午学绘画。他强烈排斥法国“学院派”的保守思想和陈旧的表现手法，而喜欢“后期印象派”的画家如莫奈、马加、雷诺尔、德加、丢飞、凡·高、毕加索、尤脱里俄等人的作品。除绘画外，“也读了一些哲学和文学的书——爱上了诗”。他接触了俄罗斯批判现实主义的小说，苏联的革命小说、诗歌及欧美象征主义流派的诗歌，其中比利时的凡尔哈仑，美国的惠特曼，苏联的马雅可夫斯基、叶塞宁，法国的波特莱尔、阿波里内尔、兰布等诗人都对他产生过重要影响，尤其是凡尔哈仑。此时他开始对生活对人世，对繁华的巴黎、马赛进行“倔强”的“思考”。本来，他是怀着罗曼蒂克的幻想，抱着向外域寻求艺术的态度而来巴黎的，然而，他到巴黎之后，并非如他想象的那么美好，尽管艾青恋她爱她，把她当做第二故乡，像在自己家里一样，但是，他在巴黎却是一位流浪者，时时受到种族歧视，因而在巴黎尽管有“新奇的欣喜”，也有“新奇的忧郁”，此时，他学习用语言将一些稍纵即逝的感觉印象、生活的警句书写在画本和速写本上，这些警句包括艾青对于世界所显露的一些矛盾（如恋爱、政治、经济、文化、艺术等）的观察与思考以及对于革命的呼唤。这是一个纯真的灵魂对于世界提出的种种责难，亦是艾青“学习用语言捕捉美的光，美的色彩，美的形体，美的运动”① 的开始，也可以说是艾青早期诗的雏形。

1931年9月18日，日本侵占我国东北。当时的法国政府竟然称抗日的义勇军为“华匪”，身在异国他乡的热心青年皆因祖国的贫弱而遭到歧视和侮辱。艾青在法国参加了“世界反帝大同盟”。第二年一月中旬，参加了一次反帝大同盟东方部支部的集会，十六日作《会合——东方部的会合》，“燃烧着愤怒之情”②，抒发了弱小民族团结反帝的爱国心声，后以莪伽的笔名发表在同年七月上海出版的《北斗》杂志上，这是他正式发表的第一首诗。

“一·二八”事变那一天，艾青由马赛启程回国，4月，当艾青在黄浦江口看到日本侵略军耀武扬威的“膏药旗”，他深深感到“祖国依然呻吟在

① 艾青：《母鸡为什么下鸭蛋》，载《艾青全集》第5卷，花山文艺出版社1991年版，第251页。

② 艾青：《从回忆中醒来……》，载《艾青全集》第5卷，花山文艺出版社1991年版，第291页。

屈辱中”①，人民仍过着屈辱的日子。他曾说，“我在上海看见战后的一片废墟，我忍不住哭了”②。五月在上海加入“中国左翼美术家联盟”与同仁组织“春地美术研究所”。七月，同其他十几位青年美术工作者一起，被法租界巡警以“危害民国”、“颠覆政府”的罪名袭捕入狱，过了三年多的囚牢生活。在狱中，他“与绘画绝了缘，就在狱中写诗”，他“借诗思考，回忆，控诉，抗议”，诗成了他的“信念”、“鼓舞力量”、“世界观的直率的回声……”③ 他创作的《透明的夜》、《大堰河——我的保姆》、《芦笛》、《病监》、《巴黎》、《马赛》和长诗《九百个》等诗作，表现了他对“不公道世界”的诅咒。

1935 年 10 月，在抗日民主浪潮的冲击下，艾青得以获释。1936 年上半年，在江苏常州武进女子师范学校教书，后回上海，以写作为生。其自费出版的第一部诗集《大堰河》，共收《大堰河——我的保姆》、《透明的夜》、《巴黎》、《马赛》、《芦笛》等九首诗，以深沉而真挚的感情和新颖而质朴的风格，在社会上引起了强烈反响；《大堰河——我的保姆》是其中最优秀的一首，这首诗是新诗诞生以来表现劳动妇女命运的影响最大最优秀的诗篇，艾青的名字也因此有如一颗耀眼的新星，照亮当时的诗坛。《大堰河》是艾青具有里程碑意义的奠基之作，奠定了他在中国新诗，特别是自由诗发展史上的坚实而突出的地位，它向文坛昭示着：艾青一登上诗坛，就把他的歌献给了受苦受难的劳动者，就把他的命运和劳动者的命运紧紧联系在一起，就把他忧郁的心紧贴着祖国苦难的大地；就以一种复杂的思维审视西洋文化，以批判的眼光描绘资本主义世界，既歌颂了资本主义的繁荣与辉煌，也揭示了资本主义世界的黑暗与罪恶；他把西方现代派艺术技巧融会于现实主义的艺术传统之中，以朴实的民族语言表现具有时代精神的社会内容。

1937 年春至“七七事变”全国抗战爆发前夜，艾青创作了《太阳》、《煤的对话》、《春》、《黎明》、《笑》、《死地》、《复活的土地》等诗，这些诗预示着民族的觉醒与时局的转型，是民族战争“暴风雨”即将到来的前夜。诗的预言、诗的闪电，给人以光亮，给人以希望。同年冬，他来到武

---

① 艾青：《在汽笛的长鸣声中》，载《艾青全集》第 5 卷，花山文艺出版社 1991 年版，第 391 页。

② 艾青：《从回忆中醒来……》，载《艾青全集》第 5 卷，花山文艺出版社 1991 年版，第 291 页。

③ 艾青：《母鸡为什么下鸭蛋》，载《艾青全集》第 5 卷，花山文艺出版社 1991 年版，第 253 页。

汉，写成名篇《雪落在中国的土地上》。翌年初，离开武汉到山西临汾民族革命大学任教，晋南失守后，到西安任“抗日艺术队”队长。1938年春末回武汉，与茅盾、冯乃超等人在武汉发起成立“中华全国文艺界抗敌协会”。4月写作著名长诗《向太阳》。7月底离武汉经湖南衡山，后到桂林。在《广西日报》编副刊《南方》，11月写名作《我爱这土地》。1939年写成《吹号者》、《他死在第二次》等名篇，融中西诗学之美的系统的新诗话《诗论》、《诗人论》也陆续完稿并发表；7月与戴望舒共同主编诗歌月刊《顶点》，9月到湖南新宁县衡山乡村师范学校任教。1940年5月到重庆，在入川途中写作著名长诗《火把》，在重庆曾任陶行知主办的育才学校文学系主任和《文艺阵地》编委。

艾青作为一个具有强烈忧患意识与爱国情感的人民诗人，他满怀希望与战斗的激情，从动荡的中国东部，奔赴炮火连天的北方；又从北方辗转于凄风苦雨的南方，后又至烟雾迷蒙的重庆。在抗战初期，他的足迹遍布大半个中国，置身于抗日斗争的漩流之中，他奔走呼号，把手中的芦笛变成了号角，由表现中国人民（特别是农民）的苦难的“吹芦笛的诗人”，变成了一位呼唤民族新生、祖国解放的“吹号角的诗人”，被人们誉为“太阳与火把的歌手”，他创作并出版了《北方》、《他死在第二次》、《旷野》、《向太阳》、《火把》等诗集和一本新诗论集《诗论》。因为其创作诗作之多被人们称为“斯达哈诺夫运动者”，他说，“我永远渴求着创作，每天我像一个农夫似的在黎明之前醒来，一醒来，我就思考我诗里的人物和我所应该采取的语言……即使我休息了，我的脑子还是继续在为我的诗而运转着。甚至在我吃饭的时候，甚至在我走路的时候”①。他此时的诗多方面、深刻而艺术地反映了抗日战争这一伟大而艰辛的时代，其广度与深度在当时的诗坛是很少有人可以与之比肩的。正如诗人臧克家所说的那样：“在抗战初期收获较大，成绩最好的是艾青。他连续发表了许多优秀的诗篇，产生了很大的影响。这些诗，歌颂了中国士兵的英勇的大无畏精神，但不是概念化的或口号的而是通过了具体的人物形象的描写，在这具体描写里，沁透着诗人的真实的爱国主义的思想和感情。”②

---

① 艾青：《为了胜利——三年来创作的一个报告》，载《艾青全集》第3卷，花山文艺出版社1991年版，第123页。

② 臧克家：《“五四”以来新诗发展的一个轮廓》，载《艾青专集》，江苏人民出版社1982年版，第468页。

三、延安的文学岁月

1941年1月“皖南事变”发生后，艾青在周恩来的帮助下，化装闯过国民党40多道检查站，于3月抵达抗日民主圣地延安。创办并主编《诗刊》。1942年春，毛泽东曾多次约谈文艺问题。5月，参加延安文艺座谈会。1943年，到吴家枣园结识了当时的边区劳动模范吴满有，并以其生平事迹写作同名长诗《吴满有》。同年，率陕甘宁边区文化界慰问团慰问三五九旅。1944年11月，参加边区劳动模范代表大会，获得中央直属机关“模范工作者”奖状、中央党校“为人民服务的模范”奖状。1945年上半年，在鲁迅文学艺术院文学系任教。同年，加入中国共产党。“面向工农兵”、“为人民服务”就成了他的“老本”①，成为他终身为之奋斗的宗旨。正如他1982年5月所说的那样：“现在事隔四十年，国家和个人都历尽沧桑，变动太大了，许多事情都显得淡漠了。但《讲话》(《在延安文艺座谈会上的讲话》，编者注）的一些基本原则却烙印在我的脑子里，不易消失。”②

尽管艾青这一时期没有创作出像《向太阳》、《火把》等影响巨大的作品，其创作数量没有抗战初期的多，但艾青是在勤勤恳恳地创作，老老实实地耕耘，从思想作风、艺术格调上向着“面向工农兵”和“为人民服务”的方向在探索、开拓、奋进，而且取得了丰硕的成果。

艾青在延安更自觉地学习马列主义与唯物辩证法，使其对自己的历史、家庭和农村有了更深入的认识，其爱其恨更为自觉。表现这一内容的诗作有《我的父亲》、《少年行》、《诗人和强盗》、《村庄》、《献给乡村的诗》等，他以“哀其不幸，怒其不争”的心态，抒发了他对故乡，对破败的农村的深深的怀念，他以精细而准确的、满蘸情感的笔触描绘了家乡古老衰朽、残败的景色；对贫困、愚昧的农村中的一切“不幸”劳动者：童养媳、佃户、雇农、木匠、石匠、泥水匠、屠夫、裁缝、铁匠等有着深深的怀念之情；他急切地希望他们“反抗欺骗与压榨”，“从沉睡中起来”，过着“和自然一致的和谐”的生活。《我的父亲》用历史唯物主义的观点，深刻而形象地描绘了“父亲”的典型形象。他迷信、守旧、平庸，既是希望社会变革的维新派的信徒，但又害怕革命，“漠然地迎接革命”，甚至反对自己的儿子革命，

---

① 艾青：《延安文艺座谈会前后》，载《艾青全集》第5卷，花山文艺出版社1991年版，第608页。

② 艾青：《延安文艺座谈会前后》，载《艾青全集》第5卷，花山文艺出版社1991年版，第608页。

这是一个半洋半土、半“封”半“资”、半新半旧的半封建半殖民地农村中小地主阶级知识分子的典型，其艺术价值可与《大堰河——我的保姆》中的“大堰河”相媲美。从某种意义上说，其人物形象的复杂性、生动性、其内蕴的深刻性与丰富性，其艺术的概括性与典型性，同“大堰河”相比，有过之而无不及，在现代诗歌史上可以说是独有的。这一人物形象有助于人们对半封建半殖民地社会及其剥削阶级知识分子本质的认识，艾青自己对这首诗也是比较喜欢的。他说，“曾听人说，我的《大堰河——我的保姆》和《我的父亲》是姐妹篇，讲得很好。……《我的父亲》就是作为那个时代的一个典型来写的。”① “父亲这个典型完全是真实的，没有什么虚构。”② 他还说，这首诗在刻画典型方面比《大堰河——我的保姆》“要好”。之所以没有引起人们注意，是因为这首诗写在延安，“那时实际上已开始‘整风’，需要写工农兵的、大众化的作品，写那个东西，当时在延安似乎并不大适合”③。

抗战胜利后，他先后任华北文艺工作团团长、华北联合大学文艺学院副院长、华北大学第三部副主任等职。1947 年到 1948 年在河北省获鹿、束鹿、涿鹿农村参加土地改革运动。到延安至进入北京前，出版的诗集有《黎明的通知》、《愿春天早点来》、《献给乡村的诗》、《反法西斯》，论文集有《释新民主主义的文学》等。论文《我对于目前文艺上的几个问题的意见》和《开展街头诗运动》鲜明地提出了文艺与群众相结合、诗人面向大众的问题。诗作《雪里钻》、《太阳的话》、《野火》、《毛泽东》、《黎明的通知》、《青年之歌》、《人民的狂欢节》等热情地歌颂了解放区的人民、解放区的生活和人民的领袖；《风之歌》充满了胜利的信念和新社会主人翁的自豪感，这时的诗人正“奔忙在世界上”，“为金色的阳光所护送/向初醒的大地飞奔”（《风之歌》）。在《时代》、《给太阳》、《迎》等诗中热情讴歌新的时代，决心献身于伟大的时代：“为了它的到来，我愿交付出我的生命/交付给它从我的肉体直到我的灵魂。”（《时代》）组诗《布谷鸟》是诗人学习更加接近群众的通俗易懂的民歌体写诗的有益尝试。

① 艾青：《与青年诗人谈诗》，载《艾青全集》第 3 卷，花山文艺出版社 1991 年版，第 457~458 页。

② 艾青：《与青年诗人谈诗》，载《艾青全集》第 3 卷，花山文艺出版社 1991 年版，第 458 页。

③ 艾青：《与青年诗人谈诗》，载《艾青全集》第 3 卷，花山文艺出版社 1991 年版，第 459 页。

1949 年 2 月，北京和平解放。艾青以中国人民解放军军事管制委员会文化接管委员会的名义，任中央美术学院军代表。7 月参加中华全国文学艺术工作者第一次代表大会，当选为中华全国艺术界联合委员会委员。9 月，参加中华人民共和国第一届政治协商会议，当选为政协全国委员会候补委员，开始为新中国的新生活放声歌唱。

艾青以人民作为诗神，以像大堰河那样社会底层的劳动者作为诗神，始终以“人民的利益”作为“善”的评判的“准则”，不断揭露社会的黑暗与人类的丑恶，始终如一地歌颂着民主、正义、光明和自由；他的诗总是满腔热情地表现了各个不同历史时期人民最先进的思想和愿望，始终和人民同命运、与进步的社会潮流同行。诗人兼翻译家绿原说得好：“中国的自由诗从‘五四’发源，经历了曲折的探索过程，到三十年代才由诗人艾青等人开拓成为一条壮阔的河流。”① 他又说：“在新文学史中，四十年代不论从什么角度来看，都应当说是一块巨大的里程碑。……不但诗人艾青的创作以其夺目的光彩为中国新诗赢得了广大人民的信任，更有一大批青年诗人在他的影响下，共同把新诗推向一个坚实的高峰，其深度与广度是二十年代和三十年代所无法企及的。”②

第二节　抒情短诗

艾青一登上诗坛就歌吟被凌辱、被欺压的劳动者，就对“不公道的世界”不满、反叛、抗争，就追求光明和人类美好的未来。1932 年 7 月被捕入狱至 1935 年 10 月底获释，在狱中创作的 20 多首诗作，1936 年创作的 4 首诗，共 30 来首诗，除《ORANGE》、《ADIEV——送我的 R 远行》、《古宅的造访》、《窗》等诗作是表现恋情与友谊之外，都是对“不公道的世界”的诅咒。

一、困苦的绝叫

艾青最初的诗歌是写农村的贫困，农民的苦难、善良和反抗斗争的。其代表作是《大堰河——我的保姆》，写于 1933 年 1 月 14 日大雪纷飞的清晨。

---

① 绿原：《〈白色花〉序》，载《绿原文集》第 4 卷，武汉出版社 2007 年版，第 80 页。

② 绿原：《〈白色花〉序》，载《绿原文集》第 4 卷，武汉出版社 2007 年版，第 86 页。

艾青在狱中，透过碗口大的铁窗，看到窗外漫天飞舞的圣洁而纯净的白雪，想到了他的保姆大堰河，他凭借白雪的光亮，抒写了他对“不是母亲，胜似母亲”的乳母大叶河养育自己的恩惠、悲苦的命运和善良的品德，饱含着虔诚的真爱和深切的同情；是他“呈给大地上的一切的，/我的大堰河般的保姆和她们的儿子，/呈给爱我如爱她自己的儿子般的大堰河”的。这首诗一经发表，立即引起了强烈的反响。茅盾与胡风给予了这首诗很高的评价。胡风给了《大堰河——我的保姆》这样的评价：“在这里有了一个用乳汁用母爱喂养别人的孩子，用劳力用忠诚服侍别人的农妇的形象，乳儿的作者用着素朴的真实的言语对这形象呈诉了切切的爱心。在这里他提出了对于‘这不公道的世界’的诅咒，告白了他和被侮辱的兄弟们比以前‘更要亲密’，虽然全篇流着私情的温暖，但他和我们中间已没有了难越的限界了。”① 这首诗熔抒情与叙事于一炉，让真情与形象交融于一体，在中国新诗领域，第一次塑造了一位旧中国贫苦劳动农妇的典型形象，这是艾青“呈献给中国劳苦大众的一首赞歌，也是带有自传性质的诗人心灵的雕塑。它是艾青成为革命民主主义诗人的不可动摇的里程碑”②。如果说《大堰河——我的保姆》是表现中国劳动农妇的不幸命运与善良的品格，那么，《透明的夜》则表现的是旧中国农民对于不幸命运的反抗斗争。艾青曾说：“旧社会偷牛、杀牛的贼也多。不能说他们都是坏人。那是生活逼出来的。我写《透明的夜》……是歌颂一群人的力量，歌颂他们在黑暗中粗暴的、反抗的力量。”③ 艾青在“透明”而辽阔的“夜”的图景中，描绘了一群“夜的醒者”、“醉汉”、“浪客”、“过路的盗”、“偷牛的贼”以及宰牛的“屠夫”等农村的底层劳动者、叛逆者，从各个角落里来聚合，由小到大，由少到多的流变历程。由于他们的到来，使整个夜“透明”了。诗人展现了他们健康的、旺盛而带有野性的生命的活力与强烈的爱憎、愤怒与痛苦。胡风曾高度地评价这首诗作：“最异彩的是《透明的夜》。这是一幅色画，一曲高歌，他用着明朗的调子唱出了新鲜的力量，充溢着乐观空气的野性的人生。”④ 艾青当时虽身锁铁栅之中，却情系四野八荒，心通黎民百姓。尽

① 胡风：《吹芦笛的诗人》，载海涛、金汉：《艾青专集》，江苏人民出版社 1982 年版，第 419~420 页。

② 杨匡汉、杨匡满：《艾青传论》，上海文艺出版社 1984 年版，第 58 页。

③ 转引自杨匡汉、杨匡满：《艾青传论》，上海文艺出版社 1984 年版，第 57 页。

④ 胡风：《吹芦笛的诗人》，载海涛、金汉：《艾青专集》，江苏人民出版社 1982 年版，第 420 页。

管他对于社会的前景是茫然的，对反抗者的出路是模糊的，但他的这些火辣辣的、野性的，有如野火一样闪光的诗句，却能给人以力的震撼和野性的冲击，对于当时浅声低吟的诗风无疑是一个有力的挑战。《九百个》和《卖艺者》也表现了他关注中国农民的疾苦与命运，前者是一首三百多行的叙事长诗，在热情歌颂陈胜、吴广等大泽乡农民起义领袖的诗情中寄托了艾青对30年代中国农民的深切希望："正义是属于他们的"、"莫说他们凶暴得像野兽"、"他们/才是大地真正的主人"。后者以满含同情的白描手法描绘了因"旱荒，饥馑，战争"而流浪在城市集镇卖艺的乡下农民的悲惨生活，是一首流浪农民的悲哀之歌、血泪之曲。

三年的囚禁生活使艾青的身体受到了极大的摧残，其思想意志却受到了严峻的考验，更坚定了他诅咒黑暗、追求光明的信念。《病监》用现代派的艺术观念，以"美化"的语言描绘了他狱中患肺病时的痛苦以及病友们于苦难中煎熬的惨景。《聆听》、《监房的夜》表现了"囚徒"愁苦的思绪，《叫喊》和《铁窗里》抒发了诗人对黎明的期盼与对囚牢外自由生活的向往。《一个拿撒勒人的死》，则以耶稣被叛徒犹大出卖的场面与壮烈牺牲的情景，歌颂了一种为真理和正义而献身的伟大人格。这首诗貌若写耶稣遇难，实则是诗人心境的自喻，艾青曾说，写这首诗时"我病得几乎要死，我是当作遗书写的"①，诗中塑造的耶稣形象实则是艾青当时心灵的物化。诗中的耶稣被描绘为"作乱的魁首，/匪徒们的领袖"。全诗在悲凉的氛围中，挺拔着一位"圣者"对理想的希冀："帝王将受到谴责/盲者，病者，贫困的人们/将找到他们自己的天国。"这是艾青对"以血汗灌溉过"土地的劳动者，尤其是农民未来命运的憧憬。

回忆巴黎的诗篇，同样可以感受到艾青对"不公道的世界"的憎恶与诅咒。在《古宅的造访》与《ORANGE》等诗篇中描写了艾青与波兰法语教师之间朦胧的爱恋与真挚的友谊，表现了一种"新奇的欣喜"，抒写的是"久久倦游的旅客"一般的少年在饥渴的心灵上得到了知识雨露的滋润与真情的爱的抚慰。这些与灰暗阴冷的监牢生活形成了鲜明的写照与尖锐的对比。《画者的行吟》写一位流浪在塞纳河畔的画者"新奇"的"惊喜"与"忧郁"，他漫无目的地在塞纳河"痴恋迷失的过着日子"，在其有如"生客"的"铿锵的歌"声中"以溅血的震颤祈祷着"。《巴黎》和《马赛》是艾青域外诗作中的佼佼者，也是当时直至现在歌吟这两座城市的最优秀的作品之一。艾青曾说，这两首诗"都是在监狱里写的。《巴黎》是企图画出这

① 转引自周红兴：《艾青传》，作家出版社1993年版，第70页。

座资本主义世界名都错综复杂的画面，我概括了它的一些特点。《马赛》是反对帝国主义的"①。《巴黎》以多彩的画笔多方面地描绘了这座资本主义现代化名都的辉煌与罪恶、光明与黑暗、庄严与怪诞：巴黎既是一座辉煌的具有悠久文化历史与光荣革命传统的现代化都市，闪耀着灿烂的历史文化的光辉，"吸引了世界上/各个国度的各个种族的人们"；又像一位"患了歇斯底里的美丽的妓女"，向世人"送出了/强韧的，诱惑的招徕"，让人们为了她的"嫣然一笑"，而"抛弃了/深深的爱着的他们的家园"，"迷失"在她的"暧昧的青睐里"，她是一位反复无常的、宠爱少数富人的女性。艾青对巴黎的感情是复杂的，既爱她，又恨她。既"以痛苦，失败的沮丧"，"空垂着两臂/走上懊丧的归途"；又幻想着"经历些时日"，"磨练""筋骨"，"等时间到了"便"整饬着队伍/兴兵而来"，"克服"巴黎，要巴黎在"我们的臂上/癫笑歌唱！"这种情感既是一位弱小民族的知识分子受到歧视冷遇后的不平、自尊，又夹杂着某些流氓无产者受到侮辱与打击后，企图报复的心态；同时，在"从生活之沙场上所溃败了的/决不只是我这孤单的一个"，"他们实在比为"巴黎"所宠爱的人数要多得可怕"的诗句中，可以窥见艾青已具有一种朦胧的群体意识，甘愿与受难者为伍的思想。《马赛》则以更其鲜明的态度，站在被压迫被侵略的殖民地弱小民族的立场上，站在劳苦大众的立场上来诅咒不公道的世界。马赛曾经是光荣的，但现在已经堕落了，成了资本主义剥削势力对内压榨工人，对外掠夺弱小民族的"可怕的城市"，成了"财富与贫穷的锁孔"，"掠夺和剥削的赃库"。《芦笛》既是对欧罗巴的"最真挚的回忆"，也是对于残酷的监狱生活的抗议。因为爱国，被判为罪犯，投入监狱："我是'犯了罪'的，/在这里/芦笛也是禁物"。然而，年轻的诗人没有屈服反动势力的淫威，他一方面愤怒地谴责，同时也愤怒地诅咒，尽管"芦笛"被监禁，铮铮的铁镣声却比他的"歌声更响"，但他"发誓"："我要像一七八九年似的/向灼肉的火焰里伸进我的手去！"夺回心爱的芦笛，用它吹奏出胸中"对于凌侮它的世界的/毁灭的诅咒的歌"。

二、抗争的号角

艾青是抗战时期影响最大的一位诗人，其抗战诗作是他拥抱社会、感受时局与内心涌动的对光明渴望的激情相融合的结果。

1936年年底，西安事变之后，国内出现了"联合抗日"的新局面，艾

① 转引自杨匡汉、杨匡满：《艾青传论》，上海文艺出版社1984年版，第66页。

青作为一个爱国主义者，受到了鼓舞，产生了“对于人类再生之确信”的强烈信念。在名篇《太阳》中以太阳象征着光明和民族的觉醒与振奋：“从远古的墓茔/从黑暗的年代/从人类死亡之流的那边/震惊沉睡的山脉/若火轮飞旋于沙丘之上/太阳向我滚来……”这看来是写景，实则是暗喻一种时代脉息的搏动，一种社会局势的转型。《煤的对话——A—Y. R.》，以拟人化的象征手法，给沉默的、古老的、深藏于岩石底层的煤，以性格、以思想、以语言，喊出了历史悠久、灾难深重的中华民族在抗战前夕觉醒的声音：“死？不，不，我还活着——/请给我以火，给我以火！”煤是沉默的，但一经点燃它便会熊熊燃烧，创造一个光明灿烂的世界。这首诗深沉有力，充满了强烈的忧患意识，更具有强烈的民族自豪感、自信心。写于同一时期的《死地——为川灾而作》展示了“万顷荒原”麦穗焦黑、土地龟裂，饥民以土充饥、相继“倒毙”的惨状，诗人放眼全国，以四川之灾荒写全国之苦难，进而抒发了呼唤中华民族快快觉醒、快快奋起的强烈希望，希望黑色的旋风变成红色的风暴：“我说/如有人点燃了那饥饿之火啊……”他后来曾说：“这一结尾，我是冒险而写的。我渴望有人点燃起愤怒的大火，烧亮当时的中国。”①

1937年7月6日，他所写的《复活的土地》被称为民族“解放战争预言”。当时爱国的抗日力量正处于压倒的优势，全国民心沸腾。当艾青在报纸上看到日寇的飞机在我国城乡狂轰滥炸，肆意屠杀我妇女儿童的罪行和长白山林区抗日健儿及华北平原游击队英勇与日寇拼死搏斗的消息时，便把报纸上的消息同整个时局糅合起来，便于悲痛中看到了希望，于失败中看见了力量，看到了民族觉醒的曙光和时代的春色：“我们的曾经死了的大地，/在明朗的天空下/已复活了！/——苦难也已成为记忆，/在它温热的胸膛里/重新漩流着的/将是战斗者的血液。”这首诗写成的第二天，伟大的抗日民族解放战争终于全面爆发了，“七七事变”吹响了中华民族抗敌御侮的洪亮号角，标志着一个伟大民族的“复活”，同时也说明艾青作为一个忧国忧民的爱国主义者对时局转型的敏感性、准确性和预见性。

抗日战争爆发之后，艾青苦苦思索：“如何才能把我们的呼声，成为真的代表中国人民的呼声。”② 经过三四个月“创作上痛苦的沉思”之后，他写下了《我们要战争——直到我们自由了》的诗篇。正如艾青所说：“这是

---

① 转引自杨匡汉、杨匡满：《艾青传论》，上海文艺出版社1984年版，第81页。

② 艾青：《为了胜利——三年来创作的一个报告》，载《艾青全集》第3卷，花山文艺出版社1991年版，第4页。

一个誓言。这是我为自己给这战争立下的一块最终极的界碑。”① 这首诗尽管有些抽象，有些理念化，但这是一种慷慨的抒怀，一种誓与顽敌血战到底、与民族共存亡的战斗宣言。写于同年 10 月 20 日的诗作《他起来了》便对此作了鲜明、更为形象地展现：“他起来了——/从几十年的屈辱里/——敌人为他掘好的深坑旁边。”“他起来/将比一切兽类更勇猛/又比一切人类更聪明//因为他必须如此/因为他/必须从敌人的死亡/夺回来自己的生存。”诗中用“他”象征祖国，象征中华民族。这是一位从屈辱和死亡线上奋起的复仇者的形象、战斗者的形象。他斗志昂扬，雄姿英发，呼喊出了中华民族的心声、苦难祖国的心声、爱国诗人的心声。在这一总的斗争纲领下，艾青以巨大的热情紧密配合抗日斗争，迅速敏捷地写下了许多短小精悍的诗篇《雪落在中国的土地上》、《兵车》、《手推车》、《北方》、《乞丐》……这些诗或借自然的严寒、大雪抒写时局的严峻和人民的战乱之苦；或通过战地兵车休歇的悲凉图景，展示了中国士兵的凄苦无奈；或以北方常见的运输工具——手推车，写出了黄河流域人民在战乱中日益增长的灾难；或借那些“来自灾区/来自战地”的令人战栗的乞丐群落的悲苦图景，无情地控诉了侵略战争与自然灾害给人民带来的惨痛。诗人“以悲凉的诗句，写出了人民的苦难”②，写下了被称为抗战初期的“民族的哀歌”：

> 中国的苦痛与灾难
> 像这雪夜一样广阔而又漫长呀！
> 雪落在中国的土地上
> 寒冷在封锁着中国呀……
>
> ——《雪落在中国的土地上》

艾青在《人皮》、《江上浮婴尸》、《死难者画像》、《纵火》等诗中无情地揭露了侵略强盗烧杀抢掠、食肉寝皮的滔天罪行。《人皮》是依据一张女性人皮的真实照片而写的，它以饱蘸血泪的诗句控诉了侵华日军令人发指的罪行。《江上浮婴尸》是根据一则真实的报道而作的，诗人以愤怒的笔触揭露了侵华日军丧尽天良、人性泯灭的罪恶：他们杀害了中国孩子的父母，又

① 艾青：《为了胜利——三年来创作的一个报告》，载《艾青全集》第 3 卷，花山文艺出版社 1991 年版，第 4 页。

② 艾青：《从回忆中醒来……》，载《艾青全集》第 5 卷，花山文艺出版社 1991 年版，第 292 页。

“用闪亮的针”，“吸取”孩子们的“鲜红的血”，“去喂养”那无数的侵华日军，当孩子们的身体“干枯”之后，他们便将孩子们抛入江中。面对侵略者种种惨绝人寰的暴行，艾青深沉而愤怒地大声疾呼：“中国人啊，/今天你必须/把这人皮/当作旗帜，/悬挂着/悬挂着/永远地在你最鲜明的记忆里。”“你更须记住日本军队/法西斯强盗曾在这里经过，/曾占领过这片土地/曾在这土地上/给中国人民以亘古未有的/劫掠，焚烧，奸淫与杀戮!”(《人皮》)《车过武圣关》、《风陵渡》、《除夕》等诗抒发了坚信抗战必然胜利、前途必定光明的信念。《我爱这土地》便是这种信念集中、鲜明、更为形象的体现。诗中把“我”假设为一只鸟，用“嘶哑的喉咙歌唱”所挚爱的“土地”，用“土地”上的“暴风雨”、“汹涌着”的“悲愤的河流”和“吹刮着的激怒的风”来暗喻沸腾的民族战争和人民为捍卫国土与民族自由的昂扬斗志；用“那来自林间的无比温柔的黎明”来歌唱祖国光明的前途，同时也抒发了民族战争的主力军农民、艾青自己和一切爱国者，对“土地”、对祖国的挚爱之情：“即使我死了/连羽毛也腐烂在土地里。”“为什么我的眼里常含泪水？/因为我对这土地爱得深沉……”这是两句朴素的诗，更是深刻的诗、丰满的诗，具有巨大的概括力和震撼力，在这首诗中，艾青“恳挚地歌唱了自己的灵魂”①，也“恳挚地歌唱”了中华民族之魂：“诗人艾青，作为一个‘农人的后裔’的智慧者的灵魂，作为一个挚爱土地与人民的诗人，当着‘雪落在中国的土地上，寒冷在封锁着中国’的日子，他歌唱着。由于深深伤痛土地与人民的受难，他的歌声常常笼罩着薄暗的哀郁的阴影。他的诗渲染着素美的彩色，淳朴而美丽，他的诗体现着大地的浑厚的广阔风貌。”②

《吹号者》和《他死在第二次》，可以说是艾青歌颂当时抗日主力军——农民——的两篇具有浓烈抒情色彩的叙事诗。《吹号者》描绘了一位忠于职守，在战斗中光荣牺牲的爱国战士的号手形象。他于“一片黝黑”之中用号声去唤醒黎明。他吹着起床号、集合号、出发号、行军号，当战斗开始，他又于冲锋队伍之中吹响着“短促的，急迫的，激昂的，/在死亡之前决不终止的冲锋号”，当敌人的罪恶的子弹打中了他的胸膛，他的手“却依然紧紧地握着那号角”。长诗写出了号角纯美的光彩，更写出了号手不朽

---

① 吕荧：《人的花朵——艾青与田间合论》，载海涛、金汉：《艾青专集》，江苏人民出版社 1982 年版，第 440 页。

② 吕荧：《人的花朵——艾青与田间合论》，载海涛、金汉：《艾青专集》，江苏人民出版社 1982 年版，第 436 页。

的精神："在那号角滑溜的铜皮上，/映出了死者的血/和他的惨白的面容；/也映出了永远奔跑不完的/带着射击前进的人群，/和嘶鸣的马匹，和隆隆的车辆……/而太阳，太阳/使那号角射出闪闪的光芒……/听啊，/那号角好像依然在响……"全诗在一系列激烈的军事行动中展现了吹号者"圣洁的意志"、崇高的灵魂，塑造了一个鲜明而完整的艺术形象，象征着中华民族，也象征着艾青。正如艾青所说：吹号者"好像只是对于'诗人'的一个暗喻，一个对于'诗人'的太理想化了的注解。"① 《他死在第二次》写一个农民出身的战士伤愈后重返战场冲锋陷阵，第二次被敌人的子弹射穿身躯而牺牲的故事。诗中描写他躺在病床上"怀念着战场"的痛苦，重返战场的喜悦，以及他战斗的骁勇与鲜明的战斗目标："我们要从敌人的手里/夺回祖国的命运/只有这种神圣的战争/能带给我们自由与幸福……"全诗在"士兵必须在战场上受伤/伤好了必须再去参加战争"的哲理性思考中，展现了这位战士高尚的心灵：活着为祖国的解放而战而生，死了仍躺在祖国的大地上。然而，他牺牲后却异常孤寂："在那夹着春草的泥土/覆盖了他的尸体之后/他所遗留给世界的/是无数的星布在荒原上的/可怜的土堆中的一个/在那些土堆上/人们是从来不标出死者的名字的/——即使标出了/又有什么用呢?"艾青说："《他死在第二次》是为'拿过锄头'的、爱土地而又不得不离开土地去当兵的人，英勇地战斗了又默默地牺牲了的人所引起的一种忧伤。这忧伤。是我向战争所提出的，要求答复与保证的疑问。"这"疑问"正表现了艾青对虽饥贫仍爱国、虽困顿仍奋战的中国农民士兵的深切同情和由衷的敬意。

三、太阳的颂歌

艾青到延安之后，他的诗不仅拂去了"往日的忧郁"和罗曼蒂克的情怀，充满了胜利的信念和新社会主人翁的自豪感；而且还在《拖住它》、《希特勒》、《十月祝贺》、《中国人民的歌》、《土伦的反抗》等诗中，更自觉地、更明确地把中国的反法西斯战争和世界的反法西斯战争联系起来，对世界人民反法西斯战争寄予了无限的信赖与希望。《雪里钻》和《索亚》是两首歌颂反法西斯战斗英雄的长篇叙事诗。前者根据一个年轻的随军记者讲述一匹战马的故事写成，全诗展现了我军与日寇激战的惊险场面，描写了人民子弟兵在反侵略战争中英勇无畏、克敌制胜的豪勇性格；后者以深沉的哀

① 艾青：《为了胜利——三年来创作的一个报告》，载《艾青全集》第3卷，上海文艺出版社1984年版，第126页。

思刻画了前苏联反法西斯战士、女共青团员卓娅的英雄形象，痛斥了法西斯匪徒的暴行，赞美了这位“心里像雪后的晴空一样透明”的爱国者大无畏的英雄品格和崇高精神。两首诗中尽管英雄面临的斗争形势十分严酷，但作品却没有像《吹号者》、《他死在第二次》那样渲染着一种死的神秘的伤感情调，而是洋溢着一种乐观主义的战斗情绪与人民必胜的坚定信念。这是因为艾青在延安整风学习中，结识了许多劳动人民的英雄人物，从中受到感染，获得了力量，他的“创作风格，也起了很大的变化”的结果。因此，人们称赞这两首叙事诗“唱出了这时代的音响”，“激起了人们摧毁法西斯的仇恨”，让人们“看见了战争中祖国的容貌”①。

《时代》、《给太阳》是艾青在延安时期严格解剖自己的优秀诗作，它们可以同艾青早期的诗作《太阳》、《向太阳》等诗作相媲美。关于《时代》这首诗，艾青曾说，这首诗“再明显不过的是一首歌颂时代的诗，歌颂的是我们为之战斗、为之献身的时代，‘我在它的面前显得如此卑微’，‘甚至想仰卧在地面上让它的脚像马蹄一样踩过我的胸膛’！”② 艾青是以自惭形秽的真诚在满腔热情地歌颂新时代，以殉道者的虔诚抒发其献身于新时代的决心：“我爱它胜过我曾经爱过的一切。”这虽然是一个困苦的时代、艰辛的时代，然而又是一个充满希望、充满生机的时代，是让无数爱国者、革命者心甘情愿为之奋斗，为之献身的伟大而崭新的时代，诗人同无数爱国的知识分子，历经千辛万苦，投入它的怀抱，刻骨铭心地爱恋着它，义无反顾地献身于它。这首诗说明诗人的目光既是敏捷的又是有远见的，既看到了“时代”的现实的复杂性、艰巨性，又看到了“时代”前景的光明和胜利的必然性，而且努力让个人和时代、和人民协调一致，这在当时是极其难能可贵的。在《给太阳》中，他以象征的手法把这种“忠实于时代，献身于时代”的思想作了更为形象生动的描写：“经历了寂寞漫长的冬季，/今天，我想到山巅上去，/解散我的衣服，赤裸着，/在你的光辉里沐浴我的灵魂……”《野火》写了“一九四二年的延安”，把延安作为美丽、庄严与光明的象征，使“我们这困倦的世界”因火光的照耀而“苏醒起来”：“让这黑夜里的一切的心/都因了你的召唤而震荡”。如果说，《野火》是在抗战的艰苦时期，以乐观的情绪对光明必然驱除黑夜，正义必然战胜邪恶的礼赞，

---

① 汤波：《读艾青诗集〈雪里钻〉》，载《新华日报》1944年12月18日，参见周红兴：《艾青传》，作家出版社1993年版，第331~332页。

② 艾青：《在汽笛的长鸣声中》，载《艾青论创作》，上海文艺出版社1985年版，第68~69页。

那么，《黎明的通知》则是抗战进入决胜阶段，满怀胜利的喜悦歌唱光明的即将到来：全诗以明朗的诗句、和谐韵律、欢快的格调和拟人化的手法塑造了“黎明”——“白日的先驱，光明的使者”——的艺术形象，给“眼睛被渴望所灼痛的人类”和“远方的沉浸在苦难里的城市和村庄”报告抗日即将胜利、光明即将到来的消息，并且号召各方面的人们切实做好本职的工作，以战斗的姿态去迎接民族解放战争的彻底胜利，迎接新世纪新生活的曙光。

第三节　《向太阳》、《火把》

长诗《向太阳》、《火把》是艾青献给中国人民抗日战争的最杰出的两部作品。它们以高昂的激情、恢宏的气势、火一般的诗句，从更加广阔的生活画面和更加深远的历史背景来塑造鲜明生动的艺术形象，以展现丰富真实的时代主潮，歌吟抗战的主旋律，倾诉了诗人对祖国和人民的深沉的爱，抒发了抗日战争必胜的信念，对当时知识青年投入抗日战争和革命起了极大的推动作用。这是艾青抗战时期诗作中影响最大的两部辉煌之作，也是艾青献给中国现代诗歌史上的扛鼎之作。

一、《向太阳》

《向太阳》写于1938年春夏之交的武汉，当时武汉是全国抗战的中心，那时既是国民党消极抗战、积极反共时期，也是全民抗日声浪极为高涨的时期。全诗“以最高的热情赞美着光明，赞美着民主”①，以诗人“我”在太阳的召唤下觉醒起来，忍受着伤痛，奔向黎明，走在时代的前头，展现了抗战初期男女老少齐上战场的壮烈情景，抒发了诗人对民族、对人民的热情希望，具有强烈的历史使命感和鲜明的时代特色。全诗长四百余行，共分九章，以“我”为线索分别抒写了“我”期盼太阳（一、二、三章）、“我”赞颂太阳（四、五章），“我”观太阳下万物更美好（六、七章）、“我”奔向太阳（八、九章）。“太阳”象征光明，象征民主。“我”既是觉醒的知识分子，也是觉醒的中华民族，更是诗人自己；是诗人的人生追求、理想愿望、个人的经历、痛苦和民族的灾难、祖国的命运的融合体。“我”像一只“困倦”的“受过伤”的野兽，“挣扎了好久/支撑着上身”，“用囚犯第一

① 艾青：《为了胜利——三年来创作的一个报告》，载《艾青全集》第3集，花山文艺出版社1991年版，第122页。

次看见光明的眼”看见了“真实的黎明”，“我”曾狂奔在“没有太阳的原野”，“伏倒在紫色的岩石上”，“流着温热的眼泪/哭泣我们的世纪”。现在“看见日出”，比从前在太平洋、印度洋、红海、地中海看见的“所有的日出更美丽”。“我”欣喜若狂，盛赞“太阳比一切都美丽”：

比处女
比含露的花朵
比白雪
比蓝的海水
太阳是金红色的圆体
是发光的圆体
是在扩大着的圆体

——《向太阳》

在诗人眼中，太阳是人世间美丽无比的事物，是不断发展变化、永远光芒万丈的事物，一切智者勇者都会从太阳那里获得灵感、灵气，变得更加聪明、更加勇敢坚强。如著名的现代诗人惠特曼、现代画家凡·高、现代舞蹈家邓肯等从太阳得到灵感和启示，创作了不朽的艺术作品。中华民族从太阳得到光热觉醒起来、沸腾起来。在太阳“炫目的光芒”的照耀下，“我们从绝望的睡眠里刺醒了”，“无限痛苦”的城市和村庄“刺醒了”，“无边忧郁”的田野、河流和山峦“刺醒了”；“我们仰起沉重的头颅”向高空呼嚷：“看我们/我们/笑得像太阳”；卫国杀敌负伤的士兵“跨着宽阔的步伐”，“比拿破仑的铜像更漂亮”；象征青春与幸福的少女为抗战募捐，唱着“清新的歌”、充满向往与爱国的歌；“穿着被煤烟弄脏了衣服的工人/扛抬着一架机器”，发出了沉洪的呼声：“为国家生产/为抗战流汗”；“成千的穿着草黄色制服的士兵”，他们是“从田野”、“从山村”来的农民，他们的“茅屋”被敌人“烧掉”、“牲口”被敌人“吃光”、“父母”被敌人“杀死”、“妻女”被敌人“强奸”，他们“要用闪光的刺刀/抢回我们的田地”、“敌人的脚踏到哪里/敌人的血”就要“流到哪里”；太阳使祖国山河重光，使世间万物“美丽”，使救亡图存的民族“美丽”，并且让人们想起了一切让人间“美丽”的事物，想起：

……法兰西　美利坚的革命
想起　博爱　平等　自由

想起　德谟克拉西
想起《马赛曲》《国际歌》
想起　华盛顿　列宁　孙逸仙
和一切把人类从苦难里拯救出来的
人物的名字

——《向太阳》

“我”不再“寂寞”，不再“彷徨”，不再“专心寻觅”“像我自己一样惨愁的脸孔了”，在太阳的洗礼之下，在太阳的召唤之下，“我”从里到外，从肉体到灵魂已是一个全新的“我”了，“我”“被这新生的日子所蛊惑”和“清晨郊外的军号”的声音和“街上敲打”的“锣鼓的声音”、和“那些原始的、粗暴的、健康的运动”融为一体了，“我”“感到了从未有过的宽怀与热爱/我甚至想在这光明的际会中死去……”

这首诗以丰富的想象和象征的手法，再现了抗战时期民族觉醒之后，所呈现出来的热烈而广泛的抗敌御侮、誓死为国的动人情景，全诗以“我”为线索，通过“我”的所见、所闻、所想把历史与现实，国际与国内、城市与乡村、工人与农民、过去与现在、黑暗与光明的联系与斗争异常清晰地展现在人们面前。全诗脉络清楚，层次分明，形象鲜活，情感炽烈，社会容量丰富，是全民抗战的热情颂歌，是对一个觉醒了的民族的由衷的欢呼和极致的兴奋，乃至于兴奋得要“死去”。这首诗的核心精神是诗人的旧作《太阳》的核心精神的延续、发扬、拓展和融合，《太阳》的诗句或作《向太阳》的“引诗”，放在有关章节之前，或作《向太阳》的“诗句”融入《向太阳》的有关诗节之中都珠联璧合、天衣无缝，深切表现了诗人“我是渴求光明甚于一切”的核心精神与终极精神的。这首诗曾以独特而深厚的忧患意识，拨动着人们的心弦，成为轰动当时诗坛的一首名作，一经发表便成为社会各界和各种抗日集会上争相朗诵的节目，也是抗战时期艾青“自己比较喜欢”的一首诗。“由于这首诗所显示的作者对人生和艺术不断探求的精神，以及它达到的宽广的审美境界，半个多世纪以来，我国现代文学史和文学评论家一致把它誉为抗日战争时期重要的优秀诗篇。因为它不仅标志着艾青的创作道路迈向了一个新的高度，而且对我国诗歌创作的发展产生了广泛而深刻的影响。”①

① 牛汉：《袒露着心胸迎向日出》，载牛汉、郭宝臣：《艾青名作欣赏》，中国和平出版社 1993 年版，第 169 页。

二、《火把》

两年之后，即1940年5月写成的长诗《火把》，被誉为抗战时期青年人在时代潮流中觉醒、投入抗战大潮的青春之歌。全诗以一场显示抗日热情与力量的火炬大游行为背景，描写了一位有爱国热情而又感情脆弱的少女唐尼在火炬大游行过程中激烈的思想斗争。唐尼是一个商人的女儿，从小过着安逸舒适的生活，“是在鸦片烟床上长大的”。14岁时，父亲要把她许给一个经理的儿子，她“只知道哭”。父亲去世后，汉口沦陷，她便和母亲乘难民船从汉口逃出来。她是一个“天真”的少女、被幻想所迷恋的青年学生。她一方面在阅读《静静的顿河》、《大众哲学》、《论新阶段》和高尔基的《母亲》等进步的、革命的书籍；一方面又沉迷在浪漫蒂克的爱情之中。在时代大潮的冲击下，她奔跑着、思考着、忏悔着，终于认识到这世界上有比小家庭更崇高的感情，有比爱情“价更高”的精神，最终走出个人感情的小天地，高举起战斗的火把，投身抗日洪流。这一形象为当时徘徊在生活十字路口的知识青年指出了一条真正光明的大道，在广大青年学生中引起了强烈的共鸣，在社会上产生了巨大的反响。朱自清对此诗作出过高度的评价：“一般诗作所熟悉的，努力的，是大众的发现和内地的发现。他们发现大众的力量的强大，是我们抗战建国的基础。他们发现内地的广博和美丽，增强我们的爱国心和自信心。像艾青先生的《火把》和《向太阳》，可以代表前者。”并且说《火把》“这篇诗描写火把游行，正是大众的力量的表现，而以恋爱的故事结尾……而又不至于公式化，却是特别值得注意的”；“臧克家先生的《东线归来》以及《淮上吟》，可以代表后者。《剑北篇》也属于后者”①。有人说，这首诗是以“优异的才华”，“抒写了时代情绪和时代精神”的“伟大乐章”②；它像一个巨大的“火把”一样，“照亮了人民的眼睛”③。

《火把》在艺术上有许多值得人们注意的地方。第一，全诗将主观抒情与客观叙事、个人命运与时代潮流、宏大场面的展示与细腻感情的描写结合得相当自然恰切，极其成功地表现了诗人想要表现的时代主题：“群众的行

---

① 朱自清：《抗战与诗》，载《新诗杂话》，生活·读书·新知三联书店1984年版，第40~41页。

② 晓雪：《生活的牧歌》，人民文学出版社1981年版，第43~44页。

③ 刘白羽在巴黎召开的“抗战时期中国文学国际讨论会”上的发言，参见柳门：《记中国抗战文学国际座谈会》，载《读书》1980年第10期。

动所发挥出来的集体的力量，群众本身所富有的民主精神，群众的不可抵御的革命精神。”① 第二，唐尼、李茵、克明等人物形象的性格及其思想差异，诗中有详有略、恰如其分地给予了诗意的表现。李茵是经过挫折、苦难和实际斗争考验的青年，思想进步、意志坚定，是唐尼的引路人；唐尼是正在转变的人物，她参加火把游行前后由迷惑、振奋到觉醒变化的过程自然、令人信服。克明是唐尼的恋人，追求进步的青年，“工作很努力”，虽着墨不多，仍依稀可见。唐尼、李茵、克明是正面描写；唐尼的哥哥是坚定的革命者、爱国者，死在敌人的监牢，是青年学习的榜样，虽没有出场，是通过诗中人物对话而侧面写出的。第三，对于城市宏大群众集会、火把游行，给予了生动而形象的描写，有些相当精彩而独到，是十分难能可贵的。比如写会场上学生队伍和工人队伍的区别，学生们相互间问：“你这制服哪儿做的?”“你的皮鞋擦得好亮!”而工人的队伍却人多整齐而且坚定，他们的“每只手像一个木榔头”，他们的脸“像从烟囱里出来的”，都“瞪着眼”“像在发怒的看着”学生的队伍。对于激动人心的“演说”，没有描述具体的内容而是用一系列的比喻来描写演讲者的神情姿态和语言所产生的如闪电、如烈火、如狂风、如响雷、如暴风雨、如重锤一般“要把世界劈成两半”的力量。对于火把则用排比的句式，特写的镜头，展现了它的美丽：“美丽的火把/耀眼的火把/热情的火把/金色的火把/炽烈的火把。”第八章《队伍》火把游行是全中国民主抗日的一个缩影，是中华民族抗战精神的写照，也是全世界反法西斯侵略战争的精神写照：“好像四面八方的人都已从远处赶来/好像云南、贵州、热河、察哈尔的都已赶来/好像东三省、蒙古、新疆、绥远的都已赶来”，“融融的火光啊　一直冲到天上/把全世界的仇恨都燃烧起来”。诗中将“我们是火的队伍/我们是光的队伍”，三次间隔反复，层层递进，说明象征民主、自由的“火的队伍”的力量是无穷无尽的，是无坚不摧的；“让我们的火把的烈焰/把黑夜摇坍下来/把高高的黑夜摇坍下来/把黑夜一块一块地摇坍下来”。这是火的胜利的宣言，光的凯旋的赞歌。第四，全诗既是响彻云霄的爱国民主力量的庄严颂歌，也是青年知识分子在抗日洪流冲击之下的心灵颤变史；主题是很严肃的，然而诗人在第七章《宣传卡车》中却用漫画的笔法、夸张而又真切地活绘出了日伪狼狈为奸侵略中国、欺压劳动人民的丑恶嘴脸，既是讽刺小品，也可称为活报剧。诗中对侵略者、汉奸卖国贼等丑类的反动行径，特别是对汪精卫这个“政治娼妓”

① 艾青：《关于〈火把〉》(上)，载《艾青全集》第3卷，花山文艺出版社1991年版，第107页。

亦男亦女，亦人亦妖，奴颜婢膝、献媚取宠、卖身求荣的丑态、媚态、奴态更是揭露得淋漓尽致、入木三分。与此同时，也形象地指出工人、农民、士兵是抗战卫国的主力，青年学生是抗战卫国的先锋，表现了工农兵学高昂的抗敌热情，使全诗庄中有谐，谐中寓庄，庄谐互补，相得益彰。艾青曾说："《宣传卡车》这一节，是作者在全诗中有意识地变调，这变调是以较轻快的拍节和诙谐的调子，来打破长诗的单调、沉闷与呆板。"① 第五，《火把》的语言，有抒情，有叙事，有对话，有独白，有箴言，有警句，看来似乎既不押韵，也不整齐，长短参差，然而它们全是生活化的、大众化的、口语化的，是诗人从生活中提炼出来的，是生动的、形象的、有力的，于不齐中又大体整齐、相对押韵，于变化中又相对匀称，因而具有内在韵律和动人的旋律，这是艾青口语入诗的"有意识"的尝试，他曾说："这是我有意识地采用口语的尝试，企图使自己对大众化问题给以实践的解释。"②

如果说《向太阳》是以带有哀伤情绪而主观色彩特浓的以抒情为主、叙事为辅的抒情长诗，那么，《火把》则是充满欢乐情绪，把叙事、写人、抒情三者结合起来的叙事长诗，艾青之所以称它们为"姊妹篇"，是因为他们境界相同，主题一致："以最高的热度"赞美光明和民主，赞美人民的力量、群众的力量，特别是底层工人、农民和士兵的力量。"把诗从沉寂的书斋里、从肃穆的讲坛上呼唤出来，让它在人民的苦难和斗争中接受磨炼，用朴素、自然、明朗的真诚的声音为人民的今天和明天歌唱：这便是中国自由诗的战斗传统。"③ 艾青便是这一传统的杰出的继承者和开拓者。

第四节　艾青的"诗论"

艾青的"诗论"主要指 1941 年 9 月桂林三户图书社出版的《诗论》，包括 1938—1939 年写的《诗论》，1939 年写的《诗的散文美》、《诗与宣传》、《诗与时代》、《诗人论》和 1940 年写的《后记》等篇章，《诗论》又包括 15 个子题。"诗论"很少引古今诗论之"经"、用中外诗论之"典"，

---

① 艾青：《关于〈火把〉》（下），载《艾青全集》第 3 卷，花山文艺出版社 1991 年版，第 112~113 页。

② 艾青：《〈艾青选集〉自序》，载《艾青全集》第 3 卷，花山文艺出版社 1991 年版，第 122 页。

③ 绿原：《〈白色花〉序》，载《葱与蜜》，生活 · 读书 · 新知三联书店 1985 年版，第 52 页。

然而，却将中外诗论之精华融会贯通于“诗论”之中，《诗论》和《诗人论》以泰戈尔“哲理小诗”融理于形和中国古代诗话言简意赅的特点与其他各篇形象地论述了诗歌美学的一些重大问题，既是开放的，又是民族的，更是现代的。

艾青的“诗论”同艾青的诗作一样，是在中华民族生死存亡的紧急关头、抗日的烽火中诞生并且成熟的，既是艾青诗歌创作的指导思想和理论基础，又是艾青以及中外一切渴求人民民主、民族独立富强的诗人创作经验的总结。艾青的诗论和诗作相辅相成，相得益彰，是他为中国现代诗歌史上创造的辉煌的“双峰山”，其“诗论”则是中国现代诗歌美学的一座奇异的山峰。

一、诗的真善美

20 世纪 30—40 年代，是中国新诗取得重大成绩的时期，也是中国新诗理论成绩斐然的时期。“五四”以来的新诗发展的两种不同倾向，在 30 年代已明显地表现为“为艺术而艺术”的文学思潮，一部分诗人沉湎于“艺术之宫”，以倡导所谓“真正文学的诗”来削弱或抹杀诗歌的社会功能，他们脱离了现实，他们无力抒写真实的生活的形象与感情，只有走向神秘主义、象征主义等道路，把追求玩弄文字的技巧与格律作为他们的主题；他们的诗失去了本真①。表现为对时代的冷漠与对人民命运的漠不关心；与此相对立的则是在“革命文学”倡导时期形成的“一切艺术都是宣传”的思潮，忽视诗歌艺术的特点，“他们诗的语言缺乏锤炼，过于粗糙、平庸，而且观念化”，“常常只是理论的宣讲与口号的汇集”，“不能具现真的感情生命的形象去激发人们的心灵”②。

艾青的“诗论”论述了“真、善、美”相统一的美学观作为诗歌的出发点和落脚点，科学地揭示了诗歌作为艺术的本质特征。他说：“真、善、美，是统一在先进人类共同意志里的三种表现，诗必须是它们之间最好的联系。”“我们的诗神是驾着纯金的三轮马车，在生活的旷野上驰骋的。”“那三个轮子，闪射着同等的光芒，以同样庄严的隆隆声震响着的，就是真、

① 吕荧：《人的花朵》，载《吕荧文艺与美学论集》，上海文艺出版社 1984 年版，第 249 页。

② 吕荧：《人的花朵》，载《吕荧文艺与美学论集》，上海文艺出版社 1984 年版，第 249 页。

善、美。"① 他认为"一首诗必须把真、善、美，如此和洽地融合在一起，如此自然地调协在一起，它们三者不相抵触而又互相因使自己提高而提高了另外的二种——以至于完全"②。艾青认为，生活是诗歌的源泉，离开了生活，就没有诗歌，因此，他要求诗神驾驭"真、善、美"的"三轮马车"，"在生活的旷野上驰骋"。"我生活着，故我歌唱。""诗，永远是生活的牧歌。"③

首先，要求诗人"功夫在诗外"，要在现实生活中认识并掌握世界的客观规律，进而获得创作的源泉和"灵感"。他说："丰富的现实生活，永远是艺术创造的最丰富的源泉；对于民众的关心，也只会使艺术的根株放植得更深与更广。"④"必须了解生活的美，必须了解凡我们此刻所蒙受的一切的耻辱与不幸、迫害与困厄，即是我们诗的最真实的源泉。"⑤"生活实践是诗人在经验世界里的扩展，诗人必须在生活实践里汲取创作的源泉，把每个日子都活动在人世间的悲、喜、苦、乐、憎、爱、忧、愁与愤懑里，将全部的情感都在生活里发酵，酝酿，才能从心的最深处，流出无比芬芳与浓烈的美酒。"⑥ 这里，艾青形象地论述了生活与文艺，生活的真实与文艺的真实的辩证关系：生活是第一位的，艺术是第二位的，生活的真实是艺术的真实的依托、根据和源泉。他认为，"只有忠实于生活"的诗人，才能创造出真实的诗篇。

其次，诗人必须把自己对生活的感受、对世界的认识真实地反映出来，要把表现客观世界之真和抒发主观情感之真很好地结合起来，既不能粉饰客观生活，也不能伪造主观感情。因此艾青说："必须说老实话：你是被凌辱的，或是凌辱人的；你是生活得悲惨的，或是生活得欢愉的；以及你对于你的周遭是嫉视的，或是感到和谐的，等等。"⑦ 一个真正的诗人有权沉默，却无权说谎，说谎是骗子，绝不是诗人。所谓"讲真话"，就是要说出人民心里的话，就是要说出人民的愿望与喜、怒、哀、乐。在中华民族最危急的时期，艾青热切地呼唤诗人们投身抗战激流，创作真实表现时代、再现生活

① 艾青：《诗论·〈诗论·出发〉》(2)，人民文学出版社 1980 年版，第 171 页。

② 艾青：《诗论·〈诗论·诗〉》(6)，人民文学出版社 1980 年版，第 172~173 页。

③ 艾青：《诗论·〈诗论·生活〉》(1)，人民文学出版社 1980 年版，第 184 页。

④ 艾青：《给画家们》，载《文艺阵地》1939 年 1 月第 2 卷第 7 期。

⑤ 艾青：《诗论·〈诗论·生活〉》(5)，人民文学出版社 1980 年版，第 184 页。

⑥ 艾青：《诗论·〈诗论·生活〉》(11)，人民文学出版社 1980 年版，第 185~186 页。

⑦ 艾青：《诗论·〈诗论·服役〉》(6)，人民文学出版社 1980 年版，第 208 页。

的真正诗篇。并且还提出了伟大诗人与最高艺术品的最起码的标准，他说："最伟大的诗人，永远是他所生活的时代的最真实的代言人；最高的艺术品，永远是产生它的时代的情感、风尚、趣味等等之最真实的记录。"①

最后，要求诗人必须在生活真实的基础上创造艺术的真实。我们知道，生活的真实不等于艺术的真实，不等于艺术品。诗歌同其他文学艺术作品一样绝不能原封不动地照搬生活事件或"照相"式地摄录生活场景，必须经过复杂而艰苦的艺术加工才能创造出来。艾青赞同托尔斯泰的名言："愈是诗的，愈是创造的。"② 创造同"摹仿、抄袭、窃取"等是绝缘的，创造是极其痛苦的，也会得到"崇高的安慰"。他说："只有通过长期忍耐的孕育与临盆的全身痉挛状态的痛苦，才会得到婴儿诞生时的母性崇高的喜悦。"③为了创造"至美、至善、至真实"的诗歌作品，诗人必须把自己的"生命投到创造的烈焰里"④ 去。艾青还说，"生活与创造是我们生命的两个轮子"，人类的文化只有"因不断的创造而辉煌"⑤。艾青认为："诗是诗人的世界观的最具体的表现；是诗人的创作方法的实践；是诗人的全部的认识的综合。"⑥ 因此，诗人以怎样的态度看世界，以怎样的姿态去拥抱世界就是一个至关重要的问题。艾青十分强调诗人必须具有的最先进的思想、最进步的世界观，才能真正准确地把握事物的本质特征和规律，才能在此基础上，创造诗歌。这就是艾青所说的"在万象中'抛弃着，拣取着，拼凑着'，选择与自己的情感与思想能糅合的，塑造形体"⑦。艾青强调审美主体对审美客体本质特征的准确把握，进而创造为诗歌作品，而这诗歌作品则必须体现审美主体的善的观念和审美客体的本质特征。

艾青的"诗论"，第一次系统地以文艺美学来论述诗歌创作过程与诗美的特质。艾青说："一首诗的胜利，不仅是它所表现的思想的胜利，同时也是它的美学的胜利。——而后者，竟常被理论家们所忽略。"⑧ 艾青在他的诗歌理论中对诗的美学及其规律作了多方面的论述，这些论述虽然是语录式的，然而却是艾青吸取中外古今诗论之精华而提出的提纲挈领的、卓有见地

① 艾青：《诗论 · 诗与时代》，人民文学出版社 1980 年版，第 160 页。
② 艾青：《诗论 · 〈诗论 · 创造〉》(13)，人民文学出版社 1980 年版，第 216 页。
③ 艾青：《诗论 · 〈诗论 · 创造〉》(13)，人民文学出版社 1980 年版，第 216 页。
④ 艾青：《诗论 · 〈诗论 · 创造〉》(15)，人民文学出版社 1980 年版，第 216 页。
⑤ 艾青：《诗论 · 〈诗论 · 创造〉》(18)，人民文学出版社 1980 年版，第 217 页。
⑥ 艾青：《诗论 · 〈诗论 · 诗〉》(4)，人民文学出版社 1980 年版，第 172 页。
⑦ 艾青：《诗论 · 〈诗论 · 创造〉》(10)，人民文学出版社 1980 年版，第 215 页。
⑧ 艾青：《诗论 · 〈诗论 · 美学〉》(2)，人民文学出版社 1980 年版，第 176 页。

的精炼之语、精辟之语、精美之语。这在他的诗歌创作中都得到了具体而生动的体现，是其诗歌艺术殿堂不可缺少的牢固而庞大的基石，对于人们如何理解诗美、创造诗美，都具有极大的启示作用和示范作用。

首先，艾青辩证地认为诗美是诗真、诗善的“外形”，三者是密不可分的统一的整体。艾青说：“没有离开特定范畴的人性的美；美是依附在先进人类向上生活的外形。”① 正如一定历史时期的人性之美是同人性之真、人性之善密不可分地联系在一起一样，诗之美不是诗之真、诗之善的附加物，而是它们二者的外在表现。诗人只有了解生活之美，才能创造诗歌之美，因此“必须了解生活的美”②，“只有忠实于生活的，才说得上忠实于艺术”③。“愈丰富地体味了人生的，愈能产生真实的诗篇”④。因为“诗的旋律，就是生活旋律；诗的音节，就是生活的拍节”⑤。他提醒诗人“不要在脆薄的现象的冰层溜滑；须随时提醒着自己在泥泞的生活的道路上，踏着沉重的脚步，前进而不摔跤”⑥。只有这样，才能表现生活的美，因为“生活是艺术所生长的最肥沃的土壤，思想与感情必须在它的底层蔓延自己的根须”⑦。其次，诗美是诗人“情感”的“闪灼”与“迸射”。诗歌作为一种抒情文学，感情的真实、自然、强烈就显得特别重要，甚至可以说，抒情是诗歌的生命，是诗歌区别于其他文体的最主要的特征。因为诗歌在感情的要求上比起别的文学样式显得更强烈、更丰富、更集中，正如艾青所说：“存在于诗里的美，是通过诗人的情感所表达出来的、人类向上精神的一种闪烁。这种闪烁犹如飞溅在黑暗里的一些火花；也犹如用凿与斧打击在岩石上所迸射的火花。”⑧ 最后，诗美是“一种‘完成’的艺术”。那么诗美这种“‘完成’的艺术”有哪些特点呢？艾青说：“诗是由诗人对外界所引起的感觉，注入了思想感情，而凝结为形象，终于被表现出来的一种‘完成’的艺术。”⑨

艾青关于真、善、美统一于诗歌艺术之中，统一于生活之中，统一于先

① 艾青：《诗论·〈诗论·出发〉》(2)，人民文学出版社1980年版，第171页。
② 艾青：《诗论·〈诗论·生活〉》(5)，人民文学出版社1980年版，第184页。
③ 艾青：《诗论·〈诗论·生活〉》(4)，人民文学出版社1980年版，第184页。
④ 艾青：《诗论·〈诗论·生活〉》(3)，人民文学出版社1980年版，第184页。
⑤ 艾青：《诗论·〈诗论·生活〉》(2)，人民文学出版社1980年版，第184页。
⑥ 艾青：《诗论·〈诗论·生活〉》(9)，人民文学出版社1980年版，第185页。
⑦ 艾青：《诗论·〈诗论·生活〉》(10)，人民文学出版社1980年版，第185页。
⑧ 艾青：《诗论·〈诗论·诗〉》(7)，人民文学出版社1980年版，第173页。
⑨ 艾青：《诗论·〈诗论·诗〉》(3)，人民文学出版社1980年版，第172页。

进人类共同意志里的观点，同唯艺术而艺术，同唯宣传而口号标语的两种倾向是截然相反的，同艺术史上“唯真”、“唯善”、“唯美”等流派也划清了界限，极其鲜明地树立了“为生活而艺术”、“为人生而艺术”、“为促进人类向上发展”而艺术的正确的审美价值取向。艾青的这种诗歌美学理论与创作实践不仅促进了当时诗坛的变革与发展，而且为中国新诗以健美的步伐与时代同行，与人民同心，开拓了广阔的道路，不仅为艾青巍峨的艺术殿堂奠定了巨大、深厚而坚实的美学基石，而且对我国的诗歌创作和建设科学完整的诗歌美学体系起了巨大的推动作用。

二、人民即诗神

艾青的“诗论”在中国现代诗歌史上第一次鲜明地提出了“诗神”就是“人民”的观点。艾青在《诗论》中以极精练又形象的语言，论述了现代世界上影响最大的几位争取人民民主自由的大诗人的“诗神”，他说：

每个诗人有他自己的一个诗神——

惠特曼和着他的诗神散步在工业的美利坚的民众里……

马雅可夫斯基和着他的诗神以口号与示威运动欢迎“十六年”的到来……

叶赛宁的诗神驾着雪橇追赶着镰刀形的月亮……

凡尔哈仑的诗神则徬徨在佛拉芒特的原野，又忙乱地出入于大都市的银行、交易所、商场，又在烦嚣的夜街上，像石块般滚过……①

那么，艾青的诗神是什么呢？艾青在《诗论》中鲜明而形象地指出：

永远和人民群众在一起，了解他们灵魂的美，只有他们才能把世界从罪恶中拯救出来。

不要避开他们，即使他们要来驱赶你。

只有他们在这个世界上是最可信赖的。

信任他们——

信任一切为人类创造财富的人们，他们对世界怀有希望，对人怀有梦想。

① 艾青：《诗论·诗人论》(16)，人民文学出版社 1980 年版，第 222~223 页。

他们说：我们是人类从今天到明天的桥梁；我们从现在带记忆给未来，又从未来带消息给现在；我们是人类的镜子，从我们，人类可以看见自己的悲哀；我们也是人类的鞭子，我们的存在，可以鞭策人类向辉煌的远方，美好的彼岸……①

这里，艾青十分鲜明地提出了人民是诗神、是上帝，这不论是在当时或在现在，乃至于将来，都是十分进步、十分科学的艺术主张。艾青说："善是社会的功利性；善的评判以人民的利益为准则。"② 艾青于30年代就明确地提出"以人民的利益"作为评判善恶是非的"准则"，并依据这一"准则"，提出了诗人应该是忠于这一"准则"进步的勇士。他认为诗人不能只是陶醉于"个人的哀叹与自得的小欢喜"；不能只是"沉湎于空虚的遐想"与"对于花、月、女人等等的赞美"，而应该把这些同社会、同时代联系起来；在国土沦丧、民族危亡的紧急关头，艾青大声疾呼："诗人们，起来！不要逃避这历史的重责！以我们的生命作为担保，英勇地和丑恶与黑暗、无耻与暴虐、疯狂与兽性作斗争！"③ 他认为诗人应该"为这民族的英勇斗争发出赞颂，为这民族的光荣前途发出至诚的祝祷"④。要创造出"属于这时代的诗篇"。他甚至提出"宁可服役于一个适合于这时代的善的观念，却不要妥协于艺术"⑤。这种观点是同当时的时代、当时的国情紧密联系在一起的。他认为诗人必须要深入到艰苦的斗争中去，去"承受创作艺术生涯中的一切艰难困苦"，他曾用非常生动而形象的语言描绘了诗人思想蜕变与作品分娩的艰难过程："把我们放进人世的熔炉烧成赤色的溶液吧！/再取了，搁在铁砧上，用生活的千斤的重锤猛烈地抨打！/我们的肉体是生铁，/痛苦呀，疾病呀，不自由的岁月呀，/不住地打击在我们的身上，/我们的诗，就是铁与铁的抨击/所发出的铿锵……"⑥ 这种观点影响了一大批诗人承担起民族兴亡的历史重任而奔赴硝烟弥漫、危机四伏的抗战救国的最前线，"担待了历史的多重使命"。

---

① 艾青：《诗论·〈诗论·诗人论〉》(15)，人民文学出版社1980年版，第219页。

② 艾青：《诗论·〈诗论·出发〉》(2)，人民文学出版社1980年版，第171页。

③ 艾青：《诗论·诗与宣传》，人民文学出版社1980年版，第167页。

④ 艾青：《诗论·诗与宣传》，人民文学出版社1980年版，第166页。

⑤ 艾青：《诗论·〈诗论·思想〉》(10)，人民文学出版社1980年版，第183页。

⑥ 艾青：《诗论·〈诗人论〉》(12)，人民文学出版社1980年版，第221页。

三、感觉论等命题

艾青重视诗歌与感觉的关系，认为感觉是诗歌创作的基础，是创作之门，正如艾青所说："感觉只是认识的钥匙。"① 诗人必须具有特别敏锐的、丰富的感觉能力。感觉力是诗人创造诗美的基础，是首要条件，但不是唯一的条件，感觉力在诗人创造诗美的过程中具有激发情感、引起想象的重要作用，但是感觉力毕竟是认识的初级阶段，带有盲目性和局限性，所以，他又说："诗人只有丰富的感觉力是不够的。"②

因此他强调，要善于把"感觉"和"思想感情"融合起来。他说："诗人必须是一个能把对于外界的感受与自己的感情思想融合起来的艺术家。"③"必须还有丰富的思考力、概括力、想象力。"④ 他还认为"一切艺术的建筑物，必须建筑在坚如磐石的思想基础上"⑤。"诗必须具有一定的思想内容"⑥ 而"没有思想内容的诗，是纸扎的人或马"⑦。而思想的正确，"思想力的丰富必须表现在对于事物本质的了解的热心，与对于世界以及人类命运的严肃的考虑上"⑧。这就要求诗人不能仅是满足于事物的现象的捕捉，必须经过由表及里，由此及彼，去粗取精，去伪存真的认识过程，把感性的认识上升为理性的认识，艾青对诗人的要求："诗人必须比一般人更具体地把握事物的外形和本质。"⑨ 只有在此基础上创作出来的诗美才可能表现生活的本质，才可能具有艺术的典型美与生命力。最后，要把感觉、思想、感情"凝结为形象"。艾青曾说："我们既被社会指配为'诗人'，就像畜生之被我们指配为'牛'或'马'一样，该永无止息地为人类开垦智慧的处女地，劳役于艺术形象的生产。"⑩ 艾青希望诗人所塑造的形象要明晰，要清新，要含蓄；他反对晦涩难懂的诗风，他认为"晦涩是由于感觉的半睡眠

---

① 艾青：《诗论·〈诗论·思想〉》(4)，人民文学出版社 1980 年版，第 182 页。
② 艾青：《诗论·〈诗论·思想〉》(3)，人民文学出版社 1980 年版，第 182 页。
③ 艾青：《诗论·〈诗论·思想〉》(4)，人民文学出版社 1980 年版，第 182 页。
④ 艾青：《诗论·〈诗论·思想〉》(4)，人民文学出版社 1980 年版，第 182 页。
⑤ 艾青：《诗论·〈诗论·思想〉》(9)，人民文学出版社 1980 年版，第 183 页。
⑥ 艾青：《诗论·〈诗论·思想〉》(6)，人民文学出版社 1980 年版，第 183 页。
⑦ 艾青：《诗论·〈诗论·思想〉》(6)，人民文学出版社 1980 年版，第 183 页。
⑧ 艾青：《诗论·〈诗论·思想〉》(8)，人民文学出版社 1980 年版，第 183 页。
⑨ 艾青：《诗论·〈诗论·形象〉》(3)，人民文学出版社 1980 年版，第 198 页。
⑩ 艾青：《诗论·〈诗论·诗人论〉》(15)，人民文学出版社 1980 年版，第 222 页。

状态产生的；晦涩常常因为对事物的观察的忸怩与退缩的缘故而产生”①。他一贯地坚持谜语不是诗，晦涩不是含蓄，他认为“含蓄是一种饱满的蕴藏，是子弹在枪膛里的沉默”②；而“清新是在感觉完全清醒的场合对于世界的一种明晰的反射”③。

艾青既强调生活对形象创造的作用，又强调技巧、手法对形象创造的作用，他说：“我们必须重视技术，有如一切的生产部门里技术之被重视一样；为了完成我们一个情感思想的建造，我们必须很丰裕地运用我们的技术，更应该无限制地提高和推广我们的技术。”④ 他曾经形象比喻没有技巧或轻视技巧的诗人是“没有翅膀的鸟”、“没有轮子的车辆”⑤，他既反对诗人脱离生活、逃避现实，也反对诗人固步自封、因循守旧，他希望诗人是生活的主人，不断地创造，“为新的现实创造新的形象；为新的主题创造新的形式；为新的形式与新的形象创造新的语言”⑥。这就是艾青的诗歌美学，它既有力地匡正了当时创作中存在的浮躁的情绪与标语口号的诗风，同时也严肃地指出了当时诗坛上的晦涩难懂的弊病与一些诗人逃避现实的痼疾，为中国新诗艺术的发展拓宽了道路，指出了明确的方向。

另外，艾青提倡“口语入诗”，倡导诗歌的散文美，为“五四”以来新诗的发展在内容和形式上拓宽了道路。倡导诗歌的散文美，并不是艾青的发明，戴望舒就倡导过诗的口语化和散文美，然而，明确打出“诗的散文美”的旗号，始终不渝地坚持、倡导达半个世纪，并且取得了巨大成就的却是艾青。他 1939 年在《诗的散文美》中，明确地提出了“诗的散文美”的主张，具体论述了“现代的”、“日常的”、“鲜活的”“口语美”的几个主要特点，这既是对新月派过分格律化的反拨，也是对象征派与现代派“句法过于欧化”、晦涩艰深的否定，同时，也是对“五四”以来新诗优良传统的继承和发展，是对“五四”以来白话自由体诗本体精神的弘扬。艾青倡导诗的散文美既是顺乎世界文学发展之潮流，又是与艾青的诗歌美学宗旨完全一致的。因为散文美、口语美能自由地、形象地表现人民的生活，让诗歌更好地“大众化”，自然地通向人民，正如艾青所说：“散文的自由性，给文

① 艾青：《诗论·〈诗论·美学〉》(13)，人民文学出版社 1980 年版，第 178 页。
② 艾青：《诗论·〈诗论·美学〉》(15)，人民文学出版社 1980 年版，第 178 页。
③ 艾青：《诗论·〈诗论·美学〉》(14)，人民文学出版社 1980 年版，第 178 页。
④ 艾青：《诗论·〈诗论·技术〉》(24)，人民文学出版社 1980 年版，第 197 页。
⑤ 艾青：《诗论·〈诗论·技术〉》(2)，人民文学出版社 1980 年版，第 192 页。
⑥ 艾青：《诗论·〈诗论·创造〉》(3)，人民文学出版社 1980 年版，第 214 页。

学的形象以表现的便利；而那种洗练的散文、崇高的散文、健康的或是柔美的散文之被用于诗人者，就因为它们是形象之表达的最完善的工具。”① 因此，他强调“诗人必须首先是美好的散文家”②。倡导诗歌的散文美可以更好地推动自由诗的发展，让诗更自由、更积极地表达人民的心声与现实的生活。

◎ 思考题

1. 试论述艾青的生平与诗歌的关系。
2. 论述艾青的长诗《向太阳》、《火把》的艺术特点。
3. 艾青的诗歌有几个主题？
4. 简述艾青诗论的特征。

① 艾青：《诗论·诗的散文美》，人民文学出版社1980年版，第155页。

② 艾青：《诗论·技术》(23)，人民文学出版社1980年版，第196页。

第三章　张爱玲

张爱玲（1920—1995）出生于“五四”运动发生的第二年，这是一个新旧急剧交替的年代。出生第二年（即1921年），教育部宣告小学国文课本采用白话文。白话文作为一种语体文的法制地位确立，标志着“五四”文学革命在语文工具上革命的胜利，也标志着中国语文现代化历史进程的真正开始。“五四”新文学现代化首先是从语文工具（语体、文体）现代化开始的，随之的思想文化转型，将中西文化的冲突和融合呈现出来。在学校中，她享受到语文工具变革的成果，学习语体文。她崛起于20世纪40年代，人称天才作家、传奇作家。她是名门后裔，家庭文化生活兼容开放。她经历奇特，有着传统的、现代的、西方的等多重教育背景，生活地域跨中外。她的写作鼎盛时期是抗日战争后期，她致力于中西文学融合的探寻，在现代和传统互动的多元开放的中国现代性问题上，在小说由古典形态向现代形态的转换中，张爱玲以自己的创作思想和创作业绩在小说体式上所显示的特点，为新文学的发展提供了有启发性的一页，奠定了她在中国现代文学史上的地位。

第一节　生平与前期创作

张爱玲生于上海，逝世于美国洛杉矶，原籍河北丰润，小名叫煐。10岁，名字改为与英文名字谐音的爱玲。曾用名梁京。张爱玲文学生涯，按其生活足迹，可分为大陆时期（1927.11—1952.7）、香港时期（1952.7—1955.11）和美国时期（1955.11—1995.9）。

一、文学的起步

张爱玲“从小被目为天才”，12岁那年，她郑重地对人说：“我生来是个写小说的人。”① 19岁，她在香港以散文《天才梦》参加上海《西风》月刊创刊三周年纪念征文，获“名誉奖”第三名。在这篇文章中，她诠释了自己的生活和创作：她的生存目标就是写小说，发展她的天才，践行天才的梦。

张爱玲从小就酷爱阅读和写作，并专注于其中。孩提时代，她习画、听音乐、看电影、编故事，广泛阅读报刊，自由阅读文学作品，精读《红楼梦》，其愉悦和满足情绪，开发着她的潜在爱好，特别是《红楼梦》，她每隔三四年就读一次。《红楼梦》成为她终生阅读和研究的案头书。

张爱玲自理能力差，却对生活艺术有着天才的领略，走在路上，对人事物景，静态的、动态的，总投以欣羡眼光，感觉什么都新鲜稀罕。有着“不花钱得以赏心悦目”的愉悦，有着养润生命的乐趣。她还具有雅俗兼赏的趣味。她欣赏巴哈、莫扎特等古典派作曲家，甚至浪漫派作曲家。她也喜欢国产电影、评剧，也溜出去看绍兴戏、蹦蹦戏。从旧戏中，对“人生一切饥渴和挫折中所内藏的苍凉的意味”，她似有感受。她敏感于文学创作的相关感。她说：“对于色彩，音符，字眼，我极为敏感。当我弹奏钢琴时，我想象那八个音符有不同的个性，穿戴了鲜艳的衣帽携手舞蹈。我学写文章，爱用色彩浓厚，音韵铿锵的字眼，如‘珠灰’，‘黄昏’，‘婉妙’，‘splendour’，‘melancholy’，因此常犯了堆砌的毛病。直到现在，我仍然爱看《聊斋志异》与俗气的巴黎时装报告，便是为了这种有吸引力的字眼。”她学画画，喜欢素描速写练习、写作，她也采用速写练习，不放过千态万状的感性生活，一点真切的生活经验，一点独到的见解，一句至理名言，一句风趣的插诨，都是练习对象。她的眼耳鼻舌身的感官功能开掘，积淀于实践中。她写作活力，写实能力之强无不得益于此。

二、走向成熟

张爱玲成为专职作家后，迎来创作爆发期，1943年和1944年，她的创作走向顶峰。两年内，平均每月两篇多，写有小说、散文、评论，剧本。

1943年，人称“张爱玲年”。她在英文月刊《二十世纪》，中文刊物

---

① 张爱玲：《童言无忌》，载金宏达、于青：《张爱玲文集》第4卷，安徽文艺出版社1992年版，第90页。

《紫罗兰》(周瘦鹃主编)、《杂志》(陈彬龢主编)、《万象》(柯灵主编)、《古今》(周黎庵主编)、《天地》(苏青主编)六种杂志上，发表作品计21篇。其中，英文散文3篇、英文影评6篇、国语小说8篇、国语散文4篇。1944年，发表阵地扩至《太平》、《太平洋周报》、《新东方》、《小天地》、《新中国报·学艺》等报刊。发表作品计33篇。其中国语小说6篇，国语散文26篇，话剧剧本1部。出版中短篇小说集《传奇》、散文集《流言》。《传奇》第一版销售四天即告罄，且一版再版，在港台持续成为畅销书。一时间，崇拜者、模仿者演变成专有名词“张迷”和特有的文学景观“张爱玲派”。迅雨（傅雷）称她的《金锁记》是“我们文坛最美的收获之一”。她的作品影响海内外，“迷张”的人一拨又一拨，一代又一代，受她作品的启发者不乏名家。她的作品不仅走进了中国大陆及台港澳课堂，也走进了美国课堂。

张爱玲站在古与今、中与外的平台上，思考文学的内容和形式，不懈地深究与内容相适宜的方法。她创作之根须，既深扎于中国文学传统，又延伸于中国现代新文学，同时伸展于西方。多渠道吸取营养，互补融合渗透，为我所用，建构起“张爱玲体式”。一条独树一帜的日常生活向度的、微观的、审美存在的创作之路，在她脚下开拓、延伸，确立了她在中国现代文学史上的地位。

张爱玲生于“五四”之后，成长于国内战争时期，及至成年，又目睹了抗日战争的爆发。她亲历香港沦陷，而后生活于上海沦陷区。“张爱玲体式”内容就是与她生存的这一时空密切相关。她充分利用她自己，利用了她的思维、感情、感觉、身体和精神，任意调动自己所有，把自己的能量发挥到极致。

张爱玲的创作个性显示着张爱玲体式的执著追求，是一种苍凉意味与参差的对照的鲜活体式。1937—1949年，中国处在战争与革命、“民族抗战”的英雄传奇时期。张爱玲的题材却未与这飞扬的主旋律同唱，她坚持她“一直认为最好的材料是你最深知的材料”的观点，她最熟悉的材料是她身边的日常生活。“日常生活”是“尘世生活”的常态，是人生稳定的一面。它“存在于一切时代”，“有着永恒的意味”，属于“超历史的永恒轮回的问题”。张爱玲作品中的日常生活，以“郑重而轻微的骚动，认真而未有名目的斗争”的“家常味”做底，这是人类的同一性。“文章背景阔大，才华深厚，要占有一个时代的，也将在一切时空里存在。”①

① 子通、亦清:《张爱玲评说六十年》，中国华侨出版社2001年版，第103页。

张爱玲《传奇》中的人物不是英雄，也不完美，他们是新旧更替的都市现代化进程中，生逢乱世的日常生活中的普通人。张爱玲以独有的历史感和人类学眼光，捕捉到他们生存状态的本质存在。这些人，身处现代化进程中，新旧的价值观念矛盾着，纠缠着，像梦魇一样；这些人，身处乱世，未成神，也不是自由人，生活不确定，他们只能抓住眼前，苟且于当下。张爱玲将他们艺术地定格于特定的审美历史语境中，为现代文学史留下了弥足珍贵的文学的文化的一个历史镜头。

《传奇》中的人物，他们的人性不是可用好或坏、非此即彼来划分的。他们是虚伪之中有真实，浮华之中有朴素的现代人。他们隐于内，形于外的人性虽然参差对照，却又有各自的故事和命运。张爱玲以国学为基础，圆熟自如地运用语体文；以中西文化的视觉思维，透视人性；以多方滋养出的创新手法，运用通感修饰，繁复意象、犯冲色彩，从物质消费文化层面上和精神文化心理层面上，刻画了血肉丰满、苍凉意味充溢人生的芸芸众生。他们的生计、衣服、家具、家人、邻居、环境等物质消费文化层面上的生活，他们隐于其后的精神文化心理——人被控制、压抑、充满欲望的内心世界，张爱玲以写实的文学手法，构建了一个华丽而苍凉的文学世界，展现的是“沉重时代”人的生存状态。

第二节　中短篇小说集——《传奇》

1943 年、1944 年是张爱玲前期创作的高峰年，她从这两年中自选出中短篇小说 10 篇，结集成书，名为《传奇》，计 24 万字。此书由上海杂志社于 1944 年 8 月 15 日出版，初版 4 天即告罄，40 天后再版。一年后，张爱玲又增补 5 篇作品，名为《传奇》增订版，全书计 50 万字，由上海山河出版公司 1946 年 11 月出版。《传奇》写的是日常生活，未写当时作家追求的政治题材和重大事件。

一、日常生活叙事

“日常生活世界”亘古及今，是人类最重要的、最基本的生活现实，为人熟悉，也被人忽略。故有人认为日常生活“既包含琐屑平庸，又包含非凡卓越”①。因此，分析日常生活可以从平凡中发掘出不平凡。张爱玲从文

① Stuart Elden, *Understanding Henri Lefebrve*, London and New York , Con-tinuum, 2004, p. 113.

学的角度，以日常生活作为叙事对象，在新文学领域开辟了一条日常生活向度的微观的审美存在的创作道路。她的“书名叫传奇，目的是在传奇里寻找普通人，在普通人里寻找传奇”①。写作思想背景是人们生存中有“惘惘的威胁”②。“时代是仓促的，已经在破坏中，还有更大的破坏要来。”③ 普通人能在乱世中居家过日子，这就是传奇。她的创作彰显了“五四”文学的另一面，既关注日常生活的传统”，又有别于中国文学中的诗意人生的日常生活叙写，也不同于“五四”文学中以“否定个人的日常生活为前提”④的叙事模式。她描写的日常生活世界，集中在上海和香港，时间跨度上起清末，下迄中日战争。演绎了乱世之下，世俗生活中的生命体之存在，以及他们的故事和命运。在她的笔下，日常生活是以“郑重而轻微的骚动，认真而未有名目的斗争”的“家常味”做底的，体现出独特的“日常审美现代性”。

张爱玲日常审美的现代性，其体现就是对个体日常状态生活感性世界的昭示。在这个感性世界里，她只是选取些男女间的小事情，如恋爱结婚、生老病死等颇为普遍的现象。小说中男人多留过洋，受过中西文化教育，供职于外资或银行，有一定的经济地位。女人多无职业，是太太、姨太太、小姐，要依附于家庭或男人才能生活。他们是身处新旧更替的现代化进程中的现代都市人。他们生活的20世纪前40年的沪港地域，家用条件、消费条件和休闲条件“现代”特征明显。但是，在心理方面，新旧的观念、思维方式、价值观念、行为方式梦魇般纠缠矛盾着；在社会方面，旧的社会心理被新的色彩掩盖，支配着整个社会的精神氛围，再加之乱世生活的不确定，他们的“生命即是麻烦”，没有一样感情不是千疮百孔的，他们只能抓住眼前，很谨慎、很仔细地做人，郑重而轻微地活着。我们看到的是一部华丽而苍凉的富有“家常味”的世俗性的日常生活传奇，这部传奇里，“生命像一袭华美的袍，爬满了虱子”。在她的生花妙笔之下，华洋杂处的沪港租界及其辐射圈的社会窗口被开启，在选材上，她扩大了文学的领地。

张爱玲作品多围绕家庭、家族、社会等关系展开。在表现夫妻关系方

---

① 张爱玲：《书前题记》，载《传奇》，上海杂志社1944年印行。

② 《〈传奇〉再版序》，载金宏达、于青：《张爱玲文集》第4卷，安徽文艺出版社1992年版，第135页。

③ 《〈传奇〉再版序》，载金宏达、于青：《张爱玲文集》第4卷，安徽文艺出版社1992年版，第135页。

④ 蔡翔：《日常生活的诗情消解》，学林出版社1994年版，第21页。

面，如《留情》中的家庭是一夫多妻制。丈夫米晶尧，留过学，任职股票公司，59岁；姨太太，淳于敦风，36岁。两人相差23岁。少妻愿意嫁老夫，淳于敦风说："我还不是为了钱？我照应他，也是为我自己打算——反正我们大家心里明白。"淳于敦风对米晶尧根本没什么感情，他的忧虑，她不懂得，也无须懂得。无夫妻之情，只有利用之举，而米晶尧"对于这世界他的爱不是爱而是疼惜。然而淳于敦风与米先生在走亲戚后的回家路上还是相爱着"。在表现父母子女关系方面，如在《琉璃瓦》中，任职于印刷公司里做广告部主任的姚源甫，有一个比一个美的七个女儿。美丽的女儿成了父亲姚源甫获利计划的对象。在《花凋》中，郑先生是个遗少，名士派的人，他的女儿郑川嫦与新从维也纳回来的、习医的章之藩订婚后患了肺病，她在自私的父母的残缺的爱中死亡，父母在墓碑上却刻下了对她的无限之爱。在表现男女情爱关系方面，如在《年青的时候》中，上海医科大学生潘汝良与白天在洋行工作，晚上在夜校兼职的俄国女人沁西亚因画与人一事巧合而相识交往，潘汝良为恋爱而恋爱。在《封锁》中，35岁的华茂银行的会计师吕宗桢与25岁的申光大学未出洋的英文助教吴翠远因战事封锁于电车上发生了一段恋情，封锁结束，爱恋也随之结束。在表现同事关系方面，如在《沉香屑：第二炉香》中，香港40岁英籍教授罗杰迎娶21岁的爱尔兰女孩愫细，与罗杰的不睦者利用了愫细新婚之夜性无知事件，致使罗杰走上自亡之路。在表现主仆关系方面，如在《桂花蒸　阿小悲秋》中，苏州女佣阿小受雇于洋人家中。洋人哥尔达，只要是女人，他都要使她们死心塌地喜欢他；阿小不喜欢主人的做派却仍帮工于这一生活圈中。

在张爱玲作品中由夫妻关系和上下辈关系构成的这些"家庭"中，作者面向事情本身，让这些家庭或关系动态地自行显示。存在于这一时空中的是世俗之风的软刀子，世俗伦理的约束和异化，使得世情残缺、友情残缺。尊悲贵贱的等级名分充溢着家庭，父母子女关系被扭曲，使得亲情残缺。婚姻关系变为金钱关系、利益关系，使得爱情残缺。家庭角色混乱，满眼看到的只是残缺不全的东西。人们的各种需要，包括生存需要、发展需要和享受需要几乎都处于异化中。他们的人性尊严或被亵渎，或被侵犯、或被剥夺，处于梦魇般的氛围笼罩之下，迷茫，无奈。张爱玲说她写的那些人，他们有什么不好她都能够原谅，有时候还有喜爱，就因为他们存在，他们是真的。诚如她所说，这些人不是"完人"，他们的关系残缺却相处一起，看似虚伪，却是相互需要，这种参差对照的人性是真实的。

二、多重关系的独到把握

在生活的现代性上，在中西文学融合、现代和传统互动的多元开放的中国现代性问题的思考上，张爱玲走出了传统与现代、中西二元对立的格局。她从古今中外文化资源上开拓思路，鉴别博采，晕染新我，以苍凉的意味与参差对照的鲜活方式，显示了自己独特的创作风格。

她的小说既具有中国故事性特点，大俗大雅兼具；又有西方叙事色彩，注重形神心身的投入。她笔下的人物始终处于日常生活交际关系中，每一个自我生命都与他人保持对话关系。每一个自我，“我”的精神个性通过“我”的身体和语言文化服饰来表现，参与到共在的日常世界之中。彼时人的实际生存，既活在文本世界中，把自身呈现在“他人”的眼前、耳边、触觉旁；也跃然于现实世界读者中，让人看到、听到、感觉到。存在于时空中的生计、服饰、家具、家人、邻居、环境等与现实性生命相关联，浓浓的日常状态下的生活意味又展示着生命自身的历史性，负载着丰富的文化力和美学蕴含。其间，作者在独特的写实叙事中，将通感修饰、繁复意象、犯冲色彩等艺术手法运用到极致，致使情感、情态、情境、意蕴也成了建构小说的元素。作品氛围的苍凉意味，人性的参差对照，展现着沪港地域乱世风貌，“打开了一个左翼文学实践和一般‘大都市风’作家都不曾深入的写作领域”①。其写作不是为了“完成”，记录一段历史，而是让故事给它所能给的，让读者取得他所能取得的，随时从故事本身发现新的启示，使那作品成为永生的。

她的小说中充溢着的悲剧性的男男女女，也不能简单地归于非此即彼的好人或坏人。在社会关系中，她通过生活琐事洞观生命，其人物的知行意行与时空叠合，复杂的精神个体呈现着参差对照的特性，浮华中有朴实，虚伪中不乏真实，快乐里面永远夹杂着一丝辛酸，高兴之外又有种种的凄然，悲哀中也不是完全没有安慰。由此，将乱世人生的苍凉写得和现实人生一样契合、深刻。在如何看待人和事、男女平等、妇女解放等问题上，她的作品会给你以启示，有着永生的意义。例如：

在《沉香屑：第一炉香》中，梁太太和葛薇龙姑侄关系变为物与物的关系，葛薇龙的深沉精神欲望世界被逐渐殖民化，对其上层阶级的生活情调

① 孟悦：《中国文学“现代性”与张爱玲》，原载《今天》1992年第3期，转引自王晓明：《二十世纪中国文学史论》，中国出版集团东方出版中心2003年版，第110页。

有了“瘾”，明知不可为而为之，由中学生变为交际花，最后自愿沦为他人的工具：为满足情欲饥渴的姑妈梁太太弄人；为除了玩之外，什么本事也没有，老是打饥荒的浪子混血儿丈夫乔琪乔弄钱。阴历三十夜，葛薇龙和乔琪乔到湾仔看热闹，那凄清的天和海牵动着她的思绪，她感到无边的荒凉、无边的恐怖。她的未来也是如此——不能想，想起来只有恐怖。她没有天长地久的计划，只有在这眼前的琐碎的小东西里，她的畏缩不安的心能够得到暂时的休息。葛薇龙是自我异化、被物异化的典型悲剧人物。

在《红玫瑰与白玫瑰》中，男主角佟振保，获英国学位，供职于外商公司。他初恋玫瑰女时，坐怀不乱；和朋友妻、交际花王娇蕊相恋相爱却毅然分手；最后顺母命与煙鹂无爱也结为夫妻。佟振保是一个靠自我奋斗改变寒微地位的最合理想的中国现代人，他兼有中西文化的价值观念，他的所爱所为，总陷于情理纠缠欲情失衡中，他的婚恋之路如同梦魇。有爱的婚姻是神圣的，他却舍弃了；无爱的婚姻让他感伤，他却要维持着。传统的世俗伦理与现代的情爱观纠结，使振保的生命蒙上了悲剧色彩。他生命中的两个女人都牺牲在他无奈的婚恋选择中，也都成了悲剧中的角色。

在《倾城之恋》中，毒瘤与良种并生于封建伦理中，“父母之命，媒妁之言”，“夫为妻纲”“嫁鸡随鸡，嫁狗随狗”、“好女不嫁二夫”、“从一而终”是其毒瘤，“死生契阔，与子成说。执子之手，与子偕老”是其良种。已离婚闲居在家的28岁的白流苏在夫家娘家感受了毒瘤之苦，血亲关系恩断义绝，企图以再婚求经济安全，与范柳原相恋。范柳原在英国长大，是个正在中国化的32岁的富商华侨子弟，因庶出之身，也遭遇过毒瘤的风雨，想寻求一个懂得自己的女人。他对白流苏，仅止于情妇一步。香港陷落后，他们的关系有了戏剧性的转变。所经历的生死劫难让他俩都感受到了良种的意义，终究成了一对平凡的夫妻。而后，张爱玲将《倾城之恋》改编为话剧，连演80场，场场爆满。

《金锁记》是张爱玲的经典之作。傅雷这样评价：颇有《狂人日记》中某些故事的风味，为我们文坛最美的收获之一。《金锁记》演绎了遗老大家族姜公馆二奶奶曹七巧的悲剧。门第观念、金钱欲望、情爱欲望，埋葬了曹七巧，曹七巧又断送了儿子长白、女儿长安的婚恋幸福，也打碎了从德国留学归来的童世舫的中国婚姻梦。小说分两部分：在前半部中，七巧是家人图财婚姻的受害者，是她作为媳妇角色的生活。嫁入姜家后，姜公馆一家人都瞧不起她，往她头上踩。平辈妯娌待她冷冷的；新来的奶奶也不大搭理她；姑子可以冲撞她，甚至丫头背地里也议论、嘲讽她。七巧的地位等同下人。她礼敬公婆，笑对大小，衣不解带地服侍患有骨痨的丈夫，但“谁都不承情”。年轻的七巧，不爱丈夫却爱上了结实的三叔姜季泽。对丈夫无情却要装贤德，对三叔有情却按捺着爱，情感既空落，又受煎熬，过着二重人格的生活，精神备受折磨。再加上上上下下的冷眼，心中无法排解，七巧学会了抽大烟解闷。在姜家未出五年，七巧性情大变，没有爱的婚姻，只有交易的期待，精神状态大变，疯疯傻傻。

小说后半部讲述了她由媳妇角色转换为当家人角色的生活。丈夫和婆婆相继去世后，姜公馆分解。这时，她拥有了属于自己的钱财，成了一家之主，家庭地位发生了根本变化；她从姜公馆的层层关系中解放出来，成了自由身，有了自己的家庭空间和情感空间。她本该运用变化中的有利条件过舒心日子。可是，她忘不了这钱是“她卖掉她的一生换来的几个钱”。她怨“娘家当初千不该万不该跟姜家结了亲”，坑了她一世。她恨婆家，骂“姜家没有一个好人”。分家时，孤儿寡母还是被欺负了，心中的积怨又多了一层。她走不出仇恨和怀疑的负面心理，七巧由“疯疯傻傻”逐渐陷入疯狂与心理变态的深渊。

当家后，她的自我形象被颠覆。七巧与季泽见面这一段，作者着意在七巧对金钱和爱情关系的处理上，略写金钱，着力于七巧对姜季泽真切的爱欲上，突出爱情被金钱锁住，同时也深深烙下了因爱而生的心灵创伤。姜季泽的到来，点燃了她心中久已积聚的爱恨情仇。她潜意识中的欲望——情欲和金钱欲，纠缠于心，千回百转，掂量猜疑，情感反复无常。她扮演多种角色，转换于瞬间。在叔嫂关系中，她嘘寒问暖，关怀备至；在情人关系中，她爱意绵绵，调情细品；在买卖关系中，她雷霆万钧，打骂相加。她神情恍惚，意识混乱，视来往行人“都是些鬼，多年前的鬼，多年后没投胎的鬼……”反复自问“什么是真的，什么是假的”？七巧对佣人也一样的使性子，总有些失魂落魄。她的形神几近分裂，心理变态时有发生，在亲情、世情的处理上，都投上了她心理的阴影。七巧原本只是个门第钱财婚姻观念的受害者，当家后，她对娘家的抱怨有增无减，还加以防范。甚至不问青红皂白骂自己的侄儿，骂自己的哥嫂，使得亲情关系错位。这里的七巧，已不是姑妈，不是妹妹，而是行为异常、无端猜疑的狂躁妇人。她持家守财，疑神疑鬼，染了心病。

当家后，她的母亲形象也被颠覆。为了情与财，她郁积成疾，认知受损，心理怪异，儿女成了她积怨仇恨发泄的承受者。她的发泄永远不离男女之事，不离钱财门第。当她发威时，她的母亲形象荡然无存，只是一个怨妇、疯妇、虐待狂、心理变态者。她要女儿长安接受“天下男子都在想她的钱，要当心，要提防”的训诫。为女儿丢了一条褥单，她就暴跳如雷，亲自上学校羞辱校长，骂长安。作为一个母亲，她让长安缠小脚、抽大烟，并扼杀长安的上进思想。最终，她达成了心愿：结束学校生活的长安逐渐学会了挑是非，使小坏，谁都说她是活脱脱的一个七巧。在谈论长安婚嫁时，“七巧总疑心人家是贪他们的钱”，高不成，低不就，使得长安近30岁才经堂妹介绍，认识了留德归来的童世舫。即便这“长安最初也是最后的爱”，七巧最终还是给扼杀了。对儿子长白，她让他通宵陪着抽烟，聊其房事，以满足她那长期被高度压抑的情欲。她的性变态使儿媳妇（名为芝寿）含恨死去，接着扶正的妾（名为娟姑娘）不上一年也吞鸦片自杀了。自此，长白不敢再娶，长安更是早就断了结婚的念头。

曹七巧形象所具有的文化批判意义，人性刻画的深度，是具有经典性的。

第三节　散文集——《流言》

张爱玲的文学创作，在小说和散文之间构成了一种互文性的关系。她的散文，特别是收集在《流言》中的，可以视为张爱玲自我意识和理论上的自觉发展，其价值不低于她的小说她的散文可分为如下四大类：

一、传记性散文

张爱玲的文学生涯是从创作散文起步的。1938年，张爱玲在《大美晚报》上发表了她的第一篇英文散文 *What a life , what a girl's life*。1940年，获奖散文《天才梦》发表，这是她认可的中文创作“处女作”。1943年发表散文13篇，1944年进入散文创作高峰，发表散文28篇。同年12月初出版散文专集《流言》，选录散文29篇。2006年12月，陈子善校勘编辑的《张爱玲集·流言》，收于《流言》和迄今发现的1940—1947年间创作的集外散文（英文作品除外），如《姑姑语录》等，计收录散文40篇。

张爱玲是活在审美境界中的人，她的审美意识超越了主客二分思维方式，进入了主客融为一体的领域。在日常生活中，她把对象融入自我之中，以达到一种情景交融的“意境”之乐。人生的衣食住行，吃喝玩乐，人事物景，她观之、听之、感之、品之，海纳百川。她的散文集《流言》就是她的生活审美之旅的结晶。

张爱玲的散文独树一帜：情趣盎然地直面俗世生活，挥洒自如地谈论中外文化，坦坦荡荡地叙说家事亲朋，是一个让生命飞翔在古今中外的创作者。她的散文体式，不拘一格，形式多样，短则几百字，长则万言。作品多气韵贯通，文化底蕴深厚，语言练净澄辉华美，不失幽默。

传记性散文，如《天才梦》、《必也正名乎》、《童言无忌》、《烬余录》、《私语》、《存稿》等。读这些散文后，她的成长脚印、文学创作思想孕育的轨迹清晰可见。《天才梦》是她的彩色自画像。“华美天才”加“不能克服的咬啮性小烦恼”是她的特点。文章的结尾句“生命是一袭华美的袍，爬满了虱子”，是她概括乱世人生的经典句。《必也正名乎》可谓“取名”文化篇，张爱玲认为取名是一种创造。她对自己的名字，其取向是：“我愿意保留我的俗不可耐的名字，向我自己作为一种警告，设法除去一般知书识字的人咬文嚼字的积习，从柴米油盐、肥皂、水与太阳之中去找寻实际的人生。”她的实际人生，就是从生活中进行视听和读写的历练。她习惯随时随地把自己的事写点出来，练习写身边的文学。《烬余录》是张爱玲亲历香港陷落的见闻感受。散文中没有小我与大我的斗争，展现的是战乱中普通人众生相，包括她自己。战时她报名守城，休战后做看护。工作之外念日文，画图画。观察困着没事做的，成天就只买菜，烧菜，调情，因无聊而结婚的外埠学生。她从中看到了“时代的车轰轰地往前开，火光中也自惊心动魄”的主流，从中感悟到人性中的参差、人生中的苍凉。她说，“我们这些自私的人若无其事地活下去了”，只顾忙着找寻我们自己的影子——我们只看见自己的脸，苍白，渺小；我们的自私与空虚，我们恬不知耻的愚蠢——谁都像我们一样，然而我们每人都是孤独的。当处于此境时，她感慨想做什么，立刻去做，或许来不及了。“人是最拿不准的东西”，她看到了参差对照的人性，吐露出的仍是一种苍凉的意味。

二、生活化散文

生活化散文即身边生活性散文，如《到底是上海人》、《道路以目》、《公寓生活记趣》、《爱》、《夜营的喇叭》、《有女同车》、《打人》、《说胡罗卜》、《雨伞下》、《被窝》、《气短情长及其它》、《双声》、《炎樱语录》、《姑姑语录》、《中国的日夜》等。这些散文展示了张爱玲的人生观的现代性品格，文学生活观的现代性特征。即她强调生活是创作之源，更强调对生活的“发现”、“积累”和“表现上的创新”。她认为“读万卷书不如行万里路”。她说：我们从家里上办公室，上学校，上小菜场，每天走上一里路，走个一二十年，也有几千里地；若是每一趟走过那条街，都仿佛是第一次认路似的，看着什么都觉得新鲜稀罕，就不至于“视而不见”了，那也就跟“行万里路”差不多，何必一定要漂洋过海呢？（《道路以目》）在体察生活上，她目光不离日常生活，体察之细，涵盖了人们生存过程中的琐琐碎碎，她姑姑说她一身俗骨，她也自认天生性俗气。(《我看苏青》) 生活对她来说是一种享受，她能感受生活中的愉快性质，连风声雨味市声也能引起她的喜悦之情。(《公寓生活记趣》) 这种对生活的热爱之情源自于她的中国之心：她说，她真庆幸是走在中国的太阳底下，她喜欢觉得手与脚都是年轻有气力的。快乐的时候，无线电的声音、街上的颜色，仿佛她也都有份；即使忧愁沉淀下去也是中国的泥沙。总之，到底是生活在中国。(《中国的日夜》) 她将学识修养、性情气质渗入生活的认知体验之中，她惊叹到处可以找到真正性灵的文字。(《到底是上海人》) 她录下了其间的一个个镜头，一个个场景，练习自身的写实本领。在生活积累中，她感受到：在满是"广告牌、商店、汽车喇叭声"的现代化大都会的上海，日常生活被异化已成为现代性主导特征。

然而，她依旧保留着亲切感认为那些幸灾乐祸、无聊的路边人——可怜，也可爱。诚于她自己所说，眼中所见，有些天资很高的人，分明在哪里走错了一步，后来怎么样也不行了，因为整个的人生态度的关系，就坏也坏得鬼鬼祟祟。有的也不是坏，只是没出息，不干净，不愉快。她融合古今中外文化资源，真实地、艺术地塑造了这一存在中的普通人。她说，她书里多的是这等人，因为他们是现社会的一种代表。她说，我们这时代本来不是罗曼蒂克的，因为我们生在乱世。她想到许多人，连她在内，都有一种郁郁苍苍的身世之感。由此可见，张爱玲文学作品中华丽苍凉基调的形成有多种因素：家庭因素的心灵之伤，对真实的世俗人生存有的宽容之心，使她激越起来，超过这一切的是作家的社会责任感。她说，因为她是写小说的人，她想这是她的本分，把人生的来龙去脉看得很清楚。如果原先有憎恶的心，在看透世事之后，也只有哀矜。(《我看苏青》) 作家的"本分"——作家的社会责任感，是她生活得比较切实作品充溢着现实的基调的思想基础。

三、精神文化散文

张爱玲的精神文化性散文，涉及诸多领域，如文学、艺术、宗教、教育、服饰等。这一类散文中，《中国人的生活和时装》、《中国人的宗教》和《洋人看京戏及其他》是专门写给外国人看的（1942 年连续发表在英文杂志《二十世纪》月刊上）。这几篇英文散文后被重写成中文，发表于 1943—1944 年。其中《中国人的生活和时装》更名为《更衣记》，并和宗教篇及京戏篇一起编入《流言》专集。

在《中国人的宗教》中，张爱玲把中国人的宗教提到乱世的历史范围内考察，从宗教世界和世俗世界具体性的十五个方面考察宗教对人的支持，对中国人的宗教作出了具体的历史分析。她说，宗教世界因与果密密编织起来如同篾席，看看头晕。处于绝境中的中国人，可有一点什么来支持他们呢？宗教除了告诉他们这是前世作孽的报应，此外任何安慰也没有。人生的笼统观察都指向虚无，“虚空的空虚，一切都是虚空”，然而他们并不因此就灰心。他们绝望，放浪，贪婪，荒淫，不管有意义没有，反正是活着的。活得好一点是快乐的，所以为了自己的享受，还是守规矩的好。不论在艺术里还是人生里，最难得的就是知道什么时候应当歇手。中国人最引以自傲的就是这种约束的美。中国人对于亲疏的细致区别，虽然讲究宗谱，却不大关心生活最初的泉源，他们对于生命的来龙去脉毫不感兴趣，他们的注意力集中在他们眼面前热闹明白的、灯红酒绿的现实世界。

她的《更衣记》，可以说是中国近现代服饰展览，美轮美奂，其中飘散着时代气息与社会风情。在现代性视野观照下，其文更是辉煌热闹，展示出清末至民国的服装变化。这种变化是用一个人作为“衣架子”到人的转变过程来体现的。她认为在革命前的装束中，单只注意诗意的线条，于是女人的体格公式化，不脱衣服，不知道“她”与“她”有什么不同。削肩、细腰、平胸，薄而小的标准美女在一层层衣衫的重压下失踪了。她的本身是不存在的，不过是一个衣架子罢了。现在要紧的是人，旗袍的作用不外乎忠实地将人体轮廓勾勒出来。文中，她还提出服装的实业和版权的问题，这一超前的思想，在服装发展史上有着重要的启示意义。

其他还有讨论艺术的散文，如《忘不了的画》、《谈画》、《谈跳舞》、《谈音乐》等，展示了她多方面的艺术素养。在审美世界里，她对线条、肢体、音符的感悟，视野之开阔，知识之丰富，文化含量之高，让人惊叹，也见证了她五官感觉、精神感觉和实践感觉的发展与文学发展的相互作用。

此外她还关注教育，《银宫就学记》提出了大众的初步教育问题，如女人必须受教育的问题。《造人》从人种学角度，提出了人口质量问题；从教育角度，提出了优生优育的问题。这是一篇有科学思想含量的具有现实价值的散文。

第四节　文艺观念与创作谈

张爱玲是一个在生活里打过滚的，很有生活情趣和审美感的人。她的文学之源来自于自身的生活和创作之乐。她生长的特殊历史地理环境、家族和家庭文化背景造就了她。如果说“战争是万物之父，也是万物之王。它使一些人成为神，使一些人成为人，使一些人成为奴隶，使一些人成为自由人!”① 张爱玲则是战争中的自由人，她过着衣食无忧的生活。她的情感、意欲、思考，一切行为和努力都是为了写小说。她喜欢这一职业，以“是个自食其力的小市民”为荣，“充分享受着自给的快乐”（《童言无忌》），在寻求生命和写作的愉悦中培育着她的创作思辨力。她的散文《自己的文章》、《论写作》、《写什么》等就是其结晶，属于文论性话语的散文。

一、张爱玲文学理论和实践观

张爱玲的作品能走向世界，她的感性思维和理性思维的锻造为她打下了坚实的基础。在创作中，她发现了文学活动的规律性：理论和实践的唯物的、辩证的，相互作用的关系及其重要性。她认为，文学理论是出在文学作品之后的，“倘要提高作者的自觉则从作品中汲取理论，而以之为作品的再生产的衡量”。在文学的发展过程中，作品与理论乃如马之两骖，或前或后，互相推进。“理论并非高高在上，手执鞭子的御者。”（《自己的文章》）

张爱玲的作品能够影响国内外，至今不衰，与她的跨文化视野相关。她看到了人类历史中人生的两面及其关系。她认为，飞扬和安稳、斗争和和谐是人生存在的形态。好作品能予人以启示，它是以人生的安稳做底子来描写人生的飞扬的。因此，安稳是人的神性，也可以说是妇人性。斗争是动人的、强大的，同时也是酸楚的。好作品不缺少回味，其斗争者是在失去人生的和谐中，寻求着新的和谐，不是为斗争而斗争。

张爱玲有着独到的美学观，她对色彩不止于敏感，她还研究它。在中西配色的鉴赏中，她最终喜欢上了传统的参差对照法。关于西洋配色，她说：“中国人新从西洋学到了‘对照’与‘和谐’两条规矩——用粗浅的看法，对照便是红与绿，和谐便是绿与绿。殊不知两种不同的绿，其冲突倾轧是非常显著的；两种绿越是只推扳一点点，看了越使人不安。红绿对照，就像圣诞树似的，缺少回味。”关于中国配色，她说：“中国人从前也注重明朗的对照。有两句儿歌：‘红配绿，看不足；红配紫，一泡屎。’《金瓶梅》里，家人媳妇宋蕙莲穿着大红袄，借了条紫裙子穿着；西门庆看着不顺眼，开箱子找了一匹蓝绸与她做裙子。”（《童言无忌》）

---

① 北京大学哲学系、外国哲学史教研室：《古希腊罗马哲学》，商务印书馆 1961 年版，第 23 页。

二、张爱玲的创作观

张爱玲作品的风格大致是“苍凉”，其参差对照的手法，既是她的喜好，也是她受传统配色手法的启发，在创作手法上的创新。她不喜欢壮烈，而喜欢悲壮，更喜欢苍凉。壮烈只有力，力是快乐的，没有美，似乎缺少人性。悲壮是一种强烈的对照，但它的刺激性还是大于启发性。苍凉，是一种参差的对照，有着更深长的回味。

她的创作活动中投影着西方的影响，也受惠于中国新文学，更受惠于中国古典文学和民间文化资源。在创作内容上，她力求“能够写得真实些”；在创作过程中，她从写作实践中概括出作者、读者、作品和日常生活四个维度及其互动关系，并以此指导写作。她认为，写作最忌自说自话，时时刻刻都得顾及读者的反应。要顾及读者的反应，就要将自己归入读者群中去，说人家所要说的，说人家所要听的。作者有什么可给的，就拿出来。作者可以尽量给他所能给的，读者尽量拿他所能拿的。想引人哭，就要先把自己引哭。这是一种关于作者如何游刃于多重角色及其转换中的理论思考。在创作艺术上，她的关键词是“麻烦”“愁烦”。她认为写小说，是为自己制造愁烦。要出效果是就如戏剧一样要有冲突，冲突就是磨难，就是麻烦。在语言上，她认为要有文字的韵味，甘心情愿守在“文字狱”里。另外，她还主张改进文学的主题论，她认为，“写小说应当是个故事，让故事自身去说明，比拟定了主题去编故事要好些”。让故事给它所能给的，让读者取得他所能取得的，随时从故事本身发现新的启示，使那作品成为永生的。

张爱玲是个受生活地域限制的自由人。她的作品所涉的范围是殖民地的香港和沦陷区的上海。香港那时是在英国占领下的中国领土，上海那时是日本军事占领下的沦陷区，那时的香港人和上海人都处于被奴役的地位。那些反抗奴役的领导者，是人们心中的“神”；但是有更多的人，他们无法远走高飞，又不愿像奴隶一样活着，仍处于被奴役地位，他们如何生存？面对这一现实，张爱玲意在言外地点出三种人：一是“极端觉悟的人”。这种人，他们的“人生是飞扬的，多少有点超人的气质。超人是生在一个时代里的”。对此，张爱玲说，我是写不出来的。所以她的作品里没有战争，也没有革命。二是“极端病态的人”。张爱玲虽只用“究竟不多”一句带过，但读者读出的是自在其中的“战争使一些人成为奴隶的酸楚”。三是“不容那么容易就大彻大悟”的人。他们不甚健康，但是有一种奇异的智慧；他们坏，可是坏得有分寸；他们会奉承，会趋炎附势，会混水里摸鱼，然而，他们有处世艺术，他们演得不过火。所以张爱玲说，我写的事里没有一个主角是个“完人”。他们“是传统的中国人加上近代高压生活的磨炼”，新旧文化种种畸形交流下的产物。张爱玲对自己、对所涉足的港沪地域的人性存在、有着足够的、深刻的把握，她以苍凉意味与参差对照的鲜活体式完成这一把握，实践了她的“能够写得真实些”的创作观。

◎ 思考题

1. 简述张爱玲的生平和前期的创作道路。
2. 试论述《传奇》在中国现代小说中的特点和地位。
3. 谈谈张爱玲散文的特点。
4. 简述张爱玲的创作观。

第四章　胡　风

胡风是中国现代卓有成就的文艺理论家、诗人和翻译家。他从左联时期开始文学创作和理论批评，对左翼文艺运动作出了重要贡献。抗战以来，胡风创作出版了诗集《为祖国而歌》，创办和编辑了颇负盛名的文学刊物《七月》和《希望》，引发了著名的文学流派——七月派。20世纪三四十年代的《文学与生活》、《论民族形式问题》、《论现实主义的路》等文艺评论和理论专集，以及以后的《三十万言书》，代表了胡风的文艺批评成果和理论建树。胡风毕生追求的理论中心问题是现实主义的原则、实践道路以及发展过程。在胡风付诸一生的艰苦努力中，他的现实主义文艺思想由萌芽、发展到趋于成熟，成为现代文学史上既具独立性又有普遍意义的理论体系。对作家"主观战斗精神"的强调，是胡风文艺理论的核心所在，也是胡风文艺思想独特性与深刻性的关键所在。

第一节　生平及文艺思想的发展

胡风是鲁迅思想和鲁迅精神的重要阐释者和弘扬者，他是在不断结合着鲁迅和新文学作家们的创作实践，来逐步构建自己的现实主义理论体系的，从感性的创作实践出发，是胡风阐释文学问题的一个基本方法，也构成了胡风理论的一大特色。

一、胡风的文学与人生

胡风（1902—1985），湖北省蕲春县人，初名张名桢，又名张光人，笔名还有谷非、高荒等。

1902年11月1日，胡风出生于一个农民家庭，幼年牧牛，10岁上村学。19岁起，胡风在武昌和南京读中学，1921年新文艺作品出现的时候，胡风“狂热地像发现了奇迹似的接受了它们”，和当时大批进步青年一样，胡风在革命的环境中写着忧郁的诗，激情中透着焦灼与迷惘。他参加过“五卅”学生运动，1923年加入共青团。1925年进北京大学预科，一年后改入清华大学英文系。不久辍学，回乡参加革命活动，后一度任职于国民党的宣传、文化部门。

1929年9月赴日留学是胡风人生的第一次大转折，他被正在蓬勃开展的日本普罗文学运动所吸引，醉心于阅读苏联文学作品，开始接受左翼文化运动的影响。胡风自己说，他逐步“解除了社会观与文艺观的矛盾，从忧郁的情网里面跳了出来”，思想走向激进，他“参加了中国左翼作家联盟的东京支部，开始用评论参加了国内的思想斗争”①，并成为一名日共党员。1933年3月，因组织“新兴文化研究会”和宣传抗日等罪名，胡风在东京被捕，拘留三个月后被驱逐回国。

胡风是在左联内部矛盾出现端倪、左联和文总的领导层出现大的变动的时候，从日本回到上海文坛的。他正式参加了上海左联的文艺运动，先后任左联宣传部长和行政书记。胡风在宣传部下面下设了三个研究会：理论研究会、诗歌研究会和小说研究会，出版了刊物《新诗歌》和《小说》以及内部油印刊物《文学生活》，对左翼文艺运动作出了重要贡献。左联工作期间，胡风定期与鲁迅联络，送去刊物，汇报工作，频繁往来中与鲁迅建立起亲密的师生关系和相互间的理解和信任，这也成为左联后来内部矛盾激化的一个根由。

1934年，胡风辞去左联的领导职务，开始了职业作家的生活，并从事理论批评活动，在教条机械论的包围中开始了社会主义现实主义的探索。左联解散后的1936年，在冯雪峰倡议下，由胡风执笔起草了《人民大众向文学要求什么?》，提出了“民族革命战争的大众文学”的口号，得到鲁迅的赞同，新的口号引起了周扬为代表的“国防文学”论者的激烈反对，并引起了文坛“两个口号”的争论。此间，胡风有评论第一集《文艺笔谈》、评论第二集《密云期风习小记》和诗集《野花与箭》面世。鲁迅先生去世后，胡风曾为日译《大鲁迅全集》做解释和校正工作，并参与编辑了为纪念鲁迅先生而创刊的《工作与学习丛刊》。

---

① 胡风：《〈胡风评论集〉后记》，载《胡风全集》第3卷，湖北人民出版社1999年版，第579页。

1937年抗战爆发后，胡风创作了《为祖国而歌》、《血誓》等诗篇，到武汉、重庆从事抗日文艺运动，曾任“中华全国文艺界抗敌协会”常委。同年胡风在上海创办《七月》杂志，到武汉和重庆后一直坚持编辑出版，使《七月》成为抗战文坛上颇负盛名的一本文学刊物。胡风办刊的基本思路表现在三方面：一是以文学为武器服务于抗日救亡运动；二是继承鲁迅精神遗产，继续新文学的路向；三是吸引与培养青年作家，在抗战潮流中造出文学的新声。《七月》问世开启了胡风人生的一个新阶段，也引发了其后产生巨大深远影响的、著名的文学流派——七月派的形成。围绕《七月》的文学活动，开始形成一个来来往往、经常流动的作家圈子，在《七月》的大家庭中，真正呈现了胡风所期望的“一同成长”的勃勃生机，一大批青年作家与七月社一同成长起来，成为40年代文坛的有生力量，并在中国现代文学史上留下了文学创造的特殊印记。此时的胡风在理论上对当时文坛上存在的公式教条主义和客观主义两个不良倾向进行了抵抗和斗争，其理论和批评合成评论第三集《剑、文艺、人民》和评论第四集《论民族形式问题》出版。

1941年皖南事变后，《七月》被迫停刊，胡风辗转至香港、桂林又返回重庆，出版了《七月诗丛》和《七月文丛》系列作品集，另有译文集《人与文学》和评论第五集《在混乱里面》问世。针对1939年开始的民族形式问题的论争，1940年底，胡风撰写并出版了五万言长文《论民族形式问题》，在这篇文章中，“主观战斗精神”为核心的现实主义理论走向自觉，胡风的文艺思想开始走向成熟。1942年毛泽东《在文艺座谈会上的讲话》发表以后，胡风的观点被认为与毛泽东的论断相左，由此引起对胡风带有政治意味的理论非难。

1943年胡风离开桂林再返重庆后，继续编辑出版七月丛书的同时，积极准备复活自己的刊物。1945年的元月，《希望》第一期出版，创刊号上发表了胡风的《置身在民主的斗争里面》和舒芜的《论主观》，引起重庆文坛轩然的大波。此次包括重庆和延安在内的文艺界对胡风的批判，核心在于质疑和否定胡风为代表的《希望》派文艺家的启蒙思想和“主观战斗精神”，其规模和性质的严重出乎胡风的预料，此次批判从重庆时期一直持续到1948年的香港时期，构成了流传30多年的胡风主观唯心主义的罪名。1947年到解放战争胜利后，胡风出版了评论评论第六集《逆流的日子》、第七集《为了明天》、第八集《文学与生活》和记事散文《人环二记》。

1949年初，胡风辗转于香港、东北解放区，到达北平。7月到10月间，参加了第一次文代会、第一届全国人民政治协商会议和开国大典。胡风在燃烧的激情中，创作了开国后最早的颇富影响的政治抒情诗《时间开始了》，以及特写集《和新人物在一起》、杂文短记《从源头到洪流》等作品。1953年到1954年，胡风任《人民文学》编委、中国作家协会主席团成员。

中华人民共和国成立后，胡风及其同仁的文艺思想和文学创作继续受到批判。1954年胡风向党中央写了长达30万言的《对文艺问题的意见》，1955年初“30万言书”被公布于众，批判运动形成规模，形势逼迫下，胡风写了《我的自我批评》。1955年5月13日，《人民日报》刊登了整理注释后的胡风、舒芜私信材料《关于胡风反党集团的一些材料》和胡风的检讨文章，1955年6月10日，中科院通过《关于建议依法严惩胡风反革命集团的决议》，把对胡风文艺思想的批判上升到对“胡风反党集团”、“胡风反革命集团”的斗争，造成了中华人民共和国成立以来最大的一个政治冤案错案。1955年5月16日，胡风被捕，与社会隔绝将近25年，身心受到极大的摧残。

1979年1月胡风获释，中共中央于1980年、1986年和1988年三次为胡风冤案平反。晚年的胡风带病勤奋写作，有《胡风回忆录》、《胡风评论集》、《胡风晚年作品选》等重要作品面世。1999年湖北人民出版社出版11卷《胡风全集》。

1985年6月8日，胡风逝世。1985年3月，胡风在病床上回答了法国巴黎图书沙龙和瑞士《二十四小时报》的问题：“我为什么写作？”

> 为了抒发自己的真情实感而写；
> 为了表现人民大众的生活困苦、希望和斗争而写；
> 为了反映社会历史的发展动向和革命的胜利而写；
> 为了有益于人民解放、民族解放和人类解放而写；
> 也为了探求文学发展的规律、阐明它内含的精神力量而写。

这也是胡风的绝笔，也是对自己的人生道路和文学事业的总结。

二、胡风的思想历程

胡风毕生追求的理论中心问题是现实主义的原则、实践道路以及发展过程。在胡风付诸一生的艰苦努力中，他的现实主义文艺思想由萌芽、发展到趋于成熟，成为现代文学史上既具独立性又有普遍意义的理论体系。胡风文艺思想的发展演变过程，是与特定的时代社会背景不可分离的，是纵横各种因素互为碰撞、扭结、分离、统一的矛盾斗争的过程。胡风文艺思想的形成和发展可分为以下三个时期：

1. 形成期

胡风的文艺活动开始于20年代末，在日本参加普罗文学运动，开始接受苏联文学的影响。从胡风早期的一些文艺批评中可以看出其思想的萌芽。胡风是在苏联拉普思想的引导下步入文学评论园地的，左联工作时期学习和接受鲁迅的文艺思想，开始逐渐摆脱拉普的辩证唯物主义创作方法和机械论的影响，但实际上，这种最初的往往是根深蒂固的影响却难以最终剔除干净，胡风文艺思想中的一些局限与当时的时代风气有关，从胡风早期文艺思想的演变，可以看到左翼文学自身内部生成的历史。

胡风早期文艺观吻合于时代潮流，秉承“文艺是反映生活的”这一时代命题。1936年著的《文学与生活》是他系统构筑现实主义理论的开端，早期的理论思路清晰可见。在这篇长文中，胡风论述了创作主客体融合的重要性，他明确指出：“文艺是生活的反映。能够真实地反映生活的作品，能够真实地反映出生活的脉搏的作品，才是好的，伟大的。”① 同时也指出：“文艺并不是生活的复写，文艺作品所表现的东西须得是作家从生活里提炼出来，和作家的主观活动起了化学作用以后的结果。文艺不是生活的奴隶，不是向眼前的生活屈服，它必须站在比生活更高的地方，能够有把生活向前推进的力量。”② 胡风提出“作家对于人生的积极的态度”，是本着要完成“看清生活”、“创造出能够推动生活的作品”的目的。胡风此时还没有将主观精神状态拎出来进行特殊观照。

如果说胡风在登上文坛之际就受到苏联文学思想的直接影响，奠定了胡风认同“社会主义现实主义”的理论雏形，那么，早期得到鲁迅文学创作的熏陶和从日本回国后与鲁迅的直接合作，对胡风文艺思想的发生同样起到了决定性的作用。胡风的所谓“社会主义现实主义”，从一开始就自觉等同于鲁迅所开辟的新文学现实主义，这种等同，从对鲁迅和新文学自身的认识来说，是有简单化的弊端，但从“社会主义现实主义”理论在中国的形成来看，无疑又有积极的建设意义。正因为如此，胡风所认可的、已经融入了鲁迅及新文学现实主义精神的“社会主义现实主义”，就与当时流行的并没有从根本上剔除拉普影响的苏联“社会主义现实主义”有了很大的不同。

---

① 胡风：《文学与生活》，载《胡风全集》第2卷，湖北人民出版社1999年版，第315~316页。

② 胡风：《文学与生活》，载《胡风全集》第2卷，湖北人民出版社1999年版，第318页。

胡风说："我在开始写评论的时候，是多少受到了这一理论（指"拉普"理论——笔者注）的影响的，没有收进《文艺笔谈》的，在那时以前几年的若干篇，就打上了这种烙印。到读到了清算这种理论的文章时，我热忱地接受了。由于鲁迅的实践（他是凭着创作实际与庸俗社会学对立的），我接受社会主义现实主义的理论是凭着实感的。"① 这种"实感"为胡风现实主义理性框架注入了鲜活的内容，胡风对拉普较为彻底的清算，无不与鲁迅文学实践的冲击有关，而且，将鲁迅的现实主义实践经验当做接受一切外来影响的中轴线，就使得胡风的理论探索避免了很多弯路和误区，他的主体性现实主义理论的形成也有了根本的生发点。这一前提的不同，导致其后胡风与其他理论家截然不同的理论走向。于是我们不难理解胡风和周扬在看似一致的"社会主义现实主义"框架中，为何却存在那么大的认识上的歧义。

2. 发展期

30 年代中期，胡风顺应时代文艺思潮的发展趋势酝酿着他的理论体系，鲁迅的文学成就令他惊喜和振奋，但文坛普遍的不尽如人意的现状却又引起胡风的不满，并为他的理论思考带来深深的困惑。他清楚地看到自称符合"反映论"原理，并标榜是现实主义的诸多文艺作品，实际上却是僵化的生活影像呈现或是理论概念的教条阐释，他在 1934 年回答《春光》杂志关于"目前为什么没有伟大的作品产生"的问询时，指出问题在于"作家没有正视血污的现实人生的'勇气'，没有和伟大的现实生活的脉搏合拍的'勇气'"，"我并不是否认文学不振的主体上的原因，我想指明的是主体的原因对于客观原因的关系"②。胡风敏锐地意识到唯物主义认识论并不能解决文艺创造这一特殊问题，从而对高居于现实主义之上的"反映论"提出挑战式疑问。他逐渐将思考重心由生活对象转移到创作主体上来，专注于考察作家这一"中介"在艺术创造活动中的重要作用，这就意味着胡风开始面临重大的理论突破。

在胡风的文艺思想还处于突破前的困惑和探寻的 1936 年初，文艺界发生了关于"典型"问题的论争。胡风带着寻找理论答案的热情上阵，这也是胡风和周扬现实主义论战的开始。当时胡风为答文学社问，发表了《什么是"典型"和"类型"》一文，周扬以长篇论文《现实主义试论》，批

① 胡风：《〈胡风评论集〉后记》，载《胡风全集》第 3 卷，湖北人民出版社 1999 年版，第 586~587 页。

② 胡风：《目前为什么没有伟大的作品产生》，载《胡风全集》第 2 卷，湖北人民出版社 1999 年版，第 59~60 页。

评胡风的典型观，胡风回敬《现实主义的——“修正》进行反批评，周扬又写了《典型与个性》，胡风再以《典型论的混乱》一文进行反驳，抗战爆发后，论战逐渐消歇。这场论战无疑磨砺了胡风的思想锋芒，促进了胡风思想的蜕变。今天看来，关于文学“典型”的争论多是语词之争，争论中倒是相互补正了彼此在“典型”问题上的偏颇认识。可以说，正是在他们的争议性探讨中，奠定了“典型论”在中国现代文论中的重要位置，极大地影响了其后的文学理论和批评建设。但争论中二人互为误解，宗派意识渐浓，为其后“两个口号”之争中“周扬派”与“胡风派”关系的僵化种下了恶因。可以看出，同是30年代成名、影响很大的左翼文艺理论家，胡风与周扬的文艺理论批评在30年代就有了分歧，并逐渐在40年代分流成为现实主义理论的两大支脉。

3. 成熟期

40年代是胡风文艺理论发展的成熟期和高峰期。30年代末期以来，胡风逐渐加强了对创作主体的主观作用的重视，用“主观精神”、“战斗要求”、“作家的人格力量”等多种表述来传达自己在文艺问题上日见鲜明和稳定的看法，赋予自己的现实主义理论以无限的生机。1939—1940年写成的《论民族形式问题》一书，如胡风所言，探讨的“不是一个单纯的形式问题”，而是关系到整个“新民主主义文化”的具体发展途径问题。所以，胡风“是没有离开现实主义（社会主义现实主义）的立场来理解民族形式问题的”①。在这篇文章中，以“主观战斗精神”为核心的现实主义理论走向自觉。1948年所著的《论现实主义的路》应该是胡风现实主义理论趋向成熟并呈现出理论创造性和体系性的一个标志，由于《论现实主义的路》是在40年代面对文坛颇具规模的批评攻势下，胡风所作的反批评文章，所以，它就更加鲜明地昭示了胡风现实主义理论个性色彩和战斗风格，“主观战斗精神”这一新颖的独创性的理论命题在这里也得到全面和深入的阐述。

三、在民族形式讨论中

在关于民族形式问题的讨论中，胡风处在一个特殊的位置。为打破向林冰自成体系的形式辩证法，揭露向林冰的“中心源泉说”和“移植形式论”时，胡风决计从新文学发展的实际过程和文艺实践的现实情势出发参与讨论，给民粹主义和复古主义以有力的回击。胡风花了三个月的时间撰写了带

① 胡风：《〈胡风评论集〉后记》，载《胡风全集》第3卷，湖北人民出版社1999年版，第611页。

有总结性的五万言长文《论民族形式问题》。

胡风经由“五四”以来的大众化运动说起，通过对运动过程的梳理和各种代表性观点的辨析，阐明自己对于大众化和“五四”新文艺传统之间关系的理解：大众化不能脱离“五四”传统，因为它始终要服从现实主义的反映生活、批判生活的要求，“五四”传统也不能抽去大众化，因为它本质上是趋向着和大众的结合。战争以来的文艺运动“决不能也绝不会拿着两只白手来凭空创业。它带来了‘五四’新文艺的传统”，“幸而它是自觉地或者说本能地带了这个传统来的”①。

在这一理论前提下，向林冰的理论在胡风看来显然是站不住脚的。向林冰认为，新的民族形式的创造，应该以民间形式的批判的运用为起点，“新质发生于旧质的胎内，通过旧质的自己否定过程而成为独立的存在”。“民间形式的批判的运用，是创造民族形式的起点，而民族形式的完成，则是运用民间形式的归宿。换言之，现实主义者应该在民间形式中发现民族形式的中心源泉。”② 向林冰的观点显然代表着抗战背景下绝大部分人对文艺问题的认识，因而有相当广泛的正面影响。胡风没有考虑影响问题，他坚定地强调，“民族形式”，本质上依然是“五四”的现实主义传统在新的情势下面主动地争取发展的道路③。从而批驳了向林冰提出的另一种源泉、另一种路向。具体到对民间文艺形式的利用，胡风不无偏执地认为其带有“封建文艺”的烙印，并无利用的价值，而更不可与“新民主主义文化”的发展途径相联系。

舒芜的《论主观》和胡风自己撰写的《置身在为民主的斗争里面》在《希望》创刊号上的发表掀起轩然大波，1945 年 1 月召开的重庆文化界座谈会，批评舒芜宣扬了主观唯心论。在批评舒芜文章的时候，就有评论家将哲学上的“主观”这一概念与胡风提出的关于文学创作的“主观战斗精神”混为一谈，认定《论主观》所表达的论点就是“主观战斗精神”的哲学基础。1947 年在香港，《大众文艺丛刊》对胡风文艺思想继续进行大规模的批评，不只是胡风以前的反对者，包括胡风的友人、胡风思想的拥护者，很多

① 胡风：《论民族形式问题》，载《胡风全集》第 2 卷，湖北人民出版社 1999 年版，第 722、725 页。

② 向林冰：《论民族形式的中心源泉》，转引自《胡风全集》第 2 卷，湖北人民出版社 1999 年版，第 729~730 页。

③ 胡风：《论民族形式问题》，载《胡风全集》第 2 卷，湖北人民出版社 1999 年版，第 727 页。

也站在了胡风的对立面，而且所有的批评文章，都是以《在延安文艺座谈会上的讲话》(后文简称《讲话》）作为唯一的参照系。一方面，胡风的文艺思想本身与毛泽东的文艺思想存在区别或者“错位”，另一方面，《讲话》于1944年传到重庆后，胡风表现出不以为然的态度，特别是在一次讨论《讲话》的小型座谈会上，胡风根据毛泽东的“根据地文艺工作者和国民党统治区文艺工作者的环境和任务的区别”的思想，强调国统区的特殊情况，提出在国统区书写工农兵和服务工农兵的困难性，从而说明不能机械地理解、教条地套用《讲话》的方针。这就毫无疑问地被判定为反对《讲话》，与毛泽东文艺思想相对立，要理所当然地接受“清算”了。

胡风1948年撰写的《论现实主义的路》，是对1945年到1947年以来遭遇的批评进行的总答辩，也是他正面联系《讲话》内容对自己文艺思想的进一步阐发。在《论现实主义的路》中，胡风梳理和总结了自己文艺思想的形成及其相关的争论点，又由于现实论争的要求和主流文艺思想的新的冲击，胡风在坚守固有立场的基础上，其文艺思想也有了新的调整和拓展。

胡风依然从揭示与主观公式主义和客观主义的分歧入手，表明自己一贯的现实主义的独立姿态，依然是“真理之外，别无所争”的态度，文风依然如故，也不乏尖锐之辞。胡风说这次写作“不仅仅是答辩，而是想就现实主义这个问题写成一本系统的小册子，然后就现实主义美学问题再写一个小册子”。为了这一次的系统研究，胡风“收集了不少关于这方面的书，从黑格尔的哲学著作到马列主义关于文艺方面的经典著作”，“一心想踏踏实实地完成这个计划”①。虽然由于形势危急胡风并没有全部完成他的写作计划，我们还是可以看出这是一篇有理论高度，有宏阔视野，有成熟见解的系统的文艺思想论著。

胡风认为《讲话》为代表的毛泽东文艺思想体现了普遍的和一般性的原理，而自己所针对的是普遍相对应的特殊部分，国统区文艺是与“一般性”相区别的“这一类”，是应该特殊对待的，而他的文艺思想与毛泽东文艺思想可以融合或平行存在。胡风在维护《讲话》的合理性时，也赋予自己的理论话语以合理性。有了这样一个前提，胡风认为就可对应着《讲话》，充分阐述自己独树一帜的理论体系。

但实际上，胡风理论本身的异质性又决定了他与毛泽东对文艺的功利化一体化要求是相疏离的，而他的反对者对《讲话》的阐释是顺应和强化了

① 胡风：《回忆录》，载《胡风全集》第7卷，湖北人民出版社1999年版，第704页。

这一功利化和一体化要求，他们当然更符合毛泽东的当下本意，胡风在一个相对宏阔和长久的范围内理解毛泽东文艺思想的意义，也就自然被指责为“曲解”了，于是造成了胡风主观上的赞同姿态和客观上形成的对抗效果二者之间的矛盾。

处于当时的政治化情境中，没有人能够理解胡风的矛盾，就连胡风自己也无法将两种文艺话语交织到一起；相反，在另一种话语系统的刺激下，胡风倒是将自己的独立思想发挥得淋漓尽致，总结出一套相对完整的现实主义文艺思想。他的出发点是《讲话》，实现的却是自己的思想体系。《论现实主义的路》本身就是一个隐含着矛盾悖论的理论文本，在大一统一体化的时代，胡风是愈来愈不合时宜了。

20 世纪 40 年代对胡风文艺思想的批判，令我们想到当年卢卡契和布莱希特这两个对立派别的争论，他们都宣称自己是在维护马克思主义，但在马克思主义内部营却形成彼此对立的现实主义文艺观。卢卡契与布莱希特都有存在的必然性和合理性，它们互为补充，共同构成了丰富而开放的马克思主义文艺体系。对于毛泽东、周扬代表的文艺思想和胡风的另一种思想创建，本应作同样的理解，但政治的强压下既不允许多样共存，处于政治弱势的胡风也就难逃悲剧的命运。

中华人民共和国成立后，胡风意欲结合毛泽东的《讲话》精神发展自己的文艺思想，在文艺的服务对象问题上，在文艺的普及与提高的关系问题上，胡风认为毛泽东“在讲话里面给了辉煌的辩证法的解决”①。但他的观点总是不能赢得人们的认同，相反却继续引起文艺界的不同意见，继而导致大规模的政治批判运动，中断了胡风正在成长和发展中的现实主义文艺思想。作为一个坚毅而又执著地构筑了自己文艺理论体系的批评家，胡风的理论价值到 20 世纪 80 年代以后才逐渐得到人们应有的客观的评价。

第二节 “主观战斗精神”及“精神奴役的创伤”论

胡风一生著述颇丰，他的文艺理论、文艺批评和创作论都是以现实主义为中心而展开，胡风思考所有的文艺问题，几乎都与现实主义有关。现实主义作为一个文学理论范畴，应该有它质的规定性。从开放、多元和发展的角度讲，现实主义可以无边，但终归有它坚守的阵地和高扬的精神旗帜。胡风

① 胡风：《〈民族战争与文艺性格〉重排后记》，载《胡风全集》第 2 卷，湖北人民出版社 1999 年版，第 705 页。

在哲学上始终坚持唯物论的反映论，是现代中国马克思主义反映论文艺观的一位具有代表意义的文艺家。

一、“主观战斗精神”论

胡风在1936年著的《文学与生活》、1939—1940年著的《论民族形式问题》、1948年著的《论现实主义的路》和中华人民共和国成立后的“30万言意见书”，是他现实主义文艺观最为集中、系统和深入的阐发。胡风认为，要创造出好的作品，作家必须以真诚的心意、高度的热情，全身心地投入到作为客体的现实生活里面，拥抱客观对象，肉搏现实人生，即要发扬“主观战斗精神”。胡风的“主观战斗精神”是基于文学关注和反映现实人生的迫切要求而提出的精彩论断。在这里，“主观”须臾不能离开“客观”这一战斗对象，“只有体现了客观之道者才能够获得主观之力”①，文艺家所面对的是“真枪实剑的、带着血痕或泪痕的人生”②，文艺创作，就是从对现实人生的“肉搏”开始的。胡风以自己独特的理论话语传达出对现实主义质的规定性的理解与把握。虽然与主流现实主义话语存在分歧，但他的文艺理论始终没有离开“艺术是发源自实际的社会生活”③ 这一反映论的基本观点，也就是说从根本上没有超出现实主义范畴。

文学是人学，是人的情感的对象化，是人性及其灵魂的完美建构。胡风在建构现实主义的过程中，紧紧抓住文学写人和被人所写这两个基本点，也就是抓住了文学创作的内部规律，他在《论现实主义的路》中，以“关于作家——创作的人”、“关于形象——创作对象的人”为题，对创作主体和对象主体在文学中的能动状态进行了深入的总结性论述。从作家主体来讲：作家的创作是一种“感性的活动”，作家不能是让客观对象自流式地装进来的“一种工具”、一个“唯物”的死的容器。他是历史的人、具体的人……是阶级的人实践的人。他的存在一样是“现实的生活过程”，但在这现实的生活过程里面却是流着人民的血液，即汲取了或汲取着人民的痛苦和要求，

① 胡风：《论现实主义的路》，载《胡风全集》第3卷，湖北人民出版社1999年版，第500页。

② 胡风：《论现实主义的路》，载《胡风全集》第3卷，湖北人民出版社1999年版，第506页。

③ 这是胡风1936年著述《文学与生活》一书的基本论点。此书共五章，第一章：文艺是从生活产生出来的；第二章：文艺是反映生活的；第三章：文艺站在比生活更高的地方；第四章：创作之路；第五章：民族革命战争与文艺。参见《胡风全集》第2卷，湖北人民出版社1999年版，第283页。

而形成了或形成着一种“感性的活动”。客观对象在没有进入人的意识以前，是“不受作家主观影响的客观存在”，但成了所谓“创作对象”的时候，就一定要受“作家主观影响”的①。从对象主体来讲：创作对象是人，即感性的活动，因为，“人的本质是社会关系的总体”。或者用常识的话说：“活的人，活人的心理状态，活人的精神斗争。”创作完成了以后的人（人物），更是感性的活动，因为，文艺所要求的是“典型环境里的典型性格”，甚至还应该是被创造加工所提高了的。或者用常识的话说：“一代的心理动态。”革命文艺的任务是要反映出这个伟大的时代的丰富的内容和火热的渴求，在斗争里面成长的坚强的性格，在重压下面苦斗的坚强的性格，在苦痛的生活负担下面觉醒的善良的或坚强的性格，这正是非得在活生生的“感性的活动”里面把握他们、创造他们不可的②。创作主体和对象主体既为人，那么：人是活的人、行动着的人、被赋予着意识的人，凭着各自被各种各样的杠杆所规定的反省和热情，向着一定的目的经营着生活的人，各自的反省和热情在各种各样的路径上和历史的冲动力联系着，各种各样地被历史所造成，又各种各样地对历史起着作用的、创造历史的人，这就叫做“感性的活动”③。

胡风使作家主体和对象主体在文学创作这一“感性的活动”中得到实现和完成，得到生命的升华。胡风在高尔基“文学即人学”的指导性命题启发下，进入对现实主义文学的思考，他以自己的主体性现实主义理论丰富和发展了“文学即人学”这一经典思想。

对作家“主观战斗精神的”强调，是胡风文艺理论的核心所在，也是胡风文艺思想独特性与深刻性的关键所在。它是一个切合现实主义文学艺术规律的独特发现。“主观战斗精神”不是一个单一和孤立的理论命题，它由多重含义构成，在多重关系中实现。它首先要求作家主体要有饱满的情绪和战斗的意志。胡风指出：“文学的路，现实主义的文学的路，一向是，现在是，将来也永远是要求情绪的饱满的。没有情绪，作者将不能突入对象里面，没有情绪，作者更不能把他所要传达的对象在形象上、在感觉上、在主

① 胡风：《论现实主义的路》，载《胡风全集》第3卷，湖北人民出版社1999年版，第522、523、524页。

② 胡风：《论现实主义的路》，载《胡风全集》第3卷，湖北人民出版社1999年版，第533、538页。

③ 胡风：《论现实主义的路》，载《胡风全集》第3卷，湖北人民出版社1999年版，第544~545页。

观与客观的融合上表现出来。"①"我所提出的'主观战斗精神'是指作家在社会生活中、在创作过程中应有的爱爱仇仇的感情。"②

进一步，作家主体必须拥抱客观，肉搏生活，深入到对象之中。情绪和意志是重要的，"但我们所要求的情绪，一定是附着在对象上面的，也就是'和'对象'一同'放射的东西。作者可以哭泣，可以狂叫，可以有任何种类的情绪激动，不但可以，而且还是应该的，但他却不能把他的哭泣他的狂叫照直地吐在纸上，而是要压缩在、凝结在那使他狂叫的对象里面，那使他哭泣使他狂叫的对象的表现里面"③。反过来讲，"所谓现实，所谓生活，决不能是止于艺术家身外的东西，只要看到、择出、采来就是，而是非得透进艺术家的内部，被艺术家的精神欲望所肯定、所拥护、所蒸沸、所提升不可的"④。这就明白地告诉作家，要创作出优秀的艺术品，作家必须把他的"战斗精神"融入到客观对象里面，以使客观对象也同样燃烧起来，抵达物我两忘、融为一体的境界。一句话，"文艺创造，是从对于血肉的现实人生的搏斗开始的"⑤。

在强调主客观融合的时候，胡风尤其重视创作的感性的实践过程，重视创作中生命意识的显现。"在对于血肉的现实人生的搏斗里面，被体现者被克服者既然是活的感性的存在，那体现者克服者的作家本人的思维活动就不能够超脱感性的机能"⑥。他强调，主客对客体的"搏斗过程始终不能超脱感性的机能，或者说，它一定得化合为感性的机能"⑦。胡风所认可的创作实践，"指的是创造过程上的创造主体（作家本身）和创造对象（材料）的相生相克的斗争；主体克服（深入、提高）对象，对象也克服（扩大、纠

---

① 胡风：《论战争期的一个战斗的文艺形式》，载《胡风全集》第2卷，湖北人民出版社1999年版，第510页。

② 胡风：《关于〈七月〉和〈希望〉的答问》，载《胡风全集》第7卷，湖北人民出版社1999年版，第218页。

③ 胡风：《论战争期的一个战斗的文艺形式》，载《胡风全集》第2卷，湖北人民出版社1999年版，第511页。

④ 胡风：《为了电影艺术的再前进》，载《胡风全集》第3卷，湖北人民出版社1999年版，第400页。

⑤ 胡风：《置身在为民主的斗争里面》，载《胡风全集》第3卷，湖北人民出版社1999年版，第186页。

⑥ 胡风：《置身在为民主的斗争里面》，载《胡风全集》第3卷，湖北人民出版社1999年版，第188页。

⑦ 胡风：《置身在为民主的斗争里面》，载《胡风全集》第3卷，湖北人民出版社1999年版，第189页。

正）主体，这就是现实主义的最基本的精神”①。胡风所谓创作主体与创作对象的“相生相克”，形象地描绘出了创作主客体复杂的作用过程（内在机制），这既是对文学创作规律的深刻揭示，也是对当时现实主义理论现状的突破。胡风是在致力于现实主义挣脱束缚，回归本体的同时，向理论的纵深处掘进。

“主观战斗精神”是胡风现实主义理论的升华和结晶，这一结晶体中包含着他对艺术创造动态过程及其内部规律的深入探寻。他的这一独到见解并非反对者所言，是主观压倒客观甚至取代客观的偏执理论，相反，胡风恰恰联系到现实人生与艺术创造之间全部的丰富和复杂的关系，从而把握了现实主义的要义。胡风曾用一系列相关的表述反复传达他的观点，如“战斗要求”、“人格力量”或主客体的“拥抱”与“融合”、“突入”与“肉搏”，以及作家的“自我扩张”等，都是胡风对“主观战斗精神”理论更具体和进一步的阐述，他的理论一直是从主客体“相生相克”双向运动的思路上展开，但胡风还是注重主体对客体的“拥入”过程，并明确客观对象“也要主动地用它的真实性来促成、修改甚至推翻作家的或迎合或选择或抵抗的作用”。即便如此，胡风仅只用过一次的“自我扩张”一词，被反对者认为是主观思想的极端表达，而“自我扩张”一旦与“艺术创造的源泉”断章相连，必然会被冠以主观唯心论。

胡风痛切地感受到，由于对创作活动中主体能动作用的忽视，导致“主观公式主义”和“客观主义”的两种偏向，给文艺的正常发展带来了很大的阻碍和危害，它们在本质上“是反现实主义的”②。从现实主义出发，胡风说：“既然承认了文艺要表现‘客观对象’，那么，不把客观对象这样的活的生命内容表现出来，客观对象又怎样算得是客观对象呢?”③ 这“活的生命内容”，既是人民“承受劳动重负的坚强和善良”，“又是以封建主义的各种各样的具体表现所造成的各式各态的安命精神为内容的”，是“活在人民身上”的封建主义④。面对这样的“活的生命内容”，“主观公式主义”

① 胡风：《人道主义和现实主义的道路》，载《胡风全集》第3卷，湖北人民出版社1999年版，第237页。

② 胡风：《论现实主义的路》，载《胡风全集》第3卷，湖北人民出版社1999年版，第502页。

③ 胡风：《论现实主义的路》，载《胡风全集》第3卷，湖北人民出版社1999年版，第545页。

④ 胡风：《论现实主义的路》，载《胡风全集》第3卷，湖北人民出版社1999年版，第554页。

和“客观主义”是无力去把握和表现的，作家只有“突入”到“活的生命内容”中去，“把握得到客观对象的本质的活的内容，而且使只有凭着那才能深入客观对象的主观的战斗要求得到血肉，得到考验，得到发展，得到批判，成为客观真实性更高的主观思想力量”①，才能真正实现现实主义的要求。于是胡风格外地强调主体中介的决定性作用，反对用反映论来简单机械地解释生命灌注的文艺活动。无论是讽刺黑暗、歌颂光明或者刻画形象，“作家的思想态度上没有和人民共命运的痛烈的主观精神要求，黑暗就不能够是被痛苦和憎恨所实感到的黑暗，光明就不能够是被血肉的追求所实感到的光明，形象就不能够是被感同身受的爱爱仇仇所体现出来的形象了”②。胡风独特的理论发现正在于揭示出创作主体“灵魂的真正秘密”，意识到作品的艺术生命力相当程度上来自于作家对现实人生的“把捉力、拥抱力和突击力”，而他的理论创造之处正是人们对他的非议之处。实际上，尽管类似“自我扩张”的言论显得有些“出位”，尽管胡风在现实主义路上算是走得最远的一个，但他从未跳出过现实主义，也从未想跳出过，现实主义是胡风一生尊崇和信仰的文艺思想。

二、“精神奴役的创伤”论

胡风文艺思想的取向多元，蕴涵丰富。其构成中有马克思主义以及相联系的苏俄文学传统，还有“五四”启蒙学说中的生命哲学与个性主义等。胡风曾说：“我把中国革命文学的发展叫做鲁迅的道路。与这相应，我把当代国际现实主义文学和革命文学的发展叫做高尔基的道路。”③ 胡风将“五四革命文艺传统”和“国际革命文艺传统”相并列，明白地道出自己与鲁迅文艺思想的渊源关系。如果说，苏联等外来影响主要表现为胡风现实主义思想的外在形态，那么，鲁迅为代表的现实主义传统，则是胡风文艺思想构成中内在的根本的因素，鲁迅是胡风无限的思想和精神资源。胡风的现实主义文艺立场，胡风一生执守坚持并丰富发展的现实主义理论，是对鲁迅的现实主义思想直接的忠实的继承，而且，胡风理论的主体性特征，在鲁迅这里

---

① 胡风：《论现实主义的路》，载《胡风全集》第 3 卷，湖北人民出版社 1999 年版，第 555 页。

② 胡风：《论现实主义的路》，载《胡风全集》第 3 卷，湖北人民出版社 1999 年版，第 497 页。

③ 胡风：《〈胡风评论集〉后记》，载《胡风全集》第 3 卷，湖北人民出版社 1999 年版，第 587 页。

可以找到更为内在的和更为有力的依据。

出于对“五四”“反传统主义”的继承，胡风延续了以鲁迅为代表的“改造国民灵魂”的文学观。胡风说：“中国的新文艺正是应着反抗封建主义的奴役和帝国主义的奴役的人民大众的民主要求而出现的。”① 由此衍生出胡风关于“精神奴役的创伤”的命题，是胡风在1944年所写的《置身在为民主的斗争里面》一文中提出的。他认为：

> 作家应该去深入或结合的人民，并不是抽象的概念，而是活生生的感性的存在。那么，他们的生活欲求或生活斗争，虽然体现着历史的要求，但却是取着千变万化的形态和曲折复杂的路径；他们的精神要求虽然伸向着解放，但随时随地都潜伏着或扩展着几千年的精神奴役的创伤。作家深入他们要不被这种感性存在的海洋所淹没，就得有和他们的生活内容搏斗的批判的力量②。

这种带有强烈启蒙色彩和批判精神的文学内涵，必定引导出胡风特有的主体色彩极为浓厚的现实主义文学观念。胡风又说：

> 一部新文化运动史就是明证：没有20多年来的这一点启蒙运动，我们现有的文化传统就成了无水的鱼，真空里的树；如果没有新文化运动所养成的这一批文化先锋队，只是叫三家村底子曰先生去宣传‘最后胜利’，恐怕连‘条件反射’都是不能够得到的③。

在40年代，胡风延续“五四”一代的精神，坚持鲁迅的文化启蒙姿态，力求将启蒙与救亡统一起来，继续“五四”对国民性的深刻揭示，他提出文艺要反映民众的“几千年的精神奴役的创伤”，以更有力地推动民族解放。胡风提出两条疗治“精神奴役的创伤”的道路，一是坚持“五四”传统，沿着鲁迅所开辟的道路将未完成的启蒙任务继续下去，以救治国民的

① 胡风：《置身在为民主的斗争里面》，载《胡风全集》第3卷，湖北人民出版社1999年版，第185页。

② 胡风：《置身在为民主的斗争里面》，载《胡风全集》第3卷，湖北人民出版社1999年版，第189页。

③ 胡风：《论持久战中的文化运动》，载《胡风全集》第2卷，湖北人民出版社1999年版，第543页。

精神病痛，唤起大众觉醒。一是以“原始的生命强力”来反抗“精神奴役的创伤”。“原始强力”是与人的生命本能和对于生活压迫的自发反抗联系在一起的，这样，胡风便在以文化启蒙为取径的知识反抗之外又寻求到了强调生命本能冲撞的另一种反抗方式。这既是对于“五四”改造国民性这一启蒙命题的继承和补充，也有着对这一命题的超越性思考。所以，有人也将胡风的现实主义看做启蒙现实主义。从这一角度，我们可以看到胡风所坚持的启蒙精神与现实主义主体性的关系，它们同样是密不可分、互为表里的。创作主体对于人民的“精神奴役创伤”的揭示，主体必须像鲁迅那样具备与客观对象感同身受的情怀与态度才能够挖掘、剖露出阿Q式的国民灵魂来。胡风站在启蒙主义的立场上，确定了“现实主义方法”与创作主体的“血肉”关系，从而使“主体”一方在他的现实主义文艺观中占据了显要的位置。

应该说，40年代在为一个大目标——为民族解放而战这一点上，胡风和他的对立者们并没有太多的不同，不同的是胡风不随波逐流，人云亦云，也没有被民族战争和解放战争的硝烟过多地遮挡住他那深邃的、明亮的视线，他始终没有放弃自己的思考。他为自己的现实主义注入了在当时已显得不合时宜的启蒙精神，就是在执著地坚持鲁迅的文学精神。他的一切关于文学的思考都与新文学的启蒙传统相关，在大众文化空前地发达的战争期间，胡风以为这是启蒙的大众文化，于是也竭力加以鼓吹，但他反对抛开启蒙，完全适用于功利的大众文艺，他认为启蒙与战争的需要是统一的、同步的，而且，大众文艺也应该在普及的基础上进步、提高。这就与对民间形式简单利用，“无条件与工农兵打成一片”的功利化现实主义区别开来。

站在今天，回眸历史，由于胡风的创见更有力地坚持了现实主义，在促使中国现代文学独尊现实主义这一点上，胡风其实起到了一种特殊的推助作用。基于此，不少理论家在论述胡风思想的局限性时，认为他最终没有挣脱传统理论模式，其独尊现实主义的观念制约了其理论的发展。

胡风在强调艺术家个体生命的能动作用和艺术创作的内部规律时，他从来没有将文艺独立于社会政治之外，从胡风现实主义文艺批评所带有的政治功利色彩来看，胡风是一个政治上相当激进的文艺家，但却最终为政治所不容，陷入悲剧境地。胡风本着保住现实主义的真实面目，防止因变质僵化而死亡的初衷，与对立面进行不懈的斗争，并走向对现实主义的独尊，但最终被冠以反现实主义的头号人物。说到底，胡风及胡风的理论所表现出的悖论是20世纪中国文化悖论情境的反映，胡风难以逃脱时代的局限却又在努力突破和超越时代。胡风文艺思想的时代性特征表明他确实是顺应了20世纪文学大潮，与其说胡风是超前的，不如说封闭的中国文学落后于世界文学潮流，新时期文学思潮和对胡风文艺思想的重新估价及继承发展，已经证明了这一点。

第三节　鲁迅研究及其他作家论

从青少年时代开始，胡风就在精神上崇拜和追慕鲁迅。胡风说他是从20世纪年代初进中学时就受到新文艺的影响的，而且是以鲁迅的影响为主"①。早年的诗歌创作和仅有的一篇短篇小说《三年》，都明显受鲁迅的影响。胡风自1933年起就直接和鲁迅接触，彼此建立起相互信任的密切关系，后来有人说胡风是鲁迅的"弟子"或"大弟子"，无论出于夸赞还是攻击的目的，毕竟道出了一个事实，即鲁迅与胡风的师生承续关系。在鲁迅的言传身教中，胡风积极参加革命文学活动，延续"五四"一代的精神，自觉而坚定地捍卫鲁迅开创的现实主义传统，鲁迅的影响贯穿胡风的一生，成为他人生经历和文艺思想中重大的、决定性的影响。

一、胡风的鲁迅研究

作为鲁迅的学生，胡风一方面在鲁迅思想影响下和鲁迅精神激励下，走上文学创作和理论批评道路；另一方面，鲁迅的创作活动及其文学思想，也是胡风始终关注和研究的对象。可以说，他是在不断结合鲁迅与新文学作家们的创作实践，来逐步构建自己的现实主义理论体系的，从感性的创作实践出发，是胡风阐释文学问题的一个基本方法，也构成了胡风理论的一大特色。

胡风是鲁迅思想和鲁迅精神的重要阐释者和弘扬者，胡风的鲁迅研究从他左翼时期接触到鲁迅时开始，一直持续到晚年。在胡风的著述中，留下了大量的关于鲁迅文字，其代表性文章有：《关于鲁迅精神的二三基点》、《断章》、《文学上的五四》、《如果现在他还活着》、《作为思想家的鲁迅》、《以〈狂人日记〉为起点》、《从"有一分热，发一分光"生长起来的》等，在著名长文《论民族形式问题》、《论现实主义的路》和《关于解放以来的文艺实践情况的报告》中，也有关于鲁迅思想的重要阐释。胡风与同道的其他理论批评家一起，形成左翼文艺阵营中别具面貌的鲁迅研究体系，但在漫长的革命年代，却一直受鲁迅研究主流派的否定和批判。

---

① 胡风：《〈胡风评论集〉后记》，载《胡风全集》第3卷，湖北人民出版社1999年版，第584页。

胡风研究鲁迅的主要观点可以归纳为三个方面：第一，鲁迅一生都坚持清醒的现实主义，洋溢着热情有力的主观战斗精神。胡风在《关于解放以来的文艺实践情况的报告》中写道："为了现实主义的胜利，要珍视并继承鲁迅传统。第一篇小说《狂人日记》，就开辟了社会主义现实主义的道路。那高度的历史真实性、那反抗人吃人（人压迫人、人剥削人）制度的火一样的热情，正是属于宝贵的社会主义精神，为当时的作家所缺乏的。"① 鲁迅的文学实践，正体现着客观的历史现实和主观的战斗精神的结合，胡风把握到的鲁迅思想的中心特征，就是"他的内在的战斗要求和外在的战斗任务的完全合一，这可以和天地造化比美的宝贵的精神"。"真正的战斗，不能是和主观要求客观对象离开的'思想'，非得是这两者的结合不可。"②在胡风看来，鲁迅的带有"火一样的热情"现实主义，正是本真意义上的主客观融合的现实主义。鲁迅的现实主义思想中就存在明显的主观性蕴含，这无疑与他前期翻译厨川以及受厨川思想影响大有关系，而胡风恰恰又是受了鲁迅的影响去读厨川的《苦闷的象征》，可见胡风与鲁迅具有相似的认知方式和途径，他同鲁迅一样，"把'心'、'力'完全结合在一起"，他的"主观战斗精神"论与鲁迅的"能杀才能生，能憎才能爱，能生能爱，才能文"③ 的论断，都显示了一脉相承的内在思想理路。

第二，沿着文化改造的思路，试图从民族根柢出发，挖掘国贫民弱的原因，致力于改造"国民劣根性"，这是鲁迅的价值意义最大所在。封建旧文化及其各种存在方式，是他毕生批判和破坏的对象，表现了鲁迅过人的清醒与深刻。胡风曾说："鲁迅的一生是为了祖国底解放、祖国人民底自由平等而战斗过来的。但他无时无刻不在'解放'这个目标旁也同时放着叫做'进步'的目标。在他，没有为进步的努力，解放是不能够达到的。在神圣的民族战争期的今天，鲁迅的信念是明白地证实了：他所攻击的黑暗和愚昧是怎样地浪费了民族力量，怎样地阻碍着抗日怒潮底更广大的发展。为了胜利，我们有努力向他学习的必要。"④ 于是，"在'抗日救亡'成为时代中

---

① 胡风：《关于解放以来的文艺实践情况的报告》，载《胡风全集》第6卷，湖北人民出版社1999年版，第172页。

② 胡风：《从"有一分热，发一分光"生长起来的》，载《胡风全集》第3卷，湖北人民出版社1999年版，第56、57页。

③ 胡风：《关于鲁迅精神的二三基点》，载《胡风全集》第2卷，湖北人民出版社1999年版，第501~502页。

④ 胡风：《关于鲁迅精神的二三基点》，载《胡风全集》第2卷，湖北人民出版社1999年版，第502页。

心口号的新的历史条件下，‘反封建’即改造中国社会内部肌体的任务是否就自动地消融在‘反帝’的时代主题之中？还需不需要坚持鲁迅所开创的民族自我批判的传统（这也是“五四”的传统）？”① 在这一问题上，作为鲁迅的忠实弟子胡风，用自己的言论和行动，作出了肯定的回答。

胡风继承了以鲁迅为代表的“五四”新文化传统，胡风的现实主义理论的基本思想，很多观点是从鲁迅那里接受过来的。其中最核心的思想联系就表现在胡风的“精神奴役创伤”论与鲁迅的“改造国民劣根性”的文学观之间。如果说40年代鲁迅精神发生转向或被片面继承，那么，比较全面并深刻地阐发和继承鲁迅的是胡风。

第三，鲁迅的思想随着革命的发展而发展，鲁迅的思想和创作有其一贯性，是一个内在的统一整体。胡风认为，鲁迅的创作并没有得益于世界观的主动改造，他是靠自己对现实生活的认识而达到社会主义现实主义的，他的现实主义是一贯的，也是可以垂范后人的。晚年被平反后，胡风仍坚持他的观点，他说：“二十年代末鲁迅由于创造社等人的‘批判’才进行了思想‘转变’，这种意见是不能成立的，是违反了鲁迅的实际的。”② 胡风认为过分强调世界观的指导作用，是文学公式化、概念化的源泉，是文学界空气沉闷的主要原因。伟大的作家凭借其对生活的深入观察和深刻把握，一定能够正确地认识生活和解释生活，而且也只有这样才能写出饱满而有生气的作品来。对此，鲁迅依然是最有力的例证。胡风在《论现实主义的路》中说：

> 就是还没有接受这个革命思想，在被这个革命思想所引导的斗争发生之前，在某一关联上和人民有着联系的知识分子作家，由于对实际的“观察”，即鲁迅所说的“由于事实的教训”，虽然更为艰难，但依然有可能在相应的程度上进入人民的内容，汲取人民的要求流在自己身里，因而把握到历史现实的真实的本质的。“一部文学史”就提供了丰富的例证，鲁迅就是这样在中国历史上站了出来的③。

中华人民共和国成立后，通过鲁迅“转变”问题的争议，所透露的远

① 钱理群：《胡风与五四文学传统》，载《文学评论》1988年第5期。

② 胡风：《关于鲁迅“转变”论的一点意见》，载《胡风全集》第7卷，湖北人民出版社1999年版，第8页。

③ 胡风：《论现实主义的路》，载《胡风全集》第3卷，湖北人民出版社1999年版，第527页。

不仅仅是鲁迅思想转变这一学术问题，而是牵涉到是否认可知识分子通过改造而转变到无产阶级阵营的意识形态问题，胡风的观念固然也有不严密之处，但所受到的却是充满政治行为的主流批判。

胡风的鲁迅阐释一方面构成了独具特色的鲁迅研究观；另一方面，也支撑着他自己的文艺思想的理论构架，使之成为其最重要和最核心的思想资源。同时也要认识到，胡风对鲁迅阐释乃至思想继承，也并不是没有失误和片面之处。譬如他曾经简单地将鲁迅等先驱者开辟的新文学传统，与他自己所崇尚的社会主义现实主义相等同，削减了鲁迅和新文学更为丰富复杂的文化内涵。鲁迅是以他卓然超群的文学创作昭著于世的，而胡风作为一位职业文艺理论家和批评家，来营构他的具有体系性和鲜明特色的理论思想，二人的思想角度和认识途径有所不同。但总的来讲，在对中国历史及现实人生的认识方面，胡风不及鲁迅清醒和深刻，由此造成他的现实主义文艺思想，也有不及鲁迅深刻和成熟的地方。并且，胡风的鲁迅阐释所提出的问题既有独特性和深刻性，也包含着更深刻的内在矛盾，“这种矛盾是由他在理智上坚持马克思主义唯物论而在实际上更重视鲁迅前期所接受的主观意志论和生命哲学所造成的，也是由他站在中国政治革命的现实立场上而更重视‘五四’思想精神启蒙所造成的”①。

二、胡风的现代作家论

胡风是一个诗人，又是一个编辑，同时也是一个文艺批评家。他的理论生涯从始至终与文艺的实践互相伴随，除了自己从事诗歌创作，他的身边还围绕着一大批成就卓著的诗人作家。胡风的文艺观是实践的文艺观，他的文艺思想体系也是在文艺实践的激发与印证中逐步成熟起来的。他始终将理论与创作实践结合起来，既从创作现象中总结归纳理论，又以理论来指导创作实践，他的理论是真正活的理论。胡风文论中有大量的文学批评大多是针对当时的文坛创作有感而发，并结合马克思主义理论，逐渐形成自己独到的理论体系。可以说胡风是从文学批评出发，逐渐进入现实主义理论探索，用作家论的形式去接触作家，用书评的形式去接触作品，从而尝试着去迫近社会发展的脉搏和文艺发展的道路。

在胡风早期文艺批评的两个集子《文艺笔谈》和《密云期风习小记》中，绝大部分是文坛新人新作的评论。“胡风在文艺批评上的主要特点，是

① 王富仁：《中国鲁迅研究的历史与现状》，福建教育出版社 2006 年版，第 45 页。

对于文艺创作园地里‘生人的气息’的敏感。他的主要贡献，是及时将一批新人推送上文学史的应有地位，并为新文学的发展，推波助澜，开拓疆域。”① 他当年推出的文学新人如张天翼、欧阳山、艾芜、端木蕻良、艾青、田间等，后来都成为文坛上的主将。胡风早年的作家专论《林语堂论》和《张天翼论》，以及对诗人田间、艾青的评论，现在看来都是准确独到的，胡风和早年的茅盾、沈从文、苏雪林、许杰等“诗人批评家”（周作人语）一道，共同开创、构建了现代作家论这一批评文体，使现实主义的历史批评和美学批评的方法得以实践和推广。

胡风在1935年1月出版的《文学》第四卷第一号上发表了《林语堂论》，据说引起当时“青年竞相告语，议论纷纷”，因为在这之前，文坛上关于林语堂创办《论语》和《人世间》，提倡“以自我为中心，以闲适为格调”的小品文，已经很热闹地讨论过一段时间了，胡风的《林语堂论》，“很容易被认作是总结性的文章”而受到关注②。胡风的《林语堂论》有一个副标题是“对于他的发展的一个眺望”，讨论林语堂思想前后的变化和艺术精神的矛盾状态，分析林语堂背离社会现实和时代潮流的思想艺术观，指出其消极影响。他对林语堂所代表的“闲适风气”的批判，可以看出胡风作为左翼文学批评家的思想立场和现实主义美学尺度。

张天翼的小说创作在30年代前后就崭露头角，被称为文坛上的“新人”，“但是关于这位新人的全面深入的评论，是从胡风写的《张天翼论》开始的”。当时的文学批评以单篇点评居多，相比之下，“胡风的《张天翼论》可以称得上是名副其实的作家论”③。胡风对张天翼创作的批评，同样不只是针对作家个人的创作得失，而依然将其当做一种文学倾向的代表，从个体批评归结为时代文学的整体观照。胡风在把握张天翼的创作特点时指出：

> 艺术活动的最高目标是把捉人的真实，创造综合的典型。这需要在作家本人和现实生活的肉搏过程中才可以达到，需要作家本人用真实的爱憎去看进生活底层才可以达到；如果只是带着朴素唯物主义观点在表面的社会现象中间随喜地遨游，我想，他的认识就很难深化，他的才能

① 朱寨：《胡风的文艺批评》，载《文艺研究》1985年第6期。

② 唐弢：《林语堂论》，载《文艺报》1988年1月16日。

③ 朱寨：《胡风的文艺批评》，载《文艺研究》1985年第6期。

就很难发展的罢①。

显然，胡风针对的正是文坛露出苗头的“客观主义”问题来分析和评论张天翼的创作特色的。此时的胡风在论作家的同时，也开始借创作现象来阐明自己的现实主义文艺观。

胡风还有许多有关七月派作家的批评，在他们创作成长的过程中起到了不可忽视的促进作用。正如研究者所言：“胡风的文艺思想和创作理论，是与‘七月派’的创作一道成长的。”“他的文艺思想和理论是结合放眼中国新文学创作的整体和全部历史进程，从新文学实际中产生、发展和形成。”②其中路翎的出现，对于胡风理论的发展有着至关重要的意义。胡风的理论在路翎的创作实践中得到了印证，胡风的理论批评与路翎小说创作之间形成了一种互动关系。路翎的艺术创造，使胡风处于萌动期的理论思路逐渐清晰起来，诸如“主观战斗精神”、“精神奴役创伤”、“原始的生命强力”等重要理论思想，都是与路翎的创作互为印证的，难怪胡风见到路翎的作品会惊喜不已，很快引为知己。路翎被认为是七月派小说创作方面的代表，胡风创作理论的典型例证；胡风则成为路翎几十年来的“导师和友人”。

胡风文艺思想的个性化色彩，建立在理论的创造性基础之上。胡风是中国现代为数不多的具有创造意识和独立思想的文艺家之一，基于中国现代文论形成的客观现状，胡风的理论同样表现出原创性的不足，但他贴近创作实际，开创并初步构建了自己的理论体系，在广征众采中形成了具有个性风格的文艺理论。胡风的诗人角色和他注重文艺现状、紧扣创作实践的理论个性，使他的理论与纯粹的高头讲章式理论有所不同，他的理论切实起到了指导创作实践的作用。而另一方面，胡风作为理论家的开阔视野，又使他的文学评论与一般的随感式、应时性评论家的批评文章有了质的区别，胡风的文学评论，都是建立在他全面和深入的理论思考之上，是他系统文艺思想的构成部分，他同时在文学评论中完成着他的现实主义理论构建。

胡风的文艺思想，是在现代文学发生和成长过程中应运而生的，正因为关注实践与指导实践是胡风探索文艺问题的源头和目的，使得胡风的文艺思想具有了强大的现实意义和理论生命力。

---

① 胡风：《张天翼论》，载《胡风全集》第2卷，湖北人民出版社1999年版，第39页。

② 朱寨：《关于胡风文艺思想的评价问题》，载《文学评论》1999年第1期。

◎ 思考题

1. 胡风文艺思想的形成和发展可分为哪几个时期？

2. 试述胡风“主观战斗精神”的主要思想内涵。

3. 试比较胡风“精神奴役的创伤”命题和鲁迅“改造国民性”思想。

4. 胡风对中国20世纪现实主义文学理论的形成和发展有何特殊贡献？意义何在？

5. 胡风的鲁迅研究有哪些主要观点？如何认识和评价？

第五章　报告文学、诗歌的繁荣

中国现代文学在抗战烽火中成就了一个重要的文体——报告文学。这样的文类其实早已有之，并且取得了卓越的成就，如20世纪20年代初期瞿秋白的《饿乡纪程》等。但报告文学作为一个重要的文体被命名并得到初步繁荣，则是在抗战爆发前后。由于抗战的爆发，中国作家在很短的时间内迅速形成了文艺界抗日民族统一战线，空前团结在抗日救亡的旗帜之下。由于如潮水般汹涌的革命激情的推动，抗日救亡成为压倒一切的文学主题，各种大众化的小型轻便的文艺形式在文坛唱了主角。报告文学凭借文学的形象性、新闻的真实性等优势，很快成为战时文坛最活跃的文体。连续不断的战争和生活的剧变为报告文学提供了异常丰富的素材，报告文学在思想、技巧、文体等方面也日趋成熟。突出的作品有夏衍的《包身工》、宋之的的《一九三六年春天在太原》等，茅盾主编的《中国一日》以1936年5月21日这一天发生在全国的事件为题，从3000多篇稿件中选择了500多篇编辑出版。在报告文学繁荣的同时，抗战以后的新诗也取得了很大成绩。

第一节　丘东平、碧野等人的报告文学

在抗日战争时期，一些新闻记者深入作战前线，目睹了中国军民在正面战场同日寇作战的英雄壮举。他们在感动之余写下了不少表达爱国主义情怀的作品，如范长江在“七七事变”发生后，奔赴前线，冒着敌人的炮火，写下了《卢沟桥畔》，及时记录了中国军民奋起抵抗侵略者的情景。祖澄的《孤军八百》以淞沪会战结束，国民党大撤退为背景，记录下了谢晋元团长率领八百勇士同敌人浴血奋战的事迹，笔触所及，感情真挚而热烈。八百勇

士的事迹也随之传遍全国，鼓舞了全国人民的斗志。不少作家也加入到这一行列中来，报告文学写作呈现繁荣的景象。

一、丘东平的报告文学

丘东平（1911—1941），小名谭月，后名席珍，号东平，广东海丰人。1927 年加入中国共产党，1931 年“九·一八”事变后，到国民党第十九路军中宣传抗日救国，鼓动中下层官兵奋起抗日。1932 年“一·二八”事变时，随十九路军在淞沪抗日前线做部队政治工作及民运工作。1934 年，在上海参加左翼作家联盟。1936 年 7 月，和鲁迅等 63 人共同发表《中国文艺工作者宣言》。1937 年抗日战争爆发后，他转战江南。1939 年 2 月，参加延陵、丹阳战斗和珥陵河川伏击战，并撰写《截击》、《宣扬“皇道”者行列》、《把三八式枪夺过来》等通讯报道，宣传新四军打击日本侵略者的重大胜利。1941 年初，任鲁迅艺术学院华中分院教导主任，撰写长篇小说《茅山下》前五章，描述新四军同日军激战的壮烈场面及茅山人民战斗生活的情景。

丘东平一手拿枪，一手握笔，从上海北上济南，西下汉口，参加抗战活动。在济南，他写下了《暴风雨的一天》；在南京，他写了《叶挺将军印象记》和《善于构筑防御工事的翁照垣》；在武汉，他写下了《第七连》、《一个连长的战斗遭遇》等作品，又与欧阳山、草明、邵子南、于逢合作中篇小说《给予者》；在南昌，他写下了《我认识了这样的敌人》。这些作品使他成为抗战时期描写抗战斗争生活很有影响的作家。

《第七连》忠实记录了连长丘俊的谈话，突出了青年军人以身报国的爱国情怀。主人公丘俊在目睹了抗战初期敌我力量的悬殊对比后，没有消沉，也没有感伤，而是更加顽强地坚持斗争，光荣地完成了任务。《一个连长的遭遇》塑造了一个中国旧军队里的新军人形象。连长林青史在一次对日战斗中，主动支援战情危急的友军而延误了执行营部的撤退命令，因而在战斗结束后被营长枪决。作品揭露了国民党旧军队的腐败，赞美了这位下级军官的英雄主义精神。《友军营长》表现了类似的主题。在一次日军偷袭中，为避免全营覆灭，营长没有固守，而是率部队突围，将队伍带到了新四军军部。但事后他回到“国军”指挥部却被以“有辱我军军人人格”为罪名而遭枪决。

总之，丘东平的作品一方面描写了随着抗战的深入国民党队伍中的优秀军人蜕变的过程，歌颂了他们强烈的爱国主义精神和在艰苦条件下顽强作战的昂扬斗志；另一方面，这些作品没有回避现实矛盾，而是以高度的责任感和使命感，尖锐地指出了国民党旧军队存在的弊端，以及由此给抗战带来的消极影响。在他的一些作品当中，对共产党军队灵活的游击战术亦有所涉及。丘东平的作品悲壮激烈，充满阳刚之美，体现了质朴遒劲的风格。

二、碧野等人的报告文学

碧野（1916—2008 年），原名黄潮洋，汉族，广东潮州人。1934 年就读潮汕金山中学的碧野因学潮而流亡北平。18 岁的他一边在北京图书馆自学，一边在北大、中国大学旁听。1935 年，他的处女作《窑工》发表于左联机关刊物、由谷牧任主编的《泡沫》，之后又在洪深主编的《光明》和王统照主编的《文学》等刊物上发表作品，从此走上了文学道路。1936 年，加入北方“左联”领导下的北平作家协会，并参加“一二·九”、“一二·一六”学生救亡运动，加入民族革命先锋队。1938 年在武汉参加中华全国文学界抗敌协会；1942 年，当选为中华全国文学界抗敌协会成都分会理事，任莽原出版社总编辑，主编《莽原》周刊；1943—1946 年在重庆及綦江、巴县、江津等中学任教；1948 年进入解放区，先后在晋冀鲁豫北方大学、华北解放区华北大学任教；1949 年加入中国作家协会；1949—1952 年在中国铁路总工会工作；1952—1953 年任中央文学研究所创作员；1954—1958 年任中国作家协会驻会专业作家；1959—1960 年任新疆维吾尔自治区文联委员；1960 年调入湖北省文联工作，历任湖北省丹江口水利工程生产办公室副主任、中国作家协会湖北分会副主席等职；1989 年 4 月离职休养，1991 年获国务院特殊津贴；2008 年 2 月，被湖北省人民政府授予“终身成就艺术家”荣誉称号，同年 5 月 30 日病逝于武汉。

碧野 60 年的创作生涯为我们留下了近千万字的文学作品：出版长篇小说 10 部、中篇小说 7 部、短篇小说集 4 部、报告文学集 4 部、散文集 15 部等。他辛勤耕耘，孜孜以求，始终坚持为人民写作，为时代高歌，将个人的文学创作与民族、国家的前途命运紧密相连。

在抗日战争和解放战争时期，他深入前线，以顽强的毅力和艰辛的劳动，创作了一批优秀的长、中、短篇小说和报告文学，以爱憎分明的情感，有力地鞭笞黑暗，热情地讴歌光明，生动地表现了被压迫者、被剥削者的生活和斗争经历，在广大读者中产生了积极影响。他写于 1938 年至 1939 年的报告文学也有很高的成就，如《滹沱河夜战》，报告文学集《北方的原野》、《太行山边》、《在北线》等。这些战地报告气势奔放地描绘了北方原野上游击健儿在八路军影响下开展游击战和运动战的广袤场景，展示了以农民为主的自发抗日斗争运动，描绘了一幅风起云涌、波澜壮阔的抗日画卷。碧野的报告文学笔力雄健，气势奔放，具有浓郁的战斗气息，对一些场景的描画和人物的表现颇有独到之处。

解放区的报告文学创作在这一时期也取得了重要成就，解放区的报告文学首先是革命历史的记录。反映劳动人民中的先进人物、民族英雄，是解放区报告文学的另一特点。这些作品虽然风格不同，但都充满感情，描写真切，其中周而复、华山、刘白羽、黄钢等人的作品成就显著。周而复的《诺尔曼·白求恩片断》堪称是表现典型人物的代表作。华山的战争题材作品多大笔勾勒，却唱出一曲曲具有浓郁时代气息的战斗凯歌。刘白羽关于东北战场的报告文学，以强烈的新闻性和政治抒情色彩著称。

第二节　田间、袁水拍等人的诗歌

战火纷飞的年代虽然不利于诗的锤炼，但残酷的战斗场景却容易激发诗情。因此在这一时期，诗歌在数量上空前繁荣，类型也丰富多样，其中不乏一些精彩的作品。在这些作品中，田间的战斗抒情诗和袁水拍等人的时事讽刺诗颇值得一提。

一、田间的战斗抒情诗

田间（1916—1985），原名童天鉴，安徽无为人。早年在农村上学，1933 年到上海光华大学外语系读书，1934 年参加“左联”，曾编辑《文学丛报》、《新诗歌》，主编《每日诗歌》。1935 年至 1936 年出版了诗集《未明集》、《中国牧歌》与叙事长诗《中国·农村的故事》。1937 年春去日本，在那里读了许多外国诗，深受裴多菲、涅克拉索夫，特别是马雅可夫斯基的影响。同年 7 月回国，投入抗日救亡宣传工作，在武汉期间写下了著名诗篇《给战斗者》，同年 6、7 月出版有叙事长诗《她也要杀人》与诗集《呈在大风沙里奔走的岗卫们》。1938 年初夏到延安，成为街头诗运动的主要发起人与组织者，同年 8 月加入中国共产党。1946 年出版了叙事诗《戎冠秀》，1949 年出版了长诗《赶车传》(第一部)。

田间早期的诗作与臧克家早期创作一样，深切地关注着中国农民的命运，把浓厚的情感呈现给“田野，我底母亲”（《中国牧歌·唱给田野》）。在诗歌风格上，早期诗歌反映出田间善于表现激昂高亢的情绪与坚定强烈的斗志，但是艺术上显得不够凝练，尚未形成独特的风格。《未明集》是田间的第一部诗集，主要反映的是工人、农民、兵士等劳动者的苦难命运，呼唤民众觉醒，表现出一个青年诗人反侵略战争的斗志和对苦难生活的抗争。

在抗战前期，田间的诗开始走向成熟。他这个时期创作的大量诗歌多发表在《七月》杂志上，引起了广泛的注意。1943 年出版的诗集《给战斗者》是他这一时期的代表作，收录的是他 1938 年到 1942 年间的较有影响的诗作，标志着诗人在思想与诗风上的进步与成熟。写于 1938 年年底的长诗《给战斗者》是一首优秀的政治抒情诗。这首诗为纪念“七七”抗战一周年而作。诗人以慷慨激昂的豪情，纵横万里江山的笔力，塑造了从血泊中毅然挺立，威武不屈，为自由解放而战的中华民族儿女的形象，歌颂了全民族的奋起与反抗，代表四万万五千万中国人民发出了与侵略者血战到底的吼声。“序诗”描写了日本侵略者的残暴与骄横，以及人民为民族生存与尊严而战的场景，接着，诗人着重讲述了“卢沟桥事变”。然后诗人以伟大祖国爱子的身份抒唱着对丰饶的土地与美丽家园的深情眷恋，真切地讴歌了祖国的“伟大的养子”劳动者勤劳勇敢的品格，从而激发了中国同胞对休养生息的国土的依恋之情与捍卫之志，鼓励他们奋起抵抗敌人的残暴践踏与疯狂掠夺。诗人最后将满腔的激愤化为庄严的呼号：“我们/必须/拔出敌人的刀刃，/从自己的/血管。” “亲爱的/人民，/让我们战争，/更顽强，/更坚韧。”“在诗篇上，/战士底坟场/会比奴隶底国家/要温暖/，要明亮。”慷慨悲壮的豪情中包含了中华民族不可战胜的坚定信念。

诗集《给战斗者》中收集了田间在延安和抗日民主根据地创作的许多街头诗。其中写于 1938 年的《义勇军》和《假使我们不去打仗》是街头诗中的名篇。在《义勇军》中刻画了一个义勇军战士的威武形象：“在长白山一带的地方，/中国的高粱，/正在血里成长。/大风沙里，/一个义勇军/骑马走过他的家乡，/他回来：/敌人的头/挂在铁枪上！”中国人民对侵略者的血海深仇像东北大地成长中的漫山遍野的高粱，面对敌人的暴行，只有用以血还血来回答敌人，诗中饱含了中国人民复仇的快慰与不可欺辱也不可战胜的信念。田间的街头诗，短小精悍，主题鲜明，情绪饱满，具有极强的鼓动性。

《给战斗者》形成了独特的风格：多采用短行体，语言朴实遒劲，节奏简短急促，旋律高昂强烈，诗风粗犷刚健，具有鲜明的鼓动性与感染力。闻一多曾称田间为“时代的鼓手”，说他的诗中“没有‘弦外之音’，没有‘绕梁三日’的余韵，没有半音，没有玩任何‘花头’，只是一句句朴质，干脆，真诚的话，简短而坚实的句子，就是一声声的‘鼓点，单调，但是响亮而沉重，打入你耳中，打在你心上”①。

---

① 闻一多：《时代的鼓手——读田间的诗》，载《闻一多全集》第 2 卷，湖北人民出版社 1993 年版，第 199 页。

1942 年以后，田间的诗风发生了较大转变，他自觉地向民歌学习，形成了清新、明朗、朴实的民歌体风格。叙事诗《戎冠秀》与《赶车传》(第一部)，代表了这一时期田间诗歌创作的特点。

二、袁水拍的时事讽刺诗

20 世纪 40 年代后期，国统区政治腐败，社会黑暗，民不聊生，人民借助于民间歌谣等形式，讽刺了国民党的腐败统治，发泄心中怨气，涌现出不少的政治讽刺诗歌。其中袁水拍的政治讽刺诗最有影响。

袁水拍（1916—1982），原名袁光楣，笔名马凡陀，江苏吴县人。他在抗日战争时期出版过抒情诗集《人民》、《冬天，冬天》、《向日葵》等，1944 年至 1948 年在上海《新民报》、《大公报》当编辑期间，以马凡陀为笔名写了 300 多首政治讽刺诗，1946 年与 1948 年先后结集出版了《马凡陀的山歌》和《马凡陀山歌续集》。袁水拍的政治讽刺诗题材内容广泛，然而主要表现的是 20 世纪 40 年代国统区社会生活中的世相百态。诗人特别善于透过都市生活中的一些畸形与丑恶的社会现象表现市民阶层的特殊心态，他“把小市民的模糊不平不满，心中的怨恨和烦恼，提高到政治觉悟的相当高度，教他们嘲笑贪官污吏，教他们认识自己可怜的地位。引导他们去反对反动的独裁统治”①。诗人注意对广大市民热切关注的重大社会问题或敏感的话题加以提炼、概括、揭示其典型意义。比如在《抓住这匹野马》中，诗人把关系到民众生存的飞涨的物价比作一匹“野马”，它在人群中横冲直撞，为所欲为，无论是“拉车的，挑担的”，还是“工人、伙计、职员”，还有那些“读书的孩子”，都毫无例外地被这匹“野马”“撞倒了”。最后诗人面对国民党统治下通货膨胀，物价飞涨，给人民群众带来的深重灾难，发出大声疾呼：“赶快抓住它！/抓住这匹发疯的野马！/抓住这飞涨的物价！”诗人善于把人民群众的激愤化为犀利的冷箭，射向千疮百孔的国民党反动政权，痛斥其黑暗与腐朽。比如《发票贴在印花上》写道：“脑袋碰在枪弹上，/和平挑在刀尖上”，“财政躺在发行上，/发行发到天空上”。《万税》一诗形象而巧妙地抨击了国民党政府名目繁多的苛捐杂税：“这也税，那也税，东也锐，西也锐，民国万税，万万税。”靠“万税”是决然不可能维护国民党政权的“万岁”的，诗中的讽刺辛辣而深刻。《马凡陀的山歌》体现了强烈的政治批判色彩与现实战斗精神，唱出了国统区广大民众的心声，深受群众的喜爱。在 20 世纪 40 年代的上海，《马凡陀的山歌》中的一

① 冯乃超：《战斗诗歌的方向》，载《大众文艺丛刊》1948 年 3 月第 1 辑。

些作品曾被谱成歌曲传唱，有的被改编成话剧上演，有的常出现于游行队伍的旗帜上，在当时民主运动中，发挥了积极的战斗作用。

诗人有意识地从民歌、山歌、儿歌、小调、诙谐的顺口溜或打油诗，以及五七言古体诗歌等形式中吸取养料，创造出一种集自由体和民间歌谣形式为一体的大众化的新诗形式。诗人在诗歌语言上注意采用通俗浅显的民间词汇、方言俚语与生活口语，使诗明快朴素，通俗易懂，读来上口，便于传诵，加之形象的比喻、巧妙的夸张、传神的白描，使得他的政治讽刺诗别具幽默诙谐的情趣。

第三节　冯至、何其芳、卞之琳的诗歌

除了朗诵诗和街头诗运动之外，现代自由诗体也得到了发展。30 年代的诗坛延续着“大众化”和“精英化”两大向度继续前行，现实主义诗歌和现代主义诗歌竞相绽放光彩。身处不同的文学中心（不同，改为在不同的社会语境和文学观念支配下），诗人们表现出多样化的审美追求，既有田间慷慨激昂的战斗抒情诗，又有袁水拍诙谐幽默的时事讽刺诗；既有冯至具有明显存在主义倾向的沉思诗歌，又有现代派（卞之琳、何其芳等）含蓄蕴藉的“意象抒情诗”。

一、冯至的诗歌

冯至（1905—1993），原名冯承植，河北涿县人。1916 年他在县立小学毕业后，考入北京四中，中学时代正赶上“五四”新文化运动。他涉足诗坛时，最喜爱的是郭沫若的《女神》。他于 1921 年考入北京大学，在预科学习两年，1923 年入本科德文系一年级，从此与德国文学结下了不解之缘。这一年他在《创造季刊》上发表了最早的作品，并参加了林如稷、陈炜谟等人组织的浅草社，1925 年参与组织沉钟社。他的第一部诗集《昨日之歌》于 1927 年 4 月出版，同年暑假他在北京大学毕业后于 9 月赴哈尔滨第一中学任教，1929 年 8 月出版第二部诗集《北游及其他》；1930 年 9 月他去德国留学，先后在海德堡大学、柏林大学学习文学、哲学、艺术史等，1935 年获得海德堡大学哲学博士学位。1935 年 9 月回国后，先后任同济大学、西南联合大学、北京大学教授。

《昨日之歌》收入诗人 1921 年至 1926 年的诗作，是诗人早期诗歌的代表作，多抒写青春的寂寞与对爱的渴望。作为青春期自我心灵抒唱的浪漫主义诗篇，冯至的诗较之同时期的湖畔诗人热烈而“坦率地告白爱情”不同，

他的诗以深沉的内思见长，灼热的情感隐含在寂寞、悲凉的情绪表现中。他的诗一般不直抒胸臆，注意将情感外化为生动传神的意象。他在爱情诗《蛇》中写道："我的寂寞是一条长蛇，/静静地没有言语——/姑娘，你万一梦到它时，/千万啊，莫要悚惧！"冰冷的蛇的形象——寄寓了一种炽烈的情思。没有言语的蛇轻轻进入姑娘梦中，又担心惊扰姑娘，表达了孤独寂寞中的苦恋与对姑娘的百般体慰之情。冯至的诗写得幽深、委婉，形成了一种讲究艺术节制的浪漫主义抒情艺术特色。《我是一条小河》巧妙地借"小河"与投入河中的"影儿"的不可分割的联系，抒写青年情侣的两心相印，两情相随。诗中情感的表达迂回曲折，由乐境入哀境：从开始"无心"的真情相恋相悦，到被大海"无情"地吹折，直到最后追随海潮相伴到"无边"的地方，在平静而委婉的描述中表现了青年男女自由相恋的情景与对爱情忠心不二的执著追求。冯至诗歌的艺术性还表现在他善于给自己委婉、含蓄的诗情寻找一个朴素的诗的外形。他的诗形象单纯、明朗，语言洗练、明净，诗行比较整饰，韵脚大体和谐，节奏自然舒展，具有"半格律体诗"的特点。冯至以他对艺术美的追求显示出其独特个性，曾被鲁迅称为 20 年代中国诗坛上"最为杰出的抒情诗人"①。

《昨日之歌》中有四首歌咏爱情的叙事长诗：《吹箫人》、《帷幔》、《蚕马》和《寺门之外》。中国传统诗歌长于抒情，疏于叙事。"五四"以来的白话新诗也多重抒情、议论，以叙事为主的长诗比较少见。冯至的叙事诗给现代诗歌带来了新的气象，朱自清赞誉它们在新诗中"堪称独步"②。

诗集《北游及其他》收辑了诗人从 1926 年到 1929 年的诗作，主要记录了诗人北游哈尔滨的生活体验与心灵历程，艺术视野更为开阔，浪漫主义色彩逐渐淡薄，表现出较明显的哲理化倾向，但整体艺术水平上没有取得大的突破。

在经历了一个短暂的沉寂后，1941 年冯至重操诗笔，写下了由 27 首诗歌组成的诗集《十四行集》。这个时期的冯至已由早期忧伤多情的浪漫主义"吹箫人"变成了一位深沉淳厚的沉思者。《十四行集》实现了他诗与生命的"真淳的觉醒"，成了中国现代主义诗潮最寂寞时期兀然突起的一座高峰。

---

① 鲁迅：《〈中国新文学大系·小说二集〉导言》，载《鲁迅全集》第 6 卷，人民文学出版社 1981 年版，第 243 页。

② 朱自清：《〈中国新文学大系·诗集〉导言》，载《中国新文学大系·诗集》，上海文艺出版社 2003 年版，第 4 页。

《十四行集》是中国新诗中最集中、最充分地表现生命主题的一部诗集，它是一部生命沉思者的歌。它使中国现代诗歌第一次真正具备了形而上的品格。它的生命主题集中在两个方面展开：一是关于生与死的凝思。诗人歌颂生命，也咏赞死亡。在他的诗中生与死的界线是不存在的，他把生与死看得一样庄严与神圣，生与死水乳交融不可分离。这就是他在生与死的哲思中表达的“生命转化”的观点。他诗中的小昆虫、蝉蛾等都能坦然地面对死亡，“我们赞颂那些小昆虫，/它们经过一次交媾/或是抵御了一次危险，/便结束它们美妙的一生”（《我们准备着》），死亡不是生命的结束，是生命存在形式的辉煌呈现或完成，是获得永生的蜕变。我们的生命，就像蜕化的蝉蛾，“把残壳都丢在泥里土里；/我们把我们安排给那个/未来的死亡，像一段歌曲，/歌声从音乐的身上脱落，/终归剩下了音乐的身躯/化作一脉的青山默默”（《什么能从我们身上脱落》）。死亡像树木落褪枯叶，像蝉蛾把残壳丢在泥土里，只有抛弃了所有的身外之物，才能达到生命的本质，获得永恒的自在生命。这一由生到死的生命转化的观念直接受到了他十分崇敬的德国诗人歌德的生命蜕变论的影响。歌德认为，一切有生命的物质都是由一个“原型”演化而来的，每一次演化都是一次生命的进化和提高。冯至在德国留学以及后来在西南联大任教期间，在对歌德的研究中获得了关于生命的哲理启示。他说，“在变化多端的战争年代”，“我每逢读到歌德反映蜕变论思想的作品，无论是名篇巨著或是短小的诗句，都颇有同感”①。他在献给歌德的诗中写道：“蛇为什么蜕出旧皮才能生长，/万物都在享用你的那句名言，/它道破一切的意义：‘死和变’。”（《歌德》）冯至的诗歌中对宇宙自然生命生生不息的认识，启示了人们在生命的蜕变中完成从有限到无限的飞跃。

《十四行集》生命主题的又一突出表现是宇宙自然万物的生命交流或全息统一，或曰“生命交流”的主题。在冯至看来，自然是生命之树的绿叶枝条，生命与生命之间在深层息息相通。人与自然，自然万物之间，历史与未来，灵与肉皆处在生命交流的一种生生不息与和谐统一的状态中。诗人站在高高的山巅，仿佛“化身为一望无边的远景”，“化成平原上交错的蹊径”；在他眼里山水相依，风云相应，“哪条路、哪道水、没有关联，/哪阵风、哪片云、没有呼应/我们走过的城市，山川，/都化成了我们的生命”（《我们站立在高高的山巅》）。在冯至看来，不仅在广阔的空间，人与自

① 冯至：《论歌德》，载《冯至全集》第 8 卷，河北教育出版社 1999 年版，第 7 页。

然，生命与生命之间是互相关联、互相融合的，而且在无形的时间里，亘古与现在，现在与未来也是无法分割、无法切断的。“这里几千年前/处处好像已经/有我们的生命；/我们未降生前/一个歌声已经/从变幻的天空，/从绿草和青松/唱我们的命运。”（《这里几千年》）“我们在朦胧的原野上认出来/一棵树、一闪湖光、它一望无际/藏着忘去的过去、隐约的将来。”（《我们有时度过一个亲密的夜》）诗人把生命永恒的思索引进了滔滔不绝的时间长河中，无论世界空间之阔，还是宇宙时间之长，宇宙是一个不可分割的整体，是一个“大生命”。每一棵树，每一个人，都同在蓝天白云之下，在时间长河之中，接受自然的恩惠，承担自然的侵袭，生命的交流才是生命永恒的源泉。这就是他对宇宙万物运动规律以及生命存在意义的体验。冯至关于生命的哲思与体验，较多地受到了歌德与里尔克以及德国存在主义哲学家雅斯贝斯等人的影响，同时也明显地融入了中国传统哲学意识与人文精神。冯至关于自我与万物相沟通的生命交流的体验就与“天人合一，物我一体”的禅宗意识相关联。他曾说对宇宙万物的体验，就“像是佛家弟子，化身万物，尝遍众生的苦恼一般”①。他的诗在东西方文化的交汇中，形成了现代品格与民族品格融合统一的特征。

《十四行集》具有独到的艺术品格，人们通常把《十四行集》中的最后一首看做他的艺术准则：“从一片泛滥无形的水里，/取水人取来椭圆的一瓶，/这点水就得到一个定型；/看，在秋风里飘扬的风旗，/它把住些把不住的事体。”这首诗既富人生哲理，又体现了诗人审美追求的艺术辩证法。泛滥无形的潮水在有限的小小水瓶里成形，广袤宇宙中不可把握的风声在秋风中飘扬的旗帜上凝定。对自由无拘、浩大无形的东西或不可捕捉的思想，给以感性呈现与形式的规范、凝定，将自然流动的美凝定为一种有法度的美。诗人正是在这种智性的思考与感性的有形显现中呈现出诗情的深厚张力。冯至的饱含哲理性的诗不是一种玄学式的思辨，而是生命的感性思考，这就是《十四行集》的智性诗化特征。

冯至善于将平常、普通的生活现象或生命物象的悉心观察与沉静体验升华到哲理境界，从平常事物中发现或体认生命意义。平常的生命意象一旦成为冯至笔下的对象，便具有了灵动的生命韵味与鲜活的生命气息。比如第23首，写几只初生的小狗在潮湿的雨后，被它们的母亲衔到太阳下“第一次领受光和暖”，诗人从这样一次小生命难以记忆的晒太阳的经验中，感受

① 冯至：《里尔克——为十周年祭而作》，载《冯至选集》第2卷，四川人民出版社1980年版，第158页。

到了它们会在将来“深夜吠出光明”。像案头的“用具”，天天走过的“小路”，一丛山野中白茸茸的“鼠曲草”，在诗人笔下无不化为富有特定哲理蕴含的鲜活感性形象。像他最崇拜的诗人里尔克那样，“小心翼翼地发现许多物体的灵魂”，从平凡的事物中发现生命存在的意义。

冯至采用十四行诗体这种西方格律诗形式，如他自己所说，“并没有想把这个形式移植到中国来的用意，纯然是为了自己的方便”①。十四行体形式不仅没有限制他、约束他，反而给了他方便与自由。他十分赞赏歌德的主张：“在限制中才能试出身手，只有法则能给我们自由。”他的诗歌实践体现了他对限制与自由的辩证理解与艺术追求。冯至没能给我们提供理想的新诗形式，却留给了我们这样的启示：艺术只有在一定的约束中才能获得真正的自由。

二、何其芳的诗歌

何其芳（1912—1977），四川万县人，生于一个乡村绅士的家庭，从小接受私塾教育。1931 年考入北京大学哲学系，课余时间开始尝试新诗创作，他与李广田、卞之琳合出的诗集《汉园集》就是大学期间的收获。这三位诗人也因此被称为“汉园三诗人”。《汉园集》收何其芳的《燕泥集》、李广田的《行云集》和卞之琳的《数行集》。后来何其芳又将《燕泥集》和《刻意集》中的部分诗挑选出来，结成一部自选集《预言》②。他 1935 年大学毕业后在天津、山东等地教书，1938 年赴延安，在鲁迅艺术学院工作。1944 年出版诗集《夜歌》，收集了他抗战开始后所写的作品。

代表何其芳现代主义诗风的诗集《预言》，主要表现的是青年知识分子青春期梦幻般的爱情理想与人生憧憬，同时也抒写了青年人对渺茫人生前途的咏叹与灰暗现实中的心灵孤寂。作者当时认为：“文艺什么也不为，只为了抒写自己，抒写自己的幻想、感觉、情感。”③ 这一主张与现代派诗人疏离现实、转向内心世界与唯美的艺术世界的纯诗化诗学原则是一致的。他早期诗歌中的代表作《预言》、《脚步》、《欢乐》、《夏夜》、《爱情》、《花环》、《赠人》皆是他忧伤而甜蜜的爱情的咏叹。“你的脚步常低响在我的记

---

① 冯至：《十四行集·序》，载《冯至选集》第 1 卷，四川文艺出版社 1985 年版，第 257 页。

② 何其芳：《预言》，文化生活出版社 1945 年版，所收诗歌为 1937 年前所作。

③ 何其芳：《夜歌·初版后记》，载《何其芳诗全编》，浙江文艺出版社 1995 年版，第 544 页。

忆中，/在我深思的心上踏起甜蜜的凄动。”（《脚步》）“我饮着不幸的爱情给我的苦泪，/日夜等待熟悉的梦来覆着我睡。”（《慨叹》）这里表达的是一个初尝爱情的青年的心灵体验，对梦幻般美妙爱情的苦苦期待。“欢乐是怎样来的？从什么地方？/萤火虫一样飞在朦胧的树阴？/香气一样散自蔷薇的花瓣上？它来时脚上响着铃声？”（《欢乐》）“开落在幽谷里的花最香。/无人记忆的朝露最有光。”（《花环》）这里留下了青年诗人“幼稚的欢欣”与“幼稚的忧伤”。他曾想把诗集《预言》取名为《云》，“因为那些诗差不多都是飘在空中的东西”①。

何其芳的早期诗歌的确像飘忽、绚烂的云彩，显示出诗人对诗美的刻意追求。他这一时期的诗歌整体上表现出典雅的意象美，梦幻般的想象美与华赡的语言美，形成了他精致华美的意象抒情诗风格。何其芳在谈及《燕泥集》的写作体会时说：“这时我读着晚唐五代时期的那些精致的冶艳的诗词，蛊惑于那种憔悴的红颜上的妖媚，又在几位班纳斯派以后的法兰西诗人的篇什中找到了一种同样的迷醉。”② 他还说：“我喜欢那种锤炼，那种色彩的配合，那种镜花水月，我喜欢读唐人的绝句。”③ 何其芳十分喜爱晚唐五代诗词，再加上法国象征主义诗风的濡染，他早期诗歌意象多带有冷艳的色彩与青春的感伤气息，显得隽美而典雅。如《预言》一诗：“这一个心跳的日子终于来临！/啊，你夜的叹息似的渐近的足音，/我听得清不是林叶和夜风私语，/麋鹿驰过苔径的细碎的蹄声！/告诉我用你银铃的歌声告诉我，/你是不是预言中的年青的神？”全诗采用密集的象征意象，给了爱神降临时那一个神秘微妙的感觉以声色与姿态。全诗意象优雅、明净，格调舒缓柔和，的确是有唐五代诗词“精致的冶艳”。他在大学期间一个郁热多雨的春天，青春心灵突然体验了一场爱情“奇异的风”的抚摩、摇撼与摧折，最后给诗人“留下一片又凄清又艳丽的秋光”，这一时期的诗歌是诗人初尝爱情欢乐与忧伤后心灵“自然流露的真纯的音籁”，具有一种梦幻般的想象美。他比现代派其他诗人更富有想象力。他的诗歌是抒情的，他却很少像浪漫主义诗人那样直抒胸臆，而常常让诗神想象的羽翼在一个又一个的意象化

① 何其芳：《夜歌·初版后记》，载《何其芳诗全编》，浙江文艺出版社1995年版，第543页。

② 何其芳：《梦中道路》，载《何其芳文集》第2卷，人民文学出版社1982年版，第63页。

③ 何其芳：《梦中道路》，载《何其芳文集》第2卷，人民文学出版社1982年版，第64页。

的象征森林中迂回穿行，他的诗具有梦幻般的青春色彩与美感魅力。他可把“欢乐”的情思在连类无穷的想象中写得可观、可触、可闻、可嗅。写欢乐的颜色与声音：“告诉我，欢乐是什么颜色？/像鸽的羽翅？鹦鹉的红嘴？/欢乐是什么声音？像一声芦笛？/还是从稷稷的松声到潺潺的流水？”而且他形容“欢乐”：“是不是可握住的手，如温情的手？/可看见的，如亮着爱怜的眼光？”再追寻“欢乐”来自何方：“萤火虫一样飞在朦胧的树阴？/香气一样散自蔷薇的花瓣上？”想象它来时“脚上响不响着铃声”（《欢乐》）。密集的意象组合中常常省略中间环节，靠读者用想象“搭桥”，但是他又不像早期李金发象征诗的那种大幅度省略与跨越，他诗歌中的想象逻辑线索一般较为明晰可寻，这一点与戴望舒较为接近。

何其芳诗歌的语言精致、华赡。他曾说：“我曾有过一段多么热心的时间虽说多么短促。我倾听着一些飘忽的心灵的语言，我捕捉着一些在刹那间闪出金光的意象。我最大的快乐或酸辛在于一个崭新的文字建筑的完成或失败。”① 何其芳诗歌意象的宁静典雅，情致的浓丽繁复，是与语言的精致、华美丰赡互为协调的。他的诗歌语言既有现代汉语口语的流畅，又自觉糅合了中国古典诗歌语言的含蓄雅致。批评家刘西渭评价说：“何其芳先生要的是颜色、凸凹、深致隽美。”② 比起其他现代派诗人的散文美的淳厚诗风来，何其芳的华美丰赡的语言风格是独具一格的。但是他也有一些诗歌语言显得生涩，明显地表现出一种刻意雕琢的倾向。

诗集《夜歌》的出版标志着何其芳诗风的全方位转变，他从30年代“梦中的道路”中走出来，投向了广阔的社会生活。《夜歌》记录了诗人积极的思想转变，如《生活是多么广阔》、《我为少男少女们歌唱》是较有代表性的作品，表明诗人在艺术上告别了早期唯美主义的感伤情调，诗风趋于明朗朴实，但缺乏艺术的独创性。

三、卞之琳的诗歌

卞之琳（1910—2000），江苏海门人，是现代派诗群中一位具有鲜明艺术个性的诗人。1929年入北京大学英文系，在学校受以他的老师徐志摩为代表的新月派诗人的影响走上新诗创作道路，1933年大学毕业后在河北、山东教书。他30年代的诗集除收入《汉园集》中的《数行集》外，还有

① 何其芳：《梦中道路》，载《何其芳文集》第2卷，人民文学出版社1982年版，第62页。

② 刘西渭：《画廊集》，载《咀华集》，文化生活出版社1936年版，第27页。

《音尘集》、《鱼目集》。抗战爆发后受聘到四川大学任教，不久与沙汀、何其芳同赴延安，有《慰劳信集》(1940) 出版，随后，其诗风发生了转变。后回到西南联大任教，1947 年至 1948 年曾访英，回国后在北京大学、中国社会科学院外国文学研究所工作。

卞之琳曾用“小处敏感，大处茫然”来概括他 30 年代的诗歌创作。与现代派其他诗人一样，“茫然”于外部世界的时代风云，在归向内心世界的表现与艺术的审美表现方面却体现出高度的“敏感”，因而他被人们称作醉心于诗歌的技术与文体试验的艺术家。他说自己写诗：“规格本来不大，我偏又喜爱淘洗，喜爱提炼，期待结晶，期待升华。”① 他开始写诗不久便转向了现代主义诗风。有人认为：“三十年代新诗由浪漫派向象征派的转变中，卞之琳是在借鉴西诗方面卓有成就的一位诗人。”② 卞之琳主要接受的是西方象征主义诗歌的影响，特别是受艾略特、叶芝、里尔克、瓦雷里等后期象征派的影响，同时又自觉地容纳了新格律诗派以及中国古代诗歌中李商隐、温庭筠、姜白石等诗人的诗风，创造了一种独具审美特征与文体特征的“以智慧为主脑”的新智慧诗。

卞之琳独特的诗艺探索，首先是由“主情”向“主智”的转变。他的诗歌与传统的以情动人的主情诗相反，极力避免情感的抒写而追求智慧的凝聚。在新诗史上，他是一位具有自觉哲学意识的诗人，他的诗体现出一种冷静的哲思倾向，是一种诗与哲学的融合。后期象征主义诗人普遍认为“写作诗的人比之他的情绪，更应用他的智慧”③。这样一个以经验代替情绪的智性化诗学原则成了现代主义诗歌区别于浪漫主义诗歌的一个重要特征。卞之琳从新月诗派的影响转向现代主义创作，明显地接受了后期象征主义诗学这一原则的影响。他写的爱情诗也经过了理智的淘洗，如：“我在散步中感谢/襟眼是有用的，/因为是空的，/因为可以簪一朵小花。//我在簪花中怅然/世界是空的，/因为是有用的，/因为它容了你的款步。/……”（《无题·五》）在与情侣的散步中忽然发现空着的扣眼可以插入一朵象征爱的小花，心中顿觉欣喜快慰。在“簪花”之时，诗人突然间体悟到，这世界也是空着的，正因为它空着，方能容了你的款步。一个深刻的人生哲理由此而暗示：“无之以为用”，一切都在貌似无用中显出它的用处。热恋中的激

① 卞之琳：《雕虫纪历·自序》，人民文学出版社 1984 年版，第 1 页。

② 袁可嘉：《西方现代派诗与中国新诗派》，载《读书》1985 年第 5 期。

③ [日] 阿部知二：《英美新兴诗派》，高明译，载《现代》第 2 卷第4 期。

情、欢悦被淘洗得一干二净，诗人在簪花于襟眼的过程中体悟到的是宇宙人生的哲理。

卞之琳的诗既有深邃的哲理意蕴，又有丰富生动的艺术感性，表现出智性与感性融合的智性之美。他的诗偏向于沉思、内省、体验，同时又具有形象感与暗示性。他的诗善于将具体的意象与抽象的思想融化为一体，常常是整体抽象而细节具体，意象鲜明。如他的《归》："像观察繁星的天文家离开了望远镜，/热闹中出来听见了自己的足音。/莫非在自己的圈子外的圈子外，/伸向黄昏的道路像一段灰心。"渺远、茫然、无所归依，越追寻越暗淡的生命体验便油然而生。这种生命归宿的哲思与经验感受是包容在异常生动的意象中的。

卞之琳诗歌感性与智性的交融还体现在诗的表面平淡与暗示的深刻相统一的艺术之中。他善于于平淡中出奇，即多从日常生活现象中开掘人生的哲理，他的诗习惯上采用一种平实、亲切的叙述调子，表达冷峻幽深的哲理沉思，有一种大智若愚的风格之美。比如，由村头路边"倦行人"向"树下人"的一段问道，把归向自然的人生超脱与现实的生命困顿的情景两相并置，展开生命的"倦"与"闲"的对照与讽喻(《道旁》)。由"我"在车站候车"像广告纸贴在站旁"，看着那一列"从我的梦深处""抽出来"的夜行车，从而引发出古往今来，身同逆旅，人生经历如同梦中行车的生命感受与经验(《车站》)。为了求得感性与智性的有机融合，他在诗的语言艺术上做了抽象词与具象词巧妙嵌合的实验，如"我唱了一口街上的朦胧"(《记录》)，"友人带来了雪意和五点钟"(《距离的组织》)，"电杆木量日子一段段溜过去"(《还乡》)等。这种具象词与抽象词的组合，一般是实动词谓语与抽象性名词宾语的搭配，打破了语义的逻辑关系，构成了诗意的逻辑，扩充了诗歌语言的弹性与张力。这样，既扩展了诗的感官性范围，又加深了诗的理意。

卞之琳诗艺的另一与众不同的探索是"非个人化"的实验。他接受了艾略特的诗"不是表现个性，而是逃避个性"的诗学观点，他将后期象征派诗歌的小说化、典型化、戏拟化的"戏剧性处境"与中国旧小说的"意境"相调和，达到"个人"的隐匿或人称角色、指代的"互换"，借以实现人生经验表达的普遍性与客观性效果。他说："这时期的极大多数诗里的'我'也可以和'你'或'他'('她')互换。"① 如《白螺壳》中的对话主体包括"白螺壳"、"我"、"大海"。同是一个"你"，开始指代"空灵

① 卞之琳：《雕虫纪历·自序》，人民文学出版社1984年版，第3页。

的白螺壳”，继而到“我感叹你的神工，你的慧心啊”中的“你”则是大海的指代。《旧元夜遐思》中“我不能陪你听我的鼾声”，“人在你梦里，你在人梦里”，人称之间均可互换。人称的换位或主体的变位，使诗意的表达再不是个人化的情感体验，而成了一种非个人的普遍人生经验，从而增添了形而上的意味与率诗特征。他的代表作《风景》：“你站在桥上看风景，/看风景的人在楼上看你。/明月装饰了你的窗子，/你装饰了别人的梦。”这首诗在人称指代上是可以替换的，他在空间画面的对举与主客体的换位中构成一种相对关联或互为依从的关系，表达了作者相对论的人生哲理体验。20 世纪 30 年代与卞之琳一同尝试新诗智性化探索的现代派诗人还有废名与曹葆华，他们的创作直接影响了 20 世纪 40 年代的九叶派诗人，构成了 20 世纪三四十年代中国现代主义诗歌的一座桥梁。

◎ 思考题

1. 试分析 20 世纪 30 年代报告文学勃兴的原因。
2. 闻一多为什么称田间是“时代的鼓手”？
3. 如何理解冯至《十四行集》的存在主义主题？
4. 简述卞之琳独特的诗艺探索。

第六章 诗歌流派及诗体的繁荣

在血与火的时代背景下，不仅成就了艾青、田间等著名的诗人，而且中国的新诗坛还诡谲地绽放出两朵奇葩——七月诗派和九叶派。除此之外，像解放区的新歌词运动以及国统区旧体诗的创作，都从不同的维度镌刻着中国新诗可能达到的高度，同时也拷问着新诗烙在“时代”这张答卷上的真实面貌。七月诗派和九叶派的创作，在民族历史和现实的土壤中深深扎根，在多样化的艺术融合中找到了发展现代民族诗歌的道路。诗评家唐湜曾将七月诗派和中国新诗派（后称九叶诗派）并列为“诗的新生代”的两个浪峰。在唐湜看来，七月诗人也“不自觉地走向了诗的现代化的道路”①。在后人看来，七月诗派沿着现实主义道路把自由诗推向一个新的高峰，九叶诗派则是现代主义诗艺的集大成者。两峰对峙，诗人迭出，汇成了20世纪40年代诗坛的众语喧哗。纵览中国新诗诗质的发展格局，七月诗派探索出“强力意志”表达的“受难”模式，将中国新诗中的“主意”一脉推向高峰；九叶诗派倾献出“智性直观”展开的“对话”模式，深化了中国新诗中“主知”一脉的发展维度。二者进一步交汇，在80年代的中国当代诗坛演化出表达“怀疑意志”朦胧诗。而对二者的背离，诱发出现代灵趣诗这一新生的审美范式，由此，主情、主意、主知及主趣四个场域交织搭建，构筑起中国新诗的诗质格局②。七月诗派的奠基人艾青，坚持并发展了革命现实主义

① 唐湜：《新意度集》，生活·读书·新知三联书店1990年版，第21~23页。

② 张志国：《四十年代“新生代”诗歌的诗学意义》，载《文学评论》2008年第4期。

流派“忠实于现实的战斗的传统”，又克服了其“幼稚的叫喊”，吸收了浪漫主义浓烈的抒情和象征主义鲜明的意象艺术，完成了现实主义与现代主义综合的任务。

第一节　七月诗派及其诗歌

七月诗派是在战争的血雨腥风中成立和成长起来的。1937 年 9 月胡风主编的《七月》在上海创刊，刊名意在纪念“七七卢沟桥事变”，后陆续以《七月》、《希望》、《诗创作》、《诗垦地》、《呼吸》和《泥土》等杂志为阵地，逐渐形成以胡风为中心，以艾青、田间的诗歌为代表的一批诗风相近的诗人群。代表诗人还有阿垅、孙佃、绿原、冀方、牛汉等。他们以提倡现实主义和自由体诗歌创作为主，以朴素、流畅的语言抒写时代的情绪，形成了奔放、粗犷、悲壮的现代自由诗体的新格局。

七月诗派的创作贯穿了整个抗日战争，并且一直延续到中华人民共和国成立后的 50 年代中期。从时间上讲，前后长达 18 年，横跨了两个时代。在中国现代文学史上，这是一个成员众多，贡献卓著的诗歌流派。它在我国新诗发展的历程中，具有重要的地位和作用，特别是在抗日战争时期，诗人们肩负着伟大的历史使命，反映抗战生活，抒写人民情怀，发出愤怒而悲壮的呐喊。

一、七月派概况

七月派缘起于《七月》杂志的创办。《七月》杂志创刊号《代致辞》明确提出了在抗日战争“意识战线”上的任务，始终坚持以全部的文艺活动为伟大的民族革命战争而工作的使命。

《七月》杂志并不仅仅发表诗歌，还发表各种形式的文艺作品，包括诗歌、报告文学、小说、散文、剧本、杂感、文艺专论、译著、绘画、木刻等，甚至还举办木刻展览会，为提高抗战情绪作出了贡献。其中，最能体现出《七月》成就和风格的是诗歌，以及报告文学和稍后出现的短篇小说。

《七月》杂志之所以为“七月”流派的发轫地，重要的原因之一是它从一开始便有一个具有共同倾向的、相对稳定的作者队伍，具有“半同仁杂志”的明确意识：《七月》与“网罗各方面作家的指导机关杂志不同”，应办成为“半同仁杂志”，它在“编辑上有一定的态度，基本撰稿人在大体上倾向一致"①。《七月》最早的撰稿人，有多位在这本杂志上发表了本人创作中最优秀的成果，如艾青的重要诗集《北方》中的大多数作品、田间的诗集《给战斗者》中多首有代表性的力作以及丘东平、曹白、阿垅的最有影响的报告文学和小说等。"半同仁杂志""不是少数人占领的杂志，相反，它倒是尽量地团结而且号召倾向上能够共鸣的作家"。以诗歌为例，《七月》杂志上共出现39位作者，绝大多数是文坛新人。除艾青、田间、胡风外，还有阿垅、绿原、牛汉、曾卓、杜谷、冀汸、彭燕郊、鲁藜、孙佃、方然、钟瑄、郑思、胡征、芦甸、徐放、鲁煤、化铁、朱健、朱谷怀、罗洛等数十人。这种组织与编选态度，一直贯穿于胡风本人所编的《七月》杂志、《七月新丛》、《七月文丛》以及七月流派的其他一些杂志中，促成了这支基本作者队伍不断壮大。

1941年皖南事变后至1945年初《希望》杂志创刊的三年间，《七月》杂志迫于国民党反共高潮的压迫，被迫停刊，但"七月流派"并未消失，而且出现了相似倾向的新来者。他们集中在桂林的《半月文艺》、重庆《诗垦地》和桂林《诗创作》等杂志上发布作品。同时，胡风主编的《七月诗丛》(第一集）十二册、《七月新丛》、《七月文丛》中的部分共约六、七册，先后在重庆、桂林、香港等地出版，继续扩大着七月流派的影响。

1945年1月《希望》杂志创刊，七月流派步入变异期。《希望》杂志共出二集总计八期。这时国统区的政治气氛低沉压抑，因此与抗战初期的高昂振奋迥然不同，作者们对黑暗现实的认识深入透彻了。从文体来看，诗歌仍具有很充沛的生命力，而报告文学的位置较多地让给短篇小说，此外，还发布了大量的社会杂文；从作品内容上看，揭露、讽刺较多代替了歌颂与热望。

随着1945—1948年那场批判"主观论"战斗争的开展，胡风及其理论受到了某种误解与曲解，七月诗派的创作逐渐冷落，《希望》仅在1945—1946年出版8期，《七月诗丛》第2辑虽在编辑中，但出版已延至解放初，零散各地的七月诗人所办的刊物也相继停办，七月诗派在全国第一次文代会开幕的掌声中自然消亡。

值得一提的是，作为一个诗歌流派，"七月派"在20世纪80年代重返诗坛后，再次引起一波热潮。1981年出版的诗集《白色花》，收入被称为"七月派"诗人的作品。他们是：阿垅、鲁藜、孙钿、彭燕郊、方然、冀汸、钟瑄、郑思、曾卓、杜谷、绿原、胡征、芦甸、徐放、牛汉、鲁煤、化

① 胡风：《现时文艺活动与〈七月〉》，载《七月》1938年第15期。

铁、朱健、朱谷怀、罗洛。《白色花》(注：绿原、牛汉编，人民文学出版社出版，绿原作序）序中说：“即使这个流派得到公认，它也不能由这20位作者来代表；事实上，还有一些成就更大的诗人，虽然出于非艺术的原因，不便也不必邀请到这本诗集里来，他们当年的作品却更能代表这个流派早期的风貌。”这些没有指明的诗人，当指艾青、田间、邹荻帆等，也可能包括“七月派”的领袖胡风。由于胡风等的文艺思想在40年代后期起已受到有组织的批判，相应也形成了对这一诗派的巨大压力。进入50年代之后，这些诗人的创作已明显减少。有的作品，发表时就受到批评。

七月派的活动前后达十二年之久，横贯了抗日战争和解放战争两个历史时期，覆盖了从国统区到解放区两大地域；在诗歌领域，诗作与诗论并重。诗作的数量很多，除《七月》、《希望》等刊物发表的作品外，出版的诗集有：《七月诗丛》第一辑，包含合集《我是初来者》，胡风的《为祖国而歌》，艾青的《向太阳》、《北方》，田间的《给战斗者》，阿垅的《无弦琴》，鲁藜的《醒来的时候》，天蓝的《预言》，绿原的《童话》，冀汸的《跃动的夜》，邹荻帆的《意志的赌徒》，杜谷的《泥土的梦》等。“七月诗丛”第二辑计有牛汉的《彩色的生活》、绿原的《集合》、冀汸的《有翅膀的》、化铁的《暴雷雨岸然轰轰而至》、孙佃的《望远镜》、贺敬之的《并没有冬天》等。“七月文丛”诗集部分，有绿原的《又一个起点》、田间的《她也要杀人》、鲁藜的《锻炼》等。除创作外，胡风倡导革命现实主义理论，艾青发表《诗论》，阿垅以诗评与“片论”阐述诗歌创作的普遍性问题，都说明这个诗派存在着一种理性的自觉。

二、七月诗人的贡献

“七月派”是由抗战所催发的一个文学流派，与现实胶着的关系决定着它现实主义的流派性格。七月派在抗战文化背景中，执守着“五四”新文学的启蒙姿态，并将启蒙的思路与抗战的现实需求结合起来，发展和深化了新文学的启蒙精神。

从诗学的维度上看，七月诗人将中国新诗诗质中的“主意”一脉推向前所未有的高度，在诗艺探索中贡献出“强力意志”表达的“受难”模式，而对“主意”的瞬间背离，又会诱发出充满现代动感的“灵趣”范式。

中国新诗的主体“意志”由“独立”、“反叛”、“生命”、“自由”、“强力”等诸种元素逐渐积淀、完形而成，展现出反叛旧我、反抗专制、冲创现实、怀疑世界等诸种崇高风格。“强力意志”在现代中国的凸显，汲取了叔本华、尼采等“生命意志”学说的积极养分，并在现代中国充满“民族”、“革命”、“意识形态”话语的社会语境中得到改造和重塑。从王国维对叔本华、尼采两位“旷世之文才”① 的推崇，到鲁迅的“立意在反抗，旨归在动作”的摩罗精神，再到胡风的“主观战斗精神”，“生命意志”的内核中逐渐添加了“民族”、“强力”等现代中国元素，它们型塑了中国新诗人反抗绝望的战士品格与英雄气质。

追源溯流，七月诗派的“强力意志”是尼采、鲁迅意义上的“生命意志”在抗战语境中的进一步发展。阮真在1937年1月4日国家复兴的第一个纪念周上对全体学生讲话，即借用尼采的精神发展三段论，号召青年要“有骆驼那种刻苦精神”，“有狮子那种反抗精神”，“有小孩子那种创造精神”来振兴民族，从而将意志生存所必须具备的“奋斗、反抗、创造三种精神”② 与民族生存意志紧密联结在一起。1937年抗战前夕，冯至又在《译文》杂志上译介了《尼采诗抄》③。而七月派理论家胡风把“主观战斗精神”解释为作家的“意志”或“胸怀”。他所要求的“第一义”的诗人，“是在生活道路上的荆棘和罪恶里面……抱着为历史真理献身的心愿再接再厉地向前突进的精神战士。这样的精神战士，即使不免有时被敌对力量所侵蚀所压溃……但在这里更能显示他的作为诗人的光辉的生命”④。这种从本质上区分“第一义诗人”“第二义诗人”的评判姿态，为“强力意志”注入了“为人生”的道德内涵。同时胡风还为“强力意志”注入了明确的阶级意识，但这种阶级意识“没有抛弃知识分子自我价值的认同，也不是在理性思维下进行”，它“依赖知识分子与人民之间历史形成的感性纽带，强调知识分子和人民之间精神灵魂上血肉相连的‘共感’状态”⑤。

“意志”凸显的诗性方式，从主客体关系看，可分为“自我内部不同意欲间的抗争”、“自我生命意志与他者外力间的冲突（对抗/受难/批判）”以及“自我意志为他者崇高力量所牵引”三种模式。从凸显过程上看，可分为“意志之凝聚”与“意志之释放”两个阶段。七月派诗歌在这两个阶

---

① 王国维：《叔本华与尼采》，载郜元宝：《尼采在中国》，上海三联书店2001年版，第14页。

② 阮真：《尼采的超人哲学》，载郜元宝：《尼采在中国》，上海三联书店2001年版，第233、239页。

③ 孙玉石：《中国现代主义诗潮史论》，北京大学出版社1999年版，第250页。

④ 胡风：《关于人与诗，关于第二义的诗人》，载杨匡汉、刘福春：《中国现代诗论》(上)，花城出版社1985年版，第404页。

⑤ [韩] 鲁贞银：《鲁迅的“主见”与胡风的“主观战斗精神”》，载《浙江学刊》2003年第2期。

段、三种模式上都有所尝试，但水平并不均衡。阿垅在《誓》中以“不是不要/我要爱情的啊……但是我现在不要了!”展现了自我内部“个人爱情”与“集体博爱”两种意欲之间的冲突，然而诗人在二难境域中，主动弃绝势单力薄的自我私欲，致使个体意志经受磨难的程度大为减小，无法凸显强力意志。相比之下，曾卓的《母亲》更能代表七月派诗人在第一种模式上所达到的高度。诗人缓缓抒发自己对母亲的思念之情，将对“母亲们”的博爱转化为对“自己母亲”的愧疚与负罪感，从而促使两种对抗性意欲纠结在一体，构成难以选择的二难境域，取得了“意志之凝聚”的效果。第二种模式可分为“对抗/受难/批判”三种图式。其中“对抗”诗的显著特征在于自我向他者的宣告姿态，句法上多采用“我要……”以及短促有力的“判断句”、“感叹句”和“警句”句式。如阿垅“要开作一枝白色花——/因为我要这样宣告，我们无罪，然后我们凋谢”（《无题》），冀汸“鞭子是你的/意志是我的”（《我不哭泣》）、“我可以流血地倒下/不会流泪地跪下”（《今天的宣言》）。可以说，这种生命意志表达的“宣告”句式深远地影响了当代朦胧诗的句式。曾卓的《门》、绿原的《给天真的乐观主义者们》、郑思的《秩序》等建构起来的“批判”诗处于“意志之释放”阶段。“批判”诗在意志释放的方式上，借助强烈的“道德意志”和“生命意志”压倒性地评判他者。就此而言，它们直接继承了尼采“冲创意志”藐视世俗权势的特征。然而“意志之释放”与“艺术之凝聚”二力发生龃龉，即意志向外的自由驰骋难以蓄积为艺术内在的强力。第三种模式在七月派诗歌中比重较大，包括鲁藜的《夜葬》、《母亲》，冀汸的《跃动的夜》、《死》，曾卓的《铁栏与火》，天蓝的《队长骑马去了》，牛汉的《鄂尔多斯草原》等。他们吁求主体与他者崇高“意志”的共鸣，在他者的“受难”或“召引”中坚定自我意志，从而将“意志之凝聚”与“意志之释放”交织在一起。

由上可见，凸显“强力意志”的最佳模式，在于创作主体竭力迫近“自我生命意志与他者外力冲突”的“受难”图式，亦即“意志之凝聚”阶段的诗歌。这种“受难”图式有机融合了鲁迅《野草》的“受难”模式与艾青诗歌的“戏剧化演出”手法，并与周作人的《小河》、臧克家的《老马》等早期“主意”诗一脉相承。在诗歌结构上，七月派诗人将鲁迅以象征手法构造的“过客受难”模式凸显为“以弱抗强”的集体“受难”模式，在阶级立场上为其确定了“应有的方向”①，在情绪上汲取艾青的《我

---

① 阿垅：《纤夫》，载绿原、牛汉：《白色花》，人民文学出版社 2000 年版，第 14 页。

爱这土地》中所表现的沉郁厚重的献身情怀，在艺术手法上，借助艾青《北方》、《手推车》中追求视觉明晰性的“戏剧化演出”① 和“白描”手法，最终在“艺术力”与“意志力”之间取得了平衡。阿垅的《纤夫》是这一图式的代表作。作为“受难者”的“纤夫们”忍着“逆吹的风”、“逆流的水”，背负着中国“古老而破旧的船”：“偻伛着腰/匍匐着屁股/坚持而又强进！/四十五度倾斜的/铜赤的身体和鹅卵石滩所成的角度/动力和阻力之间的角度，/互相平行地向前的/天空和地面，和天空和地面之间的人底昂奋/的脊椎骨/昂奋的方向……”这种追求视觉明晰性的“戏剧化演出”与“白描”手法以及“受难”结构模式，为七月派诗歌艺术化地凸显“强力意志”提供了宝贵的诗形资源。

中国新诗自诞生以来，“趣味”始终有力地伴随着现代“自我”“情、意、知”机能的成长。诗评家们默认甚至激赏“趣味”高妙的新诗②，但从未力倡并建构“主趣”诗一脉。趣味要提升为一种独立诗质，其路径只有逸出以情、意、知为表现对象的意向性结构，从而回归趣味本身“灵动、活泼、无目的”的原初本性。在七月派的“主意”诗中，偶尔闪现出现代“灵趣”诗萌动的迹象。“灵趣”是历经生活磨砺的诗人依靠日常经验式的想象，从原本迟滞的意向语境中，瞬间逸出的精神状态。它偏离了既定目标的常态发展，展现出生命意欲被悬置后无欲无知的“灵动”性。它没有“此岸/彼岸”二元精神结构，仅仅依靠“日常经验式想象”，将现实中的一种经验短暂地转化为另一种富有动态感的现实经验，然后回归两种经验感受交叠在一起的现实生活中。其审美情态发自“庄重”，途经“灵动”，止于“欣喜”。七月派诗人孙钿创作的《雨》即闪现出这种灵动性。诗人以副标题“——要使人值得一活，就必须为一种伟大的理想所贯注”为这首诗设置了严峻的时代语境，充满着现实的沉滞感：“有一个夜间/我梦见/胸口给日本鬼子戳了个窟窿，鲜血喷涌出来”。然而诗人立刻逸出这一叙事的常规语境，玩赏起“鲜血喷涌”的状态：“好像扭开了水笼”。这一“日常经验式想象”，虽然偏离了“敌我”对抗的常态，却并未减少战争生活的残酷性。最为重要的是，它提升了灵趣在现代诗歌中的位置。这种想象方式类似

① 所谓“戏剧化演出”，首先是指诗人依循物象自身的活动来描写，从而营造一种景物如在目前演出的视觉效果。叶维廉指出，中国传统最高的审美境界是物象演出本身中就有情有意，从而达至“外在气象与内在气象交融”。

② 废名：《十年诗草》和《〈妆台〉及其他》，载《论新诗及其他》，辽宁教育出版社 1998 年版，第 154 页。

超现实主义的“形象联想”，即“通过事物之间‘特殊相似性’的把握而由一个形象联想到另外一个形象”①，但一定止于“动态感”的意象中。如法国著名诗人米修的《迷·三》：“用面包心做了”“一只小老鼠，刚捏出第三条腿，老鼠便跑了起来……乘夜色，溜之大吉”②，就是一首利用“日常经验式想象”对“意向性结构”逸出的“灵趣诗”。

综观中国新诗的诗质格局，由主情、主意、主知及主趣四个场域交织搭建而成。七月诗派的主意诗以“自我生命意志与他者外力冲突”的“受难”图式为最佳诗形，九叶诗派的主知诗以能够进入“自我与生命实存的对话”并展现出顿悟达成的思辨过程为最佳诗形，二者构筑起中国新诗诗质格局发展的广阔空间。

作为一个文学流派，七月派在理论批评、诗歌和小说创作上所显示的多方面开拓性成就，它置身于文学主流又反拨主流的偏向，既体现了时代特殊要求，又保全了文学精神的深厚复杂、坚持艺术个性的丰富多样的风格样貌，这些是它在中国20世纪文学发展的一个重要部分。

绿原，原名刘仁甫，1944年毕业于重庆复旦大学外文系。1941年在重庆《新华日报》发表处女诗作《送报者》；1942年出版第一本诗集《童话》；同年与邹荻帆等人合编诗刊《诗垦地》；1944年为避国民党追捕而逃离重庆；1955年受“胡风事件”牵连，遭受隔查，其间自修德语。自1962年起，在人民文学出版社从事德语文学编辑，以刘半九的笔名译介德国古典文艺理论和作品，同时创作了不少抒情诗。出版有诗集《又是一个起点》、《人之诗》、《另一只歌》等。

绿原被公认为七月诗派最有代表性的诗人之一，他因《童话》而得名，但他在当时产生较大影响的却是政治抒情诗《给天真的乐观主义者们》、《伽利略在真理面前》、《终点，又是一个起点》等。诗人的观察尖锐，思想机智，作品充满思辨色彩而又满怀内在的激情；又因为作品多涉及社会的重要问题，情绪激愤暗含嘲讽，诗人由此获得“政治抒情诗人”的桂冠。“中国的/体温/升腾着脉博/弹跃着”，另一方面又清醒地意识到“这是/九死一生的/胜利，与失败几乎没有距离的胜利呀”。胜利来之不易，胜利及岌岌可危。为了巩固这胜利，只有把这个“终点”当做“又一个起点”，时代要求“中国人民/再前进！”（《终点，又是个起点》）

① 老高放：《超现实主义导论》，社会科学文献出版社1997年版，第175页。

② ［法］亨利·米修：《我曾是谁——法国诗坛怪杰》，杜青钢译，漓江出版社1991年版，第2页。

在七月诗人中，鲁藜是以舒缓清丽的调子登上诗坛，代表作《泥土》在朴实的风格里暗含哲理。牛汉的深情躁动、冀方的刚毅悲壮、曾卓的纯真坚勇、阿垅的气魄坚毅等都极大地丰富了七月诗派的内涵。

第二节　九叶诗人及其诗歌

在20世纪40年代，一群经过战争洗礼和受到西方现代诗歌影响的年轻诗人辛笛、陈敬容、杜运燮、杭约赫、郑敏、唐祈、唐湜、袁可嘉、穆旦等以《诗创造》和《中国新诗》为阵地，探讨新诗“现代化”，强调对个人、战争和历史的理性思考，将新诗推向了一个新高度。

一、“九叶派”诗人概述

1981年，一本名为《九叶集》的诗歌合集由江苏人民出版社出版，引起了广泛关注，因为《九叶集》的再版让一群长期被忽视的九位诗人得到了重新关注，他们分别是辛笛、陈敬容、杜运燮、杭约赫、郑敏、唐祈、唐湜、袁可嘉、穆旦。他们均是20世纪40年代成名的诗人，虽然他们没有公开组成诗歌社团，但因为他们的作品多发表在《中国新诗》和《诗创造》这两本刊物上，并且在诗歌的价值观念和文学趣味上也很相似，因此后人也多将他们看成一个流派，蓝棣之将他们称为“‘现代诗’派”：“根据我对这个流派所作的研究，称他们为‘现代诗’派比较妥当。‘现代诗’这个名词在他们重要的理论文章中一再出现，而且，他们的整个诗歌活动的目标，就是要创作四十年代的‘现代诗’”①。

“九叶派”诗人的作品与徐志摩、李金发、戴望舒等新文学早期诗人一个很大的不同点在于，他们的诗歌受到了艾略特、奥登和里尔克等西方现代派诗人的影响，强调对客观事物的呈现，而不是单纯抒发个人情感。例如在郑敏的诗歌《金黄色的稻束》中，秋天田野里金黄色的稻束是诗人赞美的对象，这些稻束是作品要塑造的形象，它们不再仅仅是自然中一个没有灵魂和思想的“客观物”，而是一个有形式、内容和思想的生命体。“金黄的稻束站在/割过的秋天的田里/我想起无数个疲倦的母亲，/黄昏路上我看见那皱了的美丽的脸/收获日的满月在/高耸的树巅上，/暮色里，远山/围着我们的心边，/没有一个雕像能比这更静默。/肩荷着那伟大的疲倦，你们/在这

① 蓝棣之：《论四十年代的“现代诗”派》，载王圣思：《“九叶诗人”评论资料选》，华东师范大学出版社1995年版，第96页。

伸向远远的一片/秋天的田里低手沉思，/静默。静默。历史也不过是/脚下一条流去的小河，/而你们，站在那儿，/将成为人类的一个思想。"① 尽管中国古典诗歌和现代早期新诗也大量描写自然景物，但这些自然景物不过是个人情感的附属，并不是一个独立主体，诗人们只不过是要通过这些事物来表达作者对世界的感受，但九叶派诗人摒弃了作者的"个人表达"，让客观的世界以一个主体面貌出现，这当然并不是说，穆旦、郑敏、杭约赫这些九叶派诗人并不注重情感的表达，而是他们在一定程度上有意识地克制主观情感，将个体情感融入到事物的客观呈现之中。

"九叶派"诗人的第二个特点是强调诗歌的"现代化"，袁可嘉曾经写了一篇文章《新诗现代化——新传统的寻求》。从诗与政治的关系、诗歌与现实的关系、诗歌与日常语言等方面详细论述了什么是新诗的现代化。在他看来，新诗现代化其实就是强调新诗要将个人经验与现代社会的普遍经验结合起来，表达现代人和现代社会的共同感受，"现代诗歌是一现实、象征、玄学的新的综合传统"②。现代社会是一个复杂体系，因而现代诗歌不再是风花雪月之类个人情感的简单流露，融合着多种个人情感，多种人生体验的"综合体"。在《新诗现代化的再分析——技术诸平面的透视》中，袁可嘉再次论述了新诗现代化必要性，指出新诗的现代化就是要接受"以艾略特为核心的现代西洋诗的影响；我们对于此点反复陈述只在说明新诗现代化所内涵的比徒炫新奇、徒趋时尚更广、更深……它不仅代表新的感性的崛起，即说它将颇有分量地改变全面心神活动的方式，似亦不过"③。他以杜运燮的诗歌为例，又从技术层面上对如何现代化进行了阐释，认为新诗的现代化不是简单地追求新奇，而是要强调"引致与联想"、强调"间接性"、强调诗歌的文字结构的组合安排，以产生一种复杂的"现代意识"。当然，强调接受以艾略特为核心的现代西洋诗，并不是否定从中国传统诗歌那里获得写作资源，中国传统诗歌的意象也可以为新诗的现代化服务，例如在"九叶派"诗人中，陈敬容的诗便深受中国古典诗词的影响："雨后黄昏的天空，/静穆如祈祷女肩上的披巾；/树叶的碧意是一个流动的海，/烦热的躯体在那儿沐浴。/我们避雨到槐树底下，/坐着看雨后的云霞，/看黄昏退落，

---

① 郑敏：《金黄的稻束》，载《九叶集》，江苏人民出版社 2001 年版，第 135 页。

② 袁可嘉：《新诗现代化——新传统的寻求》，载王圣思：《"九叶诗人"评论资料选》，华东师范大学出版社 1995 年版，第 13 页。

③ 袁可嘉：《新诗现代化的再分析——技术平面的透视》，载王圣思：《"九叶诗人"评论资料选》，华东师范大学出版社 1995 年版，第 20 页。

看黑夜行进，/看林梢闪出第一颗星星。”① 雨天、黄昏、云霞、星星都是中国古典诗词常用的意象，在陈敬容的笔下经常出现，但是传统意象经过作者的重新结构组合，却给人一种特别现代的感受。同样，辛笛的《山中所见——一棵树》也将王维式的山水诗意化为对生命的哲理思考。

“九叶派”诗歌的第三特征是具有浓厚的民族和历史意识。这种历史意识的获得一方面得益于艾略特、奥登和里尔克的诗歌理论与实践，艾略特在《传统与个人才能》中特别强调诗人应该要有一种了解过去和当下的“历史意识”。不过，穆旦、辛迪等人虽深受奥登、艾略特和里尔克的影响，但他们不是简单地学习、模仿，他们对历史意识的深刻认识还根植于民族的历史和现实，日本的侵华战争让穆旦、杜运燮这些现代知识分子从封闭的书斋走向了广阔的大地，在辗转流离之中，他们对于民族国家的历史与现实有了更加深刻的看法。改变了过于沉浸于个人和自我世界的写作方式，关注更广大人群的命运。穆旦的诗歌《活下去》用诗鼓励一个被敌人蹂躏的人民要勇敢的“活下去”：“活下去，/在这片危险的土地上，/活在成群死亡的降临中，/当所在的幻象已变狰狞，/所有的力量已经，/如同暴露的大海/凶残摧毁凶残，/如同你和我都渐渐强壮了却又死去，/那永恒的人。”② 在这里，个人与历史，个人与民族成为了一个血肉相连的整体，即便有无数个人死去，整个民族的生命却得以永存，正是无数个体在与敌人的战斗中死去，换来了一个“永恒的人”——一个永存的民族形象。

当然，“九叶派”诗人的作品中也有一些具有较强的个人色彩，表达对爱情、生命和青春的思考，穆旦的《诗八首》是其中的代表。《诗八首》具有浓郁的抒情和哲理意味。既描写了青春和爱情的美好，又理性地意识到浪漫青春和炽热爱情的短暂、脆弱：“你底眼睛看见这场火灾，/你看不见我，虽然我为你点燃，/唉，那燃烧着的不过是成熟的年代，/你底，我底。我们相隔如重山！/从这自然底蜕变程序里，/我却爱了一个暂时的你。/即使我哭泣，变灰，变灰又新生，/姑娘，那只是上帝玩弄她自己。” “我和你谈话，相信你，爱你，/这时候就听见我的主暗笑，/不断地添来另外的你我/使我们丰富而且危险。” “那窒息着我们的/是甜蜜的未生即死的言语/它底幽灵笼罩，使我们游离。”③ 浪漫甜美的爱情充满了悖论，时刻都存在背

① 陈敬容：《雨后》，载《九叶集》，江苏人民出版社 2001 年版，第 44 页。

② 穆旦：《活下去》，载张新颖：《中国新诗：1916—2000》，复旦大学出版社 2001 年版，第 211 页。

③ 穆旦：《诗八首》，载《九叶集》，江苏人民出版社 2001 年版，第 254~256 页。

叛、谎言与危险。郑敏在《雷诺阿的〈少女画像〉》中也生动地描写了一个少女思想成熟的过程："现在我看见你的嘴唇，/这样冷酷地紧闭，/使我想起岩岸封锁了一个深沉的自己。/虽然丰稔的青春已经从你发光的长发泛出，/但是你这样苍白，/仍象一个暗澹的早春。/呵，你不是吐出光芒的星辰，也不是/散着芬芳的玫瑰，或是泛溢着成熟的果实，/却是吐放前的紧闭，成熟前的苦涩。"① 青春的美丽不再是"吐出光芒的星辰"、"散着芬芳的玫瑰"和"泛溢着成熟的果实"，而是一种成熟前的苦涩。

"九叶派"诗人看到了世间万物的复杂性，他们不再简单地描写一个事物、一种情感，而是将对事物的描写融入一个复杂的情感结构中，这大大开拓了新诗的话语空间，丰富了新诗的内容，为现代诗歌提供了一种新经验。可惜的是，1949年之后，九叶派的诗人大多命运坎坷，创作受到了很大影响。穆旦在"文革"中遭到严重摧残，于1972年逝世。杭约赫则专心从事美术装帧设计，几乎不再有新的作品问世。后来，有学者专门对杭约赫之外八位在1949年之后，仍然坚持写作的九叶派诗人的作品进行了收集、整理，以《八叶集》② 之名出版。

二、穆旦的诗

九叶派诗人的作品强调现代人普通的经验和感受，都具有浓厚的"现代意识"，但是在各自的诗歌实践中，每位诗人的作品还是呈现出了不同的风貌，具有各自的特色。穆旦的诗深沉厚重、郑敏的诗富有哲理、辛迪和陈敬容的诗歌深受中国古典诗影响，注重意象和意境的营造。在这些诗人中，穆旦以其对于民族、历史的深入思考，成就最高，是九叶派的代表性人物。

穆旦和其他九叶派诗人一样，在西南联大读书期间，接触到了艾略特、奥登等人的作品，并深受他们影响。穆旦的诗有一种强烈的"现代意识"，这首先表现在他对诗歌形式的探讨上。穆旦注意到句式长短、排列组合在诗歌中的重要性，他借鉴了西方现代派诗歌，运用夸张、变形、错位等组合手段加强诗歌的现代感觉。当然，穆旦不是刻意追求诗歌的独特形式，而是深入诗歌内部，在诗中注入了个人的人生经验和历史感悟。例如在《在寒冷的腊月的夜里》中，诗人采用了奥登"高空镜头"的手法，远距离描绘事物，以造成一种苍凉的景象，田野、移动的人、装大麦、谷子的马车都在这样一个广阔的空间里运动着。接下来诗人却突如其来地采用近距离的特写镜

---

① 郑敏：《雷诺阿的〈少女画像〉》，江苏人民出版社2001年版，第165页。

② 穆旦等：《八叶集》，生活·读书·新知三联书店香港分店1984年版。

头展现了一幅“厚重的、多纹的脸”。借助于这种取景的技巧，使得诗歌达到了一种立体效果。远景和近景的组合、静止和运动的交错使诗具有了一种内在的张力和现代感。

穆旦不仅在形式上吸取了艾略特、奥登等西方现代派的诗歌技巧，而且他更关注艾略特和奥登对于历史意识的论述。穆旦的生活经历、战争体验，尤其是对民族国家的深刻理解，使得他的诗歌不是停留在表面的现代感觉上。他的诗歌超越了简单的形式，深入到了历史的深处。在这点上，穆旦的同学王佐良看得最清楚：“……但是最痛苦的经验却只属于一个人。那是一九四二年的缅甸撤退。他从事自杀性的殿后战。日本人穷追。他的马倒了地。传令兵死了。不知多少天，他给死去战友的直瞪的眼睛追赶着。在热带的豪雨里，他的腿肿了。疲倦得从来没有想到人能够这样疲倦，放逐在时间——几乎还在空间——之外……”① 正是对于战争的体验、对于北方中国农村的熟悉、对于中国历史的情感，使得他的诗有其他诗人无法达到的“历史意识”。我们可以拿陈敬容的诗进行比较，陈敬容有首诗名叫《陌生的我》：“我时常看见自己/是一个陌生的存在/独自想着陌生的思想/独自讲着陌生的语言/当我在街头兀立/一片风猛然袭过来/我看见一个陌生的我/对着陌生的世界。”这是一首现代意识很强的诗，诗里的我是一个孤独的现代人形象，表达了在现代社会里，人孤独的存在境遇，但这首诗歌不会给人以强烈的历史震撼感，只是表达了一个体的现代体验。穆旦的许多诗中也有“孤独者”形象，但是这些“孤独者”已不是单纯的现代个体形象，而是人类境况的写照。“我是一个老人。我默默地守着，/这迷漫一切的，昏乱的黑夜。/我醒了又睡着，睡着又醒了，/然而总是同一的，黑暗的浪潮，从遥远的古京流过了无数小岛，/同一的陆沉的声音碎落在/我的耳岸：数人活着，死了。”《漫漫长夜》中的这位“老人”也是一个孤独的个体形象，但这个形象传达的是一种历史体验。我们可以明显地在诗歌中看出个人情绪向历史体验的转换过程，诗的第一句和第二句，这个孤独者的形象还是个人性的，但从第三句开始，孤独的个体身边流动着的却是一个历史：遥远的古京、无数荒凉的小岛、同一的陆沉的声音。它们从孤独者我的身边流过，这里的我已经跨越了无数的岁月，具有了永久的生命，是沧桑岁月的见证者。从上面可以看出，设置具有象征意义的意象，是穆旦诗歌呈现出历史意识的重要方式。穆旦常选取一些具有历史沉淀的事物组成“意象群”，这些“意

① 王佐良：《一个中国新诗人》，载王圣思：《“九叶诗人”评论资料选》，华东师范大学出版社 1995 年版，第 307 页。

象群”往往围绕着一个中心意象，反复出现，从而形成具有深刻历史意识的象征场景。

穆旦对于中国乡村有着复杂的情感，他常常选取最贫穷古老的北方农村的人和物作为诗歌书写对象。叶维廉说四十年代的中国诗人面临两方面困境：其一，是诗应呈现什么对象；其二，是怎样处理主观的文字艺术世界。他所说的困境是指中国诗人不知如何处理“主观抒情”与“客观写实”的关系，有的诗人过于抒情，有的诗人过于写实，但穆旦却能将主观抒情与客观写实较好地统一起来。他对大量的北方乡村景物作素描般的描写，但不是单纯的写实，而是在这些客体身上注入了历史因子，于是普通的客体便成了特定的意象，具有了“历史意识”。例如在穆旦的代表作《赞美》中有一个非常写实的场景：“一个农夫，他粗糙的身躯移动在田野中/他是一个女人的孩子，许多孩子的父亲，/多少朝代在他的身边升起又降落了/而把希望和失望压在他身上/而他永远无言地跟在犁后旋转/翻起同样的泥土溶解过他祖先的/是同样的受难的形象凝固在路旁。”① 在这个片段里，“多少朝代在他的身边升起又降落了”一句很关键，如果没有这句话，这个片段场景就很普通，它是北方农村常见的景象：一个普通农夫在田野里干活。但是加了多少朝代之后，这个片段的张力一下子增强，“朝代”这个词语将遥远的过去、古老的传统、残酷的战争与现实的中国联接起来，聚集到一个普通农夫身上，这个农民就不仅仅是一个普通农夫形象，而是一个苦难民族的象征。我们也立刻从诗中体会到了一种强烈的历史意识，就这样，穆旦的诗通过独特的个人体验传达了一种普遍意识。那些日常的、普通的物体：锄头、镰刀、石磨、大车等，在穆旦的诗中，他们不仅是普通的事物，而具有了生命力，成为一个民族的“象征”。我们再来看穆旦的《在寒冷的腊月的夜里》：“在寒冷的腊月的夜里，风扫着北方的平原，/北方的田野是枯干的，大麦和谷子已经推进了村庄/岁月尽竭了，牲口歇息了，村外的小河冻结了，/在古老的路上，在田野的纵横里闪着一盏灯光，/一副厚重的，多纹的脸，/他想什么？他做什么？/在这亲切的，为吱哑的轮子压死的路上。”②

这首诗呈现了一种连续性的“动态场景”：朝村里运的大麦和谷子、黑暗的田野中移动的人影和灯光、在寒风中的破屋、屋里婴儿的哭声，视觉和听觉综合在一起，给人以强烈的现代感觉，但整首诗给人的感觉却是一个静

① 穆旦：《赞美》，载《九叶集》，江苏人民出版社2001年版，第252页。

② 穆旦：《在寒冷的腊月的夜里》，载《九叶集》，江苏人民出版社2001年版，第245页。

态画面。为何会有此效果呢？我想是该诗给我们提供了一个广阔而沉静的背景：历史，在这个广阔的背景下，一切的移动只是陪衬，只能更让人感觉到历史的沉重。在诗的最后，实在的物体变成了一种抽象的事物，岁月在不停地轮回，但是镰刀、牛轭、大车、石磨这一切丝毫没有改变，永恒地存在着。它们正是贫穷和苦难的中国历史和现实的象征。它们已经不再是普通客体，它们成了一种意象，一种衰落凝固的象征，我们从它们的身上充分感觉到了一种历史意识、一种生命的力量。在这首诗中，还出现了很多人称：他、我们、他们、我们的祖先，这些人称有什么特殊含义呢？几个人称代词其实都具有了时间意义。我们的祖先、我们、他们分别成了一个过去的意象、一个现在的意象、一个将来的意象，它们组合在一起就是中国这个民族过去、现在、将来的象征。“我们的祖先”象征了这个民族的过去，“我们”则是这个民族的现在，“他们”意味着这个民族的将来，通过一种连续性的场景和人称转换，一个完整的历史图景便呈现出来。

穆旦是一位杰出的现代诗人，他在诗歌里注入了自己独特的人生体验，传达了人类的普遍经验。强烈的现代意识和历史意识使得他的诗歌，将中国新诗的水平带到了一个新的高度。

第三节　新歌词及张光年的《黄河大合唱》等歌词创作

抗日救亡的现实需要唤醒、鼓舞了广大的民众积极投身抗战、保家卫国，于是街头诗、朗诵诗等短小精悍、易于记诵的文艺形式在这一时期非常活跃。与此同时，文艺工作者还创作了大量的歌曲、活报剧、街头剧、茶馆剧、电影等诸多富有艺术表现力的作品来参与到这场全民族的抗战中，尤其是一些脍炙人口的歌词，至今仍传唱不息。

一、抗战热潮中的新歌词运动

1918 年，北京大学成立“歌谣研究会”，征集歌谣并发行《歌谣》周刊。新文学伊始，新文学的初创者即对“歌谣”产生了足够的重视，一为学术、二为文艺，正如《歌谣》周刊《发刊词》转引意大利卫太尔的话所言：根据在这些歌谣之上，根据在人民的真感情之上，一种新的“民族的诗”也许能产生出来。汉语新诗发展到抗战时期，出于时代的需要，呈现出新的面貌。全面抗战之前的 1931 年 11 月，“中国左翼作家联盟执委会”会议决议要将“朗诵”作为推广诗歌的运动。随着民族救亡思潮的高涨，在都市与农村，一场接着一场的诗歌朗诵会如火如荼地开展起来，这便是

“朗诵诗运动”。“朗诵诗运动，是为了在抗日战争的新形式下，继承和发扬‘五四’新文艺的革命传统，努力克服新文艺中小资产阶级的情调和文字上艰深难懂的缺点，使新诗更加和时代、群众相结合，更加口语化、大众化，更加发挥其战斗的作用。所以它的提倡，不是对新诗的否定，而是新诗的必然发展，是新诗迈出书院，走向街头，走向广场，走向群众的一种实际表现。”① 1938年8月，柯仲平、田间等联合发表《街头诗歌运动宣言》，在延安发起街头批判诗运动。这一年年底，田间、邵子南、史轮、力军等战地社成员从延安出发到晋察冀边区，他们边写边贴，使街头诗在解放区迅速风行起来，并扩展其影响至国统区和沦陷区的大城市。田间指出：“街头诗把口号的内容，把许多故事形象化了，诗化了，同时又以短小的，精悍的，明快的，像小匕首出现在各处，因而出现打倒敌人和动员群众及慰劳战士的明显作用。”② 朗诵诗运动与街头诗运动在抗日战争初期发挥了相当大的鼓舞人心的作用，是文艺大众化的成功实践。

新歌词运动正是在这样的时代背景与文学语境中蓬勃兴起，留下了许许多多经典的歌词作品，最为著名的当属《义勇军进行曲》。1935年由田汉作词、聂耳作曲的《义勇军进行曲》，原是电影《风云儿女》的主题曲，抗战时期曾被国民革命军200师的师长戴安澜将军认定为该师军歌，1949年中国人民政治协商会议第一次全体会议暂定其为中华人民共和国国歌，1978年第五届全国人民代表大会第一次会议通过其为中华人民共和国国歌，2004年第十届全国人大二次会议通过的《宪法（修正案）》以法律形式确立其为中华人民共和国国歌。“起来！不愿做奴隶的人们！把我们的血肉，筑成我们新的长城！……”这激动人心的歌词激励着一代又一代的中华儿女奋勇向前！新歌词运动中的歌词创作大致可以分为三类：战斗性的群众歌曲歌词、抒情歌曲歌词、儿童歌曲歌词。第一类歌词创作数量最多，其内容为直接号召人民奋起抗战和正面表现军民抗战生活，如《全面抗战》、《游击队歌》、《救亡进行曲》、《牺牲已到最后关头》、《打回东北去》、《大刀进行曲》、《武装保卫山西》、《打杀汉奸》、《游击乐》、《在太行山上》等；第二类歌词创作往往通过哀悼牺牲的烈士和沦陷的家乡来激发人们爱国抗战的热情，如《松花江上》、《五月的鲜花》、《长城谣》、《故乡》、《嘉陵江上》等；第三类歌词创作把儿童日常生活、思想感情同抗日救亡的主题联系在一

① 高兰：《诗的朗诵与朗诵的诗》，山东大学出版社1987年版，第312页。

② 田间：《现在的街头诗运动》，载胡采：《中国解放区文学书系》第一编（文学运动·理论编卷·第一卷），重庆出版社1992年版，第497页。

起，塑造了抗战中的儿童天真活泼而又勇敢无畏的形象，如《马儿真正好》、《谁说我们年纪小》、《小队伍》等。

1942年5月，毛泽东针对当时整风运动的需要，召集延安文艺工作者举行座谈会，5月2日于第一次大会发表《引言》，5月23日于第三次大会发表《结论》，第二年10月19日鲁迅逝世纪念日全文首次刊登在《解放日报》上，这就是著名的《在延安文艺座谈会上的讲话》(下文简称《讲话》)。《讲话》的发表，奠定了文艺为工农兵服务的方向，也因此带来了解放区新歌词创作风格的变化，使其更多地带有民歌民谣的韵味了。

二、《黄河大合唱》

张光年（1913—2002)，笔名光未然，曾用名张文光、张华夫，湖北光化人。1927年加入中国共产主义青年团，当过商店学徒、店员和小学教员。1935年肄业于私立武昌中华大学中文系，同年发表新歌词创作《五月的鲜花》，经阎述诗谱曲后在“一二·九”运动中广为传唱。1938年，他的《街头剧创作集》由汉口扬子江出版社出版。抗战时期，张光年以文艺创作为武器全身心投入到全民族的抗战洪流之中，辗转奔波于多个地方：在上海，他组织了“中国文艺者战地工作团”，并与冼星海相识，创作了《高尔基纪念歌》；在武汉，他与冯乃超、高兰、锡金等一起积极参加朗诵诗运动；在重庆，他组织朗诵队、举行诗歌朗诵会、创作长篇叙事诗《屈原》；在延安，他创作《黄河大合唱》组诗歌词，后经冼星海谱曲，唱响中华大地；在昆明，他根据流传的民歌编写了长篇叙事诗《阿细人的歌》，创作了抒情长诗《绿色的伊拉瓦底》，还与李公朴、闻一多一道从事民主运动和诗歌朗诵活动；在缅甸，他团结华侨文化界和华侨青年从事反法西斯的文化活动。

《黄河大合唱》组诗歌词创作由张光年在1939年1月完成，3月冼星海完成谱曲，分为：《黄河船夫曲》、《黄河颂》、《黄河之水天上来》、《黄水谣》、《河边对口曲》、《黄河怨》、《保卫黄河》、《怒吼吧，黄河》八个部分。整部组诗气势磅礴而雄浑，张光年用强烈的爱国深情倾注笔端，以黄河这一中华民族的发源地为核心意象，热情地讴歌了中华儿女不屈不挠、保家卫国的必胜信念，歌颂了伟大祖国的悠久历史并表现了中华民族的伟大精神和不可战胜的力量。《黄河大合唱》不仅是中华民族战斗的英雄史诗，也是抗日战争波澜壮阔的时代画卷，它反映了民族的觉醒，激励了人民的战斗豪情，堪称中国现代文学史上最杰出的新歌词创作之一。

其中《保卫黄河》的歌词最为脍炙人口，也最令人精神振作、热血沸腾："风在吼，马在叫，黄河在咆哮，黄河在咆哮。河西山冈万丈高，河东河北高粱熟了。万山丛中，抗日英雄真不少！青纱帐里，游击健儿逞英豪！端起了土枪洋枪，挥动着大刀长矛，保卫家乡！保卫黄河！保卫华北！保卫全中国！"这如同号角般的声音，以其穿越时空的巨大魅力，在炎黄子孙中永远传唱！张光年这位出生于长江支流汉江畔的艺术家，因《黄河大合唱》组诗歌词的成功创作被誉为"长江的儿子，黄河的歌手"。

第四节　"民族诗坛"与旧体诗词

抗战时期民族情绪高涨，爱国主义精神得到了前所未有的升华，民族传统被重新评价认定，抗日战争的主旋律也给原本四面楚歌的旧体诗带来了新生命。诚然，旧体诗经历了文学革命和新文化运动的冲击后重返舞台，在题材、形式等方面上有很大的革新。内容具有时代特征，抗战爱国诗篇占主要地位。在格律上已趋向于现代语体，而用韵及用典方面亦不再泥古。在这特别的时代背景下，无论是创作的诗人或是阅读的欣赏者，关注的都不再是诗歌严谨的形式、格律和品格情操，以抗战爱国为题材的诗歌往往能轻易进入文学主流，成为具代表性的文学作品，这亦成为人们关注的重心。

一、旧体诗热

1938年，冯玉祥自称"丘八诗"的《抗战诗歌集》由其创办的三户图书印刷厂出版，同年汉口的生活书店出版沈钧儒的《寥寥集》，这些以抗战为主要素材的旧体诗集的出版，对当时的文坛及历史进程都产生了巨大震荡。而当时胡风创办代表进步文艺的《七月》、老舍等人主编的通俗文艺刊物《抗到底》，以及中华全国文艺界抗敌协会会刊《抗战文艺》都以一定篇幅发表旧体诗歌，当时颇负盛名的新文学作家如郁达夫、郭沫若等也纷纷发表了为数不少的旧体诗歌作品。

抗日战争爆发后，大批诗人辗转来到武汉，一批以旧体诗为主要内容的诗歌刊物亦应运而生，《时调》、《民族诗坛》、《五月》、《诗时代》是当时颇具代表性的新创诗歌刊物，可惜大多昙花一现，其中《五月》只出了一期，但它们的倾向性和宗旨却十分鲜明，而当中最具影响力的应首推《民族诗坛》。《民族诗坛》是抗战时期文学刊物中以发表旧体诗词为内容的文艺杂志，其撰稿人背景主要是国民党的文人政客。该杂志"以韵体文字发扬民族精神，激起抗战之情绪"为主要宗旨，作品多表达爱国情怀，痛斥日本侵略行径为题。从其目录中可见首篇是由陈立夫执笔的《民族与诗歌》。

《民族诗坛》在1938年5月创刊于武汉，是当时抗战时期影响较大的一本诗刊。由于右任创办，有江南才子之称的卢冀野任主编，发行人为项学儒，由独立出版社印刷出版。当时《民族诗坛》的总经销处位于汉口花楼街十六号的正中书局，以每月一册出版，六册为一卷，直到1945年12月停刊，共刊出五卷二十九册。然而这八年时间，诗刊并非一帆风顺，真正能按时出版的只维持到1939年第三卷第六辑（总十八辑），而第四卷却用了两年的时间才出满六册，到第五卷的时候勉强才出了五册，最终面临停刊的宿命。而发行地由原先创刊地武汉，到1938年10月以后转为重庆，因此该诗刊在当时的陪都重庆的影响力较大。据日本学者的考证，在40年代初的重庆，国民党方面具全国规模的出版社只有正中书局、中国文化服务社和独立出版社。而当中，中国文化服务社其实是国民党中央宣传部设立的直属机关，国民党资助的拔提书店也曾参与销售。综上所述，《民族诗坛》并不单纯是旧体诗歌发表的文艺阵地，同时也兼具国民党文化宣传的职能，是聚文化与政治于一身的合并体。

二、《民族诗坛》上的诗人

该刊的主要撰稿人有于右任、卢冀野、易君左、钱少华、王陆一、江絜生、张庚由等，而曾琦、曾小鲁、陈家庆、贾景德、李元鼎、李仙根、林庚白、许崇灏也是该刊物的活跃者。于右任为该群体的核心人物，而主编卢冀野受于右任影响极深。

于右任（1879—1964），陕西省三原县人。17岁考上清末秀才，25岁中举。年轻时思想进步，因抨击清政府曾被通缉。1906年，在日本追随孙中山时加入同盟会，创办过《神州日报》、《民呼日报》，积极投身革命工作。在护法战争中任陕西靖国军总司令，先后任总统府交通部次长，国民党中央执行委员，中央常委、陕西省长、中央评议委员、审议院院长和监察院长，是近代史上国民党德高望重的元老级人物。据《于右任年谱》记载，于1937年聚集学者、诗人成立“民族诗坛”①，1938年任监察院院长的于右任已年近六十，但仍在百忙中积极筹办《民族诗坛》并与卢冀野一同成为该刊最热心的撰稿人。

① 刘延涛：《于右任先生年谱》，载《中国一周》1963年第676期。

卢前（1905—1950），字冀野，江苏人。其老师是南京东南大学的词曲大家吴梅，被誉为吴门最出类拔萃的人才，词曲造诣之深卓然超群。曾先后在金陵大学、成都大学、河南大学、中山大学奉职。1936 年在南京时结识于右任，后经其结识了陈立夫。1937 年在上海暨南大学任教，1938 年因其学术上的声望被选为国民参政会第一期参政员。同期毛泽东、周恩来、董必武、吴玉章等七人亦在该会议名单中。国民参政会是为抗战而设集结全国力量的国民会议，人选全由国民党推举，参政员人数约二百人，加上地方性代表和社会各界领袖人物各一百人，共计四百人。卢冀野受于右任影响至深，二人交往甚密，志趣相投，一同主持《民族诗坛》亦是顺理成章之事。

易君左（1898—1972），湖南人，毕业于早稻田大学，兼记者、学者和作家多重身份。抗日战争爆发后任湖南《国民日报》主笔，1938 年秋开始任重庆国民党中央宣传部专员一职，与于右任、卢冀野关系密切。

从诗歌的内容上看，《民族诗坛》秉承其宗旨“以韵体文字发扬民族精神，激起抗战之情绪”，因此作品多以控诉日本侵略，表达国土遭受蹂躏的悲愤怒恨之情：

我有杀敌愿，愤怒不可干。
我有杀敌剑，森森吐气寒。
用此剑歼寇，寇歼心乃安。
立志报国仇，雪耻有何难。

——孙工《感时述怀》(第四卷第三期)

诗歌毫不掩饰地表现了作者的愤慨之情，恨不得拿起刀剑刺向敌人心脏，立志报国仇、歼寇敌。诗歌形式为五言律诗，首联述说自己的杀敌愿望，颔联描述杀敌的剑，颈联则转述用此剑杀敌才能安心，最后尾联表达立志要为国报仇，一洗耻辱的爱国精神。四联之间符合旧体诗起承转合的逻辑关系，偶数句押韵保留古诗声韵特征。但平仄已不按五言律诗的严谨规则，格式显然也打破了“一联内讲对，两联间讲粘”的要求。诗歌已加入平铺直叙的白话文，趋近现代语体，读起来顺口易懂，内容述说对敌寇侵华的愤怒之情，表达要报仇雪耻。这是此类诗歌的典型之作，外框基本保留古体诗歌特征，内框加入现代语体不再拘束泥古，内容与战争相关，弘扬民族精神，激起抗战杀敌情绪。《民族诗坛》中载有诸多此特征的旧体诗篇，当然，除了诗歌，词也是《民族诗坛》的刊登内容：

笛悲鸣，断续时，
空袭发警报，奔避不迟疑。
母唤儿，夫寻妻，
东市尸枕籍，西市血成泥，不见所爱唯悲啼。
不用啼，不用哭，
谁使人间成地狱，齐心复大仇，杀尽倭奴恨雪足。
——许崇怡《空袭词》(第四卷第二期)

当然，并非所有的作品都是平叙直抒对敌人的愤恨，当中不乏描写战争场面、战士英姿的诗篇：

漫天峰火迫罗城，滚滚江流气不平。
正伏奇兵齐杀敌，应知主帅极英明。
——吴逸志《长沙会战大捷》(第四卷第二期)

这首诗描写了漫天烟火的战时情形，敌人紧迫罗城，幸有早已埋伏的士兵，便知主帅何其英明。此为七言绝句，仄起平收首句押韵，平仄符合七言绝句的格律要求，但语言已趋近现代语体。

《民族诗坛》中载得最多的还是歌颂祖国山河壮丽的诗，当中浸透着浓浓的“国破山河在”的悲哀和感叹：

江南何处不沉沦，狂蝶犹迷陌上尘。
二月东风三月雨，白门花发别家春。
——钱少华《江上杂诗》(第一卷第一期)
小岛樱花植汉园，媚桃妬李黯无言。
多情浪蝶争相艳，枝北枝南未惮烦。
——项学儒《过废日本租借地见樱花零落矣》(第一卷第一期)

对于《民族诗坛》中风花雪月的咏叹之辞，有学者则认为：“这也多是源于旧体诗的感性不问政治的本质。”① 然而，岩佐昌暲认为《民族诗坛》

① ［日］岩佐昌暲、刘静：《记抗战时期的旧体诗杂志〈民族诗坛〉》，载《重庆师范大学学报》(哲学社会科学版) 2006 年第 6 期。

中的诗歌并不能全面地展现战争的残酷现实，这往往与旧体诗惯用感性形式表达现实有关，例如诗歌称抗日战争为“峰火”，指现代装备的日军为“倭兵”、“寇”，将炮弹纷飞坦克横行的战场写成“沙场”的时候，战争的现实被咏叹风花雪月的古典世界屏蔽了，这就是古典诗词描述现代战争的局限性。

◎ 思考题

1. 七月诗派与九叶派在中国新诗诗质发展格局上的艺术贡献有哪些？
2. 试说一下西方现代派诗歌对于《九叶集》的影响。
3. 请分析一下穆旦的诗歌《赞美》。
4. 分析古典诗词的表达方式对现代战争的描写是否存在局限性？
5. 抗战热潮中新歌词创作的主要内容是什么？

第七章　戏剧创作和文论建设

1937—1949 年是中国现代文学戏剧创作和文论写作的繁荣时期。曹禺是这个时期戏剧文学创作的代表人物，他的《原野》、《北京人》积极探寻人的内在灵魂，对民族和传统文化进行了深入思考；陈白尘的《升官图》以荒诞手法为丑陋现实纪实，对旧时代的讽刺入木三分；夏衍的重要剧作《在上海屋檐下》、《法西斯细菌》、《芳草天涯》也创作于抗战前后，通过写实和抒情来表现抗战时期的社会、人生。1941—1943 年，郭沫若创作了历史剧《棠棣之花》、《屈原》、《虎符》、《高渐离》、《孔雀胆》、《南冠草》，以历史写现实，激发了人民大众的斗志，增强了抗战必胜的信心。

这一时期文学艺术的理论研究也取得了很高成就。1933—1949 年，朱光潜用美学理论阐释文学问题，著述甚丰，特别是《诗学》产生了很大影响。闻一多的文艺思想在这个时期发生了很大变化，从"为艺术而艺术"走向了"艺术为人生"，越来越关注现实生活，写下了《文学的历史方向》、《艾青和田间》等论文，鼓吹文艺为社会大众服务；朱自清诗学研究的成果也非常突出，《新诗杂话》将瑞恰慈和燕卜荪语义分析学与中国传统考据方法结合起来，开辟了新诗的解读路径。《诗言志辨》考辨"诗言志"等文论概念，努力建构中国文学自身的诗歌批评体系；40 年代中后期，受英美新批评影响的袁可嘉于 1946—1948 年发表的一系列理论文章，探索了现代主义诗歌的特质，标志着中国现代主义诗论体系开始形成。

第一节　曹禺、陈白尘的戏剧

战争带来了各种各样的生活形态，形形色色的人物表现（涌现了形形色色的人物），为现代戏剧准备了足够丰富的现实题材，经过战火的锤炼，文艺家的戏剧创作热忱被再度激发。

一、曹禺的《原野》与《北京人》

1936年8月，曹禺应国立戏剧学校校长余上沅邀请，赴南京任教。1937年4月至8月，《原野》在靳以主编的《文丛》第一卷第2~5期上连载。1938年年初，曹禺随剧校迁往重庆。10月，与宋之的合作改编《全民总动员》，当月公演，轰动重庆。1939年春，随校迁往江安。暑假期间，创作《蜕变》；初冬，率剧校师生赴重庆演出《蜕变》，蒋介石看后下令禁演。1940年秋开始创作《北京人》，翌年公演。1942年初辞去剧校教职，夏，到重庆唐家沱，改编巴金的《家》。1943年创作表现大后方民族资本家与官僚资本家矛盾的《桥》。1946年，与老舍同时接到美国国务院邀请，经上海赴美讲学，并两次会见德国著名剧作家布莱希特。1947年返回上海，后进入上海文华影业公司任编导，写成电影剧本《艳阳天》。1948年年底，到香港，1949年初经中共地下党安排经烟台到北平。

《原野》中黑暗的原野意象、复仇的戏剧冲突（戏剧的情节）和野性的农民形象似乎是对革命意识形态的呼应，事后作者也对作品作过政治性的解释，但是《原野》所具有的浓厚的象征意味，使它和一般的革命文学有很大区别。从某种意义上说，《原野》是由美国表现主义戏剧家奥尼尔《琼斯皇》所激发的中国想象。它不仅有着充满激情的主观、象征、夸张、本质化叙事的奥尼尔式的戏剧风格，更有与奥尼尔《琼斯皇》极其相似的扭曲变态、痛苦挣扎的心理描写以及黑树林原野意象的展现。显然，作者是在既以奥尼尔的方式探寻人内在灵魂、“永恒品质”的深刻矛盾性和悲剧性，又对黑暗的现实作反抗性的积极回应。

主人公仇虎是作者塑造的一个主要人物，他的父亲被焦阎王活埋，土地被焦阎王霸占，心爱的人被焦阎王夺走，妹妹被拐进妓院，自己也被逼得不得不流落异地，这些都是他内心痛苦的根源。与焦阎王的深仇大恨，使他不得不选择复仇，否则就无法获得内心安宁。不过，焦阎王的死去，“父债子还”的思想使他以焦阎王的儿子焦大星作为复仇对象，同样也使他内心无法安宁。因为心思单纯、善良的焦大星与他父亲所犯的罪孽完全无关，他是仇虎儿时的玩伴和好友。在复仇之前，他无法摆脱内心的煎熬；杀掉焦大星之后，他依然痛苦万分，无法摆脱精神的锁链，最终幻觉中阴曹地府的阎王还是焦阎王。

《原野》着力表现了仇虎复仇过程中的内心痛苦和苦痛无法消除的宿

命。仇虎的痛苦既来自残酷的现实，也来自自身文化基因给予他的狭隘意识。封建伦理、道德、迷信之所以能够成为强大的统治力量，是因为它们经过千百年的积淀之后，不仅成了外在压迫，更成了浸润其中人们的内在自觉。仇虎之所以在失去复仇对象后坚持复仇，复仇之后依然无法走出灵魂煎熬，不仅仅是因为以暴制暴的复仇不能终结暴力，更是旧伦理道德和迷信观念对人摧残的结果。正是这种褊狭的复仇观念使仇虎不能走出黑暗的世界。

仇虎是农民中的异类，他丑陋怪异的外表和痛苦挣扎的灵魂，使他像来自地狱的恶魔。现实即是地狱，仇虎正是历史和现实塑造出来挣不脱精神枷锁的鬼魂。仇虎是一个复仇者，但显然不是一个反叛者，因为他不过是遵循现存的文化规范行事而已。

奇异、诡谲、恐怖、神秘、幽黑、狰狞的暮秋中的黑树林和原野，既是仇虎内心的外现，又是社会情境的真实写照；《原野》既流露出作者对现实社会矛盾的关注，更表现了作者对人类共同命运的担心。显然，曹禺更感兴趣的是对人性超验认知、潜意识层面非理性的冲动的探究。焦阎王虽然从没有在剧中出现，却是悲剧和复仇的制造者，焦阎王的暴戾正是通过仇虎得到再现，这里仇恨的制造者和复仇者其实是一体的，都是人性黑暗面和本能的体现，暴戾者制造出悲剧和仇恨，而复仇者同样也只能制造出新的悲剧和仇恨。曹禺在《原野》中显然还表现出一种逃离黑暗和仇恨的希望，延伸向（伸向）远方的铁轨使我们看到逃往另一个世界的可能，使我们看到仇虎从复仇到觉醒的一种可能。

《北京人》是一部通过大家庭成员复杂矛盾关系的刻画，重新审视文明传统，审视民族生存状态，为旧宗法制度唱挽歌的剧作。老爷子曾皓和儿子曾文清、女儿曾文彩以及儿媳、女婿、孙儿、孙媳三代、曾皓的姨侄女愫方、家仆、家奴，共同组成了一个传统的普通大家庭。曾皓和儿媳曾思懿是曾家的新老两代统治者。曾皓是名义上的一家之主，精明自私又衰朽不堪，一遍遍地给自己的棺木上漆是他生活的头等大事。曾思懿是实际上的一家之主，恶的制造者，是几乎所有家庭成员的敌人：对曾皓，她明里甜言蜜语，背地里却盼他早死；对丈夫曾文清，则是从心底里瞧不起他的懦弱无能；对丈夫的心上人愫方，不放过任何一个令她难堪的机会；对媳妇瑞贞，经常无端地刁难和辱骂，折磨得她“痛不欲生，几要自杀”。对儿子，不满意他成天的“疯疯癫癫”。曾皓靠欺人自欺度日，曾思懿靠释放恶来维持自己的强势，他们既是旧家族的统治者，又是旧家族的受害人，他们在现实面前的无能为力，隐喻了那个旧时代行将就木的衰败。旧家族生命的衰败同样也体现在曾文清身上。“温文有礼”、“清奇飘逸”的曾文清其实“只是一个生命的空壳”。正当盛年本应是家庭梁柱的他时常“凝视出神”，灵魂已不在人世。他“懒于动作，懒于思想，懒于用心，懒于说话，懒于举步，懒于起床，懒于见人，懒于做任何严重费力的事情”，“懒于宣泄心中的苦痛”，“懒到不想感觉自己还有感觉”，他对生活彻底“厌倦和失望”，他的可怕不仅在失去了行动能力，连起码的思想能力也完全丧失了。曾文清唯一的精神寄托是那些字画，字画虽有很高的审美性，但却只能是一种自足的虚空，是不足以安放灵魂的，更不能使人得救。

《北京人》给青年女性以特别的关注，年轻女性被赋予了诗性的素质，成为生命延续的力量之所在，与随着旧家庭一起腐朽下去的男性形成鲜明对照。显然是女性而不是男性更有资格成为承载生命进化的积极载体。

愫方和瑞贞被赋予了光彩照人的理想素质，她们是衰朽家庭中的阳光，是女性神话的延续。如果说曾家的衰朽将家变得像一座牢狱的话，那么可亲可敬的愫方、曾瑞贞则以善良、忠贞、坚韧的女性力量使牢狱的瓦解成为可能。愫方是美与善、健全人格的化身，纤弱沉静，温润如玉，有着博大而丰厚的爱与坚韧精神，时常忘却自己的幸福和健康，抚爱着和她同样不幸的人们。尽管遭受种种不幸与不公，却始终能坚守内心的完美与高洁。曾瑞贞身上则有着更多的新女性色彩。她有着愫方所没有的抗争精神。当生性好强、受新思想的感召的她清醒意识到：这幽灵似的门庭必须步出，一个女人该谋寻自己的生路，便毅然出走。瑞贞显然比愫方更有力量，她的出走加速了曾家的解体，也促成了愫方最后的自我解放。

袁任敢和女儿袁圆是曾家的房客，袁任敢人类学家的身份和他所研究的北京猿人使全剧的思绪延伸到更加广阔、深远的地方。“北京猿人”和“笼中之鸽”两个象征体在全剧交替出现，是全剧的内核之所在。如果说“北京猿人”象征着早期充满生命活力的原初状态的人的话，那么久囚笼中即使放飞也无法飞翔的“笼中之鸽”则象征被囚于文明囚笼中无能为力走向退化衰败的人们。袁任敢和十几岁的少女袁圆，和北京猿人的意象一致，是健康人格的体现。袁任敢沉重的声音：“你看，这就是当初的北京人。那时候的人要爱就爱，要恨就恨，要哭就哭，要喊就喊，他们自由地活着，没有礼教来约束，没有文明来捆绑，没有虚伪，没有欺诈，没有阴险，没有陷害，太阳晒着，风吹着，雨淋着，没有现在这么多吃人的礼教与文明，而他们是非常快活的”，即是理想人格的颂歌。而“毫无顾忌地东张西望，随心所欲地行事做人”，尽情地叫笑、跳、闹的袁圆则是黑暗中希望的亮光。

二、陈白尘的《升官图》

1937年抗战全面爆发，陈白尘转入大后方，在重庆、成都等地从事抗战戏剧运动和革命文化工作。或参与戏剧团体的领导工作，或在戏剧学校和大学任教兼课，或主编报纸副刊。1946年陈白尘回上海，在电影戏剧战线投入反对内战，争取民主运动。1948年参加中共地下上海戏剧电影工作者协会，上海解放后该会正式成立，被选为主席。1949年任上海市文联秘书长、上海电影制片厂艺术委员会主任。1937—1949年间写有剧本《魔窟》(1938)、《乱世男女》(1939)、《后方小喜剧》(1940)、《结婚进行曲》(1942)、《岁寒图》(1944)、《升官图》(1945)以及喜剧电影《幸福狂想曲》(1947)、《乌鸦与麻雀》(1948，集体创作，陈白尘执笔）等。其中，《升官图》和《阿Q正传》等在国外有译介和演出。

《岁寒图》以抗战时期后方某城市私立医学院附设的医院为背景，以高级知识分子的生活为题材，塑造了忠于职守、克己为人的医师黎竹荪的形象，赞颂了主人公在严寒如冬的社会环境中坚贞自守。剧中的黎竹荪是医学院教授兼附设医院肺病科主任，他把结核菌当做他的敌人，和它作战了20年。剧本通过病人求医，黎竹荪废寝忘食为病人诊治的一连串感人细节，对黎竹荪全心全意为病人服务的美好心灵作了细腻的刻画。黎竹荪针对每年全国有四百万人死于肺病的惊人事实，起草了一个防痨计划，打算三年之内使肺结核菌在他所在的城市完全绝迹，十年之内，消灭掉全国的肺结核菌。但是，在腐败的统治下，这个美好的理想不可能变为现实。黎竹荪多次上报的防痨计划都没有被批准。在投机发财之风侵袭下，医生一天天减少，医生去了，丢下了病人，连他最信任的助手也为了生活另谋出路。他试图以一己之力挽回颓局，可他精湛的医术却并未能使肺病患者减少，甚至他心爱的女儿也因营养不良染上肺病。这使他终于认识到治病救人其实是社会问题，社会问题没解决，医疗计划是无从实现的。进步文化工作者沈庸同黎竹荪的形象相衬托，黎竹荪用自己的鲜血抢救沈庸，沈庸则在黎竹荪悲观失望的时候给他以精神鼓舞："岁寒知松柏，只要大地上有松柏存在，便说明了冬天并不能永远占领着大地。"一句话点明了这部戏剧作品的主题。剧本热情地歌颂了挺拔如松柏的科学文化工作者，也猛烈地抨击了寒冷如严冬的旧社会。尽管剧本结尾未能走出黑暗，但整部作品仍给人以启发和教益。

《升官图》除序幕、尾声外，共分三幕，以漫画笔法讽刺国民党官场贪污腐败、不堪入目的丑恶现实。全剧内容不过是"窗外风雨凄厉"、"远处惨叫之声不绝"的夜晚逃入荒宅的两个强盗的"升官发财"的南柯一梦：

在梦中两个强盗见一个县的知县被暴动的群众打晕，秘书长被打死，乘混乱当上了冒牌的知县和秘书长，而县衙的小官僚们和知县太太，为了分得赃款，认假作真，把真知县卖去当壮丁。这个小衙门里有身材奇短、耀武扬威、全副武装声称要把全城人杀光，却厚颜无耻地要把妹子嫁给假知县的警察局长；有面圆耳肥、身材发福，听说老百姓染上传染病，却想卖预防药水大赚一笔的财政局长；有精神不济，却可以一口气打20圈麻将的教育局长；有西装笔挺、油头粉面的工务局长；有妖艳异常、跟财政局长厮混的知县太太。这帮人聚集在一起，既勾心斗角，又沆瀣一气，把整个县城弄得污秽不堪。

当省长即将视察的消息传来时，这群贪官污吏又开始上下其手，弄虚作假，自我粉饰。知县苦背肃贪倡廉的欢迎词，秘书长挖空心思地要把县城打扮得“建设第一”，警察局局长抓乞丐在警察队伍中滥竽充数，工务局局长向每户居民勒索10万元粉刷墙壁以示廉洁坦白。岂知“廉洁”、“简朴”的省长来到这个县，对财色的贪欲比这些县城的小官僚有过之而无不及，他的所谓视察，其实不过是收刮财色。省长头痛得最厉害的时候要5根50两一根足赤的金条熏烟才能暂时止疼。省长把知县太太弄到手，财色兼收，枪毙了逃回的真知县，提拔假知县为道尹，提拔财政局长为知县。就在省长和假知县一起举行婚礼的时候，怒吼的群众把他们一网打尽，两个强盗从梦中惊醒。梦是欲望的释放，以强盗的荒唐梦写国统区的黑暗现实，其实就是告诉我们，国统区的现实就是强盗的梦境，强盗的欲望就是国统区的现实。官员对强盗的认同和沆瀣一气，即是官盗一家的。是现实的黑暗赋予了戏剧荒诞的素质，荒诞其实是写实。剧本以俄国作家果戈理《钦差大臣》的喜剧模式和中国传统戏曲的丑角戏表演方式一起推动剧情发展，将官僚们的丑恶和官僚体制的罪恶暴露得淋漓尽致。

第二节　夏衍的戏剧

1937年抗战全面爆发后，夏衍辗转于上海、广州、桂林等地，组织编辑《救亡日报》。1942—1945年，他又到重庆《新华日报》任职。1935年，夏衍开始戏剧创作，大部分剧作都写于抗战时期，因此这些剧作大都折射出抗战的时代风云，通过写实和抒情来表现那个时代的社会、人生和人物的内心世界。这一时期的主要作品有《上海屋檐下》(1937)、《咱们要反攻》(1937)、《一年间》(1938)、《娼妇》(1939)、《心防》(1940)、《愁城记》(1940)、《水乡吟》(1942)、《法西斯细菌》(1942)、《离离草》(1944)、《芳草天涯》(1945) 等。

一、《上海屋檐下》

《上海屋檐下》将上海一间普通的“弄堂房子”原封不动地搬上舞台，让读者和观众直接面对聚光灯下灶披间里的水龙头、水门汀水斗，亭子间里挂着的淘箩、蒸架、小孩的湿尿布，客堂间的写字台、改作衣橱的玻璃书橱和天井里胡乱堆着的破旧家具、小煤炉、饭桌，直接面对每天在平庸琐屑中度日的各色人等，通过小市民（的）日常生活让观众来领会剧作所宣传的政治主题，具有浓厚的现实主义气息。

通过日常生活场景而非宏大的革命生活场景来表达政治主题，虽然更容易实现演员和观众的情感交流，使观众在享受戏剧的过程中对政治倾向作出更自然的选择，但却又有着内在的不可克服的矛盾：因为从来政治生活都是对日常灰色平庸生活的否定，如果从政治宣教立场出发描绘日常生活，必将偏离生活的本相；如果从生活的真实出发传达政治观念，又必将遮蔽政治理念。夏衍的《上海屋檐下》显然是试图寻找生活和政治之间的平衡，通过地域色彩浓厚的上海亭子间普通人生活的再现来确立政治主题。

在夏衍的《上海屋檐下》，生活着由作者精心挑选出来的人物：有生活窘迫，一家人蜗居亭子间的大学毕业生黄家楣；有在妻子的埋怨声中整日读报闲聊，自我麻醉，乐天知命的小学教师赵振宇；有整日里唱着“盼娇儿，不由人，珠泪双流……”幻想着抗战中死去的儿子当官回来的住在阁楼上的老人李陵碑；有打扮时髦漂亮、无拘无束、内心酸楚寂寞的海员的妻子施小宝……夏衍向读者展现了大上海这个十里洋场的平民生活，在这个五光十色的大都会里，普通人却在艰难地生活着，整个话剧在结构上采用了平均用力的并列式结构，在舞台上让各有牵连的五户人家同时表演，各自展示各自的不幸。

特别值得注意的是，作者塑造了一个归来者形象——刚从牢狱归来的政治犯匡复。然而，匡复的归来不仅没有以革命者的精神照亮小市民内心的黑暗，反而还使邻里之间的日常生活更加灰暗：他不得不尴尬地面对妻子杨彩玉因自己身陷牢狱嫁给好友林志成的现实。杨彩玉对匡复坐牢时“朋友”们躲避她的抱怨，以及匡复对坐牢毁坏了他的健康、勇气和自信的承认，对“人事”的卑鄙、奸诈、损人利己的谴责，表现出较强的现实主义精神，反映了革命理想与现实生活之间的落差。

然而，《上海屋檐下》毕竟是革命文艺，革命文艺是你死我活的斗争文艺和宣传文艺，在宣传里革命必须是对苦难的拯救，而不应当是苦难的一部分。将革命混淆于日常生活不仅影响军心士气，也会形成对自我的否定。革命者匡复身上不允许有感伤、彷徨、动摇和愤懑的杂质，因此林志成很快就认错和忏悔，杨彩玉不再责难匡复，一切回复常态，匡复的内心世界也没有能够得到进一步地揭示。理念战胜真实，现实主义就此止步。

用革命理念来冲淡现实主义悲伤的还有贯穿全剧始终支撑理想光亮的匡复的女儿葆珍。葆珍反复歌唱的儿歌："强盗来，打不打？打打打，一个不够有大家！我们都是勇敢的小娃娃，大家联合起来救国家。"显然是作者观念的投射，不足以驱除全剧的黑暗。葆珍形象单薄，似乎悬浮于苦难之上，有着历经苦难的孩童所不可能有的单纯天真，然而她又是支撑全剧给匡复以力量的关键人物。然而，葆珍无法承担拯救的重任，她自身的虚假和空洞，使得她自己和她所传达的政治理念同样苍白无力。

《上海屋檐下》是一部生活逻辑服从政治逻辑的宣传剧。当剧中人物间的冲突即将展开，人物内心世界即将呈现之时，政治理念总是会跑出来压抑生活的本相，使艺术让位于宣传，人物走向平面。人物形象总摇摆在无法克服的矛盾之中，匡复身上抽象的革命精神和他复杂的生活境遇以及残酷的革命经历总无法统一在一起，当内在的矛盾无法解决时，总是抽象的革命精神出面解决一切。

现实主义应该遵循生活本身的逻辑，而不应由宣教左右一切。只有遵循生活本身的逻辑使生活的真相呈现，才能使正义得以伸张，一切归于理性的轨道。以古已有之的"载道"、"教化"代替生活的本真，只会使真相被遮蔽，矛盾被搁置。只有直面现实，真实地表现人的觉醒和绝望的反抗，才能迎来真正的光明。

二、其他戏剧创作

夏衍于1938年创作的《一年间》源自他抨击抗战初期的悲观主义、提高必胜信心、表现新时代的写作理想。剧本的人事来自身处异地的他对沦陷中的上海的想象。乡绅刘爱庐在儿子空军少尉刘瑞春归队后，携全家逃往上海。爱国女青年喻志华把载有《飞将军刘瑞春访问记》的《中国的空军》杂志带给刘家，当巡捕前来追捕时，恰巧碰上刘瑞春媳妇生孩子，喻志华冒充为接生的护士脱险。

整个剧本人物、剧情设计痕迹很重：无力、懦弱、悲观、愤世、绝望几近汉奸的刘瑞春的妹夫于明扬，因迷信而反对侄子上前线的刘瑞春的姑母刘秀笙，积极支持儿子抗战刘爱庐等人物形象都被符号化。喻志华恰巧借刘瑞春媳妇生孩子脱险，于明扬恰巧在和喻志华长篇辩论抗战前途失败的时候

“骤然倒了下去”的情节都是为了遵从主题的需要，而非遵从生活的逻辑。

1940年创作的《心防》的剧情也来自远在桂林的夏衍对孤岛上海1937年冬至1939年10月文化抗战的想象：新闻记者刘浩如在准备撤往内地时，觉得用笔来“死守一条五百万人的精神上的防线”极为重要，于是留了下来，成为上海文化战线上的领导者。当上海的形势越来越险恶复杂时，刘浩如顶住了敌伪势力的种种威胁利诱坚持战斗，在与敌人破坏义演的斗争中，饮弹牺牲。《心防》从某种意义说也是政治宣传品，尽管夏衍在更广阔的背景上展开他的剧情，但人物形象夸张、单薄、脸谱化，通过人物的大段演说般的说理而不是敌我双方的直接交锋推动剧情，使剧情推进缺乏应有的张力。

写于1941年的《愁城记》也是“主题先行”的产物。《愁城记》的创作目的是批判“小圈子”，它告诉人们，为小圈子而活只能做生活的俘虏，只有走出狭隘的“小圈子”汇入时代的洪流，为祖国而战，为人民而战，才是生存的出路。《愁城记》里主人公赵婉和林孟平是典型的小市民知识分子，他们企图在战乱的岁月里构筑自己和平、纯爱的“小圈子”，残酷的现实很快击碎了他们的梦想。赵婉的爷爷被日本军队的炮弹炸死，遗产被她的叔叔赵福泉侵占，婶婶把他们夫妻赶出家门，林孟平的画一张也卖不出去。他们在混乱中抢购大米，结果赵婉被挤坏，林孟平钱被偷，还被巡捕抽了两鞭子。最后，就连挣钱不择手段的赵福泉都因投机失手破产自杀。面对残酷、血淋淋的现实，善良单纯的小知识分子终于惊醒，在革命者李彦云的帮助下，走出愁城，到“别一个世界去经历一下”了。尽管《愁城记》过于复杂的小市民生活多少冲淡了主题的单纯性，但基本上还是达到了以革命否定庸常生活的目的。

1942年夏衍创作的《法西斯细菌》是一部直接表现抗战现实的剧作。主人公俞实夫是留日医学博士，著名的细菌学专家，妻子是日本人。俞实夫一家战难中的生活变迁和科学家们艰难岁月致力于科学研究的曲折历程是本剧的主要内容。将知识分子作为“悲剧里的英雄”来歌颂的是本剧的突出特点。在人的价值、尊严被战争蹂躏，在妻女被侮辱，爱国青年被屠杀，朋友风流云散的逆境中，俞实夫都能始终坚信：“我的研究不仅是为国家，为民族，而且是为人类，为全世界、全人类的将来！”俞实夫的科研追求和国家民族的命运始终是联系在一起的，因此他的科研也超出了学术研究治病救人的范畴而与抗击侵略者的入侵联系在一起。他对法西斯的认识也和他的科研经历联系在一起。他的生活轨迹始终由战争驱动，日本的侵华使他不得不中断留日的生活，淞沪战役的爆发使得他不得不离开上海自然科学研究所，香港沦陷，他实验室所有的设备被洗劫一空，颠沛流离的逃难使他的图书资料遗失殆尽……法西斯的残酷和野蛮终于让他明白了这么一个道理：人类最大的传染病就是法西斯细菌！“法西斯细菌不消灭，要想把中国造成一个现代化的国家，不可能……”

有意味的是，《法西斯细菌》没有遵循政治的逻辑将俞实夫处理成一个政治人物，而是始终让俞实夫以一个科学家的方式感知一切，因为只有科学才是他们存在的意义之所在，只有科学才是他们报国的方式。尽管夏衍极力将俞实夫纳入政治话语的范畴，也批判了科学至上主义，但始终从他所了解的知识分子的立场出发关照抗战，是这部戏没有像当时的许多活报剧沦为过眼云烟的原因。

《芳草天涯》(1945) 是夏衍 1949 年前最后一部多幕剧，夏衍的戏剧才能在这部剧中得到了最充分的发挥。这是一部回归日常生活的剧作，以湘桂大撤退为背景，写夫妻之间复杂的感情纠葛。石咏芬与尚志恢的婚姻曾让人羡慕，石咏芬是中学时代的校花，上过一年大学，受“五四”自由平等思想影响，还参加过救亡工作。尚志恢从国外归来，在粤北小城的一所大学当心理学教授。但琐碎的婚姻生活不仅毁掉了石咏芬的青春美貌，还使她变成了一个怨妇，在生活的细枝末节上与丈夫做无意义的抱怨与争吵。在夫妻二人来到桂林之后，尚志恢遇到了“洋溢着生命力量的少女”孟小云，两人相互的好感造成了孟小云与男友的分手和石咏芬的痛苦，然而在石咏芬告诉孟小云“一个女人，应该会懂得别个女人的苦处”之后，孟小云立刻醒悟：“踏过旁人的苦痛而走向自己的幸福，这是犯罪的行为。”婚外恋结束，夫妻二人重归于好。

这部戏现实主义的深度主要通过两个女性与尚志恢的关系表现出来。尽管石咏芬受过高等教育、有着新观念，但在她潜意识的深处，男女平等的观念不过是青春期不切实际的幻象；一旦结婚，还是得回到脚踏实地的“相夫教子”的老路上来，做丈夫的附庸。而正是这种灰色的观念导致了她和尚志恢的情感裂隙，将尚志恢推向了孟小云的怀抱。石咏芬对自我主体意义的放弃，固然是男权势力的强大，更是对男权的认同的结果。这告诉我们，有时历史前进脚步的停止，固然来自敌对势力的强大，更来自自我对敌对势力的认同和对自我权利的放弃。孟小云和石咏芬完全相反，不仅有和婚后石咏芬完全不一样的“洒丽轻盈，丰姿出俗”，更有因新女性自主独立的意识而始终葆有的天然灵性。独立自主的灵性是女性挣脱传统枷锁的希望之光。

尚志恢有着一位知识分子、艺术家应有的高尚品质和思想深度，他尊重妻子，欣赏孟小云女性的独立自强。然而在日常生活中，他一方面要求妻子从琐碎的灰色生活中走出来，一方面又在不经意间将所有的琐碎家务都推到石咏芬一个人单薄的肩上。他不自觉的男权意识恰是石咏芬从充满活力的青春少女变成牢骚满腹的家庭妇女的生活悲剧的重要原因，然而尚志恢最终并未醒悟到这一点。正是因为这样，人生的愚蠢和悲愁，才在剧中显得格外醒目和刺痛人心。

第三节　郭沫若的《棠棣之花》、《屈原》及其他历史剧

1941—1943 年间，郭沫若创作了 6 部历史剧：《棠棣之花》、《屈原》、《虎符》、《高渐离》、《孔雀胆》，《南冠草》。这几年，正是全球反法西斯战争的转折时期，也是国内抗战局势日益复杂的时期。郭沫若是历史学家，又是富有激情的文学家，在当时微妙复杂政治局面之下，以内蕴深厚的历史故事喻复杂的现实斗争形势，既能弘扬优秀的民族传统文化，增强民族认同感；又能通过比喻性地描写，让观众透过历史看清现实，认清发展趋势，激发斗志，增强必胜的信心。

一、《棠棣之花》与《屈原》

《棠棣之花》的写作背景与聂政所处的战国时代相似。40 年代初，日本军队将战争扩大到整个太平洋地区，抗战处于僵持阶段，中国人素来有强压下得过且过、自我麻木的传统，大后方“错把杭州作汴州”的人大有人在，出现了郭沫若借聂政之口所说的局面：“近来虽有人高唱弭兵，高唱非战，然而唱者自唱，争者自争。不久之后，连唱的人也自行争执起来了。”因此，郭沫若企图借聂政、聂嫈的血唤起国民的血性。史载聂政受严仲子之托刺杀侠累的事迹较为模糊，这给了郭沫若极大的虚构空间。但郭沫若显然并不打算敷衍一个扣人心弦的谋刺故事，也不打算借抗秦和亲秦喻抗战派和投降派的斗争，而是将叙事的重心放在聂政与他姐姐的侠义精神的表现上。整个剧情随聂氏姐弟侠义精神展开，最后通过酒家女春姑的议论对聂氏姐弟的“义”作最终阐发，通过烈士的血警醒人民，激发人民赴死的决心。因此，《棠棣之花》具有浓厚的宣教意味。从某种意义上说，聂嫈即是郭沫若的化身。聂嫈为聂政壮行：“我想此刻天下的姐妹兄弟一个个都陷在水深火热之中，假使我们能救得他们，便是牺牲一己的微躯，也正是人生无上的幸福。”她为聂政歌唱：“我望你鲜红的血液，迸发成自由之死，开遍中华！”至于聂嫈守在弟弟尸身边大段的宣传，高呼“中国万岁”自杀的义举，以及爱国官兵的觉醒，则来自郭沫若对《棠棣之花》宣教效果富有激情的想

象，这种直接的宣教叙事将剧本诗的素质、抗战语境和剧情和谐地统一在一起。

《屈原》有着莎士比亚戏剧一样浓烈的剧情冲突，有着中国传统戏曲的优美文辞，其中还穿插着动人的歌舞，这三大戏剧元素营造的戏剧氛围极易唤起观众的共鸣。这部历史剧和郭沫若其他历史剧一样，有着强烈的意识形态性。屈原的形象在一定程度上被政治符号化了。意识形态参与戏剧叙事，浓郁的诗质里透露出明确的政治信息。屈原本是活在他自己的诗作、正史、野史和民间传说里的人物，一个誓死效忠国家和君王的不贰之臣，屈原香草美人的自况很好地表白了他的臣子人格。而郭沫若却把他塑造成一个无产阶级战士，这就使屈原在一定程度上离开了原有的历史语境而有了现代色彩。

屈原历来都是一个被理想主义化了的伟大诗人和政治家，诗和政治的不相容注定了他的悲剧命运。郭沫若采取了截取生活横断面的写法，将屈原的一生浓缩于一天，通过一天的矛盾冲突来展示屈原荆棘坎坷的一生。因为史料没有屈原生平的详述，因此，郭沫若将屈原的诗作作为塑造主人公精神世界的主要依据。为了彰显屈原人格的光彩和营造正邪对立、不枝不蔓的戏剧冲突的剧情需要，有屈原之从容辞令终莫敢直谏的宋玉被描绘成人格猥琐的帮闲文人，南后、郑詹尹等反派角色的卑鄙被强化放大，张仪也成了谋害楚国和屈原的阴谋家。张仪是春秋时期著名的纵横家，道德操守并没有剧中那么污秽阴暗，但为了禋祀屈原，却不得不把他来做牺牲品。这样剧情便集中简化为屈原与张仪、上官大夫、南后等之间的楚国外交两条不同政治路线的斗争，斗争以投降派胜利，屈原为首的联合抗秦派失败而告终。在第二幕里，屈原对南后的道白极为沉痛："我是问心无愧，我是视死如归，曲直忠邪，自有千秋的判断。你陷害了的不是我，是你自己，是我们的国王，是我们的楚国，是我们整个儿的赤县神州呀！……"屈原的高洁品质和战斗精神便在抗秦、媚秦的宫廷斗争之间，在个人、国家的利益的取舍之间得到富有激情的呈现。《屈原》承接了《女神》的浪漫主义的抒情素质，有很强的自传色彩，充满激情的"雷电颂"，是独立的诗篇，是全剧的灵魂，是郭沫若在压抑的时代环境下情感的大爆发。

二、其他剧作

《史记·魏公子列传》中信陵君"窃符救赵"的故事之所以能演化为郭沫若的《虎符》，是"皖南事变"触发的结果。剧本的影射意味是极为明显的，魏王令信陵君解散三千食客，否则"我要剿灭你们"，他还命令大将晋鄙在信陵君路过汤阴时暗杀信陵君并将信陵君的食客斩尽杀绝。但剧本显然还有更深层次的人道主义含义，“仁义”和“把人当成人”以及“人的尊严”才是剧本的真正主题。信陵君、如姬、魏太妃与魏安釐王等人对是否解救赵国的问题展开的争执，其实也是以信陵君为首的人道主义的一方和以魏安釐王为首的非人道主义一方的争执。

战国时代是一个充满着死亡和杀戮的时代，魏太妃的被逼自杀、侯嬴的伏剑自刎、如姬的窃符殉身，既映照出那个时代的黑暗，也彰显出“杀身成仁，舍生取义”者品质的高贵和崇高。

信陵君寄寓着郭沫若的政治理想，不仅有着史传所载的胸怀博大、礼贤下士的品格，还有着民主平等的远见卓识和正义精神：对内主张要“把人当成人”，赏罚严明、重贤爱民、不与民争利；对外主张各国和平共处，共存共荣，反对以强凌弱。这和自私狭隘、冥顽不灵，对内暴虐无道，对外隐忍懦弱的魏王形成了鲜明的对照。两人不同的品质正是通过是否发兵救赵展开的。其实秦国围困赵国都城邯郸已达一年之久，赵国固然岌岌可危，秦军也已成强弩之末，此时乘势而击，胜算极大。可面对赵国的求援，信陵君主张救赵，魏王却畏缩不前。最后如姬以生命为代价盗出兵符，才使得信陵君调动 10 万大军解除了赵国之围，此举不仅没有像魏王料想的那样延祸及己，反而使秦国大为震慑，数年不敢轻侮魏国。信陵君作为仁爱、真理和正义的化身，在很大程度上被理想化了，如姬的形象则是对信陵君的补充性描写，是抽象人道精神的具体呈现。如姬之所以冒着生命危险为信陵君窃符，是因为信陵君“是把人当成人的人，他可怜我没有受到人的待遇。他也可怜一切的人都没有受到人的待遇”，这也是她背叛安釐王的真正原因。《高渐离》是反抗暴政的平民英雄的颂歌。《史记·刺客列传》关于高渐离的记述不过三百多字。一为击筑易水河畔，歌“风萧萧兮易水寒，壮士一去兮不复还”，为荆轲送别；二为荆轲事败后，因善击筑为秦始皇赏识免死。高渐离在为秦皇击筑的时候，乘机以灌铅的筑为武器扑击秦皇，不中被杀。高渐离的故事长期以来在荆轲故事的遮蔽下不那么引人注目，而他以身殉道的精神则跟荆轲一样传奇和悲壮，郭沫若选取高渐离做主角，显然是为了寄予平民以希望。剧本以章太炎“流汗蒙头愧里辛，赵家熏腐解亡秦”的诗句为依据，对赵高得宠专权、飞扬跋扈的乱臣贼子的传统形象有所颠覆，把他改写成一个暗中为赵复仇的秦王朝的颠覆者，从秦王朝内部的腐烂写秦暴政的积怨之深。

《孔雀胆》一剧似乎脱离了抗战的历史语境，写了一个类似《奥赛罗》的富于民族色彩的凄美爱情故事。但郭沫若仍认为《孔雀胆》与抗战有关。郭沫若认为徐飞 1943 年 1 月 18 日《新华日报》发表的《〈孔雀胆〉演出以后》替他点醒了主题："造成这个历史悲剧之最主要的内容，还是妥协主义终敌不过异族统治的压迫，妥协主义者的善良愿望终无法医治异族统治者的残暴手段和猜忌心理。"

其实，《孔雀胆》的意蕴应该是多重的。郭沫若曾经说过："本来我是打算在这暑间把宋末抗元史中的钓鱼城的故事戏剧化的，因此读了好些关于元朝的文献，但在中途我的兴趣却被阿盖吸引去了。"① 可见阿盖是郭沫若构思剧本的中心。而围绕阿盖的核心事件是她以生命殉她挚爱的丈夫，因此《孔雀胆》首先是一部爱情悲剧。阿盖对段功的爱贯穿着全剧，尽管她和段功的结合是政治联姻，但她一开始就表现出的对段功的崇拜，送花给段功的细节表明政治婚姻如果与当事人的感情取向一致同样也是爱情的婚姻。阿盖的爱情代表了人性的至善，车力特穆尔则是人性恶的具体呈现；恶对善的毁灭，不仅否定了恶，也否定了善对恶的无力。后来，郭沫若又说："我写剧本的动机，是因为同情阿盖与段功。在写作时当然也加了一层作意，现代人所说的主题，我是企图写民族团结。阿盖站在团结的一面，车力特穆尔站在破坏的一面，结果成为悲剧，来了一个大破落，这层作意似乎很少被人看定。"② 也就是说，郭沫若在爱情的故事里赋予了民主团结的主题，给爱情故事赋予了民族团结的政治意义，蒙古族梁国和白族大理的民族矛盾也是造成爱情悲剧的重要原因之一，因而《孔雀胆》又是民族团结的悲剧。当然，《孔雀胆》还包含有对人性善的质疑在里面，善良不应等于软弱。段功个人的实力，远在车力特穆尔之上，如果他不对梁王抱有幻想，也不至于死于车力特穆尔的阴谋和梁王的嫉妒。无疑，《孔雀胆》是否定以恶制恶的。最后，车力特穆尔的阴谋暴露，被杨渊海手刃，罪恶终于通过暴力的方式得到解决。然而，以暴制暴却绝非阿盖所愿，因为暴力即是罪恶。当暴力使善和恶混淆不清，而至真至善的阿盖又无法化解恶的时候，那么，人类的出路在哪里？因此，《孔雀胆》又是人性的悲剧。

《南冠草》再现了抗清少年英雄夏完淳被捕牺牲的过程，郭沫若试图通过对民族英雄的复活来弘扬民族无所畏惧、积极有为、不怕牺牲的精神。明末清初的夏完淳是一位传奇少年，崇祯四年出生，父亲夏允彝和老师陈子龙都是几社创始人，在父母和老师的教导下，夏完淳品德高尚，爱憎分明，5

① 郭沫若：《〈孔雀胆〉的故事，或《郭沫若全集》第七卷，人民文学出版社1986年版，第257页。

② 郭沫若：《〈孔雀胆〉二三事，或《郭沫若全集》第七卷，人民文学出版社1986年版，第279页。

岁读经史，7 岁能诗文，9 岁写出《代乳集》，有“神童”美誉。11～12 岁能纵论天下大事，14～15 岁随父亲投笔从戎，16 岁父亲和老师先后抗清身死，而他则因才华卓越被推为江、浙、闽一带反清复明的领袖。因为叛徒的出卖被俘，就义于南京，年仅 17 岁。

《南冠草》着力刻画的是夏完淳舍生取义的精神。夏完淳在联络义军的过程中被叛徒出卖被捕，他即打算为国捐躯，对家人说：“国家到了这个地步，我没有能力把她挽救，现在也就只好把这个身子奉献了。”在押送途中，好友杜九皋冒死来救，但为不累及朋友和家人，他拒绝逃走，把抗清重任托付给杜九皋。到了南京，面对投降清朝的主审洪承畴，他故作不知道堂上坐的是降清的洪承畴：“亨九先生是本朝的人杰。当他做蓟辽总督的时候，和清兵血战于松山、杏山，兵尽矢穷，至死不屈。”让洪承畴尴尬不已。夏完淳反客为主，使洪承畴处于受审的境地。在洪承畴恼羞成怒的时候直揭洪的画皮：“那么，你简直是出卖祖国的狼心狗肺的大汉奸！你比石敬瑭、张邦昌还要无耻，你比秦桧、汪伯彦还要险恶。”高呼着“中国万岁”英勇就义。

集战士、诗人、学者于一身的夏完淳从某种意义上说也是郭沫若的自况，郭沫若试图通过夏完淳，来呼唤整个民族的战斗精神。

第四节 20 世纪三四十年代的文艺理论建设

在抗战时期文学批评取得了不少成绩，然而文学理论建设直到 20 世纪 40 年代前后才得到较明显的进步。这样的历史情形表明，文学理论的建设不同于文学批评的应用，后者往往出于论争的需要或形势分析的需要，而前者则需要创作和批评经验的积累。

一、朱光潜的文艺理论

朱光潜于 1933 年回国，先后任教于北京大学、四川大学和武汉大学。此后到 1949 年，美学著述不多，仅撰写、发表、出版有《文艺心理学》和数篇介绍美学的文章，大量写作的是诗学和文学批评方面的文章和著作，其中《诗学》影响最大。这说明朱光潜自《文艺心理学》定稿后，将主要精力放在了诗学和文学批评方面，将美学引进文学领域，用美学理论去探讨、阐释文学问题，批评文学文本是朱光潜这一时期的主要工作。在此期间，朱光潜在文学、美学方面卓有建树，并开始对唯心主义产生根本性的怀疑。

写于留学期间，1936 年出版的《文艺心理学》探讨了形象的直觉，心理的距离，物我同一，美感与生理，文艺与道德，自然美与自然丑，美、艺术的起源与游戏，想象与灵感，天才与人力，刚性美与柔性美，笑与喜剧等重要美学和文艺理论问题，批评了克罗齐派美学的传达与价值问题，其核心内容是对“美感经验”的分析。朱光潜先生认为，美感是一种不计功利和实用目的的直觉，艺术创作和艺术鉴赏与人生紧密联系在一起，一个瞬间的美感意象总是有几千万年的遗传性及毕生的观察、思索、体验做它的背景。当意象转化为情趣后，即美感经验之后，意象又往往回流于人的整个心灵，扩充、延展人的想象和情思，增进人对人情物理的深度认识。这样在朱光潜先生便消除了直觉与联想，艺术与道德的对立，将形式美学与道德派美学熔为一炉，创造性地奠定了自己前期美学思想的立足点和出发点。

《诗论》初稿写作于1932年朱光潜欧洲留学期间，回国后被作为北京大学、武汉大学授课讲稿，不断修订，1943年由国民图书出版社出版，1948年正中书局出版增订本，增加《陶渊明》等三章。《诗论》论诗的起源、诗的本质、诗的形式、中国古代诗歌的音律演化轨迹，比较诗与其他文学艺术类型的异同。第三章《诗的境界——情趣与意象》论“诗的境界”，表达了朱光潜对诗歌本质的理解，是《诗论》的核心内容。诗境即诗人的情趣在直觉中与意象的契合——在刹那中见终古，在微尘中显大千，在有限中寓无限的诗歌境界。从无功利直觉到一个独立自主的意象，是形成诗境的必要条件。当特定意象与诗人特定感情或情趣天衣无缝地会合在一起，诗境才能形成。《诗论》的诗境论，是克罗齐的直觉说与中国传统情景交融意境论汇通的结果。

《诗论》还用比较文学的方法研究诗歌，比较了中国诗歌与拉丁语系、日耳曼语系、俄语等语系诗歌形式，尤其是音律与西方诗歌的异同，认为“中国文学只有诗还可以同西方抗衡”。《诗论》还以宏阔视野讨论中国诗歌吟诵的声调、停顿、押韵等形式要素。认为“废韵”现象，古已有之，并非首发于现代白话诗运动，六朝即有人用有律无韵的文章译佛经中有音律的部分。中国诗有两大转变，一为乐府五言的兴盛，二为律诗的兴起。中国的律体诗非外国十四行诗之类讲求韵格的诗体可比，为中国独有。

运用辩证思维，在西方美学话语和中国传统美学话语的交流中展开对中国传统诗艺的探寻，是《诗论》的重要特点。中西交汇的辩证思维，不仅使中国诗歌的本质得以呈现，更使得以中国传统诗歌为媒介的美学思索得以进行。

1946年朱光潜返回北京大学，开始翻译克罗齐的《美学》，撰写长篇论文《克罗齐哲学述评》，全面介绍克罗齐哲学体系，深刻批判了克罗齐哲学的唯心主义立场、内在矛盾、认知缺陷。认为克罗齐的“直感表现说”混淆了一般事物和艺术的区别，混淆了一般直觉与艺术直觉的区别，混淆了一般直觉对普通感触的把握和艺术直觉对情感的表现，混淆了未经认识的感触、印象的普通直觉的材料和已认识的情感的艺术直觉的材料。这样，也就否定了克罗齐“艺术即直觉”的定义。

1935 年以来，朱光潜把主要精力用于诗学和文学批评，不是他美学的活动的中断或淡化，而是以文学为媒介的美学活动的深化和继续，是朱光潜坚持独立思考的学术态度在这一阶段的具体表现。

二、闻一多、朱自清的经典研究

“七七事变”以后，闻一多带着自己的手稿和少量书籍衣物，匆匆离开清华园，随北大、清华、南开组成的国立临时大学，开始了往南流徙的生活，初驻衡山。武汉失守之后，自 1938 年 2 月 19 日从长沙出发，开始以昆明为目的地的 3000 多里路的艰苦步行，一路经湘、黔、滇，在如画山水中的人民苦难和少数民族的生活习俗、传说、民歌中穿行。这次长途旅行，深深地影响了他的思想情感，也极大开阔了他的学术视野。1938 年 5 月 4 日，国立长沙临时大学于昆明改名为西南联合大学，闻一多在艰苦的环境开始了他新的学术历程，他大量的学术著述都是 1938 年以后完成或发表的。

抗战期间，闻一多关注现实，由“为艺术而艺术”的文艺观走向“艺术为人生”的文艺观。他认为诗和歌“只有和劳动人民相结合，才能够健康”而“有生命力”。号召要“把诗歌还给劳动人民”①。

他在 1943 年写的《时代的鼓手》的诗论中，激赏田间的《多一些》激动人心鼓点式的诗句，说它如一声声鼓点的朴质、干脆、真诚、有斤两、简短、坚实、响亮而沉重的诗句能“打入你耳中，打在你心上”。认为田间如此高的成就来自“生活欲”、“积极的，绝对的生活欲”，来自他在民族危难的最紧急时刻摆脱传统诗艺，做“时代的鼓手”②。抗战胜利前后，他写了《文学的历史方向》、《诗与批评》、《艾青和田间》、《战后的文艺道路》、《论文艺的民主问题》等论文，鼓吹文艺为人民服务。在《诗与批评》中特

① 刘国曝：《略论闻一多先生》，载《闻一多纪念文集》，生活 · 读书 · 新知三联书店 1980 年版，第 81 页。

② 闻一多：《时代的鼓手》，载《闻一多全集》，湖北人民出版社 1993 年版，第 197~201 页。

别强调诗的社会作用，认为闲逸的谢灵运、陶渊明毫无心肝，关注人民的杜甫才是“第一等的诗人”，“诗人应该走到人民群众中去”，“要理解人民的痛苦，做时代的鼓手，喊出真正的人民的心声”。在《人民诗人——屈原》中推崇屈原，认为屈原的伟大不仅在于他是爱国的诗人，更是历史上唯一有条件称为“人民诗人的人”。“端午是一个人民的节日，屈原与端午的结合，便证明了过去屈原是与人民结合着的，也保证了未来屈原与人民还要永远结合着。”正因为闻一多有人民意识，他才在《五四与中国新文艺》中说：“目前我们需要崭新的文艺形式和内容，我们要让文艺回到群众那里去，去为他们服务。”

抗战时期颠沛流离的艰难生活使闻一多深切地体会到国民党的腐败，1943 年蒋介石鼓吹“一个党，一个主义，一个领袖”的《中国的命运》更使他彻底警醒，开始对国民党政权彻底失望。闻一多开始亲近中国共产党，阅读了《新民主主义论》、《论联合政府》、《联共（布）党史》等文献，与新的意识形态产生强烈共鸣。1944 年 9 月，闻一多加入“民盟”，积极参加政治活动。在这段时间里，他写了“要和教授阶级算账的”《八教授颂》和“药石性的猛和鞭策性的力”的《三盘鼓序》以及作为“药石”和“鞭策”的《一个白日梦》和《真的屈原》等文章，认为人民是真正创造世界历史的动力。如果说早期的闻一多是一个有着爱国立场、人民立场的唯美主义者的话，那么，20 世纪三四十年代的闻一多则是把人民立场放在第一位的伟大诗人和学者。1944 年 9 月，闻一多就“文艺的民主问题”发表意见，后经张光年记录整理成《论文艺的民主问题》，指出“没有民主运动的实践，一定创造不出民主主义的作品”，“写作的问题便是一个做人的问题”，“做一个中国人比做一个文艺家更重要”。在作了“前脚跨出大门，后脚就不准备再跨进大门”的最后一次演讲后，闻一多最终用生命书写了为人民献身的壮烈诗篇。

1937 年至 1948 年，朱自清先生用功甚勤，著述甚丰，研究著述主要围绕诗学、文学鉴赏、语文教育等方面展开，诗学研究的成果尤为突出。写作始于 1936 年，完成于抗战时期 1947 年出版的《新诗杂话》，收论文 15 篇、译著 1 篇。以诗歌意义分析为基础，以“解诗”为出发点，将瑞恰慈和燕卜荪的语义分析学与中国传统的考据方法结合起来，解析诗与感觉、诗与哲理、诗与幽默、抗战与诗、诗与建国、诗的形式、歌谣与译诗、新诗的进步性、新诗的发展趋势等诸多关系，为我们全面解读新诗开辟了通畅的路径。

朱自清先生认为，诗歌解读应该从意义、语言入手，一层一层地挨着剥开表皮，直到语言的本义呈现为止。新诗从自由诗派、格律诗派到象征诗派，一派比一派强地进步着。新诗关注劳苦大众，为劳动者而歌是诗歌的一种进步，要落实在有血肉的生活之上。《新诗杂话》认为，想象对于诗歌创作至关重要，而想象又是依托感觉来完成的，只有把感觉还原为想象，情景相生，才能有深远的诗歌艺术境界。朱先生还认为，在日常的境界里体味哲理，比在大自然里体味哲理更进一步。关心人生，便阐发自我的价值；关心被损害的人，便阐发人道主义。诗有幽默，才是自然之理，有幽默才会产生谐趣的美感。新诗不一定要吟唱，新诗的生命在朗读。

《诗言志辨》是朱自清先生重要的文学批评史著作，分《诗言志》、《比兴》、《诗教》、《正变》四篇，在两千多年时空领域里考察“诗言志”、“比兴”、“诗教”、“正变”四题的来龙去脉和衍变历程，是最能显示朱自清先生深厚学术功力的杰作。在中国文学批评学科尚未取得正统地位，不为人重视，著述支离破碎的情况下，朱先生披沙拣金，引进西方的“史”与“文学”意念作《诗言志辨》，既为厘清中国文学的本来面貌，也为建立真正的文学批评学科。

《诗言志》分“献诗陈志”、“赋诗言志”、“教诗明志”、“作诗言志”四章。“献诗陈志”认为《诗经》诗乐不分家，乐歌言志、诗以言志传统一贯。诗歌大多出于庶民，“缘情之作”是为了声调。“赋诗言志”认为借诗言志多用于外交，赋诗往往断章取义，颂比讽多。“教诗明志”论从孔子到两汉，诗乐分家的历史。两汉时期，义逐渐被重视，声逐渐被轻视，开始发见“诗缘情”的作用。志的意义此时也发生变化，缘情作诗与陈志献诗殊途同归。“作诗言志”从史的角度叙述了志的演变的流程。

《比兴》包括“毛诗郑笺释诗”、“兴义溯源”、“赋比兴通释”、“比兴论诗”四章。朱先生认为《毛诗》有两义，一是发端，一是譬喻，两个意义合在一块才是“兴”。“比”就是“兴以外的譬喻”。后世诗论里的“比兴”并非《诗大序》的“比”和“兴”，但《诗大序》的诗教化的主旨，却一直牢固地保存着，为诗人和诗论家所看重。“诗三义”中，比兴最具诗教作用，自唐代以后，“比兴”逐渐成为使用频率最高的批评术语之一，“由方法变成了纲领”。

《诗教》由“六艺之教”、“著述引诗”和“温柔敦厚”三章构成，阐释诗教在六艺之中的重要地位，考索诗教渊源及变化过程。认为春秋、两汉极盛的诗教至魏晋以降随经学渐趋衰微。“盛唐开始了诗的散文化，到宋代大盛；以诗说理，成为风气。”此后“思无邪”渐渐失去吸引力，至北宋“文以载道”说最终取得了诗教地位。在此篇里，朱先生既探明了诗教的内涵，又厘清了它的全部兴衰史。

《正变》含“风雅正变”、“诗体正变”两章。此篇考辨郑玄风雅正变论至清代叶燮“正变盛衰，互为循环”的诗体正变论的发展线索，认为“正—变—正”这个循环往复的“文变”程式就是我国固有的“文学史”。

《诗言志辨》一书以系统、细致的考辨使中国文学批评史的历史演变痕迹得到清晰的呈现，更以严谨的治学精神建构了文学批评的光辉典范。

1940年，朱自清开始写作《经典常谈》，1946年5月由文光书店出版，全书共收13篇论文。朱自清在自序中说写此书的目的是希望读者能把它当做一只船，行到经典的海洋里去。《经典常谈》介绍了《周易》、“四书”、“楚辞”、“唐诗”等中国文学史学的经典，面向不同层次的读者提出“经典训练”的问题，认为废止读经不等于废止“经典训练”，“经典训练”在中等以上的教育里应该是一个必要的项目，“经典训练”的价值不在实用而在文化。《经典常谈》治学严谨，有真知灼见，文化观、历史观不拘陈说，通达平和，有“大家写小文章”的风格。

三、袁可嘉的新诗论

袁可嘉，浙江慈溪人，中学时代开始写新诗，1938年在《大公报》副刊上发表第一篇诗作《我们是黎明边缘的轻骑兵》歌颂抗战勇士。1941年考入西南联大外文系，在求学期间，译介徐志摩等人新诗到海外。1946年大学毕业，任教于北京大学西语系，常在天津《大公报·星期文艺》、《益世报·文学周刊》，上海《文学杂志》、《诗创造》、《中国新诗》等杂志上发表诗作，这些诗作既借鉴了欧美现代派诗歌的写作手法，又继承了我国古典诗歌和新诗的优秀传统。1948年曹辛之与辛笛、陈敬容、唐祈、唐湜等人共同创办《中国新诗》月刊，从昆明回到北京后与天津的穆旦、杜运燮、郑敏、袁可嘉等人取得联系，形成了一个新的诗歌流派——“中国新诗派”。

40年代，现代诗歌理论明显滞后于诗歌创作，受英美新批评派瑞恰慈、艾略特、肯尼斯·勃克等人的影响，面对中国现代主义诗歌发展的重大课题，袁可嘉于1946—1948年在《大公报》、《益世报》、《诗创造》和《文学杂志》发表《从分析到综合》、《新诗现代化》、《综合与混合》、《“人的文学”与“人民的文学”》、《诗与民主》等一系列理论文章，试图探索现代主义诗歌的合法性和可能性，这标志着中国现代主义诗论体系开始形成。

受奥登和艾略特的启发，袁可嘉认为优于现实主义的现代主义诗歌同样也可以反映现实主义诗歌所能反映的社会内容，并认为有着比中国象征主义更大包容性的中国现代主义诗歌的存在是完全可能的。

以瑞恰慈“包容的诗”等观念为依据，袁可嘉认为现代诗是“包含的诗”，它包含冲突、矛盾，而像悲剧一样终止于更高的调和。它们都有从矛盾求统一的辩证性格，“新诗现代化”最后必是现实、象征、玄学的综合传统。诗的优劣取决于其对人生经验的推广，以及对人的意识活动的获致的高度、深度和广度。袁可嘉认为诗与政治平行。诗应恪守文学的本体的独立，坚持文学本位或艺术本位，但也应不排斥政治。诗应该在“人的文学”与“人民的文学”之间寻修正、求和谐。袁可嘉赞同文学与现实的密切联系，肯定文学对人生的积极性，认为现代化新诗应具开放活泼的诗歌审美力量。受冯至、里尔克的影响，袁可嘉还认为诗歌是经验的传达。将广大深沉的经验活动收入诗歌视域，极大扩展了诗歌的题材范围。袁可嘉还强调诗人应努力从事物的深处，本质中转化自己的经验，诗的结构应集结表面不同而实际可能产生合力作用的种种经验。

袁可嘉认为诗人对现代文明和现代文化的掌握和理解是诗歌创作的基础。直泄胸臆的时代已经过去，“接受现代文化底复杂性”是新诗现代化“必须采取的途径”。艾略特的“文化综合”和奥登的“社会综合”是诗人认知现代文明和现代文化的两面旗帜。要有艾略特那样的“现代诗人的综合意识”，使自我意识与社会意识融合，既避免狭隘的神秘主义，又摒弃“为艺术而艺术”。

袁可嘉还认为诗歌的戏剧化是实现新诗现代化的基本途径，诗歌的戏剧化通过文体特征和具体技巧体现出来。因为人生是戏剧性的，因为诗歌是无所不包的矛盾统一体，因为作为象征的行动的诗的各构成要素之间产生张力，彼此促进，构成了诗的整体，因为诗的语言具有综合功能，所以袁可嘉认为新诗戏剧化即现代诗的本质之所在。戏剧化的现代诗歌的基本特征是间接性、迂回性和暗示性。袁可嘉以西洋诗的创作作为经验，提出了现代诗戏剧化的三种不同的审美特点：一是里尔克式的，努力探索自己的内心的沉潜、深厚、静止的美。二是奥登式的，用机智的语言和比喻来传达诗情的活泼的、广泛的、机动的流体美。三是诗剧式的，既融含综合意识强烈的社会意义，又具有象征功能，不至于粘于现实世界而与现实主义混淆的美。

◎ 思考题

1. 分析《原野》对表现主义艺术方法的借鉴与探索。
2. 《上海屋檐下》有何艺术特点？
3. 结合《屈原》等作品论析郭沫若历史剧作的基本风格。
4. 简论朱光潜《诗论》的“诗的境界”说。
5. 朱自清《诗言志辨》是如何考辨“诗言志”、“比兴”、“诗教”、“正变”四题的来龙去脉和衍变历程的？

第八章　小说创作的繁荣（一）

中国现代作家在抗战开始时经历了短暂的战争激情与战地报道文学阶段后，很快就把笔触伸向了战争背后人们的社会文化心理层面，在社会批判和文化反思的意义上进行了深入的开掘，这使国统区的小说创作在这个时代呈现出了独异的艺术风貌，他们在和时代的主旋律保持适当距离的态势中，艺术成就达到了相当的深度与高度，其中大部分都已进入了现代文学经典的行列。茅盾的长篇小说《腐蚀》和《霜叶红似二月花》反映了政治腐败、灵魂堕落以及尔虞我诈的人生世相；老舍写出了堪称民族心灵痛史的《四世同堂》；巴金开始告别了他前期的青春型写作，用被称为《人间三部曲》的《憩园》、《第四病室》、《寒夜》登上了他个人创作的巅峰；张天翼的讽刺小说《速写三篇》(《华威先生》、《谭九先生的工作》、《“新生”》）显示了卓越的喜剧才华和现实主义的深度；沙汀把他那四川人所特有的幽默、犀利和敏锐的艺术感受力发挥到了极致，以他的“长篇三记”（《淘金记》、《困兽记》、《还乡记》）和短篇《在其香居茶馆里》让人久久难忘；艾芜作为一位充满激情、幻想和抒情气质的作家，虽然告别了他早期流浪汉小说的写作，但仍以长篇小说《丰饶的原野》延续了一贯的艺术风格。

第一节　《腐蚀》与茅盾小说

茅盾这一时期的创作具有总结的性质：对20世纪上半期的社会生活和历史、对资本家和时代女性的命运的怀疑、批判、总结和反思。作品主要有《第一阶段的故事》、《腐蚀》、《霜叶红于二月花》等长篇小说。1942年之后，他由桂林迁居重庆，社会活动频繁，从此创作一天比一天少，只有中篇

《走上岗位》、长篇《锻炼》第一部和话剧《清明前后》。

一、《腐蚀》

茅盾于1941年夏天写的《腐蚀》(最初在香港《大众生活》上连载)，是一部日记体的长篇小说，作品以“皖南事变”前后国民党政府“陪都”重庆为背景，刻画了女主人公在黑暗政治漩涡中的堕落、挣扎与觉醒。

作品的主人公——女特务赵惠明，出身于封建官僚家庭，曾参加过学生运动和救亡工作。但由于无法抵制特务头子的威逼利诱，堕入了特务组织的罗网，成为替反动统治卖命效劳的走卒，周旋在一群可憎的同事之间，经常责备自己不够卑鄙、不够无耻、不够阴险，渐渐地她开始诅咒自己生活的环境，怀念和从前的情人小昭的纯洁爱情，但是当她被派往监狱审问革命者时，却发现这个革命者正是自己的初恋情人小昭，从而陷入了巨大的情感冲突之中。她在特务布置好的圈套中企图感化小昭，和小昭重归于好，但是小昭却拒绝供出其他革命同志的名单，结果被秘密处死，为此，赵惠明受到了良心上的谴责，开始幡然悔悟。不久，她被派往大学生中去工作，认识了刚刚被特务拉下水的女学生N，为了不让她重蹈覆辙，最后设计让N逃脱了罗网，自己也获得了新生。这部作品是赵惠明的一束日记，作者采取了最能揭示人物内心隐秘的日记体裁。充分发挥了善于深刻细腻地刻画人物心理活动的特长。作品在特定的处境中多方面地揭示了赵惠明的复杂的内心世界，受骗、犯罪而又不甘于堕落所引起的矛盾和痛苦，她的“自讼、自嘲、自辩护”，以及在觉醒自新过程中所经历的决裂、斗争，写得细腻真切，深深地感染、打动着读者，激发着人们对于在精神上和肉体上戕害、摧残青年的法西斯特务统治的仇恨，暴露了特务统治阴森恐怖的内幕。作品写赵惠明的内心活动，不是孤立的和静止的，而是尽可能将现实中的重大事件和围绕这些事件而展开的各种社会矛盾，反映和投射到人物的思想性格和感情活动中。这部作品虽然因为日记体的限制，不可能在广阔的社会背景上展开错综复杂的关系，但仍然保留着茅盾小说中与现实斗争密切相关、选材富于时代性和社会性的特色。作品中汪蒋合流、国民党顽固派发动“皖南事变”两个重大事件，就如投石入水，激化了众多的矛盾，它们通过赵惠明的观感生动地展现出来，又有力地推动了赵惠明内心矛盾的发展。与人物性格的刻画胶结在一起，作品对典型环境进行了深入的描绘，正如赵惠明所说：“在这个地方，人人笑里藏刀，撺人上楼拔了梯子，做就圈套诱你自己往里钻——全套法门，还不是当做功课来讨论。”这里，有对付共产党和进步青年的种种卑劣手段，也有特务内部五花八门的勾心斗角的伎俩。“皖南事变”前夕，国民党特务像粪坑里的“金头苍蝇，终天嗡嗡的，没头没脑乱撞”，各处都在大规模“检举”，被“检举”的人，“光是一个市，一下就是两百多”。作品中写汪伪特务在蒋管区自由出入，“工作顺利”，陈胖、周经理等国民党政客在“义愤填膺地高唱爱国”的背后，与松生、舜英等汪伪特务密谋实现“分久必合”的卖国阴谋。书中许多描写正是这一卖国阴谋的形象的再现。小说具有鲜明的时代性和历史感，以严峻的现实主义精神，揭露了当时“雾重庆”的血腥气氛。

《腐蚀》的现实主义成就，不仅表现在作品通过赵惠明典型形象的刻画，尖锐地抨击了特务统治的政治黑暗，而且还按照现实生活和人物性格本身的特点，真实地揭示了赵惠明逐步觉醒、走向自新之路的过程。按照这部作品原来的“结构计划”，只准备写到小昭被害就结束的。但当作品边写边发表时，许多读者却给《大众生活》编辑部写信要求给赵惠明一条自新之路。读者的这种要求，在很大程度上表明了赵惠明这一艺术形象本身所具有的生动力量：当赵惠明的性格在作者笔下逐渐鲜明，和它周围的生活环境形成一个有机的整体，并且在形象和形象之间逐渐有了基本真实的关系的时候，她的性格便产生出一种活跃的力量，要求作者按照她的性格发展的生动逻辑写下去。越惠明在奉命对她过去的爱人小昭进行劝降时，本来已经对“狐鬼满路”的特务统治产生了不满和憎恨，她正为摆脱这种生活而苦苦挣扎着。在这个时候，小昭对她的爱、信任和规劝，革命者 K 和萍对小昭的营救活动和对她的帮助，使她在黑暗中看到了光明，于绝望中产生了希望，而小昭的死更促使她对那毁灭一切美好事物的环境由憎恶而至于决裂。这样，便有了赵惠明在小昭被害后终于决心弃暗投明，救出了即将陷入魔掌的女学生 N 的情节。

人物结局的这种处理，不是硬插上去的“光明的尾巴”，而是形象本身的生动性和丰富性所必然导致的结果。赵惠明的觉醒和自新反映了法西斯特务统治的反动腐朽，这样写有利于特务组织的分化和瓦解，因而进一步增强了作品的现实战斗的意义。《腐蚀》通过特定环境中赵惠明这一典型形象的塑造，概括了长期以来特别是抗战以后作者对政局的深刻观察和认识。这部小说是抗战时期文学中以现实题材揭露国统区政治黑暗的最重要的作品，它在思想和艺术上取得的独特成就，使它在茅盾所有的作品中也占据着仅次于《子夜》的显著地位。

小说采用长篇日记体的形式，以主人公赵惠明的日记作为心态写实的内视点，把赵惠明的政治斗争和爱情波澜两条线索交织起来，描写她的心理体验，像陀思妥耶夫斯基那样直接而强烈地把主人公摁在复杂的、悔恨交加的心理漩涡之中，带入了人性和兽性的残酷交战之中，暴露了一个青年的心灵被腐蚀的过程，充分显示出了作者心理描写的特长。通过赵惠明这一形象，茅盾总结了以往的一系列时代女性的悲剧性命运。这时，作者不再倾心于新女性，而是饱含同情地批判新女性的弱点，转而认同传统女性的价值，如《霜叶红于二月花》中的张婉卿，反映了40年代社会心理和价值观的变动。

《腐蚀》把政治小说与心理小说熔为一炉，是茅盾长篇的又一代表作。结构紧凑，布局严密，充分显示出茅盾对长篇小说不同体式的纯熟运用。《腐蚀》荟萃了茅盾运用心理分析方法的各种技巧和手段，集中反映了作家在明显的理性导向下，运用这种方法描写社会现实的杰出才能。

二、《霜叶红似二月花》

茅盾在写作《腐蚀》的前后，还创作了《第一阶段的故事》和《霜叶红似二月花》两部长篇。《第一阶段的故事》写于1938年，小说以上海“八·一三”抗战为题材，从各个角度描写了抗战爆发到上海陷落这四个月中人民生活和思想的剧烈、复杂的变化，展现了各阶层人民对这场战事的不同态度；同时也揭露了国民党统治的腐朽以及由此而来的抗战中的种种黑暗现象，揭示了上海失陷的原因。但作品未能对生活作深入的发掘，结构散漫，人物形象也不够鲜明突出。《霜叶红似二月花》是以“五四”前夕社会生活为题材的多卷集长篇的第一部。小说的中心情节是，在江南河水猛涨的雨季，惠利轮船公司的轮船在航行中使河水溢出两岸，严重地损害了农田，遭到两岸地主和农民群众的反对。围绕这个事件，作品在真实描绘“五四”前夕地主、资产阶级及其知识分子的生活风习、世态人情的背景上，展开了轮船公司经理王伯申、地主阶级顽固派赵守义和具有改良主义色彩的青年地主钱良材三种势力之间的复杂的纠葛。矛盾的解决是以恶势力的相互妥协、改良主张的碰壁和农民的无辜受害为结局的。作品善于用细腻多彩的笔墨来渲染气氛，刻画人物心理，且多用人物性格和生活场景的对比来凸显人物，展开艺术画幅。在众多的人物中，婉姑与钱良材两个人物写得最为鲜明生动。可惜作品在完成第一部以后，没有继续写下去。小说展示了“五四”前后中国社会新旧交错的状态，揭示了中国向现代转换的艰难和复杂，但是小说最引人注目的还是作者对众多人物在日常家庭生活中所表现出来的心理状态的细致入微的刻画上，通过对家庭伦理关系的揭示概括了时代的精神特征，塑造了众多鲜明生动的人物形象。其中，刻画得最成功的人物形象就是少妇张婉卿，她既有女强人的特征，又有传统女性的温婉。整个小说充满着浓郁的东方审美意蕴，书名就是由杜牧的诗句改动而成，据说二月的红花象征的是真正的革命者，而霜叶象征的是伪革命者，也就是革命不是那么彻底的人，茅盾说，书中的人物，大多数都是霜叶，不是红花，因为在反革命的重霜下，这些霜叶会蜕变、幻灭，而只有红花才代表着希望。

《霜叶红似二月花》是作者计划描写“五四”到大革命时期社会生活的长篇小说的第一部。小说描写“五四”前夕惠利轮船公司经理王伯申为发展民族资本主义工业，同封建地主阶级守旧派赵守义之间的矛盾冲突，以及具有改良主义色彩的地主青年知识分子钱良材周旋于二者之间的故事。结局是王、赵相互妥协，改良主张碰壁，农民受害。在错综复杂的社会阶级关系中，揭示了民族资本主义的曲折发展过程，反映了“五四”前夕的时代特点和广阔的社会生活画面。作家关注文化意蕴的深层开掘，在家庭生活细故、伦理道德、风俗人情的氛围中，委婉纡徐地写出社会经济、政治、思想、文化的变动。小说人物形象中，精明强干、会做人、善理家的张婉卿，清末维新人物朱行健，以及钱良材、王伯申等，都写得性格鲜明，各具特色。但小说没有完成，所以未能显示这些人物性格的充分发展。

《霜叶红似二月花》突出地表现了茅盾为长篇小说艺术民族化而作出的可贵探索。小说通过人物的行动、语言、日常生活，给人物以故事等手法刻画人物性格，以家庭的故事作为安排情节“单元”的基础和埋设伏线的结构布局，等等，都见出作家对中国古典小说优秀传统的继承与融化。

第二节　老舍、巴金的小说

老舍和巴金的小说创作起步于 20 世纪 20 年代，而在 30 年代取得了杰出成就。本来他们可以继续自己的创作之路登上文学辉煌的巅峰，但抗日战争中断了他们原有的创作秩序，调整了他们的创作题材。即便如此，他们的创作力仍然十分旺盛，在 40 年代取得了不同凡响的创作成就。

一、老舍的《四世同堂》

老舍历时五年完成的（1944—1948）《四世同堂》是其作品中规模最大的一部长篇。全书共 100 章，80 余万言，分三部完成。第一部《惶惑》、第二部《偷生》，写于抗战时期，并开始在报上连载，出版于抗战胜利之后；第三部《饥荒》写于抗战胜利后赴美国讲学期间，1949 年曾在美国出版节译本，书名为《黄色风暴》，被誉为“好评最多的小说之一，也是在美国同一时期出版的最优秀的小说之一”，1982 年才得以以全貌为中国读者所知。

《四世同堂》是以古都北平广大市民的亡国之痛为题材而写成的被征服

者的痛史、恨史、愤史，描写了从1937年“七七事变”到1945年日本侵略军无条件投降这八年间，北京城内，以老舍出生地小羊圈胡同为背景、以祁家为中心的十几户人家、100多人的心理和遭遇，真实再现了中华民族那段屈辱的历史，揭露了日本侵略者的罪行，透视了北平人由于长期受传统精神桎梏的束缚而形成的民族弱点，反映了沦陷后的北平市民由惶惑苦闷、忍辱偷生到逐渐觉醒反抗的漫长过程，倾吐了古都人民的亡国之痛、亡城之难和不可征服的民族魂。

“四世同堂”一直代表了传统中国人的理想家庭结构。小说中的四世同堂，指的是小羊圈胡同的祁家，四代人聚族而居，以孝悌传家，是中国传统文化中近乎理想的家庭，长辈在家庭中具有血缘、伦理、家风、礼仪上的崇高地位，形成了一个比较稳固的封闭型社会单位。但是近代社会急剧的思潮变动，已经使维系这个大家庭的链条开始松动。祁老者是四世同堂的祁家的长者，也是这个宗法制家庭的维护者，在他的身上集中了北京市民文化的精髓：思想守旧、胆小怕事、和气谦卑，一辈子信奉“磕头说好话”的处世哲学，习惯于按经验办事，怯懦地回避政治和一切纷争，生活理想就是“四世同堂”。作家通过祁老者批判了中国老派市民因循守旧、保守苟安的弱点，同时也通过祁老者由一个传统礼教的维护者成为了民族尊严的捍卫人，肯定了传统文化的价值。老一辈北平市民觉醒的过程，在祈老者的身上得到了令人信服的反映，使这个人物显得血肉丰满、光彩照人，体现了鲜明的时代特点。

第二代祁天佑是一个温厚的布店老板，典型的中国人形象，也是这个家庭结构中最缺乏自己的独立位置和个性的一代人。他出生并成长于辛亥革命之前，在这个家庭结构之中，既然有祁老者存在，那么他就只能是一个附庸，直到最后酿成了自己的悲剧。四世同堂的第三代人瑞宣、瑞丰、瑞全成长于从“五四”运动到抗日战争这个伟大的转折时期，他们的性格、志向和理想也不可避免地受到了大时代的影响，在新旧的嬗变过程中，隶属于不同的文化层次。

祁瑞宣是处于文化变迁转折点的知识分子形象，在他的身上集中体现了现代意识和传统文化的矛盾，既是旧文化的负担者，又是新文化的追求者，在沦陷的都城中，经受了最残酷的心灵炼狱，惶惑苦闷是其性格的主要特征：一方面，祁瑞宣受过现代教育，是个爱国正直的知识分子，在政治风云激荡的苦难岁月中，痛恨日本侵略者，不愿当亡国奴，愿意奔赴国难；但是另一方面，作为一个北京文化陶冶出来的大家庭的长子长孙，传统文化已经先天遗传地注入了他的血液，在他身上体现出了衰老的北京文化在现代新思潮冲击下产生的矛盾性格。国土的沦丧、同胞的苦难、父亲和女儿的惨死以及弟弟瑞全和钱默吟老人的教导，终于使祁瑞宣最终从惶惑苦闷偷生中觉醒，在民族解放斗争中找到了自己的位置。在这个人物的身上，寄托了作者对苦难民族在战争的血与火中自救新生的希望。

钱默吟是老舍作品中的理想市民形象，以其刚强而富于反抗的精神代表了北平的未来，在他的身上，既有古典市民小说中“儒侠兼身”的理想性格，又有一定的现代意识。战前的钱默吟是一个带有古典风格的老诗人，避世隐居，与世无争。但是“七七事变”之后，他的次子以身殉国，他自己也被投入了监狱，这时，在他的身上突然爆发出了崇高的民族气节，从一名隐士变成一名从事秘密抗日宣传和暗杀活动的战士。虽然这个人物在政治上和思想上都不是很成熟，但是这个人物的塑造，却有着重要的意义。正像老舍所说的那样：钱先生是地道的中国人，而地道的中国人，带着他的诗歌、礼仪、图画、道德，是会为一个信念而杀身成仁的，反映了真正中国的文化的真实力量。

祁瑞丰、冠晓荷、蓝东阳、冠晓荷的妻子大赤包、祁瑞丰的妻子胖菊子等汉奸的形象是作者讽刺的对象。大杂院里的贫困的劳动者，既有自尊自重、诚实仗义的一面，又有忍辱偷生、敷衍苟且等陋习，但是在大是大非面前，在民族危亡的危急关头，他们却也能够表现出蕴藏在心中的复仇的怒火，如疾恶如仇、敢打冒充日本人的败类、最后被砍头的人力车夫小崔；在日本人面前死也要死的体面的剃头匠孙七；被杀被剐也不失骨气，最后离家从军的棚匠刘师傅等人，众多的人物形象构成了一个五光十色的市民世界。

老舍继续着批判国民性的主题，他把抗战当做一场严峻的考验，经过大浪淘沙，中国文化的优根性得到了保存和发展，而劣根性则被淘汰，在此老舍表现出对中国文化的强烈的自信心。全书有一种博大、厚重的历史感，对传统文化的批判和挽歌相互交织，呈现出极其复杂的审美特征。

小说在艺术上取得了突出的成就：第一，它弥补了抗战作品中反映沦陷区都市中的普通市民生活和抗争题材的不足。在反映全民抗战的现代文学作品中，《四世同堂》堪称是一部别开生面的力作，与一般同类题材的作品不同，小说不是着重暴露日本侵略者的罪行，描写他们杀人放火、奸淫掳掠的劣迹，而是着重描写八年抗战期间，古都北平家家户户、每日每时都在经历着的痛苦和屈辱的境遇和精神折磨。《四世同堂》在老舍的创作历程中是一块高耸的界碑。第一，小说富有史诗的气魄。《四世同堂》所反映的内容几乎跨越了八年抗战的全过程：就时间跨度而言，从珍珠港爆发到日本侵略者缴械投降，它都有直接或间接的反映；就空间范围来说，它的笔触遍及北京的小胡同、大杂院、广场、商店、监狱、刑场、旅馆、妓院、学校，乃至日伪机关、大使馆等，可以说是一幅沦陷了的北平社会的全景图，气势非常宏大。第三，小说具有比较浓厚的文化反思色彩，显出了改造和重塑国民性的努力。《四世同堂》是一部文化反思的巨著，致力于国民性的探索和剖析，从几千年传统文化对市民社会心理的渗透中去透视国民劣根性，在对侵略者进行无情的鞭挞的同时，又对民族的积弱进行了深刻的文化自省，为我们提供了20世纪40年代沦陷区人民心态的一面镜子，既剖示了他们封闭自守、苟且敷衍、惶惑偷生的思想精神负累，也揭示了中国下层市民艰苦坚韧、朴素正派、负重务实和讲究伦理之情的可贵品格和爱国的一面。在国破家亡的时候，这民族性格的优劣两个方面都进行了充分的暴露，既暴露了其积弱挨打的一面，也暴露出了其根基深厚不可动摇的一面。第四，小说塑造了生动鲜明的人物形象。全书描写了一百几十个人物，其中重要的也有三四十个，以祁家为主、冠家为辅，而钱家穿插期间，旁及几个大杂院中的家庭，一类属小康之家，另一类是处于最底层的个体劳动者，也就是底层贫民。而在每一个形象系列的内部，又并不是整齐划一的，而是具有各种不同的个性、不同倾向、走了不同道路的差异。如祁家三兄弟，就各有各的秉性，各自走了不同的道路，每个人的形象都不重复。此外，小说具有浓厚的北京地域文化特色。这部小说中的"京味儿"特点非常引人注目，主要表现在三个方面：首先，表现为对北平风俗的精致描写，展现了一幅色彩鲜明的北京风俗画和世态画。其次，表现为通过对北平市民的描写而揭示出的北平文化心理结构，包括讲究体面、排场、气派，追求精巧的"生活艺术"；讲究礼仪，固守养老抚幼的老规矩；性格的懒散，苟安，谦和，温厚与懦弱等。再次，表现为作品中提炼过的以北京话为基础的俗白、凝练、纯净的语言，这种语言不仅有利于再现人物的语言行动，刻画人物性格，而且在表现北京特有的文化风俗、社会心理方面，具有无与伦比的生动性，从而为中国现代文学贡献了一种京味小说形式和京味文学语言。

二、巴金的《憩园》与《寒夜》

巴金创作的又一个高峰期是20世纪40年代中期。以1942年为界，巴金的创作由青春激情的倾诉转向了中年深沉的悲剧艺术。这时，他开始写没有英雄色彩的小人小事，写社会重压下的人们司空见惯的委顿生命，调子也变得悲哀忧郁。巴金后期的创作，从题材上看主要分为两大类：一类是继续顺着《家》的路子写旧家庭的没落，除了《春》、《秋》外，还有《憩园》；另一类是反映抗战时期的现实生活的，主要有《火》三部曲、《第四病室》、

《寒夜》。在这些作品中，《憩园》和《寒夜》是最富有感染力且内涵又比较丰厚的作品。

《憩园》写成于1944年5月，但1941年初就开始酝酿，当时，巴金曾经回到故乡，即四川老家，听到久违的乡音，看到熟悉的习俗，特别是目睹故居的颓败，突然被一种奇异的感情抓住了，仿佛又找到了早已失落的遥远的旧梦，所以开始构思《冬》，也就是后来的中篇《憩园》。小说集中描写的主要还是封建大家庭崩溃之后，那些纨绔子弟的结局，揭露的是封建地主阶级的寄生生活对人的腐蚀，和福荫后代、长宜子孙的封建思想，其主题和《激流三部曲》仍然有连续性，所体现出的作者的感情是复杂的，既有批判性，又充溢着人道主义的温情。小说通过一个作家在返乡之后的所见所闻所感，展示了一个大公馆内新旧两个家庭的悲剧命运。主要以两条平行线索进行：

憩园的旧主人杨梦痴是一个靠祖宗吃饭的败家子，在吃喝嫖赌挥霍尽了自己和妻子的家产，被长子驱逐出门而沦为乞丐，次子寒儿上进好学，对父亲非常孝顺，知道流落街头的父亲留恋憩园的茶花，所以不避憩园新主人家奴仆的打骂，经常去摘，在父亲生病的时候，又四处求援，准备送他去医院，杨梦痴的良心受到震撼，留信给寒儿让其忘掉自己后不告而别，从此隐姓埋名，靠偷窃为生，终于在监狱里默默地死去。憩园的新主人姚国栋又重蹈覆辙，靠父辈的遗产过着悠闲而又无所事事的日子，在他们的骄纵、溺爱和金钱的腐蚀下，儿子小虎变成了一个蛮横邪恶的纨绔子弟，最后在玩乐中落水淹死。姚家虽然是新式家庭，但和憩园的旧主人是没有什么两样的。这时的巴金已经不再一味地正面抨击封建阶级的角色，在进行现实批评的同时，又夹杂着对人性弱点的理解和同情，这跟作者竭力地表现怀旧情绪和追悔情绪有关。女主人公万昭华的命运更加令人叹息，她具有中国传统女性的美德：聪明、能干、温柔、善良，有着清醒的头脑，却也只能无奈地看着旧世界走向崩溃。

《憩园》具有明显的艺术特色。首先，在结构上，小说以一个易主的花园为中介，把对两个家庭的描写联系起来。对杨家，以侧面描写为主，正面描写为辅；对姚家，以正面描写为主，侧面描写为辅。其次，汲取了中国的古典意境，整个叙述被一种平淡、抒情、诗意的氛围笼罩着，流露出挽歌的情调。

长篇小说《寒夜》是巴金最重要的作品之一，是继《家》之后的又一部力作。写于抗日战争胜利的前一年即1944年冬天，1946年12月31日，即抗战胜利的后一年完稿，小说有别于《激流》、《憩园》，并不是写大家庭在时代转换中的崩溃，而是着重描写小家庭在社会磨难中的破毁，围绕着一个善良、忠厚的小公务员的生离死别、家破人亡的悲剧，揭示了旧中国善良正直的知识分子的命运，暴露了抗战后期国统区的黑暗现实，为受压迫、受侮辱的小人物呼出了愤懑和不平。其突出的特色，就是成功地塑造了三个生动的人物形象。

小说主人公汪文宣和曾树生都是受过大学教育的现代知识分子，毕业于上海某大学教育系，由自由恋爱而不计较婚姻形式而同居，是一个受“五四”熏染的新式家庭。他们有着共同的“教育救国”的理想，也曾编织过许多美丽的幻想。这种平凡的追求曾给他们以无限的希望，但在社会现实的压力下，理想破灭了，青春消逝了，余留下来的只是生活的悲哀和人性的扭曲。汪文宣是一个在旧社会中受生活的重压、精神饱受折磨的软弱的知识分子形象，具有双重性格：一方面，冷酷的世道、艰辛的生活和繁重的工作，把他扭曲成了一个异常懦弱的人，这种懦弱体现在社会和家庭两个方面，既无力应付沉重的生活，也无法解开两个爱他的女人的矛盾；另一方面，作为一个知识分子，却仍然不失其善良正直的品质。他不满于当时的黑暗现实，只是敢怒不敢言；同情比自己更不幸的人，热爱自己的妻子、母亲和孩子，常常为不能使他们幸福快乐而自愧自责。种种矛盾交织着、冲突着，郁积在汪文宣的心中，好像一个扯不开的网，使他陷在里边不能自拔，而最终含恨死去。

曾树生是一个热情活泼、追慕幸福和自由的新派女性，但是残酷的现实既摧残了她的丈夫，也毁灭了她自己的理想。为了维持一家的生计和儿子的教育费用，她不得不到银行里做花瓶，守旧的婆婆对她的牺牲非但不理解，反倒整天对她冷言冷语，丈夫又性格懦弱，无法为她做主，贫困的生活和婆媳间纠缠不清的矛盾，使她整日苦恼，最终为了“救出自己”而和银行陈主任一起出走兰州，但是在她从兰州给汪文宣写那封分手信之前，她一直是真诚地爱着汪文宣的，从来也没有做过对不起他的事。曾树生受着双重的压迫，这种压迫一方面来自于社会，另一方面来自于家庭，她的悲剧就在于在苦难的命运面前想要挣扎和反抗，追求幸福和自由，但是却又找不到正确的反抗道路和生活道路。作者塑造的这一个女性形象比他以往所写的要深刻得多，他说：我写到曾树生孤零零地走在阴暗的街上，我真想拉住她，劝她不要再往前走，免得有一天她会掉进深渊里去，但是，我没有办法改变他们的结局。

汪母对这个家庭的悲剧负有很大的责任，起到了把曾树生从汪文宣身边推向陈主任的决定性作用。汪母所受的主要是传统教育，信守旧式的家庭伦理道德，情感世界非常狭隘。她不满意媳妇是一个新派女人，甚至鄙视曾树生那种不举行仪式的自由婚姻，婆媳间达到了一种“有我就没有她，有她就没有我”的难以调和的对立状态。但是巴金却并没有把她写成反面人物，在写她的蛮横和刻薄的同时，也写了她的善良、正派、能吃苦耐劳、热爱儿孙等美好的品行。从某种意义上说，她也是一个受害者，她劝儿子休妻再娶，以为自己的所作所为都是为了儿子好，没想到反倒加速了儿子的死亡。这也是一个悲剧性的人物。

《寒夜》表现的是关注凡人小事的悲剧，以小见大。作品所呈现的都是当年人们司空见惯的黯淡生活图景，是发自小人物内心的真实愤慨。小说情节的主线，是婆媳纠纷和由此而派生的夫妻矛盾和母子矛盾，同时这些矛盾又主要是围绕日常家庭生活而表现出来的，从而使读者由一个下层知识分子家庭的狭小生活窗口，看到了当时整个时代和社会的面貌，赋予了这个以“小人小事”为题材的小说以深广的历史内容。小说擅长于冷峻、细腻的心理刻画，格调哀婉忧郁。不再是酣畅奔放的热情宣泄，也很少看到作者直接站出来抒情，更多的是展现人物的内心世界，挖掘人物的内心冲突，艺术上更加精美圆熟。小说在结构上首尾呼应，富有象征意味。作品以汪文宣在寒夜中寻找尚未归家的曾树生起笔，以曾树生寒夜归来寻找汪文宣结尾，首尾呼应，颇具匠心，却又自然天成，使“寒夜”这一氛围的象征意味自自然然地显现了出来。

长篇小说《第四病室》写于1946年，小说取材于1944年五、六月间巴金住进贵阳中央医院三等病房的所见所闻，描写了内地一家设备简陋的医院的三等病房，里面摆着24张病床，混杂着各种病人。这是一个阴森、黑暗、势利，又充满了痛苦和悲哀的世界：医生、仆役嫌贫爱富，穷人没钱治病，只能在痛苦中凄惨地死亡，而那些阔绰的病人，病好了还把医院当旅馆，整天嘲笑别人的呻吟，欣赏别人的死亡。在这里，金钱的权威高于生命，医院成了商场。在这个人间地狱中唯一的光明是杨木华大夫，她认真敬业，把病人当人看，但对大环境也无可奈何，小说和契诃夫的《第六病室》相仿，社会批判色彩浓厚。

第三节　张天翼、沙汀、艾芜的小说

带着左翼文学的深深印记，张天翼、沙汀、艾芜在抗战运动中及其后仍然保持着饱满的创作热情，并且坚持自己的风格，取得了丰硕的成就。张天翼、沙汀的讽刺风格得到了进一步深化，艾芜的抒情笔法则更加老练纯熟。

一、张天翼的《华威先生》

1938 年，张天翼在《文艺阵地》上发表讽刺名作《华威先生》，因而在国统区引起了关于抗日民族统一战线内部能否进行讽刺和暴露的长时间的争论，直到 40 年代不可遏制地涌现出了越来越多的暴露作品。张天翼和沙汀从某种程度上可以说是继承了鲁迅的讽刺传统，成为这一阶段较为成熟的讽刺小说家。张天翼的《速写三篇》(《华威先生》、《谭九先生的工作》、《“新生”》) 揭露了抗战初期抗日统一战线内部的阴暗面和潜在的隐患。《华威先生》成功地塑造了一个争夺抗日统一战线领导权的破坏分子的典型；《谭九先生的工作》里的地主谭九，是个封建气味浓厚的、在抗战中假公济私、但是未能得志的投机者典型；《“新生”》刻画了一个对抗战失去信心和热情的颓废知识分子的形象：知识分子李逸漠，被抗战打破了隐士梦，想要新生又被旧的生活方式箍得紧紧的，在华威、谭九和抗日民众之间来回摆动，成为时代的孤独者。《速写三篇》标志着张天翼讽刺和幽默的喜剧才华的新发展，其中，尤其以《华威先生》最为著名。

《华威先生》是张天翼的代表作，也是国统区讽刺暴露小说的起始，由它引发了长期的关于“暴露和讽刺”问题的争论。作品发表于 1938 年 2 月的战时长沙，正处于抗战初期阶段，抗日民族统一战线刚刚形成，无论是文坛还是战争，当时都是在一片昂扬的空气之下，张天翼是以喜剧的敏感反省抗战工作自身，在抗日统一战线形成之初，最早透过光明，揭发出内部存在的争夺领导权的严酷性的第一人，凭借着其长期丰厚的生活观察和体验，透过在当时高涨的抗战热情，而敏锐地发现了在其掩盖下的社会现实的严酷性和潜伏的危机。小说的主要成就，就是提供了一个包而不办，到处出席抢权的国民党文化官僚华威先生的形象，暴露了在全民抗战的热情下潜藏的党派利益和个人私利之争，具有一定的时代典型性和历史预见性。

华威先生是抗战时期一个“包而不办”，到处出席强权的抗战文化官僚典型，具有“开会迷”、“会议阀”的外部特征，他不解决任何实际问题，而只是“包而不办”，具有强烈的权力欲、投机性以及虚伪而做作、色厉内荏的性格本质。这个短篇几乎没有什么情节，只有华威先生匆匆忙忙地钻进各种抗战会场表演的几个漫画式的片断：开会，赴宴，作报告，发指示，插手各种抗日组织活动，对不听他指挥的人进行讹诈和恐吓，像是一个人物小品。华威先生可以说是作家对那个时代的新官僚进行高度概括性的人物，对于这样的一个虚伪做作、自命不凡、夸夸其谈、虚弱无能、骄横跋扈、庸俗卑劣的国民党官僚，作者剥去了他身上“抗日”的外衣，而露出了内在的本质，通过对现实的敏锐观察和冷静分析，有力地抨击了国民党反动派破坏抗日统一战线，限制、防范、敌视人民群众抗日活动的罪行。而在华威先生的身上，一个党派的狭隘利益和个人的私利被充分地混合起来。华威先生这一形象的出现，令读者清晰地感受到了那个特定时代的特殊历史氛围。华威先生所具有的这种攫取权力的亢奋劲头和狂热的性质，再加上他外部具有的开会迷的行为，都使这个典型特别隽永。人们不难在自己的周围看到类似的带点流氓的气质、要权不要命的小官僚，这样就使这个写得并不复杂，甚至还有点类型化的人物，具有了某种超越时代的意义。

张天翼是一个优秀的、现代文学史上不可多得的讽刺幽默小说家，早在左联时期，就被鲁迅列为新文学的最好的、最优秀的作家之列；长于漫画式的、粗笔勾勒的夸张，批判尖锐、内涵深远、笔调冷峻、节奏明快、语言劲捷、体制圆熟，其短篇制作达到了相当高的水准，只是不善于长篇制作。

二、沙汀的小说创作

沙汀是抗战时期最杰出的讽刺小说家之一。抗战爆发之后，沙汀从上海回到了四川，1938 年赴延安，1939 年冬，又奉命重返四川，从事小说创作。这种独特的经历，对沙汀的创作产生了深刻的影响。这一时期，沙汀小说的主题取向主要有两种：一种是表现对理想和光明的向往和景仰，这也是其小说中的新的因素，如短篇《磁力》、中篇《奇异的旅程》；另一种是专以苦涩、凝重的笔调描写闭塞偏僻、黑暗落后的四川农村的社会现实，代表作主要有短篇小说集《播种者》、《呼嚎》、《堪察加小景》、《医生》和有名的“长篇三记”（《淘金记》、《困兽记》、《还乡记》）。

短篇小说《在其香居茶馆里》(1940）是沙汀的短篇代表作，写于抗日战争时期。小说围绕兵役问题，通过描写一个边远小镇中统治阶级内部狗咬狗的矛盾，揭示出国民党兵役制度的腐败本质，说明了其反动统治必然崩溃灭亡的历史命运。故事描写川北回龙镇的联保主任方治国，因为新上任的县长扬言要认真地整顿兵役，不知是真是假，害怕担责任，为了保全自己，就把土豪邢幺吵吵的已经推迟服兵役四次的二儿子密告到了县上，把他抓了壮丁。邢幺吵吵是镇上有头有脸的头面人物，一见儿子被抓，极为恼火，盛怒之下当众在其香居茶馆里和方治国大吵大闹起来，并且渐趋白热化，在哥老会头目陈新老爷调解失败之后，双方大打出手，在两个人都打得鼻青脸肿、闹得不可开交的紧要关头，却传来了消息，经县里邢大老爷（邢幺吵吵的哥哥）的疏通，和新任县长交易成功，邢幺吵吵的二儿子已经被开革了出来，一场闹剧就这样地收场。故事的结局表明新任县长的整顿兵役仍然是个骗局。

方治国和邢幺吵吵是《在其香居茶馆里》着重刻画的两个人物形象。他们都有着鲜明的性格特征。方治国是川北回龙镇的联保主任，国民党政权基层组织的当权者。他凭借手中的权力贪赃枉法，敲诈民财；但是由于出身卑微，又缺乏强硬的后台，从而形成了他软硬人的性格特征。而在和邢幺吵吵的争斗发生之时，他在面对有强硬后台的邢幺吵吵的挑战时，开始是装聋作哑，后来是矢口抵赖，想以此逃过劫难，只有当邢幺吵吵要他把邢的二儿子弄回来时，他才由于吃不准新县长的路数，为明哲保身而断然拒绝。从他施展的软硬两手中，暴露出了他狡猾、贪婪、毒辣而又懦弱的本质。

邢幺吵吵是回龙镇一个惯于仗势欺人的大土豪，有着强硬的后台，性格粗野蛮横，他可以在大庭广众的茶馆里用极其粗野下流的语言当众辱骂方治国，一点也不留情面地揭露方治国的贪污劣迹，把联保主任打得鼻青脸肿。但是，从他对这场讲茶的精心设计中，也可以看出他绝非一个头脑简单的草包。他开始是自己出马，对方治国施加各种压力，以令对方感到难堪和畏惧，然后让陈新老爷出面调停，调停不成再大打出手。从这种安排程序上，便可以看出他在处理这类纠纷方面的老到。这就活脱脱勾勒出了一个在地方上横行无忌，在使用手段逼人就范方面颇有手腕的豪绅的形象。

小说成功地运用了客观冷静的讽刺喜剧艺术，以小见大。沙汀继承了“五四”时期鲁迅等人的乡土讽刺，发展成为真正的喜剧型讽刺小说家。他的讽刺带有农民的幽默和聪慧，浓厚的生活趣味，而又常常不露声色。《在其香居茶馆里》，以一个极富世俗画色彩的“吃讲茶”场面，容纳了一个牵涉到抗战时期政治的清浊和民族存亡的兵役问题，以小见大，既世态毕现，又韵味深藏。这篇小说采取了明暗线交织的情节线索，明写、实写茶馆，主要是表现邢幺吵吵和方治国之间的矛盾冲突；暗写、虚写邢大老爷和新任县长的交易，虽然着墨不多，但整个事件乃至所有的在场人物，又无不受到这两个人的操纵。此外，小说的结构非常的紧凑：首先是地点集中，为人物提供了很好的、开放的活动空间——“其香居茶馆”；其次是时间集中，矛盾冲突的始末，被集中在一段很短的时间内，巧妙地通过人物的对话、作者的叙述，交代了方治国、邢幺吵吵之间矛盾的发生、发展，集中笔墨写了他们之间矛盾发展的过程和矛盾出乎人们预料的突然解决，令人哑然失笑，细细品味又韵味十足。沙汀善于在动态中刻画人物性格，从矛盾的最尖锐处入手，在激烈的交锋中，通过人物自己的言行将个人的性格凸显出来，邢幺吵吵的粗野强横、肆无忌惮的流氓无赖嘴脸，方治国的奸滑胆怯、见风使舵的“软硬人”特征，都是在情节的起伏变化的动作中表现出来的。这篇小说具有浓郁的四川地域特色，沙汀的小说就以浓郁的四川地方色彩蜚声文坛，但他很少写巴山蜀水的风景画，也很少写川西北穷乡僻壤的风俗画，而是在独特世态人情的描摹中散发着盎然的乡土诗意，人物对话浓烈火爆、川味十足。

在40年代，沙汀连续创作了三部长篇小说。《淘金记》写于1941年，是作者"三记"中的第一部，也是最优秀、影响最大的一部。小说以1939年冬天四川农村北斗镇开采筲箕背金矿的事件为线索，集中描写了四川农村恶霸、粮绅、地主之间为发国难财而掀起的内讧，从而暴露了国民党统治下的一团黑暗。小说精心刻画和展示了性格各异的地主阶级的群丑图，奸刁狠毒、诡计多端的白酱丹、林幺长子的满身泼皮劲头，何寡妇的精明、悭吝、刻薄、残忍、溺爱都栩栩如生、跃然纸上，掩盖了叙述沉闷的缺欠。在讽刺风格的不断发展中，沙汀已经进入了一种内在的、不露声色的客观描写和浓缩描写的境界中，作者努力退隐到小说的背后，用人物自身的言行来完成自身性格的塑造，从而描绘了一个含蓄深沉的艺术世界。

《困兽记》写于1943—1944年之间，表现的是四川某小城镇中一群知识分子，在抗战初期的热情消退之后陷入了无法自拔的苦闷境地。小学教师田畴等人的演剧活动因为政治的高压而流产，在极度的烦闷中发生了田畴、吴楣、孟瑜三人的家庭爱情纠葛，而结局是除了给每个当事人都造成了伤害之外，别无所得。整篇小说调子灰暗得令人窒息，而小说中对知识分子弱点的暴露和严峻批判态度是显示了抗战时期知识分子题材的发展趋向的。

《还乡记》写于1946年，描写的虽然还是令人气闷的故事，却第一次塑造了走向集体斗争的贫农形象冯大生，在沙汀小说中第一次闪现出了反抗者的光彩。《还乡记》以战时四川农村的社会现实生活为背景，暴露了国民党反动政权的罪恶本质。写青年农民冯大生当初被迫卖了壮丁，后来又逃了回来，回到故乡后却发现自己的妻子已经被霸占。开始他还试图进行个人的复仇，却四处碰壁，终于丢掉幻想，再一次离乡出走，走上了集体反抗的道路。小说发表时，因为政治的原因，关于人物的结局没有写得太露，但是自发反抗不成，下一步的前途就可以预测了，所以悲观的气息为之一扫而空。

三、艾芜的小说创作

艾芜向以浪漫主义著称，但在抗战的环境中他明显地消解了自己独特的浪漫风格，而转向了暴露压迫和苦难，主要代表作是三部长篇小说《丰饶的原野》(由三个系列性的中篇《春天》、《落花时节》和《山中历险记》组成)、《山野》和《故乡》，以及中篇小说《一个女人的悲剧》、短篇小说

《石青嫂子》。《丰饶的原野》是作者第一次取材于自己的故乡，试图通过三个农民的形象来解剖我们的民族性格，探讨以农立国的祖国命运的作品。邵安娃、刘老九、赵长生三个人都是恶霸地主汪二爷的长工，但是三个人性格却各不相同，我们从邵安娃身上看到的是奴性的服从，令人深深感到悲哀，从刘老九身上看到的是坚决的反抗，其正直、无私敢于反抗强暴的性格是可以联系到历史上的农民英雄来看待的。而具有反抗和服从的二重性的赵长生，更是作者最敏锐地要加以描写的畸形性格。小说情节发展迂缓、描写琐屑、人物性格定型化、显得十分沉闷。

《山野》是艾芜重要的抗战小说，结构紧凑，在一日一夜的时空里，容纳下了广西吉丁村山寨面临日寇入侵所发生的全部事件。本篇理念分析过分清晰，却使作品失去了文学所应有的模糊性和丰富性。《故乡》是艾芜这一时期比较成熟的长篇小说，共50多万字。写出身地主家庭的大学生余峻庭大学毕业后，满怀热情地从上海回到四川，想在故乡干一番抗日救亡的事业，却受到了重重的阻挠，碰得头破血流之后，不得不愤而离乡，另找出路。小说通过余峻庭在20天内的经历的描写，批判了当时的灰暗现实。场面错综复杂，笔调悲怆。中篇小说《一个女人的悲剧》和短篇《石青嫂子》，都是描写在贫苦无告中挣扎的农村妇女。周四嫂无力和黑暗世界抗争，最后抱着两个女儿跳崖自杀，而石青嫂子却在压迫中逐渐变得坚强起来，决心做乞丐把五个孩子带大，坚强地活下去。这个人物给艾芜创造的女性形象做了一个很好的小结，而且为他的作品增加了力度。这一时期，艾芜的小说在表现社会的广阔程度上有所加强，但是却失去了他宝贵的浪漫气质，行文略嫌沉闷琐屑。

◎ 思考题

1. 简要介绍茅盾小说创作从社会分析向心理分析的转化轨迹。
2. 试论述老舍小说在国民性问题上的独特思考。
3. 试论述巴金《寒夜》的现实主义深度及其悲剧特征。
4. 简析沙汀小说中四川民俗文化元素的审美价值。

第九章　小说创作的繁荣（二）

民族抗战初期，东北作家以文学群体的方式在文坛崛起。萧红的《生死场》和《呼兰河传》、萧军的《八月的乡村》、骆宾基的《边陲线上》、端木蕻良的《科尔沁旗草原》等作品将抗日主题和乡土东北叙事契合于笔端，给“左翼文学”带来了全新鲜活的气息，也彰显出以地缘关系为纽带的作家群体在审美心理、审美情调和艺术个性上的差异。“七月派”重要的小说家路翎，无疑受到了胡风文艺思想的影响，注重发掘人物的“原始强力”和探索人物的内心世界。师陀是现代文学重要的乡土作家之一，他用感伤抒情的笔调在文本虚构中重建“果园城”；他对小说叙事方式的探索也成为研究者关注的焦点。钱钟书的《围城》被认为是学者型长篇讽刺小说，作品的人物设置、情节结构、修辞品格显示了作者深厚的文学素养和非凡的文字驾驭能力；评论界对其小说在人生人性、社会文化、哲学意蕴上的多重主题指向的解读向来众说纷纭。姚雪垠遵循现实主义创作手法，致力于民族化、大众化的探索，为20世纪40年代抗战文坛作出了独特贡献。徐訏、无名氏是抗战期间风靡上海的都市通俗小说作家，他们调动传奇、浪漫、异域风情等流行元素和现代写作技巧书写爱情，透出对人性本质和生命意义的追寻和哲思。值得注意的是，黄谷柳的代表作《虾球传》是抗战后香港小说的重要成就。

第一节　萧红、萧军、骆宾基、端木蕻良的小说

“九一八事变”后，一大批东北作家承载着强烈的民族意识和现实关怀，将文学作为民族抗争精神的审美载体和战斗利器，积极投入爱国主义战

斗。他们揭露了东北沦陷后的社会真相，张扬东北人民顽强的生命意识。以苍茫野性的笔调，展现了东北特有的地域民俗文化品格。这种充溢着淳厚眷恋之情的乡土东北叙事也赋予了作品特别地亲和性美学风范。东北作家以群体方式屹立于文坛，但也坚守着各自精神内在领域的审美情思、创作个性、艺术格调。萧红、萧军、端木蕻良、骆宾基等是其中的杰出代表。

一、萧红的文学创作

萧红（1911—1942），原名张乃莹，曾用悄吟、玲玲、田娣等笔名，黑龙江呼兰县人。这个富有才华和独创性的女作家从1932年文学创作伊始，就将情感、经历和思想都倾注于笔端，自由地行走在散文、诗歌、小说等领域。《生死场》、《呼兰河传》、《马伯乐》以及《王阿嫂的死》、《北中国》、《小城三月》等是她的著名作品。

1935年，萧红的《生死场》、叶紫的短篇小说集《丰收》、萧军的长篇小说《八月的乡村》一道由鲁迅自费以“奴隶丛书”之名出版。凭借着《生死场》，萧红一举跨入上海知名作家行列。

《生死场》讲述了“九一八事变”前后跨越10年的东北乡村故事。前10章描摹了东北农村农民的苦难生活，尤其妇女遭受生死的种种苦痛；后七章写国土沦丧后，人们民族意识有所觉醒，面对着侵略者，悲壮地进行着生死抉择。鲁迅在《生死场·序言》中指出，它写出了北方人民“生的坚强”、“死的挣扎”①，同时胡风将《生死场》的主题思想概括为：“蚁子似地生活着，糊糊涂涂地生殖，乱七八糟地死亡，用自己的血汗自己的生命肥沃了大地，种出食粮，养出畜类，勤勤苦苦地蠕动在自然的暴君和两只脚的暴君底威力下面。”②

《生死场》深入揭示民族文化心理，细致深刻地挖掘了东北乡村“死”的普遍性和农民对于“死”的病态麻木的心理状态。长篇小说《呼兰河传》延续了《生死场》的主旨，揭示了小城人民对生命的漠视和麻木。它全景扫描呼兰城，描摹出小城人民平庸的日常生活状况以及东北独特的民俗事象。萧红以女性的细腻、敏感，饱蘸自身独特的生命体验，感受底层女性的生存状态和精神世界，触目惊心地揭示出男权文化之下女性生存环境的残

① 鲁迅：《〈生死场〉序言》，载《萧红全集》，哈尔滨出版社1991年版，第54页。

② 胡风：《〈生死场〉读后记》，载《萧红全集》，哈尔滨出版社1991年版，第145页。

酷，特别是女性遭遇到的血腥和痛苦以及她们对“生死”的漠视，深刻地反映了妇女的悲剧命运。

萧红的许多作品都是有关童年、少年时期乡土的回忆，如《生死场》、《后花园》、《家族以外的人》、《牛车上》、《呼兰河传》等，也有一些作品写于逃难途中，如《汾河的圆月》、《朦胧的期待》、《山下》等，此外备受争议的长篇《马伯乐》，夸张地讽刺了一个自私、无聊、空虚、麻木、崇洋、卑琐的青年，批判了其所体现的国民劣根性。

萧红的小说虽然刻画了如王婆、金枝、小团圆媳妇等诸多人物形象，但常常没有一个贯穿全篇、性格鲜明的人物。同时，她突破了用时间和因果关系为纽来布局谋篇的传统方式，往往通过生活空间场景的并置和细腻的片断描写来构筑全篇。《生死场》的叙事结构在麦场、菜圃、屠场、荒山空间上转移，《呼兰河传》则直接为一座小城作传。空间转换的叙事方式消解了生死的严肃意义，作品的悲剧意蕴更深远。

与大自然万物亲和是儿童纯真天性的自然流露，儿童往往对周围的事物有着最直接最朴素的直觉感知，萧红的作品就善于选用儿童视角切入和第一人称“我”展开叙述。得益于儿童视角的运用，她笔下的大自然流露出特别的生命、灵性和情致；同时儿童不被世俗成见污染的纯洁眼光，观照世界时无功利性，最能表现人的本质，反衬出成人世界的荒谬、麻木与残忍无知。成年人回忆童年时的天真童稚、自由自在的姿态，又使她的文字质朴而有张力。

萧红具有自觉的文体意识且积极进行文体建设实践。她的小说呈现散文诗化特质，从早期的《王阿嫂的死》开始，她就善于用诗化的语言，寥寥数笔绘景传情，悲壮哀婉的情调弥漫全篇。总的说来，散文化的结构、诗化的抒情语言、自叙传的叙事，构成了萧红别具一格的小说文体风格。

二、萧军的小说

萧军（1907—1988），原名刘鸿霖，辽宁省义县人，另有笔名三郎、田军等，是现代文学史上极具个性又备受争议的东北作家。1932 年在哈尔滨与萧红结为文学伴侣，1933 年与萧红共同出版小说合集《跋涉》，1934 年 10 月创作了早期代表作《八月的乡村》。此后，他陆续出版了短篇小说集《羊》、《江上》和长篇《第三代》。1940 年他奔赴延安，1946 年回哈尔滨，主持《文化报》工作。50 年代创作出长篇小说《五月的矿山》、《过去的年代》等。

《八月的乡村》是现代文学史上较早描写东北人民抗日战争的作品。小说讲述了知识分子萧明率领一支抗日游击队胜利转移的过程，真切地表现了“九一八事变”后东北人民的生活状况，着力突出了人民反抗侵略的顽强斗志。萧军笔凝风云墨含深情，自由洒脱的文字闪现着作家的大爱大恨，雄浑遒劲地展现了当年的抗日画卷，流溢出历史沧桑感。

长期的漂泊生涯和东北的地域文化的浸润，滋养了萧军的英雄主义精神和侠义气质，他在人物塑造中充分体现了英雄侠义的精髓气韵。在《八月的乡村》中，萧军运用简笔勾勒和具体细腻的心理描写相间的手法，成功地塑造出一批具有独特魅力的抗日英雄形象。这支数十人的游击队伍性格各异，生活经历、思想表现也大不相同，却为了同一目标而奋战在民族解放的战场上。陈柱司令员肩负阶级仇民族恨，坚定、勇敢、原则性强，形象地体现了共产党在抗日力量发展中的核心作用和领导地位；铁鹰队长作为“胡子”英雄，性格刚毅、异常勇猛；知识分子萧明，文武双全，投笔从戎，追随革命，但情感柔弱、纤细，内心忧郁，在火与血的磨练中最终解决了内心的思想和感情矛盾；随父流亡中国的朝鲜姑娘安娜，美丽聪慧，热情爽朗，温柔能干；唐疙瘩和李七嫂，有着农民的淳朴本分，特别是李七嫂，历经生活的劫难，勇敢坚定地走上抗日道路。这些鲜活丰满的人物形象，多层次多角度多侧面地展现出抗日英雄们性格的丰富性和复杂性。

萧军对东北自然风物与乡土人情的描写富有着独特的神韵和气质。在小说里，作家以清新细腻的笔触回味着东北田园的明朗淡远以及原野的粗犷野力，这幅东北风情画同日寇侵占后满目疮痍的惨景形成鲜明对照，力透纸背，撞击着读者的心灵。

萧军的小说艺术结构不太紧凑，情节展开不太匀称，采用了缀段成篇的方式，以一个又一个片断保持了各个故事的独立性，又相互聚合组成有机的艺术整体。他以散文化的笔调，质朴、刚劲、有力的东北方言，“带给了中国文坛一个全新的场面。新的题材，新的人物，新的背景”①。

三、骆宾基的创作

骆宾基同萧红一样，是东北作家群中艺术思维和风格情调比较另类的作家。骆宾基（1917—1994），原名张璞君，吉林珲春人。著有短篇集《北望园的春天》，长篇小说《边陲线上》、《混沌》（长篇自传体小说《姜步畏家史》的第一部和第二部的合集）、《人与土地》，中篇小说《罪证》、《吴非有》、《仇恨》，短篇小说《千人塔下的声音》、《北望园的春天》、《父

① 乔木：《八月的乡村》，载《时事新报》1936年2月25日。

亲——康天刚》等。他的报告文学《大上海的一日》、《东战场别动队》在抗战期间影响颇大。中篇传记《萧红小传》描述了萧红坎坷的一生，蕴含着作家对萧红的真挚感情和深切怀念。

抗战题材和东北地域文化的书写成为骆宾基早期创作的重要组成部分。1936年，19岁的骆宾基就已经完成小说《边陲线上》的创作，小说以1933年左右的东北边陲小城为背景，描写了抗日救国军在艰难斗争中逐步壮大的过程。他初展描述东北风情的功力，描绘出小城由汉、满、朝等多民族聚居而形成的丰富多样的文化形态。短篇小说《乡亲——康天刚》是骆宾基的重要代表作。康天刚的硬汉形象表现了民族性格粗犷刚健的一面，体现了坚韧不拔的民族生命意志和抗争精神。骆宾基还将国家民族的苦难历程和知识分子的启蒙意识的融合，深刻地刻画了抗战期间人们的心路历程。《罪证》从人性被摧毁角度控诉日本法西斯的罪行。《吴非有》从灵魂深处剖析抗战时期的知识分子心理层面，讽刺了达官要人们在抗战期间“把抗战职业化”卑微庸俗的丑陋行径。

从20世纪40年代起，骆宾基的创作气质逐渐发生了较大的转变。他开始反思人生，关注人性，探寻生活的意义，开始注视平凡小人物的日常生活，捕捉生活的细微末节，传递出含蓄蕴藉的美学理想。《北望园的春天》就是此中佳作。小说没有情节的推动，只是平和含蓄地以第一人称叙述了桂林北望园内一群知识分子平常琐屑的日常生活片断，从容地表现出人物的情感起伏和心理变化。

由于经历独特和个性使然，骆宾基对家园故土的追忆和眷恋常带有别样的童真情韵。他的三部曲之一《混沌》反映了1918年到1921年间的社会生活和家族历史。以第一人称儿童姜步畏的视阈和感受，展示了东北满汉等民族聚居的珲春边城的自然风情、民族风俗和地域文化。小说中对地主商人家庭里的儿童姜步畏的心理描写入微，传递出他内心世界的精微隐秘的情感体验和心理变化，折射出世态人情、社会风貌和时代变迁。他笔下的儿童世界稚嫩、纯真而又趣味横生，平淡琐细中透出新奇。儿童直接感性的印象，虽无法展示造成现实生活矛盾冲突的时代因素和社会根源，但这种稚拙、朴素的情感色彩，却真实地反映出民族忧患意识和温婉的乡思。

作为东北作家群的后起之秀的骆宾基，以“骆宾基式”的异质性创作，在20世纪40年代抗战文学中散发出独特艺术韵味和魅力。他的作品承载着现代审美意蕴和文化内涵，温厚地挖掘出日常生活叙事中小人物的生命意义和人性价值，流露出对故土的关怀和依恋，以及对童年生活的温馨追寻，深受读者的喜爱并被译成多种文字出版。

四、端木蕻良的作品

长期以来，东北作家端木蕻良的创作研究一直处于边缘化的境地。端木蕻良（1912—1996），出生于辽宁昌图。原名曹汉文，后又更名为曹京平。曾用笔名黄叶、罗旋、叶之林、曹平等。1932年发表了第一篇小说《母亲》(后改成《科尔沁旗草原》的一个章节)。主要作品有长篇小说《科尔沁旗草原》、《大地的海》、《大江》和《新都花絮》；短篇小说集《憎恨》、《风陵渡》等，其中收录了他一系列风格特异的短篇如《鸶鹭湖的忧郁》、《遥远的风沙》、《浑河的激流》等。20世纪40年代，端木还创作了大量短篇小说如《初春》、《早吻》、《雕鹗堡》等。中华人民共和国成立后，他主要从事历史题材的剧本写作和历史小说创作，如长篇历史小说《曹雪芹》等。

“我自己在创作过程中，追求四种东西，风土，人情，性格，氛围。”①以曹雪芹的《红楼梦》和托尔斯泰的《复活》为最直接的触媒和思想资源的《科尔沁旗草原》，讲述了“开拓者家族”丁家掠夺的发家史及其败落史。作家在家族史的艺术框架内注入了丰富的社会内涵和东北乡土文化意蕴，展现了关东草原从清末、民国初年直到“九一八事变”前两百年间风云变幻的社会历史画面和浓郁独特的草原风情图卷。这部史诗性的长篇小说，带有作家自传性质。端木蕻良人生体验的独特性和丰富性，使得他的作品主题呈现多重意蕴。作家以“土地”为中心，将知识分子的人生困境与农民的苦难史交织在一起，以文明和理性的精神重新考量和思索了东北乡土文化形态。主人公丁宁是经“五四”思潮洗礼而成长起来的草原地主之子，他的现实境况和思想发展变迁折射出科尔沁旗草原的地域性时代特征和文化氛围。小说一方面表达了对生命个体生存境遇的关怀，另一方面探触民族脉搏，传递出对民族历史生存危机的忧思，“人的觉醒”启蒙话语与革命、阶级的文学思潮话语并置，采用大段的议论、抒情、感叹等来弥补、衔接两种话语的断裂。

除丁宁外，《科尔沁旗草原》还出色地塑造了农民英雄大山粗悍雄健的形象。同时生动鲜活地塑造了水水、春兄、湘灵、三十三婶等一群性格各异女性形象，通过她们不幸的遭遇解读女性的人生悲剧。

《科尔沁旗草原》熔铸了阳刚和阴柔两种美学风格，两者相互映照渗融构成顿挫有力和委婉流畅并置共存的艺术律动美。雄阔沧桑的草原和温馨妩媚的丁府，劲拔硬朗的风情写真和温婉细腻的诗意抒情，剽悍雄拙的农民和

① 端木蕻良：《我的创作经验》，载《万象》1944年11月1日第4卷第5期。

孱细衰败的地主，“从粗犷的荒野，进入温馨的闺阁，又以荡漾的春光，进入萧索的秋煞；像从现实进入梦境，又从梦境回到现实”①，组成了丰富绚丽的小说世界，展现了作家独特的美学追求。

端木蕻良汲取了现代电影艺术的“蒙太奇”等手法，或以不同场景的跳跃展示大跨度的草原历史时空；或调整焦距和角度，以丁宁的人生道路为中心，通过对他的人生活动的镜头连接和转切，剪辑拼贴出草原特定时空的地域特征、人情风貌和时代氛围。作家还精心撷取具有特色自然意象和社会文化意象，增强作品的表现力，强化作品的叙事效果。

端木蕻良自觉地锤炼语言艺术，通过充分激活不同话语方式的表现潜力而熔铸出现代汉语的魅力。他的作品在通俗明快的东北方言土语中掺杂古典文言的文雅精练、西方句式的严谨繁复，文本在参差变化中获得叙事张力。

端木蕻良的早期创作主题辐射很广，长篇小说《大地的海》、《大江》与《科尔沁旗草原》一样，都是作家怀着对土地的深情谱写出的民族抗日斗争的宏大叙事性诗篇。1942 年以后，他的小说创作拓宽了文学的描写范围，渐渐淡化了东北乡土文化的荒寒之气，史诗性的文笔也减少了，开始了深层次地对人生命运和意义的精神思索。描写都市文化景观的《新都花絮》，回忆童年往事的《早春》、《初吻》，都是 20 世纪 40 年代的优秀作品。

第二节　路翎、师陀、钱钟书、姚雪垠的小说

抗战以后，一批新锐小说家兴起，并以崭新的艺术风格赢得了历史的肯定。其中取得卓越成就的是路翎、师陀、钱钟书和姚雪垠。

一、路翎和他的《财主底儿女们》

路翎（1923—1994），原名徐嗣兴，出生于南京，还曾使用过笔名烽嵩、穆纳、嘉木、冰菱、未明、余林等。1940 年开始在胡风主编的《七月》上发表作品，是“七月派”中小说创作成就最高的作家。

1942 年完成的中篇小说《饥饿的郭素娥》讲述了“强悍而美丽”的底层妇女郭素娥处于物质、肉体和精神多重饥饿的极端环境中，充满生命的欲望，渴望借助男人的力量解救自己但最终仍被恶势力吞噬的悲剧命运。小说艺术构思大胆巧妙，强烈地渲染了下层劳动人民为了生存而迸发的原始生命强力。郭素娥、张振山、魏海清等人物形象独特，体现出作家对个体生命和

---

① 司马长风：《新文学史话》，香港南山书屋 1978 年版，第 186 页。

个体价值的强烈关注，初显作家心理现实主义的深厚笔力。

1945 年出版的《财主底儿女们》是一部讲述苏州首户蒋捷三一家在新的经济和社会背景下衰落及至分崩离析过程的心理长篇小说，展现了 20 世纪三四十年代的动荡不安的社会状况，同时也勾勒出中国知识分子某些精神特征的时代性发展和变化。

《财主底儿女们》分为上下两部。上部主要围绕着由蒋家大儿媳金素痕争夺家产引发的财产纠纷展开对蒋家命运的书写。蒋捷三的死亡和大儿子蒋蔚祖的疯狂，宣告了封建大家族的最后崩溃。“五四”个人解放思潮的洗礼，使得蒋家第二代成员蒋少祖和蒋纯祖成为具有现代意识的知识分子。蒋少祖作为蒋家第一个叛逆者，信仰理性，崇尚个人独立，但他的叛逆出走带有不彻底性、妥协性，最终放弃民主启蒙和政治追求，远离时代潮流和人民的召唤，甚而否定“五四”、排斥西学在重建中国民族文化中的作用，转向皈依传统过起隐逸生活。作者否定、批判了他思想的凝滞和精神世界的萎缩。

《财主底儿女们》下部着力描绘三少爷蒋纯祖在国家动荡的年代里追求实现自我价值的曲折艰难的过程，穿插描绘了蒋家其他成员的处境和心态。蒋纯祖离开了令他感到苦闷、孤独、窒息的封建大家庭，从燃烧着的南京逃往江南旷野，加入武汉演剧队，流荡到偏僻的乡村小学。抗战的炮火和颠沛流离的生活砥砺了蒋纯祖，他的精神探索之路复杂而剧烈，展现了知识分子的个体生命欲求和群体公共意志之间错综复杂的关系，演绎着知识分子追求个性启蒙与民族解放认同的冲突和痛苦。蒋纯祖的行动轨迹和心路历程也展现了时代知识分子历史困境和生存悖论，折射出知识分子的探索路程及历史的进程。蒋纯祖的个体生命体验和心灵激荡，负载着作家对时代情绪的体验和人类灵魂的探索。

此外，路翎还出版了中篇小说集《饥饿的郭素娥》、《蜗牛在荆棘上》，短篇小说集《青春的祝福》、《求爱》、《在铁链中》。

路翎是胡风文艺思想的“主观战斗精神”和“精神奴役创伤”的实践者，他对人物主观精神世界和潜意识充分关注和纵深挖掘，精心镂刻人物心理，善于运用人物的心态情绪、意识流动折射出不安动荡的现实苦难人生场景。作家的心灵世界长期处于自我冲突和自我搏斗的本体性焦虑之中，独特的现实体验和审美倾向浸润着他的小说。叙述者强烈的情绪掌控着笔下的人物，不时地加入自己的解说和议论，运用不同话语声音之间的碰撞、对照、冲荡，表现瞬间多变、狂暴激越的人物情绪，展示着作家主体性参与建构人物繁复丰富的内心世界的过程。

二、师陀的小说

师陀（1910—1988），原名王长简，曾用笔名芦焚，河南杞县人。20世纪30年代初开始文学创作，1937年他第一个短篇小说集《谷》获得《大公报》文艺奖金，因其风格独特受到文坛注目。随后创作了短篇小说集《里门拾记》、《落日光》、《野鸟集》、《无名氏》、《果园城记》，中篇小说《无望村的馆主》和长篇小说《马兰》和《结婚》，以及散文集《黄花苔》、《江湖集》和《看人集》等，并改编了戏剧《大马戏团》和《夜店》(与柯灵合编)。

1946年出版的短篇小说集《果园城记》展现了师陀在艺术上的成熟。从1938年9月开始创作第一篇《果园城》起，历时8年写成，共有18个短篇。以知识分子“我”（马叔敖）返回家园过程为线索，描述了20世纪三四十年代中原小城的衰落过程中形形色色人物的生存状态和生命形式，蕴含着依恋与憎恨、讽刺与悲悯交织的复杂深邃的情感体验。他在《果园城记·序》说“我有意把这小城写成中国一切小城的代表，它在我心目中有生命，有性格，有思想，有见解，有情感，有寿命，像一个活的人。”① 通过对传统中国农村日常生活素朴地描摹，展现出小城人的乐天知命、温顺善良，凸显了时间流动中凝滞、闭塞小城的“常”与“变”，也反映出乡土文化的惰性元素对个体生命的消磨，具有独特的生命意蕴和深刻的历史内涵。《果园城记》最能代表师陀的艺术特色，其散文化的小说风格弥漫着浓厚的诗意，文笔时而优雅灵动时而质朴写实，抒情含蓄深沉，舒卷自如地表述了田园牧歌式的美丽和忧伤。

长篇小说《马兰》和《结婚》代表着师陀的现代都市文明的空间叙述。《马兰》的故事发生在北京，描写了“九一八事变”期间中国知识分子的生存状况。选用第一人称“我”（李伯唐）来叙述北方少女马兰追求爱情，最终走上革命道路的过程。《结婚》的故事背景发生在1941年珍珠港事件前后日本帝国主义统治下的上海。中学教员胡去恶为了筹集婚款跟未婚妻胡佩芳成婚，不顾一切地追逐金钱和地位，在上海这个都市冒险家的乐园闯荡，他的贪欲也日益膨胀，利欲熏心地追求富家女田国秀，觊觎她家的财富。最终胡去恶在尔虞我诈中人财两空，一无所有，他愤而拔枪杀死了钱亨，自己也在仓皇逃跑时被警察射杀。故事结尾颇有意味地以胡去恶的大学校友、盲眼的梅毒患者黄美洲和中年的“老处女”的结婚来收束全篇。

---

① 师陀：《果园城记·序》，上海出版公司1946年版，第5页。

小说结构精巧，叙事方式独特，有助于从不同层面表现人物性格，呈现出的人物形象立体感强。《结婚》上卷以胡去恶给未婚妻林佩芳六封长信来结构，以第一人称的方式讲述“我”（胡去恶）的现在的经历和状况。下卷采用全知全觉的第三人称叙事，全面地展示了胡去恶的性格和都市生活的复杂性，充分展示了师陀在小说叙事技巧上的有益探索。

三、钱钟书与《围城》

钱钟书（1910—1998），字默存，号槐聚，曾用笔名中书君，出生于江苏无锡。1941 年出版了散文集《写在人生边上》；抗战结束后，1946 年出版短篇小说集《人·兽·鬼》，包括《上帝的梦》、《猫》、《灵感》、《纪念》四篇小说；1947 年出版长篇小说《围城》；1948 年出版诗文评《谈艺录》；1958 年出版《宋诗选注》；1979 年写成《管锥编》，交由中华书局出版。

《围城》出版后，并未在国内文坛上受到重视。直到 20 世纪 80 年代初以夏志清为代表的国外汉学家掀起了“钱钟书热”，认为钱钟书的学者型讽刺小说创作，是 20 世纪 40 年代现代文坛的重大收获。一时之间钱钟书名动海内，《围城》也赢得了读者和研究者的广泛认可。

《围城》以抗战时期回国的留学生方鸿渐的三次行程为纲：乘船从欧洲返回上海，然后奔赴三间大学，继而经香港折回上海，讲述了以方鸿渐为代表的中国知识分子在爱情、事业、婚姻上遭遇到的“围城”困境。方鸿渐出生于传统乡绅之家，深受传统文化的熏陶，而西方文明教育又给他注入现代意识，文化结构的双重性造就了他性格深层的内在矛盾性。方鸿渐恪守着传统知识分子的清高、善良、正直，敏感自尊，有机智之才，拒绝与世同流合污，同时却又学无专长、懦弱盲从、不谙世事、玩世不恭。他的心灵轨迹真实地呈现了中西文化的对立与冲突带给知识分子的茫然、困惑，以及他们在文化夹缝中尴尬的生存境遇和精神病态。

全书前前后后出场了 70 多个人物，绘制了一幅现代社会“新儒林”的群像画卷。作者笔下的人物各具特色，生动传神。小说里方鸿渐被性感美丽的鲍小姐玩弄，与故作矜持虚荣的苏文纨周旋，痴恋温柔清纯的唐晓芙，与柔顺中藏有心机的孙柔嘉结婚，加上赵辛楣、曹元朗等人物之间的爱情角逐，辛辣地讽刺了爱情婚姻的无味和空虚。在充满着勾心斗角、相互倾轧、尔虞我诈的三间大学，伪道学李梅亭、谄媚奉承的顾尔谦、搬弄是非的陆子潇等形象跃然纸上，充分表现出中国知识分子的厚颜无耻和轻薄无聊的一面。

《围城》构筑了一个复杂多义的象征隐喻世界：方鸿渐为了找寻精神依

附，一次又一次地出逃奔走。在不断的否定和批判中，凸显出由自我或他人构筑的爱情、人生“围城”的困境的复杂性、矛盾性，深味到现代文明进程带来的人生的孤独和疏离感，感知到现代社会人类生存之荒谬和虚无感。

《围城》虽以抗战为故事背景，却没有描写风起云涌的历史画面，也没有过多专注于情节。小说以平淡琐碎的日常生活图景为内容，用现代意识来审视知识分子的众生相，具有强烈的社会批判性。钱钟书学贯中西，学蕴渊深，驾驭文字的能力非常强，善用幽默、讽刺的语调来诠释作家对人生、社会、文化的独特理解。渊博精深的文化根柢及心性根基使他的讽刺艺术颇为独到，个性鲜明。他的作品里比喻丰富多样，用博学的联想填补情节间的空隙，富含人生哲理；不同类型的知识话语之间的差异、碰撞、撕扯，客观上增强了对中西文化双重反讽的效果。此外，《围城》中的叙述者语带机锋，笔藏睿智，以漫不经心的嘲弄，深刻地剖析了社会和人性，彻底地对民族文化品格进行了反思和批判，甚而颠覆着人类的生存价值和人性的本质。

四、姚雪垠的小说创作

姚雪垠（1910—1999），河南邓县人，曾用笔名雪痕、冬白等，也是抗战时期文坛上有一定影响的作家。自 1935 年起，他陆续在北京、天津等地报纸上发表文章，大多取材于他在故乡的生活和华北一带的见闻。抗战期间姚雪垠的艺术创作才能得到了长足发展。1938 年在茅盾主编的《文艺阵地》上发表了短篇小说《差半车麦秸》，一经发表就得到茅盾、张天翼、郭沫若等人的赞扬。作品中没有正面描写抗战场面，而是选用充满生活气息的典型细节塑造了一个性格天真、直率的豫西山区农民形象，反映出农民大众在抗战队伍中的觉醒和成长的变化。姚雪垠致力于语言特色和风格的探索，成功地运用中原民众鲜活的口语，使得他的小说显现出浓郁的乡土元素。1942 年的中篇小说《牛全德和红萝卜》运用对照的手法写出两个性格迥异的北方农民，被认为是小说创作民族化和大众化的有益尝试。从 1939 年创作长篇小说《春暖花开的时候》开始，他的写作兴趣转向长篇小说。《春暖花开的时候》1944 年在重庆出版单行本，成为抗战期间的畅销书。小说描述抗战初期国统区一群抗日救亡青年的生活，作品对青年女性形象描写着墨颇深。人物形象鲜明、丰满，语言风格力求朴素、生动、流畅。1945 年《长夜》是一部带有自传性质的长篇小说，描写了 1924 年军阀混战时期豫西南山区的一支土匪队伍的传奇生活，真实地再现了当时中原农民悲惨的生活状况，揭示了农村的衰落破败是农民被迫铤而走险的原因。这部小说涉足了现代文学较少关注的土匪生活领域，拓展了现代文学的题材范围。作家对小说民族化形式的运用更加纯熟自然，语言特色鲜明，充满乡土气息，朴素生动而又极具个性化，特别是土匪的江湖黑话的运用，突出了人物性格特征，丰富了作品的传奇色彩。

姚雪垠在20世纪40年代的长篇小说创作实践，为1957年开始创作的长篇历史小说《李自成》奠定了良好的基础。

第三节 徐訏、无名氏、黄谷柳的小说

在抗战炮火中成长起来的小说家中，徐訏、无名氏以独特的风格赢得了历史的喝彩，而黄谷柳则以独特的人生体验和特别的创作题材赢得了读者的关注。

一、徐訏的小说

徐訏（1908—1980），字伯訏，笔名伯于、东方既白。浙江慈溪人。1927年考入北京大学哲学系，1931年毕业后留校任教，同时继续研修心理学，兼从事文学创作。1936年留学法国获得巴黎大学哲学博士学位。初登文坛的徐訏运用现实主义手法创作完成了诸如《小刺儿们》、《郭庆记》、《禁果》等作品，并未彰显出其独特的文学价值和地位。1936年发表《阿拉伯海的女神》小试锋芒，1937年成名作《鬼恋》的面世震动文坛。20世纪40年代发表了一系列重磅力作，如《吉卜赛的诱惑》、《荒谬的英法海峡》、《精神病患者的悲歌》等。尤其是1943年《风萧萧》一经出版立即风行，这一年甚至被文坛称为“徐訏年”。他一生创作小说、诗歌、散文、剧作大约70部，在中国文学史上散发着独特魅力。

徐訏认为文学的本质是人性，不太重视文学的社会功能性。他的作品多方面阐释了“爱和人性”的主题，善于运用浪漫、超越凡俗的性灵之爱赞扬理想人性和美好的爱情。徐訏的爱情婚姻题材不是简单、庸俗的情爱描写，他用浪漫传奇的才子佳人故事探索人性内涵，表明作家主体的人生态度以及哲学理念。他的言情故事中的男主人公大多富有学识涵养、举止温雅、风度翩翩，具有正义良知和责任感，而女主人公冷艳美丽、妩媚动人，完美纯洁，但结局却往往是不完美的。《鬼恋》的故事情节并不复杂，“我”深夜偶遇“鬼”，开始了神秘的交往，随之对“鬼”身世的探寻陷入扑朔迷离，真相虽然最终揭开，但是“鬼”也离我远去。作家赋予中国传统的神鬼传奇和聊斋叙事以西方浪漫主义精神，营造虚幻缥渺氛围，演绎了现代人“鬼”恋情。小说重心向心理的真实层面迁移，细腻的心理刻画织补了故事

的密度。都市符号、革命话语的娴熟使用，现实空间活动的真实书写，透出时代历史真实感，整个故事亦真亦幻，波诡云谲，达到了很好的艺术效果。他的《风萧萧》更是将言情、谍战、革命等时代流行元素糅合在一起，讲述了独身主义者“我”跟白苹、梅瀛子、海伦这三个个性迥异的女人之间的情感纠葛和政治牵连，小说情节曲折，一波三折，在白苹失去生命之后，“我”也奔赴大后方，汇入民族抗战的洪流中。这篇小说表达了作者对完美的人性的憧憬和美好的感情对生命力的升华，提升了传统爱情小说的表现品格。

被誉为“文坛鬼才”的徐訏认为“小说是书斋的雅静与马路的喧闹融合的艺术”，从而创作出一批雅俗兼容的作品。他的小说叙事方法呈现散文化倾向，语言抒情典雅，舒缓、恬静地传递出诗一般的精神韵致。他刻意混淆真实与虚幻之间的界限，似实似虚，消解“梦”与“现实”的差异，奇幻瑰丽的意境耐人深读。徐訏具有哲学、心理学的专业背景，他的小说写实性较弱，擅用繁密的心理、精神分析彰显爱情的心理力度，将言情小说的传奇性、通俗性熔铸现代意识和现代精神，传达出微妙而奇异的内心情愫。他将哲理思辨和宗教精神也介入言情叙述之中，着力于内向性探寻人性，表现出对人的生存的终极关怀和对生命的终极价值的追问。

徐訏的作品让读者领略到了异域风情的新奇神秘，《阿拉伯海的女神》、《吉卜赛的诱惑》、《荒谬的英法海峡》、《精神病患者的悲歌》等小说是徐訏早期异国情调的代表作。更为重要的是徐訏的通俗小说的文化底蕴丰厚而多元。他在讲述奇情奇恋时，把对中西文化反思巧妙地穿插其间，一方面可以看出作家超越性传承了中国传统文化的滋养，另一方面显示了他对西方文化资源的广泛涉猎，如西方基督教文化意识、马克思主义哲学、康德、柏格森的唯心哲学和弗洛伊德的精神分析学说等或隐或显地渗入他作品的各个层面。

在抗战背景下，徐訏的作品通过书写浪漫爱情传奇，以其“先锋”和“通俗”并举的艺术追求修补和充实了中国文学版图，开拓了中国现代文学生长异层空间，这些艺术自觉的努力穿过历史的迷雾呈现出特别的光彩。

二、无名氏的小说

无名氏的小说创作被认为跟徐訏创作风格相近。无名氏（1917—2002），出生于江苏南京，原名卜乃夫，小名宝南。他的中篇小说《北极风景画》、《塔里的女人》在20世纪40年代风靡上海。抗战胜利后，1946年出版的《野兽·野兽·野兽》、《海艳》、《金色的蛇夜》是宏篇巨制《无名书稿》的前三部。第四部《荒漠里的人》毁于战火。1949年后，无名氏坚持写作，完成《无名书稿》的其余三部：《死的岩层》、《开花在星云之外》和《创世纪大菩提》。

无名氏善于用浪漫主义手法讲述华美而又忧伤的爱情故事，探询人生的意义和价值。他的《北极风景画》讲述了一段哀艳悲情的故事。除夕夜，林上校在西伯利亚托木斯克城结识波兰少女奥蕾利亚，惊诧于她的美艳动人，坠入情网成为心心相印的恋人。不久，林接到归国命令，忍痛丢下奥蕾利亚离开西伯利亚，途中得知刚烈的少女奥蕾利亚自杀殉情。《塔里的女人》被誉为《北极风情画》的续集。青年医生、小提琴演奏家罗圣提早有家室。一次演奏会的机会邂逅了美丽高贵的黎薇，然而罗圣提在理性和道德的压力下忍痛割舍爱情，而黎薇含恨别嫁，却遇人不淑，旋遭抛弃。战事10年的流离后，罗圣提找到失爱后隐姓埋名的黎薇，发现她早已两鬓斑白，虽生犹死。小说最后揭示了主旨："女人永远在塔里，这塔或许由别人造成，或塔由她自己造成，或塔由人所不知的力量造成!"

无名氏有意识地对人物和故事场景进行了陌生化处理，有意识地拉开了读者的审美距离。置于绝崖险峻的华山之巅或者荒凉苦寒西伯利亚的故事空间结构，渲染出自然风光的奇险、艰峻，带给人们新异的感觉。小说叙述者以旁观者的角度，更是极力点染主人公的神秘怪诞，悬念陡起造成叙述的张力，从而将主人公曲折新奇的爱情故事引到读者面前。他的早期爱情故事采用一见钟情的模式和悲情残酷的结局，情绪起伏跨度大，感情充沛，大喜大悲大起大落的充沛感情在字里行间激荡冲撞。无名氏小说笔墨秾丽，淡化故事情节，张扬作家的主体意识，大段的情感宣泄和性灵反思打破了小说形式的束缚，诗歌、散文、小说各种语言形式在作品中自由流淌，互相渗透。他的语言新奇、陌生，词汇广博，词藻瑰丽，色彩艳丽，用奇异灵动的自然意象反复设喻，连续性渲染形成语势突出的语意群，铺陈，夸饰，咏叹的语言狂欢谱奏出华丽的音乐盛章。他的小说，在恣肆汪洋的语言洪流中闪烁着理性的色彩，折射出作家对人生和哲学思想的探求。

无名氏立足中国传统文化吸收外国文化，他的小说内蕴复杂，涉及文化、宗教、政治和科学等领域。《无名书稿》六卷本中始终贯穿的人物印象，为了追求生命的"圆全"，寻求超越性的生命终极意义，开始了个体化的精神探索的历程。从对革命、爱情、欲望、宗教的追寻与叩问中，展现了作家对生命主体的真正意义和价值追寻过程的艰巨性和复杂性。《无名书稿》有着高远的文化理想，试图圆满融汇中西文化，重新建构文化。他的文化反思和文化重建的构想，跟20世纪40年代民族抗战的时代背景有着某种敏感和复杂的精神感应，对于中国文化现代性转型富有启示性意义。

20世纪50年代后无名氏独立写作姿态，坚持个人化的文化立场，以丰硕的创作实践丰富了中国文学的多元性。

三、黄谷柳的小说

黄谷柳（1908—1977），出生于越南海防，1938年9月发表短篇小说《干妈》，1944年创作中篇小说《杨梅山下》和多幕剧《碧海丹心》，1946年创作中篇小说《孤燕》，1947年10月开始在香港《华商报》的文艺副刊“热风”上连载《虾球传》的其中三部分《春风秋雨》、《白云珠海》、《山长水远》，计划中的第四部《日月争光》未完成。《虾球传》深受读者的喜爱，《春风秋雨》的单行本曾多次再版。

《虾球传》描述了一个底层流浪少年虾球历经磨难逐渐成长，最终追求光明走向革命的故事。小说在个人传奇叙事的同时熔铸了历史纵深感和时代现况，《虾球传》的出现，代表着在商业文化语境下，讲求通俗化、偏重娱乐消遣性的市民文学承续“五四”文学启蒙传统成为可能，给抗战时期的中国现代文学带来了都市文学新的审美取向。

为了在报刊连载的需要，同时也为了迎合左翼文坛提出的大众化、民族化的主张，黄谷柳的《虾球传》采用了章回体小说结构体式，同时借鉴了传统小说的叙事方法，叙述脉络清晰，奇遇误会等巧合偶然性因素推动故事发展，情节曲折，悬念叠生。善用白描手法以及对话、动作、细节等描写刻画人物心理。作者在描写人物的时候并未将人物类型化、脸谱化，形象血肉丰满，内涵丰富。小说的主人公虾球性格复杂多样，经历独特，他忠厚、勇敢、真诚、爱憎分明，侠义憧憬革命，但沾染了江湖习气，机智中透出狡黠；反面人物鳄鱼头伪善、狡诈、阴险、狠毒，形象鲜活，跃然纸上。

黄谷柳的小说富有鲜明岭南地域色彩，港粤两地的地域文化相互映衬，摇曳生姿。《虾球传》展现了20世纪40年代香港的世相图景、抗战胜利后国民党统治下珠江三角洲的社会风貌以及华南游击队的战斗成长历程。自然风景和市井风情描写凸现浓厚的地域文化色彩以及强烈的时代性。作者以虾球的传奇性成长为中心，粗线条勾勒了港粤两地社会形态和市风民俗，大大小小数十个故事攒连起两地各色人等的生活，各行各业人生世态，其中如老妓女六姑、老纺织妈妈、艇家妹等底层人民艰难求生情景给人印象深刻，小市民群像栩栩如生。

小说语言特色鲜明，有意识地采用大众化的俗语，口语色彩浓厚。作家对香港、广州两地日常生活用语非常熟悉，粤语运用得心应手。方言土语的鲜活、质朴有利于人物形象的塑造，对读者有着极强的的阅读冲击力。

◎ 思考题

1. 胡风的文学理论对路翎等“七月派”小说创作有哪些影响?
2. 如何认识《围城》的主题意蕴和艺术特色?
3. 如何看待徐訏、无名氏小说创作的文学史意义?
4. 简述萧红的小说创作特色。

第十章　台湾及港澳新文学

台港澳文学是20世纪中国文学的一个特殊的组成部分。由于历史的原因，中国台湾和中国香港、中国澳门在相当长的一段时间里相继沦为日本、英国和葡萄牙的殖民地，因此在社会制度、意识形态方面与大陆产生了一定的差异性，形成了自身的特点和发展规律。但相同的语言和文化背景、文学传统使台港文学与大陆文学具有一定的同一性。大陆文化是台港澳文化的母体。正如中国台湾20年代新文学运动的领军人张我军在他的《请合力拆下这座败草丛中的破旧殿堂》中明确指出的："台湾的文学乃中国文学的一支流。本流发生了什么影响、变迁，则支流也自然而然地随之而影响、变迁，这是必然的道理。"① 中国台湾作家与中国香港作家作品中所传达出的文化信息与寻根意识均表明了文化作为一种民族凝聚力的稳固性。

台湾文学与香港文学相比也有着较大的差异性。中国台湾由于日据时代文化冲突剧烈，台湾文学选择了直接继承现代中国的文学传统，表现出强大的精英文化传统与民族化倾向；而中国香港由于地处港口，强烈的商业氛围刺激了通俗文学的生长。

第一节　台湾新文学的发生与发展

台湾文学以光复为界，从时间上可以分为两部分，即日据时期的台湾文学和光复后至今的台湾文学。日据时期的台湾文学从时间上大概可以分为三个时期："五四"时期的台湾文学、20世纪30年代的台湾文学和战时战后

① 张我军：《绝无仅有的击钵吟的意义》，载《台湾民报》第3卷1号。

的台湾文学。

一、台湾新文学发生与张我军的新文学理论

中国大陆的新文学运动直接引发了台湾的新文学。由于直接身受“五四”运动洗礼，张我军于 1924 年 9 月从北京寄回《致台湾青年的一封信》发表在《台湾民报》第 2 卷第 7 期上，呼唤台湾青年以“团结、毅力、牺牲”为武器改造台湾旧文化。同年 11 月，张我军又在《台湾民报》第 2 卷第 24 期发表《糟糕的台湾文学界》，介绍世界文学的发展趋势，呼吁台湾把“陈腐颓丧的文学界洗刷一新”；针对台湾文坛的击钵吟，抨击旧诗人如守墓之犬，守着几百年前的古典主义之墓。张我军对旧文坛的尖锐抨击，击中了旧文学的要害，也打响了新旧文学论战的第一枪，一场新旧文学的论战不可避免地到来了。

面对张我军气势逼人的发难，台湾旧文学界不甘示弱。旧诗人连雅堂首先出战，他借为林小眉的《台湾咏史》作跋之机，在《台湾诗荟》上，讥笑新文学“持西人小说戏剧之余，丐其一滴沾沾自喜，诚陷井之蛙，不足以语汪洋之海也噫”。张我军在《台湾民报》上连发了三篇文章予以反驳：《为台湾文学界一哭》、《请合力拆下这座败草丛中的破旧殿堂》、《绝无仅有的击钵吟的意义》，以决绝的姿态表示，为要“从根本上扫除刷清”“台湾的文学”，他愿“站在文学道上当个清道夫”①，并掀起了台湾的新文学运动。新文学先驱们通过对“五四”新文学的介绍与引进，渐渐开始了自己的理论建树。

张我军关于新文学的理论的建树主要表现在以下五个方面。

第一，对旧文学的批判。张我军在他的《糟糕的台湾文学界》中，对台湾现行的文学现象进行了描绘，并尖锐地指出台湾旧文学恰如“败草丛中的破旧殿堂”，盛行的“击钵吟”为“诗界妖魔”，台湾文学界的希望在于拆掉这座破旧殿堂，扫除诗界妖魔，呼唤“真文学”、“活文学”的诞生。张我军在对旧文学的批判上尽管有与“五四”文学革命同样的激进主义的缺陷，但在新旧交战之际，作为一种文化手段，是值得肯定的，他为台湾新文学运动打响了第一枪。

第二，关于文学内容与形式的关系。在这一问题上，张我军以诗歌为例，论证了诗的内容的重要性。他认为一切文学作品的好坏，不在于字句声调之间，而在于诗的思想感情。他尤其反对旧形式对新思想的束缚，并强调

---

① 张我军：《绝无仅有的击钵吟的意义》，载《台湾民报》第 3 卷第 2 期。

新诗创作的核心在于诗体的彻底解放。在详尽介绍胡适“八不主义”的同时，结合台湾文学界现状，对此进行了新的阐释，如在解释“不摹仿古人”一条中，强调文学贵在“创造”，贵在具有“时代的色彩”和“个性”特征等，对胡适的思想进行了超越与发展。

第三，对待台湾新文学与祖国大陆新文学的关系上。正如前文所明确指出的：“台湾的文学乃中国文学的一支流。本流发生了什么影响、变迁，则支流也自然而然地随之而影响、变迁，这是必然的道理。”① 其后，张我军在《文学革命运动以来》一文中进一步阐明了他这一认同母体的坚定立场，并且这种认同母体的爱国主义思想在他的文论中贯穿始终。

第四，关于东西方文化的关系。由于对“五四”精神的神会，张我军主张积极吸收西方民主、科学新思想；而尤其值得注意的是，他还认为对西洋文明的推崇不能全盘吸收，应取长补短，不拘执一方，而应建立在民族、时代的需要上，这一点对于身处殖民统治的台湾尤其重要。

第五，关于“国语”与“方言”的关系。张我军根据胡适“国语的文学，文学的国语”之主张，提出了语言建设的两个口号：白话文学的建设和台湾语言的改造。他在《新文学运动的意义》一文中认为，应针对台湾土语“有话无字”的不合理性，依傍中国国语改造台湾土语，即“用我们现在所用的话改成与中国语合致的”。张我军所提出的改造台湾的理想，表现了他的爱国情怀与祖国憧憬，从文化的归属与统一角度来看值得肯定，但就当时的环境来看，在缺乏国语教育基础的殖民地台湾，这一主张具有较多的理想色彩而且显得有些激进。

总之，张我军的文学理论是对“五四”文学革命的直接承继，并结合台湾实际予以超越与发展。由此也可看出，张我军对于文学革命之历史趋势的清醒认识和他强烈的中国意识。

在新文学的实践方面，他的诗开风气之先。1925 年 12 月张我军将自己创作的新诗 55 首结集为《乱都之恋》，由台湾民报社出版，《乱都之恋》代表着从文言走向白话的启蒙之作，无论是从内容上还是从技巧上《乱都之恋》都具有摧枯拉朽的文学史价值，是第一部以从未用过的语言写出的从未有过的爱情诗篇，是台湾新诗创作的一个重要开端。

比之诗歌，台湾小说的成绩更为突出。被誉为台湾新文学之父的赖和 1926 年在《台湾民报》发表《斗闹热》、《一杆“称仔”》。赖和小说创作的登场，标志着台湾新小说的诞生，开辟了台湾小说今后应走的社会写实的

---

① 张我军：《绝无仅有的击钵吟的意义》，载《台湾民报》第 3 卷第 2 期。

新路向。自此，以赖和为中心出现了一批具有拓荒性质的优秀小说创作，如杨云萍的《光临》(1926)、《黄昏的蔗园》(1926)、《秋菊的半生》，陈虚谷的《无处申冤》(1928)，杨守愚的《凶年不免于死亡》(1929) 等。

戏剧领域有“台湾文化协会”组织的演出队，各地巡回演出“文化剧”以启发民智；其中张梗的独幕剧《屈原》、逃尧的独幕剧《绝裾》是这一时期可见到的剧本。

在散文方面，赖和的《无题》、蒋渭水的《狱中日记》是这一时期的代表作。前者写情，文字清婉；后者写实，文字平淡而充满凛然正气。

二、赖和的新文学实践

赖和 (1894—1943)，原名赖河，字懒云，台湾漳化市人。幼习汉文，1909 年，入台北医学校，习医五年，后回彰化开设“赖和医院”。1917 年赴厦门博爱医院工作两年，接受“五四”启蒙思想。1919 年返台，悬壶济世，日医夜文，时称“诗医”；1921 年任台湾文化协会理事，1923 年年底因“治安警察法违反事件”入狱；1926 年主编《台湾民报》文艺栏。1927 年，蒋渭水等人成立民众党，赖和担任干事。1930 年与许乃昌、黄天聪等创刊《现代生活》，1932 年与陈虚谷等负责《台湾新民报》学艺部编辑工作。1934 年，“台湾文艺联盟”成立，赖和被推选为委员长，不受。1941 年珍珠港事件同日，因“思想问题”再次入狱。1943 年 1 月因心脏病重，保释出狱。次年 1 月 31 日，因心脏病复发辞世。

赖和一生坚持中文笔耕，终生着唐装，拒穿和服。行医一世，医德崇高，被誉为“彰化妈祖”。作为新文学奠基人，被誉为“台湾的鲁迅”、“台湾新文学之父”、“台湾新文学的奶母”。有小说 14 篇、新诗 10 多首、散文随笔、序文等 13 篇。

赖和的主要成就体现在小说创作方面。自 1926 年陆续发表小说 14 篇，依次为《斗闹热》、《一杆“称仔”》、《不如意的过年》、《蛇先生》、《雕古董》、《棋盘过》、《辱?!》、《浪漫外纪》、《可怜她死了》、《归家》、《惹事》、《丰作》、《善讼人的故事》、《赴了春宴回来》。

赖和小说多通过暴露“查大人”——殖民统治的鹰犬们的丑恶凶残面目，来批判现实，达到有力地抗议异族欺凌的目的。早期代表作《一杆“称仔”》写一个下级巡警将一个老实的穷苦农民秦得参逼向绝路的故事。因殖民掠夺失去土地的农民秦得参，靠向邻居借来的一杆秤，卖菜度日。但因不懂应付巡警刁难勒索，被折断秤杆，抓进衙门，罚款坐牢。赎出后，走投无路，夜刺巡警，亦自杀身亡。作者忠实地为我们描绘了殖民者强权统治下底层劳动者的悲惨命运及反抗情绪，在“予与汝偕亡”的悲壮画面背后，使我们看到一杆“称仔”所象征的殖民者“度量衡规则”的血腥恐怖，唤醒了人民的民族意识。

《不如意的过年》则以契诃夫式的漫画技巧，惟妙惟肖地通过查大人自己的心理活动，自我暴露出他的丑恶嘴脸。查大人想借新年之机搜刮民脂民膏，但因年礼欠收，使他怒火中烧，迁怒于众，以捉赌之名，施展官威，但却只抓获一名观赌的儿童，带进衙门，尽施淫威。在孩子柔弱的啜泣声中，穷尽了殖民统治者的蛮横与残酷。

《惹事》的叙事方式也是嘲讽的。它借一群威风凛凛仗势欺人的鸡仔的故事，透视了鸡仔主人查大人的骄横淫威。这群气焰嚣张的鸡仔在一只母鸡的率领下，肆无忌惮，践踏菜园，“脚抓嘴啄”，最后闯入一寡妇家，抓饭啄米，直至母鸡踩翻竹篮，扣住小鸡，给寡妇引出大祸。寡妇被诬为偷鸡贼，抓入官府，受尽屈辱与责打。在这篇小说中，作者对专横暴戾的日本警察极尽了讽刺之能事。

1932 年元月，小说《丰作》叙写了一个与茅盾的《春蚕》一样的丰收成灾的故事。在日本殖民主义经济机构——制糖会社的压榨下，蔗农添福兄丰收的美梦破灭了，作者在这里寄予了他深广的忧愤，并以此来呼唤民众的觉醒与抗争。

在《浪漫外纪》中，赖和对敢于反抗的山林好汉“鲈鳗”投以敬意的目光。这篇小说写两个便衣警察被两个草莽英雄设计消灭的故事，颇有《水浒传》中阮氏三雄之风。

尤其值得重视的是他的晚期代表作《善讼人的故事》。这个故事脱胎于清代流传于彰化民间的传说：清代一个财主霸占山林，将贫苦人民置于“生人无路，死人无土，牧羊无埔，耕牛无地”的境地。财主管家林先生，为民请命，不惜牺牲自己身家性命。败诉被投入牢后，激起众怒，众人遂打入衙门，救出林先生，随后东渡福州省城上诉，终至胜诉。作者以古喻今，以历史之镜映照出殖民统治下台湾人民的生活绝境，在林先生这一智勇皆全的知识分子身上，寄予了民族不灭之魂。虽重写林先生事迹，却不突出个人英雄色彩，而对民众的同仇敌忾作了描绘，在凛然正气中透出深邃悠远的历史感。

赖和的小说鞭挞了封建礼教，与“五四”精神合拍。《可怜她死了》是赖和唯一写底层妇女悲惨命运的小说，穷家女阿金 12 岁被父母迫于生计卖给阿跨仔官当童养媳。17 岁欲完婚时，丈夫、公公却暴死于工场罢工风潮。她辛勤劳作仍无法供养婆母，便自租其身给本街财主为妾，因怀身孕而遭遗弃，遂投河自尽。通过阿金的卖身、租身，透视出殖民者、封建制度、男权社会对她的多重压榨与人格凌辱。社会甚而亲人都是将她逼上死路的原凶。这是继鲁迅的《祝福》和叶绍钧的《这也是一个人》之后，表现底层劳动妇女悲惨命运的又一重要作品。

赖和小说在洋溢着浓厚乡土气息的同时，透露出浓郁的文化寻根意识。《斗闹热》为我们描绘了一幅台湾乡镇迎神赛会的风情风俗画。在日本占台 15 年后，幸得官府允许，台湾乡民为自己的保护神举行祭典，在祭神盛事的热闹之下，难以掩藏民族被割裂的沉重。在《善讼人的故事》中，作者透过主人公林先生的眼睛为我们描绘了台湾市街一幅《清明上河图》式的风俗画，展示了吃食、娱乐、信仰、乡政、饮食起居、三教九流等种种文化景观，让我们体味到作者对母体文化的眷恋之情与归属之感。

可以说，质实本色乃赖和小说的主要艺术特点。他为我们忠实地描绘了日据时代台湾人民的苦难生活，反映了台湾同胞的抗争，抗日爱国的民族意识。在台湾新文学的发展中探索出一条以中国白话为基调，掺杂台湾方言的“亦中亦台”的表现方式，不仅避免了方言的诸多弊病，且以方言、俚语、俗语入文，使小说体现出浓郁的乡土特色，为今后台湾新文学的发展迈出了坚实的第一步。他所开创的这一立足乡土、心怀祖国、反抗异族统治的现实主义文学传统，成为后代作家的一笔宝贵财富。

正如杨守愚在《小说与懒云》一文中对赖和的评价：“懒云是台湾新文艺园地的开垦者，同时也是养育了台湾小说界以达成长的保姆。”

三、杨逵与台湾文坛

30 年代台湾新文学逐渐走向成熟，《台湾民报》迁台并改名《台湾新民报》，扩大发表园地，作品总数大量增加，这一阶段作品在继承赖和所开创的现实主义传统的同时，又显出厚重沉郁、开放探索的特有风格。它不仅立足台湾本土，且将目光延伸至整个世界，透视资本主义经济危机转嫁给这块不幸的土地上的灾难。被称作“压不扁的玫瑰花”、“台湾文坛上的老兵”的杨逵，其代表作《送报夫》的问世，将早期台湾文学推向了一个新高度。作品所体现的阶级意识及博大的国际主义情怀，不同程度地反映了 30 年代普罗文学与马克思主义对台湾作家的影响。

杨逵（1905—1985），原名杨贵，笔名杨逵、杨建文等。1905 年 10 月 18 日出生于台湾台南县新化镇。1924 年为躲避家庭包办婚姻，东渡日本，进入日本大学夜间部，攻读文学艺术。因家境贫寒，半工半读，曾卖过报纸，当过建筑小工、电杆工人。其间曾研究《资本论》，接受了马克思主义思想。1927年返台，参加台湾文化协会，曾巡回全岛演讲。1935年办《台湾新文学》。先后被日警逮捕入狱达10次之多，甚至婚礼之晨，与夫人叶陶双双被捕，在狱中度过17天“蜜月”。1937年底患肺结核，创立首阳农园，取古高士伯夷叔齐不食周粟，饿死首阳山之义，种菜卖花，边治病边写作。1945年台湾光复后，创办《一阳周报》，主编《人力行报》副刊及《台湾文学丛刊》。并亲自用日文翻译出版鲁迅、茅盾、郁达夫的作品。1949年，支持台湾大专院校“麦浪歌咏队”爱国演出，同情“二·二八”被捕人员及主张结束内战，被台湾当局下狱监禁于火烧岛集中营达12年。1961年刑满出狱，经营东海花园，种花为生。1983年，获台湾“吴三连文艺奖”，1984年获“台湾新文学特别推崇奖”。1985年3月12日，于台中市与世长辞。

杨逵一生历经坎坷，自谓“在冰山底下过活七十年”，但“能源在我身，能源在我心”，“虽然到处碰壁，却未曾冻僵!”① 因此，他被誉为“台湾文坛上的老兵”、“压不扁的玫瑰花”。

杨逵的文学创作涉猎甚广，包括小说，戏剧、评论、散文，以小说成就最高。小说主要有《送报夫》(1932)、《水牛》(1936)、《归农之日》(1936)、《模范村》(1937)、《鹅妈妈出嫁》(1942)、《泥娃娃》(1942)、《萌芽》(1942)、《无医村》(1942)、《春光关不住》(1957) 等；散文多收在《羊头集》中；戏剧创作有《父与子》、《猪哥仔伯》、《剿天狗》、《牛犁分家》等。

杨逵是继赖和之后，台湾写实文学的又一巨星，由于“农运”与牢狱占据了他太多的时间，因此，他的一生创作不丰，但他的生涯、他的作品性格，在时代意义上，都具有代表性。他的小说创作主要集结在《鹅妈妈出嫁》里，其思想内容主要有以下两个方面。

首先，在表现强烈民族意识的同时，具有强烈的阶级意识及朴素的国际主义精神。作者饱尝殖民地之苦难，作品中体现出强烈的反帝爱国情绪。代表作《送报夫》在《台湾新民报》遭禁之后，杨逵在东京进步刊物《文学评论》刊出全文，获该刊征文“第二奖”(“第一奖”缺)。日本普罗作家德永直在评审中，评价它很有吸引力，甚至可以闻到美国资本主义征服汉人当时的血腥气味。《送报夫》中的台湾青年杨君，原是尚可苟安的自耕农民，在日本殖民者的铁蹄下父死家破，遂背井离乡，流落东京街头，失业经月，母亲卖田典牛所筹措的旅费仅剩六元二毛。本欲为报所做送报夫维持生

① 杨逵：《冰山底下过活七十年》，载《台湾文艺》1974年元月号。

计，岂料老板欺诈勒索，含辛茹苦，忍饥挨饿20天，老板以完不成定额为由将他解雇，仅发四元多钱，扣除押金，倒赔二元钱。作品以逼真的细节，控诉了日本资产者对无产者的压榨：25人挤在一处，数人合盖一张被；凌晨起床工作，仍无法完成过高的定额。作者在揭露殖民者罪恶同时，把笔触从台湾伸向日本东京，描绘了那时日益尖锐的劳资冲突，展示了全日本三百万失业者及资本主义世界经济危机转嫁给他们的灾难。这种既立足于民众，又放眼世界与未来的开阔视野，使杨逵初试锋芒便在思想意识上迥异于同时代其他作者。作品所体现的阶级意识及博大的国际主义情怀，不同程度地反映了30年代普罗文学与马克思主义对杨逵的影响。

其次，于揭露现实黑暗中，透出理想主义之亮色。现实与理想的结合，可以说是杨逵所有作品的一大特色。《送报夫》无情地控诉了殖民统治下的台湾人民民不聊生的黑暗现实，但作品在黑暗之处没有给人窒息沉闷感，心中始终激荡着一股热流。经过艰苦斗争，杨君和他的朋友们取得了成功，并怀着坚定的信念踏上归程。这种理想主义之光也透露在另一篇小说《模范村》中。《模范村》写日本殖民当局与乡村豪绅狼狈为奸，以弊政充模范，为邀功请赏，强令本已近绝路的农民建设“模范村”。修路、填沟，使农民误尽农时，并额外负担建筑费用，致使民不聊生，乡村社会矛盾一触即发。地主家庭的叛逆者阮新民回乡宣传民众，与父辈地主激烈冲突，并传播抗日救国思想，使我们在如磐夜气中窥到一线光明。

杨逵的小说遵循为人生而艺术的现实主义创作原则，他表示：“我决心走上文学道路，就是想以小说的形式来纠正被编造的‘历史’，历来的抗日事件自然对于我的文学发生了很大的影响。至于描写台湾人民的辛酸血泪生活，而对殖民残酷统治形态的抗议，自然就成为我所最关心的主题。”① 杨逵的每篇小说都有清晰的思想构架，他的惨烈的血泪控诉和犀利的政治讽刺，为我们提供了日据时期的全部历史真实材料。在继承赖和写实主义精神的同时，为人们昭示未来的希望，他的作品拨开悲厌绝望与自伤自怜的阴霾，弥漫着一股坚毅的行动力量。

杨逵善于把人物置于历史与社会生活的实践中刻画他们性格的发展变化，使人物具有历史真实性；他还利用具体的细节刻画人物，使人物具有普遍性的同时，显出强烈的个性化特征。如《模范村》中对几个极度贫困农民的穷相的细腻刻画，达到了传神的效果。肖乞食极度贫困，一分钱恨不得

① 见《大学杂志》第79期，杨逵于《大学杂志》举办“日据时代的台湾文学与抗日运动座谈会”之书面意见。

掰作两半花。天气酷热，肖乞食到店铺买一分钱的冰，却让老板娘做成两份。蔡木槌“看着那雪亮雪亮的冰，不禁觉得喉头有点发痒，咽了口唾沫”，到溪边捧着凉水灌了个饱；李金宝意外得到半分钱的冰，惊愕不已，“一口一口慢慢地送进没牙的嘴里”；憨金福吃不到冰，怅然若失，拖着肿腿为老板娘挑水，换来三根香蕉，“一点一点地送到嘴里慢慢咀嚼，就像牛羊反刍一样”。这些生动的细节，展示了残酷压榨下农民的极度穷困，读来让人心酸慨叹。

殖民地的创作环境，使杨逵较多使用隐晦曲折、富有暗示性的象征手法进行坚韧的战斗。这种情形在抗战爆发后，日本加强台湾文化专制时期尤为突出。《泥娃娃》看似写日常种园、教子、接客琐事，但当“我”看到孩子们的泥塑飞机、军舰、坦克和戴日本“战斗帽”的军人，扮演攻击新加坡的战争游戏，感慨军国教育的无孔不入。尤其结尾饶有深意：“当天夜晚，一场雷雨交加的倾盆的大雨，把孩子的泥娃娃们打成一堆烂泥……”为我们召示了穷兵黩武的殖民者必将溃灭的命运。作者以一个历史预言家的姿态，把法西斯所奉的“圣战”视若茫茫历史中的一场不堪一击的泥塑战，看似不经意，却散发出深沉的哲理韵味。

尤其是后期代表作《春光关不住》(即《压不扁的玫瑰花》)，其象征手法的运用更为成功。林建文在替日军修筑军事基地之时，在巨大的水泥块底下发现了一株玫瑰，虽被压得扁扁的，却从狭小的缝隙间抽芽开花。他托“我”将这株玫瑰带给姐姐，至日本战败后得知：那株玫瑰已繁花满枝。玫瑰绚丽的花魂象征了民族不可侮、生命不可侮的不屈之魂。

从《泥娃娃》到《春光关不住》，杨逵以他阅历沧桑的人生体验，不可征服的生命意志，为我们书写了一个顶天立地的大写的“人”字，他是荒芜之园中的开垦者，更是黑暗土地上的执著歌者。

第二节　吴浊流与战时战后的台湾文学

战时台湾文学主要是指从 1937 年抗日战争爆发至 1945 年日本战败、台湾光复这一阶段的文学创作；战后台湾文学则指 1945 年光复后到 1949 年国民党于台湾建立政权之前四年间的文学发展。由于战时体制与战后的苍白过渡，战时战后台湾文学转入低潮，并经历了台湾文学史上一个被压抑被扭曲的凋零期。

一、战时战后的台湾文学

1937年抗日战争全面爆发，随着日本殖民者“战时体制”的恶性强化，1937年4月1日，台湾总督明令禁止报刊使用中文。1937年9月，又根据日本近卫内阁提出的“国民精神总动员计划”，制定了台湾“皇民化”方针，强迫推行“皇民化运动”。“皇民化运动”的目的是妄图以“大和文化”取代中国文化，把所谓的“日本国民精神”“渗透到岛民生活每一细节中去，以确定达到‘内台一如’的境地”①。“皇民化运动”是日本殖民主义者的种族同化政策在“战时体制”下一种极端灭绝人性的发展，它带给台湾同胞肉体上、精神上更加深重的灾难，并将他们推到死亡线上。

这种种族同化政策，对于文学来说更不啻为一种灾难，随着汉文的禁用与汉文报纸的废止，只能用中文创作的一些作家，无法再从事文学创作；即使能用日文创作的作家也只能以沉默抗议，进步的、具有民族意识的台湾文学已七零八落。台湾新文学虽然走向低潮，但在艰难中仍行进着自己的步伐。即便是这样的艰难环境，杨逵、张文环、龙瑛宗、吕赫若，尤其是吴浊流，以他们的不屈意志、血泪之作证明了现代台湾文学终于经受住了暴风雨的洗礼，从暗夜迈向黎明。

1945年8月台湾的光复，使社会进了一个新的历史时期，但这个阶段并不如我们所想象的那样出现文坛的复苏的局面，而是自台湾光复到到1949年12月国民党政权迁台的大部分时间里，台湾文坛经历了一个相当苍白、萧瑟的过渡时期，以至于被称为“文化沙漠”。究其原因，主要有以下两点：一是政治原因，战争期间，日本殖民者把台湾作为后方基地，对台湾的人力、物力、财力进行多方面的疯狂掠夺，加之日本战败前美军的狂轰滥炸，致使光复后的台湾几乎成为一片废墟，经济狼藉一片。国民党接管台湾后，实施封建官僚的专制统治，政治腐败，为加紧准备内战无心发展经济，而把精力用在对台湾民众思想的控制上。尤其“二·二八”起义之后，国民党在台湾实行全岛性的白色恐怖，致使台湾作家对国民党政权失去信心，在严酷的现实面前困惑不安。二是作家自身的原因。由于日据期间台湾长期推行“皇民化”教育，尤其“战时体制”下的“皇民化运动”，致使不少作家封笔多年，并且荒废了自己的母语，一些作家坚持创作也只能使用日文，或者用日文写成草稿，再译成中文。光复初期台湾本土作家所面临的语

---

① 陈碧笙：《台湾地方史》，转引自白少帆等：《现代台湾文学史》，辽宁大学出版社1987年版，第194页。

言障碍，使台湾文坛出现了“跨越语言的一代”的独特现象。

但并不是说这一时期没有文学活动和文学作品的产出。光复初期，远居日本、南洋与祖国大陆的台籍作家、学者相继返台。杨逵出狱后立即投身台湾新文学，他创办了《一阳周报》、《力行报》副刊和《台湾文学》(仅出三辑)。杨云萍主编《台湾文化》；另外还有《中华日报》、《新生报》副刊《桥》等几家报纸。虽然未能从根本上扭转文坛沉寂的局面，但也给人以信心。

尤其是吴浊流在此期间保持了旺盛的创作力。“二·二八事件”发生后他完成了中篇讽刺小说《波茨坦科长》，对启发台湾民众认识战后的现实有重要意义。叶石涛发表小说《玻璃泥坊》和评论《一九四一年以后的台湾文学》等 20 多篇，也是较为活跃的一位。此外，龙瑛宗、吕赫若、江省梅、赖传鉴、谢哲智等都有作品发表。

二、吴浊流的小说创作

吴浊流（1900—1976），本名吴建田，号饶畊，台湾省新竹县新埔镇人。祖父是富有民族节操和汉学修养的文士，父亲为当地名中医。1910 年就读于新埔公学校，1916 年进入台湾总督府国语学校师范部（后改为台北师范）。1920 年毕业后，从事教育工作。1940 年，因在校运动会上，看到日本视学公然凌辱本省教员，愤然辞职，结束了近 20 年的教师生涯。1941 年，赴大陆，在日军占领下的南京任《大陆新报》记者，后又任日本商工所翻译。1942 年 3 月返回台湾，先后任《日日新报》、《台湾新报》、《新生报》、《民报》等报记者。1948 年任大同工业职校训导主任，次年任台湾工业同业公会专员，坚持文学创作。1964 年创办《台湾文艺》杂志，共出 52 期。1969 年，以田产和退休金设立“吴浊流文学奖”。1976 年 10 月 7 日，于台湾病逝。

吴浊流的文学创作最早始于创作旧体诗。1928 年参加“苗粟诗社”，写旧体诗词，坚持几十年，作诗上千首。除 1936 年 3 月发表处女作短篇小说《水月》外，小说创作主要有：中、短篇小说《泥沼中的金鲤鱼》、《功狗》、《先生妈》、《陈大人》、《波茨坦科长》、《铜臭》、《幕后的支配者》、《狡猿》等。长篇小说代表作《亚细亚的孤儿》、自传体长篇小说《无花果》、《台湾连翘》，以及许多游记、旧体诗和文学评论。其文学成就突出地表现在小说方面。

吴浊流的小说创作以台湾光复为界，分为前后两个时期，其主要成就在日据时期。吴浊流是一位大器晚成的作家，1936 年，他发表处女作《水月》

时，已近不惑之年。小说描写了一个普通知识分子生不逢时，空怀壮志，梦想破灭的悲剧。制糖会社农场雇员仁吉，早在中学时代自恃才高，胸怀凌云之志。但在日本殖民统治下的台湾知识分子无法享有平等的待遇，15 年的雇员生涯，只熬成五个孩子的爸爸，30 岁的妻子也因生计终日劳作，憔悴苍老。但赴日深造的美梦仍常常在他心中死灰复燃，有如“水里的月亮一样，圆了又缺，缺了又圆”，然而永远无法实现。

与《水月》中的仁吉不同，《功狗》中的主人公洪宏东已渐趋觉悟。洪宏东中学毕业后因学习优秀，留校任教。他一生勤苦工作，多次受到奖赏，但仍改变不了代用教员的命运。当他贫病交加之时，被免了职，一生的心血只落下咯血的肺病和几张无聊的奖状。在他被逼到绝路之时开始醒悟到日本人所宣扬的“日台平等”的欺骗性，因此感到异常悲愤。

在对知识分子命运的表现上最具代表性的应是作者写于 1943 年至 1945 年间的长篇小说《亚细亚的孤儿》。这部作品被公认为是现代台湾文学史中“一首雄壮的叙事诗”。作者写作的时期正值抗战后期，也是日帝对台湾统治最严酷最黑暗恐怖的年代。吴浊流甘冒生命危险，以巨大的勇气写这部长篇小说，住屋的前面就是“台北警察署的官舍”，因此，“相对于战争时期台湾作家的写作自由受到相当严格的钳制，吴浊流以‘为自己而写，没有想到要发表’而获得了‘畅所欲言’的空间。在日据时代的台湾文学作品中，这是一本独一无二的‘历史文献’”①。《亚细亚的孤儿》记录了一个台湾知识分子胡太明艰辛、坎坷的人生经历，以台湾、日本和祖国大陆为活动舞台，在广阔的历史空间内，展现了一个台湾知识分子从幻想到苦闷、到彷徨、直到觉醒反抗的心路历程。

胡太明出身于日殖民地下台湾农村旧式地主家庭，受家庭影响，他自小接受汉学教育。在新思潮冲击下的胡太明到日、台学生混杂的新学堂读书，毕业后到农村小学任教，本想埋头教书，不问政治，独善其身。但日籍教师欧打台籍教师事件，以及与日本教员内藤久子的恋爱痛苦使他真正尝到备受凌侮与歧视的滋味。他东渡日本求学，幻想进一步逃避，他隐姓埋名，攻读物理，但被发现是台湾人后，疑为间谍。返台后求职无门，又潜至大陆。在大陆他经历了婚姻的不幸，并被疑为日本间谍而进了监狱，幸被营救逃回台湾，但因被台湾当局疑为间谍而受到监视。至此，胡太明明白了在中日民族

① 吕正惠：《被历史命运播弄的人们——论吴浊流〈亚细亚的孤儿〉》，载陈羲芝：《台湾文学经典研讨会论文集》，台北行政院文化建设委员会联合出版事业公司 1999 年版，第 7 页。

斗争夹缝中幻想做一个和平的知识劳动者的虚妄，他的经历加深了他的自卑感和孤儿感。接着，在抗战时期于大陆做随日军翻译的他，亲眼目睹了同胞们在日寇铁蹄下的痛苦呻吟或无畏反抗。当目睹日军血腥屠杀时，终于昏厥过去。胡太明又一次返回台湾，在不断的反省中他终于走上了抗日救亡的道路。

小说通过胡太明三返祖国大陆的坎坷经历与心灵磨难，探讨了日殖下台湾知识分子的现实出路，书写了台湾同胞强烈的飘零感与孤儿感，突现了台湾人特殊历史情境中的“孤儿意识”，具有重要的社会历史意义与认识价值。

写于 1944 年的《先生妈》是揭露日本殖民者所奉行的“皇民化运动”的力作，透露出作者的民族激情与忧患意识。《先生妈》主要写了两个人物：先生妈和其子钱新发。通过“皇民化运动”中二人因态度不同而导致的家庭矛盾纠纷，折射出在殖民地同化奴化政策面前，对民族母体文化的两种立场。钱新发出身贫寒，为发财不择手段，靠妻家财资开设医院，并耍尽手段，成为首富。为追逐金钱而争做“国语家庭”，极力响应“皇民化”。不仅在吃、穿、住、行上完全日本化，还取日本名字为“金井新助”，其丑恶嘴脸与奴性显露无疑。而他的母亲固守民族传统，拒绝“皇民化”，把和服用菜刀砍碎，并穿着中式衣裤大声说台湾话，斥责儿子的恶行劣迹。作品以辛辣的嘲讽，在对毫无操守的民族败类进行审视的同时，以忧郁、崇敬的心情歌颂了民族的母性，从一个平凡的母亲身上找到了中华民族不可凌辱的不屈之魂。

除了对民族命运的关注外，吴浊流的某些作品还表现出对女性命运的思考，短篇《泥沼中的金鲤鱼》便是这样一个作品。出身于书香门第的聪慧女子月桂，被叔父许给富家做姨太太，以换取丰厚聘礼。她逃离家庭后，应考台北商业公司女职员，却被社长骗至公馆奸污。她举起椅子击倒色狼，愤而南下台中，决心献身女权运动。在家庭与社会的双重泥沼中奋起，并发出了“整个像泥沼的社会，非全部浚渫清净不算复仇”的反叛之声。从对历史的关注到对女性命运的书写，反映了吴浊流驾驭题材的多种能力。

吴浊流的创作还致力于揭露官场的腐败。这类作品集中于战后的创作，其中最具代表性的是写于 1947 年的中篇小说《波茨坦科长》。在这篇小说中，作者的笔毫不留情地直指国民党的贪官污吏与无耻政客，在进行社会写实的同时，具有强烈的讽刺力量，显示了作者一以贯之的严正历史批判精神。南京汪伪政府督察处特务科长范汉智听到日本投降的消息，与处长瓜分金条、钞票，逃到上海，并混入国民党逃往台湾的“接收大员”行列，化名范新生，来到台湾，并骗得一位台湾姑娘的信任。小说以他们的婚姻为线索，多角度展示了范汉智怎样不择手段地抢占日产，勒索百姓，贪污受贿，大发横财，最后被捕法办，也为我们展示了台湾光复初期人民苦不堪言的生活现状。作品表现出强大的控拆与揭露力量，流露出作者对时局的不满，以及对民族前途的深沉忧患。

总之，吴浊流的小说创作继承和发扬了由赖和、杨逵所开拓的写实传统，他以一种大无畏的为历史作证的文学精神，为我们真切地描画出台湾社会历史的性格，再现了战时战后台湾社会的面影，显示了永远不屈的铁血之魂。

吴浊流是一位具有强烈使命感的写实主义作家，他在《吴浊流选集》自序里说："我写的小说带有历史性的性格，所写的各篇都是社会真相的一断面。"他的小说为我们展现了日据台湾社会的全景图，也因此被誉为"记录历史的人"。从对知识分子命运的探寻，到对民族败类的丑恶灵魂的烛照，作者以史学家的眼光观察社会，为历史作了铁证；同时又以文学家的笔触描写人生，艺术地再现了当时台湾社会的典型环境，塑造了文学画廊中不朽的典型形象。尤其是《亚细亚的孤儿》可以说是日据时代台湾社会的一面镜子。

吴浊流在强烈的民族意识支配下进行创作，综观他的小说创作，作品所揭示的主题与人物的塑造都显示了作者强烈的民族意识。《亚细亚的孤儿》中的胡太明的经历与最后的选择；《先生妈》中先生妈的微言大义，勾勒出一个维护民族尊严的母亲形象；尤其是《幕后支配者》中的阿九哥，性格交织着顺从与反抗，但民族的自尊始终如一，这一复杂人物形象的刻画，更具有广泛普遍的代表性。

吴浊流小说的民族性还体现在他对民族形式的运用上。吴浊流非常注重民族形式，反对对外来形式的刻意模仿。他在《漫谈文化沙漠》一文里，深刻地指出了"模仿文学"的弊端。在自己的创作中进行了不断实践。在结构上，善于以故事为依托，以时空定向布局谋篇；在人物塑造上，善于勾勒人物外貌特征，用人物自身言行显示性格；在语言上，写景状物，简洁传神，含蓄蕴藉。

并且，吴浊流小说的民族性与乡土性是密切相关的，在讲述故事、塑造人物的同时，乡风、乡俗与乡情就不知不觉形诸笔端，他的小说处处洋溢着浓郁的民俗色彩和乡土文化意识，也显示了他对母体文化的钟爱与认同。

讽刺手法在吴浊流小说中十分普遍，讽刺像他手中的利刃，直刺日据时代那些丧尽民族尊严的走狗汉奸、御用绅士之流。有些作品的题目就具有讽刺性，如《波茨坦科长》，作者将波茨坦宣言所带来的灾难与利用灾难为己谋利者进行对照，显示了强大的讽刺力量。有的人物的名字也具讽刺意味，如钱新发、陈大人、江大头等。

在塑造人物形象时，运用漫画手法、对比手法和自相矛盾的手法，以达到强烈的讽刺效果。

作家以冷峻的目光描画了《狡猿》中江大头的小丑嘴脸："他外出时，必定要撑一把洋伞，坐在三轮车上，左顾右盼，威风凛凛，神气十足。"《先生妈》中的钱新发"最喜欢穿公医服外出，旅行、大小公事、会葬、出诊，不论何时一律穿着公医服。附近的人没有一个能够看见他穿着普通衫裤。他的公医服常用熨斗熨得齐齐整整像官家一样，他穿公医服好把威风摆得像大官一般"。

作者在《先生妈》这篇小说中还运用对比手法，让一个日本殖民者的忠实奴才与"皇民化运动"的坚决反对者进行对比描写，以达对钱新发之流的绝妙讽刺。

作者还运用"以子之矛攻子之盾"的方法进行讽刺。《陈大人》中的陈庆英，本是巡查补，以抓赌为其职，但他自己又赌又嫖，一个道貌岸然的恶棍形象在这里暴露无遗。

讽刺手法的运用，使吴浊流的作品具有了鲜明的喜剧色彩，也增添了作品的幽默与犀利，显现出对现实的批判锋芒与力度，同时也使作品具有了更强的趣味性与吸引力。

第三节　港澳新文学的发生与发展

香港澳门文学与台湾文学从文学背景和发展态势上多有不同。素有"东方明珠"之称的香港，地处东半球海陆交通中枢，自古以来就是沟通东西方交通与进入大陆的重要通道。从文化渊源上来看，香港文化隶属"岭南文化"，相对于以农耕文明为基础的内陆型中原文化，它具有海洋型文化的特征，相对于贵族文化、士人文化，又具有市民文化、世俗文化的特征。这些最基本的文化特征是孕育香港文学的基本文化基础。

1927 年以前的香港文学处于新旧文学的并行与交替之中，根据贝茜对香港早期新文学活动的总结，我们可以看到此时期的"香港文坛是纯然罩笼在残余封建势力之下，而香港的文化是畸形发展的，新文学运动是在客观环境的几重压迫下，支持着命脉”①。香港新文学的真正兴起应该在 1927 年以后，1927 年鲁迅南下香港，亲手点燃新文学之火，在香港文学史上成为具有划时代意义的重要事件。

1927 年 2 月，鲁迅应邀至港，为香港青年作了两次演讲，题目分别为《无声的中国》和《老调子已经唱完》，讲演锋芒直指尊孔复古，及新文化运动的反动言论，对于已初步接受“五四”新思潮的香港文学青年，是一次有力的促进。侣伦、黄谷柳、李育中、张吻冰等是当时比较活跃的文学青年，他们的小说、诗歌、散文、评论尽管还嫌稚嫩，但对香港的旧文学造成了一定的冲击。

一、战时香港的文学活动与创作

1937 年 7 月，抗日战争全面爆发，为躲避战乱，“八一三”后，文艺界、学术界的著名人士郭沫若、茅盾、巴金、戴望舒、林语堂、萧红、端木蕻良、施蛰存、叶灵凤、郁达夫等南下香港。他们不少来自上海，来港后，迫切希望以香港取代上海的全国文化中心地位，建立新的文化基地。他们积极创办文学刊物，从事文学创作，使香港一时成为抗战文化的中心。

南来作家对香港新文学的影响主要表现在以下两个方面：首先，创办文艺刊物和报纸副刊，其中影响较大的有茅盾主编的《文艺阵地》、《立报·言林》，戴望舒主编的《星岛日报·星座》，夏衍主编的《华商报·灯塔》，以及萧乾主编的《大公报·文艺》。

尤其是创刊于 1938 年 8 月 1 日的《星岛日报》，其副刊《星座》在戴望舒的主持下，不乏大量名家之作，对于提高报纸副刊的品位，使之真正成为抗战文艺的一个重要据点，起到了至关重要的作用。

1938 年 8 月创刊的《大公报》是一份鲜明的宣传抗日主张的报纸，其宗旨是服务于民族的解放事业、《大公报·文艺》在萧乾的主持下，发表了许多有关抗战题材的作品，如巴金的《在轰炸中过的日子》、靳以的《八一三》等，还连载了沈从文的长篇作品《湘西》。

1938 年 4 月 16 日，《文艺阵地》正式创刊，由茅盾任主编。《文艺阵地》是香港历史及文学史上时间最久、普及最广、影响最大的一本具有鲜明抗日倾向的文艺刊物。在创刊号的《发刊词》中，茅盾指出刊物的指导方针是：“拥护抗战到底，巩固抗战的统一战线！”发表了相当数量的文学作品，尤其是以抗战为背景的小说，其中不乏名篇经典，如张天翼的

① 贝茜：《香港新文坛的演进与展望》，载《香港文学》1986 年第 13 期。

《华威先生》、姚雪垠的《差半车麦秸》、萧乾的《刘粹刚之死》、萧红的《黄河》。

《文艺阵地》为半月刊，在香港共出三卷28期，后来因形势变化几经辗转，直到1942年被迫停刊。在特殊的历史环境里，这个刊物对于唤醒香港人民的抗战热情，推进香港新文学发展方面，极具影响力。

其次，南来作家以自己积极参与现实斗争的忧国忧民作品，培植并影响了香港本地的青年作家，从思想和艺术两个方面，提高了香港新文学的水平。在南来作家创作及理论的潜移默化下，涌现出香港的第一代本土作家，如侣伦、李育中、阿宁、夏易、舒巷城等，他们的创作开始积极关注现实人性，以写实主义的手法，表现香港市民空前高涨的爱国热情。

南来作家在香港的文学活动与创作，及其影响下的香港本土作家的成长，使香港成为上海沦陷后的另一个抗战文化中心，香港新文学也因此进入第一个繁荣期。

香港文学史上第一次爆发并产生强烈反响的文艺论争是1938年出现的关于“民族形式”问题的论争。1938年1月20日，李育中在《大众日报》副刊“大众呼声”发表了《旧形式载新内容的问题》的文章，提出了他对“民族形式”问题的看法，从而使“民族形式”问题成为各家报刊纷纷谈论的对象。这场论争的高潮一直延续到1939年，这一年的10月19日，《大公报·文艺》编辑杨刚主持召开了“鲁迅纪念座谈会”，会议就“民族文艺的内容与技术问题”展开讨论，最后达成了有关民族文艺的内容、形式等问题的大体上的共识，其主要观点相当接近于内地左翼文艺工作者对“民族形式”的意见。

同年11月，《大公报·文艺》又拟定两个征文题目：《文艺之民族形式的创造问题》与《新文艺外来影响的估价和清算》。从讨论的情况可以看出香港进步文艺工作者对这一问题的观点，他们普遍认为，文艺要实现大众化，要利用旧形式装进抗战的内容，才能更好地发挥其宣传鼓动群众的作用。

香港文学史上另一场大的论争，是1940年10月的关于“新风花雪月”之争，此次论争是由身为文协香港分会文艺通讯部（简称“文通”）负责人的杨刚发起的。“文通”作为香港文艺青年的组织，既属于文协香港分会直接领导，又具有一定的独立性，在组织发动香港文艺青年，宣传中共抗战主张，培养年轻作家等方面起到了应有的作用。

“文通”发起的“反对新式风花雪月”之争，是针对《国民日报》、《香港日报》和《南华日报》推动的软性风花雪月文风，而提出的严肃批评。杨刚在1940年10月1日出版的《文艺青年》第2期上发表了题为《反新式风花雪月——对香港文艺青年的一个挑战》的文章，引起了极大反响。

胡春冰、洁夫等在《国民日报·新垒》刊登驳诘文章，认为杨刚的错误在于“他不能彻底把握现实主义的观点，看错了问题本质，把所谓‘新式风花雪月’的问题，误解为创作倾向的问题①。此外，《大公报》、《星岛日报》、《立报》也发表应战文章，使论争更为引人注目。

1940年11月24日，文协香港分会还为此主持了一次“反新式风花雪月座谈会”，围绕青年创作方法及文艺政治路线等问题展开论争。

这场论争反映了香港文艺界在文艺观点方面的分歧，尤其是文协香港分会与中国文化协进会之间的尖锐冲突，也是“抗战文艺”论争的延续。但从香港文学的发展历程上看，这场论争培养、扶植了一批左翼香港青年，对香港的左翼文学产生了深远影响。

1939年8月，文协香港分会成立“文艺通讯部”（简称“文通”）。这是香港左翼文艺青年的组织，由文协香港分会直接领导，但自身具有一定的独立性，其目的在于扶持一批香港本土作家。

1940年9月16日《文艺青年》半月刊创刊，这是由“文通”理事林萤窗、杨奇等几位香港本土文学青年倡议下创办的一个文学期刊，该刊曾一度发行到东南亚一带，发行量多达3000册。

“文通”及其刊物《文艺青年》，在培养香港左翼文艺青年的思想素质与艺术水平，团结教育香港青年投身抗日救亡运动方面，起到了很大作用，并催生了一批优秀的青年作家、诗人。

青年诗人彭耀芬就是香港文艺青年中的佼佼者，他于1941年12月发表在《文艺青年》第10、第11期合刊的《给“香港学生”——给殖民地根下的一群之一》一诗，显示了他的创作才华。此诗在描绘当时一些青年学生萎靡的灵魂的同时，提出拯救被殖民地教育扭曲的心灵，表达了他对香港青年学生的希望。

李育中是香港诗坛的先驱之一，也是一位坚持严肃文学品位的香港青年作家。他的诗在技巧上受戴望舒所代表的现代派诗风的深刻影响，尤其是他1933年在香港《今日诗歌》特刊号上发表的《都市的五月》一诗具代表性。诗作渲染了一种令人窒息的沉闷氛围，表达了对底层劳动者的艰辛、沉重的生活感受。

① 洁孺：《错误的“挑战”——对新风花雪月问题的辩证》，载《国民日报》1940年11月9日。

在香港坚持左翼文学立场的作家，较有代表性的还有侣伦。早在1930年，他的小说《伏尔加船夫曲》就获得了上海《北新杂志》“新进作家特号”征文第二名，他是香港本土作家中成绩卓著的一位。

由于战时香港新文学创作刚刚从萌芽走向独立，香港文坛主要在南下的大陆作家控制之中，占据主流的是以抗战为中心的左翼文学。大陆作家南下香港，一方面刺激了香港文学的发展，另一方面也给香港本土青年作家造成了无形的压力，并迫使他们将视野转移到另外一些领域。

如战前开始创作的黄天石，改用杰克的笔名《大光报》写流行小说；张吻冰以“望云”之名写的流行小说《红巾三月》，成为香港小说改编为电影剧本的成功先例；岑卓云也用“平可”的笔名，在1939年的《工商时报》和《大光报》连载流行小说《山长水远》和《锦绣年华》。他们远离主流，为自己的文学创作辟出一条新路，从事通俗文学创作。这种情形持续到战后，甚至望云和杰克的小说，一直延续至60年代，由此也可看出，香港文学的某些独特性。

二、战后香港的文学活动与创作

1941年12月底，日军攻占香港。香港沦陷后，南来作家大多撤回内地，少数留港者也都蛰居封笔。热闹一时的香港文坛顿时陷于沉寂，这种沉寂的状态一直延续至战后。抗战胜利后，香港开始恢复往日景象，沦陷时关闭的《星岛日报》、《华商报》等报纸复刊，各种文学杂志也接连问世。虽然殖民者对进步作家仍有种种限制，但相对于战后国民党当局白色恐怖下的内地，新闻言论、出版显得较为自由，文坛也因此活跃起来。

从1946年开始，为躲避内战烽烟，也为躲避国民党当局对民主运动的疯狂镇压。大陆进步作家再度南下，这次的南来队伍比第一次更为壮观，其中代表性的作家有：茅盾、郭沫若、夏衍、冯乃超、叶圣陶、郑振铎、钟敬文、黄秋耘、黄谷柳、邵荃麟、林默涵、黄药眠、胡风、秦牧、陈残云、聂绀弩、陈芦荻、唐弢、端木蕻良、欧阳予倩等数以百计的文艺工作者云集香港，他们与战争中滞留香港的作家，以及香港本土作家一起，创造了香港新文学史上的二度辉煌。

这一时期的香港文学工作者对于自己的责任与使命有着更为清醒的认识，他们担负着建设新文化、扫除法西斯的渣滓以及教育民众等三项责任；他们提出了用健康的精神、健康的读物、民主思想的文艺来建设香港新文化的构想。

他们积极创办刊物，组织文社、读书会、训练班，办院校，培养青年作家。1946年至1949年间40个月内，香港共有12种期刊问世，其中具有代表性的有：1946年5月至1949年8月，由黄秋耘、张铁生主编的《青年知识》半月刊，1946年10月至1948年9月，由夏衍、宋云彬等主编的《野草》月刊，1947年1月至1949年5月，由司马文森、陈残云主编的《文艺生活》月刊，1948年9月至10月，由生活书店主编的《新文化丛刊》等。这些期刊在内容上多以文学创作为主；另外，《华商报》与《文汇报》等报纸，也为作家提供了发表作品的园地。

战后的香港文坛，除了继续以抗战为背景的文学创作外，也涌现出大量反映香港社会现实，以及反映香港人民反内战，争取民主自由而斗争的作品。

南下作家的创作空前繁荣，如茅盾的《锻炼》、聂绀弩的《天亮了》、司马文森的《南洋淘金记》、黄谷柳的《虾球传》等长篇小说；黄药眠的《再见》等小说集；黄宁婴的《溃退》、《民主短简》等诗集；夏衍的《劫余随笔》、聂绀弩的《二鸦杂文》等杂文，都是曾产生过广泛影响的优秀之作。其中，黄谷柳的《虾球传》最具香港特色，它与侣伦的《穷巷》一起，成为这一时期香港文学的重大收获。

两次作家南下虽为香港文学带来的两次繁荣，但归根结底是大陆文学中心的转移，是大陆文学的繁荣，但对香港本土文学产生了一定的影响。它催生了香港左翼文学的发生和发展，如出现了像黄谷柳的《虾球传》和侣伦的《穷巷》这样的以暴露香港阴暗面为主题的左翼小说。继二人之后又有阮朗这样的以暴露香港殖民地资本主义罪恶作为先验主题的第一代南来作家，如他的《十年一觉香港梦》传达出一种“北望中原”的心态，即暴露香港之“黑”，衬托大陆之“红”。这类作品虽然对香港崇洋媚外者的心态有所批判，但浓烈的政治立场同时也制约了左翼作家对香港本土的客观认识。

三、侣伦的《穷巷》

侣伦（1911—1988），本名李林风，祖籍广东宝安，1911年出生于香港。小学未毕业参加国民革命军，1927年大革命失败后返回香港，任香港体育协进会文书。1929年参加组织“岛上社”。抗战爆发后，国内部分影业人员南迁香港，侣伦应邀任合众影业公司编剧，从此走入电影业。1941年香港沦陷，侣伦流亡广东惠州，到紫金县任教三年。抗战胜利后，返港。1955年后，一直在新闻界工作。1988年3月26日在香港去世。

侣伦从事文学活动长达50余年，著述甚丰，是香港成就较大的一位本土作家。作品主要有中短篇小说《黑丽拉》、《无尽的爱》、《残渣》、《漂亮的男客》、《穿黑旗袍的太太》、《福田大佐的幸遇》等，长篇代表作《穷巷》等。

写于1948年的长篇小说《穷巷》是侣伦的代表作，也是香港文学史上一部不可多得的重要作品。《穷巷》于1948年起在夏衍主编的《华商报》上连载52天，后因报馆改组而中断。1952年由香港文苑书店首版，全书20多万字。《穷巷》的问世，在香港文坛上引起了强烈的反响，打破了新文坛的寂寞。

小说以1946年的香港为背景，描绘战后香港底层社会一群小人物患难与共的坎坷经历和试图重建新生活却终遭破灭的悲惨故事。小说中的四个主要人物分别具有不同的职业、身份与经历，战后来港，合租一室。

原在大陆当新闻记者的高怀，失业后来港，卖文为生。他纯朴并富有同情心，他救回了被人骗奸沦为娼妓而被逼跳海的少女白玫，把她带回“家”，共同谋生。罗建原为大陆的一个机关科员，来港后做了收入微薄的小学教师，后因妻子来信病危返回大陆。杜全曾在军队当过司机，来港后一直失业。为取得女友信任，谎称自己在船厂上班。后来终于找到一份推销员的工作，但因失恋跳楼自杀。莫轮在香港以收破烂为生，他一边梦想能拾到古董发财，一边借走街串巷之便，寻找仇人王大牛，以报断腿之仇。

作品结局悲惨，剩下的三人因再度欠租被包租婆赶了出来，莫轮另谋生路，高怀与白玫流落街头。

《穷巷》称得上是一部战后香港风云录。抗战的胜利并没有给香港市民带来安定的生活，也并不意味着苦难的结束。战后经济萧条，百业凋敝，民不聊生；恶性势力横行霸道。巧取豪夺使香港陷入一片混乱与黑暗，人们心中的美好愿望旋即破灭。作者以强烈的社会责任感，观照了香港这一历史时期的社会人生，塑造了几位具有生命韧性的底层市民，在一片混沌污浊之中透出些许希望的亮色，使作品具有深刻的社会意义。

高怀的形象在作品中无疑是成功的。他是个知识分子，阅历修养较深，冷静机智，善于分析事理，在同伴中是个中心人物。正如他的名字一样，他人格高尚却怀才不遇，尽管如此，对前途总怀有积极坚定的信心。他鼓励白玫活下去，并与之结合，共同搏击生活中的凄风苦雨。在高怀的身上，寄予了作者对未来的朦胧希望与生的执著。

《穷巷》还塑造了一批处于被压迫者对立面的“吃人动物”：雌老虎、王大牛以及势利的旺记婆等，这批恶棍是小说中悲剧与矛盾的制造者。作品对这两个阵营里的人物的精细刻画，交织于善恶爱恨的生活图景中，从而赋予了作品强烈的批判意识与鲜明的价值取向。

在作品技巧上，不仅情节跌宕，结构谨严，而且善于组织矛盾，戏中有戏，许多情节出人意料，充满悬疑与机趣。如杜全赠给旺记婆的水烟筒，原来是王大牛女人的失物，结果惹出一场祸。杜全的谎言与他假装每日外出上班的“骗人”把戏，一直给读者留下悬疑。这些细节与悬念的设置，使故事在叙述的过程中，不断地峰回路转，又不断地引人入胜。

在作品的风格上，如果将《穷巷》与作者前期的《无尽的爱》做一比较的话，可以从中发现《无尽的爱》因未摆脱作者早期的纤弱作风而显得缥渺虚幻，甚至苍白单薄。《穷巷》使作者从早期对男女之间纯爱的书写，转向人与人之间友爱的表现；一扫以往消沉伤感的文风，对现实生活压榨下都市小人物的生命意志的描绘，使作品呈现出苍劲稳健、坚实有力的风格，从而使这部作品具有了积极向上的崭新气象。

四、澳门新文学概述

澳门新文学起步相当晚，以致人们将闻一多在澳门之外写作的《七子之歌》当做澳门新文学的起点。郁达夫也以澳门为主要场景写过著名小说《过去》，应该属于澳门与新文学联系的一个要点。

据澳门资深文学家李成俊说：“澳门文学有一个很突出的特点，就是同反抗异族的压迫相结合。……澳门早期新文学活动应该说是‘九一八’救亡运动以后逐步开展起来的。”① 抗战文学才成为澳门新文学的一个闪亮的起点。

澳门的戏剧文学在抗日救亡运动中发挥了巨大作用。祖国陆沉的悲愤，激起了话剧工作者同仇敌忾的决心；敌人炮火的轰响，压不倒一波又一波演剧宣传的巨大声浪。与此相呼应的是，澳门戏剧在抗战时期也呈现了活跃的态势，澳门的戏剧界人士配合祖国的抗战形势，组织了前锋剧社、绿光剧社、起来剧社、晓钟剧社等众多话剧演出团体，这些团体的代表人物黄君烈先生、余巴（余长才）先生和梁曼飞先生等，出于民族救亡的强烈责任感，以演剧的方式，将个体生命汇入全民抗战的历史洪流。1937 年 9 月 4 日，在澳门清平戏院举行的抗战募捐游艺大会上，前锋剧社演出话剧《烙痕》，反映了东北义勇军为国牺牲的故事。晓钟剧社演出话剧《布袋队》，表现了在民族生死存亡的关头，中国的志士们对外敌和汉奸的斗争。

① 李成俊：《夜未央楼随笔》，澳门日报出版社 2005 年版，第 18~21 页。

在抗战热潮中，澳门出现了一批新诗的歌吟者，最值得一记的是著名诗人蔚荫脱稿于澳门的长诗《在街上》。全诗分五部，达687行，为澳门中文新诗史上至今为止最长篇的一首诗。自20世纪40年代起，《艺峰》(文艺刊）刊载了诗歌、小说和散文作品，是澳门新文学较早的刊物。此外，澳门尚有《朝阳》、《大众》、《新声》、《澳门时报》、《民生》和《平民》等几家报纸，其中有的设有副刊，比较著名的是陈霞子主持的《大众报》副刊。1938—1941年，陈霞子所撰的侦探小说《侦察胆》和新派武打小说《芝加哥杀人王》等，作为商业文化的文学产品，受到了读者的欢迎。与此同时，小说家余寄萍撰著的言情小说如《温柔滋味》等，也吸引了大量读者。

1920—1949年这一历史时期，澳门继续作为被葡萄牙占据的中国领土，中国本土文化对澳门依然有着强大的影响力，来自西方特别是葡萄牙的文化也对澳门产生一定的影响。本时段的澳门代表性文学，是澳门历史文化（文学）遗产的重要组成部分，也是中西文化（文学）交流史的珍贵资料。当然，本时段的澳门文学，文学体裁发展不太平衡，仍以诗词为主体，其他文学种类相对较少。纵令如此，本时段的澳门文学仍是中国现代文学史重要的组成部分。

◎ 思考题

1. 简述台湾新文学运动中张我军在文学理论上的建树。
2. 试论述赖和小说的思想及艺术成就。
3. 试析吴浊流的长篇小说《亚细亚的孤儿》中胡太明的人物形象。
4. 论述大陆两次作家南下对香港文坛的影响。
5. 谈谈黄谷柳小说《虾球传》语言方面的特点。

第四编

抗日民主根据地及解放区文学的开拓

第一章　延安文艺整风与根据地文艺运动的新阶段

抗日战争形成的武装割据局面，使得中国现代文学的发展拥有了另一个重要的空域，这便是中国共产党领导的抗日民主根据地及后来的解放区。这里的文学继承了左翼文学的传统，但在新的形势下有新的发展。根据地文学和解放区文学是一种具有强烈的时代性和区域性的文学，但为以后新中国文学的建设提供了基本的原则和丰富的经验。

第一节　延安文艺整风运动和《在延安文艺座谈会上的讲话》

遵义会议后，中国共产党在毛泽东的领导下，纠正了“左”倾、右倾机会主义的错误，使党的思想路线开始转到把马克思列宁主义普遍真理同中国革命实际相结合的轨道上来。但由于政治形势的迅速变化，对于“左”、右倾错误思想根源还没有彻底地清算。抗战爆发后，党内又增加了大批农民和小资产阶级出身的新党员。因此，党内存在着思想不纯、作风不纯的现象。针对这种情况，毛泽东发表了《整顿党的作风》和《反对党八股》。党中央决定在全党范围内开展一次大规模的整风运动，这场整风运动对于根据地和解放区文学的建设，影响巨大而深远。

一、延安文艺整风运动

1942 年春开始的延安文艺整风运动，大致经历了以下几个阶段。

第一阶段：延安文艺界投身整风运动。3 月 9 日《解放日报》刊登了一篇名为《教条与裤子》的社论。《解放日报》社论以极富号召力的语言，热切呼吁人们不要停留在呆板的传达讨论上，要鼓起“脱裤子”的决心和勇气，切实割掉“三风”不正的“尾巴”。社论发表后，延安文艺界参与整风的积极性迅速高涨。丁玲以她对延安生活较长时间的体验和感情，写了杂文《“三八”节有感》。艾青以他诗人的目光，审视作家与作品、作家与社会的关系，极有针对性地发表了《了解作家、尊重作家》的意见。继丁玲《我们需要杂文》之后，罗烽又写了一篇倡导杂文的杂文《还是杂文时代》，情怀激荡地以示响应。对延安工作中见到的官僚主义作风，雷加在他的小说《躺在睡椅里的人》中进行了尖锐的嘲讽。萧军发表了《论终身大事》，从延安妇女问题谈及现代婚姻的意义，真诚地希望延安妇女获得真正的人的地位。王实味发表了《野百合花》和《政治家·艺术家》，这两篇文章所论述的问题，所反映的心情与上述作品并无太大的区别，但它们对延安生活中阴暗面的解剖与抨击，言辞十分激烈。与此同时，不仅有《解放日报》，其他如延安文协的《谷雨》、青委的墙报《轻骑队》、中央研究院的《矢与的》、军直文艺室的《蒺藜》，也都以各种文艺样式来揭示延安出现的一些不正常现象，表现文艺家们积极参与党的整风，展现了“脱裤子”“割尾巴”的莫大热情。尽管这些诗、文、画所涉及的问题各有侧重，但作者的企图却十分相近。面对着延安残存的旧社会的落后现象以及新时代中新滋生的不良倾向，作为革命环境中的知识分子，都希望通过批评和揭露加以铲除，使延安社会向着更加光明的方向发展。

然而，包括《矢与的》在内的一些正式刊物和临时性的墙报上的文章，震惊了为了抗战和保卫延安浴血疆场并随时准备奉献生命的将领们，无论在感情上还是在理智上，他们都无法接受由这些享受着根据地相对宁静的后方生活的笔杆子们所揭示的阴暗面。面对如此不留情面、尖刻锐利而又如此广泛普遍的批评指责，作为整风发动者的毛泽东也是始料未及的。同时延安文艺界思想上的不良倾向，以及存在着与革命形势不协调的现象，也进一步暴露出来了。文艺界的状况促使整风的局面开始向另一个方向转变。

第二阶段：延安文艺界自身的思想整风。1942 年 3 月的最后一天，毛泽东出席了《解放日报》改版座谈会。座谈会上，《解放日报》社长博古为前一阶段报纸编辑方针的失误和对整风精神理解的偏差作了自我批评。4 月 5 日和 4 月 6 日，《解放日报》发表了两篇不同于以往倾向的社论：《整顿三风必须正确进行》、《自我批评从何着手》。这两篇文章不仅严格区分了整风斗争正确与不正确的方法，而且也把整风的对象从党内延伸到知识分子。当 4 月 7 日《中共中央宣传部关于在延安讨论中央决定及毛泽东同志整顿三风报告的决定》(简称《“四三”决定》）见报后，整个延安的整风运动正式进入第二个阶段。

为了从根本上提高文艺工作者的思想认识，使文艺得到正确的发展，更好地为革命事业服务，党中央对文艺界的现状做了大量的调查研究工作。当时延安的文艺工作者基本来自于国统区，他们不满国民党的黑暗统治，投奔革命圣地延安，但其世界观基本上还是属于小资产阶级的，思想上与革命形势和任务的要求还存在着一定的距离。一是在文艺创作中存在着小资产阶级的自我表现倾向，一些文艺工作者从亭子间来到革命根据地，文艺观不够正确，很少考虑文艺如何为人民的问题。部分文艺工作者对工农兵群众缺乏接近、了解和研究，不善于描写他们，往往把注意力放在研究和描写知识分子上面，把自己的作品当做小资产阶级的自我表现来创作，缺乏积极意义。如严文井的短篇小说《一个钉子》、马加的短篇小说《间隔》等。二是文艺工作者对新的环境、生活、人物和服务对象不了解，尤其是随着抗战形势变化，根据地生活条件的恶化，出现了一些缺点和阴暗面，部分文艺工作者不能正确的认识和对待“歌颂与暴露”。过分强调在解放区“暴露黑暗”，这反映了一些文艺工作者身上存在的个人主义、平均主义和极端民主化等观点和作风。他们以这种观点来看待革命队伍和根据地的生活，并带着这样的思想倾向和感情来进行文艺创作，提出文艺主张。有些作品把延安现实生活中的一些不良现象加以典型化，过分夸张、渲染。如《野百合花》中写到“天下乌鸦一般黑”、“衣分三色，食分五等”，产生了一些消极影响。三是文艺脱离实际斗争，反映时代、反映现实、反映生活不够。学风上也“只管向古典作品和大师去埋头学习，埋头提高”①。如“鲁艺”存在关门提高现象，不深入到工农兵群众中去，热衷于在学校提高技巧，演大戏成风，过于看重那些名著佳作，没有认识到创作和上演反映现实生活的文艺作品的必要性和紧迫性。还有一些作家不能正确把握文艺与政治的关系，宣扬“人性论”、“艺术第一”、“超阶级的爱”等。这在革命战争年代，是非常不合时宜的错误观点。这些现象的存在，说明开展一次文艺整风是完全必要的。

第三阶段：召开文艺座谈会，统一思想认识。1942 年 5 月 2 日和 5 月 23 日，毛泽东同志分别作了著名的《在延安文艺座谈会上的讲话》(以下简称《讲话》）的绪言和结论两部分讲演，一方面对前段时间文艺界出现的与延安光明现实不协调的言论和观念一一加以剖析指正；另一方面，更重要的是确立了文艺为工农兵服务的总方针以及如何为工农兵服务的方法途径。《讲话》使大多数延安文艺工作者思想得到统一。自此，毛泽东的《讲话》

① 周扬：《艺术教育的改造问题》，载《解放日报》1942 年 9 月 9 日。

不仅成为整风前后期的界碑，也成为整个解放区文学前后期的标志，延安文艺界的思想整顿正式成为延安整风的组成部分。

5月文艺座谈会不久，毛泽东又亲临“鲁迅艺术学院”演讲，号召大家走出“小鲁艺”，到“大鲁艺”（泛指工农兵群众的火热生活）中去。延安文艺整风运动向纵深开展，文艺工作者开始结合毛泽东的《讲话》，纷纷反省和检讨自身的思想问题，并力求深挖其根源以使自己的思想观念与《讲话》精神达到一致。在许多文艺主张上，各人都积极表态，表示要与过去诀别，向《讲话》精神靠拢。延安作家群思想观念的转向，使中国文坛实现了前所未有的大统一。

1943年3月，中央文委和中共中央组织部召集了一部分在延安从事文艺工作的党员开会，凯丰和陈云分别作了题为《关于文艺工作者下乡的问题》和《关于党的文艺工作者的两个倾向问题》的报告。他们在批评文艺工作者“自以为特殊”、骄傲自大的缺点的同时，号召文艺工作者到群众中去。

1943年5月，中华全国文艺界抗敌协会延安分会为响应中央文委“文艺与实际结合，文艺与工农兵结合”的号召，作出了作家全部下乡的决定，延安文艺整风至此告一阶段。1943年6月7日，胡宗南部队炮击关中分区驻地，准备闪击延安，整个延安的普遍整风在三个月的总结之后也基本结束。当年10月，毛泽东的《讲话》在《解放日报》上正式发表，文艺界的整风高潮从延安逐渐推向其他抗日民主根据地和国统区进步文艺界。

延安文艺整风运动的开展，标志着新文学与工农兵群众相结合的文艺新时期的开始。许多作家在毛泽东文艺思想指引下，在塑造工农兵形象和反映伟大的革命斗争方面获得了新成就，在文学的民族化、群众化上取得了重大突破。出现了赵树理的《小二黑结婚》、《李有才板话》，丁玲的《太阳照在桑干河上》，周立波的《暴风骤雨》，李季的《王贵与李香香》，贺敬之、丁毅的《白毛女》，阮章竞的《漳河水》，孙犁的《荷花淀》等作品。在国统区，党领导下的进步文艺界团结广大作家，发挥了重大战斗作用。艾青、田间及七月诗派的诗歌创作，茅盾、巴金、老舍、沙汀、艾芜、路翎的小说以及曹禺、夏衍、陈白尘、宋之的、吴祖光的戏剧创作，在反映现实的深度、广度与多样化方面都达到了新的水平。

二、《在延安文艺座谈会上的讲话》的发表

1942年5月2日至23日，中共中央为推动文艺界整风，在延安杨家岭举行文艺工作者座谈会，有80多位作家、艺术家参加。座谈会围绕党的文

艺为什么人服务和怎样服务这个中心，展开了热烈的讨论。毛泽东在 5 月 2 日的第一次会议上讲了话，在 5 月 23 日的最后一次会议上又作了长篇讲话。毛泽东的这两次讲话，即“引言”和“结论”，合称《在延安文艺座谈会上的讲话》（以下简称《讲话》），于 1943 年 10 月 19 日的延安《解放日报》上正式发表。

毛泽东在《讲话》的“引言”中，阐明了文艺工作在整个革命事业中的重要地位，说明了召集这次文艺座谈会的目的，指出了文化战线和军事战线是我们为中国人民解放的斗争中的文武两个战线。今天开会，“就是要使文艺很好地成为整个革命机器的一个组成部分，作为团结人民、教育人民、打击敌人、消灭敌人的有力的武器，帮助人民同心同德地和敌人作斗争”①。为了实现这个目标，毛泽东针对当时延安文艺界的实际情况，提出了文艺工作者的立场、态度、对象、工作和学习等五个问题，请与会者讨论，并就如何解决这些问题发表了指导性意见。“引言”对这次座谈会起了重要的导向作用。

《讲话》的“结论”是对“引言”中提出的五个问题的回答，也是对座谈会上讨论中的各种意见的评析和总结。毛泽东在“结论”中，抓住“一个为群众的问题和一个如何为群众的问题”这个核心，就文艺与群众、文艺与生活、文艺与政治、普及与提高、批判与继承、歌颂与暴露、动机与效果、文艺批评的标准、党的领导和文艺界的统一战线等一系列重要的文艺理论问题和文艺战线的实际问题作了深刻的阐释。

毛泽东在《讲话》中首先把当时延安文艺界存在的种种问题归结为一个为什么人的问题，并把它作为首要问题提了出来。他说：“为什么人的问题，是一个根本的问题，原则的问题。”“这个根本问题不解决，其他许多问题也就不易解决。”② 但是当时抗日根据地文艺界的很多同志对这个问题并没有得到明确的解决。针对这种情况，毛泽东强调，我们的文艺是为最广大的人民大众的。他指出，在新民主主义革命阶段，最广大的人民大众是四种人：工人是领导革命的阶级，农民是革命中最广大最坚决的同盟军，人民武装队伍是革命战争的主力，城市小资产阶级劳动群众和知识分子也是革命的同盟军。因此，我们的文艺就应该是为占全国人口 90%以上的工人、农

① 中共中央文献研究室：《毛泽东文艺论集》，中央文献出版社 2002 年版，第 48~49 页。

② 中共中央文献研究室：《毛泽东文艺论集》，中央文献出版社 2002 年版，第 60 页。

民、兵士和城市小资产阶级服务的，首先是为工农兵服务的，为工农兵而创造，为工农兵所利用的。

文艺工作者明确了文艺要为人民大众服务，首先为工农兵服务的根本方向，就必须站在无产阶级的立场上。这是因为无产阶级代表着最广大人民群众的根本利益，代表着历史前进的方向。文艺工作者只有站在无产阶级的立场上，才能熟悉工农兵群众，并进而去表现工农兵群众，去教育工农兵群众，也才能引导小资产阶级劳动群众和知识分子与自己一道前进。因此，“我们的文艺工作者一定要完成这个任务，一定要把立足点移过来，一定要在深入工农兵群众、深入实际斗争的过程中，在学习马克思主义和学习社会的过程中，逐渐地移过来，移到工农兵这方面来，移到无产阶级这方面来。只有这样，我们才能有真正为工农兵的文艺，真正无产阶级的文艺”①。

毛泽东认为，文艺工作者要为人民大众服务，首先为工农兵服务，就必须深入工农兵群众火热的斗争生活，坚持同工农兵群众相结合。然而，革命的文艺工作者对于这些，以前却是“不熟，不懂，英雄无用武之地”，即不熟悉工农兵及其干部，不懂得群众的语言，你讲的一套大道理不为群众所赏识。文艺工作者要改变这种状况，就必须深入工农兵，与群众打成一片。毛泽东还以自己感情变化的经验为例，说明“要群众了解你，你要和群众打成一片，就得下决心，经过长期的甚至是痛苦的磨炼”。

从文艺与人民生活的关系来看，依据马克思主义的能动的反映论，毛泽东指出：“作为观念形态的文艺作品，都是一定的社会生活在人类头脑中的反映的产物。革命的文艺，则是人民生活在革命作家头脑中的反映的产物。”② 生活是一切文学艺术的取之不尽、用之不竭的唯一的源泉。而“文艺作品中反映出来的生活却可以而且应该比普通的实际生活更高、更强烈、更有集中性、更典型、更理想，因此就更带普遍性。革命的文艺，应当根据实际生活创造出各种各样的人物来，帮助群众推动历史的前进”③。针对有些人把古代的和外国的文艺作品也当做源泉的观点，毛泽东指出，过去的文艺作品不是源而是流，它们归根到底也是彼时彼地人民生活的能动反映。我们必须继承一切优秀的文学艺术遗产，批判地吸收其中一切有益的东西，作为我们今天文艺创作的借鉴。因为，有与没有这个借鉴是不同的，这里有文野之分、粗细之分、高低之分、快慢之分。但是继承和借鉴决不可以变成替

---

① 中共中央文献研究室：《毛泽东文艺论集》，中央文献出版社 2002 年版，第 60 页。

② 中共中央文献研究室：《毛泽东文艺论集》，中央文献出版社 2002 年版，第 63 页。

③ 中共中央文献研究室：《毛泽东文艺论集》，中央文献出版社 2002 年版，第 64 页。

代自己的创造。“文学艺术中对于古人和外国人的毫无批判的硬搬和模仿，乃是最没有出息的最害人的文学教条主义和艺术教条主义。”① 文学艺术的繁荣和发展，归根到底取决于文艺工作者对现实人民生活这个唯一源泉中的文学艺术原料的能动的加工和创造。

毛泽东指出了当时延安文艺界中存在的种种问题，并仔细分析产生的原因，认为文艺界中还严重地存在着作风不正的东西，还有很多的唯心论、教条主义、空想、空谈、轻视实践、脱离群众等缺点，需要有一个切实的严肃的整风运动。

毛泽东指出，有许多同志还不大清楚无产阶级和小资产阶级的区别。有许多党员在组织上入了党，思想上并没有完全入党，甚至完全没有入党。因此我们的党、我们的队伍，虽然其中的大部分是纯洁的，但是为要领导革命运动更好地发展，就首先需要在思想上整顿，延安文艺界现在已经展开了思想斗争，这很有必要。毛泽东指出，因为思想上有许多问题，我们有许多同志也就不大能真正区别革命根据地和国民党统治区，并由此弄出许多错误。赴延安的许多文艺工作者很多是从上海亭子间来的，从亭子间到革命根据地，不仅是经历了两种地区，而且是经历了两个历史时代。我们周围的人物，我们宣传的对象，完全不同了。过去的时代，已经一去不复返了。因此，我们必须和新的群众相结合，不能有任何迟疑。如果同志们在新的群众中间，还是说“不熟，不懂，英雄无用武之地”，那么，不仅下乡要发生困难，不下乡，就在延安，也要发生困难的。

针对当时党内，包括延安文艺界严重地存在着的种种作风不正的情况，毛泽东一针见血地指出中国共产党“为要领导革命运动更好地发展，更快地完成，就必须从思想上组织上认真地整顿一番。而为要从组织上整顿，首先需要在思想上整顿，需要展开一个无产阶级对非无产阶级的思想斗争”②。坚持用无产阶级先锋队的面貌改造党、改造世界，反对任何企图用小资产阶级知识分子的面貌来改造党、改造世界的主张，通过积极参加这场关系党和革命事业的命运与前途的斗争，使每一个同志都健全起来，使整个队伍在思想上和组织上都真正统一起来、巩固起来。

毛泽东的《讲话》是中国新文化运动发展史上的里程碑。尽管毛泽东

---

① 中共中央文献研究室：《毛泽东文艺论集》，中央文献出版社 2002 年版，第 63 页。

② 中共中央文献研究室：《毛泽东文艺论集》，中央文献出版社 2002 年版，第 80 页。

发表《讲话》的最直接的目的主要是解决当时他深感忧虑的延安文艺界的一些问题，但从其客观效果看，《讲话》的历史意义和历史价值远不仅仅于此。毛泽东以中共最高领导人的身份对延安文艺问题发表的这些意见和指示，作为毛泽东文艺思想的核心及最重要的组成部分，奠定了共产党领导下的中国文艺的理论和政策基础。在此后几十年里，《讲话》的基本精神主导了新中国文艺的进程和发展方向。为了调动文艺界一切可以调动的力量为抗战服务，毛泽东从坚持党的政治领导的角度，要求将文艺纳入现实政治的轨道，为现实政治服务，也就具备了历史合理性。政治家的立场和思维方式决定了毛泽东不可能撇开战争、撇开政治去专门研究纯粹意义上的文艺特征及特殊规律，而把关注的重点放在阐明党如何领导文艺的根本性的政策问题上，这是十分自然的。同时，《讲话》科学地阐述了生活“是一切文学艺术的取之不尽，用之不竭的唯一源泉”。明确地指出了“文艺作品中反映出来的生活却可以而且应该比普通的实际生活更高，更强烈，更有集中性，更典型，更理想，因此就更带普遍性”①。这些对文艺与生活关系的辩证论述，符合审美创造规律，因而对之后文艺家的创作实践起到正面的指导作用。《讲话》的核心命题是革命文艺“为群众”以及“如何为群众”，这是新文学诞生以来一直被关注却一直没有根本解决的问题。毛泽东要求文艺家主动融入工农兵的生活，不仅为解决创作源泉提供了良方，也为新文学的通俗化指明了方向和途径。在民众与新文学关系问题上，毛泽东打破了一以贯之的自上而下的视角，将关注的重心由创作主体的创作变为接受主体的接受，消解了当时环境中文学雅与俗的对立、普及与提高的矛盾，为文艺家自觉走向大众扫除了心理障碍，也为新文学为广大民众所喜闻乐见提供了一种可能。毋庸置疑，民众与新文学的对话，是自《讲话》后得以开始的；民众与新文学的关系，是自《讲话》后得以改善的。在这一点上，《讲话》的意义在任何时代都无法忽略。

适应战争与救亡的形势，是当时新文学的一个显著特征。战争时期特殊的社会政治文化环境，促成了许多战时所特有的文学现象，决定了不同的创作潮流和趋势。1938 年，在中国共产党的促成下，中华全国文艺界抗敌协会在武汉成立，标志着 30 年代无产阶级革命文学、自由主义文学、民族主义文学等文艺思潮和运动汇聚在一起，组成了文艺界全国性的抗日民族统一阵线，实现了历史上唯一的一次包括国共两党作家在内的文艺界的大联合。

① 中共中央文献研究室：《毛泽东文艺论集》，中央文献出版社 2002 年版，第 63～64 页。

昔日因政治或文学观点不同而彼此对立的各派作家艺术家都捐弃前嫌，在民族解放的旗帜下实现了统一。文艺创作活动在空前的广度和深度上与人民大众相结合，爱国主义成为了文艺创作的共同主题。由于战时形成的地缘政治文化的制约和影响，抗日战争时期的文艺形成了国统区文艺、解放区文艺、上海“孤岛”文艺和沦陷区文艺等各具地缘政治特色的文艺。也正是在这个时期，毛泽东通过总结新民主主义文艺发展的特点和规律，发表了《讲话》，提出了党领导文艺运动的指导思想和基本政策，进而在此基础上中国共产党系统地形成了关于新民主主义革命时期的文艺方针政策。

第二节　周扬的文学理论批评

毛泽东《讲话》的发表，拉开了中国现代文学的新序幕，占中国人口绝大多数的广大人民群众走上了文艺的舞台中心。在解放区，也开始了文学思想的艰难转换历程，中国知识分子原本站在民主主义或者小资产主义的立场上，在毛泽东《讲话》发表后，周扬充当了阐释毛泽东文艺思想的激先锋。文艺的大众化，文艺为工农兵服务，文学批评的政治性等毛泽东文艺思想的精髓被阐释发扬。丁玲、王实味等文学思想的批判也因此成为解放区毛泽东文艺思想实践重要组成部分。和“五四”新文学传统的砥砺、与左翼文学传统的继承与发扬，也成为这个时代文学的重要内容。

一、周扬的人生与理论历程

周扬自 20 世纪 30 年代参加左翼文学运动，并担任重要领导职务后，成为中国现代文学批评领域中无产阶级文学理论的坚定维护者和热情宣传者，是一位有影响力的文艺理论家。1937 年秋，周扬夫妇与艾思奇、周立波等 12 人来到延安。周扬到延安后，向党中央和毛泽东主席汇报了几年来上海文化界的情况，还不满 30 岁的周扬受到毛泽东的信赖，被党中央委任为陕甘宁边区文化界救亡协会主任、陕甘宁边区教育厅长等职，负责边区的群众抗日救亡文化工作和教育工作，不久担任由毛泽东、周恩来倡议成立于延安的“鲁迅艺术学院”副院长职务。从 1940 年到抗战胜利，周扬一直主持着延安鲁艺的工作，为无产阶级革命文艺的发展呕心沥血。这段时期，也是他在马克思主义文艺理论研究上逐渐走向成熟和对于建立中国的马克思主义美学体系的尝试阶段。1942 年 5 月，毛泽东的《讲话》发表，周扬当即以一个马克思主义文艺理论家的眼光，充分肯定了《讲话》的重大思想意义。他不但自己认真学习《讲话》的精神，在课堂上讲给“鲁艺”的学生们听，帮助他们学习和领会《讲话》的深刻内涵，也在各种文艺活动场合热情宣传和贯彻《讲话》精神。周扬一生都孜孜不倦地从事着马克思列宁主义、毛泽东思想的宣传、解说和应用。延安整风运动期间，周扬写了批判托派文艺理论的《王实味的文艺观与我们的文艺观》。毛泽东亲自修改定稿，给予文章和作者以极高的评价。

中华人民共和国成立后，周扬围绕十几年前他介绍过的社会主义现实主义来展开他的文艺理论中的现实主义问题。对于周扬来说，它正是人们按照跟过去不同的观点“规定”出来的东西；而且还可以根据需要对他作新的解释、新的“规定”。

周扬根据“规定”，一方面从思想上树立毛泽东文艺思想的权威性，从理论上阐释毛泽东文艺思想的科学性与历史地位，宣讲《讲话》的巨大意义；另一方面又对延安后期出现的符合《讲话》路线的文艺新事物给予积极评价扶持，对不符合新的意识形态、不符合毛泽东文艺路线的文艺作品进行批判，坚决捍卫毛泽东文艺思想。如对农民诗人孙万福诗歌的介绍、对文坛新人赵树理的积极评价扶持，都是切实实践《讲话》精神的具体表现。对延安新出现的秧歌剧，周扬更是积极扶持，并写专门文章介绍这种民间文艺。《表现新的群众时代——看了春节秧歌以后》一文特别强调秧歌剧与延安文学方向的一致性，说：“秧歌本来是农民固有的一种艺术，农村条件之下的产物。新的秧歌从形式上看是旧的秧歌的继续和发展，但在实际上已是和旧的秧歌完全不同的东西了。现在的秧歌虽仍然是农村的艺术，仍然是农村条件下的产物，但却是解放了的，而且开始集体化了的新的农民的艺术，是已经消灭了或至少削弱了封建剥削的新农村条件之下的产物；我们要保持农民的特色，但却是新的农民的特色。新的秧歌必须表现‘新的群众的时代’。”① 对于文坛新人赵树理，周扬更是把他看做实践《讲话》精神的一个典范，把他的创作看做是解放区文学前进的方向，说：“赵树理同志的作品是文学创作上的一个重要收获，是毛泽东文艺思想在创作上实践的一个胜利。我们欢迎这个胜利，拥护这个胜利！”② 也正因为此，赵树理被树立为延安文学方向的航标，这些都表现出周扬在心理上已经对现实政治绝对认同。

---

① 周扬：《表现新的群众的时代》，载《周扬文集》第一卷，人民文学出版社1984年版，第439~440页。

② 周扬：《论赵树理的创作》，载《周扬文集》第一卷，人民文学出版社1984年版，第498页。

周扬对不符合延安意识形态的文艺展开了一系列批判，使他们对现实政治俯首就范，维护延安意识形态的权威性，最典型的就是对王实味的批判。在延安轰轰烈烈地开展批判王实味文艺思想的同时，周扬写了一篇很有名的文章《王实味的文艺观和我们的文艺观》。文章不仅批判了王实味托派思想的反动本质，而且彻底把艺术政治化。周扬说："我现在深深地感觉，不把自己的创作活动与群众的实际斗争密切联系起来，使之服从这个斗争的需要，是不可能有艺术与政治之真正的结合的。""我们的艺术教育、文艺运动如果没有和新民主主义政权和人民的军队、和工农大众密切而且直接地联系，艺术服务政治，就是一句空话。"① 周扬这两段话都反复强调了艺术与政治的结合，艺术要走政治化的道路，把文艺理解为政治的附属品。

二、周扬的文艺大众化理论

文艺大众化是解放区文艺运动的中心问题，也是周扬在本时期文学理论批评的主题。文艺大众化并非始于周扬，但他除了一如既往地沿着他早期理论探索道路前进外，还在一种信仰的虔诚中，对毛泽东文艺思想作了进一步阐述，发展了毛泽东文艺思想，并且使他的思想自觉不自觉地融入了毛泽东文艺思想体系中。

早在"五四"新文化运动中，鲁迅等思想家就提出了文艺大众化的主张。不过，最初的新文学作品的读者主要限于城市小资产阶级和资产阶级知识分子，并没有在工农群众中普及，文学与人民大众之间仍然存在明显的隔阂和距离。20 年代到 30 年代，相继出现文艺大众化的多次讨论。"左联"在《中国无产阶级革命文学的新任务》的决议中指出，"只有通过大众化的路线，即实现了运动与组织的大众化，作品、批评以及其他一切的大众化……才能创造出真正的中国无产阶级革命文学"；认为大众化是建设革命文学"第一个重大的问题"。应该说，文艺大众化问题实质上就是要沟通文学与人民群众的关系。提出的动机当然是好的，而且经过热烈的讨论，但问题并没有解决。周扬不止一次地说："大众文艺的问题不是今天才提出来的，革命文学是在大众化的旗帜下斗争过来的，现在也还是继续斗争着。"②"新文艺在其基本趋向上是向着大众的"，这是因为"文学革命是在谋文学

① 周扬：《王实味的文艺观与我们的文艺观》，载《周扬文集》第一卷，人民文学出版社 1984 年版，第 390~391 页。

② 周扬：《抗战时期的文学》，载《周扬文集》第一卷，人民文学出版社 1984 年版，第 235 页。

和大众结合的目标之下实行的。第一是提倡了白话，宣布了文言为‘死文学’，相当地吸收了民间话语和方言，使文学与大众之间的距离缩短了一大步；第二是创作的视野伸展到了平民的世界，对于下层民众的生活和命运给予了某种程度的关心；第三是‘五四’以来新文学最优秀的代表者向大众立场的移行”①。所以在周扬看来，继承和发扬“五四”以来的新文学传统，首先就是“继续文艺大众化的路线，学习大众的活生生的言语，研究民间文艺的形式，摄取其中的长处和精华，把大众化的路线贯彻到底”②。当然，“五四”新文学运动不是没有缺陷的，这个缺陷首先也在于“和大众结合的程度却仍然是非常之微弱。除开许多别的原因，新文艺本身缺乏着‘老百姓所喜闻乐见的，新鲜活泼的中国作风，中国气派’”③。它还没有能够成为真正大众的语言，还没有广泛地涉及广大工农民众的生活。周扬认为，这些缺陷和限制是“新文学在向大众方向的前进中”的“绊脚石”，必须给予清除④，新文艺能不能取得更大前途，完全取决于它能不能和大众有更进一步的结合⑤。

抗日战争的全面爆发和民族解放运动的空前高涨，周扬把“五四”文学大众化传统同现实生活对文学的新要求结合起来，并从理论上阐说了在新的时代和社会环境中，文艺大众化运动的可能性与必然性。他说：“战争给予新文艺的重要影响之一，是使进步的文艺和落后的农村进一步地接触了，文艺人和广大民众，特别是农民进一步地接触了。抗战给新文艺换了一个环境，新文艺的老巢，随大都市的失去而失去了，广大农村与无数小市镇几乎成了新文艺现在唯一的环境。这个环境虽然是比较生疏的、困难的，但除它以外也找不到别的处所，它包围了你，逼着你和它接近，要求你来改造它。过去的文化中心既已暂时变成了黑暗区域，现在的问题就是把原来落后的区域变成文化中心，这是抗战现实情势所加于新文艺的一种责任。新文艺在改

---

① 周扬：《关于“五四”文学革命的二三零感》，载《周扬文集》第一卷，人民文学出版社 1984 年版，第 319~320 页。

② 周扬：《新的现实与文学上的新的任务》，载《周扬文集》第一卷，人民文学出版社 1984 年版，第 257 页。

③ 周扬：《艺术教育的改造问题》，载《解放日报》1942 年 9 月 9 日。

④ 周扬：《关于“五四”文学革命的二三零感》，载《周扬文集》第一卷，人民文学出版社 1984 年版，第 320~321 页。

⑤ 周扬：《艺术教育的改造问题》，载《解放日报》1942 年 9 月 9 日。

造环境中将会更多地改造了自己。”① 在这一新的环境和新的任务面前，“艺术和大众将在抗战中开始进一步的结合”②，也就是说，将使文艺的大众化进入一个新阶段。这个新阶段的划时代的标志，就是毛泽东的《讲话》和在《讲话》精神指导下的解放区文艺运动，而周扬则是阐发《讲话》精神和组织解放区文艺运动的最重要的理论批评家和文艺领导人，这也就奠定了他在文艺理论批评史和文艺运动史中的地位。

1942年毛泽东发表《讲话》，提出文艺为工农兵服务的命题后，周扬心悦诚服地接受这一思想。正如周扬在1944年所说，“大众化”，我们过去是怎样认识的呢？我们把“大众化”简单地看做创造大众能懂的作品，以为只是一个语言文字的形式问题，而不知道同时甚至更重要、更根本的是思想感情的内容的问题。毛泽东在《讲话》中“最正确、最深刻、最完全地从根本上解决了文艺为群众与如何为群众的问题。他把列宁的原则具体化了，丰富了它的内容，使它得到了辉煌的发展”，“文艺从群众中来，必须到群众中去。这同时也就是毛泽东同志讲话的中心思想，而他的更大的贡献是在最正确最完全地解决了文艺如何到群众中去的问题”。根据这个中心思想，周扬看到了《讲话》与文艺大众化的内在联系及其深远意义。他说：“毛泽东同志指示我们，文艺应为大众，这就是新文艺运动的根本方针。在战争和农村，以及国内政治环境的种种限制之下要坚持这个方针；在战后和平建国回到大都市的新环境之下仍然要坚持这个方针，而且更要坚持这个方针。所以我们今天在根据地所实行的，基本上就是明天要在全国实行的。为今天的根据地，就正是为明天的全国。”③ 他通过对毛泽东文艺理论的学习，周扬对文艺大众化有了新的理解和阐述。

首先，周扬从文艺的发生学和发展观的意义上，论述了大众化对于文艺的发生、发展所具有的本源性意义。1944年7月延安华北书店出版了周扬编辑的《马克思主义与文艺》一书，这本书选辑了马克思、恩格斯、普列汉诺夫、列宁、斯大林、高尔基及毛泽东有关文艺的批评和意见，首次将毛泽东的文艺思想与马、恩、列、斯的文艺思想相提并论。周扬在序言中指出：“他们的意见虽是在不同的历史情况之下，针对不同的具体问题而发的，但是他们中间却贯串着立场方法上的完全一致：最科学的历史观点与无

① 周扬：《对旧形式利用在文学上的一个看法》，载《中国文化》1940年2月25日创刊号。

② 周扬：《我们的态度》，载《文艺战线》1939年2月16日创刊号。

③ 周扬：《艺术教育的改造问题》，载《解放日报》1942年9月9日。

产阶级的革命精神之结合。”① 周扬根据马克思、恩格斯、列宁、高尔基、鲁迅等所提供的理论资源，对毛泽东的文艺思想进行了论证。在序言中，他从发生学上阐说了文艺与大众、与大众的劳动和生活的密切关系。周扬还从马克思、恩格斯提出的“劳动分工”的思想获得启示，认为在手与脑还没有分工的原始社会，是群众的劳动创造了最初的文艺，只是由于脑力劳动同体力劳动的分离以及阶级的分化，才使得艺术在其发展的某些历史阶段上脱离了人民大众，因此对于无产阶级文艺来说，当然要把艺术应当直接服务于劳动群众当做艺术运动的全部方针提出来。把这两层意义概括起来，就是毛泽东这个讲话很好地说明了马克思、恩格斯、列宁等人的文艺思想，同时，他们的思想又恰好证明了毛泽东文艺思想的正确。《讲话》既是这本书的编辑的指导纲领，又是它的重要内容。他郑重指出：“毛泽东同志的《在延安文艺座谈会上的讲话》给革命指示了新方向，这个讲话是中国革命史上、思想史上的一个划时代的文献，是马克思主义科学与文艺政策最通俗化、具体化的一个概括，因此又是马克思主义科学与文艺政策的最好的课本。”周扬的这一阐释超出了许多批评家仅仅把大众化视为启蒙的手段或途径的见解，转而从艺术的本源性和革命性方面论述大众化的意义。

其次，周扬根据《讲话》中关于改造世界观的论述，从作家的主体方面定义了大众化。他说：“毛泽东同志作了关于‘大众化’的完全新的定义：大众化‘就是我们的文艺工作者的思想感情和工农兵大众的思想感情打成一片’。这个定义是最正确的。”② 周扬认识到，人民群众文艺论的确立的关键在于作家的人生观的改造过程。这就把作家艺术家的思想改造也纳入了大众化的理论框架，相对于以往的大众化理论这是一个不小的变化。他深切地体会到了当一个作家的“灵魂深处还是一个小资产阶级知识分子的王国”的时候，为什么人的问题是不可能解决的；他深切地认识到，“我们的文艺工作者一定要把立足点移过来，一定要在深人工农兵群众、深入实际的斗争的过程中，在学习马克思主义和学习社会的过程中，逐渐地移过来，移到工农兵这方面来，移到无产阶级这方面来，只有这样我们才会有真正的为工农兵的文艺，真正地为无产阶级的文艺”。他认为，为人民群众服务的文艺能否产生，取决于作家的世界观、人生观是否得到真正的改造，是否把自己的立足点移到工农兵方面来。作家自己的感情是否属于工农兵，这才是文艺为工农兵的关键所在。1949 年 7 月，在第一次文代会上，周扬作了题

① 周扬：《马克思主义与文艺·序言》，载《解放日报》1944 年 4 月 11 日。

② 周扬：《马克思主义与文艺·序言》，载《解放日报》1944 年 4 月 11 日。

为《新的人民的文艺》的报告。在报告中，周扬明确指出：“毛主席的《在延安文艺座谈会上的讲话》规定了新中国的文艺方向，解放区文艺工作者自觉地坚决地实践了这个方向，并以自己的全部经验证明了这个方向的完全正确，深信除此以外再没有第二个方向了，如果有，那就是错误的方向”。

第三，周扬关于文艺大众化论述中，更重要的论点是“文艺工作者必须描写新的人物”①。这是周扬对毛泽东的“表现工农兵”论点和描写“新的人物，新的世界”论点的发挥和延伸。新的人物首先是指那些站在斗争最前线的积极人物的典型，周扬认为写这类人物“是我们文学创作上的一个伟大而困难的任务。原因是：一，作为我们遗产的过去优秀的作品几乎都只写了农民消极的落后的方面；二，现实中新的人物，新的个性也还在形成、生长之中”②。鉴于存在这样的困难，周扬以为不妨去写写“真人真事”，“真人真事，有模特儿，比较容易表现。而且本地的人物事件，大家熟悉，感到亲切，因而也易于收到教育的效果”③。但是周扬也并不偏执于必须写积极人物或英雄典型，在他所评论过的解放区的文艺作品中，他给予好评或肯定的人物就包括了各阶层的积极、消极或反动的各色形象。他在论析赵树理的人物创造时指出：“他总是将他的人物安置在一定斗争的环境中，放在这斗争的一定地位上，这样来展开人物的性格和发展。每个人物的心理变化都决定于他在斗争中所处的地位的变化，以及他与其他人相互之间的关系的变化。他没有在静止的状态上消极地来描写他的人物。”④ 这里虽然没有格外强调描写英雄典型或积极分子，但周扬相信，只要坚持将人物同“一定斗争的环境”联系起来，就势必会写出新的现实中的新的人物。

1949 年 7 月，在中华全国文学艺术工作者代表大会上，周扬在题为《新的人民的文艺》的报告中认为，中国人民在反对封建主义和帝国主义的斗争中，克服了困难，改造了自己，涌现了各种英雄模范人物。这种情况表现了新的人民时代的特点。他说：“我们是处在这样一个充满斗争和行动的时代，我们亲眼看见了人民中的各种英雄模范人物，他们是如此平凡，而又如此伟大，他们正凭着自己的血和汗英勇地勤恳地创造着历史的奇迹。对于他们，这些世界历史的真正主人，我们除了以全副的热情去歌颂去表扬之外，还能有什么别的表示呢？即使我们仅仅描画了他们的轮廓，甚至不完全

① 周扬：《谈文艺问题》，载《晋察冀日报》（增刊）1947 年 5 月 10 日。
② 周扬：《论赵树理的创作》，载《解放日报》1946 年 8 月 26 日。
③ 周扬：《谈文艺问题》，载《晋察冀日报》（增刊）1947 年 5 月 10 日。
④ 周扬：《论赵树理的创作》，载《解放日报》1946 年 8 月 26 日。

的轮廓，也将比让他们湮没无闻，不留片鳞半爪，要少受历史的责备。”① 这是周扬从历史唯物史观出发，根据新的时代的特点，对人民文艺提出的一个要求。如果不把这种描写当成人民文艺的唯一要求，肯定是正确的，提出这一理论也是很有意义的。

三、周扬的现实主义观

现实主义问题，是周扬文艺理论体系中另一个极其重要的问题。周扬正是在现实主义这一点上，找到了把马克思主义文艺理论和中国现实、中国传统的结合点，从而使马克思主义逐渐获得了中国的现实特点和民族特色。

第一，周扬的现实主义理论受到苏联社会主义现实主义和俄国民主主义现实主义批评家的深刻影响。早在30年代，周扬投身左翼文艺运动的时候已经是现实主义的信徒，而这自然跟中国革命文艺运动自来到世上就表明它将是一个独尊现实主义的运动有关。值得注意的是夏衍1991年论及周扬时说的一句话：“他受苏联文艺思想的影响，后来是受毛主席的《讲话》的影响。他的文艺思想，可以说基本上是受苏联的影响。”② 当时周扬关于现实主义的观点，几乎都来自苏联的文艺理论。他写于1933年的《关于“社会主义的现实主义与革命的浪漫主义”——“唯物辩证法的创作方法”之否定》一文，虽然不过是对吉尔波丁一个报告的内容和观点的转述，却首次较为全面、准确地在中国介绍了苏联当时提出社会主义现实主义口号的背景及其原则。应该说这个介绍有一定的理论深度，然而与中国革命文艺运动和创作的实际基本无涉，从中也看不到周扬自己的东西。30年代后期又译介了车尔尼雪夫斯基的《艺术与现实之美学关系》，他曾多次说过，“生活是第一义，没有生活的深切的实践，不会有伟大的艺术产生，在艺术见解上，我最服膺 Chernishevski（车尔尼雪夫斯基—引者注）的理论”③；“在美学上，我是车尔尼雪夫斯基的忠实信奉者。他的‘美即生活’的有名公式包含着深刻的真理”④。俄国民主主义美学家对生活第一的强调，苏联社会主义现实主义对于“在思想上去改造和教育大众”的要求，都同文艺的大众化思想有天然的契合之处，再加上吸收了《讲话》的精神，周扬提出，“新

① 周扬：《新的人民的文艺》，载《周扬文集》第一卷，人民文学出版社1984年版，第67页。

② 李辉：《与夏衍谈周扬》，载《摇荡的秋千》，海天出版社1998年版，第44页。

③ 周扬：《我所希望于〈战地〉的》，载《战地》1938年3月20日创刊号。

④ 周扬：《文学与生活漫谈》，载《解放日报》1941年7月17日。

的革命的现实主义"，"当具有两个最显著的特点：一个是它是以马克思主义的世界观为基础，这个世界观并不是单纯从书本上所能获得的，首先要求作家艺术家直接地去参加群众的实际斗争；再一个是它应当是以大众，即工农兵为主要的对象"。他还提出："现实主义应当以大众文化的研究为基础，这就是提高与普及应当结合。"① 这样，他就把《讲话》中提出的改造世界观、文艺的工农兵方向、普及与提高等问题均整合到他的现实主义理论中，构成了他的以生活为本位，以《讲话》精神和社会主义现实主义为指导，以文艺的大众化为方向的现实主义理论体系。

第二，周扬的现实主义理论强调世界观在文艺创作中的作用。周扬受毛泽东《讲话》的影响，对社会主义现实主义作了新的阐释。在《艺术教育的改造问题》一文中，周扬指出，新的革命的现实主义，"应当具有两个最显著的特点：一个是它是以马克思主义的世界观为基础，这个世界观并不是单纯从书本上所能获得的，首先要求作家艺术家直接地去参加群众的实际斗争；再一个是它应当是以大众，即工农兵为主要的对象"②。毛泽东在《讲话》中强调要使文艺为工农兵服务，为人民大众服务，把这作为党的文艺的根本方针。同时毛泽东强调要创作出真正为人民大众所喜爱的文艺，文艺工作者必须树立无产阶级世界观。毛泽东强调我们的文艺工作者一定要把立足点移过来，一定要在深入工农兵群众，深入实际斗争的过程中，在学习马克思主义和学习社会的过程中，逐渐地移过来，移到工农兵这方面来，移到无产阶级这方面来。只有这样，我们才能有真正为工农兵的文艺、真正无产阶级的文艺。

周扬认为，关于现实主义，我们常常抱着一个多少有些朴素的观点，就是写自己熟悉的生活，真实的感情。在这个观点下，我们摒弃了公式主义和概念化，但是由一个极端走到了另一个极端。所谓写自己熟悉的生活，结果是让自己流连在狭隘的个人生活小圈子里，松弛了向新生活、向工农兵生活的突进，而真实的情感结果也只是小资产阶级知识分子的感情罢了。他认为，一个文艺工作者只有站在正确的政策观点上，才能从各个人物的相互关系、他们的生活行为和思想动态、他们的命运中，反映出整个社会各阶级的关系和斗争、各个阶级的生活行为和思想动态、各个阶级

① 周扬：《艺术教育的改造问题》，载《周扬文集》第一卷，人民文学出版社1984年版，第419页。

② 周扬：《艺术教育的改造问题》，载《周扬文集》第一卷，人民文学出版社1984年版，第418页。

的命运。作品的高度思想性主要就表现在对社会各阶级的相互关系和斗争的深刻揭露。“一个文艺工作者，也只有站在正确的政策观点上，才能使自己避免单从偶然的感想、印象或者个人的趣味来摄取生活中的某些片断，自觉或不自觉地对生活作歪曲的描写。”他始终认为作家“如何改变旧的生活方式，真正地深入到现实中，到群众中去，实地去接触那赤血淋漓的生活现实，并用适合的形式去表现它们”①，是现实主义作家艺术家必须解决的问题。这样，周扬根据《讲话》精神，把现实主义的真实性同作家艺术家世界观的改造，深入人民群众的生活，写出为人民群众所喜闻乐见的作品紧密联系起来。

第三，周扬的现实主义理论遵循“文学必须当做文学来处理”的原则。1941 年，周扬在《解放日报》发表了一篇探讨文学与生活之关系的论文，他在文中说：“关于文学与生活两者的关系，我总是把后者看得高于前者的。”这个看法显系承继车尔尼雪夫斯基“美是生活”这一著名的美学观念而来。既然如此，那么美的观念自然来源于生活了，这也就是周扬所说的“文学从生活中产生，离开了生活，就不能有文学”的意思。于是，在反映论文学观念上，生活就成了文学创作的源泉，成了赖以被形象化体现的文学本体。但他的思考又并非止于此，而是继续有所推进。在周扬看来，深入生活之后，要想让生活转化为文学和艺术，还需经过作家的艰辛创作，还需有“专门的技术、专门的知识”，因而在创作过程上，文学与生活还是“互相矛盾互相斗争的两极”。在这个意义上，他极力反对当时“哪里有生活，哪里就有文学”的说法，这其实也是他在“鲁艺”曾倡导进行艺术专门化教学的主要理论依据之一。另外，周扬认为文学和生活的关系，正如王国维在《人间词话》中所言“诗人对宇宙人生，须入乎其内，又须出乎其外”一样，也存在着一个既要能入、又要能出这样一个“微妙的辩证的关系”问题，因此，他认为作家既要“深入到生活里面去，而又能超越于生活之上”，因为在根本意义上，“文学的任务，不只是在如实地描写生活，而且是在说出关于生活的真理”②。周扬在提出“深入生活”的基础上，又提出了“深入生活与超越生活”相统一的更为辩证的美学命题，也就是说文学必须当做文学来处理。

---

① 周扬：《新的现实与文学上的新的任务》，载《周扬文集》第一卷，人民文学出版社 1984 年版，第 252 页。

② 周扬：《文学与生活漫谈》，载《周扬文集》第一卷，人民文学出版社 1984 年版，第 325 页。

周扬重视文学审美性的研究，还提出了要塑造典型环境典型人物的创作思路，使社会主义现实主义获得了实质性的内容。周扬是我国“五四”后较早接受马克思、恩格斯美学思想的文艺理论家。恩格斯说：“现实主义的意思是，除细节的真实外，还要真实地再现典型环境中的典型人物。”① 周扬运用了恩格斯的典型论，并将典型化纳入社会主义现实主义中。他还引用了苏联美学家拉金在《社会主义现实主义》中的一句话：“社会主义的真实——不是事实的总和，而是许多事实的综合，从那里选择了典型的东西和性格的东西。”② 但是，如何真实地表现典型环境中的典型人物？由于各种原因，常常出现公式化、概念化的问题。

那么在坚持文艺的革命方向的前提下，如何来消除公式化、概念化的问题，使作品“忠实于现实”。作为文学理论家的周扬当然知道创作一旦陷入公式主义，文学的真实性也就消失殆尽，文学的魅力也就必然失去。周扬从两方面来分析这个问题，一方面违反艺术真实的公式化与概念化都是脱离现实、脱离实际的结果。周扬把这一点归结为有些文艺工作者对于毛泽东的“深入生活”，“时常发生模糊、动摇和抵抗”。周扬说：“毛泽东同志要我们‘长期地、无条件地、全身心地’到群众斗争中去，而我们的有些文艺工作者却往往是‘暂时地、有条件地、半身心地’。毛泽东要我们投入到群众的‘火热的斗争’中去，而我们的有些文艺工作者却往往站在这个‘火热的斗争’之外。有的文艺工作者甚至主张任何一种生活都有它的意义，不必特别地追求群众斗争的生活，这样来使自己脱离群众、脱离实际的现状合法化。”③ 既然作家脱离群众、脱离生活，如何能真实地写出群众生活的真实呢？

另一方面，违反艺术真实的概念化、公式化是粉饰现实、不敢揭示生活矛盾的结果。周扬说：“社会主义现实主义首先要求作家在现实的革命的发展中真实地去表现现实。生活中总是有前进的、新生的东西和落后的、垂死的东西之间的矛盾和斗争，作家应当深刻地去揭露生活中的矛盾，清楚地看出现实发展的主导倾向，因而坚决地去拥护新的东西，而反对旧的东西。因

---

① 北京大学中文系文艺理论教研室：《文学理论学习资料》，北京大学出版社1981年版，第114页。

② 周扬：《关于“社会主义现实主义与革命的浪漫主义”》，载《周扬文集》第一卷，人民文学出版社1984年版，第111页。

③ 周扬：《坚决贯彻毛泽东文艺路线》，载《周扬文集》第二卷，人民文学出版社1984年版，第54页。

此当我们评论一篇作品的思想的时候，主要就是看它是否揭露了社会阶级矛盾是无微不至地表现在生活的各个方面的，以及揭露是否深刻。任何企图掩盖、粉饰和冲淡生活中的矛盾的倾向，都是违背现实的真实，减弱文学的思想战斗力，削弱文学的积极作用的①。的确，粉饰生活和无冲突论是妨碍文学真实性的一个关键。

第四，周扬的现实主义理论强调艺术和政治的结合。社会主义现实主义要求艺术描写的真实性和历史具体性，必须与用社会主义精神从思想改造和教育劳动人民的任务结合起来。周扬认为这种规定较好地解决了艺术和政治相结合的问题。周扬理解的现实主义是同政治功利分不开的，他说："中国新文学是沿着现实主义的主流发展来的，现实主义和文学的功利性常常联结在一起。为艺术而艺术的思想在中国新文学史上不曾占有过地位。……文学上的现实主义，功利主义的主张，正是'五四'以来新文学的优秀传统，我们今天主张文学应成为抗战中教育和推动群众的武器，就正是把这个传统在新的现实基础上发扬。"②

第三节　对于"五四"和左翼文学传统的反顾与继承

抗日民主根据地及解放区文学是中国现代文学发展史中一个具有特殊意义的阶段，它既存在着对于"五四"和左翼文学传统的反顾与继承，也包含了许多新因素，而这些新因素随着中国共产党在大陆取得政权建立中华人民共和国后，很快发展成蔚然大观的中国当代社会主义文学。因此可以说，抗日民主根据地及解放区文学才是中国当代社会主义文学的历史起点和逻辑起点。

一、个性主义价值立场的考验

20 世纪 40 年代的抗日民主根据地及解放区，由于中国共产党已经取得区域内的政权以及当时的战争状态和文学的服务对象由原来的小资产阶级知识分子转变为解放区的以农民为主体的工农兵，"五四"和左翼文学传统又被重新整合。"五四"文学中的民粹主义倾向得到进一步加强，个性主义和

① 周扬：《社会主义现实主义—中国文学前进的道路》，载《周扬文集》第二卷，人民文学出版社 1984 年版，第 188 页。

② 周扬：《抗战时期的文学》，载《周扬文集》第一卷，人民文学出版社 1984 年版，第 236~237 页。

人道主义被进一步剔除。“五四”文学和左翼文学中的大众化倾向被尽可能地放大，并与根据地、解放区的民间文化相结合，催生出了留存着鲜明的意识形态烙印的民间审美趣味。

个性主义是“五四”文学的基本立场，“五四”作家大都倡导反叛传统，解放个性，抒发个人性灵，即使是描写客观的现实社会，也要有属于个人的真实想法。李大钊曾说：“我们现在所要求的，是个解放自由的我，和一个人人相爱的世界，介在我与世界之间的家园、阶级、族界，都是进化的阻碍，生活的烦累，应该逐渐废除。”① 胡适也曾说：“社会最大的罪恶莫过于摧折个人的个性，不使他自由发展。”② 郁达夫还说：“‘五四’运动的最大的成功，第一要算‘个人’的发现。”③ 无论他们的政治立场如何不同，个性主义主张都是一致的。但“五四”时期的个性主义又是稚弱的，脱离了传统文化的庇护又适逢乱世，作家们更多的是孤独、感伤、忧郁。因此与之相对的，“五四”时期还存在着一种民粹主义倾向，蔡元培曾高扬“劳工神圣”④ 的旗帜，李大钊也号召青年到农村去⑤。个性主义立场使得“五四”文学极力书写知识分子的追求和苦闷，以他们的眼光来揭露传统文化的丑陋和乡土世界的溃败，像鲁迅小说那样展示先驱者和庸众之间的对抗。而民粹主义立场又使得作家崇拜底层民众，例如鲁迅的《一件小事》、郁达夫的《春风沉醉的晚上》等小说，均是此种观念的反映。

到了左翼文学，“五四”文学的个性主义立场已被扬弃，集体主义立场开始确立。蒋光慈曾说：“革命文学应当是反个人主义的文学，它的主人翁应当是群众，而不是个人。”⑥ 郭沫若、成仿吾、李初梨等纷纷表示与个人主义划清界限。但“五四”文学的个性主义传统还延续着，普罗文学中的“革命加恋爱”式的小说就大力表现革命和恋爱的冲突，以及革命者牺牲恋爱成全革命的崇高品德，但其中对“五四”个性解放思想的眷恋还是非常

---

① 李大钊：《我与世界》，载《李大钊选集》，人民出版社 1959 年版，第 221 页。

② 胡适：《易卜生主义》，载《胡适文集》第 2 卷，北京大学出版社 1998 年版，第 486 页。

③ 郁达夫：《〈中国新文学大系·散文二集〉导言》，载《郁达夫文集》第 6 卷，花城出版社 1983 年版，第 261 页。

④ 蔡元培：《劳工神圣》，载《五四运动文选》，生活·读书·新知三联书店 1959 年版，第 185 页。

⑤ 李大钊：《青年与农村》，载《五四运动文选》，生活·读书·新知三联书店 1959 年版，第 207 页。

⑥ 蒋光慈：《关于革命文学》，载《太阳月刊》1928 年第 2 期。

显著的。“五四”文学中觉醒的富有批判精神的知识分子形象，到了左翼文学中慢慢地变成了实际的革命者形象，如蒋光慈的小说《咆哮了的土地》中的李杰、丁玲的小说《韦护》中的韦护等。“五四”时期的民粹主义到了左翼文学中渐渐催生出为对工农大众的革命激情的描绘，如叶紫的《丰收》、丁玲的《水》、萧军的《八月的乡村》等。

延安文艺整风运动之后，从国统区来的那些还保存着“五四”个性主义思想的作家，如丁玲、艾青、萧军、王实味等受到严厉批判，个性主义进一步被肃清，集体主义牢固确立。“五四”时期作为启蒙者的知识分子按照新的意识形态必须加以思想改造同工农大众结合，要在思想感情上认同于工农大众。“五四”时期受个性主义影响，鲁迅等作家对世界和人生作出了富有个性的描写和阐释，而到了抗日民主根据地及解放区文学中，赵树理、孙犁、丁玲、周立波等作家只能根据中国共产党的意识形态和当时的革命需要进行创作，个性已经被毫不容情地放逐。翻身解放的工农兵形象占据了文学的主要位置，而知识分子形象要么被边缘化，要么蜕化为反面角色，像《小二黑结婚》、《白毛女》、《新儿女英雄传》等作品中，几乎没有知识分子的地位。“五四”时期的那种民粹主义情绪被整合进了共产党的意识形态中，表现为高大、完善的工农兵形象的塑造。

二、大众化的追求

“五四”文学革命者曾经尖锐批判脱离现实的为封建统治阶级服务的文言文学，倡导白话文的“平易的抒情的平民文学”、“明了的通俗的社会文学”，其中大众化倾向显而易见。但“五四”文学在语言、创作方法、风格等方面具有欧化色彩，读者范围限于部分学生、职员和店员，难以深入到广大的人民群众中去，即使有周作人、刘半农、沈尹默等人倡导的现代新诗“歌谣化”努力，大众化也难以做到。像鲁迅、郁达夫、叶圣陶等人的小说，郭沫若、徐志摩等人的诗歌距离人民大众是相当遥远的。“左联”时期，文艺与群众相结合的问题，由于日益高涨的工农运动而受到重视，成立了“文艺大众化研究会”，把文学的大众化作为建设无产阶级革命文学的第一个重大问题，在《大众文艺》、《北斗》、《文学》、《文学月报》及《申报·自由谈》等报刊上，展开了关于文艺大众化问题的热烈讨论。“左联”从文学的形式、内容、语言等多方面探讨大众化的途径，还做了许多实践工作，如培养工农通讯员，用方言土语写歌谣，把许多苏联作品改写成通俗故事，等等。以工农为主人公的作品大量出现，也反映了左翼作家的大众化努力。相对于“五四”时期，文学的大众化获得了发展。但在国民党的专制统治下，作家缺乏深入工农群众的自由，还因为作家的世界观和文学观的局限，左翼文学在反映工农群众生活的深度广度、塑造工农形象、语言运用与表现手法等方面，都距离大众化还有相当大的差距。

到了抗日民主根据地及解放区文学，大众化被提高到根本地位。毛泽东在《中国共产党在民族战争中的地位》谈到马克思主义的中国化问题时，曾说："洋八股必须废止，空洞抽象的调头必须少唱，教条主义必须休息，而代之以新鲜活泼的、为老百姓所喜闻乐见的中国作风和中国气派。"① 这很快就被周扬、艾思奇等人娴熟地运用，成了文艺大众化的指导方针。随后的《在延安文艺座谈会上的讲话》更是倡导文艺的大众化。因此，文艺大众化成了抗日民主根据地及解放区文学对"五四"和左翼文学传统的最大推进，也是其根本特点。

解放区文学在充分吸收改造古典文学和民间艺术传统形式的基础上，形成了一些新的文体，如评书体小说、新章回体小说、民歌体叙事诗、新歌剧等。赵树理的小说就是典型的评书体小说，强调情节的连贯和完整，把情景描写融化在故事叙述中，把人物放在情节发展矛盾冲突中通过他的言行来展示性格，很少西方文学那种静止的景物和心理描写。他的小说语言也力避学生腔，做到口语化，因此被周扬誉为"具有新颖独创的大众风格的人民艺术家"。孔厥、袁静的长篇小说《新儿女英雄传》采用传统的章回体，刘白羽的小说《无敌三勇士》在结构方式和语言上有意借鉴说唱文学。新歌剧的成功更是文艺大众化的典型范例，这些新歌剧，在民间秧歌剧基础上，吸纳话剧、歌剧的表现方法，使其更加具有鲜活的乡土气息、浓郁的喜剧色彩与强烈的娱乐功能，充满对新生活的歌颂与对旧社会化的控诉，如代表性作品《兄妹开荒》、《夫妻识字》、《牛永贵挂彩》、《小放牛》等。而《白毛女》作为"民族歌剧"的"经典"之作，更是成功地把阶级斗争的主流话语与善恶报应、爱情大团圆、性格脸谱化的民间传奇色彩和民间艺术趣味等熔铸在一起，在西洋歌剧的齐唱、重唱、合唱、伴唱等表演形式中，回荡着经过改造的河北梆子与山西梆子、花鼓、秧歌的某些戏曲曲调和北方民歌、小调的旋律，极大地迎合了解放区农民的欣赏习惯②。新歌剧与现实生活紧密相连，所塑造的喜儿、刘胡兰等艺术形象与那些富有地方色彩的优美音乐一起深入人心，强烈感染了千千万万的群众，很多工农兵就是高呼着"为喜儿报仇"、"为刘胡兰报仇"的口号参军参战、杀敌立功的。

---

① 《毛泽东选集》第2卷，人民出版社1991年版，第534页。

② 席扬：《文学思潮：理论、方法、视野》，上海三联书店2009年版，第164页。

三、文学创作的题材特征

在抗日民主根据地及解放区文学中，“五四”文学中常见的知识分子的个人情感生活题材已经很少见到，像左翼文学那种对现实社会生活的矛盾和黑暗的揭露也慢慢减少，代之以对新社会新制度的讴歌赞美以及对人民群众斗争生活的热情描绘，普通的工农兵翻身成了文学的新主角。周扬在 1949 年召开的第一次全国文艺工作者代表大会上，总结延安文艺座谈会之后解放区文艺运动的成就时，曾就《人民文艺丛书》所选入的 177 篇作品的题材作过统计：“写抗日战争、人民解放战争（包括群众的各种形式的对敌斗争）与人民军队（军队作风、军民关系等）的，101 篇。写农村土地斗争及其他各种反封建斗争（包括减租、复仇清算、土地改革，以及反对封建迷信、文盲、不卫生、婚姻不自由等）的，41 篇。写工业农业生产的，16 篇。写历史题材（主要是陕北土地革命时期故事）的，7 篇。其他（如写干部作风问题等），12 篇。”根据这个统计数字，周扬得出结论说：“民族的、阶级的斗争与劳动生产成为了作品中压倒一切的主题，工农兵群众在作品中如在社会中一样取得了真正主人公的地位。知识分子一般是作为整个人民解放事业中各方面工作干部、作为与体力劳动者相结合的脑力劳动者被描写着。知识分子离开人民的斗争，沉溺于自己小圈子内的生活及个人情感的世界，这样的主题显得渺小与没有意义了，在解放区的文艺作品中，就没有了地位。”① 这很好地反映了抗日民主根据地及解放区文学的主题和取材特点。

以恋爱婚姻题材为例，看看“五四”文学、左翼文学和抗日民主根据地及解放区文学处理方式的巨大改变。“五四”文学写恋爱婚姻题材时，往往强调的是反封建礼教主题，情爱具有强烈的个性色彩、自然属性和精神属性，例如郁达夫、庐隐、冯沅君等人的小说。在左翼文学中，情爱的社会属性越来越受到关注，“革命加恋爱”小说中往往是站在无产阶级立场的主人公才能赢得爱情；或者像柔石的小说《为奴隶的母亲》那样主要反映阶级差别对人的情感的扼杀。而抗日民主根据地及解放区文学中，恋爱婚姻仅是新社会巨大生命力的见证，像《小二黑结婚》中封建礼教已经不足以构成小二黑、小芹的爱情阻碍，而主要是金旺、兴旺那样的社会恶势力，因此最终共产党区长惩治了恶势力，保证了他们爱情的胜利。周扬曾经中肯地评价

---

① 周扬：《新的人民的文艺》，载《周扬文集》第一卷，人民文学出版社 1984 年版，第 67 页。

道："作者是在讴歌自由恋爱的胜利吗？不是的！他是在讴歌新社会的胜利（只有在这种社会里，农民才能享受自由恋爱的正当权利），讴歌农民的胜利（他们开始掌握自己的命运，懂得为更好的命运斗争），讴歌农民中开明、进步的因素对愚昧、落后、迷信等等因素的胜利，最后也至关重要，讴歌农民对封建恶霸势力的胜利。"① 新民歌体叙事诗《王贵与李香香》、新歌剧《白毛女》等都是借青年男女的爱情来讴歌新社会的胜利的。

总之，抗日民主根据地及解放区文学对于"五四"和左翼文学传统既存在着反顾与继承，又存在着非常明显的批判和转向。无论是反顾与继承，还是批判与转向，之所以可能，还在于中国现代作家们共享着一些基本的价值取向、思维模式和情感态度。

第四节　文艺整风与文学批判

延安整风时期的文学思想批判主要发生在《在延安文艺座谈会上的讲话》（后简称《讲话》）前后。会议的召开有其深刻的历史背景：抗日战争爆发后，大批城市青年知识分子来到延安。延安欢迎知识分子，欢迎作家的来到。但延安文艺区别于其他文艺的特点是文艺和革命战争的关系十分密切，文学的功利性、战斗性和为革命服务的特点更为突出。文艺从属于政治或者说文艺创作配合现实政治是其根本特征。"中国文艺协会"建立，尽管名义上与抗战无关，但它的《协会缘起》中的第一句话便这样写道："在目前抗日的民族的革命战争中，新的文学要成为一支号筒，成为战斗的力量。"② 在这种时候，对文艺的第一要求就是要当好武器和工具。但是，并非所有根据地作家都能明确地意识到这些。那么，如何与根据地的军民结合、与革命结合，是他们亟待解决的一个问题。特别那些是受"五四"新文学思潮影响成长起来的文艺工作者，以前，他们针对的读者对象是城市小资产阶级及其知识分子，在艺术上崇尚高雅。现在，延安的工农兵读者对文学的接受能力、欣赏水平则有所不同，这些都是根据地作家所面临的实际问题。文学要为抗战服务，也就要为作为抗战主力军——农民服务，在作品的语言表现形式上也要为他们所接受，这方面新文学还不能做到。再有，就是知识分子同工农兵的关系问题，由于出身、教养、生活经历的不同，知识分子与他们在感情等方面隔着一条鸿沟。这些一旦直接触及根据地的社会现实，甚至触及

① 周扬：《论赵树理的创作》，载《解放日报》1946 年 8 月 26 日。

② 《文艺工作者协会缘起》，载《红色中华》1936 年 11 月 23 日。

与政治有关的问题时，矛盾就变得尖锐起来了，这种尖锐又因整风运动而加剧。

在延安文艺整风中，当时发表在延安报刊上的几篇作品，其中最为著名的有丁玲的《在医院中》、《三八节有感》，艾青的《了解作家、尊重作家》，罗烽的《还是杂文的时代》和萧军的《论同志之“爱”与“耐”》。

一、丁玲的《在医院中》和《三八节有感》

《在医院中》是丁玲写的一个短篇小说，最初于1941年11月15日发表在中华全国文艺界抗敌协会延安分会的会刊《谷雨》创刊号上，次年改题《在医院中时》为《在医院中》，在重庆茅盾主编的《文艺阵地》上重新发表。小说的主人公陆萍，上海产科学校毕业后到伤兵医院去服务，她耐心地为伤病号们洗换，替他们写家信，像一个母亲、一个情人似地看护着他们。一年后，又辗转到延安“做了抗大的学生”，正当她憧憬着将来成为一名“活跃的政治工作者”而愉快地学习的时候，组织上要她“脱离学习，到离延安四十里地的一个刚开办的医院去工作”。尽管她不愿去，但还是服从了，并且“用愉快的调子”努力工作。然而在这座新开办的医院中，不仅设备条件的简陋使她不满，而且从院长到化验员和看护的素质也使她看不惯。她处处发表意见，对于医院的制度、设施谈得很多，常替伤员们要求改善医疗和生活条件。不仅如此，她还利用闲暇时间去向外科医生学做外科手术。陆萍的所作所为一方面得到一些人的“拥护”和“同情”，另一方面也被“大多数人用异样的眼睛”看成“医院里的怪人”，“支部里也有人在批评她。小资产阶级意识，知识分子的英雄主义、自由主义等帽子都往她头上戴，总归就是说党性不强”，“病员们也对她冷淡了，说她浪漫”，这使她感到非常委屈，给她带来了很大的苦恼。恰在这里，又受到一位没有双脚的病员的教育、感化和鼓励，她的认识提高了，“经过几次说明和调查，她幸运地被了解着”，领导还批准了“她要求再去学习”的请求，于是，陆萍离开了医院，带着希望和信心，走上了新的征途。

《在医院中》是延安时期丁玲袒露最多矛盾的作品。这篇带有很强批判性的小说，写的是年轻的理想主义者陆萍与她所处环境之间的冲突。小说发表不久就受到批评，批评集中在小说的政治性和丁玲的政治立场上。认为陆萍和环境的冲突表现的是一种“反集体主义”、“在思想上宣传个人主义”的倾向，而小说对于“主人公的周围环境的静止描写”，“对于主人公的性格的无批判”，表明丁玲是站在“小资产阶级知识分子的立场上”使用“旧的现实主义的方法”来表现现实。在延安文艺座谈会时期，这篇小说和丁玲的杂文一起受到批评，到50年代的“再批判”中，升级为“反党”小说，“集中地表现了她（丁玲）对工人阶级，对劳动人民的敌视”，“是丁玲的极端个人主义的反动世界观的缩影”。一直到1958年《文艺报》的“再批判”中，它被当做“奇文”和“毒草”重新刊登出来，张光年的批评文章《莎菲女士在延安——评丁玲的〈在医院中〉》被置于该篇小说前面隆重推出。

丁玲从自己的体验出发触及了延安的青年所遇到的普遍问题，揭示出了陆萍与环境的冲突的某种合理性。但是，我们还注意到延安整风时，对陆萍和环境的矛盾，当时还没有把它上纲上线。看来，当时人们对此持宽容态度。随着整风的开展，这一问题变得更加严峻了，丁玲的《三八节有感》受到了严重的批判。丁玲本人和陆萍这一形象所代表的青年知识分子都必须改变自己以适应革命的需要。《讲话》发表以后，延安知识分子尤其是作家开始了“改造自己”和“改造艺术”的漫长过程。

《三八节有感》是登载在1942年3月9日延安《解放日报》的第98期“文艺”栏内的一篇杂文。作品针对延安妇女在结婚、生孩子、操持家务等日常生活、工作中常常遭到非议的不公平的现实，指出“她们不会是超时代的，不会是理想的”，“他们每人都有一部血泪史、都有过崇高的感情”，希望人们“把这些女人的过错看得与社会有联系些。少发空议论，多谈实际问题，使理论与实际不脱节，在每个共产党员的修身上都对自己负责些”。指出“女人要取得平等，得首先强己”。同时，还为女同志提出四点注意事项，即：不让自己生病；使自己愉快；勤用脑子思索；下吃苦的决心，坚持到底。这篇文章发表后不仅在延安文艺界引起了轰动，也引起了贺龙、王震等将军们对此的不满和愤怒。贺龙说：“丁玲，你是我老乡呵，你怎么写出这样的文章？跳舞有什么妨碍？值得这样挖苦？”①

丁玲在《延安文艺座谈会的前前后后》一文中记述了这样的情况：

毛主席讲了几句开场白，第一个发言的是曹轶欧。她很有条理地批评了《三八节有感》和《野百合花》(王实味写的一篇杂文)。我还是没有感觉，只奇怪：你曹轶欧不搞文化工作，为什么批评我咧？第二个发言的是贺龙同志。我一向是喜欢他，尊重他的，我完全信任他对像我这样的人充满了善意，不会难为的。因此，当他说：“我们在前方打

① 胡乔木回忆毛泽东编写组：载《胡乔木回忆毛泽东》，人民出版社1994年版，第55页。

仗，后方却有人在骂我们的总司令……”我还望着他笑，满心想他误会到那里去了，我什么时候骂过我们的总司令呢？第二天我特地跑去看他，叫他老乡，说不打不相识，我听他的意见来了。第三天他到文抗来看我，在我那里吃中饭，谈得非常融洽，亲切。我们之间的这种无私无间的关系，不管后来有人怎么说，我是永远深放在心里的。第三个又接着发言了，话题只有一个，还是《三八节有感》、《野百合花》……最后，毛主席作总结，毛主席说：“《三八节有感》同《野百合花》不一样，《三八节有感》虽然有批评，但还有建议。丁玲同王实味也不同，丁玲是同志，王实味是托派。”毛主席的话保了我，我一直感谢他老人家。文艺整风时期，只有个别单位在墙报上和个别小组的同志对《三八节有感》有批评。我自己在中央研究院批判王实味的座谈会上，根据自己的认识，作了一次检查，并且发表在6月16日的《解放日报》上，组织上也没有给我任何处分①。

1942年6月11日，丁玲参加了中央研究院对王实味的斗争大会并在会上发了言，这个发言在6月16日的《解放日报》上公开发表，题目是《文艺界对王实味应有的态度及反省》。其中也谈到了她自己的《三八节有感》，“反省”了自己这篇作品“只站在一部分人身上说话而没有站在全党的立场说话”，“只说到一些并不占主要的缺点，又是片面地看问题”，“只指出了某些缺点，而忘记了肯定光明的前途”等，而且还总结了文中没有表现好的几个具体问题。文章最后说：“人是不免有错误的，我向着做一个名符其实的共产党员的目标走去。”这又表现了作者知错改错的决心和她忠贞不渝的人生追求。40年后，丁玲在追述这篇文章的写作过程时说：“三月七号，陈企霞（和丁玲同编《解放日报》副刊“文艺栏”）派人送信来，一定要我写一篇纪念三八节的文章，我连夜挥就，把当时我因两起离婚事件而引起的为妇女同志鸣不平的情绪，一泄无余地发出来了。”“那时文抗的俱乐部，每逢星期日就有几个打扮得怪里怪气的女同志来参加跳舞。‘每星期跳一次舞是卫生的’，说这话的就是江青。我不反对跳舞，但看这些人不顺眼，就顺笔捎了她们几句。我的确缺少考虑，思想太解放，信笔所之，没有想到这将触犯到什么地方去。我也没有想到文章可能产生的影响和对被批评者应有的体谅，更想不到敌人可以借此来反对党的。40年之后，现在我重读它，

① 参见丁玲：《我的生平与创作》，四川人民出版社1982年版，第47~48页。

也还是认为有错误的。"① 这些话讲得十分恳切，也表现了作者尊重历史、实事求是的胸怀和品德。

二、王实味的《野百合花》与《政治家·艺术家》

《野百合花》是王实味于1942年3月13日和23日分两次发表于延安《解放日报》的"文艺"副刊上发表的一篇杂文。全文约六千字，包括一个"前记"和4个小节，每节单立小标题。在"前记"里，作者回忆了他"最敬爱的生平第一个朋友——女共产党员李芬同志"惨遭反动派杀害的悲壮情景，抒发了从听到她的噩耗时起，自己"底血管里便一直燃烧着最狂烈的热爱与毒恨"，以及对延安"歌啭玉堂春、舞回金莲步的升平气象"而引起的愤慨情感。杂文第一节小标题为"我们生活里缺少什么?"一开头就说："延安青年近来似乎生活得有些不起劲，而且似乎肚子里装得有不舒服。"为什么会造成这种"不起劲"、"不舒服"呢?作者一方面表示"不敢轻于同意"一些人所分析的原因，同时又借"两个青年女同志"在"昏黑里""低声而兴奋"的对话来表述自己的意见："动不动，就说人家小资产阶级平均主义，其实，他自己倒真有点特殊主义。事事都只顾自己特殊化，对下面同志，身体好也罢，坏也罢，病也罢，死也罢，差不多漠不关心。""哼，到处乌鸦一般黑，我们底××同志还不是这样。""说得好呀!阶级友爱呀，什么呀——屁！好像连人对人的同情心都没有！平常见人装得笑嘻嘻，其实是皮笑肉不笑，肉笑心不笑。稍不如意，就瞪起眼睛，摆出首长架子来训人……是呀，一点也不错，他对别人没有一点爱，别人自然也一点不爱他。要是做群众工作，非垮台不可……"写完这些话，作者议论道："这段谈话也许有偏颇，有夸张，其中的'形象'，也许没有太大的普遍性；但我们决不能否认它有镜子底作用。并让人们从这'镜子'里看我们生活里到底缺少什么!"

第二节的小标题是"碰《碰壁》"。通过批评"知足者常乐的人生哲学"，赞扬青年人"纯洁，敏感，热情，勇敢，他们充满着生命底新锐的力"。别人没有感觉黑暗，他们先感觉，"正因为认识了'丑恶和冷淡'，他们才到延安来追求'美的和温暖'"，他们看到延安的丑恶和冷淡，忍不住发牢骚，目的是引起大家注意，把这丑恶和冷淡减到最小程度，这对我们的工作一定有很大的好处。第三节标题为"'必然性''天塌不下来'与'小事情'"。这一节批评了"主观主义、宗派主义的大师"们。他们不接受别

① 丁玲：《我的生平与创作》，四川人民出版社1982年版，第46~47页。

人的批评，说“我们的阵营存在于黑暗的旧社会，因此其中也有黑暗，这是必然性的”，因此无需大惊小怪，“天塌不下来”。作者认为如果让这“必然性”必然地发展下去，则革命事业的天是必然要塌下来，所以不应忽视“小事情”。第四节的标题是“平均主义与等级制度”，文章着重抨击了延安的“等级制度”，说“衣分三色，食分五等，却实在不见得必要与合理”。

《野百合花》的发表在延安文艺界乃至在延安的社会上，立即引起了强烈反响。《解放日报》相继发表了多篇文章批判《野百合花》及其作者，如齐肃的《读〈野百合花〉有感》、范文澜的《论王实味同志的思想意识》、李伯钊的《〈继读“野百合花”有感〉之后》、陈道的《“艺术家”的“野百合花”》、周文的《从鲁迅的杂文谈到王实味》、丁玲的《文艺界对王实味应有的态度及反省》、张如心的《彻底粉碎王实味托派理论及反党活动》、艾青的《现实不容歪曲》、周扬的《王实味的文艺观与我们的文艺观》等。这些文章，从不同的角度对王实味及其《野百合花》进行了批判，纷纷指出其危害和实质。《野百合花》成了1942年那个春天最引人注意的意象，尽管批判者之间有时看法也不统一甚至相左，但从见诸报端上的文章来看，王实味与他的杂文一起成了着力攻伐的对象。

《政治家·艺术家》是王实味的另一篇杂文，写于1942年2月17日，发表在1942年3月15日《谷雨》杂志第一卷第四期上。全文两千多字，中心是论述政治家和艺术家的各自特点和相互关系。文章认为在改造社会制度和改造人的灵魂的进程中，“政治家，是革命的战略策略家，是革命力量底团结、组织、推动和领导者，他底任务偏重于改造社会制度。艺术家，是灵魂的工程师，他的任务偏重于改造人的灵魂”，这是王实味对艺术家所承担的社会职责的一种深刻认识。对“艺术家”改造人的灵魂的艰苦性和迫切性，他又比一般人有着难以言说的精神体验。正因为如此，他才大声疾呼：“大胆地但适当地揭破一切肮脏和黑暗，清洗他们，这与歌颂光明同样重要，甚至更重要。”①

实际上早在《文艺民族形式问题上的旧错误与新偏向》中王实味就已展示了关于新文学发展到20世纪40年代后如何前行的总纲。在充分肯定“五四”现实主义文艺传统是民族的、大众的这一基础上，王实味基本上否定了“旧形式”、“民间形式”。在他看来，“旧形式”、“民间形式”一般是落后的。而这些观点与其后延安理论界主流话语对毛泽东“民族形式”理论的阐释有所分歧。《政治家·艺术家》正是沿着这一理论思路展开的对新

---

① 王实味：《政治家·艺术家》，载《谷雨》1942年3月15日。

文学的某一侧面—文学和政治两者关系的具体思考。他明确提出了“改造人底灵魂”的思想启蒙的目标，指出“它不仅决定革命成功的迟速，也关系革命事业的成败”。王实味就这样在解放区明确地把思想启蒙与政治斗争并列地提出来。这篇文章发表后在《解放日报》上发表了一系列的批判文章如：扬唯哲的《从〈政治家·艺术家〉谈到文艺——与王实味同志商榷》(5月19日)、金灿然的《读王实味同志的〈政治家·艺术家〉后》(5月26日)、蔡天心的《政治家与艺术家》(6月10日）等。从5月27日到6月11日，中央研究院在学习整风文件的基础上，开始了“民主与纪律”的座谈讨论，并且很快转到了对王实味的清算和斗争。先是根据部分同志的要求，召开了以研究室为单位的专门讨论王实味的《政治家·艺术家》和《野百合花》的座谈会，在此基础上，又召开了全院范围乃至有院外70多个单位的上千人员旁听的“座谈”会议。

从40年代前后延安文艺新潮的流程来看，王实味所居的位置并不显眼，正如后来胡乔木回忆的，在当时“王实味不代表整个文艺界。尽管《野百合花》引起很大争论，比丁玲的《三八节有感》争论得更尖锐，但《三八节有感》在文艺界有相当代表性”①。那又是什么样的原因导致王实味走向了历史前台呢？还是毛泽东一语道破王实味为什么会被历史所选择而不是他人，在《文艺工作者与工农兵结合》中毛泽东指出王实味的思想具有系统性的性质。所谓的系统性就是说这种思想是有自己的体系，并对王实味一锤定音，“王实味是托派”。而真正从理论系统上来清算王实味的恐怕只有陈伯达与周扬的文章了。

陈伯达与周扬的文章有一个极重要的相同点，即他们都把王实味的学术理论或文学思想与托洛茨基主义挂上钩。陈伯达是在王实味的托派问题还未被“揭发”前，认为王实味是有意要在文艺问题的形式掩盖下偷运托派的思想，周扬则在文章一开篇就给王实味的文艺思想定性，即王实味的文艺观与托洛茨基的观点是一致的，在文学领域内，就是要反对他在这个领域上的托洛茨基主义。从学术研究的角度来看，陈、周两人的文章都属于比较研究中的平行研究，就是说他们列举一些托洛茨基的文艺观点，然后在王实味的文章中采用一些违反学术常规的手法，为我所用，得出王实味接受托洛茨基文艺观的结论。作为学术研究，平行研究当然是可行的，但如果事关一个人的政治生命，那么，这种研究的必要前提是不能随意丢掉的。就周扬一文来

① 胡乔木回忆毛泽东编写组：《胡乔木回忆毛泽东》，人民出版社1994年版，第55页。

看，他指出王实味首先在文艺与政治的关系上站在托洛茨基的立场，今天我们姑且不论托洛茨基在此一问题所持观点科学与否，但就文章来看，王实味谈及的是政治家与艺术家的关系，周扬在这里把这对概念置换成政治与艺术，认为王实味“把艺术与政治分开而且对立起来”则不符合王实味文章的事实。其实，早在30年代王实味的进步文学活动就带有强烈的忧患意识，他提出艺术家改造人的灵魂的目的也同样是着眼于社会的进步人类的完善，从这一意义上看，王实味是一个文学功利主义者，他在延安文学新潮中没有提出像萧军、艾青等人的创作自由等主张，都可以看出王实味关于文学战斗的使命意识。

王实味不是纯粹意义上的作家，但他的一生和文学紧密联系在一起；王实味也不是专事政治的人，但他的一生都在追寻他所理解的革命事业。在文学和革命之间，王实味最初并没有选择上的矛盾：他以文学进入政治，他关注的重心始终是政治，但进入政治以后对文学和政治两者关系的把握却彻底改变了他的一生。

三、萧军的《论同志之“爱”与“耐”》

《论同志之“爱”与“耐”》是萧军的一篇杂文，刊载于1942年4月8日延安《解放日报》，这篇杂文由两部分组成，第一部分写“爱”，一千字左右，通过回忆长篇小说《八月的乡村》中的两段情节，意在说明同志之间应该充满理解、充满友爱，由此他不无感触地在这一部分的结尾表达了自己的感受，“看来，和一些革命的同志接触得更多一些，我却感到这‘同志之爱’的酒也越来越稀薄了！虽然我明白这原因，但却阻止不了我心情上的悲怆”。第二节写“耐”，不足两千字。这节先写“近来竟常常接到一些不相识的同志底信，信里面大致是述说自己的痛苦与牢骚。不满意环境，不满意人，不满意工作……甚至对革命也感到倦怠了”。作者对这些“向我申诉的人”，“是寄以真诚的同情和尊重的”。接着便以宗教里的“撒旦”和西游记里的“九妖十八洞”作比喻，向这些信赖自己的姊妹和兄弟们指出：“革命的过程中在——队伍内，队伍外，自己的心里——那大大小小各式各样的‘撒旦’正存在着很多（而且是现代化了的），你稍一马虎，他们就要以细菌和‘闪击战’的方式向你反攻过来——危乎哉！”提醒“一些被冤屈或被误解的青年同志们”：“如果不怀抱着‘登净土的希望，入地狱的精神’，这一生也要不安和痛苦下去的。一个革命者的任务，就是要随时随地和丑恶与不义来战斗，为后来者开路。只要有一分退败的想头，‘撒旦’就要钻进你的心了。”“耐”，一方面是说我们既然要干一番事业，第一个字需要的那就是能“耐”，而后才能说道其他，另一面那就是同志与同志之间要说服、教育、理解这才是最宝贵的“耐”。

文章还警告那些从自己的瞳孔里引申出两条线来，交会在自己鼻子前面，就在那交会点上永久蹲着“地位”和“权威”的人说一声：这样你混不下去的。告诫这些人“不要像个没品行的赛跑员，穿着钉子鞋，从你的后来者或者同伙们鼻子上踏过去”。最后，作者在题外话中说：“为革命，从血和铁里爬出来，赚得遍体创疤，仍然不倦地战斗着——这是最应该尊敬的。此外也还有这样的，在血和铁的试炼中，偶尔软弱了，做下了一点使革命的尊严受到损失的人，而后仍然回到革命队伍来战斗，不管别人对这样人如何看法，我是尊敬他们，比对那些从来就没有见过血和铁，在‘保险箱’里逞英雄的英雄们，似乎更尊敬些——他们终究是被‘试炼’过了。”很明显，萧军是要求革命者应该接受种种考验，已取得组织上的了解。同时，上级也应该理解和尊重同志。

通观全文，其核心意思是说明了同志间的“爱”和“耐”的珍贵与重要，既指出领导对下级应有的态度，又指出了革命者自己应有的认识，整篇作品寄寓了殷切的希望和忠告。这篇杂文在延安文艺座谈会期间并未遭到批判，而是在1958年《文艺报》第2期在《关于“再批判”的暗语》中被点名认为它是与王实味的《野百合花》、丁玲的《三八节有感》、罗烽的《还是杂文时代》、艾青的《了解作家、尊重作家》一起“以革命者的姿态写反革命的文章”。对这篇杂文的批判主要集中在两点：一是认为它攻击了党的领导，给延安解放区抹黑，二是对政治失节者给予了同情，丧失立场。在文中萧军确实有同情，但是对那些偶尔有点软弱最后还是回到革命队伍里来的人。文章的语言也带有讽刺性，应该说在当时复杂的斗争环境下，从文学的功利性特点出发，即使意见是正确的，也不适合用文字以讽刺的手法加以表达。尽管他在文中所提到的某些官僚主义者，仅指文艺界的个别领导，但并不代表反革命。

萧军性格率直，针对当时“我们现在还需要杂文吗”、“杂文时代已经过时了吗”等问题时，萧军作了明确的回答：“对于前者是肯定的，后者是否定的。我们不独需要杂文，而且很迫切。那可羞耻的‘时代’不独没过去，而且还在猖獗。”① 从这些可以看出萧军的看法显然有些不合时宜。毛泽东曾写信给萧军，“我因过去同你少接触，缺乏了解，有些意见想同你说，又怕交浅言深，无益于你，反引起隔阂，故没有即说。延安有无数的坏

① 萧军：《杂文废不得说》，载《谷雨》1942年5月15日。

现象，你对我说的，都值得注意，都应改正。但我劝你同时注意自己方面的某些毛病，不要绝对地看问题，要有耐心，要注意调理人我关系，要故意地强制地省察自己的弱点，方有出路，方能‘安心立命’。否则天天不安心，痛苦甚大。你是极坦白豪爽的人，我觉得我同你谈得来，故提议如上。”从毛泽东的话里可以看出，萧军在写《论同志之“爱”与“耐”》时并没有把所有可能出现的问题估计在内，也就不难理解这篇文章在16年后被定为“毒草”。

四、罗烽的《还是杂文的时代》

《还是杂文的时代》，是罗烽于1942年3月10日写的一篇杂文。发表于1942年3月12日的《解放日报》的“文艺”副刊上，全文约九百字，这篇不足千字的文章，其立论中心是：即使在“光明的边区”，杂文——这种精神界的医疗利器——也并没有过时。作为论据的是现实中“不如希望那么圆满的”的事实，“经年阴湿的角落”还是容易找到，而且从那里发现些垃圾之类的宝物，也并不是什么难事。有些人或肆无忌惮或在时髦的伪装下为非作歹；而那种令人感到茫然的“黑白莫辨的云雾”，“不但盛产于重庆，这里也时常出现”……罗烽指出当年鲁迅曾经使用过的那划破黑暗，指示一条去路的短剑——杂文，已经埋在地下了，锈了，现在能启用这种武器的，实在不多。然而如今还是杂文的时代，去揭露那“可怕的黑暗”。

文章列举了灵魂和行为极为肮脏的两种人来印证那“阴暗的角落”和“垃圾之类的宝物”的存在。一种是有些机智的人士，乘机躲进那“一时不易”的罅隙里去享受自己，好像一只黑猪在臭泥塘里愉快地滚着，既不怕玷污自己，也不惜把泥泞溅在行人的身上。还有一种是，他虽然也躲在罅隙里，却念念有词，万想不到光泽坚硬的贝壳里还藏着一块没有骨头的安闲的胆怯的肉体。

文章所揭露和抨击的这两种人，在当时的延安不能说没有，对他们进行揭露和抨击也是完全可以而且应该的。问题在于：第一，这“垃圾之类的宝物”，在边区是否具有普遍性；第二，应当如何对待这“垃圾”和存在这“垃圾”的边区？在两个月后召开的延安文艺座谈会上，毛泽东对这种“还是杂文时代，还要鲁迅笔法”的观点进行了严肃的批评：“鲁迅处在黑暗势力统治下面，没有言论自由，所以用冷嘲热讽的杂文形式作战，鲁迅是完全正确的。我们也需要尖锐地嘲笑法西斯主义、中国的反动派和一切危害人民的事物，但在给革命文艺家以充分民主自由、仅仅不给反革命分子以民主自由的陕甘宁边区和敌后的各抗日根据地，杂文形式就不应该简单地和鲁迅的一样。我们可以大声疾呼，而不要隐晦曲折，使人民大众不易看懂。如果不是对于人民的敌人，而是对于人民自己，那么，‘杂文时代’的鲁迅，也不曾嘲笑和攻击革命人民和革命政党，杂文的写法，也和对于敌人的完全两样。对于人民的缺点是需要批评的，我们在前面已经说过了，但必须是真正站在人民的立场上，用保护人民、教育人民的满腔热情来说话。如果把同志当作敌人来对待，就是使自己站在敌人的立场上去了。”① 毛泽东的批评，是非常中肯而又尖锐的。需要指出的是：毛泽东的“讲话”是针对“还是杂文时代，还是鲁迅笔法”这种观点和认识的，是从作者的立场、态度以及所采用的艺术手法来讲大的原则和道理的，而不是对《还是杂文的时代》这篇杂文做全面的评论。

就这篇杂文而言，除了反映作者思想感情上的某些弱点外，也还尖锐地反映了当时边区所存在的一些虽然不是主流，但却应当引起高度重视并需努力加以纠正的问题，那就是“延安是政治警觉性表现最高的地方”的说法，罗烽说：若是单凭穿华丽的衣裳，而懒于洗澡，迟早那件衣裳也要肮脏起来的。要求表里一致，本是做人的起码条件，作为一个革命者，似乎更应该注意才对，否则即使你胸前挂起“警觉”的招牌，奈何你走向歧路，一己的命运倒无足轻重，请看看跟在你身后的罢！从这一点讲，这篇杂文在思想感情及其所运用笔法上有失当之处。在延安文艺座谈会后的20天，毛泽东给罗烽写信说：发表于1941年延安《文艺月报》第七期上《高尔基论艺术与思想》是好的，“使我读后得到很大的益处。但其余的文章，和这一篇的观点不大调和，我虽只看一遍，但觉有些是不明朗化，有些则论点似乎有毛病。我希望你用马克思主义的观点将自己的作品检查一番，对于你的前进是有益的”。信中所说“你的文章”指罗烽于1941年3月到延安后写的几篇文章。可以看出，毛泽东当年对待罗烽及他的作品既有充分的肯定，又有尖锐的批评，更有真诚的帮助和殷切的希望。

文章最后，罗烽说：《解放日报》副刊《文艺》虽在主编丁玲的努力下，发表过一些杂文，但它们还不够有力，“我希望今后的《文艺》变成一把使人战栗，同时也使人喜悦的短剑”。实际上，早在罗烽一行到来之前，延安的文坛上曾有过一场不大不小的争论：1941年2月，《文艺月报》发表了陈企霞的一篇文章，题为《旧故事的新感想》，不指名地批评了何其芳关于新诗内容应该服从于“新民主主义”口号的观点。何其芳很快便在同一刊物上发表了一封致陈企霞的公开信，除对新诗内容问题作了一番解释外，

① 毛泽东：《在延安文艺座谈会上的讲话》，载《解放日报》1943年10月19日。

还指摘对方以鲁迅式的杂感暗射冷箭。接着，该刊第五期发表了陈企霞的《我射了冷箭吗？——答何其芳》，批驳了何其芳的关于鲁迅式的杂感只能针对敌人的观点。陈企霞认为鲁迅式的杂感“不仅打击了敌人，而且也教育了自己队伍的伙伴”。1941 年 5 月 15 日中共中央的机关报《解放日报》创刊。担任主编的博古针对当时延安报刊上登载的那些“以教条主义批教条主义”的八股文，曾提出：批教条主义的有力武器是鲁迅杂文。1941 年 10 月 23 日，《解放日报》发表了丁玲的《我们需要杂文》，征求“对社会、对文艺本身加以批判的短作”。她写道：“现在这一时代仍不能脱离鲁迅先生的时代。”由此可见，当年延安文艺界在罗烽之前倡导以杂文针砭时弊的已不乏其人，何以《还是杂文的时代》发表后会激起那么强烈的反响呢？其原因就在于它那斩钉截铁的力度和直言不讳的风格。十多年后，把这篇文章定成“大毒草”进行“再批判”，这是用对付人民的敌人的办法来对待人民自己。

五、艾青的《了解作家、尊重作家》

艾青是现代著名诗人，早年曾赴法勤工俭学专修绘画。1932 年参加《中国左翼美术家联盟》，因从事爱国运动被捕入狱，1936 年出狱。抗日战争爆发后，加入中华全国文艺界抗敌协会，并于 1941 年在周恩来的帮助下，和罗烽、张仃一起从重庆奔赴延安。当时他们借到一张绥蒙自治指导长官公署高级参谋的证件，将上面的“一人”改为“三人”。临行前，周恩来给艾青千元路费，并嘱咐“走大路，不要走小路。万一扣留了，就打电话给郭沫若”（郭当时是军委会政治部第三厅厅长）。路过宝鸡，又遇到正要去延安的诗人严辰和作家逯斐（二人为夫妇），艾青扮成国民党的高级参谋，严辰扮成他的秘书，逯斐扮成他的高参太太，罗烽扮勤务兵，张仃扮随员，沿途闯过 47 道哨卡检查，终于到达延安。两天后，中共中央总书记张闻天、宣传部副部长凯丰曾设宴欢迎，艾青被安排在全国文艺界抗敌协会延安分会工作。1942 年延安文艺座谈会前后，曾几次和毛泽东通信和谈话。他回忆当时的情景说：“主席几次来信约我去谈文艺问题，信写得非常客气，有时还亲自派人用马来接。一次他来信征求我对文艺工作的意见，我写了文章寄去，主席用铅笔细心做了修改，送政治局的同志传阅。”可见毛泽东对艾青的意见是十分重视的。

《了解作家、尊重作家》是艾青发表于 1942 年 3 月 11 日《解放日报》“文艺”副刊上的一篇杂文。这是应丁玲之约，为纪念由她主编的《解放日报》“文艺”副刊出版百期而写的。全文近两千字。文章论述了作家的职责、作家的工作以及作家和文艺作品的作用，批评了那种否定文艺的社会功能的观点和讳疾忌医的现象，呼吁社会和人们要“了解作家、尊重作家”。

艾青对作家的职责、作家的工作和文艺的社会作用的论述是正确而深刻的。他在文章中说：“作家是一个民族或一个阶级的感觉器官，思想神经，或是智慧的瞳孔。作家是从精神上——即情感、感觉、思想、心理活动上——守卫他所属的民族或阶级的忠实的兵士。”作家的工作是把自己的或他所选择的人物的感觉、情感、思想，凝结成形象的语言，通过这语言去团结和组织他的民族或阶级的全体。“一首诗，一篇小说，或一个剧本，它们的目的，或是使自己的民族或阶级给自己的省察，或是提高了民族或阶级的自尊，或是从心理上增加战胜敌人的力量。”艾青还以法国诗人伐莱里和英国剧作家莎士比亚为例，说明杰出作家对一个民族的伟大作用。为此，我们要尊重作家，而尊重作家，首先要尊重作家的劳动，尊重他们以真挚的情感完成的作品。

这些议论，不仅对当时的反功利主义的唯美论是有力的批驳，而且经过60多年的实践检验，更证明了它的正确和深刻。此外，文章还阐述了作家对生活和创作应取的态度：作家并不是百灵鸟，也不是专门唱歌娱乐人的歌妓。他的竭尽心血的作品，是通过他的心的搏动而完成的。他不能欺瞒他的感情去写一篇东西，他只知道根据自己的世界观去看事物，去描写事物，去批判事物。在他创作的时候，就只求忠实于他的情感，因为不这样，他的作品就成了虚伪的，没有生命的。问题在于作家“自己的世界观”是否正确？“他的情感”是否健康？如果作家的世界观不正确，情感不健康，那么越是“竭尽心血的作品”也就越会成为“没有生命的”。恰恰在这一点上，文章没有讲得很透。其实，作者是深通此理的，这可以从作者写于同年4月23日、发表于5月15日《解放日报》上的《我对于目前文艺上几个问题的意见》得到印证，作者在那篇“意见”中就明确指出：目前中国文艺工作者应有的立场，当然应当是抗日民族统一战线的立场，这是每个中国人民所应当共同坚持的立场。那么，目前中国文艺工作者应有的态度，也必然是联合一切被日本法西斯所残害的阶级和民族，以反抗日本法西斯的、民族统一战线的态度……文艺工作者的态度，当需要具体表现在他的作品里的时候，必须同法西斯主义，尤其是日本法西斯主义及其走狗（汉奸、亲日派、反共分子……）进行残酷无情的、绝对对立不容妥协的、满怀仇恨与反抗的、辛辣讽刺的斗争。反之，对于同一战线（尤其是同一阶级立场）的人，则应该充满热爱，具有共生死的深情和真诚宽阔的心胸。假如在同一战线里看见了缺欠和污点，也应该是富有同情的，恳切规劝的，免励改正的，这些态度，在对于同一阶级立场的则表现得更自然些更充分些。

遗憾的是，作者这些正确的观点和鲜明的爱憎，在他的《了解作家、尊重作家》中并没有得到很明确的体现。他是有感于文艺劳动家的特殊性，以及当时延安某些不够尊重作家的现象而发的。鉴于此，作者在批评那“希望作家能把癣疥写成花朵，把脓包写成蓓蕾的人”，以及“鼻子被梅毒菌吃空了而要人们赞美的人”的同时，流露出作家不被了解，不被尊重的愤愤情感，发出了“生不用封万户侯，但愿一识韩荆州”的慨叹。在延安文艺座谈会上，朱德针对艾青写的这两句话说，“艾青同志说‘生不用封万户侯，但愿一识韩荆州’，我们的韩荆州是工农兵”①。这句话意思够明确了：韩荆州是工农兵，不是指你知识分子（作家）。而艾青则误以为朱德对这两句话“作了最精辟的解释”，“实际上指出了文艺工作者的方向”。在这里，知识分子想做韩荆州都还不够格。

后来，诗人聆听了毛泽东《在延安文艺座谈会上的讲话》以及朱德和他的谈话，明确了文艺的工农兵方向，认识到今天的“韩荆州就是劳动人民”，他深入工农兵的斗争生活，虚心向工农兵学习，创作出很多为人民群众所喜闻乐见的优秀诗篇。然而，在 1957 年那场政治运动中，他被错划为“右派”，他的这篇《了解作家，尊重作家》，也就“理所当然”地成了“反党文章”，并于 1958 年由《文艺报》重新编印出版，受到“再批判”。直至 1978 年，诗人政治上得到平反，恢复名誉，恢复党籍，才又焕发了创作的青春。

从以上介绍可以看出，这几篇作品尽管内容和形式不尽相同，但又有共同之处：其一是暴露和批评了延安和边区的阴暗面；其二是流露了某些小资产阶级偏激情绪，反映了思想方法上的某些片面和形而上学。因而在当时的延安，就曾引起比较强烈的反响和争论，这几位作者都曾有自我批评和纠正的实际行动，所以当时并未从组织上给这些作品作过什么定论，更没有给这些文章的作者以“任何处分”。时隔 15 年，先是《人民日报》于 1957 年重新发表并批判丁玲的《三八节有感》，继而文艺界的权威刊物《文艺报》于 1958 年 1 月又将这几篇文章（除《在医院中时》）和王实味的《野百合花》(王实味在 1942 年被定为“托派”）一起辑印，加上批判的文章，出《再批判》特辑。在编者按语中，不仅给这几篇作品定为“一批毒草”，而且说这些“毒草”的作者们“勾结在一起，从事反党活动”，“以革命者的姿态写反革命的文章”，是“我们的敌人”。紧接着，《文艺报》编辑部又在

① 艾青：《艾青全集》第 5 卷，花山文艺出版社 1991 年版，第 607 页。

《再批判》特辑的基础上增加了一些批判文章及丁玲的另一篇“毒草”《我在霞村的时候》，由作家出版社出版了《再批判》单行本17000册。在“出版说明”中，不仅肯定“去年下半年文艺界对丁玲、陈企霞反党集团的斗争取得胜利”，而且把“王实味等”都看成是“反党”的，表明出版《再批判》是为了有助于“对这些反党分子的反动思想深入地展开批判”。这无疑是中华人民共和国成立以来文艺界的又一悲剧。

◎ 思考题

1. 简述毛泽东《在延安文艺座谈会上的讲话》的背景及意义。
2. 试论述《讲话》后解放区文学的新气象。
3. 试述周扬社会主义现实主义的理论特征。
4. 论述解放区文学对于“五四”和左翼文学传统反顾与继承。
5. 结合延安整风谈谈关于文艺与政治、文艺与生活的关系问题。

第二章　赵树理的创作

赵树理是抗日民主根据地及解放区贯彻毛泽东《在延安文艺座谈会上的讲话》精神，实践文艺“工农兵方向”，取得重大成就的标志性作家。他的文学创作包括小说、戏剧、曲艺等样式，而成就高影响大的是小说。赵树理的小说创作主要有《小二黑结婚》、《李有才板话》、《李家庄的变迁》和《邪不压正》、《福贵》、《地板》、《传家宝》、《小经理》、《孟祥英翻身》等。这些作品真实地反映了农村激烈而复杂的阶级斗争。描写了农村面貌的巨大变化，塑造了一批不断成长起来的新型农民形象。在艺术上继承和发扬了中国优良的民族传统，特别是吸收了优秀的民间文艺传统，形成了广大群众喜闻乐见的新颖独特的民族化、大众化风格。郭沫若评价说：“这里是一株在原野里成长起来的大树子。”① 茅盾赞誉为：“这是走向民族形式的一个里程碑。”②

第一节　生平和创作道路

赵树理是一个草根文学家，他的人生经历与他的文学趋尚紧密相连，这使得他的文学道路特别适合于根据地文学和解放区文学的主导倾向。

一、生平

赵树理（1906—1970），原名赵树礼，乳名得意，曾用野小、尚在、常

① 郭沫若：《读了〈李家庄的变迁〉》，载《北方杂志》1946年第1期。
② 茅盾：《论赵树理的小说》，载《文萃》1946年第2卷第10期。

哉等许多笔名。1906 年 9 月 24 日出生于山西省沁水县尉迟村一个贫苦农民家庭。赵树理的祖父信奉佛教，为“三教圣道会”的信徒，他的父亲是个“万宝全”式的人物，既会各种各样的农活，又会行医看病，算命打卦。这样，赵树理从小养成行善求实的习惯，并学会了他父亲的许多“传家宝”。他空余时间常参加村里的八音会，演唱上党梆子，扮演少年英雄的角色，很快熟悉了上党梆子和各种乐器。1919 年赵树理到榼山高小上学，买到由一位腐儒编写的《四书白话解说》，托名江希张著，阎锡山为此书作序。这位“江神童”是赵树理一生崇拜的第一位偶像，后来连续数年顶礼膜拜一直诵读，正如他所说，他这时是个“迂腐之徒”。

1925 年，赵树理考入长治的山西省立第四师范学校。起初仍然读着那本《四书白话解说》，并加入“太阳教”。他遵守教规行事，不吃肉，敬惜字纸。1927 年 4 月由地下党员常文郁、王春介绍赵树理秘密加入中国共产党，开始接受新思想、新文化、新文学，并积极参加革命斗争，发动学生驱逐校长。赵树理参与起草宣言，并在全校大会上讲话。以上是赵树理人生道路的思想启蒙时期。

这一时期，赵树理政治上由一个“迂腐之徒”转变成一个共产党员，思想上由唯心主义的佛教信仰转变为唯物主义的新思想。在文学方面，从“初级语言学校”到开始接触“五四”以来的新文学作品及部分外国文学作品。对文学产生了浓厚的兴趣。

1927 年“四一二政变”以后，次年春天，阎锡山在山西实行白色恐怖，进行清党，地下党员常文郁被捕，赵树理逃离学校，到阳城的大山上避难。1929 年春天，赵树理在沁水城关教书时被捕，被关押在国民党山西省党部的“自新院”14 个月。1930 年获释后到抗战爆发，生活无着，长年流浪于太原、沁水及开封等地，曾两次在沁水和太谷县的高小里任教，还当过录事、店员、差役等。在此间，他开始了其创作生涯。

二、文学历程

在“自新院”期间，赵树理写了一些小说、杂文，刊登于《自新月刊》上，1930 年 12 月写出七言旧体诗《打卦歌》发表于《北平晨报》上。《悔》和《白马的故事》有明显的学生腔，存在着严重的欧化倾向。《打卦歌》为尝试旧体诗的难易而作，显然有追求旧格律的痕迹。此时的赵树理认为一个人应该“为艺术而生，为艺术而死”。1932 年赵树理发表长诗《歌生》标志着他的创作开始转向大众化、口语化。接着 1933 年发表中篇小说《有个人》，1934 年发表长篇小说《盘龙峪》。仅从残存的《盘龙峪》的部分章节看，赵树理的大众风格已基本形成，赵树理说："我有意识地使通俗化为革命服务萌芽于1934年。"① 他确实已"有意识"提出"夺取封建文化阵地"的口号，立下"宏誓大愿"，不做"文坛文学家"，"只想上'文摊'，写些小本子去赶庙会"②，显然这是30年代初期左翼文艺运动提倡文艺大众化影响下在山西结出的硕果。

从20年代后期到抗战爆发，赵树理先后在太原和北平一些报纸上，发表了大约三十万字各种形式的作品。以上这一时期为赵树理的"像萍草一样漂泊"的时期。这一时期，赵树理曾被国民党逮捕，戴着一顶"囚犯"的帽子，隐姓埋名流浪四方，同中国共产党的组织脱离关系。尽管在思想上对共产主义信仰没有改变，但也有过苦闷与彷徨。在文学方面，由信奉"艺术至上主义"转变为致力于"文摊文学"为革命服务，有着较强的功利主义倾向。

1937年"七七事变"爆发，赵树理由太原回到家乡，参加了中国共产党领导下的"牺盟会"，并于同年重新加入中国共产党。长期在太行山抗日根据地从事抗日宣传工作，他当过抗日政府的民宣科长，负责戏剧运动，先后创作改编过好几个剧本。1939年后历任《黄河日报》、《抗战生活》、《中国人》等报刊的编辑。几年间，写了许多通俗的小说、诗歌、小戏、曲艺、杂感等。1938年，毛泽东在中国共产党的扩大的六届六中全会上作了《论新阶段》的报告，提出要努力创造真正"新鲜活泼的，为中国老百姓所喜闻乐见的中国作风，与中国气派"的作品。对此，太行区党组织曾作了广泛的宣传和贯彻。1941年太行区召开500人参加的文化人座谈会，专门讨论加强革命文化宣传的极端必要性，赵树理显然受到《论新阶段》的鼓舞，在会上发言"证实大众化的迫切需要"，并发起成立"通俗化研究会"，倡导通俗化、大众化的文学。1942年赵树理被调往北方局党校调查研究室专事文化普及工作，特别是1942年的文艺整风运动，给赵树理以巨大鼓舞，他说《在延安文艺座谈会上的讲话》"批准了"他的大众化方向。1943年5月，赵树理创作了短篇小说《小二黑结婚》，立即引起了极大的轰动。接着又创作了中篇小说《李有才板话》，深刻描写了抗日根据地的政权建设和减租减息的斗争，被誉为20世纪40年代解放区文艺的代表作。1944年赵树

① 赵树理：《回忆历史认识自己》，载《赵树理全集》第5集，北岳文艺出版社1994年版，第384页。

② 李普：《赵树理印象记》，载黄修己：《赵树理研究资料》，北岳文艺出版社1985年版，第19页。

理被调到华北新华书店任编辑，除文学创作外，主要精力从事文化普及工作，积极帮助农村剧团开展剧运。1945 年参加《新大众》杂志（后改为报纸）的编辑工作。1947 年 7 月，晋冀鲁豫边区文联召开文艺座谈会讨论赵树理的文学创作。大家认为赵树理的创作精神及其成果，实应为边区文艺工作实践毛泽东文艺思想的具体方向。陈荒煤根据与会者的讨论和一致意见，提出了“向赵树理方向迈进”，“作为边区文艺界开展创作运动的一个号召”①。此后，赵树理于 1949 年创作了长篇小说《李家庄的变迁》，通过晋东南一个村庄的各类人物的不同命运，以更大规模反映了从辛亥革命后到抗战胜利，山西农村的历史变迁。同时他还创作了《孟祥英翻身》、《福贵》、《地板》、《邪不压正》等短篇小说，反映解放区的新生活、新人物、新风貌及出现的新问题。在这一阶段赵树理还创作了《韩玉娘》、《邺宫图》、《万象楼》等戏剧作品和一些曲艺作品。这一时期，是赵树理得心应手实践“文艺工农兵方向”的时期。这一时期，在政治方面，赵树理重新加入中国共产党，并参加革命工作，成为一名革命文艺工作者；在思想方面，坚信共产主义的理想，完成了世界观的转变；在文学方面，全力实践“工农兵方向”的文学观。这一时期，是赵树理一生创作中最辉煌的时期，他多少年梦寐以求的宏誓大愿，得到了毛泽东文艺思想的“批准”，在解放区热切呼唤民族化大众化的土壤中生根、开花、结果，开创了中国新文学史的新纪元。

从赵树理的创作活动可以看出，他是一个始终保持农民朴素气质的作家，在中国 20 世纪前半叶的新文学运动中，像赵树理那样深刻地熟悉、理解农民，而且始终如一地充满激情、真实而鲜明地刻画了各种类型农民典型形象的作家是绝无仅有的。事实证明，他始终坚持为工农兵服务的方向，他是一个踏踏实实践行毛泽东文艺思想并取得标志性成就的作家。

中华人民共和国成立以后，赵树理随《新大众》编辑部进入北平。《新大众》改编为《工人日报》，他任第一任社长。他倡议成立了“北京大众文艺创作研究会”，主办《说说唱唱》，还担任过文化部的曲艺处长，开展轰轰烈烈的大众文艺运动。创作了长篇小说《三里湾》和短篇小说《登记》、《“锻炼，锻炼”》、《套不住的手》、《实干家潘永福》等，以及戏剧《三关排宴》、《十里店》，鼓词《石不烂赶车》等作品。赵树理坚定不移地向着文艺民族化、大众化的方向前行。

---

① 陈荒煤：《向赵树理方向迈进》，载《人民日报》1947 年 8 月 9 日。

第二节　《小二黑结婚》和《李有才板话》

赵树理本时期的小说主要有《小二黑结婚》、《李有才板话》、《李家庄的变迁》和《邪不压正》、《福贵》、《地板》、《传家宝》、《小经理》、《孟祥英翻身》等。这些作品真实地反映了农村激烈而复杂的阶级斗争。描写了农村面貌的巨大变化，塑造了一批不断成长起来的新型农民形象。在艺术上继承和发扬了中国优秀的民族传统，形成了广大群众喜闻乐见的新颖独特的大众化风格。

一、《小二黑结婚》

《小二黑结婚》是赵树理的成名作和代表作，创作于1943年5月，同年9月由新华书店出版发行。彭德怀题词："像这样从群众调查研究中写出来的通俗故事还不多见。"小说出版后，获得了众多读者的喜爱，仅在太行区一地就销行三四万册，引起轰动效应。此后，曾不断被改编为曲艺、戏剧和电影，影响深远。

《小二黑结婚》的题材主要来源于赵树理下乡时了解到的一个案件。1943年赵树理曾两次到辽县下乡调查，听了这样一个案情：一个村里的民兵小队长叫岳冬至，与本村的一个漂亮姑娘智英祥谈恋爱。女方的母亲不同意，而把女儿许配给一个富商，收了许多聘礼，智英祥坚决反对并说："谁拿了人家的，谁跟人家去。"男方的父亲也不同意儿子的婚事，但岳冬至根本不承认他父亲给他收养的童养媳；与此同时，村里的坏人也从中破坏，已婚的村长是个富农，经常调戏智英祥，因屡遭拒绝而迁怒于岳冬至，并把岳冬至活活打死。赵树理亲自作过调查，还帮助告状者写过状子。赵树理深感农村中弥漫着浓厚的封建思想，农民身上存在的封建传统伦理道德思想是根深蒂固的，农村基层政权中存在严重不纯的问题。这些对于农村革命的深入和农民思想的解放，特别是青年农民的茁壮成长都有着极大的危害性和破坏性。据此赵树理结合他的农村实践的积累，在生活原型的基础上经过艺术典型化的过程，创作了这篇短篇小说。

《小二黑结婚》叙述的是农村中的一对青年男女为争取恋爱自由和婚姻自主与封建伦理道德思想和基层恶霸势力进行斗争并取得胜利的故事。作品不仅讴歌了青年农民自由恋爱的胜利，农民中新生力量的成长，更主要的是批判了老一代农民中封建落后的思想及其习惯势力，揭露了封建恶霸势力的罪恶。是一曲新社会、新思想的胜利颂歌。婚姻恋爱是文学的一个永恒主题，但它随着时空的推移而赋予不同的时代色彩，在中国现代文学史上，也是一个热门的题材领域。赵树理的《小二黑结婚》已不同于“五四”时期的“娜拉出走”，20世纪30年代的“革命加恋爱”，而是以喜剧的结局，歌颂了新人物、新社会和新时代，这在新文学史上也是一个重大的变化。正如周扬在《论赵树理的创作》一文中所指出的：“作者是在这里讴歌自由恋爱的胜利吗？不是的！他是在讴歌新社会的胜利（只有在这种社会里，农民才能享受自由恋爱的正当权利），讴歌农民的胜利（他们开始掌握自己的命运，懂得为更好的命运斗争），讴歌农民中开朗、进步的因素对愚昧落后、迷信等等因素的胜利，最后也至关重要，讴歌农民对封建恶霸势力的胜利。”①

作品的思想内容又是通过一批生动、真实而又深刻的典型形象来表现的。小说中的人物形象大体可划为三个类型：小二黑、小芹；二孔明和三仙姑；金旺和兴旺。小二黑和小芹是中国新文学中最早出现的新一代的农民形象。他们是小说中的主人，也是生活中的主人、时代的主人。他们不仅年轻富有朝气、心灵纯洁健康和性格朴实开朗，更主要的是具有新时代青年的特质。小二黑是村里青抗先队队长、民兵英雄，在一次反扫荡中打死过两个敌人，受到边区政府“特等射手”的奖励。小芹是一个活泼大方、端丽秀美的农村姑娘。由于家庭环境所受教育的影响不同，小二黑表现得较为和善，有时还有些腼腆，而小芹则更为耿直泼辣，甚至有些刚强果敢，但他们反对父母的包办婚姻，反抗黑暗势力的斗争性格是相同的。他们相信人民政权，敢于为实现自己的美好生活愿望而斗争，并把争取婚姻自主的斗争与争取政治上的当家做主联系起来，把个人自由、幸福同革命事业联系起来，最终取得胜利，作者歌颂了青年人的胜利、新政权的胜利，对广大农村青年起到了很大的鼓舞和教育作用。

三仙姑和二诸葛是小说中塑造得最成功的人物形象。二诸葛本名刘修德，是小二黑的爹，三仙姑是小芹的母亲。这两个人物是具有落后封建意识和陈腐道德观念的老一代农民的典型。他们受旧社会的浸渍、影响和毒害较深，甚至于在时代变化以后，把旧的思想意识和陋习带到新社会。一个表现为崇信阴阳八卦，处处迂腐可笑，一个表现为经常装神弄鬼，时时打情骂俏。这两个人对儿女们的自由恋爱都持反对态度。二诸葛给儿子买了个童养媳，三仙姑把女儿卖给了一个老男人，作者对他们的思想和行为进行了嘲讽和批判，同时也表现了他们的转变过程。作者着重表现了刘修德迷信思想和封建意识，但他心地善良，本质朴实，往往出于好心，只是因思想意识陈旧

① 周扬：《论赵树理的创作》，载《解放日报》1946年8月26日。

而办错事，如对待儿女的婚事，他认为命相不对不能结合，怕影响一辈子，在事实的教育下，终于改变了自己的思想。三仙姑是作为封建礼教毒害下处于变态心理的妇女形象来刻画的，她装神弄鬼，行为放荡，品质粗俗。在对待女儿的婚事上，她是怕小芹妨碍了她与青年后生们的调情与鬼混，甚至颇有“醋意”，所以带有报复性心理把小芹卖给年老的旧军官作填房。作家尖锐地嘲讽了她的错误思想和丑言恶行，同时也表现了她的羞耻感和自尊心。二诸葛和三仙姑最终以不同的表现方式和旧思想旧习俗决裂了。作者通过这两个人物的转变，表现了新社会对封建思想和旧道德旧习俗的彻底否定，从而歌颂了新思想新道德的胜利。

金旺和兴旺是作品中塑造的两个反面形象，是根据地农村封建残余势力的代表。金旺和兴旺是当地的恶霸，干尽坏事，新政权成立时，利用外地干部不熟悉本村情况和农民们胆小怕事，乘机混入人民政权。他们霸占别人的产业、奸淫妇女、乱收粮、私派款，尤其是图谋侮辱小芹并报复迫害小二黑和小芹的恶行被揭露后，被区政府扣押判刑。小说在当时的背景下提出了坏人混入新政权的问题，非常难能可贵，说明阶级斗争的尖锐复杂性。

《小二黑结婚》具有通俗化、大众化的鲜明风格。首先，在情节和结构的安排上注重故事性，讲究故事的有头有尾，首尾连贯，环环紧扣，波澜起伏。在一个大故事里套几个小故事。其次，善于通过小故事的叙述介绍人物刻画性格。通过“米烂了”的故事来写三仙姑的变态与作假，通过“不宜栽种”写二诸葛的迷信迂腐。并在这些故事的叙述中表现了作品的嘲讽态度与幽默特点。善于把人物形象放到故事的矛盾冲突与直接行动当中刻画，较少心理描写，也不注重肖像的描写。而多用一些传统的烘托的手法，如写小二黑和小芹的漂亮。再次，小说以清新活泼、地地道道的农民口语为基础，广泛吸收了民间语汇和修辞手法，形成了通俗、朴素、顺畅、机智和明快的语言风格，并富有浓郁的生活气息和地方色彩。

二、《李有才板话》

赵树理继《小二黑结婚》以后，于1943年10月又创作了中篇小说《李有才板话》，同年12月由新华书店出版发行。周扬在第一次文代会的报告《新的人民的文艺》中称它为“反映农村斗争的最杰出的作品，也是解放区文学的代表之作”①。

① 周扬：《新的人民的文艺》，载陈寿立：《中国现代文学运动史料摘编》(下)，北京出版社1985年版，第360页。

《李有才板话》从更为广阔的社会背景上展现了抗日战争最艰苦的时期，根据地农村地主与农民之间尖锐复杂的矛盾和斗争，热情歌颂了解放区农民的斗争精神和他们最后的胜利，在《小二黑结婚》中所显示出来的清新艺术风格也得到了更为鲜明突出的表现。故事发生的时间是1942年到1943年之间，写的是根据地一个叫阎家山的村子，有个恶霸地主阎恒元，抗战以前一直当了十几年的村长，一手遮天，横行乡里，残酷压迫和剥削农民。抗战以后，这里成了抗日根据地，并建立了民主政权，他虽然不在台上了，但仍然"抱住村长不放"，暗中操纵选举，让他的侄儿、干儿子轮番当村长，甚至利用小恩小惠腐蚀拉拢一些不坚定的基层干部。利用党的抗日民族统一战线政策的名义，趁着政府下乡干部犯有主观主义、官僚主义的毛病，把自己打扮成"开明人士"，从中破坏党的各项政策的落实。阎恒元还挑拨分化农民的团结，甚至打击报复陷害同他作斗争的贫苦群众。就这样骗取了一个"模范村"的称号。后来县农会主席老杨到这个村来检查工作，发现问题，调查了解，深入群众，摸清楚阎家山的真实情况，依靠政策，发动群众，组织真正的农会，最终斗争清算了阎恒元的罪行，实行了减租减息的政策，改造了村政权，人民真正当家做主，阎家山彻底改变了面貌。

小说以浓重的笔墨描写了农村革命力量的发展壮大，反映了变革时期农村阶级关系的新变化。在共产党的领导下，农村民主政权逐步稳固。觉醒起来的农民群众已不是逆来顺受的奴隶，而是提高觉悟具有革命意识的新型农民。在这方面，作品着力塑造李有才的形象，他有着强烈的阶级仇恨，爱憎分明，性格坚强。他对地主阶级的压迫既敢于反抗，又善于斗争，在日常生活中积累了丰富的经验。在没有把握取胜时，他能忍耐，不轻举妄动，细心观察，等待时机，同时还尽量采用一些可能奏效的办法进行斗争。如抛"冷话"、编快板，以幽默风趣的语言表示对地主阶级的不满，表现了他的鲜明是非和爱憎。这种快板由"小字辈"人物传开去，就成了揭露敌人的有力武器，使地主阎恒元的阴谋诡计无法得逞。正因为如此，阎恒元才把他看做眼中钉，决心把他撵走。但这只能是枉费心机，阎恒元是无法遮天的，"小字辈"仍坚持斗争。我们还应看到，李有才的斗争方式是多样的。当他认为时机成熟，有胜利把握时，就同"小字辈"一起采取积极果断的行动，同阎恒元展开面对面的斗争，表现出很高的政治热情和斗争精神。李有才人称"气不死"，是老槐树下的头号"能人"，是农民中的诸葛亮，他真实生动地概括了老一辈农民身上那种顽强的革命要求与务实态度，以及强烈的反抗意识和遇事不慌、宁折不弯、等待时机怀恨复仇的坚韧性格。这种体现在老一辈农民身上鲜明的性格，在赵树理之前不曾有过，所以李有才形象的出现，在中国现代文学史上具有重大的意义，表明中国新文学进入了一个新的阶段。

小说反映了某些基层民主政权内部的严重不纯的问题，主要是由于农村封建势力并不甘心新政权的建立，总是想方设法，采取多种手法操纵基层政权。这在解放区是迫切需要解决的实际问题。《李有才板话》中的阎恒元就是封建势力的代表：抗战前他长期把持村政权，抗战期间，阎家山虽然成了抗日根据地，建立了民主政权，但村政权仍然操纵在他手里。他伪装开明、守法，骗得章工作员的信任后，他和他的儿子都当上村政权的委员，让他的心腹亲信篡夺了村政权的主要职务。他们骗取了“模范村”的招牌，招摇撞骗，继续为非作歹，捆人打人、罚钱、押地、瞒上欺下，抵制党的减租减息的政策，把阎家山搞得乌烟瘴气。然而阎家山毕竟是抗日根据地，是党领导下的解放区，以李有才和“小字辈”为代表的广大农民群众，在县农会主席老杨的组织领导下，经过曲折复杂的斗争，终于识破了阎恒元的阴谋，清算了他们的累累罪行，净化了民主政权，使阎家山发生了根本的变化。这说明即使在人民已经掌握政权的解放区农村，封建地主势力，仍不甘心灭亡，他们为了适应新的环境，必然改变斗争策略，采取更加隐蔽、更加阴险的手法妄图维持他们的统治，解放了的农民绝不可放松对他们的警惕性。这在当时具有重大的普遍现实意义。

农村基层政权的建设是解放区的一个根本问题，农村基层政权的严重不纯主要是由于地方上封建势力的破坏。不可否认，农民掌握村政权以后在面临新的考验与选择时，会出现新的问题。赵树理以他敏锐的洞察力，发现农民由民主选举参与村政权的领导工作后，仍有蜕化变质的危险。小说中塑造的陈小元就是一个农民当村干部后蜕化变质的干部形象。陈小元原来也是小字辈里的穷人，在改选村干部时，李有才曾策划鼓动“小字辈”推选他当村干部。但他当干部后，很快被阎恒元拉拢下水，开始变质腐化。如自己不劳动，随意派穷哥们的差等。从陈小元这个形象身上，可以看出赵树理表现生活所达到的高度。他最早提出解放区农民当家做主当干部以后需注意自身改造的问题，有着深远的历史意义。

解放区农村的政权建设及各项工作都是依靠党的干部到农村发动群众而完成的。党派往农村的干部素质和工作作风就是一个举足轻重的问题。在《李有才板话》中，作家通过塑造老杨和章工作员两个形象说明这个问题。章工作员是最早出现的官僚主义者的形象。他对工作热情、积极、认真负责，但是他的阶级观点模糊，对当时农村阶级斗争的复杂性认识不足，又不深入群众，听不到群众的呼声，存在着严重的主观主义。因此，尽管有了工作的愿望，可是不仅没有做好工作，反而成了老奸巨猾的恶霸地主阎恒元的保护人。老杨是县农会主席，是一个优秀的农村干部。他出身雇农，在党的领导和教育下，经受过革命斗争实际锻炼和考验。他具有朴素的阶级感情、鲜明的群众观点、高度的政策水平和敏锐的观察能力，生活上艰苦朴素，工作中任劳任怨。他一到阎家山就认为“模范村”有问题，他相信群众、依靠群众，很快弄清了“模范村”的秘密。由于他正确地执行了党的政策，并支持贫苦农民进行斗争，结果斗倒了阎恒元，农民获得了真正的翻身解放，阎家山从此发生了根本变化。老杨是中国现代文学史上最早出现的优秀党员干部形象。在这里，赵树理赞颂了调查研究、实事求是的工作作风，批评了官僚主义干部。这对刚刚取得人民政权的解放区如何进一步发动广大群众巩固保卫新生的政权具有实际的指导意义，在中国现代文学发展史上也具有不可低估的开拓作用。

《李有才板话》突出地表现了赵树理小说创作的艺术特色。从结构的安排看，故事完整，叙述有头有尾，来龙去脉交代得清清楚楚。“阎家山有个李有才，外号叫‘气不死’……”作者从李有才写起，由他引出了阎家山各种类型的人物，接着叙述了这些人物之间的矛盾和纠葛，推动了故事情节的发展，各节之间衔接紧密，形成波澜，曲折发展，并巧妙地通过李有才这个人物贯穿起来。在表现方法上，赵树理把他来之于生活的真实情节和典型化的人物形象结合在一起，并把抒情的描写融化在故事的叙述之中。这就使读者对复杂的现实生活和人物之间的关系，一目了然。同时还吸收民间通俗文艺和说唱文学的特点，在讲述故事中夹以“板话”这种简单有力而活泼有趣的艺术形式，来深化人物性格和突出事件的意义，还可以省略过程的交代和叙述，从而使小说更为简洁流畅、活泼生动。在语言方面，《李有才板话》在《小二黑结婚》的基础上向前发展，既通俗易懂、质朴流畅又活泼幽默、口语化，都是地道的人民大众的语言。

第三节 《李家庄的变迁》等小说

赵树理是一个勤恳的作家，他立足于表现农村生活，遵循为人民写作的宗旨，为解放区文学贡献出了丰富的成果。《李家庄的变迁》是一部深有影响的长篇小说，其他小说也取得了丰硕的成果。

一、《李家庄的变迁》

《李家庄的变迁》写于1945年冬，是赵树理写的第一部规模宏大、篇幅较长、结构复杂的长篇小说。如果说《李有才板话》主要是从村政权建设的局部反映了农民在新的历史条件下的斗争，那么《李家庄的变迁》则是以第二次国内革命战争至抗日战争胜利的历史为背景，从历史演变的广阔画面反映了农民的斗争过程，揭示了中国农民革命的发展道路，表现了中国农民在共产党的领导下组织起来自己解放自己的重大主题。

这部小说描写了 1929 年至 1945 年之间山西农村激烈复杂的阶级斗争和军阀官僚的残酷统治，概括了山西这段时期政治形势和重大历史事件。小说以农民张铁锁为中心，全书的故事情节以张铁锁的悲惨遭遇和最后走上革命道路的曲折历程为线索，形象地描绘了中国农民的翻身历史。张铁锁被地主豪绅和流氓恶棍敲诈勒索得无法在农村生活下去，便只身流浪到太原，为了活命他当了手工业工人，但仍然遭到军阀官僚的欺侮和迫害。后来他遇到了共产党员小常，从此懂得了一些革命道理，逐步走上了共产党所领导的武装斗争的道路，小说最后描绘了激动人心的踊跃参军的场面，生动地表现了共产党所领导的农民革命斗争经过曲折发展后的胜利和新的斗争的开始，从而加深了这部小说的思想意蕴。

小说中的李家庄，“不仅代表了旧中国的农村，而且确是代表了受欺诈与压迫最深的山西农村”①。这个闭塞落后的农村仍然呈现着辛亥革命前后的社会风貌，统治这个村庄的是“村长”兼“社首”的土豪恶霸李如珍。他拥有至高无上的权威，任意践踏无辜农民，甚至可以私设公堂，草菅人命，致使这个村子成了一个落后、野蛮、残酷的黑暗王国。这期间经过不同派别的反动势力的消长起落，但作为各反动势力赖以生存的社会基础的恶霸土豪，并未因反革命派别的更换而倒台。阎锡山统治时期，李如珍等是阎锡山的忠臣；中央军来了，便成了蒋介石的奴仆；日本兵来了，又变为“皇军”的孝子。在共产党的领导下，全村群众经过长期、复杂、艰苦的斗争，终于打倒了李如珍这个“不倒翁式”的“土皇帝”。李家庄的斗争和解放，象征着整个山西和全中国的斗争和解放。李家庄的变迁就是根据地的变迁、中国农村的变迁。

小说还通过成功塑造主人公张铁锁的农民形象，反映了一代农民在农村社会现实的变革过程中的不断觉醒和成长。张铁锁是一个忠厚、憨直、善良、勤劳的穷苦农民，他安分守己地过日子，却因砍了一棵自家的桑树而被人诬告，结果弄得倾家荡产，被迫漂泊他乡，屡遭磨难，旧社会把他推向绝路。共产党领导的人民革命，给他带来希望和新生。他在共产党员小常的关

① 茅盾：《论赵树理的小说》，载《文萃》1946 年第 2 卷第 10 期。

怀和启发下，逐渐提高了阶级觉悟，投入了人民革命斗争的队伍，先是参加“牺盟会”，后又参加八路军，在出生入死的战斗中，他成了一名有革命理想的英勇战士，并当上革命政权的区长，成为共产党的基层领导干部，从一个自发反抗的农民变成为一个自觉的革命战士。张铁锁走过的艰苦道路和他在战斗中的成长，反映了中国社会伟大变革中的一代农民的生存和命运，展现了历史的演进和时代的风貌。

《李家庄的变迁》故事情节虽然复杂，规模比较宏大，但作者处理和剪裁得十分恰当，把小说所表现的20多年的历史分开几个阶段来写，而以主人公张铁锁的活动贯穿始终，结构严谨而紧凑。第一章、第二章描写民国十七年至十八年间的李家庄，通过春喜霸占铁锁房屋作为主要情节，反映了地主残酷地剥削压迫农民的暴行。第三章、第四章，写民国19年阎蒋中原大战，张铁锁从农村到太原的所见所闻，他与共产党员小常的接触，反映了当时的社会混乱和黑暗统治。第五章、第六章写铁锁回到村里最初的觉醒到他被捕的经历。第七章至第九章表现人民群众在党的组织领导下的艰苦卓绝的抗日斗争，第十章以后写日本人来了，李如珍一伙人变成了汉奸，阶级斗争和民族斗争处于异常激烈的时刻。最后一章即第十六章，表现了抗日战争的胜利和为了保卫胜利果实，粉碎国民党反动派的进攻而开始的新的战斗，整部小说条理清晰，真实感人，进一步显示了赵树理小说创作形成的民族化、大众化的艺术风格和创作特色，茅盾曾在《赵树理的小说》一文中指出，这部小说是“走向民族形式的里程碑”①。

二、其他小说作品

赵树理在本时期还创作了许多短篇小说，取得了显著的成就。这些短篇小说主要反映了解放区的复杂的阶级斗争和新的民主政权建设以及新旧思想的冲突等问题。《邪不压正》、《福贵》、《地板》等作品，充分地从不同角度表现了党领导农民开展的轰轰烈烈的土地改革运动。《邪不压正》是以软英和小宝的婚事为线索描写下河村农民反对地主刘锡元及其同伙的斗争。这斗争前后延续三年，经过了抗日战争的减租减息，抗战胜利后的没收土地、纠正偏差、补偿中农损失等全过程。作者写了这场农村革命的曲折性和复杂性，说明农民的解放不仅要和封建地主阶级的压迫、剥削斗争，而且也要和农民中的保守、自私、落后以及被剥削阶级的思想所侵蚀而为其效劳的地痞流氓作斗争。《福贵》中主要描写一个被地主逼得到处流浪，声名狼藉，而

① 茅盾：《论赵树理的小说》，载《文萃》1946年第2卷第10期。

心里却还保有强烈自尊心和正义感的农民福贵。他原是一个精通农活的能手，戏班中绝少的角色，由于料理丧事欠债，受到地主高利袋的盘剥，终于倾家荡产，被迫逃离家乡，到处流浪，完全堕落。直到地主王老万被打倒，福贵才回到家乡，成为一个具有人格尊严的农民。小说强烈地控诉了旧社会的罪行，表现贫苦农民在新政权建立后人格的复苏与人性的觉醒。《地板》是为了说明“粮食是劳动力换的，不是地板换的”这一观点的正确性。它所批判的思想，虽然是减租减息时候农村中一些人的偏见，但小学教员王老三用自己的亲身体验所证明的真理，却是帮助农民从思想上彻底解放的极好教材。

赵树理短篇小说创作中有一部分内容是描写农村新政权建立后出现的新问题、新课题以及由此带来的种种新旧交替的变化。《传家宝》和《小经理》是这方面的主要作品。《小经理》是描写农村合作社事业的，小说中所描写的小经理三喜，在党领导群众斗垮了利用合作社经理的职权暗放高利贷的张太以后，当上了经理，但怕使用不了王忠，因为王忠是张太的“忠臣”，加之他又不懂经营，不想担这个担子，后来终于勤学苦练，成了经营的行家，并改造了王忠。作者通过这个小合作社的经营管理问题，反映了党领导农民取得政权后，面临着培养自己的专门人才和改造旧知识分子的任务。《传家宝》反映的是解放区农村中，随着新的制度的建立和新经济的发展，束缚着人们意识的旧观念与旧偏见也逐渐要被新的观念与新的要求所代替。这种新与旧的矛盾冲突，集中反映在李成这个平凡的家庭里。这是一个农村中的进步家庭，全家只有三口人，李成娘是一个勤俭持家的好母亲。作品主要描写李成娘与金桂婆媳之间的矛盾，其原因除李成娘仍然存在着对儿媳妇的旧观念之外，主要因为对如何持家发生了严重分歧。李成娘要把自己过去的一套持家办法作为“传家宝”传下去，而金桂却坚决不接受，她要求一种与新社会相适应的家庭生活方式。这篇小说通过描写家庭生活，反映解放区农村的新矛盾、新风貌与新变化，包含着深层的历史意蕴。此外，赵树理还创作有《孟祥英翻身》、《催粮差》、《田寡妇看瓜》等短篇小说。这些短篇小说同《小二黑结婚》、《李有才板话》和《李家庄的变迁》等形成了作家独特新颖的小说创作风格，奠定了赵树理在中国现代文学史上的重要地位。

第四节　赵树理的创作经验

赵树理有着丰富的创作体验，也积累了丰富的创作经验。他的许多相关小说、戏剧、诗歌和曲艺等创作的文艺主张，形成了较为系统和完整的文艺思想。

一、长期深入生活

赵树理主张长期深入生活，认为深入生活“久则亲”、“久则全”、“久则通”、“久则约”。赵树理小说深入生活的特点首先表现在，其写作的素材大多是从生活中拾来的，他在谈写作经验时说：“我的材料大部分是拾来的，而且往往是和材料走得碰了头，想不拾也躲不开。因为我的家庭是在高利贷压迫之下由中农变为贫农的，我自己又上过几天学，抗日战争开始又做的是地方工作，所以每天尽和我那几个小册子中的人物打交道；所参与者也尽在那些事情的一方面。例如《小二黑结婚》中的二诸葛就是我父亲的缩影，兴旺、金旺就是我工作地区的旧渣滓；《李有才板话》中老字辈和小字辈的人物就是我的邻里，而且有好多是朋友；我的叔父，正是被《李家庄的变迁》中六老爷的‘八当十’高利贷逼得破了产的人；同书中阎锡山的四十八师留守处，就是我当日在太原的寓所；同书中‘血染龙王庙’之类的场合，染了我好多同事的血，连我自己也差一点染到里边去……”① 当谈到深入生活对创作的重要性时，赵树理认为只有深入生活，才能融入生活，成为生活的主人。他说道：“文艺不能没有想象，没有想象就成了照相和录音。但是想象也还得要有生活做根据。要真正深入生活，做局外人是不行的。只有当了局中人，才能说是过来人，才能写好作品。”② 比如小说《锻炼锻炼》中的“小腿疼”和“吃不饱”，她们那种取巧劳动、好吃懒做的恶习在当时一些群众身上是真实存在的。因为作家真实地遇到过这样的人，才能将其写得如此生动。再比如《三里湾》中的“糊涂涂”马多寿，他自认为是一家之长，谁都得听他的，媳妇必须伺候家庭，儿子也必须和他一个思想。他在政治上保守糊涂，精明能干用在谋私利方面，甚至是利用“糊涂”的名声掩盖自私的行径。倘若作家没有在现实生活中与这类人打过交道，是无法将当时农村封建落后自私的中农典型展现出来的，同时也反映出农村反封建是一项长期的任务。

赵树理小说深入生活的特点还表现在：有着明确的写作目的，就是让普通群众，特别是广大的农村读者看懂。赵树理说道：“我写小说有这样一个想法：怎么样写最省字数。我是主张‘白描’的，因为写农民，就得叫农

---

① 赵树理：《也算经验》，载《赵树理全集》第4集，北岳文艺出版社1990年版，第183~185页。

② 赵树理：《文艺与生活》，载《赵树理全集》第4集，北岳文艺出版社1990年版，第499页。

民看得懂，不识字的也能听得懂，因此，我就不着重描写扮相、穿戴，只通过人物行动和对话去写人。”① 正是因为其深入生活，真正地了解广大群众，特别是农村读者需要，才能写出深受广大人民喜爱的、真实反映现代生活、表现现代中国人思想和情感的好作品。谈到如何深入生活，赵树理主张跟着群众走，只有了解群众的兴趣所在，才能有的放矢地写出群众需要的文章。他说道：“为群众服务得好，就得深入群众，对群众的东西感兴趣。不要一看就说人家的东西水平低，感到腻烦，而要细心研究其中的道理，找出群众为什么喜欢看它的原因来。如河南梆子，群众很喜欢，但有人说它很单调，不如西洋歌曲。我觉得河南梆子群众所以喜欢，是因为它唱的每个字都很清楚，想听不清也不行。有些模仿西洋的歌曲，群众说只听得大琴嗡嗡响，听不清楚唱的是什么，戏里边的字都叫音乐‘吃’了。因此我想，我们搞艺术创作的人，要为群众服务服得好，就得照顾群众的习惯，使我们的兴趣与群众的兴趣取得一致。”②

此外，当时存在文人知识分子看不起群众的喜好的问题，赵树理却认为，只有懂得欣赏群众的兴趣，才能明白写什么能够被大众所喜爱。他说道：“要抱欣赏的态度，跟上群众去欣赏群众所欣赏的东西，多听、多看、多读，日久天长，对自己自然就有了影响，这样，拿起锯来就有树可锯。”③

所谓深入生活，光靠了解群众的兴趣是不够的，赵树理还主张必须与群众共同生活一段时间。在赵树理看来，只有与群众生活在一起，“思想感情才能跟群众溶解在一起，思想感情一致了，写文章时候就知道该用哪个字，不该用哪个字，哪句话该怎么说，不该怎么说”④。在他的小说中，几乎找不到华丽的词语，大多是常人能听懂的大白话。赵树理常说他比别的作家幸福的地方是生长在农村，他可以不用找任何理由就可以长期和农民生活在一起。他把这称作“自以为幸的天生条件”⑤。所以他作品中的人物虽然不是

---

① 赵树理：《在北京市业余作者短篇小说创作座谈会上的发言》，载《赵树理全集》第4集，北岳文艺出版社1990年版，第521页。

② 赵树理：《当前创作中的几个问题》，载《赵树理全集》第4集，北岳文艺出版社1990年版，第428页。

③ 赵树理：《在北京市业余作者短篇小说创作座谈会上的发言》，载《赵树理全集》第4集，北岳文艺出版社1990年版，第522页。

④ 赵树理：《当前创作中的几个问题》，载《赵树理全集》第4集，北岳文艺出版社1990年版，第429页。

⑤ 赵树理：《决心到群众中去》，载《赵树理全集》第4集，北岳文艺出版社1990年版，第253页。

现实中的确定某个人，却也是现实人物的叠加，是他熟悉的人的中和。赵树理曾说："我和我写的那些旧人物（自然不是那些个别的真人），到田地里做活在一块做，休息同在一株树下休息，吃饭同在一个广场吃饭；他们每个人的环境、思想和那思想所支配的生活方式、前途打算，我无所不晓。当他们一个人刚要开口说话，我大体上能推测出他要说什么——有时候和他开玩笑，能预先替他说出或接他的后半句话。我既然这样了解他们，自然就能描写他们。"① 只有深入生活，在生活中用心观察、感受、理解，概括，才能对一个人熟悉到他刚开口说话就知道他想什么，听脚步声就知道他是谁，这样自然就能将人物写得形象、生动。

作家要以主人的身份深入生活，积极参与生活中的事件，只有这样才有亲身的体会，才能更深刻地了解写作的对象，才能写出代表广大人民群众心声的作品，才能更好地挖掘出社会事件背后的价值和意义。

二、重新界定"问题小说"

赵树理把自己创作的小说叫做"问题小说"，并且极力提倡"问题小说"。为什么叫"问题小说"，赵树理解释道："为什么叫这个名字，就是因为我写的小说，都是我下乡工作时在工作中所碰到的问题，感到那个问题不解决会妨碍我们工作的进展，应该把它提出来。"② 赵树理在《也算经验》一文中更强调说："我在做群众工作的过程中，遇到非解决不可而又不是轻易能解决了的问题，往往就变成所要写的主题。"③ 这段话说明：第一，他的小说的主题都是从生活中来的，这一点决定了作品具有强烈的现实意义和指导作用。第二，既然是由农村工作中"非解决不可而又不是轻易能解决了的问题"引起创作冲动，那作品中所写的必然是重要或比较重大的生活现象。这一点决定作品有较高的社会价值。第三，为了解决问题，作家就需把自己的观点艺术地表达出来，这又决定了作品的功利性和审美价值。赵树理的小说题材来自于生活、特别是在工作中遇到的具体而迫切的问题。通过对其作品的研究，可看出他的"问题小说"创作先于他的"问题小说"创

① 赵树理：《决心到群众中去》，载《赵树理全集》第 4 集，北岳文艺出版社 1990 年版，第 254 页。

② 赵树理：《也算经验》，载《赵树理全集》第 4 集，北岳文艺出版社 1990 年版，第 183~185 页。

③ 赵树理：《也算经验》，载《赵树理全集》第 4 集，北岳文艺出版社 1990 年版，第 186 页。

作观的提出。比如，在《李有才板话》中，赵树理想反映的就是有关工作人员不干实事，主观主义、官僚作风的问题。他自己说道："我写《李有才板话》时，那时我们的工作有些地方不深入，特别对于狡猾地主还发现不够，章工作员式的人多，老杨式的人少，应该提倡老杨式的作法，于是，我就写了这篇小说。这篇小说里有敌我矛盾，也有人民内部矛盾。"又如小说《邪不压正》，赵树理说到他写这篇小说的意图是："想写出当时当地土改全部过程中的各种经验教训，使土改中的干部和群众读了知所趋避。"① 赵树理亲身经历过土改后，他发现在土改中贫雇农仍然受到压制、中农受到冤枉，最严重的问题是流氓混入干部队伍中，这些都严重阻碍了土改的发展。他说道："我在写那篇东西的时候把重点放在不正确的干部和流氓上，同时又想说明受了冤枉的中农作何观感，故对小昌、小旦和聚财写得比较突出一点。据我的经验，土改中最不易防范的是流氓钻空子。因为流氓是穷人，其身份很容易和贫农相混。……这种人基本上也是穷人，如果愿意站在大众这方面来反对封建势力，领导方面自然也不应拒绝，但在运动中要加以教育，逐渐克服了他的流氓根性，使他老老实实做个新人，而绝不可在未改造之前任为干部，使其有发挥流氓性的机会。可惜那地方在初期土改中没有认清这一点，致使流氓混入干部和积极分子群中，仍在群众头上抖威风。"② 由此可见，"问题小说"观念的形成，是在其创作中产生的，而创作"问题小说"又是在作家实际的工作中形成的。作为革命工作的实际参与者，赵树理在工作中碰见的问题是老百姓遇到的具体而亟待解决的问题。他将这些问题集合起来，将其文学化，用小说的形式表现出来。小说不仅起到向群众读者宣传党和政府的方针政策的作用，而且也反映了底层人民真实的声音。他的这些"从工作中胜出的主题"真正起到了指导实际工作、干预社会生活的作用。

赵树理以自己亲身体验、冷静观察，用作品真实地揭示了农村工作中的问题、失误、真实的农村情况和农民的心声。这些问题小说不仅将真实的农村工作状况上传到农村政策、路线制定的制定者耳中，而且使后人更客观地了解那个年代的真实情况。赵树理的"问题小说"不仅仅作为个人创作的实绩为后人传诵，而且也是一个作家时刻为百姓着想的真心、责任心和良心

① 赵树理：《关于〈邪不压正〉》，载《赵树理全集》第4集，北岳文艺出版社1990年版，第194页。

② 赵树理：《关于〈邪不压正〉》，载《赵树理全集》第4集，北岳文艺出版社1990年版，第196页。

的表现。

三、提倡通俗化大众化

赵树理的小说是如何体现通俗化的呢？首先是小说故事情节的通俗化。他说道："我也是尽量照顾群众的习惯：群众爱听故事，咱就增强故事性；爱听连贯的，咱就不要因为讲求剪裁而常把故事割断了。我以为只要能叫大多数人读，总不算赔钱买卖。至于会不会因此就降低了作品的艺术性，我以为那是另一问题。"① 虽然文学艺术作品应该高于生活，但是在赵树理看来，作品首要任务是让读者读懂，"提高人民群众文化水平的任务是该文学作品以外的各种手段（如学校）担负的。终究说来作品是要求读者即时能读懂，能及时起到它的社会作用的"。在这样通俗易懂的评书式小说中，读者清楚地明白作者想反映出在农村中新生的进步力量同落后愚昧的迷信思想及封建反动势力之间的尖锐斗争，以及新势力最终在新政权的支持下突破封建迷信的牢笼获得胜利的问题。赵树理用小说通俗化大众化的方式对广大人民群众起到积极的教育作用，也达到了普及文化，提高大众素养的目的。

其次是语言上的通俗化大众化。赵树理认为："写进作品里的语言应该尽量跟口头上的语言一样，口头上说，使群众听得懂，写成文字，使有一定文化水平的群众看得懂，这样才能达到写作是为人民服务的目的。如果把语言分成两套，说的时候是一套，写的时候又是一套，这样我觉得不太好。"②在赵树理看来，写文章要明确对象，既然是写给农民看的，就一定要让农民读懂。赵树理现身说法："我既是个农民出身而又上过学校的人，自然是既不得不与农民说话，又不得不与知识分子说话。有时候从学校回到家乡，向乡间父老兄弟们谈起话来，一不留心，也往往带一点学生腔，可是一带出那等腔调，立时就要遭到他们的议论，碰惯了钉子就学了点乖，以后即使向他们介绍知识分子的话，也要设法把知识分子的话翻译成他们的话来说，时候久了就变成了习惯。说话如此，写起文章来便也在这方面留神——'然而'听不惯，咱就写成'可是'；'所以'生一点，咱就写成'因此'；不给他

---

① 赵树理：《也算经验》，载《赵树理全集》第4集，北岳文艺出版社1990年版，第184页。

② 赵树理：《当前创作中的几个问题》，载《赵树理全集》第4集，北岳文艺出版社1990年版，第426页。

们换成顺当的字眼儿，他们就不愿意看”①。

比如在《小二黑结婚》里，赵树理就没用过“然而”、“可是”这类的词儿，因为“这在知识分子虽然是习用语，写入作品，当时的农民群众却听不懂、读不惯”。但是，语言通俗化大众化并不是一味地使用白话，赵树理也采用了群众易于接受的语言形式，比如利用修辞、排比、反语等手法，形成了“瘦而实腴”、“质而实丽”、“真实可触”的语言特点。还是以《小二黑结婚》为例，书中描写三仙姑的一段话：“三仙姑却和大家不同，虽然已经四十五岁……只可惜官粉涂不平脸上的皱纹，看起来好像驴粪蛋上下了霜。”这一比喻形象生动、新颖、诙谐。在通俗的比喻中，讽刺了三仙姑不切实际地装扮自己，本想用“官粉”掩饰自己的衰老，反而弄巧成拙。作者通过“驴粪蛋下霜”将三仙姑虚伪的丑态淋漓尽致地展现在读者的面前。在赵树理提倡小说通俗化大众化时，有些人提出了质疑。他们认为通俗化大众化就是降低标准，说老百姓的白话就是缺少文学性的表现，是高深的学者或者高明的艺术家所不屑的。赵树理反驳道：“不能‘深入’，就不能‘浅出’；艰深的词句容易捏造，而通俗明快的文章，却很不容易作！”② 就好像评书虽通俗，但是如果没有艺术性，又怎么能抓住听众？总的来说，只要是读者易于接受的方式，不论通俗，还是高深，都要拿来为作家所用，才能写出易于读者接受和喜爱的作品。

赵树理不论主张作家要深入生活写小说，还是用小说来反映农村存在的问题和农民亟待解决的问题，抑或提倡小说的通俗化与大众化，都推动了现代小说向民族化与现代化的转型发展，从而也确立了赵树理在中国现代文学史上的重要地位。

◎ 思考题

1. 谈谈赵树理小说的创作特征。
2. 试论述赵树理与“工农兵方向”的关系。
3. 赵树理是怎样重新界定“问题小说”的？
4. 赵树理的小说是如何走向通俗化的？

---

① 赵树理：《也算经验》，载《赵树理全集》第 4 集，北岳文艺出版社 1990 年版，第 183 页。

② 赵树理：《通俗化“引论”》，载《赵树理全集》第 4 集，北岳文艺出版社 1990 年版，第 141 页。

第三章　工农兵方向指导下的文学创作（一）

在1942年延安文艺整风和毛泽东《在延安文艺座谈会上的讲话》发表之后，解放区文学进入“新的人民的文学”阶段，专业文艺工作者创作了大批实践工农兵方向的文学作品，在创作的诸多方面表现出崭新的特点。在题材内容方面，农村土地改革、互助生产与战场上的战争决胜成为本时期解放区文学尤其是小说创作的主要领域，40年代末又出现了草明《原动力》等恢复工业生产的题材。这些描述民主政权下社会变革的作品艺术地预示了历史发展的趋势。在人物形象方面，刻画了走向翻身的农民和工人的精神风貌与崭新性格，如欧阳山的《高干大》、丁玲的《太阳照在桑干河上》、周立波的《暴风骤雨》等，塑造了过去的文学从未出现过的作为历史主人的工农形象；刘白羽的小说则展示了夺取全国解放的解放军战士的形象。在审美追求上，这一时期的作品既有立足于现实的真实描述，又具有明显的提纯倾向和“英雄化”追求，显示了乐观豪迈的审美取向。在艺术形式上，作家们自觉地探索文学的民族化、大众化，努力采用民间形式，大量汲纳民族和民间文化成分，朴实而富于地域色彩的创作顺应了根据地和解放区民众的审美趣味，同时又表现出明显的政治功利目的。

第一节　孙犁的短篇小说

孙犁，原名孙树勋，1913年4月6日生于河北省安平县东辽城村。大革命前后到保定育德中学读书，“七七”事变前夕，在白洋淀地方小学教书。抗战爆发后，曾在《晋察冀日报》、华北联合大学工作，他一边从事党的宣传工作，一边进行文学创作。开始发表短篇小说和散文作品。1944年到延安鲁迅艺术文学院学习和工作，1945 年起发表了《荷花淀》、《芦花荡》、《邢兰》、《光荣》、《嘱咐》、《碑》等小说、散文，以及中篇小说《村歌》，成为 40 年代解放区继赵树理之后的又一位描写农村生活和塑造新人形象的优秀小说家，也是中国现代文学史上“荷花淀派”的主要代表作家。他的短篇小说和散文合集《白洋淀纪事》收集了 1939 年至 1953 年的主要作品。中华人民共和国成立后，他创作了《风云初记》、《铁木前传》等中长篇小说和《山地回忆》等若干短篇小说。孙犁以 90 岁高龄终其一生，笔耕不辍，他的作品以艺术风格的鲜明和炉火纯青，在国内外产生了广泛的影响。

孙犁 40 年代的 30 余篇作品，大多以战争时期的冀中平原和冀西山区为背景，以充满诗情画意的艺术笔触，展现了在战争环境中抗日根据地和解放区人民的斗争生活与成长进步，勾画出人民坚定的抗敌意志和高尚纯洁的心灵世界，带有明显的生活诗意化倾向，这些作品也由此被誉为“诗体小说”，可从以下几方面理解。

一、发掘与讴歌现实生活中的真善美

孙犁善于发现和描绘人们生活和斗争中真善美的东西。他曾说：“我经历了美好的极致，那就是抗日战争。我看到农民，他们的爱国热情，参战的英勇，深深地感动了我。”“看到真善美的极致，我写了一些作品，看到邪恶的极致，我不愿意写。”① 这一审美取向使他 40 年代的作品侧重于表现民族解放战争中的农民尤其农家妇女身上表现出的优秀品格和美好人性。

孙犁的《荷花淀》、《芦花荡》和《嘱咐》是他“白洋淀系列”中的代表作。《荷花淀》1945 年 5 月发表于《解放日报》副刊上，讲述水生嫂等一群妇女支持丈夫参军，后在探望丈夫途中遇敌，经受了锻炼，也参加了抗敌斗争的故事。这在根据地农村实非奇人异事，但娓娓道来，农家少妇对丈夫的温柔情深，她们的通情达理，爽朗奉献与刚强无畏令人感佩。这些作品就像一首首咏赞冀中英雄儿女的抒情诗，现实描绘与浪漫抒情交融在一起。他曾说自己喜欢欧洲文学名著中“那股浪漫气息，诗一样的调子，和对美的追求”②，他捕捉生活现象时，所注目的是与自己心灵契合的那一部分。发表于 1945 年 8 月的《芦花荡》披有一层传奇色彩。出入苇塘的老交通在

① 孙犁：《文学和生活的路》，载刘金镛、房福贤：《孙犁研究专集》，江苏人民出版社 1983 年版，第 162、163 页。

② 孙犁：《勤学苦练》，载《文学概论》，北京出版社 1963 年版，第 131 页。

送两名八路军女战士大菱、二菱在进苇塘时，大菱被日军小火轮上的机枪打伤了。负责护送的老交通怒不可遏，向受伤的女战士承诺："他们打伤了你，流了这么多的血，等明天，我叫他们十个人流血。"第二天正午，老交通引诱敌人的小火轮进入自己设置的"钩子阵"，全歼这股敌人，而此刻，少女二菱则以苇叶遮身观战。浪漫传奇色彩使这个简单的故事焕发出浪漫的诗情和盎然的诗趣。

写于1949年，同年10月由北京天下图书公司出版的《村歌》，是孙犁的第一部中篇小说。作品以1946年中共中央发出《五四指示》以后的土改斗争和1947年5月土改复查前后为历史背景，反映了冀中平原上的一个村庄——张岗村，土改后翻身农民新的生活，以及他们在这场伟大斗争中思想、精神面貌所发生的巨大变化。如作者自己所说："我的这一组作品，是对时代和故乡人民的赞歌。我喜欢写欢乐的东西。"① 他"诗体小说"的诗意美和浪漫情怀与他的审美取向达到了高度的和谐一致。

二、散文化的艺术结构

孙犁小说往往打破了传统的叙述方式，淡化了情节，采用剪辑若干个诗化场景成篇的方式，不是围绕某一个主人公性格来谋篇布局，也没有倒叙插叙或大段心理独白，因而具有散文诗化的特征。

《荷花淀》写的是艰苦卓绝的民族解放战争，但没有正面描写战场上的浴血厮杀，而是选取顺时叙述的夫妻话别（月夜织席、丈夫嘱咐）、马庄寻夫、湖面战斗等三个短短的场景巧妙布局，又在场景的自然展开中不时插入散文诗式的句式和自然段，因而给人以天然不饰的艺术感受。全篇只有五千字左右，由于作者的匠心独运，依然显得跌宕起伏。从"夫妻话别"到"马庄寻夫"再到"湖面战斗"，情节似断实续，一连串的生活画面、景物疏密相间，按生活顺序接踵而至，淡化了的散文式抒情结构服从于作品的立意和造景的需要，情与景相交融，紧张战斗与居家生活在文中二位一体，随人物感情流动，以及由它们构成的小说氛围则对人物的塑造特别是人物精神世界的凸显起到了重要的烘托作用。"夫妻话别"用工笔细描，重点渲染，一般性的情节作粗线条的勾勒，由于有了优美的意境营造带来的诗的意趣，并不紧凑的故事却显得流畅自如。再加上朴实无华优美自然的小说语言，形成了一种特有的清新隽永的韵味和诗化小说的独特风格。淀边编席的场景是

① 孙犁：《文学和生活的路》，载刘金镛、房福贤：《孙犁研究专集》，江苏人民出版社1983年版，第163页。

令人回味的，描写同样富于诗趣。宁静的月光下，水生嫂坐在院子里等着到区里开会的丈夫回来，手头编着席。“妇人坐在小院当中，手指上缠绞着柔滑修长的苇眉子。苇眉子又薄又细，在她怀里跳跃着。”如此诗情画意的场景简直让人感觉不到战争的存在。发生在荷花淀中真枪实弹的伏击战，在水生嫂她们眼中也是诗化的。如战士们沉到水底打捞战利品，嬉笑着用花叶顶在头上抵挡正午的太阳，创造出充满诗意的图景。《山地回忆》中的妞儿任性善良、活泼诙谐，她对新生活的向往和对八路军的热爱，小说再通过热心做袜、曲阳卖枣、买织布机等生活片断展示出来的，写得既有深度，又富于诗意。

《村歌》作为一部反映土改斗争的中篇小说，它没有《太阳照在桑干河上》那样复杂的构思，也没有《暴风骤雨》那样引人入胜的情节，甚至没有正面去描写土改中激烈复杂的阶级斗争，而是摄取土改斗争中的一些生活片断和细节，着意表现土改斗争中的新人新貌，以自己特有的时代感、浓郁的乡土气息和活泼的生活情趣而具有较强的艺术魅力。

三、青年妇女群像

孙犁特别擅长描写故乡的青年女性：“我以为妇人比男人更乐观，而人生的悲欢离合，总是与她们有关，所以常常以崇拜的心情写到她们。”①

他的小说以优美的、理想化的笔调，塑造了众多英勇抗敌的农民形象特别是坚贞多情的妇女形象，她们的容貌姣美，性格乐观、泼辣，心灵质朴、美丽，对家乡无比热爱，对人民子弟兵感情深厚。作者深入她们丰富复杂的感情世界，从她们命运的变化、内心的波澜，反映出民族解放斗争的历史内容，描摹时代的风云变幻，增添了作品的美感和诗一般的抒情意味。

“白洋淀”的青年妇女期待着过上美好家庭生活的憧憬，但在国难当头之时，她们识大体、顾大局，把对丈夫的爱和对祖国的爱统一起来。除了前面提到的水生嫂、妞儿，还有《钟》里的慧秀、《吴召儿》中的吴召儿、《光荣》中的秀梅、《碑》里的小菊、《采薄台》中的小红母女、《蒿儿梁》中的妇救会主任等，她们身上一方面保留着劳动妇女的传统美德；另一方面在战火中获得了乐观、自信、刚强的时代新质，是时代的新人。通过这些农村劳动妇女的高尚情操和纯洁心灵，歌颂了时代性的精神解放，表达了作家对人民的赞颂和对于“美的极致”的发现和追求。在众多的妇女形象中，

① 孙犁：《文学和生活的路》，载刘金镛、房福贤：《孙犁研究专集》，江苏人民出版社1983年版，第163页。

《村歌》着意刻画了一个带着明显弱点的女孩子——双眉，她经受过抗日战争的锻炼，是在根据地新农村中成长起来的新一代农村妇女。她俊俏、聪颖、泼辣、能干，对新生活充满了无限的热情和憧憬；但也骄傲急躁，说话尖刻，瞧不起不如自己的人。作者不仅写出了她的性格特征，而且写出了她内心的变化和进步成长的过程。双眉这一形象包含了对执行政策中的“左”的倾向的批判，体现了作者反映现实生活的敏感性和深刻性。

四、白描等艺术手法

孙犁小说诗情画意地表现生活中的美，得力于白描手法的成功运用。用平易蕴藉而淡远的笔法，通过朴实的行动和对话来写形传神，勾勒出这个妇女群像的神貌风彩，展现出她们的性格发展。这种艺术特征在“荷花淀派”的开山之作《荷花淀》中得到了集中的反映。水生嫂听到丈夫说自己报名参了军，“女人的手指震动了一下，想是叫苇眉子划破了手，她把一个手指放在嘴里吮了一下”，对丈夫的深情和内心的震动都是不言而喻的。但水生嫂明白丈夫参军的意义，并不阻拦，只是低下头对丈夫说了句：“你总是很积极的。”作者把握住了人物心灵的微妙颤动，寥寥数语，反映出极为丰富的内心活动，达到了传神的程度，细腻、含蓄地刻画了人物丰富、美好的内心世界。当作品写到水生嘱托妻子“千年的担子你先担着，打走了鬼子，我回来谢你”，“不要叫敌人汉奸捉活的，捉住了要和他拼命”，水生嫂流着眼泪答应了下来时，根据地妇女身上那深明大义、忠贞坚毅的传统美德和为民族的解放战争甘愿献出一切的崇高精神已跃然纸上。1946 年发表的《嘱咐》是《荷花淀》的续篇，展现了水生嫂对亲人的贤淑深情和为了革命胜利勇于奉献的崇高品德。水生参军八年回家探亲，在“归来”的特定情景中，深入地刻画了人物的心灵世界。水生只能在家住一晚，水生嫂毫不埋怨，第二天清晨驾着冰床子送丈夫返回征程，她给出丈夫留下的嘱咐是：“记着，好好打仗，快回来，我们等着你的胜利消息。”水生嫂深挚的感情、坚强的内心、历经艰难却对胜利怀有坚定信念的性格，在寥寥数语中得到了充分的展示，给人强烈的艺术感受。

《村歌》也是最早反映土改斗争的作品之一，它没有丁玲《太阳照在桑干河上》和周立波《暴风骤雨》的繁富斑痕，而是采用传统的“白描”手法，用最简洁的笔，描绘了生动的人物形象，营造了一种诗歌散文般清新疏朗的意境。

孙犁小说的景物描写采用抒情、写意、象征、比拟等多种手法，有的含蓄婉转，有的则奔放激越，但都达到了情景交融、寓情于景的境界。

《荷花淀》开篇对月夜编席的描写可谓诗情浓郁。水生嫂坐在院子里等候丈夫归来，月光下，眼前一片银白世界，湖面上飘着薄雾，风吹来“带着新鲜的荷叶荷花香”，“她像坐在一片洁白的雪地上，也像坐在一行洁白的云彩上。她有时望望淀里，淀里也是一片银白世界”。这些富于绘画美的景物描写，化解了劳动的繁重与战争的艰辛，表现了人物思念亲人的感情和对美好生活的热爱。写到妇女们为避开追赶的敌人，奔向荷花淀时：“那一望无边际的密密层层的大荷叶，迎着阳光舒展开，就像铜墙铁壁一样，粉色荷花箭高高地挺出来，是监视白洋淀的哨兵吧！”生动传神，充满诗意，暗示了美丽的荷花淀里也是激烈的战场。战斗打响，就在哨兵一样的荷花箭中，果然“荷叶变成了人”，打了一场漂亮的伏击战，小说中的这一幅幅秀美的风景画有着渲染气氛，烘托人物，抒发感情的艺术效果。

此外，孙犁的小说和散文还具有鲜明的地域文化特性。他所写的多是河北的湖淀、平原和山区的农村生活，作品中的人物在这里繁衍生息、劳作战斗，言谈举止洋溢着当地特有的乡土气息，白洋淀的湖光水色、民俗风情成为他作品的基本色调，宛如展开了一幅风俗长卷，浓郁的生活气息扑面而来。

第二节　《太阳照在桑干河上》和《暴风骤雨》

1948年出版的长篇小说《太阳照在桑干河上》和《暴风骤雨》于1951年分获斯大林文学奖二、三等奖，首次为解放区文学赢得国际声誉。这两部小说不仅将有史以来中国农村最激烈最复杂的革命——土改运动作了近乎全方位的描绘，在反映土地改革的小说中，特色最为鲜明，成就也最高，而且因为其“工农兵文艺”的创作过程和艺术处理方式，成为把文艺纳入国家体制后对作家影响和制约的典型代表。

一、丁玲的《太阳照在桑干河上》

丁玲（1904—1986）于1936年到达陕北根据地，抗战爆发后，任西北战地服务团主任、文协延安分会常务理事，后主编《解放日报》文艺副刊。1942年以前，她创作了《一颗未出膛的枪弹》(1937)、《我在霞村的时候》(1940)、《在医院中》(1940)、《夜》(1941）等重要小说作品，深入剖析了根据地新生活中的矛盾。1944年5月写有反映先进人物事迹的报告文学《田保霖》等。

1946年5月，中共中央发布了《关于土地问题的指示》(即“五四指示”），由此拉开了中国历史上最重要的一次农村大变革的帷幕。1946 年 7 月，丁玲参加了由晋察冀中央局组织的土改工作队，先后在河北怀来、涿鹿两县，与农民共同生活，一道进行土改斗争。经过两个多月，她不仅对农村社会、农民思想有了深切了解，而且激发了强烈的创作冲动。1946 年 11 月，她根据自己在一个叫温水屯的村子里所获得的素材，开始了长篇小说《太阳照在桑干河上》的构思与写作。于 1947 年 8 月完成初稿，1948 年 4—6 月修改补充，8 月正式出版。

这部作品描写的是 1946 年党中央发布“五四指示”到 1947 年 9 月全国土地会议召开之前华北解放区土地改革的历史画卷。小说共 58 章，以华北桑干河农村暖水屯农民群众与恶霸地主钱文贵的斗争为主线，表现了农民由畏惧地主阶级的权势到认识自己阶级力量而自觉进行推翻封建统治斗争的思想变化，在农民推翻封建剥削制度的革命过程中表现了农民从宿命论的精神蒙昧中解放出来的觉醒过程。作品虽然只描写了土地改革运动的“斗争”阶段，把“分地”、“参军”两个阶段作为结尾处理，但全书结构完整，人物生动，充分反映了农村阶级关系与封建宗族关系胶着的复杂状态，表现了农民以阶级斗争意识取代封建宗法家族观念的转变。主要斗争对象钱文贵，他哥哥钱文富是一个贫苦的菜农。收养在他家的侄女黑妮是贫农弟弟的遗孤，现在与村农会主任年轻干部程仁相恋。儿媳是本村富裕中家顾涌的女儿，女婿张正典是村治安委员，等等。

这部长篇塑造了一系列农村新人的形象，但无一例外地都经历了一个克服自己弱点的成长过程。党支部书记张裕民是村里公认的“能干人”，在群众中有很高的威信。他沉着、诚实、老练，专习“为穷人办事”。在土改斗争的新形势下，他的思想不适应了，要斗倒地主，纠缠着复杂的社会关系，而且，上级派来的工作组长（文采）偏听偏信，任用为地主收买的坏干部。他产生了私心杂念，怕不倒钱文贵，自己不好办。但他毕竟是群众的知心人，了解群众的要求愿望，群众批评“干部有偏向”，他虚心接受，在“党员大会”上做了自我批评，讲了“掏心话”，思想觉悟提高，逐渐成长为大公无私的好干部。在后来的斗争中，他冲锋在前，坚决勇敢，带领群众取得了“斗争”的胜利。农会主任程仁的思想斗争也是在那次“党员大会”上才激化的。他也是解放前的党员，朴实憨厚，深得群众的信任。他曾做过钱文贵家的烧饭长工，由于与钱文贵的侄女黑妮之间的恋情，担心斗争钱文贵而牵连上黑妮，也怕连累自己，所以在斗争中表现得很消沉。“党员大会”使他受到了教育，感到自己“忘了本”。在钱文贵老婆利用黑妮，又拿地契来收买他时，他“突然像从噩梦中惊醒”，由此清醒地认识到过去的思想毛病，从此振作了起来，带头打击恶霸地主钱文贵的嚣张气焰，成为群众斗争的好榜样。

作品中写出了许多富于个性的农民形象，如老年农民侯忠全、青年农民刘满等。作品塑造的地主阶级人物，有钱文贵那样的地头蛇，也有胆小如鼠、一闻风吹草动就逃之夭夭的李子俊，有不甘灭亡、见风使舵的侯殿魁，有阿腴奉承、投机取巧的江世荣，还有以妇人之道骗取群众同情的李子俊老婆。他们表现了地主阶级的共性，又各有个性。

这部长篇写的是社会斗争重大题材，矛盾冲突是尖锐的，但并不呈现出剑拔弩张之势；那些站在历史前列的农村新人性格是鲜明的，但并不是火辣辣的；情节的发展环环相扣，但并不是土地改革政策的简单图解。在再现农村社会关系的错综复杂和土改运动中人们精神状态的丰富变化时，显得真实可信。

在结构上，小说围绕农民与钱文贵矛盾斗争的主线，展开了农村生活的方方面面，但布局严谨。从富裕中农顾涌赶着亲家胡泰的胶轮大车回村展开情节，随后暖水屯各阶层听到土地改革风声的心理动态，款款写来，细致从容。在情节的发展中不时插入重要人物“小传式”的专章描写，显得丰富浑厚而无纤弱之态。结尾以顾涌的亲家胡泰来暖水屯赶回自己的大车收束，平易、完整而厚重。

在艺术描写上，小说体现了丁玲重视心理描写的特点，无论是对先进农村干部张裕民、程仁的性格刻画，或是对地主阶级代表钱文贵、李子俊老婆的形象塑造，还是对老佃户侯殿魁、少女黑妮的心理揭示，都细致入微，准确地展现了土改运动和农民在精神上翻身的艰难曲折。

二、周立波的《暴风骤雨》

周立波（1908—1979），原名周绍仪、周凤翔，湖南益阳人。他出生于一个普通的农民家庭，是无产阶级革命文学运动中涌现出来的小说家。1928年开始创作，1934年加入“左联”，年底加入中国共产党。抗战爆发后，他担任《抗战日报》编辑，作为战地记者走遍华北前线，写出了许多著名的报告文学作品，后结集为《战地日记》和《晋察冀边区印象记》。1939年底到达延安，任“鲁艺”编译处长及文学系教员，1942年参加延安文艺座谈会。1944年2月，主编《解放日报》文艺副刊，写成报告文学集《南下记》。中华人民共和国成立后，他创作了长篇小说《铁水奔流》、《山乡巨变》，还创作了反映我国社会主义农村新面貌的大量短篇小说和散文。1978年发表的短篇小说《湘江一夜》获1978年全国优秀短篇小说一等奖。

1946年10月，周立波在东北松江省（今黑龙江省）尚志县参加土地改革工作，对农村尖锐复杂的阶级斗争和农民的思想感情有了深切的了解，于1947年10月创作了《暴风骤雨》上卷，此后又广泛深入农村体验生活，收集素材，于1948年12月完成下卷，同月由东北书店正式出版。作品以东北农村一个村子元茂屯土改运动的全过程，史诗般地展现了东北解放区土地斗争的巨幅画卷。上卷描写1946年中共中央发布“五四指示”到1947年9月全国土地会议召开这段时间内元茂屯土改运动的兴起。共产党员肖祥率领土改工作队到元茂屯落实“五四指示”，发动群众开展土改运动，斗倒了恶霸地主韩老六，分得了土地，又取得了反击土匪战斗的胜利。下卷描写1947年10月《中国土地法大纲》颁布后元茂屯土改运动的深入发展。肖祥率领新的工作队再次来到元茂屯，贯彻《中国土地法大纲》精神。这时，元茂屯的领导权已被坏分子篡夺（煎饼铺的掌柜张家贵任农会主任）。肖祥进村后首先整顿农会，选出先进农民郭全海担任农会主任，然后发动群众跟地主算剥削账、挖浮财、起武器，清查暗藏敌人，取得了土改斗争的彻底胜利。

《暴风骤雨》在思想内容上的重大成就，不仅在于它反映了第三次国内革命战争时期党领导的以土地改革为中心内容的大规模的农村阶级斗争，展示了中国农村在政治、经济、思想及风俗习惯等方面的伟大变革；而且在于它以高度的政治热情，表现了这场斗争中广大农民的阶级觉悟和优秀品质。小说塑造了赵玉林、郭全海等一系列在无产阶级先锋队教育下成长起来的先进农民典型，他们开始了由个体农民到初步接受共产主义信仰的新变化，具有无产阶级革命时代的新式农民英雄的特点。农会主任赵玉林是“上卷”的中心人物，是元茂屯第一个自觉走上革命道路、加入共产党行列的先进农民。旧社会他一贫如洗，苦大仇深，但从不向财东弯腰低头，保持着穷人的骨气和尊严，有强烈的革命要求。工作队进屯以后，他首先觉醒，在斗争韩老六时冲锋在前，最后在狙击土匪韩老七的战斗中牺牲。在这个理想化的农民身上，作者寄寓了自己对农村一代新人的期待。小说下卷的主人公郭全海，继承了赵玉林的未竟事业，表现出立场坚定、精明勇敢，大公无私和对革命无限忠诚的英雄品质。改组农会、追查地主的浮财，擒获特务，他的机智、果断、坚定的性格不断地闪烁出光彩，而“分马”和“参军”两章中他的先人后己公而忘私，更使他的英雄性格得到了充分发挥的展现。

小说把创造和歌颂新人物以及在新人物的美好性格作为自己的重要任务，这些先进人物包括有缺点的农民积极分子，都不是现实生活的简单模写，而是在现实生活的基础上经过加工提炼，经过艺术概括的“更集中、更理想”的人物形象。忠厚积极的白玉山、苦大仇深的老田头、幽默风趣性格开朗的老孙头，他们的经历性格不同，觉醒的程度也有差异，但都有着对翻身解放的强烈渴望。

工作队长肖祥在作品中充分体现了党对土地改革的领导作用。他立场坚定，爱憎分明，具有高度的政策水平和丰富的阶级斗争经验。作品着重写了他的沉着干练、善于思考、注重调查研究、走群众路线的工作作风。作品中的反面人物也显得有声有色：韩老六（外号韩大棒子）是阴险、毒辣、卑鄙无耻的恶霸地主的典型；杜善人则是另一类型的地主，他“装个菩萨面”，实际上和韩老六一样狠毒。

《暴风骤雨》取得了多方面的艺术成就，反映了延安文艺座谈会后解放区小说创作的新水平。作品善于运用人物自身的言谈举止及环境等外部的细节描写来展示人物性格，披露人物内心世界。郭全海一出场就是一个降伏脱缰的骡子的细节描写，一个精明倔强的农村青年便活灵活现。重外形声色的描述，重含蓄，是周立波式的人物心理表现方式。在结构艺术上，这部作品情节单纯，结构线索清晰，风格明快，呈现出一种单纯的美。上卷以三斗韩老六为线索，逐层展开；下卷以斗杜善人为线索，按清地、挖浮财、起枪支等事件发生先后，有程序地表现土地斗争的扩大深入。小说对东北风俗人情的描绘，方言土语的运用，使全书既洋溢着饱满的政治激情，又充满着浓郁的东北地域色彩和民间情趣，其可读性和生动性是《太阳照在桑干河上》所不能及的。

第三节　柳青、欧阳山的小说

工农兵方向的文学要求文学家贴近工农兵生活，歌颂共产党的领导，在政治上有正确的方向，同时又须有相当深厚的生活基础。赵树理的方向其实就包含着这样的内容。在这样的方向导引下，柳青、欧阳山的创作值得关注。

一、柳青的《种谷记》

柳青（1916—1978），原名刘蕴华，出生于一个农民家庭，陕西省吴堡县人。早年受革命思想影响，1928 年读高小时就加入了中国共产主义青年团。1934 年到西安读高中，开始练习写短篇小说。1935 年参加了“一二·九”抗日救亡运动，任学生刊物《救亡线》编辑。1936 年入党，这一年他第一次用柳青的笔名在上海《中学生》文艺季刊第 2 卷第 2 号上发表了处女作短篇小说《待车》，作品记述了东北军的一批伤兵在西安车站上和他们的副官的一场谈话，表达了中国人民保家卫国的心声。1938 年到延安，在文艺界抗敌协会延安分会工作。次年到部队，担任教育干部、新闻记者等职。这时期写的几个短篇小说，后来收入短篇小说集《地雷》中，主要写了两类题材。一类是写八路军战斗生活的，着重歌颂先进人物，描写前方部队中“一些令人难忘的同志”。如《牺牲者》(1940 年 11 月) 描写一位童工出身的八路军战士，为了不被敌人俘虏而淌进了汾河；《废物》(1941 年 5 月) 再现了一个老战士——养马员和敌人同归于尽的壮烈牺牲，歌颂了人民战士崇高的民族气节。另一类是写抗日民主根据地农民的生活与思想意识变化的，如《地雷》(1940 年 12 月) 细致地描写了有浓厚旧思想的老农李树元的转变和进步，体现了抗日民主根据地社会生活的巨变，新思想新风尚的成长。这两类作品都致力于探索人们的精神变迁，尽管还难免有诸如题材开掘不深，语言有些欧化，结构也较呆板等不足之处，但在抗战初期的根据地小说中，《地雷》在反映八路军、新四军和边区生活方面还是首开风气的。

柳青 1942 年回到延安，参加文艺整风运动后，他的创作发生了根本变化。1943—1946 年，他到米脂县任乡文书，根据这三年的斗争生活，1947 年 5 月写成他的第一部长篇小说《种谷记》，标志着他的小说艺术趋于成熟。

《种谷记》以陕北农村清涧县王家沟组织农民变工队集体种谷、发展农业生产为情节线索，展示了农村在互助合作道路上所经历的种种矛盾和斗争。富裕中农、村行政主任王克俭，自私、保守、动摇，不愿参加变工互助。反动地主王国雄挑拨离间王克俭和农民群众的关系，撺掇他退出变工队，又利用“伊盟事变”进行反动宣传，破坏变工种谷。共产党员、村农会主任王加扶、劳动模范王存起，在上级领导下，带领全村群众开展严肃的斗争，撤了王克俭的职，另选王存起当行政主任，最终完成了集体种谷的生产活动。小说对王家沟组织变工互助的生产过程的描写，从一个侧面反映了我抗日军民这一历史真实：1941 年至 1942 年，为了巩固抗日民主根据地，争取抗日战争的胜利，边区民主政府在党中央的领导下，实行精兵简政、减租减息，开展大生产运动等一系列的新的对策，很快创造了丰衣足食的大好局面，《种谷记》从特定角度反映了这一历史壮举。在当时的历史条件下，王家沟变工种谷的活动显示了党领导、教育和组织农民前进的业绩，表现了根据地解放区农村生产制度变革所带来的人们精神心理层面上的巨变。作为小生产者的农民，他们传统的生产方式也沿袭了数千年，现在大家组织起来，变工互助，这是一种历史性的大变革，必然要引起农村不同阶级、阶层的不同反响。以王加扶为首的贫苦农民，拥护和响应政府的号召，积极参加集体种谷生产；以王克俭为首的富裕农户则生怕别人沾光，自己吃亏，因而消极抵制；以王国雄为首的失势地主则暗中捣乱破坏。小说通过对传统生产方式的初步变革所遇到的矛盾、阻力和斗争的描写，歌颂了民主制度下农村的新人物、新思想，鞭挞了落后思想、落后势力，反映了广大农村在生产和生活方式上即将发生深刻变化的历史趋势。王加扶这个形象的塑造凝聚着柳青对农民生活道路的思考。他大公无私、任劳任怨，深入实际，坚定地带领全村农民响应政府号召，变工互助，发展生产，以支持革命战争。还有他那种忘我献身的精神，高度概括了边区军民的精神风貌。从这个意义上说，《种谷记》是我国现代文学史上第一部从生产方式的变革上思考农民历史命运的长篇，昭示着农民题材及其主题的时代性转移。在艺术上，《种谷记》显示了柳青小说创作注重心理刻画、重情态描写的艺术个性。富裕中农王克俭的心理变迁写得细致而逼真，如在第 17 节里，活灵活现地描写了他动摇、自私、胆小和惊恐等多侧面的心理活动，把与私有制有着根深蒂固联系的旧式农民精神世界描写得淋漓尽致。作品还显示了柳青小说注重写日常生活，在人与人相互关系中去塑造人物，显示了时代的艺术个性。围绕着变工互助而展开的矛盾冲突起伏跌宕，但并无政局大事，有的只是农民居家生活的琐事，但却内涵丰厚。

二、欧阳山的小说创作

欧阳山（1908—2000），原名杨凤岐，又名杨仪，笔名凡鸟、罗西、龙贡公等。1908 年 12 月出生在湖北荆州一个城市贫民的家庭；1924 年在上海《学生杂志》发表了他的处女作短篇小说《那一夜》，开始了文学创作和文学活动，有长篇小说《玫瑰残了》和其他短篇小说；20 年代中期曾组织“广州文学会”，主编《广州文学》周刊；1927 年组织“南中国文学会”；1928 年初到上海，成为职业小说家，创作了描写工人斗争的长篇小说《竹尺与铁锤》等；1932 年在广州组织普罗作家同盟，主编《广州文艺》周刊，发表粤语中篇小说《单眼虎》。后重去上海，参加了中国左翼作家联盟和中国左翼文化总同盟。这时期的主要作品有中篇小说《青年男女》、《崩溃》以及短篇小说集《七年忌》、《生的烦忧》、《鬼巢》等。

欧阳山前期小说多写广东城市生活，人物大多有顽强的生活态度；结构上多数以几个生活片断来反映人物内在的性格特征。比如主要描写挑泥工人阿杰叔自发的反帝情绪的《杰老叔》，一共用了四个生活片断：他与其他四个同伴说笑时的情形；他们被两个英国小孩用泥弹打时的一席谈话；同伴在英国人客厅里吐了痰，他挨了耳光的态度；他冷静救助那些反帝鱼贩子的举动。在这一时期，欧阳山小说的“欧化”倾向较为突出，他有意识地要以自己“欧化”倾向的文字去“补救中国文字的空疏浮泛”（欧阳山《〈生活烦扰〉序》）。

抗战爆发后，欧阳山积极参加抗日文化活动。1938 年，他和丘东平、邵子南、草明、于逢等五人以上海“八·一三事变”抗战为题材，集体创作了中篇小说《给予者》，卷头有欧阳山的长序《抗战的意志》。小说塑造了一个“给予者”即无畏奉献者黄伯祥的形象。黄伯祥在一场激烈的战斗中指挥步炮排，轰跑了敌人，也轰毁了自己在虹口的家。他在自家废墟上吻别了奄奄一息的女儿，又提枪奋勇向前。1940 年，柳青在重庆加入中国共产党。1941 年初到达延安，从事解放区的文化活动，参加了延安文艺座谈会和整风运动，此后他的创作发生了有意义的变化。这时期的作品有反映抗战期间农民受苦和抗争的长篇小说《战果》和反映边区合作社发展的长篇小说《高干大》等。

中华人民共和国成立后，他曾任广东省文联主席和作协广东分会主席等职。1957 年开始创作多卷本长篇小说《一代风流》。50 多年来，欧阳山共创作、翻译了长、中、短篇小说 30 多本，为中国文学事业作出了贡献。

1944 年 7 月，欧阳山到延安县柳林子村南区合作社安家落户。经过一年多与翻身农民朝夕相处，他根据现实生活中的合作社模范社主任的先进事迹，于 1946 年写成了代表他新风格的长篇小说《高干大》。1947 年，《高干大》由华北新书店出版；1949 年 5 月北京新华书店出版。至 1979 年，该书已重印 6 次，并被翻译成英、俄、日、匈、捷等国文字。这部作品以 1941 年前后陕甘宁边区合作社的经济发展为背景，描写了陕北某县一个穷山村任家沟的合作社从赔钱走向发展壮大的过程，反映了农村发展合作经济中的不同工作思想、工作路线的矛盾与斗争：已有 5 年历史的任家沟合作社，在主任任常有的领导下毫无发展，每况愈下。它不但没给群众带来利益，反而成了群众身上的负担。可是任常有安于现状，对群众的意见和议论满不在乎，他的态度是“上级叫咱怎么办，咱就怎么办”，觉得“我没有很大的成绩，也没有犯过什么错误”，心安理得。就在合作社内外交困、一筹莫展之际，推销员兼副主任高生亮（大家尊称他为“高干大”）深入实际，认为办合作社要从实际出发，满足群众的要求，解决群众的困难和疾苦。他根据群众意见办起了医药合作社、纺织厂。为了减轻群众的负担，他又出主意由合作社承包了公债、公盐和公粮。合作社的规模越来越大，威信不断提高，但是高生亮的开拓性做法从一开始就受到了各方面的种种阻挠和破坏。在合作社内部，任常有持坚决反对的态度；在区政府，区长程浩明百般刁难和压制，乡长罗生旺也持同样态度；在社会上，有封建迷信势力和地痞恶棍的造谣破坏。但是，高生亮得到了党组织的支持和群众的拥护，他依靠群众，大胆创造，克服了合作社的重重内外矛盾，把合作社办得有声有色。作品通过任家沟合作社由衰而盛的故事，深刻批判了某些干部的主观主义和官僚主义错误，热烈赞扬了联系群众、实事求是的作风和精神。作品提出了值得深思的原则性问题，这就是在实际工作中，是只按“一般原则”，还是从实际出发解决问题；是只听“上级指示”，还是兼听群众的呼声；是墨守成规，还是勇于创新，等等。这些问题的提出和探讨，使作品具有强烈的实际教育意义，至今仍能给人以启示。“高干大”不尚空谈的实干家精神以及与官僚主义、主观主义的摩擦和斗争，在解放区文学中显得深刻独到。小说着力刻画了主人公“高干大”的形象。作为一个农民出身的党员干部，“高干大”有良好的联系群众、关心群众的思想作风。他忠心耿耿为群众，作风踏实，敢于斗争，逐步克服自身残余的农民意识，成为边区办合作社模范人物。

在艺术上，小说中的实事求是、群众路线同主观主义、官僚主义之间的矛盾，表现为以高生亮、赵士杰和广大群众为一方，以任常有、程浩明、罗生旺等人为另一方，双方围绕着如何巩固和发展合作社的论争和冲突。小说中其他几条贯穿始终的次要矛盾线索，则起到了丰富生活容量、增强作品故事性的作用。小说语言有陕北风味并且通俗易懂，较好地克服了前期语言“欧化”难懂的毛病。景物与场面描写的生活气息浓郁，清新、自然的艺术格调也与40年代解放区生活十分协调。《高干大》的问世是欧阳山创作道路上的一个转折性成果，也是我国新文学的重要收获。

第四节　草明、刘白羽、马加的小说

在工农兵文艺方向的指引下，现代作家努力突破乡村题材的框框，积极开拓新的题材，同样取得了丰硕的成果。在这方面，草明、刘白羽、马加的贡献得到了历史的承认。

一、草明的小说

草明（1913—2002），现代著名女作家，原名吴绚文。1913年6月出生在广东顺德县桂洲乡，这里缫丝、制糖工业很发达。1928年考入广东省立女子高中师范学校学习。1931年“九一八事变”后，她写出了一部5万字的中篇小说《缫丝女工失身记》，表现了工人对黑暗社会现实的不满和反抗。这时，她认为共产主义思想已经在她身上“萌芽”，所以把“萌”字拆开，取名为草明。1933年，她来到了上海，不久加入“左联”，从此以职业作家的身份从事左翼文艺活动。写有短篇小说《倾跌》、《万胜》、《进城日记》、《大涌围的农妇》、《绝处逢生》等，中篇小说《绝地》，小小说《波澜桥畔》、《魅惑》、《水鬼》、《表兄弟》等，以及短篇小说集《女人的故事》。作品多是工人题材，擅长以第一人称“我”的见闻为线索，表现了被压迫者的命运。

1937年全面抗战爆发后，到战地做宣传工作，写有《阿衍伯姆》、《受辱者》、《新嫁娘》、《遗失的笑》等作品，揭露抨击日本帝国主义的滔天罪行，歌颂了中国人民顽强的战斗精神。1941年到延安，参加了延安文艺整风运动，并到工厂、农村工作。她深入群众，向工农兵学习。这期间她写的《他没有死》、《今天》、《新夫妇》等反映人民生活和斗争的作品，有着较为充实的生活内容。1946年夏，她来到东北从事群众工作和党务工作。这段时间里，她写了《延安人》、《解放了的虎列拉》、《新夫妇》等短篇小说，写了《龙烟的三月》、《沙漠之夜》等散文。1947年春天，草明到镜泊湖水力发电厂数月，深受教育和鼓舞。1948年，创作了我国第一部描写工业题材的长篇小说《原动力》。沈阳解放后，到沈阳皇姑屯铁路工厂工作，1950年，写了反映铁路机械工业题材的长篇小说《火车头》。1954—1964年，在鞍山落户，1959年写了反映钢铁工业题材的长篇小说《乘风破浪》。这三部长篇组成的“工业三部曲”形象地展示了我国50年代的工业发展历程，着力塑造的孙怀德、李学文、李少祥三个先进工人形象大体上概括了老、中、青三代工人，构成了一部中华人民共和国成立初期的工人阶级成长史。1964年到北京从事专业创作，“文革”后完成了反映工人阶级同“四人帮”斗争的长篇小说《神州儿女》的创作。

草明于1948年春天开始创作《原动力》，同年6月完稿，9月由哈尔滨东北书店付印。同年12月，上海新华书店出版。1952年9月，转由人民文学出版社重印出版，1958年12月，经作者修改个别字句以后，又由人民文学出版社重排印行。至1963年11月，已由人民文学出版社第5次印刷，累计印数超过6万册。

《原动力》通过东北地区玉带湖水力发电厂在解放前夕被国民党破坏、解放后修复的故事，反映了1948年前后人民解放军解放城市、工厂和矿山，党组织领导工人群众恢复生产，发展工业的历史面貌。工人们在党的领导下战胜了公开和隐蔽的敌人的破坏，克服了种种困难，终于修复电厂，将强大的电力输送到城镇工厂。作品结尾的庆功大会，赞颂了劳动的胜利，展示了我国整个工业生产恢复、建设的远景。作为中国现代文学史上成功地反映工业题材的小说，对我党工作重点将由农村转移到城市，领导工业生产作了艺术反映，表现了党在工业战线上的坚强领导、工人阶级的积极创造精神，艺术地表明了党领导下的工人阶级是生产建设的“原动力”的主题。这部作品在把握城市工业建设题材时，发现并展开了官僚主义与社会进步的矛盾，提出了具有时代意义的新课题。电业公司经理王永明同志在领导玉带湖水力发电厂过程中犯有严重的官僚主义错误。作品重点写了官僚主义对工人群众积极性的挫伤，以及给生产带来的危害。王经理只信任自己带来的积极分子陈祖庭，陈祖庭又看中了“能说会道，溜须拍马”的佟金贵，而把老工人孙怀德和其他工人们撇在一边，结果第一次修机失败。在严重的教训面前，他终于醒悟，改进了工作作风。官僚主义被克服以后，广大工人群众的劳动态度焕然一新，日夜抢修。这种鲜明对比的描写，表现了作者对官僚主义的严肃批评。作品多方面显示了现实生活中蕴藏的克服官僚主义的积极因素，如专署领导同志对错误的批评，尤其值得称道的是作者发掘出克服干部官僚主义的新因素，这就是工人阶级的国家主人翁责任感。

《原动力》向现代文学的画廊中输送了新的人物形象。小说主人公老工人孙怀德——老孙头，是中国现代文学史上第一个由旧社会的奴隶成为新社会的主人的产业工人形象。老孙头机警、果敢、开朗、乐观，深明事理，埋头苦干，富有自我牺牲精神。他早在建这个电厂的时候就进厂了，受尽了剥削压迫和凌辱，也积蓄了深沉的阶级憎爱感情。他不绝望，不屈服，顽强地挣扎着，采取一种偷懒、磨洋工的独特方式反抗现实，发泄不满。解放了，他感到社会“在变动”，萌生了新的生活希望和力量。他爱工厂，爱机器；把工人组织起来，刨冰，捞油，为修复水电厂做好了准备工作。他善于从生活中吸收思想营养，依靠群众，以身作则，赢得了工人群众的尊敬、信任、爱戴。成为新时代来自群众的企业管理者后，胸中装有一幅工厂发展前景的美好蓝图。作品通过老孙头这个形象，说明在党的领导下，获得解放的工人阶级的创造性劳动和主人翁态度，是建设新中国的“原动力”。作者娴熟地使用东北北部地区的群众口语，构成了作品鲜明的地方特色和浓郁的生活气息。总之，《原动力》以新的题材、主题和人物形象，开辟了中国现代文学的新园地，表明“五四”以来的现实主义文学创作扩展到一个崭新的领域。

二、刘白羽的小说

刘白羽（1916—2004），1916年9月生于北京。军事斗争是解放区小说题材的中心之一，在以军事斗争为基本内容的作品中，刘白羽的作品是有代表性的。他在现代文学史上的小说创作大致经历了三个阶段：

第一阶段，从 1936 年 3 月在上海大型杂志《文学》杂志上发表短篇小说《冰天》起，至 1938 年初奔赴延安止。短篇《冰天》、《草原》两篇被选入《一九三六年短篇小说佳作选》，短篇小说集《草原上》于 1937 年收入巴金主编的文学丛刊出版。处女作《冰天》和以后连续几篇作品都是反映旧军队的军旅生活的，抨击了当时社会现实的黑暗，表现出粗犷、豪放和浪漫色彩。

第二阶段，从奔赴延安到 1945 年抗战胜利。刘白羽于 1938 年到达延安后，参加了延安文艺工作团，并加入了中国共产党。他深入华北游击区，写出小说集《五台山下》。1939 年活动于太行山抗日军民中，写出报告文学集《游击中间》，笔锋转向了游击队的战斗生活。1944 年，他被派往重庆，参加编辑《新华日报》副刊和做文艺界的统战工作。创作有反映解放区人民新生活的通讯报告《世界的新面貌》等，有力地驳斥了国民党反动派对抗日革命根据地的污蔑。这个时期的短篇小说集有《五台山下》、《蓝河上》、《太阳》、《金英》、《幸福》和《龙烟村纪事》。他参加延安文艺座谈会之后的作品，进入了思想与艺术比较融洽的阶段，从各个方面展现了抗日根据地的新天地。

第三个阶段，从抗战胜利到 1949 年。他曾以军事记者的身份，参加了解放东北、平津、渡江等重大战役，写下了许多反映我军战斗生活的动人作品。有报告文学集《环行东北》、《为祖国而战》，短篇小说辑集《勇敢的人》、《政治委员》、《无敌三勇士》、《战火纷飞》等。由于长期随军行动，他的小说直接描写部队的军营生活和对敌战斗，将战争情节、英雄塑造、性格刻画作了较好的协调。《政治委员》、《无敌三勇士》表现了部队政治思想工作在转变后进、凝聚人心、提高战斗力方面的独特威力；《血缘》、《战火纷飞》刻画了人民战士克敌制胜的品质。这些作品真实、生动地记录了解放军广大指战员为迎接新中国而英勇战斗的伟大业绩，极大地鼓舞了我国人民的斗志，产生了深远的影响。

1949 年，刘白羽参加了我军的渡江南下作战，在解放军广大指战员英雄事迹的鼓舞下，他于 1949 年 9 月完成了中篇小说《火光在前》的创作，最初发表在《人民文学》创刊号上，作为对新中国的献礼。后由人民文学出版社出版，1979 年又收入人民文学出版社出版的《刘白羽小说选》。这部中篇取材于解放战争中的渡江战役：我军某师在师长陈兴才的指挥下打过长江，攻占了江南敌人的滩头阵地和炮兵阵地，创造了夜袭天险长江的英雄奇迹。在随后追击逃敌的战斗中，部队巧渡暴涨的河水，攀越悬崖绝壁，战胜疾病、疲劳、饥饿、敌特等艰难险阻，一往无前。这部作品在思想内容上，艺术地再现了我军在解放战争战略进攻阶段奉命渡江南下推翻蒋家王朝的伟大历史壮举，歌颂了毛泽东同志的人民战争的军事思想和将革命进行到底的战略方针的巨大威力；所描述的英雄业绩和所反映的思想内容具有巨大的鼓舞教育作用。在艺术成就方面，作品基本上体现了作家的创作风格：在刻画人物方面，在集中笔墨成功地塑造主要人物形象的同时，勾勒出连队指战员和群众的群像；在基本格调方面，全篇跳动着时代的脉搏，抒发了豪迈的战斗激情，洋溢着革命乐观主义精神，有着强烈的艺术感染力；在景物描写方面，地方色彩浓郁，饱含诗情画意；在语言运用方面，明快流畅的叙述语言和简洁有力的人物语言，切合了表述部队指战员战斗生活的需要。

尤其值得称道的是，《火光在前》开创了我国现代文学史上塑造人民军队较高级领导干部艺术形象的先例。师长陈兴才来自湘粤边界，是从红军行列中成长起来的身经百战的我军优秀的师级指挥员。他对革命充满了必胜的信念，坚定相信人民的军队是任何恶水险山阻挡不了，任何凶恶的敌人也战胜不了的队伍。他指挥果断、灵活、从容，对战士体贴入微，无比关心。他对革命事业无限忠诚，篇末写他在高烧把他折磨得有时阵阵昏迷之际，仍然顽强地坚持指挥作战，以惊人的毅力率领部队从胜利走向胜利。师政治委员梁宾是我军杰出的政治工作领导干郡。他“在火线上打仗打了二十年”，性情明快、果决、刚毅。他思想敏锐，善于及时发现问题解决问题，富有工作经验，是一位对党的事业忠心耿耿、富有远见卓识、高度组织领导才华的人民军队的组织者领导者的形象。陈兴才师长与梁宾政委艺术形象的成功塑造，为新中国文学对高级领导人性格的刻画提供了经验。尽管这部作品在刻画人物时，叙述有时过多，结构上有的章节衔接不够紧凑。但瑕不掩瑜，《火光在前》不仅在刘白羽的创作历程中占有重要地位，而且在我国现代文学史上也占有重要的地位。

在抗美援朝战争期间，刘白羽两次奔赴朝鲜前线，写了通讯报告集《朝鲜在战火中前进》、《对和平宣誓》，短篇小说集《战斗的幸福》等，揭露了侵略者的暴行，歌颂了中朝人民深厚的友谊和英勇斗争精神。从朝鲜回来后，发表了散文集《早晨的太阳》、《万炮震金门》、《红玛瑙集》，短篇小说集《晨光集》等。

三、马加的小说

马加（1910—2004），原名白永丰，曾用名白晓光，在延安发表他的第一篇小说《过甸子梁》时首次使用“马加”做笔名。1910 年 2 月生于辽宁新民县弓匠堡子村，满族人。他 1928 年秋入沈阳东北大学读书，接受了革命文学的影响，开始在报刊上发表诗歌和小说，并和进步同学出版文艺刊物。1931 年“九一八事变”后，失学流亡北平。1935 年在北平加入“左联”，并负责编辑《文学导报》、《文风》、《黎明》等地下刊物。在北平期间，创作诗歌《火祭》、中篇小说《登基前后》以及短篇小说多篇。

1938 年奔赴延安，进陕北公学、中央党校学习。后参加八路军战地文工团。三年后回到延安到文抗专业从事创作并加入中国共产党。随后，他深入太行山、晋察冀根据地体验生活。1942 年应邀参加了延安文艺座谈会。在延安期间，分别在《谷雨》、《解放日报》上发表短篇小说、散文、特写，并连载长篇小说《滹沱河流域》(1947 年出版)。抗战胜利后，随部队返回东北，1946 年到黑龙江农村参加土改运动。土改后，创作了中篇小说《江山村十日》(1949 年出版) 和《开不败的花朵》(1951 年出版)。中华人民共和国成立后，继续深入生活，从事文学创作。他曾随中国人民志愿军到朝鲜，1954 年出版长篇小说《在祖国的东方》。在农业合作化期间，创作了长篇小说《红色的果实》。粉碎“四人帮”以后，马加继续坚持写作，出版了长篇小说《北国风云录》、《血映关山》和长篇回忆录《漂泊生涯》等作品。马加的创作以强烈的时代感、鲜明的地方特色、浓郁的乡土气息和纯熟的群众语言，形成了自己独特的艺术风格，反映了中国北方的社会风貌和和民族风情。

中篇小说《登基前后》是马加的早期代表作，写于 1932 年至 1934 年，小说以伪满洲国为背景，描写了东北殖民地尖锐复杂的阶级矛盾和民族矛盾，对东北风土人情的描绘带来了作品浓郁的东北地方色彩。中篇小说《开不败的花朵》是马加根据自己的一段亲身经历创作的。小说描述了解放战争时期发生在东北草原上一支部队的特殊遭遇，副团长王耀东是一个从东北到关内的八路军老战士，抗战胜利后带来一小支队重新返回东北，最终牺牲在了东北草原上，表现了革命战士的强悍、坚韧的意志和伟岸的品格，令读者深切体会到：“我们要常常追念王耀东这些先驱者，他们曾经用自己的血给革命事业铺平了道路。”（马加《开不败的花朵·后记》）

马加的另一个长篇《江山村十日》，是他在东北参加土改运动之后的作品。小说通过对东北某村庄土改运动开始头 10 天情况的描写，真实地再现了党领导下农村土改运动的基本面貌：划阶级，成立贫雇农大会，抓地主，分浮财，过堂，开斗争会，分浮产，组织生产小组，丈量土地，建立党支部，支援前线。作品歌颂了这场翻天覆地的革命斗争和广大翻身农民的崭新的精神风貌。在艺术上，这部小说采用了单线式的艺术结构，以江山村土改运动头10天活动为线索，按照事件发生的时间先后依次写出，很少节外生枝。在选材和表现生活上，作品善于突出重点。在真实、生动反映江山村土改运动全貌的过程中，着重描写几个有代表性的人物和事件。在展开事件的过程中仍以重点带一般。比如抓地主、分浮产，在全村五六户地主中，小说着重描写了抓地主高福彬的场面和起高福彬财产的情景。这种突出重点的基本方法简洁明快，收到了以点带面的效果。小说语言多采用东北方言和农民口语，带有浓厚的乡土味，增强了真实性和亲切感。这部作品在反映我党领导的土改运动和广大农民建立新生活方面，都取得了显著的艺术成就。

◎ 思考题

1. 怎样理解孙犁小说的“诗化”风格，其民族化、大众化特色体现在哪些方面？

2. 《太阳照在桑干河上》和《暴风骤雨》在题材处理、立意把握上有何不同？

3. 怎样理解柳青《种谷记》、草明《原动力》从解放区文学向当代社会主义文学过渡的特征？

4. 概述草明的小说《原动力》的内容。

第四章　工农兵方向指导下的文学创作（二）

沿着延安文艺座谈会指定的文艺方向，解放区文学开始了新的发展阶段。在诗歌方面，毛泽东的旧体诗词独领风骚，他以旧创新，古为今用，词采华美，意境阔大，充分实践了以《在延安文艺座谈会上的讲话》为代表的文艺理论。民歌体叙事诗的创作成就斐然，其中李季的《王贵与李香香》、阮章竞的《漳河水》堪称诗苑双璧，它们借鉴了民间歌谣、戏曲的形式和表现手法，追求民族化大众化，和同时期的以西南联大诗人群创作的带有现代主义诗歌色彩的诗歌形成了鲜明的对照。在戏剧方面，值得一提的是在秧歌剧基础上加以提高而形成的“新歌剧”，创造性地吸收了民族、民间戏曲和音乐的养分，同时又融会了西洋歌剧的形式，形成了一种既区别于中国古典戏曲又区别于西洋歌剧的，融戏剧、诗歌、音乐、舞蹈与美术为一体的新音乐戏剧形式。优秀作品有《白毛女》、《赤河水》、《刘胡兰》等代表剧作，《白毛女》更是成为现代民族歌剧的奠基之作。报告文学也在这一时期蓬勃发展，华山、刘白羽、丁玲、何其芳、沙汀等人各显身手，记录解放区新的现实生活、战争风云和精神风貌，形成了风姿各异的格局。

第一节　新旧体诗歌

经过抗战文艺运动的磨合，在中国作风和中国气派的理论支持下，中国新旧文学的裂痕逐步弥合。于是，中国现代文学在不同的区域都出现了新旧体文学和平共处，共同服务于现实的情形。在解放区文学中，旧体诗词与新体诗歌特别是民歌体诗歌同样丰收，这是中国现代文学进一步成熟的标志。

一、毛泽东的旧体诗词

毛泽东的旧体诗词是中国现代文学的重要收获。自“五四”文学革命时期倡导白话新诗以来，现代诗歌冲破了旧体诗词格律的束缚，广泛反映现代中国人的思想感情，深刻影响了中国诗歌的发展方向，旧体诗词的创作、研究自此相对被忽略。但不可否认的是，旧体诗文仍然占据着一席之地，其独特的艺术体系和文化韵味，吸引着作家们即使不是为了与新文学对抗，也会从爱好兴趣出发去自觉创作。鲁迅、郁达夫、郭沫若、周作人等大家都有旧体诗文留世，且风格各异。而毕生都用旧体诗词反映现实生活，重振传统诗词雄风却是一代领袖毛泽东，他平生于政务、军旅之暇，喜爱诗词，用功尤勤，造诣甚深，在新诗流派林立、理论丰富的现当代诗坛独领风骚。

毛泽东（1893—1976），字润之，笔名子任。1893 年 12 月 26 日，诞生在湖南省湘潭县韶山冲一个农民家庭。童年时期在家乡私塾读书，接受中国传统文化的启蒙教育，奠定了良好的古典文学基础。青年时期就读于湖南长沙第一师范，即开始革命活动，接受并传播马克思列宁主义，同时继续对传统诗词的研究和创作。1921 年成为中国共产党的创始人之一，后带领中国人民经历长期艰苦卓绝的革命，实现了中华民族的独立、富强。集无产阶级革命家、政治家、军事家、战略家和诗人于一身的毛泽东，其身世经历与感受情怀，和历史上的诗词大家不同。

毛泽东一生创作诗词大约 118 首，个别篇章在中华人民共和国成立之前发表过，大部分是中华人民共和国成立后发表或创作的，全面深刻地反映了我国从 1919 年“五四”运动至 20 世纪 60 年代中期的整整半个世纪的历史。按创作顺序来说，写于新民主主义革命发生之前或发展时期就有 30 首左右的作品，是诗、史、思合一的精品。《五古・挽易昌陶》、《七古・送纵宇一郎东行》、《沁园春・长沙》、《菩萨蛮・黄鹤楼》等反映了共产党创立和第一次国内革命战争时期青年诗人对革命真理的探索。《西江月・井冈山》、《清平乐・蒋桂战争》、《采桑子・重阳》、《如梦令・元旦》、《减字木兰花・广场路上》、《蝶恋花・从汀州向长沙》、《渔家傲・反第一次大“围剿”》、《渔家傲・反第二次大“围剿”》等作品，记录了第二次国内革命战争时期党领导的“工农武装割据”的战斗生活。取材于红军二万五千里长征的作品，有《十六字令三首》、《忆秦娥・娄山关》、《七律・长征》等。抗日战争时期作品较少，解放战争时期有《沁园春・雪》、《五律・张冠道中》、《五律・喜闻捷报》、《七律・人民解放军占领南京》等，生动地描写了从国共谈判到谈判失败，从解放战争爆发到彻底胜利的历史风云。其余虽为怀人赠和之作，仍然带有鲜明的时代气息。《临江仙·给丁玲同志》和六言诗《给彭德怀同志》赞颂了在人民战争中具有卓越贡献的文武英豪们，洋溢着诗人为这些民族英雄自豪骄傲的激情。

毛泽东诗词同时又是诉诸理性的艺术，它坚持用辩证唯物主义和历史唯物主义观察宇宙人生、挖掘事物本质，形象蕴含于诗篇的自然风物、社会历史或革命斗争中，以博大的意境和雄辩深邃的哲理著称于世，使人们思想升华到一种崭新的高度，在感染中受到启迪。1925 年，正值革命形势日益高涨，工农运动兴起之时，诗人在参加社会活动之余，以笔遣怀，写下著名的《沁园春·长沙》：

独立寒秋，湘江北去，橘子洲头。看万山红遍，层林尽染；漫江碧透，百舸争流。鹰击长空，鱼翔浅底，万类霜天竞自由。怅寥廓，问苍茫大地，谁主沉浮？

携来百侣曾游。忆往昔峥嵘岁月稠。恰同学少年，风华正茂；书生意气，挥斥方遒。指点江山，激扬文字，粪土当年万户侯。曾记否，到中流击水，浪遏飞舟？

起笔写诗人挺立洲头，独面寒秋，以“万类霜天竞自由”理性概括辩证和谐而充满生机的世界，自然界万物在竞争中求生存，人类社会大至民族和阶级，小至家族和个人，同样要以斗争求发展。诗人因此深沉而激越地发出“问苍茫大地，谁主沉浮”的重大疑问：中国命运由谁主宰？中国革命领导权由谁掌握？答案在下阕的追忆往事中予以暗示，毛泽东青年时代结识的志士，“风华正茂”，“指点江山，激扬文字，粪土当年万户侯”。改天换代的豪杰英雄就将在这群德才兼备、胆略不凡的新青年中脱颖而出。词中由近及远，由现在到往昔，时空广阔，层次分明，且动静相谐，情景交融，描画出一个辩证和谐、生机勃勃、意气风发的艺术世界。而影响力最大，连诗人自己都无法重复和超越的巅峰之作当属写于长征胜利之后的《沁园春·雪》：

北国风光，千里冰封，万里雪飘。望长城内外，惟余莽莽；大河上下，顿失滔滔。山舞银蛇，原驰蜡象，欲与天公试比高。须晴日，看红装素裹，分外妖娆。

江山如此多娇，引无数英雄竞折腰。惜秦皇汉武，略输文采；唐宗宋祖，稍逊风骚。一代天骄，成吉思汗，只识弯弓射大雕。俱往矣，数风流人物，还看今朝。

词上阕先由景入手，首句总写恢弘壮阔的北国雪景，奠定了磅礴大气的基调，接下来围绕题旨以“望”字引出诗人眼中充满个性色彩的诗意世界：长城黄河冰雪俨然，山川高原如同飞舞着无数银蛇和蜡象，似与天公一比高低。待雪罢初霁，江山更显妖娆壮丽。在此景面前，诗人胸中兴起澎湃的爱国激情，呈气贯长虹之势延续到下阕由景生发的议论之中：以“江山如此多娇”的警句，既总括了前边雪景的美的境界，又引出了诗人要突出歌颂的主宰这美丽江山的“风流人物”。秦皇汉武、唐宗宋祖、成吉思汗，他们显赫一时，各有功过，作为封建主义的政治家、军事家具有阶级和时代的局限性。真正独立民主的中国，还是依靠声势浩大的无产阶级。此词构思宏大，意境深邃，情理并茂，既具革命领袖高视阔步的豪迈气度，又有大词家的狂放恣肆的非凡手笔。

与时代内容和主体意识相适应，其诗词风格亦如诗人对古典诗词的兴趣，即“偏于豪放，不废婉约”①。占主体地位的是表现崇高美的豪放词，或借自然的阔大展示革命斗争的雄伟，或以神话历史抒发豪情壮志，或驰骋夸张奇特的想象和语言艺术显示历史洪流不可阻挡的滚滚态势，较集中的如《渔家傲·反第一次大围剿》：

万木霜天红烂漫，天兵怒气冲霄汉。雾满龙冈千嶂暗，齐声唤，前头捉了张辉瓒。二十万重入赣，风烟滚滚来天半。唤起工农千百万，同心干，不周山下红旗乱。

词中对阔大飞动的意象有着特殊的偏爱，并大量使用“万”、“千”、“亿”等字词增加气势，先后描写了烂漫霜天、千嶂龙冈、滚滚风烟，以此衬托天兵一样英伟的红军之高昂士气，在活捉敌方将领、反围剿大胜之际，诗人联想上古共工怒触不周山的神话，号召广大军民同心斗争，呼应作品中早已形成的雄伟意境。

毛泽东诗词体裁完备，诗有三言、四言、六言、杂言；有古风、有近体；有浩歌宏唱，也有抒情小吟。词有小令，也有长调，词牌涉及10种有余，并都是结合革命现实主义和革命浪漫主义两种方法的典范。诗人继承古

① 毛泽东：《读范仲淹两首词的批语》，载蔡清富、黄辉映：《毛泽东诗词大观》，四川人民出版社2007年版，第540页。

典文学的现实主义手法，深刻、广泛反映了“五四”以来的社会生活，又发扬浪漫主义传统，以旧体诗词自铸奇语，表现出豪情壮志。有的现实色彩和浪漫色彩均重，如《七律·长征》头两句展示红军英雄气概和乐观精神，中两联高度概括长征历程，尾联之“更喜”、“尽开颜”与首句“不怕”、“只等闲”相照应，把红军伟大崇高的精神世界，既现实又浪漫地展示出来了。有的现实颇浓厚，闪烁着浪漫色彩，如《沁园春·长沙》，尽管上阕的秋景描写，象征着工农运动将蓬勃兴起的趋势，但现实因素占主导地位，不仅其象征基于现实斗争生活，而且整个下阕着重如实回忆往昔的青年生活，激励战友们献身于火热的年代。有的充满了浪漫色彩，《念奴娇·昆仑》上阕虽是写昆仑的景色和历史功过，但超绝夸张的想象力已经使它脱离了具体的形貌而人格化，下阕更显诗人的主观色彩，词中发誓将昆仑裁成三截，亚欧美平摊，意即改造世界，天下太平！两种方法在每首诗词的比重不尽相同，但浪漫主义风格一直比较突出。

二、李季的《王贵与李香香》

在20世纪40年代解放区诗歌创作中，民歌体叙事诗成就斐然，这是一种以传统的民间歌谣形式创作，叙事性极强，富有浓厚生活气息和地域色彩的诗歌，其中李季的《王贵与李香香》、阮章竞的《漳河水》最负盛名，它们代表了40年代解放区民歌体叙事长诗的最高成就。

民歌体叙事长诗的孕育过程非常缓慢，《在延安文艺座谈会上的讲话》发表后的两三年里，歌剧、小说方面先后出现《白毛女》、《小二黑结婚》等经典作品，诗的歌谣化运动已经如火如荼地繁荣起来，而改造民歌独立创作反映解放区生活的长诗仍未出现。直至1946年才有李季的《王贵与李香香》，预示着借鉴民歌方面的创造性成功。郭沫若称之为“文艺翻身”的“响亮信号”①，茅盾赞誉“它是民族形式的史诗”②。这首长诗的成功激起了诗人们极大的创作热情，阮章竞的《漳河水》、田间的《赶车传》、张志民的《王九诉苦》、艾青的《吴满有》等纷纷面世，反映了解放区人民的现实生活和精神面貌的变化，歌颂了党的民主政权的优越性和各行各业涌现出来的英雄人物。

---

① 郭沫若：《关于〈王贵与李香香〉》，载李小为：《李季作品评论集》，时代文艺出版社1986年版，第4页。

② 茅盾：《谈李季的〈王贵与李香香〉》，载李小为：《李季作品评论集》，时代文艺出版社1986年版，第7页。

李季（1922—1980），中国现当代诗人，原名李振鹏，河南唐河人。1938年到延安抗日军政大学学习，1942年到陕北“三边”（定边、靖边、安边），担任小学教员及其他基层工作时，曾深入群众生活，熟悉当地方言，并采用鼓词、评书等形式进行文学创作。他还搜集了陕北民歌《顺天游》三千余首，利用“顺天游”形式创作了长篇叙事诗《王贵与李香香》，反映了陕北人民在党领导下进行的革命斗争。这首诗于1946年在延安《解放日报》上发表，以其形式与内容的完美结合引起轰动，产生了广泛的影响。

《王贵与李香香》全诗共分三部十三章，以刘志丹为代表的中国共产党人领导的陕北壮阔的土地革命为背景，展开了青年农民王贵与李香香的爱情故事。诗作一开头，就在读者面前展现了“三边”地区农民生活的悲惨图景：1929年三边大旱，第二年便出现了罕见的春荒：“百草吃尽吃树杆，捣碎树杆磨面面。二三月饿死人装棺材，五六月饿死没人埋。”在这饿殍遍野的境况中，恶霸地主崔二爷勾结官府，见死不救。王贵的父亲无力交租，被地主害死。王贵被迫成了崔家的免费劳力，埋下血海深仇，同时又在苦难中和李香香建立了感情。崔二爷看中了李香香的美貌，几次从中破坏，更是深化了两方之间的矛盾冲突。长诗的第二部与第三部，正面刻画了两大阶级之间的激烈斗争：王贵在土地革命中受到感召，加入赤卫军。崔二爷借此毒打王贵，疯狂报复。香香急中生智引来游击队攻占了死羊湾，一对患难恋人终成眷属。婚后第三天，王贵带着香香的嘱托参加游击队。而革命向来是充满艰难险阻的，崔二爷在反动势力的帮助下进行反攻倒算，抢走香香。就在崔二爷做着人财两得的美梦时，游击队再次回击，粉碎了地主的阴谋诡计。长诗的结尾，以农民喜闻乐见的“大团圆”模式收束，男女主人公终于获得了解放和幸福。长诗一方面热情地歌颂青年男女忠贞的爱情，是一曲优美的爱情颂歌；一方面真实地表现了土地革命的曲折历程和壮阔场景，是一首雄壮的革命赞曲。于是民间淳朴的爱情历难故事渗透现代革命话语，主题随之升华：“不是闹革命穷人翻不了身，不是闹革命咱俩结不了婚”，“咱们闹革命，革命也是为了咱”——农民的翻身解放与革命斗争紧密相连，只有共产党才能拯救灾难深重的旧中国。

作品成功地在阶级对立的二元模式中塑造了个性鲜明的人物形象。首先是王贵与李香香的正面理想形象，他们都是土生土长的贫农后代，最基本的生存要求不过是吃饱穿暖、婚姻美满，然而在层层压榨的旧式社会就是实现不了这种卑微的理想。他们的苦难与欢乐，自然要和反帝反封建的革命斗争发生联系。他们的成长，本身就是对革命胜利的赞歌。王贵年轻健壮，勤劳能干，其性格是从他所处的阶级发展成长起来的。杀父之仇、雇工生活之苦、婚姻波折，是王贵仇恨崔二爷的现实根源，也是他反抗意识成长的出发点。当“三边”地区土地革命的烈火点燃起来时，王贵是死羊湾首先参加赤卫军的农民。在革命队伍的教育下，他的朴素的反抗意识逐步发展成为自觉的革命思想，革命劲头比谁都高：“白天到滩里去放羊，黑夜里开会闹革命。”“身子劳碌精神好，闹革命的心劲高又高。”革命斗争为他指明了唯一的出路，他也就一心一意地扑到革命斗争中去。当崔二爷发现了王贵参加革命，残酷地拷打他时，他用亲身感受的事实，痛斥了崔二爷的威逼利诱：“闹革命成功我翻了身，不闹革命我也活不长。”这些坚定豪迈的语言，表明了他为阶级利益奋斗不怕牺牲的决心，成为一个自觉的革命战士的标志。正因为他有了这样的觉悟和认识，所以当死羊湾获得解放，他和李香香结婚时，没有沉溺于儿女情长，打算革命到底。这是全新的青年农民革命者形象，代表了广大翻身农民从内心深处发出来的革命呼声。

李香香是作品中内外皆美的理想化形象。她幼年丧母，生活艰难。但秀美善良，勤劳勇敢，深明大义，具有坚强的反抗性格。作品不只写出了她对于爱情的心忠贞不二，还写出了她在斗争中的觉醒成长。从小受尽地主剥削的她，恨透有钱人；当王贵遭到毒打时，她觉悟到游击队是自己的救星；当崔二爷领着白军回村，强迫她成婚时，她的反抗意识猛然爆发，抓伤崔二爷又当众痛斥他的无耻行径；在度过危难、夫妻团聚之时，她再次支持王贵革命到底。诚然，李香香是带着女性的方式和特点来反抗斗争的，虽然没有受过正式革命教育、参加武装行动，但她身上强烈的反抗性不容忽视。在她身上，体现了广大农村女性要求婚姻自主、生活幸福的美好愿望，也反映了她们渴望革命胜利、农民翻身的急切心情。只要经过正确的引导和教育，她们也会成为人民革命中的坚实力量。

作品对地主阶级代表人物崔二爷的刻画也是生动的。他形象丑恶，内心狠毒反动，草菅人命，是腐朽的封建统治的基层支柱，是人民的公敌。在革命烈火面前，他极端恐慌，也极其愚蠢，进行了疯狂的挣扎和反扑。最后，他和他拼命维护的腐朽封建统治，一起遭到了覆灭的下场，这是历史的必然。作品是通过他自身的合乎生活逻辑的言论和行动来揭示地主阶级反动本质的，夸张和漫画的艺术手段的运用，使其成为个性化而不是概念化的反面形象。

诗作丰富了叙事诗的表现形式，是将革命的政治内容和民族形式完美统一的典范。它采用了陕北地区流行的民间歌唱形式“信天游”，这种曲调悠扬高亢而多变化，常由两句组成表达一个完整意思的短小抒情诗，用来表情达爱，带有村野山歌的原始风貌。诗人对于这种民歌作过大量的搜集和深入的研究，并由此得到启发。长诗虽是爱情题材，但具有鲜明的时代环境和深广的社会内容，宣传了崇高的革命道理，在内容上突破了民歌的限制。同时，作品相当于把几百首“信天游”连缀成章，改造成了规模宏大、气势雄伟、情节曲折起伏、人物形象鲜明的叙事长诗形式，发扬了它长于抒情的优点，又提高了其叙事的功能，使叙事诗趋于成熟。诗歌开头就以浓浓的说书人的口吻讲述：“公元一九三零年，有一件伤心事出在三边。”后续以王贵与李香香的爱情发展为主线，两人与地主之间尖锐的阶级矛盾为导火索，完成张弛有度、引人入胜的叙事。而抒情的色彩并未因此退隐，叙事与抒情结合，穿插抒情性对唱、独白，使诗歌情感波涛汹涌、真挚动人。如《掏苦菜》一章，写王贵与李香香之间的对答：“大路畔上的灵芝草，谁也没有妹妹好!”“马里头挑马不一般高，人里头挑人就数哥哥好!”“樱桃小口糯米牙，巧口口说些哄人话。”“烟锅锅点灯半炕炕明，酒盅盅量米不嫌哥哥穷。”将二人倾心爱慕、患难与共的爱情生动细腻地描写出来。

在艺术手法上，作品娴熟地运用了我国古典诗歌中和传统民歌中常使用的比兴手法，使长诗民歌风味浓厚，且诗情盎然，如“山丹丹开花红姣姣，香香人材长得好”；“二道糜子碾三遍，香香自小就爱庄稼汉”，“烟锅锅点灯半炕炕明，酒盅盅量米不赚哥哥穷”；“羊群走路靠头羊，陕北起了共产党”，兴中有比，比中有兴，灵活自如，千姿百态。且所比喻之“物”所起兴之“物”，大多取自具有地方色彩和生活气息的陕北的事物和景象，又运用从陕北群众的口语中提炼而成的生动活泼，质朴刚健的语言加以描述，充满了浓郁的乡土色彩和“陕北风味”。

三、阮章竞的《漳河水》

《漳河水》是这个时期产生的另一首优秀长诗。作者阮章竞（1914—2000)，出生于广东中山县一个贫苦家庭，抗战前即参加革命工作。抗日战争和解放战争期间，一直在太行山革命根据地从事文艺工作，并参加减租减息、土地改革等运动。1949 年创作的长篇叙事诗《漳河水》是一部妇女解放的颂歌，反映了太行山区漳河边上三个劳动妇女在新旧社会中婚姻爱情生活的不同遭遇，以及在建立民主政权后为争取幸福生活所作的斗争。其人物性格鲜明，叙事与抒情结合得较好，并在创造性地吸取古典诗词，尤其是民歌民谣的营养方面作了成功的尝试。

长诗分为“往日”、“解放”和“常青树”三部，体现了农民尤其是农村女性继改变受剥削的状况，获得平等自由的政治地位后，在思想上的一次大“翻身”——打破了传统封建思想对妇女的束缚，使女性获得与男性的平等自由。妇女的解放是衡量社会解放水平的重要尺度，中国千百年以男权为主的封建统治，造就了女性低下卑微的地位。从“五四”文学革命以来，妇女问题已经成为文学作品探讨的热门话题：从鲁迅的《伤逝》、《祥林嫂》到丁玲的《莎菲女士的日记》，自曹禺的《雷雨》到巴金的《家》等，里面塑造的女性形象身份地位、教育水平、人生遭际各异，但在寻求个人生存的结局中无不以失败告终，这种现象体现在当时社会环境下女性寻求独立、个性解放途径上的艰难。解放区文学在经历战争和民主革命洗礼中，注意到了新型社会制度下妇女解放的光明前景。《漳河水》中以对比的方法同时塑造了多位善良、单纯、美丽的女性形象，在典型环境中探讨其性格和命运发展。三个毛毛小女渴望美满婚姻，但几千年来的封建制度、封建意识粉碎了她们的梦想，“断线的风筝女儿命，事事都由爹娘定”，这种遭遇在旧中国农村妇女中极具普遍性。解放战争即将胜利，新社会逐步建立，三位女性才有反抗的勇气与封建恶习作斗争，改革自身观念：荷荷明快勇敢，解放前配了个“半封建”老头子，受尽折磨和凌辱。解放后带头离婚又自由恋爱，送新婚丈夫上部队，组织妇女参加集体生产。同时，她还帮助姐妹们翻身求解放，创造新生活，表现了农村先进妇女的美好心灵。苓苓热情爽朗，机智稳健。旧社会她嫁了个“狠心郎”二老怪，经常挨打受骂。时代变了，在荷荷的支持下她争得了独立自主，对丈夫的“大男人主义”展开了曲折、诙谐的说理斗争，终于打破了二老怪的封建意识，建立了平等幸福的新家庭生活。紫金英是诗人花笔墨最多，也是刻画得最成功的一个人物。紫金英柔顺善良，忧郁懦弱。当初她想找个“好到头”，却嫁了个痨病汉，婚后半年死了丈夫，因为惧怕自己和孩子因改嫁所要受的污辱，也担心重新走上二位姐妹的老路，只得孤苦一人带着“墓生孩”守寡。精神上长期的压抑使她的生活变得灰暗和无望，让她在新社会里难以进步。她被一个二流子勾引，误入歧途。在妇女翻身的热潮中，最终也摆脱了沉重的精神枷锁，参加了集体生产劳动，走上了新的生活道路。这种新旧社会截然不同的人生态度与命运，固然是诗人有意安排，带有一定的理想化色彩，但也确实在一定程度上反映了当时妇女翻身解放的新面貌，其胜利是人民革命在思想领域进一步深入取得的成果。

《漳河水》熔铸各种民间歌谣形式，来抒写漳河两岸广大农村妇女的翻身解放，为新诗向民间文艺学习开辟了新的途径。它采用流传在漳河两岸的多种民谣形式《开花》、《四大恨》、《漳河小曲》、《牧羊小曲》等，杂采成章，自由灵活富于变化。诗中根据表清达意和刻画人物性格的需要，运用了不同的曲调。如三个妇女诉苦时，用的是哀怨幽深的《四大恨》：“男人原是常病身，爹娘重财不重命，贪人有钱银！”“有意守节心难下，俺娘劝我另改嫁，改嫁我嫌怕！”这种曲调，每节基本上由七七五字组成，能造成一种长吁短叹的情调，很适宜抒发她们内心的痛苦。在歌颂妇女翻身解放时，用的是欢快、含蓄的《牧羊小曲》的调子：“漳河水，九十九道湾，漳河流水唱得欢：桃花坞，长青树，两岸踏成康庄路。万年的古牢冲塌了！万年的铁笼砸碎了！自由天飞自由鸟，解放了的漳河永欢笑！”这里把解放了的妇女那种欢乐、兴奋的情绪，充分表达了出来。由于严格按照不同的曲牌写作，突出了“能唱”的特点，对于熟悉当地歌谣曲调的人们来说，必然更能体会歌声的娓娓悠扬了。长诗虽然采用不同的曲调，但又注意在多样化中求统一，保持着基本格调——漳河小曲的韵味，读起来感到完整和谐，清新优美。在语言上，兼有民歌的清新刚健，同时吸取了古典诗词的简练典雅，以“漳河水，九十九道湾，层层树，重重山，层层绿树重重雾，重重高山云断路”，“送出门，送出院，梨树花开月明天”为例，寥寥数语，就捕捉住客观景物中最富于特征性的形态、色彩和声音，使树影、水声、月光等都来给人物倾诉内心的喜怒哀乐，造成了情景交融的效果，透出浓郁的诗意，体现了鲜明的古风雅韵。

与《王贵与李香香》相比，《漳河水》更侧重抒情。诗人自己也说：“我想诗总归是诗，所以决定进一步打破自己的常规，不侧重曲折的情节，而侧重她们的内心生活，不侧重故事，而侧重抒发感情。”① 它不仅以抒情的调子来叙事，同时又借景抒情，充满诗情画意，显得更为精美。第一部“往日”中荷荷、苓苓、紫金英各诉心事一段，作者刻意选择了桃花坞，在月光流水、桃花柳树等景物的映衬下充分表现了她们凄苦哀怨的内心世界。“荷荷是月儿云遮住，盼望光明自由；荃荃是石鸡夜半哭，诉不尽心中的怨恨不平；紫金英则不同，她要说话，河边的青草都打颤了。”② 又如长诗的第二部，紫金英在哭诉不幸时说：“妹妹俩是东坡向日葵，你姊姊好比是麻池水，人前人后俺低头过，厚着脸皮偷偷活……”“话儿没完头低下，有语难明啃指甲。窗外呼呼风阵阵，甚时能吹断那万恨根？甚时能吹断那万恨根？”这里独白自己的不幸遭遇，字里行间又流露出无穷的哀怨和对新生活

① 阮章竞：《漫忆唯呀学语时——谈谈我怎样学习民歌写〈漳河水〉》，载《文艺研究》1982 年第 2 期。

② 阮章竞：《漫忆唯呀学语时——谈谈我怎样学习民歌写〈漳河水〉》，载《文艺研究》1982 年第 2 期。

的热烈向往之情。室内的哭诉与室外的风声相映衬，再加上低头啃指甲的姿态神情，构成了一幅情境交融的生活画面，意境深邃，震撼人心。

《王贵与李香香》和《漳河水》堪称现代叙事诗中的双璧，它们是新诗民族化大众化的典型，和同时期的以西南联大诗人群创作的带有现代主义诗歌色彩的诗歌形成了鲜明的对照，对我国叙事诗的发展，对新诗的进一步成熟，作出了较大的贡献。

第二节　新歌剧《白毛女》

戏剧文学是中国现代文学中的重要组成部分。在文学革命之初，戏剧就加入了对旧文学的批判和对新文学的呼唤的行列，所起的历史作用相当明显。在革命文学和左翼文学运动中，戏剧亦起到了关键的历史作用。抗日民主根据地文学和解放区文学中，戏剧的成就相当突出，特别是新歌剧《白毛女》，足以作为新的文学和艺术经典的标志。

一、秧歌剧的时代背景

《在延安文艺座谈会上的讲话》发表后，解放区戏剧也在民间文艺中找到了重生的坚实基础。在抗日民主根据地，戏剧是最早出现的文艺形式，解放区的文艺运动由此肇始。农村剧团大量涌现，数量可观，专业性文艺团体也纷纷成立，出现了人民抗日剧社、鲁艺实验剧团、鲁艺评剧团等十多种戏剧团体。戏剧创作出现了初步繁荣的景象。自1937年到1942年间，有一百多个新剧目在延安地区上演，包括独幕剧、小歌剧、多幕话剧或歌剧等，但总体来说艺术水平较粗糙，优秀作品不多。

另一方面，20世纪40年初的抗日民主根据地也有中外名剧上演，俄国果戈理的《钦差大臣》、契诃夫的《蠢货》，法国莫里哀的《吝啬鬼》、《伪君子》，以及曹禺的《雷雨》、《日出》、《北京人》等都曾成为延安戏剧舞台的常演剧目，影响所及，连各敌后根据地，以至于有的连队剧团与村剧团也竞相上演中外名剧。这种倾向在延安文艺整风中，被批评为是关门主义，忽视了戏剧民族化大众化问题。照搬传统戏曲或西洋歌剧都行之不通，其他自创的戏剧又暂时没有优秀的作品，却是后来的秧歌剧运动，为创立民族新歌剧打开了一条路。

秧歌是一种在我国农村广泛流行的喜闻乐见的艺术形式，熔音乐、舞蹈、演唱、戏剧等多种因素于一炉，说唱结合、载歌载舞，内容多半是逗笑取乐带有取笑的性质，有生动简单的故事情节，且短小精悍、清新活泼。所以有人叫它歌舞形式的闹剧，陕北农村叫闹秧歌为闹红火。在旧秧歌歌中，也不乏思想健康、风格清新的作品，但大多数保留了很多迷信思想。在旧社会，秧歌虽能广泛流行，却不能形成一种运动。只有新的历史条件下，在1942年以后的解放区，才逐步发展为规模空前的秧歌剧运动。

自延安文艺座谈会以后，延安的文艺工作者积极贯彻座谈会指导方针，在深入农村的过程中，向包括秧歌在内的民间艺术学习，提高了对秧歌的认识。利用秧歌形式，开始创作演出新的秧歌舞和秧歌剧。1943年春节，《兄妹开荒》由鲁艺文工团演出，标志着新秧歌剧的正式诞生。紧接着演出的是《一朵红花》、《夫妻识字》、《钟万财起家》、《周子山》等，从此陕北地区掀起了一个热火朝天的新秧歌运动，到1944年春节达到高潮。据不完全统计，从1943年农历春节至1944年上半年，一年多的时间就创作并演出了三百多部秧歌剧，观众达八万人次。新秧歌剧采用了民间秧歌的曲调和表现形式，但是剔除了其中的男女调情、封建迷信等低俗趣味，而注入了“革命”和“生产”等新的时代内容，可以说是用革命意识形态来改造、收编民间文艺的一次成功实践。在大规模秧歌剧的演出与创作的基础上，出现了“新歌剧”的创造实验。

二、《白毛女》的创作

40年代初，晋察冀边区广泛流传着“白毛仙姑”的民间传说，在一个山洞里，住着一个浑身长满白毛的“仙姑”，她法力无边，惩恶扬善，扶正祛邪，主宰人间的一切祸福……1943年，诗人邵子南从前方返回延安时带回了这个故事。“鲁艺”师生为了即将召开的中共七大献礼，将这个传奇故事改编为大型歌剧。1945年1月，在院长周扬的主持下，成立了以张庚为负责人的集体创作组。张庚、王大化、贺敬之、丁毅等艺术家开始讨论歌剧的人物设计和场次安排，并决定剧本由贺敬之、丁毅执笔，马可、张鲁、李焕之、陈紫、刘帜等人作曲，导演则由王滨、王大化、舒强等负责。1943年5月，歌剧《白毛女》开始在延安公演。该剧在延安演出30多场，受到空前热烈的欢迎，每演至精彩处掌声雷动，经久不息，每至悲哀处，台下总是一片唏嘘声。就这样，一股《白毛女》的旋风席卷了延安，席卷了陕北，席卷了解放区，最终席卷全国，并走向了世界，获得了1951年度的斯大林文学奖二等奖等奖项，为中国现代戏剧赢得了国际声誉。

作品深刻反映了中国封建农村的基本矛盾：贫农杨白劳与女儿喜儿相依为命，因欠地主黄世仁租子，被迫将喜儿顶债。他痛苦之下自杀身亡。喜儿惨遭黄世仁蹂躏，在即将被卖给人贩的紧急关头，逃出黄家躲进深山。因长期营养不良，喜儿浑身毛发变白，成为“白毛仙姑”。直到八路军到来才将她解救出来，突出体现了“旧社会把人变成鬼，新社会把鬼变成人”这一周扬同志提出、由贺敬之等同志创作完成的命题，具有强烈的现实意义①。

杨白劳是老一代农民的代表，勤劳、忠厚、善良。他受尽地主阶级的压迫剥削，对生活的低微、朴素的要求和愿望始终也未能达到，但从未产生过反抗的念头，甚至连外出逃荒也因热土难离而下不了决心。他被迫签下女儿的卖身契，也只能听天由命，最后在孤苦无告、万分悲愤与愧疚中被逼上了绝路。杨白劳是在封建地主阶级长期的压榨之下尚未觉醒的老一辈农民的典型形象，他的悲惨结局是对万恶的封建地主阶级的有力揭露和血泪控诉。

喜儿是《白毛女》的主人公，也是全剧着力塑造的反抗的年轻农民形象。她的性格特点和生活道路与杨白劳截然不同：活泼、可爱、天真、淳朴，热爱自己的父亲，热爱生活，对生活怀着天真的幻想。可是，父亲被逼身死，自己抵债，随之而来的非人生活，使她受到了一系列的严重的打击。她体会到世道不公，又不解受苦根源，曾经一度想轻生。随着苦难的加深，她不再逆来顺受，而是奋起反抗，最后简直成为复仇女神的化身。在逃出黄家后唱出了自己的誓言：“想要逼死我，瞎了你眼窝！舀不干的水，扑不灭的火！我不死，我要活！我要报仇，我要活！”执著的求生信念和强烈的复仇信念，支撑着她在深山里顽强生存下去，直到重见天日，报仇雪恨。喜儿是在黑暗的封建压迫下备受屈辱、奋起反抗、终于获得了翻身解放的妇女形象，既体现了中国劳动妇女忍辱负重、坚强刚毅的美德，同时展示了追求人的价值尊严和生存权利的现代意识。

剧作的基调是现实主义的，但又富有浪漫主义精神。《白毛女》对喜儿形象的塑造，极具理想化色彩，在其性格命运的发展中把她升华成复仇女神的代表，对毁灭人性的旧社会进行了尖锐的批判。全剧围绕喜儿命运的发展这条主线，安排了尖锐的戏剧冲突和罕见奇特的戏剧情节。喜儿的故事虽然在广大农村妇女身上司空见惯，但几乎是集中了所有的人间悲剧因素：父死被卖，在黄家失去贞操，受尽凌辱；黄世仁始乱终弃，被迫出逃；因无家可归，存身于荒山；后毛发皆白，引起百姓恐慌；最终得救，与大春结婚。这些强烈表现了人民群众审美需求和理想，使现实主义与浪漫主义得到了完美的结合。在结构上，线条单纯，环环紧扣，具有很强的故事性，同时吸收了传统戏曲的写意手法，次要事件点到即止，抒情场面则大加渲染，通过演唱吟诵、表情姿态、舞台设置等表现情感的爆发，引起了观众的共鸣。

① 丁毅：《歌剧〈白毛女〉二三事》，载《新文学史料》1995 年第 2 期。

《白毛女》是现代民族歌剧的奠基之作，更加体现在创造了较为完美、富有中国气派的民族新歌剧的形式。该剧融会了西洋歌剧以音乐表现人物性格的特点，广泛吸收和借鉴了中国各地方的戏曲与民歌因素，在这些本土音乐素材的原有基础之上进行改编和创作，利用不同地区和不同风格的中国民族音乐刻画剧中人物的情感。利用河北民歌《青阳传》的欢快曲调谱写的“北风吹”唱段，表现了喜儿的天真和期待；利用山西秧歌《拣麦根》的曲调塑造了杨白劳沉重、身处困境的人物形象；河北民歌《小白菜》的曲调则表现了喜儿在黄家受黄母压迫时的压抑情绪；高亢激越的山西梆子音乐表现了喜儿的奋起抗争和渴望复仇的心情，极大地增加了剧中人物的形象特征及内心世界的艺术表现力。在艺术表演上，借鉴中国戏曲歌唱、吟诵、道白三者结合的传统手法，突破西洋歌剧只唱不说的框架，吸收了话剧的对话形式，或用歌唱介绍戏剧发生的特定情景，揭示人物内心活动；或用吟诵、道白来回忆历史，叙述事件发展过程。此外，剧本的“始乱终弃”、“变鬼复仇”的基本故事模式与传统戏曲题材不谋而合，语言对白朴实生动，带有浓郁的陕北乡土气息和民间韵味。

三、《白毛女》的影响

《白毛女》经历了民间流传、集体创作、大众修改的传奇过程——在中共七大会议期间首演的第二天一早，中共中央办公厅就派专人来向“鲁艺”传达中央领导同志的观感：“第一，这个戏是非常适合时宜的；第二，黄世仁应该枪毙；第三，艺术上是成功的。”① 在演出过程中，根据广大观众的意见，《白毛女》的剧本于1946年在张家口、1947年在东北解放区、1949年在北京先后做了三次较大的修改，使其日臻完善。1946年，《白毛女》在张家口演出，为了配合当时的革命形势，增添了赵老汉讲述红军故事的情节。在后来的修改中，剧本又逐渐增加了大春、大锁痛打穆仁智，大春在赵老汉指点下投奔红军，后来又回到家乡开展反霸斗争等重要情节。《白毛女》的结局也有了重大的改变，原先喜儿被救出后并没有跟大春结婚，后来为了照顾观众的强烈要求，两人“从此幸福地生活在一起”。剧本舍弃了一切于主题、人物形象、演出效果有损的因素，把它的政治宣传效果传达到极致，而消极的一面是，忽视了在特定社会环境下人物性格的复杂性（如原剧本中喜儿被奸污还对地主抱有幻想一情节的被删），为了政治主题消解文学性，导致中华人民共和国成立之后各个改编版本把强化阶级压迫与阶级

① 贺志强等：《鲁艺史话》，陕西人民出版社1991年版，第248页。

反抗的意图推向了极致。

《白毛女》能从民间传说脱胎而出，经过集体之手和群众意见修改，最终演变成现代歌剧的红色经典，反映了作品生产中各种合力的推动效果，其中政治话语的功劳不可小觑。而它的成功为如何借鉴中国传统戏曲、地方民歌和西洋歌剧有益成分，创造民族的新歌剧，开辟了一条切实可行的道路。继《白毛女》之后，解放区涌现了民族歌剧创作热潮，如阮章竞的《赤叶河》，傅铎的《王秀鸾》，魏风、刘莲池的《刘胡兰》等，促进了话剧和传统戏曲的民族化改革。

第三节　解放区的报告文学

报告文学在解放区文学里又是一道迷人的风景线。在国统区，抗战头几年出现的空前的报告文学创作热潮很快衰落，生活积淀给予了作家们冷静思考、从容提炼的余地，使得战争初期那种近乎枯燥的新闻记事和流于空洞的文字大为减少。沦陷区由于恶劣的政治文化环境，即日军实行严格的新闻检查与封锁制度，进步的报刊大多被迫停刊，报告文学举步维艰。这一不平衡的发展状况，导致报告文学重心开始向共产党领导下的解放区倾斜。解放区热火朝天的革命斗争、欣欣向荣的社会环境、日新月异的人物风貌等给报告文学提供了丰富的现实资源，同时文艺政策上的推动扶持也是其发展的动力。当大批的文艺工作者深入农村和前线，从思想感情上近距离接触人民群众和现实斗争时，很容易在生活实感和革命激情下创作出优秀的作品。以群描述了当时报告文学繁荣的景象："一切的文艺刊物都以最大的地位（十分之七八）发表报告文学；读者以最大的热忱期待着每一篇新的报告文学的刊布；既成的作家（不论小说家或诗人或散文家或评论家），十分之八九都写过几篇报告。在这样的情形之下，报告文学就成为中国文学的主流了。"①华山、丁玲、何其芳、沙汀等作家各显身手，形成了风采多姿的面貌。

一、华山的报告文学

华山（1920—1985）是我国著名的新闻记者和优秀的报告文学家。1920年生于广西龙州，壮族。1938年年初到陕北，先入西北青年训练班学习，同年加入中国共产党，后转入延安鲁迅艺术文学院学习。1938年年底，去太行山根据地任《新华日报》(华北版）工作，长期担任随军记者。华山

① 以群：《抗战以来的报告文学》，载《中苏文化》1941年第9期。

曾亲身参加了抗日战争和解放战争，接触和采访了许多英雄人物，作品主要有报告文学集《光荣属于勇士》、《英雄的十月》和小说《鸡毛信》等，《承德撤退》、《风雪中来去》、《勇士们》、《松花江畔的南国情书》、《踏破辽河千里雪》、《解放四平街》、《英雄的十月》等为其报告文学的名篇。

华山的报告文学题材偏重战争，他擅长组织纷繁复杂的资料，记录人民革命战争的伟大历程，歌颂革命军民特别是人民战士的英雄气势和崇高精神，从中开掘革命斗争必胜的历史趋势。早年的《窑洞阵地战》是太行武乡地区广大民兵开展窑洞阵地战的全面的综合性报道。作品以简洁的文字，记述了这个地区人民利用窑洞打击日寇的发展过程：从1941年起，敌人施行离间民兵和群众的阴谋，导致武乡人民遭到敌人残酷的扫荡。血的教训使人民认识到团结的力量，他们在党的领导下组织起来，挖出各种“保险窑”，配合民兵开展灵活斗争，有效地打击了敌人。作者生动地反映了人民群众在斗争挫折和血的教训中的成长觉悟，歌颂了全民抗战的恢弘气势。在解放战争时期所写的《踏破辽河千里雪》、《英雄的十月》等长篇报道，描绘了辽沈战役中东北战场惊心动魄的斗争场面，解放军的破竹之势与国民党军队的节节溃败形成了鲜明对比，说明了人民战争的胜利将是历史的必然走向。

战争虽然艰苦残酷，但往往是英杰辈出的时候，他们来自普通百姓或革命战士，无一不是满怀必胜信念，全力献身斗争。著名的《勇士们》，正是这样一幅光彩夺目的群英图，它描述了警卫连以五分钟的神速打开敌人封锁线的事迹：敌人隐身地堡狂轰滥炸，马连长亲自带领战士们沿沟沿迅速逼近地堡，夺取了阵地，本人却被炸断右腿，光荣牺牲，直到死前，所挂念的还是战争胜利。其他短篇《董庆友打地堡》、《看护员靳玉库》、《新战士王纯》等，皆以形象的手法刻画了充满革命乐观情绪和献身精神的解放军战士。

记事形象细致是华山通讯作品的鲜明特点。在《承德撤退》中，当解放军为了战争全局放弃刚解放一年多的承德，进行战略性撤退时，民众怀着低沉而又期待的心情送行。其中铁路工人的女儿小白引起作者感慨，她不顾危险，爬上作者坐的卡车，塞给稀有的纸烟后又默然离去。作者抓住女孩的言谈举止、神情姿态，细腻地写出了军民之间的鱼水深情，显示了百姓的人心相背。《解放四平街》既写了大型战争，也注意细节描写。除具体观察四平区所见，还利用缴获的敌方大量电报，展示了国民党的狼狈和愚蠢。这种战争场面与具体环节结合的写法，使作品真实可信又生动感人。华山报告文学的另一重要特点，是作品中浸透了作者饱满激烈的感情，显得大气磅礴，昂扬激越。如《解放四平街》中的一段："四平！四平！我们解放过你，保卫过你，忍痛离开过你。在那黑暗的日子里，当我们迈着沉重的步伐，离开一座又一座的城市的时候，我们说：我们还要回来的！现在，我们回来了。我们带着战场上缴获的美国装备回来了，带着战场上解放过来的解放战士回来了，带着解放了的千百万农民的力量和革命激情回来了。"既表达了胜利喜悦之情，又深刻揭示了革命虽然遭到挫折但终究会胜利的主题。华山总是在叙述中加进直接的抒情和议论以表达感情，以揭示和深化作品的思想主题，表现革命军民爱国主义和革命英雄主义精神。

二、刘白羽的战地通讯

与华山同样为读者称道的是刘白羽，他于1938年到延安，参加了延安文艺工作团，深入华北游击区，是解放战争时期报告作品的多产作家。影响较大的是写于解放战争时期的《环行东北》、《时代的印象》、《历史的暴风雨》等。《环行东北》全书共十三章，是他作为深入东北，前后用了半年时间，进行了广泛的采访而后写成的。其时抗战刚结束，国民党反动派又在策划内战，从舆论上污蔑中共，欺骗百姓。作品征引大量事实，戳穿了国民党的虚假宣传。它介绍了东北人民的苦斗和反抗，记录了杨靖宇、李兆麟、赵一曼等许多人民英雄壮烈斗争的事迹，揭露了日寇残杀中国人民的骇人听闻的罪行，批判了国民党反动派策划内战的真相，还用了较多的篇幅报道了东北解放区土地改革给人民带来的翻身喜悦和民主政权建设情况，以宏大的规模反映了东北地区巨大深远的历史性变化。因为作品如此尖锐有力的批判锋芒，所以出版后不久，即遭到反动当局的查禁。此后，作者参加了东北解放战争，又写了许多报告作品，先后收录在《光明照耀着沈阳》、《历史的暴风雨》、《为祖国而战》等集子里。

作者擅长报道东北战局的变化发展，歌颂军民的丰功伟绩，追踪历史大进军的胜利历程。在东北战局最困难的1946年严冬，他投宿在松花江边的农户家。夜里听到农民围着炉火的一席谈话，他联想起自己平时观察到的许多细节，便写了《人民与战争》，赞扬成千上万东北农民对革命战争的热情支持，指出民众所支持的解放战争的胜利为历史大势所趋。而《为祖国而战·一九四七年夏季战记》中描绘了一个流传于前线的故事：一个通讯员在激烈战斗中发现了被遗弃的婴儿，他毫不思索地冲上去抱进怀里，后来冒着危险寻到了孩子的母亲。临走前没有留下自己的姓名，而是用最朴实的一句话回答孩子母亲的询问："我是八路。"战争最是体现人性的考验方式，这个普通的战士用实际行动证明了人民革命的最终目的，彰显了人性中最无私奉献的光辉一面。随着战争的逐步深入，刘白羽更加酣畅淋漓地直写火热的人民战斗场景。1949 年 1 月，作者随军穿过山海关，直下平津，迎接人民革命伟大胜利的年代，又写了《人民历史新的一页》、《横断中原》、《火炬映红了长江》等长篇报导，反映了北平解放、中原和郑州解放以及武汉解放的情况，画出了英雄年代的风貌，体现了作家个人的战斗激情和人民战争的时代精神。

刘白羽的通讯作品，基本格调是为人民胜利欢呼，为祖国新生歌唱，有着强烈的政论色彩。他以自己的政治敏感深入思考，触摸时代的脉搏，激情饱满，文笔酣畅，具有较强的感染力。以《新社会的光芒》为例，作者于 1948 年偶然看见哈尔滨站台上拥挤着的旅客和大批待运的货物，发觉人们正常的生活和商业来往已成现实，联想到其他见闻，便写下此篇文章。他议论说："像过去那样艰难的时代过去了。当火线上一声炮响倒下一个敌人的同时，我们正在新的奋斗喜悦中建树一个社会。"作者敏锐地从平凡事件中窥见了新社会的优越性和人民的幸福前景。《光明照耀着沈阳》写沈阳被解放的头几天，共产党以高效率的工作，迅速建立城市的正常秩序并恢复生产，"在一阵狂风暴雨似的军事胜利之后，这是一阵舒适的春风化雨"，表现了新兴阶级管理国家的高度才干，在解放大军接连解放中心城市的时候，曾产生了广泛的影响。

三、其他报告文学作品

丁玲的转变代表了进入解放区的作家们共同的经历体验，解放区的文学环境与外界截然不同，作家们刚开始还沿袭以前的个人风格进行创作，后来在解放区文艺政策的规范下，纷纷改造思想，纠正文风，创作也呈现出较大的转向。这种转向伴随着作家们激烈的思想矛盾，有人在开创另一种风格上顺利转型，有人在刻意回避熟悉的写作方式格调后反而水平下降，丁玲则获得了极大的成功。1942 年整风前后丁玲因发表《三八节有感》、《我们需要杂文》《在医院中》等杂文和小说"异端"作品，暴露解放区光明背后的阴暗面，而与王实味等人一同遭到严厉的政治批判。延安整风后，丁玲自觉地以新的文艺规范指导自己的创作，深入基层去了解熟悉群众，同时努力用老百姓所喜爱的手法，去描写和表现新的人物。虽然人物特写于她并不陌生，以前就有《彭德怀速写》和《一颗未出膛的枪弹》等发表并产生相当影响，但真正意义上的工农兵方向的作品则是《田保霖》，这部作品和欧阳山的《活在新社会里》一起受到毛泽东的大力表扬。田保霖是陕北当地的一个小商人，丁玲通过这位特殊人物在新的制度下思想进步的描写，表现了边区政府政策的胜利。艺术上作者着力揭示人物心理的变化，展现人物的心路历程。同样题材的作品后来还有《李卜》、《袁光华》等，结集为《陕北风光》，都可视作丁玲对工农兵方向的探索与追求，同时也成功地在她的小说中实现了这种探求。

风格变化更大的非何其芳莫属。抗战爆发后他奔赴延安，辗转华北敌后，大量的报告文学创作宣告了这位昔日“新月派”诗人的世界观与人生观的根本转向，对八路军诸将领形象的塑造代表了何其芳本期创作的最高成就。他曾一口气连续写下了《记王震将军》、《记贺龙将军》、《朱总司令在延安文艺座谈会上》等多篇，字里行间充溢着对新生活的热爱和对功勋卓著的将军们的无限敬仰之情。《我歌唱延安》通过对延安整体印象的描绘，以诗人的激情与浪漫，把延安比作一支歌，是一支“崇高名曲的开端，响着洪亮的动人的音调”，渲染来到新天地的激动和喜悦。何其芳完全捐弃了《画梦录》时的雕饰幻想和凄迷朦胧，以新的追求在艺术上开辟了一片崭新的天地。他果断地否定过去的自己，同时却将自己诗人和散文家的气质和风格带到了报告文学的创作中，使其既有着抒情的调子，又不乏明朗、踏实的思索，与既往的华丽繁缛相比，简直判若两人。沙汀则以小说家的笔法介入报告文学创作，明显有别于何其芳的散文风格，作品为《随军散记》(1939)和一些短篇速写。《随军散记》，后改名为《记贺龙》，着重细节的选择，长于刻画人物的典型性格与精神品貌，抓住贺龙的言谈举止、处世态度、生活作风，生动地再现了贺龙的豪爽风趣、活泼乐观和雍容大气、深谋远虑的大将风度。沙汀对于如何以纪实性的散文笔法叙写真实人物，及至传记文学如何刻画人物性格，都做出了可贵的探索。

40年代解放区报告文学在中国现代报告文学史上起着承前启后的关键作用。它承袭了“五四”以来报告文学发展的优良传统——强烈的现实针对性、批判性、战斗性风格以及不断致力于形象性、文学性不同的基调与风貌。首先是激愤昂扬的英雄主义和明朗、素朴的艺术风采。在工农兵方向的大旗下，报告文学作为时代的号角，自觉地肩负起鼓舞群众、激励群众、团结群众的历史使命，以一以贯之的乐观主义、英雄主义精神奏响时代的主旋律。职业作家们也大都自觉地放弃了自己的个性追求，真诚地融入工农兵之中，追求通俗、鲜明、昂扬、统一的色彩，全身心地服务于“救亡”这一时代中心。其次是解放区报告文学又表现为“颂歌”的欢唱。与30年代报告文学对社会现实声泪俱下的强烈指斥有所不同的是解放区报告文学现实批判力度的减弱。作家们对现实生活中的矛盾和黑暗往往采取回避的态度，取而代之的是对新社会新制度的赞美和对人民群众斗争生活的热情描绘，普通的工农兵成为文学的主角，翻身的新人成为重点表现的对象。甚至一些作品选材取事着眼于直接配合根据地政权的各项政策运动，现实性、政治性很强。外在的艺术形式上解放区报告文学则表现为对民族化大众化的自觉探求。在炮火连天、国难当头的时刻，报告文学的新闻性及时效性、战斗性被发挥到极致，大众化就成为一种非常实际的要求。大众化包括语言的通俗化、叙事方式结构的民族化以及对民间艺术传统形式的改造再利用等。解放区报告文学通常采用单线、平面化的叙事方式，追求情节连贯、故事生动完整。语言上解放区报告文学也一反30年代和抗战初期大后方“七月派”等作家的欧化倾向，采用大众化的口语，追求叙述的平面化和简练、生动、通俗易懂的效果，或直接以俗语、方言入文，为作品增添了一股鲜活之气和地域特色。这种形式上向传统的回归不是孤立的，它与内容上强调配合和服务于政治密不可分。

◎ 思考题

1. 试以一首毛泽东的诗词作品为例，分析其诗歌创作的艺术特色。

2. 《王贵与李香香》与《漳河水》比较，有哪些异同？对于诗歌创作有何启示？

3. 《白毛女》作为现代民族歌剧的奠基之作体现在哪些方面？

4. 华山的报告文学有哪些特点？

参考文献

[1] 阿英：《晚清小说史》，人民文学出版社 1980 年版。
[2] 艾克恩：《延安文艺史》，河北教育出版社 2009 年版。
[3] 艾青：《艾青全集》，花山文艺出版社 1991 年版。
[4] 艾青：《艾青专集》，江苏人民出版社 1982 年版。
[5] 艾青：《诗论》，人民文学出版社 1980 年版。
[6] 巴金：《巴金论创作》，上海文艺出版社 1982 年版。
[7] 白少帆、王玉斌等：《现代台湾文学史》，辽宁大学出版社 1987 年版。
[8] 柏彬等：《中国当代文学研究资料 · 田汉研究专集》，江苏人民出版社 1984 年版。
[9] 北京大学、北京师范大学、北京师范学院中文系中国现代文学教研室：《文学运动史料选》，上海教育出版社 1979 年版。
[10] 蔡清富、黄辉映：《毛泽东诗词大观》，四川人民出版社 2007 年版。
[11] 蔡仪：《中国抗日战争时期大后方文学书系》第二编（理论 · 论争卷），重庆出版社 1989 年版。
[12] 曹而云：《白话文体与现代性——以胡适的白话文理论为个案》，上海三联书店 2006 年版。
[13] 曹禺：《曹禺全集》，花山文艺出版社 1996 年版。
[14] 陈安湖：《中国现代文学社团流派史》，华中师范大学 1997 年版。
[15] 陈白尘、董健：《中国现代戏剧史稿》，中国戏剧出版社 1989 年版。
[16] 陈丹晨：《巴金的梦：巴金的前半生》，中国青年出版社 1994 年版。
[17] 陈瘦竹、沈蔚德：《论〈雷雨〉和〈日出〉的结构艺术》，载《文学评论》1960 年 5 月号。

[18] 陈思和：《犬耕集》，上海远东出版社 1996 年版。
[19] 陈思和、李辉：《巴金论稿》，人民文学出版社 1986 年版。
[20] 陈思和、李辉：《巴金研究论稿》，复旦大学出版社 2009 年版。
[21] 陈万雄：《五四新文化的源流》，生活·读书·新知三联书店 1997 年版。
[22] 陈永志：《试论〈女神〉》，上海文艺出版社 1979 年版。
[23] 陈子展：《中国近代文学变迁　最近三十年中国文学史》，上海古籍出版社 2000 年版。
[24] 丁守和：《辛亥革命时期期刊介绍》（1～4 辑），人民出版社 1982—1986 年版。
[25] 董大中：《赵树理年谱》，北岳文艺出版社 1993 年版。
[26] 董健：《陈白尘论剧》，中国戏剧出版社 1987 年版。
[27] 杜霞：《翻身道情　解放区小说主题叙事研究》，河北人民出版社 2006 年版。
[28] 范伯群：《中国现代通俗文学史》，北京大学出版社 2007 年版。
[29] 范伯群、季进：《沪港洋场中的苍凉梦魇——论张爱玲的前期小说创作》，载《中国现代文学研究丛刊》1998 年第 4 期。
[30] 范际燕、钱文亮：《胡风论——对胡风的文化与文学阐释》，湖北人民出版社 1999 年版。
[31] 高新民、张树军：《延安整风实录》，浙江人民出版社 2000 年版。
[32] [美] 葛浩文：《萧红评传》，北方文艺出版社 1986 年版。
[33] 葛一虹：《中国话剧通史》，文化艺术出版社 1990 年版。
[34] 古继堂：《台湾小说发展史》，春风文艺出版社、辽宁教育出版社 1989 年版。
[35] 谷辅林：《郭沫若前期思想及创作》，山东人民出版社 1983 年版。
[36] 顾钧：《鲁迅翻译研究》，福建教育出版社 2009 年版。
[37] 郭延礼：《中国近代文学发展史》，山东教育出版社 1991 年版。
[38] 赫庆军：《诗学与政治：鲁迅晚期杂文研究 1933—1936》，文化艺术出版社 2007 年版。
[39] 洪深：《洪深文集》，中国戏剧出版社 1957 年版。
[40] 胡适：《五十年来中国之文学》，上海亚东图书馆 1924 年版。
[41] 黄侯兴：《郭沫若的文学道路》，天津人民出版社 1981 年版。
[42] 黄候兴：《郭沫若历史剧研究》，长江文艺出版社 1983 年版。
[43] 黄会林：《中国现代话剧文学史略》，安徽教育出版社 1990 年版。

[44] 黄曼君：《论沙汀的现实主义创作》，长江文艺出版社 1982 年版。
[45] 黄曼君：《中国 20 世纪文学理论批评史》（上册），中国文联出版社 2001 年版。
[46] 黄曼君：《中国近百年理论批评史》，湖北教育出版社 1997 年版。
[47] 黄曼君：《中国现代文坛的“双子星座”——鲁迅、郭沫若与新文学主潮》，华中师范大学出版社 1992 年版。
[48] 黄维樑：《香港文学初探》，华汉文化事业公司 1985 年版。
[49] 黄修己：《赵树理评传》，江苏人民出版社 1981 年版。
[50] 黄修己：《赵树理研究资料》，北岳文艺出版社 1985 年版。
[51] [美] 金介甫：《凤凰之子·沈从文传》，符家钦译，中国友谊出版公司 2000 年版。
[52] 瞿秋白：《瞿秋白文集》（政治理论编），人民文学出版社 1987 年版。
[53] 孔庆东：《超越雅俗——抗战时期的通俗小说》，北京大学出版社 1998 年版。
[54] 黎湘萍：《台湾的忧郁》，生活·读书·新知三联出版社 1994 年版。
[55] 李存光：《巴金传》，十月文艺出版社 1994 年版。
[56] 李存光：《巴金研究资料》（上、中、下），海峡文艺出版社 1985 年版。
[57] 李辉：《萧乾：漂泊者在路上》，大象出版社 2002 年版。
[58] 李欧梵：《中国现代作家的浪漫一代》，王宏志译，北京新星出版社 2005 年版。
[59] 李小为：《李季作品评论集》，时代文艺出版社 1986 年版。
[60] 李岫：《茅盾研究在国外》，湖南人民出版社 1984 年版。
[61] 李旭初等：《台港文学精品赏读》，长江文艺出版社 1996 年版。
[62] 李子健：《毛泽东诗词美学新探》，中央文献出版社 2003 年版。
[63] 凌宇：《从边城走向世界》，生活·读书·新知三联书店 1985 年版。
[64] 刘登翰：《香港文学史》，人民文学出版社 1999 年版。
[65] 刘锋杰：《论张爱玲的现代性及其生成方式》，载《文学评论》2002 年第 6 期。
[66] 刘华斌：《丁玲小说研究》，复旦大学出版社 1990 年版。
[67] 刘炎生：《才子梁实秋》，百花洲文艺出版社 1996 年版。
[68] 刘炎生：《中国现代文学论争史》，广东人民出版社 1999 年版。
[69] 刘增杰：《中国解放区文学史》，河南大学出版社 1988 年版。
[70] 刘宗武：《孙犁研究论文集》，百花文艺出版社 2002 年版。

[71] 陆士清：《台湾文学新论》，复旦大学出版社 1993 年版。
[72] 陆士清等：《台湾小说选讲》，复旦大学出版社 1983 年版。
[73] 孟悦：《中国文学“现代性”与张爱玲》，载《今天》1992 年第 3 期。
[74] 牛运清：《刘白羽评传》，重庆出版社 1995 年版。
[75] 潘亚墩：《台湾文学导论》，高等教育出版社 1990 年版。
[76] 彭定安：《鲁迅学导论》，中国社会科学出版社 2001 年版。
[77] 钱谷融：《〈雷雨〉人物谈》，上海文艺出版社 1980 年版。
[78] 钱基博：《中国现代文学史》，中华书局 1993 年版。
[79] 钱理群：《1948 年：天地玄黄》，山东教育出版社 2002 年版。
[80] 钱理群：《“流亡者文学”的心理指归——抗战时期知识分子精神史的一个侧面》，载陈平原、陈国球编：《文学史》第 3 辑，北京大学出版社 1996 年版。
[81] 钱理群：《大小舞台之间》，浙江文艺出版社 1994 年版。
[82] 钱理群：《周作人传》，北京十月文艺出版社 2001 年版。
[83] 钱理群：《走进当代的鲁迅》，北京大学出版社 1999 年版。
[84] 阮章竞：《阮章竞诗选》，人民文学出版社 1985 年版。
[85] 桑逢康：《郁达夫传》，北岳文艺出版社 1989 年版。
[86] 邵伯周：《中国现代文学思潮研究》，学林出版社 1993 年版。
[87] 石兴泽：《老舍与二十世纪中国文学与文化》，人民文学出版社 2005 年版。
[88] 舒芜：《周作人的是非功过》，辽宁教育出版社 2000 年版。
[89] 舒乙：《老舍》，人民出版社 1986 年版。
[90] 宋永毅：《老舍与中国文化观念》，学林出版社 1988 年版。
[91] 孙青纹：《中国当代文学研究资料·洪深研究专集》，浙江文艺出版社 1986 年版。
[92] 孙庆开：《丁西林研究资料》，中国戏剧出版社 1986 年版。
[93] 孙玉石：《中国现代主义诗歌思潮史论》，北京大学出版社 1999 年版。
[94] 孙中田：《论茅盾的生活与创作》，百花文艺出版社 1980 年版。
[95] 孙中田、查国华：《茅盾研究资料》(上、中、下)，中国社会科学出版社 1983 年版。
[96] 谭兴国：《巴金的生平与创作》，四川人民出版社 1983 年版。
[97] 汤晨光：《老舍与现代中国》，湖南师范大学出版社 2002 年版。
[98] 田本相：《曹禺传》，十月文艺出版社 1988 年版。

[99] 田本相、刘一军：《苦闷的灵魂——曹禺访谈录》，江苏教育出版社 2001 年版。
[100] 田本相、杨景辉：《郭沫若史剧论》，人民文学出版社 1985 年版。
[101] 田本相等：《曹禺评传》，重庆出版社 1993 年版。
[102] 田汉：《田汉文集》，中国戏剧出版社 1983 年版。
[103] 田锐生：《台港文学主流》，河南大学出版社 1996 年版。
[104] 万家骥，赵金钟：《胡风评传》，重庆出版社 2001 年版。
[105] 汪景寿：《台湾小说作家论》，北京大学出版社 1984 年版。
[106] 王晋民：《台湾当代文学》，广西人民出版社 1986 年版。
[107] 王丽丽：《在文艺与意识形态之间——胡风研究》，中国人民大学出版社 2003 年版。
[108] 王乾坤：《鲁迅的生命哲学》，人民文学出版社 1999 年版。
[109] 王晓明：《无法直面的人生——鲁迅传》，上海文艺出版社 2001 年版。
[110] 王兴平等：《曹禺研究专集》，海峡文艺出版社 1985 年版。
[111] 王泽龙：《中国现代主义诗潮论》，华中师范大学出版社 1995 年版。
[112] 王兆胜：《林语堂的文化情怀》，中国社会科学出版社 1998 年版。
[113] 王竹良：《叶紫　周立波研究》，岳麓书社 2008 年版。
[114] 王自立、陈子善：《郁达夫研究资料》，知识产权出版社 2010 年版。
[115] 温儒敏：《中国现当代文学学科概要》，北京大学出版社 2005 年版。
[116] 温儒敏、丁晓萍：《时代之波——战国策派文化论著辑要》，中国广播电视出版社 1995 年版。
[117] 闻一多：《闻一多全集》，湖北人民出版社 1993 年版。
[118] 巫岭芬：《夏衍研究专集》，浙江文艺出版社 1990 年版。
[119] 吴奔星：《茅盾小说讲话》，四川人民出版社 1982 年版。
[120] 吴家荣：《阿英传论》，安徽教育出版社 2002 年版。
[121] 吴立昌：《建筑人性神庙》，复旦大学出版社 1991 年版。
[122] 吴小美、魏韶华：《老舍的小说世界与东西方文化》，兰州大学出版社 1992 年版。
[123] 吴中杰：《吴中杰评点鲁迅小说》，复旦大学出版社 2006 年版。
[124] 夏衍：《夏衍论创作》，上海文艺出版社 1982 年版。
[125] [美] 夏志清：《中国现代小说史》刘绍铭等译，复旦大学出版社 2005 年版。
[126] 许俊雅：《日据时期台湾小说选读》，台北万卷楼图书有限公司 1998

年版。
[127] 许祖华：《中国现代文学史简明教程》，华中师范大学出版社 2008 年版。
[128] 岩佐昌暲、刘静：《记抗战时期的旧体诗杂志〈民族诗坛〉》，载《重庆师范大学学报》（哲学社会科学版）2006 年第 6 期。
[129] 杨匡汉、杨匡满：《艾青传论》，上海文艺出版社 1984 年版。
[130] 杨义：《中国现代小说史》，人民文学出版社 1986 年版。
[131] 叶子铭：《论茅盾四十年的文学道路》，上海文艺出版社 1959 年版。
[132] 喻意志：《中国音乐史》，湖南文艺出版社 2010 年版。
[133] 袁进：《张恨水评传》，湖南文艺出版社 1988 年版。
[134] 袁可嘉：《论新诗的现代化》，生活·读书·新知，三联书店 1988 年版。
[135] 张大明等：《中国现代文学思潮史》(下)，北京十月文艺出版社 1995 年版。
[136] 张光年：《论郭沫若早期的诗》，载《诗刊》1957 年创刊号。
[137] 张菊香、张铁荣：《周作人研究资料》(上、下)，天津人民出版社 1986 年版。
[138] 张曼仪：《卞之琳著译研究》，香港大学中文系 1989 年版。
[139] 张清平：《林徽因传》，百花洲文艺出版社 2007 年版。
[140] 张志国：《四十年代"新生代"诗歌的诗学意义》，载《文学评论》2008 年第 4 期。
[141] 章罗生：《中国报告文学发展史》，湖南人民出版社 2002 年版。
[142] 赵家璧：《编辑忆旧》，生活·读书·新知三联书店 1984 年版。
[143] 赵家璧：《文坛故旧录》，生活·读书·新知三联书店 1991 年版。
[144] 赵家璧等：《中国新文学大系（1917—1927）·戏剧集》(影印本)，上海文艺出版社 2003 年版。
[145] 赵稀方：《小说香港》，生活·读书·新知三联书店 2003 年版。
[146] 赵园：《蒋纯祖论》，载《今天》1992 年第 3 期。
[147] 赵园：《沈从文名作欣赏》，中国和平出版社 1993 年版。
[148] 郑家建：《被照亮的世界：〈故事新编〉诗学研究》，福建教育出版社 2001 年版。
[149] 郑炜明：《澳门新诗选·代前》，澳门基金会 1996 年版。
[150] 郑择魁、王文彬：《戴望舒评传》，百花文艺出版社 1987 年版。
[151] 支克坚：《胡风论》，广西教育出版社 2000 年版。

[152] 中国近代文学大系编委会：《中国近代文学大系》30卷，上海书店1990—1996年版。
[153] 中国社会科学研究院文学研究所现代文学研究室：《"两个口号"论争资料选编》，人民出版社1982年版。
[154] 中国社会科学院文学研究所现代文学研究室：《"革命文学"论争资料选编》，人民文学出版社1981年版。
[155] 中国赵树理研究会：《赵树理研究文集》，中国文联出版公司1993年版。
[156] 周晓明：《中国现代电影文学史》，高等教育出版社1987年版。
[157] 周燕芬：《执守·反拨·超越——七月派史论》，中华书局2003年版。
[158] 朱栋霖：《论曹禺的戏剧创作》，人民文学出版社1986年版。
[159] 朱光潜：《朱光潜全集》，安徽教育出版社1995年版。
[160] 朱寿桐：《汉语新文学通史》，广东人民出版社2010年版。
[161] 朱寿桐：《甲寅派和学衡派的制衡力量》，载《中华活页文选》(教师版）2008年第7期。
[162] 朱自清：《朱自清全集》，江苏教育出版社1988年版。
[163] 庄钟庆：《茅盾的创作历程》，人民文学出版社1982年版。
[164] 子通、亦清：《张爱玲评说六十年》，中国华侨出版社2001年版。

后　记

这本《中国现代文学史》将所涉及文学史的范围定位在新文化运动的发动至1949年中华人民共和国成立这个时段之内。所研究的内容是在近百年来中国社会发生历史大变动的条件下，在由器物、制度、思想文化三个方面为内涵的文化全面转型的基础上，呈现中国现代文学走向现代的历史进程。贯穿全书的中心线索是中国文学由古代向现代的转型，努力使用的是现代化的历史视野。现代性、革命性、人本性是贯穿全书的核心内容。在文学史书写方法上，仍然注重作家作品即新文学经典作家和经典作品的研究，把设立作家专章、专节和一般作家综合探讨结合起来；文学运动、文学思潮、文学流派和社团，仍将以综合面貌出现；还注重中国现代文学中文学母体的类型和古今的变化，如爱情、死亡、战争、闲适等的展开；题材也扩至通俗文学部分。

本书是黄曼君教授应武汉大学出版社之约而接受的任务，黄曼君教授又邀约澳门大学朱寿桐教授共同主编。黄曼君教授针对本科生特点，从使用教材的角度，以编、章、节为基本框架拟定全书大纲。全书4编27章117节。每章由两部分构成：文本系统和自学系统。每节字数视内容多少而定。每一节写作思路，以基本史料、简单分析与深入探讨为走向。基本史料，有据有理，客观叙述；简单分析，博采众长，为共识成果；深入分析则是撰稿人自己的新见解和新观察。所拟定大纲经两主编商讨，反复修订于2009年5月16日定稿。而后黄先生又亲自写出样稿，发往各位编者，在其不断的组织过程中，初稿在黄先生离世（2010年11月22日突然离去）前完成。黄先生离世后，筹补书稿，改稿，统稿，由朱寿桐教授全力完成而定稿。

现将本书的撰著分工分列如下：

朱寿桐　绪论/第二编：第一章（第六节）
卢文芸　第一编：第一章
张新珍　第一编：第二章/第三编：第九章
金立群　第一编：第三章/第二编：第二章
黄曼君　第一编：第四章/后记中的第一段和第二段中的框架说明为黄先生生前手书
严　辉　第一编：第五章
袁　琳　第一编：第六章（第一、二节）/第三编：第五章
喻大翔　第一编：第六章（第三节）
孔惠惠　第一编：第六章（第四节）
余新明　第一编：第六章（第五、六节）
李　昂　第二编：第一章（第一、二节）
张明明　第二编：第一章（第三、四、五节）
胡德才　第二编：第三章
吴　敏　第二编：第四章（第一、二、三节）
吴建波　第二编：第四章（第四节）
李奇志　第二编：第五章
毛正天、毕　曼　第二编：第六章
庄桂成　第二编：第七章
刘继林　第三编：第一章
张永健　第三编：第二章
黄海晴　第三编：第三章
周燕芬　第三编：第四章
张志国　第三编：第六章（第一节）
曾一果　第三编：第六章（第二节）
杨青泉　第三编：第六章（第三节）
梁　彦　第三编：第六章（第四节）
吴　矛　第三编：第七章
王　杰　第三编：第八章
岁　涵　第三编：第十章
李　勇　第四编：第一章（第一节）
李　雪　第四编：第一章（第二、三、四节）
苏春生　第四编：第二章
胡绍华　第四编：第三章

张争艳　第四编：第四章

上表的作者以书目顺序排列，少数章节中的个别小节或因故临时由别人撰补，恕不一一注出。在书稿编辑过程中，陈菊先参与了部分编务，在统稿过程中，李昂、张明明、藤菲、杨青泉、曾一果、王小平、张志国、荒林等做了大量的事务性工作，一并致谢。

编　者

2011年10月10日